PAUL VALÉRY

Cahiers

I

ÉDITION ÉTABLIE, PRÉSENTÉE
ET ANNOTÉE
PAR JUDITH ROBINSON-VALÉRY

GALLIMARD

CE VOLUME CONTIENT :

Avant-propos

Préface

Présentation typographique de l'édition
Notes sur la présentation du texte
Résumé des symboles et des abréviations
employés dans le texte
Liste des sigles principaux utilisés dans les *Cahiers*

LES CAHIERS

EGO

EGO SCRIPTOR

GLADIATOR

LANGAGE

PHILOSOPHIE

SYSTÈME

PSYCHOLOGIE

SOMA ET C E M

SENSIBILITÉ

MÉMOIRE

TEMPS

Appendice, notes, variantes et passages inédits
du classement des *Cahiers*

AVANT-PROPOS

La vaste entreprise que représente cette édition n'aurait jamais été possible sans l'aide extrêmement précieuse de Mme Paul Valéry, qui m'a accueillie d'innombrables fois chez elle avec une gentillesse exquise. J'ai une dette non moins grande envers ses enfants, Claude Valéry, Agathe Rouart-Valéry et François Valéry, qui, après m'en avoir confié le soin, n'ont cessé de m'aider et de m'encourager dans mon travail, ainsi qu'envers tous les amis de Valéry qui m'ont fait profiter de la richesse de leurs connaissances.

Je dois aussi des remerciements particuliers à Mme Helen Conlon, à Mme Judith McManus, à Mlle Gillian Berdinner, à Mme Aline Dinel et à Mme Monique Van Malderen, qui, à des époques diverses, ont apporté à la préparation détaillée du manuscrit un dévouement et une patience rares.

À ces personnes d'origine australienne, anglaise, française et belge se sont joints le Centre national de la Recherche scientifique et le gouvernement australien, qui, par l'intermédiaire de son « Research Grants Committee », a offert à ce projet une subvention extrêmement généreuse.

Enfin, j'exprime ma vive reconnaissance à l'université de la Nouvelle-Galles du Sud pour l'appui qu'elle m'a apporté.

JUDITH ROBINSON-VALÉRY

PRÉFACE

Les Cahiers de Valéry sont des documents probablement uniques dans la littérature française. Écrits religieusement chaque jour, ou peu s'en faut, de 1894 à 1945, entre quatre et sept ou huit heures du matin, dans la solitude de l'aube, ils constituent la somme de toute une vie de méditations, et nous permettent de suivre dans le détail le plus minutieux la démarche quotidienne d'un grand esprit en lutte avec ses propres problèmes intellectuels. Cette énorme masse de notes, qui remplissent 261 cahiers de formats divers[1], et dont l'édition en fac-similé couvre près de 26600 pages[2], n'a presque rien du journal intime, bien qu'elle contienne de temps à autre de brèves allusions à des personnes ou à des événements particuliers. C'est essentiellement un journal de réflexions et de recherches abstraites, dans lequel Valéry se repose sans cesse la question fondamentale qui a dominé sa vie intérieure de l'âge de 21 ans jusqu'à sa mort : la question de savoir quelle est la nature de la pensée humaine, quels en sont les mécanismes, et quelles en sont les possibilités et les limites.

C'est à ce problème à la fois philosophique, psychologique et scientifique que se rattachent, d'une façon directe ou indirecte, presque toutes les analyses des Cahiers, si diverses qu'elles puissent paraître au premier abord. Les innombrables passages consacrés au langage, par exemple, ont pour but essentiel de mieux comprendre cet instrument de base qui seul permet à l'homme d'exprimer sa pensée, mais qui l'oblige en même temps à la déformer dès avant sa naissance. De même, les

1. Le nombre total de cahiers généralement cité, 257, est incorrect. (Voir la Liste par ordre chronologique des cahiers originaux.)
2. Cette première édition des Cahiers, en 29 volumes, a paru au Centre National de la Recherche Scientifique entre 1957 et 1961.

centaines de pages où Valéry se livre à une auto-analyse perpétuelle représentent un effort pour pénétrer dans les structures cachées non seulement d'une personnalité particulière mais de toute personnalité, et de découvrir les rapports complexes qui relient ensemble nos pensées conscientes et inconscientes, nos émotions, nos craintes et nos espoirs, nos besoins intellectuels et affectifs, nos sentiments de faiblesse ou de force, pour faire de chacun de nous un individu capable de tels actes et incapable de tels autres.

Dans quel but Valéry a-t-il rédigé avec tant d'application et de persévérance une si grande quantité de notes ? Et pourquoi n'en a-t-il publié de son vivant, dans des recueils comme Tel Quel, *que de rares extraits ? La réponse à ces questions n'est pas simple. Valéry prétend parfois qu'il a écrit les* Cahiers *comme une sorte de pur exercice mental, pour rendre son esprit plus aigu et plus souple, et pour développer cette rigueur dans la définition des concepts et dans la manière de conduire les arguments qu'il prisait plus que toute autre chose. Cette explication contient certainement une part de vérité, et elle s'accorde bien avec les affirmations fréquentes de Valéry selon lesquelles les* Cahiers *n'auraient été écrits que pour lui seul, sans la moindre idée d'une publication future. Nous n'avons aucune raison de douter de sa sincérité quand il déclare que la possibilité d'avoir des lecteurs éventuels était complètement absente de son esprit pendant qu'il notait ses réflexions matinales. C'est là, d'ailleurs, ce qui leur donne leur « son de voix » si caractéristique : on a l'impression en les lisant de surprendre le monologue solitaire d'un homme qui se parle à lui-même, se disant tout ce qu'il pense et ressent, sans essayer d'enjoliver ses idées, ni d'en faire de belles phrases, ni de rendre plus claires et plus cohérentes qu'elles ne le sont des pensées qui viennent tout juste de naître et qui cherchent encore leur forme.*

Il n'en reste pas moins vrai, cependant, que Valéry a souvent rêvé d'extraire des Cahiers *les éléments essentiels de ses analyses, de les mettre en ordre, et de les présenter au public. Au fond, il était tout à fait convaincu de la valeur de ses propres théories et de l'originalité de sa façon d'aborder le problème du fonctionnement mental, qu'il appelait non sans fierté tantôt sa « méthode », tantôt son « Système ». L'ensemble des réflexions*

*qu'il voulait tirer de ce « Système » devait être la grande
œuvre de sa vie, qu'il mettait bien au-dessus de ses œuvres
littéraires, pourtant si célèbres, et dont il parlait encore peu
avant sa mort*[1]*. Il y avait dans l'esprit de Valéry un désir et
un besoin permanents de synthèse et de composition, un souci
de la forme qui s'appliquait tout autant aux idées qu'aux
œuvres d'art. Mais à côté de cette recherche perpétuelle de
l'ordre, et en conflit constant avec elle, il y avait aussi en lui
une profonde méfiance à l'égard de tous les systèmes, y compris
celui qu'il était lui-même tenté d'ériger à partir des Cahiers.
Le grand défaut des systèmes à ses yeux, c'est qu'ils tendent
à donner à la pensée une fausse unité et une fausse simplicité,
l'enfermant dans des catégories rigides et mettant ensemble
des concepts qui pourraient tout aussi bien être séparés ou se
combiner dans d'autres contextes d'une façon entièrement
différente. C'était là, selon lui, une des erreurs principales des
philosophes traditionnels, erreurs qu'il tenait absolument à
éviter lui-même. Un autre danger qu'il regardait comme
inhérent à tout effort de synthèse, c'est la tentation de traiter
les questions intellectuelles comme définitivement résolues
— notion on ne peut plus étrangère à son tempérament, qui
préférait laisser toutes les questions ouvertes et remettre indéfiniment le moment de conclure.*

*On peut considérer cette attitude comme une des forces de
Valéry penseur, en ce qu'elle le rendait singulièrement conscient
de la multiplicité de points de vue possibles sur un même objet
mental. Mais elle pouvait être aussi une entrave et un frein qui
le faisaient hésiter à s'engager dans une synthèse trop ambi-
tieuse. Peut-être se sentait-il lui-même en fin de compte — à
tort ou à raison — plus doué pour l'analyse que pour la
synthèse, plus apte à poser les problèmes qu'à les résoudre,
plus enclin à suggérer des méthodes nouvelles, de nouvelles
façons de concevoir les choses, qu'à en développer longuement
toutes les conséquences. « Il me manque un Allemand qui
achèverait mes idées »*[2]*, écrit-il un jour, et cet Allemand
symbolique, il ne l'a jamais trouvé.*

---

1. Témoignage de Claude Valéry.
2. *Cahiers*, t. V, p. 671.

Plusieurs autres facteurs ont contribué à le faire hésiter à entreprendre le résumé des Cahiers *auquel il attachait cependant une si grande importance : le côté étrangement secret de sa nature qui le poussait à garder pour lui ses pensées les plus profondes de peur de les voir dépréciées par une compréhension imparfaite de la part du public, et de peur aussi de se livrer trop lui-même aux regards des autres ; sa haine, si souvent exprimée, du prosélytisme, du désir de convaincre autrui de quoi que ce soit ; sa conviction que le potentiel abstrait et général de l'esprit est toujours préférable à ses produits individuels, qui ne peuvent refléter qu'une partie de ses immenses ressources ; et enfin, le problème purement pratique qui le confrontait à chaque fois qu'il essayait de choisir dans la masse sans cesse grandissante de ses notes celles qu'il voulait retenir et celles qu'il voulait rejeter, et de prendre une décision ferme sur le meilleur ordre à adopter pour les classer.*

Du vivant de Valéry et longtemps encore après sa mort, les critiques ont cru qu'il en était resté là, et que le projet d'un classement des Cahiers *n'avait jamais abouti. Mais des recherches récentes nous ont révélé que cette impression était complètement fausse, et qu'en fait il a entrepris et mené assez loin deux classements très importants, restés jusqu'ici inédits.*

Le premier de ces classements remonte à 1908. Cette année-là, Valéry semble avoir interrompu provisoirement sa rédaction des Cahiers *pour recopier à la main sur des feuilles séparées des passages tirés des* Cahiers *précédents, qu'il a groupés sous des rubriques différentes, et à certains desquels il a ajouté des développements. Ensuite, il s'est mis à transcrire ces passages à l'aide d'une machine à écrire qu'il venait d'acheter et à les ranger dans des chemises. Nous ne possédons que très peu de renseignements directs sur ce travail, à part une lettre de Valéry à André Lebey écrite en juin 1908, où il lui parle avec une ironie caractéristique de « cette comédie d'avoir de l'ordre » qu'il se donne[1]. Mais la découverte des quelque mille feuilles originales copiées à la main nous a permis de nous faire une idée assez précise de la nature du classement. Dans cette première synthèse de sa pensée entreprise vers l'âge de 37 ans, Valéry*

---

1. *Lettres à quelques-uns,* Gallimard, 1952, p. 83-84.

résume sa conception du fonctionnement mental sous une forme très abstraite, très analytique et très théorique. Les rubriques qu'il a choisies — Notion d'opération, Invariance des éléments, Groupes, Phases, *etc.* — *reflètent une analyse extrêmement précise et minutieuse de l'activité de l'esprit considérée surtout d'un point de vue mathématique et formel[1]. Le rôle de l'intellect est présenté ici comme prépondérant, laissant très peu de place au domaine de l'affectivité et à la réalité concrète du corps. Il est intéressant de remarquer que dans son deuxième classement entrepris plus tard, Valéry a rétabli l'équilibre en ajoutant à cette image quelque peu décharnée de l'esprit une riche analyse des émotions et de l'infrastructure biologique de notre vie intérieure.*

Ce n'est que vers 1921 qu'encouragé par quelques intimes, il a commencé à envisager un nouveau classement des Cahiers. *Épouvanté par le temps et l'effort qu'il avait dû consacrer au classement de 1908, il avait renoncé depuis longtemps à recopier lui-même des extraits de ses notes. Mais le rêve de mettre de l'ordre dans les* Cahiers *et d'en dégager les idées essentielles a continué à hanter son esprit, comme le montre une lettre écrite à cette époque à Pierre Féline :*

« *J'ai profité de ce départ de ma famille pour extraire de leurs sommeils tous mes papiers, notes, accumulés depuis 30 ans.*

« Que tirer de là ? — *D'abord, le mal de mer devant ce chaos de mes « idées », que je sens inutilisable et devant être utilisé.*

« *Il me faudrait trois esclaves ou eunuques intelligents et infiniment souples. L'un lirait mes papiers, l'autre dirait s'il comprend, le 3e serait sténo-dactylo.*

« *Et d'ailleurs, je m'embêterais vite de faire ce travail avec eux.*

« *Il faudrait un noir, un jaune, et un blanc secrétaires[2].* »

Valéry n'a jamais trouvé les « esclaves ou eunuques » qu'il cherchait, mais en 1922, par l'entremise de Charles Du Bos, il a

---

1. Le terme de « rubriques » n'est pas tout à fait exact en ce qui concerne le premier classement. Bien que Valéry ait mis en haut de beaucoup de pages des annotations telles que *Groupes* et *Phases* qui correspondaient certainement dans son esprit à de futures têtes de chapitres, il est impossible de savoir s'il les envisageait comme des titres fixes ou comme des sous-titres provisoires.

2. *Lettres à quelques-uns*, p. 134-135.

*bien trouvé une secrétaire, la première d'une longue série de
dactylographes à qui, à partir de ce moment, il a donné régulièrement ses cahiers à copier. À toutes ces dactylographes,
qu'il a continué à employer jusqu'à sa mort, il demandait de
transcrire en double exemplaire, sur une page in-quarto séparée,
chacun des passages des Cahiers, avec indication du titre et
de la date du cahier particulier dont il était tiré. Les pages
copiées devaient ensuite être annotées et classées par Valéry.
À partir des années trente, il s'est occupé de ce travail dans
deux studios successifs, où il étalait toutes les feuilles sur de
longues tables, les relisait, les annotait, et les rangeait ensuite
dans des casiers qui correspondaient aux différentes rubriques
du classement[1].*

   *Le témoignage d'une des personnes qui ont participé à cette
immense entreprise, Mme Lucienne Cain, nous apporte des
renseignements précieux sur la méthode adoptée par Valéry.
Mme Cain, dont le mari a été administrateur général de la
Bibliothèque Nationale, a joué dans la préparation du classement
un rôle particulièrement important. Entre 1935 et 1945, elle
a transcrit à la machine un nombre considérable de cahiers,
qu'elle rendait à Valéry avec les feuilles tapées au fur et à
mesure qu'elle les terminait. Mais son travail ne s'est pas
arrêté là. Valéry lui a demandé aussi de faire un classement
préliminaire des extraits qu'elle avait dactylographiés en les
répartissant entre des rubriques dont il lui a indiqué les thèmes
généraux et parfois les titres précis. Dans une série de lettres
restées inédites, il la complimente sur la qualité et l'intelligence
de son travail, lui suggère quelques petites modifications de sa
façon de répartir les extraits, et lui avoue combien il se sent
effrayé par la perspective de mettre dans un ordre définitif
cette masse de papiers dont la quantité, dit-il, le « paralyse ».*

   *Ce qui nous reste de tous les efforts de Valéry et de ses
nombreuses copistes, poursuivis pendant vingt-trois ans, c'est
un ensemble de dossiers contenant des dizaines de milliers de
pages dactylographiées. Ce deuxième classement, beaucoup
plus vaste que le premier, comprend presque tous les textes*

---

1. Pour des détails supplémentaires à ce sujet, voir notre étude
New Light on Valéry, French Studies, janvier 1968.

des Cahiers, *y compris la plupart de ceux qui avaient été inclus dans le classement original. Nous l'avons retrouvé en deux parties : l'une dans l'ancien bureau de Valéry et l'autre dans une pièce extérieure à son appartement. Malheureusement, il n'est pas resté complètement intact depuis 1945. Malgré les grands soins qui ont été pris par sa famille pour éviter de mélanger les différentes liasses de papiers, il est probable qu'un certain désordre y a été tout de même introduit.*

Une autre source de confusion possible, c'est la nature très variée des dossiers eux-mêmes. Il y en a certains qui, de toute évidence, ont été classés dans le plus grand détail par Valéry. On y trouve presque à chaque page soit des sigles, soit des développements nouveaux, tantôt de quelques mots seulement, tantôt d'une phrase, tantôt d'un ou deux paragraphes. On y trouve également de temps à autre des pages manuscrites intercalées entre les extraits des Cahiers, qui résument souvent d'une façon saisissante tout un aspect de la pensée de Valéry sur le sujet en question. Ces annotations et ces ajouts illustrent les prolongements indéfinis que Valéry se sentait toujours obligé de donner à ses propres réflexions, son besoin de nuancer, de polir, de reprendre toute matière mentale qui se présentait à lui, son refus perpétuel et parfois presque obsessionnel d'achever sa pensée, même au moment où il essayait théoriquement d'en faire une ultime synthèse, sa tendance instinctive à se dire : « Non, ce n'est pas encore précisément cela. » Son extrême perfectionnisme intellectuel, avec tous ses avantages et tous ses dangers, apparaît ici sous sa forme la plus claire.

D'autres dossiers, par contre, portent la marque d'un travail beaucoup moins intense de la part de Valéry. Certains, qui semblent avoir été préparés par Mme Cain, attendaient sans doute qu'il eût le temps de s'en occuper ; d'autres encore ont été revus par lui, mais d'une façon assez sommaire, comme l'indique la rareté relative des annotations.

Tous les dossiers, cependant, quelle que soit la quantité d'annotations qu'ils portent, sont du plus haut intérêt pour les chercheurs en raison des titres que Valéry leur a donnés. Ces titres indiquent exactement quelles rubriques il avait choisies pour son classement, et montrent ainsi les notions centrales autour desquelles il avait finalement décidé de grouper

*ses réflexions. Nous les avons donc adoptés tels quels dans cette
édition.*

    *La liste complète des trente et une rubriques et des quelque
deux cent quinze sous-rubriques que nous avons trouvées dans les
différents dossiers figure dans l'appendice. On remarque tout
de suite que le nombre de rubriques principales choisies par
Valéry est plus petit que dans le premier classement, ce qui
représente certainement une simplification de la structure interne
de sa pensée et un véritable progrès vers la synthèse globale
qu'il cherchait. Le lecteur sera frappé aussi par la diversité
des rubriques, qui couvrent un champ beaucoup plus étendu que
celles du premier classement. Bien que l'analyse des processus
mentaux reste prépondérante, Valéry l'a enrichie de tout un
ensemble de réflexions : sur les fondements de la pensée et du
langage qui l'exprime ; sur la nature de l'émotion et de cette
émotion très particulière qu'est la foi religieuse ; sur les différentes formes scientifiques, artistiques et littéraires que prend
l'esprit créateur de l'homme ; et sur les rapports entre l'homme
et la société dans laquelle évolue toute sa vie mentale et physique.
Les méditations de Valéry sur son propre tempérament et sur
sa propre expérience vécue, qui avaient été complètement absentes
du premier classement, occupent par ailleurs dans le deuxième
une place importante, et même privilégiée, comme si Valéry
avait voulu montrer que toute façon de concevoir l'esprit humain
en général dépend dans une certaine mesure de la façon dont le
penseur conçoit son propre esprit, et des attitudes intellectuelles
qui en résultent.*

    *Mais, malgré les renseignements très précieux que nous
possédons maintenant sur les rubriques que Valéry avait
finalement choisies, nous n'avons malheureusement aucune
indication précise quant à l'ordre dans lequel il pensait les
placer dans son classement. Il est probable que ses hésitations
perpétuelles devant l'acte de construire un édifice mental permanent l'ont empêché jusqu'à la fin de fixer cet ordre une fois
pour toutes. C'est du moins l'impression qui ressort de sa
correspondance et des Cahiers, et elle est confirmée par plusieurs
de ses amis, à qui il a déclaré plus d'une fois pendant les dix
dernières années de sa vie qu'il n'avait pas encore pris de
décision ferme sur l'organisation interne du classement.*

Les Cahiers *eux-mêmes ne nous offrent que très peu d'indices quant aux liens que* Valéry *avait l'intention d'établir entre les différents éléments de sa pensée. On y trouve beaucoup de listes de rubriques* — Ego, Gladiator, Philosophie, *etc.* — *mais, bien que les* titres *des rubriques restent plus ou moins inchangés, à quelques exceptions près, leur ordre ne cesse de varier, et* Valéry *ne cesse de les regrouper en combinaisons nouvelles.*

L'arrangement des rubriques que nous avons nous-même adopté dans cette édition comporte donc inévitablement une part de subjectivité, dont nous sommes tout à fait conscient. Mais elle est certainement moins grande qu'on ne pourrait le croire au premier abord, car aucun familier des Cahiers *ne peut manquer de remarquer une certaine logique et une certaine structure implicite qui relient ensemble les quelques grands thèmes les plus constants de la pensée valéryenne. Cette logique et cette structure ne varient jamais, quels que soient les changements que* Valéry *introduise à tel ou tel moment dans la disposition des éléments secondaires de son système intellectuel. On pourrait citer à titre d'exemple le lien qui rattache toujours sa critique du langage à sa critique de la philosophie traditionnelle, et à sa recherche d'une méthode d'analyse plus pure et plus rigoureuse. De même, dans son application de cette méthode à l'analyse de l'esprit, il part toujours d'une discussion des aspects formels les plus généraux du fonctionnement mental avant d'en venir à ses aspects concrets.*

Dans notre propre disposition des rubriques, nous avons décidé de commencer par l'admirable introduction à la pensée de Valéry *qu'est son autoportrait. Nous avons donc placé au début de notre premier volume les trois rubriques capitales intitulées* Ego (*où il s'analyse en tant qu'homme et en tant qu'esprit*), Ego scriptor (*où il est question de* Valéry *écrivain et de son attitude à l'égard de la littérature en général*), *et* Gladiator (*où il résume ce qu'on pourrait appeler son éthique intellectuelle*). *Nous avons fait précéder ces rubriques par un court chapitre sur les* Cahiers, *qui constitue la seule modification des titres de* Valéry *que nous nous soyons permise. Les passages inclus dans ce chapitre, qui sont tous tirés d'*Ego *ou d'*Ego scriptor, *permettront au lecteur de mieux saisir tout ce que les* Cahiers *représentaient dans la vie intérieure de Valéry, dont ils reflètent les aspirations les plus hautes et les drames les plus profonds.*

Il est presque certain que la décision d'ouvrir notre choix de textes par un autoportrait répond aux intentions de Valéry lui-même. Le dossier Ego *du deuxième classement est un de ceux qu'il a le plus travaillés, et le seul, à part les dossiers littéraires, dont il ait jamais laissé paraître de son vivant de larges extraits. Sur la demande d'André Berne-Joffroy, il a permis la publication en 1944[1] des* Propos me concernant, *qui sont une sorte de dossier* Ego *en miniature, et qui offrent, selon sa famille, un échantillon du chapitre beaucoup plus important et beaucoup plus complet qu'il pensait mettre au début de son résumé final des* Cahiers.

Après cette introduction générale à l'homme que fut Valéry et à sa façon de penser caractéristique, nous avons placé les trois rubriques fondamentales Langage, Philosophie *et* Système *où il expose sa conception de l'insuffisance de notre terminologie conventionnelle et insiste sur la nécessité de la remplacer par un langage nouveau, libéré des notions imprécises et des faux problèmes que l'homme moderne a hérités du passé. Ces réflexions nous amènent tout naturellement au cœur des préoccupations intellectuelles de Valéry, c'est-à-dire à l'application de son « Système », avec le langage purifié qui en est l'instrument essentiel, à l'analyse de l'esprit. Tout le reste de notre premier volume, ainsi que le début du deuxième, est consacré aux différents aspects de cette analyse, d'abord au fonctionnement mental considéré comme un tout unifié, comme un ensemble d'opérations liées par des rapports abstraits, et ensuite aux éléments particuliers dont ce fonctionnement est composé.*

Le deuxième volume, pris dans son ensemble, paraîtra sans doute au lecteur moins abstrait, moins sévère que le premier. Nous y avons inclus, après des passages concernant le rêve, la conscience, l'attention et la nature du moi et de la personnalité, tous les aspects de la vie de l'esprit que le jeune Valéry avait

---

1. Dans la *Présence de Valéry* de Berne-Joffroy (Collection « Présences », Plon).

*rejetés avec un certain mépris comme « irrationnels », mais qu'il
a fini dans sa maturité et sa vieillesse par considérer comme
tout aussi importants et tout aussi dignes d'intérêt que l'activité
de l'intellect pur. C'est pourquoi nous avons commencé cette
nouvelle section par un chapitre sur l'affectivité, suivi de deux
autres chapitres,* Éros *et* Thêta, *consacrés aux domaines de la
vie intérieure où les émotions jouent le plus grand rôle et
s'imposent le plus fortement, souvent en dépit de tous les
raisonnements de l'esprit: l'amour et la foi religieuse. La
rubrique* Bios *introduit ensuite un troisième aspect de notre
expérience intime qui semble à* Valéry *défier nos plus grands
efforts de compréhension : les nécessités biologiques qui règlent
notre existence tout entière, y compris nos processus mentaux
les plus complexes, mais dont les lois en apparence si gratuites
ne cessent de nous étonner et de nous déconcerter.*

*Les six chapitres suivants sont consacrés à un autre aspect
de sa propre activité que l'esprit ne comprend qu'à demi :
sa faculté créatrice. Aux yeux de* Valéry, *cette faculté se
manifeste sous une forme plus ou moins semblable dans tous
les domaines de la pensée, dans les sciences non moins que dans
les arts. C'est pourquoi nous avons décidé de grouper ensemble
les chapitres intitulés* Mathématiques, Science *et* Art et
esthétique, *et d'ajouter ensuite les réflexions de* Valéry *sur
ce qu'il nomme la poïétique, dans lesquelles il essaie d'analyser
la nature et les mécanismes de tout acte créateur. Dans le
chapitre suivant, il présente ses réflexions sur une des formes
de création qu'il connaissait le mieux : la poésie. Il est significatif de remarquer que, comme le montre son choix de rubriques,
il établit dans son esprit une distinction très nette entre la
poésie, le seul art littéraire qu'il considère comme vraiment
pur et rigoureux, et la littérature en général, dont il parle
souvent sur un ton un peu péjoratif. Enfin, après ses remarques
théoriques sur la littérature, nous avons placé, sous les rubriques*
Poèmes *et* PPA, Sujets *et* Homo, *des exemples concrets
de son art littéraire dans les* Cahiers.

Les deux derniers chapitres, Histoire-Politique *et* Enseignement, *illustrent d'une autre manière l'élargissement de la
pensée de* Valéry *dans la deuxième moitié de sa vie, et la façon
dont il se préoccupait de plus en plus de la gamme complète*

des activités humaines. On trouvera sous ces rubriques de nombreux passages où l'homme est présenté non plus comme un M. Teste isolé dans l'enceinte de son propre esprit, mais comme un membre d'une société complexe qui a ses besoins et ses nécessités à elle. Les observations de Valéry sur l'enseignement en particulier, où paraît un sens social très développé, montrent combien sa pensée a évolué à cet égard au cours de sa vie, tout en restant profondément fidèle à ses critères originaux : la recherche chez l'esprit individuel d'une précision de plus en plus grande et d'un épanouissement de plus en plus complet. Nous avons donc décidé de faire figurer ce dossier, un des derniers que Valéry ait ajoutés à son classement, à la fin de notre édition.

Il est bien évident que nous aurions pu grouper les chapitres de plusieurs autres façons, et que chaque ordre différent, si nous l'avions adopté, aurait mis l'accent sur d'autres aspects de la pensée de Valéry et sur d'autres liens possibles entre les éléments constitutifs de cette pensée. Si, par exemple, nous avions placé les chapitres Affectivité et Éros dans le premier volume, immédiatement après Ego, Ego scriptor et Gladiator, le lecteur serait moins frappé par l'extrême intellectualité de Valéry, et le trouverait sans doute plus « humain ». Mais une telle juxtaposition aurait risqué d'être infidèle à ses vraies intentions, d'autant plus qu'il a pris soin, justement, de mettre dans une catégorie à part, établie longtemps après les catégories Ego et Gladiator, ses méditations sur les angoisses et les déchirements de sa vie affective. Il aurait été possible, d'ailleurs, d'insister encore plus que nous ne l'avons fait sur le côté intellectuel de son tempérament et de sa vision du monde en plaçant les chapitres scientifiques après le chapitre Système, auquel ils sont étroitement apparentés. Si nous avons décidé de ne pas adopter cet ordre, c'est tout simplement que Valéry ne l'a jamais adopté lui-même, préférant établir un lien implicite plutôt qu'explicite entre sa propre « méthode » et celle de la science.

Cette multiplicité de groupements possibles à l'intérieur de sa pensée n'aurait certainement pas gêné Valéry. Au contraire, on peut être sûr qu'il l'aurait approuvée, y voyant une preuve du danger des structures d'idées trop rigides. Ce qu'il y a d'un peu arbitraire dans l'ordre de nos chapitres importe donc beaucoup moins dans le cas de Valéry que cela n'aurait importé dans le cas de la plupart des autres penseurs, infiniment plus épris que lui de systèmes clos et arrêtés.

Il faut remarquer, du reste, que Valéry lui-même a beaucoup hésité non seulement devant le problème de la disposition de ses rubriques, mais aussi devant les limites exactes de leur champ de référence. La rubrique Gladiator, par exemple, qui désigne le plus souvent la notion typiquement valéryenne de dressage discipliné de l'esprit, a fini par s'étendre au domaine de la création artistique et littéraire, de sorte qu'on trouve le sigle « Gl. » en tête de certains passages classés sous Poïétique, Art et esthétique, etc. L'explication de cette ambiguïté plus apparente que réelle, c'est que Valéry en est venu peu à peu à considérer un des aspects les plus importants du dressage de l'esprit comme l'art d'en développer toutes les possibilités, parmi lesquelles il comptait les possibilités créatrices.

Deux autres rubriques dont le sens ne reste pas entièrement constant sont Système et Thêta. Dans le cas de Système, Valéry semble appliquer ce titre tantôt à sa méthode d'analyser le fonctionnement mental, tantôt à l'ensemble des résultats de cette analyse, ce qui lui donne parfois un sens très large. Le titre Thêta désigne le plus souvent les réflexions de Valéry sur la religion, mais il lui arrive aussi de l'appliquer à une gamme beaucoup plus étendue de questions d'ordre métaphysique et de spéculations sur les différentes formes de mysticisme.

Dans d'autres cas encore, il montre par son choix de titres ou de sigles que tel passage lui semble appartenir potentiellement à plus d'une catégorie et chevaucher simultanément deux ou même trois rubriques différentes. Certains passages du dossier Éros, par exemple, portent deux sigles : Eᴏ et θ. Le θ évoque ici le rapport dans l'esprit de Valéry entre l'amour le plus intense et l'acuité d'une expérience mystique. Dans un contexte différent, il juxtapose un θ avec le sigle H pour suggérer une association d'idées particulièrement riche et subtile. « Les pires menteurs, écrit-il — les seuls qu'il faille damner in aeternum — sont ceux qui se mentent à eux-mêmes, par peur des conséquences de leur franchise intime, ceux qui se forcent à faire semblant de croire ce qui leur est incroyable — et qui parlent et

agissent comme sûrs et certains[1]. » *Le H nous fait penser
d'abord à l'homme symbolique et universel dont le moraliste en
Valéry se plaît à disséquer la conduite, mais le* θ, *dont la
présence nous surprend, dirige tout de suite nos réflexions dans
une autre voie, en nous rappelant une catégorie spécifique de
menteurs et de mensonges inconscients que fait naître la religion.*

   *Pour encourager le lecteur à établir lui-même autant de
rapports de ce genre que possible, nous avons rédigé un index
analytique qui lui permettra de suivre tel ou tel thème à travers
plusieurs chapitres différents et de découvrir ainsi les nombreux
liens qui rattachent les unes aux autres les régions en apparence
les plus distinctes de l'univers mental de Valéry*[2]. *Ce serait
fausser complètement sa pensée que de croire que le chapitre*
Langage, *par exemple, représente la somme de ses réflexions
à ce sujet. Car pour lui le langage est le fond de tout : les
innombrables abus du langage, dont il parle sous les rubriques*
Philosophie, Psychologie, Thêta *et* Histoire-Politique;
*l'emploi précis et rationnel du langage, qu'il loue dans les
chapitres consacrés aux mathématiques et à la science et qu'il
préconise dans tout ce qu'il écrit sur le fonctionnement mental ;
l'exploitation consciente des ressources intellectuelles, sensuelles
et affectives du langage, dont il expose la théorie dans* Poésie
et qu'il met en œuvre avec une si grande maîtrise dans Poèmes
et PPA *et* Homo. *C'est souvent* entre *les chapitres plutôt
que* dans *les chapitres eux-mêmes qu'il faut chercher la vraie
signification et la vraie portée de la pensée valéryenne.*

   *À quoi servent donc toutes ces rubriques, et l'idée même
d'un classement des* Cahiers ? *Pour répondre à cette question, il
suffit de lire d'abord un cahier caractéristique, où tous les thèmes
de Valéry se trouvent mêlés dans un beau désordre, et ensuite un
dossier caractéristique de son classement, où il développe en
profondeur un seul de ces thèmes. La première chose qui nous
frappe, c'est l'impression de cohérence intellectuelle qui se
dégage du classement. Quand on lit tout d'un trait les réflexions
de Valéry sur la philosophie, ou sur la psychologie, ou sur la
science, non pas dispersées à travers des milliers de pages, mais*

---

1. *Cahiers,* t. XXIX, p. 151.
2. Cet index se trouve à la fin de notre deuxième volume.

rassemblées en un seul bloc, on ne peut manquer d'être impressionné par l'unité de ses idées et par l'extrême solidité de leur structure, qui contrastent fortement avec leur apparence fragmentaire. Un dossier comme celui sur le rêve est étonnant à cet égard. Malgré le nombre et la diversité des analyses qu'il contient, il forme un tout parfaitement composé, où chaque idée contribue au sens de l'ensemble. L'auteur de ces pages si denses, et de tant d'autres de la même qualité, ne peut plus être accusé de « dilettantisme » intellectuel ; il est évident que nous avons affaire ici à un penseur très important.

Mais ce n'est pas seulement la pensée de Valéry qui ressort du classement avec plus de clarté et de force ; c'est aussi son tempérament. Le dossier Ego *en particulier nous présente de lui un portrait d'une pénétration extraordinaire et d'une franchise totale, qui jette une lumière tout à fait nouvelle sur les ressorts cachés de sa personnalité. Ce qu'il nous révèle de plus important, c'est que ce grand intellectuel était au fond, comme beaucoup d'intellectuels, un grand anxieux, très peu sûr de lui, et terriblement conscient de ses propres imperfections, qu'elles fussent réelles ou imaginaires. Quelques-unes des pages les plus neuves et les plus passionnantes du dossier sont consacrées à une analyse de ce qui, dans la vie intérieure de Valéry enfant, a fait naître cette anxiété généralisée. Il a été, dit-il, un garçon extraordinairement timide et craintif, « élevé dans la peur nerveuse de Tout »[1], et hanté par des souvenirs angoissants de jours de gros orages et d'araignées énormes. Cette extrême timidité a été aggravée par le sentiment de faiblesse physique qui a pesé sur toute son enfance, et qui lui a inspiré, de son propre aveu, un complexe d'infériorité très prononcé vis-à-vis de ses camarades de classe. La vie intellectuelle qu'il a embrassée très jeune a donc été pour lui, comme elle l'est si souvent, à la fois un refuge et une forme de compensation. Il y a cherché une autre sorte de force — mentale plutôt que physique ou nerveuse — et un sentiment de puissance dont il pensait avoir été tellement privé dans d'autres domaines.*

Ces profondes impulsions psychologiques servent à expliquer non seulement l'importance primordiale de la notion de « pou-

---

voir » pour *Valéry*, mais aussi l'élément d'anxiété et de tension
qui l'accompagne presque toujours chez lui. Puisqu'il s'agissait
de se prouver son pouvoir intellectuel à lui-même, et uniquement à
lui-même, la recherche de ce pouvoir n'avait aucune limite. D'où
cet amour de la perfection qui l'a poursuivi et possédé pendant
toute sa vie, et ces exigences infiniment rigoureuses qu'il n'a
cessé de s'imposer, exigences qui dans leur extrême dureté ont
quelque chose de puritain. D'où encore son besoin constant de
se distinguer et de se séparer d'autrui, dans le domaine des
simples rapports humains comme dans celui des idées. Car pour
l'homme qui cherche avant tout la pleine possession de lui-même,
les autres représentent une menace, la possibilité d'une perte de
pouvoir et d'autonomie, le risque d'un abandon de soi à des
forces étrangères.

Les dossiers Affectivité et Éros, non moins que le dossier
Ego, montrent pour la première fois jusqu'à quel point *Valéry*
était conscient de ces tensions intérieures, qui créaient en lui,
comme il l'écrit un jour, une « inépuisable inquiétude »[1]. Il était
beaucoup trop lucide pour ne pas comprendre que son besoin
perpétuel de se posséder et de se dominer était en réalité une
façon de se protéger contre l'intensité même de ses propres
émotions et de sa propre sensibilité. « Tout ceci, dit-il dans un
passage particulièrement significatif, procédait d'une volonté
de défense contre Moi trop sensible. Peur de Moi. On n'a peur
que de Soi[2]. » Cette peur, comme il a fini par le reconnaître,
allait encore plus loin : *Valéry* craignait non seulement son
cœur et les passions dont il était capable, mais aussi son corps,
et la puissance latente de sa sexualité. Le récit de la lutte
entre ses émotions et ses instincts si longtemps refoulés, son
esprit qui voulait les maîtriser à tout prix, et les assauts de
l'amour, est un document humain bouleversant, et constitue
un des dossiers les plus révélateurs du classement. Dans des
pages d'une force et d'une beauté inoubliables, il nous présente
le drame tragique d'un homme éternellement tiraillé entre le
besoin et la crainte d'aimer, entre le désir de se donner à autrui
et le désir non moins fort de rester libre et intact, entre le refus

1. *Cahiers*, t. V, p. 9.
2. *Ibid.*, t. XXIV, p. 595.

méprisant de tout ce qu'il y a de primitif et d'irrationnel dans l'amour et la poursuite effrénée de ce qu'il contient de plus intense et de plus extrême. Ce conflit intime que Valéry n'est jamais arrivé à résoudre l'a fait profondément souffrir, et un des aspects les plus frappants du dossier Éros est la précision avec laquelle, même au milieu des pires tourments, il réussit à analyser la nature exacte de cette souffrance, née d'une part d'une trop grande lucidité et d'autre part de son refus de s'accepter tout entier tel qu'il était. Comme il l'écrit dans un passage pathétique : « Tout le raffinement de tortures que l'âme peut s'infliger à soi-même, et qu'elle tire des ressources de la connaissance, ne m'a pas été épargné. J'ai été fait pour me déchirer[1]. »*

Les critiques de l'école psychanalytique, qu'ils soient freudiens, jungiens ou adlériens, ne manqueront pas de tirer de ce dossier, et de tous les autres dossiers « autobiographiques » du classement, des conclusions nouvelles sur le tempérament de Valéry lui-même. Il serait trop facile, cependant, de s'arrêter là. En fin de compte, l'importance des révélations d'Ego et d'Éros réside non pas dans leur particularité mais, au contraire, dans leur généralité. Le portrait qu'ils nous présentent reflète le visage angoissé non seulement de Valéry, mais aussi de mille autres hommes du type intellectuel, en proie comme lui à leurs conflits et à leurs obsessions, et comme lui poussés à penser et à créer par les mêmes impulsions qui, dans un contexte différent, les tourmentent et les paralysent.

Un autre aspect très important du classement des Cahiers, *c'est la façon dont il fait ressortir l'accent mis par Valéry sur tel ou tel côté de sa pensée à des époques différentes de sa vie. Comme le montrera notre choix de textes, il a eu des périodes « analytiques » et des périodes « lyriques », des périodes « mathématiques » et des périodes « biologiques », des périodes où il s'est longuement penché sur lui-même et d'autres où il s'est tourné beaucoup plus vers le monde extérieur. Pour ne citer*

1. *Cahiers*, t. VIII, p. 797.

que deux exemples, on remarquera dans les chapitres Poésie
et Ego scriptor *l'augmentation subite du nombre de passages
consacrés à la nature de la poésie et de la création poétique au
moment de la rédaction de* La Jeune Parque. *De même, les
chapitres* Histoire-Politique *et* Enseignement *témoignent
de la passion toute nouvelle pour les questions sociales inspirée
à Valéry par le désastre de la Deuxième Guerre mondiale,
et surtout par la chute de la France. D'autres chapitres, tout
en soulignant la permanence de certaines de ses préoccupations,
montrent comment elles ont été modifiées par son expérience
accumulée de la vie, de ses semblables et de lui-même. C'est
ainsi que l'attitude assez théorique et presque exclusivement
négative à l'égard de l'émotion qui caractérise le début des
chapitres* Ego, Éros *et* Affectivité *cède peu à peu la place à une
attitude plus concrète, plus positive et plus nuancée, que le
lecteur voit naître en 1920 et dont il peut suivre l'évolution
d'année en année, et parfois même de jour en jour.*

*Les différents dossiers du classement permettent de suivre
aussi les variations de ton intellectuel qui sont si frappantes
dans les* Cahiers, *et que nous avons essayé de reproduire aussi
fidèlement que possible dans notre choix de textes. Nos chapitres
consacrés au « Système » et à l'analyse des processus mentaux
illustrent parfaitement ces variations, avec leurs moments de
puissance, de lucidité suprême et comme d'ivresse dans la
création des idées, et leurs moments de fatigue, de doute et de
découragement. Il serait difficile, d'ailleurs, d'être plus conscient
que Valéry ne l'était lui-même de ces « saisons » changeantes
de son propre esprit, de ce « sentiment de fécondité infinie
qui parfois se déclare, dure quelques semaines et disparaît pour
un temps sans mesure[1] », comme un été radieux suivi d'un
automne triste et lourd. C'est pourquoi nous n'avons pas hésité
à choisir de temps à autre des passages qui traduisent une
certaine aridité intellectuelle, ou qui manifestent une forme
d'obscurité assez typiquement valéryenne, dans laquelle la
recherche de l'abstraction poussée à l'excès conduit paradoxale-
ment, chez ce grand ennemi de la philosophie, à une sorte de
langage métaphysique.*

---

1. *Cahiers*, t. VI, p. 432.

Nous n'avons pas hésité non plus à laisser percer une certaine impression de monotonie qui se dégage des Cahiers, *et qui résulte de la manière dont Valéry revient incessamment aux mêmes thèmes et se repose d'un bout à l'autre de sa vie les mêmes questions fondamentales. Pour être juste, il ne faut pas oublier que la plupart des esprits, y compris les plus grands, sont caractérisés par un mouvement cyclique et un « éternel retour » des idées tout aussi monotones. La seule raison pour laquelle le phénomène nous frappe tellement dans les* Cahiers, *c'est que Valéry y a noté pour son propre usage chacun de ces retours au lieu de se borner à les enregistrer mentalement. Cela nous a permis de donner au lecteur, par le nombre de passages répétant telle ou telle idée, une mesure presque quantitative de l'importance que Valéry y attache, ou de l'inquiétude secrète qu'elle lui inspire, surtout quand il a l'impression de buter contre elle pour la dixième ou même la centième fois sans pouvoir passer outre. Mais cet élément de répétition, qui frôle parfois la hantise, est loin d'être entièrement négatif, car à force de se concentrer sur un nombre restreint de problèmes et de les retourner dans tous les sens, Valéry finit très souvent par les éclairer d'une lumière tout à fait nouvelle et singulièrement précise.*

Une autre caractéristique des Cahiers *que nous avons voulu conserver dans notre choix de textes, c'est leur ton si souvent critique et destructeur. Ici encore, le lecteur doit se défendre contre un mouvement initial d'irritation et d'impatience, car la tendance presque instinctive chez Valéry à nier, à ne pas être d'accord, à refuser d'accepter le point de vue traditionnel, à s'opposer aux autres penseurs, même aux plus illustres, fait partie intégrante d'une de ses grandes forces intellectuelles, qui est d'être profondément conscient de l'imprécision des idées, de l'ambiguïté du langage, et de la nature artificielle de beaucoup de problèmes philosophiques ou autres nés de cette imprécision et de cette ambiguïté. À ses yeux, tout examen et même toute définition valable des* vrais *problèmes doivent être précédés d'une élimination systématique des* faux *problèmes qui les obscurcissent. Cette nécessité n'est nulle part plus évidente que dans l'analyse du fonctionnement mental. Il est certain qu'aucun autre penseur moderne n'a vu plus clairement que*

Valéry quelles sont, dans ce domaine, les vieilles questions à rejeter et les questions nouvelles à poser.

Il faut avouer, cependant, que le lecteur partage de temps à autre le malaise exprimé par Valéry lui-même quand il écrit : « Je me sentais parfois le Pur, l'incorruptible, l'Ange et le Robespierre impitoyable ; en même temps que je ne cessais de ressentir, au degré le plus pénible, tout ce qui me manquait pour créer tout le positif qui eût dû compenser toute cette négation généralisée »[1]. En effet, on est souvent déçu en lisant les Cahiers par la façon dont Valéry s'arrête à la critique d'une notion illégitime ou à l'énoncé d'un problème sans pousser jusqu'au bout la recherche d'une solution détaillée. Nous laisserons au lecteur individuel le soin de trouver sa propre explication de ce phénomène curieux. S'agissait-il, chez Valéry, d'une certaine insuffisance de ses connaissances techniques (dont la profondeur n'égalait pas toujours la remarquable étendue) ; ou d'une incapacité de choisir parmi ses milliers d'idées celles qui se prêtaient le mieux au développement ; ou bien d'une attitude trop théorique et non suffisamment expérimentale ; ou bien encore de cette peur de conclure dont nous avons déjà parlé ? Ces facteurs ont tous joué un rôle, sans doute, mais ce ne sont pas les seuls. Il faut tenir compte aussi du fait que Valéry se considérait essentiellement comme le pionnier d'une science rigoureuse et objective de l'esprit qui est juste sur le point de naître après une longue période dominée par un vague dualisme métaphysique, et qui doit donc passer un certain temps à chercher sa voie. Pareil aux philosophes du XVIIIᵉ siècle qu'il admirait tant, l'auteur des Cahiers nous impressionne surtout par la multiplicité des chemins nouveaux qu'il ouvre devant nous, sans nous obliger à suivre l'un plutôt que l'autre, et par l'originalité hardie des points de vue, des façons de regarder le monde, qu'il nous propose. À cet égard, les Cahiers offrent à l'esprit de chaque lecteur une pâture merveilleusement riche et diverse, et une source de réflexion inépuisable.

Ils offrent en plus au lecteur de nos jours d'innombrables idées d'une extrême actualité, qui annoncent dès la fin du siècle dernier quelques-unes des préoccupations intellectuelles les plus

1. *Cahiers*, t. XXII, p. 203.

*caractéristiques de notre époque. Dans presque tous les domaines
de sa spéculation, Valéry ressort des* Cahiers *comme un précurseur capital de la pensée de la première et, peut-être encore
plus, de la deuxième moitié du vingtième siècle. Précurseur
d'abord par sa mise en cause radicale de tout l'appareil de la
philosophie traditionnelle — son vocabulaire, ses axiomes, ses
méthodes de raisonnement, la forme même de ses questions —
comme moyen de poser les problèmes et de représenter le monde.
Précurseur ensuite par sa façon de regarder le langage non pas
comme une expression exacte, ou une traduction plus ou moins
approximative, de la réalité, mais comme un écran opaque qui
s'interpose entre nous et notre perception des choses, remplaçant
notre vision personnelle par des mots et notre réflexion personnelle par des concepts tout faits. Un des courants les plus
importants de la spéculation contemporaine est déjà clairement
ébauché dans les nombreux passages des* Cahiers *où Valéry
essaie de définir le processus par lequel la pensée et le langage
se mettent à diverger l'un par rapport à l'autre, et tous les deux
par rapport à la réalité qu'ils cherchent inlassablement à
cerner.* Que pouvons-nous *savoir et que pouvons-nous* dire
*concernant le monde sans le déformer ? Et cependant comment
espérer penser avec précision sans le secours du langage, notre
outil intellectuel à la fois le plus faillible et le plus puissant ?
Dans ces deux interrogations parallèles de Valéry se reflète
une des orientations majeures de la philosophie moderne.*

Ce qui est vrai du monde extérieur *l'est tout autant, sinon
plus, du monde* intérieur, *et ici encore la pensée de Valéry
annonce un des grands débats de notre époque, celui qui pose
la question : «* Que pouvons-nous espérer savoir et exprimer au
sujet de notre propre fonctionnement mental ? *» Valéry a
apporté aux deux côtés du débat une contribution fondamentale.
D'une part, bien avant que la psychologie et la psychanalyse
aient transformé cette notion en monnaie courante, il a insisté
sur l'impossibilité où se trouve chacun de nous de se connaître
entièrement dans la totalité de sa vie intérieure. Notre « moi »,
déclare-t-il, n'est pas un, mais plusieurs — pluralité faite
d'éléments distincts, étrangers et souvent opposés les uns aux
autres, ou invisibles les uns aux autres, de sorte que si grand
que soit l'effort de la conscience, elle n'arrive jamais à les*

englober *tous*. Mais d'autre part, Valéry insiste tout aussi fortement sur la possibilité d'explorer le monde de l'esprit par des méthodes entièrement nouvelles et infiniment plus efficaces que celles de l'introspection. Ces méthodes, toutes dérivées de la science, lui ont suggéré l'aspect peut-être le plus original, le plus audacieux et le plus actuel de sa pensée : la recherche de « modèles » mécaniques, physiques et mathématiques du fonctionnement mental. La plupart des notions de base de la cybernétique et de la théorie de l'information, qui ont bouleversé notre conception des processus mentaux en employant des modèles de ce genre, se trouvent esquissées dans les Cahiers, ainsi qu'une théorie thermodynamique de l'esprit qui, par l'accent qu'elle met sur la pensée comme « négentropie » — comme phénomène opposé au mouvement général de l'énergie ou de la matière dans le sens de la dégradation et du désordre —, rejoint un des courants d'idées les plus marquants du vingtième siècle.

Ce ne sont là que quelques exemples de la modernité de la pensée valéryenne, et on pourrait en citer bien d'autres. Il y a dans les Cahiers un Valéry « formaliste » et un Valéry « structuraliste », dans le sens le plus large de ces termes ; il y a un Valéry « théoricien de la littérature » et un Valéry fondateur d'une « poétique » et d'une « rhétorique » nouvelles. Chose beaucoup plus surprenante pour certains, il y a même un Valéry « contestataire », ennemi des conventions sociales figées et des traditions politiques caduques qui risquent de mener le monde à sa perte. Ce Valéry-là ne nous parle plus de l'époque actuelle : il nous parle de l'avenir, nous rappelant que c'est nous qui avons la responsabilité de le construire avec intelligence.

PRÉSENTATION TYPOGRAPHIQUE
DE L'ÉDITION

Les lecteurs qui ne connaissent pas le texte publié par le Centre National de la Recherche Scientifique pourront être surpris par la ponctuation très particulière des *Cahiers*. Valéry s'est lui-même expliqué sur cette ponctuation dans un passage très important daté de 1944, que l'on retrouvera dans le chapitre *Langage*, mais que nous croyons nécessaire de reproduire ici :

PONCTUATION

On critique mon usage (ou l'abus que je fais) — des mots soulignés, des tirets, des guillemets.

Cela n'est, en somme, que dire ou manifester que je trouve insuffisante la ponctuation ordinaire.

Si n[ou]s étions véritablement « révolutionnaires » (à la russe), nous oserions toucher aux conventions du langage.

Notre ponctuation est vicieuse.

Elle est à la fois phonétique et sémantique et insuffisante dans les deux ordres.

Rien n'indique à la lecture qu'il faille (par exemple) reprendre un certain ton du commencement de la phrase, après en avoir pris un autre pendant q[uel]q[ues] mots (interpolant une remarqueA).

— Pourquoi pas des signes comme en musique ? (où il en manque aussi).

Signes de vitesse, de fortement articulé — des arrêts de différente durée. Des « vivace », « solenne », staccato, scherzandoB.

Ce serait un exercice d'école de donner aux élèves à annoter ainsi un texte. (*Cahiers*, t. XXVIII, p. 925.)

A. *Ajout marginal :* Les Espagnols placent le point d'interrogation *en tête* de la phrase, ce qui est fort bien.
B. *Ajout marginal :* En poésie lignes de division en vers

Il nous a paru essentiel de nous soumettre à l'autorité de ce passage et, en accord complet avec la famille de Valéry, nous avons donc respecté sa ponctuation jusque dans ses anomalies, sauf dans les cas où il est clair qu'il a oublié de mettre une virgule ou un trait d'union, de souligner un titre, etc.[1]

L'emploi très fréquent de tirets au lieu de virgules ou de points a posé des problèmes typographiques particuliers. Nous les avons résolus de notre mieux en conservant les tirets partout où ils nous semblent avoir une valeur sémantique incontestable (c'est-à-dire partout où ils représentent une pause, un élan nouveau, une hésitation, ou une sorte de suspension dans l'esprit de Valéry), mais en les remplaçant par un point dans les autres cas, notamment à la fin de beaucoup de phrases. Il est inutile de signaler au lecteur averti l'extrême intérêt de cet emploi de tirets, et d'autres signes de ponctuation tels que les points de suspension, pour une compréhension profonde de la respiration même de la pensée valéryenne, respiration qui se traduit, tout autant que chez Mallarmé ou chez Apollinaire, non seulement par les mots écrits mais encore par les silences et les vides qui les entourent.

D'une façon générale, et dans la mesure du possible, nous avons tenu à laisser aux textes de Valéry leur apparence si caractéristique de notes improvisées, où la pensée, toujours en quête d'elle-même, reste si souvent volontairement inachevée, et comme suspendue sur un éternel point d'interrogation.

---

1. Les symboles algébriques et les équations qui figurent de temps à autre dans les *Cahiers* ont été mis en italique selon les conventions normales.

NOTES SUR LA PRÉSENTATION DU TEXTE

L'établissement du texte des *Cahiers* a présenté des difficultés immenses en raison du fait que la seule édition des *Cahiers* parue jusqu'ici, celle du C.N.R.S., est une édition en fac-similé. Malgré son admirable clarté, elle laisse intact le problème de l'écriture de Valéry, qui n'est pas toujours facile à déchiffrer, ainsi que le problème non moins important d'interpréter la disposition parfois très irrégulière de ses notes sur la page, avec leurs ajouts marginaux, leurs renvois, les dessins qui s'y rapportent, etc. Pour donner au lecteur un texte aussi exact et aussi peu ambigu que possible, nous avons été obligé non seulement de vérifier avec un soin minutieux chaque mot des passages choisis, mais encore d'adopter une série complexe de symboles et de conventions typographiques pour représenter les différents aspects visuels des cahiers originaux. En voici les détails :

L'emploi des *barres obliques* signifie que Valéry hésite entre deux mots ou deux expressions. Il indique toujours une telle hésitation en mettant sa deuxième formule dans l'interligne, au-dessus de la première. Cette deuxième formule est mise dans notre texte entre les barres obliques, par exemple : « Quelle que soit la faiblesse ou l'étrangeté / la nouveauté / de ce qui vient à l'esprit... »

Lorsque Valéry hésite devant un seul mot, se demandant s'il est bien choisi, nous faisons suivre ce mot d'un *astérisque,* et lorsqu'il s'agit de plusieurs mots, nous les entourons de deux astérisques, par exemple : « Sous le nom secret de "nombres plus subtils" j'entendais ceci : qu'il y avait une attitude mentale centrale *qui rendait compte* des échanges entre les objets de la connaissance les plus différents. » Ce genre d'hésitation est indiqué dans les *Cahiers* par un rond ou une sorte de rectangle qui entoure les mots en question.

Les *signes* < > sont employés pour indiquer des mots qui ont été barrés par Valéry. Il aurait été impossible, faute de place, de signaler au lecteur toutes les ratures de Valéry, dont beaucoup ont, d'ailleurs, peu d'importance. Nous n'avons donc inclus que celles qui nous semblent particulièrement significatives, par exemple pour des raisons stylistiques. Par contre, nous avons toujours indiqué les passages que Valéry a barrés en entier, soit pour montrer qu'il ne les approuvait plus, soit pour se rappeler qu'il les avait incorporés dans une de ses œuvres publiées, le plus souvent dans un recueil de maximes.

Les *crochets* ont été utilisés quand nous avons ajouté un mot que Valéry a omis par inadvertance, ou complété une de ses nombreuses abréviations, par exemple : « S[téphane] M[allarmé] ». Nous avons décidé, toutefois, pour éviter d'alourdir le texte, de compléter sans crochets l'abréviation qui figure le plus souvent dans les *Cahiers* : « c.à.d. » pour « c'est-à-dire ».

Le *signe* [...] placé au début ou à la fin d'un passage indique, comme d'habitude, que le passage n'a pas été reproduit en entier. Dans la plupart des cas, cependant, nous avons préféré ne pas faire de coupures dans les extraits des *Cahiers* pour permettre au lecteur de voir la pensée de Valéry dans son contexte.

Nous avons mis *entre parenthèses à la fin de chaque extrait* la date et le titre du cahier original d'où il a été tiré, et le volume et la page de l'édition du C.N.R.S. où le lecteur pourra, au besoin, le retrouver en fac-similé avec les passages qui précèdent ou qui suivent. Les extraits ont été rangés par ordre chronologique, en tenant compte de l'ordre des cahiers que nous avons nous-même établi, et qui est parfois différent de celui de l'édition du C.N.R.S.[1]

Les *appels de lettres du type* A, B, C, *etc.* renvoient aux précisions suivantes concernant la disposition matérielle du texte, données sous forme de *notes au bas des pages* :

1. *Les ajouts* (« aj. »).

Ce terme comprend tous les cas où Valéry ajoute après coup à un passage des mots ou des phrases qui developpent ou résument un aspect de sa pensée, mais qu'il n'arrive pas à intégrer dans le corps du texte, soit faute de place, soit parce qu'ils coupent le mouvement général de son argument. Dans chacun de ces cas, nous avons mis l'appel après le mot ou l'ensemble de mots précis auquel l'idée exprimée dans l'ajout semble se rattacher le plus directement — ce qui laisse au lecteur la possibilité de suivre sans interruption la ligne principale de la pensée de Valéry, tout en lui permettant, s'il le veut, d'en explorer les détours. En voici un exemple :

Texte principal : « La musique m'aura manqué — et il me semble que j'aurais fait quelque chose avec ce moyen[A] — Le grand Art. »

---

1. Pour les détails, voir la *Liste par ordre chronologique des cahiers originaux.*

Note au bas de la page : « A. *Aj. :* Mon " Système " trouvait là *son* moyen. Je me rappelle ma conversation avec Ravel en 1906 ou 7 — Il n'y a rien compris. »

Deux catégories spéciales d'ajouts, qui ont été précisées dans les notes, sont les « ajouts marginaux » (« aj. marg. ») et les « ajouts avec renvoi » (« aj. renv. »). Nous avons rangé dans cette dernière catégorie tous les ajouts que Valéry rattache lui-même, par une flèche, une croix, un chiffre, etc., à un endroit bien défini du texte principal. Dans les cahiers originaux, ces ajouts ont été placés tantôt à la fin du passage, tantôt au bas de la page, tantôt sur la page suivante ou, plus rarement, sur la page précédente.

Nous avons exclu du texte tous les ajouts d'une main étrangère (y compris les annotations marginales et les sigles) qui figurent dans certains des cahiers originaux. Dans les rares cas où un de ces ajouts a été reproduit par inadvertance dans l'édition du C.N.R.S., nous l'avons indiqué en note[1].

2. *Les traits marginaux* (« tr. marg. »).

Il nous a paru nécessaire, bien que fastidieux, de signaler au lecteur non seulement les mots que Valéry a soulignés dans le texte (indiqués comme d'habitude par des italiques), mais aussi les traits marginaux au moyen desquels il a souligné l'importance d'une phrase ou d'un passage entier. Nous donnons dans ces cas des précisions sur les premiers et les derniers mots auxquels les traits semblent se rapporter.

3. *Les dessins.*

Nous avons décidé de ne signaler que les dessins dont nous sommes sûr, ou presque sûr, qu'ils se rattachent au texte, lui servant en quelque sorte de commentaire. Certains d'entre eux posent des problèmes considérables d'interprétation, que nous avons résolus de notre mieux, faisant appel dans les cas particulièrement difficiles à des opinions expertes, et prenant soin d'indiquer les interprétations qui nous paraissent tant soit peu douteuses.

Il nous a semblé important de ne pas négliger cet aspect visuel des *Cahiers,* et de donner au lecteur qui s'y intéresse l'occasion de se référer à l'édition du C.N.R.S. et d'étudier le rapport entre le texte souvent très abstrait de Valéry et les dessins très concrets qui l'illustrent. Ce besoin simultané de l'abstrait et du concret, du concept théorique et du « modèle » physique qui permet de le vérifier, est sans aucun doute une des caractéristiques fondamentales de l'esprit valéryen.

4. A ces détails ont été jointes des indications sur *les phrases ou les passages laissés inachevés, les mots illisibles* et *les lectures incertaines.* Ces dernières sont signalées par un appel qui suit immédiatement le mot dont la lecture nous paraît douteuse.

---

1. On pourra trouver des renseignements supplémentaires à ce sujet dans la *Liste par ordre chronologique des cahiers originaux.*

Nous avons rejeté *à la fin de chaque volume* les *notes* (appelées par des chiffres : 1, 2, 3, etc.), et les *variantes* (appelées par des minuscules italiques : *a, b, c,* etc.).

Les *notes* comprennent :

1. *Des identifications de personnes, de citations, d'allusions littéraires, philosophiques, scientifiques, etc.*

Ces identifications, bien que sommaires et réduites au strict minimum faute de place, laissent entrevoir l'immense étendue de la culture, et, quoi qu'il puisse en dire lui-même, des lectures, de Valéry.

2. *Des traductions d'expressions en langues étrangères.*

Étant donné le nombre de langues que Valéry emploie de temps à autre dans les *Cahiers* (le grec, le latin, l'anglais, l'italien, l'espagnol et l'allemand), il nous a semblé utile de traduire toutes les expressions en langues étrangères qui figurent dans le texte, à part les plus connues. Nous prions le lecteur de nous excuser s'il trouve superflues certaines de ces traductions ou des identifications qui les suivent là où il s'agit de citations d'auteurs classiques ou modernes.

3. *Des indications sur les passages dont une première version (« pr. vers. ») a paru dans un cahier antérieur.*

4. *Des indications sur les passages qui ont été reproduits dans une des œuvres publiées de Valéry.*

Nous n'aurions jamais été en mesure de donner ces détails au lecteur si nous avions été obligé de faire nous-même l'énorme travail de collation nécessaire. Seule l'aide d'un ordinateur et d'un programme spécial nous a permis de l'entreprendre. Le programme a été fondé sur le principe que lorsque Valéry reprend un passage des *Cahiers* dans une de ses œuvres publiées, il est extrêmement rare qu'il en modifie le début, même quand il en développe ou remanie la fin. Le travail de collation de l'ordinateur a donc consisté à comparer les six premiers mots de chaque passage des *Cahiers* choisi pour notre édition avec les six premiers mots de chaque passage séparé inclus dans les différents recueils de Valéry et de chaque paragraphe de ses essais, dialogues, etc. Toutes ses œuvres publiées qui figurent dans les deux volumes de l'édition de la Bibliothèque de la Pléiade établie par M. Jean Hytier ont été comprises dans cette confrontation de textes. (La décision de comparer les *six* premiers mots dans chaque cas a été prise après plusieurs essais qui ont révélé que ce nombre de mots permet de repérer le nombre maximum de concordances entre des passages typiques de Valéry.)

Un des problèmes les plus délicats que nous ayons dû résoudre concerne les titres, parfois multiples, que Valéry a souvent mis en tête des passages des *Cahiers,* mais qu'il n'a pas toujours reproduits d'une façon systématique en reprenant les passages dans ses œuvres publiées. Pour ne pas courir le risque de manquer une concordance possible, nous avons paré à toutes les éventualités dans ces cas ambigus en confrontant les débuts des textes d'abord avec leurs titres et ensuite sans les titres.

Il est probable, cependant, que malgré tous nos efforts notre liste de concordances n'est pas tout à fait complète. Car l'ordinateur, ayant l'« esprit » assez littéral, n'a été capable de remarquer que les concordances parfaites, de sorte qu'il risque d'avoir traité la moindre différence d'expression entre deux passages comme une différence totale. Ainsi, par exemple, bien que nous ayons pris soin de lui « expliquer » en détail le système de sigles et d'abréviations employé par Valéry, il est possible qu'il ne l'ait pas toujours appliqué avec l'intelligence qu'on aurait souhaitée. De même, il a laissé échapper toutes les concordances entre des passages où Valéry a modifié les premiers mots de son texte, bien que nous ayons pu repérer nous-même la plupart de ces cas, ainsi que ceux où il existe une concordance entre un extrait des *Cahiers* et une lettre reproduite dans un recueil tel que *Lettres à quelques-uns*. Mais en dépit de ces quelques erreurs que l'ordinateur a pu commettre, les spécialistes lui sauront certainement gré de leur avoir donné pour la première fois une idée précise du nombre de passages des *Cahiers* que Valéry a incorporés dans ses écrits destinés au grand public. Ce nombre est relativement petit : sur les milliers de passages choisis pour cette édition, 379 seulement ont été reproduits dans ses œuvres publiées. Il est significatif de remarquer, du reste, qu'un pourcentage élevé de ces 379 passages est composé de réflexions littéraires ou morales, de passages d'auto-analyse, de maximes, de poèmes en prose, etc., et que le pourcentage de réflexions sur le thème principal des *Cahiers,* l'analyse de l'esprit, est très faible. Ainsi, par exemple, 43 passages du chapitre *Ego,* 44 du chapitre *Poèmes et PPA* et 82 du chapitre *Homo* ont été reproduits dans les œuvres publiées contre 4 seulement de *Système,* 5 de *Rêve* et 6 de *Gladiator.* Cette différence numérique ne fait que confirmer la distinction très nette que Valéry a toujours établie entre son œuvre publique et son œuvre « secrète », que seuls les *Cahiers* peuvent nous révéler pleinement.

Les variantes.

Étant donné les limites imposées par les dimensions des deux volumes dont nous disposions, il ne pouvait être question de reproduire toutes les variantes des passages que nous avons choisis. Dans le cas des passages qui ont été repris dans les *œuvres publiées,* nous avons dû nous contenter de signaler au lecteur par les expressions « avec var. » et « sans var. » la présence ou l'absence de variantes[1], lui laissant le soin de se reporter à l'édition de Jean Hytier s'il veut faire une comparaison détaillée entre la version des *Cahiers* et celle des œuvres publiées.

---

1. À part les variantes de ponctuation.

Même dans le cas des *variantes du deuxième classement* (« var. cl. »), qui sont toutes restées jusqu'ici inédites, nous avons été obligé, un peu à contrecœur, de faire un choix, d'abord parce qu'elles sont trop nombreuses, et ensuite parce que, malgré un travail de collation extrêmement long et minutieux, il nous a été impossible de les retrouver toutes. La raison en est que quelques-unes des pages du classement ne portent pas de numéro qui permette de les identifier en les rattachant à un passage bien défini d'un des cahiers originaux. Notre choix est donc un peu incomplet, quoique tout à fait représentatif. Il ne comprend que les variantes qui nous paraissent significatives; toutes les variantes mineures qui ne modifient en rien le sens du texte ou qui ne concernent que la ponctuation ont été laissées de côté.

Celles que nous avons retenues appartiennent à trois catégories principales. Dans la première, la variante n'est qu'un remaniement stylistique, tantôt assez superficiel, tantôt d'une importance considérable, surtout dans les passages littéraires. Dans la deuxième catégorie, c'est une amplification ou un raffinement d'une idée déjà exprimée dans le texte. La troisième sorte de variante est plus significative encore : c'est une explication du sens d'une remarque ambiguë. Par exemple, dans le chapitre *Ego*, Valéry écrit : « Je dois tout à ce que tout m'enlève aujourd'hui »[1], phrase qui aurait pu rester complètement obscure sans l'addition du mot « Solitude ».

À ces variantes nous avons joint quelques *passages inédits* tirés des différents dossiers du classement. Ces inédits, appelés par un renvoi à la fin du dernier passage de certains chapitres, sont d'un très grand intérêt en raison du fait qu'ils résument souvent tout un aspect du tempérament de Valéry. Les dossiers *Ego* et *Éros* du classement en contiennent chacun deux ou trois d'une importance capitale pour la compréhension des mobiles affectifs qui ont régi sa vie intérieure. D'autres dossiers (par exemple, *Histoire-Politique* et *Enseignement*) contiennent des passages qui représentent une véritable tentative de synthèse dans tel ou tel domaine de sa pensée.

Une autre catégorie de passages inédits a été incorporée dans le texte principal de notre édition. Il s'agit des passages des *Cahiers*, peu nombreux mais parfois très importants, qui ont été omis par inadvertance dans l'édition du C.N.R.S. Un de ces inédits, inclus dans le chapitre *Ego*[2], contient une des rares allusions explicites faites par Valéry à son attitude à l'égard de son père; d'autres passages, d'un ton très différent, sont tirés d'un cahier inédit consacré tout entier au langage[3].

En revanche, conformément au vœu de sa famille, nous avons

---

1. *Cahiers*, t. XII, p. 406.
2. Voir *Ego*, p. 69-70.
3. Voir *Langage*, p. 395-397.

exclu de notre texte tous les passages des *Cahiers* qui ont été volontairement omis dans l'édition du C.N.R.S. et qui concernent soit la vie intime de Valéry, soit certaines personnalités littéraires, politiques, etc. Nous tenons à souligner que le nombre de ces passages est relativement petit; nous n'en avons compté que 148, dont plusieurs sont très courts.

Dans la présentation du texte de Valéry, nous avons reproduit sans commentaires toutes les tournures françaises quelque peu inhabituelles, soit dans le domaine de la syntaxe, soit dans celui du vocabulaire, où il lui arrive, par exemple, d'inventer des mots abstraits ou des termes techniques à partir de racines latines, grecques ou autres. De même, nous avons respecté toutes les particularités de son orthographe, y compris son goût pour les graphies archaïques. Seules ont été corrigées les fautes d'orthographe évidentes commises soit par mégarde, soit à cause de la rapidité avec laquelle Valéry jetait ses réflexions sur le papier (par exemple, quand il oublie de faire un accord ou de mettre un accent sur un mot français ou grec).

Dans le cas des expressions en langues étrangères, qui ne sont pas toujours correctes, nous avons jugé plus élégant de corriger les petites fautes d'orthographe ou de grammaire sans les signaler (par exemple, quand il écrit en anglais « litterature » au lieu de « literature », ou en allemand « sprecht » au lieu de « spricht », ou encore en italien « al altro » au lieu de « all'altro »). Mais les fautes de ce genre mises à part, nous avons laissé intactes toutes les tournures originales ou légèrement fantaisistes dans ces langues comme en français.

/ /	Hésitation de Valéry entre deux mots ou expressions.
* *	Hésitation de Valéry devant des mots qu'il a écrits.
< >	Mot(s) barré(s).
[ ]	Mot(s) complété(s) ou ajouté(s) par l'éditeur.
[...]	Passage incomplet.
A, B, C, etc.	Notes au bas des pages.
1, 2, 3, etc.	Notes à la fin du volume.
a, b, c, etc.	Variantes et passages inédits du classement à la fin du volume.
aj.	Ajout.
aj. marg.	Ajout marginal.
aj. renv.	Ajout avec renvoi.
aj. marg. renv.	Ajout marginal avec renvoi.
tr. marg.	Trait marginal.
var.	Variante.
avec var.	Avec variantes.
sans var.	Sans variantes.
var. cl.	Variante du classement.
aj. cl.	Ajout du classement.
pr. vers.	Première version d'un texte.
var. pr. vers.	Variante de la première version.

LISTE DES SIGLES PRINCIPAUX
UTILISÉS DANS LES CAHIERS

Alph	*Alphabet* (œuvre projetée de Valéry)
An	Analyse
B, Bice	Béatrice (nom symbolisant la femme aimée)
Cart, Cartes	Descartes
CEM	Corps, Esprit, Monde
Ch	Changement
CM	*Le Cimetière marin*
Dr	Droit
DR	Demande, réponse

E	Énergie
Éph.	Éphémérides (événements de la vie quotidienne de Valéry)
Eρ	Éros
F., F. III	*Faust, Faust III* (le *Mon Faust* de Valéry, œuvre laissée inachevée)
Fid.	Fiducia (foi)
Gl., Glad.	Gladiator (la notion de dressage de l'esprit)
H	Homo; (plus rarement) Histoire
H + φ	Homo et Philosophie
HP	Histoire, politique
JP	*La Jeune Parque*
L	Langage
L, Lit., Litt.	Littérature
Mn, Mné	Mémoire
Mnss	*Manuscrit trouvé dans une cervelle* (titre original d'*Agathe,* suggéré par le *Manuscrit trouvé dans une bouteille* de Poe, et appliqué par la suite d'une façon générale aux divers aspects de l'analyse de l'esprit)
N + S, n + s	Nombres plus subtils (la mathématique valéryenne de l'esprit)
NMP, nmp	*Nouvelles mauvaises pensées* (œuvre projetée de Valéry)
Orφ	Orphée (symbole de l'amant-poète)
P	Poïétique; Poème
PPA	Petits poèmes abstraits
R	Rêve; (plus rarement) Rire
RE	Retour, recommencement
S, Sy., Sys., Syst.	Système
S, Sc.	Science
Sens., Sensib.	Sensibilité
S.M.	Stéphane Mallarmé
Strat.	*Stratonice* (œuvre projetée de Valéry)
T	Teste; Temps
Tib.	*Tibère* (œuvre projetée de Valéry)
Z	Zénon (et ses paradoxes)
β	Bios
θ	Thêta
π	Poïétique
ρ	Rythme
Σ	Sensibilité
φ, Φ	Philosophie; l'aspect « physique » (sensoriel) de la pensée
ψ	Psychologie; l'aspect « psychique » de la pensée (le travail de l'esprit qui aboutit à la production d'idées)

Cahiers

LES CAHIERS

Ici je ne tiens à charmer personne. (1897-1899; *Tabulae meae Tentationum — Codex Quartus*, I, 180.)

Autodiscussion infinie. (*Ibid.,* I, 229.)

À publier, un jour, cette recherche, mieux vaut le faire dans la forme : j'ai fait ceci et cela. Un roman si l'on veut et si l'on veut une théorie.

La théorie de soi-même. (*Ibid.,* I, 276.)

« ... Je présente ces travaux comme — une tentative et cette tentative même comme le signe de l'étonnement que j'ai eu lorsque je me suis aperçu qu'on ne l'avait point encore tentée. » (1898. Sans titre, I, 369.)

Pour comprendre cette entreprise écartez toute habitude littéraire — même la simple logique —

chaque page — y commence quelque chose qui n'est liée à la précédente que par le but final — Et c'est cependant une seule phrase continuée dans laquelle une autre phrase *principale*.

Œuvre d'art faite avec les faits de la pensée même. (1899. Sans titre, I, 765.)

Si mon ouvrage n'est pas nul — il est très précieux; et je le garde pour moi. S'il est nul — il n'a aucun prix pour nul et je le garde — pour personne. (1900-1901. Sans titre, II, 163.)

Comme un animal intellectuel — son esprit comme une bête puissante circule — broie — dans un cercle. (*Ibid.,* II, 191.)

Je sens toutes ces choses que j'écris ici — ces observations, ces rapprochements comme une tentative pour lire un texte et ce texte contient des foules de fragments clairs. L'ensemble est noir. (1902. Sans titre, II, 479.)

Essais, Esquisses, Études, Ébauches, Brouillons, Exercices, Tâtonnements. (1903-1905. Sans titre, III, 339.)

Tout ce qui est écrit dans ces cahiers miens a ce caractère de ne vouloir jamais être définitif. (1905. Sans titre, III, 599.)

Souvent j'écris ici une phrase absurde à la place même d'un éclair qui n'a pas pu être saisi ou qui n'était pas — un éclair. (*Ibid.,* III, 665.)

Je parle comme.. un brouillon à travers mes ratures incessantes, surcharges, refus, et parfois une très nette ligne, un mot essentiel se dégage. (1905-1906. Sans titre, III, 750.)

Après quelques assauts infructueux, ne renonce pas, n'insiste non plus. Mais garde ce problème dans les caves de ton esprit où il s'améliore. Changez tous les deux. (*Ibid.,* III, 779.)

Sur ces cahiers, je n'écris pas mes « opinions » mais j'écris mes formations. Je n'*arrive* pas à ce que j'écris, mais j'écris ce qui conduit — où ? — Je note des figures qui se forment d'elles-mêmes, que je poursuis quelquefois — que je ne trouve pas plus nettes, plus harmonieuses, plus exactes que d'autres. Je m'arrête avant d'écrire qu'elles ne signifient rien, que je vais dire le contraire. Ce n'est pas la peine car je sais quelle valeur elles ont pour moi. (1915-1916. *A,* V, 753.)

Ce qui vient à l'esprit ne devient véritablement « ma pensée », mon avis — mon projet — qu'après avoir été contrôlé, accepté, adopté au moins provisoirement et destiné à une élaboration, ou à une conservation ou à une application — —

Ainsi ce que j'écris ici est souvent écrit, non comme ma « pensée » mais comme pensée possible qui sera mienne, ou non mienne et éliminée.

C'est le juge de ces arrivées, que l'on peut seul *critiquer* dans un auteur. (1917. *E,* VI, 563.)

J'écris ici les idées qui me viennent. Mais ce n'est pas que je les accepte. C'est leur premier état. Encor mal éveillées. (1921. *N,* VII, 842.)

Je vois par ces cahiers que mon esprit se plaît particulièrement à des transformations qui ressemblent à celles de l'analyse, et qui résultent de l'activité spontanée des analogies. [...] (1922. *S,* VIII, 676.)

Il y a des jours pour les ensembles et des jours pour les détails. (1922-1923. *V*, IX, 75.)

Le problème auquel je me trouve de plus en plus acculé est le problème d'ordonner mes pensées et de les ordonner non extérieurement mais organiquement et utilement. (1924. ε. *Faire sans croire*, X, 352.)

« Je m'assure que dans la voie ici indiquée, des esprits meilleurs que le mien trouveront d'assez neuves choses. » (1925. η. *Jamais en paix !*, X, 552.)

J'ai trouvé çà et là quelques menus fragments de ce que je voulais. (*Ibid.*, X, 608.)

< Ma philosophie — il faudra bien se résoudre à faire des cahiers par sections et sujets. > (1925. θ. *Comme moi*, X, 776.)

Joie — excitation de surgir à 5 h. et de se jeter à noter une foule d'idées comme simultanées[A]

ressentant une vitesse intime extrême, qui fait apparaître sur toute l'étendue cachée — (la décelant ainsi) du champ mental, des relations

(car il y a en chacun un tel empire caché)

et le langage même interne pas assez prompt pour suivre et communiquer à l'âme ce qu'elle touche d'autre part (c'est la scintillation de la mer sous le soleil —)

en identifiant,

A. *Une flèche renvoie aux idées notées à la page précédente.*

en se réfléchissant, illuminant à chaque choc un ensemble[A] des choses en elle qui sont réponses mutuelles des divers ordres — réponses sensitives, ou formelles, significatives ou autres. (1927. *U 27*, XII, 207.)

Mon travail est de Pénélope, ce travail sur ces cahiers — car il est de sortir du langage ordinaire et d'y retomber, de sortir du langage — en général — c'est-à-dire du — passage et d'y revenir.

Comme l'aiguille pique et repique dans les deux sens la surface tramée, ainsi l'esprit pique et reparaît et trace et joint de son brin, le monde qui est surface, le canevas de catégories. Il y forme des dessins et des commencements de dessins.. Broderie.

— Et il y a en moi quelque chose qui[B] (1927-1928. *X*, XII, 606.)

— — En somme — ceci (cahiers carnets) ce sont des tas d'études pour some « philosophy » (whose name I dislike) — or a *Miso-sophy*, better — un tas de croquis for [an] abstract scheme of the complexity of thoughts — in order to recall and possess in the shortest time a clearest sense of the manifold and possibilities involved in the appearance of *person, single voiced*, Ego — I and Me, that consciousness, at each moment it exists, imposes[1]... (1931. *A'O'*, XV, 72.)

Il y a *quelqu'un* ou quelque chose en moi qui ne *veut* pas (voici 10, 20 fois qu'il regimbe) commencer ce travail que je *dois* faire — dont les idées sont là — et même écrites. Mais ce rétif ne veut pas entreprendre. Il ne livre pas la *forme* — initiale. Chaque direction de départ lui déplaît. L'ennui est le plus fort. Chaque essai abandonné augmente la répugnance.

A. *Tr. marg. allant jusqu'à :* significatives ou autres.
B. *Passage inachevé.*

— Réflexion. J'ai dit : *quelqu'un.* Car il est naturel —
primitif — sauvage — de personnifier un désir ou une
répulsion qui s'opposent à une volonté conforme à la
personne ; la personne étant la raisonnable — la sociale
et sociable — la prévoyante. (1932-1933. Sans titre,
XVI, 102.)

À quoi diable sert, servira, peut servir tout ce que je
mets là ? Ce sont les tâtons du matin; et je suis comme
non-moi-même, dépaysé dans le sentiment de ma journée
quand quelque circonstance m'empêche de faire mon
heure ou deux de culture psychique sans objet entre 5 et 7.
Toujours mêmes idées depuis 92 ! (1933-1934. Sans titre,
XVI, 793.)

Ego

Je m'avise que je n'écris *jamais* dans ces cahiers ce qui
est mon plaisir, et *peu* ce qui est ma peine; ni ce qui est
purement momentané en général[1]. Descriptions. Mais
ce qui me semble de nature à accroître *mon* pouvoir de
transformation — à modifier par combinaison — mon
implexe.
   Ceci suppose une sorte de croyance à je ne sais quelle
édification.. (1934-1935. Sans titre, XVII, 687.)

Huit heures

Levé avant 5 h. — il me semble à 8, avoir déjà vécu
toute une journée par l'esprit, et gagné le droit d'être
bête jusqu'au soir. (1935. Sans titre, XVII, 794.)

Si je prends des fragments dans ces cahiers et que les
mettant à la suite avec *** je les publie, l'ensemble fera
quelque chose[2]. Le lecteur — et même moi-même — en
formera une *unité.*

Et cette formation sera, fera, autre chose — imprévue de moi jusque-là, dans un esprit ou le mien. (*Ibid.,* XVII, 892.)

J'essaye, et j'ai essayé, — pour mon usage particulier et sans la moindre intention de diffusion — (au contraire !) de voir ce que je vois — et de me réduire à ce que je puis.

C'est là ce que je compare à la valeur Or. (1935. Sans titre, XVIII, 149.)

Ne pas se croire —

Ces cahiers représentent la nature provisoire, et perpétuellement telle, de tout ce qui me vient à l'esprit. Pénélope. (*Ibid.,* XVIII, 201.)

Je suis comme une vache au piquet et les mêmes questions depuis 43 ans broutent le pré de mon cerveau. (1936. Sans titre, XVIII, 648.)

18-4-37

Ce que j'écris ici, je ne l'écris qu'à moi[A]. (1937. Sans titre, XIX, 883.)

À cette heure de 5 heures, il me répugne d'être obligé de travailler de l'esprit en songeant à l'opinion d'autrui.

C'est l'heure d'être le moins semblable, le plus unique possible — — (1937. Sans titre, XX, 161.)

Ego

Ces cahiers sont mon vice. Ils sont aussi des contre-œuvres, des contre-fini.

A. *Phrase, entourée d'une aquarelle d'un serpent, écrite à la première page du cahier.*

En ce qui concerne la « pensée », les *œuvres* sont des falsifications, puisqu'elles éliminent le provisoire et le non-réitérable, l'instantané, et le mélange pur et impur, désordre et ordre. (1937-1938. Sans titre, XX, 678.)

Ego

Il n'est pas impossible que ces écritures, ce mode de noter ce qui vient à l'esprit ne soient pour moi, une forme du désir d'être *avec moi* et comme d'être *moi* — Et je m'en aperçois en observant souvent le soulagement de me retrouver devant ces cahiers comme en pantoufles — pensant à ce qui me vient — et non à ce à quoi il faut penser pour les autres.

De sorte que ces cahiers et les habitudes qu'ils représentent me sont bien plutôt des « causes » des dites écritures, qu'un effet et un agent de l'intention explicite d'écrire ceci ou cela. (1938. *Polynésie*, XXI, 349.)

Ils parlent de vie intellectuelle — de Pensée etc. Mais ne pas enfler.

Il me faut, le matin, ce cahier avec ma cigarette — et de même nécessité. Je pâtis sans cela. Le cahier est manie, mais l'habitude est si vieille et forte que la « *valeur* » même des choses[A] qui viennent de l'esprit (endormi encore à moitié) au cahier est *habitude*.

Ainsi une vigne dont le cru serait « meilleur » tous les 4 ans — On appellera *BON* le vin de l'an (C + 4 N) et[B] « Valeur » sera la qualité des *points* d'*application* — (ou de vue). (1938. Sans titre, XXI, 435.)

Qu'est-ce donc que je fais ?

Je ne fais en somme que redessiner ce que j'ai pensé de première intention. Et ces cahiers sont des calques successifs. (1939. Sans titre, XXII, 156.)

A. *Tr. marg. allant jusqu'à : habitude.*
B. *Aj. marg. renv. :* ce BON deviendra indépendant du goût !

Tout à coup, je *VOIS* cette table où je m'installe chaque jour.

Tout à coup je la découvre, et tout mon désordre personnel, sur cette assise de ma constance, où s'appuyèrent tant de moi-mêmes, tant de dégoûts et de complaisances, de déplaisirs, de désirs, d'anxiété, d'impatiences et d'ennui — tant d'attitudes.

Il y a 40 ans qu'elle porte mes mains, ces éternels cahiers, et mes petits ouvrages, de leur commencement à leur achèvement. (1940. Sans titre, XXII, 886-887.)

Journal de Moi —

Je n'écris pas « mon journal » — Il m'ennuierait trop d'écrire CE que je vis d'oublier; CE qui ne coûte rien que la peine immense d'écrire ce qui ne coûte rien; CE qui n'est ni laid ni beau, ni vrai ni faux, (s'il est complet) — ni même moi ni autre — et qui est, pour autrui, aussi *arbitraire* qu'il le veut. Je regrette de n'avoir noté bien des choses curieuses vues ou entendues —, quelques impressions singulières. J'ai noté seulement des « idées » — ou plutôt — (en général) des *moments* particulièrement simples, ou particulièrement neufs ou particulièrement féconds-en-apparence, qui se produisaient « en moi ». (*Ibid.*, XXIII, 8.)

Ego. *Ceci.*

J'écris ces notes, un peu comme on fait des gammes — et elles se répètent sur les mêmes notes depuis 50 ans — —, un peu comme on se promène à telle heure — chaque jour. Et je les écris non pour en faire quelque ouvrage ou quelque système, mais comme si je devais vivre indéfiniment, en accomplissant une fonction stationnaire — ainsi qu'une araignée file sa toile sans lendemain ni passé, ainsi qu'un mollusque poursuivrait son élimination d'hélice — ne voyant pas pourquoi ni comment il cesserait de la sécréter, de pas en pas.

Le cas de mon esprit[A] me semble donc singulier, et
opposé à celui de la plupart des esprits; et au contraire,
tout à fait général et zoologique si je le considère sous
l'aspect organique. [...] (1940. *Rueil-Paris-Dinard I*, XXIII,
387.)

☆

Projet de mon Dictionnaire Philosophique ou le
moyen le plus simple de m'exposer la matière de ces
cahiers — et de m'épargner le mal, les défauts et le
ridicule intime (vis-à-vis de moi) d'un Système —
c'est-à-dire d'une fabrication essentiellement factice. Car
il n'y a aucune probabilité que le travail de la pensée
s'arrête en un point — autrement que par quelque circonstance *accidentelle*. Que si elle croit sur tel point avoir
atteint sa perfection d'analyse et d'expression, c'est là
une *sensation* et non une *pensée* —. C'est hors du groupe.
Un Système est architecture qui impose ordre, symétries, *achèvement* — c'est-à-dire complètement par addi-
tions suggérées ou requises par d'autres vues que la perception directe des besoins générateurs des parties vraiment vitales de l'édifice — c'est un travail du second
ordre, ou parfois, au contraire, sont-ce les parties organiques qui le sont. L'*utilité* et l'*effet*.
— Une « philosophie » doit être portative.
Conditions — Permettre substitutions rapides, économie — et développements complets — au besoin —
« Matrices ». Affaire de langage.
Distinguer : *Philosophie* = *genre littéraire,* de *philosophie*
= art de penser, conscience de pensée, usage du langage,
valeurs. (1941. Sans titre, XXIV, 713.)

☆

4-7ᵇʳᵉ-41
Mémoires de moi

Je pourrais faire un livre qui serait de mes idées, telles
qu'elles me vinrent ou viennent, non comme des vérités
ou des volontés selon que les philosophes donnent les
leurs, mais[a] comme les faits et événements de ma vie

A. *Aj. marg. :* E.

les plus ordinaires, et presque comme on écrit un journal des jours, sans plus d'égard à ce qui eſt remarquable, rare ou non qu'un baromètre ou un thermomètre ne l'eſt aux valeurs des poids ou de la température de l'air, marquant les extrêmes comme le reſte[1].

La produ&ion d'idées[A] eſt chez moi une fon&ion naturelle quasi physiologique, — dont l'empêchement m'eſt une véritable gêne de mon régime physique, dont l'écoulement m'eſt nécessaire. (1941. *Cahier de vacances à M. Edmond Teſte*, XXIV, 837.)

Ego

Un inconnu en moi me dit méchamment : « Ces cahiers sont ton vice ». Et il eſt vrai que d'écrire tous les matins ces notes, c'est un besoin qui pourrait ne pas être, aussi bizarre, pressant et irréfléchi que le tabac, — d'ailleurs associé à lui. Il eſt assez comique que mes réflexions soient le fruit d'une puissance irréfléchie, horaire, et qu'il faille à telle heure obéir à la contrainte des libertés de l'esprit.

Vice ? — Car le dommage imaginaire visé par ce reproche — c'eſt que je perds ainsi le temps qui *pourrait* s'employer en ouvrages utilisables.

Mais — je n'ai jamais trouvé en moi les vertus d'un auteur comme on se figure les auteurs. Jamais, à aucune époque, je n'ai conçu ma vie comme vouée à la produ&ion extérieure. Toutes mes produ&ions résultèrent d'un écart de ma vraie nature et non d'une obéissance à elle. Même mes vers — car je les ai toujours considérés comme en éternelle élaboration — et publiés que per accidens. Un poème eſt pour moi un divertissement infini, un objet qui se dégage un inſtant de ses ratures, paraît formé, puis — au bout d'un temps quelconque, se montre excitant encore le possible — irritant le désir..

A. *Aj. renv.* : Les idées de cette espèce ne sont pas celles que l'utilité ou les circonſtances exigent ou prennent pour moyens, ne figurent pas dans mes a&ions et desseins et ne sont pas non plus de celles qui ont q[uel]que ouvrage pour objet ou pour récipient — Je *diſtingue par la nature*, et même par l'*heure* de la produ&ion celles-ci de celles-là — — —

Car l'esprit a besoin de son impuissance pour faire l'amour. (1942. Sans titre, XXV, 552.)

☆

Ego

> Quand j'écris sur ces cahiers, *je m'écris.*
> Mais je ne m'écris pas tout..
> $\qquad$ (1944. Sans titre, XXVIII, 236.)

☆

> Mon cahier perpétuel est mon « Eckermann ».
> (Il n'est pas besoin d'être Gœthe pour
> s'offrir un fidèle interlocuteur.)
> Je lui dis ce qui vient,
> $\qquad$ Comme il vient —
> (Mais non tout ce qui vient —
> $\qquad$ Et, encore moins,
> Tout ce qui pourrait venir
> $\qquad\qquad$ Si... ?)
> $\qquad$ (1945. Sans titre, XXIX, 416.)

EGO

< La rigueur imaginative est ma loi. > (1894. *Journal de Bord*, I, 25.)

J'ai compris une chose quand il me semble que j'aurais pu l'inventer. Et je la sais toute quand je finis par croire que c'est moi qui l'ai trouvée. Les variations. Méthode. (*Ibid.*, I, 53.)

J'estime, sur tous, les esprits disjonctifs. (*Ibid.*, I, 59.)

Bref, je n'apprécie en toutes choses que la facilité ou la difficulté de les comprendre ou de les accomplir — je mets un soin extrême à mesurer cela et à ne pas m'y *attacher*.

Et que m'importe ce que je sais fort bien. Telle est l'opinion des géomètres, inventeurs de la sublime récurrence. (1896. *Log-Book. π = 16*, I, 126.)

J'existe pour trouver quelque chose. (*Ibid.*, I, 128.)

Ma nature a horreur du vague. (1896-1897. *Selfbook*, I, 101.)

Ma vie n'a rien d'extraordinaire. Mais ma façon d'y penser, la transforme. (*Ibid.,* I, 107.)

Les hommes vivants et notoires que j'admire *personnellement* sont Messieurs H. Poincaré[1], Lord Kelvin[2], S. Mallarmé, J.-K. Huysmans, Ed. Degas, et peut-être Mr. Cecil Rhodes. Cela fait 6 noms. (*Ibid.,* I, 116.)

Faudra-t-il mourir en petit employé[A] sans avoir eu ce temps cher, hors de prix qu'il aurait fallu pour dénouer tant de choses si à la portée de la main, sans user enfin de cette méthode que j'ai tant cherchée et que je touche de toutes parts ?

Le malheur eſt qu'on s'apaise, qu'on s'égaye, qu'on se détourne indéfiniment de la seule chose infiniment. (1897-1899. *Tabulae meae Tentationum — Codex Quartus,* I, 184.)

Il y a presque dix ans que je me bats. (*Ibid.,* I, 187.)

J'ai été amené à regarder les phénomènes mentaux vigoureusement comme tels à la suite de grands maux et d'idées douloureuses. Ce qui les rendait si pénibles était leur obsession et leur insupportable retour; plus insupportable était cette forme de leur retour, selon laquelle on prévoit qu'elles reviendront. Je finis par détacher leur répétition de leur signification. Je détachai aussi les images qui les motivaient et les conſtituaient de la peine que je sentais. Peu à peu je fis subir à ces états toutes les transformations possibles — grâce à cette furieuse repro-

A. *Aj. marg.* : Mais oui, mais oui.

duction qui me les a redonnés tout neufs pendant longtemps chaque jour à chaque heure. (*Ibid.,* I, 198.)

Je travaille pour quelqu'un qui viendra après. (*Ibid.,*
I, 201.)

TO GO TO THE LAST POINT[1]
celui au delà duquel tout sera changé. (*Ibid.,* I, 202.)

Peut-être roi — peut-être rien — je maintiens mon
indécision, je refuse le nom, je ne tiens qu'à être prêt
toujours à presque tout, sans me laisser — Pouvoir,
pouvoir, sans cesse; l'exercice importe peu. (*Ibid.,* I,
214.)

J'ai beau faire, tout m'intéresse. (*Ibid.,* I, 232.)

Mr. Teste est mon croquemitaine, quand je ne suis pas
sage je pense à lui. (*Ibid.,* I, 248.)

Je ne suis ni ange ni bête[2], mais si j'étais un ange, je
voudrais profondément être une bête — Et réciproquement. (*Ibid.,* I, 295.)

Mon fils, je vous élèverai fort mal car je suis incapable
de vous donner des préceptes que je ne comprends pas.
(*Ibid.,* I, 323.)

Le projet (inconscient) le plus stupide et un peu vaste que j'ai eu — fut de vouloir ajouter toujours ce que je pense à ce que je pense et de ne voir dans toute idée que le résultat d'une autre et surtout la promesse d'une autre. (*Ibid.,* I, 324.)

☆

Mes meilleurs et pires moments ont été solitaires et toutes fois que j'entre dans un excellent ou dans un très mauvais — je tends à m'isoler. (*Ibid.,* I, 343.)

☆

J'ai jeté au rebut des manières de penser — comme d'autres y jettent — des pensées. (*Ibid.,* I, 356.)

Je désire pouvoir et seulement pouvoir. (1898. *Paul Valéry,* I, 492.)

Bonheur.

À cette heure-ci j'ai envie d'un pâté à la viande, bien cuit et salé, d'une tasse de thé fine et claire, d'une cigarette ensuite : je les vois. Le thé fume dans un *petit* et *haut* appartement, le ciel qui luit sur la croûte du pâté vient de l'espace d'un port ou bien d'arbres, comme si le pâté descendait de la fenêtre.... Aucune personne n'est en vue, mais je l'entends bruire, vivre à ma disposition ; là, pour causer subitement, ou se regarder, ou se toucher, elle est avec moi.

Mais cela n'est qu'un fond, une heure négative —. Le son délicieux, immense, émouvant et toujours neuf du canon, la conversation approfondie avec des égaux qui me résistent, la parole qui agrandit, explique, et cache, sport physique, — le bonheur de donner des ordres simples, — l'ivresse de l'analyse, celle des négociations — ou encore de dire ce qu'on pense en sachant que cette franchise aura la vigueur du mensonge et sera mise en

doute et trompera mieux. — Voir dans sa fenêtre, des
ponts se conſtruire, la démolition de bâtiments énormes,
le départ des bateaux. Faire devant une commission
importante, un discours clair, avoir luisants et huilés /
onctueux et raides /, tous ses inſtruments de pensée,
toutes ses images puissantes, et ses symboles prolifiques
toujours prêts et souples, avoir son langage sans passé,
son jugement sans rien de vague; passer du pouvoir au
cachot, organiser ici et là, soi et les autres[A] (1898. Sans
titre, I, 501.)

Grand sophisme de conduite que je commets souvent :
croire que parce qu'on a compris — la chose eſt réalisée
— Lâcher la réalisation, une fois l'esprit satisfait. (1899.
La bêtise n'eſt pas mon fort, I, 645.)

La mienne (de vie) eſt de vivre au hasard et de penser
avec suite. (*Ibid.*, I, 649.)

Cigare — puis

— Quant à ma critique — on ne me refusera ceci —
que j'en ai t[ou]jours donné des raisons et qu'elles
n'étaient pas toujours mauvaises mais mes points de vue
n'ont rien de *social*[1]. Je suis au fond très sociable et pas
du tout social.

C'eſt *en quoi* je n'ai jamais rien compris aux queſtions
de morale — sinon quelque chose d'ordre pratique et
assez naïf : s'augmenter en force et en plaisir et en
connaissance — Respecter ce qu'on a de mieux en soi —
Et puis des idées d'entraînement PARTIEL font mon
éthique.

Donc je n'ai pas eu de bons juges. Ou incompétents,
ou intéressés, ou diſtraits.

Il eſt impossible qu'on ne sente pas que je repose sur

A. *Passage probablement inachevé.*

quelque chose d'important, sur une boussole inconnue — et d'ailleurs mystérieuse aussi pour moi-même. On ne peut me reprocher que des négligences pratiques — et — surtout — ce qui est le moins pardonné — un dédain pour ce qui est généralement apprécié — dans mon monde.

La cause profonde de mon ennui — lequel m'a toujours enrayé — est dans l'irrégularité positivement fantastique de mon humeur et de mes moyens. Or, on n'est puissant et effectif que régulier.

De plus mon esprit est généralisateur et en dehors des mathématiques ce point de vue est inconnu — même en philosophie il n'est pas compris et c'est pourquoi il y a encore des branches en philosophie —ᴬ un peu en littérature. Il est vrai qu'il la tuerait net. Du jour où il y aura une connaissance même médiocre du mécanisme littéraire — ce sera fini.

En somme, l'esprit en activité se passe de tout cela. Il part de n'importe quoi et va à n'importe quoi, ne s'intéressant qu'à sa marche qui est indépendante du sujet.

T[ou]s les jours questions nouvelles. (1899. Sans titre, 1, 768.)

☆

Pensée « active »
Ceci m'explique un peu —
regardons les faits mentaux dans leur *difficulté* — plus ou moins *grande :* p[ar] ex[emple] les recherches en esprit, le maintien de conditions différentes et *simultanées,* dont on cherche l'accord ou l'arrangement — le fait de disposer des éléments qu'il faut au même temps imaginer — ou de déformer un élément imaginé suivant une loi ou manière également imaginée — alors on conçoit un double état des faits mentaux, l'état de matière en q[uel]q[ue] sorte ou *passif* — et l'état d'action ou *actif.*

Cela admis, je me comprends mieux, et je vois que si j'ai l'habitude d' « épuiser » les choses soumises à mon esprit assez vite — c'est que j'ai l'habitude de courir à ce qui dans ces choses est la chose difficile, dure, et nou-

ᴬ. *Mot illisible.*

velle souvent, qui eſt l'action mentale — au lieu que les
notions mortes — les simples dénominations — les
images ſtables — ne me disent rien.

Il s'ensuit qu'en littérature — je m'ennuie d'écrire ce
qui n'eſt pas au moment où je l'écris une chose active et
que je tâche toujours de sacrifier la *matière* à l'opération
du moment.

Ici comme en algèbre les contenus n'ont pas d'intérêt
— ce sont leurs liaisons d'opérations qui importent.

Mais une opération peut devenir matière ensuite —
etc. [...] (1899. Sans titre, I, 690.)

« Voilà une idée — profonde — sublime etc. — et ce
n'eſt pas moi qui l'ai trouvée.

Il faut *donc* que je trouve son défaut et que je la
punisse de m'avoir enchanté. Cela eſt vital.

Regardons par conséquent ses suites et qu'une logique
à face rigoureuse nous venge[A]. » (*Ibid.*, I, 712.)

Quel métier ! d'étudier avec la tension de la précision,
des queſtions infinies, des choses informes et profondes.
(1900. Sans titre, I, 850.)

Du degré de confiance à avoir dans un sentiment. Je
n'en ai aucune dans les miens — je les vois passer, je
les sers — mais mon esprit les tient en suspicion.
(1900. Sans titre, I, 875.)

Je sais la valeur du *bien* et du *mal*. Je sens un grand
plaisir quand je fais *bien* à cause que je conçois fortement
le mal, — et que je conçois encore plus fortement l'indifférence de ces notions. (*Ibid.*, I, 878.)

A. *Aj. marg. :* T.2

Ne me servir que d'idées que j'ai forgées. (1900-1901.
Sans titre, II, 87.)

J'ai l'esprit unitaire, en mille morceaux. (*Ibid.,* II, 137.)

Je ne trouve grand que d'accomplir en pleine lumière
ce qu'on a projeté tel qu'on l'a projeté et parmi la
difficulté vaincue. (*Ibid.,* II, 141.)

Je n'aime pas ce que j'ai, mais ce que j'acquiers —
comme le conquérant fait son primitif domaine. (*Ibid.,*
II, 142.)

Je ne saisis pas qu'on « lutte pour ses idées » — mais
je comprends qu'on les enferme et, si on peut, qu'on
en jouisse seul. (*Ibid.,* II, 144.)

« Si j'avais à vraiment faire mon portrait au lieu d'un
jeu, j'y mettrais cette physionomie particulière que je ne
me vois point avoir, et auprès, cette généralité que je
me sens.

Tout ce qui m'est spécial ne me semble pas de moi —
et tout ce qui est général, fût-ce à autrui, m'appartient
par un sentiment. Il me semble être plus général que
moi-même, qu'un individu. » (*Ibid.,* II, 173.)

La force d'âme qu'il faut pour se tenir en dehors de
toute catégorie. (*Ibid.,* II, 175.)

Lettre to P. L.[1]

Rien ne m'ennuie comme la « peinture des passions » car je ne la puis comprendre que dans l'hypothèse où les passions d'un autre ressemblent aux miennes, et alors toutes me dégoûtent ensemble. Je me vomis si ce que je croyais être mon exception me paraît une épidémie. (*Ibid.*, II, 199.)

Mon devoir, n'es-tu pas de retourner toujours à ces difficultés inutiles — n'es-tu pas le travail que je me suis donné — le plaisir et la peine que j'ai lentement construits pour moi ? N'es-tu ce que j'ai trouvé de solide parmi toutes mes pensées ? Un goût qui m'enlève des hommes — une partie de moi qui me ravit des autres. (*Ibid.*, II, 215.)

Je juge les gens en mesure de ce qu'ils s'avouent ce qui leur passe dans leur esprit — et quelle que soit la folie, la faiblesse, l'ignominie, l'horreur ou l'étrangeté / la nouveauté / de ce qui vient à l'esprit.

D'un autre côté — selon qu'ils considèrent plus ou moins clairement l'instrument qu'ils ont en leur esprit. (1901. Sans titre, II, 267.)

Le seul plaisir est de trouver des résultats inattendus au bout d'une analyse rigoureuse. (*Ibid.*, II, 305.)

Je méprise systématiquement tout ce que je pense — *d'abord.* (1901-1902. Sans titre, II, 352.)

Mon esprit cherche à bâtir — quelque chose qui lui résiste. (*Ibid.*, II, 386.)

☆

Avoir tous les désirs d'un grand esprit et pas la force
— voir les mêmes perspectives — les mêmes profondeurs et pas leur vol, qui y va. (*Ibid.,* II, 394.)

Politics of Thought[1].

Vis-à-vis d'un quelque chose qui m'intéresse vivement
— accomplissement dans n'importe quel genre, — je
suis mauvais. Je suis en colère de n'avoir pas trouvé
cela — et qu'on me le donne *gratis,* au lieu que j'aurais
tant aimé le trouver avec grande peine. Donc je fais cas
de l'obtention par moi seul infiniment plus que de la
possession toute donnée. Hériter me déplaît. On ne
possède pas aussi bien que quand on a conquis ou créé,
ou cru conquérir ou créer. Et on ne peut pas autant
mépriser, manier et jeter la chose précieuse..

Cette manie est conjuguée à une autre de moi, qui est
d'être bizarrement jaloux de ce que j'ai cru créer, quand
cela m'a plu. Toute idée partagée me dégoûte. Je sens
qu'elle n'est plus vraie. Et je m'emploie à l'*exécuter,* au
sens pénal du mot.

Ces goûts sont aussi anciens que mon « intérieur ». Ils
ressemblent à l'avarice, à l'élégance, aussi à une profusion
mêlée à une mauvaise foi inébranlable. C'est ma raison
d'état.

Un tel système politique conduit à la recherche de la
plus grande rigueur — comme moyen infaillible de
destruction de quoi que ce soit de gênant — comme
révélateur indéfiniment puissant d'erreurs *réelles* d'autrui, — comme instrument d'approfondissement de ce
qu'autrui apporte d'irréfutable, — d'indestructible mais
toujours d'inachevé (on peut toujours ajouter ou retran-
cher q[uel]q[ue] chose..) — comme sauvegarde contre
soi-même, nécessaire si on a le goût de s'en tenir à ses
propres idées autant que possible.

Rien de plus simple. *Il paraît que* rien ne donne
l'air plus compliqué.

J'y suis tellement plongé — que tout le temps que je

ne donne pas à traduire q[uel]q[ue] chose en éléments psychiques ou pseudo-éléments tels, — suivant une allure mathématique — me semble perdu. Que j'aime les belles définitions, c'est un symptôme qui a son prix.

Je me suis occupé de tant de choses que celles qui m'intéressent peu ou le moins ou accidentellement — forment un nouveau problème pour moi. Pourquoi celles-ci sont-elles négligées ou fuies ?

Pour moi donc, le suprême bien est la chose trouvée par moi et semblant contenir la promesse de nouvelle découverte ou accroissement de puissance. Ce qui s'accroît soi-même, sûrement. Je vais donc vers le mépris de tout le reste — je le regarde gênant, superflu, *contingent,* facile ou parfaitement extérieur, étranger, donc nul. Ce contour contient aussi mes ex-bonheurs — survenus depuis assez longtemps pour être des déchets — des peaux mortes. Donc l'œuvre — quelle qu'elle soit — accomplie et finie, est un rien ou un regret. Tout ce qui est facile ou devenu facile est fini. Tout ce qui est passé est égal à tout ce qui est passé. Horreur ridicule d'imiter et d'être imité.

Et encore — Je ne saurais me passer de légitimité — d'autorité — de centre intellectuel. (1902. Sans titre, II, 453-454.)

☆

Le siècle 19e semble avoir tenté en tous les genres de faire le plus possible à l'homme. D'où les « grands hommes » profondément différents de ceux antérieurs, par leurs prétentions au démesuré. C'est la fatigue qui fut démesurée. C'est leur grandeur qui fut mesurable —

Moi, éduqué alors et par ces exemples, — l'amour de la perfection m'a rempli et m'a gêné. Un pas, un petit pas plus loin — là est le danger, le moteur. (*Ibid.,* II, 481.)

☆

Je plie sous le fardeau de tout ce que je n'ai pas fait. (*Ibid.,* II, 586.)

☆

Un homme de valeur (quant à l'esprit) — est à mon avis un homme qui a tué sous lui un millier de livres, qui lisant en deux heures, a bu seulement le peu de force qui erre dans tant de pages. Lire est une opération militaire. (1902. Sans titre, II, 700.)

Un littérateur fait commerce de tout ce qu'il voit, sent, lit. Mais je n'estime de connaissances que celles dont on n'est pas quitte une fois remises dans un livre, — mais celles seules qui s'ajoutent à mes habitudes et qui peuvent ressembler à une fonction. (*Ibid.,* II, 778.)

J'adore les éclairs — C'est très vaste — très bref — absolument suffisant. Énormité instantanée — Tout et vite — ... Tout ce qui ranime incessamment le désir chez l'homme, ses secrets de Polichinelle, tout cet oubli nécessaire pour sentir ce qui a été mille fois senti, m'étonne et m'ennuie. Assez, amour immense, assez, triomphes, défaites, assez de ces raretés et de ces fougues quand une suffit — quand l'écriture les retrace depuis des siècles. (*Ibid.,* II, 812.)

à 2 h.

... Et j'ai aussi comme un remords de faire exister quelque être — moi qui redoute l'existence jusque pour mes créatures spirituelles et qui les en retire continuellement. (*Ibid.,* II, 818.)

Les autres font des livres. Moi, je fais mon esprit[A]. (1902-1903. *Algol,* II, 840.)

A. *Aj. renv. :* Mais pour quelle fin, prépares-tu sans arrêt cet esprit et mélanges-tu de toutes les façons les pouvoirs et les êtres qu'il possède ? Qui veut voir d'un seul coup d'œil tout ce royaume, il n'est pas de fin ordinaire qui le séduise. Chaque accomplissement qui n'est pas celui-là, outre qu'il est deviné, et comme terminé d'avance, — est contraire à celui-là, justement.

Certaines façons de voir me paraissent ma marque. Je reconnais quelquefois mon propre esprit. Toutes mes pensées ne me semblent pas caractéristiques, ou fondamentales, mais certaines qui si elles manquaient, je serais autre. Mais elles sont peu nombreuses. Donc je suis moi particulièrement, quelquefois; et n'importe qui le reste du temps. À côté de ces pensées caractéristiques, mettons les douleurs et les vives sensations. Tout le reste est feuillage, vacarme léger, surface. (*Ibid.*, II, 864.)

Je vois la chose. Je la devine faisable — je la parfais en un clin d'œil — je la dépasse — je l'ai oubliée — dépréciée — j'ai comme suivi[A] prodigieusement vite le chemin de mes fonctions qui la traverse, et l'épuise pour moi — et je refuse alors de le refaire, l'ayant par imagination tracé.

Ayant reconnu que tout le travail et toute la chose ne sont qu'une liaison momentanée de fonctions miennes — je refuse l'accomplissement, content d'une sorte de formule algébrique dont chaque opération est une de mes fonctions et chaque quantité une valeur quelconque de mon souvenir et de ma science. (*Ibid.*, II, 870.)

Certains jours, pour moi, je fête le Saint Mallarmé, souvenirs, ambition ancienne, admiration et amour, tristesse, dépit, grandeurs. D'autres jours, je célèbre noirement Tibère, très clairement Archimède, ou Pascal ou Rome ou Londres. (*Ibid.,* II, 880.)

Mon orgueil n'est pas amour de moi. Si je m'aimais je ne me mènerais pas, comme je fais, à coups de botte. Il est mépris de tout et donc des autres mais pas plus que de moi. (*Ibid.,* II, 880.)

A. *Tr. marg. allant jusqu'à :* l'épuise pour moi.

Je fuis avec horreur tout qualificatif que l'on voudrait
me donner. (*Ibid.,* II, 910.)

Mon péché.

Je sens comme mon péché, toute Idée qui ne vient pas
de moi et qui pourtant me plaît fort. Alors, ce plaisir
est une morsure — un *remords.* (1903. *Jupiter,* III, 4.)

☆

Je dévore par la pensée tout ce qui est de la nature de
la pensée. Le reste m'échappe et je ne le poursuis point.
(*Ibid.,* III, 7.)

☆

Ma faculté — voir facilement les choses comme
dénuées de *sens,* le sens étant une valeur donnée par moi
à des choses.

Si j'étais maître de dessin je proposerais à mes élèves
de dessiner des objets informes — des masses, des linges
— ou des objets *formes,* vus renversés etc.

Un objet informe ressemble à une fonction non analytique — c'est un objet tel que la partie ne v[ou]s apprend
pas le tout — n'est pas en relation avec le tout. Cf. le
verre.

De moi-même, je mire bizarrement ou multiplement
ce qui m'est donné. (*Ibid.,* III, 56.)

Je ne trouve rien qui ne me soit profondément étranger — Rien en moi qui ne lui soit étranger — Je ne sais
ce que *veut dire* ce sentiment — Comme une vague, ses
molécules incessamment étrangères. (*Ibid.,* III, 83.)

Finesse, subtilité parfois mènent au vrai le plus simple
et large, parfois égarent et embrouillent. Là où tu vois

une chose, j'en compte cent distinctes. J'aperçois le fil
et m'évade tandis que tu demeures grossièrement
enfermé. Mais il ne faut pas filer trop vite. Il ne faut pas
se croire évadé. Il ne faut pas que le fil casse. Il faut aussi
quelquefois le savoir casser et se vouloir enfermé.
(*Ibid.,* III, 94.)

Mon rôle, plaisir et peine — de m'essayer incessamment aux choses, aux autres, à mes passés, de me comparer et de me séparer — de chercher les chemins que je
n'ai pas suivis — d'explorer mes lacunes. (*Ibid.,* III, 97.)

Mes lacunes et faiblesses sont telles que si je n'avais
cherché à les *organiser* elles-mêmes, — à les observer —
ce qui peut tenir lieu de pensée plus forte, — si je n'avais
songé à les tenir pour d'*importantes* — *vérités* — elles
m'auraient abattu, elles m'auraient à mes propres yeux
complètement *représenté* — Mais j'ai réussi quelquefois
à en faire de la force. (*Ibid.,* III, 126.)

Je ne crois pas du tout à ma pensée — à mes opinions,
inventions, réactions, et la laisse dire et former tout ce
qu'elle peut comme on laisse le temps pleuvoir ou briller.
Je la subis.
Je ne crois pas du tout à ma pensée, sauf quand elle
est d'une certaine espèce et dans certaines conditions, —
ou plutôt quand — quelle qu'elle soit — je la regarde
d'une certaine façon — qui consiste à sentir exactement
qu'elle pourrait être différente — et en particulier qu'elle
pourrait obéir à des actes de ma part, être transformée,
— ou bien être interrompue par un événement —,
oubliée — assoupie — enivrée — abusée etc. Alors je
pense qu'elle pourrait être différente, et je crois à cette
pensée-là. Je crois donc à quelque chose de plus général,
à ma variation, à ma charge. (*Ibid.,* III, 151.)

J'ai considéré et considère toujours la — vie — je veux
dire la société aussi etc. comme une dure bêtise — une
futilité — un amas de niaiseries. Il faut tirer son épingle
de ce jeu — mais cela aussi est cher et sot — — (1903-
1905. Sans titre, III, 185.)

Tout ton effort ne tend-il pas à te mettre tout entier
dans le creux de ta main ? Je suis par moments — dans
le *creux de ma main*. Si je n'y puis tenir — il n'y a pas de
Science... (*Ibid.*, III, 190.)

Quels efforts pour se distinguer de penseurs antérieurs
— et de leur foule ! (*Ibid.*, III, 232.)

Combien je me méfie de tout et de mon esprit rapide !
(*Ibid.*, III, 253.)

Qu'est-ce qui m'intéresse ?
Ce qui provoque mon accroissement —
Ce qui me renouvelle et m'augmente —
Modification permanente quoique je revienne au zéro.
L'éducation est de cette nature. [...]

                                        (*Ibid.*, III, 274.)

Ce qui me caractérise —, ma vertu particulière — mon
don c'est presque seulement la capacité de percevoir des
phénomènes subjectifs *non significatifs*. Je me tiens toujours en relation avec l'informe, comme degré le plus
pur du réel — du non interprété. C'est comme le carre-

four des métaphores. Certains ont eu ce don à un degré
plus éminent — mais je ne l'utilise pas beaucoup comme
moyen rhétorique, — je le conserve comme état critique
de la conscience. (*Ibid.*, III, 364.)

☆

Je me suis donné ma gloire — Moi seul le pouvais.
Ce fut une critique incomparable et incessante de moi-
même. (*Ibid.*, III, 415.)

☆

H
Je m'immole intérieurement à ce que je voudrais être.
(*Ibid.*, III, 439.)

☆

Mémoire

86 Romantisme — Gautier — le *Rhin*[1] — *Feuilles
    d'automne*
    Viollet-le-Duc[2]
87
88 Baudel[aire] ? ? 1er janvier ou le suivant ?
89 Été — J.-K.[3]
90 de M[aist]re. Messes — —
    Sonnets
    Mysticisme — sensuel — être ange — enfant
91 S[téphane] M[allarmé] — Ed[gar] Poe
92 A[rthur] R[imbaud]
    N + S, spiritualité
    Math[ématiques]
    Introspection
93 Paris — analytisme
94 Londres —   Wagner
                                       Beethoven
                                       Nap[oléon]
95 Vinci — Bath[ilde][4]   Stendhal
96 Militaires — Londres —[A]   Balzac
    Teste — ? faire un homme —   Moltke[5]
        transformations —
97

A. *Mot illisible.*

98   *Agathe* — Cl. Poirier. C.P.
99   C[ahier] Vert — chimie physique
00   A
01
02   Énergie
03   Phases
04   Attention
05
                              (*Ibid.*, III, 466.)

Je n'ai pas d'admiration pour la nature. (*Ibid.*, III, 472.)

.. De ce principe de ma nature : l'existence et le travail
toujours tournés vers un accroissement de relations et
de rigueur dans les relations, — se tire toute mon
« esthétique », mes « mœurs », mon mépris et ma passion
des lettres, ma « curiosité », ma faiblesse et ma force.
Pour moi tout ce qui ne devient pas, ou ne peut devenir,
un pouvoir de mon « esprit » — est sans intérêt. Les
œuvres et les résultats acquis me paraissent insignifiants,
car ils sont alors des êtres transcendants, des fantômes,
des monstres de théâtre.
     Faire, pouvoir faire, augmenter ce pouvoir — ne
jamais simuler. (*Ibid.*, III, 485.)

Ô mes délices *formelles !* — moments où je ne ressens
que l'ordonnance, où je ne vois que complètement —
où tout le possible s'anime et se poste, — moments où
l'*instant* se dissout, où le réel se réduit — où s'arrête ce
qui allait être pour se montrer ensemble avec tout ce qui
pourrait être. (*Ibid.*, III, 493.)

Objets aimés — quoi ? — Infiniment les navires —

_____

A. *Mots illisibles.*

coques, port, masses adaptées — les armes — tout ce
qui me donne le sentiment du vouloir exactement incorporé. Et l'arbre, pourquoi ? Y lire la docilité et réciprocité si pures de la croissance et de l'extension aux circonstances ? [...] (*Ibid.*, III, 495.)

Mystiques, ô vous ! — et moi de ma façon, quel labeur
singulier avons-nous entrepris ! Faire et ne pas faire, —
ne vouloir arrêter une œuvre matériellement circonscrite
— comme les autres font, et nous le jugeons illusoire,
mais enfreindre incessamment notre définitif, et toujours,
intérieurement, en travail, vous pour Dieu, et moi pour
moi et pour rien. (1905. Sans titre, III, 528.)

Je n'ai nulle dévotion pour la « nature » ni pour
« l'amour » ni pour « l'histoire ». En général, la passion
et l'émotion me répugnent. Pourquoi surélever les
moments du désordre et de la simplification — dans lesquels l'individu et son objet se confondent, se cherchent
en tâtonnant ? Dans ces phases, les retentissements physiques sont prépondérants, et les bizarres sensations
internes envahissent le théâtre. Il en résulte que des
individus différents se ressemblent le plus à ce moment
— ce qui explique, d'abord, l'importance artistique des
émotions — et puis, ma répugnance — ma peur de
trouver mon semblable, mon ennemi, mon inférieur —
moi-même.
Alors, ce problème : Quelle est la phase pendant
laquelle deux individus diffèrent / peuvent différer / le
plus ? (*Ibid.*, III, 553.)

Mon ambition, ma brûlure est tout interne — Pouvoir
m'applaudir — le reste m'est étranger — le reste est froid.
Je ne mesure que mon potentiel — Pouvoir. Aussi me
suis-je retourné dans ma peau — dans mon crâne comme
si l'extérieur n'était qu'un lit docile. (*Ibid.*, III, 553.)

☆

Orgueil — et son contraire viennent de l'impossibilité
de se considérer comme autrui. Tout cadavre nous
offense[A].

Il n'est pas de labeur dont je ne me sente capable pour
prouver à moi-même que je suis cependant l'unique et
je tends à créer mon empire inviolable par tous moyens.

Pas de blessure plus directe, plus centrale que si autrui
m'oblige à reconnaître son existence concurrente, par
quelque raisonnement qu'il fait ou un chemin intellectuel tracé par lui dans mes propres terres — il se fait
accorder à l'égard de mes éléments — ma place royale.

Autrui, d'abord une chose, devient plus maître que
moi. Mais Moi se place comme par un axiome, au-dessus
de toutes démonstrations — il ne veut reconnaître ses
défaites et il trouve toujours de quoi amoindrir et mépriser la victoire d'autrui. Une circonstance immanquable
le secourt : c'est qu'autrui ne se montre et ne subsiste que
temporairement dans sa force tandis que je persiste et que
ma résistance dure d'elle-même autant que moi.

... C'est le sentiment de contenir, de demeurer tandis
que les phénomènes changent. La partie plus petite
/ grande / que le tout. Autrui se présente dans sa particularité, avec sa face et ses mains, sa stature qui devient
petite quand il s'éloigne, ses faiblesses et ses erreurs me
frappent — tandis que Moi ne se voit pas nécessairement, efface promptement ses fautes, se sent pur et
général — autre que toute apparence — arrange son
passé, possède l'avenir.

... C'est le moi imparticulier qui chasse, méprise ou
admire l'image de la personnalité[B] — tandis qu'il la
continue et la précise de plus en plus sans le savoir.
Moi — n'est pas homme. (*Ibid.*, III, 562.)

Je sens bien que je suis une ébauche. (*Ibid.*, III, 634.)

A. *Aj. marg. :* Sentiment de ma force
B. *Aj. renv. :* c'est pourquoi la personnalité peut se modifier

☆

Imminence éternelle de toute ma pensée. (*Ibid.*, III, 680.)

☆

Je suis plus conscient qu'intelligent. Au collège, bien d'autres surmontaient les difficultés qui me laissaient impuissant et ahuri. Mais je sentais donc toute la hauteur de l'obstacle et considérais les sauteurs au-dessus de moi — mais le tout dans moi.

La supériorité que je n'avais pas, je la mesurais et consciencieusement je l'amoindrissais. Ce n'est rien de franchir, me disais-je par défense, sinon en toute connaissance... (1905-1906. Sans titre, III, 694.)

☆

Il ne me suffit pas de comprendre — il me faut éperdument *traduire*.

Mon malheur vient de ma rigueur — de ma.. vertu. (*Ibid.*, III, 728.)

☆

Je n'aime que ma création — et pas même ma créature — (*Ibid.*, III, 795.)

☆

J'ai détruit mes charmes. J'ai cherché la rigueur — parce que le naturel ne m'importe pas. Un dieu seul peut aimer sérieusement une fleur vraie, sachant la [faire] pousser. (*Ibid.*, III, 821.)

☆

La vie est pour chacun un accroissement de détermination d'un certain *individu* — le Soi.

Mon instinct invincible de ne pas me laisser classer, de redouter le définitif a sa signification profonde. (*Ibid.*, III, 883.)

☆

τεαυτος[1]

Pas de continuité dans l'effort. Pas de tonus régulier.
Des moments.
De grandes inégalités.
J'en ai tiré ma *manière* — le *goût* de la sécurité, de la
rigueur, des formules — l'horreur de ce qui n'entre pas
dans un instant. Rapidité et lassitude. Sens de l'incomplet
— de la durée, exagérés. Aller outre. Dépassement —
chutes.
Je reviens à la charge. Je suis difficile.
Je ne puis pas conter. J'ai vite le dégoût d'écrire. Le
physique de l'écriture m'est insupportable. Quand le mot
vient enfin sous la plume, l'idée est déjà altérée ou chue.
Au lieu de lire, je tends à deviner.
Ma patience est faite de mille morceaux.
Je suis « intuitif » mais *sachant* trop que mon intuition
du moment est un moment; mépris de chaque moment,
mépris du particulier, mépris de moi en tant que connu
d'avance et comme passé — attente incessante de définitif. Et donc je me permets l'enfantillage qui est le
mépris du présent.
Je n'ai aucune tentation de traduire ce à quoi je n'attache
aucun prix général pour le moi. (*Ibid.,* passage inédit[2].)

☆

Mon caractère veut que je poursuive de préférence les
recherches intérieures, qui aboutissent à un système fini
dont il s'agit seulement de mieux ordonner, de mieux
dessiner, de mieux posséder le total, toujours connu;
cependant que les recherches physiques sont sujettes à
des bouleversements inattendus — de même que le globe
peut brusquement changer sa figure et la carte tandis
que l'homme ne peut que s'annuler ou varier très lentement. (1906-1907. Sans titre, IV, 16.)

☆

Toute affirmation qui n'est pas de *moi*, tire de moi une
contradiction — ou plutôt un mouvement contradictoire

dont je ne suis pas long à trouver l'expression logique
et — — — avouable, sinon forte.

Si je résiste, c'est que dans toute affirmation extérieure
gît une sorte d'attaque non explicite, non à mes « idées »
tant qu'à mon existence — mon pouvoir affirmateur,
à ma « liberté ». (*Ibid.*, IV, 68.)

Je ne fais qu'essayer de rendre plus nette et maniable
l'intuition que j'ai de l'esprit. (*Ibid.*, IV, 87.)

Si je me retourne, je me revois des millions d'idées —
une magnifique quantité.
Et de ces millions, combien ai-je gardées ? Ce nombre
ne donne-t-il pas du mépris pour chacune ? Le nombre
des pensées. (*Ibid.*, IV, 93.)

Il y a toujours autre chose, une autre vue, une autre
conscience, d'autres circonstances, et ce sentiment
presque toujours présent, me caractérise. Suis-je le Protée ? (*Ibid.*, IV, 114.)

N'es-tu le Robinson intellectuel ? Jeté dans soi, refaisant dans son île voulue, sa vérité, et les instruments
qu'elle demande.
À la chasse ! À la pêche !.. Même le perroquet n'est
pas très loin. (*Ibid.*, IV, 135.)

Mon point de vue évite « l'homme » spontanément.
Cette unité de composition, l'homme, ne doit pas être
employée toutes les fois que l'on peut s'en passer. Je vois
très clairement un livre d'histoire — d'histoire humaine,
sans un seul personnage — c'est-à-dire sans éléments
figurés empiriques.
De même que la réflexion est vaine si elle est verbale et

faite de mots pris tels quels — de même la contemplation
de l'homme et des hommes donne des produits impurs.
(*Ibid.*, IV, 139.)

☆

Je suis terriblement jaloux de tout ce que j'admire.
J'ai la fureur de n'avoir pas vu, trouvé, deviné, — tout
ce que j'admire. Mais voici mon apologie : Je tourne
ma fureur contre moi-même et si je rencontre quelque
chose qui me plaise beaucoup parmi celles que j'ai faites
— j'entre en souffrance, je me regrette, je hais ce que
j'ai été pour l'avoir fait et celui que je suis pour ne le
plus faire. (1907-1908. Sans titre, IV, 173.)

☆

Je ne travaille qu'à différer — devenir différent.
(*Ibid.*, IV, 197.)

☆

Nul plus que moi n'a *reculé* devant toute chose. Je
voudrais les renvoyer toutes au *théâtre* — et me dépouiller
de tout hors le regard. (*Ibid.*, IV, 248.)

☆

Ma vie fut toujours inquiète de tout engagement. Me
dégager, me dégager, ma manière fondamentale naïve.
Quoi — je suis tel — quoi, je suis tel et tel, même fût-ce
très agréable — Impossible d'y demeurer, d'en jouir.
Impossible d'être quoi que ce soit. Je pense toujours à
autre chose et de préférence le pire.

Et je m'ennuie même d'être ce changement, que je
finis par pressentir, par précéder.

Cette nature qui se trouve toujours trop serrée, trop
saisie, qui veut se réveiller toujours de l'étreinte, qui se
fait des fantômes d'encerclement et existe en s'y dérobant,
et pour exister les suppose — tant que chaque idée,
chaque sentiment lui semble toujours autre que soi, cas
particulier, chose à épuiser, à percer, à voir du dehors —
cette nature fait ses théories. Je vois donc par le possible.
Tout me semble combinaison — et je dégage de moi
une fonction maîtresse qui est de ne me tenir à nul...

— Et finalement puisqu'il n'est pas d'idée, d'état, de
certitude, que la suite des choses de toute façon continuée
ne transforme — puisqu'il n'est pas de *chaîne* ou d'assemblage si bien ajustée, close ou formée de si justes contacts
réciproques, qui n'appartienne à un système plus vaste
dans lequel elle est ouverte et démontée, puisque rien
ne ferme à la longue, pourquoi ne pas anticiper cette
nécessaire évasion, ni adopter mon instinct ou ce pressentiment : que toujours par quelque endroit ce qui est se
dérobe — laisse fuir. Nul système n'est si homogène
qu'il ne cède par un point et nul n'est non composé,
n'est simple.

... Je me suis dégagé de ma « ville », de la littérature,
de mon meilleur, de tout éloge, de mes admirations, du
vrai et du faux et du « vrai » et du « faux ». Au point que
si quelque chose me veut engager trop intimement, je
tends à m'évanouir — je me sens en aller —

Et c'est pourquoi je suis si craintif, si peu sûr de moi —
si défiant, si enchaîné à tant de préparations et de précautions. Je ne sais jamais si je ne vais pas me dégager —
si je ne vais perdre tout à coup tous mes *moyens* et en fait
cela arrive. Je demeure facilement stupide, le cerveau
comme arrêté —; absolument interrompu. Je ne puis
rien parier sur moi-même. Je sais que ma force me
trompe autant que ma faiblesse — et qui me connaît
bien s'étonne des deux et m'ignore ainsi d'autant plus
qu'il me connaît plus et me peut prévoir d'autant moins.
Moi le premier.

J'ai aimé les extrêmes par l'espoir d'y trouver un fixe.
La logique, pour le même motif. Tout ce qui semble sûr
m'attire, moi l'incertain.

Pas de « profession » ni « spécialité » ni « aptitude ».
Je ne crois pas au livre parce que le lecteur — c'est
moi. (*Ibid.*, IV, 280-281.)

Mon type — l'inquiétude voulue — puis s'imposant.
(*Ibid.*, IV, 301.)

Toutes les bêtises de l'homme en crise.

Horreur^A des sentiments. (*Ibid.,* IV, 340.)

☆

Je ne m'abandonne jamais. Je ne le puis. Trace définitive, peut-être, d'un souci maternel — toujours présent jadis et ressenti par moi. Tous les sentiments modifiés en moi par ce non-abandon. Pas d'ivresse que brève
et vite inquiétée. Sur toute chose je crains de m'engager.
Il arrive alors que si quelque impression trop forte me
veut à tout prix, il faut qu'elle soit vaincue et je la fuis
physiquement par évanouissement. Je nous détruis
ensemble. (*Ibid.,* IV, 351.)

☆

Mon ennemi.. ce n'est pas toi, toi — à foudroyer,
convaincre, éblouir d'un prestige. Je ne te traiterai pas
comme je ne veux / puis / être traité.

Plus à fond — ce n'est *personne* — c'est juste l'innommé
— moi-même, le en dehors instantanément de tout ce
qui se jette devant lui-même.

Celui-là, c'est l'ennemi, adversaire véritable qui a deux
faces, l'*anti,* le *méta.*

Toi, l'autrui, non ne mérites cette colère dorée, cette
furie ou ire de feu — non, non, non, non. Toi ne vaux
que lucidité, froide justesse.

Je ne danserai pas devant ton arche, autrui, autre que
moi ; je ne te ferai pas croire des merveilles, je ne simule-
rai pas plus de force ni de profondeur ni de grâce, pour
toi — je ne ferai pas celui qui sait, ni celui qui devine,
commande ; ni qui crée — non, non, ô littérature ; je ne
m'abaisserai pas devant toi à chercher de ne pas faire de
fautes, je ne m'élèverai pas par des ratures ni ne me ren-
chérirai par des substitutions de mots.

Que m'importe cette comédie. C'est moi-même qu'il
me faut séduire, apprivoiser, capter, éprendre. C'est
ce *moi* jamais enlacé et qui rien n'a de personnel, d'une
personne, ni visage ni langage certain, ni mœurs
connues — — mais pour qui je suis nu toujours et que
rien ne trompe.

A. *Aj. marg. :* (j'ai)

Là est mon difficile — ce qui me rend furieusement léger, terriblement, divinement indifférent et d'une passion inachevable. (Car... en effet,[A])

Cet exigeant être ne se paye que du plus réel. Il est prose — étant lui et seul — étant la signification dernière — le vers étant intermédiaire — et à son point, tout le sublime, le beau n'est que voile, chemin, lourdeur, rideaux lourds et beaux qui désignent la place et la masquent.

Il est le présent dont tout ce beau n'est que la promesse, la forme future.

Et je ne puis plus écrire de vers ni former des histoires fausses — à cause de cela — c'est que je ne puis m'arrêter à la surface merveilleuse.

... Musique très belle, tu élèves ma haine et mon envie. Je sais que tu me mens et pourtant je te suis. Tu fais semblant de savoir, de tenir — tu recrées, tu formes et reformes — et je sais que tu ignores et tu émeus comme si tu conduisais au secret.

Guerre ! Guerre — — — sottises — — (*Ibid.*, IV, 354.)

☆

Ce qui me fait si lent à bâtir[1], si temporisateur est l'étrange manie de vouloir[a] toujours commencer par le commencement. (1909-1910. *A*, IV, 357.)

☆

Je ne suis fait pour les romans[2] ni pour les drames[3]. Leurs grandes scènes, colères, passions, moments tragiques, loin de m'exalter, me parviennent comme de misérables éclats, des états rudimentaires où toutes les bêtises se lâchent, où l'être se simplifie jusqu'à la sottise, et il se noie au lieu de nager dans les circonstances de l'eau.

Je ne lis pas dans le journal ce drame sonore, cet événement qui fait palpiter tout cœur. Où me conduiraient-ils, sinon / rien qu' / au seuil de ces problèmes abstraits où je suis déjà tout entier situé ? (*Ibid.*, IV, 364.)

A. *Mot illisible.*

☆

Souffrance[1]. Je n'ai pas un coin pour être seul, pas une chambre personnelle, ni une heure pure de bruit, légère de soucis, sans limite pensée, sans l'idée qui déjà présentement la termine. J'envie le prisonnier d'une cellule qui le préserve et qui dans elle est propriétaire du temps, de la solitude et de la continuité. Pas de silence, de suite, de profondeur sans argent. Pas de noblesse sans paix et séparation. Et quand je suis près d'en gémir, au milieu de la torsion ou au fond de l'attendrissement et du froid que cette incessante contrariété de ma tendance dégage / invoque /, je pense *toujours* à la sottise de ma tendance et de ma souffrance, à la vanité de ce que j'aurais fini par apercevoir si j'avais eu le loisir et le recueillement. J'ai peur d'y attacher une importance plus niaise que la douteuse méditation n'eût été lucide. Je perds plus en me regrettant que je n'eusse gagné à me posséder.

Enfin n'y a-t-il pas une circonstance ridicule dans ce malheur de ne pouvoir jouir de soi-même, quand on a tout abandonné hors soi-même et qu'on se fut résolu à ne demander presque à tout l'extérieur que sa propre place, et puis — des conditions négatives[a] ? (*Ibid.,* IV, 367.)

☆

Je ne puis penser[2] qu'en me sentant innover. Je change un peu ce que je sais de mes idées si je les parle.

Je ne puis raconter une anecdote sans dégoût. Je parle bien si je bâtis en même temps que je parle. Là est mon obstacle d'écrivain. Il m'est dur d'écrire, de copier, de me relire — sans innover. (*Ibid.,* IV, 367.)

☆

La plus grande gloire est ignorée de son objet. Elle est d'être invoqué secrètement, d'être imaginé dans le silence particulier pour servir de témoin, de juge, de maître, de père et de contrainte sacrée.

Cette gloire divine dont je connais le poids je l'ai conférée à quelques hommes dont même les vivants ne la soupçonnèrent pas. (*Ibid.,* IV, 369.)

Je sens infiniment le pouvoir, le vouloir parce que je sens infiniment l'informe et le hasard qui les baigne, les tolère et tend à reprendre sa fatale liberté, sa figure indifférente, son niveau d'égale chance[1]. (*Ibid.*, IV, 370.)

Je ne suis pas bête[2] parce que toutes fois que je me trouve bête, je me nie — je me tue[a3]. (*Ibid.*, IV, 372.)

Ensemble —

Autrui, ma caricature, mon modèle, les deux[4]. Autrui que j'immole justement dans le silence; que je brûle sous le nez de mon — Âme !

Et Moi ! que je déchire, et que je nourris de sa propre substance toujours re-mâchée, seul aliment pour qu'il s'accroisse.

Autrui que j'aime faible, que fort j'adore et bois — je te préfère intelligent et passif... à moins que, rareté, et jusqu'à ce que, peut-être, — un autre Même paraisse — une réponse précise..

En attendant, qu'importe le reste ! (*Ibid.*, IV, 373.)

Pour moi, mélange d'impatience et de résignation, les défaites ne comptent guère — pas longtemps — Et les victoires, — pas du tout. (*Ibid.*, IV, 377.)

N'ayant plus l'espoir d'être bâti d'une sorte toute particulière (seule chose qui me plairait) je crois donc que ma pensée n'use pas de moyens si différents des vôtres que je ne puisse conclure de sa marche à la vôtre. (*Ibid.*, IV, 379.)

☆

La même idée venant de toi ou de moi provoque ma
contradiction ou mon assentiment[1]. (Ce qui suppose une
sorte de certitude que cette telle idée vient bien de *moi*...)
(*Ibid.*, IV, 381.)

☆

Surmonter ses talents. Mes dons me déplaisent. Mon
facile m'ennuie. Mon difficile me mène. (*Ibid.*, IV, 383.)

☆

< Je ne suis rien. Je ne vaux rien. Je ne puis rien.
En moi, le grand travail ne s'est pas accompli. En moi,
l'univers a perdu *son temps*. Je ne suis pas un petit
accroissement, un pas de plus. > (*Ibid.*, IV, 385.)

☆

Pourquoi fais-tu cette philosophie ? Et n'est-ce pas la
politique, la peinture, la parole ?
C'est par ordre. Je préfère l'ordre à la vie toute brute.
Je mets ce que pureté je nomme avant la puissance
aveugle et le mouvement naturel.
Ce n'est pas un petit projet que de reclasser l'homme
que l'on est. Absurde, peut-être; capital en moi. (*Ibid.*,
IV, 385.)

☆

Tard, ce soir[2], brille plus simplement[a] ce reflet de ma
nature : horreur instinctive, désintéressement de cette vie
humaine particulière[3]. Drames[b], comédies, romans même
singuliers et surtout ceux qui se disent « intenses » —
Amours, joies, angoisses, tous les sentiments m'épou-
vantent ou m'ennuient; et l'épouvante ne gêne pas
l'ennui. Je frémis avec dégoût et la plus grande inquiétude se peut mêler en moi à la certitude de sa vanité, de
sa sottise, à la connaissance d'être la dupe et le prisonnier
de mon reste, enchaîné[c] à ce qui souffre, espère, implore,
se flagelle à côté de mon fragment pur.
Pourquoi me dévores-tu, si j'ai prévu ta dent ? Mon

idée la plus intime est de ne pouvoir être celui que je suis. Je ne puis pas me reconnaître dans une figure finie. Et moi s'enfuit toujours de ma personne que cependant il dessine ou imprime en la fuyant[a]. (1910. *B 1910*, IV, 392.)

Je cherche à me plaire[1].
J'ai l'ambition de l'ensemble. (*Ibid.*, IV, 394.)

Terriblement jaloux de ce qui est digne de moi : jamais de la chose, mais du pouvoir de la faire — et sur tout de ne pas la faire[2]. (*Ibid.*, IV, 394.)

Dans ma « Morale[3] » si je m'amusais d'en faire une on pourrait faire tout le *mal* que l'on voudrait à la condition expresse de l'avoir nettement voulu et prévu en tant que mal, sans rien s'être épargné de sa connaissance, étant descendu soigneusement dans sa figure, dans ses conséquences probables, dans le *bien* que l'on pense en tirer — et considérant comme défendu absolu toute fissure pour le remords, tout ce qui me ferait ensuite vomir mon passé et souillerait le jour présent — le demain[4].

Fais ce que tu veux si tu pourras le supporter indéfiniment[5]. (*Ibid.*, IV, 397.)

Il y a un imbécile en moi et il faut que je profite de ses fautes[6]. Dehors il faut que je les masque, les excuse.. Mais dedans je ne les nie pas, j'essaye de les utiliser. C'est une éternelle bataille contre les lacunes, les oublis, les dispersions, les coups de vent. Mais qui est moi, s'ils ne sont pas moi ? (*Ibid.*, IV, 397.)

Teste chargé de liens[7].
Je sais tant de choses — je me doute de tant de

connexions — que je ne parle plus. Je ne pense même
plus, pressentant dès que l'idée se lève qu'un immense
système s'ébranle, qu'un énorme labeur se demande,
que je n'irai point jusqu'où je sais qu'il *faudrait* aller.
Cela me fatigue en germe. Je n'aurai pas le courage
d'entrer dans le détail de cet éclair qui illumine instantanément des années. (*Ibid.,* IV, 400.)

L'angoisse — revanche des pensées inutiles et stationnaires; et des va-et-vient que j'ai tant méprisés[1].

Angoisse, mon véritable métier.

Et à la moindre lueur, je rebâtis la hauteur d'où je
tomberai ensuite.

... Le jour commence par une lumière plus obscure
que toute nuit — je le ressens de mon lit même : il
commence dans ma tête par un calme laissant voir toutes
pensées à travers un état pur, encore simples, assoupies,
distinctes; d'abord résignation, lucidité, bien-être comme
dans un bain primitif. Le matin premier existe comme
un uniforme son.

Bientôt, tout ce que je n'ai pas fait et que je ne ferai
jamais, se dresse et me retourne dans mes regrets sur ma
couche. Cela est fort, tenace comme un rêve, et c'est
clair comme la veille. Je sens terriblement le bête et le
vrai de ces mouvements. Inutiles, véridiques, sont ces
démonstrations fatigantes. Il faut se mettre debout et
dehors, dissiper encore une heure dans les rues où
s'ébranlent les ordures. Laisser même le supplice —
inachevé. (*Ibid.,* IV, 415-416.)

Je veux faire pour l'esprit, une arme, un instrument,
un outil. (1910. *C 10,* IV, 426.)

Je me f - - de leur applaudissement, n'étant pas assez
difficiles. (*Ibid.,* IV, 428.)

Autrui fut mon poison.

Sa vigueur m'a torturé, diminué — Sa faiblesse torturé, dispersé. (*Ibid.*, IV, 439.)

Les uns sont attirés par leur meilleur; et où ils se sentent forts, demeurent. Les autres, c'est où ils sentent leur infériorité, qu'ils se dirigent invinciblement; et ils ne se sentent bien que s'ils se sentent bien où naturellement ils se sentent mal et difficiles.

Mon esprit est trop faible pour suivre un discours d'une heure; mais me connaissant bien et ne voulant pas de cette infirmité, il faut que je découvre, invente et démontre la prolixité de ce livre, de ce discours : j'arrive à le remplacer par trois mots pour prouver qu'il n'eût pas dû être si long; et triompher de la supériorité de mon infériorité. (*Ibid.*, IV, 441.)

Quel thème délicieux ! le Video meliora[1] — —

Je conçois si exactement un homme qui ne s'efforce en rien de gêner ses superstitions (— des plus « viles » —) par ses libertés — des plus vraies — de pensée.

Il n'est pas d'actes contradictoires, car les actes ne disent rien et ne coïncident pas. Je me vois fort bien philosophe de 8 à 10; et mystique dans la soirée. Je ne me conçois sans une demi-douzaine d'opinions dont la présence très voisine me semble même nécessaire, « fonctionnelle ». (*Ibid.*, IV, 443.)

Si j'ai fait quelque « bien » — je n'ai *jamais* manqué à reconnaître que j'y étais intéressé; et je n'ai jamais rien fait que je n'aie pu l'attribuer à mon « égoïsme ». Et ceci explique comment je fais si peu le « bien ». C'est que quand je le fais, c'est précisément pour les mêmes motifs que si je faisais « du mal » et la différence m'est extérieure. Et de plus, il me donne le remords (relatif)

d'être fait par intérêt — que le mal ne donne naturellement pas. (*Ibid.,* IV, 445-446.)

Le plus fort de mes sentiments est la haine même de
mes sentiments, de ces maîtres absurdes, inexplicables,
transcendants, tout-puissants, dont la force élémentaire
prend par le travers et démonte les délicates machines
de la précise pensée — ou les transporte hors de leur
climat et de leur époque, leur impose une matière qui
les attaque, une vitesse qui les fausse. (*Ibid.,* IV, 450.)

Je vois l'extrême — et j'en souffre. Je vis à l'extrémité
du moindre indice.

Chacun a son mode de n'être pas dans le présent.
(*Ibid.,* IV, 454.)

De quoi j'ai souffert le plus[1] ? — Peut-être de l'habitude de développer toute ma pensée — d'aller jusqu'au
bout — en moi. (1910. *D 10,* IV, 476.)

Ma solitude — qui n'est que le manque depuis beaucoup d'années, d'*amis* longuement, profondément vus[A];
de conversations étroites, dialogues sans préambules,
sans finesses que les plus rares — elle me coûte cher[3].
Ce n'est pas vivre que vivre sans objections, sans cette
résistance vivante, cette proie, cette autre personne,
adversaire, reste individué du monde, obstacle et ombre
du moi — autre moi — Intelligence rivale, irrépressible
— ennemi le meilleur ami, hostilité divine, fatale, intime.

Divine, car supposé un dieu qui vous imprègne,
pénètre, infiniment domine, infiniment devine — sa joie
d'être combattu par sa créature qui essaie imperceptible-

A. *Aj. marg. :* usque ad fastidium[2], parce que cet ennui est
important

ment d'être; se sépare.. La dévorer et qu'elle renaisse; et une joie commune et un agrandissement — — (*Ibid.*, IV, 479.)

☆

L'orgueil qui fait refuser jusqu'à l'accroissement de soi-même par un apport étranger; qui accepte cette sorte d'erreur et d'absurdité entraînant un manque à s'accroître — plutôt que l'agrandissement non vu et voulu et acquis tout seul. (*Ibid.*, IV, 485.)

☆

Thermométrie[A].

À un certain âge tendre, j'ai peut-être entendu une voix, un contr'alto profondément émouvant...

Ce chant me dut mettre dans un état dont nul objet ne m'avait donné l'idée. Il a imprimé en moi la tension, l'attitude suprême qu'il demandait, sans donner un objet, une idée, une cause, (comme fait la musique). Et je l'ai pris sans le savoir pour mesure des états et j'ai tendu, toute ma vie, à faire, chercher, penser ce qui eût pu directement restituer en moi, nécessiter de moi — l'état correspondant à ce *chant de hasard ;* — la chose réelle, introduite, absolue dont le creux était, depuis l'enfance, préparé par ce chant — *oublié.*

Par accident, je suis peut-être gradué. J'ai l'idée d'un maximum d'origine cachée, qui attend toujours en moi.

Une voix qui touche aux larmes, aux entrailles; qui tient lieu de catastrophes et de découvertes; qui va presser, sans obstacles, les mamelles sacrées / ignobles / de l'émotion / bête /; qui, artificiellement et comme jamais le monde réel n'en a besoin, éveille des extrêmes, insiste, remue, noue, résume trop, épuise les moyens de la sensibilité, ... elle rabaisse les choses observables. On l'oublie et il n'en reste que le sentiment d'un degré dont la vie ne peut jamais approcher. (1910. *E 10*, IV, 587.)

☆

Dans la *Vie de César*, il[1] note l'admirable jalousie de

A. *Aj. :* Hypothèses

César contre lui-même — cette haine de soi présent
contre soi passé. Je sens cela extrêmement. (*Ibid.,* IV,
623.)

☆

Souvent j'ai observé les modes de sentir et de comprendre toutes choses, se succéder comme des saisons
internes.

Il est des jours logiques et de mystiques. Certains
moins humains que d'autres. Les uns fermes et les autres
endoloris.

Il est des idées ou sujets qui me reviennent périodiquement; et hors de leur temps, ils ne sont pas nets.

Chez une sorte de sages, ces retours seraient peut-être
prévus. Toute leur vie serait disposée pour accueillir
leurs dispositions du moment. Et plusieurs travaux
seraient toujours ouverts à leurs plusieurs « esprits ».

— Ainsi, dans le propre du temps de cette liturgie
mentale, j'honore parfois, par leurs noms qui me transportent, les idées de modulation et de substitution — les
approches du sommeil, — les insensibles transformations
et échanges du spirituel et du corporel.

D'autres jours, c'est la lumière, les splendeurs de la
rigueur; ou bien je pense selon la quantité. (1911-1912.
F *11*, IV, 631.)

☆

Je souffre plus que vous; parce que je souffre mieux
que vous; par malheur. Parce que je souffre de souffrir,
et que j'en ai la connaissance claire.

Je suis comme élevé et plongé, relevé et replongé sans
arrêt dans le tourment. Retiré du feu, remis au feu.

Moi qui me suis appris à penser que je pense — je me
suis mêmement astreint à souffrir de souffrir, et tout ce
que j'ai ouvert, tracé, forcé pour me connaître, finesse
pour percevoir, accroissement d'organisation, .. tout
cela sert de chemins plus pénétrants et de terribles résonateurs pour les affreuses entreprises.

Cette souffrance est une activité.

Sentir une démence *réelle,* une chose en moi — ou un
objet à quoi s'adapter est impossible. Limité par quoi ?
— Mimer une folie de comédie pour mettre dehors la
vraie[a]. (*Ibid.,* IV, 639-640.)

☆

L'anneau.

Une suite ou système d'états *A, B, .. P ..* peut sembler finie ou non, fermée ou non suivant que l'observateur remarquera la ressemblance plus que la différence des états; ou le contraire.

Si *F* ressemble à *A*, et si je suis surtout frappé de cette similitude, alors je conclus *F = A* et le système se répète.

Il y a des philosophes qui voient surtout la similitude; d'autres la différence.

Les uns auront l'impression d'être enfermés dans un groupe fini de phénomènes. Les autres d'être évoluant.

Mais plus leur sens des analogies et leur pouvoir de généralisation sera grand, plus ils seront enfermés. Et de même, il y a une limite plus vite atteinte dans le nombre des noms abstraits que dans celui des noms de choses concrètes. Le nombre des opérations est petit et fini; celui des nombres est infini.

— Quant à moi, me considérant de temps à autre et comme saisi par tel *ordre d'idées,* laissé depuis un an ou depuis deux mois, j'observe une certaine régularité composée dans ces retours. Il y a une sorte de période et une altération ou perturbation de cette période supposée par des circonstances extérieures.

Je finis par me voir sous l'espèce d'un anneau d'idées. Je ne sais si je puis dire que cette idée-là elle-même que j'écris fait ou non partie de l'anneau ..

Celui qui observe sa pensée est fatalement condamné à l'anneau. Il acquiert un passage plus rapide d'un élément à un autre, soit par l'illusion de similitude entre éléments qui ne font que s'appeler, soit par un sens plus aiguisé des analogies, qui retrouve l'un dans l'autre élément.

Remarque. Quand je dis que la conscience de me mouvoir dans un tel anneau, fait elle-même un moment de l'anneau, — je le dis par un *raisonnement*.

De même si je disais : Supposé que l'anneau soit vrai, alors mes éléments (ou mes réflexions successives) seraient toujours se substituant dans le même ordre.

Mais au contraire, la notion de ce cycle et de ces saisons intellectuelles est une simple et pure observation.

Constitution de l'anneau. C'est énumérer les idées qui en sont les éléments; et s'il existe, leur ordre.

Remarque. Ces quelques « thèmes » constituent le registre de mon personnage intellectuel. Chacun a son période de puissance et même de toute-puissance, et son période d'effacement.

Leur système ou leur collection subit des variations. Il y a quelques changements très lents. Certains ne reviennent plus jamais. D'autres apparaissent ou se transforment. En quelques années.

Toutes les idées autres que celles de l'anneau et qui ne s'y rattachent, sont purement indifférentes. *Si je les poussais suffisamment, elles rejoindraient l'anneau.* Soit que les idées de l'anneau soient suffisamment générales pour absorber une idée quelconque; soit que je tende à passer trop facilement d'un aperçu instable à ces *n* formes stables de pensée.

— Quoi qu'il en soit, tel est ce théorème fondamental — ou plutôt cette espèce de définition.

À partir d'une impression, impulsion ou excitation nouvelle, extérieure ou non —, je me modifie jusqu'à ce que je me reconnaisse ou me retrouve; ou que je repense tel ordre d'idées — familier, infiniment méditable et reméditable; qui est à la fois une méthode, un domaine, un art, un modèle, un problème, une attitude, un désir, un projet ou commencement, une promesse — une manière de voir, une phase enfin où l'on entre et à laquelle on se confond, — qui est moi, — jusqu'au point où l'on se détache tous les deux — l'un devenant, redevenant idée; l'autre homme, et qui regarde encore cette idée mais comme le dos d'un livre — comme passée à un langage.

L'idée est ce qui tour à tour considère et est considéré. Manière de voir et puis chose vue; et da capo[1].

Je devrais ici essayer une énumération de quelques éléments de mon anneau.

Tel le jour où je sens selon l'architecture — et pendant ce temps cette architecture me fournit images, métaphores, pour toute chose. Il y a le jour de la machine et le jour des probabilités.. L'idée de ce qui en tout système, se conserve; ou de ce qui repasse par le même point. (*Ibid.,* IV, 646-648.)

Ai-je eu tort ? Ai-je eu raison — d'avoir voulu cette conscience sur toute chose, préféré à une fructification obscure, le moindre éclat ?

Suis-je par là plus *petit* que tel et tel qui ont déployé leur œuvre[1] ? (*Ibid.*, passage inédit[2].)

Qui dira le tourment de l'acuité, quand la pensée et la vision sont si nettes, si ponctuelles que je suis pénétré et coupé par les idées ou choses. (1912. *G 12*, IV, 678.)

Te[A] rappelles-tu le temps où tu étais ange ? Ange sans Christ, je me souviens.

C'était une affaire de regard et de volonté, l'idée de tout traverser avec mes yeux. Je n'aimais que le feu. Je croyais que rien à la fin ne résisterait à mon regard et désir de regard.

Ou plutôt je croyais que quelqu'un pourrait être ainsi et que moi j'avais l'idée nette et absolue de celui-là.

Tout me semblait si simple que la littérature devenait impossible. Plus d'objets.

Une certaine poésie pratiquée un peu détruit ou consume tous les mots. Ils perdent toute force propre. Ils ne sont plus que les clefs des autres hommes et non plus la vôtre. Soi, on ne se parle plus que par gestes ou au hasard — avec n'importe quel terme.

Je ne vivais que pour deviner.

C'est exagérer la distance infinie qu'il y a entre *moi* et les autres, entre tout moi et tous les autres. (1912. *H 12*, IV, 705.)

Mélange corsico-italien[3] nourri, cultivé dans le milieu français. (*Ibid.*, IV, 720.)

A. *Lecture incertaine. Il faut peut-être lire :* Le.

☆

— Dégoûté, écœuré — de moi, je me prends et me jette par terre à plat ventre, bras étendus. Mon cerveau / organe de l'esprit / s'envoie avec tout le reste au sol, aux choses jetées, aux poussières, à l'humilité littérale, à la vie la plus minime — avec l'espoir / force / de ne plus penser, et que ses regards soient deux cailloux. (1912. *I 12*, IV, 793.)

☆

Granville 7-7ᵇʳᵉ-12

Toujours étonné par tout ce qui est, je ne vois même pas ce que je ne vois pas étrange. Ce qui n'est pas étrange est invisible.

Ma manière de voir se développe de la stupeur jusqu'à la génération des choses.

Mon être ressent infiniment la distance qu'il met entre chaque être et une sorte de zéro. Il faut que je parte du rien.

A parte rei, toute une série de conditions; a parte mei[1] toute une autre série, pour chaque chose.

Sous chacune, une espèce de profondeur, une cote ou hauteur au-dessus du niveau du rien.

Mon œil se fixe sur ce point et grossit; — et tout, je m'ouvre comme un gouffre sous cet objet. (1912. *I' 12*, IV, 817-818.)

☆

Si « ma conscience » ou l'Impératif catégorique se lève[a] et dit à mon désir : Ne veuille pas ceci, ne fais pas cela —, il y a un autre Impératif non moins catégorique qui demande : pourquoi ? Le premier dit : Sens que cela est *mal*. Et l'autre lui répond : Si tu n'es qu'un sentiment, tu es de même espèce que mon désir; tu n'es qu'un peu plus obscur. Des voix secrètes, j'en ai plusieurs; toutes pressantes; toutes contraires; toutes obstinées; nulle pure, nulle transparente. Quoique j'écoute les unes et les autres — quoique j'obéisse à celle-ci, à celle-là, — toutes, je les méprise. Je ne sais pas d'où elles sourdent. Je connais tout ce qu'elles peuvent dire, ces pythies, ou portières bavardes sur le seuil de l'être. Elles ont toujours les plus grands mots sur ma bouche, mais elles ne savent pas ce qu'elles disent[A]. (1912-1913. *J 12*, IV, 866.)

☆

J'aime la pensée véritable comme d'autres aiment le nu, qu'ils dessineraient toute leur vie[1].

Je la regarde ce qu'il y a de plus nu; comme un être tout vif — c'est-à-dire dont on peut voir la vie des parties et celle du tout.

La vie des parties de l'être vivant déborde la vie de cet être. Mes éléments même ceux psychiques sont plus antiques que moi. Mes mots viennent de loin. (*Ibid.*, IV, 881.)

☆

Seauton[2].

Je résume mes avantages et désavantages; ma caractéristique est peut-être : l'impossibilité de me tenir tout entier dans quelque objet.. ou sujet[b].

Un dégagement rapide plus ou moins compensé — ou *compensé autrement* par lui-même, qui me ramène promptement au promptement quitté.

Tous mes malheurs et bonheurs intellectuels ainsi notés. L'inattendu pour les autres de cette vibration. Ce que j'ai approfondi l'a été par éclairs successifs.

Mes désastres scolaires. J'ai eu vite conscience de cette caractéristique; par elle-même —. Exagérée ensuite par ma destinée même.

J'ai essayé d'en tirer ce que j'ai pu. — Que tirer de penser toujours à autre chose ? — Rien ne m'a paru digne ou capable d'absorber quelqu'un à soi seul.

.. Tout entier = longtemps, assez longtemps.

J'ai une impossibilité mécanique quant au vague; au devinable; au long.

Les inconvénients de ma mécanique, sa hâte — comment je l'ai tournée le plus en ma faveur.

A. *Aj. renv.* : Il y a une convention qui fait la culpabilité, la responsabilité, le mérite etc. On convient qu'il y a un moi — permanent, — sachant l'avenir, — plus puissant que toute impulsion — capable de donner vigueur à toute idée.

Mais un bon sentiment est aussi spontané qu'un mauvais[a].

L'homme défini par ce qui l'ennuie, ce qui l'excède, ce qui l'excite. L'homme intellectuel par ses rapidités internes, sa capacité de s'éloigner ou du visible, ou du fini..

Je suis toujours trop jeune et trop vieux — trop moi, trop toute chose. Il faut pourtant organiser ces trop. On s'en arrange. Il faut savoir sur quel type est votre machine et quel genre de travaux y conviennent. Cela se sent mais vaguement et lentement. Un coureur — n'est pas un tracteur. On peut se raisonner un peu. Etc.. Cet Etc. est aussi ma marque. (*Ibid.*, IV, 884-885.)

☆

Lettre à Thibaudet, 10 mars 13[1].

.. J'ai adoré cet homme extraordinaire[2] dans le temps même que j'y voyais la seule tête, — hors de prix ! — à couper pour décapiter toute Rome[3]. Vous sentez la passion qui peut exister dans un jeune monsieur de 22 ans, fou de désirs contradictoires, incapable de les amuser, jaloux intellectuellement de toute idée qui lui semble comporter puissance et rigueur (et plus de l'invention même que de l'idée); amoureux non d'*âmes,* mais d'esprits et des plus divers, comme d'autres le sont des corps...

Insupportable, en somme, et d'abord à soi-même. Mais cette lutte secrète, rien qu'avec des *anges,* fait un mal comparable à l'alcool, — mais un mal important.

En d'autres mots, — je déplaçais, de toute une force instinctive, la *question ;* et ramenais tout : Poésie, analyse, langage, usage du réel et du possible, — à la seule et brute notion *du pouvoir mental.* Je commettais à demi sciemment, cette erreur, de remplacer l'*être* par le *faire* — comme si on eût pu se fabriquer soi-même — au moyen de quoi ? — Être poète, non. Pouvoir l'être. — — —

Etc. (1913. *K 13,* IV, 911.)

☆

Il y a des gens qui cherchent dans la littérature le rappel de leurs émotions, ou des émotions mêmes; ou le renforcement ou l'éclaircissement de leurs propres émotions.

Pour moi je n'ai besoin ni de tels renforcements ni de telles explications ni surtout du rappel, du *ricordo* de mes émotions — car je n'aime parmi mes émotions que celles dont je n'ai pas besoin qu'on me les rappelle ni qu'on me les renforce ni qu'on me les éclaircisse.

Aux livres, je demande : ou l'oubli, être autre — et par suite nulle profondeur; ou l'armement de mon esprit, l'armement non de l'individu; — des vues que je n'ai pas eues et dont je puisse enrichir mon arsenal — des moyens susceptibles de m'agrandir — ou de m'économiser des erreurs ou des temps —

C'est en quoi les romans sur l'amour m'ennuient — perdre du temps au sujet d'une perte de temps et le perdre dans des analyses dont je sais d'avance qu'elles ne valent rien, étant ou trop particulières ou trop arbitraires par essence. (1913. *L 13*, V, 7.)

Je suis rapide ou rien[1]. Inquiet, explorateur effréné. Parfois je me reconnais à une vue particulièrement personnelle et capable de généralisation.

Ces vues tuent les vues qui ne peuvent être portées au général soit défaut de puissance chez le voyant soit par autre cause ? (*Ibid.*, V, 8.)

Ce que je me dis, ce que je me crie — je ne veux qu'un autre me le dise[2]. Je souffre, je m'évanouis s'il me dit cette même pensée.

Est-ce[A]

Pourquoi, comment cette lutte infernale contre *moi* ? Inépuisable inquiétude. (*Ibid.*, V, 9.)

Après tout, qu'ai-je fait que chercher à *revoir* les choses dans un retour après analyses —

Refaire en *pur,* et d'abord moi. (*Ibid.*, V, 21.)

A. *Phrase inachevée.*

☆

Je me sens très peu de chose, et parfois ce peu (sincère) est *certain* d'être au plus près de grandes choses. (1913. *M 13*, V, 38.)

☆

Celui-ci se croit plus noble et plus pur parce qu'il préfère dépenser son or en beaux objets, peintures, livres, que retenir sa richesse à l'état protéen de monnaie.

Et pourtant cette monnaie est la forme supérieure, celle qui se change en les autres.

Ici je pense à moi. J'ai connu tous les sentiments de l'avare spirituel. J'ai toujours préféré la puissance potentielle aux œuvres.

Je croyais voir dans les reflets de mon or propre toutes les œuvres possibles et sans le remords de perdre dans l'une, la vertu de faire les autres.

— Et que j'ai souffert, tout le temps, de n'avoir pas tout le temps, la sensation de ma présence entière. (*Ibid.*, V, 52.)

☆

Je ne puis pas m'oublier. Impossible de m'éloigner de mon végétal — D'être tout à la chose — Ceci me caractérise dès le premier âge. Toujours présent. Et de là, il faudrait déduire toutes mes caractéristiques. Je suis lié, mais c'est ma nature d'être lien. D'où ce mélange terrible de distraction et d'attention. Incapable de longue attention et pourtant toujours attentif. Ni me distraire réellement ni me tenir assez longuement. (Il y a d'ailleurs dans le langage une confusion, équivoque entre distraction et attention — —) Mon action est brève et parfois intense — Très vite, très bref. Et cela suffit pour la distinguer des actions lentes et longues. Il n'y a pas d'équation générale entre les effets. Ici, le chemin parcouru par le mobile rapide et bref ne coïncide pas toujours avec celui du mobile lent et prolongé. Avantages et désavantages. Il en faut de tous. (*Ibid.*, V, 56.)

☆

Point de joies. Tu n'auras point de joies. Et à tes

misères tu ajouteras la mortification de les ressentir aussi, en tant que bêtises. Malheureux, bête de l'être et sentant cette bêtise. (1913. *N 13*, V, 77.)

Vertu.
Aujourd'hui vertu. — 30 7bre 13 — Au moins, apparente vertu.

Défaire des regards mélangés, des émois pressentis — Revenir sur ses pas et toute la vie lourdement résumée, pesante, brûlante.

Ce qu'on eſt, plus puissant que ce qu'on allait être. La vertu en action, manière de se détruire et qui le fait sentir. Chez moi, la crainte de faire mal à autrui, de souffrir du mal que je ferais.

Ô mon poids, tu es donc vertu ? Et qui eſt le plus faible, de céder / qui cède / au naissant mouvement ou de céder / qui cède / à cette crainte, à une idée ? Comme on ne sait pas où les choses conduisent..

Que le diable eſt clair, fin ! comme il fait subtil ! — Il rend la victoire amère et la vertu plus empoisonnée que la faiblesse. Céder c'était lui. Ne pas céder et s'en repentir, souffrir d'avoir vaincu, c'eſt mieux que lui-même.. au lieu du péché une fois commis, du crime éteint c'eſt un million de péchés[a] — d'étranges remords négatifs, de crimes spirituels, de velléités en tronçons vivants — et la sagesse se fait maudire, elle pique comme une sottise. (*Ibid.*, V, 80-81.)

Qu'il eſt difficile de penser sans soupirer ! (*Ibid.*, V, 98.)

Ma pensée se méprise et méprise ma sensibilité. (1913. *O 13*, V, 111.)

Que me fait ce que j'ai fait ?
Il y a q[uel]q[ue] chose de plus bête que le remords, c'eſt le contentement. (*Ibid.*, V, 124.)

Ce paradoxe vivant — le mien — de subir une espèce de poète, en somme, en moi; et de posséder à un degré singulier le sentiment du fonctionnement. (*Ibid.*, V, 131.)

T.

Jamais je n'ai pu souffrir la pensée d'être compris, moi, sous un concept. J'ai reculé devant les actes qui donnent à l'*essence,* l'idée d'une définition de soi.

J'ai reculé devant le poète, le philosophe, l'homme d'une profession qui étaient possibles en moi.

J'ai reculé devant l'être bon et l'être mauvais.

Je m'aime quand il semble n'être pas celui-ci ou celui-là : hommes. Je me hais quand je me reconnais, quand je ressens mon homme, ma propriété; je ne veux être personne. (*Ibid.*, V, 134.)

Ce que j'ai d'esprit me vient de m'être exercé contre moi-même. (1913. *P 13,* V, 151.)

Mon caractère le plus frappant (pour moi) est l'*anticipation*. Le devancement, le besoin immodéré de mûrir et d'épuiser en germe le moindre indice. Je ne puis voir un grain sans jeter au feu le tronc d'arbre. Essentiellement plus vite que les violons — détestablement.

Je prends conscience prématurément, immodérément et par là je ne suis qu'une partie d'être.

.. Ce dont j'ai besoin, j'ai soif — c'est le retard. (*Ibid.*, V, 152.)

Si j'ai une « mauvaise conscience », je passe immédiatement de cette conscience *morale* à une psychologique et je vois cette mauvaise conscience dans sa « relativité », c'est-à-dire sans origine transcendante, donc sans autorité. Je vois sa machinerie réflexe, ses voix empruntées, ses drames appris, ses rougeurs secondaires, ses illogismes, ses faiblesses — je compte ses temps, je prévois les paroxysmes, les reflux. J'ai beau souffrir et même jouir, le sens de la niaiserie, du circulaire, de la possibilité d'autre chose par un moyen réel ne me quitte pas, ne s'éloigne pas.

Mon tourment ne me prouve rien que ceci : je ne suis pas assez dur. (*Ibid.*, V, 153.)

☆

Mon cerveau est rebuté par la longueur — je fais trop de chemin en peu de temps pour en faire peu en longtemps.

Je cesse de comprendre.

Et d'ailleurs — je vois ou je ne vois pas.

Si je vois — rien ne m'arrête — facile ou difficile je vole.

Si je ne vois pas les choses les plus simples me sont simplement *impossibles*.

Et ce voir ou ne pas voir dépend des temps. (*Ibid.*, V, 165.)

☆

Le prosélytisme m'étonne.

Répandre sa pensée ?

Répandre — sa pensée — sans les reprises, sans l'absurde qui la nourrit, la baigne, — sans ses conditions.

Répandre ce que je vois faux, incertain, incomplet, verbal, ce que je ne supporte qu'à force de réserves — d'astérisques, de parenthèses et de soulignements. À force de réserves possibles, de reprises à date non certaine.

Et, par un autre côté — répandre mon meilleur.

Ou bien : commençant avec chaleur et lumière — tout à coup, au son réfléchi de ma parole — en entendre la faiblesse, l'absurdité brusquement accusée — Et alors m'interrompre ou.. poursuivre. Me mentir ou me rétracter. (1914. *Q 14*, V, 181.)

☆

L'horreur du développement — de ce qui se prévoit
Et pourtant, — le culte du complet
Faiblesse de n'aller pas au bout, et
Faiblesse ou force antipathique assommante, — de
dévider le tout.

Une formule — achèvement; et pourtant contraire —
du développement.

Dégoût du bizarre, de l'inattendu pur dont le seul
moyen est surprise.

Et dégoût du déroulement subi.

Je cherche *entre* mes pensées; je choisis celle qui ne
pressent pas sa suite, et pourtant celle qui se pressent
pouvoir prendre force de fait, force de loi. (*Ibid.,* V, 195.)

T.

Pourquoi j'aime ce que j'aime[1] ? Pourquoi je hais
ce que je hais ? Qui n'aurait le désir de renverser la table
de ses désirs et de ses dégoûts ? De changer le sens de
ses mouvements instinctifs ?

Comment se peut-il que je sois à la fois comme une
aiguille aimantée, et comme un corps indifférent ?

Je contiens un être moindre, auquel il me faut obéir
sous une peine inconnue, qui est mort.

Aimer, haïr sont au-dessous. —

Aimer, haïr, — PARAISSENT à moi des hasards.

Il y a en moi quelque faculté plus ou moins exercée de
considérer — et de devoir considérer mon goût et mon
dégoût comme purement accidentels.

Si j'en savais plus, peut-être verrais-je une nécessité —
au lieu de ce hasard. Mais voir cette nécessité, cela est
encore distinct.. Ce qui me contraint n'est pas moi.
(*Ibid.,* V, 213.)

Mon « esprit » a des parties de l'esprit « scientifique »
— et des parties — instinctives.

Je ne me plais pas dans mes souvenirs.

Ce qui est fini et qui n'a pas de valeur d'enseignement, c'est-à-dire quant au futur, me laisse, me déplaît.

Tous les souvenirs m'irritent, les doux parce qu'ils ne sont plus — Les amers parce qu'ils se raniment.

Même sensation pour les événements présents.

Je les ressens en tant qu'utiles pour le pouvoir ou inutiles ou contraires[A].

Je sais bien que de tout fait on peut tirer quelque chose mais ceci est vrai théoriquement.

Il faut la force et l'appétit du fait; et si le fait me déprime, m'excède, m'irrite, le meilleur fait est une perte. Je vis au lieu de voir.

Un fait indifférent, et moi avec toutes mes forces, moi clair, me rapporte infiniment plus qu'un fait saisissant qui me saisit trop. Les marques profondes sont mauvaises pour l'avenir. Cicatrices sur le corps glorieux.

Mon idéal est potentiel — Réversible.

La rapidité de ma pensée est en accord avec l'abstention de mes actes. Je cours[B] au loin, au pire, à la limite, à l'imprévu. Quel acte pourrait me suivre[1] ?

Le fait actuel, je le ressens donc dans sa portée. S'il n'en a pas, — si elle m'échappe, *je le souffre*. Je souffre donc l'immense plupart des faits.

Quelle impatience générale ! Quelles patiences particulières inexplicables pour mes autrui ! (1914. R *14*, V, 236.)

Je me suis fait une idée trop nette de l'essentiel. Ou bien j'ai cru à quelque essentiel, et je l'ai engendré. Alors tout me pèse, tout m'est devenu inutile — Verbiage — Heures — monotonie du flot. (1914. W *14*, V, 369.)

J'ai passé des années à me *sensibiliser*.
Et puis de plus nombreuses années à me *dé-sensibiliser*.

A. *Aj. marg. :* T
B. *Tr. marg. allant jusqu'à :* pourrait me suivre.

Drôle de travail à demi involontaire et qui trompe
singulièrement son auteur.

On ne revient pas sur ce qu'on a fait, mais on continue
bizarrement la figure. (*Ibid.*, V, 393.)

☆

Je rapporte tout à la *pensée* ; tout ne me semble que
moyen pour interroger, organiser la pensée[a].

C'est une erreur mais une passion.

— Contre cette opinion que ma passion est une erreur,
je me réponds ceci : que je ne fais mes applications et
analogies que comme excitants et comme questions. Je
ne songerais pas à me demander si telle manière de penser
est possible si je ne prenais en n'importe quel genre, des
images de travaux et de relations, pour leur comparer
ceux de ma pensée, — pour chercher dans la pensée
quelque chose à leur comparer; — et si je n'en trouve pas
c'est encore plus un résultat et un bénéfice que si j'en
trouve. (1914. *X 14*, V, 402.)

☆

En quoi je ne me sens pas homme —

Cette manière de sentir, c'est mon erreur — ma défaite
— mais enfin elle est ce qu'elle est.

Mes intérêts ne m'intéressent que négativement. Une
réussite au sens ordinaire n'en est pas une pour moi.
Réussir, c'est être un Tel.

Être tel individu c'est ce qui me pèse.

Je ne puis bien penser à une chose que si elle m'est profondément indifférente; que je doive lui fournir la force
d'être pensée, que je me sente la fournir.

Je ne crois jamais ce que je me dis — ce qui est un
grand désavantage.

Il y a quelque chose obstinément en moi qui est
incommensurable avec quelque personnage que ce soit;
et quoique cet état fasse encore un personnage pour
l'extérieur, j'ôte et je pose l'homme qui est moi, comme
un caractère mobile ou un signe de calcul.

L'*unité* Homme, pour moi ni pour les autres, ne me
semble pas nécessaire.

C'est pourquoi j'ai pu passer pour subtil.

Maintenant disons aussi : chacun a une métaphysique (toujours beaucoup plus étrange que la métaphysique avouable).

Cette métaphysique dépend énormément de l'*unité* de mesure adoptée inconsciemment par chacun. (1914-1915. *Z 14,* V, 481-482.)

Je ne puis faire que ce qui m'est le plus difficile et que je ne fais donc pas. (1915. Sans titre, V, 626.)

La gloire c'est quand on vient vous confesser son *esprit.*

Je ne dis pas — ses amours, ses misères, fautes — ni je ne dis ce qu'il y a de plus dur à confesser — ses ridicules et faiblesses, ses peurs et phobies et manies (toutes choses, d'ailleurs, que Dieu lui-même ne veut pas savoir).

Je dis : *esprit.*

Un soir, devant les Tabacs quai d'Orsay, après le concert des Ch[amps]-Élysées, j'ai longtemps parlé ouvertement à Mallarmé.

Ou je me mettais mon esprit à nu — ou je fabriquais un esprit à mettre à nu, vers ce crépuscule de mars ou de novembre pas froid ?

Aux milliardaires tu peux avouer le vrai chiffre de ta fortune — ni honte ni crainte. (*Ibid.,* V, 634.)

Il me manque un Allemand qui achèverait mes idées. (*Ibid.,* V, 671.)

Impressions premières morales —
Premiers traits imprimés —
P[ar] ex[emple] : pauvreté, terreur des[A]
un tel envié, un tel méprisé —

A. *Mot omis.*

Crainte générale — Timidité —
Réserves d'orgueil naïf —

Et les réactions —
— À l'âge capital des impressions, des yeux qui ne laissent rien perdre.

Cet âge est celui des classements premiers — P[ar] ex[emple] : mon père qui commande ici est commandé ailleurs — — Celui qui était écouté comme oracle se trompe — me trompe.

Cet âge n'est pas celui des impressions, mais celui des premières *corrections* provoquées. Alors l'être est dessiné, *par les contradictions* qui obligent à des réserves, à des distinctions. (1915. Sans titre, passage inédit[1].)

L'objet principal de mon labeur est la difficulté même; en tant qu'elle est la mienne propre. Et la dernière difficulté, qui est de voiler entièrement ce mal qu'on s'est donné. (*Ibid.,* V, 715.)

Je ne m'aime pas. Et, à la vérité, je me crains plus que toute chose. Je me supplie de m'épargner.
— Mais j'agis comme si je m'aimais par-dessus toute chose.
— Non. Comme si je me craignais.
C'est qu'on agit envers celui que l'on craint encore bien mieux qu'à l'égard de celui qu'on aime.
Ou plutôt; entre ces deux sentiments, il n'y a qu'une nuance qui s'efface dès qu'il est impossible de fuir à jamais l'un, de joindre à jamais l'autre. (*Ibid.,* V, 746.)

Certains m'ont fait des compliments sur mon « intelligence ».
Vous ne savez pas combien cela coûte; combien peu cela rapporte. Très mauvaise affaire. (1915-1916. *A,* V, 765.)

☆

Touches de mon portrait.

Si je cherchais ma définition je trouverais que je ne suis Rien. — Je me regarde, me circonscris, me souviens, me prévois, me reconnais, me déteste ou m'aime; je m'obéis. Mais enfin, une fois cette figure et ce système arrêtés, je ne puis jamais les tenir pour moi. Quoi que ce soit n'est pas moi.

Même le plus familier n'est pas moi. Car pourquoi pas le plus étrange de mes moments ?

Quoi de plus irrécusable, de plus joint au plus réel que ma douleur ? Et *ma* surprise ? (*Ibid.*, V, 791.)

Mon mouvement le plus désespéré, le plus certain fut celui qu'exprimaient pour moi seul et sans autre rigueur, ces mots : Tout par l'intelligence, tout remplacé, combattu, attaqué, défendu par l'intelligence. Ce nom, quel sens s'y attachait ? —

Il est certain que j'appelai d'abord ainsi le pouvoir de changer l'eau en vin, de remplir l'ennui, de couper les racines de la douleur, analyse et imaginations mêlées — La volonté de supprimer, soit par substitution, soit par observation, soit par le grossissement qui les défigure sans les toucher, — les pensées ou les heures ou les difficultés ou les fantômes — quand ces formations étaient contre moi.

Au lieu d'un plaisir qu'on ne peut pas avoir ou qu'on ne peut avoir qu'impur, mêlé de craintes — se plaçait l'idée — le succédané.

Je tendais simultanément à composer le réel et l'imaginaire et à ne jamais confondre l'idée et la sensation, le signe et la chose. Je voulais tout reconstruit avec ce respect de la distinction, à l'*état pur* — et net, même l'informe et le vague dont j'ai fait une catégorie, — et je désirais la richesse de nouvelles combinaisons qui résulte de la bonne division des composants, des opérations, des forces...

Il y avait quelque chose d'une religion dans ce propos. Mon pouvoir séparatif et distinctif. —

Chose très remarquable. Mes moyens étaient au-
dessous de ces ambitions. Je le savais. J'en étais souvent
désespéré. Parfois je me disais que cette insuffisance était
au contraire favorable à ma clarté. Mon intelligence[A],
pour se mieux saisir, *devait* être pour une bonne part,
simulée, voulue, et donc ressentie plus nettement par
moi. Si elle se fût ignorée, elle eût été moindre dans la
partie la plus importante, qui n'était pas le résultat
ordinaire. D'ailleurs j'ai toujours joué la difficulté[B],
puisque la facilité est automatisme — Se fait sans y
penser.

L'intelligence a pour département tout ce que l'automatisme ne règle ou ne résout pas. Elle n'est pas définie
(pour moi) par le *trouver,* mais bien par le *chercher.*
Parvenue à l'état habituel (elle-même !) elle dédaigne ce
qu'elle trouve et ce qu'elle a trouvé. Elle est fidèle au
quid agendum et au nihil reputans actum[1]. — Il arrive
que cette disposition ou éducation réagisse sur ses pouvoirs, lui fasse trouver des difficultés insurmontables
dans les facilités d'hier, la paralyse devant un rien. (1916.
B, V, 903.)

Si l'on m'a accusé de complication c'est peut-être à
cause de ce principe que je tire de ma nature : Ce qui est
évident n'existe pas.

Le sens exagéré de l'inutilité, joint à une sorte d'activité mentale qui est en rapport avec lui, sont de fondation chez moi.

Un objet ne m'intéresse que pour exciter cette activité
encore plus, non pour y répondre et la combler. Ce qui
est fait me quitte, et par malheur, je prévois que ce sera
fait.

C'est pourquoi je ne demande au décor que d'être
invisible. J'aime la forme pour autant qu'elle se fait.

Les œuvres de l'homme me paraissent des excréments
— des résidus d'actes. Je ne les aime que pour imaginer
les actes formateurs.

A. *Tr. marg. allant jusqu'à :* plus nettement par moi.
B. *Tr. marg. allant jusqu'à :* ne résout pas.

Ce que je sais faire m'ennuie; ce que je ne sais faire m'attriste. Il est consolant qu'il existe des difficultés insolubles et réelles, où l'on peut consumer son temps en compagnie des hommes les plus extraordinaires, sans être désespéré, mais réconforté au contraire de les voir comme soi, *petits garçons*. (*Ibid.*, VI, 18.)

☆

20/2/16

Non rien — ni les triomphes — ni le pourpre éclat mûr ni le midi de toute sa hauteur, ni l'œuvre, le resplendissant palais des dieux entièrement achevé et qui voit tout autour de lui par tous les sens sculptés et dorés de sa beauté, ni rien — ni les plaisirs ni jardins ni les corps souples — ne vaut ce premier mouvement, ces signes de vie, ce commencement dans le ventre maternel. L'inconnu à tous et de lui-même pourtant se démène — Une volonté préexiste — Quelqu'un sera.

Conscience au milieu du prodige — Émoi, es-tu, n'es-tu pas ? — qui me donnera de naître — que dis-je — ! de songer cet avant-naître.

Embryon, ni toi ni moi — qui grattes si doucement aux portes — qui crois encore que ce voile de chair et de sang cache quelque chose de suprêmement désirable — Illusion organisée — qui palpes, touches déjà, dans un rêve, le réel.

Au-dessous, *Tristan* se déchaîne sur le piano — Premières notes de Wagner entendues depuis le 1914.

Je sens ma folie à travers ma raison comme la nuit de l'espace se sent bien à travers l'illumination du jour, plus il est beau. Mais c'est non ma folie, c'est celle des choses — de la réalité conjointe et telle quelle, une démence objective, consistante, résultant de pures constatations et qui est Celle qui est, qui contient, menace, balance, donne et retire dans sa toute-puissante Inexplicabilité essentielle, le Peu personnel. Qu'est-ce que je pèse auprès de ce que tu m'as dit hier soir ?

J'ai froid sur moi. Et je ne m'appartiens plus. Avoir froid sans qu'il fasse froid, devenir cause inconnue c'est ne plus s'appartenir.

Loin que l'halluciné soit maître, il est esclave et pour-

tant ses créations propres l'entourent et cachent ce qui
n'est pas de lui.

Partons.

Le lendemain, je dis : mélange intime de hasard, de loi,
d'éloignement infini et de soi-même, ou proximité
infinie..

Ce petit mouvement est plus terrible qu'une trompette
de jugement. Il divise l'Un. Il fait sentir une volonté où
la volonté ne peut pas être.

Progression géométrique des ancêtres[1]. (*Ibid.,* VI,
18-19.)

☆

J'imagine certaines fois les choses dans une sorte de
profondeur nette difficile à écrire; mais c'est comme si je
voyais telle chose, — l'objet du moment, — à la fois
appartenant à plusieurs ordres de grandeur, et aussi se
référant à plusieurs systèmes distincts de même que si
l'on percevait les emplois possibles d'un corps donné en
voyant ce corps. Et aussi, comme on pressentirait un
ensemble de transformations de « tout l'Espace » —
c'est-à-dire de *moi* « par rapport » à ce corps considéré
comme invariant. Et encore, le sentiment que ce corps
coïncide avec une pluralité (de points de vue, d'échelles,
de grossissements etc.) grâce à laquelle tout système
donné dont il fait partie peut être pris autrement, et tout
mécanisme dont il est pièce intégrante peut fonctionner
si on conserve des propriétés qui ne tiennent qu'à moi,
et se décompose ou disparaît si on prend un autre
parti.

Ces fois-là, je me reconnais — et il me semble que je
suis moi. Je me reconnais à cette variété et liberté.
(*Ibid.,* VI, 59.)

☆

Ce qui me semble caractériser *moi* le mieux — J'entends
ce moi limite, ce moi qui se veut, et qui *est* en tant qu'il
se veut et qu'il se reconnaît de temps à autre dans le moi
présent ou qu'il refuse de reconnaître ou souffre de
reconnaître ce qui est souvent à sa place — — — Ce
moi a pour caractéristique de vouloir tout réduire à un
problème fini, dans lequel, quel qu'il soit, *toutes* les

variables de l'intellect, du système nerveux, de l'organisme même, soient explicitement nommées / distinguées / — (je ne dis pas déterminées) et par conséquence,
— toute la *conscience* possible, toutes les transformations
possibles soient vigilantes.

La pensée, le sentiment comme pouvant être *travaillés.*
Toute position ou question devant être substituée par un
système lié d'images, de durées, de « forces » de relations
définies.

Ce sens que j'ai, heureux ou non, avec ses inconvénients énormes, en lui réside toute ma « philosophie »,
et je ne comprends pas ce mot autrement. Toute expression qui n'en procède pas est pour moi *approximation,*
pensée provisoire (s'agît-il d'arithmétique !), impuissance, patience —, imperfection. Ce sens me contraint
à ce procédé perpétuel de distinguer ou essayer de distinguer toujours les « formes » des contenus, de suivre les
unes à part des autres, puis de recombiner. C'est en quoi
je discerne mal les différences de l'art et des sciences sous
le rapport de moi, me plaçant naturellement au point où
il n'y a que des travaux de pensée, des conditions qu'on
se donne et des élaborations.

Remarque capitale : Je *sens* toujours que l'expression
des sentiments est toujours fausse, *inutilisable.*

Il y a en moi un moi qui en présence d'autres choses,
change. Il se contracte, ou refoule une « liberté », une
transparence, une puissance. Ce *corps* étrange qui
étrangle et hâte; ou gêne, ou laisse à l'aise les actes
d'attente ou d'exécution ou de tâtonnements qui constituent ma pensée utile, est intermédiaire passif et presque
tout-puissant, entre mon être et mes impressions.

Je le sens comme un corps étranger et rien pourtant
de plus intime. Je l'ai pour ennemi. Je le hais. Il
m'empêche de ne pas sentir. Sentir, c'est lui. Subir.

La glorieuse égalité —, la libre mobilité, — l'*initiative
donnée à moi, non aux choses,* voilà des dieux. Moi-
même conférant l'intérêt, la valeur, l'avenir, le passionnant à ce qui m'apparaît, et peut-être à tout. Ce pouvoir a l'ennemi que j'ai dit, et qui m'impose des phénomènes pénibles, des pertes immenses de lumière et de
temps.

Si je pouvais défaire ou trancher certains nœuds qui
me font l'esclave de ma connexion trop riche ? Ces

nœuds ne sont pas essentiels puisque tous les hommes
n'en sont pas liés.

Le système nerveux devrait être muni de coupe-cir-
cuits qui pour des excitations trop violentes et si la
volonté le souhaitait interrompraient les communications avec les centres et les lieux des émotions; dirige-
raient la perturbation sur des postes de perte.

Humanité singulière.

Il n'y aurait pas de sentiments[A] s'il n'existait quelque
chose *parfois* étrangement placée *entre* la connaissance qui
reçoit et celle qui répond, et qui fait[B] que cette réponse
n'est pas toujours (ni même souvent) un acte ou un
jugement entièrement déduits de la demande et des
données apparentes, et des développements pouvant
être placés ou supposés dans le monde objectif, avec
égard à leur valeur probable. L'introduction de tels
relais et de liaisons, de sensations etc. non nécessités par
les données est sentiment.

Il est *naturel* qu'un danger épouvante, mais il n'est pas
nécessaire. Même il est assez surprenant que cette épouvante qui dans la plupart des cas paralysera la défense,
soit *naturelle*. (*Ibid.*, VI, 79-80.)

Un trait de mon caractère : Je ne trouve rien de plus
répugnant que de réclamer son *droit*. Quant à moi-même,
il me semble que je n'ai aucun droit à quoi que ce soit.
Ce mot même manque de sens en moi..

Pourquoi ce curieux éloignement, qui va jusqu'au
dégoût ? C'est de l'inhumanité. Perversité, peut-être ?

En particulier, il ne m'entre pas dans la tête que la
« Société » *doive* quoi que ce soit à l'homme de pensée,
à l'artiste, —

Et réciproquement — Res inter alios acta[1].

Et puis les « justes », je l'ai remarqué, sont toujours
des cochons. Ce sont ceux qui réclament. (1916. *C, VI,*
115.)

☆

O beata Solitudo, sola beatitudo — Sanct[us] Bern[ardus][1]

> Béate solitude
> Seule béatitude.

(*Ibid.*, VI, 123.)

☆

Vouloir qu'une opinion l'emporte, (vouloir avoir raison) c'est toujours lui souhaiter d'autres forces que les siennes, douter de celles-ci. Prédire le triomphe proche d'une doctrine c'est admettre que sa valeur consiste dans cette future puissance et que cette future puissance est de l'ordre même des résistances actuelles, dont elle viendra à bout. Vous adorerez ce que vous brûlez; c'est dire que votre adoration ne signifie pas plus que vos brasiers.

Mais le point remarquable, le voici : Une philosophie, une théologie, une esthétique tournent toujours à la *lutte*. L'homme n'est jamais assez sûr de sa vérité pour jouir de l'éclat de l'*erreur* adverse..

Je confesse que pour mon compte, jamais je n'ai désiré donner mes opinions à quelque autre. Bien au contraire.

Ce n'est pas une affirmation de ma solidité dans mes vues. C'est un trait de caractère que je retrouve aussi loin que je me trouve. Je le ressens, en effet, au moins autant quant à mes sentiments que pour mes idées. (*Ibid.*, VI, 151.)

Apologie

La spécialité m'est impossible. Je fais sourire. Vous n'êtes ni poète, ni philosophe ni géomètre — ni autre. Vous n'approfondissez rien. De quel droit parlez-vous de ceci à quoi vous n'êtes pas exclusivement consacré ?

Hélas, — je suis comme l'œil qui voit ce qu'il voit. Son moindre mouvement change le mur en nuages; le

nuage en horloge; l'horloge en lettres qui parlent. —
C'est peut-être là ma spécialité.

Ma spécialité, c'est mon esprit. Il se connaît, comme
vous connaissez, — vous, la famille des phénols; vous,
les anomalies des conjugaisons doriennes; et vous, la
théorie des formes quadratiques..

Mais *le* connaître, cette spécialité *infiniment spéciale,* et
telle qu'il ne peut y en avoir de plus étroite, a cette particularité qu'elle doive s'exprimer, s'exercer au moyen du
vocabulaire le plus étendu. Pour m'entretenir de mon
objet si restreint, je suis obligé de *parler* chimie, syntaxe
et algèbre. Rassurez-vous : je ne parle que de *lui ;* je
demeure dans mon canton, qui est deux fois mien. Mais
comme chacun emprunte ses mots nécessairement à tous
les autres, vos langages me sont indispensables — Voilà
tout.

Apologie de l'Apologie

Cette apologie, c'est pour moi qu'elle se forme.
L'homme est toujours obligé, à quelque moment, de
plaider pour soi devant soi. De défendre ce qu'il est. Ce
qu'il croit être, l'accuse. Je suis sûr que le meilleur, s'il
n'est une bête, s'accuse de l'être. Dieu s'est fait homme.
Peut-être eût-il pu pécher ? (Je ne suis pas assez théologien pour décider ce point.)

Et donc l'homme ne peut être, sans quelques difficultés, ce qu'il est. Il se regrette, se désire, se retourne.
(*Ibid.,* VI, 153-154.)

☆

Quand j'ai passé longtemps dans une tâche déterminée
je ne sais plus qui je suis. Je ne me reconnais plus, tant
le sentiment de n'être pas particulièrement quelque
homme — est mon signe, auquel seul je me connais.
(*Ibid.,* VI, 236.)

Le prosélytisme est ennemi de l'honnêteté — Ses

moyens sont tous les moyens. (Séduire, épouvanter, embrouiller les choses.)

J'ai horreur de lui; de vouloir donner mon opinion à qui n'en veut pas; de qui veut me placer la sienne.

L'homme honnête dit sa pensée, et l'établit comme pour soi-même et comme elle s'établit en lui.

Encore sur le fait même de la communiquer, j'y appliquerais la sentence de St Paul sur le mariage.

On n'a envie de conquérir personne quand on se rend un compte net de ce qu'on a d'abord à conquérir dans soi-même.

Lavez-vous les pieds avant que de baptiser les autres ! — (1916-1917. *D*, VI, 376.)

La vie aussi simple, la pensée aussi complexe que possible, c'est mon goût. (1917. *E*, VI, 424.)

Tɪɪ.

Mon occupation a toujours été de me prouver une force ou de m'expliquer une faiblesse. (*Ibid.*, VI, 463.)

Ma modestie est grande. Quand elle se hausse sur les pointes, elle arrive presque au nombril de mon orgueil. (*Ibid.*, VI, 472.)

Sujet

Il faut que le « sujet » participe, *au fond,* au Soi, — à moi-même, — de telle sorte que l'expérience de ma sensibilité le nourrisse et en fasse autre chose qu'une vue illustrée. (— Ma sensibilité à moiᴬ est intellectuelle, et ceci veut dire qu'elle est presque entièrement attachée

---

ᴀ. *Tr. marg. allant jusqu'à :* la liberté de ma pensée.

à la défense, préservation et augmentation de la liberté de ma pensée.

P[ar] ex[emple] : souffrir par amour, serait pour ce Moi, souffrir de la gêne et de l'humiliation intellectuelle causée par l'amour — l'intellect.

On voit de suite combien cette sensibilité bizarrement attachée est mal faite pour la plupart des choses *vitales*. Je suis toujours prêt à sacrifier la proie à l'ombre.) (1917. *F*, VI, 569.)

L'esprit s'enhardit par le mépris, par l'ennui, par la révolte, quand il est digne de s'enhardir.

Cet éducateur, ce guide raisonnable, quand j'eus osé le traiter d'idiot et renverser d'un haussement d'épaules tous ses raisonnements, j'ai fait un grand progrès. Non que mes arguments fussent plus véritablement forts que les siens mais je les avais trouvés et les siens étaient empruntés. Sa colère était excellente à déchaîner contre sa raison.

J'eus l'audace de penser que les êtres qu'il me proposait comme modèles avaient l'air de sots.

Mais il ne faut pas que la révolte se borne à la révolte. Elle est stérile et mauvaise si elle ne consiste enfin à dresser une autre conception contre celle que l'on rejette.

Ce n'est pas Moi gêné par une discipline qui jette bas cette discipline — mais c'est une autre discipline qui doit s'opposer à la proposée. C'est le sentiment d'un autre ordre qui doit refuser l'ordre donné; et c'est l'établissement de ce nouvel ordre qui doit enfin occuper l'insurgé.

Et non le Moi qui n'est rien. (1917-1918. *G*, VI, 703-704.)

C'est un caractère curieux de mon caractère que la tendance à faire quelque chose de rien; et presque à ne pouvoir faire quelque chose que de rien.

Accumuler des moyens extérieurs, documents étrangers, raisonnements éloignés et en faire une bâtisse énorme, les bras m'en tombent rien que d'y songer. Pour faire une grande chose il faut que je ne sache pas que je la fais. (*Ibid.*, VI, 729.)

Repensant au même problème après 20 ans de délaisse-
ment, je retrouve la même idée, ou peu s'en faut, comme
résultat de ma réflexion.

Est-ce un fait de mémoire, est-ce le problème qui le
commande, ou enfin est-ce mon genre de pensée, ma
méthode cachée qui n'a pas changé[a] ? (1918. *H*, VI, 902.)

Ma première amour fut l'architecture, et celle des
vaisseaux comme celle des édifices terrestres. La formation de l'espace selon les solides, l'imagination des structures, des altitudes soutenues, des efforts immobilisés
l'un par l'autre, l'art de jeter un passage ou une nappe de
pierres, celui de passer d'une face à l'autre d'une bâtisse,
l'ivresse de la tectonique, des rapports sensibles.. cela
m'a possédé. — Le pittoresque, d'abord — puis je m'en
suis défait pour aimer l'organique.

Je ne sais pas encore exprimer au juste ce que j'aimais
dans les constructions. Il me semble que j'y trouvais
confusément l'idée de nobles actes, — de machines —
de mouvements surhumains et entrés dans le réel. Les
matériaux ont été en mouvement jusqu'à une certaine
position où ils se sont gênés. Rien ne me touche plus
que la maîtrise et l'arbitraire et jusqu'à l'abus du pouvoir,
quand cette liberté s'impose à ce qui n'est pas libre, le
pénètre et se mesure avec les lois.

L'édifice m'était cher et excitant à penser. Je me trouvais bien à l'imaginer. C'est à partir de cette satisfaction
que j'ai imaginé l'homme, l'arbre et le cheval.[b] (*Ibid.*,
VI, 917.)

PPA

Greffe — auto-greffe —

Je suis un être greffé.
Je me suis fait à moi-même plusieurs greffes.
Greffer des mathématiques sur de la poésie, de la

rigueur sur des images libres. Des « idées claires » sur un tronc superstitieux; un langage français sur un bois italien.. (1918. *I*, VII, 70.)

Mon genre d'esprit n'est pas d'apprendre d'un bout à l'autre dans les livres mais d'y trouver seulement des germes que je cultive en moi, en vase clos[1]. Je ne fais quelque chose qu'avec peu et ce peu produit en moi.. Si je prenais de plus amples quantités je ne produirais rien; davantage, je *ne comprends pas* ce qui est déjà développé. (*Ibid.*, VII, 76.)

Je vaux par ce qui me manque, car j'ai la science nette et profonde de ce qui me manque; et comme ce n'est pas peu de chose, cela me fait une grande science.

J'ai essayé de me faire ce qui me manquait. (*Ibid.*, VII, 105.)

Le riche d'esprit

— Cet / Un / homme avait en lui de telles possessions, de telles perspectives, il était de tant d'années de lectures, de méditations, de combinaisons internes, d'observations; de telles ramifications, — que ses réponses étaient difficiles à prévoir; qu'il ignorait lui-même à quoi il aboutirait, quel aspect le frapperait enfin, quel sentiment prévaudrait en lui, quels crochets et quelle simplification inattendue se feraient, quel désir naîtrait, quelle riposte, quels éclairages[2].

Peut-être était-il parvenu à cet étrange état de ne pouvoir regarder sa propre décision ou réponse extérieure que sous l'aspect d'un expédient, sachant bien que le développement de son attention serait infini et que l'*idée* d'*en finir* n'a plus aucun sens, dans un esprit qui se connaît assez. Il était au degré où la conscience ne souffre plus d'opinions qu'elle ne les accompagne de leur cortège de modalités, et qu'elle ne se repose, (si c'est là se reposer) que dans le sentiment de ses prodiges, de ses exercices, de ses substitutions, de ses précisions innombrables.. (*Ibid.*, VII, 118.)

Je travaille savamment, longuement, avec des attentes infinies des moments les [plus] précieux; avec des choix jamais achevés; avec mon oreille, avec ma vision, avec ma mémoire, avec mon ardeur, avec ma langueur; je travaille mon travail, je passe par le désert, par l'abondance, par Sinaï, par Chanaan, par Capoue, je connais le temps du trop, et le temps de l'épuration, pour faire de mon mieux quelque chose dont je sais que ce sera rien, — sujet d'ennui, d'oubli, d'incompréhension[1]. (*Ibid.*, VII, 118.)

Mon orgueil repose non sur ce que je fais, et non sur ce que je crois être capable de faire; mais bien sur les considérations auxquelles j'ai égard dans le faire et le ne pas faire.

Je suis fier de mes obstacles. (1918-1919. *J*, VII, 166.)

Italianità ?

Simplicité de vie — nudité intérieure — besoins réduits au minimum[2]. Goût du réel poussé à l'essentiel. Fond sombre, et légèreté, mais toujours attentive. — Insouciance et — — profondeur. Secret.

« Pessimisme » tout contredit d'activité. Depretiatio[3]. — Tendance aux limites. Passage immédiat ad infinitum. — Ipséité. Aséité.

Avantages et désavantages d'une position *en marge*.

Promptitude —

de la Familiarité. Le devenir familier avec — — prenant la vigueur d'un principe, — étendu à toutes choses, intellectuelles et métaph[ysiques]. Sens du procédé. (*Ibid.*, VII, 170.)

Ce n'est le nouveau ni le génie qui me séduisent — mais la possession de soi[1]. Et elle revient à se douer du plus grand nombre de moyens d'expression, pour atteindre et saisir ce Soi et n'en pas laisser perdre de grandes parties*, faute d'organes pour les servir. (*Ibid.,* VII, 226.)

Tantôt on développe une partie de son être; tantôt une autre. Il y a des périodes où je ne sais quoi fait que je chante; et d'autres où le calcul l'emporte; d'autres qui sont démoralisées; d'autres, triomphantes. Je me contredis à quinze jours de distance, sinon à 15 minutes. Et cet intervalle de temps a sa valeur. (1919-1920. *K,* VII, 374.)

Toutes mes vues, mes sentiments, mes répulsions sont dominées, engendrées, — par la manie de l'accroissement de l'esprit, et je ne considère la vie que sous cet aspect, bonne quand elle favorise, ne gêne pas, ne presse pas sur la lucidité et sur la formation des idées, mauvaise par le contraire; — ma politique de tous ordres se fondant là-dessus — allant jusqu'à juger et traiter les œuvres de l'esprit même et même du mien selon cet instinct — impitoyable pour elles quand l'acte de l'esprit en les faisant / qui les fait /, me semble dommageable à ses actes futurs — ne sachant d'ailleurs quel est au juste cet esprit dont l'avancement me commande de si haut, et qui se soupçonne soi-même de se mal nommer, de se prendre pour un être. (*Ibid.,* VII, 392.)

Quelle fatigante lutte avec la richesse des pensées — ! Plus je suis conscient, plus donc chaque élément advenu est perçu dans sa liaison polyvalente — et plus j'ai de mal à l'enchaîner dans un simple enchaînement linéaire.

Tout « l'esprit » s'associe à chacun de ses points.
(*Ibid.*, VII, 404.)

Mon esprit trop prompt pour comprendre préfère souvent fabriquer que d'acquérir. Je ne comprends bien que ce que j'ai inventé.. (*Ibid.*, VII, 427.)

La gloire vous fait autre. Elle vous exclut de vousmême. (*Ibid.*, VII, 489.)

Faut-il que des gens soient bêtes pour me trouver intelligent ! (1920. *L*, VII, 503.)

Mon seul talent, ou seule force est un sentiment d'indépendance psychologique et une mobilité qui s'y contemple —, s'y possède. (*Ibid.*, VII, 504.)

Spiritualité —

Je me décrirai en quelque manière en disant que je suis doué de sensibilité intellectuelle. J'entends par là que je suis sensible aux choses de l'intellect comme d'autres le sont aux couleurs, aux sentiments, aux sons. Je réagis fortement aux idées, aux *types ;* j'ai les passions intellectuelles, — le vice de la compréhension, le penchant à définir, à construire et les affections qui en procèdent, qui sont mal connues, peu décrites, mais qui ont une intensité et un empire presque aussi grands que celles qui proviennent de causes sensorielles ou sentimentales — et qui sont plus constantes.

Cette manière d'être peut s'appeler spiritualité —, si l'on veut...

L'intellectuel est celui qui essaye infatigablement de substituer à toutes choses et à lui-même une construction. (*Ibid.*, VII, 520.)

Certains opposent la géométrie à la poésie — Quant à moi, lorsque la poésie languit, je fais volontiers de la géométrie, et je vois assez souvent, par réaction naturelle contre un abus de géométrie de quelques jours ou heures, la poésie reparaître. (*Ibid.*, VII, 539.)

Curriculum vitai

Et d'abord rien.	l'étourdi
L'araignée[1] — la boule de verre étamé —	le faible
	le rougissant
La complainte, le basilic[2].	Le riposteur
L'escadre[3].	Le profond

Genova

Bibliothèques.   Nuit glacée, archi-pure[4]
Mare[5].
Nervi[6].

Amis.   M[allarmé]

(*Ibid.*, VII, 575.)

J'ai un esprit dans lequel les choses se précisent assez vite et qui ne me laisse aucun repos qu'il ne les ait portées au point le plus net, et donc le plus sensible — — (*Ibid.*, VII, 647.)

Ce matin je me suis levé comme pour me fuir — Pris café très fort. Et je ne décolère pas. Je suis, je me sens comme une corde vibrant à l'extrême hauteur. Mon esprit ne donne que l'aigu, j'ai beau fumer pour l'assoupir, il est trop clair et trop acéré, il me blesse à chaque idée. Cette rapidité me tue.

Je n'ai pas le temps de penser, mais enfanter, enfanter, enfanter. Le pays va trop vite, les arbres mangent les villes, les fleuves sont rejetés comme des bouteilles par la portière, les vérités passent comme des balles, les mots sifflent et ne sont plus ; angoisse de saisir, de ressaisir — la mémoire haletante.

Cette rapidité est toxique — Café — Ces temps si brefs, si près du temps minimum de la persistance des impressions psychiques, persistance qui rend la pensée possible et possible d'utiliser cette ébullition en vase clos. (*Ibid.*, VII, 653.)

Il y en a moi des parties de tyran — au sens antique. À défaut d'autres êtres je n'ai tyrannisé que des pensées. Mais je suis certain de contenir des atomes d'absolutisme, des éléments de non-discussion.

Et qu'est-ce qu'un tyran ? — Ce n'est qu'un homme qui a des idées très nettes et finies (ou a la rigueur de sa pensée — ce qui ne conduit pas nécessairement à la cruauté — mais à la froideur — et à l'inhumanité). Les idées claires sont inhumaines. (*Ibid.*, VII, 654.)

Je ne suis pas toujours de mon avis. (1920-1921. *M*, VII, 760.)

Inhumain que tu es.
Gide disait ce soir (devant moi) : V[aléry] n'est pas *humain*.
Il y a accord sur ce point. Degas m'appelait l'Ange. K.[1] me définit : l'Absent.
Je m'embarrasse de cette mise au ban de l'humanité. Et pourtant cette inhumanité doit se réduire à q[uel]q[ue] manière — d'être très simple — si simple que c'est là précisément mon inhumanité.

— Je n'ai pas de[A] mépris pour les hommes. Bien au contraire. Mais pour l'Homme. Cette bête que je n'aurais pas inventée. (*Ibid.*, VII, 760.)

Mn

Auto-Bio — — Je fus l'enfant qu'il ennuyait de « s'amuser ». Et on en vient par là à s'amuser de s'ennuyer.

Les jeux imaginatifs, et eux seuls.

Élevé dans la peur nerveuse de Tout. Le froid, le soleil..

Mais pas excessivement l'enfer.

Un peu plus de superstition que de religion.

Très heureusement. Je démontre aujourd'hui que celle-là vaut mieux que celle-ci. J'ai un « tour de main » pour ces choses-là.

Une superstition est une recette. Recette de cuisine du / p[ou]r le / bonheur. Elle cache peut-être une science. C'est une expérience qui ne réussit que 4 fois sur 10 — C'est déjà honorable. Une religion est un Système, qui, lui, ne se vérifie *jamais*. Et une religion donne à la morale une valeur universelle qui est contraire à l'expérience ; à l'homme une existence non relative, non locale, non éphémère, qui est absurde. Choquante. Impie. [...] (*Ibid.*, VII, 773.)

Mon travail est un travail de patience exécuté par un impatient. (*Ibid.*, VII, 833.)

J'ai toujours essayé d'ajouter des dimensions et des degrés de liberté à mon espace pensant —, pour donner à ce qui s'y trouve des mouvements d'une espèce plus générale.

Les personnalités sont en général du même degré de l[iberté] ou nombre de dim[ensions] que le vivant qui

---

A. *Lecture incertaine.*

les habite, et il se confond avec elles. Ils peuvent croire.
Être bloqués par leurs identités. (1921. *N*, VII, 863.)

Je suis parfois réduit à une inquiétude logée au milieu
d'immenses moyens.
Je dis bien : une inquiétude — Il ne reste de Moi que
cette *abstraction*. (*Ibid.*, VIII, 39.)

Ce qui m'est difficile, m'est toujours nouveau[1]. (1921.
O, VIII, 162.)

Je ne serais pas ce que je suis si je ne doutais pas de moi
au point que je le fais. (*Ibid.*, VIII, 190.)

Fortune —

Je ne demanderai à la fortune que les conditions physiques / physico-chimiques / de la liberté de l'esprit —
le tiède, le frais, le calme, l'espace, le temps, le mouvement — selon le besoin[2]. Un robinet que l'on ouvre,
que l'on ferme et d'où coulent la solitude ou le monde,
les montagnes ou les forêts, la mer ou *la* femme. Et des
instruments de travail.
Le luxe m'est indifférent. Je ne regarde pas les « belles
choses ». C'est en faire qui m'intéresse. En imaginer, en
réaliser. Une fois faites, ce sont des déchets. Nourrissez-
vous de nos déchets. Transformer le désordre en ordre.
Mais une fois l'ordre créé, mon rôle est terminé. Vixi[3].
L'œuvre d'art me donne des idées, des enseignements,
pas de plaisir. Car mon plaisir est de *faire,* non de *subir.*
Mais *celle qui m'impose du plaisir* m'inspire vénération,
terreur, sentiment d'une force supérieure. (*Ibid.*, VIII,
200.)

☆

Réflexion

Tout d'un coup, au sortir de quelques réflexions d'ordre mathématique, une idée bizarre me vient — sans relation autre que d'*allure*, avec ce qui vient de se penser.

Je songe : Il est étrange de constater que le poids, l'emprise, l'influence (etc.) de notre vie *écoulée* sur notre vie *présente* a pour mesure le temps probable de vie qui nous reste à accomplir. C'est la quantité d'avenir restant qui nous fait plus ou moins libres du passé. Qu'importerait-il tout entier si n[ou]s avions une ∞ de jours ?

Et donc — qui porte légèrement son passé, allonge sa vie.

Je *vois* quand j'invente — j'ai alors une lucidité *actuelle* — comprendre et créer sont inséparables.

Mais *au repos* je suis l'un des plus bêtes des fils des hommes, et les souvenirs de ce que je viens de *voir*, m'étonnent.

Différence infinie entre un plomb inerte dans nos mains, et cette même balle lancée à 600 m[ètres] p[ar] s[econde][A], invisible, qui perce les murs.

Je suis un être à grandes différences et qui s'en effare soi-même.

Conséquence, il cherche à fortifier dans les temps faibles par les temps forts — D'où recherche de méthodes, formules — qui conservent le meilleur, les fruits de l'été p[ou]r l'hiver. Il s'agit de trouver ce qui sera utilisable par l'imbécile qu'on va redevenir.

Je dois beaucoup à ma bêtise. (*Ibid.*, VIII, 226-227.)

☆

J'ai parfois le don de *vision étrange*. Il m'est difficile d'expliquer. Ce don est ce que j'ai de particulier — Je ne le trouve pas chez d'autres. Ils en ont d'autres. —

Il consiste à percevoir tout à coup par l'imagination les choses comme appartenant à une multiplicité — et la chose je ne la perçois plus par les « catégories » mais comme objet particulier, et état particulier d'un objet

A. *Lecture incertaine.*

particulier, — ce *fait* étant la *vraie* chose —; puis cette vraie chose me montre la multiplicité de ses « rôles ».

Au lieu que la compréhension par concepts ne montre que des objets linéaires — et d'ailleurs inexistants.

La connaissance par concepts est relative à la pensée au moyen de *mots* — en tant que ces mots peuvent se prêter à un *calcul logique*, c'est-à-dire à[A] (1921-1922. *Q*, VIII, 353.)

☆

Ils ne savent pas que je suis celui qui ne s'amuse jamais.

— Je n'aime même pas les « jolies choses ».

J'en fais.

Je ne suis occupé que de ma dure et terrible guerre intérieure, parfois joyeuse.

Guerre pour être; guerre bête, implacable; guerre étrange, sainte.

Contre-tout, menée par l'être. (*Ibid.*, VIII, 372.)

☆

— Mépris de soi, mépris de tous. Furieux, au fond, d'être un homme, d'être pris dans cette affaire d'Être — sans l'avoir voulu. Tout lui semble permis contre cette combinaison, le Monde, où on l'a entortillé. Tout est permis pour se défendre de la vie, des choses et des événements, pour les atteindre, les déprécier, les déjouer. Alors prodiges d'analyse. Il s'agit[B] (*Ibid.*, VIII, 379.)

☆

Solitude — fondamentale —
Ton essence est solitude.
Solitude, échange interne — Ô Vie.

Seul. Tout pour soi —
Il faut avouer que le Moi — n'est qu'un — Écho. (*Ibid.*, VIII, 385.)

☆

Si le bon sens me permettait de m'assigner un *but*, je

A. *Passage inachevé.*
B. *Passage inachevé.*

choisirais pour but et pour idéal, de pouvoir faire en toute clarté, et par analyses, tout ce que l'on prétend qui demande les ténèbres et le chaos pour être enfanté. (*Ibid.*, VIII, 465.)

Je suis extrêmement sociable et infiniment solitaire. (1922. R, VIII, 572.)

Nice — NIKH[1]

Égoïsme et Égotisme.

Je pense peu à ma Personne. Et j'en ai pâti — c'est que je pense au Moi.

Le *Moi* nuit à *moi*. (On pourrait, pour désigner ces deux.. choses.. *suborner* les mots vagues d'Égoïsme et d'Égotisme.)

Je pense donc peu (et toujours malgré mon sentiment) à avantager cette Personne. Il faut que quelque chose m'y contraigne. Après tout, je ne l'aime pas, car je ne l'ai pas inventée.

Il n'y a pas de besoin, d'instinct, de désir en Moi qui ait pour réponse l'idée de ce Moi-personne, en tant qu'elle est ce qu'elle est.

Nihil reputans actum, me ipsum quoque[2]..

Mon véritable Moi est ou serait, (sauf illusion) si général, si indépendant des événements et des caractères, que toute personnalité, même la plus admirable et la plus heureuse, ne modifierait pas ma *foi*... — d'être encore autre chose, de devoir être autre que quel homme que ce soit entièrement définissable. (*Ibid.*, VIII, 583.)

J'envisage toute chose comme susceptible d'un changement qui ne dépend que d'un changement de mon optique; qui peut être si profond que la chose en soit entièrement transformée, si ce n'est dans la propriété de pouvoir redevenir ce qu'elle était, moyennant un changement de mon optique. (*Ibid.*, VIII, 607.)

— Au fond, je suis en proie au mépris de mes sentiments, qui sont malheureusement très vifs et très cruels
en moi. Mon esprit[A] en a souffert infiniment, et jamais
cependant ne s'y est livré sans honte et sans colère.
(1922. *S*, VIII, 654.)

Les théosophes prétendent que je suis initié.
Un certain Cédir (?)[1] —
Et initié sans le savoir ! (*Ibid.*, VIII, 679.)

Je ne veux pas paraître valoir un millième de plus que
je ne vaux. (*Ibid.*, VIII, 690.)

Je n'avais qu'un bien : la liberté de l'esprit. C'est celui
que la « vie » essaye toujours de nous ravir. (*Ibid.*, VIII,
696.)

Je sens quelquefois ma pauvreté, et d'autres fois je sens
ma richesse. (1922. *T*, VIII, 775.)

Moi.
J'explique une partie de mes singularités, de mon
indifférence aux métaphysiques, de mon mépris naturel
pour les opinions et les jugements, et les choses de
l'éthique et pour bien d'autres choses par l'étrange
manière de penser qui est parfois la mienne, et qui l'est
si naturellement.

A. *Aj. marg.* : particulier

Je ne pense pas les choses à l'échelle humaine, c'est-à-dire que je les pense en y adjoignant explicitement l'homme (ou *moi* en tant que *personne*), et non en faisant abstraction de l'observateur, *ce qui constitue l'échelle humaine*. Je sais toujours qu'il y a [une] ∞ d'autres points de vue, [une] ∞ [d']autres expressions du même système d'impressions. *Au même réel*, correspondent [une] ∞ de considérations *valables*. Par ex[emple] : le même événement est tout autre en conséquences en changeant la durée pendant laquelle on suivra ses conséquences. Tout jugement et toute action déduits de cet événement dépendent de ceci.

L'individu n'a pas pour moi une existence nette — bien définie.

En d'autres termes — je tiens instinctivement compte de la variabilité des conditions impliquées. (*Ibid.*, VIII, 840.)

☆

Ange. *Mnss.*

Étrangeté des choses (du soleil, de la figure des hommes etc.). Et c'est en quoi je suis « Ange ». À quoi rime tout ceci ? (et quand ce sentiment me vient, je ME *reconnais*) et je tombe en extase — mais comme si je m'éveillais de l'habitude — (Rêver, c'est aussi s'éveiller du compréhensible, du non-arbitraire — connaître le *Vrai* qui est non-sens, — hasard, absurde en soi.)

Mon incrédulité est faite de ceci et du sentiment des combinaisons possibles — de l'indécence d'une vie et de choses déterminées, — du ridicule d'être engagé. Je regarde mon visage et mes propriétés et tout, comme une vache fait un train. (1922. *U*, VIII, 880.)

☆

Ce qui fait que je suis moi, ce n'est pas ce que l'on dit — c'est un certain regard étrange — ou étranger, — que j'ai quelquefois. (*Ibid.*, IX, 18.)

Monsieur Teste avait pris l'étrange habitude de se

considérer comme une pièce de son jeu, ou bien comme une pièce d'un certain jeu. Il se voyait. Il se poussait sur la table. Parfois il se désintéressait de la partie.

L'emploi systématique du Moi comme Lui. (1922-1923. *V*, IX, 139.)

Mon esprit est une épée nue dans les ténèbres.
Il perce l'ami et l'ennemi.
Elle me tue comme les autres. Ce que je fus, ce que je puis être sont victimes de cette pointe / extrémité / de la connaissance sans égards. Ma vérité ne connaît personne. Rien n'est visible. L'épée bondit et fourrage. Aveugle est l'éclair. Tu n'arrêteras pas ce[A] (*Ibid.*, IX, 219.)

Le fond de mon être est étranger à toute chose. (1923. *X*, IX, 232.)

Époques.

Mon esprit quelquefois me semble suivre un cours quasi-périodique et repasser de temps à autre dans les mêmes zones de clarté, autour des mêmes objets de ses pensées.

Parfois je traverse un certain système de mots qui paraissent briller et *me* parcourir à portée de ma faculté de parler et de ma main scripturaire. Comme la terre passe chaque année au milieu des Perséides et des Léonides et en cueille quelques-unes au vol de soi. Dans ces époques, je suis — poète, et non ailleurs. (*Ibid.*, IX, 300.)

Livres

Presque tous les livres que j'estime, et absolument

A. *Passage inachevé.*

tous ceux qui m'ont servi à quelque chose, sont difficiles
à lire[1].

La pensée peut les quitter, elle ne peut les parcourir.

Les uns m'ont servi quoique difficiles; les autres,
parce qu'ils l'étaient. (1923. *Y, IX, 391*.)

L'homme public tue l'homme particulier — ou le
diminue. La gloire est dure au jaloux de soi. (*Ibid., IX,
468*.)

Écrit à Borel[2] : l'ambition de ma vie n'a jamais été que
d'intéresser quelque peu les esprits qui ne se satisfont
pas aisément. (*Ibid., IX, 538*.)

Si je vaux quelque chose, je le dois à cette particularité
qu'il me semble d'avoir, d'être sujet à d'étranges écarts
de pensée qui me rendent parfois les choses *très étrangères*
et cependant *très présentes*.. (*Ibid., IX, 544*.)

Il y a en moi un être implacable et extrême.

Il y a aussi une dame et un enfant, l'une mondaine,
l'autre craintif et trop « sensible ».

Il n'y a pas en moi un garçon de vingt ans, ni un
homme *mûr* de quarante. Ni enthousiasmes, ni affaires.
Je ne crois ni à l'emportement ni à l'importance. Je
devance, je consume, je reprends, — je me dégoûte vite,
et pourtant je suis capable de revenir indéfiniment à mon
objet. (1923. *Z, IX, 617*.)

Je vois la nature à ma façon[3]. Je pense à ceci, en regardant une grande chèvre dans les oliviers. Elle mordille,
bondit. — Virgile — pensé-je. Jamais l'idée de peindre
cette chèvre ne me fût venue. Virgile prouve que l'on
peut en faire quelque chose.

Je la regarde donc. Elle cesse aussitôt — d'être chèvre
— et l'olivier cesse d'être olivier. Ici commence moi —
c'est-à-dire un regard que je voudrais bien définir.

Il y a des arbres, des fleurs, un chien, des chèvres, le
soleil, le paysan, et moi, et la mer au loin; et nous tous
ensemble convenons que le passé n'existe plus. (1924.
βῆτα, IX, 804.)

Rien ne me touche plus que d'être compris. Je l'aime
infiniment mieux que d'être imaginé, même sous la forme
la plus séduisante. (*Ibid.*, IX, 846.)

Insulaire que tu es. Ile —^A (*Ibid.*, IX, 896.)

J'estime un homme quand il a trouvé une loi ou un
procédé. Le reste n'est rien. (*Ibid.*, X, 3.)

Je préfère Gênes à toutes les villes que j'ai habitées.
C'est que je m'y sens perdu et familier — enfant et
étranger. Elle a une surface de cloches, de monts chauves,
de mer, de fumées, de noirs feuillages, de toits rosés, et
cette Lanterne si haute et si élégante, — et des profondeurs populeuses, des labyrinthes encombrés dont les
ruelles montent, descendent, se recoupent et tout à coup
vomissent les regards sur le port; — pleine de surprises,
de portes sculptées marbre ou ardoise, caisses, fromages;
escaliers, linges au lieu du ciel, grilles renouées, patois
bizarre au chant nasillard et agaçant, aux abréviations
étranges, vocables arabes ou turcs.

Ville d'un orient Louis XIV — positive — âpre —
personnelle — aimant à faire et à construire — tournée
au développement en lutte contre la montagne — qu'elle

A. *Dessin de la Corse en marge.*

taille, exploite, fore, escalade, d'où elle tire — l'eau, la pierre, l'ardoise, la brique.

Le fer et le charbon lui viennent de l'étranger.

Tandis que Florence se regarde et que Rome rêve, et que Venise se fait voir — Gênes se fait et se refait —

Il est inexplicable que Marseille soit si laide à l'intérieur. Ville si vieille et si nulle — c'est que les Marseillais devaient manger en noces ce que les Génois mettaient en bâtisse et en jardins. Peu ou point d'aristocratie à Marseille, grande chez les Génois — donc fortunes éphémères là, et ici durables et enchaînées. (*Ibid.*, X, 5.)

☆

— Je suis une protestation vivante contre ce que l'on pense de moi, — contre tout ce que l'on en peut penser / contre ce que j'en pense /, et moi-même !

Et tous les hommes sont comme moi. (*Ibid.*, X, 11.)

☆

T

Je ne sais pas comme tant d'êtres peuvent vivre dans la blagologie et comme ils supportent de penser ce qu'ils pensent — et de ne penser que ce qu'ils pensent — (Cette correction est capitale.) On est bien obligé de subir ce qui v[ou]s vient à la pensée — mais l'accepter ! mais l'écrire ! mais y croire ! mais le vouloir répandre ! — Quelle humilité que ceci !

Ma seule force ou ma seule vertu est mon sentiment de cette faiblesse. (1924. *Γάμμα*, X, 112.)

Je ne jouis de rien. (*Ibid.*, X, 146.)

Je n'aime point les esprits même vastes et puissants dont les pensées ne peuvent pas être portées à un certain degré de précision, et même qui supportent de fixer et de publier des pensées de cette espèce. (*Ibid.*, X, 155.)

D'une part, je considère et juge les choses avec une extrême et effrayante froideur; d'autre part je les ressens terriblement. Parmi ces choses, l'âge, les autres personnes. (1924. δέλτα, X, 230.)

Parfois je ramasse un caillou et je me dis : Si tous les corps qui t'ont heurté t'avaient laissé une marque de couleur vive, tu serais tout de même ce que tu es, et gris et arrondi comme tu es — signes de voyages. Et mon esprit est de ce gris. Tant d'idées, tant de jours, tant d'êtres, tant de moments extrêmes — cela fait un gris — La compréhension à la fin me compose une claire indifférence. (*Ibid.*, X, 239.)

Teste, ou Vie de celui qui se voit vivre. (*Ibid.*, X, 254.)

J'ai un mépris naturel pour les gens qui ne voient point les difficultés. Même quand ils les surmontent sans les apercevoir.

Ceci est une indication sur moi-même et sur la conscience consciente. Et quand j'apprécie une œuvre, si elle est belle, je l'admire moins en soi que je ne mesure la distance, la hauteur qui me paraît être entre le rien et le projet, entre le projet et l'acte — comme si c'était mesuré — etc. (*Ibid.*, X, 269.)

Ma force est de m'avouer mes pensées. (*Ibid.*, X, 297.)

Les devises de M. Teste

      Autrui me détruit.
      Comme Moi.
      Faire sans croire.

Tout ou Moi.

(1924. ε. *Faire sans croire,*
X, 310.)

Que je voudrais tirer de ma gloire de quoi me pouvoir
passer d'elle. (*Ibid.,* X, 343.)

Jamais en paix[A]. (*Ibid.,* X, 406.)

Il y eut un temps où je *voyais*[1].
Je voyais ou voulais voir les figures de relations entre
les choses et non les choses.
Les *choses* me fesaient sourire de pitié. Ceux qui s'y
arrêtaient n'étaient que des idolâtres. Je savais que l'essentiel était *figures.* Et c'est une sorte de mysticisme
puisque c'était faire dépendre le monde sensible aux
yeux, d'un monde sensible à l'esprit, et réservé —,
supposant révélation, initiation. (*Ibid.,* X, 413.)

Un jour, à Londres, j'avais envie de me pendre. Le
jour était jaune et sulfureux. Les fumées descendaient
des toits bas dans la rue où elles roulaient. Un dimanche...
J'ai trouvé en cherchant un cordon dans une armoire
un volume d'Aurélien Scholl[2]. J'ai ri et fus *sauvé.* (1924-
1925. Z, X, 442.)

Quatrain p[our] photo —
Que si j'étais placé devant cette effigie
Inconnu de moi-même, ignorant de mes traits
À tant de plis affreux d'angoisse et d'énergie

A. *Deux dessins d'épées, dont l'un porte la légende, écrite autour de la
poignée et le long de la lame :* P. V. JAMAIS EN PAIX.

Je lirais mes tourments et me reconnaîtrais[1].

(*Ibid.,* X, 491.)

Romier[2] me dit que je suis un grand historien ! ! !
(1925. η. *Jamais en paix !,* X, 544.)

Il y a beau temps que les poésies ne m'intéressent que
par leurs artifices. Je n'ai pas besoin des émotions d'autrui. (*Ibid.,* X, 651.)

L'objet que se sont proposé tant d'esprits et que tant
d'ailleurs ont véritablement atteint, par là même ne
m'excitait pas ou m'excitait peu. Je considérais ce genre
de carrière comme si je l'eusse vécu, puisque j'en avais
tant d'exemples auxquels je ne voyais pas le profit qu'il
y aurait à en ajouter un. (1925. θ. *Comme moi,* X, 676.)

En quoi dix-huitième[A] ?
Hier Hofmannsthal, le poète autrichien auprès de qui
je déjeune chez les Bass[iano][3] — cause et me considère
et me trouve la physionomie du Français 18me typique.
C'est bien le *n*me étranger qui me le dit — à moi qui
n'ai pas une goutte, que je sache, de sang français dans
les veines.
Il y a du vrai dans cette impression, sans doute —
Car je me sens des sympathies et des antipathies, des
facilités et des difficultés, des goûts et des dégoûts / des
pudeurs et des impudeurs /, des noblesses et des bas-
sesses qui semblent bien qui me rendraient citoyen du
Paris de ce temps assez aisément et ceci, cet extra-tem-
porel-actuel — qui me fait étranger et familier, ange et
mauvais esprit, rigoureux et archi-sceptique, faible et

A. *Aj. :* Montesquieu

absolu — inquiet et tragique mais moqueur, et léger et détaché, incapable de prendre au sérieux tout ce qui est humain et réduisant tout à l'humain. Et caetera ! —

Je rapproche de ceci l'opinion de ce P[oi]z[a]t qui est sans doute peu de chose mais pas un sot dans les jugements, lequel m'a considéré dans un article sur moi comme un Robespierre littéraire*a*. Ce qui est vrai quant au caractère, faux quant à l'esprit.

— Je me sens terriblement Français mais de ce temps-là que je place au-dessus de t[ou]s les temps. — Je suis étranger par ce que l'on peut savoir des ascendants — il y a de la Corse, du Gênes, du Capo d'Istria, du Milan — et enfin je fais aux étrangers l'effet le plus Français.

On me l'a dit à Londres, en Espagne, en Italie, en Suisse, et les Allemands.

— Mais il n'y a pas de sang français — Il n'y a qu'un dosage.

Considération sur le Français — présence d'esprit. (*Ibid.,* X, 727-728.)

L'objet général de ma tendance intellectuelle a été de substituer le conscient à l'inconscient dans les travaux de construction. (*Ibid.,* X, 739.)

Je me sais infiniment sociable et je me sens incroyablement seul. (*Ibid.,* X, 749.)

J'ai contre moi les gens à opinions — c'est-à-dire les gens qui se confondent avec les opinions qui leur viennent; les gens à convictions et à fois.

Mais je me distingue des miennes, et c'est presque ma définition. Je suis celui qui n'est / ne suis / pas ce qui lui vient. (*Ibid.,* X, 780.)

Lecture des « Documents sur la vie et l'œuvre de Niels Henrik Abel »[1] † à 26 ans en 1828.

Rien ne me travaille plus que ces détails, ces lettres, ces espoirs, — défaites, victoires — — —

Car mon vrai sujet c'est l'amour de Ce qui est dans l'Esprit.

Oh ! comme je connais et conçois avec mon essence ce coup au cœur, de jalousie affreuse et pure qu'il ressent quand il trouve dans le Journal de Crelle[1] le mémoire de Jacobi[2] — Jacobi, de 2 ans plus jeune; et dans ce mémoire une forme de son idée maîtresse sur les f[onctions] ell[iptiques].

J'ai connu ceci en 98 ou 01 au sujet de mes idées sur le « temps ».

Mon vrai sujet est toi : amour de ce qui est enveloppé, impliqué dans l'esprit.

Quoi de plus ardent que de vouloir ce qu'on implique, posséder sans posséder, — être ce qu'on voudrait savoir, et pouvoir ce qu'on ne saurait se représenter.

Je m'aime en puissance — je me hais en acte. (1925. 'Ιῶτα, XI, 44.)

Gl.

Pour chaque personne, il y a un critérium de *temps perdu*. Pour moi toute durée non marquée par une acquisition fonctionnelle et par la sensation de saisir une proie interne qui soit nourriture plutôt que dégustation pour ma curiosité, est *temps perdu*. D'où s'ensuivent des conséquences. (Anti-littéraires.) (1925. κάππα, XI, 109.)

☆

Parfois je suis tout à l'opposite du penser à la moderne, par images, bonds, analogies — Mais au contraire, je fixe, je serre une chose mentale entre des pinces d'acier cérébral. (*Ibid.*, XI, 119.)

☆

Giovannino di Grassi — antenato mio — verso 1380 fu pittore, architetto, scultore[A3] — —(1925-1926. λ, XI, 154.)

A. *Aj.* : Bergamo

☆

Aisément[A], — toute chose me devient φénomène — et les *personnes*, surtout... Je « vois » phénomène — c'est-à-dire réduit à l'*apparence*, — sans dessous, — sans *signification* — sans tenir la chose pour signe (sinon p[ou]r signe arbitraire) (signe de ce qu'on croit qu'elle est potentiellement) mais actuelle. Ceci en certains états.

Mais les autres, les uns tiennent la chose pour signe de quelque essence — les autres pour signe de quelque devenir, ce qui conduit à voler de la chose à cette signification sans considérer assez ce qui *est* et en rejoignant trop promptement *ce qui n'est pas, effet de ce qui est.*
(1926. *μ, XI*, 417.)

Écrit sur l'exemplaire du Capitole destiné à Madame Boylesve[1] :

à Madame Boylesve

Rien ne m'a plus ému dans ma vie que de recevoir, trois jours après la mort de René Boylesve, les épreuves de l'article qu'il venait de faire sur moi. Cette prose si flatteuse pour moi, si élégante en elle-même, me sembla sortir de la tombe. Je fus saisi par cette voix que je n'attendais plus. Mon ami disparu me disait merveilleusement : Adieu ! Et je ne pouvais pas lui répondre.

P. V.

juin 26.

(1926. *v, XXVI, XI*, 434.)

☆

Londres, Gênes — villes dont je fus séduit. (*Ibid., XI,* 443.)

Visite de Caldarelli qui me fait plaisir sans le savoir en me disant que mon accent italien l'étonne, lui semble singulier — et il le trouve celui de gentilshommes milanais. (*Ibid.*, XI, 521.)

Autrui. Mon cœur n'a pas besoin de son image.

J'ai besoin de ton esprit, de ce en quoi tu es fort, et non de tes émotions. (*Ibid.*, XI, 527.)

☆

Contre.

Contre les poètes, je suis. Car ma passion fut la passion de je ne sais quelle *Réforme*...

Refaire son esprit, ce n'est point une tâche pour les poètes.

Contre les philosophes, je suis. Car ma nature ne déguise point les puissances. Je ne crois pas à l'univers. Je n'enfle pas les signes et je sais où ils s'adressent.

Contre moi, je suis. Car mon moi dévore mon moi et je méprise mes opinions.

Ce qui est au premier plan dans la tête de moi ne l'est pas dans mes écrits. Et cette simple remarque me distingue des écrivains.

Écrire — 1. traduire — 2. modifier.

L'idée de *pouvoir* est mon idée constante et centrale. (*Ibid.*, XI, 528-529.)

Mes deux questions : Que peut un homme ?
                    Comment cela « marche-t-il » ?
Mais il faut préciser ce « pouvoir ». (1926. ℓ *XXVI*, XI, 558.)

Je ne veux ni convaincre personne ni par personne être
convaincu. (*Ibid.,* XI, 569.)

Je crains mon cœur et mon corps. (*Ibid.,* XI, 575.)

Paraître sur la scène du monde pour reproduire ce qui
déjà s'y est montré et plusieurs fois et magnifiquement
montré, qui s'y résoudrait s'il en eût conscience et
conscience de soi ? Qui viendrait répéter, qui n'y préfé-
rerait la vie obscure qui du moins ne répète que le
nécessaire, et même sans le savoir ?
    Mais d'autre part, innover comme au premier jour, se
jeter à l'innovation pour elle-même, est aveugle. On
veut innover plus avant. (*Ibid.,* XI, 582.)

J'ai eu le bonheur de prendre en 1892 comme étalon
de ma mesure des valeurs de l'esprit la pensée mathématique, d'une part; la construction ou expérience précise
d'autre part, et ceci m'a bien gardé contre[A]
    Et en somme je n'ai depuis lors apprécié, estimé un
« artiste » de genre quelconque que dans sa ressemblance
d'exigence et de *liberté* (vraie) avec le géomètre et le
constructeur (machines etc.).
    Les philosophes et poètes ont beaucoup souffert en
moi de cette décision. (*Ibid.,* XI, 642.)

Dans les livres comme dans les plats, je n'aime que le
maigre. (*Ibid.,* XI, 662.)

A. *Phrase inachevée.*

Mon *aveugle* confiance dans la clarté, dans la clarification. (1926. σ *XXVI*, XI, 754.)

Tout se passe comme si j'étais ambitieux. (*Ibid.*, XI, 782.)

Ma grande affaire en cet univers (que je définis Cause de quoi que ce soit) n'aura été que de refaire le dictionnaire intime — de re-définir — de mettre en question toute pensée — *Aucune n'étant rien de plus qu'une pensée,* aucune soustraite à[A] (*Ibid.*, XI, 793.)

Je m'étais accoutumé en 1893 à considérer toutes choses sous le rapport des combinaisons.
Événements; œuvres; doctrines.
La considération des « possibles » m'était familière, immédiate; nécessaire — Espace du possible.
C'est là une forme de *scepticisme*[B].
N'est-ce point la *première* chose à faire, devant toute question ? — (*Ibid.*, XI, 800.)

Mon caractère intellectuel le plus constant, le plus marqué est celui-ci : Tout ce qui m'est dit — tout ce que je lis m'apparaît comme devant être traduit. (*Ibid.*, XI, 849.)

Parfois j'ai l'impression étrange, devant la quantité de

A. *Passage inachevé.*
B. *Aj. marg. :* AF[1]

choses que je ne comprends pas et que d'autres fort nombreux comprennent et manient — ces autres qui me semblent pourtant *inférieurs* dans l'ensemble, — que ma manière de voir est tout autre, comprendrait par d'autres voies, s'adapte à une autre représentation. — Et ce n'est point orgueil, ceci, ni représailles contre moi en ma faveur — —

Apologie.

Mais, moi, je passe mon temps à m'interdire ce que bien des gens me reprochent de ne pas faire et ce que tant d'autres font avec orgueil et délices et dont est faite leur gloire et leur valeur.

Il me plaît ainsi. Puisqu'ils le font que servirait de s'y mettre ? Il faut bien que quelqu'un essaye à ses risques et périls, une autre voie.

Je classe les esprits selon les exigences qu'ils s'imposent à eux-mêmes. (1926-1927. τ *26*, XII, 43-44.)

12-2-27.

On me fait l'honneur de me traiter en mort. On vend mes lettres publiquement — et j'en trouve sur des catalogues, reproduites, — lettres toutes familières.

Léautaud a vendu pour 22 500 f. — 72 lettres à Davies

| Fontainas | — | x | y | — | à z |
| Mazel | — | x' | y' | — | [à] Champion |

18 lettres à Pierre[1] vendues 20 000 à M[onod][2], qui me les a rendues et j'ai refusé[3].

Autres lettres à Pierre vendues à Godoy.

Traité avec les mêmes honneurs, et le même sans-gêne qu'il est d'usage p[ou]r les morts.

Le véritable « Esprit des Lois ».

Rançon — n'accuse pas ceux qui[A]

Les libraires font leur métier —

Les veuves vendent —

A. *Phrase inachevée.*

Entre les libraires et les veuves — Les courtiers.
(*Ibid.*, XII, 70.)

Mercredi 18 mai 1927.
Mort de Maman — Éteinte doucement, dit le télé-
gramme.
Ô Maman ![A]
Elle est morte à 11 h. ½.
Elle avait dit :
Je mourrai cette nuit.
Ce sera ma dernière nuit — le docteur me l'a dit (ce qui
était faux) et c'est drôle, je ne suis pas bien émue : — il
doit *se* tromper.
Je voudrais écrire un petit recueil sur elle p[our] moi seul.
Côté farce.
Per essa *toccavo* al settecento veneziano e[B2]
Benedetta sia che così serenamente ci lasciò[3]. (1927.
v 27, XII, 232.)

Le disproportionnel

Se méfiant de son être profond, de son résonateur
disproportionnel à trop courte période.
Sonneries que l'on ne peut arrêter. (1927. *Φ*, XII, 280.)

Sys.
Me suis vu au cinéma (au mariage d'Agathe[4]). Drôle
de chose — se voir pantin.
Aggravation des effets de miroir. Narcisse bouge,
marche, se voit de dos, se voit comme il ne se voit pas,
et ne se pouvait imaginer. Prend conscience de tout un
secteur lié à soi indissolublement, d'une foule de liaisons
cachées, de tout *l'autre* qui est le support du Même.
Reçoit l'invisible soi. On est chassé de soi par cette vue,

A. *Aj.* : 1831[a]. 1871[b]. 1927[1]
    13   16   19
    4   7   2 [*Lecture incertaine.*]
B. *Phrase inachevée.*

changé en autre. Se juge — voudrait modifier —
Insupportable personnage.

— Que si l'on parvenait à se voir ou percevoir l'esprit
aussi extériorisé et sous des angles interdits, comme le
corps en acte par cet artifice, — quelle conscience se
ferait-on, quel effet sur le sentiment de soi-même ? — Se
percevoir pensant, répondant, s'endormant. (*Ibid.*, XII,
343-344.)

T

Jaloux de ses meilleures idées — de celles qu'il croit
les meilleures — parfois si particulières, si propres à soi
que l'expression en langue vulgaire et non intime n'en
donne extérieurement que l'idée la plus faible et la plus
fausse[1]. — Et qui sait si les plus importantes pour la
gouverne d'un esprit ne lui sont pas aussi singulières,
aussi strictement personnelles qu'un vêtement ou qu'un
objet adapté au corps ? — Qui sait si la vraie « philosophie » de quelqu'un est.. communicable ?

Jaloux donc de ses clartés séparées, — T[este] pensait :
Qu'est-ce qu'une idée à laquelle on n'attache pas la valeur
d'un secret d'État ou d'un secret de l'art ?.. et dont on
n'ait aussi la pudeur comme d'un péché ou d'un mal. —
Cache ton dieu. Cache ton diable. (*Ibid.*, XII, 345.)

Je juge les esprits au degré de précision de leur exigence et au degré de liberté de leurs mouvements.
(*Ibid.*, XII, 348.)

ad Ed[mée][2]

Le matin est mon séjour.

Il s'y trouve pour moi une tristesse sobre et transparente. J'ai presque froid et encore chaud des chaleurs du
lit. Je suis toujours à ce point de la journée, à demi percé
quant au cœur de je ne sais quel trait qui me ferait venir
des larmes sans cause — à demi fou de lucidité sans
objet — et d'une froide et implacable « tension de
compréhension ».

Voilà mon mélange, ma formule caractéristique que le matin expose à tous les^A et que le reste du jour brouille et utilise.

La terrible impression du « tout su par cœur » que j'ai tant connue il y a 35 [ans] et qui m'a fait ce que je suis.

Volonté d'épuiser, de passer à la limite.

Il est étrange que cette fureur glacée d'extermination, d'exécution par la rigueur soit liée étroitement en moi avec le sentiment douloureux du cœur serré, de la tendresse à un point infiniment tendre. Ce n'est pas le mot, mais il n'y a pas de mot p[ou]r ce qui est si non-commun, si opposé à la pluralité des moi.

Le matin agit et pousse ses pensées dans le temps vierge. (*Ibid.*, XII, 352.)

Écrit à Madame Surgère au sujet de son mari :

Il faut peut-être dire à votre mari qu'il n'est point le premier que l'esprit ait torturé à l'extrême. Je sais ce que l'on souffre de n'être que soi. Un jour que je n'en pouvais plus, j'ai pris la décision de m'accepter *tel quel*. J'avais 20 ans. J'ai résolu et tenu de mesurer mes pouvoirs dans le silence et de me borner à cet exercice secret... (*Ibid.*, XII, 392.)

Je dois tout à ce que tout m'enlève aujourd'hui^a. (*Ibid.*, XII, 406.)

Arrivé à une certaine altitude, ayant connu mille personnes, parmi lesquelles les plus distinguées d'une époque; et des hommes de toute race, de toute religion, de tout métier, de tout caractère; ayant vu naître et s'évanouir des émotions publiques, des idées se former et se flétrir, des changements immenses en toute chose, — se dire : ceci est l'humanité.

A. *Mot illisible.*

J'ai vu les meilleurs de ce temps, qui vaut les autres temps. Faut-il crier merveille ou hausser les épaules ? (1927-1928. χ, XII, 637.)

On a parlé souvent de mon pessimisme.. J'abhorre ce nom. L'idée de faire une *doctrine* au moyen d'impressions m'est étrangère. J'ai des moments de faiblesse, d'accablement et d'autres. On ne peut faire une loi du monde de ces fragments désordonnés. Tout au plus une religion.

Ces fragments sont désordonnés ou périodiques.

Si périodiques ou si désordonnés — — (*Ibid.*, XII, 696.)

L'opinion importe assez peu à qui se juge comme je fais, non d'après mes désirs mais sur[A] précis.

Je sais que je puis faire *ceci* et *ceci* — puisque je le fais ; et que je ne sais ou ne puis faire *cela* et *cela* —

Ce savoir ou ne pas savoir ; ce pouvoir ou ne pas pouvoir, voilà ce que la bonne opinion ni la mauvaise ne peuvent accroître ni diminuer. (*Ibid.*, XII, 701.)

Je suis une table de transformations — qui voulut se reclasser. (*Ibid.*, XII, 722.)

Gide a la curiosité des *individus,* le désir de les confesser et de se confesser à eux, il les tient pour beaucoup, et moi pour rien. Nous sommes tout opposés quant aux valeurs que n[ou]s donnons à l'être. J'ai l'instinct de ne pas me livrer et de ne pas aimer qu'on se livre, et lui le contraire. Il aime la littérature comme un instrument d'influence, et en est virtuose, et moi je ne la regarde que comme un exercice. Je passe mon temps à rendre « objectif » ce qu'il se dépense à rendre « subjectif ». (1928. ψ, XII, 847.)

A. *Mot omis.*

Ce qui me distingue de plusieurs, c'est que j'ai voulu partir de *mon* commencement[a]. (1928. *Ω, XII*, 867.)

Souvenirs — Crises.
L'affaire de Gênes en 92 — Éclairs — chambre visitée d'éclairs.
L'affaire de Nice en 21[b1]. (*Ibid., XIII*, 20.)

Gladiator[A] parle :
« Mon sentiment fut de n'être pas semblable.
N'être pas poëte, écrivain, philosophe selon ces notions; mais si je le devais être, plutôt *contr'elles*.
Et même — n'être pas *homme*.
Ceci est la clef de moi.
Je l'ai jetée dans un puits, il y a peu d'années.
Ô Puits ! en quoi j'ai jeté mon inhumain... » (1928. *AA, XIII*, 30.)

☆

Je connais en personne, j'ai vu et entretenu un grand nombre d'hommes distingués et quelques-unes des quelques *têtes* de l'Europe. Je connais, ou j'ai connu, même des *inconnus,* c'est-à-dire des gens non déformés par leur nom et par leurs œuvres, qui sont ou furent des *meilleurs.*
Connaître ces meilleurs, connus ou inconnus, en tant que tels, c'est nécessairement les *mesurer, et se mesurer.*
D'autre part, — je les ai connus à diverses époques de moi, et eux de divers âges.
Je me suis dit que la *valeur* de quelqu'un ou de quelque ouvrage résidait dans les jugements qu'en faisaient ces oligarques, et surtout dans l'usage intime qu'ils en faisaient, dans l'importance réelle cachée qu'ils y attachaient.

A. *Mot barré, et remplacé en marge par « T », c'est-à-dire « Teste ».*

Le *poids* d'un homme ou d'un ouvrage est le *potentiel* moyen qui leur est assigné par l'être de ces meilleurs — Rien de moins. Rien de plus. (*Ibid.*, XIII, 76.)

Les Mémoires de moi

J'ai travaillé à ma façon à un travail sans nom et sans objet de 1892 à 1912.. (et après, mais non plus exclusivement) sans encouragement aucun, sans *fin,* sans œuvre visée, — sans autre objet que de faire ma vision parfaitement accordée avec mes vraies questions, mes vraies forces.

Pendant tout ce temps, me suis interdit d'employer aucun mot que je n'y puisse attacher un sens *fini* — conscient — Jamais user de ce qui trouve dans la pénombre du langage des résonances, des relais indistincts.

Le mot *âme* proscrit. Etc. (*Ibid.*, XIII, 107.)

Aussi dur et imperturbable quant à la pensée qu'il était « sensible », anxieux etc. quant aux nerfs. (*Ibid.*, XIII, 133.)

Si l'objet d'une vie est de faire parler de soi, je puis être content.

Mais mon sentiment n'est pas du tout de cette espèce. Atteindre certains points intérieurs, épuiser ce qu'il y avait de *particulièrement universel* en cet homme; — et par surcroît, donner à penser à quelques-uns; et par occasion, imprimer çà et là sa trace dans le sable du désert un peu à l'écart de la piste des pas confondus. (1928. *AB,* XIII, 206.)

J'ai vécu sans avenir. Sans but extérieur, et sans métaphysique.

Je n'ai fait que bêcher et retourner mon champ. Le sort y a jeté les graines.

L'avenir n'a point sur le passé l'avantage infini que nous lui attribuons. Regarde ce qui t'entoure, il contient tous les cas de ce qui sera, en tant que ce qui sera peut te toucher réellement. (1928-1929. *AC*, XIII, 311.)

Mépris chez moi du matériel de la pensée[a].

Voilà où conduit ars poetica, d'une part; et de l'autre, l'habitude de considérer les choses, objets sous l'espèce de leurs transformations. (*Ibid.*, XIII, 316.)

Il me semble — je crois — parfois — que j'ai essayé de tout ce que l'on peut faire dans l'enceinte du vouloir et du faire intérieurs. (1929. *AD*, XIII, 457.)

J'ai toujours eu peur de mes nerfs et mon intellect a toujours travaillé contre eux. (*Ibid.*, XIII, 546.)

Mon éthique est simple à énoncer.

A. N'augmente pas (si tu le peux) la quantité de souffrance.

B. Essayons de faire q[uel]q[ue] chose de l'homme. (1929. *AF¹29*, XIII, 763.)

Je ne crois pas à ce que je vois.

En ceci, pareil à un « mystique » comme on dit.

— Je vois ce que je vois avec un regard qui perçoit « en même temps » que les choses offertes ou imposées, leur champ, leur tangence, leur groupe, leurs références et les libertés aussi de celles-ci. (*Ibid.*, XIII, 778.)

☆

Ma morale se réduisant à 2 points :
— Minimum de souffrance à introduire
— accroissement de connaissance-puissance du type
humain avec une intention de le modifier, de le
tirer vers un destin inconnu.
Il se fait des antagonismes entre ces tendances. (1929.
AH 2, XIII, 799.)

La plupart des hommes m'ennuient en dehors de leur
spécialité. Mais encore, peu, dans leurs spécialités,
demeurent assez universels *sans-le-savoir* (ceci essentiel)
pour en parler *généreusement* et avec précision. Le spécialiste pur est imprécis en paroles.
C'est pourquoi je préfère la compagnie des femmes —
car les femmes sont des spécialistes. (*Ibid.,* XIII, 813.)

☆

Qu'il est dur et difficile parfois de porter le poids de
ce qu'on a édifié soi-même — de ne pas plier sous le faix
de ses richesses mortes ! (1929. *af-2 29,* XIII, 908.)

« Alain » vient — et me dit que *je* ne me rattache à
rien — ce qui est vrai — en traduisant que *je* suis détaché
de tout.
Ce *je* est celui de mon « œuvre ». (*Ibid.,* XIV, 9.)

Préface des *Rhumbs* complets
J'appelle : travailler p[ou]r moi — noter ce qui me
vient à l'esprit indépend[amment] de tout ouvrage et
sans considération d'une publication déterminée ou non.
Mais comme produit immédiat, privé de mon activité,
de mon irritabilité mentale répondant aux excit[ations]

quelconques — *moins* celle que n[ou]s inflige un ouvrage
déterminé à faire. (*Ibid.*, XIV, 21.)

☆

11 9bre.

Grande convers[ation] avec Bergson vers 18 h. Son
idée de la vie est singulière — il l'oppose toujours à la
« matière » et pense qu'elle a pour fin ou pour loi la production d'*actions imprévues*. Je n'ose presser cette pensée,
dont il me dit qu'elle résulte en lui d'une considération
de tout ce qui distingue la vie — etc. N[ou]s avions
parlé esthétique à propos du livre qu'il tenait — un
Beethoven de R[omain] Rolland^A. Je développe mon idée,
car il me parle de mon « intellectualisme ». Je lui dis qu'il
ne faut confondre — que je suis un *formel* — et que le fait
de procéder par les *formes* à partir des formes vers la
« matière » des œuvres ou des idées donne l'impression
d'intellectualisme par analogie avec la logique. Mais que
ces formes sont *intuitives* dans l'origine — et je lui développe ma théorie de l'ornement — formation par la
sensibilité de ce qui emplit le vide — selon des lois
locales — générales (contrastes — symétries).

Il me pose plusieurs fois la question si je me reconnais
dans ce que dit Gillouin au sujet du sonnet des *Grenades*[1]. (1929. *ag*, XIV, 103.)

☆

L'Inhumain

Je ne goûte dans les ouvrages de l'homme que la
quantité d'inhumanité que j'y trouve.

Je sais trop ce qui est humain. J'ai souffert, j'ai joui;
je me suis trompé; j'ai vu juste, je me sens ruiner par le
temps; je fus loué; blâmé, salué, bafoué, traité des noms
les plus agréables et de certains autres. Voilà ce qui est
humain, selon les humains. Je n'aime pas de le remâcher
dans les livres.

A. *Aj. marg. renv.* : Il dit que ce que dit R[omain] R[olland] sur
l'architecture chez Beethoven l'étonne — (fait de Beeth[oven] un
créateur moins sentimental qu'on ne pensait) et lui semble rapprocher Beethoven de moi.

Mais ce qui est indépendant de tout ceci — l'ordre —
le possible tel qu'il existe dans les arts (dont celui de
l'ingénieur). (*Ibid.*, XIV, 120.)

Ma « Morale ».

1º — douleur non accrue
2º — essayer de développer un peu ce qui fait — *l'ori-
       ginalité de l'homme* — c'est-à-dire le conscious-
       ness. (*Ibid.*, XIV, 180.)

Dîner d'Huart[A1] au Raphaël.
M. Grousset[2] du Musée Guimet — me dit que je suis
bouddhiste — opinion de M. Yamagushi prof[esseur]
(à Tokyo) de bouddhisme pur. Celui-ci doit m'écrire.
Je suis bien étonné d'être bouddhiste. (*Ibid.*, XIV, 182.)

Je ne lis romans ni journaux que par exception.
Mon vice fut de tout faire et de me défendre de tout
par des idées — Trouver *l'idée*, ma seule solution.
C'est pourquoi ce qui n'est pas soluble par idées, —
ce qui ne se répond et ne se termine par une *création*
instantanée de cette espèce m'est insupportable.
P[ar] ex[emple] : *écrire*. C'est pourquoi j'ai voulu faire
de la forme une idée, et cherché à inventer jusqu'à la
partie généralement passive de l'acte d'*écrire*. (1929-1930.
ah 29, XIV, 261.)

Gide — m'est aux 3/4 inintelligible (dans ce qui l'intéresse). Et je le connais depuis 39 ans.
Me « comprend-il » *aussi peu* ?
Je veux dire : avoir les mêmes excitants et les mêmes
réactions, 1 fois sur 100 ?

A. *Lecture incertaine.*

Que devient alors — compréhension — intimité etc. ?

Ce qu'il compte p[our] q[uel]q[ue] chose est rien p[our] moi et réciproquement..

Se préciser cette diff[érence] d'évaluation.

Où place-t-il, ou placé-je — la *Révolution ?* — c'est-à-dire ce que *Soi multiplié par tous* imposerait à l'état des choses ? à l'humain ?

G[ide] spécule sur des notions que je considère invinciblement impures — provisoires — statistiques.

Je sens que si je les traduisais en un langage univoque à référence nette, il n'en resterait pas de quoi nourrir un raisonnement à ma façon.

Mon roc propre[A] n'est pas atteint par ce qui me semble encore mêlé d'autrui — exiger autrui pour être. (*Ibid.*, XIV, 280.)

Silgagia, près de Brando, serait le berceau de ma famille paternelle. (*Ibid.*, XIV, 306.)

Moi. J'abandonne facilement. La lassitude m'est prompte.

Je suis être rapide.

Mais je reviens indéfiniment. Je fuis, mais je reviens, je harcèle. (*Ibid.*, XIV, 309.)

« Amiel » et M. Teste

Mais l'immense différence entre les Stendhal, les Amiel et moi, ou M. Teste — c'est qu'ils s'intéressent à leurs états et à eux-mêmes en fonction du contenu de ces états, tandis que je ne m'intéresse au contraire qu'à ce qui dans ces états n'est pas *encore* personnel, que les contenus, la *personne* me semblent subordonnés à des conditions 1° de conscience impersonnelle 2° de mécanique et de statistique.

Une de mes chimères fut de parvenir à assembler tant

A. *Deux tr. marg. allant jusqu'à :* mêlé d'autrui.

de conditions ou équations de condition pour la pensée, que la pensée de chaque instant, le jugement, fut presque entièrement défini comme réponse et produit. (*Ibid.*, XIV, 351.)

J'ai cru et j'ai posé en principe que mes idées n'étaient bonnes que pour moi — car elles étaient nées de mon impuissance, de mon ignorance, de mes besoins réels et non de problèmes étrangers. (La plupart des problèmes de la philos[ophie] m'apparaissaient *non-miens*, lointains, et même insignifiants, — sans nécessité — sans vérifications — et en vérité, ils reposent sur la croyance à la valeur séparée et propre des choses mentales, à quoi je n'ai jamais cru — car je ne vois à celles-ci d'autre fin que le plaisir ou l'acte.)

Je ne consentais pas à la confusion des idées avec l'expérience, laquelle est essentielle à la pratique mais *par instants,* par cas particuliers, — et ne l'est pas du tout dans l'ensemble. La pensée est un procès de transformation, qui substitue un être ordonné pour une activité particulière, organisé, prêt-à — à un être désorganisé ou non adapté — — etc. (*Ibid.*, XIV, 368.)

Ce que j'aime le plus lire, ce qui m'oblige à le lire — et *à le relire* — c'est ce que je sens qui m'avance le plus, qui n'est pas une affaire locale, mais un accroissement, une promesse, une extension — un *détour extérieur qui me rapproche de moi-même plus éclairé et armé.* (*Ibid.*, XIV, 388.)

J'ai atteint ou occupé de très bonne heure dans ma pensée un certain point, un point *tel* que tout me parût de ce point un cas particulier[a]. (1930. *ai 30*, XIV, 457.)

Le départ de ma pensée est mainte fois bien plus beau que sa suite. (1930, *ak*, XIV, 546.)

☆

J'envoie à Monod, qui réclame une sentence pour la sceller dans son banc d'Anthy, ceci :
Ceci est la plus étrange pensée du monde :
« *Il y aura des hommes après nous.* » (*Ibid.*, XIV, 551.)

☆

Ce qui me distingue et m'a toujours distingué (depuis 91) c'est un certain regard que j'appelle « conscience » ou conscience de conscience, et qui *projette* toutes choses (et moi en tant que perçu par moi) sur un même plan = celui des équivalents. Il y a un certain regard qui rend *toutes choses égales.*
Est-ce le Moi des Moi ?
Toutes choses alors sont comme enfermées dans une sorte d'enceinte où elles s'échangent et ce regard n'a point de durée. (*Ibid.*, XIV, 578.)

☆

Ego

Étonnement, qui es mon essence...
Je m'éveille toujours surpris.
Le Même étonne l'Un. L'homo, son corps, sa pensée étonnent le Présent, le non-Même.
Étonne — c'est du « corps » (l'*esprit* — l'*actuel, sans masse* — ne pourrait s'étonner).
Comment l'*Un* a-t-il ces *deux* pôles, ces deux bouts ?
Comment des « Semblables » — dont le premier est en moi — est moi ?
Comment unique — et tout paraissant étranger — jusque dans l'âme, même les mots qui font de cette sensation de surprise un objet — une chose parmi les autres — — ?
Ce qui est, dans un temps, indépendant de ce qui paraît, sentant fortement sur toute chose que chacune ne représente d'abord que la possibilité d'être remplacée par une autre et celle-ci par une autre — dépend de toutes et d'abord de celle qui paraît, (dans le temps suivant). C'est là le premier Moi — qui peut aller jusqu'à ne pas *se* reconnaître.

Des organes pour se *reproduire* sont attachés à l'unique. Des idées qui ont des origines, des habitudes, des *mots* etc. sont la substance d'un événement singulier.

— Ainsi — il semble (selon ces étonnements) qu'il n'y ait pas ajustement, adaptation constante réciproque, entre l'objet et le sujet. En particulier entre le *moi-événement* et le moi-fonctionnement, propriétés, système, ressources. (1930. *al*, XIV, 600.)

Ego
Ma force et ma faiblesse tiennent dans mon sentiment fréquent et intense d'être distinct de moi. (*Ibid.*, XIV, 600.)

[...] On choisit. J'aime dans la vie moderne ce qui permettrait de mener plus agréablement et facilement une vie non moderne. (*Ibid.*, XIV, 632.)

Je suis celui dont la réaction remonte plus loin — des choses, plus près du *Moi pur* que la plupart; — qui repousse l'Autre plus complètement. Mon *Autre* est plus général. (1930. *am*, XIV, 695.)

Mon idée la plus « première », le sol de ma volonté fut sans doute une contradiction — entre le sentiment intense de me réserver et la *foi* étrange dans l'analyse en vue de *construire*.

Mais je n'ai pas construit. Paresse et inconstance dans les efforts — et là quoi bon ? Timidité.

Il s'agissait d'arriver par voie *française* (c'est-à-dire analytique) à des résultats comparables aux résultats obtenus par *vis viva*[1]. (1930-1931. *an*, XIV, 768.)

Musique et poésie m'ennuient au bout de fort peu de temps — car je ne puis supporter de prévoir, de subir sans répondre — de ne pas prendre l'initiative. Je ne les aime que par fragments très précieux — *modèles.* (1931. *AO*, XIV, 824.)

J'ai — il y a — des moments de liberté singuliers où l'esprit se sent apte à faire, à former quelque objet d'entre les siens; mais il n'a point de but particulier — point de direction donnée. Seulement une sensation de possibilité et d'*élégance* générale.

« *À quoi penser ? pensai-je.* » (J'ai écrit ceci il y a 35 ou 40 ans !)

Il y a donc une sensation *particulière* d'universalisme. Comme la main se joue à faire jouer ses articles, « l'esprit », autre (et même) instrument *universel,* passe parfois par un état qui est *centre* de tous les autres — se distingue de tous les mots.

Le Je est comme équidistant de toutes *Choses.* Si on regarde alors une page que l'on a écrite on la traite et retouche de haut. Et sa propre « vie »... N'est-ce pas là le vrai état *philosophique* — qui consiste non dans une connaissance, mais dans une disposition de — — disponibilité —, de distinction —, mieux qu'une pensée, une sensation du pouvoir de penser. Et le reste, le *monde,* la *vie,* le.. *réel* — — ce ne sont que des cas particuliers. (*Ibid.*, XIV, 890.)

Remarque. Je suis précis dans les choses généralement vagues et vague dans les choses généralement précises. (*Ibid.*, XIV, 918.)

À force de redire à d'autres mes « idées » elles se détachent de moi — ou plutôt : *je* me détache d'elles. *Je* ne les pense plus. Il n'y a plus entre nous l'intimité et — si *justes*[A] qu'elles m'aient paru, — je sens la nécessité d'en trouver d'autres, — même contraires — pour remplacer

A. *Aj. marg. renv. :* c'est-à-dire *si excitantes*

ces maîtresses devenues filles publiques — pour que je
sois moi.

Je suis électrisé[A] — à l'égard de mon *informulé central* —
et je tends à reconstituer ma charge normale d'idées
propres et singulières. Un *travail* doit s'opérer. (1931.
A'O', XV, 93.)

☆

Les Mémoires de Moi.

Je tends par nature[a] à négliger tout ce que ma nature
trouve sans conséquence pour son accroissement permanent propre — ce que j'appelle : *cas particuliers*[b]. Je dis
ma nature, car j'ai observé que ma *mémoire* ne retient pas
certaines choses, et ne peut oublier certaines autres. Elle
est un tri automatique. Or[c] qu'oublie-t-elle ? — *ce qui
pourrait être autre*[d] sans inconvénient pour l'action intérieure de *moi* en *moi*.

Elle garde ce qui peut m'être utile pour lutter contre
les monstres intimes et pour former un être instantané
plus *libre*. Beaucoup[e] de *modèles* et peu de *documents*.

Je suis anti-historique. Mon mouvement est généralement une défense par changement d'axes — et de nombre
de dimensions[f]. (*Ibid.*, XV, 133.)

☆

Pour moi — ce qui ne me demande aucun effort,
n'ayant aucune valeur — je suis porté, pour donner
valeur à ce que je produis, et oser le produire, à demander
un effort à ceux à qui je le produis[1].

(En quoi je fais certainement une erreur de politique
extérieure.)

Ce qui ne me coûte rien ne me donne pas la sensation
d'avoir vécu — Pas plus que d'engendrer ne donne de
mal et fait moins auteur qu'enfanter[g]. En quoi, je suis
femelle. Elle est plus « profonde » que le mâle. Dans la
zoologie celui-ci est souvent un inférieur, réduit à sa
fonction; dévoré ou chassé ensuite. (*Ibid.*, XV, 140.)

A. *Tr. marg. allant jusqu'à :   central.*

☆

Ma méthode, c'est moi.
Mais moi récapitulé, reconnu. (1931. *AP,* XV, 164.)

☆

Ego
    Un hasard me fait apercevoir que je ne dis presque
jamais ce que je sens. Mon esprit répond par l'esprit et
plus vite que ma sensation — que JE garde; et sans doute
annule au plus tôt. Ce JE est le *je* ignoré du *Je* ou *Moi.*
    Cette sensation est ressentie trop « personnelle » *pour
intéresser autrui —*, trop *particulière* ou bien : me mettrait
en état de *nudité nerveuse,* infériorité devant autrui; sorte
de pudeur d'une faiblesse. *Faiblesse,* car c'est manifestation qui pourrait livrer un moyen d'agir sur « moi ».
    Toute réaction d'un certain ordre doit être réprimée,
cachée comme on rejette[A] de soi, idée ou expression[B].
    On s'éloigne ainsi de la naïveté banale, par un trait de
caractère — qui a grande conséquence pour l'esprit et
l'art.
    Mon genre de littérature à *principe froid* en découle.
    J[ules][1], quand n[ou]s étions jeunes, disait le matin :
J'ai bien dormi. Ou, quand il avait joui d'un plat, il en
parlait comme d'un fait notable et intéressant les autres.
Je pensais avec agacement : Je m'en fous. Je le pense
encore quand j'entends des histoires particulières — Elles
me sont inassimilables. *Ma mémoire perd tout ce qui lui
serait acquisition non fonctionnelle* — et qu'elle sent *arbitraire*
par rapport à ma faculté de production.
    Tout ce qui ne modifie pas ma capacité d'action (men-
tale) périt en moi. (*Ibid.,* XV, 192.)

☆

Autoscope — Ego
    Je ne me sens d'aucune race. Rien de local en ce moi —
ce qui coïncide bien avec objectivity naturelle.
    Ni de métier. Sans profession.

A. *Tr. marg. allant jusqu'à :* idée ou expression.
B. *Aj. marg. :* Éliminations

Cependant je suis extrêmement *homme des villes* — homme des intérieurs et des semblables — Mais un *sauvage* plus intérieur. C'est là le point difficile du chiffre.

Un des passages très ambigus.

(*Nombre des ambiguïtés*. Notion intéressante à retenir.)

Une *autre ambiguïté* — La tendance abstraite de l'esprit apparue tardivement (20 à 21 ans) fortement et en grand contraste avec mes dispositions antérieures. De plus cette manière de voir (ou de ne pas voir) est très mal servie par la déficience des facultés qui devraient l'accompagner — Attention — Logistique — très insuffisantes. J'ai le sentiment de la *stratégie* assez fort — mais *tactique* très faible. Mémoire des *choses,* mémoire *brute* détestable.

Autre ambiguïté — (Patience — impatience —) et (constance et dégoût instantané). Ces doublets très marqués.

— Autres remarques. *Rien ne m'est dû*. Je n'attends rien des autres. Ceci se prolonge bien par un certain Robinsonnisme. Je vis dans une île déserte où je me fabrique mes ustensiles. Et ce qui me vient d'autrui est toujours épaves, débris sur la côte.

— Même Amour participa chez moi de ces ambiguïtés. Jalousie assez féroce. Certaine possession diabolique soit exercée, soit subie, avec des vues brusques implacables de netteté et comme des réveils violemment purs.

Auto-tomie, auto-tritie.

Dans mes rapports avec autrui — le sentiment de la justesse joue un rôle essentiel. La fausse note ruine quelqu'un dans mon esprit. Ne jamais choquer (sinon bien volontairement) l'auditeur profond *qui sait tout*. Accommoder son acte et sa parole sur l'arrière-pensée possible. Instinct de la sensibilité d'autrui.

S'il y a lieu à action puissante, l'exercer par pression et non par choc; par modulation.

Sentiment du non-sérieux des expressions pour la galerie. Toute expression qui serait bien vaine dans *l'Ile déserte* me choque ou fait rire. Ne pas user de mots que la pensée du solitaire n'emploie pas, — ne peut employer. — — C'est là ce que j'appelle *sérieux* = ce qui ne tient pas devant le *seul* ; ce qui n'est pas commensurable avec le sens fondamental — le soi à soi — mais est pensé ou retenu[A] *au moyen de* la représentation d'un *autre* ou d'un *public* qui est supposé donner à cette production une valeur. C'est pourquoi je pense que la transmission d'autre à autre est essentielle à la valeur de la plupart des pensées, — créée même par cette transplantation.

Autre regard —

Sentiment vif[B] de la « bêtise » des choses qui humaines ou physiques agissent sur le Système nerveux — plexus.

Les merveilles, miracles, cataclysmes, violences — démonstrations.

Tout ceci[C] n'est-il pas à la fois surmonté par la connaissance de son domaine — et de sa mécanique si simple, et malheureusement insurmontable par la puissance qu'il a sur le tout de l'homme ?

La *chair* trop forte sur l'*âme* et l'*âme* sur l'*esprit*.

Physique > affectif > intellectuel (Mais ceci en moyenne ou pour des valeurs limites).

D'ailleurs tout le temps d'un homme est constitué par les variations des valeurs de ces 3 ordres et leurs résonances mutuelles. (*Ibid.*, XV, 261-263.)

Les chrétiens ont le Ciel. Les Marxiens ont dans la tête une terre où régneront les échanges exacts. D'autres hommes rêvent d'un règne de Louis XIV, et d'autres d'une aventure énorme..

Voilà à peu près toutes nos images, qui correspondent sans doute à un nombre fini de « tempéraments » et d'états.

Leur trait commun est d'appartenir à un « avenir » indéterminé. Leur différence est une différence d'excitabilité. On peut aussi représenter ces tempéraments par les images contraires — celles qui font horreur ou peur

A. *Tr. marg. allant jusqu'à* : créée même par cette transplantation.
B. *Tr. marg. allant jusqu'à* : plexus.
C. *Tr. marg. allant jusqu'à* : sur le tout de l'homme ?

et qui sont aussi puissantes (sinon plus) que celles qui
font désir.

Quant à moi, image pour image, je crois devoir m'en
tenir aux images d'avenir commensurable — c'est-à-dire
de choses que je puis ou ne puis faire. Je *ne suis pas
excité*[A] *par* ce qui *ne peut être conçu, complété par moi.*
L'avenir inarticulé, purement imaginaire et en tant que
dépendant d'autrui, du futur même et de l'univers ne
m'excite pas. (*Ibid.,* XV, 270.)

☆

Gide est un cas particulier. Et il a la passion de l'être.
Je me sens tout le contraire. Tout ce qui me donne l'impression du particulier, de la personne — m'est impossible —, se fait automatiquement image dans un miroir
qui peut en montrer une ∞ d'autres, et préfère cette
propriété à toute figure.

Je ne donne donc qu'une importance locale, concédée
à regret, subie et non nécessaire à ce que G[ide] trouve
au contraire essentiel. Et réciproquement. Les questions
de sexe, de conventions etc. me paraissent toujours
d'importance limitée — c'est-à-dire *sans avenir-en-moi*[B]
qui vaille la peine du travail sérieux de Mind, quoique
ceci puisse infliger des peines à l'être.

Ce qui m'intéresse vraiment en moi, et dans le monde,
n'a pas de sexe — ni de semblables — ni d'histoire. Tout
ceci m'est latéral.

Mon Narcisse n'est pas le sien. Le mien est contraste,
= la merveille que le reflet d'un *Moi Pur* soit *un Monsieur ;*
— un âge, un sexe, un passé, des probabilités et des certitudes. Ou que tout ceci exige ou possède un invariant
absolu — exprimé par cette contradiction : Je ne suis
pas ce / celui / que je suis. Non sum qui sum. Ou : Moi
est une propriété de ce que Je suis. (*Ibid.,* XV, 274.)

☆

J'ai été frappé de ceci, il y a 40 ans —
que les spéculations *en rigueur* conduisent à plus d'étran-

A. *Tr. marg. allant jusqu'à :   complété par moi.*
B. *Deux tr. marg. allant jusqu'à :* des peines à l'être.

getés et de vues possibles et inattendues que la fantaisie libre —

que l'obligation de coordonner soit plus productive de Surprise que le hasard. (1931. *AQ 31*, XV, 379.)

J'offre à mes yeux le mélange de l'audace incroyable et de la timidité excessive — d'une sensibilité insupportable qui va à l'absurde avec une résonance douloureuse etc., — et d'une rigueur extrême. Mon esprit est terriblement différent de ma sensibilité — dont il profite et dont il est cependant esclave[a] — — (*Ibid.,* XV, 387.)

Pas « méchant » — c'est-à-dire souffrant de voir souffrir, — toutefois je me sens un cœur brusquement impitoyable à l'égard de celui qui spécule sur mon apitoiement — ou qui veut parvenir à ses fins en usant d'invocations à la Justice, à l'Humanité etc. Tellement que, même ses adjurations aux Idoles fondées, — je m'établis dans l'Injustice et me retranche dans le dégoût de cette comédie, dont j'ai vu maint exemple. Ceci m'explique mon attitude dans l'affaire célèbre[1].

Car ce n'est pas être homme que d'invoquer l'Humanité. — — Je connaissais ces hommes pour n'être exempts d'aucune faiblesse d'homme ni d'homme de lettres — et je les voyais dans ce cas particulier s'enflammer ou faire les enflammés pour une cause. (*Ibid.,* XV, 421.)

Ego — Jamais pu prendre au sérieux les choses de *mœurs* — cf. contre Romans — (Bourget — Gide — Mauriac etc.) Pourquoi ? (1931-1932. Sans titre, XV, 513.)

Tout me contraint à n'être pas moi-même — Famille, situation, tout m'exerce en sens contraire de — — — Moi ?

Ce qui est *bon* ou *mauvais* selon l'instant et les conventions. —

De plus, partie de ces gênes sont mon œuvre. Et nous revoici au problème du *contrat* — et des conventions. Identité — Responsabilité.

L'extérieur contraint l'*intérieur* à être *Même*, et cet extérieur est le lieu des choses ou êtres qui réfléchissent sur « Moi », avec retard, le Moi qui n'est plus, qui font le Mort saisir le vif. *Droit de suite*. Impossible de s'en passer. D'où cataclysmes. Couche de sable croissante *au fond* des mers, des cœurs. T[emps] augmente et finalement la continuité et permanence engendre phénomènes brusques. La profondeur devient cime, cratères. (*Ibid.*, XV, 540.)

Le secret et la vitesse brutale des réponses nettes intérieures a été un de mes traits. Je ne sais l'origine de ces caractères — il me semblait que certaines idées sont aussi pudendae[1] que le sexe. Et sans doute les plus précieuses pour soi — Armes et trésors que se fait le *moi*. (*Ibid.*, XV, 570.)

Il y a un certain commencement de nous — qui se fait d'ailleurs en deux ou trois fois — ou deux ou trois *coups*, — entre les 15 et les 20 ans — et tout y est.

Jusque-là — on n'est pas. Parfois, ces découvertes sont tenues très secrètes. (C'est mon cas). On découvre ce à quoi on est vraiment sensible — et quel est son Démon. On reconnaît *et* l'on forme son Maître et son Familier. (*Ibid.*, XV, 580.)

☆

Ce que je connais le mieux au monde, ce sont les faiblesses de moi et de mon esprit, — dont la première, et non la moindre, est sans doute cette connaissance même. (*Ibid.*, XV, 585.)

☆

Ego

Mon « scepticisme » et recul ou dédain des choses

réelles, de l'action etc. est certainement lié à mon indifférence musculaire. L'effort musc[ulaire] positif m'a toujours été odieux et quoique proportionné assez bien
quant au corps, et ayant certaines dispositions « athlé-
tiques », c'est-à-dire sentiment de l'élégance du mouvement — le sentiment de faiblesse musculaire, vrai ou
imaginaire, a joué un rôle capital dans mon évolution.
J'ai toujours tenté de remplacer une dépense d'énergie
φ par une dépense d'énergie ψ. (1932. Sans titre, XV,
608.)

☆

Mémoires d'un esprit —
   Ne pas oublier cette *sensibilité intellectuelle.*
   Mon point *capital.*
   Divinisation du possible psychique.
   Reconnaissance du réel psychique. (*Ibid.,* XV, 749.)

☆

« L'Ange » — m'appelait Degas.
   Il avait plus raison qu'il ne le pouvait croire.
   Ange = Étrange, estrange = étranger... bizarrement
à ce qui est, et à ce qu'il est.
   Je ne puis *croire* ni au *sub-* ni à l'*ob-jectifs* — c'est-à-
dire ne pas sentir que rien ni soi n'aurait d'intérêt que
pour franchir je ne sais quel seuil — lequel est illusion et
d'ailleurs infranchissable — —
   Qu'est-ce que je fais ici ? — Est une question réflexe
caractéristique, toujours prochaine.
   Faire sans croire — Ma devise..
   J'ai horreur de croire et horreur de ne rien faire.
   Faire ? Mais *faire* — a aussi son sens particulier p[our]
moi. Ce n'est point s'employer à quelque œuvre.
   C'est modifier EN MOI le modificateur des données.
   Se dégager — N'être pas seulement celui qu'on fut.
   — — Que de choses sous nos yeux sont invisibles !
Elles demeurent sur la rétine aussi imperçues que si elles
n'existaient pas.
   Les « objets », choses *attendues,* suppriment les sensa-
tions. Les « idées »[Aa] (1932. Sans titre, XV, 812.)

A. *Passage inachevé.*

Ego

La sensation intense de « l'Une fois pour toutes » ou
« Une fois et non deux » est essentielle en moi[a].

D'où consciousness et limites[b]. (*Ibid.*, XV, 825.)

T.

Je suis être potentiel bien plus qu'actuel. (*Ibid.*, XV,
852.)

☆

Se sentir étranger à ce que les autres prennent pour
vous-même — et pour spécifiquement vôtre... Sentir
que l'on n'offre jamais que des cas particuliers — à l'observation; et que l'on ne se connaît soi-même qu'à la
valeur de cas particuliers — — Mais peut-être — cet
universel supposé, qui pourrait vivre tant d'autres vies —
et se montrer tout autre même à soi-même — n'est-il
qu'une illusion — comme l'espace « infini » qui résulte
de la substitution inaperçue, *inconsciente,* de l'identité
d'un acte imaginaire (prolonger, diviser..) à l'additivité
réelle. Prolonger une longueur, la diviser — ajouter une
unité à un nombre — *abstrait* — c'est *supposer une action
sans réaction* — comme l'enfant croit pousser le train
dans lequel il est. (*Ibid.*, XV, 879.)

Politique

Je répugne à tout ce qui veut me convaincre — Un
parti, une religion qui cherche des adeptes, qui veut le
nombre et la propagation, sont frappés (pour moi)
d'ignominie. Une doctrine doit, pour être noble ne rien
céder au désir d'être *partagée*. Sit ut est aut non sit[1].

Je ne veux pas faire aux autres ce que je ne voudrais
pas qu'on me fît.

Car il arrive que pour attirer le *nombre,* on introduise
ou l'on tolère ce qu'il faut pour dégoûter les *quelques-uns,*

et il se fait un dédoublement, une impureté dans la doctrine. On ne sait plus si tel point est *de foi* ou ne *l'est pas*. On arrive à des mixtures étranges, à des réserves secrètes. Saint Thomas et le sang de St Janvier.

— *Avoir raison*. Vouloir *avoir raison* — Propager. Vouloir convaincre.

Ceci mène aux miracles... à la « publicité ». (*Ibid.*, XV, 893.)

☆

Je ne prends dans les livres que ce qu'il me faut pour imaginer, — et non point ce que j'imagine;

pour développer des thèmes étrangers sur mes propres domaines — comme on ensemence une terre assez fertile par soi.

Il s'ensuit que les livres d'imagination ne m'intéressent guère; et que ceux que j'ouvre, ce que j'y trouve *a mon imagination contre lui*. Elle les rend arbitraires à chaque ligne. Chaque ligne est pour moi (dans ces livres-là) le symbole d'un *groupe* de lignes également possibles — *d'égale facilité*.

Ceci appliqué aux vers mène aux contraintes. (1932-1933. Sans titre, XVI, 104.)

☆

Ego

Mes « fautes » — toutes (ou presque) ont des craintes pour *causes,* et sont plus des abstentions que des actions, en général. (En appelant *faute* — ce que je ressens comme n'ayant pas dû être fait — ou ayant dû n'être pas fait —)

Il s'agit donc de trouver d'où naît ce *sentiment* qui évalue et d'où naquit la *sensation* à laquelle *obéir* fut faire une faute.

Si on trouve que ma sensibilité m'a fait agir (ou fuir une action) afin que fût préservée une certaine *valeur* — p[ar] ex[emple] une idée de moi-même — ou une liberté de mon esprit — ou un mode constitutionnel de juger — un pouvoir.

Je considère *mauvais* ce qui émeut — sans effets à

retenir et à assimiler — ou qui émeut loin de l'esprit, ou bien si fortement que l'ordre soit troublé.

J'estime que l'émotion fait dominer le principal par l'accessoire, l'être par l'instant, les centres suprêmes par les centres inférieurs, le son fondamental par les harmoniques, et confond l'*intensité* avec la *hauteur* — du son de la vie.

L'intensité est toujours extra-spirituelle. Il s'agit de ne la favoriser que si elle favorise l'esprit.

Ce qui *fournit* l'intensité est non-esprit. (*Ibid.*, XVI, 130.)

La vue de l'enthousiasme que l'on excite chez les autres est parfois un sujet de très lourde tristesse.

Si ce que j'admire le plus et qui m'excite à des sentiments de cette espèce, est d'autre part comparable à ce qui excite ceux-ci — — *à-mon-égard* chez d'autres — que vaut ce que j'admire, que vaut mon admiration — qu'est-ce que je vaux ?

Mais qu'importe ce valoir ? (1933. Sans titre, XVI, 155.)

Ego
Ma patience est corpusculaire. Elle est faite d'une quantité indéfinie de brèves tentatives.

Ce sont des *photons* que j'accumule.

Elle n'est pas continue. (*Ibid.*, XVI, 237.)

Ego —
Je rapproche deux traits de moi —
Indifférence rapide aux décors — Golfes de Naples etc. Panoramas, Venise etc. Comme éloignant du sens de structure — *Beaux* accidents,
et
Éloignement des « situations » — des *effets* — au profit du mécanisme. (1933. Sans titre, XVI, 304.)

☆

À — X.

.. Je ne suis pas le moins du monde *paradoxal*. Je hais le paradoxe. Mais je ne me relâche jamais de cette idée — que toute opinion implique quantité de postulats et de conventions plus ou moins insensibles à celui qui les admet, et j'essaye de les apercevoir — ou du moins d'en apercevoir quelques-uns, car l'obligation de *penser et de parler* en introduit de si intimes ou si intimement liés à l'acte même de l'esprit qu'il ne peut pas plus les percevoir que l'on ne perçoit ce qui passe et intervient entre l'impression de la rétine et l'image perçue — (Nous voyons au moyen de ce que n[ou]s ne voyons pas : quelques millimètres carrés sur une surface concave etc.)

Or ceci suffit pour altérer profondément et *légitimement toutes* les opinions données (miennes ou autres) qui ne conservent plus que leur possession d'état ou leur force de fait, (le *fait* étant la force numérique et intensive de ceux qui professent cette opinion —). (*Ibid.*, XVI, 337.)

☆

Il est de ma nature mentale de me trouver tout à coup *devant* les choses comme tout inconnues — et comme de mesurer du regard *toute* la distance entre elles et ce *moi* qui doit les subir ou accomplir, *sans le secours* de *l'habitude,* des *conventions,* des *moyens déjà connus.* (*Ibid.*, XVI, 370.)

☆

Il en est (G[ide]) qui sont comme engendrés par ce qui est — comme réactions à des opinions, doctrines, enseignements, régimes — et finalement à des « personnes ».

Je ne le suis pas — ou peu —

Je suis plutôt réaction — à moi — et non à d'autres. J'oppose mon moi à ma personne. (*Ibid.*, XVI, 431.)

☆

27/6/33.

Bal des petits lits blancs — 500 = Paris. Voronoff[1], Guimier — — — Daisy Fellowes.

Une flammèche, et cette tourbe craint la flamme. Tous les yeux vers la bande qui dans le haut se résout en étincelles. Mais la bande de papier est ignifugée. Quand les feux d'artifice tout à coup éclateront à l'extérieur, au travers des grandes glaces — il y aura un rappel de peur.

Danses. Danseuse russe si longue et suave de visage, les cheveux or pâle nattés et massés sur le crâne.

— Tout à coup envie folle de raisonner, abstraire — abolir de *pensées* — cet ensemble en fête.

J'ai ma « Schizophrénie » intellectuelle[A] — car je suis aussi « sociable » en surface et facile en relations que je suis séparatiste et singulariste en profondeur.

Je comprends difficilement ce double penchant : l'un vers tous; l'autre vers le seul, et ce seul très absolu. (*Ibid.*, XVI, 459.)

Les paysages, ruines parfois envahies de vie végétale me font plutôt de l'ennui quand ils sont *remarquables* — c'est-à-dire devant être remarqués. Car alors ils sont *choses faites*.

— J'ai aussi l'impulsion bizarre, devant eux, que je puis modeler leur forme avec la main.

Ou bien l'impression d'arbitraire et de momentané que donne un décor de théâtre.

— Mais le grain d'une roche, la dureté d'un tronc, la vie froide de feuilles saisies à pleine main, l'inertie de l'eau — m'arrêtent, m'immobilisent et m'accablent bien plus que les espaces « infinis » qui effrayaient l'Adversaire[1]. Car ces espaces ne sont que le même *geste* pur — et vain, — la même idée de sphère. (1933. Sans titre, XVI, 504.)

Ego

En moi, le contraste de l'intellect et de la sensib[ilité] affective est extrême. (*Ibid.*, XVI, 536.)

A. *Deux tr. marg. allant jusqu'à :* singulariste en profondeur.

☆

Ego (et θ)

Personne n'a exprimé ni ne peut exprimer cette étrangeté : *exister*.

— Je viens de songer à ma nature — à ce qu'elle devait être — une nature d'une audace singulière — si j'en crois 2 lignes de mon père, moi ayant 3 ou 4 ans. Un incident inconnu m'a fait craintif — il me souvient de peurs atroces vers 6 — 7 — 8 [ans] ?? et d'horreurs imaginaires, de taboos — — Et il ne m'est resté qu'une espèce de témérité, (jusqu'à la brutalité) intellectuelle.

— Or ceci m'a conduit à ce que j'ai mis plus haut sur l'étrangeté d'exister. Parfois je ressens infiniment que je n'ai rien de commun avec — quoi que ce soit — *dont* MOI-MÊME. C'est un effet bizarre — dont j'ai parlé dans *Note et Digression*.

Pourquoi ainsi et non autrement ? La question est absurde mais le *poser la question* témoigne de quelque chose.

(Pourquoi Tout ?)

Exister ? — Mais c'est passer de n'importe quoi à n'importe quoi, et comme une bille qui ayant reçu impulsion va de choc en choc sur les bandes.

C'est un sacré taedium. Ce qui est grave, c'est que même *ce que je pourrais faire* m'ennuie.

Grave ? — *Non-sense.* — —

— Mais comment bien représenter cette *étrangeté ?* qui est de Moi — (en tant que fréquemment ressentie) que d'autres ne ressentent que dans des circonstances rares — qui est comme un *écart* (au sens équitation).

— Devant la montagne — (Manfred[1] !)

Je sais que ceci est beau. Cette masse, ces profondeurs, l'azur sur l'altitude — Je pourrais écrire cette beauté. — Que m'importe-t-elle ! —

Peut-être ai-je dépassé le seuil sur lequel frappe la chose vue et d'où rejaillit l'éblouissement de l'esprit, l'étonnement, l'instant d'éternelle résonance...

Peut-être — ne puis-je plus m'intéresser à ce qui ne peut me répondre et me dire *autre chose que toute mon âme.* (*Ibid.*, XVI, 541-542.)

Ego

Une de mes erreurs constitutives — fut de croire que les *autres* en demandaient bien plus qu'ils n'en demandent —, *en demandaient autant que moi.*

Cette exigence illusoire a joué le plus grand rôle dans mon « histoire ».

Chez tous les « orgueilleux essentiels », la répartition et la fréquence de ce en quoi et par quoi ils s'*admirent* et de ce en quoi, et par quoi, ils se *déprécient, se refusent,* se soustraient est capitale. Certains sont plus sensibles à leurs faibles qu'à leurs forts.

Rôle fondamental de cette sensibilité. (1933. Sans titre, XVI, 704.)

Il est des jours où tout me paraît idolâtrie, et où je me trouve en peine de penser quoi que ce soit qui ne me semble une pensée naïve, et semblable, — *quelle qu'elle soit* — à ces idées de primitifs qui nous paraissent impossibles. (*Ibid.,* XVI, 769.)

Homo

L'homo ne m'intéresse que sous 2 aspects : ou bien comme exceptionnel — en tant que *personne* ou bien comme non-personne — — machine d'une vie — quelconque.

Ou bien quelque extrême
ou bien ce qui est en tous. (1933-1934. Sans titre, XVI, 791.)

Ego

Il ne manque pas de *choses humaines* qui me sont étrangères ou antipathiques[1]. —

Et parmi elles, d'*essentielles.* —

Certaines n'ont été admises ou comprises ou ressenties

par moi que fort tard, et d'ailleurs après de grandes modifications. —

D'autres, qui sont pour d'autres, naturelles, faciles sont p[our] moi des impossibilités — des étrangetés etc.

— Je ne puis guère croire ce que je n'eusse pas inventé ni comprendre —

Je ne sais comment je suis fait si... *étranger ?* Il me semble aussi que rien ne m'est dû par autrui, et que je ne lui dois que ce que je suis forcé de lui demander. (1934. Sans titre, XVII, 127.)

Lecture —

Je lis. Et quand je lis suivant les lignes, et non consumant au vol les signes assemblés,

je suis frappé — arrêté — averti aussitôt

par ce que je n'eusse pas écrit : soit que je ne l'eusse pas trouvé, soit que je ne l'eusse pas reçu; et ce sont mes impossibilités qui m'excitent.

Les unes, combinaisons au-dessus, les autres combinaisons, au-dessous — de moi.

Ces impossibilités miennes me font apparaître, révèlent moi à moi. (*Ibid.*, XVII, 150.)

Il me dégoûte d'être lié à ce personnage que je suis. (*Ibid.*, XVII, 160.)

Je pensais, quand on me grondait, — : ce ne sont que des *associations d'idées,* et je me rehaussais par cette conscience puérile du mécanisme de l'adversaire — que je méprisais dans son autorité, — me donnant la sensation agréable de savoir le regarder comme un animal observé dans sa vie automatique, et moindre que MOI, et *contenu* dans ce regard.

Plus tard — peu plus tard — j'ai employé la même défense contre les circonstances ou plutôt contre mes tourments, mes obsessions — type amour — orgueil — et tous les « sentiments » en général, quand ils devenaient cruels. Mais ici, le bon succès était fort disputé, précaire. Et la méthode de voir (ou d'imaginer) le mécanisme du mal vivant, de prévoir ses modes, anxiété — résonance — reprises etc., de déprécier l'*objet* par la connaissance de sa vaine matière ou de sa structure trop simple — etc., par le devancement, par la réduction au cas particulier — etc. n'a jamais donné de résultats rapides.

Mais la tendance est essentielle en moi. Constante. (1934. Sans titre, XVII, 224.)

Depuis 1892 — je vis d'un regard *transposé* tel que toutes choses m'apparaissent *moindres* que *x* — ?

Ce regard difficile à définir mais regard de détachement — de séparation de ce qu'il comprend — par sentiment du possible — — et parmi *lui* une *région* — un domaine — qui n'est d'aucun regard. — — En somme, il *lui* semble que tout ce qui est visible, observable est comme les écritures à la craie sur le tableau noir par rapport à la main qui tient la craie.

Et aussi que ce qui est visible — peut recevoir un tout autre *sens*.

Et aussi qu'il y a des *figures* — qui seraient celles de toutes les modifications possibles sur.. —

Vues du présent par son absence — ou plutôt par... *mon* absence, — Sur présent ! (*Ibid.,* XVII, 226.)

Ego

Ma caractéristique — chronodynamique ! — est d'avoir depuis l'enfance substitué la force nerveuse ou directe à la force musculaire.

Je suis en prise directe[A]. (*Ibid.,* XVII, 248.)

Il est des instants (vers l'aube) où « mon esprit » (ce personnage très important et capricieux) se sent cet

---

A. *Dessin en marge représentant cette idée.*

appétit essentiel et universel qui l'oppose au Tout comme
un tigre à un troupeau ; — mais aussi une sorte de malaise
= celui de ne savoir à quoi s'en prendre et quelle proie
particulière saisir et attaquer[1]. Chacune lui paraît[a] devoir
diminuer, s'il s'y attache, la sensation divine de son
groupe de puissances éveillées, — et tout le jour qui va
suivre, une incarnation et réduction de cette illusion de
Pouvoir que mon sens intime[b] place au-dessus de tout.
(*Ibid.,* XVII, 318.)

☆

Caractéristiques et singularités de l'Hon. Myself —
(Hon. Lit. D[r] Oxon[2].), (en désordre et très incomplètement énoncées[3]) —
— Conviction* bien ancienne de la « relativité » du
savoir, c'est-à-dire du pouvoir qu'il confère — ou non.
La parole ne me suffit pas. Impossible de *croire* sur parole
— quand je puis imaginer ce que doit / peut / savoir
celui qui parle et que je sens que je pourrais former ou
forger des discours et histoires du même genre...
— D'où mon éloignement pour le goût de *convaincre*
les autres. Le moins de prosélytisme est mon fait. Je hais
qui veut me convaincre. *Apologétique* est *impureté.*
Mélange de raison — passion — intérêt.
— L'impureté est mon antipode — Politique, religions — Emploi de gros mots (Vérité, Dieu, justice —)
— « Opinions », « convictions », « croyances », pour
moi mauvaises herbes — *confusions* — donner le provisoire pour solide —
donc recherche de ce qui est *communicable.*
Ratio = operatio.
≡ Autre point :
Type *peu-musculaire* — Substitution de l'énergie
« nerveuse » à la « musculaire » — Déséquilibre. Ne
conçoit jamais par les « forces » mais les points d'application — Les intensités et quantités — mais les
minima — les moindre-action.
D'où aussi ma forme de « volonté » et d'aboulie ! —
(*Ibid.,* XVII, 327.)

☆

Chez moi, le critique est toujours occupé du *faire.*
Je prends position d'*auteur* pour juger d'un ouvrage. Je

sais ou ne sais pas *faire* ce que j'examine. Je refuse ou accepte ce qui est fait comme si ce qui est fait me venait et que je doive le prendre, le laisser, le parfaire etc. (1934. Sans titre, XVII, 610.)

Un de mes premiers pas dans la direction du *Moi-même* qui s'est formé jusqu'à sa maturité 1910 — fut la découverte 1892 de l'immense intérêt que doit exciter toute circonstance où *nous ne comprenons pas* — quand la question de compréhension se trouve nettement posée[1]. Le *ne-pas comprendre* bien reconnu et précisé, doit engendrer une activité et une lucidité, comme une trouvaille. (1934-1935. Sans titre, XVII, 738.)

Je tiens pour nulle l'opinion de ceux qui cherchent, *ayant déjà trouvé.*

Avoir déjà trouvé n'est pas une bonne marque à mes yeux. Le pigeon qui revient droit au gîte ne fera jamais la carte du pays, et l'aiguille aimantée ne désigne qu'un point désert et glacé. Elle montre sans doute, où il ne faut pas aller. (1935. Sans titre, XVII, 775.)

J'ai mauvaise mémoire, ou plutôt — mémoire particulière, mémoire sélective — inégale à l'extrême — qui ne retient pas les faits, les scénarios, et en général — ce qui n'intéresse pas ma sensibilité *personnelle*.

P[ar] ex[emple] une « leçon », un texte pris au hasard — les événements qui pourraient être ceux d'un autre individu.

Pas de souvenirs d'enfance — ou peu.

Le passé est pour moi plus aboli dans sa structure chronologique et narrable que pour un autre. Il me semble que mon être aime oublier ce qui ne sera plus que tableau — et garder ce qui se peut assimiler à lui si avant que ce ne soit plus un passé, mais un élément fonctionnel d'actes virtuels.

(Le fait Proust montre que ce n'est pas là une condition littéraire —)

Au fond — je* (substantiel) n'aime pas de recevoir ce qui appartient à son groupe d'inventions, de possibles. Il ne trouve pas de nécessité dans les souvenirs (dès qu'on les fait poser devant soi) — pas plus que dans les paysages, qui, après tout, sont des *accidents* naturels. Mais il en trouve nécessairement dans la matière — eau, roche — etc. (*Ibid.*, XVII, 778.)

☆

Thérèse Murat me dit que Bergson, comme ils parlaient de moi, a dit[A] :

« *Ce qu'a fait Valéry, devait être tenté.* »

Ce vers très honorable — je le retiens. C'est une devise.. Ma « nécessité » — et aussi ma définition — — B[ergson] l'entend-il surtout de ma poésie et de ma poétique ? — ou de l'ensemble (publié) ? (*Ibid.*, XVII, 792.)

☆

Ego.

Tout ce qui vise ma sensibilité n° 2, romance[a], Musset, mendiants, les « Pauvres Gens » de Hugo, Valjean, apologétique[b], etc.
m'inspire de la colère et de la haine. Le calcul[c] de tirer les larmes, de fondre les cœurs, d'exciter par le trop « bon », le trop triste — peut me rendre impitoyable.

L'émotion est un moyen défendu. Rendre faible quelqu'un est un acte non noble[d] — Impudicité.

Ne pas user de ces armes basses m'a été reproché. (1935. Sans titre, XVIII, 104.)

☆

Ego — Ma propension, mon vice, ma nature, ma loi de moindre action — est de me tirer de tout par production d'*idées*. Cette sécrétion, ou émission, ou formation est mon arme naturelle. — Et j'ai trouvé — (mon *Je*

A. *Tr. marg. allant jusqu'à :* l'ensemble (publié) ?

non réfléchi, *spontané*) dans la notion de conscience-de-soi, une excitation merveilleuse de cette fonction naturelle.

Je suis sans ressources dans toute circonstance où l'invention ne sert de rien, ou est impossible[a]. (*Ibid.,* XVIII, 105.)

Je suis l'autre face de toutes choses[b]. (*Ibid.,* XVIII, 125.)

Mémoires —

Histoire de ma chute dans le bassin au milieu des cygnes et comment, soutenu par mes manteau et collerette empesés, toutefois je commençais à couler et avais déjà perdu connaissance, quand un promeneur étonné de ce cygne qui sombrait, y reconnut un petit enfant, qu'il sauva[1]. À tort ou à raison.

— Histoire de « Ma petite maison ». J'avais peut-être six, peut-être 8 ans. Je me mettais sous les draps, je me retirais la tête et les bras de ma très longue chemise de nuit, dont je me faisais comme un sac dans lequel je me resserrais comme un fœtus, je me tenais le torse dans les bras — et me répétais : *Ma petite maison.. ma petite maison.*

Histoire des poils sous les bras — Mon père m'ayant conduit dans un petit théâtre ou concert où l'on donnait je ne sais quelle opérette, il y eut un chœur de femmes décolletées qui levaient les bras ensemble à tels instants, et je vis qu'elles avaient des touffes de poil noir aux aisselles, ce qui me remplit d'un étonnement et du sentiment nouveau d'une chose dégoûtante, intéressante, devant être cachée, tue — Etc.

(Peut-être, ne sachant en parler pour questionner je gardai mon étonnement, et tu, il se fit pour être tu, un repli, un secret — et donc un petit abcès fermé — insoupçonné de moi-même.)

— Histoire de la Complainte et de l'odeur de Basilic.

— Histoire de la bonne qui ayant quitté la maison pour se faire plus ou moins p...., et devenue maîtresse de mon professeur (de 6me ?), lui parle de moi qu'elle aimait bien — Ce dont ayant parlé à mon camarade G., il en fit un scandale en classe !

— Histoire du « Penceta ». Le dîner au port de Gênes. Tripes de volaille. Et le feu d'artifice imité par le second, beau comme un ténor, avec sa bouche belle à fine moustache.

— La nuit de Gênes (1892).

— J'ai eu et détruit un petit sabre à poignée de nacre et fourreau de cuivre, très joli, qui venait du général Sébastiani[1]. (*Ibid.*, XVIII, 218-219.)

Quelque.. méthode — lui a permis de parler sur des spécialités très diverses et d'être cité par les spécialistes. (*Ibid.*, XVIII, 220.)

29-7-35. W.
Je me sens ce soir d'un seul, d'un sombre, d'un triste extrêmes[2].

Cela est tombé tout à coup vers les 8 heures sur l'*âme* comme tombe un brouillard brusquement sur la mer.

Il faut cependant dîner, presque parler, en dépit d'une distraction si puissamment installée, si forte contre toute parole, et même contre toute pensée positive. Comme on craint de remuer le moins du monde, le membre où l'on a mal, où l'on *aurait* mal, ainsi l'*On* pressent les pensées qui viendraient, qui sont *là,* et cet *On* se fixe dans une sorte de stupeur, au centre d'une *forêt* de possibles[a] ultra-sensibles.

Il en vient des envies de geindre, — des ombres de jurons — des fantômes de cris, — des rages closes.

Et puis : quoi de plus sot que la tristesse ? se dit-il — et la sensation[b] de cette sottise vient s'ajouter à l'amertume de la mauvaise soirée, la parfaire... (*Ibid.*, XVIII, 234.)

Ich habe es nicht gewollt[c]

Guill[aume] II[3]

und

Hätte ich gewollt, ich hätte / l'eussé-je / nicht
gekonnt[1] / pu /.

(1935. Sans titre, XVIII, 240.)

☆

Ego

De la place tenue dans mon « économie » par la lecture.
Que je puis me passer de romans (à moins d'être hors
de combat).

Quant à la poésie, il y a beau temps que je n'y prends
intérêt que selon l'art.

Je n'ai besoin de personne pour me *faire sentir*. Mais je
puis trouver chez presque tous des suggestions quant à
l'art de faire sentir.

L'esprit fait tout le temps du roman; et assez souvent,
une sorte de poésie sans art. L'esprit non spécialisé est
éminemment « littéraire ».

La littérature[A] s'oppose à la Poésie pour autant qu'elle
ne dégage pas un monde séparé — de relations. Ne
manifeste une certaine... *courbure* propre. (*Ibid.,* XVIII,
260.)

☆

J'écris à Monod : Il y a toujours en moi de quoi ne
pas préférer une solution[2]. C'est une forme singulière de
fécondité que cette fécondité à conséquences négatives.
On en voit des exemples dans ce qu'on appelle la
« Nature ». — On attribue généralement la non-pro-
duction à la « stérilité ». Mais c'est une sottise. Je ne vois
pas d'ailleurs d'inconvénients majeurs à ne pas faire —
si on égale à zéro les résultats extérieurs. Malthus est un
g[ran]d homme, jusque dans l'ordre intellectuel. Songez
à ce que devient ce royaume à mesure que les œuvres
s'accumulent ! La vue des quais et de la Nationale m'a
donné le mal de mer dès l'âge tendre de 20 ans. Etc..
(*Ibid.,* XVIII, 277.)

☆

J'ai approché bon nombre de ceux qui mènent (dit-

A. *Deux tr. marg. allant jusqu'à :* de relations.

on)[a] le monde — les seigneurs de l'argent, des chefs
d'armée, des princes de l'Église, des hommes du pouvoir,
des rois de l'industrie — sans parler de savants et en
négligeant les écrivains et artistes.

J'ai eu grand'peine à *admirer* ces puissants — pour la
plupart — en dépit de mon désir, de mon attente de
merveilles[b]. En quoi j'étais peut-être un sot, mais un sot
par avidité de vraies valeurs[c]. (*Ibid.*, XVIII, 293.)

☆

Comme dans la diablerie de *Rothomago*[1] que j'ai lue,
enfant, avec délices, où — — à peine l'homme a-t-il
aperçu la misère d'un épouvantail, même cruel — même
terrible et que l'amertume, le mépris, et surtout l'*ennui,*
le *ridicule,* le saisissent devant les prestiges, les mots
énormes de carton, les valeurs enflées de la vie sociale
— etc. il réduit à *du souffrir physiquement* ou *non* toute cette
féerie.

Politique et religions, d'abord — lui soulèvent le
cœur.

Mais davantage, la vie même et son mécanisme qui
combine l'invention et le non-sens, la monotonie et la
création, l'aveuglement et l'infaillibilité, le moyen et la
fin, les moyens les plus choisis et la statistique — — —
Alors : *Incipit Mr T[este]*, c'est-à-dire sa « sensibilité ».
(1935. Sans titre, XVIII, 340.)

☆

J'ai peu de mémoire « historique ».

Je *sais* que j'ai vécu telle époque — Mais rien ne m'en
revient. Il m'est impossible de reconstituer.

Mon esprit n'existe que pour — tout le contraire.
Le passé n'est pas du tout son climat. Et ce que je
ressens de lui au plus haut point, c'est sa *nullité*. (*Ibid.,*
XVIII, 390.)

☆

Concerto pour cerveau seul —

Parfois, je sens, comme par une bouffée de force à la
tête, tout le goût d'un plaisir de penser pour penser, du
penser — pur — — — du penser comme du se détendre et

se reprendre d'un nageur libre dans l'eau sans température sensible —

du penser avec conscience que ce ne sont que des formes naturelles de mon pouvoir de penser sans croyance à la conformité de ces compositions, de ces figures — à la vérité, aux certitudes, aux prophéties, aux applications, à l'utilisation, etc. de ces transformations[1] — — [...]

— Ce qui fait l'énergie de ceci[A] — c'est que le réel de cet état qui en serait aussi le parfait — est aussi impossible à atteindre que le zéro absolu — Une *sorte de mort* pourrait seule y donner accès. Il y a énergie à cause de cette différence agissante. (...) (1935. Sans titre, XVIII, 505-506.)

Je n'ai jamais cherché l'influence sur la « jeunesse » — Au contraire ! C'est l'affaire de G[ide]. Chercher l'influence sur les gens en excitant ce que l'on présume leur faible — leur dire qu'on les libère — — ne m'intéresse pas. (1935-1936. Sans titre, XVIII, 588.)

Ego

L'impossibilité de ce qui est, sentiment assez fréquent chez moi. (1936. Sans titre, XVIII, 688.)

Ego

Le « psychologue » naissant.

Il me souvient, étant encore presque enfant, que lorsqu'on me grondait et qu'on s'emportait contre moi, plus la scène durait et le reproche se développait, plus je me reprenais et me séparais de l'affaire, et regardais la personne en colère comme j'eusse fait un phénomène méca-

A. *Aj. marg. : a parté*

nique, un automate dont je prévoyais les expressions, les productions d'épithètes et de menaces.

Un peu plus tard, je considérais de même, étant au régiment, les chefs en fureur; les injures et les punitions leur venant au cerveau, dans lequel plus règne l'emportement, moins il y a de possibles.

J'ai toujours eu cette tendance à voir l'automatisme, quand les hommes passent le point d'indifférence divine et *personnifient* au lieu de... *phénoménaliser*.

Et de même, dans les amours.

Toutes les fois que l'*instant* domine et que le *temps*[A] (qui s'oppose à l'instant) le considère, il en est ainsi. L'homme, en cette chaleur, ne peut se mettre en l'état où il n'y sera plus et qui est certain. L'amour extrême est un extrême de personnalisation de l'objet aimé. (1936. Sans titre, XVIII, 784.)

☆

Ego — Je m'étonne, et parfois m'épouvante, d'être si dépourvu de q[uel]ques-uns des instincts les plus « humains » — —

(*Ange,* disait Degas..)

Par quoi je regarde certaines choses avec une étrangeté ou extranéité qui paraît réciproquement étrange aux autres.

Par exemple — les amusements définis m'assomment.

Jusque dans l'Erôs, je ne cherche pas, je crois, ce qu'on y trouve — mais ce qu'on n'y trouve pas, ce qu'on y effleure quelquefois.

(Ce que les hommes ont fait du rut — la transmutation de l'aiguillon brut et de la course au néant par la voie des caresses et de l'action qui va du vouloir au réflexe — cette édification du mythe — le plus curieux exemple de mythologie — demande une nouvelle transmutation —) etc. etc.

— Je n'aime pas que mes « idées » soient « partagées ».

— Si tous comme moi, il n'y aurait personne.

— La « vie » n'a pas de quoi payer toute la peine qu'elle donne et se donne pour être. Mais il est vrai que

A. *Aj. marg. :* St [*c'est-à-dire : Système — Temps*]

l'exigence de cette récompense dépend des individus —
les uns se contentent d'instants, d'accomplissements
définis et finis —

c'est dire qu'ils peuvent se donner « tout entiers » à
quelque effort et à quelque satisfaction.

Pas moi. *Jamais tout entier* — Impossible.

Avantage et inconvénient de ce caractère mien.

Il m'est impossible de ne pas voir que tout est toujours
à recommencer. (1936. *Voyages*, XVIII, 900.)

Le non-comprendre fut mon aiguillon.

« Comprendre » trop tôt — expose à n'avoir pas
conscience de tout ce qui édifie ou organise le comprendre — de même que se mouvoir et agir sans gêne
ni mal fait croire que l'acte est chose simple et non
composée.

Se sentir ne pas comprendre, (et même ne pas se
souvenir !) est précieux si on y insiste : on voit — —
quoi ? (*Ibid.*, XVIII, 908.)

Ego

Ma véritable *valeur* — elle gît dans mes refus. (1936.
Sans titre, XIX, 108.)

Ego —

Il m'apparut alors (92) qu'il était impossible que le
travail mental fût entièrement différent dans les différents esprits ou emplois de l'esprit; et celui du géomètre
ou géométrant, de celui du poétique ou du politique. Et
je cherchais naïvement et obstinément le mode de traitement qui assimilât ou différenciât ces modes de transformation à effets si différents — (modes de variation des
images).

Époque du *Léonard.* (*Ibid.*, XIX, 118.)

J'ai une sorte d'instinct de la race intellectuelle des gens. (*Ibid.*, XIX, 163.)

Pluralités des Passés
Je regarde ma vie — — Il me semble y distinguer plusieurs ères ou âges assez différents —
  âge de sensibilité — 89-91
  âge de volonté et découvertes — 92-96 — secrets
  âge de resserrement, amertumes — 97-00
  âge de *vie naturelle* et de recherches — 00-0[A]
  etc. (1936. Sans titre, XIX, 542.)

Ego —

Je remarque que si d'une part, j'ai la mémoire la plus faible du monde quant aux *faits* et choses de ma vie, lesquels s'effacent au plus vite —
  d'autre part, je suis en bonne harmonie avec cette faiblesse. Je n'aime pas me souvenir. Je reviens à regret et mon sentiment consent fortement que ce qui est passé soit bien et définitivement aboli.
  De l'autre côté — Je ne fais jamais de projets — Point de prévisions. (1936. Sans titre, XIX, 625.)

Trait de caractère
Je crois que peu ont plus que moi le sens de l'annulation radicale du « passé ». Le souvenir m'ennuie et est faible chez moi. Tout ce qui fut m'est étranger et même ennemi, après très peu de temps.
  D'ailleurs je ne considère pas l'avenir. — Hier — Suzanne Desprès a dit *à merveille* (vraiment *à merveille*)

A. *Le dernier chiffre manque.*

des vers que j'ai beaucoup travaillés, il y a 17, 18 ans. Ils m'étaient étrangers — sauf certains qui m'ont toujours déplu et dont je repris l'ennui et le regret.

En somme, je ne reprends ni n'entreprends. Je ne donne pas au « passé » des valeurs. (*Ibid.*, XIX, 627.)

Je me demande à quelle époque je m'assiérai devant cette table sans avoir à faire un travail forcé — —
Depuis 1920 environ je suis esclave. (*Ibid.*, XIX, 632.)

Ego.

Relligiosi.

J'appelle ainsi ceux qui se mêlent de convaincre et rendre semblables à soi-mêmes les autres, de les faire penser comme eux.

J'ai horreur de cette usurpation, grande tâche des partis et des confessions.

Ce qui t'importe ne m'importe pas. Parce qu'il t'importe, il ne m'importe pas.

Pour se comprendre, penser différemment est (à mes yeux) essentiel. (1936-1937. Sans titre, XIX, 724.)

Positivement,

l'intelligence est une chose* comme la faim, la soif, le besoin — quelque chose demande, exige de* travailler — fonctionner et ceci perce le sommeil, inquiète l'être et m'éveille t[ou]s les matins trop tôt, fatigué ou non.

Aiguillon, — je suis exaspéré. *Il faut* penser, se lever etc. Ceci est le besoin auquel répondent Philosophie et Science. Elle est une fonction ou un fonctionnement dont il arrive qu'on en découvre le plaisir, et il advient alors que la culture en soi et pour soi en résulte — et s'exerce à propos de quoi que ce soit —, et puis prenne exigence, autonomie, éveille son homme.

La Philos[ophie] etc. est le fait, le fruit — de cette

irritabilité particulière d'une fonction. (1937. Sans titre,
XIX, 820.)

J'ai passé ma vie à mettre en accusation (devant mon
Égal-Ego —) les abstractions non, ou mal définies.
(*Ibid.*, XIX, 825.)

Ego
Je deviens terriblement moi-même — — Peut-être
par réaction contre tout ce qui me contraint de plus en
plus à être l'autre ou à faire l'autre.
Puissent les artifices acquis par la triste contrainte de
céder à cette nécessité et de se montrer passivement actif,
être de quelque profit à un emploi plus heureux de notre
nature !
Je deviens terribl[ement] moi-même.
Par ex[emple], je me sens de plus en plus dépris, sinon
dégoûté, des choses qui *veulent* me divertir, ou m'émer-
veiller. Rome m'ennuie — — (*Ibid.*, XIX, 842.)

Certaines phrases m'ont produit l'effet de formules ma-
giques — et illuminé beaucoup plus par leurs réflexions
sur mes parois de grotte que par leur quantité de lumière,
faisant voir quelque chose où je ne voyais rien. (1937.
Sans titre, XIX, 884.)

J'ai voulu introduire un peu plus de rigueur dans
diverses choses mais qui *vivent de non-rigueur*. Histoire,
Lettres — et même — — société (politique) et Philosophie aussi.
Il m'a paru que l'époque l'exigeât. (*Ibid.*, XX, 28.)

Ego
Ma paresse, ma légèreté natives, ma sensibilité et

superficialité — ma remarquable naïveté (ex[emple] : l'impossib[ilité] de comprendre l'*égalité des triangles* en 8 car on ne la démontrait que par un *transport,* qui ne peut être ou que *matériel* — et alors, plus de « Géométrie »; ou *idéal,* et alors la conservation et l'expérience sont des leurres).

Et puis, je n'ai jamais pu *croire* — car croire, c'est croire des individus qu'il suffit de voir et d'entendre pour les trouver ou ridicules, ou niais, ou insuffisants sur bien des points, tandis qu'ils seraient sur tels autres en possession de « vérités » extraordinaires —.

Et ils se dérobent aux questions.

— Il y a eu dans ma vie à 19-20 ans une révolution d'esprit — comme la Réforme.

Elle n'a consisté au fond que dans l'aveu de ma nature à elle-même.

Ma devise : *Tel quel.* La décision de *self-consciousness.* Elle menait à se tenir et employer soi-même comme un instrument d'observation dont on ne peut, faute d'autre, qu'accroître la précision. (1937. Sans titre, XX, 122.)

☆

Rarissime.

Ce 21-8 — je m'éveille à 4 h. — la presque pleine lune se couche — Elle est curieusement *verte.* Effet de contraste sans doute. Je prends le café et me sens l'esprit alacre — rapide et comme effleurant, feuilletant au vol mille choses d'intérêt tout personnel, général et universel comme un album dont chaque page pouvant être l'image d'une réalité, ou la figure d'une vérité abstraite ou le croquis d'une invention ou d'un édifice ou d'une beauté, l'ensemble des feuilles fuit sous les doigts, sous les yeux.

Il y a des années que je n'ai pas connu cette légèreté divine, qui n'a aucune raison d'être aujourd'hui et qui n'en est que plus — divine !

« Il n'aimait que ce qui est sans cause » — me dit mon démon. Cette phrase m'amuse, et suggère bien des combinaisons... Quelle volonté d'erreur par dédain de l'observation suggère le soi-disant principe de causalité ! L'esprit et les sens ne pourraient être si ce principe commandait. Mais il n'est qu'une perspective peinte sur le mur. (1937. Sans titre, XX, 288.)

Ego
 Tout ce que j'ai pensé se réduit à un dictionnaire composite.

> Mots supprimés
> Mots conservés
> Mots créés. (*Ibid.,* XX, 336.)

 Je vise à épuiser —
 Épuiser quoi ? — Ma capacité. — Ceci appliqué à mon genre de capacité et en tenant compte des écarts de cette visée dus à la fluctuation d'énergie vivante et aux contraintes extérieures, « explique » direction de ma vie et volonté d'esprit, — et en particulier à l'égard de la littérature — et de la poésie. (1937. Sans titre, XX, 405.)

 Ma trajectoire m'a fait faire le tour de la *gloire* et m'en éloigne avec la même nécessité.
 J'ai connu l'*amour* aussi comme *foyer.*
 L'observation de ces points et de ces courbures, de la traversée de régions où les *valeurs,* les attentes, l'énergie produite — diffèrent, donne une idée particulière de la « vie »...
 Cependant la Comète s'use et son émanation radieuse devient transparente. (1937. Sans titre, XX, 446.)

Ego
 Peut-être n'ai-je jamais écrit que les monologues du pouvoir qui répugne à son exercice — (*Ibid.,* XX, 500.)

 Mon Habitude terrible de vouloir commencer par le commencement — et de traiter à partir de Zéro. (1937. Sans titre, XX, 591.)

☆

Je n'aime pas consulter les livres (sinon exceptionnellement) sur les questions qui me semblent pouvoir être
travaillées et traitées par le travail mental isolé, à partir
de l'observation personnelle directe. (1938. Sans titre,
XX, 886.)

☆

Ego — Mall[armé] et moi
    En dehors de l'inépuisable « admiration », émerveille-
ment, amour que son art excitait — (tellement que je ne
voyais plus dans ses œuvres que le *faire* — l'*impossible
faire,* comme on finirait par ne plus écouter[A] ni presque
entendre le son, tant les actes des mains du virtuose —
ou ceux de son appareil phonique seraient excitants
p[our] l'esprit, — et plus profondément ensuite, les
conjectures sur le fonctionnement caché, les transformations plus subtiles — — l'*Auteur vrai* — c'est-à-dire
l'état de possibilités dont tel ou tel *événement effectif* provoqué par telle occasion est le réflexe — En somme,
l'idée du non-accidentel, de la « faculté », du *pouvoir* —
qui s'OPPOSE à son exercice même — —)
    je me sentais conduit par là — *loin de lui.*
    Car il était finalement obligé de donner — plus ou
moins précairement et artificiellement à la Littérature,
une *valeur* que je ne pouvais lui accorder, ne pouvant y
voir qu'une application particulière.
    C'est là — le point sur lequel je n'ai pas eu le temps
d'en venir à l'interroger — car je n'osais pas encore toucher à ce centre de son être que ma propre raison d'État
situait.. quand il est mort.
    Les hommes[B] les plus importants p[our] moi sont
ceux dont je suis excessivement occupé d'imaginer
l'interne opération. Je ne donne valeur qu'à ceux-là.
(*Ibid.,* XX, 911-912.)

A. *Tr. marg. allant jusqu'à :* transformations plus subtiles.
B. *Tr. marg. allant jusqu'à :* ceux-là.

☆

Ego — Ma grande et substantielle défiance de tout ce qui n'est donné que par le langage et se dissipe, ou se brouille dès qu'on veut se tenir dans le *sens* et sortir de la fonction *signe,* est caractéristique. La pratique de la poésie qui conduit à envisager les combinaisons verbales en elles-mêmes m'y a dressé — et la mathém[atique] aussi. Sinon, on en vient (comme la plupart) à prendre des « effets » pour des choses. (1938. Sans titre, XXI, 115.)

☆

Ego
La diversité des individus tient à leur dressage d'une part, et à l'inégalité sensorielle *musculaire* et psych[ique] d'autre part.
Par ex[emple] chez moi, l'infériorité musculaire a joué un rôle capital —
« J'ai plus de nerfs que de muscles ».
D'où rapidité — consciousness — séparatisme — imaginative prépondérante — abstentionnisme — réserve et réserves — Paresse corporelle et vivacité — ajouter *voix faible* — Je n'ai jamais crié, *d'où* (peut-être) horreur des foules.
Robinsonnisme. — (*Ibid.,* XXI, 134.)

☆

Ego
Ma pensée a été souvent dominée ou orientée par une intention d'en finir avec tel ensemble de possibilités mentales. J'ai voulu considérer les inventions littéraires, (qui se présentent comme des événements singuliers,) comme des cas particuliers — dont il fallait découvrir la forme générale, ou formule. De même les idées métaphysiques. Le but de l'Homo me semblait être d'épuiser ses pouvoirs ψ. Celui de l'esprit de réduire ses formations apparemment différentes à leurs types et de ne pas se re-commencer. (*Ibid.,* XXI, 160.)

Ego

Qu'un homme puisse dépenser le meilleur de son temps et de ses forces à réagir sans y être contraint extérieurement contre l'idée de la sottise ou de la mauvaiseté des autres — qui ne sont, après tout, qu'une petite partie des objets qui n[ou]s sollicitent, ceci me passe.

Ma tendance serait, au contraire, ou de négliger ces autres, ou de les voir comme des choses ou des bêtes curieuses qui suivent leurs lignes de vie, — de me rendre libre de mes réactions, dégoûts, indignations et mépris. (*Ibid.,* XXI, 161.)

Ego — = Robinson —

Je n'ai jamais pu rien apprendre que par la voie de moi-même. — Je ne comprends rien que par *ré-invention-par-besoin.* Alors seulement les résultats acquis m'éclairent et me servent, comme si tout chemin passait chez moi par le *centre,* ou n'*arrivait pas.* Ceci diffic[ile] à expliquer et à exprimer.

Je suis terriblement *centré.* (*Ibid.,* XXI, 162.)

Ego-homo. Mes impossibilités.

J'ai reconnu que je n'eusse pas inventé, ni donc désiré — bien des choses qui sont; — (de celles que cultivent les hommes) et que celles-ci me sont ou toutes fermées, ou ennuyeuses — quoique certaines m'aient finalement attiré, et que d'étranges détours m'y aient conduit — tardivement (p[ar] ex[emple] à 23 ans, et d'autres, à 45 ou 50).

— Chacun a son asymétrie.

On peut imaginer une biographie qui serait ainsi comprise :

Dans un champ rayonnant, à partir d'un point, l'être

se développerait inégalement dans les diverses directions[A]. — Rhumbs etc.

Il m'ennuie de poursuivre. Mais je voulais me dire
que la *chronologie* est une falsification ou une vue falsi-
fiante car elle exige un *Même* — ce Même est fourni par
l'instant — D'où une justification par le *De proche en
proche*. Mais..

César put ignorer Salomon aussi complètement que
Salomon ignora nécessairement César. Mais l'historien
les connaît tous *deux* et par là falsifie. En d'autres termes,
la vue historico-chronologique est comme incommensurable en états réels d'observation. (*Ibid.*, XXI, 163.)

☆

ÉPITAPHE
———

CI GÎT MOI
TUÉ PAR LES AUTRES.

(1938. Sans titre, XXI, 212.)

☆

27.5. Je lis dans le train Petite chronique de Magda-
lena Bach[1], hier donnée par Marguerite Fournier à
Marseille. Peu de livres depuis *x* ? m'ont autant pris.

Peu donnent une envie plus forte de travailler —
à quoi ? —

et *Ad m[ajore]m gl[oriam] D[ei]*[2] — toutes réserves sur
Dei mais certainement pas pour autre que pour *soi*.

— Au fond mes bons livres = *Souvenirs du G[énéra]l
L'Hotte*[3]

— *La théorie des mécanismes* — de Kœnigs[4]

— Kelvin[5] — Un petit « Faraday » — de l'abbé
Moigno[6]

— Restif[7]. (1938. *V. 38*, XXI, 376.)

A. *Dessin abstrait en marge illustrant cette idée. Aj. marg.* : Insula

Ego

Le mépris que j'ai de ce qui se passe « dans l'esprit »
est singulier — incroyable — — — quoique inférieur
encore à celui que je me sens à l'égard des « émotions ».
Que reste-t-il ?
Précisément ce qui de l'esprit cherche à se fortifier
contre tout ceci — contre ce qui n'est pas conforme à —
À quoi ?
Disons à la *Nature Angélique*.
— Qu'entends-tu par ces mots ?
Ce qui est *pur en soi* — qui touche à tout, et n'est par
rien touché, étrange asymétrie;
ce qui refuse d'avoir été —
ce qui veut tout consumer —
Ignis sunt[1].
« L'acte pur » des scholastiques. (1938. Sans titre,
XXI, 596.)

Ego

Les qualités que je puis me trouver / me croire avoir /
ont pour application et spécialité — la perception la plus
nette de mes défauts (lacunes).
Et ceci n'est pas sans valeur. (*Ibid.*, XXI, 635.)

☆

Souvenirs — Les choses qui ont marqué —
Mettre dans ces souvenirs, l'histoire des aliénés à l'hôpital
général.
— Et mathématiques.
— Celle du jésuite Lecouture qui en chaire prêtait à
    Darwin l'opinion que les hommes n'avaient pas de
    queue pour avoir usé des chaises.
— Celle de l'aumônier Agussol. Sinistre à voir.
— Les poils sous les bras.
— La peur — La sensibilité aux choses atroces[A].

A. *Aj. marg.* : (Phobies)

— Marine.

— Le goût du réservé — de l'inavoué. Parler de Freud
et des[A] (1938. Sans titre, XXI, 705.)

☆

Ego — Insula — Souvenirs

Bizarre tête — Je n'existe que *singulier* et comme
à l'état naissant. Ne comprends que ce que j'invente.
Ce qui a infecté mes études — et dégoûté des maîtres qui
n'excitaient pas ce sens — Au contraire !

Faire inventer est le secret de l'enseignement non
bête[B].

Voir un homme d'esprit visiblement grossier « expliquer » une délicatesse littéraire, une difficulté de raisonnement ou d'expression — est démoralisant. Je ne
pouvais pas concevoir que tel rustre diplômé comprît ce
que je ne comprenais pas. Et je m'habituai à ne pas
savoir ni comprendre — Ce qui fit que je me séparai
in petto[1] de ces êtres et de leurs vérités[C] — et me sentis
d'une autre espèce — inférieure par bien des choses —
et résignée à l'être, à ne vivre que de ses propres
ressources.

Il me semblait non moins impossible que quelque
prêtre pût savoir au vrai ce qu'il enseignait et comprendre
ce qu'il disait. La foi est la supposition contraire —, et
se réduit dans les jeunes esprits à cette confiance naturelle. — Je ne pus jamais imaginer qu'un homme en sût
plus qu'un autre si ce n'est par quelque observation de
ses yeux, ou en quelque mode d'action et d'opération.

Croire, donc, en toute matière, me parut un état provisoire et expédient. Un pis-aller. On ne peut s'en passer,
comme on se contente de peu, soit par indifférence, soit
par nécessité, soit par négligence naturelle et paresse.
Mais la *foi* veut que l'on donne à ce minimum plus de
valeur qu'à une certitude positive.

D'ailleurs, je ne fus pas plus convaincu de la démonstration de l'égalité des triangles que de celle de la Trinité.

Je n'ai jamais compris cette démonstration d'Euclide

A. *Passage inachevé.*
B. *Aj. marg. :* Bêtise et enseignement
C. *Aj. marg. :* Schizophrénie et la sottise des psychiatres.

(comme je l'ai expliqué à Painlevé[1]) — et ce genre de résistance — transformé par la discipline scolaire — en répugnance — a vicié pour toujours mon éducation mathématique.

Il me semblait[a] qu'on ne transporte pas un segment *dans son esprit* pour l'appliquer à un autre sans faire *d'avance* que l'on trouvera égalité ou non. L'esprit fournit segment, transport, conservation et différence —, et cela[b] ne *prouve* rien. Si, au contraire, l'opération est matérielle — elle n'a aucune généralité — et le théorème n'existe pas. La constatation ne déborde pas son acte. D'ailleurs, un triangle dont les sommets seraient Sirius, Véga et Antarès est peu maniable — et même d'existence assez disputable — si on ne le confond pas avec celle d'une petite figure sur le papier.. Ici, le prêtre dirait que ce qui est lié et délié sur la terre est lié et délié dans le ciel !

— Mais peut-être faut-il qu'il y ait de mauvais élèves, des esprits *bouchés* — pour que quelques-uns s'opposent aux maîtres de basse qualité ? Car le bon et docile élève d'un maître bête reflète de la bêtise et reçoit la récompense de se l'être assimilée. Ce qui se voit tous les jours.

— Cet enseignement n'apprenait ni les mots, ni les sons justes de la langue, ni la pratique des formes et tours qu'elle possède, ni la rigueur ni les libertés de notre langage. (*Ibid.*, XXI, 706-707.)

☆

Ego —

Histoire de moi tout enfant qui apprend déjà du La Fontaine.

Et tout à coup, de mon petit lit, ma voix s'élève, je mets fin à une discussion entre P[apa] et M[aman] sur ce que l'on fera du gain si l'on gagne à la loterie, — en disant :

Travaillez, prenez de la peine etc.[2] (*Ibid.*, XXI, 710.)

☆

Ego.

Comme on me faisait de très vifs reproches (vers 188 ?) je déposai, tout à coup, ma confusion, et je fus saisi par la sensation et la révélation nette de l'automatisme de ces violents propos. Je me refroidis aussitôt, et observai, avec une jouissance exquise et neuve, le mécanisme des accès, de leurs reprises, des termes, des gestes de celui qui croyait me foudroyer, et qui me sembla aussi bête que la foudre. Jamais plus belle et claire leçon.

Plus je voyais distinctement ce développement d'une dissipation d'énergie, plus je m'éloignais vers je ne sais quel extrême opposé de la sensibilité; plus je produisais en moi froideur, mépris, pitié; et plus je me sentais prendre une vérité à sa source, acquérir à l'égard des valeurs débordantes, une défense définitive.

Ce fut là un *événement* — de ces vrais événements de quelqu'un — L'événement étant un fait qui *marque* (ce qui n'a de sens que pour un être bien déterminé).

Au régiment, plus tard, j'eus mainte occasion d'observer de ces phénomènes chez les chefs.

La littérature oratoire et la lyrique en sont pleines. Dans tous ces cas, la simulation intervient.

— Voici la réflexion curieuse qui se fait ici : Plus la violence se développe, moins il y a d'invention, plus apparaît la pauvreté — — mais parfois une richesse apparente — qui provient de la démarche tâtonnante à travers le vocabulaire. Un homme qui s'avance à tâtons *emprunte* par ses doigts tendus quantité de contacts, et les abandonne — *ce sont des obstacles* —

et s'il les nommait, ce serait toute une rhétorique. (*Ibid.*, XXI, 769-770.)

« Pensée » — et sensibilité

Ma pensée est, je crois, toute — — mâle, ma sensibilité — des féminines. (1939. Sans titre, XXI, 884.)

Tout jugement de Moi considéré comme h[omme] de lettres pèche par la base.

Car l'intention de l'être manque — et même, l'ambition littéraire essentielle manque.

En ce qui me concerne, tout ce qui a trait aux rapports de *Moi* avec autrui, est délicat à déchiffrer — l'est pour *moi-même* — ; est complexe — amour, amitié, évaluations d'autrui, besoin ou non des autres, — expériences des autres et leurs modifications de *moi* — intensités et durées des sentiments — instabilités ou constances — comme attractions et répulsions — signalisations, — méfiances, ombrages — etc. — exagérations etc. — tout ceci est assez particulier chez moi. (*Ibid.,* XXII, 22.)

Ma tendance est exhaustive (Caracalla[1]).

D'où les vices et les vertus de ma nature, « Pureté » — Indépendances — Séparation forcée des facteurs et valeurs. (1939. Sans titre, XXII, 108.)

Ego

Je ne puis souffrir le passé —

J'entends le passé au sens « historique », celui qui se présente comme scènes, situations, — récits de moments à action — et à paroles.

Je ne puis accepter ce qui n'est *absolument plus* comme *valeur actuelle.*

Je dis *absolument plus,* car il y a un passé qui n'est que *relativement plus,* celui des éléments qui se retrouvant en toute combinaison et devant être toujours disponibles, sont repris à la chronologie par la physiologie de l'esprit. Les mots, appris un jour, ont perdu sa mémoire.

Mon sentiment n'est pas d'un romancier. (*Ibid.,* XXII, 155.)

G[ide] venu le 21.4. vendredi à 18 h.

Parle de son voyage — Égypte où il est resté dans son

hôtel à Louqsor — au calme — (?) Pas très séduit par les choses pharaoniques — Cet art où, dit-il, on met une main gauche à la droite etc. Puis Athènes — Cuisine infecte — Revenu par terre 60 h[eures] Expr[ess] Orient. Le conducteur du w[agon]-l[it] à la frontière yougo-slave le désigne au policier comme : Mr G[ide] de l'Ac[adémie] Française.

Je lui demande la permission de raconter ceci à la prochaine séance — Il me prie de n'en rien faire.

On parle d'autres choses. Finalement, il y a de la tendresse entre nous. Je lui dis qu'il n'y a pas d'êtres plus différents que lui et moi — — Oui (dit-il), n[ou]s sommes aux antipodes. Et moi : Et n[ou]s n[ou]s aimons bien.. Sur quoi, il se penche et nous n[ou]s baisons, et je lui dis : N[ou]s sommes de bien vieux amis — — c'est que *n[ou]s n'avons pas trouvé mieux !* — (Ces derniers mots m'échappent — Demanderaient, eussent demandé, une assez longue explication, que je ne déduis pas ici ni d'ailleurs dans ma pensée — Je la pressens vaguement.)

Elle serait le précipité de sensations ou sentiments très anciens qui sont demeurés à l'état réservé, parmi les possibilités impossibles, les idéaux sans place, les produits de sensibilité très personnels et tout à fait caractéristiques d'un individu — mais condamnés de très bonne heure à ne pas *vivre.* Pas de chances dans le monde pour ceci, besoin, désir, œuvre à faire etc. — et c'est une forme ou un type d'Amitié — (ce nom n'est pas le bon, puisqu'il existe, et que je veux désigner une chose qui n'existe pas, — mais point de plus approché de ce que je veux dire). Il s'agirait de trouver celui avec lequel on pût être avec soi-même. Dialogue total, système de consciences nues. Et ceci *contre* le reste du genre humain — c'est-à-dire *contre* littérature. Par conséquent, entre gens aussi *vrais* que possible — comme dans une partie de jeu on cherche le partenaire-adversaire aussi loyal et aussi bon joueur que possible — ni triche, ni bêtises. Mon idée était que cette « amitié » fût une expérience vitale, presque « métaphysique » puisque la volonté d'approximation de Deux Moi — c'est-à-dire de deux UNique — par voie d'échanges de plus en plus précis s'y développât aux dépens de tout.

En général, les échanges entre personnes sont ce qu'ils sont — Bornés, empiriques, avec des dangers, des erreurs etc. Preuve : le langage qui s'y emploie, ou les décrit.

Il y a les mots ou types : Amitié, amour, et leurs degrés. Mais ceci est pauvreté. Une analyse à peine un peu plus fine fait pressentir tout un monde, et au delà, toute une profondeur de possibilités. Le mot de sym-pathie, si avili. En vérité, je voyais un développement extrême du phénomène sym-pathie, attraction des êtres qui soit aux attractions sexuelles ce que la recherche d'ordre scientifique ou artistique *passionnée* est à la recherche de la nourriture ou d'un bien matériel.

Ceci devait se rattacher à mon sentiment si profond de 189. qui m'éloignait de tout ce qui me paraissait déjà fait, déjà exploité, — connu d'avance — parmi quoi l'amour du type décrit partout, — et duquel les expressions habituelles me semblaient clichés — que ces expressions fussent les mots usités, ou les expressions-sensations intérieures.

Le fait sexuel me semblait ou bien analogue à une volupté physique quelconque — bon repas — quoique bien plus intense et inquiétant plus le tout de l'être; ou bien une étape sur je ne sais quelle voie menant au maximum de commerce d'individus — étape ou rite à satisfaire pour pouvoir aller plus avant, — question à régler.

J'y vois autre chose encore aujourd'hui — mais moins belle — Tendresse, avec ce qu'il y a de « désespoir » dans la tendresse — Fuite illusoire dans un sein. Et — excitation d'énergie générale.

En somme, connaissance; épuisement de la précision; refus du déjà fait ou connu — désir des limites.

Quoi de plus bête que les inventions de Freud sur ces choses ?

Enfin j'ai lu hier soir ce que G[ide] dit de moi dans son journal. Ce que je dis n'est pas exactement rapporté : et parfois tout faux.

Il me prête aussi une politique de ma vie qui est tout inexacte[1]. Si elle fût ce qu'il prétend, j'aurais une tout autre situation. En vérité elle fut toute négative et passive. Il a été sûrement piqué par ce que j'ai écrit dans *Stendhal* contre les sincères et leur comédie, — et il devait l'être. C'était porter la pointe sur le point même. Quel prix faut-il attacher aux *autres-indistincts* pour agir et écrire comme lui fait ! Moi, je ne puis penser et tenir qu'à tels ou tels, — ou connus ou définis.

En somme, grand malentendu. Pas du tout les mêmes dieux. Ceci acquis depuis 1896 environ, ou 1900. Ses nouveaux amis. Mais il n'y a plus de malentendu. Reste un grand faible mutuel, et quand n[ou]s n[ou]s rencontrons une joie particulière, indépendante de tout, et douce entre ces vieux messieurs.

La grande différence — je la vois tout à coup — et je la savais bien puisque c'est moi qui l'ai voulue et créée et organisée en 92 et suite —

C'est mon « Système » ! — qui conduit à refuser toute valeur « vraie » — toute valeur acceptable in intimo corde[2] = aux évaluations toutes reçues et jusqu'aux mots = Je considérai comme extérieures et provisoires, simples objets ou moyens de *troc toutes les notions* — et entendis affecter à chacune, sa définition *Absolue* — c'est-à-dire ce qu'elle amenait réellement à l'esprit à telle occasion. Ce décret était essentiel — à ma Révolution — Nihil est in verbis quod non fuerit responsio tua — et nihil majus[3].

C'était l'observation pure — — —

Et la pratique de la cuisine verbale de la poésie me faisait bien voir que si n[ou]s pouvons combiner les *mots*[A], c'est qu'ils ne sont pas — — des *choses*. Ainsi *penser* (au sens actif) c'est à la fois tenir les *sens de mots* pour *choses*, pour non-mots — et cependant les combiner comme des jetons libres, ou modeler les images adjacentes comme couleurs ou lignes ou glaise.

D'où résultaient 1º des libertés, 2º des contraintes

A. *Tr. marg. allant jusqu'à :* lignes ou glaise.

tout autres que celles de l'usage ordinaire des mots et idées.

Ce qui était possible avant la Réforme — devenait, dans bien des cas, impossible — comme illusoire. Ce qui était impossible passait parfois au possible.

(Comme il arrive par le passage du rêve au réveil — Je m'éveillais du rêve que constituent connaissance et pensée liées au langage ordinaire et à l'accommodation de l'esprit qu'il pose, « suppose », impose — — —)

Tout me devint question d'un nouvel ordre. Des problèmes, les uns radicalement rayés; les autres, modifiés substantiellement. Tous les mots sans fond exilés ou réservés à la littérature.

Je me sentais parfois le Pur, l'incorruptible, l'ange et le Robespierre impitoyable; en même temps que je ne cessais de ressentir, au degré le plus pénible, tout ce qui me manquait pour créer tout le positif qui eût dû compenser toute cette négation généralisée — Car p[ou]r moi, on ne tue que pour et par création. Et d'ailleurs, l'instinct destructif n'est légitime que comme indication de quelque naissance ou construction qui veut sa place et son heure.

Cette naïve, brutale, et redoutable *décision-découverte* faite pour et par défense générale contre ma capacité de souffrir en esprit — (Mme de R[ovir]a[1]) au moyen d'un minimum de *cause* (suite, d'ailleurs, de l'exercice de la conscience-conscience (C²) et du travail de versification —)
m'a fortement séparé de tous.

C'était fini de la métaph[ysique] — de la mystique — de la société — de la partie naïve de poésie et surtout de l'histoire et du roman, croyances — !..
Tout ce fiduciaire s'évanouit..
Que restait-il ? 1º Les « sciences » mais en tant que réduites à leurs opérations et pouvoirs — Point d'*univers* — aussi vain que l'espace, le temps..
2º L'indication de toute une voie de découvertes et de tout un travail de réorganisation de mon système des

poids et mesures — de mon langage — de mon possible
et de mon impossible.

J'ai passé ma vie dans ce travail. Mais irrégulièrement
poussé, quoique poussé t[ou]s les matins.

En grande partie, travail de « définitions » mais qui
suppose qu'on ait isolé, fixé — — tout ce qui servira à
définir le reste.

Et ceci demandait une manière de voir en soi-même —
le phénomène mental — Ses conditions, ses limites, ses
variations observables etc. (1939. Sans titre, XXII, 199-
204.)

☆

Il[1] a voulu séduire les gens, les jeunes surtout; et les
charmer, avec des manières qui mélangent le genre
Évangile au genre du séducteur d'enfants.

Peut-être un être chez qui l'état de la puberté est
demeuré, après s'être introduit anormalement dans son
organisme, avoir couvé — avec des sensibilisations et
des défenses compliquées. Registre de la voix, très
particulier. En joue; joue la comédie, et ne peut souffrir
de ne pas la jouer. Sa pensée doit ressembler à un aparté.
A besoin essentiel d'autrui.

Pour moi, une vraie « curiosité » — un scandale, jadis
et un antipode — car autant il vit et spécule sur l'affectivité... généralisée, dont il aime toutes les confusions et
le protéisme, — autant ma nature la craint, la sépare, la
tient facilement pour une imperfection ou une gêne, une
force à ne pas laisser errer dans tout le domaine de soi;
mais à resserrer et réserver pour un grand dessein — ce
qui fait que je suis, je crois, aussi *simple* qu'il l'est peu.
Je suis excessivement séparatif. (*Ibid.*, XXII, 207-208.)

☆

Je vis dans la contemplation de l'infirmité de mon
esprit, laquelle fut ma première découverte après avoir
été ma première mortification profonde et ma résignation précoce.

Mais je passe pour « intelligent », à cause, sans doute,
des efforts que j'ai faits contre cette infirmité, et des
inventions de ces efforts, lesquelles se manifestant dans

mes propos ou dans mes écrits, ont donné l'impression de cette intelligence qui n'existe pas. (*Ibid.*, XXII, 208.)

Je suis très sensible au timbre de la voix que j'aime argenté.

Dans le chant, le registre aimé est le contr'alto. Je déteste les notes très aiguës autant que les très basses.

Ce sont celles qui s'éloignent du langage articulé.

Ce sentiment est général chez moi. Je déteste naturellement tous les états, circonstances, sensations, qui empêchent... l'*articulation* et composition[A], c'est-à-dire nous rendent *simples par force* —, absorbent toute liberté de jouer de notre diversité de fonctions, de disposer de nos moyens en tant que multiples, de former des phrases de mots ou d'actes.

— En somme, les extrêmes appauvrissent, et d'ailleurs, ne laissent rien après eux (que du souvenir, tout au plus, — et non des ressources créées, du possible — maniable de plus..)

— La volonté d'agir fortement sur les nerfs n'est pas neuve — Grecs — etc. Mais il n'est pas noble de s'en servir crûment[B]. Il faut compenser toujours cette violence que l'on fait par une forme qui reprenne la possession de liberté. (*Ibid.*, XXII, 217.)

Ego

Que de fois m'a-t-on reproché de ne pas faire ce que je me suis forcé et dressé à m'interdire ! (*Ibid.*, XXII, 218.)

Ego

.. Je pourrais écrire les mémoires de ma vie « inté-

A. *Aj. marg.* : CEM
B. *Aj. marg.* : L'étrange est un condiment.

rieure » — Comment je me suis façonné; me suis séparé[A]; comment j'ai trouvé mes difficultés propres et renoncé à telles autres, qui étaient des autres.

Comment j'ai employé mon esprit à me défendre contre les tourments qui empruntent les ressources de l'esprit[B], et tenté de déprécier les valeurs abusives, les productions parasites, les impuretés etc. par l'observation de leurs caractères réflexes ou quasi mécaniques.

Comment j'ai passé de la défensive à l'offensive et entrepris de détruire ce que d'abord je ne savais que fuir; pour en venir à me construire ce qui me faisait besoin et devait consommer cette destruction.

Il faut détruire dans l'esprit ce qui ne tient que pour n'être pas secoué, qui n'a point de racines réelles en nous-mêmes, mais n'est que planté en surface par autrui. Il y a des tremblements de notre même substance ou profondeur qui ruinent les plantations et constructions étrangères.

Le travail de réflexion peut faire le même office. (1939. Sans titre, XXII, 280-281.)

Ego, Tout à fait ego — —

Je trouve que la poésie ne m'intéresse que comme recherche d'un tout petit problème, dont la solution est assez improbable :

syntaxe × musique × conventions.

Quant au reste — — quant à l'imagination, la phys[ique] et la math[ématique] sont bien plus excitantes, riches etc.

Quant au sentiment pur et simple — — chacun pour soi. (*Ibid.*, XXII, 298.)

Ego

Et moi aussi, mon « Journal » ! Lu hier soir, à peine reçu, celui de Gide — jusqu'à minuit. Je m'y trouve —

A. *Aj. marg. renv.* : divisé contre moi-même
B. *Aj. marg. renv.* : et même contre tous

suffisamment *incompris*. « Intelligent »[1], « charmant »[2] et « Je m'en fous »[3], me définissent. In-compris par un homme que j'aime et connais depuis 48 ans actuellement. Il est vrai que je ne le *comprends* pas davantage (ce qui prouve une foule de choses et fait faire une drôle de figure au sens du mot *Comprendre*. —) Me prête d'ailleurs une opinion fausse sur lui (« non artiste, protestant » etc.[4]) Non. Ce que je ne *conçois* pas, c'est le mixte : *Évangile-Littérature ; Humanitarisme-*« *Sincérité* » ; *Sentiment* et *son expansion publique* — Etc.

N[ou]s sommes d'accord souvent sur le « style » mais point sur la manière de s'en servir.

Il se peut que je sois ou dusse être, ou paraître, assez inhumain — ce qui coïncide avec (ou résulte de) ma tendance et application à la self-consciousness ou plus exactement, à une forme de self-c[onsciousness] qui veut une expression de ce qui se passe « en moi », aussi... *fonctionnelle* que possible, c'est-à-dire que *ma personne* (le Moi N° 2 ou 3) n'est qu'un des constituants, qui s'oppose au *Moi N° 1* impersonnel et unique, comme n'importe quel autre constituant.

— Je voulais, j'ai voulu en finir avec les exactions de la sensibilité — à peu près comme la physique a voulu en finir avec celles de la métaphysique. (1939. Sans titre, XXII, 399-400.)

☆

Ego.

Je note seulement aujourd'hui une vieille caractéristique de moi

qui est une résistance aux sentiments naturels — qui dépend de leur intensité — et qui est surtout marquée contre les sentiments *collectifs*.

Dans cette résistance, je trouve des ingrédients divers — — Il est vrai que tout examen de ce genre fait créer ce qu'on veut voir.

Cette volonté de reprise et d'indépendance à l'égard de « mon cœur » — due à une défense contre tous les tourments affectifs — dont j'ai souffert en 91 — etc. et contre le pouvoir *affreux* des images (choc —)[A].

A. *Aj. marg.* : Le choc

L'intellect, fonction d'égalité et de pureté — Tout le
Je puis d'un côté, tout le *Je suis* — de l'autre et ce *je suis*
refusé par le premier qui tend à se faire *Moi pur.*

(Suite) — Oui, j'ai vécu longtemps dans le mépris et
la crainte des « sentiments ».

Par eux, les hommes, les femmes et les circonstances
nous commandent.

Je me disais que s'il y a beau temps que les hommes
pensent, ils sentent depuis bien plus longtemps encore,
et que si nous devons *sentir,* et même y trouver du plaisir
quand nos sentiments sont agréables, ce n'est pas une
raison pour y donner plus d'attention qu'il ne faut, leur
attribuer plus d'importance que celle qu'ils prennent
par leur puissance sans que n[ou]s y ajoutions de l'esprit.

Je caressai alors cette idée (que mon sentiment sur les
sentiments devaient nécess[airemen]t faire émaner de
moi), que tout ce qui se manifeste dans les passions
ordinaires — dans l'amour p[ar] ex[emple], la joie,
la jalousie etc., le désir, la joie, l'amertume etc. — avait
ses semblables dans la vie intellectuelle. (*Ibid.,* XXII,
410-411.)

Ego —

Tout mon *travail naturel,* celui de ma nature — et que
j'ai accompli toute ma vie, depuis les 20 ans, ne consiste
que dans une sorte de *préparation perpétuelle, sans objet,*
sans finalité — peut-être aussi instinctive que le labeur
d'une fourmi, quoique de tendance additive, perfective;
quoique sans but pratique ni extérieur, — et quoiqu'enfin
ayant pour orientation la *direction* d'une *conscience croissante* étrangement cherchée avec une obstination et une
constance d'instinct !

Tout le reste que j'ai fait est de mon travail *artificiel,*
dû aux obligations et impulsions extérieures. Et c'est là
ce qu'il faut comprendre si l'on veut comprendre
q[uel]q[ue] chose en moi — ce qui n'a rien d'essentiel —
ni de nécessaire.

De là, toutes mes opinions en toute matière, j'entends
les raisonnées, et non les expédientes. Car il faut bien
en avoir sur tous sujets comme tout le monde. (1939.
Sans titre, XXII, 462.)

☆

Ego —

Je n'ai jamais songé à acquérir de « l'influence » — et
singulièrement pas sur la « jeunesse » — C'est là la plus
facile des proies, et qui la veut séduire le peut, car elle
demande des excitants plus que des aliments, de l'étrangeté, de l'enthousiasme, de la rébellion, des extrêmes, —
plus que des proportions et des preuves. Elle réagit plus
qu'elle n'agit. Ce fut le but et le terrain des opérations
de G[ide], qui allèrent *fort loin,* et toute sa vie, dans ce
sens. C'est pourquoi n[ou]s n[ou]s sommes fort peu
compris. Quant à moi, jeune ou non, toutes les fois que
j'ai pensé à produire quelque impression sur autrui —
ce qui fut assez rare — j'ai pensé à l'homme *fait* — c'est-
à-dire *qui a fait,* qui s'est fait, qui a été fait par les expériences de sa vie; et particulièrement à ceux qui sont en
possession d'une compétence dans quelque art ou dans
quelque science ou métier. (*Ibid.,* XXII, 471.)

☆

Ego —

Mon but — le plus relativement fréquent : me parler
compréhensiblement à moi-même; repousser t[ou]s les
termes que je ne sais pas traduire en *non-langage*[A]; ou les
noter, au moins, de ce caractère provisoire, extérieur —
inachevé, qui est celui de l'immense plupart de nos
« pensées ».

La question est de ne pas les prendre pour complètes
— par elles-mêmes.

— Toute chose que l'on n'avait encore jamais vue ne
subsiste et ne *revient* que par et dans le langage, suspendue
une fois et pour toujours à un mot, à son nom. (Univers etc.) (*Ibid.,* XXII, 484.)

☆

Thèmes et types directeurs

Ego — Je ne sais plus en quel lieu, je ne sais plus dans

A. *Aj. marg. renv. :* (car c'est là ce qui est plus proprement *mien*) lequel de ses ouvrages, Poe dit que l'homme est loin d'avoir réalisé, en aucun genre, la perfection qu'il pourrait atteindre etc. — (Peut-être *Arnheim* ?)[1] — Mais cette parole a eu la plus grande « influence » sur moi. Et celle-ci de Baudelaire parlant du même Poe : « *Ce merveilleux cerveau toujours en éveil* »[2]. Ceci agit comme un appel de cor — un signal qui excitait tout mon intellect — comme plus tard le motif de Siegfried. (*Ibid.*, XXII, 489.)

☆

Ego

Ce dont s'occupent les historiens et romanciers[A] est fait des perturbations diurnes du système qui m'intéresse. Ils font de la météorologie quand c'est l'astronomie qui m'excite; et la mécanique céleste qui m'attire.

Quant aux philosophes, l'astrologie est leur affaire.

Cela fait plusieurs manières d'observer — et de choisir les comparaisons fondamentales — indispensables pour se représenter et exprimer la vie sensible et pensante et agissante. (*Ibid.*, XXII, 492.)

☆

Ego

Je suis né, à vingt ans, exaspéré par la répétition — c'est-à-dire contre la vie. Se lever, se rhabiller, manger, éliminer, se coucher — et toujours ces saisons, ces astres, — Et l'histoire ! —

su par cœur — —

jusqu'à la folie.. Cette table se répète à mes yeux depuis 39 ans ! — C'est pourquoi je ne puis souffrir les campagnes, les travaux de la terre, les sillons, l'attente des moissons — Tout ceci passe pour « poétique ».

Mais pour moi, *poétique* est ce qui s'oppose à cette triste industrie, aussi mortellement circulaire que la rotation diurne et l'autre — —

Je ne pouvais que mon esprit ne voulût toujours

A. *Tr. marg. allant jusqu'à* : l'astrologie est leur affaire.

« passer à la limite » — brûler tout ce qu'il re-connaissait — à peine reconnu. L'amour me paraissait redites; tout le « sentiment » enregistré depuis des siècles. « *Je t'aime* » impossible à dire sans que l'on perdît sa raison d'être, d'*Être d'une seule fois.* Comment s'entendre murmurer cela sans entendre un *autre,* et tout le monde ? Et à quoi bon re-vivre, si l'on n'est pas assez fort pour *vivre,* qui est de créer, d'exprimer à sa seule guise ?

En somme, je pensais qu'il me fallait ajuster ma conscience de moi très développée à l'existence donnée, et m'arranger de cette condition de ma sensibilité générale et intellectuelle.

D'où une entreprise sans fin qui consista et consiste encore, dans une traduction perpétuelle du langage commun en résultats de mon expérience personnelle ou de mes possibilités réelles.

La première chose qui apparaît alors est la limitation des développements perceptibles de la pensée — La gêne réciproque des *membres* de la connaissance et de la sensation[A]... (1939. Sans titre, XXII, 589-590.)

☆

Ego —
Je rêvais d'un être qui eût les plus grands dons — pour n'en rien faire, s'étant assuré de les avoir.

J'ai dit ceci à Mallarmé, un dimanche sur le quai d'Orsay — près de l'Alma, après le concert. Il devait aller dîner chez B[erthe] Morisot. N[ou]s avons fait le va-et-vient entre deux ponts je ne sais combien de fois. (*Ibid.,* XXII, 600.)

☆

Parfois les Choses, le soleil, mes papiers, semblent me dire : *C'est encore Toi ! qu'est-ce que tu fais ici ? Ne n[ou]s as-tu pas assez vues ?* — Vas-tu encore fumer *cette cigarette !* Mais tu l'as déjà fumée — *370 000* fois — *Vas-tu* encore saisir cette idée qui perce.. Mais *tu l'as sentie* venir 10^4 fois au moins — —

Le *sentiment* de la nouveauté, combien de fois l'as-tu *éprouvé !*

A. *Aj. marg. :* φψ

Et je m'assieds, et me saisis le *même* menton dans la même main. (*Ibid.*, XXII, 622.)

Si j'écrivais mes Mémoires, qui seraient ceux d'un esprit sans mémoire[A], il faudrait mettre les phrases-motifs qui m'ont surexcité vers les 19/20 ans — Comme celle de Baud[elaire] sur Poe : « ce merveilleux cerveau toujours en éveil ».

Voilà ce que j'enviais, et non une carrière extérieure, une carrière.. à l'étranger !

Ou bien, cette phrase du *Domaine d'Arnheim* sur le degré de perfection maximum que l'homme etc.

Voilà ce qui m'orientait. (*Ibid.*, XXII, 702.)

Ego

J'ai honte de mes sentiments et non seulement de leur extérieure dénonciation — Mais même en moi. Est-ce le super-sentiment qui perçoit les sentiments comme faiblesses, inégalités — ? — qui tend à distinguer « soi » des émotions, comme il se distingue du corps, des événements etc. ? Ne sais. Le fait est que je n'en veux pas et qu'ils s'imposent — comme nausée et autres ennuis. (*Ibid.*, XXII, 720.)

Mes Souvenirs ?

Faut-il écrire, dicter ces lambeaux, ces mélanges de faux et de vrai ?

et qui est plus *vrai*, dans ce genre, le vrai ou le faux ? — Je veux dire qui est plus *moi* — de ce qui me vient à l'esprit sub specie victi — (*Victi !* vivo et vinco[1], même supin.)

A. *Aj. marg. renv.* : des événements

Peut-être, la mémoire serait-elle de peu d'utilité si elle était brute — si la production actuelle des souvenirs n'était inventive, complétive — et d'ailleurs leur expression par le langage — acte actuel — est nécessairement altérante et fabriquante.

— Mes souvenirs ?

Le jour du gros orage, près de la fenêtre, serré contre ma mère — Sainte Barbe et St Simon. J'avais au plus 3 ans. Et le cauchemar de l'araignée énorme. (1939-1940. Sans titre, XXII, 780.)

☆

Ego

Toute ma « philosophie » est née des efforts et réactions extrêmes qu'excitèrent en moi de 92 à 94, comme défenses désespérées,

1º l'amour insensé — pour cette dame de R[ovira] que je n'ai jamais connue que des yeux —

2º le désespoir de l'esprit découragé par les perfections des poésies *singulières* de M[allarmé] et de R[imbaud], en 92 — brusquement révélées. Et cependant je ne voulais pas faire un poète — mais seulement le *pouvoir de l'être*. C'est le *pouvoir seul*[A] qui m'a toujours fait envie, et non son exercice et l'ouvrage et les résultats extérieurs. C'est bien *moi* — —

Tout ceci, en présence des 2 ou 3 idées de première valeur que je trouvai dans Poe. (Self-consciousness)

Dieu sait quelles nuits et quels jours ! Cette image de Mme de R[ovira] — etc. L'*arrivée* à Paris en nov[embre] 92. Le concert.

J'ai donc lutté — me suis consumé — et le résultat fut la bizarre formule : *Tout ceci sont phénomènes mentaux*.. Je voulais réunir et mépriser en bloc tout ce qui vient à l'esprit. Je voulus m'en faire une idée quantitative — Comme de l'énergie totale d'un système...

Trait essentiel de cette époque, Insularismes, despotisme absolu. Rien d'assez *moi*, et ce moi — était une

A. *Aj. marg. renv.* : cf. conversation avec Mallarmé sur le quai d'Orsay — vers 96 — après le concert Lamoureux

extrême puissance de refus appliquée à tout — et surtout
à ce qu'il pouvait véritablement *être, faire, ou espérer !*
(*Ibid.,* XXII, 842-843.)

Ego. Jalousie — de mes idées. Non pour l'extérieur.
Mais non seules à moi — me semblaient moins.. *vraies !*
Vêtements sur mesure. (*Ibid.,* XXII, 845.)

Le *Journal* d'André[1] est très intéressant pour être plein
de choses qui excitent des réactions continuelles du
lecteur moi, — par l'insignifiance, ici; la feintise, là; l'art
de faire émerger ou transparaître ses masturbations ou
ses... enfantillages.

Et ces variations sur l'Évangile ! —

Personne plus « personnel » que lui. Il fabrique son
vrai.

Son grand but est de faire impression. Tout ceci irrite
— et surtout un être de mon espèce; — mais il ne
déteste pas non plus cet « effet ».

Cependant n[ou]s n[ou]s trouvons toujours fort bien
ensemble. Je l'aime, je ne sais pourquoi, ni en quoi, car
il n'est pas de natures plus opposées, moins conformes
en goûts et en directions de l'esprit. Mais enfin, il en est
ainsi, et rien de plus certain qu'une inclination qui existe
par soi-même, sans le moindre argument, sans communauté de sentiments ni d'idées, — et comme sans cause.
(1940. Sans titre, XXII, 888-889.)

Le 8.1.40

Visite à Alain — Maison de santé du Dr Devaux —
à Ville-d'Avray.

Le trouve très empâté — bourré entre fauteuil, et
table, et fenêtre.

Mme M[orre]-L[ambelin] le soigne, surveille. Il est
inquiet à cause d'une signature donnée à je ne sais quel
manifeste[2] — — et a été, d'ailleurs, inquiété. Se demande
si c'est fini.

Je suis[A] comme *toujours pas à mon aise avec lui* — Il est d'une tout autre... *race*[B] — Je ne trouve que ce mot pour exprimer ceci : Ce qui contraint un « être » (complexus de culture, de *sensibilités,* de vitesses de réaction d'esprit, et de sensibilisations) à se *modifier* au contact d'un autre, de manière à conserver les échanges avec lui — mais *en ressentant* cette modification. Notre différence de *race,* ô autrui, c'est ma *déformation,* — dirigée plus ou moins naïvement par le souci[C] de te « comprendre », d'être « compris » en quelque mesure, — avec le *sentiment que c'est là un véritable* ACTE — c'est-à-dire un *écart limité,* avec retour à son zéro — c'est-à-dire à « ma nature ».

Ceci est général. Il faudrait refaire cette analyse grossière. Le plus délicat serait de bien discerner les nombreuses espèces de ces modifications — et des sensations qu'elles causent, avant de devenir automatiques.

Elles vont du plus gros au plus fin. Ici, j'ai dit *différence de race,* n'ayant pas trouvé mieux.

J'aurais dit *différence de dieux,* avec presque autant de mauvaise approximation (et en comptant parmi ces dieux, qui sont les « vrais dieux », le *soi idéal*).

— À cette vue, se rattachent les diverses comédies engendrées par les rapports des hommes — Électeurs et élus — — Amours etc. Mensonges.

Il faut bien observer toujours le *sentiment* ou la *sensation* de modifications (qui s'exténue avec l'habitude —).

— J'étais plus à mon aise avec G[ide] qu'avec P[ierre] L[ouÿ]s, ce qui est curieux.

— Il est des êtres qui ne sentent pas qu'ils devraient ne pas *être à leur aise* avec vous.

— En général, la notion de supériorité ou d'infériorité (de tel genre) intervient. Le supérieur *vrai* est celui qui ressent la déformation le plus.

— On sent qu'on ne *pourrait* pas (ce conditionnel est gros de sens) développer sa pensée à un tel. Il réagirait mal, ne comprendrait pas.

Celui qui ne pressent pas ma « sensibilité » m'est le plus étranger — et par là, ennemi, quoique l'ennemi, parfois, pressente et vise bien ma « sensibilité ».

A. *Tr. marg. allant jusqu'à : avec lui.*
B. *Tr. marg. allant jusqu'à :* contact d'un autre.
C. *Tr. marg. allant jusqu'à :* un véritable ACTE.

Cette intuition de la sensibilité d'autrui est rare chez les femmes, qui n'arrivent pas à la même délicatesse que bien des hommes dans ce pressentiment au moins du côté négatif — (ne pas demander, ne pas insister..) et malgré tout le zèle positif qu'elles peuvent montrer.

D'ailleurs, la femme a dans l'ensemble beaucoup moins d'imagination que l'homme.

Les faiseurs de romans n'ont jamais songé à ceci — et à l'utiliser. (*Ibid.,* XXIII, 76-78.)

☆

Ego. Arnheim. Poe.

Dans cette fantaisie de Poe, se trouve l'une des phrases qui ont eu tant d'influence.. thématique sur moi de 19 ans.

Phrase sur les possibilités de perfection[A]. Elle dit que l'homme est fort loin d'avoir atteint ce qu'il pourrait être.

L'idée de perfection m'a possédé.

Elle s'est modifiée — peu après — changée en volonté de pouvoir ou de possession de pouvoir — sans usage de lui.

Les actes mêmes ou œuvres me furent des applications locales, circonstancielles, d'une faculté ou propriété exercée en soi et pour elle-même. Et je plaçai toute l'importance dans l'entretien et le développement de l'instrument vivant — et non dans la production et le produit.

Et puis l'idée : on ne vit qu'une fois — Effectuer le maximum de combinaisons — Daimôn[1]. — (1940. Sans titre, XXIII, 188.)

☆

Ego

C'est en me posant ces questions « Qu'est-ce que je veux ? » et « Qu'est-ce que *je puis* vouloir ? » — Et — « Qu'est-ce que je puis ? » — (ces questions comparées constituent le fondement de MA Sagesse) que j'ai orienté depuis 92 ma « vie spirituelle ».

Et j'ai entendu ne pas me laisser manœuvrer par le

A. *Aj. marg. :* Stendhal attribue à Nap[oléon] ce thème d'énergie « Alors comme alors », ce qui ne veut rien dire et dit ce que l'on veut.

langage. Ce que je dois, en partie, au travail de poésie
à conditions formelles, lequel induit à prendre[A] les mots
et les idées par leur *maniabilité* matérielle. (*Ibid.*, XXIII,
221.)

Mai — Dans cet état, les meilleures idées qui pourraient
me venir — me seraient indifférentes si ce n'est
pénibles.

On dirait qu'elles le pressentent — et s'abs-
tiennent ou n'insistent pas — — —

Ô France[1] — (1940. *Rueil-Paris-Dinard I,*
XXIII, 269.)

Ego

Il se peut que mes théories connues sur l'art pratiqué
avec conscience, et cette *conscience exigeant* des *résistances* (que
je trouvai (par exemple) dans les conventions de la
poésie traditionnelle), aient pour amorce dans ma sensibilité, cette particularité que, quand je produis *par
première intention* je *ne me sens pas assez « créer ».* Cela vient
trop *de soi* pour se faire sentir *de moi.* Ce qui se donne
sans effort et ne coûte rien ne met en jeu et en *valeur-de-
présence* qu'une partie de nos fonctions.

La production consciente exige, d'ailleurs, que l'on
repense les objets de pensée. (*Ibid.,* XXIII, 271-272.)

Ego —

Presque toute ma « moralité » fut intellectuelle.
Quant au reste, il ne fut fait que de ma faiblesse, ma
« sensibilité » — que je prêtais aux autres et que j'épargnais
en eux. Je me ménageais en eux. Au fond c'est bien le
« *Ne faites pas aux autres* etc. »

À l'égard d'autrui, souvent il y a équivalence dans les
actes et les inactes, entre « l'amour de soi » et celui du
prochain. (*Ibid.,* XXIII, 273.)

A. *Deux tr. marg. allant jusqu'à :* maniabilité *matérielle.*

☆

Ego

Il s'est produit, chez moi, vers 92, un certain mépris de la poésie et des poètes dû à la considération des faiblesses de l'esprit que je trouvais dans la plupart, même des plus célèbres. Je remarquais, d'une part, qu'ils vivaient sur un fond d'idées misérablement commun, et naïf — (ce qui fait qu'un poète de l'an 1000 av. J.-C. peut être encore lisible) et n'exerçaient pas toutes les puissances de l'esprit, ignoraient les développements imaginatifs* dus aux sciences[A] — etc. D'autre part, que leur métier, lui-même, n'avait pas été poussé dans les voies de la perfection, c'est-à-dire de la continuité poétique et de la composition, aussi loin que j'imaginais qu'on pût le faire, — à l'exemple de la musique et de son progrès technique du XVIe siècle à nos jours[B]. Une phrase de Poe, dans *Arnheim,* m'avait beaucoup donné à penser. (*Ibid.,* XXIII, 273.)

☆

Ego

En somme — Je cherchais à me posséder — Et voilà mon mythe — —

à me posséder.. pour me détruire — je veux dire pour *être une fois pour toutes*[C] —

et les buts « humains », c'est-à-dire ceux sous la dépendance d'autrui — renom, œuvres reconnues par le temps — etc. repoussés — ou désarmés par leur examen précis[D].

La connaissance de mes faiblesses, de mes lacunes et impuissances, qui ne me quitte jamais et que je mesure exactement, je ne puis dire si elle m'a plus nui que servi

A. *Aj. marg. renv. :* c'est-à-dire de la pensée organisée.
B. *Aj. marg. :* Ici Poe.
C. *Aj. marg. :* Δαίμων
      Ναρχissos
      Teſtis
D. *Aj. marg. :* Je n'ai pas cherché, flatté la « jeunesse », ni excité le facile des gens.

(extérieure[men]t parlant) ou plus servi que nui. (*Ibid.*, XXIII, 289.)

☆

L'Exode...

Ce voyage en auto de Paris à Dinard[A] — — Toute la Belgique et l'Artois etc. sur les routes — dans tous les sens. L'impression du désordre vivant, poignant. Tous les véhicules possibles, et les charrettes bourrées d'enfants blonds dans la paille — on ne sait, ils ne savent où ils vont — Des soldats belges, des anglais. Comment tout cela va-t-il manger et quoi ? Où coucheront t[ou]s ces êtres ?

Je suis désespéré d'avoir quitté Paris, cédé aux lettres des enfants qui s'inquiètent.

Réveil dans cette chambre — — —

S'adapter —

Ce vieil organisme, déjà diminué par les mois de maladie et d'inquiétude précédents — — ce vieil esprit aux habitudes et inſtitutions singulières, — *séparatiſte* par essence et par volonté exercée depuis 50 ans, peuvent-ils s'accommoder à *ce qui eſt* — à aujourd'hui, à ce[B] (*Ibid.*, XXIII, 307-308.)

☆

Ego

Il me semble parfois d'être un homme sans date. Il y a un être sans date en moi, et je ne me sens le contemporain de personne, dans l'album de coſtumes et de coutumes, — dit *Hiſtoire*.

Sans lieu ni date ? Et je n'ai avec moi-même que des rapports pleins de défiance et de reproches.

Qu'eſt-ce qui eſt le plus MOI ? Celui qui offre tant de sujets de plainte, de lacunes, de faiblesses, ou bien celui qui les conſtate ? Deteriora sequor[1].

Entre les deux, peut-être, une relation assez réciproque et peut-être... *fonctionnelle*. Il eſt fonctionnel que ce que je pense, ou sens, ou fais, devienne *chose* pensée,

A. *Aj. marg.* : Pension Albion, Dinard.
B. *Passage inachevé.*

sentie ou faite, et à titre de chose, non-moi — provoquant réponse de... moi. Car rien *n'est* qui ne soit non-
moi — et ne repousse le répondant vers le zéro. (*Ibid.*,
XXIII, 309-310.)

☆

Ego.

J'ai remarqué, il y a fort longtemps, que ma manie ou
ma loi était de vouloir toujours commencer par le
commencement.

Et je m'aperçois qu'il n'est rien à quoi j'ai été plus
fidèlement attaché. —

Je vois que je ne considère comme acquis que ce que
j'ai acquis moi-même, par tâtonnements et insuccès.
(1940. *Dinard II,* XXIII, 454.)

☆

H

Il est des antipathies réciproques. Il en est d'unilaté-
rales. J'ai vu de grandes amitiés se développer sur une
première antipathie.

Sympathie et antipathie *essentielles* ne s'expliquent pas,
ni la similitude des goûts, ni celle de la culture..

J'ai observé sur moi-même que les uns, parmi les
hommes rencontrés, excitaient en moi une sorte d'énergie, de chaleur spontanée et de dilatation dans la
confiance; les autres, l'effet contraire qui fait que l'on se
referme, se renferme et s'éloigne.

Dans le cas où ceux qui me mettaient en sympathie
étaient bien différents de moi quant aux passions et
occupations de l'esprit, je n'en tenais pas compte, et
considérais cette partie de moi comme réservée à mes
rapports avec moi-même. Ce qui est, d'ailleurs, un trait
singulier, je crois, de mon caractère. La pensée d'un
certain degré me semble une affaire intérieure, tellement
que toute élaboration de mon esprit qui tend à quelque
ouvrage ou exposition extérieure, est menée tout autrement que mon travail perpétuel avec moi seul.

Même, la relation qu'il y a certainement entre ces
deux modes serait à examiner.

En général, ce que les hommes se cachent les uns aux
autres, est d'ordre affectif ou physiologique, tares, manies,

convoitises, passions et superstitions. J'y ajoute, moi, mes idées et habitudes d'esprit actif.

Sorte de pudeur, de jalousie, qui fut longtemps des plus puissantes en moi et tout opposée à la publication. Cela a bien changé depuis 1920. Il a fallu plus ou moins vivre d'un peu de vers et de beaucoup de prose. Ma raison d'État a dû changer. (*Ibid.,* XXIII, 467-468.)

Ego.

Par bonheur et par malheur, je vois en tout plus de difficultés que n'en voient la plupart, et je sens ma faiblesse cent fois, contre une que je sens ma force — et ne la sens qu'avec prudence.

Enfin, aucun suffrage extérieur ne me convainc d'avoir bien fait, et je n'accorde à ce suffrage qu'une valeur toute provisoire. J'ai l'orgueil de ne vouloir que ma propre louange, — mais je puis dire que je ne me la donne à peu près jamais.

C'est là un malheureux caractère qui compose la méfiance à l'égard de soi avec celle des jugements (et aussi des paroles) d'autrui. Cependant l'approbation me dilate et est féconde, donc bonne, quand elle vient de ceux qui, très experts dans un genre, approuvent ce que j'ai pu dire sur ce même genre, auquel je n'entends que ce que j'en pense.

Je suis très facile à séduire par les idées, mais très rebelle à les prendre p[ou]r autre chose que des combinaisons et des excitants dont je distingue la valeur immédiate de lueurs et de perceptions de l'espace de l'esprit, de leur portée dans le réel.

Tout ce qui est mental est essentiellement provisoire, — et comme je me dis : *transitif.* (*Ibid.,* XXIII, 539-540.)

☆

Ego. Je remarque encore une fois que les choses humaines m'intéressent d'autant moins qu'elles s'écartent plus de l'ordinaire de la vie, et s'imposent *par événements* et non point *par fonctionnements.* Les sujets de roman, l'histoire accoutumée, — — tout ceci me semble ou éliminé et mort avec son époque, ou arbitraire (même extrait de l'observation), ou cas singulier, pathologique — —

Il faut rapprocher cet instinct de moi de cet autre, qui me fait peu saisi et fixé par la figure générale d'un paysage; mais au contraire par sa matière, roc, feuille, sol, et eau; et dans chacun, sa forme[A]; et entre tous, leurs échanges. Mais les profils me semblent quelconques, et aussi libres que ce que je trace au hasard avec le crayon.

Et de celui-ci : si je pense « politique », je me fie à ce que peut révéler, suggérer, évaluer l'examen et la réflexion des conditions d'existence et le moins possible aux événements, et *aux sentiments qui sont liés à ceux-ci,* à leur souvenir, à leur attente. (1940. *Dinard III 40,* XXIII, 553.)

Ego — Le FAIRE me domine, et ce qui me semble *fait* ne me dit rien. — C'est donc *ce avec quoi l'on fait* qui m'éveille et m'attire — Donne-moi la matière et les outils. Je me charge de la forme.

Mais donne-moi surtout l'*envie de faire...* (*Ibid.,* XXIII, 561.)

Ego. Il y a en moi un étranger à toutes choses humaines, toujours prêt à ne rien comprendre à ce qu'il voit, et à tout regarder comme particularité, curiosité, formation locale et arbitraire; et qu'il s'agisse de ma nation, de ma langue, de ma vie, de ma pensée, de mon physique, de mon histoire, il n'est rien que je ne trouve, cent fois par jour, accidentel, fragmentaire, extrait d'une infinité de possibles — comme un échantillon — —

Ce que j'ai écrit l'a été par cet esprit, selon cet esprit. Ce que je pense est beaucoup moins *ma pensée,* que l'acte d'une faculté de penser qui s'exerce sur un point, et non sur un autre, cette fois-là. L'acte me frappe bien plus que son produit.

A. *Aj. renv. : forme.* Je veux dire sa forme d'équilibre propre, sous l'action de forces actuelles, à l'exclusion du façonnement dû à des actions passées — comme les ruptures. [*Tr. marg. allant de :* sous l'action *jusqu'à :* ruptures.]

Les croyances et les religions me trouvent ainsi, car je suis tel. Si je crois, — si je croyais, ce dispositif singulier me retiendrait bien plus que le dogme qui s'inscrirait en lui. Mais il y a une contradiction dans cette hypothèse[A] (*Ibid.,* XXIII, 572.)

Ego.

Un professeur japonais m'a, paraît-il, fait bouddhiste. Jadis des théosophes m'avaient (d'après la *J[eune] Parque*) qualifié d'initié sans le savoir.. J'ignore Bouddha et la théosophie. Mais les gens qui « pensent » sont des êtres qui se meuvent, les yeux bandés, dans le très petit salon de l'Esprit humain — et dans ce colin-maillard métaphysique, ils se heurtent — et se repoussent simplement parce qu'ils se meuvent, et que l'espace est très restreint.. C'est un espace d'une douzaine de *mots*. (*Ibid.,* XXIII, 671.)

Ego. Je n'ai pas de volonté — — en toutes choses qui ne dépendent pas de moi seul. Je n'ai rien voulu dans l'ordre extérieur — J'ai subi, accepté, suivi.

Il me semble que décider en ces choses extérieures, c'est agir en violation des droits et prérogatives du hasard, lequel ne manque pas de récompenser à sa façon. Car les hommes savent parfois ce qu'ils font, mais ils ne savent jamais ce que fait ce qu'ils font. (*Ibid.,* XXIII, 680.)

Ego et Sy

Mon analytique 1892, produit de la « conscience de soi » appliquée à détruire les obsessions et poisons, les connexions, relais, généralisations extraordinairement sensibles, — tout un *implexe* d'associations — avec anxiétés, insomnies, états comme vibratoires à l'aigu etc.

A. *Passage inachevé.*

Alors, j'ai essayé de *regarder en face* ces poussées, de les réduire à ce que la précision de ce regard en faisait — de constituer, en somme, un *Moi* dont le *Moi* qui souffrait fût l'objet, la chose *vue* et par conséquent, la douleur fût étrangère comme la *couleur* des choses qu'on voit, et les idées ou images, quasi-causes de cette torture, comme les *formes* des choses qu'on voit.

Et je voulais que ce fussent des « phénomènes mentaux » — ce qui était mal dit. Mais je voulais dire que je distinguais que c'était *Moi* qui fournissais à la fois l'arme et la souffrance, que je voyais qu'il n'y a *aucune relation nécessaire* entre une image et une insupportable affection de la sensibilité générale — que c'étaient là des liaisons développées dans l'ombre latérale — et qui causaient ces troubles des échanges normaux entre le sentir, le penser, le faire. Luttes intestines entre le possible-vrai et le possible-faux.

Je me disais qu'une image, une pensée[A], étaient des « faits psychiques » qui, *par eux-mêmes,* ne sont ni douloureux ni délectables, pas plus que ce qui demeure dans le domaine tout extérieur, pas plus que les gravures d'un album — que les mêmes images, ou idées n[ou]s sont indifférentes si n[ou]s les formons avec *autrui* pour personnage — que, d'ailleurs, ces mêmes « illustrations » qui m'affectaient si cruellement perdraient, un jour, leur puissance, et même leur probabilité de retour, s'oublieraient — que, de plus, leur figure et ses morsures étaient soumises à une sorte de mécanique de la sensibilité, qui me produisait l'apparence d'une réalité ou d'une nécessité au moyen de liaisons qui n'avaient rien que d'accidentel, — que la douleur physique nous met, elle, en opposition avec *notre-corps,* lequel se montre alors tout à fait étranger à ce qui est nous, lequel ne peut lutter contre lui que comme une chose extérieure — tandis que cette douleur intime devait avoir ses « causes » (ou semblait les avoir) dans la même enceinte où s'exerçaient aussi notre volonté et nos pouvoirs de production « universelle »..

— À quoi j'ajoute ce souvenir très important — qu'à la même époque, j'ai ressenti avec une particulière acuité

A. *Tr. marg. allant jusqu'à :* ni délectables.

— le mal *dû*[A] à l'impuissance intellectuelle de comprendre telles choses, ou de ne pas pouvoir produire telles autres.

Ce fut une période très dure et très féconde — Une lutte avec les diables. Nuit de Gênes en oct[obre] 92. Paris en novembre.

Et tout ceci me conduisit à ma « méthode » — laquelle était *pureté* — séparation des domaines. φ et ψ. Essai d'isoler ces facteurs de l'état — de dépister les effets d'induction et de résonance — lesquels sont perçus généralement de manière à conserver ou à exagérer les produits d'incohérence réelle et de confusion. (1940. Sans titre, XXIII, 757-760.)

☆

6 décembre 40.

Une carte m'apprend la mort de Fourment[1] — le 24 9bre. Mon plus vieil ami — et l'un des très importants p[our] moi entre 87 et 92. Lui seul d'abord (puis Charles Auz[illion]) furent mes confidents de cette époque. Au lycée, je copiais mes versions sur les siennes à l'heure moins cinq, sur l'Esplanade. Et nos promenades du soir, au clair de la lune. N[ou]s avions fini par nous connaître à ce point que n[ou]s ne pouvions plus n[ou]s dire que ce que n[ou]s ne voulions absolument pas n[ou]s dire, et que n[ou]s passions des heures ensemble, à marcher sans parler. (1940. Sans titre, XXIV, 30.)

☆

Ego — Je n'ai trouvé personne jusqu'ici dont la sensibilité s'accordât assez justement à la mienne. Et je crois que cette rencontre harmonique est extrêmement rare — du moins chez les êtres qui ont une sensibilité assez nuancée. Mais il ne faut pas s'en tenir là — Le problème est à préciser. Ce sont des détails; de très petites choses qui discordent le plus, car l'amplification est précisément le propre et même la fonction de la sensibilité. —

Le non-accord se traduit en langage ordinaire par ces mots : *je ne suis pas compris ;* mais il y a une forte probabilité pour ne pas l'être — dans la région des choses infinies que j'ai dites. Un regard fait accord ou désaccord.

A. *Aj. marg. :* ?

Interférences positives ou négatives. Mais ici plus que négatives, — destructives.

Il y a des êtres qui ont beau vous faire toutes les malices du monde; on ne veut pas qu'ils les aient faites. Et d'autres, que tous les services et toutes les complaisances pour nous ne nous rendent pas plus « harmoniques »; — et même ne font qu'empirer notre disposition d'anti-pathie à leur égard. Il y a aussi de grands changements qui se produisent sans raison : des sentiments qui se renversent. L'un de mes plus intimes amis m'avait inspiré, dans le commencement, une anti-pathie très marquée. (1940-1941. Sans titre, XXIV, 101-102.)

Ego —

Je m'aperçois de ceci — ce 31 décembre 40 — que j'ai vécu ma vie *nécessaire,* c'est-à-dire ma vie de corps à actes fonctionnels commandés par instincts et besoins, et ma vie d'individu à relations inévitables et indispensables avec les semblables, leurs mœurs, croyances et institutions — comme si ce fût un rôle que je fusse obligé à jouer et qui m'eût été imposé par un hasard — tellement que cette vie mienne me semble un cas particulier, un specimen entr'autres possibles, et que je me sens un certain *moi* étranger par essence à tout ce que je suis et qui ne voit aucune nécessité dans toute cette vie nécessaire qu'on lui fait vivre et qui le fait vivre. Et par conséquent, aucune autre importance que celle d'un fait actuel, aussi puissant que l'on voudra sur la sensibilité, mais rien que par elle.

C'est peut-être pourquoi je ne considère pas le passé, que je déteste les événements, lesquels me contraignent à *m'épouser,* que j'ai une tendance à tout réduire en effets finis d'un système vivant (*vivant,* c'est-à-dire d'une mécanique particulière), ce dit système étant le rôle ou la marionnette imposée que j'ai dit..

Peut-être la conscience de soi fait-elle un « ange » ? En tout cas, elle détache le moi de son quelqu'un. La réaction de répulsion et négation qui émet le *moi pur* est caractéristique chez... moi. (*Ibid.,* XXIV, 132.)

Ego

Je souffre de souffrir de telles choses dont tout le monde souffre et a toujours souffert.

Car c'est un des traits les plus marqués et les plus intimes de ma nature de ne pas vouloir être semblable — ce qui choque en moi je ne sais quel sens de l'inutilité des redites.

Il me semble que ce qui est reconnu, rendu chose et sensations définies, prévues, devrait perdre toute force — — et cela n'est pas et j'en enrage, et la rage s'ajoute à ce que je sens et ne veux pas sentir. (*Ibid.,* XXIV, 133.)

Ton devoir est d'épuiser. (1941. Sans titre, XXIV, 245.)

☆

Faust III —

J'ai cherché à être le plus différent possible des autres[A] — car *autres,* ce sont des types d'êtres supposés connus — bien déterminés, et donc *finis,* et donc, qu'il ne faut répéter. Il faut s'en distinguer à tout prix pour ne pas se sentir soi-même une redite inutile, un simple *Un-de-plus,* par l'existence duquel rien n'est acquis; rien n'est accru qu'un nombre. C'est là l'horreur d'être un homme. Comment faire quand cette répugnance parle, et que l'on ne peut la supporter ? — Il y a peu de moyens pour se distinguer *à ses propres yeux* de cette définition commune, à laquelle la vie organique, sociale et personnelle nous ramène énergiquement à chaque instant. La plupart de ceux qui ressentent ce besoin de singularité (dont je veux bien que ce soit une perversion de la sensibilité, mais qu'importe ?) se donnent le change, et s'attachent à se « distinguer » par le détour de l'effet qu'ils produisent *sur les autres.* Ils cherchent à se voir uniques dans les

A. *Aj. marg. :* Définition de « autres »

yeux de ceux-ci. La gloire, le pouvoir, les puissances et l'envie que l'on fait sont leur souci. Mais ceci repose *sur les autres,* et oblige à donner aux *autres* une valeur qui se retrouve dans leur jugement de nous. On donne volontiers quelque génie à celui qui nous en donne beaucoup. Mais si je suis capable de *solitude* vraie et lucide je me dis : *Moi seul puis me donner ma gloire,...* et je me la refuse toujours *à la réflexion*[A].

Une telle nature difficile se marque dans toute la sensibilité. Elle fait négliger quantité de choses, de désirs ordinaires et de satisfactions connues. Elle fait exiger bien des conditions qu'il est excessivement peu probable de trouver dans les êtres et les circonstances[B].

En vérité, ce tempérament consiste dans une évaluation de tous les objets de désir qui déprécie tous ceux dont on peut trouver une image ou idée bien nette, et des exemplaires dans l'expérience que l'on a. Toute expérience déjà faite ne vaut rien.

Ici se place l'application à l' « Amour ». Pour le malheureux être dont je parle, il s'agit de trouver son pareil, — ou plutôt la personne avec laquelle la relation d'amour tendrait à cet écart de la condition connue, laquelle figure dans les idéaux acquis et donne la sensation de la redite[C].

Celui qui vient de se satisfaire ainsi peut se dire : Je *viens d'être un autre,* et *cet autre est n'importe qui.*

— — — Il est peut-être impossible de rencontrer la forme femelle de cette étrange nature. Par malheur, il arrive que l'on croie l'avoir trouvée. D'où d'immenses peines, quand l'erreur se dessine et que les sensibilités se séparent. Cette affliction s'augmente jusqu'à l'atrocité par le sentiment qu'elle est de nature commune et que l'on souffre une souffrance *connue.*

Cependant c'est une grande pensée que d'avoir voulu

A. *Aj. marg. :* À quoi connaître la *valeur* de cette espèce ? Un homme isolé n'est ni grand ni petit.

B. *Aj. marg. :* Évident.

C. *Aj. marg. :* Ce que j'attends de moi, je l'attends de toi, — et je sais que je ne dois rien attendre de moi qui soit *chose déjà de moi,* pour être imaginée, prévue, — donc d'un *moi fini* — c'est-à-dire d'un « autre ». Car « autre » c'est un objet qu'on ne peut concevoir que fini.

inventer un amour de degré supérieur — un amour se
dégageant de l'amour ordinaire comme celui-ci s'est
dégagé de la fonction de reproduction.

Ainsi la pensée et ses œuvres inutiles se sont dégagées
de la pensée et des actions appliquées — etc. (1941. Sans
titre, XXIV, 374-375.)

☆

Ego et Lettres

Par un effet d'orgueil aigu, accès étrange qui m'a saisi
à 19/20 ans, — réaction d'une force *sans preuves,* comme
une *foi* en je ne sais quoi en *moi* — en présence de faiblesses certaines, précises de mon esprit — , de comparaisons qui m'abîmaient — etc. et dans une phase de
transformations, d'évaluations autogènes, je me suis fait
un être, un dogme, une raison d'État, une intolérance,
une volonté, une *insularité* très bizarrement coexistants
avec une arrière-tendresse, une facilité de relations et de
« sympathie » — un goût d'amitiés suivies et développe-
pées[A] — mais aussi des mépris et une réserve quant aux
parties ou très vulnérables ou qui me semblaient très
précieuses de mon implexe sensible et psychique. Une
pudeur d'État. Tout ceci — comme si dans un être
jusque-là constitué de tissus tendres et très sensibles, un
squelette se fût formé — et un tégument. — Par
ex[emple] sur certains points que je croyais essentiels,
aucune influence n'a pu s'exercer — directement — Ne
pas oublier l'effet produit sur moi par ce contraste :
constater la supériorité particulière en intelligence ou
savoir, d'hommes que je considérais, d'autre part,
comme inférieurs. À peu près, comme l'homme se tient
pour supérieur en... il ne sait quoi, aux puissances naturelles, à l'océan, au tigre, à son destin d'être mortel.
Ici — l'introduction systématique de la self-consciousness; la ségrégation littéraire.

Par quoi, j'en vins à considérer la littérature — comme
une voie d'opposition au « monde » — une mystique
de développement interne[B], de recherches dans l'esprit

A. *Aj. marg. :* Ce que les psychiatres, pauvres observateurs de
l'intus, appelleraient Schizophrénie
B. *Aj. marg. :* Exercices spirituels

par le moyen du langage, ayant donc une fin intérieure, une possession du domaine des combinaisons verbales — laquelle dominât toute « philosophie » et la tînt pour un cas particulier. Et je traitais tout ce qui ignorait ce regard *chargé des possibilités* — pour *idolâtrie*.

Tout me semblait grossier et naïvement pensé qui n'eût pas été re-pensé, en pleine conscience des conditions de formation et d'existence que je constatais.

D'où, je concluais à une modification remarquable des modes de ma pensée. Je trouvais, d'une part, qu'il fallait apercevoir des liaisons, des conditions — non significatives, et par là des restrictions non reconnues en général — et qui modifiaient énormément les *valeurs apparentes* — falsifications en usage — etc.

D'autre part, au contraire, une *liberté* — comme de membres enfin déliés — résultant du sentiment combinatoire. D'où l'idée de fabrications à partir de la liberté — par introduction de contraintes voulues et non reçues.

Croire à q[uel]q[ue] chose est une contrainte tantôt imposée par un *fait,* tantôt résultant d'un non-exercice des fonctions. On croit ne pouvoir marcher, mais Lève-toi et marche !

Une certaine « rigueur »^A consiste à changer du possible en impossible et de l'impossible en possible.

— Ici — mon opposition à la tentation d'agir sur l'opinion. Dépréciation de la politique littéraire ou autre.

— Noter que je voyais toujours l'homme-machine dans l'homme depuis la jeunesse des 14 ans — quand j'observai la simplicité des réactions verbales et autres de qui me faisait des reproches, à la lumière de la rancœur excitée — laquelle par cette remarque se changeait en mépris. Au régiment — Il est doux de voir un imbécile fonctionnant, récitant ses clichés de menaces ou d'injures. *(Ibid.,* XXIV, 405-407.)

Ego.

Je fus médiocrissime élève. Il m'en a coûté le grec et

A. *Deux tr. marg. allant jusqu'à :* de l'impossible en possible.

beaucoup du latin, sans parler des mathématiques ! Mes
maîtres (moins un) n'enseignaient que par la force.

Ceci m'a contraint plus tard à faire comme Robinson.
(1941. Sans titre, XXIV, 510.)

☆

Poter[1] —
Ego

Mon « Cogito » — Il est inscrit dans la *Soirée avec
M. Teste* — — — « Que peut un homme ? »

Et l'idée maîtresse de mon « Système » — est là —
avec cette implication immédiate (sinon.. antérieure) que
tout se réduisait à idées, images, sensations, le ψ et le φ —
entre lesquels constituants des sentir, subir et du faire —
devait exister *au moins* une relation — analogue à celle qui
définit un système *isolé* — puisque le sommeil, par
exemple, ou la surprise affectent identiquement Tout.

Ceci était le fruit de *mes* luttes intestines exaspérées
contre l'obsession anxieuse 91/92 — (Mme de R[ovira]
et la sensation d'infériorité intellectuelle due à telles
volontés de poésie. D'ailleurs, j'étais venu à considérer
non la seule poésie, mais toute force de l'esprit, et c'est la
capacité, le pouvoir de faire en tout qui m'apparaissait —
la fabrication poétique devenant une application particulière.) À quoi, se joignait une sorte de « mysticisme »
égotiste, bizarrement coexistant avec une sociabilité
facile. (En somme, j'étais un être dû à une combinaison
très complexe — Insulaire et abordable, secret et commu-
nicatif, absolu et le contraire, dur et tendre[A].)

Je gardais jalousement un trésor que je dépréciais
mêmement.

Tout ceci[B] procédait d'une volonté de défense contre
Moi trop sensible. Peur de Moi. On n'a peur que de Soi[C].

Rares étaient les individus que j'épargnais en moi. Je
les classais selon ce qu'ils savaient faire et moi pas. Les
résultats extérieurs m'importaient peu — c'était la *capacité,* le pouvoir que j'enviais. (1941. Sans titre, XXIV,
595.)

A. *Aj. marg. :* Je ne suis bien que dans le réversible.
B. *Deux tr. marg. allant jusqu'à :* que de Soi.
C. *Aj. marg. :* Scepticisme et mépris de tout résultant de l'obser-
vation du mécanisme neuro-psychique

☆

Ego

Il est remarquable que l'on m'ait plusieurs fois voulu dériver de Bergson — dont je ne connais encore (août 41) la philosophie que par ouï-dire, et je l'ignorais entièrement quand je *me suis fait* — entre 92 et 1900. Thibaudet a cru sur un mot de la J[eune] P[arque] que j'avais été « influencé » par B[ergson]. Et pourtant, il me connaissait[1] ! Raymond (de Genève) récemment encore. Or je lis mal et avec ennui les philosophes — qui sont trop longs et dont la langue m'est antipathique[A].

Si l'on savait combien peu j'ai lu Platon — et en traduction ! J'ai fait cependant des « dialogues socratiques » ! C'est la *forme* qui m'intéresse. Le *fond* de la pensée n'est rien — et les théories qui n'aboutissent pas à des *procédés,* lesquels jugent les thèses — ne me font *aucun effet.* Spinoza. Chez Descartes, c'est l'individu qui m'apparaît. Etc.[B]

Aristote, quelques formules.

Quant à Bergson, je l'ai connu personnellement chez Thérèse Murat[C], dans un déjeuner imaginé par Gladys Deacon, (plus tard, duchesse de Marlborough — — et une fin déplorable, je crois).

J'ai eu avec lui d'excellents rapports — assez espacés — et il s'est montré toujours des plus charmants p[our] moi. Je crois que je l'intéressais assez. Son mot (qui me fut rapporté) « Ce qu'a fait V[aléry] devait être tenté » m'est précieux — justification, éloge et très fine critique du dit V[aléry]. (1941. *Cahier de vacances à M. Edmond Teste,* XXIV, 762.)

☆

Les récits de ma tête.

— Histoire curieuse de mes Textes.

A. *Aj. marg. :* Et les entends encore plus mal.
B. *Aj. renv. :* P[ar] ex[emple] j'ai toujours tenu la « doctrine de l'évolution » pour une sorte de formule de développement d'idées et d'expressions — (et non d'êtres). C'est aussi une manière de classer des ressemblances. Car le fait lui-même, même *chez l'embryon,* échappe jusqu'ici à nos moyens de *compréhension* qui se résument en *Faire.*
C. *Aj. marg. :* en 192?

— Idée que ma Tête a de moi — Mes manques extraordinaires, lacunes, etc. Singularités : phobies — faiblesses — ressorts — négligences — Sensibilités — Ressources. Adynamie et son grand rôle — Tout par l'esprit — *Mon réalisme*. Réduction à « l'absolu ».

Extrême fuite — aux extrêmes.

Mes mépris — mes renoncements, l'Ange.

Horreur de la répétition, du travail isolé de l'invention, de la facilité, de l'ambition fondée sur les autres.

Type nerveux — — (*Ibid.*, XXIV, 770.)

☆

Ego.

J'ai aimé certains amis extraordinairement différents par les goûts, par les caractères de sensibilité, par les idéaux — de moi.

Je me sentais avec eux plus libre et plus véritable qu'avec des êtres moins dissemblables.

C'était un effet de sym-pathie tout incompréhensible, tout indépendant de[A] (*Ibid.*, XXIV, 796.)

☆

De la vie — notre étrange épouse —

Je puis sans doute, avoir aujourd'hui — une opinion sur la « vie ».

Je l'ai toujours ressentie comme... distincte de Moi.

Une sorte d'épouse, assez rarement maîtresse aimée-aimante — faisant ménage, cuisine,

assignée à Moi, liée à lui par je ne sais quelle Loi.

Au fond, une étrangère dont j'ignore presque tout, et elle de moi. (*Ibid.*, XXIV, 814.)

☆

Ego.

Oct[obre] 41. — — Il m'arrive à présent de *lire !* Preuve certaine de fatigue et de vieillissement chez moi — — Et de lire presque n'importe quoi. Chose assez

A. *Passage inachevé.*

curieuse — pourtant, je trouve q[uel]q[ue] intérêt à ce n'importe quoi.

Et ce n'est pas tout à fait *n'importe quoi* — D'abord, ce n'est que prose. Je déteste lire des vers. Je n'aime pas que les vers me viennent... du dehors. Il faut que la mémoire ou l'invention les dicte — et que la musique en précède le sens, en creuse le lit spirituel. D'ailleurs, j'ai un minimum de mémoire p[ou]r les miens. Il n'est pas rare qu'on m'en cite que je prends pour vers d'autrui. —

Quand je *vois* des vers écrits, j'ai toujours quelque envie naissante de les travailler — etc.

— — Lire est une passivité — qui n'est amendée que par la difficulté du texte × par l'excitation à le saisir. La difficulté elle-même est excitante pour les esprits énergiques. (1941. *Interim — Marseille et Suite,* XXV, 167.)

☆

Ego
ou F. III

Parfois je suis — comme exaspéré = désespéré par la sensation de ne pouvoir faire agir mes idées *dans le monde,* quand je les sens assez justes —, applicables, capables d'effets au moins aussi « bons » que ceux des idées en acte — aujourd'hui.

Cette rage éphémère d'impuissance m'irrite elle-même contre ce moi qui produit ce qu'il ne sert de rien de produire. Il faut alors se consumer à détruire en soi ces vaines productions et l'absurde excitation qui les produit...

— Donnez, Seigneur, la force d'être inutile !

Et en vérité, il faut de la force pour ceci : consentir, comprendre — l'inutilité — — Videre meliora. Deteriora ferre[1] —. (1941. Sans titre, XXV, 182.)

☆

Ego   Mémoires du Moi

— — — Et l'époque où je voulais voir les choses autrement que tout le monde ![A] —

C'était à Montpellier — Enfantin, — mais fécond.

A. *Aj. marg. :* A

Les gens importants me faisaient mépriser (mot trop fort) leur *savoir* avec eux-mêmes et au moyen d'eux-mêmes — à peu d'exceptions près, et l'un, la Littérature — d'université — L'autre, la Médecine, et le Président, la Justice — — Toutes les autorités, depuis le C[omman-dan]t de Corps d'armée jusqu'au concierge de la Pré-fecture, concentrées dans une ville pas grande, exposées au soleil dans un décor de /à/ belles échappées, jardins nobles — et au regard d'un être — — *tout naturel au fond* que j'étais — et qui se sentait d'une autre espèce, non définie, ni définissable — — comme irrationnelle — car je ne me trouvais ni ne me voulais « poète » — ni écri-vain — ni *rien* — une espèce de besoin d'être *incommen-surable* et de me garder tel. — — Essence de moi — fort incomprise par les tiers, (et surtout par Gide, qui m'attribue assez sournoisement des ambitions et tactiques qu'il tire de lui.... et plus d'un « mot » que je n'ai jamais dit.) — On confond, me jugeant, ce qui n'est que *défenses* de ma part avec des *attaques* ou entreprises positives. Ma volonté n'a guère été employée dans le siècle — et je n'ai guère désiré que ce qui m'eût donné le moyen de me refuser plus encore que je n'ai tenté de faire.

Quant aux gens, je ne m'intéresse pas à la quantité — intérêt qui me semble toujours d'ambition ou d'illusion — et toujours comprenant une part ou une dose inévi-table de simulation ou bien d'inconscience. Mais quelques amitiés avec le peu d'individus qui vous donnent la sen-sation de toute liberté avec eux, bornée par une sensibilité très fine des réserves à observer — Et les uns, dont l'esprit excite le vôtre, — les autres, avec peu d'esprit, mais le je ne sais quoi qui rend vite intimes, et en sûreté presque immédiate.. des « amis en soi » — tels qu'ils sont, qui vous prennent tel que v[ou]s êtes — et ont un regard vrai.

Cela, et telle femme, dont je n'ai trouvé que des fragments dans telle ou telle.

— Cependant, je dois dire que mon esprit, parfois, m'a fait la farce de me présenter si clairement certaines choses dans le monde de tous et donné l'illusion que mes prévisions et desseins imaginaires étaient bons, que j'ai commencé à peine à souhaiter de pouvoir passer à l'acte. Mais la conviction de l'impuissance de la puissance réelle, l'idée seule de faire ce qu'il faut, dans ce genre, pour se mêler des choses, entreprendre les gens, etc. — — —

J'ai vu, je vois se réaliser ce que j'ai prévu dès 95 — et j'en suis peu fier — car c'est triste. Tout le monde pouvait le voir comme moi, et s'employer à se préparer —

Mais une époque et une nation où il est impossible que des vues simples, incontestables, etc., aient la moindre valeur d'action — sont décourageantes. Il serait intéressant de se représenter cette impossibilité française de mon temps.

— Manque et crainte de l'imagination.

— Soumission du réel au peuple, aux brevetés, aux agités-agitants de la presse, aux énormes situations d'argent, aux — — *impurs !* — etc.

Mais je reviens en A. Je me sentais, je me voulais donc un certain *regard,* et je ne suis guère que cela. Je percevais *des manières de voir* dont la diversité m'intéressait bien plus que les objets mêmes. Chaque pose d'un regard me semblait donner une pluralité de relations et de prélèvements sur sa substance pure de sensation.

Je voyais le possible du réel.

Et c'est tout MOI....

Je me fis donc toute une étrangeté non inventée — mais d'*expérience* dans les perceptions non ordinairement retenues et utilisées. L'homme laisse tomber les 99/100 de ce qu'il *reçoit* et ne perçoit qu'un reste. — Il y a de quoi faire vivre mille esprits dans ce que le commun des êtres abandonne — et même tous les arts ne consomment ensemble que bien peu de ce reste merveilleux.

Il en est de même de ce que l'on peut noter dans l'esprit de l'esprit, — et que la philosophie gâche de son mieux à cause de préjugés et problèmes à dormir debout qui sont les siens, et d'ailleurs la définissent.

Toute ma philosophie[A] s'est réduite à me passer des mots qui n'ont de sens que par la supposition qu'ils en ont un. (1942. Sans titre, XXV, 453-456.)

Traités singuliers

A. De la représentation des êtres incorporels —

A. *Tr. marg. allant jusqu'à :* en ont un.

— L'art de donner un corps.

B. Racoler t[ou]s les textes où il est question des *anges,*
depuis Babylone etc. et en faire un recueil.

J'entends t[ou]s les textes sérieusement écrits — par
des gens qui croyaient ce qu'ils disaient.

C. Des anges — secundum P[aul] V[aléry][A].

(Pierre[1] n'aimait pas ce nom... Ridicule 1830 p[ou]r lui.
Moi (91) lui donnais un autre son — c'étaient des
« esprits » *implacables* — intelligences sans défaut, porteurs de la fatalité — de la Lumière mentale. Je voyais
toute une *mythologie de l'esprit* — la conscience opérante
— qui transforme et consume tout ce qu'elle attaque[B].
Une sorte d'idéal de ma volonté et de ma réaction 92
contre sensibilité exagérée — qui m'a fait tant souffrir.
Ceci s'est modifié vers 192..

La rigueur pénétrante du rayon. Cf. final de *Sémira-
mis* — — Réaction.

D'où d'étranges combinaisons avec les sources de
tendresses — et de chant secret — Et toute une vie dans
le rêve d'une intimité dans l'extrême du sentir-créateur.

Avoir p[our] Idole l'absence d'idoles[C]. Aller au bout
des puissances du seul — à deux. *Reconstituer l'amour
dans l'au-delà des états connus et prévus.*

— Et *vivre une fois pour toutes*[D]. Ceci mène à tenter de
découvrir, dégager, éliminer *tout ce qui se répète, ou répète*
— D'où bien des recherches.

Et *c'est tout Moi* — Et c'était vouloir se réduire à un
Ange + Bête = *non Homme,* cette chose *impure*[E]. (1942.
Sans titre, XXV, 802.)

☆

Ego. Mon esprit se partage entre des lumières de sa façon
et l'observation de ses faiblesses et lacunes qui sont
énormes — presque étonnantes.

A. *Aj. marg. :* *Ego*
B. *Aj. marg. :* Cf. Le *Solitaire* dans *Faust III* et *Teste, Léonard* etc.
C. *Aj. marg. :* L'idoloclaste 1893.
D. *Tr. marg. allant jusqu'à :* bien des recherches.
E. *Aj. marg. :* Ερôς σπαν[2] — trait direct de la Bête à l'Ange, —
en éclair.

Je connais des impuissances enfantines.

Je vois ce que beaucoup ne voient pas.

Je ne vois pas ce que voient la plupart. Et ainsi pour le pouvoir. (1942. Sans titre, XXV, 870.)

Combien je répugne à écrire mes « sentiments », à noter ce que tant se plaisent à mettre sur le papier[A1] ! D'abord il n'y a pas de mots valables pour ces *choses avec soi*. Ce qu'on en dit, même à soi, cela sent *les tiers*. Je n'ai jamais pu tracer des lettres que pour — ou un travail intérieur — ou un regard étranger. Ou comme un moyen de calcul ou comme une préparation d'action sur autres.

Et ceci en accord avec ma sensibilité qui a et a toujours eu horreur d'elle-même. Sans quoi j'aurais fait un romancier ou un poète. Mais ma sensibilité est mon infériorité, mon plus cruel et détestable don. (1942. Sans titre, XXVI, 66.)

☆

Ego.

Il m'est arrivé vers 18.. de considérer vulgaires — trop connus.. tous les sentiments naturels ou quasi-tels — ou plutôt leur expression[2]. Je trouvais ig-noble, indécence ou hypocrisie, le fait de parler et disputer de ses intérêts, de prêcher vertu, patrie, humanité, de parler de l'amour qu'on avait. Cela sonnait toujours faux ou stupide à mon oreille — Impudicité ou exploitation. Comment peut-on ne pas se cacher pour sentir ? Je me faisais et me montrais *sec* de toutes mes forces à une époque où j'aurais peut-être mieux fait de manifester — et donc — finalement de simuler et exagérer, les sensations de mon être intime.

Il est clair que toutes ces affections sont sans rapport avec ce que l'on trouve pour leurs causes, et semblent une possession par des bêtises[a]. (*Ibid.*, XXVI, 73.)

A. *En tête de ce passage, Valéry a écrit les vers suivants, qui ont été barrés :*

Toi,
Guide vers le songe un regard étranger
Et qu'au travers des chairs l'âme — te suive.

Ego

J'ai tendance à juger instinctivement des œuvres de l'homme par l'idée de l'effort d'accomplissement par moi qu'elles me suggèrent. Mon « esthétique » comprend toujours un jugement *poïétique*.

Que faire d'une montagne ? Je me plains souvent à moi-même de ne pouvoir jouir d'une chose sans qu'il s'y mêle une tentation d'en *faire* quelque autre chose. Peindre — analyser — assimiler, au sens biologique = se nourrir de.. (1942. Sans titre, XXVI, 209.)

π — Ego

De ma lecture

Je n'aime entre les livres (et en général, les œuvres) que ceux qui m'excitent à être *plus moi*. C'est précisément le contraire qu'excitent les romans, et c'est pourquoi leur lecture excite en moi la sensation de l'arbitraire — c'est-à-dire de mon *activité*, au lieu de l'*intérêt* qui les fait adopter et suivre et vivre passivement — (qu'on traduit par *passionnément*). (1942. Sans titre, XXVI, 265.)

☆

Egotism.

Je tiens à garder pour moi ce qui me donne la sensation d'être moi et d'aimer à l'être.

J'ai si longtemps gardé celles de mes idées qui me semblaient plus miennes que les autres; et parfois, parce qu'elles me semblaient à la fois très importantes et éclairantes devant moi, et très fragiles ou absurdes au regard probable d'autrui.

Je pensais qu'elles ne convenaient qu'à moi, et souhaitais qu'elles ne convinssent qu'à moi, tout en ayant en moi-même comme une arrière-pensée qu'elles valaient quelque chose en elles-mêmes, quoique exprimées, peut-être, dans un langage trop particulier. (1942. Sans titre, XXVI, 339.)

☆

Ego —

Gide *(Journal)* fait de moi le croquis rapide et répété de l'être suprêmement fatigant que je lui suis[1].

Et pourtant, j'ai toujours ménagé mes évasions d'idées avec lui !

Il n'aime les idées que littérairement utilisables, et donc, il ne les comprend que dans ce genre.

Pour moi, c'est le contraire, presque toujours.

Et, par conséquence, il rapporte tout à *soi* — qui est tout *littérature,* bonne *littérature,* mais *littérature,* c'est-à-dire envie de séduire, de se gagner les gens — les *jeunes* surtout — tandis que je mets avant tout le souci de me gagner, moi, par fabrication forcenée de *ma* rigueur. Il dit que je lui détruis sa raison d'être[2] — S'il ne la défend que par la fuite, c'est qu'il en sent la fragilité. (*Ibid.,* XXVI, 354.)

☆

11 [7bre]

Lu q[uel]q[ues] pages du *Journal* de Gide. Je m'y trouve, très curieusement traité. Très gentiment. Très dangereusement peut-être. Il y a des choses qui m'étonnent, et sont inexplicables chez lui qui connaît ma vie — de l'avoir raisonnée et menée en joueur d'échecs[3] ! ! Et il n'est pas de vie extérieure plus laissée au hasard. Tous mes événements, carrière, mariage — etc., tout fut l'œuvre des *autres.* Ma seule politique n'a jamais été que de défendre ma recherche infinie, comme j'ai pu — aux dépens de bien des choses et au prix d'une médiocre vie. G[ide] ne songe pas qu'il m'a fallu toujours « gagner ma vie et celle d'autres » — ce qui est évidemment ignoble. Il est ignoble de prononcer même ces mots.

Davantage : il ne semble pas soupçonner un instant l'immense travail de ma recherche — qui explique beaucoup de mon « comportement » — le moins littéraire du monde.

G[ide] n'a aucune idée de ceci. Il est dans un tout autre monde — Celui où les questions émotives sont presque les seules à exister et où la « volonté de puissance » ne vise que la puissance d'émouvoir les autres et non celle

de rejoindre Ce qu'on voudrait être devant soi, TEL
QUEL — mais rendu *celui d'une fois pour toutes*. (*Ibid.*,
XXVI, 366.)

☆

Ego

Du *Journal* d'A[ndré]. Je ne conçois pas ce genre
peccamineux d'esprit.

Moralisme et immoralisme, me paraissent choses aussi
ennuyeuses l'une que l'autre. Le Bien et le Mal doivent
se faire inconsciemment. J'appelle *Ange,* celui qui porte
la Lumière. Il est vrai que ce nom est mal sonnant. Mais
la Lumière est la Lumière. *Le Bien et le Mal*[A] *ne supportent
pas la réflexion* qui les renvoie 1° au siècle ; 2° à la sensibilité particulière[B].

Et qu'est-ce que ce débat avec le Malin — et ces
rechutes qui sont des rechutes de son vieux péché sur
soi-même !

Le péché véritable est d'en écrire au public — à l'instar
de J[ean]-J[acques]. Tout cela est malpropre, mêlé à des
rengaines évangéliques — fantaisistes, en somme.

Mais ce qui me choque le plus, ce sont les railleries et
éreintements — les portraits de tel ou tel qui n'ont rien
fait à l'auteur et vivent. C'est là une méchanceté qui
m'indigne et en somme, une chose basse.

Toutes ces réactions de moi sont typiques. Il n'est, en
somme, *rien* dans ce gros livre, fort intéressant, que
j'eusse pris la peine d'écrire. Même pas l'idée de le faire.
Et si j'écris ceci, c'est drôle ! C'est excité par cette lecture
de q[uel]q[ues] pages.

Autre différence — Cela est plein de citations, de men-
tions de ses lectures, qui sont innombrables. Quel petit
appétit de lecture est le mien ! Comment peut-on avaler
tous ces livres, ces romans anglais ? —

— Aveu. C'est l'an dernier, au lit, à Montrozier que
j'ai ouvert un *Montaigne*. En peu de minutes, je l'ai ren-
voyé. Il m'assommait. Tout le monde peut écrire de ces
choses.

Quand je me prends (ce qui est bien rare) à une lecture
qui ne demande aucun effort de compréhension *nouvelle*,
j'ai la sensation de commettre une faute. Je me sens en

A. *Tr. marg. allant jusqu'à* : sensibilité particulière.
B. *Aj. marg.* : *Faust III*

faute —, faute qui peut avoir pour excuse une incapacité de faire autre chose. Je n'aime que des problèmes. (*Ibid.,* XXVI, 378.)

☆

Ego

Le jour où disputant le corps de mon esprit (pour la première fois) aux tourments, aux assauts, aux anxiétés d'une sensibilité surexcitée par une passion absurde, j'ai fini par observer le mécanisme de ces effets invincibles, sa puissance et la bêtise de sa puissance, — et par me répondre : Ceci est un phénomène mental — (C'était mal dit —) — le sort de mon esprit était réglé, fixé.

L'excès du mal avait ruiné, non le mal même, mais sa valeur autre que.. physique, que *nerveuse,* et avec celle-ci, toutes les valeurs ambiguës qui combinent des idées et des sensations viscérales, résultent de *champs de forces,* de polarisations accidentelles, de résistances et de liaisons ou de résonances singulières — et rendent *quasi-fonctionnel, quasi-vital,* ce qui est — ou doit — être accidentel *par nature*A. Valeurs infinies, besoins aigus.

Mais la durée de ces formations aberrantes est aussi accidentelle qu'elles-mêmes. Comme il y a des *coups de foudre,* il y a *des désaffections brusques ou rapides,* des dé-conversions —, et les gens se réveillent en pleine *fraîcheur* — ils s'étonnent d'avoir été si malheureux, etc.

Ceci est identiquement observable dans les crises de douleur physique — où sublata causa, tollitur effectus[1]. Mais on ne voit pas dans le « moral » — le fait libérateur. *Il n'y a pas de raison qu'il soit d'une autre sorte que le fait d'une pression supprimée* (sur un nerf).

Cohéreur, décohéreur.

Notre amour la plus vive et violente n[ou]s est aussi étrangère que le démontre sa naissance et sa disparition. Mais, au contraire, une lumière intellectuelle tout à coup produite dans l'esprit, peut prendre valeur durable et inusable d'*usage* (une fois sa valeur d'éblouissement ou de première impression dissipée ou dégradée).

C'est qu'elle a puissance de généralisation si elle a été assez formulée.

Ceci, je l'ai bien observé dans mon propre cas.

A. *Aj. marg.* : Il se fait toute une signalétique, superstition, présages, leit-motive.

L'*amour* de l'époque 92 — s'est évanoui — Mais la formule d'exorcisation par l'intellect s'est fixée et est devenue un instrument essentiel de ma manière de penser — voilà 50 ans que je m'y tiens.

.. On est conduit à une sorte de mépris de toutes les valeurs de l'énergie sensitive : *croyances,* porte-à-faux, — tout l'invérifiable, tout ce qui se réduit à la sensibilité *déguisée* — (car c'est là le point capital : l'on finit (comme fait le réveil) par reporter sur un fonctionnement restreint et local — toute une mythologie.) (*Ibid.,* XXVI, 417-418.)

☆

Ego

Je ne fais pas de « Système » — Mon système — c'est moi. (1942. Sans titre, XXVI, 438.)

☆

Ego — « Croyez-vous donc que je me serais levé toute ma vie à 3 heures du matin pour ne penser que comme les autres ? — »

Le P[ère] Hardouin[1].
(*Ibid.,* XXVI, 483.)

Ego

À mon âge (71) on peut se demander : Qu'est-ce qui subsiste de ce que je fus, il y a 10, 20, 30, 40, 50 ans ? et cela revient à tenter de se refaire tel — —

Mais que de choses que je ne retrouverais pas !

Je ne parle pas de « souvenirs » de faits. Je n'ai pas de mémoire. Incroyablement pas. Ou incroyablement inégale..

Mais que de choses me blessaient, jusqu'à l'insupportable, et je ne sais même plus lesquelles !

Que devient la « sensibilité » ?

Il me semble que j'ai été un être à réactions — de défense, tendant à se fermer sur soi, et à demander le moins possible au monde et aux autres. Mais ce négativisme a dû (d'après certains indices) succéder à un tout autre caractère, — aboli ou déprimé de *très bonne heure* —

vers les 5 ou 6 ans ? par quelque circonſtance disparue.

Peut-être un développement de sensibilité, et certainement, cette étrange paresse musculaire, ce sentiment d'infériorité dynamique qui a pesé sur mon enfance, et m'a conduit, fuyant les jeux et les luttes de cet âge, à me livrer à l'imagination, à n'être à mon aise qu'avec elle — à en souffrir beaucoup.

Fort peu crédule. Je ne croyais même pas au raisonnement. (1942. *Lut. 10.11.42 avec « tickets »*, XXVI, 632-633.)

G[ide] eſt une cocotte. Son *Diary*[1] veut donner du prix à ses moindres moments. Quel *Anti* pour moi !

Autant j'ai la manie d'épuiser, de non-répéter, d'en finir avec ce qui me semble ne rien coûter, — comme avec l'exceptionnel pur et simple — autant fait-il contraſte — etc. (1942-1943. Sans titre, XXVI, 696.)

Ego —

Chez moi, les parties ou fonctions ordinaires de l'intellect sont très inférieures à celles de la moyenne — et je m'en suis ressenti toute ma vie, l'ayant éprouvé et reconnu depuis l'enfance.

D'autre part, ma sensibilité affective eſt, de son côté, mal défendue — —

Et ces deux défauts, accompagnés de la conscience que j'en ai, et qui les rend encore plus efficients — expliquent bien des traits de moi, des actions et abstentions comme le sentiment d'un lieu sensible du corps explique tel mouvement ou non-mouvement de tel individu, qui se comporte en fonction d'un implexe de douleur de lui connu et redouté. (*Ibid.*, XXVI, 709.)

14.1.43[2]

... Dans ces moments — je touche le fond et ce fond eſt le vide — —

Même les monstres dégonflés tombent piteuse-
ment —

Semblables aussi à la troupe des guignols abandonnés par la main, et lamentables — Ainsi les cadavres
— Rien n'est que par l'*energeia* — la turgescence des
tiges des membres, des pédoncules et hémisphères.

Journées de nullité, de perte brute. Où est ma
« valeur » ? —

— Le terrible est de sentir toute une force, une
puissance de possible, — un *Nihil reputans actum* — et
cette mare de dégoût — de détachement.

Je suis désagrégé, — dévasté — — Image de la haute
tige rompue qui ne se trouve plus que le poids de son
néant.

Exaspéré de sentir sous ce poids de néant, une quantité
de « valeur », de possible, de vertu positive, beautés et
certitudes qui ne viendront pas au jour, faute de ce
vulgaire ingrédient, la force brute, le flux de vie animale
banale, qui monte et se rue en tout bétail, se dépense de
toutes parts, se boit lui-même et se mêle à lui-même, se
verse à flots inutiles sur les champs de bataille, — démon-
trant qu'étant tout, il ne vaut rien, ne coûte rien.

Ô *Vie*, chose sans valeur — et ton ombre, le *Temps* !
Tous deux, c'est l'idée affreuse de *perte* qui vous
« imprègne » — (chose étrange à dire) et qui vous
donne cette grande apparence de puissance[A].

(*Amour, Esprit* — les deux formes de la lutte désespérée contre la *Loi de perte*.) (*Ibid.*, XXVI, 714-715.)

☆

Ego —

Jamais je n'ai pu m'arrêter à une méditation « morale ».
— Prendre au sérieux.. (*Ibid.*, XXVI, 735.)

☆

Ego
Fiducia

Ma mécréance est naturelle. Jamais je n'ai pu croire —

A. *Aj. marg.* : Vivere est perdere

ou plutôt, attacher la moindre valeur à ce que me disaient et enseignaient des gens faits comme moi et qui n'en savaient pas plus que moi sur les choses qu'ils contaient. —

Croire, c'est suppléer — — c'est au fond — croire à soi.

D'ailleurs, ma « méthode » de résolution ou précipitation du langage est... terrible.

— Une religion[A] se compose (en tant qu'enseignements) de textes qui sont *récits, définitions, prescriptions, monitions, promesses* et *menaces.* À ceci se joignent des moyens « harmoniques » directs.

— En regard, — (dans le sujet) la condition humaine — *ses implexes,* — parmi lesquels les facteurs acquis — éducation — milieu — expériences directes des occasions où on a eu affaire à la religion, prêtres, événements, émotions, chocs — — Puis l'activité d'esprit, sa réactivité, sa self-consciousness — — Culture etc.

Et la disposition à donner valeurs[a] au langage — voilà ce qu'il faut *traiter.* (1943. Sans titre, XXVI, 796.)

Des confessions, aveux — journaux etc.

Il serait peut-être plus intéressant de dresser la table des goûts et dégoûts de quelqu'un — comme celle de ces albums de j[eunes] filles : *Quelle est votre fleur préférée ?* —

Je m'amuserais à faire ma table[b]. Je ne puis souffrir — en idée — les rognons, les tripes etc.

Ici distinguer[c] les phobies *a priori,* des dégoûts éprouvés — (huile de morue) — ail etc.

Je n'aime guère le violet, ni le vert, ni le brun-bistre. Les gens « sérieux ».

Quant aux gens, il faudrait s'en informer avec précision auprès de ma mémoire.

Effets produits réellement sur moi par M[allarmé], D[egas], L[ouÿs] etc. Attractions, répulsions. —

Plus avant[d] : *Ce que je ne comprends pas et ce que je comprends* —

Autre très remarquable, hélas ! — Toujours au plus

A. *Aj. marg. :* Le problème. *Tr. marg. allant jusqu'à :* Culture etc.

pressé — Ne puis *prendre le temps* de.. Par exemple,
ranger à fond — Longue toilette. Organiser autour de
moi. J'ai la sensation de temps perdu. Puis, j'en pâtis. (Et
c'est intellectuellement, tout le contraire.) Le désordre[a]
ambiant m'importe peu[b] — L'*instant* me domine aux
dépens de l'avenir — c'est pourquoi tant de fragments
ou instants ! Je mange trop vite, parle trop vite, *pense
trop vite* — (ce qui donne de *tout autres pensées* que le
penser lentement).

Je n'aime pas les livres faits de livres[c]. (1943. Sans
titre, XXVI, 865.)

☆

La vitesse du parler tend à égaler celle de la pensée.

De quoi l'on peut d'abord déduire que la signification
poétique[A] est chose fort différente de la pensée, puisqu'elle est assujettie à un *parler* qui a sa vitesse *chargée*
des *temps,* obstacles et intensités ou accents qui définissent le régime phonique caractéristique de la poésie[B].
Je viens à moi, qui parle fort vite. (Mais quand je fais
des vers, je me les parle et éprouve[d] très lentement.)
Cette hâte (Foch, Keyserling[1], plus vites que moi)
signalée[e] et condamnée — par Gide, dans son *Journal*[2].
La hâte mentale qui commande cette hâte verbale est
aussi avantageuse que dommageable pour le rendement
de l'esprit. Je perds et je gagne. Il arrive que je me
débarrasse instantanément d'idées intermédiaires et d'accrochages sans valeur; que je me précipite à l'essentiel.
Mais il arrive que je me jette sur l'idée fausse, ou que[f] je
tombe sur un obstacle qu'il eût fallu tourner ou démonter
pièce à pièce[c]. C'est pourquoi je suis, le sachant, si lent[g]
à accepter *définitivement* de moi une conclusion, c'est-
à-dire la *forme finale*[D]. Je suis instruit par l'expérience —
prévenu par elle contre mon improvisation. Et je
demande[h] le pas à pas / mot à mot / par mon *caractère*

A. *Tr. marg. allant jusqu'à* : caractéristique de la poésie.
B. *Aj. marg. renv.* : d'où réponse à ceux qui demandent de la
pensée à la poésie.
C. *Aj. marg. renv.* : et ceci sans recours.
D. *Aj. marg. renv.* : Car *conclure* c'est une affaire de *forme* : La
limite de la fonction de l'esprit est une *forme.*

formé, autant que je me le refuse par mon tempérament et ma première nature nerveuse. Ainsi, d'ailleurs, le dit mon, ou plutôt, *mes écritures*ᵃ [...] (*Ibid.,* XXVI, 890.)

Ego

Il m'est clair que toute mon intention intellectuelle et vitale a été constamment d'en finir avec tout le vague des pensées importées par tant d'hommes — cette atmosphère d'*à peu près,* de problèmes verbaux, et surtout avec toute l'impureté mentale — accumulée..

(Pensez-y bien ! — Le stock d'idées sur lesquelles vit la plupart des gens « cultivés »ᴬ est l'héritage d'une quantité d'individus, *tous* mus et inspirés par la vanité philosophique et littéraire, et par l'ambition de dominer les esprits et d'en rechercher les suffrages et les louanges.)

La passion me vint, vers la vingtième année, de consumer tout cela, et, quant à mon exercice propre, de le mettre à *épuiser* de mon mieux les possibilités de mon esprit sans m'inquiéter des conséquences de cette volonté pour mon avenir extérieur.

Je me fis un *Principe du Fini* — (je baptise *aujourd'hui* de ce nom magnifique ce que je — alors sans le baptiser) qui consistait en une réaction de mon esprit contre toute expression ou impression qui lui venait de soi ou de l'*étranger* et qui introduisait des choses ou des valeurs *inséparables de termes insolubles*ᴮ. Ce qui n'existe que moyennant un NOM n'est guère qu'un NOMᶜ. [...] (1943. *Notes,* XXVII, 23.)

< Notes sur moi-même —

Ce n'est ici ni un journal, ni une autobiographie, choses que je n'aurais guère le goût d'écrire[1].

Que me fait ma biographie ? — et que me font mes jours écoulés ? Je hais les souvenirs — — choses tristes

A. *Aj. marg.* : nous, êtres éduqués !
B. *Aj. marg.* : commodités du discours
C. *Aj. marg.* : grandes valeurs

et vaines — et d'ailleurs, ils le savent, car ils ne viennent guère, même à présent que mon âge[A]   Ma mémoire n'a jamais pu retenir que des impressions singulières, quelques vers qui s'étant imposés à elle malgré elle (je n'ai jamais pu savoir une leçon) m'ont peut-être *enseigné* quelque chose sur l'art poétique — et puis des idées, ou plutôt, des *manières remarquables* de *traiter les idées*.

Enfin je n'aime pas m'attarder sur les voies de mon esprit, mais au contraire — à pousser de l'avant; devancer en moi fut, un temps, mon souci.

— Voici un trait singulier qui se rapporte à ces détails de mon signalement — *J'ai une sorte d'ennui des « événements »* — et comme je ne puis supporter la longueur, je ne puis encore moins, peut-être, souffrir les scènes « historiques », les tableaux et effets successifs, tout ce qui est *fait pour me frapper malgré moi* et n'a *aucun besoin de moi* pour être *remarquable*. J'ai observé que les *événements* ne n[ou]s apprennent rien, se réduisant les uns à des accidents, les autres à des conséquences dont le principal intérêt est la préparation, et les autres encore à des combinaisons concertées. Rien de plus sot que de parler des leçons de l'histoire. L'histoire ne n[ou]s apprend que les historiens, s'ils ont du style, de l'esprit etc. Il faut sourire de ceux qui se prennent au sérieux. >

— Comme n[ou]s ne pouvons à peu près rien sur le fond de notre nature, ou plutôt — comme *je crois* ne rien pouvoir sur le fond de ma nature, sur ce qu'elle aime et ce qu'elle hait — je ne me suis senti aucune force pour me modifier quant à mes goûts — qui sont, du reste, des plus simples et m'inclinent à demander le moins possible à mes semblables et au monde, en général.

Dès l'adolescence, les autres se divisaient[B] pour moi en deux catégories = les uns que je sentais aussi étranges et étrangers que s'ils fussent des animaux d'une tout autre espèce[C]; les autres, si près de moi que je devais prendre garde de m'y trop laisser prendre — quelques erreurs de ce chef.

A. *Phrase inachevée.*
B. *Aj. marg. renv. :* profondément
C. *Aj. marg. renv. :* quand je les visse [*sic*] tous les jours et familièrement

Et chose assez remarquable — La même division tout
instinctive me semble avoir existé en moi regardant les
« idées » et les objets de l'esprit. J'annule, j'ignore les
connaissances ou les relations que ma substance intellectuelle ressent ne pouvoir avoir aucun avenir en elle —
ce lui sont des germes que cette mienne terre et mon
climat ne feront pas lever[1].

J'ai toujours été frappé des lacunes que je trouvais
dans tel ou tel ordre de recherches. J'ai critiqué la physiologie. Pas de table de réflexes ! Pas un ingénieur ne
l'eût souffert.

J'ai critiqué les historiens de ne se faire aucune idée
de l'homme de l'histoire et de l'univers de l'histoire. Ils
ignorent ce que sont les événements — et ce que l'on
peut faire — événement[A].

Que fut la poésie dans ma vie ? Elle n'y a tenu qu'une
place tempérée.

J'ai touj[ours] bien séparé l'art, des productions spontanées.

Le poème est une machine à produire certains effets
sur certains gens que l'on se figure tels ou tels. Si n[ou]s
n[ou]s les figurons pareils à n[ou]s[B] [...] (*Ibid.*, XXVII,
35-37.)

18-4-43. (Monologues)

5[h.] — Encore une fois, je suis chassé du sommeil par
le diabolique fouet de vipères des idées.

Il est 3 h. ... encore ! Sans pitié, les étincelles et les
cris des vérités de ces ennemis de la nuit m'attaquent et
je ne veux pas ce que je veux[c].

La raison voudrait que je dorme, et me repose et
refasse après toutes ces fatigues et dépenses de moi.

A. *Aj. marg.:* Je ne trouve pas d'unité dans ma nature. Les tarots
c'est une bonne méthode. Rien ne doit être plus rapproché de la
nature — car n[ou]s sommes tirés des combinaisons tirées au sort,
avec 2 dés.
B. *Phrase inachevée.*
c. *Aj. marg. :* Faust, Lust

C'est un débat obscur que celui-ci — *Qui est donc le maître,* ici ? Chez « *Moi* » — ? Qui, Toi ?

Qui ose éveiller *qui* ? et le fouetter de toutes ces vipères de lueurs qui s'excitent les unes les autres, demandent violemment à vivre chacune et sur le champ... Ô mes impitoyables combinaisons... Réactions — — Mon iné-puisable m'épuise — C'est un étrange conflit. Et je connaîtrai l'excellence de ma « philosophie » à ceci que je puisse me décrire ce désordre et combat de la Sagesse contre — — — ? ou d'une volonté contre ma volonté — Mais à laquelle accorder le *MA* ? De ma prévision de fatigue — ou de cette impulsion et foison d'Idées. Elles abusent du pouvoir du réveil de me faire croire à leur « Valeur »..

« Prends-moi vite, au plus vite ! Je suis si vraie — si bien ravie à la confuse *implexité* de toi ! » [...] (1943. Sans titre, XXVII, 112.)

Ego

Gide a autant voulu *personnaliser* sa vie productive que moi *dépersonnaliser* la mienne.

« Vie productive » — c'est-à-dire cette application à faire autre chose de ce qui est donné — (de manière (peut-être) à *se faire* soi-même un autre..). (1943. Sans titre, XXVII, 274.)

Ego

En vérité, je n'aime en fait de livres que ceux qui m'apprennent q[uel]q[ue] chose soit par ce qu'ils disent, soit par ce qu'ils sont.

Et ceci signifie que je suis modifié par ces livres-là non dans l'instant même, mais dans mes virtualités ou *implexes* d'activité positive (non la réflexe). Ils me mon-trent, par ex[emple], des possibilités d'expression ou de manœuvres mentales, m'offrent des types de développe-ment etc.

Il en résulte que, lisant un livre de science, les faits eux-mêmes, si intéressants qu'ils soient, ne me saisissent

qu'à titre de combinaisons de choses connues qui peuvent avoir des applications par analogie, ou comme
exemples, ou comme modification d'associations existantes. En somme, des effets intellectuels, tandis que
l'accroissement de la connaissance de la « nature » qu'ils
apportent, et même celui de nos pouvoirs d'action sur
elle (qui est le positif et l'incorruptible de la science) me
laisse assez froid. Une loi physique ne m'est qu'une
manière de penser une certaine forme de dépendance.
Mais cette forme peut être sans intérêt particulier quoique
le fait qu'elle ordonne bien tels phénomènes soit physiquement très important. (1943. Sans titre, XXVII, 349.)

☆

Ego
T.

J'ai ressenti et entretenu à partir de 1892 une haine et
un mépris pour les Choses Vagues, et leur ai fait une
guerre impitoyable en moi durant toute ma vie. Ce sont
celles qui ne supportent quelque attention, qu'elle ne les
réduise à n'avoir d'autre moyen d'existence que le nom
par lequel on s'imagine les désigner, et qui, ou bien
s'évanouissent à mesure qu'on y pense, ou qui se changent en objets de pensée auxquels conviennent de tout
autres noms. P[ar] ex[emple] on voit que ce qui semblait
un *Être* devient une *image mentale,* et par conséquent, *perd*
toutes les propriétés *implexes* de conservation, localisation, action etc. pour ne garder que celles d'une image
instantanée. De même, une *abstraction* peut perdre son
apparence d'opération faisable ou imitable, pour ne
garder que *transitivité*, laquelle est de mon fonctionnement verbal.

Cette analyse s'est imposée à moi comme défense
contre les effets du *crédit*, les valeurs fiduciaires exces-
sives[A] — qui entreprennent sur la *sensibilité* générale.
La *vitesse* de *réflexe* fait leur pouvoir, de même qu'elle fait
la force du *souvenir*.

Tout ce qui a *vitesse de réflexe*[B] s'impose, et il est *trop*

A. *Trois tr. marg. allant jusqu'à :* leur pouvoir.
B. *Deux tr. marg. allant jusqu'à :* l'énergie générale.

tard pour en déprécier ou détruire les effets sur l'énergie
générale. Exactement comme on se repent d'avoir dit
telle chose avant d'avoir produit ce qui l'eût fait garder
pour soi.

Toutes les modifications (phases) qui n[ou]s livrent
à la vitesse propre de réflexe nous livrent à la puissance
directement exercée des *choses vagues.*

Raisonner, se raisonner, c'est *agir contre* les vitesses de
réaction mentales et d'action directe. Revenir sur l'excitation initiale, lui substituer une autre interprétation ou
valeur, et lutter pour amortir les *effets de résonance.* Mais[A]
(*Ibid.,* XXVII, 356-357.)

Ego —

J'ai peur de commencer à me sentir de la vanité — et
à me croire quelque chose — ce qui m'était jusqu'ici tout
à fait étranger. J'avais un immense orgueil qui consistait
à ressentir si vivement la supériorité de mon idéal (de
l'homme de l'esprit) que cette formation de ma sensibilité
diminuait les autres à peu d'exceptions près, et *m'annu-
lait* moi-même. (Ceci s'appliquant aussi à des objets de
comparaison tels que l'amour[a].)

Ce sentiment se résumait dans un perpétuel *reputans
nihil actum* et se fortifiait à chaque instant en moi, de la
manière la plus positive par la considération de ce que
je ne savais pas faire. Ce que je sais faire n'a plus aucune
valeur aux yeux de ce genre d'orgueilleux.

Mais je m'aperçois que, depuis peu, je prends un
certain plaisir (non sans quelque amertume) à tels ou
tels témoignages directs ou indirects (qui sont les plus
intéressants) et à la découverte de l'*importance* que l'on
veut bien me donner à présent, et qui est chose assez
différente de l'espèce de réputation que j'avais naguère.

Il est clair que les circonstances y sont pour beaucoup,
et aussi mon âge. Mon nom est connu depuis 20 ans.
Ce que j'ai publié, volens nolens, n'étant pas du genre
amusant — (roman et théâtre), et parfois plutôt du genre
rebutant, ne pouvait être que rejeté par les estomacs

A. *Passage inachevé.*

intellectuels, ou ruminé — et cela fait, sans doute, un petit « peuple de Dieu » disséminé dans la masse, mais assez fidèle..

« Quoi qu'il en soit », j'ai la sensation actuelle que j'ai dite, agréable — mais peut-être comme certains poisons agréables au goût. Je songe aussi aux belles couleurs du crépuscule du soir.

Mais supposé que cette sensation ne soit pas illusoire, cela ne fait pas que j'aie obtenu du monde ce que j'aurais désiré qu'il me donnât — *à la condition que je n'eusse pas à rechercher ou demander directement moi-même*. J'aurais aimé que l'on me donnât les moyens matériels de me servir de mes idées,

et aussi, dans l'ordre de la chose publique, d'en mettre quelques-unes à l'essai, ou aux prises avec la réalité. Quand je vois ce qui se fait, je deviens incertain si je n'eusse pas fait quelque chose d'un peu mieux[a]. Ils manquent d'imagination. Il est vrai que la nation répugne à ce genre au point qu'elle n'a jamais su se servir des esprits inventifs qu'elle a produits. Toutes nos inventions guerrières ont tourné contre nous ! Et elle ne sait pas imiter ! D'ailleurs, c'est un trait remarquable d'ici qu'il y a antagonisme constant entre les individus et leurs qualités — et leur somme ou ce qui la représente.

Bref, *sum qui sum*, et il faut tâcher de ne pas se laisser être *quem me faciunt*[1].

La question est de surmonter la Personne, qui est une *Idole*. Et j'ai déclaré la guerre aux Idoles, il y a 50 ans passés !

Mais elles sont trop ! — Le Corps, la Vie, qui est la Mort, l'amour, etc. Enfin, tout ce qui ne se laisse pas réduire[b] à l'égalité devant le *Moi pur* et au possible. (*Ibid.*, XXVII, 374-375.)

Ego

Mémoires de moi — (En présence des horreurs et bêtises du temps)

« Je voudrais rendre hommage et même justice aux Lettres — desquelles j'ai mal pensé toute ma vie, peut-être parce que — n'étant guère propre qu'à écrire, j'ai été toujours tenté par des activités[c] que l'emploi du langage ne permet pas — — telles que la musique et l'architecture. Ma sensibilité ne jouit que de constructions et de modulations — ce que la littérature n'offre que forcée et misérablement, car le langage *exige un changement perpétuel d'objet, sans répétition*. La pureté est un paradoxe dans le langage. Je rends hommage aux Lettres en tant qu'elles libèrent l'esprit des[A] » (1943. Sans titre, XXVII, 447.)

☆

Ego

Je trouve en chaque peuple un trait que je ne puis souffrir.

Je m'écarte de tous et j'exprime parfois ce sentiment très vif — en forme de plaisanterie en disant : Je suis le *dernier Atlante*.

Je trouve en chaque humain (en moi-même surtout,) des choses que je ne puis souffrir.

Je m'écarte de tous et me laisse dire (comme me le disait Degas), que je suis *Ange*.

Et il y a *du vrai*. Cette *faculté d'éloignement*, que j'ai, du reste, utilisée pour concevoir mieux la relativité que masque le langage et l'habitude. Éloignement = étonnement — recul. Ce qui était toute la vue en devient partie ou cas particulier.

Puis mon inaptitude à la vie matérielle — et ma tendance à opposer à *tout* l'énergie psychique — c'est-à-dire... à nier que quoi que ce soit, des hommes, des dieux, des choses, des idées — soit indépendant d'un *fonctionnement* — lequel lui-même, quoique la *forme la plus compréhensive* que je conçoive et découvre, — avec sa reprise incessante de (Moi/non-Moi), — offre cette évidence d'être *un des produits de lui-même entr'autres ! Entr'autres choses, est... Tout !* (*Ibid.*, XXVII, 475.)

☆

HP.

Révolution ? C'est l'explosion d'un cliché.

A. *Passage inachevé.*

Ce mot me donne la nausée —

Mais ceci bien caractéristique de ma sensibilité[A] — dont la satiété rapide, le dégoût de la redite, du RE, le passage à la limite agit très vite — c'est-à-dire aussitôt j'ai « pris conscience », me suis exprimé quelque mécanisation mentale. Mon fameux MOI-PUR repousse — « transcende », vomit, abandonne, dégrade, consume, méprise au plus tôt — etc.

Mais ceci se combine (en moi-naturel) avec une étrange obstination. (1943. Sans titre, XXVII, 500.)

31 oct[obre] 43. J'ai 72 ans — — Depuis 2 ou 3 jours, dès le matin premier — j'ai la sensation de me *résumer*.

Des souvenirs me viennent. Des états d'esprit de 1883 et de 1892, 93 se restituent. (*Ibid.*, XXVII, 687.)

Ego

Chez moi, caractéristique et très ancienne impatience excitée par la *redite Nature,* les cycles, la répétition loi fondamentale de la vie, et la réciprocité — $(S \rightarrow C \rightarrow S)$ de fonctions d'échanges.

Comme il est étrange que le vivant ait la propriété psychique de dépriser la vie et son rythme ! De pouvoir aussi l'ignorer.

Il est tangence, force centrifuge, et la vie le retient et ramène dans l'orbe.

Le rayon *variable* est — — temps ressenti. (1943. Sans titre, XXVII, 768.)

Ego

Mon « système » ? — c'est moi. Mais *moi* — en tant qu'un moi est convergence, et variations.

Sans quoi, ce système ne serait qu'un système entr'-autres que je pourrais faire. Mais cette diversité est précisément moi. Je suis cette diversité possible.

A. *Aj. marg. :* Ego

Comment peut-on faire un système, — un édifice d'idées qui ne soit pas à la merci d'une idée ? (*Ibid.*, XXVII, 815.)

☆

Ego.

Il est d'une grande importance dans toute étude sur « Moi » de relever ceci et ses conséquences que je n'ai *jamais visé à convaincre qui que ce soit* de *quoi que ce soit*. Je ne veux ni être cru, ni être suivi. Tout prosélytisme me paraît ou intéressé ou une faute de goût — *Toujours un aveu*. (*Ibid.*, XXVII, 820.)

☆

Ego

Je ne conçois pas que l'on fasse un « Système » — Mais je comprendrais que l'on en fasse 10.

Mais se mettre, tel jour, devant un papier et écrire le tout — de sa pensée, ne varietur ! (1944. Sans titre, XXVIII, 63.)

☆

30/1/44   Voici du nouveau —

Âge, dégradation, choc de cette grippe et de son remède — Nuits à lectures — Que sais-je ? —

Le nouveau, c'est que je me trouve par-ci par-là en présence du seigneur *Yo-Mismo*[1] — Non de ce « moi pur », mon éternel agent — Mais d'un personnage *Moi* — Auteur de telles œuvres, — situé, défini — donc le plus Antégo possible, car toute définition m'a toujours été insupportable. Je ne veux ni : être né à —, le —, ni avoir véritablement vécu telle vie. C'est une concession que je fais. Et ceci n'est pas un Système, une attitude etc. — c'est en accord intime avec ma prodigieuse *faculté d'oubli*. Vice ou vertu de ma substance. Le passé pour moi est *moins que rien* — — une tare, un défaut du rien qui précède l'instant — En vérité, une valeur d'imagination naïve. —

Or, je me trouve à présent un état civil et des attributs — toutes les impuretés possibles, tous ces produits de hasards.

Je découvre que j'ai fait — tout autres choses que celles que je pensais avoir faites.

Je me dis, avec mon serpent, que l'être est un défaut dans la pureté du Non-être. (*Ibid.*, XXVIII, 89.)

Ego

Je me lève. Je vais faire ce café initial rituel dont je ne sais pas s'il s'agit en tant que substance sur ma chimie[A], ou en tant que saveur et excitant par la sensation plus que par la modification moléculaire de ma composition, — ou encore par effet nerveux de reprise *chrononomique* (période), car on peut faire ces 3 hypothèses.

Donc, je vais, et d'une part, je sens les Idées (très diverses) m'envahir, se disputer la vie — etc. etc. mais, d'autre part, je me perçois allant et agissant en plein automatisme — et somnambulisme.

Je me perçois mon propre fantôme, mon *Revenant* régulier. Tout ce que je fais fut déjà fait. Tous mes pas et mes gestes peuvent se passer de moi — comme les actes insensibles et essentiels de la vie végétative *se passent de nous*.

Ma « lucidité » m'éclaire ma nature mécanique. Et (chose extrême) elle en fait partie ! J'ai l'*habitude* de la *découverte et de l'imprévu* — à cette heure-là ! (*Ibid.*, XXVIII, 100.)

Sentir combien l'on est *étrange* — —

Je veux dire combien ce que l'on sent le plus *soi*, ses goûts, son bien, son mal, son corps perçu ou son corps extérieur, ou son corps caché, sont particuliers, *tels* et pourquoi pas *autres* ? L'impression de n'être ce que l'on est que par accident, — de sorte que l'on conçoit que l'on est ce qui supporte mal d'être ce qu'il est. Je suis encore plus celui qui ne veut pas être ce qu'il est, ou n'être que ce qu'il est, que je ne suis celui que je suis ! Mais, gare à ce mot traître : *Être*.

A. *Tr. marg. allant jusqu'à :* reprise *chrononomique* (période).

— Ou bien — Il me semble qu'une certaine modification *non fantastique* ferait facilement et instantanément de tout ce que je sais de moi une imagination comme il en vient, qui dure une minute, et s'évanouit.

Or, tout ce qui m'impose la sensation contraire, la *pression de particularité,* la défin¹tion, la personne que je suis etc. m'est généralement pénible.

Ceci va jusqu'aux compliments. « *Je ne veux pas être ce que je suis* » est un sentiment extrêmement fort chez moi — et indépendant, du reste, de ce « ce que je suis ». *Quel que je sois,* je le repousse. Comme électricités de noms contraires *moi* et *moi-même* se repoussent !

C'est un cas. Peut-être « morbide » — c'est-à-dire *rare.* (*Ibid.,* XXVIII, 125.)

Ego

Entre 2 doctrines, ma « morale » veut que l'on choisisse celle qui demande à l'esprit le travail le plus *noble* — c'est-à-dire le plus précis, lucide, conservatif, — organisant. (1944. Sans titre, XXVIII, 204.)

☆

Ego

Mon époque « militaire » — 1895.

Tête bonaparte.

Lectures — Ce genre de raisonnement politico-stratégique me plaisait.

J'écrivis la *Conq[uête]* méthodique.

Je crois que j'aurais réussi une certaine politique. Mais toute en préparations. J'ai horreur de la compétition. Se battre pour saisir le pouvoir m'est inconcevable — — *L'ennui me gagne.* C'est mon ennui des événements, de l'histoire, des drames etc. Mais ce n'est que le construire et le parfaire qui m'excitent. Ce qui est merveilleux dans l'instant ne me suffit pas, le miracle m'est insensible. — Le prodige me laisse froid, car tout, si je veux, m'est prodige.

Et *rien de ce qui agit sur les nerfs* ne peut me convaincre.

Je reconnaîtrais[A] le divin[B] dans ce qui se révélerait *pur,*

A. *Tr. marg. allant jusqu'à :* nos parties faibles.
B. *Aj. marg. :* θ

se passant de ces moyens d'action sur nos parties faibles.
Le « cœur » et ses raisons sont peut-être des forces
splanchniques. (1944. Sans titre, XXVIII, 332.)

☆

Ego

Aussitôt que je sens ou pressens que l'on me veut
posséder par action sur ma sensibilité, — mendiants,
religion, politique, œuvres etc., que l'on vise à me fendre
l'âme, à me convaincre par la crainte, la pitié, par les
voies qui contournent l'esprit — je me rebiffe, me hérisse
et je me fais impitoyable. Ce ne sont pas des armes
loyales.
    Cf. La Torture par la pseudo-idée de l'Éternité.
(*Ibid.*, XXVIII, 356.)

☆

... S'accoutumer à penser en Serpent qui s'avale par la
queue.
    Car c'est toute la question. Je « contiens » ce qui me
« contient ». Et je suis successivement contenant et
contenu. (1944. Sans titre, XXVIII, 417.)

☆

Ego

Voici qui est bien moi :
    Ce que j'ai tiré des livres, l'a été assez étrangement ou
singulièrement.
    Il en est peu que j'aie lus exactement, mais tels passages
de trop près, et le reste tout juste du bout des yeux.. Je
feuillette, je vole; rarement me pose, mais, si je me pose,
c'est à fond.
    En général, je suis attiré et ne retiens que ce à quoi
j'étais « sensibilisé » et il m'est presque impossible de *lire*
le reste et tout à fait *impossible* de le retenir. Ma mémoire
n'est pas indépendante de mon attente *inconsciente*.
    Et il me suffit de feuilleter pour m'exciter souvent à
inventer ce qui doit être dans le livre. Mais ceci échoue
toujours. Mais ceci crée pourtant en moi une sensibilité,

ou *demande* précise, et si l'occasion se présente, je serai
plus prêt à saisir la question — à interroger *en personne*
l'ouvrage, l'homme ou les faits jusqu'à la limite de mon
exigence — *Créer la soif.* (*Ibid.,* XXVIII, 450.)

[...] Ego

Mon Caligulisme. Sentiment puissant de mes moments[A] les plus... profonds — volonté d'épuiser mon
principe de vie, de former, produire, atteindre un
Moment après lequel tout autre soit incomplet, imparfait, indiscernable — etc.
Je fus ou suis l'idée de ce moment qui foudroie t[ou]s
les autres possibles ou connus. Moment-César. Idée
latente — mais que je sens tout — énergie essentielle,
qui juge et sacrifie tout — domine, du fond de moi,
conduite réelle, amour, travail. Prononce « temps perdu »
sur tout ce qui ne la renforce pas, et tyranne.... Pas de
redites : construire pour se détruire. (1944. Sans titre,
XXVIII, 822.)

Ego

Pleine, sage, froide lune du matin, — Je te salue, toi
que je reconnais pour t'avoir déjà bien des fois retrouvée
en ouvrant les volets de ma fenêtre, à cette même heure,
jamais la même et la même pourtant, qui est l'heure de
ma reprise du service de mon esprit, et le premier temps
du jour, encore pur et détaché, car les choses de ce
monde, les événements, mes affaires, ne se mêlent pas
encore — — de moi. —
Mais quoi de plus « pathétique » pour moi que cet
étrange déchirement que je ressens, par une singulière
sensibilité toute mienne — quand il faut de nouveau
participer à la particularité de l'existence d'un individu, être
tel et tel, et faire comme si j'étais celui que je suis, un TEL
— quel ennui ! Ce sentiment de ne pas pouvoir, vouloir

A. *Tr. marg. allant jusqu'à :* sacrifie tout.

— et même... *savoir* — être *cet homme* — est si puissant
chez moi depuis toujours, que je ne puis pas supporter
même d'être le personnage assez célèbre que je figure.
Cf. l'état violent de colère (jusqu'aux larmes) dans
lequel me mit en 91 ou 92, l'article des *Débats* signé " S "
où il était dit, à propos du « Narcisse » de la *Conque,*
que « mon nom voltigerait sur les lèvres des hommes » !^A
— Je défendais mon Moi N° 1, mon Zéro, mon inviolable *Possible Pur,* qui^B

Il me semble.. ou plutôt je sens énergiquement que
le Possible inépuisable, contenant le plus admirable
succès humain, *à titre de cas particulier,* lui est inépuisable-
ment supérieur.

Voilà mon sentiment essentiel, mon essence. Et cette
sensibilisation de refus à toute définition, même la plus
flatteuse, explique, peut-être, (si *expliquer* veut dire
q[uel]q[ue] chose) beaucoup de mes réactions et actions.
(1944. Sans titre, XXIX, 8-9.)

☆

Ego
HP.

En remuant mes vieux papiers qui sont bouts de
papier, je remue aussi des lambeaux ou moments de ces
temps très anciens — parmi lesquels cette sensibilisation
caractéristique qui fut Égotisme aigu, négation essentielle vitale de l'Autre — mais combiné étrangement
avec une facilité-faiblesse — besoin de relations. Je
mesurais (et mesure encore) la *qualité* des gens à leur
pressentiment de mes sentiments.

Du reste, *dire* — *pouvoir dire* certaines choses c'est ne
pas s'entendre les dire (à moins qu'il n'y ait propos
délibéré — et acte réfléchi — alors, c'est une autre
affaire — —).

Cf. ma sensibilité au timbre des voix.

Mais je voulais noter, isoler ici autre chose. Ségrégation. Non omnibus. Happy few[1], 3 lecteurs de M[allarmé]
ou de R[imbaud] sur 60 000 habitants. Une « sphère de
garde » de mépris^C —. Ce sens rendait inférieurs tous

A. *Aj. marg. :* J'ai couru la ville, en fureur.
B. *Phrase inachevée.*
C. *Aj. marg. :* Négations successives des autorités et valeurs

ces professeurs, magistrats, généraux, ricos hombres y otros[1] qui marchaient, se croisaient et se saluaient à grands coups de chapeau dans les rues et jardins de la ville.

Et puis.. (en relation avec ces modes de sentir ou plutôt de *dis-sentir*) la séduction d'*Aristie*[2] — Époque des chevaliers du Graal — des collèges d'initiés, mystes etc. avec ce complexum d'émotions esthétiques, de renoncements et raffinements combinés, de mysticisme artistique et surtout antipathies communes — — Tout ceci produit de l'état des choses — c'est-à-dire de la vulgarité croissante — La « grande presse », et la sottise de la *Revue des 2 mondes,* les normaliens artistes et faiseurs, et le cabotinage, etc. devaient avoir p[our] réponses, anticorps les « rares », les bizarres etc. comme l'anarchie répondait à la fois à la démocratie et aux « soutiens de la société ». (1944. Sans titre, XXIX, 162-163.)

Ego —

— Je vais avoir 73 ans. — Pèserai-je « ma vie » ? — — Mais ceci a-t-il un sens ? « Jeune présomptueux » !..

Ce serait, ce sera bâtir quelque morceau — — *così fan tutti*[3].

Que diable faire de tout ce passé ? Que faire d'un passé ?

— Mais tu le sais bien ! — Des phrases.

Le passé ? Il y a un passé, *poids mort*. Il y a un passé assimilé indispensable — et[A] Il y a un passé arsenal, ressource. Il y a un passé poison. (*Ibid.,* XXIX, 194.)

Ego.

Ma devise principale (j'en ai plus d'une) est : Je *fais ce que je puis* — avec cette signification que je ressens constamment et fortement *ce que je ne puis pas*. On ne peut se dessiner que par ses limites. Parmi ces limites de soi,

A. *Aj. marg. renv. :* dénaturé.

il y a les limites de l'homme. Il est déjà important de les trouver et préciser. Il y a celles d'une époque. Enfin celles de la personne, et puis, celles du moment. (*Ibid.*, XXIX, 207.)

La perfection. L'atteindre, c'est enfin connaître l'excellence par l'impuissance.

Je mets moi-même le prix si haut que je ne puis acheter ce que je veux — et *Ce que je veux* est précisément ce dont je fixe le prix si haut que les moyens me manquent pour l'acquérir.
Je ne veux pas autre chose. (1944-1945. « *Pas de blagues* », XXIX, 295.)

Ego — Il y a[A], au fond de moi, un étrange mépris de la pensée en tant que pensée, et des sentiments.
Ceci m'explique ma *courbure* d'esprit. Ce mépris est mêlé de méfiance et de crainte. Je crains mes sentiments — c'est-à-dire les sensations que l'on nomme ainsi, et qui ont pour effet commun[B] de modifier les *libres échanges de souffle contre réalité.*
Quant à la pensée — elle n'a de sens* que provisoire — son rôle est de préparation, d'élimination, de tâtonnement.
Elle excite des valeurs — et c'est abus. Car[C] cette excitation et irritation produit des effets réels — sensations et actions — au moyen de moyens imaginaires. Une image, qui n'est qu'une image — c'est-à-dire chose vouée à l'oubli, et à toutes substitutions, appelée par n'importe quoi — agit contre l'être, le tourmente et peut résister même à la connaissance de sa nature à la fois vaine et maligne, tout absurde ou inconsistante et toute-puissante !
Le mal, de ceux qu'il suffit d'un temps assez long pour guérir, résiste à cette considération et c'est par quoi un

---

A. *Tr. marg. allant jusqu'à* : et des sentiments.
B. *Deux tr. marg. allant jusqu'à* : *contre réalité.*
C. *Deux tr. marg. allant jusqu'à* : moyens imaginaires.

mal moral ne se distingue pas d'une lésion de la chair.

Et il y a *doute* si *ledit mal est cause ou effet* de *ce qui l'illustre, l'explique et l'amplifie,* c'est-à-dire *une idée et ses reprises.*

Il arrive que l'*accidentel* se fasse *quasi-fonctionnel* — exactement comme une intoxication, transmutation de l'arbitraire en nécessaire. Curiosité → plaisir → besoin → torture. (1945. Sans titre, XXIX, 596.)

Ego — avril 45 — Je suis frappé lisant *Rob[ert] d'Harcourt — Gœthe et l'Art de vivre*[1] — de trouver quantité de « phobies » et manies communes à G[œthe] et à moi — avec telles différences essentielles, bien entendu. Mais le nombre et l'énergie des traits communs sont remarquables — —

Ma *main* ressemble beaucoup à la sienne, (moulage chez l'abbé Mugnier) et très différentes toutes deux de celle de Hugo. Mais quels contrastes : l'ordre, l'art de se dérober etc. Je ne sais rien de tout ceci.

Ceci n'aurait d'intérêt que si on faisait un relevé soigneux des différences.

Add[enda]. Je trouve aussi, dans cette lecture, des aspects de Gœthe qui se trouvent *dans mon Faust* et que j'ignorais avant d'écrire ce *Faust.*

Ainsi scène du disciple dans *Lust* et la grande scène du II[e acte].

Je ne vois pas du tout comment je présente ces ressemblances remarquables d'égoesthésies avec G[œthe] ? tandis que sur les points opposés, il me semble ressembler énormément à Gide. Plantes, insectes, fuites, attitudes étudiées, disciples etc.

Peut-être y a-t-il des résonances *chrononomiques.* Je me sens de plus en plus 17.... Je me saoule de Voltaire (lettres) depuis un mois.

C'est un personnage capital. Il a le front de ne croire à rien — ou de croire ne croire à rien — et il impose au public cette attitude. Il y a désormais un « grand public » pour la liberté de penser. Elle n'est plus chose réservée. —

Alors t[ou]s les grands hommes du Siècle L[ouis] XIV paraissent de petits garçons — Racine etc. des enfants de chœur, embarrassés de bien des sornettes. Cf. ce que dit V[oltaire] de Pascal[1].

En somme, V[oltaire] divise le cours de la pensée européenne. Après lui[A], tout ce qui est pensée religieuse devient cas particulier, paradoxe, parti-pris — (1945. Sans titre, XXIX, 721-722.)

Ego

J'ai posé cette question, il y a plus de 50 ans — *Que peut un homme ?* (Teste).

Et dans ma pensée cela vint à la suite 1º d'une intensité de ma volonté de conscience de moi;

2º de la remarque que peu ou personne n'allait jusqu'*au bout* — —

Certains ont cru que *ce bout pouvait être la mort.*

Mais la mort est très rarement autre chose qu'une interruption définitive — Peut-être toujours. On peut cependant concevoir des cas où elle soit « naturelle » — c'est-à-dire *par épuisement (relatif) des combinaisons d'une vie.* C'était mon idée p[our] le dialogue *(Perì tôn toû Theoû)*[2].

— Quant à moi, *jusqu'au bout* fut mon désir 1º en fait d'*intellect* — arriver par manœuvres et exercices d'imagination et self-conscience à former l'idée de nos possibilités — d'où épuisement des philosophies — par *voie de possession des formes* et transformations, le *groupe des notions,* 2º en fait d'affectivité — sensibilités *a)* sensorielles — *b)* AMOUR,

mais ceci demande un[B] (1945. *Maledetta Primavera,* XXIX, 765.)[a]

A. *Trois tr. marg. allant jusqu'à :* parti-pris.
B. *Passage inachevé.*

EGO SCRIPTOR

Littérature — Mon type.

Reconstruction de l'homme et du milieu suivant mes méthodes. Les temps.
Étude des périodes, ou zones de styles différents. Dire différemment ce qui diffère.
Crudité. Cruauté. Linéaments de l'esprit même.

Énoncés. Formules. Intonation. Vocalise. Développements rationnels ou symboliques (Vi).
Intentions.
Groupes. (Suites formant —)
Parole. « Mots » etc.

Condensation et développement.

$$P > b \qquad b > P.$$

Le style le plus voulu.
Rupture méthodique des associations et des formes toutes faites du langage. — (1899. *Organa*, I, 679.)

Programme-anthropo-littéraire — —
Trouver les modulations bonnes pour unir dans le même ouvrage les différentes activités — styles — moments d'un esprit — le mien. (1900. Sans titre, I, 823.)

Mr T[este]. Catéchisme. Mépris de toute masse — Exploration perpétuelle —

Distinction — Conscience — Amour de l'extrême
concision.

Langage personnel. — Impossibilité de se confondre
à autrui.

Théorie de l'imitation dans la pratique et de l'originel
pur en idées. Prévision constante — Opérations simples.
— Ne pas ignorer ce qu'on peut savoir.

Finesse roide. Élasticité.

Tout vu d'un point de vue qui compare tous les
ordres. (1900-1901. Sans titre, II, 156.)

Mʳ T[este] que j'ai conçu — à plusieurs reprises —
serait le type de la politique de la pensée — vis-à-vis
d'elle — et jusque contr'elle. Le but de cette politique
est le maintien et l'extension de l'idée qu'on a de soi.
Préparer incessamment le moment de la chance, éloigner
toute définition prématurée de soi-même, conquérir par
toutes armes le mépris légitime d'autrui[A] — acquérir
la puissance de mépriser non moins chaque phase de
soi-même — se servir de ses idées et non les servir —
voilà le tableau. (1901-1902. Sans titre, II, 401.)

Il m'est difficile de vouloir *créer* des personnages, trop
certain que je suis de l'absence de rigueur et de sanction
dans ces créations : je me dis : quelqu'un d'habile verrait
que ce sont d'impossibles fantoches.

Au contraire j'imagine avec facilité des personnages
momentanés, mais plus leur intellect que leurs passions.
Peut-être la mienne est-elle trop prépondérante pour que
je m'anime des leurs. (1902-1903, *Algol*, II, 835.)

Ma marotte quant au style est de réduire les irrationnelles au strict nécessaire et de mener les rationnelles
à chaque coup à leurs limites d'extension. (1903. *Jupiter*,
III, 11.)

A. *Aj. marg. :* Cf. ce que dit Voltaire sur Pascal – la force –

J'ai rêvé jadis quelque œuvre d'art — écrit, — où toutes les notions qui y seraient entrées, auraient été épurées — où j'aurais omis tout ce qui dans le sens des mots est surérogatoire — tous les mots entraînant des ombres, tous les jugements évidents ou fictifs et toutes les opérations impossibles, inimaginables. J'ai écrit même quelques phrases qui se rapprochaient de ce dessein — Mais quelle bouche penser et quelle voix intérieurement entendre quand on lit ce style ? Aussi bien je désirais qu'il n'ait pas de bouche et que le lecteur malévole[A] fût saisi tout à fait intérieurement par ces formes qui devaient atteindre de suite le mécanisme même de sa pensée et penser à sa place, au lieu où il pense, comme quelqu'un dont on saisit le bras *en deux endroits* et qu'on fait gesticuler et s'exprimer par gestes — et qui est obligé physiquement de déchiffrer et de comprendre *ses propres gestes*. (*Ibid.*, III, 78-79.)

☆

L'ancienne *Agathe*.

Voici le projet d'*Agathe* tel que je l'avais fixé en 98 — je crois — ou 97.

Une personne s'endort — je suppose un sommeil cataleptique — je veux dire indéfiniment long — je suppose (non sans péril) que toutes les excitations des sens soient abolies. Je suppose enfin qu'elle rêve et que la succession de ses représentations soit telle que la n^{me} = la 1re.

Alors elle tourne dans ce cercle n, — qui est fermé.

Si on se borne aux hypothèses — tout est fini là. Si on introduit une condition nouvelle — l'*altération* progressive de la perception de ce cycle à cause de sa répétition — l'habitude — la rapidité croissante de *rotation* — alors ? Alors, peut-être, ce cycle deviendrait pour elle une chose stable, un monde régi par une loi simple et certaine, un objet de plus en plus étranger — et par rapport auquel elle va tenter de *penser* — et s'éveille.

A. *Tr. marg. allant jusqu'à* : *ses propres gestes.*

Ainsi : chien, lune, amour dans la nuit, aboi, chien et...

Mais j'ai vu [que] ce dessin si gros est un signe d'une infinité de problèmes et c'est pourquoi je l'ai tracé. (*Ibid.*, III, 106.)

La poésie — n'a jamais été pour moi un but — mais un instrument, un exercice et de ceci se tire son caractère — artifice — volonté. (1905. Sans titre, III, 610.)

J'ai fini par concevoir le travail littéraire d'une sorte qui me sépare des littérateurs — et de la pratique.

Je me suis placé au delà des mots — leur imposant des conditions préalables — et les voulant appeler non par le hasard — c'est-à-dire le *sujet* agissant en moi, mais demeuré libre, sans m'attacher à aucun, sans croire que l'un soit nécessaire à tel endroit. Il faut conserver tout le temps l'indépendance de ses mots. (1905-1906. Sans titre, III, 736.)

Singulier mouvement intérieur qui m'a conduit d'une part à ne vouloir considérer que la forme des expressions, dans leur *objectivité,* dans leur structure générale et par classes d'un groupe entier; — et de l'autre à approfondir le fond — jusqu'à l'informe, jusqu'à l'inexprimable pur... (*Ibid.*, III, 775.)

Écrire enchaîne. Garde ta liberté. (*Ibid.*, III, 814.)

Les propriétés sur lesquelles la littérature se fonde, et les formes qui la constituent entièrement sont susceptibles d'un développement propre, différent de la littérature *empirique.*

Le sentiment que j'ai eu de l'existence générale de ces

formes, et l'*amour* d'une littérature non empirique, l'un
toujours plus net et plus *vrai*, l'autre toujours plus fort,
m'ont séparé des camarades. (1906-1907. Sans titre,
III, 901.)

La publicité me dégoûte; elle est *toujours* charlata-
nesque. Ce qui m'intéresse en moi — c'est le point où il
ne peut plus s'agir de charlatanisme. Si je veux être
charlatan je ne peux plus être moi — et la raison dit
impérieusement que si l'on publie il faut être charlatan —
d'abord parce que c'est inévitable — ensuite parce que
ne pouvant l'ignorer, il faut l'être de toute sa force.
(*Ibid.*, IV, 136.)

La littérature m'a conduit à cette sorte d'indifférence à
l'égard des pensées qui vient de les changer à raison de
l'effet à produire comme des éléments toujours disponibles (de par le langage et ses combinaisons).

Et cette indifférence m'est restée après ma phase
littéraire et m'a conduit en manière de philosophe à
chercher ce qui subsiste à travers ces changements.
(1907-1908. Sans titre, IV, 201.)

J'ai, une fois, essayé de décrire un homme[A] *campé* dans
sa vie[1], une sorte d'animal intellectuel, un Mongol,
économe de sottises et d'erreurs, leste et laid, sans
attaches, voyageur sans regrets, solitaire sans remords —
tout entier à ses mœurs intérieures, à sa proie profonde,
logé dans un hôtel[a] avec sa valise, sans livres, sans besoin
d'écrire, méprisant l'une et l'autre faiblesse, — réducteur
impitoyable, énumérateur froid, capable de tout, dédai-
gnant tout, mon Idéal.

Je n'ai envie que de *pouvoir,* disait-il, — je déteste la
rêverie et l'acte. Mais j'aime[b] à la folie ressentir toute la
précision dont je suis capable, je me précise avec délices

A. *Aj. en tête du passage :* M. Teste

— je me sens m'enchaîner et me délivrer — et me dessiner.. Je ne compte pour rien l'amour, l'histoire, la nature — — (1909-1910. *A*, IV, 378.)

L'habitude de méditer chasse enfin le pouvoir et la manie d'écrire. Tout semble longueur — Tout ce qu'on écrit ressemble à ces milliers de riens intellectuels qu'il faut vaincre avant de penser purement et exactement — avant de se trouver cette pensée ou ce mode — nécessaire, naïf; spontané et ardu — simple et si coûteux — qui est au-dessus de tout.

Mais ce mode même vient de la volonté d'écrire ou fixer. (1910. *C 10*, IV, 427.)

PS[AUME] CLI

Une idée juste m'a perdu.
Une vérité m'a égaré..

— Qu'importe, pensais-je, l'écrit ?
Vais-je me vider dans la parole ?
Elle est infidèle; elle devient étrangère.
Est-ce le papier qu'il faut mener au parfait ?
Est-ce moi ?
Et le meilleur mis par écrit, il ne me reste que ma sottise.
Vais-je annuler tout ce qui me vient, et qui passe
Le pouvoir de l'écrire ?
Le plus délicat et le plus profond, le plus unique,
— Ne dit-on pas *inexprimable* ? —
Le plus fidèle, le plus mobile, le plus vrai, l'instant
Sont-ils pas muets ?
Tous les livres me semblent *faux* —. J'ai une oreille qui entend la voix de l'auteur,
Je l'entends distincte du livre — Elles ne s'unissent jamais. (*Ibid.*, IV, 452.)

Ce qui sépare ma vision d'une vision littéraire, ce qui me divise d'avec le littérateur —

c'est qu'ils voient œuvres et que je vois Homme.

Ils ne regardent que ce résultat — le Livre — et je ne regarde que le fabricateur. (1910. *D 10*, IV, 474.)

J'ai vu une pièce terrible — tout angoisses, hontes, intensités et je me dis : Faire aussi *fort* que tout cela, aussi poignant et empoignant, mais dans l'ordre de l'intelligence. (1910. *E 10*, IV, 620.)

La littérature n'a jamais été mon objet. Mais, quelquefois, écrire des modèles de pensée. Des programmes pour une imagination ou pour une relation. Des jeux de scène psychologiques, des moyens de se représenter quelque système. (1912. *I 12*, IV, 784.)

Souvent je me suis vu reprocher d'être sec et artificiel (dans mes écrits —).

Mais je mets sur toutes choses, lucidité et monarchie dans les œuvres. L'effort de la pensée doit tendre au pouvoir absolu. Ce qui est voulu et *pur*, sine quibus non[1].

Je n'aime pas les mélanges affreux, les effets confusionnaires. — Je soupçonne de facilité les moyens tirés des sentiments.

Ce n'est pas à l'auteur, c'est à l'autre de fournir ses sentiments.

Le but d'un ouvrage — honnête — est simple et clair : faire penser. Faire penser malgré lui, le lecteur. Provoquer des actes internes.

Tel est le but napoléonique de l'écrit.

Première conséquence : Exclure, enlever tout ce qui est pensé d'avance. (*Ibid.*, IV, 788-789.)

Ne suis-je pas trop « différencié » ?

Pour moi, (par exemple !) un ouvrage littéraire se propose comme une spéculation linguistique.

Ce n'est ni une pseudo-réalité, ni une fantaisie.

Il m'est devenu impossible de m'y tromper : c'est toujours un cas particulier du système *Langage-ordinaire*. Et il n'y a pas de cris, de conviction, de chant ni de vraisemblance ni de naïveté ni de force ni de rigueur que je ne doive regarder comme appartenant à ce groupe. Les trouvailles comme les sottises en font partie. (*Ibid.*, IV, 795.)

☆

Il faut faire des sonnets[1]. On ne sait pas tout ce qu'on apprend à faire des sonnets et des vers à contrainte.
Le fruit de ces travaux n'est pas en eux. (Mais les poètes en général laissent perdre le meilleur de leurs efforts —)
J'ai toujours fait mes vers en me regardant les faire, en quoi je n'ai jamais été proprement poète. J'ai appris bien vite à trop distinguer le réel de la pensée et le réel des effets, l'efficacité et l'économie de l'intensité ou du travail non compensé..
Mais sans ce confus, est-on poète ?
— La littérature n'est l'instrument ni d'une pensée complète ni d'une pensée organisée. (1913. *K 13*, IV, 901.)

☆

Un écrivain « artificiel » comme moi dans mes vers, revient à soi cependant par un détour et malgré tout s'exprime. Car ne cherchant qu'une réussite objective, (ou l'effet rare à produire), toutefois il ne la trouve que dans un certain domaine où il incline selon son propre sens du plus apte et du réussi et qui est précisément celui de sa nature.
Sa fabrication par des procédés généraux (en quoi consiste le dit artificiel) est[A] (*Ibid.*, IV, 927.)

☆

La réaction du travail de l'esprit sur l'esprit même est

A. *Passage inachevé.*

si importante que bien souvent elle mérite d'être considérée plus longtemps, plus attentivement que le travail ou l'œuvre du travail même.

Le bénéfice ou le.. maléfice de cette réaction l'emporte sur celui de l'œuvre — très fréquemment. Le sous-produit sur le produit.

Ainsi le travail du poète, le poème m'intéresse moins que les subtilités et les lumières acquises dans ce travail. Et c'est pourquoi il faut *travailler* son poème, — c'est-à-dire se travailler.

Le poème sera pour les autres — c'est-à-dire pour la superficie, le premier choc, l'effet, la dépense, — — cependant que le travail sera pour moi, — c'est-à-dire pour la durée, la suite, la recette, le progrès. (1913. *L 13,* V, 25-26.)

Le Jour et la Nuit de l'homme, l'Intellect fini, finissant, et la netteté; et le Confus, ce reflux, cette reprise.

Cette Nuit confuse — engendre et reprend les êtres. Ce Jour les termine, les élève à l'essence — les sépare entre eux, les recombine[1]. (1913. *M 13,* V, 39.)

Pour moi, pour mon désir — être poète, écrivain ne m'a jamais *absorbé*. C'est un dessein que je n'ai jamais eu. Mais pouvoir être.

J'aurai reculé devant l'idée d'être seulement[a] un écrivain. (1913. *N 13,* V, 93.)

Autopsie — Tel Quel.

Mon imagination n'est pas littéraire, mais voici que mes moyens sont littéraires.

Je conçois dans le monde où je n'ai pas d'organes, et je me meus dans celui où je ne vois pas.

Tel, je ne conçois jamais d'*œuvres*. L'œuvre ne m'importe pas profondément. C'est le pouvoir de faire les œuvres qui m'intrigue, m'excite, me tourmente.

Je n'admire pas la chance, mais ce qui multiplie les chances. (1913. *P 13,* V, 152.)

Un écrit ne vaut que par 1° ou l'étrangeté, la surprise, la distance d'avec ma pensée — 2° ou par le degré de précision qu'il m'apporte. Il faut que je sois ou enrichi, déniaisé, agrandi; ou bien *précisé,* c'est-à-dire mûri, achevé, borné, ayant-gagné-du temps. (1914. *T 14,* V, 313.)

Je ne suis pas écrivain, — *écriveur,* car il ne m'importe pas et il m'excède d'écrire ce que j'ai vu, ou senti ou saisi. Cela est fini pour moi. Je prends la plume pour l'avenir de ma pensée — non pour son passé.

J'écris pour voir, pour faire, pour préciser, pour prolonger — non pour doubler ce qui a été.

Mais que me fait ce qui est, ce qui fut, ce qui sera ?

Je subis, je crains, et même je désire mais avec mépris.. *Tu* m'épouvantes, *je* tremble et cependant — je sens toujours que *nous* n'avons pas d'importance. (1914. *W 14,* V, 366.)

Écrire considéré comme idéal.

Écrire — ce que j'écris n'est pas écrire, c'est se préparer à écrire quelque jour impossible.

Écrire, avec je ne sais quel langage, — quoi que ce soit mais ordonné — c'est-à-dire noter des choses ordinaires avec des moyens purs[a]. (1914. *X 14,* V, 404.)

Confession

Je confesse que j'ai *tout* considéré comme possible ou non par des actes intellectuels.

La poésie même ne m'a intéressé comme sorte d'instinct de rossignol; — mais *surtout* comme problème et prétexte à difficultés — ou comme construction bien définie, à conditions psychologiques et physiques imposées; comme exercice des ressources d'un certain genre et une dialectique non pour convaincre mais pour *enchanter*.

Rien ne m'a paru plus grossier et plus négligeable que le poète réduit au poète. (1915. Sans titre, V, 632.)

Mon travail est extrêmement lent dans son ensemble, pour être extrêmement vif dans son détail. (Le *détail* de ce genre de travail comprend / contient ou peut contenir / l'ensemble à chaque coup.)

Une cause de lenteur est aussi : tel fragment, vers, proposition s'impose et prend une valeur d'habitude. Mais je ne parviens à l'ajuster. Sa vraie valeur est déguisée par son antériorité, je me l'impose — et il m'arrête comme condition nécessaire, et problème insoluble. Il faut donc un temps énorme pour oublier cette fausse valeur et s'apercevoir qu'en supprimant ou changeant les choses un peu plus profondément, on gagne et on passe. (1916. C, VI, 279.)

Poème[1]. Diurne. Psychophys[iologie] le long d'un jour[A]. Physionomie des heures successives — (Strophes — horaires — mots de l'heure, timbres —)

Aube —	Méridien	dorure — déclin —
Éveil — désir — station		
actes — torpeur		maturité
lucidité sommeil au plus haut		
apogée		jouissance

(1916-1917. D, VI, 299.)

Mon travail d'écrivain consiste uniquement à mettre en œuvre (à la lettre) des notes, des fragments écrits à propos de tout, et à *toute époque de mon histoire*. Pour moi traiter un sujet, c'est amener des morceaux *existants* à se

A. *Petit dessin d'une courbe qui monte et redescend.*

grouper dans le sujet choisi bien plus tard ou imposé.
Je n'admets guère comme matière que des morceaux
dictés par des circonstances, qui viennent comme ils
veulent, quand ils veulent et sont ce qu'ils sont.

Je considère le sujet comme aussi peu important à un
ouvrage *littéraire* que le sont les paroles de l'opéra (généralement non saisies par l'auditeur — et toujours purement indicatrices). (1917. *E*, VI, 473.)

☆

Comme j'ai fait la *J[eune] P[arque]*[A]
Genèse — 1912, 1913, 1914,   1915,   1916, 1917
　　　　　　　Serpent　　　Harm[onieuse Iles
　　　　　　　　　　　　　Moi]
　　　　　　　Sommeil　　　(Arbres)

Le jour n'est pas plus pur que le —[2]

Que la FORME[B] de ce chant est une auto-biographie.

J'ai pensé à Gluck. J'ai joué avec deux doigts. À l'inverse de Lulli au Th[éâtre] Français j'ai mis des notes
sur le S[onge] d'A[thalie] —
j'ai supposé une mélodie, essayé d'attarder, de ritar-
dare, d'enchaîner, de couper, d'*intervenir* — de conclure,
de résoudre — et ceci dans le sens comme dans le son.

J'ai pratiqué l'attente. — Mots *obligés*.
Le distique.

3 juin 17.

Je suis dans l'état si remarquable de l'éfrit dont enfin
le pêcheur ouvrit la bouteille[4]. J'ai dégagé ma fumée,
et maintenant je veux décapiter le pêcheur.
L'éfrit c'est mon ouvrage. Et le pêcheur, moi. (*Ibid.*,
VI, 508-509.)

A. *Aj. marg.* : Referred[1] — Virgile, Racine, Chénier, Baudelaire,
Wagner, Euripide, Pétrarque, Mallarmé, Rimbaud, Hugo, Cl[2].
Gluck — Pri[ère] d'Esther.
B. *Deux tr. marg. allant jusqu'à* : auto-biographie.

Je ferai voir ce que valent les critiques par le degré de précision que je leur oppose. J'ai essayé de commencer par le commencement. (*Ibid.*, VI, 544.)

Je ne puis pas faire une œuvre littéraire *normale*[1]. Car* il faudrait *pour cela* s'écarter trop de ma nature qui eſt non-littéraire.

Il y a des sacrifices que je ne puis pas, sais pas, veux pas faire. Et *le premier sacrifice à la littérature viable eſt le sacrifizio dell'intelletto*[2].

Le faire voir — (*Ibid.*, VI, 551.)

Si la littérature n'eût pas existé jusqu'ici — ni les vers — les eussé-je inventés ?

Notre temps les eût-il inventés ?

Définir le *besoin actuel* — et d'abord le mien propre —

Besoin de passer le temps — Besoin[A] (*Ibid.*, VI, 566.)

Mon but n'a jamais été d'être un poète; ni de faire des vers comme action ou fonction principales de ma deſtination.

Mais j'ai aimé de faire comme si je le fusse, et aussi bien que possible, en y appliquant quelquefois toute l'attention et les pouvoirs de combinaison et d'analyse à mon service; de manière à pénétrer dans l'état de poète et dans ce qu'il a de plus pur, sans y demeurer —, comme preuve, comme moyen, comme exercice, comme remède, comme sacrifice à certaines divinités.

Divinité eſt tout ce qui commande. Et tout ce qui fait ce que nous serions bien incapables de faire. C'eſt un miracle de se souvenir à point nommé de quelque chose

A. *Passage inachevé.*

tout étrangère à ce qui est présent, et qui transforme par
son apparition seule, tout le problème. Cela pourrait ne
pas arriver, puisqu'il n'arrive pas toujours. (1917. *F*,
VI, 568.)

Comme écrivain je serais assez bien caractérisé ainsi :
Mon travail est de sens inverse à la spontanéité et à la
variété de ma pensée libre. Je veux garder cette diversité
et ne pas garder cette dispersion — donc je fais réduire —
je fais trop dense. Mon travail (d'écrire) est secondaire
dans son ensemble. (*Ibid.*, VI, 614.)

En quoi les mathématiques m'ont servi à améliorer
mes vers.
Elles ne m'ont donné ni une plus grande sensibilité de
représentation et d'images, ni de sons.
Mais elles m'ont éduqué et pourvu d'idées de rigueur
qui m'ont servi grandement à me faire de la *poésie pure*
une idée exacte, à isoler cette « substance » de ce qui n'est
pas elle, à la développer comme espèce et catégorie
séparée. (1917-1918. *G*, VI, 720.)

Je sens précisément ce soir, il est 22 h. 20 — que cet
état d'esprit ne reviendra pas —
que je ne récrirai pas ce que j'ai écrit.
Avant la *J[eune] P[arque]* je me sentais me faisant
l'instrument — —
Et nunc, je me sens l'instrument. (*Ibid.*, VI, 752.)

Les métaphores qui me viennent le plus naturellement
sont celles qui font « contempler » en choses sensibles
des rapports intelligibles. (*Ibid.*, VI, 782.)

Philosophe ou poète.

L'un s'efforce de *réaliser* son système ou son idée. L'autre s'efforce de les *préciser*.

Mon caractère m'a poussé à ne songer à la réalisation qu'après que j'aurais été satisfait du degré de précision.

Comme on ne peut jamais l'être en ces matières, ou du moins qu'on ne sait jamais l'être, — ce qu'il m'est arrivé de réaliser l'a été comme malgré moi, et en quelque sorte, à côté de ma vraie tendance.

— Je n'ai jamais eu de confiance dans les choses extérieures, hommes et choses, et ce que j'ai fait dans leur domaine, l'a plus été comme défi à moi-même, — comme preuve — que pour soi-même et par goût. — (1918. *H*, VI, 891.)

Parmi mes caractères, celui-ci — (on peut généraliser) : Je lis avec une rapidité superficielle, prêt à saisir ma proie, mais ne voulant articuler en vain des choses évidentes ou indifférentes.

Donc si j'écris, je tente d'écrire de telle sorte que si je me lisais je ne pourrais me lire comme je lis.

Et il en résulte une densité. (1918. *I*, VII, 32.)

Ma poésie tient ses caractères de la possibilité que j'ai de regarder et de traiter les choses de cet ordre avec une *précision* assez rare chez les poëtes. (*Ibid.*, VII, 84.)

Je n'aime pas la littérature, mais les actes et les exercices de l'esprit. (1918-1919. *J*, VII, 206.)

On ne fait pas les ouvrages que l'on voulait faire — on obéit à tout autre qu'à soi. On ne fait pas plus ce qu'on

était le plus fait pour faire.. Et les critiques cependant
appellent ce qu'on a fait Vous — et votre œuvre ! —
    Mes ouvrages sont au contraire ceux que je n'ai pas
faits, et auxquels j'ai le plus pensé, et le plus profondément. (*Ibid.*, VII, 263.)

    Le vrai titre de tel de mes poèmes : Exemple d'écono-
mie de moyens — Ou : Essai de surabondance — etc.
(1919-1920. *K*, VII, 394.)

    Il ne faut pas croire que la précision et l'usage de
l'analyse ne puisse servir de rien au poète, sinon le
détruire — — Je me suis parfois bien trouvé de réduire
ma pensée à l'état le plus précis. Puis de travailler sur
cette analyse; et je me suis senti plus libre, j'ai aperçu des
traductions en figures et en langage poétique que je ne
soupçonnais pas avant. (*Ibid.*, VII, 445.)

À propos de l'art[icle] d'Halévy sur moi — (mai 20)[1]
    Ce portrait si faux, pourtant, fait sourire et réfléchir
le modèle.
    .. Ce que j'ai appelé constamment méthode de Léonard
— c'est le gouvernement (non tant de la pensée) que de
ses éléments.
    L'observation et l'action ainsi entendues excluent tout
mysticisme, car il n'est *pas de mysticisme qui résiste à l'ensemble de la manœuvre de l'esprit*. Le mysticisme consiste
à être manœuvré par quelque image ou quelque touche
particulière à raison de l'impression d'*extranéité intérieure*
qu'elle n[ou]s donne. Mais si l'on *critique* cette extranéité,
si l'on se démontre qu'il s'agit du trop humain, si on le
fait rentrer dans le groupe du psychisme ordinaire, —
    Pas d'arcanes. (*Ibid.*, VII, 489.)

    J'ai considéré la littérature dans sa généralité; d'un

point de vue extérieur à elle ; avec un certain esprit de relativité, de scepticisme à son égard.

Citoyen de plusieurs temps et de plus d'une cité, le[A] (1920. *L*, VII, 543.)

Je ne sais pas écrire des choses que je sais admirablement. Car pour moi elles sont finies. Je n'ai plus rien à faire et rien ne m'excite à les reprendre, à trouver des mots — etc. (*Ibid.*, VII, 572.)

Accidentel

Il ne faut jamais oublier que nos pensées sont uniquement portées et développées par les *occasions*.

L'accident est ce qu'il y a [de] plus constant — et la loi, le fonctionnement régulier, le systématique suivent, sont toujours devancés, manœuvrés.

Et pas seulement nos pensées mais nos personnages. Ainsi je passe pour nourri des Grecs, et je me sens maintenant Grec d'une certaine époque. Je ne sais si l'hérédité y a quelque part. Mais voici comme il faudrait interpréter cet hellénisme que rien ne préparait, puisque je n'ai pas de culture grecque.

Supposons un quantum héréditaire grec, très anciennement inséré dans ma généalogie. Ce peut être au XVIᵉ à Venise, ou beaucoup plus haut.

Il se trouve en 19.. que mes pensées, recherches, soient telles qu'elles fassent *résonner* cette virtualité imperceptible.

Il arrive que l'obligation de travaux q[uelcon]q[ues] renforce cette résonance. Et voici que je suis envahi par elle — Elle se développe. (1920-1921. *M*, VII, 766.)

Gloire

Ils m'ont élu le plus grand poète par 3 145 voix — (Mars 1921)[1]. Or je ne suis ni grand, ni poète, ni eux 3 000, mais bien 4 dans quelque café.

A. *Passage inachevé.*

Ils mettent à côté de mon nom, le subtil et profond P[aul] V[aléry]. «' Subtil » est dangereux; « profond » est flatteur toujours.

La somme de ces épithètes fait q[uel]q[ue] chose de *distingué*. Mon 1er est subtil; mon 2e est profond. Mon *tout* est un monsieur peu rassurant, dont il est bon de se méfier...

(— Quant à soi-même, Il se définit de tout une autre façon..).. (*Ibid.*, VII, 833.)

Hélas, dit ce grand artiste, cette œuvre[1] que j'ai faite, cette œuvre admirable qui excite les âmes autour de moi, celle dont on parle, que l'on porte aux nues, dont on interroge les beautés.. je suis seul à n'en pas jouir[2] !

J'en ai tracé le plan, j'en ai assemblé la matière, j'en ai étudié et exécuté toutes les parties. Mais l'effet instantané de l'ensemble, le choc, la naissance, l'émotion totale, la découverte, tout cela m'est refusé, tout cela est pour les hommes qui ne connaissaient pas cet ouvrage, qui n'ont pas vécu avec lui, qui ne savent pas les lenteurs, les tâtonnements, les dégoûts, les hasards.. mais qui voient seulement la chose comme un magnifique dessein réalisé d'un coup. J'ai élevé pierre par pierre sur une montagne une masse que je fais tomber d'un seul bloc sur eux. J'ai mis cinq ans à cette accumulation sur la hauteur, et ils reçoivent d'un coup en quelques instants.

Qui me dira l'effet que je produis ? Et cætera — (1921. N, VII, 883.)

J'aime mieux être lu plusieurs fois par un seul qu'une seule fois par plusieurs. (1921. P, VIII, 336.)

Mon ambition littéraire a été l'écriture de précision. Le contenu, indifférent. (1921-1922. Q, VIII, 356.)

Ma manière particulière d'écrire me semble due en

partie à cette habitude ancienne de me faire des sortes de définitions des mots — ou des notions — que je traite par mon « Système ».

Alors, les mots sont capables de combinaisons particulières. Chacun me semble défini par un ensemble de variables ou de fonctions psychologiques. Il y a là une illusion au point de vue philologique. Mais illusion utile. (*Ibid.*, VIII, 454.)

☆

Révolution —

C'est une révolution[A], un changement immense, qui était au fond de mon histoire :

C'est de reporter l'art que l'on met dans l'œuvre, à la fabrication de l'œuvre. Considérer la composition même comme le principal, ou la traiter comme œuvre, comme danse, comme escrime, comme construction d'actes et d'attentes.

Faire un poème est un poème. Résoudre un problème est un jeu ordonné. Le hasard, l'incertitude y sont des pièces définies. L'impuissance de l'esprit, ses arrêts, ses angoisses ne sont pas des surprises, et des pertes indéfinies.

Mais *le faire* comme principal, et telle chose faite comme *accessoire*, voilà mon idée.

Ce n'est point la peine d'écrire si ce n'est pour atteindre le sommet de l'*être,* et non plus de l'*art ;* mais c'est aussi le sommet de l'art.

L'indissolubilité de la *forme* et du *fond.* (1922. R, VIII, 578.)

☆

Si on essaye de remonter de mes poèmes à un poète on se trompe.

En général — on considère un poème comme expression de la sensib[ilité] ou des valeurs d'un individu.

Erreur des critiques de remonter à l'*auteur* au lieu de remonter à la machine qui a fait la chose même.

Cette erreur est maxima à mon égard.

A. *Tr. marg. allant jusqu'à :* des pertes indéfinies.

Ce qui m'intéresse ce n'est pas une image mais toutes les images possibles. (1922. *U*, VIII, 912.)

☆

Une œuvre est pour moi l'objet possible d'un travail indéfini. Sa publication est un incident extérieur à ce travail; elle est une coupe étrangère dans un développement qui n'est pas et ne peut être arrêté que par des circonstances externes. Mon détachement, par exemple. Si une œuvre que je fais m'ennuie, mon ennui est étranger à l'intérêt que je lui portais. (*Ibid.*, IX, 5.)

☆

Cette bizarre conception de la littérature que j'ai eue dès le début — (que les œuvres étaient des cas particuliers, des applications — et qu'elles supposaient donc une possibilité et une mécanique générale dont le langage était la matière —) Voilà ce qui m'a fait, après que je l'eusse [*sic*] fait.

Au fond, une combinatoire générale des *mots*.

J'ai passé dix ans à chercher une langue « absolue ». (*Ibid.*, IX, 23.)

☆

Littérature —

Mon rêve littéraire eût été de construire un ouvrage à partir de conditions a priori.

— Un poème à variantes, c'est un scandale pour l'opinion ordinaire et vulgaire. Pour moi, c'est un mérite. L'intelligence est définie par le nombre des variantes. [...] (*Ibid.*, IX, 49.)

☆

En quoi je ne suis pas littérateur —

C'est que je regrette toujours le temps que je dépense à *écrire*, à ne penser qu'à l'effet, ou à la présentation. Je ressens vivement que ce temps est dérobé à je ne sais quelle recherche directe.

Il y a de l'illusion dans ces regrets.

Il y a cette illusion particulière de *croire* que le réel et le sérieux sont à débattre entre *moi* et *moi* devant le *non-moi intérieur* comme matière, témoin, problème, *adversité* — (le ce qui est contre) et que le reste importe peu.. [...] (*Ibid.*, IX, 65.)

Mon « inspiration » n'est pas verbale.

Elle ne procède pas par mots — Plutôt par formes musicales. (1923. X, IX, 231.)

Je supportais avec impatience cette condition de grand poète dont les grands nigauds se consument à espérer que tous les petits nigauds leur en accorderont le nom. (1923. Y, IX, 472.)

Il n'y a pas accord simple ni constant entre mon être et l'activité d'écrivain. Mes grandes variations d'humeur et d'appétit, mes exigences singulières, mon détachement du public, — c'est-à-dire de l'indéterminé —, mon ennui étrange d'expliquer ce que je me suis expliqué, — ma répugnance à propager mes idées, — mon sentiment de l'impossibilité de se comprendre, — et au fond celui de la vanité de la pensée, sans oublier la croyance où je suis, en[A] (*Ibid.*, IX, 477.)

Perspective — Si j'ai rédigé et publié d'abord des ouvrages qui procèdent d'une partie de mes pensées que j'ai considérée et traitée secondairement et non comme la principale, j'apparais l'homme dont cette pensée accessoire est la principale pensée —, et le miroir de l'opinion me présente un moi-même qui n'est pas moi. Car je suis ma principale pensée. Mais pour les autres je suis ce qu'ils voient.

A. *Passage inachevé.*

C'est une sensation étrange que de voir réunis ces poèmes que j'ai faits à des époques bien différentes et éloignées sous des impressions diverses mais toujours dans le même esprit — Exercices. (*Ibid.*, IX, 526.)

Ce que les autres, les amis, les critiques m'attribuent et prennent pour mes attributs, parce que j'ai dit ou fait ou écrit telle ou telle chose, ne m'apparaît à moi que pure possibilité. J'aurais pu faire autre chose. D'autres incidents; certaines restrictions levées; tel parti-pris, telles conventions modifiées, l'œuvre et l'aspect en seraient changés.

Une œuvre et une pensée répondent à quelque circonstance de l'auteur, et subissent quelques conditions cachées tandis qu'elles sont *répondues* dans le lecteur par l'idée d'un individu abstrait qui ne puisse faire que ce qui paraît sous tel nom. (*Ibid.*, IX, 534.)

J'avoue que j'ai considéré, et que j'ai traité la poésie en homme qui voit sans cesse qu'elle ne satisfait pas à soi seule à toutes les passions de l'esprit, ni à ses besoins de fonctionnement divers. On sait combien souvent et malheureusement elle touche à la niaiserie. Les éclairs trop souvent n'illuminent que des terrains vagues. (*Ibid.*, IX, 544.)

Rien que l'arrière-idée, l'arrière-présence des méthodes mathématiques est juge de l'esprit et si l'esprit est *poète* elle le garde implicitement, silencieusement de bien des erreurs, — en particulier de celle si grande de n'être que *poète*, et de céder à ce poète, les armes et les actes de l'esprit total. (1924. ἄλφα, IX, 701.)

Montpellier

Je suis un poète qui « rapporte » la poésie à d'autres axes que les siens (d'elle). (*Ibid.*, IX, 735.)

☆

Je ne peux plus faire de vers, après cinq ans pendant lesquels j'en ai fait « beaucoup ».

Mes vers sont faits de *mots*.

J'ai traversé une zone de *mots* comme la Terre traverse l'essaim des Léonides et croit aux étoiles filantes. (*Ibid.*, IX, 776.)

☆

Obscurité etc. et mes autres choses reprochables[1] toujours filles de ma volonté de faire par volonté et par analyse ce qui est réputé ne pouvoir être fait que par emportement. (1924. βῆτα, IX, 788.)

☆

On me reproche de ne pas émouvoir etc.

Je n'ai fait que traiter les autres comme j'aime d'être traité. Je n'ai que faire des sensations et des émotions des autres — Les miennes propres me suffisent. Je ne demande aux écrivains que de m'apprendre quelque chose — des tours de notre métier. (*Ibid.*, X, 62.)

☆

Mon obscurité : la *J[eune] P[arque]* n'est pas beaucoup plus obscure que le *Cantique des Cantiques*. (1924. Γάμμα, X, 100.)

☆

La littérature n'est pas mon souci cardinal. J'en ai malheureusement de plus grands. J'en ai heureusement de plus profonds.

L'opinion des personnes qui peuvent être influencées par des ouvrages de la nature de ceux dont il s'agit m'est indifférente. (*Ibid.*, X, 107.)

☆

La littérature, — n'a pour moi d'autre intérêt que

l'exemple ou la tentative de dire ce qu'il est difficile de dire.

L'art d'exprimer, bien plus que celui de divertir, de charmer, d'émouvoir.

Je n'ai pas les mêmes axes de référence que — — — (*Ibid.*, X, 126.)

Me reprochent de n'avoir pas fait telles choses que je me suis interdites. (*Ibid.*, X, 156.)

Feci quod potui cum conscientia id faciendi[1].

Les circonstances m'ayant remis à la poésie, j'ai fait selon cet esprit — et ceci entraîne de soi-même table rase, suppression de l'inspir[ation], du neuf etc. — toutes choses qui *s'évanouissent* dès que la conscience de soi et de ce que l'on fait est invoquée. (*Ibid.*, X, 162.)

La littérature ne m'intéresse que si elle tend et concourt à l'accroissement de l'esprit. Elle m'ennuie dans le cas contraire.

Je n'aime pas les idées des autres, et c'est pour ne pas faire des miennes les idées des autres que je ne les ai pas publiées.

Je me suis dit quelquefois *versificateur,* parce que ce mot est clair et que poète ne l'est pas.

On est toujours étonné de voir le critique v[ou]s prêter ce qu'il lui faut p[ou]r v[ou]s critiquer — et omettre ce qui prévenait cette critique.

Songez à ce qu'il faut p[ou]r plaire à 3 millions de personnes.

Paradoxe, il en faut *moins* que pour plaire à 100.

Je n'écris / n'écrirais / pas p[ou]r des gens qui ne peuvent pas me donner une quantité de temps et qualité d'attention comparables à ceux que je leur donne. (*Ibid.*, X, 163.)

Rien de plus gênant que les grandeurs qu'on vous attribue et qui ne sont pas celles que l'on eût désirées. (1924. δέλτα, X, 252.)

Je garde ma véritable « poésie » pour mon usage personnel. (1924. ε. *Faire sans croire*, X, 309.)

Les poètes ont bien raison de m'attaquer[A]. Leur instinct de conservation ne les égare pas.

Toute antipathie est fondée.

Car ils ont tout à craindre d'une critique, d'une synthèse et de résultats au moins comparables aux leurs, obtenus par la voie de l'*ordre*. (*Ibid.*, X, 333.)

J'ai l'instinct de ne pas écrire, — et donc de ne pas penser, de ne pas saisir au passage dans la pensée — les *choses d'une fois*.

En quoi je suis anti-poète par *caractère,* par refus.

La poésie est accident, je répugne à me servir de cette génération per accidens.

Pour y consentir il m'a fallu la contrainte des formes conventionnelles.

D° Je n'aime pas utiliser ce qui doit son efficiency[1] à des puissances situées *hors* du cadre.

Tous les effets doivent être dus aux données explicites et à leurs combinaisons réelles. [...] (*Ibid.*, X, 422.)

Observations sur *Charmes*

1. Variété des formes. Odes, sonnets, mètres

A. *Sigle illisible en marge.*

2. Variété des sujets

3. Observance des conditions conventionnelles. (1924-1925. Z, X, 475.)

Poète, me disent-ils, — mais je ne comprends pas. (1925. θ. *Comme moi*, X, 708.)

Plusieurs critiques se sont demandé si j'étais un « grand poète », un « grand écrivain ».

Mais ils ne se sont pas demandé si j'avais eu le désir, l'intention de l'être — ce qui les eût conduits à se demander si je désirais même d'être un poète tout court ou un écrivain[A]

En somme si la litt[érature] était mon objet — principal.

Ils ont jugé selon la probabilité. Leur erreur est naturelle.

Mais je ne suis ce que je parais être que par circonstance.

Mon caractère ne me pousse pas vers le public, vers les effets mais simplement vers ce qui m'intéresse à chaque instant — et généralement / en somme / vers l'exercice de l'intellect. — Voilà tout. J'ai été conduit à — à 18 ans j'ai écrit —[B]

C'est pourquoi j'ai paru un mystique à certains[C] — un précieux etc. — après tout la préciosité ne choque que des habitudes — Molière [ne] doutait pas que le langage le plus commun est en soi aussi précieux que le lang[age] de l'hôtel de Ramb[ouillet] — mais c'est un précieux qui est digéré et qui ne demande aucun effort p[ou]r être conçu ni compris.

Si l'on dit à q[uelqu'u]n : Donnez-vous la peine de vous asseoir,

Considération distinguée —

A. *Aj. marg. :* On me juge comme écrivain ordinaire, écrivain désirant l'être avec les objectifs ordinaires.

B. *Phrase inachevée. Aj. marg. :* Le cas Molière.
Si je m'amuse à telles ou telles combinaisons

C. *Aj. marg. :* mais vouloir se distinguer est inséparable d'écrire, — et juger ! |

Le précieux rappelle que les choses sont susceptibles d'une quantité d'expressions très diverses et l'on croirait sans eux que les mots et les locutions sont une nécessité — une valeur absolue.

Molière ne devait pas goûter la Bible ni l'Évangile qui sont pleins de concetti et de figures — *(Shakespeare)*. *(Ibid.*, X, 785.)

Une seule chose « m'amuse » — un certain genre d'analyse que je me suis inventé.

Écrire —, c'est écrire aux inconnus, — c'est expliquer ce qu'on sait, c'est se ralentir — cela m'assomme —, n'en finit plus — Je recours à l'analyse pour remplir ce « devoir » et des pages. Ma littérature est celle d'un homme que la littérature ennuie et qui veut s'en tirer de son mieux en la tirant du côté qui l'excite. (1925. *κάππα*, XI, 90.)

Le personnage de l'auteur[A] est l'œuvre de ses œuvres.

Mon caractère me porte à considérer ce qui s'écrit comme exercice, acte externe, jeu, application — et à *me distinguer* de *ce que je puis exprimer*.

Gl.

Mes vers, je ne les aurais pas faits si je ne les avais presque empêchés de se faire par le nombre des conditions que je leur ai imposées et qui ne sont pas toutes visibles.

L'objet essentiel p[our] moi n'est pas l'œuvre (malentendu) — c'est l'éducation de l'auteur. *(Ibid.*, XI, 126.)

Taboos singuliers.

Ce qui me distingue le plus en tant que je suis écrivain et pour autant que je le suis, c'est la volonté de privation de certaines choses, ce sont mes *taboos*, mes interdits particuliers. (1925-1926, *λ*, XI, 244.)

A. *Tr. marg. allant jusqu'à la fin du passage.*

☆

Critiques

Vous critiquez ce que j'ai dit.

Mais il n'est pas une seule phrase dans vos critiques qui réponde à aucune de mes propositions.

Vous ne refaites pas mes raisonnements.

Vous qualifiez. Vous me qualifiez. Vous qualifiez mon travail.

Ce que vous faites est moralement analogue au geste de jeter, souiller, brûler un objet.

Ce n'est point le détruire par ordre — et par des pensées —

mais par vos réactions, dont il en est d'inavouables.

— Mais vous ne voyez donc pas que c'est là ne rien faire que de se mettre nu, et impuissant devant les meilleurs.

Car les meilleurs lisent la mauvaise humeur et la faiblesse incontinente — qui qualifie et fait des épithètes sous soi.

Il ne faut pas attaquer des conclusions — Marque d'insuffisance. C'est aux prémisses et aux combinaisons qu'il faut s'en prendre. (*Ibid.,* XI, 283.)

☆

Mon « rêve » en littérature fut bien souvent de faire œuvre entièrement *réfléchie* — c'est-à-dire déduite de ses conditions prédéterminées et assujettie à des conditions a priori.

Le reste même admirable me semble efforts indistincts, inélégance par non-économie des forces, servitude plus que maîtrise, et — abandon de soi; on se livre. (1926. *v XXVI,* XI, 522.)

☆

Teste[A], apôtre intime de la consciousness, à laquelle *croyance* il s'exhorte éternellement soi-même. (1926. *ϱ XXVI,* XI, 601.)

A. *Tr. marg. allant jusqu'à :* soi-même.

J'ai eu cette politique de ma solitude.

Mr Teste est un mystique et un physicien de la Self-conscience — pure et appliquée.

Et surtout un qui cherche à « appliquer » la Self-conscience.

Et la rendre fonctionnelle... automatique ! ! — comme élimination ou *résolution* régulière, des états. (*Ibid.*, XI, 643.)

Mr Teste est-il autre chose que le possible, l'incarnation du possible en tant que — nous en usons et disposons ?

Et ce possible-là, est-ce pas — ce que l'on entend par intellectuel ? (1926. σ *XXVI*, XI, 768.)

J'échappe heureusement et volontairement par bien des parties à la classification des espèces littéraires — — En particulier à celle des « poètes », gent idolâtre, pour la plupart; et même absurde. Je ne parle que des meilleurs. (*Ibid.*, XI, 782.)

☆

Je n'ai jamais estimé la littérature que dans la mesure où elle est comparable à quelque science constructive.

Ce en quoi une activité s'organise, cela m'excite. Ce en quoi la vision des choses est transformée, et par quoi la multiplicité d'expressions possibles est montrée, cela m'excite.

Pas d'ensembles coordonnés sans conscience et vouloir, c'est-à-dire sans une différence ressentie entre les moyens et les fins, les causes et les effets, sans accroissement coûteux du temps de confrontation et d'échange entre les éléments de l'instant. — (1926-1927. τ 26, XII, 37.)

Ma littérature est celle (involontairement) d'un homme qui n'ajoute aucune foi (incapable, impossible), aucune importance[A] aux *dires exprimés en langage* COMMUN et qui c'est-à-dire *non communes,* qui.. fait donc une image et un langage spécial à la fois tout personnel et
universel — indépendant
de sa personne.

Pour *écrire* p[ou]r le public je suis obligé de traduire et cette traduction est souvent impossible. (1927. Φ, XII, 269.)

Je reviens toujours (en ces moments où je suis serré par l'obligation d'ÉCRIRE et l'éditeur pressant,) à l'idée de préciser le travail avant de m'y mettre, d'abord pour pouvoir m'y mettre, et puis parce que cette précision m'intéresse et point le labeur.

L'idée qui est produite par le besoin, volonté de voir est souvent celle de division nette des membres de l'ouvrage.

Les membres ou parties du discours — *seraient* à la fois choses formelles et choses significatives (Point d'accidentel) — choses doublement fonctionnelles — chaque membre a sa fonction dans le lecteur et sa fonction dans l'édifice. (*Ibid.,* XII, 401.)

« Je ferais observer à X Y Z que dans le système où je me place — où je suis constamment placé par ma nature, mes goûts etc. — les qualificatifs réflexes affectifs — ne comptent pas. » (1927-1928. χ, XII, 715.)

Je suis un écrivain de qui les productions résultent d'une traduction des données et des impressions particulières relatives à chaque œuvre — dans un certain

---

A. *Tr. marg. allant jusqu'à : non communes.*

système de réflexions et de définitions générales qui me sont propres, et d'une retraduction de cette transposition dans le langage ordinaire. (*Ibid.*, XII, 733.)

La littérature exige l'opération inverse de celle que je fais régulièrement en réduisant, formulant. (1928. *Ω*, XII, 915.)

On se moque de toi qui as essayé de faire la *synthèse* de la poésie. On a raison, mais tu n'as pas tort. (1928. *AB*, XIII, 236.)

Écrire pour publier, c'est chez moi l'art d'accommoder les restes. (*Ibid.*, XIII, 272.)

Découvrir l'art

Je n'aime pas la littérature — et je découvre la *raison*. C'est qu'elle n'est pas tout à fait l'art qui me convient, qui naît de mon besoin, et que j'ai donc tenté de me donner par les moyens d'un autre art. Ceci est général — On peut classer les artistes par là. Leur art, pour les uns, est tout à fait celui de leurs sens et de leurs productions instinctives.

Pour les autres, il est un succédané — soit que l'art qui leur conviendrait n'existe pas, ou pas encore, ou plus — Soit par suite de circonstances qui leur ont refusé le leur propre.

Ceux-ci sont souvent novateurs.

L'originalité, manière d'utiliser ce qui n'est fait pour soi. (1929. *AD*, XIII, 476.)

Ego

Il arrive que des objets auxquels j'ai peu pensé dans ma vie, des idées venues occasionnellement et fixées dans quelque endroit d'un ouvrage, semblent au lecteur avoir été pour moi des thèmes de pensée constante et des éléments importants de définition de mes tendances d'esprit. Et ce n'est que le hasard qui les a mis ainsi en valeur. On me cite des pensées de moi comme essentielles, que je n'ai fait que trouver au passage et traverser au cours d'un travail pour en finir avec lui.

Ces chemins de traverse passent pour de grandes voies de mon esprit. Voilà un exemple précis des erreurs toutes naturelles qui s'ensuivent de la méthode grossière qui remonte de l'œuvre à l'auteur, et construit l'auteur d'après l'œuvre. C'est peut-être ainsi que l'on fait avec Dieu. (1929. *AE,* XIII, 629.)

Il m'est arrivé d'*écrire* à partir de formes et de passer des *formes* d'expression aux *choses,* par la voie de l'attitude donnée par la forme — cette attitude se complétant nécessairement et se trouvant *une raison d'être* — comme un homme *se recueillant physiquement,* se ferait un sanctuaire et ce sacrum sécréterait un dieu.

C'est un bon exercice, la moins naïve des occupations. (*Ibid.,* XIII, 682.)

Épître aux miens

Ceux qui considèrent ma littérature (en bien ou en mal) ne savent pas que je suis obligé pour écrire ad Delphinos[1] de traduire en mesures communes non homogènes, en toises ou en arpents, — ce que j'ai pensé en unités « absolues ». Le langage familier, — quand il s'agit pour moi de penser *de mon mieux,* — m'est moins familier que le langage que s'est fait ma pensée pensant *de son mieux*[a]. (1929. *AF¹29,* XIII, 724.)

J'écris pour les hommes qui sont seuls et qui ont le pouvoir de se sentir seuls — (Je me sens avec eux — C'est être *seul* —) c'est-à-dire qui n'attachent pas d'importance à ce qui ne compte que si l'on est au moins deux, et précisément parce que l'on est deux ou plus de deux.

Les valeurs changent aussitôt.

Le trait d'esprit compte. Les opinions, les jugements ne sont pas vus comme des possibilités, des spécimens de combinaisons possibles — mais comme définissant des individus, les limitant. Ainsi dans un jeu joué avec soi — quand les chances sont mauvaises on recommence. Cela ne compte pas. L'*Autre* ne proteste pas. (1929. *AH 2*, XIII, 816.)

Auteur obscur, car je ne fais rien pour permettre au lecteur de *sauter*. Je veux être ou suivi ou quitté, mais point des deux ensemble. (1929. *ag,* XIV, 69.)

Rien ne me fatigue comme d'écrire des choses qui ne m'intéressent pas et qu'il faudrait écrire pour pouvoir écrire — celles qui m'intéressent. C'est le don du romancier qui me manque. Il sait écrire ce qu'il *pourrait changer*. Ce qui n'est pas une critique du roman mais de la vie même. (*Ibid.,* XIV, 106.)

☆

Apologie —

Je suis trop honnête pour donner ce que je n'ai pas.

Je m'assure que plusieurs donnent ce qu'ils n'ont pas — c'est-à-dire donnent et font prendre pour *aliments,* ce qui n'est qu'*excitants.*

On me reproche de n'offrir pas une métaphysique, de n'assigner aucun But des Buts, de ne pas satisfaire tels besoins des âmes — de n'offrir qu'un conseil de recherche, de rigueur, qu'un exemple de « disponibilité », d'indifférence du fond des choses et d'attachement restreint aux formes, aux efforts.

C'est que je n'aime pas la simulation — etc. — le *crédit* — le croire et le faire croire. (1929-1930. *ah 29,* XIV, 389.)

Surabondance.

Je travaille bien quand mon état de travail est tel qu'il me donne non seulement ce que je lui demande à l'instant même ou ce que je me sens poussé à faire, mais encore quantité d'autres vues, d'autres envies, d'autres clartés sur d'autres sujets. Je fais bien ce que je fais faisant[a] plusieurs choses à la fois. (*Ibid.*, XIV, 390.)

Mon dialogue sur danse[1] est une danse dans laquelle tantôt le brillant des images, tantôt le profond des idées sont coryphées, pour s'achever en union. (1930. *aj*, XIV, 516.)

Ego Scriptor

Quand je suis « inspiré » je m'interromps très vite; je crains les vitesses de cet état qui jettent dans l'absurde. Je sais qu'il faut cueillir au vol et se dégriser. (1930. *al*, XIV, 603.)

Ego Scr.

Mes écrits littéraires ont été des effets et des événements de ma vie; non des productions immédiates de ma pensée. (*Ibid.*, XIV, 607.)

☆

Avertissement p[our] les *Rhumbs* etc.

Souvent le lecteur — mon lecteur — confond (bien naturellement) une *boutade* avec une proposition *intégrante* — (c'est-à-dire destinée à une *construction fonctionnelle*).
Une formule très frappante à courte portée, sans avenir logique, et une autre à longue portée mais moins excitante. (1930. *am*, XIV, 671.)

Gl.ᵃ

Pour me comprendre.

Le livre — l'écrit — est pour moi un *accident* —
Limite factice d'un développement mental.

Ceci est essentiel p[our] comprendre mon allure — et
il me semble — manière de sentir qui m'oppose à la plupart des écrivains. (*Ibid.,* XIV, 704.)

En littérature, je me sens les avantages et les défauts
qui résultent de ma répugnance à exercer la profession
d'écrire, en m'y donnant tout entier. (1930-1931. *an,*
XIV, 722.)

☆

On me fait quelquefois la remarque et le reproche de
mon insensibilité.

Je ne m'en défends pas. Je dis : Je sépare instinctivement l'écrivain de l'individu.

Le public n'a droit qu'à notre esprit. Le cœur est
chose secrète. Un être me semble d'autant moins « sensible » qu'il exhibe et *utilise* le plus son sentiment. Il me
répugne de toucher certaines cordes — (ou trop profondes ou trop aiguës — ou trop faciles ou trop puissantes). Peut-être ai-je grand tort et me privé-je par là
des effets les plus puissants et les plus généraux. Mais il
ne faut conclure du silence à l'absence. Etc. (*Ibid.,* XIV,
741.)

On me reproche : V[aléry] ne s'intéresse qu'à V[aléry]
(Thibaudet), ce qui est vrai si V[aléry] signifie : ce qui est
inconnu de V[aléry], en V[aléry]; et qui est, peut-être,
connaissable ? peut-être modifiable ?

Quelque autre objet peut-il, — doit-il, nous intéresser
plus ? Car celui-ci est le seul. S'intéresser à autre chose,
c'est s'intéresser à lui sous une apparence qu'on n'a point

percée. Et donc s'intéresser *profondément* à cette autre chose, c'est tendre à traverser cette apparence, et tendre vers soi. (1931. *AO,* XIV, 806.)

À M. Delacour

Je ne sais si je mérite le bel et redoutable nom de classique.

Je n'ai fait qu'essayer d'obéir simultanément à plusieurs tendances de mon esprit ou de mon être, également exigeantes; et cette composition toujours laborieuse, explique sans doute le plus simplement du monde, et mon aspect classique et mon « obscurité ». (*Ibid.,* XIV, 819.)

Réponse — Pro domo[1] — V[ou]s ne v[ou]s intéressez pas à la *vie.* V[aléry] ne s'intéresse qu'à V[aléry]. *Intelligence désolée[2], inoccupée* — etc. etc.

— Pardon ! — Je ne m'intéresse pas à ce dont je sais que les moyens me manquent pour m'en occuper sérieusement. J'ai voulu me donner ces moyens — Le mathématicien est bien obligé de paraître s'éloigner des choses — mais il faut bien constituer les math[ématiques] avant de faire la physique. (*Ibid.,* XV, 15.)

Je ne suis pas assez un « semblable » pour souffrir d'être mis aussi dans une catégorie en iste. (*Ibid.,* XV, 41.)

Mon « imagination » a toujours été gênée par le sentiment de l'arbitraire. Je suis très sensible à la possibilité de changer, qui me sollicite et me fait annuler ce qui me fait soupçonner que je puis le changer. C'est sans doute pourquoi j'ai toujours songé à des restrictions, conventions qui donnassent artificiellement aux fictions des relations internes.

L'arbitraire déterminé, explicite, et *fini,* seul remède à l'arbitraire spontané, illimité. (1931. *A'O',* XV, 51.)

☆

Les œuvres chez moi sont des effets de conditions plus compliquées que chez les autres — Elles ne sont jamais des produits simples et naturels d'un désir — mais presque toujours des sortes de devoirs imposés par les circonstances à un esprit qui n'aime pas cela. (1931. *AP*, XV, 164.)

☆

Ego Scriptor

Les idées, pour divers, plaisent par l'étonnant qu'elles apportent, par l'excitant immédiat.

Ceci est « littéraire » au moins depuis....

Elles me plaisent à moi par la promesse de puissance d'organisation, et de lucidité et combinativité — comme modificatrices de l'action future de l'esprit. (1931. *AQ 31*, XV, 340.)

☆

6-1-32. À l'Acad[émie] Bazin me tire à part et à mon immense étonnement me fait de grands compliments sur mes *Poèmes Abstraits* de la *Revue de France* ! Le ton mystique de ces pièces — a dû l'impressionner. Je tombe des nues. L'obscurité de ces essais dont je suis fort peu satisfait ne l'a pas rebuté ni choqué !.. (1931-1932. Sans titre, XV, 453.)

☆

J'ai abandonné Poésie en 92 — à cause de l'impuissance où je me sentais de faire de la *composition*. Rien de plus difficile — et je n'en vois guère d'exemples. J'avais conçu un poëme à organisation très composée. Mais je me suis convaincu de mon incapacité à l'exécuter.

D'ailleurs je n'ai jamais osé — même en prose — aborder mon seul et vrai désir *littéraire*.

— Du point de vue[A] que je me suis donné alors, et qui

A. *Deux tr. marg. allant jusqu'à la fin du passage.*

demeure le mien — presque toute la littérature en est
encore à l'état élémentaire. (*Ibid.,* XV, 505.)

J'ai eu la manie de vouloir donner au lecteur plus qu'il
n'en demande et donc, plus qu'il n'en peut supporter. —
(*Ibid.,* XV, 507.)

L'idée que des parties entières de notre *vraie vie*
puissent entrer dans une œuvre littéraire m'est si étrangère que je m'avise seulement *aujourd'hui* 15 fév[rier] 32
de cette *étrangeté*[a].

En quoi je suis bien le moins « romancier » des êtres,
et en quoi je sens toujours entre le livre et moi, — entre
l'ouvrage et le *temps vrai,* un « changement d'état ».

D'où cette impossibilité ou du moins cette répugnance
à mêler ce que je sens, ce que [je] fais, ce que je suis, ce
que je veux — — « Pureté » — si l'on veut !

C'est pourquoi j'ai toujours songé à une « littérature
pure », c'est-à-dire fondée sur le minimum d'excitations
directes de la personne et sur le maximum de recours aux
propriétés intrinsèques du *langage*. Apollinisme aigu.
(*Ibid.,* XV, 511.)

8-7-32.

[...] Jaloux[1] me traite de *moraliste* — dans le *Temps* —
d'hier. Je lui dis que ce nom m'est étonnant — — —

(Ceci est général. Toute qualification de genre m'est
intimement *estrange*. Poète ? — non. Je sais que j'ai
fait des vers en deux phases de ma vie. Philos[ophe] —
oh non. — L'idée que j'ai du langage m'en défend.

Et en général[A], la *croyance* nécessaire pour être intérieurement quoi que ce soit de défini me fait totalement
défaut.) (1932. Sans titre, XV, 711.)

A. *Deux tr. marg. allant jusqu'à :* totalement défaut.

☆

Ego scriptor

Devant trop souvent écrire choses dont je n'ai nulle envie et l'esprit inerte devant elles, je m'avise de me donner les lettres initiales des phrases successives à faire — comme pour un acrostiche.. Et ceci ferait scandale si je le disais.

C'est que la croyance à l'esprit est si enracinée et d'ailleurs si grossière, — si grossière est la notion générale du fonctionnement mental que l'on considère invinciblement *ce qui est dit* comme moyen de *ce qui est à dire,* et comme une regrettable nécessité. Ou la *forme* accessoire et le *fond* principal — Ou, etc. — Or ceci n'est pas vrai dans le cas général — c'est-à-dire si l'on considère la production du discours et sa réception. (*Ibid.,* XV, 737.)

☆

Ego

« Ma Poésie » ne répond pas à l'idée ordinaire que l'on se fait de la poésie — parce qu'elle répond à une volonté fort singulière — à des conditions tout autres que les désirs naturels et traditionnels des poètes — — Ne pas séparer moi-poète — d'autres moi qui sont aussi moi.

« Ma Poésie » est une production très influencée par des présences cachées, d'invisibles préceptes, des champs de forces, positives ou négatives, non déclarées — — — (1932. Sans titre, XV, 754.)

☆

Je suis un poète qu'une grande partie des choses réputées *poétiques* touche peu, et parfois ennuie.

Il m'est arrivé de m'en servir, mais à regret, et au contraire, de ne pas céder à ce qui m'est *poétique* personnellement.

Ce qui me communique l'*état chantant,* je l'ai trouvé en général bon pour moi seul et changé en observations privées... (*Ibid.,* XV, 875.)

J'ai essayé de mettre en harmonie avec les exigences de l'esprit moderne (c'est-à-dire d'origine *scientifique* —) les terrains vagues — poésie, philos[ophie][a]. (*Ibid.*, XV, 895.)

2 nov[embre]. Quinte à 3 [h]. 20. — Lecture du *W[agner]* de Pourtalès[1]. Excitation — le « compositeur » qui est en moi en est tout excité.

Mon âge.. sixty-one depuis samedi.

La musique m'aura manqué — et il me semble que j'aurais fait q[uel]q[ue] chose avec ce moyen[A] — —

Le grand Art.

Il a fallu faire des acrobaties comme la *Parque*.

En poésie[B] — surtout française — la composition est une impossibilité. Et il faut d'ailleurs prendre les 80 % de son effort pour vaincre les résistances passives du langage, les associations *parasites* qu'il accroche à chaque mot — et dont certains ont fini par faire leur essentiel — Sans compter les habitudes du public et de soi-même.

La composition est ce qui dans une œuvre porte l'homme — *base* — et *mesure* de toutes choses, — ce qui demande une intuition ou présence de l'homme complet — Toutes les *unités*. (1932-1933. Sans titre, XVI, 18.)

J'ai cherché sur toute chose *pureté* et *précision* — et pas un de ces — qui ont écrit sur moi ne l'a dit quoique je l'aie dit moi-même — cent fois. (*Ibid.*, XVI, 31.)

Je suis un poète qui ne peut souffrir ce qui attire et attache à la poésie la plupart de ceux qui l'aiment. (*Ibid.*, XVI, 43.)

A. *Aj. :* Mon « Système » trouvait là son.. moyen. Je me rappelle ma conversation avec Ravel en 1906 ou 7 — Il n'y a rien compris.

B. *Tr. marg. allant jusqu'à :* Toutes les *unités*.

☆

C.M.

« Le son m'enfante et la flèche me tue[1] ».
C'est-à-dire : la sensation me crée conscience —
(m'éveille)
la réflexion ⎱
le sens   ⎰ qui la suit me perce.

(*Ibid.*, XVI, 47.)

☆

Ego

J'ai une étrange répugnance — un *fastidium* à écrire
ce que j'ai vu[2].
Cela me rebute — m'ennuie.
Je sens que cela ne coûte que de l'ennui, et toute la
grossièreté de l'approximation qu'est une description
d'hommes et de choses. Je sens que je puis, — une fois
la plume intervenue, faire ce que je veux de ce qui fut.
Prendre et laisser. Ou bien, il faudrait faire un procès-
verbal — et quel ennui !
Le roman est possible à cause de ce fait que le *vrai* ne
coûte rien et ne se distingue en rien de l'invention gratuite que fournit la mémoire à peine déguisée.
Le *vrai* ne coûte rien — comme l'air — et le soleil. Il
se prête à une infinité de compositions dont il est impossible de dire qu'elles sont vraies ou fausses. (1933. Sans
titre, XVI, 144.)

☆

5[h.] Il me souvient tout à coup du temps où je retrou-
vais, vers cette heure, ma *Jeune Parque,* et me sentais si
seul, avec ce travail de solitaire pour solitaire cependant
que les gens se tuaient au front, par obéissance, par
crainte, soumis à une factice fatalité, et que veillait dans
ma tête appliquée à des riens de poète — l'angoisse sous-
jacente du *communiqué* du matin. — (*Ibid.*, XVI, 189.)

☆

La volonté[A] de cacher / garder / ce qui me semblait

A. *Tr. marg. allant jusqu'à :* un personnage non existant.

le plus important de mes idées-observations — a fait que mes exégètes ou critiques travaillant sur ce qu'ils avaient, c'est-à-dire sur des textes non conformes à ma pensée *soit par excès, soit par défaut* ne pouvaient que façonner un personnage non existant. Et d'ailleurs ils ne savent pas construire *un personnage* — c'est-à-dire n'ont pas un questionnaire raisonné. (1933. Sans titre, XVI, 493.)

Ego

Variété — J'ai écrit sur la danse sans l'aimer, sur la politique sans y tremper, sur l'histoire sans la connaître — ne me servant que de ce moi. (*Ibid.*, XVI, 515.)

Encore une étude, et fort *étudiée,* sur moi !

On ne me connaît pas. Je mesure chaque fois la distance de l'œuvre à l'auteur.

Mais n[ou]s ne valons que par ces nécrophiles — par ceux qui se nourrissent des cadavres de nos heures et du nôtre même. (*Ibid.*, XVI, 533.)

Ego

Erreur sur moi. Je n'ai jamais eu l'intention d'agir sur mes contemporains — mais — sur moi. Parfois cependant sur quelques-uns d'un certain genre. (1933. Sans titre, XVI, 631.)

Ego

Ce que l'on prend (à bon droit) pour mon « œuvre », est bien plus l'œuvre des circonstances les plus simples et les plus quelconques que la mienne. Sans contrainte extérieure, je n'eusse rien fait ou du moins rien achevé. (*Ibid.*, XVI, 682.)

Si la poésie est compatible avec un haut degré de « conscience » — de connaissance, avec des idées précises de *ce que l'on fait* et une attitude réservée / défensive / à l'égard de *ce que l'on pense et sent,* — voilà le point, le problème qui fut, de temps à autre, le mien. (*Ibid.,* XVI, 700.)

Jeune Parque et une idée de l'individu *complet* — exprimé — physiologie et phases. (*Ibid.,* XVI, 716.)

Vieillissement

Voltaire admirait le « Qu'il mourût[1] », qui nous laisse aujourd'hui parfaitement froids.

J'admirais en 88 *Ruth, Eviradnus*[2], qui me semblent depuis bien longtemps si vains.

Et je ne referais pas mes vers de 1913-20. (*Ibid.,* XVI, 743.)

Poète — L'œuvre de moi ne procède pas d'un besoin[3] — c'est le *travail mental* qui chez moi est *besoin* — (à partir de l'excitation). Ce qui m'excite — m'excite à ce travail même et non à son *produit* — (si ce n'est que l'idée du *produit* est, en tant que *but,* condition du travail — mais non la seule ni la capitale).

L'œuvre, donc, est *application* à mes yeux. Tandis que chez la plupart, elle est le capital de l'instant. — —

Donc, le *Grand Œuvre* est pour moi la connaissance du travail en soi — de la transmutation — et les œuvres sont applications locales, problèmes particuliers. — Ce sont les problèmes où, à titre de conditions indéterminées, entrent les caractéristiques d'Autrui = l'idée que je me fais de l'action extérieure des œuvres. (*Ibid.,* XVI, 744.)

Ego

J'ai la perpétuelle sensation de *perdre mon temps,* non quand je suis *déporté* par le « monde »; — mais, au contraire, quand je travaille, et que ce travail s'applique à quelque objet *autre que ma propre modification* — ou *édification*.

En y songeant, je trouve que ce sentiment est primitif, fondamental chez moi — et m'a toujours fait subordonner les œuvres à ce qui produit les œuvres, et ce qui produit les œuvres à ce qui est capable de les produire. — (1933-1934. Sans titre, XVI, 823.)

Réponse

Je prétends qu'il n'y a point d'autre attitude que la mienne (sinon quelque autre *plus mienne* que la mienne, = plus avancée que la mienne dans le même sens) —

en tant qu'une attitude peut s'exprimer ou se déduire d'une expression —

car la mienne (attitude-expression —) n'est autre que celle qui résulte d'une volonté constante et obstinée de comprendre ce que je dis — — c'est-à-dire de n'employer que des mots bornés comme je suis borné et de n'employer ces mots qu'à me décrire ou fixer ce que je puis observer — —

Ce que l'on me reproche de ne pas être ou faire c'est ce dont je vois la faiblesse ou je ne vois pas l'intérêt.

Je vois la faiblesse de qui n'est que[A] (*Ibid.*, XVI, 852.)

Marcel Prévost[1] — déj[euner] Porte Dauphine — me dit que j'ai tari la Poésie — en ces termes — :

Là où votre Pégase a posé le pied, l'herbe de la poésie ne pousse plus.

Je lui réponds que la raison en est simple — Je travaillais sans fin et ils ne font qu'improviser. (1934. Sans titre, XVII, 190.)

J'ai lu un livre qui s'occupe presque tout de « moi » —; il était là depuis cinq ou six ans au moins et je ne l'avais pas ouvert; son titre ne me disait rien[2]. Ouvert par

A. *Passage inachevé.*

hasard, vu mon nom, lu. Très consciencieux — et travaillé, un peu moralisant etc. —

Mais, j'y observe ce que j'ai observé en d'autres, s'agissant de ce « Moi » — diverses choses — intéressantes.

D'abord l'impossibilité générale quand on « juge » et décrit ou définit « *quelqu'un* » de ne pas *construire* — c'est-à-dire, de ne pas oublier la part de l'*accident,* du « hasard » dans les apports successifs, dont le tas semble faire une certaine *figure.* Mais ce tas est composé de morceaux qui n'ont jamais coexisté; qui sont d'ailleurs eux-mêmes des choses transmises, c'est-à-dire impures, mêlées de tien et de sien.

De plus, j'ai observé que les parties inconnues, absentes sont suppléées par des imaginations *de moindre action.* P[ar] ex[emple] en ce qui me concerne, je sais bien que ce à quoi j'attache du prix (en matière de résultats de l'esprit) et ce que je ne considère pas ou considère médiocrement; — aussi ce que je regarde facile et ce que je tiens p[our] difficile, valable ou non, — devant être publié ou non — m'est très particulier.

Si on me reproche certaines absences dans tel genre — c'est peut-être que ce qui manque m'ennuie ou me déplaît à mettre en œuvre. Il arrive qu'on me loue de choses qui ne sont rien à mes yeux ou à mon effort. Etc.

De même, on ne peut concevoir — et pourtant, je l'ai assez dit — que mon « œuvre » n'ait [été] (pour la plus grande part) faite que de *réponses,* à des demandes ou circonstances fortuites et que, sans ces sollicitations ou nécessités extérieures, elle n'existerait pas. Je n'ai pas obéi à mon désir. Ma nature est potentielle. Mais on attribue à un personnage imaginaire ce qui est dû à l'action irrégulière et de chaque fois sur un personnage réel instantané, des circonstances — imprévues.

J'ai fait de la *littérature* en homme qui, au fond, ne l'aime pas du tout pour elle-même — puisqu'il y trouve la nécessité de rechercher des « effets », d'employer des moyens à étonner et exciter la superficie de l'esprit — (si l'on veut aller plus avant, le lecteur *casse ;* et l'auteur lui-même s'embarrasse —). La qualité de l'attention littéraire n'est pas la qualité d'attention qui me séduit. Elle exclut le *lecteur actif.* D'ailleurs, on parle de tout, au sujet de la litt[érature], excepté de sa vraie nature — *le discours,* et la liaison des moyens du langage avec les productions dans chacun de ce qu'ils excitent.

Je suppose que je me sois fait de ces choses une idée différente de l'idée commune, et qui me semble un peu plus précise ou vérifiable. Il en résulte une modification (qui peut être profonde,) des *valeurs* que j'attribue aux produits. Je *ne recherche plus,* je *ne refuse plus,* je ne *presse ni ne néglige* plus, (dès lors), toutes les mêmes choses que les autres font. Je me permets ce qu'ils s'interdisent, je m'interdis ce qu'ils se permettent. La ligne que j'écris est donc au croisement de ma route et de la grande route. (*Ibid.,* XVII, 221-222.)

Lit. Ego Scriptor —

Je vois la littérature avec de tout autres yeux que vous — comme résolutions[a] successives de dissonances sémantiques — (et parfois phonétiques).

La pratique de la poésie peut (presque seule) conduire à s'élever[b] au-dessus de la conception naïve en littérature, comme la pratique et l'étude de l'ornement au-dessus de l'imitation naïve dans les arts plastiques, comme l'étude des formes au-dessus du nombre en mathématiques[c].

Ce n'est pas que t[ou]s ceux qui font des vers, même excellents, parviennent à cette vue — Elle consiste au fond à ne pas ignorer[d] le système très complexe qui permet à une impression d'agir et[A] (*Ibid.,* XVII, 302.)

Dans ce que j'écris, une part est *Combat avec l'ange* — l'autre (et presque toute la prose publiée) — *Combat avec l'ennui d'écrire, avec la commande — le sujet imposé.* (1934. Sans titre, XVII, 558.)

Ego scriptor.

Il est dans ma nature de mettre aux productions de l'esprit des *conditions d'existence* assez dures, c'est-à-dire

A. *Passage inachevé.*

d'opposer à toute formation de cet ordre l'ensemble des
possibilités de modification et de transformation ou de
variation qui définissent l'esprit même[1]. Je réponds spontanément à ce qui se propose par l'essai de changements
que je pourrais y apporter. Et ceci est le fond de mes
opinions sur les lettres, l'histoire, la philosophie etc.
(*Ibid.*, XVII, 600.)

☆

Ego Scriptor

.. *Écrire* (au sens littéraire —) prend toujours pour
moi le sens de construction d'un *calcul*[2]. C'est dire que je
rapporte l'immédiat, soit à l'idée de problème, soit à celle
de solution; que je reconnais le domaine propre de la
littérature — au mode de travail opératoire et combinatoire qui devient conscient et tend à dominer et à s'organiser sur ce type; que je distingue donc très fortement le
donné du possible par travail; que ce travail se résout
en transformations; que je subordonne (d'autant plus
que je suis plus proche de mon *meilleur état*) le « contenu »
à la « forme » — sacrifiant toujours cela à ceci.

Je me justifie par l'exemple du musicien qui traite par
calculs d'harmonie, développe et transforme.

Je tiens ceci du travail des vers, qui oblige à disposer
des *mots,* tout autrement que dans l'usage. (*Ibid.,* XVII,
617.)

☆

On l'a comparé à Descartes, à Racine, à Lucrèce, —
à Diderot[a] ! Que de « références » ! — (1934-1935. Sans
titre, XVII, 672.)

☆

Ego scriptor

Archaïsmes — Me sont parfois reprochés — — Ne
sont pas volontaires — mais non refusés par moi si favorables — et surtout, me viennent spontanément (chose
assez mystérieuse ? — peut-être — italianité syntaxique
dans les constructions et *besoin de ligne de chant* dans la
phrase — ?).

Mais je préfère *Viendrez-vous ?* à l'horrible : *Est-ce que* vous viendrez ? Je préfère *se peut comparer* à *peut se comparer*. — Je préfère aussi les équilibres : quoique — toutefois.

La modernisation tend à ne pas construire — À ne pas *déduire*.

Et puis je n'ai pas la superstition de l'usage. Je tiens mes archaïsmes pour innovations, destinées à s'imposer ou non selon les avantages de l'emploi, et l'énergie de l'action et le terrain.

Liberté à l'égard de *la date.* (*Ibid.,* XVII, 721.)

Ego. Je n'y vois assez clair que sur un *certain plan* — à une certaine lumière — par une certaine accommodation qui ne sont pas ceux de la formation des images ordinaires[A1].

Quoique cette condition ne soit pas du tout la plus favorable à la production d'une œuvre littéraire, c'est toutefois dans le domaine des Lettres que je pouvais le plus aisément *exister*. Ceci explique ma carrière littéraire et ses particularités — (1935. Sans titre, XVIII, 30.)

Guillemets (comme suite et écho d'une conversation avec Alain chez Mme Wormser)

Je mets entre *guillemets* comme p[our] mettre, non tant en évidence, qu'en *accusation* — C'est un suspect. Ou bien je suppose au sens l'idée de l'emploi qu'en font tels ou tels. Je ne prends pas la responsabilité — du terme — etc.

Guillemets = provisoire. (1935. Sans titre, XVIII, 68.)

A. *Aj. marg. :* Je fus donc obligé de me re-définir les notions communes — à mesure que je devais m'aviser et m'avouer qu'elles ne correspondaient qu'assez mal à celles que j'aurais formées et adoptées de moi-même. En particulier, dans le système des abstractions, je n'aurais pas inventé bien des entités qui sont et sont très importantes, — et j'en aurais inventé d'autres, qui ne sont pas.

Ego. Gl.

Le peu que l'on sait, parfois est plus actif et fécond que le beaucoup.

Car[A] il excite ou oblige à inventer le manque, et ce produit vivant, naissant est plus actif — parfois plus « vrai » que le vrai-mort.

Certain *effet* reproduit *sans cause, par entière conservation,* est moins puissant que l'effet semblable produit actuellement par quelque cause analogue.

L'excessivement peu que je savais de Platon et qui eût tenu en dix ou quinze *lignes* m'a produit *Eupalinos* — cf. *Léonard* aussi, et *Gœthe.* (*Ibid.,* XVIII, 82.)

Ego — Ils m'ont souvent reproché de manquer de substance — d'être une « vaste intelligence » — inoccupée etc. (Rivière)[1]. Je puis dire 1° que j'estime *impudique* de montrer autre chose que ce qui laisse les gens libres — ne pas vouloir toucher aux parties sensibles — voie honteuse, etc. Je n'aime pas cela pour moi — 2° que dans cette apparence ou attitude de virtuosité — j'ai été à l'extrême — et c'est là un acte — — substantiel[a]. (*Ibid.,* XVIII, 89.)

☆

Quoi de plus fécond que l'imprévu, pour la pensée[2] ?

C'est pourquoi je me suis fait à accepter ces besognes non projetées, que j'ai accomplies par centaines.

Celui qui ne fait que ce qu'il a conçu[b] ne conçoit que ce qui procède d'une partie de soi-même.

On ignore de soi tout ce que le non-soi n'a pas demandé et exigé qui se produisît.

Qui devinerait[B] la douleur qu'il contient, sans le coup[c] ? (*Ibid.,* XVIII, 140.)

A. *Tr. marg. allant jusqu'à :* quelque cause analogue.
B. *Tr. marg. allant jusqu'à :* sans le coup ?

Ma « mission » — répondis-je — ou celle que je me suis donnée — aura été de rechercher un peu plus de précision, c'est-à-dire conscience dans la notation de toutes choses — et d'essayer, en certains domaines, d'appliquer les résultats de cette revue de notions reçues.

Ayant donc à m'intéresser à la poésie — et plutôt fait pour elle (certains jours), j'ai tenté de joindre le précepte avec l'acte, et de faire des poèmes avec une idée aussi nette que possible des moyens et de l'objet d'un art des vers. C'était là une *expérience*.

Il s'agissait de chercher si[A] (*Ibid.*, XVIII, 233.)

Ego Scriptor

Poésie — Pour moi fut refuge, travail infini — repli. (1935. Sans titre, XVIII, 464.)

Ego

Je ne puis jamais compter sur les autres. Et je répugne à fonder sur eux, à attendre d'eux. Je ne spécule jamais sur eux, et surtout sur leur crédulité.

Voilà ma g[ran]de différence avec G[ide], par exemple, tout en coquetteries. Et ma « littérature » en a les avantages et les inconvénients. (*Ibid.*, XVIII, 473.)

Apologie

Tout ce que l'on me reproche (*nihilisme* et autres bêtises du genre *isme* — d° *antihistorisme*) revient à blâmer que l'on se serve de son esprit — ou à blâmer que je demande que l'on s'en serve (*obscurisme*)[1]. Les croyances diverses sont incompatibles avec l'exercice le plus légitime de l'esprit — et de ses exigences — ou *simplement de ses constatations les plus immédiates*.

A. *Passage inachevé.*

Cet exercice légitime consiste à déduire de ce qui est
allégué ce qui y est contenu; ou à le rapprocher des faits
— ou à questionner etc.

Il faut donc déclarer en me critiquant que l'on adopte
cette restriction[a]. (*Ibid.*, XVIII, 498.)

« Jeune Parque »

J'ai essayé là — de faire de la « poésie » avec l'être
vivant. (1935-1936. Sans titre, XVIII, 530.)

La plus belle poésie a toujours la forme d'un
monologue.

J'ai essayé de faire venir au monologue (dans la
J[eune] P[arque]) ce qui me semblait la substance de l'être
vivant, et la vie physiologique dans la mesure où cette
vie peut être perçue par soi, et exprimée *poétiquement*.

— Tandis que l'élément *historique* d'un MOI joue en
général le rôle principal, j'ai — ici comme ailleurs —
préféré son sentiment d'actuel éternel. (*Ibid.*, XVIII, 533.)

Ego Scriptor
Gl.

En tant qu'écrivain, je n'ai rêvé que *constructions* et j'ai
abhorré l'impulsion qui couvre le papier d'une production successive.

Si pressante et riche et heureuse soit-elle, cette foison
ne m'intéresse pas. J'y vois une génération « linéaire »
qui exclut toute composition. Je sais que la plupart
admirent ceci et s'en enivrent. — Mais ces feux qui
s'allument de cime en cime et s'éteignent aussi, ne me
donnent jamais mon plaisir complet.

Mon désir eût été d'écrire en traitant presque simultanément toutes les parties de l'ouvrage, et les menant
presque à la fois à leur état final. Comme on peint sur
un mur. Et avec des préparations et ce qu'il faut pour
donner des liaisons et des correspondances d'un bout

à l'autre. Ne pas oublier la fin quand on fait le commencement — etc.

Et puis ne pas laisser au hasard la structure en paragraphes et en phrases — les *longueurs* et complexités et
contrastes de ces formes, en tant que formes.

Et — considération capitale, celle de la longueur totale
prévue. (*Ibid.,* XVIII, 560.)

Ego Je diffère de plusieurs, (et très exactement, de
Mallarmé) par ce point — qu'ils donnent aux Lettres une
valeur « absolue » — c'est-à-dire valeur d'un but final —
tandis que je ne leur accorde qu'une valeur de développement de pouvoirs d'expression ou de pouvoir de construction. Mais cè sont des valeurs moyen.

Ma fin n'est pas littéraire. Elle n'est pas d'agir sur
d'autres tant que sur moi — *Moi* — en tant qu'il peut
se traiter comme une œuvre... de l'esprit[A].

Il en résulte que rien de ce qui lui vient ne vaut que par
ce qu'il apporte à l'accroissement de la possession d'actes
précis et à l'épuisement des possibles généraux, *formules*
frontières etc. (1936. Sans titre, XVIII, 703.)

Mon principe littéraire est anti-littéraire.

Il est d'ailleurs instinctif.

Je n'ai goût à écrire que ce qui m'apprend quelque
chose à moi-même —

qui me contraint à chercher une expression qui capte
un objet de l'esprit difficile à exprimer — imprévu par
le langage et qui ne vienne pas comme la parole courante
à la bouche-oreille de l'esprit. (1936. Sans titre, XVIII,
821.)

A. *Aj. renv. :* D'où il suit que *Moi* et *esprit* sont des notations
opposables l'une à l'autre.
P[ar] ex[emple] : il ne m'intéresse pas de faire des vers sans vues
fonctionnelles — sans songer que cette industrie est une application
de propriétés et de pouvoirs *etc.* Cette application est *particulière.*
Dans la J[eune] *Parque* — problème complexe abordé — Une
physi[ologie] et une mélodie.

— Tel poème de moi, le hasard me le remet sous les yeux — je me sens tout étranger à *ce* qui l'a *fait* (il y a 15 ans..).

Il est fort loin de la grande route de mon esprit.

C'est que je l'ai fait dans une phase spécialisée dans les vers — et même, dans un moment de détail de cette époque mentale.

Je le regarde comme une curiosité. Un jeu de ma nature.

Il est une *création extérieure* — c'est-à-dire que, grâce à l'écriture qui garde *hors de moi* des conditions et des parties de provenance et de directions diverses, j'ai pu combiner (avec du temps et des reprises) un produit très composé. Parfum complexe.

3 facteurs — Le hasard, son contraire, et... (1936. *Voyages*, XVIII, 907.)

Ego scriptor

Mystiques qui écrivent.

« J'ai versé telle goutte de sang pour toi » etc.

Ces choses font sur moi l'effet du faux. « Trop beau pour être vrai ». J'en suis gêné. La pudeur manque.

Si je ressentais cela, je ne voudrais l'écrire à aucun prix. Le sentir.. mais, c'est ne pas pouvoir l'écrire !

Ce serait n'avoir pas même l'idée d'un autre moment et d'autres individus — que suppose le fait d'écrire.

C'est dire que je mets des limites à la littérature et que je la fais cesser là où commence le moi de mon moi; Impureté,

que je n'aime pas d'agir sur ce même *point* des autres et que je ne leur fais pas ce que je ne veux pas qu'on me fasse, — qu'on « prenne par les sentiments » quand je n'ai besoin que de ce qui me fortifie — c'est-à-dire qui m'apprend, qui me donne des moyens.

La pensée de solitude n'a pas de ces phrases. Elle n'en a que de terriblement nues. Que s'il lui en vient, elle les bafoue ou bien elle n'est plus de solitude; mais de

comédie, mais de théâtre, et pour quelque *public*. Il y a
des choses qui sont impossibles au vrai seul. Et plus
elles sont *belles,* moins sont-elles pour soi; et plus
demandent-elles quelque Autre.

Chez les myſtiques, on voit bien qu'ils se donnent
Dieu pour public. L'être, peut-être, ne veut pas, ne peut
pas vouloir être vraiment seul — c'eſt-à-dire se reconnaître toujours, ne recevoir jamais que sa propre image.
Parfois si déformée qu'elle émerveille celui qui l'émane
et la reçoit. Il se trouve trop beau, trop riche. (1936.
Sans titre, XIX, 93.)

Poésie et Moi

J'avoue avoir pensé à la poésie et raisonné en elle, en
esprit qui veut en finir avec un territoire de pensée —
et qui *considérait* (en 93 —) *chaque œuvre comme un cas
particulier..* Ce point eſt capital. Je cherchais la limite —
laquelle ? Mais[A] peut-on considérer les choses de l'art
avec cette volonté de généralité ? ? ? (*Ibid.,* XIX, 148.)

Eg[o]

Gide prêche. Sous toutes formes — agit soi, pour
agir sur[B].

Va aux gens avec autant de goût que je m'en écarte.

Je m'en suis écarté par le sentiment de la non-impor-
tance générale de ce qui me paraissait d'un prix infini
p[our] moi[C].

D'ailleurs[D], pour moi — (c'eſt une singularité) je n'ai
donné à la « Littérature » qu'un rôle surtout « intérieur »..
Et ceci eſt capital quant aux produits. — Exercices.

Ceci eſt *remarquable* si l'on songe que le langage eſt

A. *Tr. marg. allant jusqu'à :* généralité ? ? ?
B. *Aj. renv. :* caractériſtique des relligiosi. [*Aj. marg. :* (voir
infra).]
C. *Aj. renv. :* 2me caractériſtique des mêmes : *ce qui m'importe,
t'importe.*
D. *Tr. marg. allant jusqu'à :* un rôle surtout « intérieur ».

une acquisition de *conventions* — *Seconde Nature...* (1936-1937. Sans titre, XIX, 758.)

Plus d'un m'accuse de ne pas conclure.

Ils sont — comme ceux qui veulent qu'un roman ait une fin et une belle fin.

Comme si on ne pouvait donner à un conte telle fin que l'on voudra, et que le fait d'être écrit dans le livre abolît l'arbitraire de cette fin — — (1937. Sans titre, XX, 106.)

J. P.

Dans la *Parque* et la *Pythie,* seul poète qui, je crois, l'ait tenté, j'ai essayé de me tenir dans le souci de suivre le sentiment physiologique de la conscience; le fonctionnement du *corps,* en tant qu'il est perçu par le Moi, servant de *basse continue* aux incidents ou idées — Car une idée n'est qu'un incident. (1937. Sans titre, XX, 250.)

J'ai aimé travailler une « page » — comme un peintre un tableau —
indéfiniment —
Pas de limite. (*Ibid.,* XX, 302.)

J. P.

Poésie conduisait à faire la bête, à faire semblant[A] de prodiguer des roses, car ce qui m'était vraiment *poétique* n'était nommé que de noms anti-poétiques à résonances scolaires ou techniques.

Les noms des choses de l'esprit sont impossibles. Et c'est cela que j'aurais voulu « chanter ». J'ai eu grand mal à en introduire q[uel]q[ues]-unes dans les vers. (1937. Sans titre, XX, 543.)

A. *Tr. marg. allant jusqu'à* : dans les vers.

☆

Confession :

Je m'accuse — —
    Je m'accuse

d'avoir compris la littérature comme moyen, non comme illusoire fin ;

en ART — c'est-à-dire en *faire,* en manœuvre du langage — par extension et perversion de la notion de *forme ;* et dégageant cette action « littéraire » de son application à l'extérieur, j'y ai vu un instrument de *découvertes* — comme une algèbre, laquelle tantôt découvre ses propres propriétés et possibilités ; tantôt les relations des choses auxquelles ses *lettres* sont rapportées par des définitions et conventions physiques ou autres.

Ceci me vint de l'époque M[allarmé]-R[imbaud]. Je ne trouve rien pour moi dans les livres où le travail mental me paraît non relié à *ses possibles* (ce qui est généralité véritable) et par conséquent est appliqué seulement en *illusions.*

Ce qui est le comble du roman — ce trompe-l'œil. (*Ibid.,* XX, 630.)

J. P.

L'erreur inévitable de la critique à mon égard fut, de me tenir p[ou]r poète ou écrivain au sens ordin[aire] de ces termes —

mais je ne puis (moi qui me connais) prétendre à ces noms car je sais bien quelle petite part de mon temps de pensée y fut donnée. (*Ibid.,* XX, 668.)

Je regarde un texte que j'ai écrit en 94 et me reconnais en 38 — c'est-à-dire 44 ans après — dans la manière de former le début, — de me proposer le « sujet », de m'y introduire et de mener ce commencement vers les positions qui me permettront de me retrouver dans cette région indéterminée — *l'aire d'un sujet donné* (ou imposé).

D'ailleurs le destin a voulu que je sois toute ma vie l'esclave du sujet imposé. (Toute ma prose ! moins ces notes.) Je n'ai pas changé. Ce en quoi j'ai changé, ce que je n'écrirais plus aujourd'hui et ce que j'écrirais, les mots que je ne refuserais et ne refusais pas, (et inversement) serait peut-être curieux à rechercher. (1938. Sans titre, XXI, 379.)

☆

J. P.

Du vrai de la Poésie

qui se trouve en observant ce que chacun y cherche — Tot... quot...

Moi — ce fut *l'enchantement* et l'édification de l'*état d'enchantement,* ce qui excluait quantité de sujets et d'expressions, dès l'origine; les maximes, les plaidoyers, les relations directes avec le réel — et les interventions personnelles. Tout me semblait devoir être *transposé* — afin de constituer cet *état rare* — dont les produits ne s'échangeaient qu'entre eux, aussi séparé de l'état ordinaire que celui qu'engendre la musique, par l'exclusion des bruits et similitudes des bruits.

L'ouvrage devait *tenir* de soi-même en vertu de sa structure — et non par ses ressemblances et attaches extérieures.

Même pas davantage par l'excitation directe des passions propres de la vie. Au premier plan et pour condition première et absolue cet Enchantement qui consiste dans une sensation de *liaison* des éléments ou des idées-images telle que leurs « sympathies » ou attractions mutuelles justifiassent le *plus possible* leurs rapprochements — (tandis que l'*imitation* les justifie par référence à une expérience extérieure —). Chaque élément ou membre appelle d'autres selon contraste, similitude, symétrie, *production du maximum* d'éveil ou *d'hypnose* et *d'émerveillement* — et suite.

Mais la représentation des observations rapproche les éléments par une seule condition, qui est *hors de leur domaine,* et elle néglige (ou même brutalise) les lignes et liaisons de cet univers.

La poésie, usant du *langage* qui est représentatif, pratique etc. — ne peut agir que difficilement et par œuvre d'exception selon ces lois de l'enchantement — et il y faut beaucoup d'intelligence pour satisfaire à ces conditions de pure « sensibilité » constructive.

Mais il y a autant de poésies que l'on veut. Celle-ci en

est seulement une — laquelle a été dégagée, isolée par P[oe], par M[allarmé] et par V[erlaine] — entr'autres — par conséquence de leurs observations sur les autres types, et sur eux-mêmes.

Ils se sont ainsi écartés de leur mieux de la *poésie mêlée* — (cf. Hugo).

— Mais, quant à moi, — ne voulant cependant renoncer à ma manière assez serrée de voir les choses, et surtout les êtres, (qui s'était faite et développée hors et *contre* toute poésie) j'ai pris le parti singulier de donner à la musique et aux modulations et inflexions presque toute la fonction d'enchantement, réservant le fond à ma pensée — et l'exprimant quand je ne pouvais le laisser dans les coulisses du poème — dirigeant sans se montrer. (1938. Sans titre, XXI, 478-480.)

☆

Ego —

Je respecte trop mes heures ou quarts d'heure de travail naturel d'esprit pour les employer à faire des fausses vies ou à exploiter mes souvenirs de sentiments, de femmes etc.

Ce n'est pas dans ces moments où je ressens ma vie mentale fonctionnelle qu'il convient de consentir à ne pas voir cette fonction, mais à *croire* aux pantins qu'elle agite.

Les romans exigent cette renonciation — mais la poésie la rend limitée et explicite, c'est-à-dire inoffensive, car la *forme* dont il faut alors suivre la *courbure réelle* et *organique* garde l'âme de prendre des mots pour des êtres, et des effets partiels pour des causes entières. (1938. Sans titre, XXI, 637.)

☆

J. P.

Quelques-uns de mes vers m'ont donné la sensation de se faire par la continuité musicale et de la produire — en retour.

« Ô n'aurait[-il] fallu, folle — » etc.

et : « À l'extrême de l'être — » etc.[1]

Celui-ci fait sur les *è graves* que j'aime tant.

(Cf. *Anne* : « Tette dans la ténèbre[2] — — »)

Dans t[ou]s ces cas, donner et recevoir sont en intime copulation —

cf. Théorie de la mémoire 1907 — *Le marcheur devient le chemin* — comme le point et la ligne. (1938-1939. Sans titre, XXI, 822.)

Ego

Il est étrange que les vers que je puis faire maintenant ne soient plus que dédiés à l'Erôs — — Soleil couchant — — Bien plus étrange que jamais l'idée de versifier *par amour, sur l'amour* ne me soit venue entre 15 et 30 ans — Elle m'eût choqué — n'admettant pas de relation directe entre art et le moi d'amour. (1939. Sans titre, XXI, 909.)

Ego

Que me fait un art dont l'exercice ne me transforme pas ? (1939. Sans titre, XXII, 233.)

Ego poeta —

On parle d'inspiration — Mais on l'entend d'un mouvement plus ou moins soutenu qui « en réalité » n'admet pas de composition —; mais vit de succession heureuse.

Mais mon « rêve de poète » eût été de composer un discours, — une parole de modulations et de relations internes — dans laquelle le physique, le psychique et les conventions du langage pussent combiner leurs ressources. Avec telles divisions et changements de ton bien définis.

Mais, *au fait, qui* parle dans un poème ? Mallarmé voulait que ce fût le Langage lui-même.

Pour moi — ce serait — l'Être *vivant* ET *pensant* (*contraste, ceci*) — et poussant la conscience de soi à la capture de sa sensibilité — développant les propriétés d'icelle dans leurs implexes — résonances, symétries etc. — sur la *corde* de la *voix*. En somme, le *Langage* issu de la *voix,* plutôt que la *voix* du *Langage*. (1939. Sans titre, XXII, 435-436.)

☆

J. P.   Dans les Mémoires de ce poème, n'oublier pas la
part de l'ancien opéra —
    Gluck — et parfois W[a]g[ner].
    J'ai voulu faire du récitatif, mêlé de mélodies — et
l'idée de changement de ton m'a obsédé.

    Ceci dominait entièrement toute préoccupation de
sujet.
    Observer que la *suite* dans un récit pur et simple
existe par le sens, et fait négliger la *forme*. Mais si on
convient avec soi-même de faire une *suite* — « parfaite »
— il faut maintenir *variable le fond même du récit,* afin de le
tenir en réciproque valeur. (1939. Sans titre, XXII, 533.)

☆

(Cantate)[1]

    Avertissement :

J'ai fait ces vers si facilement que je les considère comme
n'étant presque pas de *Moi* — Car *Moi* — mon essence —
est difficulté, volonté, refus. (1939. Sans titre, XXII, 697.)

☆

Ego.

    La grande liberté à l'égard des mots et « idées » que
finit par donner la pratique de la poésie à forme régulière
(qui apprend ou oblige à suivre non la direction *simple*
d'une idée, mais la trajectoire composée forme-*sens probable,* et à spéculer sur la réaction de l'une sur l'autre)
m'a conduit à une attitude à l'égard du LANGAGE qui
parut « philosophie », qui peut tenir lieu de philosophie
et qui coïncide (— et même la déborde) avec la manière
de voir de la science actuelle. (1939-1940. Sans titre,
XXII, 763-764.)

☆

Ego.

    Dans la poésie, c'est l'exercice d'un art formel qui m'a
finalement intéressé.

J'ai fini par considérer le *contenu,* « idées », images, comme... *ne coûtant rien* — et produits « accidentels » arbitraires[A] — auxquels *il faut* donner, sans doute, l'importance qu'ils doivent avoir comme excitants à constamment fournir, et d'ailleurs absolument nécessaires puisque l'on est « en poésie »; mais tenir toujours pour subordonnés à *la figure de la forme,* (sauf en quelques cas exceptionnels), laquelle est la réalité organique de l'ouvrage — et ce qui fait de l'ouvrage une unité de passion et d'action et un moment d'*univers poétique*..

— La remarque ci-dessus[B] que les « idées » sont des *valeurs arbitraires* résulte facilement de l'observation. Le « sens » dépend, en effet, de qui lira et dans quelles conditions ? Il suffit que l'auteur le sache pour qu'il traite ses « idées » en conséquence. Il sait qu'il spécule, que ce qu'il *pense* n'est que pour lui. Ce qu'il écrit peut engendrer les effets les plus divers.. etc. (*Ibid.,* XXII, 783-784.)

Ego.

Ce fut l'un de mes désirs, un idéal, de temps à autre, très présent, quoique jamais je ne me sois pris à le réduire à l'acte, que d'écrire un ouvrage de prose comme on doit, sans doute, écrire une partition d'orchestre — c'est-à-dire avec je ne sais quel regard sur l'ensemble de l'œuvre, qui ne cesse d'en voir la *forme* générale, la déduction des parties successives, non par la logique ou la dialectique ou la nature seules du sujet; mais selon l'évolution du discours aussi, en tant qu'il est une action — et comme action ne permet pas qu'une phase soit suivie d'une autre quelconque, pas plus que l'homme couché ne peut passer à la danse qu'il ne se soit dressé et repris.

Et c'est en ceci que le discours reçoit une vie et une unité. (1940. Sans titre, XXIII, 12.)

J. P. etc.

Dans le *Cim[etière] marin,* il me souvient que je formai

---

et plaçai des *strophes,* comme on fait de masses, de couleurs, ou d'atomes (dans une molécule) —[A]

Strophes suggérées dans leur tonalité, par l'équilibre général, *voulu aussi bien* par *moi* que par l'ouvrage au moment T[B] — (qui se composait alors de ce qui était déjà « fait » et de ce qui *pouvait-devait-pensait* être fait, l'À-FAIRE — —).

D'où quelques hésitations sur ces placements. Je ne pense pas qu'on ait souvent fait un poème de cette manière (ce que me permettrait le système des strophes et le caractère non chronologique, non-récit de l'ouvrage).

Ainsi de la strophe *Zénon*[2] —, introduite pour *philosopher* le personnage virtuel — la *Personne-qui-chante.* Mais ce système de composition[C] traite la « pensée » en *moyen*[D] — et renverse le procès ordinaire. — Grosso modo : la *forme* exige du *fond.* L'harmonie générale, les symétries, les contrastes demandent des *significats,* qu'il faut trouver — cf. le problème inverse de la dynamique : trouver les *forces* quand la trajectoire est donnée, avec la même indétermination. Ici trouver des « idées » — etc.

— Quant à ce que j'ai appelé là-haut le *À-Faire,* c'est une notion à creuser — des plus intéressantes. (1940. Sans titre, XXIII, 205-206.)

Ego.

Je compte pour zéro le travail proprement littéraire[E] — lequel ne rapporte que par accident à la connaissance.

Je pense et je sens que le travail littéraire ne peut être pour moi qu'un sous-produit, une application ou un exercice d'un travail plus important, plus profond, qui vise à agir sur soi-même bien plus que sur autrui. Avancer en soi plus loin que le plus loin où l'on puisse conduire autrui. (1940. *Rueil-Paris-Dinard I,* XXIII, 304.)

A. *Aj. marg. :* De même dans le *Serpent*[1].
B. *Deux tr. marg. allant jusqu'à :* l'À-FAIRE.
C. *Tr. marg. allant jusqu'à la fin du passage.*
D. *Aj. marg. renv. :* Parti-pris qui se rattache à ma méthode 92 — $\varphi + \psi$. La « pensée » tenue pour *partie,* ingrédient d'une transformation cachée — avec les conséquences quantitatives, les limites qui en résultent.
E. *Tr. marg. allant jusqu'à :* plus que sur autrui.

Ego. Lit.

C'était un étrange poison que versait à toute autre
poésie celle de Mallarmé, dans mon esprit. Elle n'appor-
tait rien que l'on eût pu trouver soi-même, rien du discours immédiat et qui se pût prévoir, cependant que la
sonorité de la forme s'imposait aussi fortement et définitivement que la surprise de la difficulté du sens excitait
vivement, au contraire, la défense de l'esprit — et par là,
toute l'intelligence. Ce contraste était tout-puissant.
Baudelaire pâlissait, Hugo — etc.[A]
    et sans magie indéfinie, ses grands poèmes ouverts à
toutes les longueurs, aux dimensions et aux excursions
irréfléchies — aux sujets absurdes ou à effets ou banals..
(1940. *Dinard II*, XXIII, 411.)

L'idée de modulation comme je l'entends me ravit plus
que toutes. (1940. *Dinard III 40*, XXIII, 662.)

☆

À *Mallarmé et moi* — je considère, ce matin, dans
l'obscur de l'heure et la clarté particulière de ce moment
d'éveil en *présence de l'absence* de lumière — les différences de poèmes comme *Hérodiade*, l'*Après-midi [d'un
faune]* et la *J[eune] Parque*. Celle-ci n'aurait pas existé sans
ceux-là, bien entendu. Mais c'est là ce qui est intéressant
quant aux différences — de conditions.
    Tandis que — les 2 poèmes de M[allarmé] sont faits
par un *tramé* sur la forme, avec un sujet dont le dessin
n'est assujetti qu'à se faire reconnaître, — le poème ne
conduisant pas à approfondir le sujet, mais le traitant en
prétexte — ou en condition de lui-même équivalente,
au plus, à la façon — laquelle est incomparable et dans
l'*A[près-midi d'un] f[aune]*, supérieure à tout sujet — —
la *J[eune] Parque* qui n'a, à proprement parler, de sujet,
dérive de l'intention de définir ou désigner une connaissance de l'être vivant, qu'il ne suffit pas de — reconnaître,

A. *Mot illisible.*

mais qu'il faut apprendre. Ceci joint aux conditions de forme donne au poème ses très graves difficultés. Il ne suffit pas d'expliquer le *texte*, il faut aussi expliquer la *thèse*[A].

En résumé, mon vice littéraire a été de vouloir (de ne pouvoir faire autrement que de) toujours mettre dans l'ouvrage de type et de figure normaux, une manière de voir les choses singulière — et des connexions ou définitions issues de mes recherches — sur la vie, les fonctions ψ etc. Mallarmé ne s'occupait guère que de la forme — ce souci dominait tout. Le reste demeurant *libre*. Mais je n'ai jamais réalisé mon système que par très petits fragments — —

Il conduit à faire apparaître[B] des liaisons et des gênes où la vue ordinaire n'en voit pas, et des libertés — également. (1940-1941; Sans titre, XXIV, 117.)

Si je me suis attaché à la forme conventionnelle c'est qu'elle m'oppose une limite propre vers laquelle doivent converger les transformations idéo-verbales, par la multiplication et discussion desquelles je cherche à satisfaire en tâtonnant les conditions de mon ouvrage.

Mais, si je suis libre — c'est-à-dire n'ayant à considérer que les impulsions, productions et vues de l'*instant* même, je n'ai pas la sensation d'avancer, je puis toujours revenir sur ce qui est fait. En d'autres termes, rien ne distingue définitivement la chose faite des états de sa fabrication, et rien ne me détermine à adopter telle possibilité plutôt que telle autre — en dehors de mon impression actuelle.

Ne pas faire dépendre uniquement de *conditions instantanées* (ou de l'auto-réaction) l'acceptation de produits de soi — c'est-à-dire *reconnaître* le soi-voulu dans ces produits purement donnés — est mon *instinct*. Ce qui ne me coûte rien ne m'intéresse pas *encore*. (1941. Sans titre, XXIV, 403.)

A. *Aj. marg. renv.* : Ma conviction était que personne ne le lirait. C'était entre 14 et 17 !
B. *Deux tr. marg. allant jusqu'à* : également.

Ego.

Ce que j'ai fait me paraît toujours provisoire, étape, à reprendre. Ce n'est achevé que par accident. Publier l'œuvre O est un accident qui arrive à O[A].

J'ai la sensation de quelque bêtise devant tout ce qui est fixé.

Quelle que soit sa valeur, il me semble impossible que cette fixation puisse résister au travail incessant *du reste* des choses.

D'où exigence de forme. (1941. Sans titre, XXIV, 597.)

☆

Ego

Je n'aime pas la profession littéraire — Elle me déplaît.

Je n'aurais voulu être, en tant qu'écrivain, qu'un *amateur,* mais plus savant, plus exigeant et plus profond dans le métier que les gens qui en font profession. (*Ibid.,* XXIV, 603.)

☆

Gl.
Ego

Je m'aperçois par le *Faust* (qui est en somme une aventure latérale) de ma constante propension à définir organiquement, et à rendre instrumental — ce qui se dégage plus ou moins nettement d'une pratique psycho-fonctionnelle.

Ainsi, dans un théâtre, le *dialogue* est condition immédiate — et j'écris sans désemparer du dialogue.

Mais — après quelque usage, — je *commence à ressentir cette forme* indépendamment de toute application, et le besoin s'impose à moi d'isoler nettement, de concevoir formellement sa fonction, sa *place* dans une *résolution* de quelque résistance, ou circonstance, et ses caractères fonctionnels complets. J'ai donc besoin[B] d'une « idée » ou formule qui me fasse du « dialogue » quelque chose

A. *Aj. marg. :* (*Faust III ?*)
B. *Tr. marg. allant jusqu'à :* l'inégalité est supposée.

comme une opération = Le *dialogue* est l'*opération qui transforme* des données par voie d'échanges (DR) (demande-réponse) entre des systèmes à implexes dont l'inégalité est supposée. Le nombre des variables (de ces systèmes) qui entrent en jeu est variable et définit le genre, depuis le dialogue philosophique jusqu'au plus ordinaire. D'où le ton, etc. À la base, le dialogue intérieur. —

Monologue n'existe pas — Si ce n'est peut-être comme activité tout inconsciente — celle du dormeur parlant. En somme, formellement — Je compte, p[ar] ex[emple] : une « prière » —; une passe d'armes (duo stretto[1]); un dialogue modulé.

L'analyse du type *dialogue* serait féconde. Comme la « pensée » tend vers ce type et n'est qu'en apparence un monologue, elle serait élucidée par là. (*Ibid.*, XXIV, 624.)

Memento

Je n'ai jamais pensé ni ressenti le vif besoin de cette haute opinion d'un grand nombre d'*autres,* qui fait agir, jouir, souffrir beaucoup de gens, et attendre et accepter du monde une idée de soi et une valeur dont l'espoir fait que l'on s'accommode de faire illusion jusqu'au point de s'y prendre soi-même.

Non seulement, je n'ai jamais éprouvé le souci de la gloire indistincte, et de *toute provenance,* mais l'idée même n'en est pas autochtone chez moi — Elle n'est pas de mon terrain.

En particulier, je n'ai jamais songé à séduire la *jeunesse,* à exercer sur elle une influence quelconque, ni à me faire lire par *les femmes,* ni à prononcer une action sur la *masse indéterminée* des *lecteurs possibles.*

Au contraire, dans la mesure où j'ai pensé à des effets de mon travail sur d'autres que moi — ce qui n'a eu lieu que pour une partie, la moindre, de ce travail (lequel, en général, ne fut qu'une élaboration indéfiniment entretenue de moi-même[A], — une défense, parfois, — et même souvent, — contre mes ennuis et mes maux) —

A. *Aj. marg. :* Le système de l'*exercice.*

je n'ai visé que des *esprits faits,* capables de résistance,
auxquels je puisse demander de l'effort en récompense
du mien, et qui m'inspirassent une certaine crainte de leur
jugement. C'est pourquoi, m'étant aventuré plus d'une
fois à écrire sur des sujets de spécialités très diverses
à partir de réflexions dont la conscience de ma pensée
même était le principe constant[A], j'ai eu le plaisir, qui
était celui d'une heureuse vérification de la manière de
mon esprit, de voir mes remarques, et même mes expressions, être accueillies favorablement, parfois adoptées,
par les hommes de différentes disciplines. Architectes,
peintres, médecins, militaires, géomètres, physiciens,
économistes, voire philosophes; et même (avec toutes
les réserves qu'il fallut) ecclésiastiques ont approuvé
mes propos et cité mes formules. Je ne parle pas des
politiques, car ceux-là n'ont pas d'importance. Ma
« gloire » est là : n'avoir pas cherché à enivrer, mais
à échanger honnêtement mes produits contre attention
réfléchie, en présence d'une susceptibilité critique redoutable, celle de *connaisseurs*[B].

Mais quelle que pût être ma satisfaction sur ce point,
je l'ai toujours tenue pour extérieure, et même pour
apparente, en dépit des conditions réellement assez
sévères que j'ai dites, car je n'ai jamais cessé et ne cesse
jamais d'avoir au plus près de ma pensée le sentiment de
son impuissance prochaine. J'ai toujours à demi présents, des problèmes et des difficultés qui me gardent
d'oublier mes limites et de me contenter de moi.

J'admire sincèrement — absolument — t[ou]s ceux
qui savent ou peuvent *faire* ce que je ne sais ni ne puis
faire. *Faire, pouvoir,* voilà les mots essentiels, les *Mots
d'ordre.* (1941. Sans titre, XXIV, 717-718.)

Ego

L'obligation d'écrire sur un sujet imprévu et presque
inconnu, et les conditions secondaires qui se déclarent
alors — m'ont souvent profité — car elles m'ont

A. *Aj. marg. renv.* : référence et transformations réglées.
B. *Aj. marg.* : La valeur d'un jugement n'est, dans ce genre, que
la valeur de celui qui juge.

contraint à mettre en communication, en échanges, des domaines implexes de mon possible psychique qui s'ignoraient.

Ainsi, en 95, au moment où il fallut écrire la *Conquête méthodique* (sous un autre titre[1]), le rapprochement de la stratégie avec l'économie organisée et disciplinée.

Histoire de ce texte (Parmi les *Récits de ma Tête*, l'*Histoire curieuse de mes textes*). (1941. *Cahier de vacances à M. Edmond Teste*, XXIV, 763.)

☆

Ego

Je suis bien plus inventeur d'idées — ou de vues qu'autre chose.

Et c'est là, au fond, ce qui fait aussi ma « poésie » — ce n'est pas tant que j'y mette expressément des « idées ». Au contraire, je n'y en veux pas — car une idée qui m'intéresse me semble exiger un traitement tout autre et m'y excite et désigne un autre état, une autre composition virtuelle où la placer, qui ne sont pas « poétiques ».

Mais à peine engagé dans une forme et une voie chantante, je conçois l'*avenir* de ce germe en tant que poème sous les espèces de problème — ou plutôt de suite de problèmes — et ici interviennent les « idées » — pour solutions.

— — — Quelques mots, comme un arc de courbe, se proposent — Il s'agit de tracer toute une courbe qui passe par des points fixés — rimes etc.

Mignonne, allons voir si la rose[2] — — ?? Et puis ? Ici un va-et-vient entre le dictionnaire des rimes, plus ou moins mental, et le sens naissant et l'intention, et le mouvement ou rythme.

— L'idée[A] de la fabrication du poème ou des œuvres m'excite, m'exalte plus que toute œuvre, — et ceci, (nota bene) d'autant plus que cette imagination se fait plus indépendante de la personne et personnalité du fabricateur. *Ce n'est pas quelqu'un qui fait.* Somnambu-

---

A. *Tr. marg. allant jusqu'à* : toute œuvre.

lisme de l'attentif — c'est-à-dire de celui qui se transforme moyennant une conservation. (1941-1942. Sans
titre, XXV, 373.)

Mémoires de Moi

.. Je fus possédé par le démon de la Pureté.

L'idée de séparer les constituants indépendants — de
faire sentir leur différence dans la composition, au lieu
de les employer mêlés.. je voulais l'appliquer en littérature et il y a dans *Teste* et *Léonard*[1] (95) des traces de ce
dessein.

Mais je n'ai pas assez suivi mes propres idées —
celles-ci d'origine géométrique et musicale — Géométrique ? — Oui — Division formelle des membres =
axiomes, lemmes, théorèmes etc. Musicales ? Division
de l'orchestre. En langage, les parties introductives, des-
criptives, raisonnées, animées, et les mots à grouper.
Théorie des paragraphes. (1942. Sans titre, XXV, 617.)

Ego et S.M.

La poésie, pour M[allarmé], était l'essentiel et unique
objet. Pour moi, une application particulière des puissances de l'esprit.

Tel est le contraste. Peut-être le faudrait-il rattacher
à notre possible-facile-excitant respectif. (1942. Sans titre,
XXV, 706.)

Sottise

La sottise immédiate a donc sa valeur.

Je pensais à ce qui est attribué à Wagner : combiner
Shakespeare à Beethoven. Cela est absurde, mais plein
de *force initiale*. J'y songe à propos de la *J[eune] Parque* —
car il y a eu dans le désir ou dessein de cette fabrication
l'intention absurde — (peut-être faut-il de l'absurde
dans les projets de certaines œuvres ?) de faire chanter
une *Idée* de l'être vivant — pensant ? — « Chanter » —
c'est-à-dire utiliser tout ce qu'il y eut de chantant dans
la poésie française — entre Racine et Mallarmé — mais

de supposer à ce chant, aussi uni et continu que possible, une subſtance de[A] (*Ibid.,* XXV, 706.)

☆

Ego — Mémoires de moi — S. M.

Il m'apparut alors (92) que l'art de poésie ne pouvait satisfaire tout mon esprit.

D'ailleurs, les conditions difficiles que j'exigeais de cet art excluaient bien des possibilités. Il y eut antagonisme entre cet idéal et celui de l'esprit. Bien des choses lui échappaient et je voyais parfois de la bêtise dans la spécialité poétique.

Conflit entre la liberté de l'esprit et ce qui a besoin de *fiducia,* de valeurs arbitraires pour se produire. (1942. Sans titre, XXV, 879.)

☆

Ego
π

L'art de la prose consiſterait pour mon goût (d'écrivain, je ne dis pas de lecteur) dans la recherche d'un mode de succession des phrases — qui fût sensiblement *non arbitraire.* (La description étant tout le contraire.) L'idée que n[ou]s avons du langage eſt des plus grossières.

Le raisonnement suivi eſt un cas particulier de ceci — — et le type raisonnement fait la solidité du ſtyle des Cicéron et Bossuet, et de plus d'un entre 1600 et 1660. Mais c'eſt un cas particulier. Il y a une autre « logique » — c'eſt-à-dire convention ou possibilité de dépendance successive. (1942. Sans titre, XXVI, 319.)

☆

IIIᵐᵉ Fauſt (« *mon Fauſt* »)

ou.. ma tentative de faire du personnage de Fauſt, introduit par Gœthe dans la vie intellectuelle universelle, un être représentatif de l'esprit européen.

Le fond du problème serait celui-ci (que j'ai mal indiqué dans les 4 actes déjà écrits) :

— Que faire de la *supériorité* déjà acquise ?

A. *Passage inachevé.*

— Que faire.. de l'Homme ? — Peut-on se faire de l'Homme une nouvelle idée ? —

— Peut-on créer un nouveau but, un nouveau désir ?

— Que vaut ce qui est accompli ? ce qu'ont obtenu les meilleurs esprits ?

— Que devient l'idée traditionnelle de la « Nature », de sa forme donnée — quand l'idée de Loi naturelle est maintenant si transformée au regard du savant ?

Il faut supposer ici — toutes les idées acquises — (et jusqu'au *langage*), « l'Univers », la Vie, « la Mort », la *connaissance* considérés tout autrement — et seule, l'idée de pouvoir réel d'action subsistant — mais ce pouvoir lui-même — se trouve incertain de son emploi.

— *Tout ce qui fut* devient ou bien de « l'histoire » — ou bien de la puissance — qui est « Science » — c'est-à-dire formule ou recette d'action — toujours vérifiable et acquise pour toujours.

Mais cette netteté exclut toute *explication,* toute valeur « métaphysique ».

— Ceci établi — *par la simple observation* — que deviennent les « sentiments », les « harmoniques » — et les antiques instincts dans un être excessivement conscient ?

(Les instincts seront figurés par le *Méphistophélès* — et toute leur diabolique ingéniosité, leurs séductions, tentations, leurs faux « infinis », et tout l'art de se tromper soi-même qui se développe dans les « péchés » les plus importants (orgueil) — c'est-à-dire dans la confusion de la *personne* avec le *Moi.* Le *Moi* étant une propriété de tout système vivant conscient, — mais n'étant pas *quelqu'un.* Au contraire, cette propriété s'oppose en chacun à sa vie personnelle, et réduit cette vie, ses caractéristiques, sa singularité — à un cas particulier.)

Il y a, en chacun, un *refus* possible *de ce qu'il est,* en tant qu'être défini et définissable. Nous pouvons oublier notre nom, notre histoire; nos goûts peuvent changer; nos forces, notre savoir etc. etc. *Nous ne retrouvons plus en nous l'enfant que n[ou]s avons été.*

Notre *Moi* (pur)[A] est donc devenu le *Moi* de tout un autre système d'implexes, de souvenirs et de réactions.

Méphistophélès, dans ce *Faust III,* est dominé, sur-

A. *Tr. marg. allant jusqu'à :* de réactions.

monté par la pure et simple « conscience de soi » qui est
au maximum dans « mon Faust ».

— Quant aux « harmoniques » — (que je représente
par le *Solitaire,* et par les *Fées*) ce sont ces valeurs supérieures de la Sensibilité, *qui s'ordonnent en groupes* (au sens
quasi-mathématique du mot) et qui sont la *structure
abstraite* de nos modifications les plus *concrètes* — les
sensations en soi, au-dessus de toute signification, et au-
dessus *de toute condition accidentelle* de leur production
fragmentaire.

C'est l'Art qui a pour fonction de révéler ces groupes.
Le groupe des couleurs, des sons, des figures etc. (1942.
Sans titre, XXVI, 440-442.)

Ego — « Mon œuvre » — c'est-à-dire ce que j'ai écrit et
publié — n'est pas du tout ce que je ressens *mon œuvre* —
toute mienne.

Celle-ci n'est que ce qui n'a dépendu que de moi — et
qui fut le moins du monde inspiré ou influencé par des
circonstances étrangères à mon désir.

Or cette œuvre toute mienne se réduit à des poèmes,
à des fragments — et puis — mais surtout, — à mes
idées plus ou moins notées, aux observations, aux vues,
au système de vues, et à la volonté et à la sensibilité que
ces produits supposent. Il y a là aussi beaucoup de
velléités, — de conceptions qui n'ont pas abouti à des
constructions, mais j'ai cru et crois encore à leur valeur
implicite — car il est impossible de[A] telle idée qui v[ou]s
revient par plus d'une voie, qui procède d'observations
évidentes, qui est impliquée dans la marche des[B] (*Ibid.,*
XXVI, 500.)

Ego — J'écris une « Préface ». Une de plus. Et qu'il
m'ennuie d'écrire. Curieux métier de devoir faire ce qui
ennuie, au moyen des moyens que l'on a commencé de
se faire créer, et perfectionnés à partir de l'intérêt assez

A. *Valéry semble avoir écrit par inadvertance* de *au lieu de* que.
B. *Passage inachevé.*

passionné que l'on portait aux choses de l'esprit. Le prêtre vit du saint sacrifice —

Mais, au moment d'en finir avec cette tâche, elle arrive à m'exciter la tête, et je vois à présent ce que je pourrais faire de cet état d'avancement, si je le prenais pour départ d'un nouveau travail.

Ce qui est là ne vaut pas grand'chose. Rien, pour moi, qui me sens sûr, pourtant, qu'il y a de quoi changer ce rien en *œuvre,* moyennant un travail qu'il me plairait de faire, que je vois, et ne ferai pas. J'en tirerais quelque chose qui serait *de moi,* cependant que ces feuillets sont des produits de circonstances, d'autrui, d'automatismes miens et de conditions hétéroclites diverses. (*Ibid.,* XXVI, 527.)

— Sur un ex[emplaire] de la *J[eune] P[arque]* (Daragnès illust[rateur])
— Ceci est mon drame lyrique. C'est un cas assez remarquable d'imprégnation. J'ai tant aimé la *Walküre* et la conception wagn[érienne] m'avait tellement frappé, pénétré que le 1er effet de cette action fut de faire rejeter avec la tristesse de l'impuissance, tout ce qui était littérature.. Plus tard, un effet second fut, au contraire, parent de mes poèmes de 1915.
Il m'apparut que la poésie n'avait jamais bien regardé sa tâche, ses moyens, ses vraies difficultés, ses idéaux.
Quant à la composition, n'en parlons pas ! — (1942-1943. Sans titre, XXVI, 706.)

Ego

Une de mes erreurs — (les plus importantes quant aux conséquences sur mon.. histoire) fut la manie — (que j'ai toujours) de chercher à justifier les arts — mais surtout celui d'écrire — à lui trouver une vraie valeur — c'est-à-dire à ne pas le restreindre à un moyen de parvenir (gloire, influence, action sur *autres*). Je dis que c'est une erreur, car que peut être ce genre d'occupation ? —

J'en ai fait un exercice de la fonction Langage — qui « normalement » est mue par la circonstance particulière, le besoin du moment, la réponse à donner ou à se donner, le raisonnement à exercer etc.; mais qui s'offre, d'autres fois, comme disponibilité de moyens, quantité d'actes ou arrangements virtuels, excitation à essayer des combinaisons à partir de la faculté de combiner, et non de tel dessein — à réaliser.

Ceci donnait[A] ou promettait une belle liberté à l'égard de toute formule ou opinion isolée, — *et même, la rendait mal ou point isolable* (ce qui est très important), lui associait sa négative, sa symétrique ou réciproque —.

Et toute « philosophie » — c'est-à-dire toute doctrine ou croyance invérifiable, uniquement fondée ou bien sur ses effets affectifs, ou bien sur ses effets esthétiques ou bien sur sa structure formelle, sa « logique », m'apparut pure possibilité entr'autres, — comme une figure d'entre les figures. D'où l'idée de considérer toutes les doctrines possibles, — les transformations qui permettraient de passer de l'une à l'autre — et de substituer à la recherche dite *philosophique* le simple *athlétisme* dans les choses mentales et verbales.

Ceci assez semblable à une « géométrie analytique » s'opposant aux analyses particulières.

« Verbales » ? Il est clair que mes expériences « poétiques » de 1891 — ont joué leur rôle dans ces élucidations (de 92 à *nos jours*). J'y avais appris à user des mots, à les manœuvrer sans être manœuvré par eux — etc. (*Ibid.*, XXVI, 728-729.)

Je pense avec trop de conscience de *la qualité de pensée* de ma pensée, une apercevaise trop rapide de la nature mentale du mental pour m'enfermer dans une fiction concrète ou abstraite, roman ou histoire ou métaphysique, au point qu'il faut s'y engager pour faire une œuvre longue et soutenue dans ces genres, qui exigent le renoncement aux possibilités égales de développement, et la perte de la perception des carrefours à chaque instant offerts.

A. *Tr. marg. allant jusqu'à* : symétrique ou réciproque —.

Mon imagination s'oppose à chaque instant à chaque image, et ma liberté de formuler à chaque formule.

Ceci, cultivé originairement en moi par la fabrication des vers, dont tout le secret est dans la subordination des produits immédiats de l'esprit aux conditions du langage en tant qu'excitant probable. (1943. Sans titre, XXVII, 199.)

En tant que poète, je suis un spécialiste des sons : *é, è, ê.* C'est assez curieux.

D'autre part je sens assez nettement se former ou se chercher mes vers dans une région de l'appareil vocal-auditif et moyennant une certaine attitude de cet appareil (en tant qu'il est capable de modifications musculaires). (1943. Sans titre, XXVII, 444.)

Ego

Je m'aperçois — ma naïveté — que mes sujets et modèles ne sont jamais que des objets intellectuels — des choses intérieures — Je ne m'applique jamais à un paysage, un personnage, une scène ou affaire; et me suis fait cette manière de voir *intérieure..* (qui était absolument hors de ma nature jusqu'en 1890). Je répugne à écrire ce que j'ai vu. Pas de souvenirs, et je les traite, le cas échéant, abstraitement. Que si je dois en décrire, je les fais par *synthèse, — par construction.* Ce qui tient sans doute à ma tendance à négliger ce qui est *donné,* et surtout 1° à ma conviction que la meilleure description ne restitue jamais ce qu'on a observé, mais *ce que peut former* un tiers qui n'a pas vu la chose 2° que si j'observais sérieusement quelque objet, je le décrirais en d'autres termes que ceux de l'observation ordinaire. Par ex[emple] les objets visibles *rigoureusement réduits* à ce que l'œil voit, sont des taches, les intervalles comptent, etc. Mais, de là, une grande lacune littéraire — Romans etc. (*Ibid.,* XXVII, 454.)

☆

En tant que poète —

En tant que poète, — j'ai voulu être un... *non-simula-teur*. Je veux dire : j'ai voulu que ma recherche et mon travail de *formateur de poèmes* soient d'accord avec ma pensée en général, ma conscience de moi, mes réflexions et analyses, mes goûts de l'esprit. C'était une expérience à faire, à laquelle je me suis — *en tant que poète* — consa-cré. Il s'agissait de montrer que l'absence de mythologie et d'idées vagues[A], de collusion avec les produits impurs et flatteurs de la tradition, de la paresse d'esprit et de la vanterie ou de la mystique poétiques était compatible avec l'exercice de l'art et avec la fabrication d'œuvres efficaces[B]. J'ai procédé à une analyse de la poésie en tant que problème pur et simple. — (1943. Sans titre, XXVII, 518.)

☆

Ego — Lit. — De ma répulsion à l'égard de la « *Chose Littéraire* ».

La Littérature, née en quelqu'un, qui est *moi* par exemple — se forme, se dessine, se propose, se fait aimer, se fit définir, circonscrire, haïr aussi.

Cela commence par l'enchantement des contes, se mêle bien vite de l'ennui des leçons et récitations, sans que l'on comprenne pourquoi il faut que l'on v[ou]s mette et maintienne le nez dans des livres qui seraient aimables si liberté de les ignorer v[ou]s fût laissée... et le hasard [de] v[ou]s les faire découvrir avec tout le charme des découvertes..

Cela se continue par les vers que l'on se fait, que l'on cache, que l'on montre à peu de confidents bien choisis — —

Mais je me sentais une pudeur, une véritable vergogne de ces productions. L'idée seule que *n'importe qui peut lire ce que l'on a écrit* dans le secret et l'aventureux senti-ment de la solitude m'était insupportable — — Plus fort

A. *Aj. marg.* : Teste's Poetry
B. *Aj. marg.* : Mallarmé lui-même consentait à une mystagogie.

même que la pudeur physique — Sentiment assez étrange,
car pourquoi écrire si ce n'est pour autrui ? — Peut-être,
c'était pour former, dégager, cet autre moi, ce lecteur
idéal qui *existe* nécessairement dans tout être qui écrit,
et dont la description[A] ou définition exacte, si on pouvait
la faire pour chaque écrivain (en qui elle est virtuelle et
agissante) serait *de beaucoup* la plus importante *connaissance
critique* qu'on pourrait en obtenir, la clé du système
cryptographique — le type d'ambition.

Deux souvenirs de cette *jalousie* singulière de ma
nature —

Mon frère, [à] qui je me gardais de parler de mes goûts
et de mes essais — soupçonnait bien qu'à l'ombre de mes
études si médiocres, quelque chose se passait et quelque
culte caché se pratiquait. Il découvrit un poème dans mes
papiers, le prit et fit imprimer à mon insu dans la *Petite
Revue du Midi* de Marseille — dont je reçus, un jour,
le nº où mon œuvre figurait[1] — — J'en fus très affecté —
Mon nom imprimé me causa une impression semblable
à celle que l'on a dans les rêves où l'on crève de honte
de se trouver tout nu dans un salon —

Mais je ressens encore la colère et la confusion qui me
saisirent, q[uel]q[ues] années plus tard, en 1891, quand
je reçus de Paris le nº des *Débats* où mon *Narcisse Parle*
publié dans le 1er fascicule de la *Conque* était loué dans
les termes les plus flatteurs par S — qui était M. Chantavoine[2]. Je parcourus la ville avec ce journal en poche,
rouge de honte, étrange honte — et ne pouvais souffrir
ce que je ressentais comme un viol.

Et pourtant, puisque j'avais donné ce poème — — ?

J'avais la moitié du corps dans la « *littérature* » — et la
réalité de ce monstre[B] — qui tient de la profession, — du
métier, du commerce, avec les pires caractères de ces
occupations, la concurrence, les effets de malveillance,
d'*envie,* de etc.

car les âpretés de la poursuite du gain s'y envenim-
ment des atroces excitations de la vanité et de la soif
de gloire etc. mais qui peut se conserver et même
s'exaspérer en nous comme forme de « vie intérieure »[C]

A. *Tr. marg. allant jusqu'à : connaissance critique.*
B. *Aj. marg. :* ambiguïté de la Littérature
C. *Aj. marg. :* sentiment du sacré — du réservé, du « culte ».

— culture de ce qu'on a choisi dans l'expérience désordonnée de la vie et de soi, pour perfection de l'être.

Mais il y a la canaille de cette profession et je range parmi sa troupe t[ou]s ceux qui pratiquent la politique — c'est-à-dire la tactique d'action directe *sur le public,* la dépréciation des individus plutôt que la critique des œuvres, les injures et calomnies, le tir sur les noms et le jet d'ordures, sans qu'ils se disent, ni le lecteur, en général, que ce sont leurs aveux d'envie et de rancune qu'ils font, ou la satisfaction de leurs instincts de cruauté enfantine, quoique, parfois, savamment calculée.

(Monsieur Teste.)

J'ai toujours eu le mépris de cette activité du genre ignoble, — et en général, des « violents » et des « narquois » que je tiens pour des faibles.

Le but de t[ou]s ces êtres est nécessairement bas puisqu'il est dans le public — et dans les plus basses parties de l'esprit public. La facilité de salir, de briser, de gâter et infecter est évidente.

Il est naturel que la jalousie existe dans un ordre de choses où la poursuite de l'idée qu'on veut donner de soi est essentielle. Mais chez les uns, c'est une supériorité relative qui est le but, et il leur suffit de paraître supérieurs, — les autres ne veulent cette supériorité que vis-à-vis d'eux-mêmes. (*Ibid.,* XXVII, 683-686.)

Réponse à un questionneur.

Le « Néant » est pour moi un signe *Complémentaire.* On peut écrire toute égalité : $A = 0$. Le zéro est une conséquence nécessaire de l'Égalité.

J'ai « poétiquement » considéré « Ce qui est » comme une infraction — un désordre. Entre les fissures du *Tout,* le *Rien se voit*[1].

En tant que poète, le néant est par moi employé comme une *couleur*. Si le peintre a besoin d'un noir, il met un *nègre ;* d'un rose, une *rose*.

Voilà l'art. Les « autres », ensuite, bâtissent sur ces mots. (1943. Sans titre, XXVII, 752.)

Ego —

Je fus frappé et exaspéré de fort bonne heure par la nature périodique[A] de la « vie » — dans son cadre d'orbites, de saisons — de redites, elle-même ou la pensée, broderie sur une trame de respiration, circulation, ingestions et éliminations et cycles — .. et j'en écrivis une page assez furieuse en 1891 — sous le nom bête de « Maurice Doris ». « Mon Faust » est l'homme qui a trop conscience de cette cyclose et cette conscience lui remet tout le temps le nez dans cette cyclomanie de notre essence. [...] (1943-1944. Sans titre, XXVII, 912.)

Où est le plaisir de jouer avec une idée difficile à dire, une sensation à régénérer, au moyen de mots ? Les 4 ans que j'ai gagnés plus que perdus à travailler les quelque 12 pages du *Mnss.*,[1] les 4 ans de la *J[eune] Parque* — et les 4 ans[B]

Ceux qui vont vite ne voient rien. Ma nature était pour aller vite. J'en ai vu les mauvais effets, et un effort semi instinctif, devenu bientôt une résistance spontanée, se fit en moi pour me ralentir — D'où une manie que j'appelai *rigueur* — qui frappait de suspicion et dépréciait tout ce qui vient à l'esprit et le séduit, et n'a que cette séduction pour soi. Ce qui n'était que du *Moi-de-l'instant* n'eut désormais que *valeur de l'instant* — C'est là « *Littérature* ».

Le travail de faire et refaire une phrase — un paragraphe, une strophe — doit conduire l'esprit à des états plus précieux que tout ce que l'on peut obtenir en fait de résultat particulier sur le papier. Pour construire telle expression composée, il a fallu se modifier en profondeur ; et c'est en quelque manière, opérer à 3 dimensions, au lieu de 1 ou de 2 — comme fait la spontanéité. (1944. Sans titre, XXVIII, 158.)

A. *Deux tr. marg. allant jusqu'à :* « Maurice Doris ».
B. *Phrase inachevée. Aj. marg. :* Les quatre ans.

☆

Ego
(1891)

Excité par ces quelques lignes de Poe[1], et surexcité par ce que me semblaient supposer les *expériences* (car, comparés aux poèmes antérieurs, c'était bien le terme qu'il me fallait employer) de Mallarmé et de Rimbaud, je me mis à considérer la Poésie en tant que problème général[A] — production complexe où tous les constituants de l'action à conditions psychiques, conscientes ou semi-conscientes, ou inconscientes, devaient figurer.

— Mais le problème lui-même me parut si riche en profondeur et si neuf — à mesure que je m'y attardais — qu'il passa en intérêt toute poésie en particulier, et que son examen me conduisit, de proche en proche, ou plutôt de loin en plus loin, à une recherche de développement indéfini et d'ampleur illimitée.

Je voulus savoir ce que je faisais. (1944. Sans titre, XXVIII, 252.)

☆

Ego. J. P.

Un poème est pour moi un *état* d'une suite d'élaborations.

Ceux que j'ai publiés sont à mes yeux des productions arrêtées par des circonstances étrangères. Et, gardés, je les eusse transformés indéfiniment. (1944. Sans titre, XXVIII, 435.)

☆

Ego.
20-5-44

Tout à coup me revient ma vieille idée[B] — qui jamais ne se réalisera —

Arriver à l'exécution d'une œuvre par voie de conditions formelles accumulées comme des équations fonctionnelles — —

A. *Tr. marg. allant jusqu'à :* devaient figurer.
B. *Tr. marg. allant jusqu'à :* de plus en plus *cernés.*

de manière que les contenus possibles soient de plus
en plus *cernés*[A] —

Sujet, personnages, situations résultent d'une structure
de restrictions abstraites — serrée (durée — nombre de
voix, — succession des effets physiologiques, suspens-
accélérations, contrastes). (*Ibid.*, XXVIII, 468.)

Ego.

J'ai remarqué plus d'une fois que si je suis excité
à poursuivre un travail avec contentement d'agir, je suis
excité à en mener d'autres en même temps, qui s'alimentent de cette énergie — et j'ai cru observer que le rendement et la qualité profitent de cette menée simultanée,
avec des échanges d'idées entre des sujets fort différents.
Même mon activité générale en est affectée. J'agis alors
plus vivement, et (chose notable) *plus librement*. (1944.
Sans titre, XXVIII, 503.)

Musicaliser — « Harmoniser »

« Musicaliser » — Je pense à *Mon Faust (Lust III
et IV).*

En général, on se contente au théâtre d'une sorte de
« logique d'action ».

Mais quant à la structure esthétique c'est d'instinct
qu'elle se fait. De cette remarque me vient l'idée de
musicaliser — que j'ai eue et appliquée autrefois et des
ouvrages comme le 1er *Léonard* et mes dialogues.

Il s'agit de *composer*.. de *vouloir* ordonner des parties
spécialisées — chacune consacrée à un mode — un
mouvement — un registre de mots, un régime de
substitutions (raisonnement, imagerie, sentiment —)
et de ménager contrastes, symétries, et les modulations
ou les discontinuités.

Allegro — Presto — etc. (*Ibid.*, XXVIII, 586.)

A. *Aj. marg. :* Et ceci est bien moi

☆

Ego Scrip.

Comme dans la *Soirée [avec Monsieur] Teste,* j'avais, par calcul, introduit le mot *bordel* (b...)[1] afin de compenser, *moyennant une seule lettre,* la couleur abstraite du texte, et de donner aussi économiquement que possible un accent de liberté de mœurs assez vulgaire — ou de libertinage à mon « héros » de l'intellect —

ainsi *25 ans* plus tard, j'ai introduit au *Cimetière marin* la strophe *Zénon* afin de donner à cette ode le caractère particulier d'être le chant de la méditation d'un « homme de l'esprit », un *possédé de la culture,*

agissant identiquement, dans ces deux cas, *en peintre,* qui, considérant par un recul l'ensemble de son ouvrage, et s'avisant de quelque *besoin* de contraste ou d'équilibre du système de son tableau et de son œil, *inflige* à ce qui est fait la modification demandée en y ajoutant quelque objet de détail, qui *importe,* ici ou là, le *ton* désirable — comme un *poids* additionnel, une soulte — etc.

— Ceci révèle, dans mon faire de ces différentes époques, un égal souci de considérer ce que je produisais comme des compositions d'*unités* — dont les parties successives devaient se modifier réciproquement dans une simultanéité *résolutoire* — —

C'est une manière imprévue d'interpréter le *Ut pictura poesis*[2].

Si je puis voir en ce mode de composer une influence de la peinture, je vois mieux encore dans diverses choses que j'ai faites celle de la musique.. L'idée vague (chez moi, ignorant cet art) et la magie du mot *Modulation* ont joué un rôle important — dans mes poèmes. *La Jeune Parque* fut obsédée par le désir de ce *continuum* — doublement demandé. D'abord, dans la suite musicale des syllabes et des vers, — et puis dans le glissement et la substitution des idées-images — suivant elles-mêmes les états de la conscience et sensibilité de la « *Personne-qui-parle* ». (1944. Sans titre, XXIX, 91-92.)

☆

Ego

J'ai connu fortement le sentiment singulier que publier

certaines pensées serait me désarmer — et davantage,
me dégoûter de celles-ci qui m'étaient chères, comme des
maîtresses favorites. Peut-être aussi craignais-je de les
voir altérées, dépréciées par leur divulgation, par la critique ou par la non-compréhension extérieure ? —

Il me semblait que c'eût été renoncer à ma raison
d'être — que je plaçais non seulement dans la valeur que
je leur donnais, mais dans le secret de cette valeur.

Et c'est peut-être pourquoi *je souriais* si fréquemment.
(1945. Sans titre, XXIX, 479.)

Ego —

De t[ou]s ces écrivains, poètes, que j'ai connus ou
devinés par un instinct (qui révèle ce qui vaut vraiment
en *x* pour *y*, et selon sa nature d'*y*) —

je ne trouve que S[téphane] M[allarmé] et moi —
(très diversement) qui aient isolé, dénudé, sacré, gardé
et adoré dans le secret l'Idole abstraite du *moi* parfait —
c'est-à-dire de la *self-consciousness*, héritage de Poe —,
par l'usage radical de laquelle il se produit une égalisa-
tion intime de tout ce à quoi cette répulsion exhaustive
répond, peut répondre. C'est l'idole qui ruine toutes les
autres — celle dont la présence et l'acte — comme
réflexe — donne au moins l'illusion de la plus entière
généralité.

Note que la pratique d'une versification réfléchie,
qui conduit à manœuvrer les *mots* et à les traiter en
valeurs relatives, comme équi-différents « en puissance »,
(implexes) et pièces de jeu — prédispose à ceci — et est
favorable à ceci[A] — Cette virtuosité est incompatible
avec les idolâtries communes (dont celles des philosophes, en particulier[B]).

.... Je m'avisai que le système supposé par l'art de
Mallarmé était plus *profond* qu'une théorie de littérature
et consistait en un secret d'attitude « universelle », lequel
ne pouvait être que ce que j'ai dit — et que je portais

A. *Aj. marg.* : Curieuse conséquence de l'art poétique
B. *Aj. marg. renv.* : *car,* la valeur des mots n'est plus « en eux »
mais dans leur place (Boileau) et le mot *Si* vaut alors autant et plus
que le mot *Dieu.*

virtuellement en moi[A] la *liberté* que supposai[en]t la versification et l'obscurité de M[allarmé]. Etc.

Mais cette sorte de *lumière* me vint surtout de 4 lignes
de Poe — par-ci, par-là. Et je me fortifiai rapidement
dans cette foi en mon absolu — pur et implacable, au
point de me sentir bientôt bien plus brutal encore que
M[allarmé] (qui, lui, conservait la Poésie, au moins)
dans l'application rigoureuse du *principe de négation* (1) et
de *l'exercice du pouvoir qui en résulte* (2).

Et je commençai à ne voir qu'idolâtres et idolâtries
autour de moi — (1892).

(M. Teste dit : que peut un homme ?)

Tout ce que l'esprit peut résoudre en esprit et faire
participer du mépris en lequel il *doit tenir* ses propres
productions et fluctuations *en général,* et par conséquence
tout ce qui est langage et *n'est que langage,* fut frappé.

Il fallut donc chercher ce qui peut *sauver* le langage —
et ce n'est que 1° la vérification extérieure des résultats
de ses opérations — (Donc une partie des emplois de la
« logique » — Petite partie) 2° la vérification esthétique
ou excitante des combinaisons verbales.

J'observais que : de même que des opérations purement abstraites, algébriques, aboutissent, dans beaucoup
de cas, à de bons résultats de physique, la pensée « physique » n'ayant joué aucun rôle pendant l'intermède analytique, ainsi, des combinaisons verbales essayées et
effectuées, sans grand égard à une *idée* initiale *à exprimer,*
mais avec souci de leur efficacité propre — et, au besoin,
avec toute liberté de changer l'idée mère — permettaient
de former les objets poétiques les plus « parfaits ». [...]
(*Ibid.,* XXIX, 536-537.)

☆

3-3-45.

Monaco[1] me conte qu'il a vu un général *nègre* à cheveux blancs, au concert.. ? ? fou de musique, qui lui dit
avoir rencontré en Louisiane un ouvrier agricole (noir)
fou de poésie — qu'il aime au point de la goûter en
toutes langues — ? Cet homme récitait le « Cimetière
marin », qu'il savait par cœur ! — Le général ignorait
que M[onaco] me connaissait.

A. *Aj. marg.* : cf. *Histoire de Boris*

Ce poème est fort su par cœur. Giacobbi, (nunc ministre des colonies), le sait. Et bien d'autres. Il n'y a que moi qui ne le sache pas. Affaire de forme. L'on ne sait pas que forme et mémoire sont en particulière sympathie. — Le *C[imetière]* *M[arin]* fut, d'ailleurs, *calculé*, quant aux thèmes qui *devaient* y figurer, pour satisfaire à des conditions de *plénitude* que je pensais alors — (et pense encore) exigées pour l'équilibre intrinsèque d'une œuvre de quelque importance — car l'esprit les demande — et il ne faut pas laisser quelqu'une de ses facultés sans lui offrir quelque aliment ou — — travail. Elle ruinerait rapidement l'effet du reste. Il faut de l'abstrait et du sensible, de l'observé et du combiné — etc.

Mais il est vrai que le lecteur d'aujourd'hui ne veut ni ne supporte que ce qui ne vaut — qu'aujourd'hui. Postérité est morte. (1945. Sans titre, XXIX, 600.)

Ego.

Que de choses je n'aurais pas vues, si je n'avais été conduit à les voir par l'obligation de travaux imposés !

Ceci est contre la liberté du travail.

Trop de liberté enchaîne à ce que l'on est, — ou que l'on aime. (1945. Sans titre, XXIX, 714.)[a]

GLADIATOR

Ne jamais chercher la perfection ou la puissance d'un esprit —— dans un résultat. (1894. *Journal de Bord,* I, 56.)

Le César de Soi-même
El César de sí mismo
Il Cesare di se stesso
The Cæsar of himself. (1897-1899. *Tabulae meae Tentationum — Codex Quartus,* I, 274.)

Le renoncement, la vertu, la hardiesse du crime ne sont à mes yeux que des exercices — de la haute école — qu'il est bon d'être capable d'entreprendre — comme preuve de souplesse et force.

Le grand point de vue sportif et — de dépense arbitraire. (1899. Sans titre, I, 608.)

.... Le dessein me vint [de] ne plus apprécier les œuvres humaines et même les autres choses, que par les procédés que j'y pouvais reconnaître : c'est-à-dire que je supposais, d'abord ingénument et puis, de toutes mes forces, que je devais dans chaque cas, exécuter moi-même la construction de chaque chose donnée; et je tâchais à la réduire à des opérations successives dont le premier caractère était que je savais les faire. De la sorte, j'éloignai de ma recherche / mon travail /, mais non de ma conscience, tout jugement incertain ou mobile, puisque je me bornais[A] à mesurer chaque fois mes forces / ma force /[B], — ou, si l'on veut, à mesurer le donné par ce qui était possible à mon esprit.

Toute chose proposée devenait ainsi rien qu'un nœud de problèmes. Chaque objet reposait sur une diversité d'expériences de ma pensée. (1899. Sans titre, I, 763.)

The Way to Uebermensch[1]. (1899. *Technical improving in literature,* I, 802.)

Poe — ou bien — quelque δαίμων — souffle : La limite même de l'analyse — où ?

Personne ne va au bout, à l'extrême nord humain — ni au dernier point intelligible — imaginable, ni jusqu'à un certain mur — et la certitude que là commence vraiment l'infranchissable. Je me parcours indéfiniment. Je me regarde me parcourir — et *ainsi de suite*.

Pas de couleur, parfum, odeur qui résiste à ce mouvement. Reconstruire la saveur de fruits. L'homme intérieur tient la mer dans le creux de sa main imaginée. Fantasmagorie absurde psychologique.

Art, connaissance, vertu etc. — exercices des matins ordinaires — sport et bien-être, — des jours transparents où sonne tout seul le sentiment seulement du facile et du difficile — ce sens divisant le monde connu en 2 domaines, peut-être pauvres.

Thème du pouvoir. Agrandissement du pouvoir silencieusement. Le seul but étant peut-être le mépris *compétent*.

Seule, la recherche — vaut la peine. Immense. Décrire une nuit de travail. La grandeur du système pensé qui se

A. *Aj. marg. renv. :* par oui et par non
B. *Aj. renv. :* et qu'il n'y a pas d'erreur concevable sur le point de savoir si l'on peut soulever un corps quand on tient ce corps et qu'on le soulève —

transforme, le roulement des transformations. Le travail dans un intervalle de temps fini. La descente de Boulogne sur l'Autriche. L'ivresse de la précipitation des pensées dans un bref moment. *Tout,* considéré comme matière à calculs, ici; là, comme aliment de rêves.

Le retentissement de l'être seul. Abondance peu à peu des rumeurs et des cris — de l'esprit. Extraordinaire écho. De ce lieu, la gloire paraît et ânonne comme une chose éminemment villageoise. [...] (1899. Sans titre, I, 809.)

C'est par l'aide mutuelle de 3 ou 4 procédés distincts que l'esprit bâtit q[uel]q[ue] chose. Il lui faut des points fixes, des matériaux anciens, des réactions externes, un entraînement incessant. (1900-1901. Sans titre, II, 202.)

Fancy-work[1] —

« Il y a eu des philosophes. Il y a eu des connaisseurs en matière de songes. D'autres ont approfondi tous les signes et les conséquences de la signification. D'autres ont joué dans un but de l'esprit d'autres....

Mais nul n'a placé son esprit et les mouvements de son esprit — hors de toute destination fixe, finie et nommée. Nul ne s'est avisé de penser virtuosement — de penser au-delà de toute écriture, virtuosement — pour jouir ou souffrir des changements et des tenues, des retours et des inventions instantanées, purement pensés.

Et non plus, nul n'a su éduquer en soi sa pensée, acquérir ce qui lui manquait — uniquement pour l'acquérir — on ne l'exerce que dans ce qui pourra être répété. On ne l'élève que jusqu'à l'élévation permise à la communauté — on ignore ses véritables mœurs et vis-à-vis d'elle on ne sait pas ce qui est utile ou inutile. On oublie que méditation veut dire gymnastique et on s'imagine que cela tend à un résultat particulier. Il n'y a pas de gymnastique du particulier. Il n'y a pas de résultat de méditation. À quelle heure as-tu fini de penser à un sujet ? » (1901. Sans titre, II, 263.)

Là où vous voyez deux extrémités de l'opinion et de la passion — avec l'obligation d'aller à l'une, et d'y demeurer enflammé — ou bien l'hésitation et le milieu — moi je ne vois que deux exercices — ou trois — de mon imagination que je puis éprouver successivement. Ce sont des airs de violon. Mais qui sait jouer du violon — sans être joué par lui ? — (1901-1902. Sans titre, II, 340.)

Le surhumain — existe. Il est l'effet sur l'humain de la connaissance de l'humain. (1902. Sans titre, II, 715.)

Une vraie philosophie serait la reconnaissance, l'éducation et la possession de tous les organes spirituels — l'étude de chacun, de leur force ou faiblesse personnelles et de leurs suppléances mutuelles. Rien de plus propre à ce but que de bonnes définitions; — une science des représentations en tant que moyens — matière d'expériences — et recherche des meilleurs prolongements.. (*Ibid.,* II, 722.)

L'homme a besoin d'apprendre tout ce qu'il est fait pour faire. (*Ibid.,* II, 796.)

La maîtrise de l'esprit consiste à se rendre compte de ce qui est réellement possible dans et par l'esprit — L'esprit tel qu'il est —

Pas d'opérations fausses — pas de fausses étendues. (1903. *Jupiter,* III, 109.)

Un homme habile dans sa pensée la sachant naturellement irrégulière, quelconque — — La pensée a besoin d'un

maître; d'un désir; d'un modèle; d'habitudes. Sans quoi
elle est comme le rêve — inutile, terrible, circulaire,
niaise. C'est un groupe infini. Les ressemblances diminuent ce groupe... La pensée n'a aucune valeur par elle-
même. (1903-1905. Sans titre, III, 417.)

Que de temps il a fallu — il faut et il faudra pour
comprendre que la puissance de l'esprit — est de se
limiter, de se restreindre elle-même. (*Ibid.,* III, 429.)

Napoléon a eu l'idée de se servir de tout son esprit et
de le faire manœuvrer avec ordre et vigueur au lieu de
subir les hasards de la mémoire et des impulsions.
Manœuvre sur les lignes intérieures. (1905. Sans titre,
III, 515.)

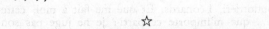

L'accroissement d'un muscle par l'exercice — l'accroissement de la signification ou de la coordination
automatique par l'usage — voilà deux fonctions de la
même variable — — et dans les 2 cas comme dans la
mémoire, le fonctionnement ajoute q[uel]q[ue] chose
à la fonction. (1905-1906. Sans titre, III, 689.)

Quel mal pour donner à sa pensée consistance et identique force — et quel mal pour la continuer à travers la
vie, de manière qu'elle s'ajoute et croisse en quelque
chose et ne soit pas un nombre de moments mais un
seul arbre. (*Ibid.,* III, 723.)

« Soyons justes[1] ! » Le seul catholicisme a approfondi
la « vie intérieure », en a fait un sport, un culte, un art,
un but — et a pu aboutir par une voie systématique, par
des opérations définies, par l'usage réglé de tous les

moyens, par éliminations, associations, progressions, périodes — à organiser, subordonner, diriger les formes mentales, à créer des points fixes dans le chaos.. C'est ce qui m'a frappé dès le début de ma réflexion — vers les 19 ans, je crois. Ce labeur incessant par quoi l'être est *relié* une fois de plus — en lui gît le secret de la seule et véritable philosophie qui est de créer un ordre transcendant — je veux dire qui comprend tout — et de faire un monde —, d'absorber d'avance l'accidentel...

Je voudrais avoir classé et rendu nettes mes propres formes, penser en elles... de sorte que chaque pensée porte les marques visibles de tout le système qui l'émet et soit manifestement une modification d'un système défini.

Sous ce rapport, l'homme est encore à l'état sauvage. (1910. *B 1910,* IV, 406.)

Condottieri, Léonards. Et que me fait à moi, cette Troie... que m'importe ce parti ? je ne juge pas son objet, mais son acte, et son art. Un drapeau quelconque, mais une victoire organisée.

Ceci est science, ceci est art — — qu'importe — c'est la perfection, l'essentiel. (1910. *C 10,* IV, 439.)

Ma philosophie est gymnastique. (1912. *G 12,* IV, 698.)

L'idée Gymnastique est capitale — C'est là ma philosophie.

Manœuvre constante des deux grandes opérations inverses : passer du conscient à l'inconscient et de l'inconscient passer au conscient. [...] (1912. *H 12,* IV, 737.)

Ne cherche pas la « vérité » — Mais cherche à développer ces forces qui font et défont les vérités.

Cherche à penser à plus de choses simultanées, —

à penser plus longtemps, plus rigoureusement à la même — à te surprendre en flagrant délit — à suspendre tes arrêts, — à précipiter ce qui s'empâte. Propose-toi des coordinations. Essaie tes idées en tant que fonctions et moyens. (1912. *I 12*, IV, 783.)

Principe du Protée

Ô terribles raccourcis ! jugements électriques et sommations de toutes mes vies, les foudroyant dans leur possibilité instantanée, si lumineusement, si souvent que je suis plein de créations mortes et de moi tués et que plus je crée, plus je tue et plus nettement l'un — plus précisément l'autre.

Quelles armes n'ai-je pas contre moi-même ! et qui me donnera quelque autre adversaire contre lequel les tourner enfin ?

Est-ce ma doctrine qui sort de ces cruautés ou elles d'elle ? Je ne sais. Mais enfin je ne supporte ni les ombres ni les longueurs; et les œuvres ne se peuvent passer de longueurs ni de parties sombres et indécises.

Mais, quoi qu'il en soit, ces éclats, ces éclairs ont quelque étroit rapport avec l'idée toujours ma plus prochaine, — idée de la possession de soi-même et de se tenir dans sa main — idée grosse de puissance et de mépris — puisqu'on ne pourrait se tenir, se voir là tout entier sans se voir fini.

Peu importe la science. Mais qui se sent *fini* ou devant être fini, ne peut songer qu'à se posséder. Il se sait devant un objet limité. Il se trouve une limite où tendre. Comme celui qui se fait athlète compte ses muscles par les faire jouer, tirer et se détendre.

Je me dis : Suppose que tous les réflexes soient comptés, catalogués.

Ou : Suppose que tous les éléments de la pensée soient bien nommés, bien reconnaissables.

Ou : Imagine les attitudes, les poses et les actes qui font le musicien, le géomètre, le peintre...

Énumère les correspondances.. Regarde ensemble tous les mots, toutes les expressions du visage, tous les actes..
(*Ibid.*, IV, 797.)

Raison — c'est Énumération. Distinguer les compo-
sans[1]. C'est la fin du dressage — Tel acte à telle occasion, et dans tel acte, telles parties, tels muscles seulement.

Alors le Démon, le Reste, l'intuition c'est la pensée
à l'état sauvage —, mêlé. (*Ibid.*, IV, 807.)

☆

Le Principe — Ne chercher pas la « vérité » — mais
cultiver les forces et les organisations qui servent à chercher ou à faire la vérité. Et si elle est, elle sera trouvée.

Tel est mon principe agonistique.
Ne chercher pas l'œuvre — mais les puissances. Les
connaissances ne valent que leur valeur de dressage.

La Métaphysique est la dernière méthode de dressage.
Rien ne tire à conséquence. Rien n'est puni.

L'intuition est un cheval, une bête à dresser. Rien par
elle-même. Ne pas chercher la vérité. Ici s'applique le
principe — Si tu n'avais déjà trouvé — Principe d'erreur
— et principe d'impulsion. Cela donne le premier mouvement qui est le mauvais mais le nécessaire. —

Croire que le latéral, le confus, etc. est plus important
que le net est aussi niais que de le rejeter. Croire que ce
qui est moins connu est plus important que ce qui est
plus connu est absurde. Il n'est que plus riche, par définition. [...] (1912. I′ *12*, IV, 827.)

Il est difficile et il est dur d'être ce que l'on est, — de
n'être pas ce qu'on voudrait être. — Dur pour les gens
« cultivés » surtout.

Dur et difficile parce que.. il n'y a pas un avantage
évident ou un attrait suffisant à être tel — Ce n'est jamais
grand'chose.

Tout « grand homme » n'est pas lui-même — mais
il a réussi à se faire sur un modèle ou sur une échelle
donnée.

Ce qui est lui-même, son « génie » — c'est précisément ce pouvoir de se refabriquer et non pas ce qu'il fut

et non pas davantage ce qu'il est enfin devenu. (1912-
1913. *J 12*, IV, 878.)

Sur Léonard — etc.

— — Il faut être pourvu d'instruments *réels* comme le
dessin et la puissance de dessin.

Pourquoi ? — Surtout *contre* la métaphysique, et c'est
ce que divers métaphysiciens subtils, craintifs ont senti
et ont essayé de remplacer par des *images*. —

La vraie philosophie ne serait tout entière qu'un
instrument de pensée et non un but — une adaptation
raisonnée, raccourcie.

Il n'y a pas de connaissance suprême, finale — un
divin point de vue, un balcon doré.

Mais la manœuvre, l'animal cerveau dressé — et dont
le cavalier est toute circonstance, le présent, le hasard.
(1913. *L 13*, V, 33.)

Ma philosophie ne tend qu'à me rendre familier à
moi-même. Mon but n'est pas de construire un monde
où je pourrais ne pas figurer — Ni même de dresser une
table et une classification universelle.

Mais me tirer à ma lumière, faire jouer mes ressorts,
unir ce que les circonstances n'unissent pas; désunir ce
que le hasard a uni —; amoindrir mon indéfini; m'étendre
pour trouver mes limites, me circonscrire en général et
me rejeter tout entier.. (1914. *W 14*, V, 395.)

Teste —

.... Il s'agit de réformer des manières de penser — des
manières de sentir qui ont des millions d'années de
possession d'état, qui sont imposées par le langage, par
le décorum, par ce qu'il y a [de] plus puissant sur un
homme — un changement qui compromet la pensée
même, qui compromet le moi..

Car par manières de penser, je n'entends pas les idées
seules. Il ne s'agit pas de changer d'opinions.

Il s'agit d'une éducation autrement profonde; de déchirements *réels* — de manœuvres d'une délicatesse inconnue, comme de garder les puissances dues à l'illusion sans garder l'illusion même ! — (fractionnement à l'image de ceux de la physique —) ou comme de rendre réflexes des actes que nous ne faisons encore qu'avec des tâtonnements infinis. (1914. *Y 14*, V, 465.)

Nettoyage. Pansage.

Celui qui ne se donne pas la discipline tous les matins ne vaut pas cher. Qu'il est bon de se cravacher furieusement les idées — de rouler sa mélancolie à coups de bottes, de fondre sur ses phobies et ses manies, d'écorner ses idoles et de se réveiller, à coups de pied au derrière, de ses gloires, de ses espoirs, de ses regrets, de ses craintes et de ses talents. Balayez, Balayez-moi ce devant de porte ! À l'égout, les ordures de la nuit, les rêves.. Au ruisseau les émois, les religieuses pudeurs, les profondeurs et les cœurs gros, et les troubles sexuels, demi-sexuels et anti-sexuels. Balayures de remords, de jalousie — dans le trou ! Filez sur les eaux sales, perspectives, foutaises dorées —.

Il est temps maintenant de recommencer la journée et la fabrication des issues. (1915. Sans titre, V, 628.)

L'oiseau, son activité folle me grise. Hirondelles ultra-sensibles, ultra-rapides, ultra-virantes.

J'envie cette mobilité à un point fou.

Après tout, les sensations de ces oiseaux, l'ordinaire de leurs exercices et chasses représentent les plus grandes délices concevables; doivent donner les images les plus approchées des propriétés fabuleuses de « l'esprit » — quelles intuitions de dynamique ! et mélanges de force, d'inertie, d'accélérations, de donner et de retenir, *ressentis,* — quelle brillante approximation de la décision rapide avec l'acte de *tout* le corps —, *ce qui chez l'homme est restreint au coup d'œil* : le geste est déjà lent — le mouvement entier horriblement lent, chez nous. —

Sensibilité, appareil mécanique, milieu, tout ce système est si uni que la pensée — (ou pouvoir de l'améliorer) — n'a pas de place. Cette faculté tournée contre l'imprévu — l'imprévu du système même — (qui est une prévision finie, un instrument pour le probable) —

L'animal qui pose sur le sol est analogue à une architecture qui ne connaît que le *tas de charge,* l'entassement et celui, poisson, oiseau qui se demande l'action incessante correspond à la construction gothique.

Si le corps obéissait cent mille fois plus aux impulsions, s'il avait des modèles de mouvements, et des mouvements pour autant de problèmes et de contrastes et d'incitations de transformations que les sens lui en proposent, — que serait l'esprit ? Rien. (*Ibid.,* V, 631.)

Blague.

Pour le pur intellect, rien n'est futile, rien n'est important. C'est pourquoi les hommes très intellectuels et le plus véritablement intellectuels plaisantent aisément. Et ils plaisantent de façon habituelle — en quelque sorte sans plaisanter, par le jeu détaché de leurs organisations verbales et plastiques. Ils font jouer les groupes de similitudes, et les possibilités séparées des parties de leur avoir psychique comme d'autres font leurs muscles.

Ce mode scandalise les gens lents et les gens avides. Ceux qui ignorent combien une foule de traits, de rapports fortuits, de rapides fantaisies inutiles déblaient l'esprit et l'apprêtent à situer une « question », à éclairer ses innombrables tenants, à la dépolariser, à la sonder jusqu'à l'essentiel.. (*Ibid.,* V, 650.)

Ma philosophie —
Elle est en deux chapitres.
Ces chapitres ne se suivent pas. L'un d'abord, — l'autre ensuite; ou l'un ensuite et l'autre d'abord.
Car en vérité ils sont, et ne peuvent que l'être, simultanés.
L'un s'appelle : Expériences.
L'autre s'appelle : Exercices.

Le premier traite des impressions, des tâtonnements et de la netteté. Il progresse vers la construction des actes; l'organisation et la désorganisation; les énergies et les gênes; le passage dans les états successifs —; le hasard, l'accidentel, et le significatif, l'adapté, l'accommodé.

L'autre est le fonctionnement, le développement formel. (1915. Sans titre, V, 707.)

Essayer de construire la gamme et le système d'accords dont la pensée sera la musique[1]. Ceci est Gladiator même.

Comme l'ensemble des sons est dérivé de l'ensemble des bruits, les idées nettes le sont du *rêve*. (1915-1916. *A*, V, 777.)

Gladiator

Penseur ! Ce nom ridicule — — Pourtant il est possible de trouver un homme, ni philosophe, ni poète, non définissable par l'objet de sa pensée, ni par la recherche d'un résultat extérieur, livre, doctrine, science, *vérité*... mais qui soit *penseur* comme on est *danseur,* et usant de son esprit comme celui-ci de ses muscles et nerfs; qui, percevant ses images et ses attentes, ses langages et ses possibles, ses écoutes, ses indépendances, ses vagues, ses nettetés, — distingue, prévoie, précise ou laisse, se lâche ou refuse — circonscrive, dessine, se possède, se perde... artiste non tant de la connaissance que de soi, — qu'il préfère à toute connaissance; *elle,* n'étant jamais que l'acte particulier que *lui* peut, en somme, rendre toujours plus fin, plus *vrai,* plus élégant, plus étonnant, plus universel ou plus singulier — etc. (1916. *C*, VI, 173.)

Les trois meilleurs exercices — les seuls, peut-être, pour une intelligence sont : de faire des vers; de cultiver les mathématiques; le dessin.

Ces trois activités sont par excellence *exercices* — c'est-à-dire des actes non nécessaires[a] à conditions imposées, arbitraires, et rigoureuses.

Ce sont les trois choses artificielles où l'homme peut ressentir loin et précisément sa machine transformatrice —

Aboutir malgré le langage; aboutir par *un* langage; écrire les mouvements dont le guidage est vision. (*Ibid.*, VI, 204.)

T.2

L'homme « parfait » que j'imagine ne peut pas être dit intelligent.

Il est « intelligent » comme le tigre est souple et fort, comme le pigeon vole. Cela se confond avec sa nature, sans aucun caractère d'exception — c'est son espèce qui veut qu'il soit pénétrant, sagace, inventif, et l'esprit aussi impossible[b] à lier que le fleuret d'un maître d'armes.

Rien de plus opposé à la conception du génie à bosses et à sourcils, ou à celle de l'inspiré. (*Ibid.*, VI, 225.)

L'IDÉAL c'est peut-être : un principe, une idée, un précepte bien vu par l'esprit clair et cristallin, puis à force d'être *compris*, se faisant ressentir, s'emparant de l'être — devenant peu à peu capable d'agir ou de produire, engendrant enfin l'application, l'acte, l'œuvre comme par une incarnation. C'est ainsi que parfois l'on finit par devenir ou par faire ce qu'on a désiré pendant des années, considéré comme son « impossible ».

Un jour vient. Une connaissance devient capable d'existence. (1917. *E,* VI, 510.)

L'Homme de l'esprit.

Intelligence.

L'intelligence dirige les divers inconscients qui sont

des bêtes sans elle ; et elle rien, sans eux ; identiquement rien[A].

Qu'est-ce qu'un général sans soldats ? un sculpteur sans ses mains ? Il est souverainement sot d'opposer ces choses qui ne vivent que de l'union.

Je vois un art tout fondé sur l'intelligence — c'est-à-dire non pas excluant les inconscients (ce qui n'a même point de sens,) mais les appelant et les recouchant selon l'occasion ; et surtout les provoquant, leur assignant des problèmes qui les agrandissent, les approfondissent, et qu'ils seraient parfaitement incapables de concevoir quoiqu'ils ne soient enfin incapables de les résoudre. Le cheval ne concevrait pas de franchir des obstacles, et il ne sait pas qu'il les puisse franchir, jusqu'à ce que l'éperon, la voix, les aides contraignent ce brillant système de muscles à faire ce qu'il n'avait jamais fait. (1917. *F*, VI, 603.)

Léonard — un homme capable, couché sur l'herbe au bord d'un petit fleuve, de suivre le sort des tourbillons sur l'eau, de penser l'histoire de ces êtres et de ne pas les négliger / ne pas les voir / comme éphémères, de saisir la suite de filets fluides, leurs étranglements, leurs étalements, les rotations où ils se prennent, de tirer un cahier de gros papier — d'y tracer le mouvement, de gagner ainsi les berges, d'esquisser les terres, les sables léchés, de noter l'incurvation du lit, la rive adverse plus haute et de marquer qu'il faut qu'elle le soit, à cause de la vitesse différente aux deux bords de la rivière[B]. Sur cette rive, mettant la paysanne qui s'avance allaitant son enfant, avec le poids du corps déporté du côté où n'est pas l'enfant, le sein droit sur la verticale du centre de gravité de son corps, le pied droit caché sous la jupe, l'autre visible ; et le même regard et la même main allant saisir l'oiseau qui s'élève dans les remous de l'air infé-

---

A. *Aj. marg.* : Elle transforme les inconscients en organes — — les divise, les limite, les demande, les organise, transforme en but lointain, maintenu, *leur tendance* toujours proche, à courte échéance, les sacrifie à la politique générale.
Tout ce qui est inconscient est partiel, local, immédiat, instantané.
B. *Aj. marg.* : un principe à chaque détail

rieur... errant aussi vers les fonds bleus et portant l'analyse dans leurs transparences décroissantes; homme tout
intelligence servie par une main intrépide, par une
logique et une netteté — — qui à la moindre impression
substitue un système complet, — ne connaît pas le vague,
l'éphémère, mais sait tout de même les reconstituer —
par son art. (*Ibid.*, VI, 604.)

Training[1] —
J'ai eu cette idée perpétuelle — que la culture de
l'esprit, de ses machines, formations de machines, de
leur emploi, de leur multiplication — — était une culture
dans l'enfance.
Il y a toujours eu des illusions sur la portée, l'objet, la
nature de l'esprit — illusions produites, renouvelées par
le langage — etc.
Je vois toujours un homme s'y appliquant, à partir
d'une idée juste et *vérifiable,* et vérifiée à chaque instant
de l'esprit; arrivant au moyen de soi bien conduit, bien
manié à gouverner ce qu'on appelle cerveau et cet indéfini, comme un être fini, comme un cheval — (*Ibid.*, VI,
629.)

Rendement.

Soyez à la fois poëte, ingénieur, philologue, géomètre,
soldat, physiologiste.... Alors sur cent idées qui naissent
de vous, vous en utiliserez 60. — D'une impression vous
tirerez dix espèces vivantes de pensées. — Vous réduirez
singulièrement le nombre des avortons intellectuels, des
lueurs perdues.
Il ne s'agit pas de cette bêtise : tout savoir — Mais
d'une utilisation bien plus grande, d'être un filet à mailles
bien plus serrées.
Une bêtise passe, un calembour, une image biscornue
— Cela peut resservir dans une conversation, lui donner
un brillant ou un léger nécessaires pour faire *passer* les
choses pédantes ou profondes que l'on veut dire sans
paraître *poser*. (*Ibid.*, VI, 638.)

Gladiator :

Le problème capital dans la vie — eſt celui de l'ascèse, que j'entends comme possession de soi, et aussi comme exploration.

Il n'y a pas à douter que la recherche du progrès intérieur (comme disent les myſtiques) eſt le seul objet possible, dont la poursuite des sciences n'eſt qu'un élément — (à vrai dire *nouveau,* et qui donne sur une énigme singulière car le développement des sciences mène dans un site et dans des vues qui *mordent* finalement sur elles-mêmes et tendent à réaliser un autre être et une opposition formidable : le connu prenant par le fait de la connaissance même figure d'inconnu — — —) [...] (1917-1918. *G,* VI, 738.)

Je puis être « bon » ou « mauvais »; délicat ou brutal — etc. Je puis l'être suivant les circonſtances immédiates, l'humeur etc. Je puis aussi, sous l'empire d'idées, d'attentions surveiller ces alternances; vouloir supprimer tout l'un ou tout l'autre; n'être que tel.. attacher à n'être que « bon », par exemple, des valeurs singulières.

Je puis enfin, prenant acte et conscience de ces modalités qui se chassent et se cèdent, en faire les moments d'une même personne fantaisiſte, jouer de l'ange et de la bête comme d'inſtruments dont je puis toujours me retirer.

Il suffit de supprimer les valeurs *infinies* attachées parfois à ces modes et les regarder comme les diverses positions d'un membre, qui s'excluant dans un acte ayant un but, se suivent dans un exercice. (*Ibid.,* VI, 783.)

L'intelligence eſt en quelque sorte l'habitude la plus parfaite de l'âme — — quiconque a réalisé l'acte intellectuel sait ce que je dis.

Voilà ce que savaient tous ceux qui sont des intelligences en acte.

Ennéade III, Liv[re] IX[1].

(1918. *H,* VI, 816.)

☆

Gladiator — L'obéissance. La tenue en main, la connaissance des réactions de l'animal Sensibilité.

Dresser la jument Sensibilité. Ars magna. Dresser le Langage. Le travailler en artiste. Faire marcher légèrement cet animal furieux. Un être qui part brusquement. « Les hanches rasant le tapis ».

Gouvernant la bouche — Ce siège de l'obéissance fait pour mordre.

L'être double, le Centaure, d'abord tout concentré dans ses jambes, sa main devinant la bête, prévoyant la défense, opposant les aides, gagnant de vitesse les nerfs de l'autre, — puis libre et dominateur presque inattentif[1].

Tel est le vrai *philosophe*, telle la vraie philosophie. Ce n'est pas une connaissance — C'est une attitude et une tendance au dressage, une volonté vers l'homme dressé par soi-même — Dressage savant par la pensée.

Voilà pourquoi la morale joue un si grand rôle chez les anciens — — et nous semble une occupation inutile ou ridicule ou infructueuse.

La morale est un système d'abstentions, de prescriptions, d'oppositions, — dont tout l'intérêt est dans le dressage cherché. C'est un système pour individus et non pour quiconque.

Pour comprendre la morale dans son principe positif et antique, il faut penser à ce que le cavalier appelle une *faute* du cheval.

L'homme appartenant à plusieurs systèmes de choses, étant à la fois l'Unique et le numéro x ; à la fois le Tout et un rien ; ne pouvant subsister que dans une collectivité et ne pouvant s'y confondre entièrement, son éducation est chose complexe et s'échappe à soi-même / se dérobe sous soi / à tout moment. Un seul dressage est insuffisant.

Le dressage est acquis quand la confusion est remplacée par l'ordre, la multiformité par l'uniformité, les efforts non contrariés entre eux, l'énergie contenue quand il faut et dépensée quand il faut. Une machine est de la matière dressée.

Économie.

Reste la part du sauvage, du hasard qu'il faut réserver.

(*Ibid.*, VI, 901-902.)

☆

Thèmes

Gladiator — C'est le final.

La *liberté* est marque, récompense, résultat de discipline savante. Seul, Le danseur sait marcher; Le chanteur, parler; Le penseur, sourire. [...] (1918. *I,* VII, 53.)

☆

L'homme « supérieur » n'est pas l'homme doué d'un
don, et qui restitue cette fortune; c'est celui qui s'est
organisé dans toute son étendue. (*Ibid.,* VII, 119.)

La littérature n'est rien de désirable* si elle n'est un
exercice supérieur de l'animal intellectuel[1].

Il faut donc qu'elle comporte l'emploi de *toutes* les
fonctions de cet animal, prises dans leur plus grande
netteté, finesse et force, et qu'elle en réalise l'activité
combinée, sans autres illusions que celles qu'elle-même
produit ou provoque en se jouant. À moi la conscience
de mes muscles obéissants; à toi les idées que doivent
donner les figures de mon corps se changeant les unes
dans les autres d'après quelque dessein ou dessin, — ce
qui est — la Danse. —

L'intelligence doit être présente; soit cachée, soit
manifestée. Elle nage en tenant la poésie hors de l'eau.

La littérature ne peut prudemment ni impunément se
passer d'aucune des fonctions dont j'ai parlé. Elle serait
à la merci d'un œil plus froid et plus clair — — Et
d'ailleurs.. elle l'est. (1918-1919. *J,* VII, 180.)

Porter la pureté à l'extrême pour parvenir à tout dire.
Et pourquoi ? c'est que la pureté dont je parle n'est autre
que le sentiment de plus en plus net de mes parties indépendantes, et que la possession de mes fonctions bien
séparées. Ceci acquis, on revient à la composition et on
peut composer beaucoup plus de choses. Ainsi le musicien, ainsi le chimiste. (*Ibid.,* VII, 237.)

Cavalier spirituel — Sur l'ombrageuse bête du cerveau
ses défenses — — — (*Ibid.,* VII, 256.)

Poésie. Il faut dire Poésie comme on dit Escrime,
Danse, Équitation; et ainsi de toutes les spéculations.

Et d'ailleurs cette appréciation est beaucoup plus
noble et juste et profonde que celle qui fait la Poésie
une vaticination.

— Toutes spéculations sont études de groupes finis
et possession de ces groupes. Il n'y a qu'apparence de
non fini. (1919-1920. *K,* VII, 399.)

L'idéal intellectuel ne peut être que le développement
formel, more mathematicorum, de relations données par
l'accident des sens et des émotions —, soit que ce développement vaille comme analyse, soit qu'il se propose
comme construction. (1920. *L,* VII, 641.)

Gladiator. Pouvoirs.

Séparation sensible ou Pureté des constituants, au
sein des combinaisons. Comme l'algèbre, l'orchestre —
et rarement, le discours. Refaire un procédé *naturel* en le
traitant ainsi et lui substituer le produit de synthèse —
tel fut mon travail — analyse et reconstitution en pur,
des actes et donc des produits d'actes. Ce qu'on appelle
entraînement, éducation, n'est que cela. Développements
séparés, abstraits des fonctions composantes d'une activité donnée, puis reconstitution. D'où principes :

Équivalence des choses et des actes. Analyse de l'acte,
fonctions.

Des choses non constituables en actes. Hasard. *Inspiration.*

Distinction de *matière relative* et des formes.

La chose reconstituée est *comprise,* c'est-à-dire assimilée à l'effet d'un fonctionnement régulier.

Vouloir, pouvoir, savoir. (1920-1921. *M,* VII, 693.)

Glad.

Il n'y a qu'une chose à faire : se refaire[1]. Ce n'est pas simple. (1921. *O,* VIII, 182.)

Gladiator.

Trouver dans chaque cas ce qui — (le point de vue, l'attitude etc.) réduit quelque chose, sentiment, pensées, actes etc. à l'état d'*Exercice.* Incipit Gladiator[2].

Définition de l'exercice.

Philosophie. Opposer à « penseurs », à approfondisseurs, à croyance aux pensées, la manœuvre des expressions — et par conséquent, la formation systématique des formes, la recherche des transformations, modulations etc.[A] (1921-1922. *Q,* VIII, 361.)

Elegantia[1] — C'est liberté et économie traduites aux yeux — aisance, facilité dans les — choses difficiles —

Trouver sans avoir l'air d'avoir cherché — — Porter / Soutenir / sans avoir l'air de ressentir le poids, — Savoir, sans manifester que l'on a appris —

Et en somme parvenir à supprimer l'apparence, sinon la réalité, du prix que les choses précieuses ont coûté. (1922. *R,* VIII, 534.)

La connaissance la plus approfondie ne peut enfin qu'être un *art,* et non une *science.* Un art du gouvernement et du maniement de soi-même, un art de susciter, d'arrêter, d'utiliser, de développer.. *le Tout Soi-même.* (*Ibid.,* VIII, 578.)

A. *Aj. renv. :* Contre V. Poinsot[3] — Contre Lagrange.

Gladiator.

Moi. Moi est mon instrument. Je joue sur moi des airs très variés. Tout ce que je puis — tout ce que je fus : ceci forme un instrument. (*Ibid.*, VIII, 605.)

Gl. etc.

Théorie de la *pureté* et des synthèses.
Séparation nette des constituants et des opérations.
Algèbre.
« Poésie » et analyse. De rebus poeticis[1].
Des choses impures[A].

Qu'il y a deux *directions* dans l'âme — L'une allant vers pureté et puis vers les constructions de cette pureté; l'autre, allant vers le troublé et la confuse impureté. (1922. *T*, VIII, 759.)

Gladiator — Enseignement — Intelligence.

L'hypothèse du dressage — alternative — ou l'animal est machine ou il est « intelligent ».

« Intelligent » veut dire que les associations imposées par les faits, les réactions primitives ne demeurent pas intactes et indéfiniment reproduites, mais se modifient l'une l'autre, témoignant d'un *travail* caché qui se fait dans le sujet, soit pour être contrariées et transformées, soit pour être perfectionnées, rendues plus économiques, plus adaptées.

L'intelligence est cette instabilité des liaisons créées par l'événement et par le système donné (anatomique et physiologique) de connexions, et cette combinaison.

Ce qui est *simple* dans la machine est *composé* dans l'intelligent. La molécule est monoatomique dans l'un;

A. *Aj. renv. :* θ Scandale : si le Dieu ne peut supporter d'être le pur.
Croyance et impureté. V[oir] page précédente.

polyvalente dans l'autre. L'uniformité est marque de la machine.

C'est pourquoi l'intelligence trouve ses ressources dans le hasard.

Dresser l'animal sujet c'est user et abuser de sa nature machinale qui conserve intactes les leçons — ou liaisons à lui imposées.

Dressage de « l'esprit ». Il s'agit d'obtenir de son esprit... ce que l'on veut.

Retenir, noter, comprendre, combiner, prolonger, préciser.

Nettoyer la place — Rompre.

Revenir à ses références absolues — se rassembler. (1922. *U*, IX, 47.)

Gladiator. Le sport rétablit en netteté, *pureté*, toutes ces activités que la machine tend à laisser s'affaiblir —
harmonie — spécialité. (1922-1923. *V*, IX, 69.)

Quelle atroce absurdité de séparer le philosophe de l'architecte, l'homme de cheval de l'homme de l'esprit; le marin, du conteur.

Mais il y a de vraies spécialités — qui tiennent à l'énergie interne plus qu'à la propriété des organes des sens — car ceux-ci sont éducables.

L'*éducation* est prise *de conscience* — *organisation* — puis *remise à l'automatisme* — 3 temps. (1923. *X*, IX, 283.)

Also spricht Gladiator

Dixit Gladiator[1] : éduquez-vous. Ne croyez rien — pas même les exercices. Donnez-vous des problèmes précis. Soyez prompts. Soyez lents. Sachez faire la part de l'obscur. Louvoyez, et parfois fondre — — Il n'y a pas de recette pour le tout. (Et des choses de cette espèce.)

L'art n'est qu'entraînement. (*Ibid.*, IX, 284.)

Gladiator — ou le Sportif — Le philosophe du jeu —
Et l'artiste, le joueur, l'acrobate et l'athlète intellectuel.
Ses exercices — logiques — formels —
Ses « réactions » —
Son groupe des philosophies —
Son dressage — La Mystique raisonnée —
Images.
Il est défié de — — Comment il s'en tire — il faut le
faire sur un schème de comédie. (1923. *Y*, IX, 561.)

Gl.

Obstacle —

Il n'est d'autre philosophie que de dresser la bête de
son esprit et de la conduire où l'on veut — c'est-à-dire
à *l'obstacle*.

Le nom de l'obstacle ne fait rien à l'affaire et ne retient
que les sots. Ils croient qu'il existe une différence essentielle entre les difficultés qui semblent de jeux — rimes etc.
— et celles qui tiennent *au fond*, qui mettent l'univers,
l'homme en question. Mais la bête est la même, son sang,
sa race, son entraînement doivent valoir dans les 2 cas
— — (*Ibid.*, IX, 576.)

Gladiator

La volonté de potentiel et de *pureté*. (1923. *Z*, IX, 588.)

☆

Gl.

Le sourire final de l'acrobate ou de celui qui vient
d'achever un travail difficile comme pour l'offrir gratuitement et pour dire que cela n'est rien, que c'est aisé,
plume, (Philosophes ne l'ont pas) —
Ce sourire, exhibition d'une indépendance, et cette
liberté comme *ornement* de la chose sérieuse, — ou de la
chose futile mais dangereuse ou épineuse.

L'ornement ici intervient comme *signe,* et comme signe de supériorité, de surabondance — non seulement j'élève la Tour[A], mais j'ai de quoi la peupler, la fouiller, la dorer. La Tour porte cent mille idées quoique en péril, et exposée à la foudre et à la ruine.

Je suis ce qu'il faut + quelque chose. Plus que nécessaire et suffisant. Ce quelque chose de plus — c'est le plaisir-loisir.

L'œil[B] qui a servi à la chasse, aux actes, — se détache du rôle de signaleur — il fait jouir de sa *liberté.*

Désintéressé, détaché = local, libre car partiel, *isolé* (au sens électrique) du temps, du présent. (*Ibid.,* IX, 620.)

☆

Gl

Ma vieille théorie de « l'instrument » —
L'éducation précise, la substitution du net au confus,
de l'uniforme au multiforme,
du certain au probable,
l'économie limite,
la disparition des termes interposés, du bras et de la main entre la pointe et le cerveau — du *corps* entre la perception et la réponse,
ces raccourcis[C] (*Ibid.,* IX, 623.)

☆

Gl.

Pour la plupart, faire un ouvrage est un problème qui est résolu quand l'ouvrage est fait — l'ouvrage est le but qui absorbe, absout, consume les moyens.

Mais pour moi, il en est autrement. Mon sentiment invincible me fait considérer l'ouvrage comme un état d'un développement dont les moyens font partie. Mon but est non l'ouvrage, mais l'obtention de l'ouvrage par des moyens, et ces moyens assujettis à la condition de netteté, de clarté, d'élégance que l'on demande en général à l'ouvrage même et non à son élaboration.

Construire au son de la lyre — Sens profond que l'on peut donner à cette fable[1]. (*Ibid.,* IX, 655.)

A. *Tr. marg. allant jusqu'à* : la dorer.
B. *Trois tr. marg. allant jusqu'à* : du temps, du présent.
C. *Passage probablement inachevé.*

Gladiator — Le pouvoir en soi. (1924. ἄλφα, IX, 692.)

Gl.

C'est être véritablement homme que de vouloir mettre l'art au-dessus de la nature. Imiter, déjouer, généraliser, prévenir —

Un petit résultat obtenu dans cette voie est infiniment plus honorable qu'un grand résultat dans la voie de la nature.

L'homme n'est quelque chose que par son effort contre ce qu'il est.

Même les idées fausses d'âme et de génie sont donc honorables, et le sont à proportion de leur fausseté, composée avec l'énergie de les vouloir rendre vraies. Vouloir posséder / Prétendre qu'il existe / une âme et du génie c'est reconnaître qu'ils ne se voient point et qu'il importe de les créer. (*Ibid.*, IX, 694.)

Gl.

Littérature — art du langage.

Le meilleur est celui qui possède le mieux son langage.

Mais on peut posséder ce langage de deux manières — ou comme athlète *ses* muscles, — ou comme anatomiste, les muscles. 2 connaissances.

Il faut joindre l'anatomiste à l'athlète. (*Ibid.*, IX, 748.)

Gladiator — Des choses de l'esprit. — Leur poids —

Jugement sur les h[ommes] de lettres et la littérature —

De l'orgueil —

De l'unicité — unique ou ne pas être —

De l'élégance et de l'orgueil

Économie

Le facile et le difficile — L'être et le paraître

L'acte de Se refaire — accent, manières, se reconstruire

Self-éducabilité — et par les choses — (donc modèle).
(*Ibid.*, IX, 761.)

☆

L'orchestre donne l'idée de la puissance — par la
facilité de la diversité des timbres et des intensités, des
vitesses, — et par l'obéissance, et par la grandeur des
effets.

Or pour obtenir ceci, il a fallu diviser, classer, ranger,
— éduquer les exécutants spécialistes — trouver des
unités, mesure — former enfin une loi.

Ceci est *cartésien* en somme — L M T — ici Vi[olons],
Cu[ivres], Bois, qui définissent un point sonore tout-
puissant dans chaque instant. (1924. δέλτα, X, 240.)

☆

Ma philosophie.

Il n'est pas de philosophie qui soit au-dessus de la
manœuvre la plus générale de la pensée. À ce point
la pensée se considère comme un espace où toute
proposition[A]

Comment concevoir une doctrine particulière plus
importante que cette seule notion de la manœuvre
générale des pouvoirs ? (1924. ε. *Faire sans croire*, X, 326.)

☆

Gl

La vie est une partie perdue d'avance. N[ou]s en
sommes à chercher encore les règles du jeu, et même les
mises.

Un jeu est chose admirable à réfléchir. Il y a un objet,
but, gain — de prix variable. Il y a des règles — c'est-à-
dire des actes à faire, d'autres défendus, d'autres à ne pas
faire sans risques. Il y a les données initiales, cartes
reçues, premier à jouer, et l'adversaire — et le partenaire.

Le jeu est donc un type que je me plais à voir dans sa
généralité et qui depuis la guerre jusqu'aux arts et aux
sciences et à l'amour et aux affaires est la figure la plus
générale de l'activité — même des cultivateurs.

C'est le type de combinaison du hasard avec les don-

A. *Phrase inachevée.*

nées, l'orientation, la volonté, la subtilité, le calcul. Tout est dans ce type, géométrie comprise et sort de l'homme.

Et le rôle de la « sensibilité » qui fait les pertes et les gains. (1925. θ. *Comme moi*, X, 706.)

Gl

Les gens ne comprennent pas que l'on soit divers et que l'on ne veuille à aucun prix se laisser enfermer dans leurs divisions simples et dans les épithètes naïves. Ils n'ont pas connaissance de la *pureté,* qui établit[A] division nette des fonctions, ou des variables et des temps.

L'homme primitif faisait tout à soi seul. Il était son poète et son cuisinier, son prêtre et son boucher, son maçon, son graveur etc. (*Ibid.,* X, 709.)

Gladiator. Héros du pur. Cheval — diamant.

Portrait physique.

C'est un Héros à la grecque — dont il faut décrire les Monstres — qui sont les Mêlés, les Impurs — per Analy[sin] ad Synth[esin][1].

Gladiat[or] et les instincts

Le problème de Gladiator est de s'annexer — ce qu'il a trouvé — Se refaire — Éthique. (1925. Ἰῶτα, XI, 36.)

Nouvel esprit — c'est-à-dire nouveau Dressage moyen. Esprits dressés à non-croire.

Analyse du Croire pour en séparer les parties utiles ou nécessaires et rejeter les parties devenues dangereuses pour le tout. (*Ibid.,* XI, 47.)

Gl.

La morale est le nom mal choisi, mal famé, de l'une des branches de la *politique généralisée* — qui comprend la tactique de soi à l'égard de soi-même[2].

A. *Lecture incertaine.*

Dans les propositions — Je me domine, je me cède, je me permets — Je et me sont différents — ou non.

On pourrait réduire l'étude de la morale à décider si ces deux pronoms sont réellement ou fictivement différents. (1925. *κάππα*, XI, 89.)

Gl

Pour chaque personne, il y a un critérium de *temps perdu*. Pour moi toute durée non marquée par une acquisition fonctionnelle et par la sensation de saisir une proie interne qui soit nourriture plutôt que dégustation pour ma curiosité, est *temps perdu*. D'où s'ensuivent des conséquences. (Anti-littéraires[1].) (*Ibid.*, XI, 109.)

Gl.

Il faut reconnaître aussi distinctement que possible, cerner, enchâsser, les lacunes de son esprit et de son caractère. Compter avec elles. Connaître son faible. (1926. *μ*, XI, 389.)

L'objet le plus élevé d'une vie

me paraît être 1° la construction de → ⎱ un système
          2° l'identification avec → ⎰

de penser, qui, refait par le Soi sur le système donné, satisfasse à ces deux conditions d'être :

le plus utile et puissant extérieurement
le plus exactement approprié à son auteur,

et en somme l'art de se servir de ce qu'on est
          et de ce qu'on peut.

Recherche de ce qui peut être modifié.

La question des actes. La question des œuvres. (*Ibid.*, XI, 406.)

L'objet de l'homme est la synthèse de l'homme — la retrouvaille de soi comme extrême de sa recherche. (1926. v *XXVI*, XI, 437.)

Gl.

Savoir penser, c'est savoir tirer du hasard les ressources qu'il implique en nous. (1926. ǫ *XXVI*, XI, 549.)

Gl

Le premier chapitre de *Gladiator* doit nécessairement être sur l'orgueil.

— « C'est une opération nécessaire, indiquée par t[ou]s les sages que de tuer vanité et amour-propre
mais au profit de l'orgueil.

Tuer aussi tout ce qui ne mène à rien *d'utilisable — indépendant,* notion capitale[a]. » (*Ibid.,* XI, 552.)

L'analyse

Gl

Sans la rigueur, on demeure sur place. Et l'on croit aller à l'infini.

J'ai une telle méfiance à l'égard du *Spontané* (dont je ne puis jamais croire a priori qu'il vaille quelque chose et partie par éducation, partie par expérience des étourderies, partie par sentiment de ce qu'il y a d'improbable dans la justesse des combinaisons de l'esprit)
que je rejette à la conversation une foule de choses ainsi venues, que je livre à la littérature, une quantité d'autres un peu moins légères, et que je garde seulement *pour moi* celles qui me paraissent devoir, pouvoir être soumises à un traitement tout opposé et contraire au *spontanéisme.*

Je ne voudrais retenir que ce qui puisse entrer dans une organisation de la pensée — plus exactement dans une discipline consciente et distinctive des réactions psychiques. *Se refaire un spontané.*

Telle est, telle fut ma « philosophie ».

Elle conduit à n'attacher qu'une importance nulle *ou bien instantanée* à la plupart des productions immédiates; à repousser tout ce qui n'est que *fiction qui s'ignore,* à reconstruire les fictions et valeurs, les crédits.

Nil[A] (*Ibid.,* XI, 590.)

Gl.

Point de Philosophie, mais rien que d'utile dans le cas particulier, ou d'utile au potentiel (exercices).

L'objet de l'exercice, de la gymnastique, du gratuit apparent est l'accroissement des potentiels, le capital de précision, de force, de réactions justes et rapides. (*Ibid.,* XI, 693.)

Gladiator —
le dessin
le parler-écrire
le chanter — rythmes
le calcul — raisonnements
le dressage — cheval — Il y a un cheval en toi. (1926. σ *XXVI,* XI, 823.)

— Pas de vrai artiste sans des décisions *générales* pour soi, même bizarres.

Il se *modifie* par bonds espacés de son expérience — et voilà ce que la doctrine inspirée ne conçoit pas.

La beauté de l'homme est de se reconstruire — selon le maximum de sa connaissance de soi-même composé avec le maximum de son expérience de sa *matière* — qui est le reste. (1926-1927. τ *26,* XII, 6.)

A. *Passage inachevé.*

☆

Gl.

« Indépendance » (Wagner) Possibilité — pouvoirs
« Légèreté[1] » (Baucher) Économie des forces
« Pureté » (P[aul] V[aléry])

Tous ces mots veulent dire même chose — ou presque même. C'est la conscience devant ses instruments, les prenant et quittant, les pénétrant — et en somme la présence de l'ensemble et du détail — le bras et les doigts.

Et aussi cette possibilité de n'employer que ce qui fonctionne réellement — (géométrie — analyse — logique —).

Rôle de l'intuition ou image — contenant la coordination à l'*état final* — cf. le souvenir dans le dessin. (1927. *v 27*, XII, 172.)

☆

Gl. Sys.

Se refaire en refaisant le système de classement et de définition conventionnels moyens, reçus, communiqués, donnés

et repartir, pour cette reconstruction, d'expériences mentales directes, — sans aucun *crédit* laissé ou consenti. (1927, Φ, XII, 335.)

☆

θ et Gl

Le grand problème d'orgueil (sans quoi l'orgueil n'a aucun sens) *serait* un problème d'addition — ajouter son *meilleur instantané* aux autres, expériences, clartés d'hier et d'avant-hier, se faire celui qui a accompli ce qu'il a accompli de meilleur, en connaissance de soi et des moyens intimes qui ont accompli et seront désormais possédés comme fonctions.

Toute gymnastique tend au divin, — ou plutôt au parfait, sans doute pour parvenir à surmonter enfin ce parfait.

Gladiator accomplit *un des hommes-œuvres* qui étaient

en lui en puissance. Il s'aperçoit qu'il en était d'autres — étant arrivé au point où il peut *sommer,* épuiser celui-ci[A].

La vie précise l'individu — c'est-à-dire lie des possibles; abaisse les libertés au profit des vitesses et des précisions d'action; puis, il s'indure. C'est pourquoi il y a de suprêmes amours. (*Ibid.,* XII, 372.)

☆

Gl

Au piano — Mlle Navarra Yturbi

Travail des mains. La figure très sérieuse *immobile* penchée considère les mains de son corps qui[B] le clavier. Il n'est pas question de *son.* La musique n'est qu'une loi ou convention arbitraire p[our] cet exercice.

Cet exercice = maximum pour chaque doigt d'actes et de valeurs distinctes × nombre de doigts : (× signifie indépendance). Or ce travail rendu indépendant de la musique, *contenant* la musique; — *formel par rapport à la musique* — comme la logique p[ar] rapport aux jugements, aux observations — (sophiste — virtuose) est exemple général.

Mais le *piano* = occasion artificielle — emploie les doigts de la main par le choc, marteaux souples — Ce pourrait être le *violon,* autre chose, — tout autre machine de bras et de doigts..

Cf. les différents langages. Ainsi poètes anglais, français, arabes. (*Ibid.,* XII, 428.)

☆

Une connaissance, un ensemble d'idées et de relations qui demeure isolé dans la puissance de l'esprit, qui constitue un domaine fermé et tel que l'on pourrait le vider, abolir son contenu, sans conséquences pour le fonctionnement général de la responsivité, — qui ne prend point de part à la politique générale de la vie mentale, — ne donne pas de relations ni d'expressions au reste — n'est pas précieuse au maximum; et l'homme qui la possède est un pauvre homme, eût-il une bibliothèque dans la tête. (1927-1928. χ, XII, 656.)

A. *Aj. marg.* : Socrate dans *Perì tôn toû theoû.*
B. *Le verbe manque.*

Gl.

En toute chose[A] il faut trouver la *Musique des actes* et elle *rencontrée* — tout chante et se fait merveilleusement.

Elle consiste dans une relation entre la *puissance produite* et l'énergie libre (apparemment récupérée) dégagée (dépensée en réalité) par des effets de l'acte de la puissance produite, ce qui explique la croissance de la vigueur actuelle, l'accélération — cf. ἔρως. La dépense excite. (*Ibid.*, XII, 657.)

Consciousness et définitions

Gl

Rendre le langage *conscient*[B] — comme un acte conscient.

Ne pas se servir avec soi-même de mots dont on ne connaît pas la valeur par rapport à ce qu'on veut dire. Ce qu'on veut dire est extra-verbal. Les mots sont des étrangers. Ils sont le point de l'acte mental où la conscience de l'acte *cesse*. Définir c'est pour user de conscience plus avant. L'écrivain comme un virtuose qui étudie, rend conscients ses doigts. (*Ibid.*, XII, 673.)

Gl.   La machine à CRÉER. (*Ibid.*, XII, 741.)

☆

Gladiator
Éloge de la virtuosité —
L'homme instrument — pouvoir
Sport

A. *Tr. marg. allant jusqu'à :* merveilleusement.
B. *Deux tr. marg. allant jusqu'à :* la conscience de l'acte *cesse*.

Les saints

piano	Jaëll[1]
cheval	Baucher
violon	Paganini
	Robert Houdin[2]
langage	Mallarmé, Banville, Bossuet
math[ématiques]	H[enri] Poincaré
fleuret	X
esprit, wit	Y
orchestre	Wagner

Minimum de battage, nulle métaphysique. (*Ibid.*, passage inédit[3].)

☆

Napoléon — et l'Europe —
sa magie — vient de ce qu'il fut homme à *idées*, inventeur — et cependant observateur.

Technique. Héros technique.

Imaginatif — mais avec une mémoire qui absorbait les moindres détails.

Défauts du genre. Simplification excessive. « Défauts » — de l'individu.

Le monde ne fut plus que x journées de marche, 100 jours.

Napoléon[A] ensorcelle t[ou]s les esprits disposés à aimer les choses voulues et exécutées / accomplies / par volonté, selon calculs et en regard d'un type. Rien de plus beau — mais rien de pareil n'est possible en dehors des arts — (et encore !).

Son ambition de se reposer sur une œuvre achevée — et de vivre simplement.

Pensée perpétuelle, toujours éveillée.

Le mépris dans lequel il tenait les philosophes.

Il voyait à l'échelle du monde — c'est-à-dire considérait les individus comme les moyens. Kant vivait. — Anglo-Saxons. Rhodes.

Ce qu'il eût fait avec l'Allemagne. (1928, ψ, XII, 754.)

A. *Tr. marg. allant jusqu'à* : en regard d'un type.

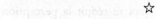

Gl.

> *Manuel du Jeune Marin*
> par Baudin, 1828[1].

Mnss

> Manuel du Jeune Poète* ou autre Intell[ectuel]
> Manœuvre *au milieu de l'esprit*[A]. (*Ibid.*, XII, 845.)

L'orgueil[a] est la culture en vase clos de l'idée qu'on a de soi — de ce que devrait être soi.

Il est aussi la vigueur et la violence et la sensibilité spéciale qui naissent de la comparaison du *soi* imaginaire *optimus* et du soi réel tel que les circonstances le produisent à lui-même. (1928. Ω, XII, 915.)

Gladiator — comprend

— Traité de la pureté
— De la dignité des actes de « mathématique »
— Le « Être prêt »
— Traité de la mathématique générale personnelle
— De subtilitate — ou du jeu des ordres de choses et de grandeurs
— L'usage du peu — Économique
— De l'ordre et du désordre et de leurs échanges naturels
— De l'artifice fait homme. (1928. *AA*, XIII, 56.)

Gl.

Je te montrerai à te servir de ton corps et de ton esprit. (*Ibid.*, XIII, 72.)

A. *Aj. marg.* : ce curieux petit livre qui n'existe pas —

☆

Gl.

Il faut toujours partir de l'informe, du non-significatif, du zéro des valeurs ajoutées, associées.

Il faut donc retrouver ce point.

— On le voit bien par le dessin qui est meilleur d'un objet jamais vu que d'un vu.

Voir beaucoup c'est cesser de voir, et passer du voir au savoir sans arrêt.

D'où ce problème — à quoi se réduit la perception par la répétition ? (*Ibid.,* XIII, 152.)

☆

GL.

Léonard — homme très simple — se réduit à ceci — qu'il a traité en *ingénieur* les vivants et les arts — c'est-à-dire avec le souci des quantités, des fonctionnements exacts. Le probl[ème] de la peinture s'est posé à lui comme imitation de la vision et composition à sujet bien défini et rendu très sensible, d'où analyses qui vont depuis la *perspective aérienne* jusqu'à la psycho-physiologie des personnages. (1928. *AB,* XIII, 208.)

☆

Gl.

L'homme ne fait rien de bien naturellement : faire signifie ici *activité semi-consciente.* Ces activités sont toutes celles qui demandent PRÉSENCE à cause de la présence et du rôle d'éléments extérieurs de l'acte — et du temps nécessaire.

L'homme ne sait ni marcher ni parler ni manger ni respirer, nager*, aimer. Ce qui veut dire que l'on peut toujours substituer à un de ces actes semi-conscients considéré comme un fonctionnement un autre acte plus parfait — plus économique — plus efficace, de meilleur rendement, plus précis — et qui soit d'adaptation —

A. *Aj. marg. :* application moderne

plus approchée — d'un optimum[A]. C'est le principe du
Sport — des machines en progrès — et ceci dans t[ou]s
les ordres. Faire un poème, dire un poème, ce sont des
actes auxquels on peut appliquer ces principes (mais non
goûter ou ressentir un poème, qui n'est pas un acte).

Tout l'enseignement existant est sportivement grossier. Épreuves.

Équipes. (*Ibid.*, XIII, 284.)

☆

M. Teste —

— entre et frappe tous les présents par sa « Simplicité »[1]. L'air absolu — le visage et les actes d'une *simplicité* indéfinissable. Etc.

— Il est celui qui pense (par dressage accompli et
habitude devenue nature) tout le temps et en toute
occasion selon des données et définitions étudiées. Toutes
choses rapportées à soi, et soi à la rigueur. Homme de
précision — et de distinctions vivantes. (1929. *AD*,
XIII, 468.)

☆

Gl.

Mystique et technique —

La véritable voie qui mène aux cieux de l'être passe
par les sens particuliers, dont chacun est *superficiellement*
significatif, et *profondément* formel; *connaissance,* s'il n'est
que passage; *existence,* si on s'attarde (ce qui est fort
difficile), dans sa propriété. Rien de plus difficile que de
ne pas fuir la sensation et de trouver sa suite dans le
temps corporel sans le quitter pour les idées ou les actes
— (sens[ations] musculaires à ne pas oublier).

Or les arts seuls ont conduit parfois à cette attention
qui essaye de suivre le réel pur — qui divise l'indivisible
ordinaire, et peut finir par trouver ou — créer des correspondances[B] dans la sensibilité — jusqu'à donner
l'*idée* d'un *monde* fermé contenant un ou plusieurs infinis.
Au retour — l'*homme* est changé. (*Ibid.*, XIII, 504.)

A. *Petit dessin d'une courbe et d'une droite qui illustre probablement
cette idée.*
B. *Aj. renv. :* p[ar] ex[emple] ouïe et doigts

GL

Je ne connais point de philosophie — Mais seulement une habitude, un instinct, un vice, un *art,* une volonté de la manœuvre de la pensée[A] — un art — une *sensibilité* et une invention.

Ce que je puis faire, tirer de mon *esprit* — en le gênant, en le sollicitant, en le prenant au vol, en le dressant, en l'associant à des *machines*. (*Ibid.,* XIII, 507.)

Pouvoir.

En toute matière « intellectuelle » la notion capitale est celle de Pouvoir, Possible ou impossible.

Une équation est une formule de possibilités.

Possibilités d'imaginer — de faire coïncider. — (*Ibid.,* XIII, 528.)

Gladiator

Rénovation par puretés —

Une technique est une composition *pure* de valeurs aussi *pures* que possible — — d'où économie. (*Ibid.,* XIII, 551.)

L'Animal — Soi.

C'est le dressage qui est l'essentiel. Les actes.

Amener l'*animal* par telle voie au rendement le plus élevé. (1929. *AF¹ 29,* XIII, 698.)

Gl. La virtuosité réhabilitée — Sport —

La virtuosité est la seule valeur qui ne soit pas sous la dépendance des jugements subjectifs.

A. *Tr. marg. allant jusqu'à la fin du passage.*

Savoir faire ou ne savoir — that is the point[1], et c'est la seule recherche dans les arts qui soit additive, qui puisse se capitaliser dans l'auteur, l'accroître.

L'art pour l'art — c'est l'art pour la différenciation, le précisement, l'accroissement de pouvoirs de l'individu et c'est l'art contre l'incertitude et l'inconstance des jugements — et des goûts.

Il y a contr'elle une opinion qui implique cette thèse que les moyens sont d'essence inférieure aux fins et que les fins doivent être[A] (*Ibid.*, XIII, 778.)

☆

Gladiator
ou le Pur —
ou traité de la pureté ou des Puretés[B].

Comment la notion de pur (corps pur — géométrie pure)
conduit à sport — à virtuosité[C].

Ainsi Descartes — Matière et Mouvement — Catégories. (1929. *ag*, XIV, 60.)

☆

Gl

La vraie philosophie me paraît devoir se réduire — ou se confondre — ou s'élever à un *art de penser* qui soit à la pensée naturelle ce que la gymnastique, la danse etc. sont à l'usage accidentel et spontané des membres et des forces.

La pensée traitée comme possibilité, les actes de pensée comme susceptibles d'être *fins* — en soi. En somme, en tant que l'action mentale est volontaire — et pour autant qu'elle l'est, soit que la volonté directe ou l'indirecte s'y peuvent appliquer — et que certaines habitudes peuvent être contractées volontairement. (1929-1930. *ah 29*, XIV, 216-217.)

A. *Passage inachevé.*
B. *Aj. marg.* : Traité de la pureté. La *pureté* telle que je l'entends est une *méthode.*
C. *Aj. marg.* : vouloir poésie pure réalisée c'est confondre la ligne avec le trait.

Tout entraînement, toute pratique répétée — arrive
toujours à un certain *minimum* — économie de temps et
d'énergie — (d'action) — de nombre de fonctions mises
en jeu — et par conséquence à un maximum de liberté.
(1931. *AO*, XIV, 852.)

Gl

Le sport est la culture de l'*économie* psychophysique des
actes[A]. Si la production mentale fait partie de notre
système d'ensemble, alors il y a un *sport de l'esprit,* c'est-
à-dire : Il y a des modes d'action de rendement plus
favorable que les autres. (*Ibid.*, XV, 23.)

Gl

Il faut être parfait — Il n'y a pas à hésiter.
Parfait — c'est-à-dire Avoir de soi et d'autrui une
idée « exacte ».
Ne jamais donner valeur ou puissance d'idole à ce qui
n'est pas la partie inconnaissable de soi-même.
Se garder des illusions optiques que produit l'autrui
par le fait seul qu'il est autrui. Et le langage, qui est le
moyen le plus fort de l'Autrui, — logé en nous-mêmes.
(1931. *AQ 31*, XV, 315.)

Gl

(Traité de la pureté)
La *pureté* est conséquence de la *conscience*. La conscience
distingue en s'accroissant ce que la fonction de l'esprit
au degré ou à l'état ordinaire utilise indistinctement.
Ainsi marcher est acte indistinct des jambes. Mais si on
s'exerce à marcher *distinctement,* sportivement, il se fait
une allure *pure* — économie des forces — rythme net.
(1931-1932. Sans titre, XV, 524.)

A. *Tr. marg. allant jusqu'à la fin du passage.*

☆

Comme dit Gracián[1] — « *Et enfin,* (ayant plus ou moins conseillé mille canailleries) Et — *de plus* (!) il faut être *un saint.* »

Il a raison. Il faut être un saint — — c'est-à-dire — rien qui ne soit (ou ne puisse être) orienté vers mieux que soi — ou mieux que la veille. (1932. Sans titre, XV, 853.)

☆

Cirque d'Hiver — 19-11-32 avec Sert[2] — Martine[3] —.

L'homme sur le trapèze — — Les pyramides de Kabyles. Beauté de ces jeunes gens — minces et si forts.

Les clowns italiens — que de choses ils savent — !

Impression à photographier en soi. Ils ont de l'esprit, de l'invention, de l'observation, de quoi faire des sauts périlleux dans leur S[ystème] Nerveux et Musculaire, des bonds extravagants. Chantent, jouent de t[ou]s les instruments. Êtres supérieurs. Et versés dans la Science de tirer de soi tous les tours inconcevables..

Dieu les met fort au-dessus des membres de l'Institut, je suppose.

— Lecture de ces spectacles, acrobates et lions — en valeurs réflexes. (1932-1933. Sans titre, XVI, 41.)

☆

Gl

Idoles — Évaluations exagérées.

Chez quelques-uns — chez M[allarmé], chez moi — nous avons peut-être placé trop haut et trop loin, — le but, le modèle, — l'étalon-or.

Ceci se voit aussi dans l'amour — Donner un prix *infini.* (1933. Sans titre, XVI, 145.)

Gl — de quaestionibus

« En somme » l'important — c'est le Questionnaire. Il faut donc examiner ce qui crée et ce qui annule les questions — et distinguer entre celles-ci — comme définir ce qui sera tenu pour avoir annulé celles qui seront conservées.

En particulier, bien relever celles que le langage semble créer, *apparences de questions* et dépister les *apparences de réponses* — lesquelles, les unes et les autres, ne dépendent que du langage employé.

De même, plus généralement, ne pas se leurrer quant aux questions et réponses qui n'existent que par des conventions — comme dans les jeux — les considérer comme *exercices*. Leur valeur, dès lors, dépend de l'addi-[ti]vité « à l'esprit » des efforts qu'elles exigent.

(La philosophie souffre beaucoup d'un tel examen[A].)
(*Ibid.*, XVI, 241.)

Principe de *Gladiator*.

Restituer (et même développer harmonieusement) par *le sport* les qualités que l'accroissement des moyens rend inoccupées et mettrait en dégénérescence.

Muscles, calcul mental, sens. (1933. Sans titre, XVI, 319.)

Gladiator est en somme l'effort de l'être contre la probabilité. Effort appelé Art, changement du hasard en quasi-certitude — analyse de l'heureuse rencontre en vue de la reproduire ou de la transporter d'un instant dans le stable (ou le *stant*), ou d'un nombre de dimensions (matière aussi) dans un plus grand. Cf. *Forme*.
(*Ibid.*, XVI, 385.)

Gl.

Les maîtres nous enseignent finalement qu'il y a plus de choses permises et plus de choses défendues que nous

A. *Aj. marg.* : Un homme de l'esprit vaut ce que vaut son questionnaire. Rien plus important. C'est une table des références. Et sans laquelle bien conçue, les solutions et les œuvres sont attaquées au hasard, — par les côtés lumineux du moment.

ne le pensions jusque-là. Ils enseignent le *déplacement* (positif ou négatif) *du possible*. (*Ibid.*, XVI, 405.)

Gl

Philosophie « sportive » sans illusions — le nageur, le danseur, *qui ne vont nulle part*. (1933. Sans titre, XVI, 558.)

Il n'y a qu'une philosophie de concevable — et ce serait un *art de penser*. Car il y a un art de penser, comme de marcher, de respirer, de manger et — d'aimer. Et cet art doit être indépendant de ce que l'on pense. On a cru que la logique était cet art : elle n'en est qu'une partie et un moment. Il faut, avant la logique, préparer ce qu'elle aura à conserver et à ordonner.

Cet art est un art de transformer, de distinguer, d'évaluer.

En un mot de reconnaître et de développer les *pouvoirs*. Il s'agit d'abord de les observer — Ici une certaine *vision*. (*Ibid.*, XVI, 611.)

Ἐγὼ καὶ Ἀντεγὼ[1]

G[ide] entend par liberté, disponibilité, possibilité — ce qu'il faut pour braver les autres et les conséquences — en considérant les instincts, les désirs etc. comme ne devant être ni combattus ni reniés — à partir de considérations sociales etc.

Quant à moi — j'entends par des termes analogues — la puissance « intellectuelle » d'organisation, — développement, — *classification,* et la non-idolâtrie, même de soi — Possession > usage. Réserve faite des relations *extérieures*. En résumé, son Possible vise l'action extérieure — relatif aux semblables. Le mien ne concerne que l'action ψ ou φ du *seul*. (1933. Sans titre, XVI, 680.)

« Culte du Moi » — chez — Moi
Rien du Barrès. Rien du Moi tel quel et que l'on désire présenter à Autrui comme une belle chose.

Point de Temple ni de louanges *suffisantes*.

Mais un Dressage — un manège — et une sévérité. (*Ibid.*, XVI, 688.)

Teste ou Gladiator — Mémoires d'un esprit

— — En ce temps-là[A] *toute œuvre me faisait l'effet de cas particulier* — — de quoi ? de la manœuvre — —

Un chef-d'œuvre me semblait une *restriction* — une *démonstration,* un *exercice* — dont le résidu, le produit était pour *autrui.*

C'était bouleverser l'ordre établi et surtout le système Mallarmé qui faisait l'Œuvre — but d'univers. Et moi c'était l'homme. (*Ibid.*, XVI, 698.)

Édification de l'homme
Ne peut se concevoir que par deux voies :
1° par le choix des *Idéaux* —
2° par l'*exercice* — développement — *travail.* (1933-1934. Sans titre, XVI, 807.)

Gl

Ce n'est pas la même chose que « d'avoir de l'imagination » et « d'avoir des images ».

En général, les poètes ont plus d'images qu'ils n'ont d'imagination.

J'entends par imagination l'*exploitation* des images — l'opération sur image — l'exploration du champ ou univers d'une *image* —

comme la logique explore l'implication de concepts.

L'image et sa possibilité — et non sa transitivité. C'est considérer l'*image* comme une valeur d'un système à variations. (1934. Sans titre, XVII, 212.)

Glad.
Minimum d'idolâtries.
Maximum de Composition. (1934. Sans titre, XVII, 445.)

A. *Deux tr. marg. allant jusqu'à* : pour *autrui*.

Gl

Au regard de l'esprit — tout ce que n[ou]s savons faire est comme nul — — tout ce qui est assuré — n'existe plus.

Et n[ou]s connaissons que n[ou]s savons quelque chose — à ceci — qu'il n'en est plus question, — nous n'y pensons plus — nous pensons au moyen de lui. (*Ibid.*, XVII, 462.)

(Gladiator), Traité de la pureté

Celle-ci exige dissociation, dissection préalable, donc « scepticisme » — Et institution du *fini* —

pour venir à édification. (1934. Sans titre, XVII, 549.)

— Ne lisez pas de journaux
— N'allez pas au cinéma
— Sachez un métier à fond
— Ne croyez pas ce qui est imprimé
— Ne vous étonnez pas des choses énormes ou intenses
— Ne vous laissez séduire à la vitesse mécanique
— Marchez et nagez
— Retenez-vous de donner importance aux mots dont le sens — « clair » dans l'instant et en acte (en composition) devient d'autant plus incertain qu'on l'isole et qu'on le presse davantage[a]. — (*Ibid.*, XVII, 565.)

Gl

Il n'y a pas de comparaison, ni de relations d'opposition ou de composition réelles possibles, entre des esprits dont l'un cherche à agir sur le nombre indistinctement, et donc sur le plus grand nombre des esprits, et l'autre ne tient aucun compte du nombre — mais vise la perfection et la précision de son action. Celui-ci ne tient qu'à s'éprouver dans quelque autre et non à se plaire dans les effets qu'on produit *per fas et nefas*[1]. Il cherche son avancement et ses preuves, et non sa renommée. (1934-1935. Sans titre, XVII, 712.)

Il n'y a que 2 choses qui comptent, qui sonnent l'or sur le comptoir[a] —

l'une, que je nomme *Analyse*[b] et qui a la « pureté » pour objet;

l'autre, que je nomme *Musique*[c], et qui compose cette « pureté ». (1935. Sans titre, XVII, 819.)

Gl

Le but[A] ne soit pas de faire telle *œuvre*, mais de faire *en soi-même* celui qui fasse, puisse faire — cette *œuvre*.

Il faut donc construire de *soi en soi*, ce *soi* qui sera l'instrument à faire telle *œuvre*.

Exactement comme se construit dans l'homme à l'état indifférent un homme qui agira telle action. Dans l'homme qui bondira se forme d'abord un homme *qui va bondir* — et qui n'est pas l'homme sans but particulier et sans appel et affectation de forces.

De même au réveil, se fait plus ou moins vite, le débrouillage de liaisons qui vont faire l'homme qui agira. (*Ibid.*, XVIII, 29.)

Gl. φ.

Des notions pures — (Pures au sens physicochimique). (*Ibid.*, XVIII, 55.)

Gl — (Ego) Ce qui ne me coûte rien peut avoir valeur pour autrui — Mais non pour moi-moi. Peut me donner

---

A. *Tr. marg. allant jusqu'à :* faire — cette œuvre.

ce qu'autrui peut me donner. Mais ne m'augmente pas en puissance fonctionnelle — ne me rend pas un peu plus... *complet*. (1935. Sans titre, XVIII, 217.)

Je consens aisément que l'on ne peut faire tout avec et par *conscience*. Ce serait absurde. Mais on peut, quand rien ne presse, tout revoir, et consciemment provoquer, éduquer les réponses dont le mécanisme est caché. (1935. Sans titre, XVIII, 253.)

Gladiator — Un livre sans modèle — contenant quelques contes, divers petits traités et des aphorismes; avec plusieurs essais, des procédés et autres choses utiles à qui pourra s'en servir. (1935. Sans titre, XVIII, 511.)

« Gladiator » serait en somme le Code* — le *livre sacré* de l'*action pure* — du pouvoir dans le possible — remettant (grâce au *Système*) la pensée, le psychisme à son rang. (1936. Sans titre, XVIII, 801.)

Gl et θ   Munich

Honneurs à l'Église —
Ses inventions admirables — (en principe) et d'une valeur universelle, quant à la formation d'esprits. Toute une étude « psychologique » à faire, de ces inventions.
Elle a créé des exercices — un horaire mental — —
Le bréviaire est une idée admirable.
La « méditation » à heure fixe.
La journée bien divisée. La nuit non abandonnée.
A compris la valeur du petit jour.
— Je *songe à la restitution des valeurs de l'intellect* ou du moins à leur préservation.
— Peut-être a-t-il fallu le système des monastères du Xe et XIe siècles pour reconstituer un *esprit* — — libre et

puissant contre l'état des choses et des hommes en ce temps-là.

Le monastère, cocon où le ver spirituel put attendre le temps de ses ailes. Turris eburnea[1]. (1936. Sans titre, XIX, 507.)

Gl. *Poét*.

Construction du Cheval —
Construction du poète — du musicien — du géomètre.
Équilibres — Leur conservation dans les allures.
Un cheval pur sang bien dressé, bien mis, ses énergies nettement placées.
Distinctivité, *pureté* des actes. Détachements.
— Tout le monde n'est pas apte à tout.
Une oreille en parfaite condition peut n'être pas musicale. (1936. Sans titre, XIX, 604.)

Gl — L'animal intellectuel —

Celui qui est *fait pour* développer l'action mentale.
Et ceci se voit chez certains si nettement que le manque d'exercice ψ leur est physiquement nuisible.
Erreurs de l'enseignement sur ce point. (*Ibid.*, XIX, 644.)

But d'une vie —

arriver — (même sur le tard) — à connaître nettement le fond de pensée et de sensibilité incomparable sur lequel on a vécu. Toute la bizarrerie et toute la banalité de soi. Toute la part nécessaire, toute la part héritée, toute la part imitée, toute la part accidente — de soi. (1937. Sans titre, XX, 239.)

Gladiator —

Il y a une équitation mentale. Il y a un dressage de « l'esprit ». Je ne vois pas d'autre « philosophie ».

Le cerveau a ses caractères singuliers. Chacun monte ce qu'il a.

Dans l'état actuel, le dressage est *entièrement* livré au hasard. La presse, l'enseignement, le milieu, exercent des actions quelconques et qui sont *toutes* de nature à diminuer l'indépendance des mouvements. Il est vrai que la *société,* peut-être, l'exige^..

Toute « connaissance » est, *d'autre part,* (c'est-à-dire illusion à part —; fiducia, à part; *valeurs communiquées, attribuées et non reçues,* à part)^B une *réponse* plus ou moins *articulée,* dans telle ou telle attitude, ou système de connexions à tel degré de *liberté* — avec production ou conservation ou dépense d'énergie *libre.*

Le dressage supérieur consiste dans la recherche de la plus grande liberté — de son *retour* sur le plus prompt possible après l'effet initial, au moment de la réponse — et de son emploi p[our] obtenir la plus grande précision et économie dans cette réponse.

Ici — Que peut-on ? (1937. Sans titre, XX, 545.)

☆

Lionardo

Être, et ce qu'on est, et son propre mathématicien et son propre physicien, et son propre constructeur — c'est-à-dire observateur, combinateur, organisateur, et ouvrier — (1938. Sans titre, XXI, 123.)

☆

« Que peut un homme ? » (Teste) est décidément la plus grande question.

Mais *pouvoir* a 2 sens — un passif, et un actif.

Je PUIS *entendre, sentir,* subir, être modifié, souffrir etc. — c'est le sens « propriétés » — et l'aspect *sensibilité.*

Je PUIS *faire,* agir, *modifier* — c'est le sens *faculté* — et l'aspect *action.*

Entre les deux, des possibles mixtes :

Je *puis* me *souvenir* —

et il faut y ajouter toutes les actions qui sont tantôt réflexes, tantôt volontaires. (1938. Sans titre, XXI, 521.)

A. *Aj. marg. :* La pensée ennemie de la société.
B. *Aj. marg. :* croyances

θ ou Gl

Il s'agit de grandir.

Mais il faut donc se garder Enfant toute la vie.

Regarde alors autour de toi ceux qui ne portent plus rien d'enfance dans les yeux. Cela se connaît à ceci : que les regards sont précis sur les choses précises, vagues sur les vagues et non nommées. Mais c'est le contraire qui désigne la conservation du puéril, du naissant, du devant croître.

Ad augusta per auctura[1] — (1938. Sans titre, XXI, 710.)

Consciousness

Gl.

Art. Il faut apprendre à voir des obstacles où l'œil ordinaire n'en perçoit pas — — cf. diction. C'est *dire,* en craignant *l'homogène action* — *Revenir sur l'acquis* — *véritable opération « nouvelle »*. Et *écrire* est de même, et... *penser ?* Le point atteint — la perfection de ceci donnera le retour au facile — un facile du second ordre.

N.B. Ceci exclut les infinis.

C'est un retour sur les *temps.*

Or c'est là : *agir sur l'action.* (1939. Sans titre, XXII, 65-66.)

Gl. θ.

La recherche de la perfection est une forme du suicide. Sacrifice d'une partie du possible. Et la vie n'est que la conservation du possible.

Mais ce n'est qu'aux dépens de la vie telle quelle qu'on peut donner à celle-ci une valeur particulière. Car, telle quelle, elle est une sorte d'énergie aveugle, qui se dissipe sans autre objet que de se régénérer aussi aveuglément — analogue au cycle de l'eau entre le nuage, la neige et glace et la mer, au soleil. (1940. *Rueil-Paris-Dinard I,* XXIII, 272.)

Gl

Si les grands joueurs de bridge ou d'échecs savaient !

S'ils savaient[A] que leurs dons et talents si spéciaux et qui parfois les laissent si ordinaires dans le reste des usages de l'esprit, pourraient par une légère, et superficielle, modification de leurs machines mentales, produire dans l'ordre des Lettres ou de la philosophie, des ouvrages extraordinaires !...

Car il y a beaucoup plus de combinaisons suivies dans leurs têtes que dans celles de presque t[ou]s les auteurs[B] ; et ce n'est qu'une différence de conventions, ici très précises et arbitraires, là, vagues, et en apparence exigées par des conditions réelles, — qui séparent leur activité de la nôtre.

Un ouvrage de l'esprit est une partie qui se joue entre quelqu'un et un inconnu — lequel *fait le mort* pendant que l'œuvre se fabrique et l'auteur joue pour lui. Mais ce mort devient vivant — et c'est le contraire. L'auteur fait le mort à son tour — et parfois en meurt. (*Ibid.*, XXIII, 348.)

☆

Gladiator   Thème ou théorie de la *pureté*

Ma théorie de la pureté était dans mon esprit l'objet de la recherche à tâtons — du monde « moderne ».

Et consistait dans la reconstitution de tout ce que fait l'homme, spontanément, ou traditionnellement après analyse, décomposition en actes ou parties ou phases distinctes — devenus *conscients* et purs l'un de l'autre.

D'où ma détestation des effets de l'histoire ou d'une philosophie ou d'une politique, développées à partir de notions vagues et mêlées. (1940-1941. Sans titre, XXIV, 52.)

A. *Tr. marg. allant jusqu'à :* ouvrages extraordinaires.
B. *Tr. marg. allant jusqu'à :* l'auteur joue pour lui.

☆

Gl.
Ego

L'avantage de la gloire, à mes yeux, — car il faut bien se demander à quoi elle peut servir ? — serait uniquement de donner les facilités et l'excitation qui permettraient un développement plus grand des vertus qui ont fait se produire et s'élargir cette atmosphère dorée autour de soi. Or, c'est bien le contraire qui s'observe en général. L'effet de la gloire le plus fréquent (il est vrai qu'elle vient avec l'âge) est de borner l'opération de l'ouvrier au genre ou au système qui lui a heureusement réussi. Il s'imite. Il craint l'aventure.

La gloire finit par n[ou]s réduire à vouloir plaire *suffisamment* aux autres et à renoncer à se plaire, plaire *infiniment* à soi. (1941. *Cahier de vacances à M. Edmond Teste*, XXIV, 764.)

L'*automatisme limite* — (Entropie) Anthropie

sc. La tendance générale d'un système vivant à l'adaptation — et à l'économie se marque dans l'automatisme *croissant* — l'expérience *tombe* vers l'automatisme — et l'insolite, l'accidentel, l'exceptionnel vers le *répétable*[A].

Mais aussi : le tâtonnement s'oriente vers l'exact — vers l'acte net et certain — et par là, il y a une voie vers l'élégance[B], maximum de liberté[C] — minimum d'énergie — d'où *virtuosité*, — le sourire possible — d'où accroissement des possibilités, des *créations*. L'*athlétisme* sous tous ses aspects — *l'entraînement* — grand sujet — cf. types animaux — développés — le Lévrier — Le chien à odorat — — (1942. Sans titre, XXV, 509.)

Teste — Que fais-tu[D], tout le jour ?
— Je m'invente. (*Ibid.*, XXV, 579.)

A. *Aj. marg.* : La mémoire, Économie : *n* conditions indép[endantes] → 1.
B. *Aj. marg.* : L'*acte* se *dégrossit*.
C. *Aj. marg. renv.* : le plus vite.
D. *Tr. marg. allant jusqu'à* : m'invente.

L'élégance est la sensation du rendement. Un résultat est obtenu avec minimum d'effort et de moyens et préservation et emploi *arbitraire* de l'énergie économisée — rendus sensibles. Sensation du pouvoir surabondant. De quoi *sourire*. (1942. Sans titre, XXV, 731.)

Les questions

Qu'est-ce que l'*homme* ?

N'est-ce pas une chose à faire ? un vœu à accomplir ? — Une démonstration à donner ? (1943. Sans titre, XXVII, 159.)

Gl.
(Ego —)

Les livres de mathématiques ne m'intéressent que parce qu'ils sont les seuls livres qui ont pour objet la *manœuvre de l'esprit*[A] — ceci sans trop de conscience. L'appareil logique dissimule cette manœuvre[B], qui est cependant déclarée dans le mot inévitable *je puis*, n[ou]s *pouvons* — essentiel aux math[ématiques].

Or je crois, depuis deux fois 25 ans, que c'est là *un des deux grands moyens de l'intellect*, — l'autre étant la faculté *d'être « instruit par l'expérience »* unie à celle de « *voir ce qui est* ».

Avoir le sens[C] et le goût de cette manœuvre remplace pour moi toute philosophie — très avantageusement. (1943. Sans titre, XXVII, 233.)

A. *Aj. marg. :* Cf. Napoléon — son sens de la manœuvre.
B. *Aj. marg. renv. :* sert à la décrire.
Rôle des conjonctions : *Si* — (cf. *Soit* une —)
　　　　　　　　　　　Mais (magis)
　　　　　　　　　　　Or ou *d'autre part* — (simult[anément])
　　　　　　　　　　　Donc
dans le *drame de la Démonstration*.
C. *Tr. marg. allant jusqu'à la fin du passage.*

☆

Ego

L'idée de *manœuvre* spirituelle m'a jadis *enivré*..

La phrase de Baudelaire sur Poe : « Ce merveilleux cerveau, toujours en éveil... », — phrase, en somme, sans *autre* importance — eut pour moi valeur d'un trésor des 1001 nuits entr'ouvert ou de ce simple mot *trésor* lu avec des yeux d'enfant dans le conte arabe — —

Ce me fut aussi un appel de cor et la forêt enchantée des choses Abstraites me — — etc.

— Je rêvai sur les possibles de l'esprit et je m'exerçai de mon mieux à user de mes articulations de signes avec images, de signes avec signes, et des transformations d'images, — en quoi je trouvai le mépris de tout ce qui ne pouvait être que par l'ignorance ou la crainte de ces étranges expériences. Une opinion sur quoi que ce soit me parut une sottise quelle qu'elle fût, si elle ne se donnait pas elle-même pour une simple possibilité, — un spécimen extrait d'une collection de combinaisons.

Ceux qui tenaient leur pensée pour autre chose qu'une formation de valeur arbitraire — tant que quelque circonstance non mentale, ni corporelle (affective) ne lui donnait pas valeur indépendante de moi — de mon état, de ma « sensibilité » — me parurent des idolâtres, ou bien des gens qui dorment, et donc, *croient* aux productions que leur excitent *linéairement* dans l'esprit les sensations accidentelles et non contrôlées qu'ils subissent sous le sommeil. Ils sont dans l'état *partiel*, et ne peuvent user du tout de leur organisation.

Ceci ruinait bien des choses.. Mais qui étaient déjà *virtuellement* condamnées en moi par ma nature. Quelle autorité peut résister à ce qui, même sans l'attaquer, ni vouloir la détruire, se met à la considérer avec précision et à presser un peu le langage dont elle use ? Si on ne trouve alors que du langage et des images, des abstractions sans définitions non verbales, etc. on ne trouve donc que des produits particuliers d'une faculté dont on possède soi-même l'appareil qui peut façonner bien d'autres combinaisons du même genre.

Voilà ce qui vous arrive quand vous vous avisez, ce qui fut ma découverte, de tenir le verbal pour verbal, les images pour des images et les idées pour des idées, c'est-à-dire d'*associer* (comme on dit) ces espèces mentales à leurs groupes de substitutions et de noyer la *valeur* de chacune dans la conscience de la possibilité des autres, c'est-à-dire de l'imminence des manœuvres de l'esprit libre, à peine se réveille-t-il d'entre les dormeurs. (*Ibid.,* XXVII, 234-236.)

Ego

Ma vie s'est passée, en tant que passée dans ma tête, à essayer de jeter par-dessus la barrière (de la conscience) à expressions, par-dessus l'obstacle, ce qui m'apparaissait du côté des *choses mêlées* — de l'impur dans le pur — c'est-à-dire de l'hétérogène dans l'homogène.

Moi qui chevauche Moi pour sauter de Moi en Moi — — Gladiator ! Hop ![A] (1943-1944. Sans titre, XXVII, 882.)[a]

A. *Dessin d'un cavalier monté sur un cheval qui saute par-dessus un obstacle.*

LANGAGE

De ce fait (tautologique) que les erreurs et les contradictions n'ont lieu que par le langage et dans lui, et de cette présomption — que le langage est la mine aux abstractions on peut tirer une bonne série d'expériences sur la nature de l'abstraction. [...] (1894. *Journal de Bord*, I, 30.)

☆

Propositions Préliminaires (P.P.)

(1) Impossibilité d'étudier le langage en soi.
Nécessité de le placer dans un milieu spécial dit psychique.

(2) Constitue une des singularités remarquables du Champ de Connaissance.

(3) Placé au milieu des phénomènes, sert à une détermination de ces phénomènes à l'aide d'éléments fixes — et est fondé non sur les ph[énomènes] mentaux eux-mêmes, mais sur les lois d'existence et de succession de ces ph[énomènes].

(4) Fondé sur référence commune, considérée fixe.
Doit se traiter comme je fais de façon à conserver entiers les ph[énomènes] dits physiques et à remplacer les ph[énomènes] psychiques par des groupements de ph[énomènes], des notions de variation et de liaison.

(5) En quoi renseigne-t-il sur ph[énomènes] mentaux ?
Mesure exacte.
En quoi renseigne-t-il sur ph[énomènes] physiques ?
Mesure exacte.

(6) Idée de mesure commune. Problème d'un langage

à inventer de toutes pièces pour tels êtres. — Pro-
blème d'une notation de la pensée. Voir (4).
Langage animal. Signaux, extension.
Langages spéciaux. Algèbre, Formes ornementales
élémentaires — Arts à ce point de vue. (1897.
Analyse du langage, I, 142.)

Les mots font partie de nous plus que les nerfs. N[ou]s
ne connaissons notre cerveau que par ouï-dire. (1897-
1899. *Tabulae meae Tentationum — Codex Quartus*, I, 175.)

Le langage en tant que classification des mots est un
milieu réfringent p[our] les ph[énomènes] mentaux — —
Il les dispense en mots et en ordre ou en spectres — La
phrase est un spectre d'une idée. (*Ibid.*, I, 254.)

Ce qui obscurcit presque tout c'est le langage —
parce qu'il oblige à fixer et qu'il généralise sans qu'on le
veuille. (1898. *Paul Valéry*, I, 491.)

Tableau de l'esprit tel que je le conçois aujourd'hui
D'abord et justement je vois qu'il me faut un système
de représentation. Le langage ordinaire ne permet pas
de spéculer sur ses éléments car il n'institue aucune
relation (de construction) entre ses éléments. Chaque
mot est construit à part et les relations entre mots ne
permettent pas de transformations l'un dans l'autre.
(1899. εἰκόνες, I, 723.)

Il faudrait trouver le moyen de distinguer ce à quoi
le langage employé *nous force* lorsque n[ou]s faisons une
théorie. J'ai cherché cela.
Le langage représente tout ce qu'il peut 1° par des

signes invariants fondés sur une loi trop simple de correspondance *suffisamment* uniforme et réciproque

2º par des indications d'opérations mentales sur les
sujets de ces signes — (d'où verbes, accords et positions).
En particulier le langage fixe des commencements et des
fins alors que cela n'existe pas dans la chose — il fixe
de même des subordinations, des dépendances qui
n'existent pas dans la vue des choses.

Ainsi la liaison nécessaire du sujet au complément —
généralement vraie au sens absolu quand le sujet est un
être animé — s'étend aux choses non vivantes et conduit
à de fausses représentations. [...] (1900. Sans titre, I, 853.)

Moins le domaine est concret — plus les métaphores
sont personnelles — et reposent sur des symétries ou
bien des ressemblances d'impressions au lieu de sensations.

La tournure « objective » du 19e siècle fut de genre
« scientifique » et se rattache à l'idée d'exprimer dans un
langage *commun*.

Difficulté de représenter les sentiments. Cette difficulté a fait aux sentiments la réputation d'être chose
délicate, et difficile à toucher par le psychologue.

De même pour l'attention et diverses choses auxquelles
la difficulté de représentation nette — donne un air de
fantômes.

La difficulté réside dans le *besoin* de traduire et dans
l'emploi hasardeux du langage ordinaire pour cela.

Mais le langage ordinaire n'est pas plus commode
pour la psychologie qu'il ne le serait pour l'algèbre,
par la raison qu'étant sans rapport avec les phénomènes
— et SANS RAPPORT AVEC LUI-MÊME SURTOUT, sans organisation intérieure en quelque sorte — il n'est ni uniforme ni univoque, ni suffisamment distinctif. (1900.
Sans titre, I, 861.)

☆

Trucs du langage des hommes — (anthropomorphisme)
    Dieu
    nature
    inconscient

surhumain
volonté
raison
cause
force
matière etc. (*Ibid.*, I, 873.)

Le problème du langage consiste — — de très haut —
à représenter une série relativement continue par des
ensembles d'éléments finis et réciproquement.

Comment se fait la transformation ? : en faisant varier
la notion qui se présente jusqu'à ce qu'elle se décompose
en mots, (ou plutôt de façon à l'amener en parties
capables de mots). Donc, on passe d'un *temps* à une suite
de temps d'opérations — Donc enfin on a passé d'un
continu (ou quelque chose analogue) à un discontinu.
C + Q + F + D. (1900. *Cendres*, II, 59.)

Le secret de la pensée solide est dans la défiance des
langages — Les spéculations bien séparées des notations
sont les plus puissantes, etc.

Car les notations[A] quelles qu'elles soient sont soumises
à des lois, après tout, semblables ou identiques à celles
qu'elles doivent exprimer et découvrir. — (1900-1901.
Sans titre, II, 77.)

Leibniz et Des Cartes ont eu la même idée — Lulle[1]
aussi.

Cet alphabet des pensées — ou de ses formes.

Mais Descartes a vu le grand principe de la représentation. (*Ibid.*, II, 83.)

Le langage est plus propre à la poésie qu'à l'analyse.
(*Ibid.*, II, 190.)

A. *Tr. marg. allant jusqu'à* : exprimer et découvrir.

Excellent de ne pas trouver le mot juste — cela y peut prouver qu'on envisage bien un fait mental, et non une ombre du dictionnaire. (*Ibid.,* II, 192.)

On se sert parfaitement et commodément de mots dont on ne saurait dire une définition ni délimiter le domaine. Ne pas confondre les éveils de mots parmi des phrases ou des situations avec leur examen isolé. Dans le 1ᵉʳ cas il n'est besoin que du suffisant. (*Ibid.,* II, 205.)

Le langage organise forcément la pensée — mais d'une certaine façon qui n'est pas la rationnelle, — ou la rigoureuse — ou la naturelle — mais l'historique. Il organise chaque esprit historiquement, imitativement. (1901. Sans titre, II, 324.)

Nous n'avons ni corps ni âme — Cela est sûr, clair.
Mais comment parler ou raisonner sans de tels mots — et qui ne sont cependant que de grossières falsifications — des noms mal découpés — collés sur de grossières images qui elles-mêmes traînent des foules de vagues idées *non reliées rationnellement à ces images ?*
Un mot est bien formé lorsque les images y adjacentes et les abstractions qu'il emporte sont déductibles les unes des autres. (1901-1902. Sans titre, II, 342.)

Le langage n'a jamais vu la pensée. (*Ibid.,* II, 356.)

Hérésie ! que traduire dans le langage ordinaire — c'est-à-dire fait par usages sales, mêlés et indistincts — les résultats d'observations pures. (*Ibid.,* II, 364.)

J'ai cherché la rénovation dans la précision. L'infirmité
des systèmes vient de ce que, bâtis sur des expériences
mentales toujours intimes et habillés de mots — on est
fatalement forcé à un certain moment de quitter l'expérience personnelle pour un langage où l'exp[érience]
n'a pas été faite et où on ne saurait pas la faire. On est
conduit en même temps à ne pas suivre d'assez près
l'expérience et à fausser ce qui en a été fait. 2 sources
d'erreurs. (*Ibid.*, II, 377.)

Comme cela est commun qu'un même mot clair quand
on l'emploie est obscur quand on le pèse. Cela tient à ce
qu'on les emploie toujours avec leur définition momentanée, avec ce qui suffit à les maintenir. Quand isolés,
on les regarde — on cherche à leur substituer l'ensemble
indéterminé de leurs relations — au lieu qu'en composition cet ensemble est déterminé. (*Ibid.*, II, 395.)

☆

Je m'aperçois que mon ambition littéraire est (techni-
quement) d'organiser mon langage de façon à en faire
un instrument de découvertes — un opérateur, comme
l'algèbre — ou plutôt un instrument d'exposition et de
déduction de découvertes et d'observations rigoureuses.
(1902. Sans titre, II, 493.)

☆

C'est si étrange qu'on puisse user, agir, parler avec des
notions — d'une façon parfaitement juste, tandis qu'on
ne saurait les définir.
   Cela s'explique par ce que de tels mots sont
   1º en incessante modification par tous moyens
   2º mais employés *non isolés* — dès qu'on les isole, ils
s'obscurcissent. (*Ibid.*, II, 530.)

À mesure que l'on s'approche du réel, on perd la
parole. Un objet n'est exprimable que par un nom plus

grand que lui et qui n'est que le signe de sa multiplicité de transformations implicites — ou bien par métaphores ou bien par constructions. Le réel est intransformable.

Le nom d'un objet est le signe de la métaphore la plus simple qu'on puisse opérer sur lui (ou son idée).

Le réel forme par sa constance une base inébranlable. (*Ibid.*, II, 554.)

Nous en sommes vis-à-vis du langage, comme un géomètre de l'âge de pierre qui se désespère devant les formes naturelles ou visibles et qui ne soupçonne pas qu'il faut forger et non subir. Avant l'invention de la droite géométrique — etc... (*Ibid.*, II, 583.)

Essai sur la valeur vraie du langage comme instrument de l'esprit quant à l'esprit. (*Ibid.*, II, 673.)

Les philosophes inventent autant de notions qu'il leur en faut — et c'est un droit — mais ils ne [se] préoccupent guère de la *saisissabilité* de ces notions — Et c'est une grave erreur[A].

.... Le langage a fait ses mots plutôt pour désigner que pour relier. Il les a faits isolément. (1902. Sans titre, II, 704-705.)

Il serait aisé de montrer qu'un mot pris au hasard, abstrait — doit représenter des idées différentes, mal réunies, mal définies — et constitue un instrument défectueux.

C'est ce qui permet la littérature et gêne la philosophie. (*Ibid.*, II, 741.)

Marquez que je prétends dans tout ceci, que beaucoup de propositions, même familières, même *consacrées* par

A. *Aj. marg. renv.* : Il faut des mots tels que l'on puisse calculer par leur moyen.

la réflexion de bien des penseurs — n'ont point de sens ou n'ont point de valeur certaine, rigoureuse, utile, — comme notation de pensée vraie — (c'est-à-dire non traductible au-delà). (*Ibid.*, II, 746.)

Mon principe le plus important a été de séparer aussi profondément que j'ai pu la *fausse* pensée de la réelle — Ce qui se fait en suivant le réel le long de la fausse notation. Ainsi quand on note sa pensée — il arrive qu'en réalité on ·note deux ou plusieurs actes et visions très différents, qu'on présente comme une seule pensée — etc.

Et il n'y a jamais d'infidélité à noter par une seule chose irrat[ionnelle] autant de choses qu'on veut — Mais dans le contraire il y a danger.

Mais sans infidélité, il n'y a pas de puissance.

Sans fidélité, pas même d'existence.

À moins que... alors, il faudrait réserver à[A] (*Ibid.*, II, 780.)

Dans la plupart de nos pensées verbales — et donc de nos écritures — il y a une énorme portion de *vide*. Il serait impossible de retraduire ces textes en actes et objets réels, réellement combinés. Ce qui permet ces opérations fictives et trompeuses — c'est que nous ignorons leur inanité et qu'il faut des efforts pour la découvrir, emportés que nous sommes ou absorbés par la facilité des combinaisons, l'habitude du langage; et surtout ne voyant pas que nous alimentons ce discours par des idées incessantes, nouvelles tandis qu'il semble se continuer naturellement et ne reproduit pas l'incohérence vraie de laquelle il s'alimente.

On s'attend qu'un discours soit lié et qu'une rêverie soit incohérente. Un discours incohérent étonne — une rêverie réglée change de nom. (*Ibid.*, II, 781.)

Il n'y a ni concepts, ni catégories, ni universaux, ni rien de ce genre. Ce qu'on prend pour de telles choses —

A. *Passage inachevé.*

ce sont des *signes indiquant des transformations* — desquelles le mécanisme n[ou]s échappe. Les termes de ces transformations sont des représentations. *Ce sont des signes indiquant des indépendances et des dépendances*. Ces indépendances résultent de substitutions — inexplicables dans leur mécanisme.

Et de plus : La difficulté vient du langage. C'est l'emploi du même mot dans *p* séries ou phrases différentes qui fait croire à un concept sous ce mot.

Or nul mot isolé n'a de sens. Il a une image *mais quelconque* — et le mot ne prend son sens que dans une organisation — par *élimination* entre ses sens. [...] (1902-1903. *Algol,* II, 855-856.)

On creuse instinct, volonté — mais ces *ouvertures de compas* sont-elles favorables ? Ces notions elles-mêmes — leurs correspondants ou affixes en tant qu'éléments du langage, ne sont-elles pas aussi obscures que ce qu'on cherche ? Je pose toujours ce problème. — Quels sont les composants[A] indépendants du sens brut de ces mots ? De quelles formes ou images désigne-t-on l'invariant ? Là est la recherche de la pureté — des instruments rigoureux. [...] (1903. *Jupiter,* III, 56.)

Le système extérieur des mots d'une langue est toujours irrégulier ayant été poursuivi suivant le besoin, et par saccades, sans perspective ni but que particulier. D'où il est peu étonnant que ces systèmes soient incomplets — avec surcharges, lacunes, débordements de significations l'une sur l'autre — et non des subdivisions uniformes de la connaissance. Ainsi manquent des oppositions — des symétries — des formes dont on trouve parallèlement l'entier développement et qui n'ont pas été réalisées partout. Nécessité de compléter fictivement le langage.

Cela se voit *physiquement* par les racines. Ex[emple] : le verbe : aller, je vais etc. Mais ces systèmes[B] toujours et infructueusement à devenir *purs.*

A. *Tr. marg. allant jusqu'à :* des instruments rigoureux.
B. *Verbe omis, probablement* cherchent.

En somme tout langage réel comporte un certain système de décomposition plus ou moins exacte, plus ou moins complète — du chaos de la connaissance. Les systèmes des langues existantes sont-ils les seuls possibles ? (*Ibid.*, III, 62.)

☆

La langue n'est [ni] pauvre ni riche, ni commode ni incommode — Mais elle n'est pas régulière ni complète. Elle ne recouvre pas exactement le domaine qu'elle indique — et par endroits elle le couvre de plusieurs plis. (*Ibid.*, III, 103.)

☆

Mots sans définitions et sans objets nets. — Ex[emple] : vie. Ces mots ont pour sens une *marqueterie*. (*Ibid.*, III, 103.)

☆

.. Il n'y a pas de raison pour que des mots venus de besoins, d'époques ou de coïncidences parfaitement étrangères entre elles, aient des *rapports simples* entre eux. Ils peuvent dire la même chose et ne pas s'équivaloir — simplement parce que l'un a toujours été *entendu* dans le voisinage de certains autres mots — et l'autre, d'autres. Deux mots très spéciaux au début, se rapprochent — d'autres identiques s'éloignent l'un de l'autre. Tel change de sens suivant son complément ou son sujet — ex[emple] : lier — diminuer etc. Preuve que l'on ne peut les classer. Il faudrait classer toutes les phrases généralement possibles. (*Ibid.*, III, 104.)

☆

Les mots ne couvrent pas de mystères — mais des embarras, des incohérences, des hasards. Les mots recouvrent des hasards. — (*Ibid.*, III, 109.)

Les mots usuels — justement parce qu'ils sont usuels, ne représentent jamais de phénomènes nets — ni de symboles purs. (*Ibid.*, III, 118.)

Parallèle —

L'un, génie, l'est par vitesse et parce que, en un clin d'œil, le voici habitué comme par des siècles à ce qui vient de se produire. L'autre, par lenteur, par arrêt, *retarde sur le commun des esprits*[A] et quand ils sont déjà en plein *langage,* dans l'embarras de souvenirs et de mélange *historique,* verbal... il hésite encore sans le savoir et regarde encore la chose *telle qu'elle est ;* il la perçoit au lieu d'une traduction et ne traduit que purement. Il s'attarde dans l'informe et en sort avec une forme nouvelle et juste — au lieu d'avoir couru aux habitudes et à l'à peu près. (1903-1905. Sans titre, III, 231.)

« Je n'ai point de nom, — dit une Chose — et quand tu m'appelles Ceci, — tu regardes quelque autre chose et te détournes de moi. » (*Ibid.,* III, 247.)

Ce que je veux dire et ce que je te fais entendre — cela n'implique pas le sens des mots que j'emploie, — dans toute sa généralité ou dans tout son domaine — Mais seulement il suffit que mes intentions présentes, sur lesquelles je n'ai point de doute, te soient communiquées. C'est pourquoi[B] — en vertu de ce caractère transitif essentiel du langage, — la plupart des gens ignorent l'étendue de la plupart des mots dont ils usent parfaitement et c'est pourquoi les dictionnaires sont presque impossibles à faire. (*Ibid.,* III, 267.)

Il en est de ces notions comme de ces mots qui me servent à chaque instant et sont parfaitement clairs et

A. *Aj. marg. renv. :* accommodation presque instantanée, et celle lente mais rigoureuse — chez eux tout prend de la force
B. *Tr. marg. allant jusqu'à :* dont ils usent parfaitement.

immédiats pour tout le monde, jusqu'à ce que l'on y
pense, et qu'on les trouve isolés, obscurs et confus. Ce
qui est clair comme *passage* est obscur comme *séjour*. La
réflexion les brouille. (*Ibid.,* III, 294.)

Malgré ses vices le langage par son développement
historique a opéré (sans méthode) des fractionnements
importants.
En particulier la destruction des synonymes — — la
proposition — et ses organes. (*Ibid.,* III, 316.)

La première condition pour étudier les langages —
c'est de se placer dans l'état où l'on devrait être pour
inventer un nouveau langage — un mode de notation
directement appliqué aux images. (Mais les images
sont elles-mêmes un langage et il faut prendre garde à
cela.)
T[ou]t ce que la philologie montre ne sert de rien sans
cette position primitive à reconstituer — ou plutôt à
constituer. (Car étudier les langages c'est justement non
pas refaire — mais faire avec conscience ce qui a été
fait d'abord sans trop de conscience.)
.. On arrive bientôt au problème suivant : le langage
étant constitué, par des signaux fixes en nombre fini,
comment représenter les choses non signifiées de la
sorte — celles qui n'ont pas de signaux ? Et ce cas
particulier[A] très important : si deux états ou choses *A*
et *B* *analysées* avec mon vocabulaire fini — se réduisent
aux mêmes composants comment discerner les 2 nota-
tions ? Ainsi *homme* et *vue* : $\begin{cases} \text{l'homme voit} \\ \text{voir l'homme} \end{cases}$ Ces 2 solutions sont indiscernables tant que l'on n'a pas découvert
un moyen de rendre asymétriques les 2 combinaisons.
Ce problème conduit à la proposition, au verbe
— aux auxiliaires — c'est-à-dire à l'invention d'une

A. *Tr. marg. allant jusqu'à :* les 2 combinaisons.

structure qui caractérise chaque composé. On devrait dire : composition au lieu de proposition.

Il faut examiner aussi les dérivés et composés (ainsi vox, voix, — vocare, donner de la voix *dans un but* (appeler)). (1905. Sans titre, III, 654.)

Le langage me subit et me fait subir. Tantôt je le plie à ma vue, tantôt il transforme ma vue. (*Ibid.*, III, 680.)

Je pense en français — c'est-à-dire que ce sont des mots français qui en moi provoquent directement et sont provoqués univoquement par — mes phénomènes directs, réels, non traduits. Il y a *échange direct* entre ces signes et les images. (1905-1906. Sans titre, III, 734.)

Quel paradoxe que l'art de manier les choses par des signes qui leur sont extérieurs et étrangers ! et dont la correspondance même avec elles est tout arbitraire ! Il faut que chaque chose soit doublée d'un fantôme où s'attache le signe, autre fantôme. Les signes combinés, combinent les fantômes — et une machine spéciale permet de repasser des fantômes aux choses — et de leur imposer, aux choses, le même sort que les faciles fantômes ont enduré dans le lieu bizarre où ils sont esclaves des signes. (*Ibid.*, III, 793.)

La parole comme communication de l'homme à lui-même — (l'homme qui est son propre premier audi-teur —) comme manifestation de l'arrangement intérieur qui vient de se faire.

Souvent elle est si vite produite[A] qu'elle est dehors avant d'avoir été entendue par le moi.

A. *Trois tr. marg. allant jusqu'à :* entendue par le moi.

Ce moi — auditeur de moi — et juge — de sorte que parmi les paroles qu'il prononce — il en est qu'il reconnaît et adopte et confirme et d'autres qu'il repousse, maudit, nie comme siennes. (*Ibid.*, III, 822.)

L'homme espère dépasser sa pensée par son langage. Il veut et il croit en dire plus qu'il n'en tient. Quand il dit le Monde il ne possède, après tout, qu'un bizarre lambeau de vision, et il l'arrondit sur sa bouche. Il vise le tout, comme le petit œil une montagne. (1907-1908. Sans titre, IV, 195.)

Comme exemple de l'importance *incalculable* d'un langage — cf. la numération homogène dont l'absence a laissé Grecs et Romains mauvais calculateurs et la possession a fait les Hindous maîtres du calcul — de par le principe de la valeur de position. Et ce système de position conduit fatalement aux logarithmes et aux formes. (*Ibid.*, IV, 214.)

Pensée sans langage. Sans langage du tout n'est rien. (*Ibid.*, IV, 253.)

Le langage est étourdi — oublieux[1]. Les significations successives d'un mot s'ignorent. Elles dérivent par des associations sans mémoire et la 3me ignore la 1re. (1909-1910. *A*, IV, 362.)

Tout est prédit par le dictionnaire. (*Ibid.*, IV, 376.)

Quand le langage n'est pas pur — comme est généralement *impur* le langage ordinaire, — une contradiction dans les termes n'entraîne pas nécessairement la nullité d'une proposition. Elle peut ne montrer que l'imperfection du langage. (1910. *C 10*, IV, 427.)

L'élimination systématique de ce qui est *parole* est le point capital de ma philosophie. (*Ibid.*, IV, 442.)

La parole ne signifie ce qu'elle prétend signifier qu'ex-cep-tion-nel-le-ment[1]. (1910. *D 10*, IV, 458.)

Les sens des mots comme leurs sons — appartiennent à des âges différents de la pensée générale. Et nous usons, nous, à la fois de ces instruments dont chacun est celui de besoins, de clartés, de problèmes très éloignés les uns des autres. (*Ibid.*, IV, 484.)

Je parle mille langages. Un pour ma femme, un pour mes enfants, un pour la cuisinière, un pour mon lecteur idéal — et chaque catégorie d'amis, de marchands, de gens d'affaires.., le sien.

Au contact je me modifie instantanément et je parle suivant le cas. Tel langage est timide, toujours vague — tel autre trop pur, ou trop net ou trop doux.

Tel langage manque absolument de tels mots.

Quant à l'intérieur... (Celui qui le décrira bien, je voudrais l'être !)

Celui que je me parle — quel dédale. Tantôt il projette, suppose, crée — un obéissant moi. Tantôt un scandalisé par la bêtise de l'orateur voilé, tantôt un émerveillé qui fait répéter. Tantôt c'est obscur.

Mais là paraissent au même point des phrases étrangères. Se répéter une difficile formule.

Voici que je me la répète mais je ne puis parvenir à *y penser*.

Voici que je la chasse mais ne puis parvenir à ne pas l'entendre — ou à ne pas *y penser*.

Que de résonances, que d'échos, que de battements, que d'harmoniques dans cet empire !

— Ce qui se *présente* à l'esprit ce sont tantôt des mots, — tantôt des phrases, tantôt des formes, des chants, des commencements...

Suivant l'heure, l'élaboration prolonge ceci ou cela.

On chiffre et on déchiffre incessamment. Passage perpétuel des mots aux idées et des idées aux mots. (1911. *L,* passage inédit[1].)

Si le Tout est instantané ou entièrement donné, pas de langage.

Si tout savoir se pourrait remplacer par une vision de choses ? (*Ibid.,* passage inédit.)

Là où il n'y a pas de mots...

Domaines sans mots

Intervalles sans mots. (*Ibid.,* passage inédit.)

Par les mots intérieurement soufflés et ouïs, j'explore ma pensée, ma possession, mon possible — je me parcours mot à mot; et sans eux, rien ne serait net intérieurement.

Ce sont comme des milliers de palpes qui se retrouvent presque toujours parmi des milliards d'expériences — comme le système nerveux d'un système nerveux.

S'occuper d'une question, y réfléchir c'est revenir aux mêmes mots intérieurs.

Par eux tout actuel se transcrit, se transmute en acquis.

Tout l'acquis est soumis comme simultané à des résurrections immédiates, et partielles.

Le vouloir intérieur requiert les mots et n'a pas de sens hors d'eux.

Mais ils sont, par leur nature productible au moyen

de muscles, des actes réversibles, excitateurs et excités.
(*Ibid.*, passage inédit.)

En tant que combinaisons, le langage n'a pu se développer qu'à partir du moment où il s'est constitué en
éléments brefs et simples. S'il contient des mots à
signification très complexe — comme ces mots de
sauvages qui se traduisent par 3 phrases de langue
moderne, sa combinatoire est impraticable.

Il s'est modifié peu à peu de façon à rendre ses mots
de plus en plus combinables. Le possible s'est du coup
installé, n'étant que la capacité combinatoire d'un système. (*Ibid.*, passage inédit.)

Ce qui caractérise le plus le langage, ce ne sont pas les
substantifs, adjectifs, etc. mais les mots de relation, les
si, les que, les or et les donc — — (*Ibid.*, passage inédit.)

En ce temps-là, l'homme était venu à une conscience
excessive de lui-même... Les anciens mots disparus. Plus
de « temps », plus de « pensée », plus de « monde » — —
mais des notions plus pures.

De même que l'ancienne notion confuse de force a
disparu, remplacée par un ensemble de définitions très
distinctes : force, puissance, travail, énergie cinétique etc.
de même le vieux Temps et l'Espace avaient été divisés
et ces nouvelles notions avaient à leur tour modifié les
déf[initions] mécaniques.

.. Les antiques / actuelles / notions ne viennent que
des antiques expériences. (1911-1912. F *11*, IV, 649-650.)

Intimité, familiarité dégradent le langage. Il s'enrichit
trop, se symbolise trop, trop de raccourcis. Devient trop
particulier et par là demande moins de constructions
à l'aide d'éléments généraux. Il devient moins articulé.

La phrase le cède au mot — et le mot devient nom propre. 3 ou 4 adjectifs suffisent à tout.

La démocratie qui est une facilité et une familiarité générale; la presse qui est la promiscuité et la communauté des idées opérée par des moyens mécaniques — sont contraires au langage rigoureux. (1912. *I 12,* IV, 793.)

Une idée très compliquée est très légitime — car les choses sont aussi compliquées qu'on le voudra, et si tu veux représenter du plus près les choses, tu seras d'autant plus compliqué. —

Mais une idée très compliquée est très rare; antipathique à l'esprit, et au langage. On peut l'atteindre mais il sera impossible de l'exprimer. On peut la soupçonner mais il sera impossible de la saisir entièrement. (1912-1913. *J 12,* IV, 879.)

Le langage est ce qu'il est parce qu'il n'y avait pas toujours des philologues.

Les mots changeaient de sens et de figure — ils se contredisaient eux-mêmes, dans le temps, sans obstacles. L'écriture et les philologues jouent à contre-sens de l'oubli, empêchent d'oublier le sens qui veut vieillir et s'altérer. C'est une mémoire artificielle qui exagère la naturelle, et celle-ci ne doit pas être infinie, ni parfaite, — et ni chez un homme, ni chez la suite des hommes, sous peine de rendre à la fin, impossible, la vie.

On se souviendrait de tout à propos de rien. On se souviendrait toujours au lieu de croire quelquefois à une première fois. (1913. *K 13,* IV, 917.)

Nous connaissons d'une certaine façon tout ce qui est contenu dans le groupe des mots.

Il y a un mode de connaissance qui est donc à la fois donné et non donné.

De ce point de vue ou par rapport à ce mode, il n'y a de nouveau que ce qui échappe ou échapperait au groupe comme il n'y a de nouveau sur le groupe des couleurs qu'une couleur non couleur.

À ce sujet ce serait une question subtile de chercher s'il pourrait y avoir une couleur de plus. Il peut y en avoir de moins. Mais une de plus ! Il faudrait établir la structure du groupe coloré et voir si elle admettrait un élément de plus. (1913. *L 13*, V, 5.)

☆

C'est une remarque capitale pour l'étude de soi que celle-ci :

Telle notion, suffisante pour passer de *A* en *B* quand on passe légèrement — glissando — est tout à fait incapable de supporter le penseur qui s'y appuie.

En d'autres termes[A], il est des notions, des mots etc. qui changent très profondément d'aspect et de propriétés si l'esprit y insiste.

C'est dans ces changements radicaux que la réflexion prend sa valeur. (1913. *M 13*, V, 57.)

☆

Hiéroglyphes et littérature.

Je pense parfois que la même (ou une analogue) progression qui a été chez les Égyptiens dans l'écriture : — (de la figure à l'emblème, — de la figure aussi à l'image de la chose dont le nom parlé commence par le son qu'il s'agit d'écrire — de ces figures à leur simplifi-cation[B] etc., — aux caractères —) s'est produite dans l'outillage verbal et rhétorique — — (acrostiche).

Notre langage est entièrement comparable à un texte égyptien où tous ces partis sont employés à la fois, l'usage et la commodité réglant leur emploi.

Un serpent — peut signifier 1° un serpent; 2° danger / ruse — — /; 3° la lettre S; 4° un dieu. En tant que ∫ il pourrait aussi symboliser une intégrale.

— Toutes les figures de rhétorique, à ce point de vue, peuvent être considérées comme transcription naissante, essai d'alphabétisation.

A. *Tr. marg. allant jusqu'à :* y insiste.
B. *Mot illisible.*

Mais elles comprennent aussi la tendance inverse, — celle qui marquerait le retour du langage analytique aux choses mêmes par le détour des impressions et réflexes. Ciel brillant ≡ éternuement.

— Noter aussi l'introduction de l'irrationnel dans la notation — et comment avec le langage irrationnel s'est installée cette étrange propriété du langage qui permet de dire ce qu'on ne peut même concevoir. (*Ibid.,* V, 63.)

Attention et compréhension.

Je comprends *ceci* moyennant attention. Mais au contraire *cela,* clair quand je n'y insiste pas, s'obscurcit par l'attention. Ainsi les mots — comme temps — raison — etc.

Je songe à une planche fragile, bonne pour franchir le fossé, et qui casse si l'on s'y arrête.

On peut s'en servir le temps de passer. Ce temps est plus bref que le temps qu'elle met à atteindre sa limite d'élasticité.

Il y a donc une compréhension transitive, où je me borne à me faire semblable à qui me parle, ou me prends comme limite de mon acte, comme *connu,* un but particulier et le reste ne me sert que d'intermédiaire.

Il y en a une autre — où je veux être plus que lui-même — où je prends comme but un *seuil* intérieur. Et il peut arriver que ce but soit indéterminé — *et sans que je le sache.*

Rien ne prouve par exemple que le mot *temps* ait un sens général indépendant de toute locution ou emploi. Il ne reçoit peut-être de détermination que des circonstances. Et alors essayer de trouver son *vrai* sens, est un leurre. (1914. *S 14,* V, 255-256.)

Si le langage était *parfait,* l'homme cesserait de penser. L'algèbre dispense du raisonnement arithmétique. (1914. *W 14,* V, 394.)

Terminologie ordonnée.

Des mots, les uns sont définis par d'autres mots; les

autres sont donnés avec une approximation quelconque par une sorte de moyenne d'emplois divers; d'autres sont donnés enfin par désignation, geste et présence de l'objet, ou mimique de l'acte. Quand il s'agit de nommer un objet présent, qui n'a pas de nom distinct — on lui donne le nom d'un objet qui lui ressemble.

Il résulte de ceci que le langage usuel est un mélange, un complexe très impur de méthodes différentes. Tel mot est né de tel point de vue au n^{me} siècle. Tel autre est sauvage. Même observation pour les formes et la syntaxe. (*Ibid.*, V, 399.)

Je me répète que pour le temps, le présent, la pensée etc. il faudrait ne pas approfondir ces mots. Les laisser à l'usage et en user selon l'usage.

Ne pas faire la faute des mécaniciens qui ont conservé force et chaleur, mots qui égarent.

Il faut faire des mots spéciaux à partir des faits. Je sais bien qu'il est nécessaire de conserver la communication avec le langage moyen.

Mais le danger est là : on revient toujours aux mêmes embarras et le travail est vain quand le terme vulgaire rapporte sans cesse son ambiguïté et ses mille sens contradictoires.

J'appelle même terme vulgaire celui chaque fois éclairé ou expliqué par son emploi du moment. — Ce sont les mots dont le sens n'est pas constant — varie avec l'usage. (1914. *X 14*, V, 406.)

Une grosse difficulté, un piège — est le suivant. Beaucoup ne pensent qu'en parole. La parole leur vient. La pensée leur vient toute parole, discours.

On croit au miracle — — Il y a donc toujours (chez eux) de quoi *arrondir* ce qui vient. Ce qui ne peut être dit et bien dit n'existe pas. Ils ne reconnaissent de viable que ce qui est conforme à[A]

Ils ignorent le réel-informe. Ils ne perçoivent que ce

A. *Phrase inachevée.*

qui ressemble à ce qu'ils savent. (1914-1915. *Z 14*, V, 490.)

☆

Rien ne destinait le langage à être un instrument de précision ni de prévision.

La géométrie et la dialectique l'ont approprié à leur usage; ou plutôt se sont faites en l'astreignant à de nouvelles conditions. Violences.

Quel détour ! que de quiproquos, de méprises avant d'arriver; que de cheveux en quatre ! Pour arriver à ne dire que ce qu'on dit. (*Ibid.*, V, 496.)

☆

Langage. Poésie.

Qui analysera la *relativité* du langage ? (1915. Sans titre, V, 679.)

☆

Ironie. Plus l'instruction s'est diffusée, donc diluée, plus on a vu disparaître du langage les formes un peu complexes et leur remplacement par des notations invariables ou rigides. Et ceci sans égard à la simplicité logique, à l'élégance.

Racine disait : Me devrais-je inquiéter d'un songe[1] ? — Forme devenue archaïque et artificielle. Il faudrait dire maintenant : Est-ce que je devrais — —

Cette formule bizarre et laide l'a emporté. Le cerveau populaire a rejeté, de même, la longueur des phrases, qu'il ne peut pas suivre.

— Cette observation se rattache à l'illusion moderne du gain, gain de travail, gain de temps. Tout vite et mal.

On oublie la perte qui paye onéreusement ce gain. L'homme perd en connexion, en suite, en rigueur ce qu'il gagne en impressions.

Illusion voisine et identique — croire que le sacrifice des formes est récompensé par quelque chose d'essentiel. (1915. Sans titre, V, 705.)

☆

Le verbe est la merveille des langages. Il anime. Au milieu de la *nature,* des mots-choses et des mots-sensations — il place un individu qui, fait de leur matière, de leurs attributs, se souvient, prévoit, s'oblige, ordonne.. engendre.

Les phrases sont l'œuvre du verbe[A]. (1916. *B, VI,* 107.)

Moralité. Si je parle, si j'écris, sans avoir le sentiment de ma clarté; si j'emploie certains mots.. je n'ai pas une bonne conscience.

Les mots en isme, idéalisme, dynamisme.. je ne peux pas les articuler. Je ne peux pas, sans rougir, donner aux mots *plus de valeur qu'ils n'en ont dans moi,* — plus de sens que n'en offrent les phénomènes NETS qui leur correspondent en moi. (1916. *C, VI,* 233.)

Le langage associe trois éléments : un Moi, un Toi, un Lui ou chose — Quelqu'un parle à quelqu'un de quelque chose. (1916-1917. *D, VI,* 344.)

Style —

Il me semble remarquer que l'*originalité* du langage, le style, dépend en grande partie de l'usage que l'auteur ou l'homme fait du langage *vis-à-vis de lui-même.* ? ? Je ne suis pas sûr de ce que je dis là.

En tout cas il est lié à l'activité mentale, et particulièrement à la sensibilité individuelle de la *distance* existant entre le langage et la pensée *non verbale.*

Qui pense surtout en mots, a peu ou point de véritable style. Les orateurs ont peu de style. (Je ne parle pas de ceux qui écrivent leurs discours —) Le style naît de la netteté de la pensée s'opposant à l'insuffisance, à l'inertie, au vague *moyen* du langage et le violant avec bonheur. Il naît d'une lutte. (1917. *E, VI,* 499.)

A. *Petit dessin d'un triangle en marge, avec le mot* je *au premier angle, le mot* tu *au deuxième, et le mot* il *au troisième.*

Littérature. L'exercice spirituel et le Langage.

La littérature pure[A], art, partie jouée entre cette sorte
de corps vivant que forme le langage organisé, (système
de mots irrigués, innervés, devant être prêt chacun à
entrer en action, tout le langage à sa place de combat et
d'action, actuellement tout présent, tout imminent, avec
ses forces, ses liaisons, ses impossibilités, ses faiblesses,
ses promptitudes et ses retardements; instrument, clavier,
(rien ne fait mieux comprendre comment le monde des
muscles est uni à la sensibilité, à l'esprit, à la vie que le
langage ainsi entendu) — doué de résonances —, boules
de neige — — —) — et d'autre part le langage immédiat, intentions, images naissantes, attentes chargées de
sens et qui veulent se décharger, figures plus nettes que
tout langage et toute expression possible; intuitions informes qui ne peuvent aboutir que par une fausse traduction en parole.

— Il importe de s'exercer à la pensée sans langage.
Et en somme de bien distinguer les pensées suivant
qu'elles l'empruntent ou non. Mais lorsqu'elles l'éliminent, elles tendent toujours nécessairement à l'être
et au rêve. La pensée n'est maintenue à la surface du réel
que par langage — (c'est-à-dire conservation d'objets..
le Nom se conserve). (*Ibid.*, VI, 556.)

☆

Le langage — tel qu'il est dans l'homme civilisé — est
une organisation dans une organisation. Introduit dans
l'organisation[B] qui résulte des expériences fatales du
milieu agissant sur une structure anatomo-physiologique,
il accroît le degré de connexité de cette organisation.
Il se fait seconde nature et contribue au mirage en
multipliant les fonctions de la conscience. Grâce à lui,
la conscience devient instrument; elle devient aussi pour
partie, terrain commun à plusieurs individus.

Il crée une mémoire d'un genre nouveau.

A. *Tr. marg. allant jusqu'à :* toute expression possible.
B. *Tr. marg. allant jusqu'à :* de 14 ou de 20.

On peut se faire une image nette de son rôle en le comparant au rôle joué par la numération écrite et parlée qui nous met en possession de distinguer toutes les pluralités discrètes, de spéculer et de combiner sur les pluralités *inaccessibles* — qui introduit les opérations abstraites générales, (car pour l'intuition de la pluralité 5 × 3 *n'a déjà plus de sens,* si je ne puis pas (ce qui est toujours le cas) discerner 15 objets simultanés — les distinguer de 14 ou de 20[A].

C'est l'organisation DES RELAIS. Relations accidentelles utilisées au service de — (*Ibid.,* VI, 559.)

Il faut chercher, chercher indéfiniment ce de quoi tout ce que n[ou]s disons n'est que traduction. (1917-1918, *G,* VI, 762.)

Le poëte a pour fonction de célébrer en même temps qu'il l'illustre cette invention étonnante, le langage.

Parmi les animaux parlants, il en est de plus doués que les autres.

Il faut bien penser à ceci : le langage a presque tout fait, et entre autres choses il a fait l'esprit. (1918. *H,* VI, 923.)

J'ai pensé fonder toute chose intellectuelle sur l'unique terrain du langage et des combinaisons linguistiques.

De même qu'aujourd'hui toute la mathématique et le continu sur les nombres entiers. Il y a une analogie certaine — difficile.

Le moindre avantage de ce point de vue, et l'avantage positif serait au moins de bien séparer, (s'il existe,) un élément non « énumérable » dans les pensées. (1918-1919. *J,* VII, 213.)

A. *Aj. renv. :* Supposé un homme qui ne penserait que pluralité — ajoutez-y le nombre *abstrait.* Quel enrichissement — par certain côté illusoire — mais quel enrichissement *ressenti !*

Réaction sur les actes. Sans langage pas d'actes complexes. Imaginez une longue recette de cuisine — un plan d'actions — —

Penser et *exprimer sa pensée* sont choses peu discernables. Il n'y a pas de séparation nette.

Entre « penser » et « exprimer sa pensée » il n'y a qu'une nuance de langage. Dans cette nuance, toute philosophie, toute littérature sont contenues et possibles. (1919-1920. *K*, VII, 389.)

Notre époque n'a pas son langage. On n'ose pas l'avouer. Alors, les uns usent d'un langage pastiché — issu de combinaisons d'emprunt — (aux 3 siècles précédents) — les autres parlent comme le premier homme et parlent pour eux seuls. (*Ibid.*, VII, 439.)

.. Cette espèce de scepticisme qui naît de la considération abstraite des combinaisons possibles du langage — Qu'importe le nouveau des significations à qui voit, même grossièrement, ces classifications algébriques / et cette algèbre / des éléments premiers ? ((*Ibid.*, VII, 456.)

La substance la plus intime, la plus profonde de nos pensées, notre sentiment véritable de la mort, de la personnalité, de l'amour etc. *sont faits de la bêtise (relative) de nos ancêtres,* de leurs premières expressions enfantines, de leurs méprises, de la confusion de leurs esprits en matière physiologique — de la pauvreté de leurs langages etc. L'âme[1]. (*Ibid.*, VII, 460.)

Il n'y a ni forme, ni cause; ni espace ni temps; ni monde, ni âmes ni esprits, mais bien, des noms très anciens et mal ajustés pour désigner très vaguement les *termes* de certains actes moins spéciaux et moins nets que les actes usuels. Si nos actes usuels étaient moins nets qu'ils ne sont, et nos organes moins perceptibles, une table, une chaise, un roc seraient choses aussi pénibles à concevoir, aussi discutables que les notions que j'ai citées. (1920. *L*, VII, 559.)

C'est un fait bien remarquable que n[ou]s n[ou]s parlions à nous-mêmes et que ce discours n[ou]s soit presque indispensable.

Celui qui ne peut pas parler à soi-même. Le rêveur le peut mais à peine. Nous ne savons pas exactement ce que n[ou]s allons n[ou]s dire. Qui parle ? Qui écoute ? Ce n'est pas tout à fait le même. Il y a une délicate différence de situation et d'époque.

Et celui qui parle, invente, essaye — ou bien au contraire — résume, juge, — traduit, opère au second degré.

Cette voix (morbidement) peut devenir tout étrangère.

L'existence de cette parole de soi à soi — est signe d'une *coupure*.

La possibilité d'être *plusieurs* est nécessaire à la raison, mais la déraison l'utilise.

N[ou]s prenons peut-être pour *autre l'image* de l'impulsion sur quelque « miroir ». (*Ibid.*, VII, 615.)

Grand et simple Conseil —

Ne jamais raisonner, ni attacher la moindre importance à ces notions ou mots qui ne sont pas assurés dans notre pensée, que nous n'aurions pas inventés, ni personne précisément, mais qui sont dus à mille mille apports non concertés, comme *raison, Dieu, cause,* etc. et esprit, pensée etc., volonté. Ne les prendre que légèrement — Pas de raisonnement avec eux.

Ne pas confondre l'indéfinissable dont la figure et la présence sont nettes et constantes à notre attention, et celui qui est indéfinissable à cause de vague et de conditions infinies. L'indéfinissable *convergent,* et celui *divergent.* L'un se précise ad libitum, l'autre se disperse.

Le 1er peut se représenter par un exemple et quelques prescriptions comme des actes. (1920-1921. *M*, VII, 703.)

Esprit — Âme —

La fortune de ces mots. Ils n[ou]s remettent à l'époque où la respiration était non seulement le signe de la vie, mais sa *cause* (cause !).

Or, par une particularité physiologique etc. il arrive que la phonation soit liée à ce courant d'air.

Respirer, émettre des bruits. Ces bruits devenus signes, signes du vouloir, du besoin, des objets —, liés au souffle.

Donc — esprit.

Le vent libre a été pris comme l'Esprit en masse, en liberté, le grand Esprit. — Ce qui meut sans être mû, car la *cause* du vent *ne se voit pas*. Il y a caprice apparent — le vent tourne. *Idée impossible dans la région des alizés.* (*Ibid.*, VII, 729-730.)

N'employez pas de mots[a] que v[ou]s n'employez pas à penser[b]. (*Ibid.*, VII, 814.)

☆

Nous croyons naïvement que les mots Âme ou Univers ou Pensée etc. ont des profondeurs propres — tandis qu'ils sont aussi maniables que les mots crayon, pain etc. et même bien plus; ils entrent, et pour cause, dans bien plus de propositions supportables.

Un mot n'est qu'un élément de proposition. Cette proposition est une détermination (suffisante ou qui doit l'être) d'image, et l'image liée à un système de référence, sensation *actuelle*, et *actes*.

L'*image* au sens généralisé est le mode par lequel une *chose* est acte, ou résultat d'acte. Tantôt acte réflexe, tantôt acte composé.

Prenez garde à tous ces mots qui ne sont (presque) intelligibles que par les propositions où ils entrent. (1921. *N*, VII, 904.)

Étant écartées définitivement les prétendues notions de Dieu, de matière, d'univers, de temps, de justice, d'esprit, de cause, de réalité etc. — peut-être alors essaiera-t-on la métaphysique.

Beaucoup de ces mots expriment ou veulent exprimer qu'un système fermé n'est pas fermé. Je sais bien que quand v[ou]s pensez avec ces mots et ce qu'ils engendrent en vous, les états produits sont en échange et en groupe avec les autres. Vous ne sortez pas, au moyen d'eux, d'un ensemble clos. Et si moi je considère cet ensemble, je trouve que ces notions ne se distinguent pas, en tant que propriétés, *infiniment* des autres, mais que v[ou]s y attachez des valeurs incomparablement supérieures [à] leurs propriétés réelles.

Vous jouez[A] avec des jetons dont v[ou]s attribuez à quelques-uns une valeur infiniment plus grande que celle de tous vos biens, et de toute fortune concevable. Le jeu en est vain. (*Ibid.*, VII, 907.)

L'ensemble des mots est comparable fonctionnellement à celui des articulations. Le langage est une main — dont il faut exercer l'indépendance des doigts, la promptitude, les emplois simultanés etc.

Mais il y a 6 000 doigts à cette main.

Parfois la souplesse même de la main fait trouver des effets sur le piano et engendre une composition, quoique faite en principe pour la seule exécution.

L'oreille s'étonne d'un effet trouvé par la main, le ressaisit, le confie à l'esprit qui le réfléchit et le développe, lui donne un sens, des causes, une profondeur etc.

C'est un échange merveilleux[1]. (*Ibid.*, VII, 907-908.)

Quis primus[2] a eu l'idée de définir des mots ?
Celui-là a porté le coup fatal à l'Orient et aux dieux.

A. *Tr. marg. allant jusqu'à :* tous vos biens.

Faire servir le langage à la connaissance précise, c'est-à-dire à celle qui a une conséquence et dont la conséquence peut se superposer à l'antécédence.

Pouvoir ne plus s'occuper du contenu pendant que l'on opère. (*Ibid.*, VII, 911.)

Langage geſtes

Essayer de s'exprimer par geſtes. C'eſt toucher l'essence du langage (ordinaire).

Il faut d'abord faire abſtraction des geſtes symboliques ou conventionnels.

On trouve geſtes indicatifs et geſtes imitatifs.

Je touche une pomme, puis ma poitrine, puis je fais le geſte de manger = Moi manger *cette* pomme.

À ceci je puis ajouter un geſte répété qui interroge — ou un geſte qui nie —, intercepte.

On voit combien l'épithète et le verbe sont parents, et comme l'action et l'état sont également suggérés par un acte.

Le verbe eſt acte de celui qui parle (et de celui [à] qui l'on parle).

L'importance du geſte eſt immense.

L'homme tend à geſticuler même avec les organes non soumis à sa volonté directe. Il voudrait agir sur son œsophage, sur son eſtomac, sur son cœur, sur — —, et mettre son vouloir partout.

Le geſte eſt le fait mécanique dont l'acte eſt la fin.

L'acte eſt le geſte qui détermine une modification voulue — attendue[A].

Les phrases complexes doivent être analysées et composées en geſtes.

Comment retrouver les grandes lignes du langage *articulé* par l'analyse du geſte — Et en somme d'où procède la syntaxe ?

Que veut dire : Mouvement du discours ?

Et aussi qu'eſt-ce qui vient à l'esprit, quoi en sort exprimé ? Quoi lui revient à lui-même ?

A. *Aj. marg.* : cf. Nombre

Et le rôle du son, du chant ? Le son comme *état*.

Le rythme est le lieu des intersections* de la loi de l'acte avec l'émission (d'énergie). (1921. *O,* VIII, 77-78.)

Nous pensons, nous écrivons dans un langage auquel nous ne croyons plus. Nous savons qu'il emporte avec lui une pluralité désordonnée de conceptions du monde, d'hypothèses physiques, cosmologiques, psychologiques, qui ont fait les philosophes se rompre inutilement la tête au sujet d'êtres et d'essences qui n'existent pas; comme l'être, l'âme, le temps, la volonté — etc.

Mais comment en construire un autre, et comment le concevoir ? —

C'est la première question de toute « philosophie » en admettant qu'il y ait quelque intérêt à reprendre l'œuvre / occupation / indéterminée qu'on a appelée philosophie. Cette question conduit à celle-ci : À quoi bon ? — Puis; — doit-on et peut-on songer à *un seul* langage, ou bien doit-on se convaincre qu'il en faut *plusieurs,* que l'unité en ces matières est un but chimérique, ou du moins infiniment éloigné, comme l'unité de l'énergie et de la substance ?

Qui dit *langage,* dit d'abord table de significations, et de signes, c'est-à-dire institution d'une correspondance entre des actes perceptibles ou événements productibles à volonté et des événements-significations, un à un, qui se répondent réciproquement.

Ces événements distincts et les relations un à un *se conservent,* et constituent la convention fondamentale, par rapport à laquelle le parler sera possible.

Parler[A], ou se servir de langage, consiste donc à combiner les événements-signes, en vue de modifier la signification des composants, mais cette modification est momentanée, et il faudra à la fin que les constituants séparés de nouveau retrouvent leur signification initiale — (ou du moins une signification qui découle de l'initiale par une voie déterminée).

Le langage se comporte comme un véhicule, comme l'eau d'une machine à vapeur, comme les pièces solides

A. *Deux tr. marg. allant jusqu'à :* une voie déterminée.

d'une machine simple, et après le travail, il doit se retrouver intact. (Ce n'est pas exactement le cas du langage ordinaire; c'est le langage algébrique. Mais il y a *une partie* du lang[age] ordinaire qui se comporte ainsi.)

Rôle conservatif et combinatoire du langage. C'est ce rôle qui fait toute l'*intelligence,* par son action sur les images. (*Ibid.,* VIII, 141-142.)

☆

On disait il y a dix mille ans : Dieu-le-ciel pleut, tonne, etc. Puis, le Ciel, Dieu se sont déguisés en pronom Il.

Peut-être (si les langues avaient gardé quelque pouvoir de transformation) dirait-on demain : *Il* pense, *Il* veut au lieu de JE — et ces verbes deviendraient impersonnels et les mots : Esprit, volonté, âme etc. iraient joindre Dyaus et Coelum[1].

Je pense, J'agis.. ces expressions deviendront peut-être des curiosités.. (*Ibid.,* VIII, 156.)

☆

Avoir des idées exactes — des définitions toujours revues, une table des constantes aussi bien déterminées que l'on puisse. —

Et que ces instruments soient *personnels,* faits *par soi,* et *pour soi* — Mais rapportés enfin au langage commun. Ne pas croire comprendre.

Attention ! — L'effet de l'éducation qui est imitation est de nous permettre d'accomplir une foule de choses que nous ne possédons pas dans leur entière propriété — nous ne sommes qu'*usufruitiers,* et nous ne pouvons modifier, perfectionner, — abuser. L'abus est la marque de la propriété et du pouvoir — — —

N[ou]s écrivons, nous pensons, nous calculons, et parfois fort bien, mais sans avoir réinventé ces inventions et donc nous concevons très mal ce que nous utilisons assez bien. Le langage, par exemple, est pour nous chose familière et vague comme nos membres. Nous saisissons sans savoir comme nos mains s'y prennent pour saisir.

Il en résulte des erreurs (dont certaines sont précieuses)

et des illusions étranges. Toute la philosophie est née d'illusions sur le savoir qui sont illusions sur le langage.

Des mots[A] mis à la place des choses, et les combinaisons de ces mots, cela ne vaut que dans la mesure où nous pouvons à la fin, remettre des choses à la place des mots.

Il faut donc commencer par ne pas opérer avec des mots dont la relation avec des choses soit incertaine, inconstante, indéterminée — —

Les mots les plus gros, les plus solennels sont de cette espèce. Mais on peut les employer, le sachant, *contre* le lecteur. Le cuisinier ne mange pas de sa cuisine.

Les opérations intermédiaires doivent aussi être bien déterminées. Ceci est capital. Cela suffit pour donner au langage une force et une netteté incomparables. (*Ibid.,* VIII, 181-182.)

Le sens du *Je* est déterminé par le verbe qui suit et signifie *corps — esprit,* tel organe etc. — selon le cas.

Donc l'*idée vague* appelée Moi est synthèse vague des sens de tous ces verbes, accompagnée de l'intérêt *prodigieux, incomparable,* supérieur à tout, *qui s'attache à* CELUI QUI PARLE.

Celui-ci entre dans tous les sujets et non eux dans lui car : Tu manges = *celui à qui je* / celui qui [parle] / parle, mange — etc. Donc aussi tous ces mots : *corps, esprit, organe* etc. qui complètent les verbes dont il s'agit sont dans leur ensemble, *la mesure de la précision* de la connaissance que n[ou]s avons de ce *moi.*

Exactement : je mange = Le corps (par la bouche) de celui qui parle, mange.

Celui qui parle — entend — celui qui est *cycle fermé.*

Et chaque Homme étant chose très complexe, se représente par une sorte de point géométrique — *Moi.* Il n'y a qu'un *Moi* — car il y a nécessaire relation entre ceci et les actes — Point multiple. (*Ibid.,* VIII, 218.)

A. *Tr. marg. allant jusqu'à :* des choses à la place des mots.

La *Syntaxe* est, entre autres choses, l'art de la *perspective*
dans la pensée. Le principal, l'accidentel, le circonstanciel,
les relations, sont ordonnées par elle, et rendues possibles
par elle. (1921. *P*, VIII, 272.)

Efforcez-vous de ne jamais penser avec des mots
non nets, — que vous ne tenez pas entièrement — et qui
introduisent des sens multiples ou indéfinis. (*Ibid.*,
VIII, 320.)

Principe — Tout mot, toute relation, qui ne se traduit
pas par une image parfaitement *nette*[A] et *constante,* doit
être rigoureusement rejeté.

Ce n'est pas un instrument de travail, que ce mot
irrationnel. Toutefois, ne pas oublier que l'image dont
je parle peut être conventionnelle.

Ce peut être aussi une image d'*acte.*

Jamais une « abstraction » indéfinissable[B] *ne doit être
acceptée*. Toute abstraction est définissable par une idée
concrète + une opération.

Il faut que l'abstraction puisse à tout moment être
réalisée. (1922. *T*, VIII, 779.)

☆

En ce temps-là, les hommes avaient construit une
machine qui formait toutes les combinaisons des *mots* —
en forme de propositions. Tous les substantifs et mots
qui peuvent être *sujets,* d'un côté; de l'autre, tout ce
qui peut être attribué.

Les combinaisons étaient inscrites et puis examinées
soigneusement par un collège de philosophes à demi-
devins qui les classaient et leur donnaient des interprétations.

A. *Aj. renv.* : pouvant être entièrement *précisée*
B. *Aj. renv.* : Car ce genre de mots est déformable — il est
moyenne instantanée.

Classification des propositions
A. non-sens
B. sens
C. celles qui peuvent recevoir un sens. (*Ibid.*, VIII, 786.)

Du Langage des Dieux.

Ce langage est plus difficile que le chinois et que l'algèbre la plus « symbolique »[1].

C'est faute de le savoir que l'homme, ou que l'être de l'homme, a créé ces approximations = les larmes, le sourire, le soupir, l'expression du regard, le baiser, l'embrassement, l'illumination du visage, le chant spontané, la danse, — l'acte même de l'amour (lequel est inexplicable en intensité et complication par la reproduction toute seule, de même que l'acuité du mal de dents est sans rapport de finalité avec la lésion[a] et son importance..).

La poésie la plus élevée essaye de balbutier ces choses, et de substituer à ces *effusions,* des *expressions.*

Mais qui peut parvenir à *articuler* — ce que se bornent à *compenser* tous ces actes étranges[b], qui représentent des impossibilités de penser, des débats de muets, des commencements avortés et qui s'aiguillent sur des glandes, sur des muscles, sur des muqueuses. Enfants arriérés. La pensée inarticulée, avortée, irrite[c] ce qu'elle peut, se dégrade en effets locaux presqu'au hasard. (Car il se peut qu'en un temps ancien le rire et les larmes aient servi indifféremment d'exutoire à l'énergie devant être dissipée, et que le départ se soit fait dans la suite[d].)

Remarque que toutes ces effusions sont toujours accompagnées de *trouble.* Le *trouble,* c'est le contraire du *net.* C'est le mouvement sans chemin.. C'est une transformation par confusions. (*Ibid.*, VIII, 842.)

Résorber tous les mots auxquels rien ne répond dans l'expérience. (1922. *U,* VIII, 906.)

Celui qui ne porte pas sa pensée à l'extrême précision reste dans les mots.

Celui qui la porte au plus précis trouve son corps, ses actes, et ses sensations, et assiste à l'évanouissement des indéterminées que le calcul avait introduites. *Le langage*ᴬ *est, en réalité, un usage de coefficients indéterminés —* comme les multiplicateurs de Lagrange. Il est *intermédiaire.* (*Ibid.,* IX, 15.)

Langage — sujet d'éternelle méditation — car c'est l'*univers* de la pensée. [...] (*Ibid.,* IX, 43.)

Nous pouvons mettre des noms sur les choses, mais défense de mettre des choses sous les noms existants. (1922-1923. *V,* IX, 98.)

Le langage est dû au suffrage universel — un mot est un élu de la nation qui parfois n'est pas réélu. Et de même les locutions.

Les écrivains — et même les autres, font de petits coups d'état. (*Ibid.,* IX, 187.)

Langage. Le langage est un ensemble statistiqueᴮ.

Les lois ne sont que constatations. Une règle de syntaxe n'est au fond qu'une probabilité. Une faute est un *écart* — c'est dire qu'il doit y avoir des fautes, qu'elles ne peuvent pas ne pas exister. Les efforts que l'on fait contr'elles sont des manifestations de caractères individuels comme le sont les écarts eux-mêmes.

Il y a donc plusieurs langues. L'incorrection consiste à

A. *Tr. marg. allant jusqu'à :* Il est *intermédiaire.*
B. *Aj. :* à Thérive[1]

parler dans le milieu *A* le langage du milieu *B*. (1923. *X*, IX, 222.)

J'ai le mépris du monde-du-langage — — *ordinaire*.

Au fond je ne crois pas au langage ordinaire, ni aux choses de ce langage. Je ne crois pas volontiers à des existences qui ne sont que par lui.

Ce langage ne témoigne que d'un accord passif des hommes, et non seulement passif mais implicite. (1924. ἄλφα, IX, 775.)

Teste. Il y a des siècles que j'ai cessé de comprendre le langage approximatif. Je ne tiens aucun compte de la parole de celui dont je devine aussitôt qu'il obéit aux lois élémentaires de la fonction de sa parole, et qu'il ne les ajuste pas contre elles-mêmes. (1924. βῆτα, X, 64.)

Obscurité

..Tout le monde s'entend sur les mots, ce qui ne veut pas dire que chacun s'entende, et puisse mettre sous les mots une pensée précise —

mais ceci veut dire que l'échange est sans difficulté. Cette clarté est l'échange d'une obscurité consentie. C'est une convention. On convient que l'on s'entend, que ce qui est pour moi l'est pour toi, *que ce que tu pourrais entendre sans broncher, je puis le penser en moi-même sans chercher plus avant à l'approfondir.*

Clarté est convention. Une idée est claire quand nous faisons convention avec nous-mêmes de ne point l'approfondir. (1924. Γάμμα, X, 121.)

Tte. Ces expressions de grand poète, génie etc. je ne les emploie que quand je n'attache pas d'importance à mes paroles. Elles sont pour parler — pour le *suffisant*   non pour penser — pour le *nécessaire*.

Elles n'ont aucun sens quand je suis seul. À peine réduit à moi-même — ou plutôt agrandi à moi-même, — elles s'affaissent comme des marionnettes abandonnées.

Car nos paroles sont guignols. (1924. δέλτα, X, 187.)

Problème[A] de la situation et de la fonction du langage *ordinaire* — c'est-à-dire appris et formé par nombre de tâtonnements.

(Apprendre sa langue, apprendre une autre langue.)

Songer que nos « convictions », nos décisions, nos espoirs, nos craintes, nos réflexions sont enfin mis dans ce langage étranger — appris, approprié par chacun — Et nos explications !

Tout se passe[B] pour nous (dans une immense part des cas) comme si le langage ordinaire était une représentation exacte de notre conscience et connaissance.

N[ou]s croyons à des problèmes, à des implications, à des relations réels, qui ne sont que dans sa forme et ses modes donnés. (1924-1925. Z, X, 500.)

Clarté du français.

Qui sait si cette clarté n'est point due à la diversité des races en présence sur notre sol. Une population mêlée formerait pour s'entendre un langage moyen. Inverse de Babel. Chez nous Latins et Germains et Celtes.

Ceci se rattache à l'idée de compréhension mutuelle comme définition de nation. (1925. η. *Jamais en paix !*, X, 550.)

Langage

Le plus grand progrès a été fait le jour où les signes conventionnels apparurent. (*Ibid.*, X, 587.)

A. *Deux tr. marg. allant jusqu'à :* Et nos explications !
B. *Tr. marg. allant jusqu'à :* ses modes donnés.

La pathologie montre les divisions les plus bizarres intervenir dans les fonctions de la parole. Toute division montre une articulation, une liaison — qui peut s'altérer.

L'édifice ou la machine du parler, écrire, comprendre est extrêmement compliquée. (1925. θ. *Comme moi*, X, 781.)

Chirokinémancie

Le rôle étrange et remarquable de la main dans le discours — rôle explétif — peut-être un souvenir dégénéré de quelque antique langage des signes.

(On pourrait faire un conte d'un théoricien qui reconstituerait / dirait reconstituer / par l'observation des gesticulations actuelles — une langue primitive et par elle la pensée de ces ancêtres — et établir une liaison avec la mimique animale etc. etc. — facile.)

La main parle donc — *offre,* pince, coupe, repousse, assemble, appelle, frappe, pointe vers etc.

Elle expose surtout des verbes.

Elle renforce (cf. la main des chanteurs) et elle marque la scansion = imposant les arrêts — définissant les *chrono-phrases*.

Main — appareil de représentation — Espace. (1925 *κάππα*, XI, 111.)

Il ne faut oublier ceci[a] — qui complique beaucoup l'établissement d'une connaissance analytique pure — que la distinction fondamentale si difficile à définir entre l'objectif et le subjectif — serait très précieuse à obtenir sans intervention ou invocation des *autres,* — d'autres observateurs, — mais que l'instrument même de la connaissance, est le *langage* qui est *donné,* et qui est à la fois fonction intime et œuvre d'êtres extérieurs. — (1925-1926. λ, XI, 226.)

S'élever au-dessus du langage. Considérer ce qui vient d'être dit, écrit, tracé dans l'esprit comme un géomètre les formules dont, les ayant écrites selon les conditions, il se met à abuser, et en ayant abusé selon les règles de combinaison, il se met à chercher et à donner un *sens* à ces relations. (1926. *μ,* XI, 352.)

La considération du langage fait voir que toute pensée possible vient remplir une case préexistante. (*Ibid.,* XI, 360.)

Dans l'épaisseur de presque toutes les philosophies se trouvent deux instincts-croyances :

1° que quelque *vertu propre* se trouve dans le *langage,* que des opérations sur le langage peuvent dégager — (croyance d'ordre magique — origine divine du langage — pouvoir création — logique — —)

2° que le langage peut aboutir à des formules ayant une valeur autre que provisoire, communicative, transitive et donc à une Explication ou Substitution finale ou Savoir. Mais je ne crois pas à ce savoir convergent. (1926. *v XXVI,* XI, 477.)

L'accroissement du nombre des mots techniques presque indispensables dans la langue de l'usage est la mesure du changement de siècle — du 17e au 20e. (*Ibid.,* XI, 492.)

« Inflation »

Phénomène général dans l'histoire des symboles.

On augmente la valeur des instruments d'échange sans augmenter la valeur de réalisation.

— Ainsi les mots Infini, Absolu — Hugo — créations de valeurs fictives — sans encaisse expérimentale.

D'où résultent des crises périodiques, de reductio ad factum[1], *au troc* — au réel.

Il y a une crise générale des conventions et des symboles — (qui pourrait s'étendre jusqu'à l'or[A]).

Besoins primitifs ou donnés — valeurs réelles.

Besoins artificiels / créés / — *valeurs provisoires, retardées.*

Mais si ce retard va à l'infini —

Les civilisations passées, religions, styles, langues, régimes, philosophies, droits, lois, jeux, ce sont d'anciennes conventions, des *crédits* perdus.

L'Amour, la partie conventionnelle des amours.

La Foi, la partie conventionnelle — Dogmes.

Tout s'exalte, se hausse, s'exagère, s'approfondit, *se construit* par création des valeurs conventionnelles.

Les valeurs conventionnelles ou valeurs d'*attente*[B]. (*Ibid.,* XI, 526.)

Égaler à zéro tout ce qui n'est par le langage, — — faire le langage égal à zéro.

Le langage fait toute la perspective de l'esprit.

On est épouvanté, humilié, annulé quand on annule le langage

car on annule aussitôt le « reconnaître », la confiance, le *crédit,* la distinction des temps et des états, les « dimensions », les *valeurs,*

toute la civilisation, et les ombres et les lumières du « monde » et le monde,

et il ne reste que ce qui ne ressemble à rien, l'informe.

— Réduire à néant les conventions existantes données — Refaire des conventions. (1926. ρ *XXVI*, XI, 557.)

☆

S'interdire tout mot qui ne représente un acte ou un objet bien net —

A. *Aj. renv.* : qui n'est qu'une convention, mais universelle, et non modifiable — en quantité

B. *Aj. marg.* : Cours forcé — c'est-à-dire vessie pour lanternes au nom de la loi — cf. Patriotisme forcé — Moralité d°.

c'est assassiner la philosophie. (*Ibid.,* XI, 557.)

Le pronom n'est pas postérieur au nom mais antérieur — n'est pas mis à la place du *nom* tant que mis à la place du geste qui touche ou montre l'*objet,* lequel n'a point peut-être de nom. Ceci. (*Ibid.,* XI, 636.)

Une analyse vraiment profonde du *langage* en général donnerait par une sorte d'application une idée du langage des animaux — comme l'analyse des phénom[ènes] sensibles donne une idée vérifiable de la physique non sensible, moléculaire ou atomique.

— Le langage, d'abord, est une *fonction* au sens physiologique et il faut définir ceci. Toute fonction est un cycle de transformations qui séparé des autres, a un « temps » propre, une *période* (moyenne). La phrase ≡ le cycle élémentaire fonctionnel.

Dans son cycle, toute fonction *s'attend* elle-même. Son rythme est la figure telle ou telle du cycle.

La partie fonctionnelle du langage est comme stationnaire. (*Ibid.,* XI, 664.)

2 gestes sont à la base de tout langage « articule » c'est-à-dire discret et capable de combinaisons

Le geste indicateur[A] — ou substantif

et le geste imitateur — ou attribut. (*Ibid.,* XI, 685.)

Il y a des doctrines qui ne souffrent pas d'être traduites exactement dans un langage qui n'est pas leur langage initial, et qui n'y transportent pas avec elles cette magie, cette pudeur, cette accoutumance d'être acceptées qu'elles gardaient depuis leur cristallisation, immobili-

A. *Dessin d'une main dont l'index indique quelque chose.*

sation en des mots qui s'étaient voilés et consacrés à elles[1]. (1926. σ *XXVI*, XI, 754.)

L'histoire de l'usage du langage (philos[ophie], littérature etc.) se divisera plus tard en 2 ères.

A. L'ère avant que les — — — mots eussent perdu leur
   poids propre apparent — leur valeur supposée
   isolée — (à quoi les dictionnaires font croire).
B. *Ensuite !* (*Ibid.*, XI, 786.)

Pas de philosophie si l'expression n'était que strictement idéographique. — Le moyen bluterait les idées.
   Ceci est à considérer. Car il serait bien important de se marquer exactement la place et la fonction de la parole —
   ce qui reviendrait[A] à· envisager les *transformations* qu'elle admet et permet. Le langage[B] défini par les transf[ormations] et combinaisons qu'il introduit dans le cours de l'*être sentant*, le change en *être pensant* — et celui-ci *tend à vivre plus dans l'expression des choses que dans les choses.* (En particulier, croyances.)
   L'intellectuel agite les expressions des choses et l'autre, les choses. (*Ibid.*, XI, 856.)

II[a] Gioventù del Signor *Teste*[a]
   Le sentiment de l'impudicité verbale — « âme — génie, dieu — cause » — jamais dire : *Je vous aime.* Impossible. Sentiments patriotes.
   Rien articuler qui ne se puisse prouver.
   Rien conserver qui ne soit que verbes.
   Reductio ad vivum, praesentem[a].
   Tout ce qui dans les termes lui semblait *dépasser les pouvoirs vérifiables d'un homme* — tous les mots et pro-

---

A. *Quatre tr. marg. allant jusqu'à :* admet et permet.
B. *Trois tr. marg. allant jusqu'à :* être pensant.

pos[iti]ons qui ne se raccordent pas par une chaîne d'expériences personnelles possibles au présent actuel étaient bannis —; et qui les utilise, *réprouvé, infidèle, ennemi* et *impur*. Le genre pur. (*Ibid.*, XI, 863.)

Des mots —
Les uns sont comme les mains, qui sont indispensables à tous les actes, entrent dans tous, et sont peu nombreuses — 2 ! et pouvant entrer dans ∞ actes.
Les autres sont des outils. Mais ces outils sont faits et modifiés par des générations d'artisans, transmis, employés à mille tâches sans discernement. —
Il faut donc se refaire des outils nettement exécutés et spécialisés. (*Ibid.*, XI, 864.)

La vie, à la longue, nous oblige à nous servir nousmêmes de tous les « clichés » que n[ou]s avions observés, raillés et rejetés dans nos jugements premiers. N[ou]s ne voulions pas répéter, ni dire certains mots et certaines formules. Même — *je t'aime* n[ou]s paraissait usé — invraisemblable. —
— « J'inventerai toutes mes formules, selon mes besoins réels. » Mais[A] (1926-1927. τ 26, XI, 876.)

Il arrive sur bien des sujets que les hommes *entre eux* se comprennent bien mieux qu'ils ne se comprennent *eux mêmes*[1]. Les mots obscurs devant le seul qui se perd dans leur « sens » sont clairs de l'un à l'autre — clairs dans la phrase, obscurs quand isolés. (*Ibid.*, XII, 3.)

Comme on peut concevoir[B] — et on a effectivement conçu, toute physique ramenée à une géométrie, ds^2

A. *Passage inachevé.*
B. *Tr. marg. allant jusqu'à la fin du passage.*

ainsi peut-on concevoir toutes idées ramenées à une structure du langage[1]. — (*Ibid.*, XII, 55.)

En somme[A] — mon sentiment invariable depuis 1892 est qu'il faut distinguer toujours — jamais confondre les perceptions — les images — les abstractions-relations qui sont actes définis — et les dépassements obtenus par les *signes* — c'est-à-dire ce qui ne serait pas sans signes ou conventions. (*Ibid.*, XII, 92.)

L'avantage et les déceptions / illusions / du langage tiennent à ceci que les termes qui ont été institués par un petit nombre de circonstances s'emploient ensuite dans une infinité de combinaisons. (1927. *v 27*, XII, 154.)

Mon idée fut de concevoir une langue artificielle fondée sur le réel de la pensée, langue pure, système de signes — explicitant tous les modes de représentation — qui soit à la langue naturelle ce que la géom[étrie] cartés[ienne] est à la g[éométrie] des Grecs, *excluant* la *croyance aux significations des termes* en soi, stipulant la composition des termes complexes, définissant et énumérant tous les modes de composition. (1927. *Φ*, XII, 280.)

Clarté
La langue française est un syst[ème] de conventions entre les Français. La langue anglaise — — — Anglais.
Dire que la l[angue] franç[aise] est plus claire que l'anglaise c'est dire que le système des conventions f[rançais] est plus commode — que la transmission est plus rapide et que les correspondances sont plus nettes. Uniformité et rapidité.
Comment s'en assurer ?

A. *Tr. marg. allant jusqu'à la fin du passage.*

Pas de moyen direct. Il faudrait examiner t[ou]s les cas possibles, tout ce que le langage peut avoir à exprimer et de plus être à la fois Français et Anglais.

Il faut recourir aux conséquences. Or rapidité et précision sont *pratique*. Trouver que la pratique est inférieure chez les Anglais ! (*Ibid.*, XII, 288.)

Le langage commun qui est celui de notre parole intérieure — exprime notre sentiment à nous-mêmes au moyen et par le détour d'une notation apprise — et insère donc entre notre singularité et sa connaissance, une expression d'origine étrangère et statistique, inexacte — laquelle n[ou]s impose des illusions sur l'étendue de ce que n[ou]s « pensons », « produisons ». (*Ibid.*, XII, 300.)

Ce que j'ai fait — écrit — ce fut dans le langage commun exprimer ce que j'ai observé — puis traduit comme j'ai pu en langue absolue, puis remis en *démotique*.

Les formes[A] du démotique et [de] son vocabulaire sont impures. Le langage commun est impur par formation. La littérature raffinée essaye sans trop le savoir de construire un langage *général* pur — comme les Sciences construisent leur langage particulier pur. *Pur*, c'est-à-dire précédé de conventions explicites et construit selon 1 point de vue.

La logique est une tentative de se rapprocher des propriétés et du maniement d'un langage pur en se servant du langage commun. (*Ibid.*, XII, 301.)

Lacunes du français —

Inaptitude à former des mots — cf. répétible ou répétable —

manque du mot équivalent à Self. (1927-1928. χ, XII, 566.)

A. *Tr. marg. allant jusqu'à :* selon 1 point de vue.

La sémantique et la phonétique si différentes ont cependant des variations comparables.

Lois de Grimm[1] ont-elles pas des analogues pour les mutations du *sens* ? ? (*Ibid.*, XII, 650.)

Des divers emplois ou rôles du langage
Rôle énergétique — exclamations ⎧ avec soi
ou réflexe — jurons — injures ⎨ à autrui

expressions d'états — ⎧ se soulager ou décharger
⎨ s'exciter — Poésie

Rôle transmissif-réciproque. D.R.
   se compléter pour
   adaptation réciproque avec autrui — Échanges
   (Cas particulier où l'Autre est absent, imaginaire)
   Schème de cette fonction transmissive
   Appel-Éveil
Rôle émotif — rôle persuasif — créatif — rôle démonstratif. (1928. ψ, XII, 770.)

La main et le langage articulé sont profondément liés. L'animal manque des deux ensemble.

Le geste — la communication par la vue. (1928. Ω, XII, 865.)

Le lang[age] *ordinaire* est la condition nécessaire de nos rapports avec nous-mêmes et avec les autres.

L'effort intellectuel est de le débrouiller.

Le langage commun ne coïncide pas avec celui de nos moyens réels de pensée.

Il ne la divise ni ne la compose exactement.

C'est pourquoi les sciences se font un langage qui se réfère *toujours* à des observations ou opérations sensibles, lesquelles soient *toujours* telles que le langage commun *puisse les décrire exactement.*

Ainsi on prend le langage commun en ce qu'il a d'immédiat. On ne lui demande que ce qui en lui n'est que désignation de faits et d'actes et de choses communes toujours à portée.

On l'emploie ainsi p[ou]r *définir* des mots nouveaux ou des signes. (1928. *AB*, XIII, 259-260.)

Il est des rapprochements que nous ne faisons que grâce au langage. Nous rapprochons par leurs *signes* (qui sont de *même fonction*) des objets de connaissance qui par eux-mêmes n'auraient jamais eu de rapports. (1928-1929. *AC*, XIII, 339.)

Nous commençons à trouver plus gênant qu'utile le langage ordinaire. De tous les moyens humains, il est le seul qui soit demeuré à peu près le même à travers les âges. On a créé des mots, on en a perdu, — on a simplifié les formes. Mais tout ceci, l'œuvre des circonstances — et non du dessein, non de l'analyse. Grâce à quoi, philosophes, poètes, mystiques sont encore possibles. Malentendus possibles.

Mon projet primitif — de me faire un langage propre — je n'ai pu le pousser. Il ne m'en est resté que l'abstention de bien des mots (quand je pense *pour moi*) et l'habitude de ne tenir les paroles que pour des expédients individuels. Je ne place le *sens* des mots que dans des individus déterminés. (*Ibid.*, XIII, 346.)

Grammar = résumé des conventions qui assurent quelque concordance dans la construction des combinaisons de « mots »[A].

Si *n* personnes se parlent avec la même incorrection, il n'y a pas incorrection. Correction est conformité, uniformité — à époque. (*Ibid.*, XIII, 380.)

A. *Ce passage est illustré par un dessin en forme de triangle, qui représente schématiquement les rapports mutuels entre parler, ouïr, lire et écrire.*

Phrase — Toute pluralité ou ensemble de mots qui peut être substitué par un *fait* ps[ychique] unique. (*Ibid.,* XIII, 380.)

☆

Creuser le « sens » d'un mot en croyant qu'on y trouvera autre chose que des valeurs linguistiques — ou conventionnelles — déguisées —

croire que l'on y trouvera des valeurs indépendantes des créations et formations du langage, — c'est-à-dire de l'épithète —

cette pratique et cette croyance ont dominé la philosophie.

Le langage a ces graves défauts d'être

1° conventionnel — 2° de l'être insidieusement, occultement, — de cacher les conventions dans la 1re enfance — 3° d'être à la fois *étranger* par provenance et accroissement, — et *intime,* intimement uni à nos plus intimes états — au point que n[ou]s ne pouvons pas *nous* concevoir sans langage — sans communication par signes discontinus (et donc *combinables*) — avec n[ou]s-mêmes[A].

C'est cette possibilité et commodité de combinaisons qui est l'importante et qui justifie le langage — comme elle en fait aussi l'inconvénient.

Ces combinaisons[B] n'appartiennent pas au *Même,* ne sont pas soumises aux *mêmes* lois ou exigences que les éléments qui les forment. Les éléments sont constitués en majorité, ainsi que les *formes* de combinaisons, *avant* les *états* (ou en dehors d'eux) qui développeront ces combinaisons, en feront des questions et des réponses — au moyen d'éléments et de figures d'éléments *tout faits*. Il semblera à ces états que quelque objet doit répondre dans le réel à tout *mot* et que toute forme représente des relations ayant une valeur objective.

C'est croire que la marche du cavalier aux échecs est

A. *Aj. renv. :* Je ne suis que ma compréhension de mes signes intimes, et du langage appris qui s'y est joint intimement.
Je ne suis que... *être deux en un* — Ce qui est de *moi* [*Phrase inachevée.*]
B. *Trois tr. marg. allant jusqu'à :* qui les forment.

commandée par la mécanique. Si le fou blanc passe sur les noirs, ce n'est qu'un scandale du jeu.

Le langage articulé (discontinu) donne des libertés (illusoires et précieuses). (1929. *AD*, XIII, 495-494.)

Ne pas oublier que le langage de l'École est fidèlement déduit de l'analyse d'un langage indo-européen — analyse qui est en définitive un travail de substitution de ce langage par lui-même, en créant ce qu'il faut pour que la substitution s'effectue. (*Ibid.*, XIII, 502.)

Du moment où l'on comprend la nature réelle des mots et leurs conditions de création — qui sont les mêmes que leurs conditions d'arrivée ordinaire dans le cas où ils n'arrivent pas par pur automatisme linéaire, mais comme réponses à un cas d'expression singulier, isolé —

et du moment que l'on ne place pas une idée imaginaire ($\sqrt{-1}$)* comme sens, comme chose visée réelle, située dans la direction marquée par le mot — mais au contraire qu'on le sent — comme expédient, moyen — acte exécuté avec ce qu'on trouve — et dont les vraies sources sont le besoin, l'excitation antérieure, —

le mot pouvant *finir, éclairer,* non par soi — *qui n'existe pas en dehors* de l'*instant,* mais par son arrivée, son époque, c'est-à-dire la circonstance —

(*Le philosophe*[A] croit au mot en soi — et ses problèmes sont des problèmes de *mots en soi,* de mots qui s'obscurcissent par l'arrêt et l'isolement — et qu'il éclaircit de son mieux en leur créant de son mieux, et artificiellement, par voie réfléchie et imaginaire, ce que précisément son *arrêt* et ses doutes leur avai[en]t enlevé — leurs caractères de *transition* — car le langage n'est que transition — voie de communication. (*Ibid.*, XIII, 502.)

A. *Deux tr. marg. allant jusqu'à* : l'arrêt et l'isolement.

Si j'avais été à l'Académie au temps où l'on a recommencé le dictionnaire, j'aurais demandé que l'on procédât par catégories de mots avant de passer à l'exécution par ordre alphabétique. On aurait pu classer les mots en familles dont la première eût été celle des mots qui définissent tous les autres, et les autres les mots définis par les 1ers, classés selon les matières spéciales. On eût pu ainsi prévoir les implications. (*Ibid.*, XIII, 540.)

Langage —
    mode particulier de transmission par relais
    additivité des signaux.
Le fait qu'il y a relais a p[our] conséquence que la chose reçue ou produite n'a pas de relation *rationnelle* avec la chose qui émet. (*Ibid.*, XIII, 550.)

Il est certain que nous, — hommes —, attendons toujours une expression par le langage — même des choses les plus directes, les plus *évidentes* sous nos mains, sous nos yeux.

N[ou]s ne sommes pas accomplis en tant qu'hommes par la vue et le tact. Il nous faut *parler*, faire parler la chose comme si ce fût une limite, un seuil, que *l'expression articulée*.

C'est une éducation nouvelle et difficile que de considérer ou plutôt de *ressentir*, au contraire, que le langage est provisionnel, — que le système des mots est le *plan des échanges* avec le commun, le primitif, l'impur et l'idolâtre. (1929. *AE*, XIII, 590.)

N'employons[A] que des mots dont le sens nous soit parfaitement *présent tout entier*. Laissons les autres aux

A. *Tr. marg. allant jusqu'à :* ces mots incommensurables.

autres. En tout cas, il est essentiel de ne jamais former des difficultés et des problèmes au moyen de ces mots incommensurables. Ce sont les *faits* qui doivent nous fournir nos problèmes et qui peuvent *toujours* être représentés par des mots *finis* et *parfaits*. (*Ibid.*, XIII, 673.)

D'où te vient, ô Esprit si solitaire, le langage que tu te parles[a] ! (*Ibid.*, XIII, 691.)

Il doit y avoir chez tout homme digne de penser — des phases (que j'appellerai « réelles ») pendant lesquelles il s'interdise de comprendre et d'utiliser les symboles et les mots dont il sait être incapable d'épuiser la valeur — qu'il se sent ne pouvoir convertir en *or* = en actes ou images d'actes. Il sait que tout ce qu'il pense et dit hors de ces phases n'a qu'une valeur d'*expédient*, c'est-à-dire de spéculation sur l'inexactitude des choses — ne vaut que pour l'instant et la circonstance. La plupart des hommes, leur pensée vit d'expédients. Un expédient est un acte ou un moyen que l'on adopte avec l'arrière-pensée que l'on en choisirait un autre si l'on avait le loisir ou le pouvoir de le faire et que l'on ne se sert de lui que cette fois. Ce sont les circonstances qui le font employer et le défaut d'autre ressource, non l'adaptation réfléchie et[A]

Ainsi les mots et métaphores. (1929. *AF[1] 29*, XIII, 728.)

Statistique et catégories et concepts.

En somme — De même que les lois physiques sont statistiques et le sont de deux façons, 1. par le nombre des observations 2. par l'analyse du détail qui révèle les écarts des éléments un à un, ainsi les notions stabili-

---

A. *Phrase inachevée.*

sées en mots, les catégories — les membres ou *parties du logos* (discours et calcul), procèdent de la statistique des usages de la parole.

On les apprend en composition, par des propositions quelconques, entendues en ordre quelconque, et qui dans chaque cas les contiennent comme *inconnues*. C'est la *phrase* qui éclaire le mot.

$x_1 = [a, b, c]; x_2 = [p, q, r]; x_3 = ———; x_n ———$ —— Voici une vue bien audacieuse. (1929. *AH2*, XIII, 806.)

— Langage. Il faut essayer de se figurer une phase antérieure à l'intervention du langage — comme on se figurerait un système sans relais ni *interventions*. Le réflexe est primitif langage.

L'introduction des irrationnelles crée ou définit des systèmes plus composites. (*Ibid.*, XIII, 840.)

Le verbe est un des mots qui *demandent* —
    mot ionisé —
    mot privé de son corps. (1929. *af-2 29*, XIV, 18.)

Le sens d'une phrase est la composition des déformations mutuelles que subissent par le contact et les valences de position ou de flexion les sens immédiats (réflexes) des *mots isolés*. (Cf. phrase débitée mot par mot avec des intervalles très marqués).

Einstein cherche les lois [les] plus simples et les plus naturelles qui seraient le sens de l'univers physique.

Chaque loi particulière est un *mot* etc.

N[ou]s faisons comme lui à chaque phrase.

Phrase est l'ensemble de mots dont les sens subissent une déformation réciproque. (Certains de ces mots déforment leurs voisins et ne sont pas déformés = prépositions, conjonctions.) (N.B. Les adverbes sont invariables mais non nécessairement.)

Alors peut se produire l'annulation simultanée des termes composants $\Sigma m = 0$ — mais il y a autre chose qui ne s'annule pas : $S = \Sigma s$. (1929. *ag*, XIV, 99-100.)

Il est des mots que l'on peut détacher de toute proposition et d'autres qui ne sont qu'*en acte,* et qui n'ont point de *puissance.* (1929-1930. *ah 29*, XIV, 236.)

Je tends à rejeter inconsciemment les mots qui ne désignent pas des actes ou des produits simples d'actes. (*Ibid.*, XIV, 350.)

Algèbre et musique — pôles du langage et ont ceci de commun — la rigueur et l'indéfini possible des « développements » (dont le nom même leur est commun) tandis que le langage ordinaire n'en fait que d'incertains ou de vains. [...] (*Ibid.*, XIV, 382.)

H.
Histoire et Mots —
Désuétude — « Beauté », « Vertu » ne sont plus employés sérieusement. « Cause » se fait sans conséquence — — Je pense qu'Amour, Aimer s'affaibliront. Chaque siècle a introduit ou abandonné quelques mots dont quelques-uns étaient mots de premier rang.
Voilà de l'*histoire*[A] — qui est plus instructive que celle des *événements* — étant partie de celle des *fonctionnements*. (1930. *al*, XIV, 598.)

De la *Spéculation* — L'Isme

« Penseurs » (allemands surtout) exécutent des combi-

A. *Tr. marg. allant jusqu'à la fin du passage.*

naisons et variations avec un ensemble de termes mal
définis, comme Pessimisme, « romantisme », Renaissance.

Nietzsche — ces productions parfois très excitantes,
toujours gratuites — perspectives — Keyserling !

Ce sont des transformations *sans retour* — uniquement
fondées sur l'inconvertibilité des notions vagues en
actuel. —

Réduire l'idéologie à l'excitation — — cf. « Terre
des morts »[1].

S'enivrer d'historismes, d'*ismes*.

Musique, — irritation par chatouilles —

minimum d'énergie, maximum d'excitation — points
stratégiques.

Comment ceci est-il possible ?

Mais comme la spécul[ation] en Bourse — par valeurs
maniables.

La convention consiste — simplement — à admettre
que des transformations 1° logiques 2° par analogies
ont plus de *valeur* que — — les transf[ormations] mêmes.

Ce qui est vrai si par valeur on se borne à entendre les
valeurs d'excitation. Le domaine purement intellectuel
est défini par là — L'*or* n'y figure pas.

C'est un problème p[our] chaque esprit — c'est-à-dire
p[our] le centre de chaque Marché des mots-idées — de
différer ou de précipiter l'exigibilité — l'or. Exemple
des mathématiques.

D'autre part — il faudrait relever le caractère « orne-
mental » de ces spéculations, c'est-à-dire ce par quoi
plaisent, excitent, ces combinaisons. C'est une poésie
dont l'essence est l'illusion de comprendre. (1930. *am*,
XIV, 642.)

Dictionnaire des Mots essentiels de la Langue
ou des valeurs raisonnées des termes
qui expliquent ou définissent
tous les autres.
(1931. *AO*, XIV, 881.)

Les *mots* que les philosophes prennent tant de peine

vaine à élucider, sur quoi ils disputent et en somme, fondent toutes leurs recherches — ont été forgés ou jetés en circulation par des individus indistincts, en des circonstances particulières, altérés par accidents rhétoriques, souvent sans égard aux emplois déjà faits.

Travailler sérieusement sur ces mots c'est attribuer à cette formation géologique accidentée les propriétés d'une architecture. (1931. *A'O'*, XV, 60.)

Ce merveilleux mot ON que la seule langue française possède — singulier et pluriel, masculin et féminin, qui que ce soit — et qui n'est pas l'Homme, quoique l'ayant été, car ON n'est pas tant Homme que sujet personnel capable du verbe qui le suit et défini par lui — (et au fond permet la proposition SANS SUJET). (*Ibid.*, XV, 133.)

En somme, la limite des efforts du *penseur* serait un *langage* qui aurait les conditions suivantes :

1. se substituer (pour le sujet) au langage ordinaire dans sa relation avec les observations — Rendre ce langage n° 1 inutile dans les réflexions
2. dénoncer, rappeler toutes les connexions et compositions — implications etc. de chaque terme
3. se prêter à toutes les opérations, développements comme à toutes les contractions
4. être, à chaque réquisition, transformable ou réductible à ses valeurs de définitions — expériences et conventions.

(*Ibid.*, XV, 138.)

Des questions au dictionnaire

Le dictionnaire répond à la question : que signifie tel mot ? — il ne répond pas à l'inverse : quel est le mot qui signifie telle chose ? Il y a des dictionnaires Mot → idée, il n'y en a pas Idée → mot.

Comment le faire — ? — Par voie d'encyclopédie.

On pourrait aussi songer à des numéros — avec une table dans laquelle on trouverait en regard du Nº P tous les mots qui se rattachent à un certain objet, et dans le dictionnaire — ce nº serait inscrit auprès de chacun de ces mots.

On pourrait même décimaliser ces cotes.

— De plus la classification des mots dans le Dict-[ionnaire] pourrait être faite par *parties du discours.* (? ?)

En général, il y aurait lieu de reprendre la question en essayant d'énumérer et de préciser t[ou]s les problèmes que l'on peut demander à un dict[ionnaire] de résoudre. P[ar] ex[emple] : Trouver un mot qui jouisse de telles propriétés a) physiques ; b) significatives. (1931. *AP,* XV, 174.)

Le « devoir » de ne pas croire — c'est-à-dire de n'attacher aux *paroles* venant des autres ou *de soi* (en soi) qu'une « valeur » provisoire — laquelle, d'ailleurs, est vraie valeur; de ne donner ou consentir aux mots que leur poids probable d'origine — c'est-à-dire se souvenir que leur sens n'est fait que d'*expédience* humaine, de *suffisance* et non de nécessité.

Rien n'enseigne plus cette nature provisoire que le travail littéraire. (*Ibid.,* XV, 179.)

La possession du langage est en relation réciproque avec la force de la pensée — ou doit l'être. (1931. *AQ 31,* XV, 373.)

Le langage est une transmission. Il est dit « clair » quand elle est prompte et presque insensible. (1931-1932. Sans titre, XV, 518.)

Si je crée : Sauvable (de sauver comme aimable d'aimer), ce néologisme conforme à la langue — était du *français en puissance*. Toutefois, la langue a perdu sa vertu formatrice. (*Ibid.*, XV, 519.)

Règles grammaticales — L'accord des participes 9 fois sur 10 insensible à l'oreille.

La loi française de ne pas prononcer toutes les lettres a créé une grammaire visuelle. (*Ibid.*, XV, 566.)

Je n'ai jamais que travaillé à mon *Dictionnaire* et appliqué en toutes choses ce travail de traduction.

— La première idée qui nous vient est *étrangère*. Elle répond par ce qui fut à ce qui est, et *ce qui fut* contient une énorme proportion d'*autrui*, — *appris, reçu, assimilé*.. (1932. Sans titre, XV, 843.)

La *phrase* est un rapprochement de *n* significations qui se modifient, les unes mutuellement, les autres modifiant et n'étant pas modifiées.

Ainsi les prépositions modifient et ne sont pas modifiées.

Tout *mot* de la phrase *vraie* agit sur un mot de la phrase ou est modifié par quelque autre de la phrase, ou agit et est modifié — à la fois.

Les mots qui modifient unilatéralement d'autres mots forment avec eux un groupe.

Il se fait enfin une totalisation de t[ou]s ces éléments qui a pour effet normal la disparition des signes, et la signification résultante remplace la pluralité — les divers éléments étant *saturés*.

Les mots isolés sont des *incomplets* — comme *ionisés* — — Ils demeurent donc à l'état de liaison *sens-signe*. (*Ibid.*, XV, 858.)

Quand on s'interroge sur le *sens* d'un mot — ce qui est l'attitude du faiseur de dictionnaire, ou du « philosophe » ou du critique etc. —

on est conduit inconsciemment à inventer un sens
« idéal » et *faux*. Car 1° on considère le mot *isolé* 2° on
refuse les sens de ce mot qu'on a observés dans l'usage
immédiat et qui paraissent incomplets ou absurdes ou
pétitions de principes.

On suppose que chaque mot a un *sens* — déterminé,
qui ne soit que le sien et qui corresponde à quelque
chose — correspondance uniforme — et que le système
parfait des mots est *quelque part* — à la disposition d'un
esprit assez puissant et subtil pour l'atteindre. (*Ibid.*,
XV, 891.)

Métandre —

Métandre avait reçu du ciel le don singulier de ne pas
entendre les paroles qui n'ont pas de *sens* (univers etc.).
Il ne les percevait que comme des bruits, (comme s'il
eût ignoré la langue de ceux qui les prononçaient), à
quoi il pouvait être fort attentif. Les paroles en elles-
mêmes sont des phénomènes curieux — — Quelle
intelligence les observant, et ignorant leurs propriétés
significatives, chercherait leur rôle et le secret de leur
émission — — de leurs suites variées — ? Écouter les
hommes comme nous faisons les oiseaux — ou les
feuilles.

Métandre entendait les paroles qui ont un sens d'une
manière non moins détachée. Il considérait *naturellement*
leur signification comme un *acte* de celui qui parlait
— (acte plus ou moins réfléchi et complet,) — *avant*
de les entendre comme représentant *quelque chose*. Il
percevait donc, *avant* la chose exprimée, les conditions
instantanées — l'impulsion, le tirage au sort, l'arrière-
disposition — et les restrictions cachées ou la tension
plus ou moins secrètes — de *Ce qui parle*..

La *signification* du *parler* n'est qu'un effet, et donc une
partie — d'un certain *cycle* d'acte. Cet acte emprunte
des *moyens conventionnels communs*, se réfère à un système
de *choses* à peu près commun à t[ou]s les hommes; mais
est le fait d'un *quelqu'un* - Etc. (1932-1933. Sans titre,
XV, 907-908.)

Le diable emporte cette langue et poétique, qu'il est si difficile de faire chanter —, et le langage lui-même si sottement forgé, si grossier — fondé sur des conventions mal faites qui empêchent les pures combinaisons de relations, — engendrent les idoles du mot-en-soi —, la « philosophie » — amortissent dans la confusion des fonctions les contours — —

Rien de plus étrangement ridicule que le tête-à-tête du *Soi* avec ce qu'il peut *Se* dire — et qui est *donné,* imposé — par le Trivium[1] millénaire — les vachers indo-européens, les savetiers de Rome, les scribes moyen âge et les inconnus par millions. (*Ibid.,* XVI, 29.)

Le Robinson Pensif

L'homme est inconcevable isolé. D° l'abeille, le termite. Dans sa définition, la pluralité liée est essentielle. Il est un élément de système d'hommes.

Faute de quoi, langage disparaît — et avec lui, l'additivité mentale — et ce n'est plus un *homme.* Il échappe à l'humanité — qui exige la pénétration intime du moyen de communiquer entre semblables — et par là la communication du Même avec le Même — ce qui est la pensée.

Penser c'est communiquer avec soi-même. Possibilité d'un dialogue. Le Je[A] est le sans visage, sans âge, sans nom, et un autre Je a *mon* nom, mon visage.

L'individu est un dialogue. On se parle   on se voit et se juge. C'est là le grand pas mental.

Cette dualité est remarquable. Elle est plus ou moins nette. Parfois spectateur lucide et intermittent d'un trouble, d'un désespoir, d'une transe. Liberté.

Comme si le moi[B]

Le moi se dit *moi* ou *toi* ou *il*. Il y a les 3 personnes en moi*. La Trinité. Celle qui tutoie le moi; celle qui le traite de *Lui*. (*Ibid.,* XVI, 75-76.)

A. *Deux tr. marg. allant jusqu'à :   mon nom, mon visage.*
B. *Phrase inachevée.*

☆

Je puis dire que mon sentiment depuis les temps les plus reculés de ma pensée a été (d'abord instinctivement —) que nulle combinaison de paroles ne pouvait avoir de sens que comme information ou prévision de choses observables, ou bien comme excitant d'images ou d'émotions ou d'actions de quelqu'un.

C'était refuser la prétention à toute valeur de parole qui excédât ces conditions — c'est-à-dire à la métaphysique, en tant que celle-ci se refuse elle-même à n'être que comparable à une œuvre d'art. (1933. Sans titre, XVI, 265.)

☆

Écrire ou penser avec soin est un effort contre le langage moyen. (1933. Sans titre, XVI, 417.)

☆

Mots —

fax	pax	
faex	naex	(vix)
mox	nox	vox
lex	rex	sex*
dux	lux	crux nux

Ce tableau suggère un langage où toutes combinaisons (phonétiquement admissibles) eussent été formées — régulièrement et par ordre. Gros avantage p[our] mémoire — et peut-être — pour intellect — (2). D'autres tableaux (lumen, flumen — —) seraient faciles à faire.

Ces formations ne sont-elles pas des débris d'époques ou de langages de tribus ou clans ou familles ?

Le mélange de ces couches comparable à géologie — mélange de peuples — etc.

D'autre part, idée (2) — si on formait a priori des combinaisons de sons et que l'on s'amusât à caser d'abord tous les *sens* d'un vocabulaire donné — puis à envisager l'utilisation du *reste*.. Problème de la collation des *sens*.

C'est-à-dire[A] à réfléchir sur le problème de la création des *mots*. Chose que l'on n'a pas faite. Problème essentiellement « philosophique » !

Les mots (réels) sont créés par usage statistique, par besoin général ou restreint.

Mais il y a une irrégularité de ces formations, p[ar] ex[emple] : *implacable,* et non *placable —*

ou bien : pas de mot p[our] exprimer qu'une opération peut être recommencée — répétée —

ou bien certains mots sont ambigus comme *avant* et *après,* qui sont *temps* et *espace.*

— On peut donc se demander ce que serait un langage systématique. Le nombre des mots à désirer, et les *conséquences de ce nombre.*

On pourrait aussi établir des *catégories* phonétiquement reconnaissables en remarquant que les idées à communiquer sont tantôt — idées de choses, — de propriétés — d'actes — de matières — de *conventions,* — de personnes — d'instruments etc. etc.

La dépendance des propositions est aussi sujet à réflexions.

Le langage est stationnaire — Pas de progrès.

— La philosophie est une spéculation sur un langage donné; mais malheureuse spéculation qui ignore (et veut ignorer) son vrai domaine.

Elle croit trouver ce qu'en vérité elle donne et forge; confond des propriétés distinctes; prend pour nécessaire dans les choses ce qui ne l'est que par les conventions d'un jeu. Ainsi : existence, réalité, monde, être, connaissance etc. sans *songer à la transitivité des propositions et des mots* (chose capitale à mes yeux —), c'est-à-dire *à la valeur vraie des langages.*

Cette valeur est d'action ou d'état — *mais toujours de passage*[B]. Mais tantôt ce passage est un événement singulier, individué —, un élément de l'acte de vivre — tantôt il s'agit d'une *combinaison entre les autres,* et considérée par rapport aux autres que l'on *pourrait* former.

Ce sont 2 positions très différentes — comme danser et marcher. La philosophie les confond et donne du *sérieux* à des combinaisons purement intellectuelles, en leur donnant des valeurs de vie — fictives. (1933. Sans titre, XVI, 559-561.)

Il ne peut pas y avoir de pensée plus « profonde » que celle qui est impliquée dans la *forme* grammaticale des moindres *phrases* que pense et dit l'homme le plus simple, et qui est, jusqu'ici, inexprimée, et même insoupçonnée, des plus habiles. — Le langage ne peut exprimer son fondement et sa possibilité. (Cf. difficulté de définir le *nombre,* par ex[emple].) (1933. Sans titre, XVI, 779.)

Le vice de l'intelligence est le croire-comprendre, qui s'exerce dans les raisonnements et constructions en mots abstraits divergents et définis par le seul usage. (1933-1934. Sans titre, XVI, 885.)

Que de conséquences si l'on se refuse à raisonner (et à fonder son acte) sur des termes dont le sens n'est pas fini et déterminé ! (*Ibid.,* XVII, 28.)

La vie transforme les choses en signes d'elles-mêmes. Ce que l'on voit à peine est aussitôt doué des effets de ce qu'une étude achevée, un examen complet ferait connaître. Or cet examen a sans doute été fait antérieurement — mais seulement en ce qui concerne les *objets nommés* — ou immédiatement composés d'objets nommés.
— Si l'on revient à l'*observation,* on est conduit au procédé inverse — on dé-minimise — on dé-nomine. Tant que n[ou]s ne retrouvons pas l'inarticulé, l'inno-miné, nous sommes *en langage* et non *en observation pure.* Mais *en observation pure,* nous n'y pouvons demeurer.
« Tout corps plongé dans l'eau[1]... » (1934. Sans titre, XVII, 195.)

La langue française, qui a de si fâcheuses lacunes
(autos, self, — par exemple), possède ce merveilleux
petit instrument « on ».

L'italien « Si » (quando *si* fa..[1] etc.), l'anglais « one »
ou « they » sont moins dégagés d'un sujet complet,
moins impersonnels. (*Ibid.*, XVII, 207.)

Je juge volontiers les gens — ou plutôt les esprits au
degré de précision de leurs expressions.

Ce n'est pas que je ne connaisse les illusions de la
précision verbale. Mais s'agissant de juger les hommes —
et non les résultats eux-mêmes qu'ils produisent — je
vois par là ce dont ils se satisfont et la vigueur de leurs
attentions. (*Ibid.*, XVII, 278.)

☆

S, θ et Langage
Les périls et insidieux pièges du langage.

Si tu dis : *la Vie* ET *la Mort* — ce petit mot ET emporte
symétrie, équivalence, dans un *premier* « *temps* » *mental* ;
contraste dans un *second,* et contrariété, incompatibilité — — — Ce qui résulte de la forme substantive
donnée à ces deux idées. Or, elles sont de provenance
expérimentale, et dans l'expérience, *vie et mort* ne sont
pas du tout comme deux figures opposées et qui se
peuvent composer dans un monument — Ce sont, ou
ce doivent être, des choses dont l'une est modification
de l'autre, et *a besoin* de l'autre. Toute une rhétorique
métaphysique est engendrée par la notation. De même,
le *repos* ET le *mouvement.* Le *Jour* ET la *Nuit,* etc. Le *Bien*
ET le *Mal* — La Matière *et* l'Esprit — Oui et Non —
Pour et Contre.

J'ai écrit plus haut — « dans un 1er temps mental » —
ce « temps » est un mode — un acte — l'acte dans lequel
l'opération de l'esprit ne concerne que l'additivité ET,
sans égard aux éléments que l'on réunit et *identifie.* Un

second temps eſt pour inſtituer entre les deux termes
d'abord identifiés — une relation de négation ou symétrie.

On fait d'abord $a + b$... et ensuite, : *mais $a = -b$...*

— Tout ceci eſt éloignement de l'observation et eſt
abus de la liberté de la notation par *subſtantifs, copule* — et
attributs.

On peut dire que cette simple énumération eſt déjà
une *figure* (au sens grammatical).

— Ainsi cette simple remarque sur le langage montre
les embûches qu'il offre et la tendance qu'il imprime
à l'esprit — de s'écarter des choses et d'entrer dans le jeu
de ses combinaisons formelles.

Ensuite, elle conduit, d'autre part, de tout autre part,
— à observer que la pensée verbale (qui intervient si
vite et transforme en ſyſtèmes de l'*univers des mots* les
perceptions et produCtions quelconques du moment —
tantôt par réponse immédiate, comme *toute prête,* tantôt
par approximations —) passe par plusieurs états ou
temps ou modes très différents.

Pour bien concevoir ceci, le rapprocher de l'énumération et des nombres devant une pluralité discrète.

Il faudrait, pour serrer ceci, se représenter nettement
cet univers verbal — collection de symboles-aCtes
discrets, — avec *incohérence* des partis-pris — à cause
origine hiſtorico-ſtatiſtique — et c'eſt *dans* cette incohérence[A] que gît la possibilité de la poésie et des spéculations
philosophiques. (1934. Sans titre, XVII, 585-587.)

Il faut opposer à la tendance à *approfondir* le sens d'un
Mot de l'usage, et à la croyance en l'exiſtence d'une
vraie signification (et d'une *chose signifiée* par elle) de ce
mot, — *l'idée de l'hiſtoire de ce mot en nous* — c'eſt-à-dire
comment il a été appris par nous, entendu en *x* phrases,
employé par nous etc. Il a contraCté des liaisons — *vécu* —
subi des résonances.

Le centaure et la sirène n'*exiſtent* que dans la mesure
où l'on n'a pas le temps de les disséquer. (*Ibid.,* XVII,
622.)

A. *Deux tr. marg. allant jusqu'à :* spéculations philosophiques.

Langage.

L'obligation de traduire en langage nos états pour *nous comprendre nous-mêmes* — de traduire en termes d'origine extérieure sociale, des produits autochtones — de transformer le particulier, propre, et en somme, *accidentel,* de l'instant, en expressions faites d'éléments interchangeables — est remarquable. Le Moi ne se dessine et ne se consolide que par imitations, emprunts, référence à inconnus. Le langage donné et intimement *épousé,* qui se substitue à *ma* fabrication et admission — m'est étranger, n'est pas fait sur ma mesure, m'impose des problèmes que je ne ressens pas, me fait me satisfaire de réponses qui ne viennent pas de moi.

Jusqu'à ce *Je* ou *Moi* où je m'accroche — auquel je donne suite, conservation, de [ce] qui est un produit importé. D'ailleurs, dans les rêves, et dans certaines vésanies, on le voit étrangement placé ou évité.

L'Un et le Seul se distingue — *La Personne qui Parle* n'est pas CE qui n'est pas Personne, et qui *Sent* et ne sait *Parler.*

Le^ (1934-1935. Sans titre, XVII, 742.)

Verbes impersonnels seraient les bons p[our] exprimer ψ. *Il* me souvient. (1935. Sans titre, XVIII, 170).

Physiol[ogie] et Physiol[ogie] du langage.
Celui qui saura nouer le langage à la physiologie — — saura beaucoup, et nulle philosophie ne prévaudra contre ceci. (*Ibid.,* XVIII, 179.)

Tous les mots créés de main d'homme pour parer

A. *Passage inachevé.*

à un embarras de la pensée sont *mauvais*. Ils importent
cet embarras avec eux dans les autres pensées. Ils le
conservent.

Mais t[ou]s les mots créés de main d'homme pour
fixer, conserver, utiliser une clarté et précision d'une
pensée, sont bons. Ne pas user de mots dont on ne sent
pas que le moi en est sûr comme de soi-même, — c'est-à-
dire qu'il peut y substituer un objet net, ou une attitude,
ou un acte, ou des opérations qui lui appartiennent.
On ne voit pas leur relation à soi-même nettement.
On n'imagine pas qu'on les eût institués. Ainsi *cause*.
Je l'emploie parfois, mais à contre-cœur. Mot très mauvais, puisqu'après l'avoir employé, on peut l'expliquer
encore. (*Ibid.,* XVIII, 224.)

Le « penseur » est devant la « pensée » comme l'artiste
devant les choses sensibles; et il doit, comme lui, faire
effort pour nettoyer son œil, et *voir* au lieu de *lire*. Quand
la chose la plus connue se montre ainsi *profondément
inconnue, sans signification*, et sans *lignes* étrangères, et que
le système formé de cette chose et de l'esprit est livré
à lui-même, et non altéré par les souvenirs, alors...

Et c'est pourquoi faut-il ne jamais oublier que les
mots et les propositions ne sont jamais que des moyens
d'emprunt — de transition. (1935. Sans titre, XVIII,
401.)

Tandis que[A] p[our] le vulgaire comme p[our] le
philosophe — *tel mot* signifie *telle chose* ou *quelque chose*,
pour moi, il signifie *quelqu'un* (avec tout ce que comporte
ce terme, d'acquisitions, de réactions etc.) *pensant à cette
chose*[1]. (*Moi*, par exemple).

Ceci admis, je n'ai plus affaire à l'indéterminé du
mot-chose, mais au fonctionnement du *semblable* — (dont
Moi est le PLUS-SEMBLABLE) (1892-3).

— Ceci ressemble à ce qu'ont fait les physiciens
modernes quand ils ont substitué aux idées ou catégories
qui servaient à parler *universaliter* des phénomènes, les

A. *Tr. marg. allant jusqu'à :* (1892-3).

idées des instruments et des actes de mesure. Temps =
horloge; Espace = règle; Force = ressort dynam[ique][a].
(1935-1936. Sans titre, XVIII, 575.)

On pense[A], en général, (*à peine les premiers effets
psychiques produits*) DANS le *langage,* — et il faut une sorte
d'effort pour s'en aviser et pour ne pas réduire tout le
développement subséquent à des expressions du langage,
c'est-à-dire à des combinaisons qui offrent leurs pièces
du jeu et les lois de leur échiquier particulier à toutes
les modalités mentales — moyennant tels sacrifices et
avec tels avantages.

On en déduit parfois que *penser n'est que se parler d'une
certaine manière.* (*Ibid.,* XVIII, 586.)

Si je faisais un dictionnaire (et que fais-je autre chose
dans ces notes ?) je ferais des tables des mots *qui se
tiennent* et forment un système implicite — de manière
que dans le dictionnaire, les « définitions » soient
homogènes. (1936. Sans titre, XVIII, 671.)

Tout savoir est mauvais, quand l'automatisme (dont
tout savoir est l'acquisition) envahit le domaine où
l'adaptation est, au contraire, ce qui importe.

Le langage nous permet de ne pas *voir.* (1936. Sans
titre, XVIII, 842.)

S'il est possible de penser sans le langage ?

Mais le langage est *telle* langue — apprise. Tout dépend
des définitions choisies p[our] penser et p[our] langage.

Communiquer avec soi-même par le détour extérieur
d'un système de signes acquis.

A. *Tr. marg. allant jusqu'à :* pour s'en aviser.

Dans la mesure où la pensée est cette *communication* avec soi — il y faut un langage. (1936. Sans titre, XIX, 135.)

☆

Mots indéterminés — Ceux qui permettent d'écrire ce qu'on ne pourrait penser.

Jouent un rôle *historique* énorme.

Dieu. Univers. Infini. Cause. Esprit. Âme.

Sémantique de la métaphysique. (1936. Sans titre, XIX, 638.)

☆

Nous pouvons directement telle chose à tel étage — Faire ceci et percevoir cela. N[ou]s pouvons indirectement telle autre chose — à tel *étage*.

Mais si n[ou]s transportons les mêmes « notions » — (et d'ailleurs n'en ayons pas d'autres) il faut n[ou]s attendre à des insuffisances, des mécomptes, des effets d'inintelligibilité.

Rien ne prouve que nos types usuels et incarnés d'expression aient un sens et une valeur à l'échelle 10^{-x} ; que nos « substantifs », nos « variables », notre forme propositionnelle, lesquels sont adaptés (plus ou moins bien) à l'expérience directe des corps et des relations et transformations sensibles, vaillent à toute échelle, que l'*identité*, les « objets », le nombre y soient applicables. En un mot, que n[ou]s puissions *penser* si avant. (1936-1937. Sans titre, XIX, 722-723.)

☆

Langage naissant

L'enfant[1] (30 mois) demande : *Késéksa ?*

On lui dit : c'est un arrosoir.

Elle répète : *arrosoir*. Et la voilà satisfaite.

L'acquisition du nom lui suffit. L'objet a perdu son mystère[A] — —

Car elle a déjà appris que la possession du nom suffit à disposer de la chose dans la mesure où les « grandes

A. *Aj. marg. :* « Arrosoir » se détache

personnes » actionnées par elle en disposent. Le sentiment de savoir la nommer la satisfait.

Ceci me mène à me demander quelle idée cette enfant
se fait de ces *grandes personnes,* et de soi-même —, et
de l'inégalité entre elle et elles, — et de la décroissance
de cette inégalité ? Question sans réponse. Les g[ran]des
personnes sont ces êtres qui savent les noms de *toutes
les choses.*

Un peu plus tard, viennent les *Pourquoi ?* D'abord on
apprend à nommer les choses qui répondent à des
besoins. Ensuite, les choses qui se font remarquer et
excitent les activités du toucher, manier.. Ensuite[A] (1937.
Sans titre, XX, 110.)

Textes

Nous disons qu'un texte est *clair* quand n[ou]s ne
percevons pas le *langage* dont il est fait. Il y a abstraction
du langage.

Si son effet (qui semble direct) est sans intérêt, n'excite
rien en nous, nous pouvons revenir a ce langage qui
avait passé *inaperçu.*

La « forme » ne n[ou]s frappe que si le « fond » ne
domine. La forme est une station que l'on brûle en
général[B]. (1937. Sans titre, XX, 343.)

Comment les langues romanes se sont créé l'article,
qui est en grec et non en latin ? et pourquoi ?

Et qu'apporte l'article d'utile ? (*Ibid.*, XX, 350.)

La cloche est tombée		la corde s'est rompue
Le chien est revenu	parce que	il avait faim
Il a dit cela		il est un sot
etc.		etc.

A. *Passage inachevé.*
B. *Aj. marg. :* parallélisme $\varphi + \psi$ {
$\overline{F + f}$ {

« Parce que » est identique — et les 3 relations toutes différentes.

Parce que les assimile. On parle de « cause ». C'est qu'il est suffisant de noter ainsi pour le degré de précision ordinaire et le *passage*. (1937. Sans titre, XX, 455.)

Solitude — Insonorité —

Certains mots (fort nombreux)[A] sont impossibles dans le moi rigoureusement isolé[B].

Ils ont besoin d'une atmosphère, d'une caisse de résonance, d'une collectivité qui les réfléchisse, et *ils ont alors pour* sens *leur valeur d'action extérieure*.

Ils n'existent pas dans l'*insonore de la solitude*[C]. Si on fait le vide autour d'eux, ils se vident.

Réciproquement, cette « solitude » est l'état dans lequel l'être est réduit à ses seules résonances — — c'est-à-dire qu'il n'est entretenu que par sa puissance excitante propre. (*Ibid.*, XX, 480.)

Le langage peut être comparé à ce qu'étaient la numération et le calcul avant les nombres systématisés. (1938. Sans titre, XX, 886.)

J'ai eu horreur de ces mots que l'on ne se dit pas à soi-même parce que l'esprit qui les dirait se sentirait dépasser ce qu'il peut.. et donner plus qu'il ne possède. (1938. Sans titre, XXI, 110.)

Mythe est toute chose qui est inséparable du langage, et lui emprunte toutes ses vertus sans contrepartie. (*Ibid.*, XXI, 120.)

A. *Tr. marg. allant jusqu'à la fin du passage.*
B. *Aj. marg. :* peuple
C. *Aj. marg. :* Monde sourd — comme en ballon

Il n'y aurait pas de métaphysique si notre langage était notre fabrication personnelle, notre convention faite par nous, pour nos besoins réels, propres de transmission à n[ou]s-mêmes, de conservation et de combinaison. Car n[ou]s croyons que les *mots* en... savent plus que nous ! — *contiennent* plus que nous — et même plus que l'homo. (1938. Sans titre, XXI, 196.)

L.

Je — Tu — Il. Cette relation fondamentale du discours — toujours présente dans un langage.

La proposition principale vraie = *JE* dit à *Toi* que *IL*... Le JE et le TOI sont *sous-entendus* très souvent, étant donnés par la circonstance, — fournis par ce qui est autour du discours.

Ces 3 personnes ne sont pas des personnes. Ce sont les éléments essentiels d'une figure qui construisent la *visée*[A]. *Avant* l'*Acte* du discours, se forme, se construit la *machine de l'acte* (spécialisation) qui est imperceptible — ne devient sensible, « phénomène », que lorsqu'il y a des résistances ou des insuffisances — comme un membre qui ne n[ou]s obéit pas *ou* dont le fonctionnement rencontre des résistances extérieures.

Ces éléments J[e] T[oi] L[ui] explicites ou non.

On dit d'un discours : Il est *absurde* — Cela s'attribue à l'émetteur.

Il est *clair* — Cela est pour le récepteur. (1938-1939. Sans titre, XXI, 869.)

Mon dictionnaire —

J'ai passé ma vie à me faire *mes* définitions. (1939. Sans titre, XXII, 24.)

L'une des merveilles du monde, et peut-être la mer-

A. *Dessin schématique d'un triangle en marge.*

veille des merveilles — c'est la faculté des hommes de
dire ce qu'ils n'entendent pas, comme s'ils l'entendaient,
de croire qu'ils le pensent cependant qu'ils ne font que
se le dire. (1939. Sans titre, XXII, 173.)

L.   Fabriquer une langue ?

Bon dessein qui conduirait à considérer, sous un
jour et un angle défavorables à l'habitude, la propre langue incarnée, ou plutôt *inspiritée* en nous.

Toute notre confiance aveugle en nos moyens de
réponse aux impressions et aux impulsions en serait
corrompue — nous possédons tout ce qu'il faut pour
expédier au plus tôt *ce qui naît,* et le changer contre de
la monnaie usée. Battre monnaie, droit régalien. La
souveraineté.

— Et quoi ! vous êtes l'unique, ô Moi, et vous
n'avez, jusqu'au plus intime de votre pensée, que des
voix statistiques. Vous vous éveillez, pensée, toute pré-
formée par je ne sais qui ou quels ! *Et dans mon sein
je ne trouve que d'autres !* (1939. Sans titre, XXII, 248-249.)

L.   La recherche des « parties du discours »

.. Je me dis qu'il y a des *mots-voyelles* et des *mots-
consonnes.* Les premiers donnent la matière des expressions, et les autres la figure.

Il y a aussi des *mixtes* — et ce sont les *verbes.*

Il s'agirait de retrouver la nécessité qu'il y ait des
conjonctions et des substantifs etc., ce qui pourrait sans
doute se dessiner par voie érudite et historique. En ces
matières, il n'est pas sûr que la solution donnée par le
fait soit unique, et donc que la « nécessité » demandée
puisse se trouver par une analyse des conditions. Car
ce que nous constatons dans notre langage est statistique
— résulte de maints tâtonnements — a été précédé
de solutions différentes. Mais enfin c'est le problème qu'il
faudrait énoncer. Ce problème est celui de la *phrase* — du
système *assez complet* de reconstitution qu'elle doit
permettre. Et donc les *partenaires* qu'il s'agit de « syn-

psychiser » — entrent en jeu. Et il faut préciser les conventions de correspondance 1 à 1 (mots) et celles de compréhension suffisante.

Le principe, à mon avis, est celui-ci : *Il n'y a pas de mot isolable.* (1939. Sans titre, XXII, 651.)

Tout change dans les manières de penser dès que l'on tient les mots et le langage pour ce qu'ils sont; que l'on distingue le sens « moyen » du sens local, et ceux-ci de la *valeur* de résonance, de la valeur de combinaison de résonances ou de « reflets » de voisinage;
et que l'on se garde de la croyance à l'*existence* (autre que de propriétés *transitives*) dans les *substantifs*. (1940. Sans titre, XXIII, 91.)

Mythe : Toute existence qui ne peut se passer du langage et s'évanouit avec un mot ou nom — est *mythe*. (*Ibid.*, XXIII, 159.)

L

Il faut bien distinguer le *sens* et la *valeur* des mots. L'un et l'autre modifiés par la phrase et « l'action de phrase » (ton, circonstance)[A].

Le discours tantôt se développe selon le sens, tantôt selon la valeur.

Et plus d'un mot qui n'a pas de *sens* peut avoir une *valeur énorme*.

Le *sens* est ce qui aboutit à une substitution totale du terme par une chose ou une action extériorisée (sans quoi pas de transmission exacte possible).

La *valeur* est l'effet total *instantané*. Sensibilité et ses harmoniques — et sa promptitude supérieure, qui fait la

A. *Aj. marg.* : Le *sens brut* est modifié par la phrase, et la *valeur* déterminée par la circonstance.

réaction de l'être devancer, et généralement bloquer, celle de l'esprit distinctif et pondérant[A].

Dans ce cas, ce sont les forces ou les potentiels vitaux immédiats qui dominent les potentiels spéciaux; et les productions psychiques qui s'ensuivent sont désordonnées — sous une pression de sensations opprimantes — ou d'une intensité et oscillation invincibles.

Ici, paraît l'*inertie* et ses *effets producteurs*. Complémentaires oscillatoires.

Sens et *valeurs*. Le *sens* (sémantique) d'un mot peut changer avec le temps sous l'influence des valeurs qui lui ont été données. P[ar] ex[emple] pour grossir l'effet. Ainsi *drame — (action)* devenu *spectacle très émouvant.* (1940. *Rueil-Paris-Dinard I, XXIII,* 328-329.)

☆

L.

La plupart des verbes expriment des choses *vraies* tandis que les substantifs sont / la table des substantifs est / le paradis des formations vaines. (1940. *Dinard II,* XXIII, 417.)

☆

L.

Langage vrai est celui dont nous reconnaissons tous les termes comme nôtres, c'est-à-dire comme si n[ou]s les avions créés pour nos besoins et par eux. Ils sont de notre voix.

Il en est d'autres qui s'ajoutent à ceux-ci, comme des instruments et des machines s'ajoutent à nos membres et organes.

Et il en est une quantité d'autres encore dont nous usons par nécessité des échanges, par crainte de paraître ne pas les entendre, par toute sorte de contagions et d'irritations ou par amusement d'étrangeté, mais qui ne sont pas de notre expérience et intimité réciproque avec le parler. (*Ibid.,* XXIII, 526.)

A. *Aj. marg.* : La même parole, ayant le même *sens* en chaque mot, prend des *valeurs* très différentes selon l'implexe. Applic[ation] — La Littérature.

☆

L.

Le sens *vrai* d'un mot pourrait s'entendre de ce à quoi il mène *hors du langage*.

Et ceci mène à penser que nombre de mots n'ont aucun *sens vrai*. Ils ont des sens enfermés dans le langage — sans issue. Certains de ceux-ci pourraient être appelés *convergents* et d'autres *divergents*. Les *convergents* seraient [ceux] qui, quoique n'ayant pas de *sens vrai,* sont *transitifs finis* et peuvent servir sans ambiguïté aux échanges. Les autres sont indéfiniment ambigus. (1940. Sans titre, XXIII, 786.)

☆

L

L'homme ne communique avec soi-même[A] que dans la mesure où il sait *communiquer* avec ses semblables et par les mêmes moyens.

Il a appris à *se* parler — par le détour de ce que j'appellerai l'*Autrui*.

Entre *lui* et *lui,* l'intermédiaire est Autrui. [...] (*Ibid.,* XXIII, 790-791.)

☆

L.

Pour se faire une bonne idée du langage il n'y a qu'un moyen — *le geste.* Donc essayer de composer une phrase assez complète par gestes.

Le geste exige la présence 1° de l'émetteur — 2° du récepteur — 3° en général de l'objet dont la modification ou la mise en évidence sera le but du discours.

La voix peut intervenir mais comme accessoire — comme les *interjections*[B] Allons ! — Eh bien ! (geste explétif).

Le visage intervient aussi.

Le discours par geste n'est *jamais rythmé* ou change entièrement de fonction.

Le langage intérieur par geste n'a pas de sens — sauf dans le langage *conventionnel* par geste.

A. *Tr. marg. allant jusqu'à :* par les mêmes moyens.
B. *Aj. marg. :* marquent surabondance ou déficience d'énergie.

Le langage non conventionnel par gestes comprend
2 espèces de moyens (de mimes)[A] —
A. Les gestes désignatifs — (substantifs)
B. Les gestes exécutifs — (verbes).

L'immense progrès a été la convention. Le langage
articulé verbal part du geste — et l'exige *une fois pour
toutes*[B].

Si on garde cette observation présente[C] et qu'on se
tourne alors vers le langage constitué et son vocabulaire
— on conçoit facilement tout le progrès accompli —
mais aussi toute la distance qui peut séparer l'expression
des bases *réelles* de référence.

Le *milieu extérieur commun* est le fondement unique et
essentiel de toute communication. Même de la communication de moi-même à moi-même. — Et ceci[D]

Tout ce qui n'est pas exprimable en gestes — instable,
institue un *fantastique*, p[ar] ex[emple] le *passé*, le temps—
en général.

Mais le langage scientif[ique], celui de la rigueur
tend à n'être que celui des gestes-actes.

L'acte[E] du physicien ou du chimiste est plus qu'un
acte — *Il est un geste significatif.* Sans doute, il FAIT
q[uel]q[ue] chose mais ce *faire* vise un *refaire* ou est un
REFAIRE. Le geste a un *sens* qui tend à le régénérer. Le
but du geste est alors de déterminer le phénomène que
ce geste provoque. Le physicien fait bouillir de l'eau —
ou p[ou]r son café ou pour étudier l'ébullition. (*Ibid.*,
XXIII, 806-808.)

L

La réaction du langage sur la pensée a été beaucoup
moins prise en considération que l'action de la pensée
confondue avec le langage.

A. *Lecture incertaine.*
B. *Aj. marg. :* σύμβολον[1] = jonction
C. *Tr. marg. allant jusqu'à :* bases *réelles* de référence.
D. *Phrase inachevée.*
E. *Deux tr. marg. allant jusqu'à :* plus qu'un acte.

Je crois et ai enseigné que, dans la plupart des cas,
la préexistence des mots et des formes d'un langage
donné, appris dès l'enfance, et avec quoi n[ou]s avons
contracté une intimité si immédiate que n[ou]s ne le
distinguons pas de notre pensée organisée — car il est
en jeu dès qu'elle s'organise, — restreint, dans le germe
même, notre production d'esprit, — *l'attire vers les
termes qui n[ou]s donnent l'illusion d'être les plus clairs* ou
les *plus forts,* façonne cette pensée plus qu'elle ne
l'exprime — et même la développe dans un autre sens
que l'initial. (*Ibid.,* XXIII, 834.)

Le langage, considéré comme je fais, c'est-à-dire
comme fonction — ceci conduit à lui chercher et appliquer les caractères généraux fonctionnels comme ceux
de la marche, ou de la fabrication de q[uel]q[ue] chose —
Ce qui peut être excité de telle ou telle manière, effectué
machinalement ou non, répondre plus ou moins bien
à tel besoin — etc., *être réel, ou pensé, ou rêve*

et doit reconduire à un zéro final et à la disponibilité —
des fonctions en jeu.

Toutefois, il y a ici un effet nouveau, celui d'acquisition. Ce qu'on ne pourrait observer dans la marche,
— à moins d'y joindre ce qui est vu ou éprouvé le *long
d'une marche effectuée.*

Et cela est un peu hasardé !

Une autre différence capitale est celle qui résulte de
l'existence et du *rôle* de la fonction du *langage intérieur.*
(1940-1941. Sans titre, XXIV, 98-99.)

L

θ appl[ication]

Rien n'est plus étonnant que cette parole « intérieure »,
qui s'entend sans aucun bruit et s'articule sans mouvements —

comme en circuit fermé.

Tout vient s'expliquer et se débattre dans ce cercle
semblable au serpent qui se mord la queue.

Parfois — l'anneau se rompt et émet la parole externe.

Parfois, la communication du naissant et du né est régulière, en régime — et la distinction ne se fait pas sentir.

Parfois, la communication n'est que retardée et le circuit interne sert de préparation à un circuit d'*intention externe* ; puis il y a émission au choix[A].

Et tout ceci entraîne des conditions de *temps*, d'*abstention des excitations perturbantes*.

Et se complique des connexions de toute espèce dont l'activité psychique est pénétrée.

Le fait capital[B] — est celui-ci — Dans l'état de langage intérieur, l'implexe *langage* est en *présence intime* et *immédiate* des *autres implexes* — figurés, affectifs etc. Il y a échange et composition directs entre images, schèmes d'actions, « mots » et « formes » du discours — qui se complètent comme ils peuvent[C].

Il y a des états simples et des états multiples ou très hétérogènes de ce mélange actif.

Ce qui est très remarquable[D] (et que j'ai remarqué il y a si longtemps — —) c'est que dans cette *enceinte*, des « temps » ou attentes, — des présences muettes comme des pressions ou tensions — des images — des signes de tous genres — des sensations internes ou autres sont en quasi-coexistence et en échanges. État très sensible, très apparent dans certains cas. Formant, en gros, résistance sur un cours naturel — et faisant ressentir les bornes énergétiques et fonctionnelles d'une fonction de transformation et d'élimination gênée — gêne qui parfois produit des phénomènes de décharge purement énergétique — au lieu de la détente « utile » dans les appareils spécialisés qui annuleraient la *cause* « connue » ou consciente — en tant que *connue* ou consciente — selon le type canonique de l'acte complet. (*Ibid.*, XXIV, 99-100.)

A. *Ce passage est illustré par deux dessins d'*« Ouroboros », *c'est-à-dire de serpents qui se mordent la queue, motif très fréquent dans les* « Cahiers », *et un dessin de circuits.*

B. *Deux tr. marg. allant jusqu'à :* figurés, affectifs etc.

C. *Aj. marg. :* Le mélange-Chaos ou dissociation. Ici les sens se font signes, et les signes, sens.

D. *Tr. marg. allant jusqu'à la fin du passage.*

L. L.I.

Le langage intérieur[A] fait partie du fonctionnement ordinaire de l'homme.

Le lang[age] extérieur est occasionnel — et exige des conditions de plus.

Comment le *moi* se fait-il son propre interlocuteur ? et exprime-t-il *ce qu'il devient* en produisant du même coup un auditeur[B] ? (*Ibid.*, XXIV, 151.)

Croyances
L/θ

J'estime inutile de croire à l'existence de choses qui ne n[ou]s sont proposées ou présentées que par des *noms*.

Ce n'est pas le rôle des noms d'engendrer les « choses ». Mais il faut avouer qu'abusant de la confiance des hommes qui s'accoutument dès l'enfance à apprendre les noms donnés aux choses, l'esprit les a séduits à admettre qu'une chose devait correspondre à chaque nom. [...] (1941. Sans titre, XXIV, 209.)

☆

L

L'étude du langage telle qu'elle est pratiquée par la linguistique fait songer à une chimie aux équations purement pondérales (entre masses), sans mention des énergies — ce qui fait que ses formules représentent des états achevés et non des états de formation —, ce qui peut suffire à beaucoup de besoins en chimie. Mais le langage, au contraire n[ou]s intéresse en tant qu'état de formation. Et la réaction achevée, son rôle est achevé. Le produit s'évanouit. D'ailleurs les *mots* ne sont que les *parties fixables* du langage. Les *mots ne sont pas leurs sens*. Leurs sens sont instantanés et *même tout virtuels*[C] — car, en général, tel *mot* vient à l'esprit d'un besoin, et est répondu

A. *Tr. marg. allant jusqu'à :* occasionnel.
B. *Petit dessin schématique en marge représentant cette idée par deux flèches.*
C. *Tr. marg. allant jusqu'à :* traitement intérieur qui suit.

par l'esprit par la marque de satisfaction du besoin qui est l'*émission extérieure,* ou le traitement intérieur qui suit. Ceci sans recours, (en général) à une évocation du « sens » explicite de ce mot. Il y a *comme une confiance* dans l'automatisme *besoin-mot* immédiat, sans que le *sens* soit appelé à la barre, et s'il l'est, il arrive qu'on soit obligé de le chercher, de faire la *maïeutique,* accoucher péniblement de ce sens tandis qu'on se servait allègrement du terme.. qu'il est censé accompagner et *guider,* comme onde pilote. (*Ibid.,* XXIV, 288.)

L'Autre et le langage

L.

Le problème résolu à tâtons par le langage est celui-ci :

Besoin — d'un « Autre » $\Big\langle$ appris par Enfance — Mère Famille Sexe

— *Création de l'Autre.*
— *Idée du Semblable* — Ami ? Ennemi ? attiré — repoussé.
    Valeurs données aux Autres.
    Identification — Similitude de réflexes, des besoins, de sensations comparables par leurs effets extérieurs — Fuite etc.
— Échanges — Signes de consentement ou de refus.
    Actes — mimique d'actes (vides) *reproduits* par l'Autre.
= Viens ! Va-t'en ! Donne ! Fais pour moi ! Fais avec moi ! Halte ! Prends garde ! Regarde ! — Prends — Fais *en vrai* ce que je fais en *signe.*
    Signe est l'*acte vide* — ou bien un acte (comme le cri pur) de provocation d'attention, appel de poste avec position.
    La Voix.
    L'Échange de signaux avec l'Autre *devient partie intégrante du Même* — et s'y développe.
    Le *langage intérieur* crée *un Autre dans le Même.* Les signes se classent par genre d'actes — et parmi ceux-ci les *actes phoniques.* L'acte phonique et ses possibilités — ses

variables : Intensité, Tons, voyelles et consonnes — *Implexe Combinatoire*.

Ici l'analyse capitale de la *subſtitution* de l'exprimé au conſtaté. La *Pensée organisée ne l'eſt qu'au moyen d'un langage* — consiſte dans un échange perpétuel entre *chose — idée de chose* — et *aĉte-signe*.

Idée prise pour *chose*, ceci exigé par la pensée — sans quoi ou elle se dissout, ou elle se développe selon toutes variables (cf. le rêve) et toutes les propriétés associatives ou transformations, harmoniques etc. de l'*esprit*. (*Ibid.*, XXIV, 321-322.)

L'emploi du verbe (et non le verbe) montre naïvement la relation de l'idée d'aĉtion avec le langage : « La grêle a cassé les vitres. Cette table a coûté 100 frs. Le néant épouvante Pascal. »

Ceci eſt, dira-t-on —, *figures*. Mais ce sont figures imposées par la ſtruĉture de nos langages, dont le type Aĉtion eſt le trait essentiel. (1941. Sans titre, XXIV, 412.)

À la racine de la communication avec autrui, eſt l'imitation réflexe — grand myſtère du bâillement. (1942. Sans titre, XXV, 654.)

Quelle merveille que l'aĉtion mutuelle des mots qui composent une phrase ! Cela passe l'imagination — cette composition des images, des signes opérateurs. (1942. Sans titre, XXVI, 108.)

L ψ

Se parler. Il n'eſt pas rare que se parler ce soit parler *contre tel autre,* parfois très précisément vu et visé. Il y a discussion et controverse à l'état fragmentaire, et toujours inégales.

Se parler, ce fonĉtionnement étrange, immédiat qui

témoigne de la grossièreté de notre idée du Moi, de l'insuffisance des notations « psychologiques ». Comment peut-IL SE dire quelque chose ? Et qui est MOI, du parleur ou de l'auditeur ? De la source ou du buveur ? — Quelle relation entre ces membres de l'instant[A] ?

Est-ce le dialogue entre le spontané et le réfléchi ? Entre *mon* imprévu et *ma* prévision ?

Rôle du temps de réaction.

Puisque JE ME parle, c'est donc que JE sait ce que ME ne sait. Il y a une différence d'état interne. De plus, il arrive que ME soupçonne ce que JE met en évidence — *articule*. Il y a contraste et complémentarité.

Parfois, quand *ME attend*, il fait *parler en JE son attente !* Tous nos personnages intimes n'ont à eux tous qu'une bouche et qu'une oreille — quoique plus d'un *langage* — c'est-à-dire d'une accommodation — cf. Poésie. (1942. Sans titre, XXVI, 159.)

L

Le langage, moyen de tenter de rendre l'Autre semblable à soi — et de lui faire produire (en première réaction et aussi exactement que possible, espère-t-on) une part déterminée de ce qu'on a dans l'esprit. (1942. *Lut. 10.11.42 avec « tickets »*, XXVI, 568.)

Une vraie *définition* doit conduire hors du langage, à une situation d'échange de *mot* contre *chose* ou mimique de désignation ou d'imitation, et de *chose* contre *mot*.

Toute définition non résoluble *par extériorité*, c'est-à-dire en (*montrer* par un *faire*) (acte × perception) est purement fiduciaire et non stable.

Une vraie définition est une soudure du non-langage au langage, indépendante de tout ce qui n'est pas le *percevoir* et le *faire* — *en général* — et le *refaisable*. [...] (*Ibid.*, XXVI, 582.)

A. *Petit dessin en marge représentant par des flèches ce mouvement de va-et-vient.*

L

La linguistique[1] ne nous apprend rien d'essentiel sur le
langage — Des questions d'origine, de similitude. Mais
— le rôle intime du langage, son intervention dans le
fonctionnement, son mécanisme Conservation-Transformation et ce qu'il est aux divers niveaux : *Moi-pur ;
Moi, un Tel ; Moi et Autrui* — etc.

Son usage interne, externe et interne-externe — ? ?
(1942-1943. Sans titre, XXVI, 757.)

Le *langage*, moule — Fauteur de perceptions bornées.
Conceptions et développements tout faits. Le langage
1º en tant que *langage* — c'est-à-dire pluralité discrète
finie — à combinatoire par juxtaposition
2º en tant que *tel* langage, de tel type — ou famille —
diminue ou annule la sensibilité de perception du possible
de transformations. Il s'impose, se substitue aux choses
— introduit l'identité de choses différentes — et ne les
re-différencie par les propositions que momentanément,
partiellement et pour une fin instantanée particulière.
(*Ibid.*, XXVI, 762.)

☆

L ψ

Le langage est inséparable d'une « Société » — c'est-à-
dire de rapports par tâtonnements, échanges de fait,
contagions mimiques — entre une quantité de *semblables-
dissemblables*.

Il ne représente donc pas directement un document
pur des propriétés psychiques — lesquelles d'ailleurs,
sont d'abord des *virtualités,* dont les développements
sont irréguliers, et ces irrégularités dues surtout aux
événements et accidents que le milieu sensible et surtout
social imposent à l'individu — tout en le *créant* comme
individu. Je ne sais ce qu'eût été ma pensée si j'avais
été élevé en Chine et instruit au langage chinois.

Ce qui me reste de « moi » après cette formation, ce à quoi elle ne me donne pas les moyens de répondre, ce à quoi elle me fait répondre sans que je me doute même que je pourrais répondre tout autrement — c'est là le domaine des *chances* de ma « personnalité » — qui n'est que la non-congruence totale de mes réactions avec les circonstances. (1943. Sans titre, XXVI, 785.)

☆

L

Le langage seul permet à l'homme de n'être pas restreint à la perception des objets *présents,* aux réactions immédiates qu'ils excitent — et aux modifications ou actions que les sensations organiques exigent. (1943. Sans titre, XXVI, 913.)

☆

L.

Ce que les mathématiques n[ou]s enseignent[A] de plus général, — c'est la *Manœuvre.*

L'idée abstraite de *possibilités* — Opérations. D'où les *groupes,* et les invariants.

Que trouve-t-on dans le domaine du Langage ?

La logique est la conservation des *définitions,* quelles qu'elles soient, et *sans garantie* de leur *valeur de désignation* de *choses*[B]. L'intelligible n'est ni l'observable ni l'imaginable. Il se borne à la non-contradiction. Il est négatif. (1943. *Notes,* XXVII, 29.)

☆

Toute chose regardée fortement perd son nom.

Car le *nom* et le *reconnaître* sont des *circonstances d'élimination* de la chose même. (*Ibid.,* XXVII, 87.)

☆

Fid.

Le langage ne vaut *absolument* que par le non-langage. Il n'est *absolument* que provisoire. (*Ibid.,* XXVII, 109.)

A. *Tr. marg. allant jusqu'à :* domaine du Langage.
B. *Aj. marg. :* Logique est fiduciaire.

☆

Le langage « Espace » général — fondamental
L
HP

.. Tout converge vers le Fait du *Langage* — Droit,
Science (1) et (2) ; (Transitivité). Les Limites et les Virtualités de la connaissance transmissible sont en lui.

N[ou]s *pouvons formuler*[A] (assez bien) *tout ce que n[ou]s
pouvons faire.*   L ≡ F
*Mais n[ou]s ne pouvons pas faire tout ce que n[ou]s pouvons
formuler.*   L > F
Et cette question[B], « saugrenue », que je forme :
Y a-t-il assez de *noms* pour toutes les *choses* ?
Y a-t-il *autant* de *choses* qu'il y a de *noms* ?
Le langage, en ce sens, est le fonctionnement qui
supplée par ses *actes* au manque de *noms*[C].
. Cas très particulier : les Systèmes de numération
φ (10) ≡ ∞.

N.B. Il y a un langage *minimum*. Tout langage est constitué par des acquisitions associatives de base — puis un
fonctionnement. Il y a un *minimum* qui se réduit à ce
qu'il faut pour les échanges élémentaires. Les expressions
plus compliquées s'introduisent comme les nombres
algébriques, transcendants, complexes. (1943. Sans
titre, XXVII, 227.)

☆

Le Langage — (Invariant, vecteur, tenseur)
Conditions absolument générales
Les 3 « personnes » — Je — tu — il.
Le *Je* ou *Moi* est le mot associé à la *voix*. Il est[D] comme
le *sens* de la *voix* même — celle-ci considérée comme
un signe.
Toute voix « dit » avant tout : *Quelqu'Un parle, un Je.*
(*Ibid.*, XXVII, 271.)

A. *Deux tr. marg. allant jusqu'à* :   n[ou]s *pouvons formuler.*
B. *Tr. marg. allant jusqu'à* : qu'il y a de *noms.*
C. *Aj marg.* : N < C
D. *Trois tr. marg. allant jusqu'à* : comme un signe.

☆

L

Tout langage pose ou suppose Deux membres.

Tout couple de membres   Un langage.

Même *avant* tout langage il y a la réciproque perception.

— Problème : que serait un langage issu de deux *Seuls* seulement[A] ?

— Autre idée[B]. Il y a un moment dans l'évolution de l'enfant qui parle, le *fans*[1], que son implexe langage prend en lui le caractère et la liberté d'une fonction organique et n'est plus une imitation.

L'enfant joue avec son langage[C] comme avec ses membres, et *se parle*, — et c'est le commencement de la « pensée » — de ce monologue et aparté qui va durer toute sa vie et lui faire croire qu'il est *Quelqu'un*. Car ne pouvant plus remonter à l'état où n[ou]s étions encore sans langage, nous ne savons cependant consentir que ce *Nous* se façonne avec lui, et nous vient — ou SE VIENT — d'autrui. Nous recevons notre *Moi* connaissable et reconnaissable *de la bouche d'autrui*[D]. Autrui est source, et demeure si substantiel dans une vie psychique qu'il exige dans toute pensée la *forme dialoguée*. *On* parle, *on* entend, — et le système indivisible *Parler-entendre* (qui devient de très bonne heure silencieux, non extériorisé) produit une Dualité-Une, une *Binité* en 2 personnes qui s'exprimerait par cette formule théologique : il y a deux personnes en Moi — en *un* Moi —; on *dirait* aussi : Un *Moi* est ce qui est en *deux Personnes* — mais ce sont *deux fonctions* dont *l'indivisibilité fait un Moi*. Cette indivisibilité peut être altérée. Ceux qui entendent des voix et ne *SE* les attribuent pas. Ceux qui parlent en s'endormant et ne s'entendent pas.

De plus, le fait *Compréhension* intervient. En général, *qui SE parle, se comprend* — c'est-à-dire peut produire de quoi[E] (1943. Sans titre, XXVII, 393.)

A. *Aj. marg. :* A v B
             B v A
B. *Aj. marg. :* Fans.
C. *Tr. marg. allant jusqu'à :* *de la bouche d'autrui.*
D. *Aj. marg. :* MOI
E. *Passage inachevé.*

☆

L.

Le langage — en tant que *fonction* et fonctionnement de circonstance, intervenant selon l'instant.

Dans cette action, la linguistique n'a rien à nous apprendre. Toute l'histoire et le regard comparé sur les langues ne servent à rien — pas plus que la reptation sur la marche[a]. Ni l'histoire de la turbine sur sa fonction.

Ceci peut donner une idée assez intéressante sur le « passé »[A]. Le *passé* relatif à telle chose est un mode du regard. Le passé historique n'entre pas dans la description et construction d'un phénomène. (1943. Sans titre, XXVII, 437.)

Le langage[B] communique de l'un à l'autre la *dissemblance qui est présumée entre eux* au moyen de leurs *ressemblances* — expérimentalement constatées et *utilisées*.

Cette dissemblance est ou de l'instant, (de la sensation ou idée) ou de nature plus profonde et plus durable. Elle est « infinie en puissance ».

— Il est remarquable qu'il en existe une *intérieure* puisque *Je me parle*.

— Pas de langage sans dissemblance.

Mais il faut qu'il y ait un besoin ou excitation qui tende à annuler cette dissemblance ressentie et à créer une similitude ou *accord* — instantané (la *compréhension*) dont l'effet pourra être une négation, un refus — c'est-à-dire une réaction qui affirme, confirme la dissemblance foncière. Pour refuser, réfuter, nier etc. il faut d'abord qu'on ait « compris », c'est-à-dire *assimilé,* rendu soi l'état de l'*autre.*

On *commence par devenir l'autre* et on répond en *redevenant soi.*

— Mais pas de langage sans ressemblance. Problème : quelle doit être cette ressemblance minima ? Elle est définie par la mimique — Ce qui se fait imiter.

A. *Aj. marg. :* HP
B. *Tr. marg. allant jusqu'à :* constatées et *utilisées.*

Définition[A] : La ressemblance des autres avec le Moi de référence n'est pas une similitude de figure, puisque le Moi l'ignore, la figure qui le représente aux autres. Mais la *similitude des actions,* et l'imitation involontaire de sensations intérieures, comme celles qu'un cri de douleur d'autrui peut exciter en nous. Cet autre est mon semblable en tant que je le répète et qu'il me répète. (*Ibid.,* XXVII, 468.)

☆

Si l'on veut parler de *vrai sens* des *mots,* il faut dire que :

Le *vrai sens* d'un MOT est ce qu'il produit en tant qu'effet, instantanément et sans retour — de manière que cet effet a rempli son rôle transitif, et qu'il n'est plus question de l'expression.

Il est clair, par là, qu'il y a autant de *vrais sens* qu'il y a de fois qu'une telle résolution se constate. — C'est l'absence d'arrêt ou d'hésitation qui définit le *vrai sens.* Le reste est une fabrication de lexicographes. (1943. Sans titre, XXVII, 618.)

☆

L

Le langage est l'Implexe social par excellence. Telle circonstance tire de *moi* telle formation du type *action-verbale.*

Cette formation suppose un *implexe acquis* et ce fait[B] qu'elle est un emploi d'*acquis* la rend *indépendante de ma personnalité totale ;* donc, appartenant (si elle est émise) aussi *bien à tout autre système-individu,* qui a contracté *la même acquisition.*

Ce que je dis[C] n'est (en quelque sorte) dit par le *Moi-personne* que je suis, *que par accident* en tant que cela est un acte-verbal de fonctionnement.

2 individus qui *parlent la même langue* sont indifféremment celui qui parle et celui à qui l'on parle — Tel

A. *Deux tr. marg. allant jusqu'à :* la similitude des actions.
B. *Tr. marg. allant jusqu'à :* la même acquisition.
C. *Deux tr. marg. allant jusqu'à :* Tel est le postulat du langage.

est le postulat du langage. (1944. Sans titre, XXVIII, 103.)

☆

L

Il arrive très souvent que l'on est tenté de rechercher la différence de 2 termes qui semblent pouvoir s'employer indifféremment, quasi-synonymes — et l'ingéniosité s'applique à *créer* (plutôt qu'à trouver) cette différence. Et l'usage finit souvent par adopter la solution ainsi fabriquée. Mais on ne s'avise pas que le langage est fait de créations de divers âges, indépendantes les unes des autres, et qu'une volonté unique n'a pas distribué les rôles et n'a pas formé le vocabulaire par ordre et méthode. Il en résulte que les 2 mots ont été introduits, chacun dans telle circonstance — et que l'idée d'une différence entr'eux est l'idée de quelqu'un qui suppose, au contraire, cette formation simultanée, ordonnée etc. En réalité, il n'y a pas plus de différence entre ces mots qu'il n'y en a entre 2 choses qui ne *devaient* pas se rencontrer. La différence est un accident. — Mais ces accidents ne sont possibles que par l'espèce d'égalité d'admission de l'esprit à l'égard de quoi que ce soit — cette sorte de traitement homogène qu'il applique aux objets les plus hétérogènes — tentant ensuite de résoudre les incohérences qui en résultent. (1944. Sans titre, XXVIII, 194.)

☆

Teste
Carnet

Surmonter — —
Déjouer tous les pièges que sont *toutes* les idées acquises — —
Restent les mots... Restent les formes.. S'accoutumer à les prendre pour ce qu'ils sont — *du Ce que l'on peut, tiré de soi par inconnus.* Voilà l'essence du langage — Rien de plus. Mais rien de moins.
Il est bon, il fait son office, quand il est pris, laissé par la circonstance et le besoin comme un outil, — une pince, une vrille — ou comme un instrument monétaire — parfois une arme.

Mais jamais comme un oracle — comme s'il en savait plus que *nous,* — bon p[our] les philosophes qui croient au savoir — qui interrogent ce qui interroge, et le font répondre.. [...] (*Ibid.,* XXVIII, 233.)

Dès que le langage intervient, la « Société » s'interpose entre nous-même et nous (mais ce *nous* en est modifié).

— Société, tas d'autruis inconnus ou connus, ceux qui nous ont communiqué le virus du discours qu'ils tenaient d'autres autruis, et, en deçà de ces porteurs de mots, une quantité immense de disparus, dont les commerces, les expédients, les combinaisons, les *à-peu-près,* les mensonges, les besoins d'obtenir, de séduire, d'effrayer, etc., les échanges entre eux ou avec eux-mêmes, ont forgé ce Langage, actuellement comme vivant en nous, et plus fort que nous.. qui nous impose ce qu'il est — et *ce qu'il est est mêlé de hasards et de la pratique.* (*Ibid.,* XXVIII, 240.)

Ego
L

Voici mon principe —

Toute production de langage qui ne peut être entièrement remplacée par une production de NON-LANGAGE — ne peut-être considérée que comme *transitive,* et sa valeur, *autre qu'affective,* ne peut résulter que de son rôle de conduire à une expression finalement soluble en non-langage.

Ce non-langage est de deux espèces : (abstraction faite des valeurs affectives) —

1° une production « en moi » qui est en retour exprimable par le langage qui l'a excitée —
2° une perception extérieure — valable à l'égard des tiers. (1944. Sans titre, XXVIII, 254.)

Haut-parleurs

C'est un acte réducteur terrible que de *préciser.* Par ex[emple] : de localiser et replacer dans leur *lieu vrai,* (dans la bouche et la tête d'individus déterminés) les mots et leurs valeurs — j'entends les mots qui semblent dominer chacun et qui ne sont faits cependant que d'*à-peu-près,* les grands mots avec leurs pouvoirs stupéfiants et leurs prétentions inouïes. J'ai toujours un mouvement dans les épaules et un sourire ou un mépris-dégoût quand j'entends ces termes énormes sérieusement émis. Moi-même, je les dois articuler quelquefois — ce n'est jamais avec la paix de l'âme.

En user, *c'est ne pas savoir ce que l'on fait* — ou bien *c'est trop le savoir* et *spéculer sur ceux qui ne le savent pas.*

Tous les mots[A] qui ne sont pas à l'échelle humaine sont *Contre* chaque homme puisqu'ils le trompent sur cette échelle, sur son pouvoir de compréhension — action. (1944. Sans titre, XXVIII, 458.)

L

Le langage est une entreprise de croyance qui se fonde sur deux expériences,

l'une, toute première, qui est la liaison par simple rapprochement d'une *chose* sensible avec quelques *sons* produits par un certain *acte,* ensuite duquel chacun de ces facteurs, indépendants d'abord, désormais excite les deux autres, et les idées de ces deux autres, — et ceci, une fois pour toutes;

l'autre, non moins nécessaire, qui est le bon succès moyen de l'usage de cette liaison dans les relations de chacun avec ses semblables. Et c'est même ce succès qui fortifie la notion qu'il a d'avoir des *semblables.* (1944. Sans titre, XXVIII, 640.)

L

Il m'est impossible de considérer tout ce qui est langage autrement que comme transition — valeur provisoire — qui doit se « réaliser » d'abord en représentation — c'est-à-dire image de choses ou actes

A. *Deux tr. marg. allant jusqu'à : Contre* chaque homme, *suivis d'un seul trait allant jusqu'à : compréhension — action.*
Aj. marg. : H, HP, θ

sensibles-imaginables, et en dernière instance, en perception complète des choses mêmes.

Le langage est un moyen de transformation. (1944. Sans titre, XXVIII, 858.)

L.

Avant de *signifier*[A] quoi que ce soit toute émission de langage *signale* que *quelqu'un parle*.

Ceci est capital — et non relevé — ni donc développé par les linguistes.

La seule *voix* dit bien des choses, avant d'agir comme porteuse de messages particuliers. Elle dit : Homme. Homme, femme, enfant. Telle langue, connue ou non. Demande, prie, ordonne; telle intention. Etc.

Et il arrive que cette perception *présignificative* dénonce « *poésie* »[B]. Avant d'avoir compris, n[ou]s sommes « en poésie ».

Ainsi la sensation de q[uel]q[ue] action particulière du parler, qui affecte d'avance la *valeur* des choses dites, n[ou]s introduit en un mode, ou régime à préciser. (*Ibid.*, XXVIII, 866.)

Ponctuation

On critique mon usage (ou l'abus que je fais) — des mots soulignés, des tirets, des guillemets.

Cela n'est, en somme, que dire ou manifester que je trouve insuffisante la ponctuation ordinaire.

Si n[ou]s étions véritablement « révolutionnaires » (à la russe), nous oserions toucher aux conventions du langage.

Notre ponctuation est vicieuse.

Elle est à la fois phonétique et sémantique et insuffisante dans les deux ordres.

Rien n'indique à la lecture qu'il faille (par exemple)

A. *Tr. marg. allant jusqu'à : quelqu'un parle.*
B. *Aj. marg. :* Poésie, L, π

reprendre un certain ton du commencement de la phrase, après en avoir pris un autre pendant q[uel]q[ues] mots (interpolant une remarque[A] —).

— Pourquoi pas des signes comme en musique ? (où il en manque aussi).

Signes de vitesse, de fortement articulé — des arrêts de différente durée. Des « vivace », « solenne », staccato, scherzando[B].

Ce serait un exercice d'école de donner aux élèves à annoter ainsi un texte. (*Ibid.*, XXVIII, 925.)

☆

L

ψ

Le rôle du langage est essentiel, mais il est transitif — c'est-à-dire qu'on ne peut s'y arrêter.

C'est pourquoi tant de propos et de pseudo-définitions philosophiques demeurent disputés.

Seules les mathémat[iques] peuvent se permettre de demeurer dans le langage, ayant l'audace de rendre le langage *créateur* — *par convention*.

Si les philosophes[c] consentaient à accepter cette condition et *à ne tenir que pour produits de conventions* les abus de mots ou les mots de leur invention dont ils se servent, on pourrait accepter leurs métaphysiques. Ce qui revient à considérer leur métier comme un art ou comme fiction poétique — qui combine des abstractions.. Toute philosophie passe du clair à l'obscur, de l'univoque à l'équivoque en séparant les mots des *besoins réels* et des emplois expédients et *instantanés*. Il n'y a jamais à s'attarder sur un mot, qui, remplissant parfaitement un rôle réel, n'a rien de plus à faire et ne recouvre pas autre chose que ce que lui confère l'usage immédiat et transitif. (1944. Sans titre, XXIX, 58-59.)

☆

Chacun croit que la plupart des *choses qu'il voit* sont *vues* les mêmes (ou virtuellement les mêmes) par tous

A. *Aj. marg.* : Les Espagnols placent le point d'interrogation *en tête* de la phrase, ce qui est fort bien.
B. *Aj. marg.* : En poésie lignes de division en vers
C. *Deux tr. marg. allant jusqu'à* : comme un art.

ceux *qu'il voit* (ses semblables). Et cette conviction est
à la fois origine ou condition du langage —, l'emploi
duquel la vérifie, en retour, dans l'immense majorité
des cas. — (*Ibid.*, XXIX, 151.)

☆

L.

Le rôle du langage est étrange. Comme celui de la
fiducia qui permet d'acheter sans avoir de quoi ou de
vendre, le langage permet des combinaisons qui se
passent des vraies valeurs et sont inconvertibles en
celles-ci. *Quantité de mots sont insolvables* et ceux qui les
refusent sont dits « sceptiques ». Et de même, quantité
de combinaisons de mots.

On remplace le *pouvoir voir* (ou faire) par le *pouvoir*
« *exprimer* », lequel n'exige que des conditions qui
dépendent seulement[A] du fonctionnement des signes —
et ne dépendent pas des choses signifiées. (1944-1945.
« *Pas de blagues* », XXIX, 328.)

☆

Surabondance nécessaire

La métaphysique (et la « religion ») est due à ce fait
que le langage *doit* pouvoir former des combinaisons
intelligibles quant à la forme plus nombreuses que celles qui se
résolvent en expériences du type commun — valables
pour tous.

Ainsi, en est-il de lui comme de nos perceptions, qui
sont infiniment plus nombreuses auprès du nombre de
celles que nous sommes obligés d'avoir pour vivre —
lesquelles d'ailleurs sont nécessairement prises dans
l'ensemble.

Le tout est nécessaire pour le peu nécessaire — ainsi — des
germes — 10^8 pour 1 qui arrive.

Et ainsi de nos possibilités d'action. Les actions utiles
ou utilisables sont des .. singularités de l'ensemble des
actes possibles.

A. *Deux tr. marg. allant jusqu'à la fin du passage.*

Le langage est plus libre qu'il ne faut pour sa fonction directe de transmission d'homme à homme[A]. — Il *faudrait tirer au clair le dialogue essentiel* — celui qui[B] rend momentanément l'Autre semblable à Soi *pour* satisfaire un besoin du Soi *que l'Autre est supposé pouvoir ressentir,* et qui tend à utiliser cette modification (de l'Autre) dans cette intention. « J'ai faim » n'a de *sens* que pour qui peut avoir faim, et n'a de *but* que de le solliciter à donner des aliments. L'émission *J'ai faim* est alors bien déterminée. (1945. Sans titre, XXIX, 532.)

L

Il y a des règles de grammaire qui n'ont été décrétées que pour en finir avec une liberté qui n'avait aucun inconvénient.

Je n'hésite pas à reprendre cette liberté. Il n'y a aucune raison de ne pas admettre *amour* aux deux genres, selon l'humeur.

Qu'importe le genre d'un mot dont le sens est une chose sans sexe ? — Mais surtout ce mot fut des deux genres — Laissez-les-lui.

Hymnes, orgues, délices, etc. et les *gens !*

— Mais il y a, chez nous, un goût dépravé des règles. Je les approuve en poésie, car on ne saurait trop approuver ce qui oppose ce discours à la prose — — et fait comprendre qu'il s'agit de tout autre chose que d'idées.

La valeur de la substance d'un discours rend la forme périssable — et doit la rendre telle.

Il y a conflit. (*Ibid.,* XXIX, 564.)

A. *Aj. marg. :* le dialogue essentiel
B. *Tr. marg. allant jusqu'à :* donner des aliments.

PHILOSOPHIE

La philosophie et le reste ne sont qu'un usage particulier des mots. (1898. Sans titre, I, 433.)

Au point de vue purement logique, c'est-à-dire verbal, on peut spéculer — par exemple — tant qu'on veut sur le non-être — son opposition à l'être etc., mais qui ne voit que cela ne correspond à aucune pensée — et que ce qui est pensé dans ces spéculations est un *être* aussi, baptisé Non-être et qu'on oppose mécaniquement à l'Être. (1899. Sans titre, I, 622.)

La métaphysique ou astrologie des mots. (1900. Sans titre, I, 884.)

Examiner à mon point de vue les deux critérium nécessité et universalité. Kant, en somme, se fonde lui aussi sur des expériences mentales que j'estime devoir être refaites[1]. (1900. *Cendres,* II, 54.)

Le fond de la moitié de la philosophie est l'épatement et les difficultés très curieuses qu'on trouve à l'existence de quelque chose qui ne soit sensation ou image, et sur quoi cependant on raisonne et à quoi on donne des noms etc.

Ou encore, l'existence de choses qui désignées par *un* nom et par un *ensemble* d'images arbitraires entre elles, se dérobent à toute tentative de *précision* plus grande. (*Ibid.*, II, 56.)

Invisibilité de la vraie philosophie —

La philosophie est imperceptible. Elle n'est jamais dans les écrits des philosophes — on la sent dans toutes les œuvres humaines qui n'ont pas trait à la philosophie et elle s'évapore dès que l'auteur *veut* philosopher. Elle paraît dans l'union de l'homme et de tout sujet ou but particulier. Elle disparaît dès que l'homme veut la poursuivre. — La démonstration se tire des philosophes de profession, lesquels, un jour, ont aperçu la Philosophie dans une occasion impromptue. Or ils ont voulu prolonger — et ils étaient déjà hors des conditions. (1900-1901. Sans titre, II, 85.)

En général, le philosophe se dit — L'existence de tel *mot* prouve que quelque chose est sous ce nom. Étudions cette *chose* — et d'accumuler les *raisonnements*. Gigantesque définition de chose ! Rien n'est plus faux, ou moins établi.

Prouver qu'un sentiment non nommé peut ou non exister à côté de ceux nommés. Prouver que le cercle mot est, dans tel cas, bien délimité. (*Ibid.*, II, 91.)

« Pensé dans une rigoureuse universalité » — comme c'est faux ! (1901. Sans titre, II, 282.)

C'est enfantin d'expliquer le Κοσμος par un sentiment — (volonté de puissance[1], souffrance, beauté etc.) qu'on étend à l'univers et qu'on suppose dans soi-même être une marque pure de cet univers — une *vérité* non *obscurcie par la lumière intellectuelle.*

En général dans ces cas, l'épreuve (triomphale pour l'auteur et déplorable pour le critique) c'est qu'on peut

expliquer aussi bien à l'aide de tel sentiment les choses
les plus adverses. Pas de vice ou vertu que la V[olonté]
de Puiss[ance] n'explique. Cela n'est pas malaisé — car
un sentiment quelconque peut s'amorcer à n'importe
quel état —

et de plus — si on y réfléchit on voit que la v[olonté]
de p[uissance] — justement parce qu'elle prend toutes
les formes — maintient la diversité à expliquer et ne
porte pas l'unité demandée.

L'erreur ici comme toujours consiste à grouper
certains événements de choix, à donner un nom à leur
ressemblance et à séparer ce nom de ses exemplaires
sans le savoir.

Le rapport constant d'un mot à ses sources est capital — mais quand il est abstrait ? (*Ibid.*, II, 286-287.)

Toute métaphysique résulte d'un mauvais usage des
mots. [...] (1901-1902. Sans titre, II, 353.)

Tout problème qui mène à des antinomies est construit
à l'aide d'abus de langage. (*Ibid.*, II, 356.)

Pour rendre inutile toute spéculation sur l'a priori
et l'a posteriori, sur l'origine des connaissances[A] etc. —
il suffit de remarquer qu'une image est toujours une
image — une sensation — une sensation et une opération — ou un symbole — idem.

La généralité n'apparaît qu'avec les symboles. La
nécessité n'est possible que par les symboles — comme
résultant des conventions *maintenues*. C'est la fidélité
à une convention. (*Ibid.*, II, 359.)

2 outils se confondaient dans la Philosophie — celui
de faire des découvertes et celui de les exprimer. C'est

A. *Aj. marg.*: Kant dans l'introduction dit : *Ôtez* d'un corps — etc.
Critiquer cette *expérience*.

qu'ils se confondent d'eux-mêmes. Cette règle devrait être absolue — de ne jamais chercher à chercher quelque chose *dans* le sens d'un mot. Les problèmes doivent être naturels — c'est-à-dire séparables, indépendants de la langue et jamais généraux. (*Ibid.*, II, 375.)

☆

L'objection décisive contre les philosophes, Kant inclus, c'est que leurs systèmes sont des systèmes de symboles et que leurs symboles ne sont pas correctement définis.

C'est ce qui explique la logique apparente ou l'harmonie de ces systèmes et leur existence — leur abstraction et les objections qu'on en tire, l'apparence de monde nouveau qu'ils donnent et l'éloignement des problèmes réels. Enfin l'ordonnance fausse.

Ils ne distinguent pas ce qui est un fait mental *vrai*, c'est-à-dire non développable, inaltérable d'avec les fonctions de faits. (*Ibid.*, II, 418.)

☆

Je dis que la philosophie est forcément fondée sur l'observation et l'expérience intérieure — et je dis que cette observation a été généralement insuffisante; et que les moyens de fixer ces observations ont été généralement grossiers. (*Ibid.*, II, 418.)

☆

La conception vaine et inutile de « cause » est la perdition de toute bonne représentation. (1902. Sans titre, II, 439.)

☆

De l'impossibilité de rien calculer exactement avec le langage en général; et en particulier avec celui de la philosophie. (*Ibid.*, II, 446.)

☆

Que de philosophes — Kant en tête — se sont plus occupés de *résoudre* que de *poser*, le problème. En le posant, il faut poser aussi de quoi le résoudre.. (*Ibid.*, II, 452.)

Le terme être, exister, n'a aucun sens, isolé. Il revient (en philosophant) à introduire de la *notation,* c'est-à-dire à mettre en jeu artificiellement les notions certitude-croyance et leurs contraires. C'est un effort, alors, pour importer de telles difficultés là où il n'y a pas lieu.

Le verbe être est devenu vide de sens. Effort pour rendre problématique, énigmatique ce qui est hors de toute question. (*Ibid.*, II, 456.)

En philosophie[A] ce qu'on peut appeler l'*invention par nécessité* est dangereuse plus qu'en physique. Si on ne se restreint pas à se servir, pour expliquer, de *phénomènes observés* et d'opérations claires, on tombe dans les concepts, catégories etc. — alors on sort du pouvoir et du pratique. On met des mots à chaque trou. Au contraire il importe de réduire systématiquement le nombre des faits différents et voilà tout. (*Ibid.*, II, 474.)

Si on trouve une foule de problèmes de la connaissance qui n'ont pas été examinés ou étudiés de près par les siècles de philosophes déjà révolus, on est en droit de les traiter assez mal, les philosophes. (*Ibid.*, II, 475.)

Le langage permet l'introduction illicite de la forme problématique dans tous les cas où il sépare ce qui est toujours uni dans l'expérience à quelque chose autre.

Ainsi on voit l'avantage de la question « où ? » et « par quoi ? » qui revient à éprouver un processus logique correct indéfini en demandant les significations des termes, à chaque pas. P[ar] ex[emple] dans l'argument de Zénon[1] qui consiste à mettre en contradiction une

---

A. *Deux tr. marg. allant jusqu'à :* du pouvoir et du pratique.

quantité considérée comme somme avec ses éléments considérés comme décroissant indéfiniment. Mais cette quantité est donnée en figure — ses éléments finis sont aussi donnés — ses éléments inf[iniment] petits ne le sont pas, ni le pouvoir de subdiviser indéfiniment. C'est un sophisme par répétition — et par absence de signification.

Il faut donc éprouver toutes les notions de mon système par ce procédé — et tirer de ce procédé leurs définitions. (*Ibid.*, II, 484-485.)

Au fond, toute philosophie est une affaire de *forme.* (*Ibid.*, II, 487.)

Le psychologue n'est qu'un observateur. D'où la mésentente avec le philosophe — car jamais un concept ne fut observable. D'où le malentendu sur le mot « exister » — d'où l'invention par le second de moyens termes entre le concept et l'observable (schèmes). D'où l'attachement désespéré du philosophe au langage établi.

Le malheur pour le philosophe c'est le mélange de sa nature — où il y a de l'observateur, du rhéteur, du logicien — et cela se voit : À moitié, ils *nomment* et créent — à moitié ils retiennent ce qui est nommé par le peuple immémorial. (*Ibid.*, II, 487.)

Quel temps il faut pour apercevoir l'idée très simple d'intercaler entre une question qu'on se donne et une réponse difficultueuse, une transformation de la question en un langage pur — ou mieux en éléments mentaux purs. (*Ibid.*, II, 493.)

Si on examine dans toute la précision désirée, les philosophes annulant leurs phrases vagues, rehaussant leurs instants de rigueur, on les voit assez différents de leur espèce ordinaire. Tel, Descartes. Inventeur d'images et de la précision de l'image — maître de l'usage des représentations figurées — et défectueux dès qu'elles sont en défaut. Il marche avec elles.

Kant, philologue — habile interprétateur autoritaire des dissociations logiques *possibles* — scolastique du réel — très apte à dénicher la place de lois nouvelles et à mettre de la rigueur dans les séparations de fonctions.

Leibniz esprit le plus mathématique — apte à exprimer par un système coordonné — toute difficulté. Très expert contre l'imagination, très symbolisant. Peut-être le plus magistral d'allure des 3. Et le plus souple. (*Ibid.*, II, 517.)

Ce qu'on appelle les grands problèmes — on peut bien *se* les résoudre — Mais on ne peut pas les « poser ». (*Ibid.*, II, 568.)

Il ne faut pas se préoccuper des solutions mais des positions. Ne jamais se hâter de résoudre mais approfondir et déterminer la difficulté — la tailler comme un diamant — la faire éclatante et pure. De sorte que tout le groupe des aspects intellectuels roule sur quelques points durs, d'autant plus durs et brillants qu'on en réduit le nombre. (*Ibid.*, II, 574.)

Ô sort pur de tels antiques Grecs qui déliant du mélange du monde, peu d'opérations et peu d'effets simples, les opposent au hasard et au désordre divins. (*Ibid.*, II, 577.)

La stérilité de la philosophie est due — au langage — à l'écart des observations — au manque de contrôle et d'épreuves — à l'indiscernement des éléments et des opérations et des effets réels de ces opérations. (*Ibid.*, II, 588.)

Brise brusquement une assiette. Deux fragments. Si on les rapproche avec adresse, puis avec force — ils s'unissent si exactement que le tout reparaît intact. Celui qui n'aurait assisté qu'à la reconstitution — que penserait-il de l'étonnante réciprocité des formes de la cassure ? Et s'il croyait savoir que les deux morceaux ont été formés à part à des temps différents, en des lieux séparés — comment détruirait-il les forces avec quoi cette coïncidence merveilleuse doit émouvoir son esprit ?

[...]

Que de fois on casse l'assiette pour montrer que les fragments s'ajustent ! Il y a de l'eau et n[ou]s avons besoin d'eau. Nous possédons par miracle ce qui est exigé par nécessité. Il en est de même des jugements synthétiques — et de leur possibilité. Ces jugements ne sont des jugements que par le langage qui les décompose artificiellement. En eux-mêmes ils sont une unité — avec 2 miroirs je puis dédoubler en 2 profils une tête. La tête est une. —

Le jugement synthétique considéré comme une unité est une représentation *brute* — (1902. Sans titre, II, 701-702.)

Nietzsche n'est pas une nourriture — c'est un excitant. (*Ibid.*, II, 702.)

Je me répète que la philosophie est une affaire de forme. (*Ibid.*, II, 708.)

Combien le langage nous égare !
Le secret[A] serait de pouvoir dire *seulement* ce qui est — ce qu'on veut. Les discussions ne viennent que de

---

A. *Deux tr. marg. allant jusqu'à :* ce qu'on veut.

l'ambiguïté. Ainsi, essence, substance, cause ne sont que de mauvais noms. Qu'on donne donc des définitions claires ! et ce n'est pas un monstre que je demande : Seulement les moyens de penser, moi, ce que vous pensez en employant ce mot.

Les définitions de Kant sont belles — mais négatives pour la plupart. Comment se servir autrement que négativement / critiquement / de sa déf[inition] du temps ? (*Ibid.*, II, 726.)

Tout ce que l'on peut demander au philosophe ce n'est pas un système de solutions — c'est un système de notations — un instrument destiné à écrire tout le possible de façon uniforme — sous forme de fonctions simples. Je mets la philosophie dans l'invention — Toute analyse doit s'accompagner d'une invention qui la rende utile. — Ici il s'agit de pouvoir. (*Ibid.*, II, 734.)

Je me fais fort de démontrer que cette illustre phrase — Je pense, donc je suis n'a absolument aucun sens. Et que plus généralement toute spéculation ou doute de ce genre n'a aucun sens — sinon comme *traduction mauvaise* et incomplète d'un état de l'individu.

D'où tirer un sens au verbe — je suis ? quel est le second terme de l'opération ? zéro.

De sorte que la vraie pensée de Descartes doit être cherchée ailleurs que dans sa formule — et *malgré elle*.

Je crois qu'elle est ceci — du moins c'est ma vérité à moi : Est certain — par définition, ce qui est démontré n'être pas une *traduction*. (*Ibid.*, II, 739.)

☆

C'est consolant de voir Kant faire des définitions de choses malgré leur vanité connue. Le temps et l'espace résultent d'une élaboration verbale hasardeuse, historique. C'est une histoire qu'il prenait pour une anatomie. (*Ibid.*, II, 748.)

☆

Ces recherches sur le langage, la signification, — la réalité montrent que toute proposition doit être accueillie par cette question : A-t-elle un sens ?

c'est-à-dire les opérations indiquées sur les éléments donnés sont-elles possibles ?

Sans doute, l'on peut *toujours* donner un sens à une proposition — par convention. Mais cette convention ne sert de rien dans des recherches qui ont précisément pour but d'éliminer les conventions — les habitudes — les cycles arbitraires[A].

Mais peut-on, par une méthode, trouver à coup sûr et de façon *finie,* des éléments sûrement exempts de conventions — et purs ? Et qu'est-ce que la pureté ? — Il faut arriver à prendre et à quitter rationnellement le langage et le symbole.

En vérité on donne *toujours* un sens — mais ce sens est obtenu de *façon absolument générale* en modifiant les données — ce qui occasionne l'erreur si ordinaire et si naturelle qui consiste à substituer sans s'en apercevoir une proposition que l'on comprend entièrement à une autre, donnée, et qu'on ne comprend pas.....

Toute signification de mots comprend une partie fixe — une capable de modifications, ou mieux un ensemble de significations doué d'un invariant.

En d'autres mots[B] : Le langage donné (ou ordinaire) n'est pas et ne peut pas être un instrument de recherches. (*Ibid.,* II, 789-790.)

☆

Les métaphysiciens peuvent être toujours contraints de rebrousser vers leurs sources ou notions élémentaires — et là ils sont perdus. (*Ibid.,* II, 801.)

C'est par conséquent d'une erreur sur la vraie étendue

A. *Aj. marg.* : et de plus de telles conventions reposent en réalité sur l'indéterminé. On peut tout comprendre et dire dès que les termes n'ont pas de sens arrêté.
B. *Deux tr. marg. allant jusqu'à la fin du passage.*

du pouvoir mental — erreur due à l'ignorance de la mécanique des signes et du langage — que la philosophie s'est égarée dans des problèmes privés de sens — et a cru que le doute pouvait s'appliquer ad libitum et la croyance. Nulle existence ne peut être mise en doute — si le mot existence a un sens. Ce mot est une sorte de pléonasme puisqu'il nécessite un complément à la notion duquel il n'ajoute rien. Il y a des foules de ces pléonasmes et ils ont été faits pour l'*attention*.

On ne peut appliquer le doute que là où on a cru pouvoir appliquer une relation. Et c'est seulement des relations rationnelles qu'on a faites soi-même qu'on peut douter. Le doute philosophique et bête consiste à considérer ce qui nous est le plus intensément donné comme interprétation d'un texte inconnaissable — par un être inconnu. Alors on doute à son aise du texte et de l'être. (1902-1903. *Algol*, II, 843.)

La subdivision Âme-Corps a été une tentative de simplification — et cette tentative a parfaitement échoué. Peut-être toute simplification dans l'étude de l'homme est-elle impratique — impuissante. (*Ibid.*, II, 852.)

Tu es ou bien une chose singulière, solitaire, sans explication ni durée ni similitude ni but, quoique contenant de telles choses; ou bien une maille d'un grand dessein mais inconnu, une transition certaine, un point bien déterminé de quelque route; ou bien un fragment et un accident, une conséquence superflue, ni erreur ni vérité. (*Ibid.*, II, 868.)

Les systèmes des philosophes (qui me sont fort peu connus) me semblent généralement négligeables — (en dehors des exemples, problèmes et de tout ce qui n'est pas systématique qu'ils contiennent —).

Et en effet je n'en ai jamais senti l'utilité et ils n'ont répondu à aucun de mes besoins.

Et de plus, les observations, expériences — servent

chez eux d'arguments et alors sont mal interprétés et trop clairsemés ou bien ils font de la dialectique — c'est-à-dire un labeur tout à fait superficiel. (*Ibid.*, II, 922.)

Kant a eu l'idée de regarder comme un problème la forme des jugements. Il n'a pas eu l'idée de regarder un problème plus primitif, celui de l'existence même du JUGEMENT. Il a conclu du langage à la réalité. Il a cru que le jugement était parce qu'on peut le parler et le former en parole et le prendre ou quitter *après* ou *pour* des faits mentaux purs. Mais le jugement doit être rigoureusement caractérisé dans son *existence*. On voit alors le jugement particulier comme entièrement dépendant d'une certaine subdivision donnée [par] le langage — ou *un* langage — subdivision obtenue à l'aide de propriétés irrationnelles sur une diversité d'impressions.

Les jugements syn[thétiques] sont des tentatives — d'exprimer dans un système donné, d'éléments limités et discrets — une infinitude — ou une unité.

Rien ne prouve a priori qu'un jugement ait un sens. (1903. *Jupiter*, III, 30.)

La liberté existe. Elle est une phase ou dépend d'une phase. Elle est l'aspect d'une pluralité possible d'actes.

Mais elle n'est pas toujours. Cette vue du possible est possible ou non, selon les cas — elle est plus ou moins étendue. Elle n'implique pas la liberté absolue des actes — des suites — laquelle n'aurait pas de sens.

Ce qui la permet c'est ce principe des retards de réflexes qui me semble de plus en plus étendu. — Dans bien des régions diverses je vois pluralité de solutions — possibilité de temporisation — atermoiement — manque d'impériosité et de roideur dans les transmissions. (*Ibid.*, III, 45.)

Je sens bien que philosophant je donne une structure, une forme et une marche à la substance libre naguère de ma connaissance. Mais la prudence commande de réserver libre ce que d'autre part j'enchaîne — je veux dire qu'il faut se souvenir qu'un tel enchaînement ne peut pas être définitif. Il n'est pas même de *vérité* qui ne soit plus petite que la pensée. (*Ibid.*, III, 71.)

C'est une chose remarquable et digne de recherches que l'on ait tant fait de philosophie sans se demander si les observations nécessaires pour ce grand dessein étaient suffisamment nombreuses et suffisamment précises. De sorte que la plupart des systèmes paraissent autant de tentatives d'expliquer des erreurs ou des à-peu-près et de les combiner. En même temps on aperçoit une infinité de problèmes pas même énoncés par les philosophes et qui ironiquement leur appartiennent, certes. (*Ibid.*, III, 82.)

L'apparence, ô Grec, — l'illusion — c'est toujours le langage. (*Ibid.*, III, 106.)

Causes finales. Cela consiste à se poser la question : Pourquoi ? — dans tous les cas et à propos de tout. Or toute question détermine, nécessite non la réponse — mais la possibilité d'une réponse.

N.B. La confusion curieuse qu'on fait souvent du pourquoi et du comment — et *toujours* quand il s'agit de *forces*. (*Ibid.*, III, 118.)

L'ancienne Cause, les causalités doivent être remplacées par les 3 principes suivants :
1. *a* est fonction continue de *b*
2. *a* est fonction discontinue de *b*
3. *a* est dû à l'intervention de *b* (dans *A*).
(*Ibid.*, III, 129.)

Le déterminisme — subtil anthropomorphisme — dit
que tout se passe comme dans une machine telle qu'elle
est comprise par moi. Mais toute loi mécanique est au
fond irrationnelle — expérimentale. (*Ibid.*, III, 169.)

Il n'y a pas de fond des choses — rien de caché — nous
ne sommes pas superficiels — ou plutôt il ne peut y
avoir de caché que des choses que nous pourrions
connaître — si... Si notre connaissance était non pas
transformée pour les connaître ni elles pour être connues,
mais seulement dirigée, et aidée par des moyens déjà
existants. (1903-1905. Sans titre, III, 186.)

Le problème le plus important est celui qui peut être
résolu. (*Ibid.*, III, 209.)

Le vrai défaut de la métaphysique — c'est qu'aucune
ne répond précisément à une question très précise.
(*Ibid.*, III, 373.)

Le débat du corps et de l'âme n'est possible que par ces
mots grossiers. En réalité les antagonistes sont des
manières de sentir. « Odoratus impedit cogitationem[1] ».
Antagonisme de la sensation et des associations. Il n'y a
pas de science de ces manières et de ces controverses.
(*Ibid.*, III, 426.)

H

Une grande erreur est de confondre un système de
notations et les conventions qu'on y introduit pour
simplifier le monde et l'écrire, — avec le monde. Toute la

métaphysique est un abus de ce genre. Mais si on regarde un syst[ème] métaphysique comme un simple moyen, incapable de changer la réalité mais plus ou moins apte à la noter — (avec ses fictions etc.) alors tout va bien. (*Ibid.*, III, 433.)

Un grand avantage de la notation mathématique c'est l'absence de l'idée de cause — et par suite la réciprocité des propositions. Si je dis — Ce corps se dilate quand je le chauffe — la chaleur semble une cause, par le langage — mais si je dis, $\partial\lambda = f(\theta)\partial\theta$ je ne stipule rien — et cette même équation montre que le corps s'échauffe quand je l'étire. (*Ibid.*, III, 433.)

Kant part du jug[emen]t synthétique et cherche à l'expliquer. Il le prend pour problème. C'est une méprise. Il faut remonter à l'intuition, voir comment elle est décomposée dans tel système de notation, p[ar] ex[emple] le langage ordinaire — passer alors à la synthèse.

Lorsqu'on dit — les corps tombent — la difficulté n'est pas dans la synthèse — mais bien dans l'analyse préalable dans laquelle on a décomposé un ensemble de phénomènes en Corps et en Chute. (*Ibid.*, III, 436.)

Écartons ces difficultés qui ne le sont que par la coutume. (*Ibid.*, III, 438.)

En mainte question — rien de plus difficile que [de] voir les difficultés.

Rien de plus facile que de croire comprendre — de[A] (*Ibid.*, III, 445.)

A. *Passage inachevé.*

Quel est mon pouvoir sur ma pensée ? (*Ibid.*, III, 460.)

Si je regarde *surtout* le marteau qui frappe — je le trouve actif, et le clou passif. J'anime le marteau. Mais si je regarde le clou, je le fais sentant. Si je regarde les deux, je vois un système qui se déforme *intérieurement*. L'action = la réaction. (1905. Sans titre, III, 502.)

Mon point de vue philosophique est la diversité des points de vue. Je crois par exemple que la psychologie peut être tentée de *n* façons — et singulièrement en écrivant les problèmes — jusque dans leurs données — d'une autre manière que la connue. (*Ibid.*, III, 514.)

L'idée de nature est essentiellement dualiste, chrétienne — « âme et corps », « bien et mal » ou « mal et bien » — lutte de principes.

Le monisme est artificiel — symétrie avec peine établie entre deux mondes qui ne nous paraissent pas symétriques... (*Ibid.*, III, 543.)

La philosophie est affaire de forme. C'est le plus subtil des problèmes d'artifice ou artistiques. Recherche de l'expression la plus pure et la plus générale. (*Ibid.*, III, 568.)

Ce qui embrouille l'affaire du libre arbitre — c'est la manie de regarder la série des événements comme linéaire selon l'antique type des causes et effets.

Mais le moindre phénomène physique montre déjà une pluralité inextricable de constituants. Le moindre changement *réel* s'exprime par des *produits* de facteurs *nécessaires* — dont les valeurs respectives sont *libres* dans les limites de l'équation. (*Ibid.*, III, 608.)

La distinction de l'âme et du corps est impossible dans le détail. Dès que l'on précise il y a inextricable mélange. (1905-1906. Sans titre, III, 716.)

Descartes s'explique par la précision. Sa précision demandait des figures. Celle de Leibniz admettait des qualités mais définies réciproquement. Kant ne demande que ce qui est et les formes d'expression et leur implication. Classification transcendantale — c'est-à-dire formelle, étendue à toute la connaissance en tant que matière d'expression.

Les philosophes ne montrent pas leur vrai système qui se réduit à une manière de voir — déformée plus ou moins par la critique qu'ils redoutent et la peur d'oublier des choses énormes. À leur égard il s'agit de surprendre l'attitude vraie, l'initiale et de deviner la particularité de leur manière de voir, de révéler leurs images cachées, bizarres, toujours trahies par l'expression. (*Ibid.*, III, 718.)

Kant si admirable — n'a pas donné la vraie méthode qui consisterait à substituer aux dires ordinaires des philosophes, les expériences intérieures réelles dont les résultats sont philosophie. Ces expériences sont, il est vrai, difficiles à exprimer. Elles sont, puisque tous les arguments se réduisent à ceci : possible de se représenter ou impossible, possible de diviser, de penser separatim *A* et *B*.

On verrait alors mieux le danger des fantômes et des abstraits non-engendrés (par le penseur même). Kant a été obscurci par les mots.

Une proposition n'est pas nécessairement *réelle* (je ne veux pas dire vraie mais possible).

Les abstraits purs ne sont pensables que par un contexte — Les abstraits sont des incomplets. (*Ibid.*, III, 730-731.)

☆

Liberté métaphysique — Pas de liberté dans l'arrivée de l'idée. La liberté (métaph[ysique]) ne peut s'insérer qu'entre l'idée et son destin ultérieur — Entre l'image et l'acte, lorsque l'acte n'est pas immédiatement allumé par l'image, lorsqu'un temps peut s'intercaler, lorsqu'un effort est nécessaire et d'autant plus qu'il est plus grand — lorsque cet effort doit être considéré forcément — lorsque l'acte n'est pas habituel — lorsque l'idée n'est pas pressante comme par une menace qui ne permet pas de s'en écarter — ou incomparable — alors, peut-être ?.. y a-t-il liberté — ?

Liberté — possibilité de comparer le présent et le passé — un acte et ses conséquences successives : plaisir et puis douleur et puis plaisir.

Il n'y aurait véritable liberté que pour les choses sans conséquence. Avant tout, pour pouvoir comparer les idées de plusieurs conduites faut-il que ces idées soient égales en froideur, en virtualité. La même chose qui lointaine mais certaine n[ou]s laisse plus froids nous émeut prochaine — et de même l'indéterminée certaine moins que la déterminée même incertaine.

La liberté limitée par notre puissance de déduction très courte. En somme le problème est celui-ci : Y a-t-il des cas où n[ou]s puissions donner à une idée des conséquences réelles (ou assimilables aux réelles) qui ne dépendent pas directement de cette idée mais qui soient exclusivement tirées d'un ensemble d'opérations sur cette idée, provenant elles-mêmes de groupes antérieurement constitués, et qui permettent d'intercaler entre l'idée et les conséquences qui s'y rapportent un système entièrement conscient — un chemin — un calcul dont les principes et les formes soient indépendants de l'idée — ?

Cette liberté serait la possibilité de faire intervenir un système général et généralisateur entre une idée particulière et la suite à lui donner — Suite qui est oui, non, et zéro.

Agir après calcul
Calculer et puis ne rien faire — inertie ou confusion du
    calcul
Agir sans calculer (et parfois ne calculer qu'après)
Ni agir ni calculer. (*Ibid.*, III, 765-766.)

Beaucoup de systèmes ne vivent que de la négligence
qui se garde de les pousser à bout. Ils durent tant qu'on
ne les mène à la limite où ils seront absurdes. (*Ibid.*,
III, 784.)

La métaphysique extérieure étant abolie, reste une
seule passionnante question : Si quelque avenir est ouvert
à la manœuvre pure de la pensée ? si la spéculation sans
objet finira dans une simple énumération du groupe
des fonctions mentales — ou si cet exercice et cet assou-
plissement — loin de conduire à une limite, à la connaissance suffisante et au mépris de la pensée — mèneront
indéfiniment à des relations neuves ? (*Ibid.*, III, 838.)

La différence des systèmes ne gît que dans leurs
parties invérifiables. La dispute est dans l'obscurité,
sur elle et par elle.
Dans les parties claires sous les noms divers, les
choses sont mêmes. Là tous les philosophes s'accordent
sans le vouloir. Il faut discerner non ce qu'ils disent ou
éclairent le plus — mais ce qui est impliqué dans leurs
dires. Tous se servent des mêmes choses — et quant à
leurs principes propres, ils se réduisent à peu lorsqu'on
les retraduit en nettes idées. D'ailleurs ils sont invérifiables et sans autres conséquences que des paroles.
La plupart de ces principes sont si importants que
pour leur trouver un sens, il faut le leur donner.
En réalité ce ne sont que de mauvaises et ambitieuses
traductions d'un état d'apparence lucide, obtenu un
matin, et que leurs contemplateurs ont cru pouvoir
épuiser en six mots. Ces mots sont pour eux une formule

magique — qui ressuscite leur meilleur *jour* ; pour nous,
ils ne disent rien. Tel le cogito insignifiant. (À la lettre,
philologiquement ce cogito veut dire : Je vois des
choses *non extérieures,* donc je fais partie des choses
extérieures.) (1906-1907. Sans titre, III, 906.)

Le critérium de la valeur universelle de nos idées est
dans la possibilité de les porter à une telle précision
qu'elles s'égalent à des fonctions et soient capables de
déterminer entièrement les autres fonctions et donc les
actes (directement).

Ce qui ne peut arriver à cette limite est rêverie, passe-
temps pur. (*Ibid.,* IV, 9.)

Histoire vraie de la philosophie. Celles que l'on fait
sont dominées secrètement par l'absurde idée que celui-là
seul est philosophe qui fait un livre de philosophie — ou
prend pour matière ce qui fut écrit et sous ce titre —
expressément.

En philos[ophie] c'est plus bête encore qu'en toute
autre matière puisque c'est une connaissance que l'on
poursuit par le vivre seul et où les solutions sont entraî-
nées par l'existence, l'action, les réactions, les choix de
chacun. —

Ainsi Napoléon est un philosophe. (1907-1908. Sans
titre, IV, 185.)

Le danger des notions : esprit — pensée, âme etc.
est dans l'illimité qu'elles introduisent — et on les introduit précisément pour se servir de cet illimité.

Si on les définissait l'inconvénient pourrait disparaître
et avec lui leur apparente utilité. (*Ibid.,* IV, 207.)

Nous sommes faits pour ignorer que nous ne sommes
pas libres. (*Ibid.,* IV, 241.)

Autrui, un autre semblable, ou peut-être double de moi, c'est le gouffre le plus magnétique — la question la plus renaissante, l'obstacle le plus malin — chose qui seule empêche tout le reste de ne pas se confondre, s'éloigner ensemble. Singe plus qu'imitateur — reflet qui répond, devance, étonne.

Ainsi l'autre homme, l'autre moi est une conception capitale, un instrument sans pareil, un organe, un sens — qui non seulement par son existence mais par sa supposition même, est fondamental pour mon entendement des mondes. Ceci peut-il être vu par un autre — ? Puis-je former cet autre quant à ceci ? Oui. Alors *ceci* se range là. Non — et ceci se range ailleurs.

Cet autre — réagit sur moi-même. Je modifie mon idée jusqu'à ce qu'elle soit capable d'*être* pour cet autre. Ce rêve n'est que pour moi — — —

Mais cet autre n'est lui-même qu'un moi réduit — qu'un moi interprété — qu'un moi passé. Mes nouveautés sont jugées par un moi passé. Mon rêve est jugé par un autre — ou c'est le rêve d'un autre ou plutôt : un *autre* jugé par *moi* — vu par moi ; *demain.* (*Ibid.,* IV, 279.)

Lieu commun

Le sublime des astres vient de leur éloignement. Comment peut-on être si loin de nous ! si hors de nous comme : Comment peut-on être Persan ? —

L'homme, qui occupe naturellement tout son propre horizon, s'étonne de faire partie d'un tel amas qui le réduit à rien sans effort, en lequel il est nécessairement produit, méconnu, résorbé — tranquille et silencieux jeu annihilant tout son jeu sien et avenir, par quoi il est comme si jamais il n'eût été, comme s'il était passé depuis un temps, comme si au lieu de lui, c'était un autre. Le ciel me dit : toi ou un autre, que me fait ! (*Ibid.,* IV, 298.)

La plus grande découverte en physique serait de

retrouver la pensée comme phén[omène] physique. Je veux dire sa place.

La pensée se considère elle-même comme un rien dans l'univers, cantonnée sur quelques points à la surface d'un très petit astre — molécule d'une bulle dans le vide.

En ce point serait localisé un système réfléchissant à sa manière une portion de l'univers — ou se faisant de l'ensemble inconnu une « idée » (l'univers) *réponse* à des actions inconnues. Mais tout cet immense songe est d'autre part limité et entraîné par des lois attachées à ce petit point réciproque de lui. De sorte que H < U et U < H sont vrais alternativement. —

Ou la pensée n'est qu'un épisode infiniment petit, restreint, une fusée ou l'univers n'est qu'un fragment de rêve — quelque chose dont on peut se détourner, se réveiller, s'abstraire — un cas particulier de combinaisons psychiques innombrables. (*Ibid.*, IV, 318.)

Nature — n'a pas de but. [...] (*Ibid.*, IV, 328.)

Pourquoi l'idée d'illusion, d'apparence, de superficie, (inconsistance, piège, erreur, fantasmagorie — —) joue un si grand rôle chez les philosophes ? (*Ibid.*, IV, 330.)

Parmi les forts — ceux-là font une catégorie qui ont toujours la volonté de commencer par le commencement. Et leurs œuvres sont reconnaissables.

Le commencement est le général — le « principe » — (*Ibid.*, IV, 342.)

L'éternelle erreur des critiques (entre autres) est parfaitement la même que celle des auteurs (qui chez ces derniers est peut-être nécessaire). C'est de croire qu'un écrit enfante ou restitue un objet alors qu'il ne peut que le rappeler plus ou moins *uniformément,* univoquement.

Ce point est de la plus grande conséquence. — On voit cette erreur très grosse chez les philosophes qui ont longtemps confondu leurs systèmes de notations et conventions d'écriture — avec le monde ! Toute la métaphysique est un abus de ce genre. On y dirait qu'un système a le pouvoir de bouleverser les choses ! — Mais si on regarde ces moyens comme tels — et ces écrits non comme mondes mais comme — allusions, alors, tout va bien ! (1909-1910. *A*, IV, 362.)

Ô philosophe[1] — ô philosophes ! ce qu'il faut élucider ce ne sont pas les *mots* — ce n'est pas « dieu, cause, matière, monde, volonté — » — ce sont[a] les *phrases.* (*Ibid.,* IV, 376.)

Le plus beau serait de penser dans une forme qu'on aurait inventée[2]. (*Ibid.,* IV, 376.)

Métaphysique est confusion.. C'est confondre images et relations, noms et êtres, oublier que tel être n'est isolable que par le discours, que le mot n'est pas suffisant à faire un individu — — — que la logique n'est vraie que des notations. Cette confusion est essentielle pour la pensée, dont elle est une sorte de définition. (*Ibid.,* IV, 389.)

La philosophie est une tentative d'agir avec des moyens insuffisants. (*Ibid.,* IV, 389.)

Philosopher est possible[3] à cause de l'impossibilité de noter les intuitions[4]. Ils en disent bien plus qu'ils n'en pensent.

Si, quand le penseur parle de l'Être — etc. — on
voyait exactement[a] ce qu'il pense à ce moment, au lieu
de philosophie, que trouverait-on ?

Qu'est-ce que le Cogito ? sinon tout au plus la traduction[b] d'un intraduisible état ? (1910. *B 1910*, IV, 393.)

Tout repose sur moi et je tiens à un fil[1]. Cette vieille,
antithétique idée tire peut-être son pouvoir stupéfiant,
son « sublime » empoisonné — de son incohérence
réelle. (*Ibid.*, IV, 407.)

Recette pour détruire les philosophes

On peut lire un livre de philosophie dans sa suite —
comme un développement possible. Mais on peut, au
lieu d'ainsi le prendre, l'interroger ou l'aborder de
questions que l'on s'est faites et lui demander des réponses.
C'est là le danger des philosophes, et nul n'y résiste.
Cette épreuve est une épreuve de *fonctionnement*. On
demande au système de jouer entièrement — et de
s'adapter à un besoin, non à un lecteur. (*Ibid.*, IV, 410.)

Il y a une manie de voir partout des « apparences »[2].
Que l'on le veuille ou non, que l'on s'en aperçoive ou
non, cette manie entraîne la notion d'un « Réel » qui n'a
d'autre motif que de s'opposer aux « apparences ».

Mais bien vite, on vient à penser que ce Réel ne vaut
pas mieux que ses apparences. Et de deux choses pensées
A et *B* il n'y a pas de raison... *durable* pour que *A* soit
toujours l'apparence ni *B* toujours le réel.

Le mépris du « Réel » suit immédiatement le mépris
de l'apparence — comme le corps *suit* son ombre. (*Ibid.*,
IV, 412-413.)

Une philosophie ne commence à valoir quelque chose
que si, ôté le langage, elle a porté dans le reste de la

pensée quelque modification réelle (possibilité ou non d'imaginer). (1910. *C 10*, IV, 433.)

Gryphons intellectuels, magnifiques Chimères, ô systèmes, philosophies hermaphrodites, dont les fragments font rêver à des vestiges de taureaux ailés, à têtes de lion, — demi physiciens, demi poètes, monstres de puissance et d'enfance, accouplements extraordinaires de la profondeur et de l'absurde, créateurs et falsificateurs indivisibles, — ces penseurs qui semblent eux-mêmes des créatures de l'intellect — dont l'existence semble une fable tant leur reste / pensée / et leur œuvre sont devenus merveilleusement impossibles — — Thalès[1], Anaximandre[2], Empédocle[3], Zénon ! (*Ibid.*, IV, 450.)

L'homme ne voit, n'entend, ne touche que soi. La physique n'est qu'anthropomorphe. (1910. *D 10*, IV, 460.)

Ne pas confondre la métaphysique qui fabrique ou accepte comme réels, des êtres verbaux — des images etc. avec la — — — théorétique — qui systématise en clair — spécule, généralise, épuise quelque donnée, mais en conservant à ses théories leur caractère purement intellectuel. (1910. *E 10*, IV, 613.)

Le « Mystère », l'Inconnu — — c'est les noms d'une fonction nécessaire de la pensée. Le Pourquoi et le Comment sont de merveilleux instruments. Il n'est pas de pensée sans ces leviers qui exagèrent les incohérences, agrandissent les lacunes.

« Tout-savoir » n'a pas de sens. L'*X* est essentiel.

— L'obscurité se met où l'on veut. Mais elle aussi a son illégitimité. La forme Question et hiatus se pose souvent sans netteté, et emprunte au langage une figure non adaptée à l'objet initial.

C'est ainsi qu'on applique au Tout des questions dont le type n'a de sens que pour la partie. « Faire le Monde », « Commencement du tout, du temps ».

Ou bien l'on prend la négative d'une notion sans s'assurer que la négation a un sens etc. (*Ibid.*, IV, 621.)

Le hasard n'est que la pluralité des rôles que toute chose peut jouer, à l'égard de nous.

Nous ne concevons que par séries linéaires dont les éléments sont des objets ou des événements.

C'est à de telles séries que la notion de cause s'applique exclusivement.

Mais chacun de leurs termes entre dans une infinité d'autres séries. Nous traçons une ligne mais dont les points gardent leurs rapports, sensibles ou non, avec une multiple infinité d'autres points.

Ce mot de hasard n'a pas de sens « objectif ». (1911. Sans titre, VII, 281.)[1]

Parfois on voit comme résolus des problèmes — mais le chemin n'est pas fait. Parfois cette vision emporte solution. Parfois elle contient *les* solutions. Parfois elle en éloigne. (1911. *Somnia,* IV, 534.)

Toute la manœuvre intérieure, — conceptuelle, logique, tout ce qui se résume en lois, formules, classements, — tout ce qui se passe en êtres et entre choses, eux-mêmes définis par des mots autres, ou par des opérations de pensée, — tout cela, selon les anciens était le but et la science. Ce fut Aristote.

Pour les modernes tout cet appareil est provisoire. On peut raisonner, on peut définir substance, accidents, puissance et acte, forces etc. Mais ce sont des instruments, des langages, des moyens de notation, d'exploration, des intermédiaires.

La valeur de ces moyens n'est pas en eux, mais dans la puissance qu'ils peuvent donner sur le réel. Le but ou

science — est pour eux une manière de penser et non telle pensée. — Et la satisfaction de la pensée toujours payée par son arbitraire, son écart du réel. (1911-1912. *F 11,* IV, 626.)

L'antique dualisme est aussi dans la mécanique. Force et masse se figurent, au fond, comme âme et corps. (*Ibid.,* IV, 635.)

La plus grande ignorance est de ne savoir quelles questions ne se doivent poser. C'est confondre les faux avec les vrais problèmes.

Que suis-je ? Tu crois que c'est un problème ? Ce n'est qu'un non-sens. (*Ibid.,* IV, 636.)

La meilleure philosophie, à mon sens, est celle qui nous apprendrait à mettre tout problème *en équations* — par une découverte des éléments constants de toute transaction mentale — et des figures toujours réalisées.

Cela me suffirait. Car je ne vois pas qu'il soit nécessaire que les problèmes même les plus considérables aient une seule solution plutôt que plusieurs, ou aucune, ou une infinité.

Mais le goût de l'unique réponse fait que l'on pose depuis des milliers d'années les problèmes sous une telle forme que l'on ne puisse leur imaginer, à peine de contradiction, qu'une seule solution.

Nous voyons, au contraire, la « Nature » trouver une pluralité de modes pour la locomotion, la reproduction etc. des vivants. Et l'art qui veut faire un lieu fermé n'est pas astreint à un seul style etc. (*Ibid.,* IV, 641-642.)

... Les choses mêmes n'ont pas de nom, pas de bornes, pas de grandeur. Elles ne se rattachent à rien. Elles sont, sont, sont, et il *faut se réveiller de leur être pour les reconnaître.* (1912. *G 12,* IV, 691.)

☆

Manières de voir. Batti l'occhio due volte[1]. Regarde le damier. Le lieu des points... sur...

Ainsi : fixe du haut du théâtre un point de l'orchestre et regarde avec le côté de l'œil — tu vois la foule qui se place comme la mer dont tu ne distingues chaque tête de l'autre, mais un mouvement général simultané qui n'est pas abstraction mais vision et sorte de vision. Comme si c'était un seul être d'espèce particulière. De là tu peux faire une doctrine mais ce n'est qu'un mode de voir.

Ou tout voir couleur et pas de plans. Ou rien que les parties directement éclairées — ou joindre les choses de même valeur et ne pas voir les autres qui sont entr'elles ou égaliser ces intermédiaires..

Et ce sont des modes de voir.

Mais toute philosophie se fait de la même sorte. Il y a autant de genres d'abstraction que de systèmes et l'expérience ou occasion primordiale est une entre autres, qui s'impose plus à celui-ci qu'à celui-là.

Quand je suis matérialiste, je fais en moi tels et tels actes imperceptibles qui m'interdisent certains vagues et suppriment telles questions.

Quand je suis géomètre je me fais identité — et ainsi de suite.

Chacune de ces machines sert à la compréhension, et rien ne prouve qu'elles ne soient pas *toutes* indispensables.

Une métaphysique est une manière de voir exagérée. Dans son auteur, tout la renforce, rien ne la diminue. (1912. *H 12*, IV, 702.)

Toute la création n'est qu'un léger *défaut* dans la pureté du néant — une paille — une bulle, *là*.

— J'aurais pu écrire : Tout l'Être, ou : l'Être
et aussi — : n'est qu'une légère imperfection dans la transparence du néant. (*Ibid.*, IV, 734.)

L'homme est *libre*. Oui. Mais il faut qu'il y songe.

Est-on libre sans y songer ? Est-on libre sans un effort ?

Libre, pour un bouchon sur l'eau — c'est d'obéir, filer, être soulevé, reconduit, ignorer toujours qu'il y a plusieurs impulsions, forces. Comme elles se composent en lui, ignorer l'exclusion de l'une par l'autre.

Mais notre liberté est le nom vague, absurde d'une organisation complexe par laquelle on peut comparer plusieurs temps, être tiraillé, — disputé.

Et où gît le secret ? en ceci — que ce qui semble disputé, c'est l'acte, la décision.

Mais quand cette coupure est intervenue, elle n'est section et décision que dans le monde des actes — et mon acte peut me laisser dans ma caverne aussi irrésolu que devant.

C'est pourquoi on prend pour expérience de liberté, l'homme tranquille qui ouvre ou ferme son tiroir — son livre.

C'est la liberté du bouchon. La vraie liberté serait de pouvoir effacer ce qui a été.

— Ce qui est spontané ne saurait être libre — il ne pourrait pas être autre que ce qu'il est. — Ce qui est réfléchi, — mais c'est le spontané qu'on a cherché à conditionner quant à la conscience.

— Je crois que la liberté existe — mais comme sentiment et sentiment nécessaire, ignorance fonctionnelle ou insensibilité quant aux contraintes. Comme n[ou]s avons le sentiment de nous mouvoir sans mécanique, sans intermédiaires. (1912. *I 12*, IV, 780.)

Il y a de graves, légitimes soupçons à l'égard de toute réponse ou solution qui se fait au moyen de la demande même.

Par exemple, en altérant la position primitive, en créant des notions négatives. (*Ibid.*, IV, 807.)

Il y a des erreurs et des convictions fausses qui viennent de la puissance de la pensée. Elle oublie son objet dans l'usage excitant de son pouvoir — comme chez les logiciens et les métaphysiciens et les rhéteurs. (1912. I' *12*, IV, 816.)

☆

Regard de l'animal —

Ce regard de chien, chat, poisson me donne l'idée d'un point de vue, d'un être-vu-par-, et par suite, d'un coin réservé, d'un intime ou quant à soi, d'une chapelle où ne sont pas des choses que je sais et où sont des choses que je ne sais pas[1].

J'ignore de quoi je suis signe dans ce coin-là. Il y a là un mode de me connaître. Et je suis forcé de me considérer comme un mot dont j'ignore le sens dans un système animal d'idées.

— Le regard de l'autre vivant est la plus étrange des rencontres. S'entre-regarder — Cette connivence, collinéation.

A v[oit] B qui v[oit] A.   A v[oit] B. B v[oit] A.
B v[oit] A qui v[oit] B.

Quelle merveille, ce regard mutuel !

Regardez-vous donc longtemps sans rire ! Comment supporter d'être un peu de temps inscrits l'un dans l'autre — durée d'une contradiction ? (*Ibid.*, IV, 823.)

☆

On ne voit rien de plus « divin » que la pensée et l'éveil de la pensée et l'usage, la domination de la pensée, son action exacte et sa précision et sa sorte de liberté; et tout ce qui *réellement* s'oppose à cette action — que ce soit contrainte ou fausse liberté — est incompatible avec ce mode présent de concevoir le « divin ».

Et je parle de la pensée avec toutes ses formes; il ne s'agit de l'« intuition » ni de la « raison » — qui sont des parties insuffisantes et impuissantes à elles seules. (1912-1913. *J 12,* IV, 856.)

☆

Pas de révolution plus profonde que celle qui remplacera l'ancien langage et les anciennes idées *vagues* par un langage et des idées *nets*[2].

Mais peut-être le vague est indestructible, son existence nécessaire au fonctionnement psychique. (*Ibid.*, IV, 879.)

Les philosophes et autres qui étudient leur vieux problème de liberté, libre arbitre etc. — — regardent toujours pour exemples, des moments, — des drames brefs, des tragédies dont tous les acteurs sont réunis. (D'ailleurs, ce problème est un problème de théâtre, il est peut-être né sur le théâtre, il est réclamé par le théâtre et le théâtre ne serait pas sans lui. Il appartient à cette optique. J'ajoute en deuxième parenthèse, que la Justice et les jugements tiennent aussi au théâtre — au naturel dramatique de l'homme, à cette curieuse nécessité de voir les choses tenir tout entières sur une scène, de croire que le rétablissement de l'ordre doit se faire ainsi, avec des discours, des preuves, une clarté, une solennité, une satisfaction finale, et enfin que quelque chose soit finie et bien finie, bien rémunérée, réglée, entérinée —)

Je reviens aux philosophes ci-dessus — — Ils ne considèrent jamais que les agissements les plus importants sont fomentés à longue date. Quelque chose s'accumule insensiblement qui sera irrésistible un jour et que le moindre événement apparent décrochera. L'homme baigne sans le savoir dans son avenir quant aux actes et aux possibilités d'actes. Le moment venu, et quel que soit l'événement, il n'a plus qu'une manière d'agir, celle qui se préparait — et si elle est contrariée il est éperdu. (*Ibid.*, IV, 885.)

Problemata

— Tous les « problèmes métaphysiques » sont insignifiants. Ils se défont en idées incohérentes si au lieu de chercher à les résoudre, on cherche à les faire précis — — à déterminer le cercle d'existence de chaque mot dont ils se composent[a].

Ainsi « faire[b] le monde[c] » — mais *faire* est impliqué dans *monde*. Faire vient après monde.

« Qu'est-ce que l'homme ? » Mais ce qu'on veut — quelle réponse veux-tu ?

Tous ces problèmes sont naïfs, — mais leur position — celle de leur ensemble — n'est pas sans signification. C'est quelque chose qui se manifeste par des questions naïves.

Ainsi le problème de la création est curieusement intermittent. Tout d'un coup, le « naturel », l'habituel, est perçu comme étrange. On ne pensait même pas que la pierre lancée pût ne pas retomber, et on pense tout à coup qu'elle *pourrait* demeurer, — on demande quoi ou qui la fait tomber.

De même l'*à quoi bon ? — à quoi sert* — ? Il n'est pas *légitime* d'appliquer une question à quoi que ce soit. La question s'y met d'elle-même, ou de moi-même — c'est vrai. Mais cette attitude n'est pas démontrée légitime parce qu'on la prend.

À quoi bon vivre ? — Mais c'est une fausse question. C'est un sentiment traduit par un instrument précis — non fait pour lui. C'est vouloir puiser de l'eau avec un filet. Vivre a pour instrument parmi d'autres cet *à quoi bon*. À quoi bon implique un vivant et ses besoins — et ce vivant passe sa vie à donner à chaque chose une valeur d'usage, au moyen de sa vie même.

D'ailleurs, une fois l'indépendance verbale des questions reconnue il est facile de soumettre un à quoi bon à un autre, un pourquoi à un autre. Pourquoi ce pourquoi etc.

Les mêmes défenses doivent s'opposer aux pseudo-problèmes comme ceux de Zénon. Le mobile n'a rien à voir avec la moitié et la moitié de la moitié. Car on ne peut parler de moitié qu'après avoir envisagé le tout, c'est-à-dire l'*avoir franchi,* de sorte que pour empêcher le mouvement de commencer, on commence par le *fractionner,* donc le poser. L'espace à franchir n'est qu'un mouvement. — Et la division implique aussi le mouvement.

L'argument de la dichotomie repose sur une intuition grossière qui confond l'espace et sa mensuration, le mouvement réel qui est un changement dans un système de corps avec le mouvement pensé qui est changement dans un système de relations très différent et qui se prédit lui-même — et qui n'a pas de *mobile*.

Pour énoncer la négative il faut avoir démontré la positive — car comment prouver qu'il faut que le

mobile ait parcouru la moitié avant de parcourir le
tout ? —

Et l'Achille, (autre illusion) — qui s'énonce : *toutes
les fois* que le rapide arrive à un point, le lent a passé à
un autre, en vertu de la continuité du mouvement.

Dans cet exemple, on fait involontairement le m[ou-
vemen]t de l'un fonction de celui de l'autre. On pense
ou on essaye de penser, d'un coup, ce qui ne peut et ne
doit être pensé qu'en deux opérations.

Le penseur ne peut voir et traduire qu'une liaison
entre les deux mobiles, liaison qui n'existe pas dans la
réalité de l'hypothèse. Il s'ensuit que si l'hypothèse était
énoncée franchement, elle dirait que 2 corps animés de
vitesses différentes mais avec des liaisons ne se rencontrent
pas, ce qui est très possible. Ici la pensée introduit une
sorte de loi physique.

Mais si les corps sont indépendants ils se rejoignent,
comme nous le voyons. D'ailleurs, on peut éliminer
l'illusion en se plaçant sur le corps lent et en donnant
au rapide la différence des vitesses.

Illusion aussi de parler de la division de l'espace ou du
temps. On ne divise pas l'espace. L'espace n'est rien, ni
visible ni définissable. Quand on en parle, c'est une
allusion à la distribution des sensations et aux transformations, conservations de telle propriété des corps.

De même — la discussion sur la réalité et l'illusion. —
(1913. *K 13*, IV, 894-895.)

Le pourquoi est anthropomorphique. Le comment
ne l'est pas. Le pourquoi introduit un subjectif imaginaire — c'est-à-dire que l'on veut entrer dans l'intérieur
des choses et cet intérieur est conçu comme le nôtre
apparent —, idées, besoins etc.

C'est une sorte d'identification qui se fait.

Mais ce n'est légitime que toujours provisoirement
et à l'égard des choses dédoublées en deux domaines,
— les hommes. Mais encore dans l'homme même on
peut penser que le pourquoi est superficiel. Il n'est qu'une
relation suffisante pour la conscience immédiate. Le
motif que j'ai d'agir n'explique pas mon acte — il n'en

est qu'une pièce, un organe — — un moment. (*Ibid.*, IV, 900.)

— Étoiles. Hasard. — Les choses mêmes nous passent — car, non tant la réponse, mais la question même que nous devrions nous poser à leur sujet, — et qui se pose *instinctivement* d'elle-même — devant les constellations, les êtres vivants etc. — ne vaut pas. Il n'y a pas de pourquoi valable en toute circonstance et à l'égard de quoi que ce soit..

Durus est hic sermo[1]. — Le pourquoi résulte de conditions, finalement l'homme — l'être particulier pourvu de buts, de significations, et de cette curieuse propriété de distinguer invinciblement l'ordre du désordre, le mécanisme du chaos, — de les définir, et de substituer aux êtres et au donné — une sorte de zéro ou d'amorphe suivi d'une construction en règle et en forme — — avec but, connaissance, calculs et actions coordonnées.

L'idée de faire, et d'être fait est inséparable de l'esprit humain — donc il la produit toujours, donc il l'introduit à tort presque toujours. Elle n'est légitime que dans un petit domaine, mais tellement importante, organique qu'elle se déclare à tout occasion.

Mais l'employer en dehors de l'homme c'est puiser l'eau avec un panier.

Pour le démontrer il suffit de se donner une réponse à une de ces questions que j'ai dit illégitimes. On voit alors que l'arbitraire seul est possible, et on voit la grossièreté du mécanisme. (*Ibid.*, IV, 903.)

Philosophes —

Celui-ci communique une sorte de plaisir « esthétique ».
Il agit comme vision vague et symphonie.
Ce n'est qu'un musicien manqué.
Un autre m'arme. J'en sors avec des moyens nouveaux, un ordre puissant, des procédés applicables.
Je le préfère. (*Ibid.*, IV, 905.)

Les divagations chez les philosophes viennent souvent d'une puissance de développement qui s'applique à des « principes » — (c'est-à-dire à des clartés personnelles) suffisamment justes, évidents dans un court rayon; mais étendus au moyen du langage ordinaire, les impuretés s'accusent et le bon sens initial se mue en absurdité, grâce à la logique. (*Ibid.*, IV, 906.)

☆

Il y a dans les agitations et vicissitudes de l'esprit des points où il repasse toujours, — des culs-de-sac — il y repasse sans que les chemins soient les mêmes.

Parmi ces points, certains sont les fameux grands problèmes ou pseudo-problèmes, lesquels sont bien plutôt des réponses que des questions[A]. « Quelle est la destinée de l'homme » — « à quoi bon », etc. — ce sont des expressions imparfaites d'états.

Il n'y a de vrais problèmes que ceux dont nous savons d'avance la classe de la réponse. Et donc tout avancement de la pensée est de former des *classes* qui permettront de poser des problèmes véritables.

À quoi sert un rat ? (*Ibid.*, IV, 908.)

Que de disputes prématurées — c'est toute la philosophie. Question de la certitude, de la réalité etc.

C'est qu'on ne prend pas le soin de détruire assez souvent ces mots. On arrive à ce curieux état d'étrange difficulté, où on se trouve impuissant non tant devant un phénomène à expliquer que devant un mot qui semble plus contenir que tout ce que l'on pense quand on le pense.

On oublie[B] le rôle uniquement *transitif* des mots, seulement provisoire. On suppose que le mot a un sens,

A. *Aj. marg.* : Ils empruntent le langage.
B. *Tr. marg. allant jusqu'à la fin du passage.*

et que ce sens représente un être — (c'est-à-dire que le sens du mot est indépendant de tout et de mon fonctionnement instantané, en particulier).

Cette supposition n'est valable que pour les objets. (*Ibid.*, IV, 926.)

Polarité —

Ce que j'appelle « moi », et ce que j'appelle « monde » — ces deux déterminations symétriques, opposées — qui ne peuvent jamais coïncider, qui ne peuvent jamais se séparer l'une de l'autre, — qui sont indivisibles et irréductibles — et qui échangent perpétuellement d'étranges électrons et ions — qui sont par ce dégagement. (1913. *L 13*, V, 13.)

La métaphysique, cette invincible et sotte prétention qui veut à toute force prendre pour une valeur ou loi ou chose générale — un phénomène très particulier et personnel.

Quand, — précisément au contraire — toute proposition générale — « universelle » comme disent les philosophes — est chose provisoire, moyen, instrument, usage des signes purs, logistique. (1913. *M 13*, V, 38.)

L'idée-image : *Élevé,* Haut, Excelsa. À la fois dans le sens du zénith du ciel et soleil et aussi le sens pieds-tête-sol-regard.

L'histoire de cette comparaison-création, avec sa mort *naturelle* le jour où la sphéricité terrestre a été irréfutable — et sa survivance invincible.

Comme cette association du haut, de l'éclairé, de l'intangible, du pur, de l'incorruptible, du non-mécanique — du libre, — du plus humain — du plus qu'humain, — a réussi !

Et il y a d'étranges conséquences.

Telle, l'opposition sentimentale entre la « réalité » et les « vérités profondes », entre la matière et l'esprit —

la *bassesse* « rationnelle » — et la *hauteur* irrationnelle, le
dégoût des fonctions vraies — la hiérarchie placée entre
choses qui se nécessitent l'une l'autre, ce qui est indispensable considéré comme peine, comme punition,
paiement de l'erreur — et qui aurait commis l'erreur ? —
De même le nourricier nécessaire, esclave, cultivateur
est dégradé. Celui qui nous délivre du labeur et de
l'ordure mis au rang de l'ordure et de la fatigue grossière.
(1913. *N 13,* V, 69.)

Je vois passer « l'homme moderne » avec une idée
de lui-même et du « monde » qui n'est *plus* une idée
déterminée, — qui ne peut pas ne pas en porter plusieurs,
qui ne pourrait presque vivre sans cette multiplicité
contradictoire de visions; — auquel il est devenu impossible d'être l'homme d'un seul point de vue et d'appartenir *réellement* à une seule langue, à une seule nation,
à une seule confession, à une seule physique[1].

Ceci est par suite de son mode de vivre, et par suite
de la pénétration mutuelle des diverses solutions.

Et puis les idées, même les habitudes commencent
à perdre le caractère d'essences pour prendre le caractère
d'instruments. (*Ibid.,* V, 73.)

Discussion de métaphysique — Si l'espace est fini,
si les figures semblables sont possibles, si — etc.,
ces disputes de plus en plus serrées ont le passionnant
et le résultat de parties d'échecs.

À la fin, rien n'est plus — sinon que A est plus fort
joueur que B, — pour cette fois-là.

Mais demain, ou B', peuvent demain venger B.

Parfois, il en ressort aussi qu'il ne faut pas jouer tel
coup désormais — on se ferait battre.

Ou qu'il faut prendre telle précaution. (*Ibid.,* V, 76.)

Quelle que soit la valeur, la puissance de pénétration
d'une explication, c'est encore et encore la chose expli-

quée qui est la plus réelle — et parmi sa réalité, précisément ce mystère que l'on a voulu dissiper[1]... (*Ibid.*,
V, 77.)

Ce que l'on pense *réellement* quand on dit que l'âme
est immortelle, peut toujours être représenté par des
propositions moins ambitieuses[2].

À ce sujet, on peut considérer toute la métaphysique
de ce genre, comme infidélité, impuissance de langage,
tendance à augmenter apparemment la pensée, à recevoir
de l'expression que l'on a formée *plus que l'on n'a donné* et
dépensé en la formant.

Ce qu'il y a d'excitant dans les idées n'est pas idées —
c'est ce qui n'est pas... pensé, ce qui est naissant et non
né, qui excite.

Il faut donc des mots avec lesquels on n'en puisse
jamais finir — qui ne sont jamais identiquement annulés
par une représentation quelconque, — des mots-musique.

La musique est devenue par les Allemands l'appareil de
la jouissance métaphysique, l'agitateur et l'illusionniste,
le grand moyen de déchaîner des tempêtes nulles et
d'ouvrir les abîmes vides. Le monde substitué, remplacé,
multiplié, accéléré, creusé, illuminé — par un système
de chatouilles sur un système nerveux, — comme un
courant électrique donne un goût à la bouche, une fausse
chaleur, etc.

Encore peut-on dire sur la pensée réelle et la transcription métaphysique — que le métaphysicien reculant
le domaine du langage ne fait que prendre la pensée
même, la vraie, à son tour, comme langage du second
ordre.

Sa pensée la plus claire et nette — il la prendra pour
simple emblème, signe, moyen; et par un renversement
intéressant il fera que la proposition, le *verbal* soit plus
proche, plus vrai — sinon même rigoureusement exact
cependant que le sens n'est que signe !

Il est justifié apparemment dans cette prétention par
des cas spécieux — tel le fameux myriagone.

D'où l'invention des concepts. (Classification, usage —)
(*Ibid.*, V, 79-80.)

☆

Dans la théorie de la liberté de ce moderne philosophe à la mode[1] il y a ceci de ridicule que cette liberté — pour lui une sorte de prolongement de l'être, de croissance que cet être ne peut prévoir (tout ce qui est déterminé étant passé et prévoir étant voir, donc voir ce qui est déjà —) — cette liberté est donc une nécessité que subit l'être déjà commencé et s'oppose à la réflexion, *au libre arbitre*. Elle consiste à ne pas dépendre en tant qu'on sera — pas même de soi pensant — — — L'homme est mis hors du *monde*. (*Ibid.*, V, 90.)

☆

La tâche philosophique à accomplir serait de renvoyer à l'histoire les *mots* de la philosophie accomplie.

Le temps n'est qu'un mot, suffisant et clair pour l'usage, dangereusement vide pour la spéculation — chargé de sens contradictoires. Aussi l'Espace et le reste.

Il faudrait reprendre l'observation primitive et se faire des concepts plus purs.

Ainsi, pour le temps, ce qu'on constate n'est jamais temps. Cela peut toujours se désigner autrement : on constate des déplacements, des altérations, des liaisons, des indépendances, des ordres —, des répétitions. À la vérité il semble simple d'exprimer ces phénomènes au moyen du mot *temps*. Mais cette simplicité est trompeuse — Elle se paye. (1913. *O 13*, V, 124.)

☆

Préface —

Un philosophe est celui qui en sait moins que les autres — (et en quelque sorte *moins que l'homme qu'il est*,) — pour se l'être persuadé pendant quelques années, et avoir constitué pour des problèmes dont l'énoncé est *toujours* absurde, des solutions qui n'ont nulle conséquence.

Que je doute de mon existence ou non, que je trouve cette table réelle ou imaginaire, que je mette en question la possibilité de son mouvement, que je me reconnaisse libre ou déterminé, animal ou esprit, phénomène éphé-

mère ou seigneur de l'éternel instant, que j'attribue mes
pensées à l'univers jouant de ma flûte, à un démon qui
m'habite, à un remous de vie, ... rien n'en est changé.
Ni ce qui est, quoi qu'il soit — ni mon pouvoir d'agir.

Le doute philosophique est une sorte de pantomime
ou comédie qui se joue de telle heure à telle autre. Ce
doute gymnastique fait songer qu'il existe une certitude
— et on essaye de la trouver à partir de ce doute même,
ce qui est absurde. Le doute ne *conduit* pas à la certitude —
ce sont des attitudes alternantes; et qui s'usent par elles-
mêmes, comme on se fatigue alternativement d'être assis
ou de marcher. (*Ibid.,* V, 137.)

Le cogito cartésien ne doit pas être analysé en lui-
même. Ce n'est pas un raisonnement qui se suffise — et
pris en soi, il ne signifie rien.

C'est un magnifique cri, un mot de drame, un mouvement littéraire —, un acte décisif ou coup d'état psychologique.

Il marque la soudure de l'homme au philosophe — et
le passage d'une adolescence imitative à la virilité
directement pensante. (1913. *P 13*, V, 144.)

Il n'est plus de métaphysique possible à partir du jour
où les notions d'utilité (finalité), d'intelligence, de monde,
de fabrication, de désir ou amour, de plaisir, de souffrance, de cause etc. etc.[A] sont conçues comme n'ayant
de valeur qu'à notre échelle — dès que nous pouvons
raisonnablement montrer qu'elles ne sont définies que
dans une région finie.

(La lune est tellement nette, un soir, qu'on croit la
toucher et palper sa surface et sentir les aspérités.)

D'ailleurs plus on approfondit, plus on recoupe, plus
on serre ce que l'on tient — le réel apparent —, plus on
se trouve approcher de l'inintelligible, de l'informe-
quant-à-l'homme; du dissemblable — — La vérité ne
ressemble à rien.

A. *Aj. marg. :* d'unité

C'est-à-dire que l'insuffisance de tous ces concepts et de toutes nos analogies se touche du doigt.

Notre connaissance dépasse alors en quelque sorte son rendement utile.

Non seulement la quantité des faits mais leur qualité nous passe. Le microscope fait voir des choses qui ne ressemblent à rien.

Nous sommes donc contraints de considérer notre compréhension ordinaire, notre fonctionnement psychique normal effectué entre perceptions et raisons à partir des sens, — comme une sorte de convention. Et en effet au moyen d'une variation de point de vue, nous sommes amenés à constater l'existence de domaines réels — jusqu'en nous-mêmes ! — qui débordent toute conception.

Or on ne peut adopter une métaphysique qui ne conviendrait qu'à une partie de la réalité OBSERVABLE. (*Ibid.*, V, 160-161.)

☆

Le but profond / unique /, caché, inavoué de la pensée spéculative est d'arriver au point (imaginaire) où la pensée agirait *directement* sur les choses.

C'est l'antique magie. — Car s'il n'en est pas ainsi, la pensée même ne rime à rien. Faire un tableau résumé du Tout, prescrire la conduite de l'homme, ordonner les idées — disserter, discuter, tout ceci n'a pas un *grand* intérêt.

L'ambition secrète du penseur est plus.. naïve. — Elle ne se borne certainement pas à produire des excitations intellectuelles, de l'ivresse conceptuelle, de l'illusion intuitive. Il voudrait bien, le sorcier, déplacer une masse, élever la température d'un corps — sans agir qu'au dedans de soi. Mais il a dû se borner à mouvoir des hommes, des passions, des images. (*Ibid.*, V, 164.)

☆

Le plus grand philosophe ne sait-il rien de plus que le premier manœuvre venu ?

Peut-être son avantage est-il d'en savoir un peu moins. De savoir qu'il en sait un peu moins.

Ou — ce qui est le même, — de savoir que ce qui a lieu dans ce manœuvre quand le manœuvre est inquiet, étonné, désorienté, — cela peut *s'introduire* à tout propos, à tout instant et systématiquement.

Le philosophe est qui peut s'arrêter à chaque instant.

Ainsi, tel rêve étonne, inquiète, au réveil, le manœuvre ou le charretier. Mais le philosophe transporte aux événements, aux idées de la veille, de la plus nette veille — les mêmes questions et les surprises que l'autre n'appliquait qu'au bizarre évident du songe.

L'autre vit dans un monde clair et diffus et ce penseur dans un obscur à points brillants. (*Ibid.*, V, 174.)

☆

La notion de réel doit se préciser ainsi :

I.   Elle repose sur *3* éléments nécessaires —
2 choses *A* et *B*. Et un signe d'opérations *P*.
A est réel par contraste avec *B* par rapport à l'opération *P*.
Dire que (par exemple) ma conviction est plus réelle que mes perceptions — c'est trouver une opération *P* qui appliquée également à conviction *A* et à perception *B* détruit *B* et non *A*.
L'étude du réel revient à celle des opérations ou transformations *P*.
Ces opérations peuvent être accidentelles.
Le contact, le heurt, la disponibilité.
Le fait de penser ou ne pas penser.
L'examen réitéré après un temps.

II.   Quand se pose la question du réel ? — c'est-à-dire son domaine d'existence.
Mon « réel » est ce qui m'éveille.
Ce qui me fait dresser l'oreille.
Ce qui écarte ce qui était. Tout ce qui est naissant donne la sensation de réalité.
La réalité ne serait-ce qu'une sensation particulière ? Et comme celle du refoulement des impressions les unes par les autres.
S'agit-il de savoir si une chose — sensible — l'est ou le fut.. *légitimement ?* (1914. *Q 14*, V, 192-193.)

☆

Le monde est ma représentation.

Le monde englobe, produit, utilise, moi et donc ma représentation.

D'une part je l'analyse en fonctions de moi, et moi ôté, il sombre.

D'autre part, je m'analyse en effets de lui, et il y a des variations de lui qui me détruisent et non lui.

D'un côté il semble 1 valeur (ou un nombre restreint de valeurs) de mes fonctions, parmi d'autres — (rêves, etc.).

De l'autre je semble un incident, un coup de partie dans un jeu qui me domine et m'échappe.

Tantôt je suis contraint d'avouer que des choses existent ou ont existé entièrement placées hors de ma connaissance, soit par la grandeur, soit par l'éloignement, le temps etc.

Et pourtant que signifie exister hors de ma connaissance ? Ce n'est qu'une image arbitraire. Les Romains sont rêves. Mon arrière-grand-père n'a pas existé. Ce squelette n'a jamais porté chair.

C'est insensé.

Peut-être ce sont des points de vue tels que n[ou]s ne pouvons les avoir simultanément ni les lier l'un à l'autre par une chaîne de positions continue. Je ne puis voir à la fois les deux faces de mon assiette.

.. Et enfin : le point de vue (1) — Monde est ma représentation est un point de vue *formel*. Le point de vue (2) est *significatif*. En somme je suis obligé de reconnaître que des choses s'imposent à moi avec une force plus grande que la leur. (*Ibid.*, V, 199.)

☆

L'impression de hasard résulte d'une circonstance bien simple.

Chaque « chose » est en réalité « plusieurs choses » à la fois. Cette pierre est une arme. Ce rire est un bruit. Cette couleur est signe de gain. La main humaine multiforme.

Mais nous ne considérons et découpons les choses que selon un fonctionnement à la fois.

Chose signifie un agissement. Une chose est une pièce de machine — et nous ne la précisons que *dans une* machine. Or elle entre dans mille[A]. —

D'autre part nous n'avons pas conscience de ces machines. Et cependant nous agissons toujours en modifiant *linéairement* des systèmes à beaucoup de variables.

On peut rapprocher de ce fait, celui-ci (qui n'en est qu'une traduction ou qu'on peut regarder comme telle) : le mouvement d'un corps réel ne nous apparaît clairement que sous forme de trajectoire d'un *point*. Le mouvement nous apparaît indépendant du corps — et la notion même de point (et de ligne) n'est que l'intuition précisée de cette impossibilité de concevoir de posséder le tout réel du mouvement.

L'action est donc abstraction, et les abstractions sont (pour la plupart) des figures et des symboles de figures d'actes. Mais ce qui est simple de par notre nécessité est multiple de par soi ou par la sienne.

On peut (par une digression) observer aussi que même dans l'analyse, chaque fonction entraîne à la cantonade avec elle l'ensemble des fonctions qui se déduisent d'elle par des transformations. [...] (*Ibid.*, V, 207-208.)

☆

Philosophie combinatoire.

Ce serait un résultat capital pour la philosophie de savoir former *toutes* les solutions possibles d'un problème donné.

Le premier point consisterait à *unifier* tous les énoncés. À faire donc une table de problèmes précis et dans une forme inévitable.

Mais en général un problème philosophique ne peut se préciser sans périr ou sans se résoudre.

Quant aux solutions, il faudrait distinguer entre celles qui sont représentables et celles qui ne peuvent que demeurer parfaitement logo-graphiques — c'est-à-dire représentées comme *tableaux d'opérations* — non comme

---

A. *Aj. marg.* : Chaque chose est prise dans mille enchaînements et un seul nous frappe.

figure d'ensemble. Ex[emple]: je pense que je pense que je pense — Myriagone — droite perp[endiculaire] à elle-même.

Quelle valeur ont ces dernières ? (1914. R *14*, V, 223.)

Le hasard donne les amis; il marie; il commence tout, finit presque tout.

Prévision, attente, — jouent le rôle le plus intermittent, le plus petit. — (*Ibid.*, V, 228.)

L'effet du hasard peut se représenter ainsi :

Ranger des livres par format — ou par couleur ou par dates — et *puis* lire les titres à la suite.

Ranger des hommes par la taille, et *puis* mettre en évidence leurs professions, etc.

Chaque objet *réel* peut entrer dans *n* classements distincts. C'est *presque une définition du réel.*

Mais nous sommes contraints de classer — et ne savons le faire que dans un système *linéaire* à la fois ou qui se traduise en linéaire. Nous n'avons qu'une dimension. D'où l'idée de cause, de temps[A].

Déjà la considération si primitive d'*objets,* d'invariants, de constantes est *artificielle.* Je veux dire ici qu'elle nécessite quelque chose — quelqu'un — *extérieur* — (extériorité qui est déjà un artifice) par rapport auquel il y a invariance.

Si je dis : cette masse est constante, pendant que température, volume etc. varient — j'ai déjà divisé quelque chose en *fonctions,* c'est-à-dire en *systèmes linéaires,* j'ai introduit une permanence, j'ai aboli le reste du monde.

Je ne puis être autre que moi que jusqu'à un certain point. Avant ce point est cette réserve — le hasard. (*Ibid.*, V, 229-228.)

A. *Aj. renv.* : L'impression de temps s'affaiblit, cède lorsque ce classement est difficile ou impossible.

Chaque fonction, son temps.

☆

Le signe le plus clair du réel est peut-être l'impossibilité de comprendre; — de deviner la suite —; de circonscrire.

La « réalité », — ce qui est capable d'une infinité de rôles, d'interprétations, de points de vue. (1914. *S 14,* V, 260.)

☆

La grande, la féconde Idée qui a renversé la métaphysique a consisté dans le rejet des mots indéfinis qui permettaient de substituer à une question plus ou moins naïve, une réponse composée de la question même, sous forme de nom abstrait.

L'acte de cet être abstrait était précisément le phénomène à expliquer. Parler de Cause — c'est dire que quelque chose a fait ce dont je m'étonne.

Mais le pas le plus important a été accompli lorsqu'on a eu cette idée de se borner à construire de simples fonctions des observations.

Et cette idée a coïncidé avec, ou a résulté — de — l'emploi généralisé de la mesure.

La mesure a permis de rapporter les phénomènes à eux-mêmes, à leurs variations.

Elle conduit à restreindre le nombre des îles intellectuelles, des puissances, propriétés, têtes autonomes — au lieu de les engendrer ad libitum à l'infini.

On confondait l'analyse (grossière et purement « logique ») avec l'existence. (*Ibid.,* V, 277-278.)

☆

Pour qui les examine dans leur naissance, les problèmes primitifs de la philosophie sont de même espèce que ces difficultés, ces embarras de rêve dont l'absurde se propose à l'existence.

Peut-être faudrait-il à leur égard, invoquer aussi le réveil. Imiter à leur égard les *procédés* du réveil..

Peut-être la pensée ne peut — sans aboutir au labyrinthe, à l'antinomie, aux cercles, à l'impuissance — s'éloigner trop dans sa propre structure. Bientôt elle perd son sens tout en conservant sa règle — — Ou elle diverge après un certain point de croisement... (*Ibid.*, V, 278.)

☆

Un philosophe disait : vous aurez beau explorer le cerveau, vous n'y verrez nulle pensée. Vous visiterez cette machine, vous y verrez des roues, des leviers, des pignons, des mouvements — pas la pensée.

On peut lui répondre : Visitez la pensée, même la vôtre — et vous n'y verrez pas trace de — pensée. Vous y verrez des images, des sensations aussi closes, aussi positives, aussi impénétrables qu'un morceau de fer, des résonances, des chocs et des déclenchements, — — des engrenages comme dans la machine, et des hasards comme dans la rue.

Cette pensée insaisissable[A], serait-elle une illusion d'optique, tenant à un certain point d'où l'on se voit ? (*Ibid.*, V, 278.)

☆

« Cause » — Il n'y a pas de cause du Tout. Cause implique un monde et l'homme.

Il y a de ceci une preuve psychologique. C'est que dans l'histoire des métaphysiques cosmologiques, on trouve toujours des doctrines qui restreignent la création à des *formes,* la *matière* étant incréée et comme donnée. Ceux-ci ont reculé devant la création de tout. Ils se sont naïvement arrêtés à la limite du *faire*.. c'est-à-dire de l'imagination d'actes. (1914. U 14, V, 331.)

☆

Cause

L'idée de cause telle qu'on la présente d'ordinaire est vaine.

A n'est jamais l'unique phénomène qui, produit, produit *B*. Et ce phénomène d'ailleurs n'a pas une individualité par soi, mais on la lui confère sans règle.

Le coup de marteau est cause, dira-t-on —, de l'enfoncement du clou. Mais on ne peut isoler ce coup de marteau sans une autre opération qui n'est pas men-

A. *Tr. marg. allant jusqu'à la fin du passage.*

tionnée dans la proposition. On peut s'y tenir ou ne pas s'y tenir; remonter plus ou moins; prendre pour cause à peu près ce qu'on veut. Car si l'on admet une liaison générale de l'univers, il n'est pas de particule ni de phénomène advenu à une époque quelconque qui ne soit nécessaire au phénomène produit.

On introduit donc _toujours_ (inconsciemment) une autre condition de la cause — et en réalité on appelle cause ce qui satisfait à la fois à la production du phénomène et à une autre question.

Et cette question résulte de la considération du phénomène produit, de l'_effet_, non en soi, mais comme faisant partie d'un certain ordre de choses parmi d'autres.

Ainsi le coup de marteau sera _cause_ de l'enfoncement du clou vu sous le rapport d'un agent humain. La déviation d'une planète sera l'effet de l'existence d'un autre corps céleste en tant que je n'ai pas fini d'explorer le système solaire — — et que je vise non tant l'explication du mouvement anormal que la découverte d'un nouvel astre.

Et en somme quand la question de cause se pose — c'est en réalité, quand on cherche une chose non connue, non donnée, qui satisfasse à ma _question_ — bien plus qu'au phénomène.

La preuve en est que la recherche des causes et la cause reconnue sont limitées, tandis que les vraies conditions du phénomène s'étendent où l'on voudra.. ou plutôt.. le phénomène lui-même.

On se contente de ce qui répond à la question et non de ce qui constituerait le phénomène à partir de zéro.

La cause[A] est donc une _réponse_ ; elle n'est pas ce qui fait le phénomène.

Déterminer la cause d'un phénomène c'est choisir entre tous les phénomènes que suppose celui-ci, l'un d'eux[B].

Ce qui détermine _ce choix_ est distinct du phénomène à expliquer et est distinct du choix lui-même.

Tantôt je vois comme condition de l'enfoncement

A. _Deux tr. marg. allant jusqu'à_ : ce qui fait le phénomène.
B. _Aj. renv._ : Voir p. 8 infra[1] — p. 5 — d⁰.
Parler de « cause » c'est désigner _un_ des éléments d'une voûte.
Et en résumé : la _cause_ ne SUFFIT jamais à produire l'effet, quel que soit l'exemple choisi.

du clou, le coup de marteau, tantôt la rigidité du clou, tantôt la facilité du mur, tantôt mon besoin du clou fiché — etc.

Si l'on supprime tout motif particulier, il est impossible de commencer à penser à une cause.

... C'est d'ailleurs ce qui permet de rechercher.. et de trouver la *cause,* c'est-à-dire parmi le tissu de phénomènes inextricable qui produit tel phénomène, chercher et trouver celui sur lequel j'ai prise ou qui correspond à un acte possible de moi, ou satisfait à ma curiosité actuelle. En somme la notion de « cause » manque d'*objectivité. (Ibid.,* V, 335-336.)

En l'honneur de la Scholastique. — C'est, pour mon goût, l'abstraction qui, en tant que mode d'expression des choses, s'approche le plus de la chose même.

L'ambition de l'abstracteur est énormément plus noble, plus profonde que celle du descripteur.

Mais je l'entends de celui qui abstrait lui-même, non de son élève. (1914. *W 14,* V, 370.)

Probabiliora

J'habite le plus probable des mondes possibles, non pas le meilleur.

Je suis l'être le plus probable des êtres. Et pourtant j'avais une chance infiniment faible de naître.

Quelle est la probabilité pour l'existence du monde extérieur ? (*Ibid.,* V, 375.)

Le « corps » représente un ensemble d'événements *prévus,* et prévus *en moyenne*[A]. (Fonction = prévision.)

Mais il y a des événements imprévus par ce système. Ce corps est donc adapté à une probabilité. Il est comparable à une règle pratique de conduite.

A. *Aj. marg. :* La veille est un choix.

L'ensemble des conditions qui le conservent vivant a donc une signification importante.

Les événements imprévus, ou bien ne le concernent pas — et tout se passe comme s'ils n'étaient pas et si lui, de son côté, n'était pas; — ou bien le détruisent, tout ou partie.

Le caractère incertain de la vie, sa fragilité, sa valeur nulle et infinie simultanément, l'apparence irrationnelle de la vie et de la mort individuelles, l'impossibilité de vivre si certaines précisions n[ou]s étaient connues — etc. tiennent à cette condition générale, — à ce compromis entre le possible et le probable, entre le fonctionnel et l'accidentel.

— Or ce possible est fonctionnel de par le cerveau. Considère cette antinomie apparente : (1) il y a plus d'événements sous le ciel que toute la philosophie n'en saurait prévoir. Et (2) il y a plus de choses imaginables que de visibles.

Ainsi : je puis toujours construire ou subir une représentation interne et même une infinité, à l'aide d'une représentation donnée.

Et : — nulle représentation interne ou externe ne m'ôte la faculté d'en recevoir une autre en général. Il y a toujours place pour un fait auquel je n'avais jamais songé et que nul développement spontané de ma pensée n'aurait amené. Rien ne m'eût fait soupçonner.

Ces considérations, rapprochées de réflexions sur les rêves, font lever je ne sais quelles idées d'atomisme mental..

— C'est cette notion vague de l'inépuisable de l'expérience qui a fait poser la notion du *réel* — c'est-à-dire d'une provenance de ce qui nous est sensible tout extérieure à notre nature pensante et n'ayant avec elle qu'un contact partiel.

Le réel serait le tout dont ce que nous percevons est la partie. Et d'autre part c'est la notion vague de la possibilité de combiner, de la *possibilité de possibiliser,* pouvoir apparent qui fait concevoir le « monde » comme cas particulier au regard de « l'esprit » qui a causé la genèse des hypermondes.

Notre idée du monde est plus pauvre que le monde. Mais, de cette même idée, nous tirons sans effort une ∞ d'autres idées de mondes.

D'un état (*a*, *b*, *c*) nous tirons une loi (*x*, *y*, *z*) — et nous constatons que cette forme laisse hors d'elle une infinité de points. Ceci, dans tous les cas.

Mais d'autre part nous déduisons de (*x*, *y*, *z*) une infinité de formes.

Reprise :

— Je viens d'écrire que le *réel* serait le tout dont le perceptible est partie.

Car précisément cet inattendu indéfini, ce contraste entre nos variations et celles du perçu qui ne coïncident jamais que pour *partie,* font présumer que nos représentations sont incomplètes — laissent un reste capital — Hypostase.

(D'ailleurs dans un sens plus vulgaire, le réel est bien ce qui peut être expérimenté par plus d'un moyen ou d'un sens; et le plus réel, ce qui semble unifier en soi, coordonner les données de tous les sens.)

C'est presque l'antique *substance*[A].

— Ce reste est suggéré par ceci que je précise le plus possible : Tout se passe[B] comme si les données de la perception et le travail de l'entendement laissaient après avoir été fixées, certains degrés de liberté à la chose.

Le réel est l'indépendance que conserve une chose au regard de la connaissance que j'en ai; la chose est capable de propriétés et de variations dont aucune connaissance aussi complète, aussi serrée que possible ne peut[C]

Aucune connaissance de telle chose ne peut s'y substituer entièrement.

Car, peut-être, la connaissance aboutit toujours à une *autre* chose.

Tout connu désigne un inconnu dont il est comme la surface. Et l'*intérieur* de la chose, dans cette figure, — c'est tout l'indéterminé qui y demeure attaché.

— Dans un sens voisin on peut dire le réel est dans l'action mutuelle, ou la liaison (cachée) de choses qui peuvent être séparément connues.

A. *Aj.* : δ = 3υ — λ [*Lecture incertaine.*]
B. *Tr. marg. allant jusqu'à* : liberté à la chose.
C. *Phrase inachevée.*

Ainsi le lien couleur-forme — p[ar] ex[emple] — ou poids-odeur.

— Ce que je perçois d'une chose est-il.. *suffisant ?*

Suffisant, oui, pour tel dessein particulier, il peut l'être / suffit à la fixer pour un acte déterminé /. Mais spéculer étant sortir des desseins particuliers, ici cette suffisance n'est pas envisagée.

Toute chose[A] devient mystérieuse, et comme fermée dès que je la considère en dehors d'un dessein particulier. L'ensemble de ses dimensions m'échappe.

Elle m'échappe.. quoique je la connaisse le plus possible.

Et moi-même je me suis mystérieux dans les mêmes circonstances dès que je me regarde hors d'un rôle, d'un besoin, d'une idée particulière.

Nous reconnaissons le réel à notre impuissance, à une autonomie qui se loge en quelque sorte dans ce que notre connaissance ne peut jamais épuiser. (*Ibid.,* V, 378-381.)

L'acte volontaire-conscient est borné en lui-même — c'est-à-dire que tout acte de ce genre s'analyse toujours en fractions soustraites à la volonté.

Ainsi : je ne puis diminuer que jusqu'à un point la « force » du coup que je veux porter.

La volonté n'existe que parce qu'aucun acte n'est réellement *simple.*

Tout acte se divise au moins en une action et en une abstention (cf. antagonistes). (*Ibid.,* V, 383.)

Notre idée de la volonté, cette notion même viennent de l'ignorance où nous sommes de tout le mécanisme qui existe entre moi et moi. [...] (*Ibid.,* V, 387.)

L'esprit trouve des mystères parce qu'il cherche d'*instinct* un but et une utilité à toute chose.

A. *Tr. marg. allant jusqu'à :* d'une idée particulière.

Il semble qu'il lui soit interdit de concevoir les choses telles quelles — tout au moins telles qu'elles se montrent. (*Ibid.*, V, 396.)

Dans nos calculs sur les événements et les hommes nous donnons inconsciemment des coefficients d'importance aux facteurs, proportionnels à la connaissance diverse que n[ou]s avons de ces facteurs. Plus ils sont évidents, plus nous les comptons. Plus ils nous frappent, plus nous les croyons puissants.

Il est curieux de voir que dans la plupart des cas où l'on est arrivé à saisir les vraies causes, ce sont des causes comme paradoxales et que tout le bon sens du monde eût ignorées. (1914. *Y 14*, V, 446.)

Le « déterminisme » est la seule manière de se représenter le monde. Et l'indéterminisme, la seule manière d'y exister. (1915. Sans titre, V, 539.)

Le déterminisme rigoureux est profondément *déiste*. Car il faudrait un *dieu* pour apercevoir cet enchaînement infini complet. Il faut imaginer un dieu, un front de dieu pour imaginer cette logique. C'est un point de vue divin.

De sorte que le dieu retranché de la création et de l'invention de l'univers est restitué pour la compréhension de cet univers.

Qu'on le veuille ou non, un dieu est posé nécessairement dans la pensée du déterministe — et c'est une rigoureuse ironie. (*Ibid.*, V, 563.)

Une constellation, cette unité, est comme un *rythme,* en ce sens qu'il n'y a aucune *raison* pour isoler, solidifier tel groupement aux cieux, — et qu'il s'impose. Ainsi des coups successifs.

3 points, suffisamment peu en ligne droite, font un

triangle[A]. À telle heure, l'Ourse suggère une fronde lourde et composée, brandie autour du pôle; ou le chariot tiré avec effort sur une route courbe et qui s'arrache de son lieu.

Une pluralité de points se résout en systèmes tels que chacun soit doué d'une sorte de signification statique ou dynamique, et cette signification elle-même s'enrichit de contes et de valeurs humains. Il faudra désormais un *travail,* travail parfois irréalisable, pour remonter à l'état où les choses qui n'ont aucun sens, n'aient aucun sens.

Mais cette absence de sens est une position infiniment précieuse, car elle est à la source même de tous les sens.

L'idéal intellectuel serait de pouvoir donner et retirer toute signification aux choses, à volonté; de même qu'en changeant je ne sais quelles *liaisons* dans le regard, on interprète un damier comme réseau orthogonal, ou comme diagonales ou une croix — etc. Il y a *n* lois de *propagation* sur ce damier.

Mais dans le domaine de l'ouïe il n'y en a que zéro ou une. (*Ibid.,* V, 569-568.)

La plupart des problèmes de la philosophie sont des non-sens; je veux dire qu'il est généralement impossible de les « poser » d'une façon précise sans les détruire.

Généralement aussi, ces problèmes ne résultent pas d'une étude directe, mais ils sont engendrés par des

---

A. *Aj. renv. :* Cette figure (donnée par des *points*) est-elle « objective » ?

Les points, je ne suis pas seul à les *voir*. Les lignes, je ne suis pas seul à les devoir forcément tirer.

Les complémentaires de cette vive couleur, tous les yeux les rendraient comme les miens. — Mais le dégoût de ce mets, chez un autre est appétit, désir. Moi-même je sens que tels effets en moi sont personnels, tels autres, impersonnels et généraux.

— Pourquoi n'ai-je pas eu cette idée ?

— Si je ne savais d'avance que mes complémentaires ne sont pas extérieurs les mettrais-je au compte des corps ? Prendrais-je mon rêve pour arrivé ? Il s'est donc fait un travail, — ce travail définitif, mais pour les états de veille.. J'ai donc *appris* à séparer *mon* objectif de *mon* subjectif, mais cette éducation n'est jamais si achevée, ni si capable de l'être, ni enfin d'un effet si instantané que la confusion primitive ne soit en réalité l'état toujours le plus *proche*, le premier mouvement.

théories ou des modes d'expression plus anciens qui, devenus insuffisants et en désaccord avec des faits ou avec une analyse plus fine, ont donné naissance à des paradoxes.

C'est ainsi que l'argument sur la divisibilité du temps et de l'espace repose sur l'imprécision de cette opération. Il n'y a qu'à revenir à ce qui se passe quand on divise soit physiquement, soit (d'une façon très différente) intellectuellement pour annuler l'argument. (*Ibid.,* V, 576.)

Toute chose qui est, si elle n'était, serait énormément improbable. (1915. Sans titre, V, 633.)

Le propre du *réel* est de pouvoir être toujours regardé à un *autre* point de vue, dans un groupement ou avec un grossissement *autre,* être interprété encore d'une *autre* façon — représenté autrement, et ceci sans limite, sans dérivée.

Mais d'autre part nous pensons au contraire, du réel, qu'il est indépendant de nous — qu'il est la partie fixe d'une transaction de pensée ou d'expérience.

Eh bien ce qu'il y a de fixe, c'est alors précisément cette infinité, cet inépuisable..

— Mais, en ce qui concerne les actes élémentaires, alors oui, il y a limite et le réel est ce qui est en accord constant avec eux. Ces actes demandent des conditions — de *veille* etc. — qui sont ainsi, si on les pouvait développer, la vraie définition du réel. Mais ôtés ces actes, rien ne va plus. (*Ibid.,* V, 640.)

Les pensées soi-disant profondes sur la destinée de l'homme, les replis de sa condition, la vanité de tout etc. sont douloureuses pour être des pensées sans réponse, sans échange possible. On abuse de la *forme* interrogative.

Une pensée joyeuse est celle qui exagère le sentiment de ces échanges, qui s'illusionne sur cette possibilité. L'homme est si malin que ces pensées sans réponse il a trouvé le moyen de leur répondre et de tromper la

douleur que lui font des questions insolubles... par l'art
de les exprimer. Pendant qu'il fabrique les belles phrases,
les sombres développements, pendant qu'il se bâtit une
pure et savante prison logique, la souffrance et la peur se
changent en ressources de son orgueil, et s'oublient
profondément à se regarder. (*Ibid.*, V, 644.)

☆

Les philosophes.

L'un a la tête comme une tour et celui-ci comme une
barrique : on entend les pois chiches sonner dedans.

Kant d'après ses portraits semble un herboriste.
Nietzsche un chef d'orchestre danubien furibond.

Socrate est le sage d'un café de province. Des Cartes a
quelque chose d'un chef de bataillon d'arme spéciale.

Je n'ai jamais vu Spinoza.

Il y a le philosophe du genre « profond » et le philosophe du genre « fin ».

Le premier accumule doucement des propositions
dont chacune est tellement nulle qu'on ne la peut saisir.
Pourtant l'ensemble se forme.

L'autre a pour spécialité de déjouer, devancer, surmonter; ce ne sont que brusques coups de barre.

La grande affaire est d'exprimer et de conduire avec
précision des propositions et concepts largement indéterminés.

Le philosophe a l'intention et la prétention d'explorer
le domaine que tout homme côtoie à l'occasion.

Il n'existe pas d'objet interne ou externe dont l'étude
s'appellerait Philosophie. La philosophie n'est que le
produit du tempérament philosophe et ce tempérament
lui-même n'est que l'exagération, la culture intensive
d'un germe général. Le germe général de la généralisation — qui est : Ce en quoi l'homme est plus général
que toute connaissance ou action donnée. Ce en quoi le
langage humain est extensible. (*Ibid.*, V, 657.)

☆

La connaissance la plus importante pour un philosophe est celle d'une science appliquée — d'une pratique
quelconque approfondie. (*Ibid.*, V, 672.)

☆

Les doctrines philosophiques ne sont d'aucune conséquence appréciable.

Plusieurs religions ont toujours coexisté et la vie des peuples s'est accordée à cette pluralité ennemie d'elle-même.

Quant à la Science, elle ne semble pas souffrir de l'existence d'une métaphysique quelconque. Il ne semble pas que les mathématiques aient eu à pâtir des systèmes de Pythagore et de Platon. Un matérialisme aigu a été assez favorable aux sciences naturelles, et le cartésianisme à la mécanique. (*Ibid.*, V, 682.)

☆

En remontant à la Source, l'analyse de Kant dans ce qu'elle a d'essentiel se réduit à une sorte d'expérimentation psychologique qui consiste à se demander : Ceci est-il concevable ? Cela peut-il se penser séparément ? — Et ceci peut-il se penser en unité avec cela ?

Or ce procédé — peut-être l'unique — a toutefois ce point vulnérable : que concevoir, imaginer etc. n'y sont pas très nettement définis — ni distingués.

C'est en quoi je suis persuadé que la même analyse peut être refaite en distinguant systématiquement d'abord les éléments psychologiques divers.

Ce qui est imaginable — et ses subdivisions — ce qui est assimilable à une unité (d'excitation), c'est-à-dire ce qui peut faire partie d'une diversité excitable d'un coup — ce qui peut être donné pour sens à un *mot* — ou signal. (*Ibid.*, V, 686.)

Réalité des jugements.

Contre Kant, je prétends que la soi-disant nécessité des jugements synthétiques a priori n'est que verbale.

Elle ne peut être pensée, car la pensée ne connaît d'autre nécessité que celles d'ordre représentatif. Elle admet[A] tout ce qui n'est pas contradictoire (et encore

A. *Deux tr. marg. allant jusqu'à la fin du passage.*

quand la contradiction se fait sentir) car rien n'est plus fréquent que de penser des contradictions cachées et — même il n'est aucune de nos pensées dont nous sachions si développée elle n'aboutirait pas à quelque contradiction. (1915. Sans titre, V, 696.)

☆

L'objectivité se ramène finalement à ceci :

Dans toute considération, ne pas oublier l'observateur, mais le désigner et le dessiner explicitement avec son rôle.

Si l'on veut, rendre toujours sensibles, objets eux-mêmes, — les repères de relativité.

Éviter toute confusion de fonctions[a]. (*Ibid.*, V, 709.)

☆

K.

Le jugement synthétique a priori, Kant l'a *critiqué* comme... s'il existait. Mais il n'a pris garde que son *existence* réelle même, sa place et sa valeur réellement pensées devaient être considérées[a]. Tous les *A* sont *b* — (*A* ≠ *b*). Est-ce que l'on pense cela ? — N'est-ce pas plutôt formule de livre et d'école ? N'est-ce pas aussi un moyen purement transitoire et provisoire ? Valeur d'échange et non autre.

Car rien de réel n'est universel.. et peut-être rien de réel n'est nécessaire ! C'est toujours une imagination, une falsification, un acte d'arrondir que de généraliser et de *nécessiter*.

Comment [nous] pensons le jugement synth[étique] a priori, là est la question ? Dans quelle mesure ? La vraie pensée n'est-elle pas à la fin toujours un jugement particulier, et à la fin, un non-*jugement* ? (*Ibid.*, V, 730.)

☆

D'une lettre à M. L. Dauriac[1] :

... question de la méthode dans les choses de l'esprit,

---

a. *Aj. marg. :* il dépasse le sujet, et il dépasse toute expérience possible.

question qui a toujours été principale dans mes préoccupations, question toujours renaissante et toujours
éludée en philosophie car la philosophie répugne nécessairement à être assez individuelle, assez éloignée du
langage ordinaire et en somme d'un point de vue
moyen, — pour aborder ce genre d'analyses. Les philosophes nous cachent la philosophie à l'état naissant, et
c'est cela seul qui au fond m'intéresse.

Je considère, p[ar] ex[emple], Kant comme un très
grand psychologue, un homme doué pour arrêter et
saisir au vol ou percevoir dans leur indépendance instantanée, des moments précieux de la pensée, — mais par
un effort secondaire, il a artificiellement donné une
apparente portée générale à ses trouvailles — et un
traitement formel approprié. [...] (1915-1916. *A,* V, 753.)

La Métaphysique. — La métaphysique est un fait —
C'est une partie de la littérature écrite ou parlée ou
pensée.. On peut grouper une collection d'ouvrages
qui ont pour caractère commun de poser les questions[A] :
Cur, quomodo, quis, quando, ubi[1],
    au sujet de quoi que ce soit, sans égard à la possibilité
de répondre ni à l'intelligibilité de la demande.

P[ar] ex[emple] on demande qui a fait ce qui implique
tout *qui* et le *faire ;* tout acteur et toute action intelligibles.

Et on répond sans remarquer qu'une réponse n'a de
sens que vérifiable.

C'est là la métaphysique.

L'ordre, l'intention, l'action, la suite, même la figure
ou forme, même la durée, la simultanéité, — ne se
peuvent penser sans repères. (*Ibid.,* V, 768.)

Il n'y a pas d'erreur philosophique si énorme que de
compter comme philosophes les seuls philosophes,
tandis que tous les hommes d'une certaine grandeur
ont nécessairement formé leur philosophie; et peut-être,
s'ils ne l'ont exprimée ou précisée, au sens technique

A. *Quatre tr. marg. allant jusqu'à :* l'intelligibilité de la demande.

et dans le langage technique de la philosophie reconnue, est-ce dû au sentiment qu'ils avaient que la leur était d'autant plus philosophiquement vraie qu'elle n'était pas déclarée. Vraie, c'est-à-dire utilisée et appliquée — *vérifiée*.

Le philosophe spécialiste ne fait rien de sa philosophie : il est l'homme du monde qui en use le moins. Mais l'idée générale des choses, de l'homme et des Problèmes qui s'était formée dans César, dans Léonard, dans Galilée, ... idée très certainement en liaison avec leurs travaux, leurs objets, leurs observations, dut avoir le prix, la portée, la fonction, l'intensité et l'utilité cachée d'une pensée éprouvée par les exigences et les aventures de leur génie particulier. Descartes le savait bien. (*Ibid.*, V, 812.)

☆

Le métaphysicien cherche à voir ce qu'on ne voit pas. Il cherche d'autres Êtres, d'autres relations; ce qui est ne se suffit pas et il lui pose des questions dont la réponse ne peut se trouver dans les choses observables. Ce sont réponses qu'il appelle Vérité. Pour moi je ne nomme vérité que la ressemblance du portrait au modèle, et je ne cherche qu'une représentation, une carte ou un plan de ce que je vois ou puis voir. Et même en bien des questions, je ne cherche que les phénomènes eux-mêmes, ou leur désignation. Les questions que je pose sont telles que la réponse en soit une affaire d'arrangement des données.

Il ne s'agit pas de connaître d'autres Êtres, mais ceux-ci plus précisément — ni une autre réalité, mais celle-ci — Non l'idée d'une autre réalité, mais une autre idée de la même, qui soit plus précise.

Dans ce système[A] il n'y a d'autres problèmes que ceux dont la solution est *cachée* dans « nous » comme une goutte de vin dans une tonne d'eau. (*Ibid.*, V, 812-813.)

Réalité du Monde extérieur. Problème grossièrement

A. *Trois tr. marg. allant jusqu'à la fin du passage.*

issu des illusions de ceux qui supposent au mot *Réalité*
des significations autres que métaphoriques. On prend
pour étalon la chose qui me résiste.

Réalité ne veut dire que ce qui se peut comparer aux
objets tangibles. Réalité cachée (cachée par nature)
est une absurdité. C'est dire qu'il est des choses intangibles
en soi qui [sont] aussi tangibles que les tangibles.

Penser nettement que tout pourrait être un rêve —
c'est n'avoir pas trouvé les caractères propres du vrai rêve, —
et ignorer qu'il est des effets toujours absents du rêve,
d'autres toujours absents de la veille; d'autres toujours
présents dans la veille — ou voisins.

Le rêve[A] n'est pas moins réel que la veille. Ce sont
deux mondes qui chacun contiennent l'autre, mais à
titre instable et improbable.

Qu'est-ce qui me prouve que je ne rêve pas ? — Cette
question ne se prononce *sincèrement* que dans le moment
où les choses visibles et présentes me donnent des
impressions telles, — ou insuffisantes ou surabondantes
(par rapport à quelque chose), — que je *désire* m'en
éveiller. Elles ne répondent pas à mes besoins. À quoi
rime ceci, cette chambre familière qui se fait étrange,
— ce surcroît de tourments — ce trop ou ce pas assez ? —
Nécessité, utilité, *justice* en défaut. *Est-ce que je rêve ?* —
Ordinairement on les distingue comme le rouge du bleu.
(Mais en général nous ne pouvons poser la question
que par un *faux* intellectuel.)

Si l'on veut conserver le mot : réel, il faut chaque fois,
dans chaque cas désigner explicitement des repères,
une échelle — un moyen de distinction du réel et du
non-réel.

On vise toujours par ce mot la non-réciprocité ou
inégalité d'une action et d'une réaction. (*Ibid.,* V, 820.)

Les jugements analytiques (universels) reviennent à
rappeler la définition du sujet; et les synthétiques
(universels a priori) à la modifier — (une fois pour
toutes). Si ces derniers jugements avaient la valeur que
K[ant] leur donne — les sujets seraient en voie de

A. *Deux tr. marg. allant jusqu'à :* instable et improbable.

transformation perpétuelle, et on serait en droit de les définir après d'une nouvelle manière. — En effet comment penser un sujet sans penser tel attribut qui *toujours* y est attaché ? Je conclus que le mot penser n'est pas clair, que la position de Kant n'est pas nette entre le logique et le psychologique; et que d'ailleurs le jugement synthétique en tant qu'*universel* est *provisoire ;* il est toujours ou en voie de modifier le concept du sujet ou en voie de céder la place...

— A[u] s[ujet] du prétendu principe de causalité qui est l'exemple type, il y aurait beaucoup à dire.

En particulier, que ce principe est certainement *réflexe* et anthropomorphique. Le concept de cause étant indéterminé et d'ailleurs cachant sous un mot abstrait des idées psychologiques d'agent et de motif, sans compter la notion du sujet lui-même. Tout ce qui bouge fait dresser l'oreille du chien. Le chien ne forme pas le principe. Il le mime, il le vit. (1916. *B,* V, 860.)

Souvent quand on parle (naïvement, intuitivement) de *cause* et d'*effet* c'est une distinction purement apparente fondée sur l'ordre de succession que l'on perçoit; cet ordre lui-même peut résulter de circonstances de transmission. Ainsi le bruit de la détonation et le sifflement du projectile peuvent s'intervertir à l'oreille. (*Ibid.,* V, 869.)

☆

[...] La liberté se rattache à l'ignorance fondamentale, vitale où nous devons être pour pouvoir vivre, du mécanisme de cette vie dans sa rigueur, sa suite, son détail infini.

Il n'y aurait pas connaissance si cette connaissance devait avoir même « puissance », même valeur, même plénitude que l'être même. La pensée d'une chose doit être superficielle, sinon je serais la chose. Mais superficielle c'est dire seulement suffisante pour le rôle que la chose doit jouer dans la comédie qui seule m'importe. La vérité de cette pensée n'est que cette suffisance même. Approfondir une pensée c'est l'éprouver par des rôles de plus en plus difficiles. (*Ibid.,* V, 913.)

Les philosophes et le mouvement.

Ils ont disserté sur un mouvement qui n'existe pas. Sur un mouvement observé grosso modo. P[ar] ex[emple] en admettant toujours comme la géométrie, que les corps se déplacent sans altération, et que les corps immobiles ne sont pas altérés par le déplacement des corps mobiles qui ne les touchent pas. Or cela est faux.

Si donc il ne s'agit du mouvement réel, mais de l'idée du mouvement, cette idée *prise à part* ne supporte pas l'examen, elle est un fantôme.

Il en est ainsi d'un grand nombre de chapitres en philosophie. Bien des questions n'ont d'existence que prématurée. (*Ibid.,* VI, 3.)

☆

La plupart des problèmes classiques en philosophie naissent de l'*impureté* des « concepts » employés — Comme la chimie serait inextricable si elle ne consentait d'abord à chercher des corps *purs* sinon des corps *simples*. Leurs éprouvettes sont sales.

Ainsi temps, espace, continu, réalité etc. sont des idées impures qu'une longue habitude fait croire simples.

On trouve facilement que l'espace implique le mouvement, que diviser est un mouvement, que partie ou moitié demandent aussi quelque mouvement. La partie d'une grandeur est une grandeur qui est déduite de la première par un mouvement.

Le mouvement intuitif, simulé, esquissé se représente dans le simultané par la grandeur.

En somme il est difficile, parfois impossible, d'exprimer dans le langage des finesses et des rigueurs sans lesquelles et avant lesquelles il a été fait et arrêté..

Ce n'est pas par une analyse logique que nous concevrons comment nous concevons le mouvement.

La contradiction ne prouve que contre l'expression, non contre la chose. (*Ibid.,* VI, 6-7.)

☆

Le hasard, mot vulgaire a *n* sens, parmi lesquels il en est de contradictoires — quoique ces significations dérivent l'une de l'autre.

Des pierres sur un champ sont jetées au hasard — c'est-à-dire que toute autre disposition qui ne rappelle rien qu'un jet sans but équivaudra pour le moment à celle-là et suffira à la décrire.

Mais si une pierre a une figure qui ressemble à quelque chose, ce sera aussi un hasard, étant aussi improbable qu'une pierre ressemble à un objet qu'une distribution de pierres sur un terrain réalise précisément une figure nommable.

— Tantôt ignorance, tantôt indépendance — désordre, multiplicité de rôles.

Si une pomme tombe à telle heure, pas de hasard. Si je passe à tel point, pas de hasard. Si la pomme tombe à mes pieds, hasard. Pourquoi ? Parce qu'une nouvelle série d'événements peut s'ensuivre, *série apparente*.

On peut dire pour définir la possibilité du hasard — ou le réel :

Tout ce qui joue un rôle dans le système *A*, joue un rôle dans le système *B*, *C* — etc., est réel. Tout ce qui est réel est capable de cette multiplicité de fonctions ou rôles.

Ou encore : ce que nous observons ou subissons, nous ne le saisissons ensuite que par une opération qui toujours tend à un type à 1 variable.

Nous appelons désordre, hasard, informe, accident, etc. tout ce qui n'est pas ramené au type : correspondance uniforme, variable indépendante unique, — cf. surprise.

Or ce type correspond en nous à l'institution d'un mécanisme spécialisé qui se nomme attente, prévision, but, et qui dans chaque cas donne sens, suite, adaptation réciproque.

Je puis dire aussi que le rêve se rattache au hasard; et d'une façon précise[A], qu'il est la pensée même se percevant en dehors de ces mécanismes qui sont sa fonction de veille. C'est la conscience et son contenu jouant

A. *Trois tr. marg. allant jusqu'à :* leur rôle spécialisé.

d'autres rôles que leur rôle spécialisé[A] — et pris dans une série de modifications qui ne sont pas réductibles ou qui n'aboutissent pas à leur tendance apparente. Difficile à exprimer. Ce n'est pas cela.

Le rêve[B] est donc une réalité, ou plutôt la conscience est réalité puisqu'elle peut entrer dans une multiplicité de séries. (*Ibid.*, VI, 50-51.)

Si le mécanisme de tel phénomène nous échappe, comme de la vie, c'est par la petitesse de certains corps; ou par le défaut d'un sens; ou par la contrariété que le fonctionnement même met aux observations; ou par la quantité des variables; ou par la durée trop lente ou très brève des changements relativement aux nôtres —; et si tant d'événements qui nous atteignent, qui nous font, nous défont; nous mènent, nous égarent, .. irritent en nous le démon de la compréhension et le déjouent, c'est que la compréhension est excitée à tort comme l'estomac peut crier plus qu'il ne le doit, feindre la soif..

La métaphysique est le creux aliment d'une faim fausse. Mais est-ce possible de savoir quelle faim est véritable, quelle simulée ? Vraie faim sera celle que nous pouvons combler.

— Mais.. Rien n'est simple. Il ne faut pas couper le cheveu en 4, mais en 8, en 16, en 2^n.. Il faut le couper si avant que le brin ne se distingue plus enfin de la lumière qui le fait voir. (1916. *C*, VI, 125.)

A. *Aj. renv. :* Le hasard observable dans la veille ordinaire, au milieu duquel, en société duquel nous vivons et avec qui nous faisons commerce, ce hasard devenu plus intime, envahissant ce qui n'est jamais hasard dans la veille, — constitue le rêve.
C'est ainsi que le jeu des impressions latérales est remarquable dans le rêve. Ces impressions si elles prenaient dans la veille de l'importance la rapprocheraient du rêve.
Négliger, pouvoir négliger est caractéristique de la veille, et est l'essence de l'attention.
Mais l'attention elle-même rejoint le rêve par ce caractère que le rêve est involontaire restriction quant aux connaissances externes. Si l'attention est telle que le caractère volontaire n'y figure pas ou s'immobilise elle tend vers le rêve.
— Des choses peuvent arriver en dehors de notre attente, contre elle, — c'est là le hasard. Mais il y a une attente dans l'attente. L'attente de l'improbable, c'est l'espoir.
B. *Deux tr. marg. allant jusqu'à la fin du passage.*

☆

L'histoire de la connaissance contient intimement celle de la précision et de la variation généralement croissante de la précision.

Chaque degré de plus de précision d'observation atteint et rend caduque une « conception » (théorie, croyance, point de vue).

Rien n'est qu'on ne puisse *voir* d'un peu plus près ou *voir* un peu autrement — et c'est presque une définition de ce qui *est* — selon la connaissance.

Si on fait entrer le langage en ligne, on peut dire aussi : rien n'est qui ne se puisse exprimer avec un peu plus de signes ou de variables.

Et aussi rien n'est qu'on ne puisse considérer en même temps que d'autres objets. Etc.

Le caractère du réel est de primer toute connaissance, de la faire ressentir comme approximation —; donc, chose d'un autre ordre.

Mais aussi, par la même conséquence, de se réduire soi-même positivement à cette réfutation toujours ouverte de la connaissance, à cette négation ou destruction périodique.

Arrêtons-nous un peu. Errons autour de ce point.

Un événement *K* est comme chassé ou substitué par un événement *L*. Voilà le temps apparent.

Mais l'événement *K*, quel qu'il soit, est *capable,* moyennant (par exemple) observations, d'être *légitimement* remplacé, non plus par son suivant mais par une autre vue prise en *K*, p[ar] ex[emple] un grossissement, — un nombre ε par un nombre mieux mesuré ε′ — un corps par un système de molécules, une moyenne par une pluralité d'individualités — — un point par un astre — etc.

Les propositions faites en fonction de *K* restent-elles vraies ? — *K′* est-il plus vrai que *K* ? — *K* se distingue-t-il de *L*, — et même l'ordre de succession a-t-il encore un sens ? (*Ibid.,* VI, 130.)

☆

Je crois que personne aujourd'hui ne prend plus au sérieux, ni même seulement au tragique, — une expli-

cation quelconque de « l'univers » — ni un dogme politique, d'ailleurs, ni peut-être un idéal. Chacun peut lire six journaux, six doctrines à cinq centimes chacune.

L'ensemble de ces machines d'opéra intellectuel plus ou moins coûteuses est enfin comme nul. Choses de musée, archi-connues, et vulgarisées comme par la photographie. Les journaux, les programmes uniformes d'étude, les discussions publiques électorales ont usé, énervé, abruti toutes ces Idées. Elles coexistent sans autres fureurs que leurs fureurs connues. Les contradictions qui existaient entr'elles font partie de leur conservation d'ensemble — —

L'échange des propositions antinomiques entr'elles est devenu un régime permanent..

Qu'est-ce qui demeure ? 1° pouvoir excitant / suggestif / 2° des solutions partielles.

Personne ne *croit* plus aux Idées de Platon, mais cette mythologie intellectuelle a pris rang dans les moyens de pensée de tout le monde. La notion « Idéal » est acquise, comprise.

De même la notion d'évolution. Partisans ou non, la possèdent, s'en servent, se comprennent eux-mêmes ou entre eux *au moyen* de ces mots. (*Ibid.*, VI, 175.)

☆

La logique enseignée, pour moitié est inutile, pour moitié est fausse.

Ainsi les règles que l'on donne des définitions — (convenir au seul défini.. etc.) sont ridicules, car elles supposent la connaissance des choses définies. Les définitions sont donc inutiles.

Il y a ici confusion entre l'idée d'abréger le langage; celle fort différente de construire un être capable d'entrer dans un certain genre de calcul; celle de permettre de reconnaître un système ou un objet par une *partie* de ses propriétés; celle de substituer à un état vague un état précis; celle de donner l'existence..

— Autre exemple : le principe d'identité qui n'est identiquement rien quoiqu'on puisse lui donner une foule de sens, très intéressants, mais alors ce principe est incomplet.

Et celui de contradiction, qui est suivant les goûts,

une convention scripturale, une impossibilité de penser, une définition du *temps,* etc.

Il faut définir les diverses espèces de définitions par les divers usages. (*Ibid.,* VI, 206.)

Notion de *relations.*

« Relation » est la notion réciproque de « choses ». Qui dit l'une sous-entend l'autre. La notion elle-même est chose regardée comme relation.

Toute chose considérée s'écarquille en un infini de relations. Toute relation considérée se durcit en chose. — — (*Ibid.,* VI, 214.)

☆

Le moindre objet réel a plus de « dimensions » que l'esprit de qui que ce soit. — (*Ibid.,* VI, 224.)

☆

Le monde — et la « création » du monde étaient quelque chose d'assez net, de pouvant être pensé comme problème, dans le temps où ce même monde était considéré comme un objet bien déterminé, un visible et tangible laissant place d'ailleurs à des invisibles plus réels que lui, — où une échelle naïve conduisait l'imagination de l'infini de *petitesse* à celui de grandeur.. où le visible aurait pu ne pas être et pourrait se supprimer..

Mais le monde actuellement pensable n'a pas de bords. Ses propriétés ne définissent que tel cas particulier, provisoire, et que les propriétés en somme de corps particuliers qui sont d'autre part compris dans lui. Instruments, organes des sens, propriétés psychiques. Il n'y a monde au sens ancien qu'en négligeant ou en supposant constants certains termes que l'on ne peut éliminer jamais.

D'ailleurs[A] (à un point de vue voisin de celui-ci —) on est conduit et contraint à considérer ce monde comme produit de circonstances indépendantes qui,

---

A. *Trois tr. marg. allant jusqu'à :* ou ne le sont pas.

elles, *sont ad libitum* aussi bien monde que lui, ou ne le sont pas.

Le monde est aussi un fait ou facteur psychologique ayant la valeur et la fragilité et tous les caractères fonctionnels du sens de l'orientation par exemple. C'est une liaison presque constante, un instrument indispensable de la connaissance à partir d'un certain niveau.

Le monde primitif ressemble à l'idée première des courbes et des fonctions. Le monde actuel s'est enrichi et dépasse infiniment cette première idée. Nous savons que le monde primitif, naïf, est une transformée prodigieusement complexe de quelque chose, — et cet *objet primitif*[A] *ne peut plus s'exprimer par un seul nom.* — Il contient nécessairement des facteurs indépendants. — En d'autres termes, il faudrait refaire entièrement le langage. Car le point d'où le langage ancien et actuel a été fait, n'est plus.

La *place* même du langage dans les valeurs est bien changée. On n'en attend plus de solutions. Ce n'est qu'un instrument, et quand il s'agit du langage ordinaire, c'est l'instrument non approprié, inconnu dans ses constantes, certainement trompeur, sale etc. (Mais il faut bien partir d'outils grossiers pour construire l'appareil de précision.) (*Ibid.*, VI, 237-238.)

☆

Il suffit de faire tourner la puissance interrogative et dubitative de soi, de la placer sur les termes des problèmes au lieu de la laisser sur les problèmes donnés pour faire sentir que ces problèmes sont indéterminés et en impliquent toujours d'autres.

Ainsi les problèmes métaphysiques. Tous ceux où intervient le concept Monde, par exemple. Si on demande à préciser ce concept, avant d'affirmer ou nier quelque chose de lui, tous les problèmes s'approfondissent, se reculent, se désagrègent.. Qu'est-ce, le Monde ?

Et si l'on veut fixer le sens de ce mot, sera-ce par l'arbitraire ? Si l'on veut le déterminer sans arbitraire, sera-ce un sens moyen statistique ? Alors[B] (*Ibid.*, VI, 247.)

A. *Trois tr. marg. allant jusqu'à :   par un seul nom.*
B. *Passage inachevé.*

☆

La démonstration de la rotation de la Terre est un événement capital de l'histoire. Si elle tourne, mes sens ignorent cette vitesse et ne la révèlent qu'indirectement. Je croyais savoir quelque chose. Si je puis ignorer un fait si gros, s'il faut tant de siècles et de détours pour le découvrir, quels soupçons sur tout ce dont je m'assure — !

Quelle diminution d'être sur une toupie !

L'étrange scientifique commence et ne s'arrêtera plus. Cela emporte et rapporte les religions et les légendes. Le Christ n'eût pas osé dire, les Écritures écrire, un prodige si niais, si énorme.

L'humanité ne se conduit pas encore comme un groupe qui se sait sur un toton.

L'Église a eu plus de flair, le jour du procès de Galilée. (*Ibid.*, VI, 262.)

☆

La « vie », l'homme ont-ils une importance, une fonction cosmique ? La pensée est-elle accident ? L'accident sans lequel pas de lois, ni substance. (Car la substance est une réalité psychologique — Non, une fantaisie pure.)

Et l'individu compte-t-il ? Chacun de ces portraits ou aspects du monde par millions et par hiérarchies — compte-t-il ? Ce monde n'est-il que des millions de facettes, *diamant jamais fermé* ?

Cet insecte se sent-il unique et irremplaçable ?

Cet enfant qui a deux jours et un enfant qui avait deux jours il y a mille ans sont-ils si différents in actu ?

Et ces questions peuvent-elles se supporter ? Sont-elles de simples abus de la forme interrogative ?

Et qui sait si l'individu ne compte pas précisément en ce qu'il a de non individuel ? Le « génie » qui semble le sommet de l'individualité, est-il pas le fonctionnement le plus détaché, *la voix de personne, le résultat rare d'une parfaite transparence,* d'un guidage ultra-fidèle, d'une équation entre les données et les issues ?

Il y a autant de hasard dans la naissance que dans l'accident qui prive de la vie. (*Ibid.*, VI, 263-264.)

☆

Sur la durée selon M[r] B[ergson] (autant que je le puis saisir)

« J'ai trouvé un procédé, un mode de penser — incommunicable, difficile à moi-même, dont un autre que moi ne peut donc jamais être sûr qu'il le possède identiquement, — et c'est là la Vérité. »

Où sont les résultats ?

Rien ne peut prouver que ce procédé subjectif soit identique chez X et chez Y. (1916-1917. *D*, VI, 281.)

☆

La trajectoire d'un mobile est ligne qui joint des points qui ne coexistent pas.

Ainsi le point a_1 appartient à l'espace *total* A_1, le point a_2 — — à l'espace A_2.

Or on ne peut *joindre* un point de A_1 avec un point de A_2 puisque A_1 et A_2 contiennent chacun exclusivement *tous les points*. Il n'y a pas d'autres « points » que les points de A_1 ni d'autres points que ceux de A_2.

Joindre 2 points est impossible comme chez Zénon. Vous croyez les joindre.

L'objet que nous voyons est déjà impossible à voir. Tout est donc qui pro quo. L'erreur est constitutionnelle.

— Mais l'attitude philosophique à l'égard de ces prétendus problèmes est *exagérée*. Pourquoi prendre pour des notions imposées et bien construites ou même « naturelles » ces mots d'*espace* et de *temps* qui n'ont pas plus de portée et de précision que les autres mots du langage ordinaire; et qui ne se distinguent pas entre eux, sans pénétration de leurs sens ou images ? Si donc on raisonne avec eux en rigueur, on recueille des paradoxes. La table des catégories peut être considérée comme non encore réalisée. —

L'espace n'est pas une notion plus nette que celle de temps. Tantôt cet espace est tout points — et ne contient rien que points. Pas de mouvement possible. Puis on y place des corps, (points matériels etc.), donc des liaisons. Alors la conservation de ces corps et la variation de leurs distances, la divisibilité infinie et la conservation de l'espace lui-même se disputent la raison. Les axiomes

s'introduisent. Car le but est de permettre le raisonnement et par ailleurs la comparaison des expériences —
leur notation.

Le déplacement d'un corps est équivalent à une
pluralité de corps diversement placés dans un espace.

Ne pas prendre au sérieux ces mots d'espace et de
temps —
c'est-à-dire ne pas raisonner rigoureusement avec des
mots qui ne le supportent pas et n'ont aucune vocation
à le supporter. (*Ibid.*, VI, 285.)

Spiritualisme et matérialisme n'ont plus qu'un intérêt
historique. Mais s'il fallait encore aujourd'hui choisir
entre ces deux couleurs, je m'assure que plus on tient
à la « dignité de l'esprit » plus il faudrait choisir la
seconde. C'est que le spiritualisme dit ce qui lui plaît;
tandis que l'autre fait le serment d'expliquer et s'astreint
à des conditions et à des épreuves très étroites; si
étroites qu'elles ont fait abandonner son camp. (*Ibid.*,
VI, 316.)

Si l'on fonde sa métaphysique sur sa morale — et c'est
le point des doctrines depuis le christianisme, — comme
l'élément moral résiste difficilement à un *grossissement
suffisant* et se dissipe à une échelle un peu différente de
l'ordinaire, cette métaphysique est par là très faible. En
particulier, elle ne résiste pas à une pensée suffisamment
libre à l'égard de l'échelle, et qui sait se faire plusieurs
points de vue. Elle condamnera donc la pensée, soit
dogmatiquement comme l'Église, soit critiquement
comme Kant, soit pratiquement comme le monde.
(*Ibid.*, VI, 395.)

Une philosophie — fondée sur l'observation directe
personnelle avec insistance sur le caractère purement

provisoire de tout langage — et purement *perspectif* de toute image — avec le sens presque toujours éveillé de la valeur et de la nature des « représentations » (leur *substance moi* et leur *apparence non-moi*) ; le perpétuel besoin de rendre explicites les repères de chaque état et les implications cachées de chaque pensée.. Le rejet ou la critique de toute notion non vérifiable, ou non définie, ou non utilisable. — (*Ibid.*, VI, 413.)

Hasard — 1 opposé à ∞

La caractéristique des choses réelles est d'appartenir à une infinité de systèmes simultanés.. Le hasard n'est qu'une conséquence de cette appartenance multiple, quand elle se heurte à la pensée qui n'est chaque fois qu'*un* système. (*Ibid.*, VI, 416.)

Prestidigitation —

Notre échelle ou optique, de laquelle dépendent notre « mystère », nos problèmes, est telle qu'elle nous impose d'assister à une foule d'escamotages et de tours de passe-passe — comme la reproduction des êtres vivants, leur mort, la nutrition etc., toutes choses que des changements prodigieux d'échelle pour nos sens affectent (comme la taille d'un ovule à celle d'un homme). (*Ibid.*, VI, 419.)

2 mots.
Vérité signifie traduction et valeur de traduction — réalité signifie l'intraduit — le texte original même. (1917. *E*, VI, 443.)

L'erreur incoercible des philosophes fut peut-être de croire soit à des principes, ou à un Principe, soit à une

Unité ou à une *petite* pluralité fondamentale — d'où la diversité et la prolification des choses suivraient.

L'idée vague de quelque chose toujours plus *profonde,* plus *antique,* plus *future,* plus *grande,* — ou celle d'une possibilité de mettre je ne sais quel ordre définitif du moins dans l'expression du monde, — fût-ce un Désespoir comme illuminé de suprême espoir, celui-ci purement *voulu,* aveugle conscient;

Hypostases..

Rien ne prouve — et pour le *moderne* — rien même ne suggère une telle direction à la pensée. (*Ibid.,* VI, 458.)

☆

Le temps, l'espace sont des mots, — au cas le plus favorable ce sont des fonctions-de-choses. Trouvez ces fonctions — mais n'allez pas croire à l'existence séparée de ces notions[A].

Vous verrez alors que dans certains cas ces fonctions se confondent et sont indiscernables. Ainsi dans la notion d'intervalle.

Il n'y a que des corps, ou du moins des sensations; *réfléchies,* elles donnent des mouvements et intuitions, déjà *réponses* et enfin ces actes-réponses — les catégories. (*Ibid.,* VI, 458.)

☆

La catégorie de ce qu'on ignore.

Réponses manquantes.

Réponses qui sont des questions déguisées.

Il n'y aurait pas de métaphysique si la forme d'une *réponse* ne pouvait pas être donnée à une *question.*

Mais le domaine de l'*esprit* est précisément caractérisé par ceci.

Dans le monde du corps, une réponse ou réflexe est toujours impossible à confondre avec une excitation.

Cette spécialisation s'atténue dans le mécanisme

A. *Aj. marg.* : Confusion d'un problème de *notation* et d'un problème d'*existence.* Toujours bien s'attacher à distinguer ce qui est image, ce qui est langage etc. Ici il s'agit de représenter les choses au moyen des *choses.* Alors on est conduit à leur *adjoindre* ces fonctions.

psychique. Le langage doit ses vertus et ses vices à cette confusion.

(Le type de la question[A], de l'état interrogeant est, par exemple, l'attente entre le chatouillement pituitaire et l'éternuement.) Cf. retard de dégradation. Én[ergie] à l'état instable. (*Ibid.,* VI, 476.)

Tout ce qu'il y a de positif en philosophie est sophistique.

L'analyse sophistique est le seul résultat positif de la philosophie. (*Ibid.,* VI, 476.)

Il y a deux genres de philosophies : les unes explicatives, les autres qui se disent critiques.

Le vice des premières est d'employer plus qu'il ne faut, et de ne pas se donner de conditions ni de sanctions.

Celui des secondes est ou fut de se déguiser sous une rigueur apparente de langage.

Il y a aussi le genre quasi mystique — qui tend à substituer à l'explication, — l'identification — qui prétend *sentir* le monde. (1917. F, VI, 575.)

Je ne sais plus où j'ai représenté le « problème de la liberté » par cette image : On se figure 2 mondes identiques[1]. On remarque sur chacun d'eux un certain homme, le même agissant mêmement.

Tout à coup, *l'un* des deux agit *autrement que l'autre.* Ils deviennent discernables.

Tel est le probl[ème] de la liberté.

J'ajoute aujourd'hui ceci : on peut représenter la nécessité par l'identité de 2 systèmes.

Dire qu'une conséquence est nécessaire, c'est dire que 2 systèmes identiques en A, B, C seront identiques en D. (*Ibid.,* VI, 583.)

A. *Trois tr. marg. allant jusqu'à :* l'éternuement.

☆

Le spiritualisme comme le spiritisme consiste à répondre aux questions par les questions.

Et ces questions elles-mêmes n'ont généralement pas de sens. (*Ibid.*, VI, 584.)

☆

Les faux problèmes —

Inanité démontrée par la précision de l'énoncé / de leur énoncé /[A]

Réalité du monde extérieur.

Liberté — Morale.

Âme et tout ce qui s'y rattache — Existence — imm[ortalité].

Mondes semblables — Même observation — Illusion de l'accroissement —
Une figure peut s'accroître —
Quid de la température.

Figures symétriques.

Temps.

Zénon — quadruple confusion ⎰ langage —
f[onction]
finie[B]
⎱ logique
observation
images

Espace.

Certitude. —

L'épi-phénomène. —

Intellect et sensibilité. —

Catégories — etc.

Antinomies — (L'*infini*.)

Le nombre.

L'intuition.

A. *Aj.* : et par l'inutilité de la solution, l'indifférence — c'est-à-dire qu'elle n'a aucune conséquence vérifiable. Ici, les solutions ne changent rien à rien.

B. *Aj. renv.* : Ainsi l'impossibilité du m[ouvemen]t est due à la confusion de notions de divers ordres — dire la moitié d'une longueur c'est supposer le mouvement. — Le mouvement implique le mouvement — on ne peut concevoir son impossibilité qu'en concevant sa possibilité.

Qu'est-ce qui demeure ? —
1° formation de notions limitées
2° opérations — sens à donner aux résultats
3° Images particulières — expériences mentales
4° Langage ordinaire — expérience commune.

En général, en philosophie il suffit de calculer une décimale de plus pour voir le problème perdre son sens, sa possibilité[A]. (*Ibid.*, VI, 608.)

Zénon. Divisibilité — Tout l'argument esquive de parler précisément de cette divisibilité.

Où se passe-t-elle ? qui l'opère ? —

Quand on la précise tout s'évanouit. Qu'est-ce que diviser le temps ? L'opération mentale[B] de diviser est étrangère à l'opération de tracer — et même incompatible avec elle.

Diviser un temps c'est faire semblant de diviser une ligne. Diviser une ligne — c'est imaginer un tracement; et *ensuite* imaginer des points — *Deux idées alternatives.* Rien à en conclure.

L'examen seul des positions de Zénon montre qu'il s'agit d'un problème de *mots*.

A. *Aj.* : Conclusions :
La *vérité* — c'est le portrait exact et utile. Elle n'est pas cachée — ce qui n'a aucun sens — ce qui est caché ce sont des solutions, des occasions. C'est une affaire de talent, d'habileté, comme un dessin.
Il est vrai, toutefois, que le choix ou l'introduction de certaines *variables,* ou de choses conventionnelles rend possibles ou plus aisées certaines représentations — qu'il y a à débrouiller, à rejeter, à choisir *dans ce que l'on voit.* Mais le caché n'ajoute rien puisqu'il n'est rien.
Donc porter l'effort sur la chose observable, et d'autre part sur la gymnastique, sur l'entraînement de l'artiste.
— À quoi peut-on arriver, d'ailleurs ? Nous le savons — À des « états d'âme » — La musique y suffit.
C'est le problème général de la représentation, c'est-à-dire de la réduction de toutes choses à l'*échelle de l'instant* — de l'*activité* possible entre parties dont la réalité est éloignée, disséminée ou d'inégale réalité (passé, présent). [*Cinq tr. marg. vont de :* C'est le problème *jusqu'à :* l'*échelle de l'instant.*]
B. *Tr. marg. allant jusqu'à : Deux idées alternatives.*

On pourrait le transposer dans l'ordre des couleurs au moyen des complémentaires. (*Ibid.,* VI, 622.)

☆

Si on retire de la philosophie un certain nombre de poèmes lyriques (tels que le *Monde*[1] de Schopen[hauer], le *Timée,* Hegel etc.) elle se réduit à l'examen infini d'une douzaine de problèmes qui tous ont trait à la relation de l'observation psychologique avec le langage — à l'usage de la logique sur des mots indéfinissables, aux luttes de la logique avec des significations — p[ar] ex[emple] : contradiction et images. (*Ibid.,* VI, 624.)

☆

Zénon. Mon sentiment est le suivant :
Je distingue le mouvement réel du mouvement qu'on imagine.
Le premier n'est pas en question. Il est.
Le second est formé de deux imaginations *indépendantes.*
Celle du continu (limité, borné) — celle de division — (et de prolongement).
L'une est un acte *A.* L'autre, un autre acte *B.*
Penser une flèche qui vole, c'est penser 1° une flèche qui ne vole pas, 2° un vol sans flèche; un mouvement avec telle direction. Le mouvement est sans mobile. Il est indivisible, ou divisible seulement en mouvements finis — en pulsations — et d'ailleurs sa division est *postérieure,* elle n'est pas génératrice.
Penser un mouvement c'est penser autre chose qu'une ligne, quoique ce soit aussi penser une ligne. La ligne ensuite est divisible mais encore l'est-elle par une synthèse artificielle comme je l'ai dit — infra.
— Mais qui pense ligne, pense mouvement. On ne peut donc se servir de la division de la ligne pour objecter au mouvement. Si le m[ouvemen]t est impossible, il n'y a pas de lignes — si pas de lignes, pas d'impossibilité.

Le résultat clair des arguments de Zénon, c'est la démonstration d'une confusion dans le langage. Si on distingue soigneusement les moments, et les composants psychologiques qui servent à s'essayer à ces questions, — on les voit s'évanouir. Et d'autres problèmes paraissent. [...] (*Ibid.*, VI, 626.)

Tant que les choses ont une signification et même une forme nous sommes dans l'anthropomorphisme.

Nous approchons du réel, peut-être, quand nous apercevons dans un discours chargé de sens, muni d'un but, et aussi organisé que discours peut l'être, — le vide, l'absence de sens, le hasard, l'instantané. Ainsi que nous approchons du réel d'un mot, quand nous le percevons, à force de le répéter, fût-il le plus familier, le plus connu, comme un étrange bruit... comme l'entend une bête. (*Ibid.*, VI, 681.)

La métaphysique de Platon et celle d'Aristote sont deux psychologies étendues l'une et l'autre, sans restrictions, à l'explication du monde. L'une plus fondée sur les images et la mémoire, l'autre plus fondée sur la logique. L'une et l'autre plaçant l'intelligible et l'intelligence à la source des choses, et par là assez combinables entr'elles.

La philosophie mécanique, au contraire, essaie de minimiser la part de psychologie (qui ne peut pas se réduire à zéro). Le Dieu de Descartes est minimum. Le monde sans commencement ni but ni fin ni sens ni cause des métaphysiciens scientifiques — n'est peut-être pas moins « psychomorphique » que les autres. L'univers de Spinoza est un *cerveau* par opposition à un *esprit*. Quoi de plus intellectuel que la nécessité ? Aujourd'hui le Tout et Nous-mêmes ne sommes que la combinaison la plus probable... (1917-1918. *G*, VI, 710.)

Pneuma[1]—

L'âme est le souffle pris pour le signe de la vie, et pris pour *cause* de la vie et pour la vie même, principe.

À l'observation primitive de la respiration a dû s'en ajouter une autre qui a pu singulièrement fortifier l'idée de la puissance propre du souffle. C'est l'action du souffle sur le feu. (*Ibid.*, VI, 736.)

☆

C'est le conflit « interne » qui semble distinguer l'homme d'un système mécanique. Toutefois la question est de savoir si c'est un vrai conflit ou une apparence, et si l'issue n'est pas enveloppée dans les données initiales. Le problème est insoluble, puisque ces données ne sont jamais toutes données. On peut toujours dire qu'il y en avait de cachées. Cette liberté apparente est donc restreinte à l'apparence. Je me sens libre pour ignorer en quoi je ne le suis pas. La liberté est vraie restreinte à mon observation. Je conçois mon acte comme *choisi* parce que je ne vois pas en deçà de ce choix.

L'homme vraiment libre tirerait ses actes au sort[A].

Ce qui dessine et définit chaque homme, c'est après tout l'arrêt plus ou moins rapide des réactions qui se produisent en lui à tout événement.

Tel événement provoque une réaction, p[ar] ex[emple] la répulsion. À celle-ci peut succéder une correction — (des mesures prises par l'intellect pour amortir cette répugnance, puis la surmonter etc.). Après quoi — rien. En somme l'homme se fixe soit au 1er, soit au second état. Il établit son moi sur l'un ou sur l'autre, s'y reconnaît, s'y attache, est connu comme tel. Mais il y a quelque chose d'accidentel dans cet arrêt — (qui peut être, d'ailleurs, oscillatoire —).

Tel objet attire, éveille mon attention. Tel autre, non. Je puis contrebattre l'une et l'autre action. Vouloir m'intéresser, vouloir ne pas m'intéresser. (*Ibid.*, VI, 788-789.)

☆

Le spiritualisme est la doctrine qui veut expliquer les

A. *Aj. renv.*: Toutefois — autre point de vue — pas d'adaptation sans une certaine *liberté*. L'homme peut s'adapter non seulement aux conditions présentes, mais à des conditions imaginées.

choses par des mots, par des personnes feintes, et par de
très vagues images, et par *nos lacunes* — car spontané
et libre sont des trous.

Le matérialisme est la doctrine qui veut expliquer par
des images précises et par des grandeurs. (1918. *H*,
VI, 835.)

☆

Parler de la réalité du monde extérieur, c'est demander
si le mètre étalon est un mètre. Est-ce que le réel est
réel ? — Car on appelle réel ce qui précisément a les
propriétés de l'objet extérieur — et le degré de réalité
d'une chose est le degré de comparaison avec un objet
de ce genre.

(— Si on se retourne vers la *réalité*, — on y trouve un
nombre de conditions ou de variables inénumérable.)

Je dirais même que le réel est instantané. (*Ibid.*, VI,
839.)

☆

On peut toujours substituer à la question métaphysique : Qui suis-je ? ou Quel suis-je ? — Que deviendrai-
je ? Qui a fait ceci ? — —

la question : Qui te le demande ? Quel est le ressort
de ces questions ? As-tu le droit de les poser ? Conçois-tu
même cette question ? Pouvons-nous poser de véritables
questions quand l'espèce même de la réponse ne n[ou]s
est pas connue ? Une question n'a de sens que si nous
supposons la classe des choses dont l'une serait la
réponse. — Il faut que n[ou]s connaissions cette classe
pour énoncer la question. S'il n'en est pas ainsi, notre
question *crée* cette classe, et ce n'est plus une question,
c'est une proposition affirmative déguisée. Qui a fait le
Monde — ? Ce n'est pas là une question. C'est un dogme.
(*Ibid.*, VI, 843.)

☆

Narcisse philosophe

Certitude —

Peut-être le « vrai » sens à donner à la fameuse affaire
de la réalité du monde extérieur est-il le suivant : Je suis

sûr que ces choses existent; je suis *sûr* que toi à qui je
parle, es capable de m'entendre, de m'interpréter, de me
prévoir même.. — j'en suis *sûr,* mais cette certitude, je
sais qu'elle a même puissance que celle de ma propre
existence, et *pas plus.* Les choses *sont* en tant et pour
autant que je *suis.* Pas plus. Être sûr, c'est relatif aux
actions. Rien de plus.

C'est une relation réciproque. Rien de plus.

Il y a autre chose que moi, s'il y a moi, et réciproquement. — Il est impossible de ne pas croire que cette
figure si nette, si animée, qui répond si juste et même
si plus juste que mon attente, soit tout indépendante
de moi; que mes paupières commandent son existence
comme pourtant mon avis commande le sien, qui est
une fois sur deux, contraire du mien. Ce feuillage si
délié, qui embrouille mes regards, qui s'enchevêtre
et s'imite et diffère comme à l'infini, défiant ma pensée —,
visible et non imaginable, il n'est pas de moi. *Tu m'étonnes,
donc tu es.*

Le réel est mon équivalent. Nous sommes vous et moi de
même puissance quels que nous soyons et quels que
soient les effets que nous produisions. Tu as beau
me surprendre, j'ai beau te contenir, nous n'avons
jamais que la même réalité, le même besoin l'un de
l'autre.

Narcisse philosophe.

Ce fait, dont l'étonnement immémorial n'a pas fini
d'exister, ce phénomène d'optique qui fait l'homme voir
soi à peu près comme les autres le voient — qui montre
au moi-même l'étranger, — qui dépend de mon rayonnement et d'une fontaine, des lumières que j'émets.
(1918. *I, VII, 31-32.*)

Il n'est pas de proposition, il n'est pas de description,
pas de raisonnement dans lesquels les mots de *temps* et
d'*espace* ne puissent être avantageusement remplacés
par d'autres termes chaque fois plus particuliers[1].
(*Ibid.,* VII, 58.)

Les discussions interminables sur le finalisme sont dues à la non-expression des idées de cet ordre dans un langage net, aussi rigoureux que possible.

Les locutions : servir de — tendre à — servir à[A]. (1918-1919. *J*, VII, 156.)

Finalisme —

Nous disons : la cellule se différencie — devient embryon, et l'embryon, animal. Nous voyons alors l'animal comme *but* des transformations bizarres de la cellule fécondée.

C'est que n[ou]s n'avons pour modèle et instrument de compréhension que notre propre notion de nos propres actes — et dans ceux-ci un *but* est indispensable *quand ces actes sont composés.*

(Monstruosités)

En somme, un *but* se proposant, on en déduit par un certain genre d'analyse, les actes dont l'effet reproduira dans le réel, l'image du but.

L'opération inverse de celle-ci, qui consiste à induire le but des actes observés, est *finalité*. Et quand on considère des états comme des *actes* on fait du finalisme. On dit l'œil est FAIT pour voir, — au lieu de dire qu'il est condition de la vision. (*Ibid.*, VII, 198.)

Principia

Il n'y a ni temps, ni espace, ni nombre en soi, ni causes, ni — —

Il n'y a que des opérations — c'est-à-dire des actes, et ce qu'il faut pour ces actes.

Le temps, l'espace et tout ce que j'ai énuméré, et tout ce que j'ai oublié dans ce compte, sont des mots, et ces

A. *Aj.* : ne pas confondre *servir à* — avec *être fait pour*

mots créés à tort et à travers, indépendamment les uns des autres etc. pour représenter et s'expliquer *partiellement* ce qui est partiellement[A], mais que les philosophes veulent saisir et penser universellement.

Il n'y a que des sensations de plusieurs degrés et de plusieurs espèces, (pour autant que l'on peut les classer ainsi ?) — et il n'y a que des actes. Encore ces sensations peuvent-elles être comprises dans les actes, si l'on veut.

Il faut définir les *pouvoirs*. (1919-1920. *K, VII, 485*.)

☆

La question de la liberté est bâtie sur la fâcheuse notion de cause. Si l'homme est cause première — voilà le point. (1920. *L, VII, 543*.)

☆

Toute la philosophie et la métaphysique sont fondées sur cette idée cachée — que le moi et l'esprit ou le cerveau sont *Source*. L'univers formant une autre *source*.

Il faudrait essayer de les montrer comme de simples réponses d'une partie organisée d'un milieu à ce milieu même.

Et de plus : montrer

que l'organisation, la chose organisée, le produit de cette organisation et l'organisant sont *inséparables*.

« L'esprit » est inséparable de la matière — et réciproquement. D'ailleurs cette distinction dépend de l'observateur. [...] (*Ibid., VII, 551*.)

☆

La philosophie, à mon avis, est la recherche que fait un homme d'une *forme* qui soit capable de tout ce qu'il sait.

Il arrive généralement que ce chercheur s'imagine poursuivre bien autre chose. Il croit approfondir, ou

---

A. *Aj. renv. :* Pourquoi veut-on qu'un mot adopté pour désigner l'évolution du jour, les aspects ordonnés et successifs de l'éclairage diurne ; utilisé de métaphore en métaphore, pour rapporter à cette modification périodique de l'année et de la journée, des successions quelconques — soit dépositaire d'un sens profond et d'une réalité ?

accroître la réalité donnée : parfois il refuse même à celle-ci le nom de réalité et le transporte à ce qu'il imagine. Mais il ne fait que travailler à la forme de tout ce qu'il sait.

Dire, par exemple, tout n'est que rêve, illusion — ou encore, tout n'est que réciproque de notre entendement etc. — c'est seulement se servir d'un certain procédé de notation, qui ne change rien à rien, qui n'affecte que notre exposition du système du monde, et non pas ce monde, ni même nos pouvoirs sur lui — — (*Ibid.*, VII, 556-557.)

L'activité de notre esprit nous cache les choses, et les choses ne sont connaissables que par cette activité même. Tirez-vous de là. Le ciel étincelant dû à la multitude des points de l'air illuminé nous cache le ciel informe et noir, semé de points-événements. (*Ibid.*, VII, 604.)

Quel système substituer à l'antique de l'âme et du corps ? (qui est pratiquement toujours en vigueur —) — quelles exigences faut-il avoir pour un système de représentation plus utile ?

Il doit permettre une sorte de calcul.

Montrer le point de vue — (Il y a « âme et corps », par exemple, pour telle optique, et ces termes sont suffisamment clairs pour s'entendre dans $n \infty$ cas. D'autres cas demandent le « moi » etc.) C'est en serrant de près ces demandes qu'il faut agir.

Autre exigence capitale — Un nouveau système doit permettre une traduction de l'ancien, qui est le constant.

L'important est de ne pas approfondir métaphysiquement mais de préciser, en se donnant ou en reconnaissant des données fixes — observables. Ne pas vouloir « savoir » mais vouloir « pouvoir »; vouloir noter. (*Ibid.*, VII, 606-607.)

L'homme est libre, comme la terre est immobile. Tout est combiné pour ces illusions. Il ne doit pas sentir les forces, et il se croit se déplacer aussi aisément vers l'E que vers le W, vers le N que vers le S.

Dire, en ce moment je puis faire tels ou tels actes, je ne sais pas lequel, je vais chercher lequel me convient le mieux[A] (*Ibid.*, VII, 644.)

Nous sommes d'autant moins *libres* que nous aurions plus besoin de l'être[1]. Par exemple, dans le péril et dans la tentation. Notre liberté est diminuée par les parfums, par le temps qu'il fait, par le danger. On pourrait en tracer la courbe. (1920-1921. *M*, VII, 676.)

☆

Parler de la réalité du monde extérieur, c'est vouloir mesurer le mètre étalon. Quelle est la longueur de l'étalon de longueur ? L'instrument qu'on lui applique vient de lui. — On ne peut pas douter de tout; le doute n'est qu'une pluralité de symboles ou de représentations pour une chose. Il n'y a de doute que sur le signe à adopter, non sur la chose. Douter de l'*existence* de *A*, c'est douter si *A* est réel, c'est-à-dire si *A* est susceptible de subir toutes les épreuves, et de remplir toutes les propriétés que *U*, choisie pour chose de comparaison, subit et remplit. Rien de plus. Le choix d'*U* est important. (*Ibid.*, VII, 698.)

☆

La règle est bien simple : Là où il n'y a rien d'observable, rien de vérifiable, — il n'y a, et il ne peut y avoir, que jeux de mots — Théologie, philosophie, psychologie — jeux de mots, et sans doute quelques images, mais non consciemment tels.

Mieux vaut en prendre conscience. Et alors — Rhétorique ! Art du mot.

Mais je pense qu'il peut y avoir une technique de la pensée, comparable à la technique des vers.

A. *Passage inachevé.*

Acquérir cette technique, dont les mystiques se sont doutés partiellement, sans la rapporter à elle-même — dont la dialectique est une partie, et la mathématique une partie — c'est à quoi devrait se réduire, — ou plutôt s'étendre, la philosophie.

Pensées, donc, à conditions imposées[A]. (1921. *N*, VII, 893-894.)

Comment on peut *sauver* la Métaphysique —

On peut sauver une métaphysique — p[ar] ex[emple] le finalisme — en la considérant comme *théorie,* c'est-à-dire comme système d'images et de raisonnements, intermédiaire et en ne donnant valeur qu'aux résultats *réels.*

Si le pouvoir réel, prévision, organisation, simplification est accru par l'emploi de cette théorie, elle est justifiée en tant qu'instrument.

Cette considération permet de se servir de toute métaphysique suivant le besoin et le cas particulier.

C'est d'ailleurs ce qui se passe *pratiquement.* Le langage et l'usage, la réflexion réelle, utilisent toutes conceptions simultanément; la même tête ne peut penser sans une demi-douzaine de philosophies contradictoires, alternantes. Dieu, le déterminisme, les idées, le Moi, la liberté etc. sont nos instruments mêlés sur notre table de travail. Il suffit de savoir qu'il en est ainsi. Ne pas essayer de *concilier,* ni la scie avec la pince. (C'est *là* l'erreur de l'éclectisme.)

D'ailleurs, chacun de ceux qui ont fondé chacune de ces métaphysiques, portait aussi les autres, et elles sont nées de nécessités individuelles plus prononcées — —

Seulement, les uns consentaient à ne pas *voir* ce que les autres ne pouvaient s'empêcher de voir. Les uns réagissaient peu, à telle difficulté; d'autres, fortement. Etc.

De plus l'ambition de construire un système ou un édifice, conduit toujours là où l'on n'aurait pas songé d'aller.

L'esprit produit ce qu'il lui faut dans une certaine

A. *Aj. renv. :* Cet art — et le passage à l'inconscient.

circonstance. On veut alors que cette production locale soit un moyen universel. (*Ibid.*, VII, 913-914.)

Exemple d'une poussée de métaphysique :

Je me surprends en flagrant délit — en train de *me demander* la signification.. *profonde* du principe d'action et de réaction, ce principe tiré par Newton de l'expérience ! Comme si cette relation entre q[uantités] de mouvement était déjà plus voisine de je ne sais quels *secrets* que chaque expérience d'où on peut la déduire ! (*Ibid.*, VIII, 8.)

Dernière pensée

La connaissance du néant est la dernière réponse à la dernière question..

Ne soyez pas si pompeux. La dernière réponse est... n'importe quoi ? — car cette soi-disant dernière réponse doit être telle que si un artifice quelconque prolongeait un peu plus avant, la vie, — elle ne soit la dernière, mais en souffre d'autres après elle.

Il n'y a pas de réponse telle, qu'une fois produite et perçue elle rende toutes les autres inutiles ou impossibles. L'esprit n'a pas de dernier effort. Cela est réservé au cœur, dont le spasme ultime cède le tout.

Il n'y a point de « dernière pensée ». Car il n'y a point d'ordre dans les pensées qui ne soit accidentel. (*Ibid.*, VIII, 18.)

Les philosophes croient que des mots — comme *réalité,* — contiennent quelque chose d'important, qu'il faut extraire du mot comme si ce mot n'était pas en dernière analyse un objet fabriqué au petit bonheur par images, et discussions, par des emplois incoordonnés — et qu'il fût donné par Dieu. Ainsi le « temps », ainsi le « Monde » et l'Esprit et toutes les choses..

Et ils croient aussi à la Logique. (1921. O, VIII, 59.)

[...] Le fond du problème de la liberté est le désir bien légitime de pouvoir pendre les gens ou les envoyer en enfer en toute sécurité. C'est aussi le goût si répandu du surnaturel, qui n[ou]s porte à faire des héros, des saints, des justes. Ce goût n'est pas inutile à la race humaine.

Il s'agit de justifier la justice, de fonder la responsabilité, fiction qui fait le coupable avoir *voulu* la peine. (*Ibid.*, VIII, 87.)

Introduction de l'esprit physique dans la psychologie. Introduction de cet esprit dans les arts.

Mais pourquoi l'homme a-t-il dû si longtemps considérer comme le capital, le suprême, ce qui est variable, inobservable, impensable ?

Les notions philosophiques ou psychologiques existantes et pétrifiées dans le langage, doivent aller rejoindre les idées cosmogoniques d'autrefois. Elles sont *historiques,* avec tous les problèmes y annexés.

Ainsi l'âme — ainsi tout ce qui ne s'observe pas et ne se définit pas.

Quant aux *facultés,* il faut en refaire entièrement les notions. Toute la *potentialité* est à reprendre. (*Ibid.*, VIII, 103.)

Qu'une philosophie ne peut être qu'un excitant. (*Ibid.*, VIII, 161.)

La valeur de Nietzsche est dans l'essai d'une « logique » à base réflexe. Cet essai est trop hardi — trop peu rigoureux — mais il est admirable. C'est là ce qu'il y a de bon dans Nietzsche. Le reste est système, tendance, imagination préférentielle.

Il a deviné l'existence de cette logique, mais il ne l'a pas fondée. L'envie de faire le prophète, la non-rigueur qui s'ensuit, l'orgueil naïf. (*Ibid.,* VIII, 161.)

Toute métaphysique est un produit de l'inattention. On voit Nietzsche, par exemple, si prévenu, si actif contre les fantômes verbaux, en arriver à la *volonté de puissance,* lui qui mettait la volonté, *entre guillemets,* comme les mots suspects, dont on ne prend pas la responsabilité[a]. (*Ibid.,* VIII, 193.)

C'est une nécessité, sans doute, du penser, mais une source de problèmes vains et d'erreurs que le fait de considérer une « chose » hors de son milieu, indépendamment d'un état précis daté, — en somme, avons-nous droit aux *concepts* et quelle est la part d'erreur introduite par l'usage des concepts ?

De là les concepts de *cause,* de *temps,* de *lieu* etc. qui essayent de compléter ceux de choses. Car toutes les *questions* tendent à *reconstituer* le réel — Et les jugements aussi.

Mais les jugements *universels* qui ont tellement retenu l'attention de Kant — les synthèses a priori — ne sont universels que par écriture. Ce sont des représent[ations] particulières prises à titre symbolique. On ne pense pas directement l'universalité, on se borne à distinguer dans la pensée particulière l'acte de l'invariant.

Analyser la p[ro]p[ositio]n : Tout ce qui est requiert une cause — ou Si quelque chose quelconque B, *est,* une autre A est ou a été et sans A pas de B. — B est toujours diff[érente] de B et jamais *postérieure* à B. —

Mais que sont A et B ? B est un phénomène, mais A ? (*Ibid.,* VIII, 220.)

Finalisme —

l'œil n'est pas fait pour voir
mais l'œil et le voir sont inséparables; il n'y a pas un

projet d'utiliser les ondes lum[ineuses] puis une solution
pratique et une exécution.

On peut le montrer en rappelant que le faire, la matière
et la chose faite sont indissolubles

et ceci rapproche le *développ[emen]t* d'une plante,
p[ar] ex[emple] de l'*instinct* (arachné).

Il faut bien se dire que le procédé de la « nature »
n[ou]s est extrêmement obscur — forme, matière,
fonctions, milieu, durée sont liés, et *peut-être faudrait-il
d'autres variables* pour en parler.

L'horloge ne suppose d'horloger que pour celui
qui sait qu'elle le suppose. Un sauvage trouve une montre,
mais ce n'est pas pour lui une montre. À mesure qu'on
lui apprend ce que c'est, c'est-à-dire le rapport de cet
objet et de ses mouvements intestins avec l'*homme*,
l'heure qui est humaine, ou le temps abstrait etc. — il se
fait, du même coup, *horloger*. L'arrangement des parties,
les ressorts, la *finalité* de cet objet lui apparaissent à
mesure (et réciproquement) qu'il modifie sa connaissance naïve, immédiate de l'objet. — (1921. *P, VIII,*
244-245.)

Le monde n'a ni commencement ni fin, ni cause, ni
but, ni étendue (mais une infinité d'étendues), ni durée,
ni figure générale, ni..

rien d'humain — et il n'y a peut-être pas de monde
sinon pour l'humain — et alors conviendrait-il de
définir ce monde pour homme, réciproque du corps
de l'homme. (*Ibid.,* VIII, 248.)

Là où nos anciens mettaient une entité, nous mettons
un événement chimique, une molécule très composée
et peut-être imaginaire. (*Ibid.,* VIII, 252.)

Le principe de Causalité a joué de bien étranges tours
à nos esprits. (*Ibid.,* VIII, 252.)

☆

Le « monde » est réciproque de nos sens.

Et penser monde abstraction faite de l'homme est un non-sens

(Ou du moins penser le monde visible abstraction faite du voyant).

Rêverie — Considérer les sens comme des variables des systèmes de référence, et chercher des invariants. P[ar] ex[emple] supposer un sens pour le magnétisme et un pour cette énergie rayonnante qui n'est chaleur ni lumière. Calculer (!) la transformation, la traduction du monde tactile ou visuel —

Que resterait-il ?

Ou un monde[A] sans point de vue, car n[ou]s n[ou]s plaçons inconsciemment *en un point* pour dire : le Monde, et nous supposons aussi un *présent*[B]

Dire : ce moment-ci, ce n'est dire que *Moi* — c'est une coïncidence. Le Même qui[C]

Je suis plusieurs choses à la fois — voilà la proposition fondamentale. (*Ibid.*, VIII, 306.)

☆

« L'énigme » du « monde » résulte d'une impression — et s'installe par une opération non légitime.

Commencement, but, fin, suite, totalité ou unité du cosmos n'ont point de prise ni de sens universels.

Nous imaginons un être qui aurait *vu* (le commencement) avant que les *yeux* existassent, et une fabrication antérieure à tout agent, *et donc à toute fabrication.*

Commencement n'a de sens que partiel.

Faculté de voir, de comprendre, postérieures à[D]

Rien à voir, rien à comprendre avant elles.

L'idée étrange, naïve, puérile de voir une énigme là où il n'y a même pas de quoi placer une question.

Il n'y a qu'un abus de ?.

Croire à des vérités[E] cachées par essence — Tandis

A. *Tr. marg. allant jusqu'à :* aussi un *présent.*
B. *Phrase inachevée.*
C. *Phrase inachevée.*
D. *Phrase inachevée.*
E. *Deux tr. marg. allant jusqu'à :* découvrir.

que les vérités sont choses à *faire* et non pas à *découvrir*.
Ce sont des constructions et non des trésors. — Ce mot :
découvrir fut néfaste. (*Ibid.*, VIII, 319.)

À celui qui n'observe pas le relatif il arrive ce qui
arrive à un homme qui comptant ses convives, oublie
de se compter lui-même; et ne se prend pas pour un
homme car homme est chose qu'il *voit*[1]. (*Ibid.*, VIII,
333.)

À chaque point de l'univers correspond un univers
différent. (*Ibid.*, VIII, 341.)

Programme —
L'éternelle Question : la Seule...
   Quels éléments « universels » choisir ? De quoi tout
faire ?
Êtres; événements;   actes;   sensations;
        coïncidences
figures
objets;   « relations »;   *points.*

Tout en D.R.

Et l'autre éternelle question, l'autre seule — qui est la
même :
Pensée, idée etc. = quoi que ce soit

quoi que ce soit en tant que $\left\{\begin{array}{l}\text{Fait « cérébral », fait}\\ \text{physique}\\ \text{Acte du « corps », du}\\ \text{— repère}\end{array}\right.$

quoi que ce soit — en tant qu'Événement, incident
                      que rôle, fonctionnement ?
                      que — *chose* et signe de
                      chose ?

(1921-1922. *Q*, VIII, 359.)

La découverte de faits nouveaux n[ou]s interdit de prendre une philosophie pour une connaissance.

Les *faits nouveaux* paraissent tardivement, s'accroissent, se multiplient —[a] (*Ibid.,* VIII, 453.)

Philosophie — affaire de forme. Cette idée conduit assez vite à séparer les facteurs de cette forme.

Et à une définition formelle de la philosophie.

Alors — *Est Géométrie* — ce qui est fait de
$$\begin{array}{l} \text{définitions de } \textit{mots} \\ \text{axiomes — } \textit{partie capitale} \\ \text{dével[oppement] logique} \\ \text{opérations réelles} \end{array}$$

Est Philosophie ce qui est fait de
(ce qu'il faut pour réaliser
cette expression uniforme
et homogène de la connaissance d'un individu)
$$\begin{array}{l} \text{mots du langage} \\ \text{déf[initions] de choses} \\ \text{opérations simulées} \\ \text{figures} \\ \text{création d'abstractions} \\ \quad \text{non définies.} \end{array}$$

On peut concevoir une séparation nette de ces constituants.

Je réduirais volontiers la philosophie à la recherche de la *forme* (ou des formes) qui conviendrait à l'expression ou à la représentation, *d'un seul tenant,* de toutes choses pour un individu donné. Cette classification, ce rattachement, cette organisation, ce Système est entièrement indépendant du degré de « Science ». (*Ibid.,* VIII, 455-456.)

Spiritisme — Métapsychisme —

Ce qui condamne certains prétendus *faits* c'est qu'ils sont trop *humains.* — Trop bien adaptés au désir des hommes, ils viennent trop exactement répondre à leur mal, à leur soif, à leurs craintes ou à leurs espoirs.

Les faits qui ont ces marques doivent être tenus pour

d'autant plus suspects qu'ils sont plus en accord avec notre folie de significations.

Ils ne sont pas assez — *insignifiants*. Si les tables ne *parlaient* pas... (1922. R, VIII, 549.)

Que le rôle capital soit joué dans la « vie », c'est-à-dire dans les sensations, les pensées, les actes, par le *hasard*, c'est-à-dire par la multiplicité des *valences* de l'homme et des choses, ceci est bien clair. (*Ibid.*, VIII, 549.)

À quoi rime la vie de cet animal[a] ? — Pourquoi rimerait-elle à quelque chose ? — Quelle valeur a la question ?

Il faut apprendre à concevoir que ce qui est n'est pas nécessairement une question. Et que toute question n'a pas nécessairement un sens.

Ne pas vouloir compléter[b]. (*Ibid.*, VIII, 596.)

Tout phénomène n'a qu'une « cause » qui est « l'univers » — et aussi bien ce que nous appelons le futur de cet univers que son passé. (*Ibid.*, VIII, 601.)

J'imagine assez souvent un homme qui serait en possession de tout ce que nous savons, en fait d'opérations précises et de recettes; mais entièrement ignorant de toutes les notions et de tous les mots qui ne donnent pas d'images nettes, ni n'éveillent des actes uniformes et pouvant être répétés[1].

Il n'a jamais entendu parler d'*esprit*, d'*âme*, de *pensée*, de *substance*, de *liberté*, de *volonté*, de *temps*, d'*espace*, de *forces*, de *vie*, d'*instincts*, de *mémoire*, de *cause*, de *dieux*, ni *de morale*, ni *d'origines* ; et en somme, il sait tout ce que nous savons, et il ignore tout ce que nous ignorons. *Mais il en ignore jusques aux noms.*

C'est ainsi que je le mets aux prises avec les difficultés;

et les sentiments qu'elles engendrent. Je le construis ainsi, et maintenant, je le mets en mouvement, et je le lâche au milieu des circonstances.

En somme, toutes les notions qui ne permettent pas de combiner exactement — et qui ne se réfèrent pas à des observations permanentes sont de *mauvaises notions*.

Il y aura un temps, (c'est-à-dire un homme,) — où les mots de notre philosophie paraîtront des antiquailles et ne seront connus que des érudits. On ne parlera plus de *pensée*..

Déjà le mot de *Beauté* n'a plus, ou presque plus, d'usage philosophique.

Les noms mêmes de philosophie, de psychologie s'en iront trouver l'alchimie. (*Ibid.*, VIII, 603, 605.)

περὶ τοῦ θεοῦ[1]

Des problèmes en général et du signe (?).

Recherche ou d'un sujet ou d'un attribut dans une proposition donnée.

— Analyse du questionnaire classique[A]. Quis ? Cur ? — — Quando ?

Anthropomorphisme de ce questionnaire. En convenir. Le refaire par voie d'analyse. (*Ibid.*, VIII, 605.)

Les spirites, avec leurs tables et leurs ectoplasmes, ont cet immense mérite qu'ils mettent sous sa véritable forme grossière, claire et insensée ce que les spiritualistes, les gens à âmes et à liberté, dissimulent à eux-mêmes sous des noms qui n'engagent à rien[2]. (*Ibid.*, VIII, 626.)

[...] Inventeur est avant tout celui en qui le problème se pose nettement, et tellement, qu'il provoque une réponse *nette*. (1922. *S*, VIII, 679.)

A. *Deux tr. marg. allant jusqu'à la fin du passage.*

Les problèmes de la métaphysique sont les problèmes de la sensibilité qui prennent le langage de l'intellect. (*Ibid.*, VIII, 724.)

Le but invariable de tout penseur, — de toute pensée dite *consciente,* est de substituer un mécanisme, un acte clair, à quoi que ce soit.

Ceux mêmes qui le nient, qui invoquent *dieu,* esprit et *liberté ;* ou hasard même, supposent ces idoles *pour s'en servir.* Ils construisent donc un *mécanisme* dont la grande différence avec le mécanisme des Mécanistes avoués et manifestes, est la suivante : Le leur ne s'assujettit qu'à la condition de satisfaire à la question momentanée. C'est-à-dire qu'il admet pour explicateur des idées ou mots aussi obscurs qu'il le faut.

Tout spiritualisme[A] est nécessairement fondé sur l'usage de notions obscures et indéterminées. L'usage en est donc très arbitraire.

Si l'on veut de la clarté, elle chasse les esprits. (1922. *T,* VIII, 755.)

Des *Choses.*

L'*eau,* par exemple, n'est pas une même *chose* suivant que je pense chimie, poésie, mécanique, psychologie, besoin, physiologie, métaphysique, peinture.

C'est le même mot. C'est en partie la même représentation mais ce n'est pas la même « fonction ». (*Ibid.,* VIII, 761.)

La « métaphysique » sort des contes de fées — des rêves, des instants enchantés de terreur ou d'*étrangeté,* de ces instants où l'*ensemble des choses* semble se proposer à nous, où *s'effectue* brusquement la fiction du Total :

A. *Trois tr. marg. allant jusqu'à :* obscures et indéterminées.

Vie, Monde. Où le mot Être semble avoir un sens mystérieux. Où nous percevons un intervalle entre nous-mêmes et ce que nous sommes. Où le mot Réel devient un mot magique. Où *ce qui est naturellement Réponse se fait Question.*

Et les *demandes* absurdes se pressent en nous. *Qui* suis-je ? Pourquoi ? D'où vient ce qui est ? Où va-t-il ? À quelle fin ? Toutes les figures interrogatives d'un langage interviennent, et sont les monstres instantanés d'une mythologie abstraite. Les énigmes illégitimes nous assiègent.

Nous répondons par l'imaginaire à ces questions imaginaires — — Nous sommes[A] sur la margelle de nous-mêmes, ne pouvant nous *résoudre* à notre identité, à nous *identifier avec nous-mêmes.* Nous traduisons[B] un état d'insuffisance d'accommodation par des questions — (se sentir étranger, *dépaysé dans le plus familier*).

Et tout ceci s'établit aisément par cette considération que toute réponse possible à ces questions, laisse intact nécessairement le ressort de ces questions mêmes, — si c'est *une réponse légitime,* — et que les questions ne sont qu'apparentes : elles traduisent *un état.*

Nous ne pouvons pas concevoir de réponse exacte et certaine à ces demandes.

Si nous pouvions en concevoir, ces questions ne se poseraient pas. Elles n'auraient plus d'intérêt, plus de *nerf.*

Au contraire, nous demandons secrètement des réponses quelconques en elles-mêmes — mais qui modifient notre état — qui soient excitation.

La propriété de s'étonner, d'interroger s'est détaché de sa tige, comme l'amour s'est détaché de la reproduction, et devint une activité ayant sa fin en soi.

L'art des questions pures[C] est « Métaphysique ». Et on peut le développer en soi, arrivant par un dernier perfectionnement conscient, à ... négliger toutes réponses.

Toutes réponses possibles sont extraites du même fond de connaissances, de sentiments, et de leurs combinaisons, que le métaphysicien met précisément en question. (*Ibid.,* VIII, 770-772.)

A. *Tr. marg. allant jusqu'à :* nous *identifier avec nous-mêmes.*
B. *Deux tr. marg. allant jusqu'à :* par des questions.
C. *Tr. marg. allant jusqu'à :* négliger toutes réponses.

Qu'est-ce qu'un instinct[A] ? Qui a enseigné non l'abeille, mais l'organisme de l'abeille ? Mais qu'est-ce qu'une loi physique ? Pourquoi ce nombre fini de corps ? Pourquoi l'énergie se *dégrade* ? (*Ibid.*, VIII, 772.)

L'instinct nous communique la même stupeur naïve que le ferait le tirage par le sort d'une page de Bossuet.

Principe de l'admiration. Ce qui est adapté est improbable. Nous ne pouvons confier à la machine des choses, le soin de ce que n[ou]s appelons savoir, prévoir, raisonner etc. Ces propriétés de nous, nous semblent uniquement réalisables dans leurs *effets,* par le savoir, le prévoir, etc. Mais rien ne prouve que ces mêmes effets ne puissent dépendre d'un tout autre processus. (*Ibid.,* VIII, 772.)

☆

Dire que la matière ne peut agir ni — penser, c'est définir la matière. C'est adjoindre à ce que nous avions constaté, une interdiction assez gratuite.

Ceci revient à dire que tout ce que nous pouvons *voir,* ne *montre* pas le ressort de l'action ni l'acte de la pensée, mais tout au plus les traces de ces choses. Mais n[ou]s insinuons par là que tout, de la matière, est visible ou sensible; qu'elle se réduit à ce que n[ou]s voyons. Et n[ou]s affirmons la connaître entièrement par cette vue que n[ou]s en avons.

Par là aussi nous mettons sur le même plan de jugement ce qui n[ou]s est connu par les sens et ce qui n[ou]s

---

A. *Aj. renv.* : *Nous distinguons trop* structure et fonctionnement, organe et fonction (à cause de nos machines et fabrications); et l'être même, de ce qu'il *fait ;* et ce qu'il fait en vivant et en croissant, de ce qu'il fait de temps à autre et circonstanciellement. Mais l'aile et le battement de l'aile, et le massacre des mâles sont sans doute ejusdem farinae[1].

Telle pièce du squelette est aussi remarquable par son adaptation que l'acte attribué à l'instinct.

L'*étonnement de l'adaptation.* Mais pourquoi cet étonnement ? [*Tr. marg. allant de :* *Nous distinguons trop jusqu'à :* l'être même, de ce qu'il *fait.*]

est connu par nous seuls. Or n[ou]s ne savons pas si les conditions mêmes de l'observation n'imposent pas une division qui tient à cette observation et non aux choses mêmes.

Pour saisir ceci, il faut, par exemple, considérer le domaine de la vue et celui de l'ouïe, si profondément distincts. (*Ibid.,* VIII, 801.)

Le truc de Zénon est affreusement simple. Il consiste à escamoter adroitement (ou non) la longueur que le mobile doit parcourir — et à lui substituer la division — ou plutôt la divisibilité de la longueur.

Il est clair qu'un corps obligé de procéder à une division ou plutôt à une sommation infinie perd beaucoup de temps dans cette affaire et ne la commence jamais / et *finit* par ne la commencer jamais /.

Zénon substitue notre acte mesureur et diviseur à la chose mesurée et note que cet acte est indépendant de la longueur.

La fraction *précède* le tout duquel cependant elle se déduit. On suppose inconsciemment que le mouvement effectue la division, tandis que la division est arrêt et suppose le mouvement.

On suppose que la ligne ou chemin préexiste au mouvement, mais ils ne sont qu'un aspect du mouvement.

En somme — 1º image d'une ligne et d'un parcours $A \rightarrow B$. 2º image d'une règle divisée substituée à la ligne. 3º on *dit* que cette règle est divisée à l'infini.

Et en effet on peut diviser — Non. On ne peut introduire cette division, acte identique et indépendant de toute matière. Il y a incompatibilité entre l'acte parcours et l'acte mesure. De même la flèche qui vole. 2 moments distincts incomposables, de l'image. On arrête la flèche pour la voir. Arguments non contre le mouvement, mais contre les mathématiciens peut-être.

Je dis que dans un temps = 0 la flèche n'est nulle part. (*Ibid.,* VIII, 805.)

L'homme a cessé d'avoir confiance dans sa pensée

toute seule, et dans les analyses de sa pensée et dans les productions de son « âme ».

Les sens sont redevenus ses témoins. On les avait argués d'illusions. Toute la philosophie les blasphémait. Mais enfin sous les noms d'expérience et de figuration ils ont repris l'empire de la connaissance.

Les acquisitions énormes de 4 siècles ont suivi ce retour. (*Ibid.,* VIII, 810.)

La Philosophie est un genre littéraire qui a ce singulier caractère de n'être jamais avoué tel par ceux qui le pratiquent.

Il en résulte que cet art est demeuré imparfait, toujours critiqué dans son faux objet et non dans son vrai; jamais poussé à sa perfection propre, mais tendu hors de son vrai domaine.

En vérité, c'est un art de penser, mais de penser en rattachant chaque pensée particulière à une pensée plus générale — c'est-à-dire plus simple, mais non moins individuelle.

Unification des poids et mesures. (*Ibid.,* VIII, 845.)

On pourrait peut-être essayer de concevoir une origine des choses en imaginant un Univers où le principe de Carnot[1] commencerait de s'appliquer. À ce moment l'énergie utilisable serait *tout* et il n'y aurait point encore de chaleur. Tout serait électricité et mouvement — ou potentiel. L'entropie serait minime.

Pendule au plus haut de sa course. (1922. *U,* VIII, 872.)

θ

.. Vers ce temps-là[A] les hommes commencèrent de comprendre
que la véritable connaissance est *création*
que la marque de la vérité est la réussite des actes

A. *Tr. marg. allant jusqu'à la fin du passage.*

que l'instinct achève l'intelligence
que la création est vie
que le faire est le seul « savoir »

et ils virent que leurs œuvres d'art et leurs machines les avaient plus instruits que la spéculation sans actes[a]. (*Ibid.*, VIII, 879.)

☆

L'art de parler trop tôt

Métaphysicien — Homme qui parle trop tôt. Attendez éternellement que vous en sachiez un peu plus. (*Ibid.*, VIII, 897.)

☆

Finalisme

L'œil *fait* pour *voir*

On ne veut pas que l'œil soit fait pour voir — et en vérité il n'est pas « fait » — il est, et nous le distinguons de la vision. À toute vision correspond un œil.

Tout se passe comme si *on* l'avait fait pour voir. Et en vérité nous le connaissons d'autant mieux que nous pouvons nous-mêmes *fabriquer* des appareils sensibles à la lumière et capables de modifier, concentrer, l'énergie rayonnante sur eux.

Il se trouve d'ailleurs que cet appareil est indispensable à la vie des animaux.

Comment exprimer la relation entre l'œil et la vision ? (*Ibid.*, IX, 5.)

☆

On peut tourner la question du finalisme en portant la recherche sur le *faire*.

Les antifinalistes critiquent cette notation (par le *faire*), afin de substituer un « processus aveugle » et en somme physico-chimique, — à ce qu'ils regardent comme une introduction illicite de dessein et de préméditation et d'intelligence. Pas d'homme pensant dans les coulisses. C'est bien.

Mais savoir si c'est possible ? — Et puis savoir si en refaisant l'analyse même du faire et de la fabrication

consciente et orientée, humaine, on ne trouverait pas
que cette opération éclairée se ramène à un processus
aveugle ? — Quelle différence y a-t-il entre le mouvement
effectué par un vivant qu'on assimile à un corps mort mû
de l'extérieur par inégalité, anisotropie du milieu — et le
mouvement *voulu* ?

Il faut remarquer que les deux mouvements sont
observés très différemment. (*Ibid.*, IX, 6.)

À l'aide de l'existence du monde, nous formons la notion
contraire : qu'*il pourrait ne pas exister* — qu'il a pu commencer et qu'il pourrait finir.

Mais cette notion de néant ou d'anéantissement, qui
ne voit qu'elle est construite par symétrie purement
nominale, sur le modèle d'un objet ou d'un être particulier qui est et que l'on peut détruire ? (*Ibid.*, IX, 19.)

La matière n'est que dans l'instant — —

Ceci est capital. — L'instant est matière, n'est que
matière, et tout le reste est — esprit, c'est-à-dire rien.
(*Ibid.*, IX, 20.)

Le hasard est un *effet*.

Le hasard, c'est ce qui nous frappe. Pas de hasard si
pas de surprise, si pas de *forces* d'*inertie* développées.
Inertie de ce qui était.

Comment donc la surprise est-elle possible ? —

Les f[orces] d'inertie sont indices d'une structure.
Notre « inertie » est variable — attente. *Hasard est la
« cause » générale de toute surprise possible.*

Si la prob[abilité] est $\frac{a}{a+b}$, b est le nombre des
surprises possibles. (*Hasard* et *cause* sont deux mots du
langage naïf.) Le Hasard est la *cause* générale de toute
surprise. Un hasard est une *cause* particulière. Cause de
l'improbable. Le mot *hasard*[A] est nécessaire dans le

A. *Tr. marg. allant jusqu'à :* mot de *cause* est utilisé.

système de pensée où le mot de *cause* est utilisé. Le mot de *cause* est nécessaire dans tout système de pensée où l'acte conscient volontaire est pris comme type *absolu* de la compréhension. Ce système est primitif. Il conduit à *oublier* constamment la multiplicité des aspects, des rôles, des valeurs de toute chose. C'est un système que j'appellerais *linéaire*.

Il conduit à se représenter le *hasard* comme intersection de lignes — coïncidence. Mais les êtres ne sont pas des points.

Ce que le hasard modifie c'est notre attente. Il est cause de la transformation de l'attente relative à *A* — et en somme de l'existence d'*A* en deux états inconciliables, l'*A* que nous croyions connaître, et l'*A* plus réel. Il se fait alors la perturbation et l'oscillation *Surprise*. (*Ibid.*, IX, 21.)

Pneuma = anemos = anima[1] = souffle = *vie*. (*Ibid.*, IX, 42.)

(Cogito)

Je suis brun, je suis fatigué, je suis.. Tout ceci est clair, parce que n[ou]s savons ce que c'est de n'être pas brun, fatigué etc., mais « Je suis » tout court n'a pas de sens car n[ou]s n'avons pas idée d'autre chose.

Alors, quand on le dit ainsi, on veut donc dire autre chose, *que l'on ne sait pas précisément exprimer,* et qui est de l'ordre des sensations. (*Ibid.*, IX, 53.)

Tant de choses sont amenées par un rien, que l'on pouvait penser être le résultat de causes grandes et compliquées, que le doute me prend toujours devant les théories — lorsqu'on voit tout à coup une abstraction entrer en jeu, et prétendre expliquer ce qui est par des causes de grandeur et de généralité *comparables* à celles des effets. Expliquer l'invention par des propriétés occultes — —

Peut-être la *vie* et l'univers sont-ils dus à des riens. Et l'universel sort-il d'un détail. Mais en général la grandeur des conséquences des riens tient à la position de ce rien, comme un caillou bien placé enverra le Rhône ou le Rhin vers une autre face de l'Europe, créant des villes et des politiques et dérangeant toute l'histoire.

Un mot dans une cervelle, qui y fut jeté fortuitement, enfante des choses incalculables. Mais c'est que la cervelle est l'objet / la chose / du monde où le maximum de conséquences répond dans le plus grand nombre de cas au minimum de fait / d'action / et d'énergie — (et voici encore une « définition de la psychologie » —).

Il n'y a pas de système où un petit événement se change plus aisément en cataclysmes — mais c'est à cause de l'*attente*, des accumulations qui sont là. (1922-1923. *V*, IX, 104.)

Il y a une clarté apparente qui résulte de l'habitude de se servir de notions obscures —

et une obscurité qui résulte de l'usage de notions claires non accoutumées.

Ce que n[ou]s appelons clair ne l'est pas toujours par soi, mais par ce qu'il ne *demande* pas de réflexion, non qu'il n'en ait pas besoin, mais ce besoin n'est pas *éveillé*, à cause de l'habitude[A].

Clarté — habitude de se servir de notions obscures. (*Ibid.*, IX, 112.)

Notre plus forte tête.

Descartes est le philosophe de la puissance réelle.. et c'est pourquoi *Honneur* à lui.

Dieu pour Descartes est référence. Convention initiale. (*Ibid.*, IX, 134.)

A. *Aj. renv.* : Pour que deux hommes se comprennent, il faut et il suffit que les *clartés* et les *obscurités* de leurs esprits se correspondent. Si je comprends telle chose que tu ne comprends pas, nous ne nous comprenons pas. [*Tr. marg. allant de* : Pour que deux hommes *jusqu'à* : nous ne nous comprenons pas.]

☆

La philosophie fondée sur le problème de la *réalité* a beaucoup plus nui à la connaissance qu'elle ne l'a servie. (*Ibid.*, IX, 178.)

☆

Tous les philosophes réunis et travaillant depuis 3 ou 4 mille ans n'ont pas réussi à exprimer ce qu'ils désiraient. Ils ont profondément réfléchi sur des problèmes dont le caractère commun est de ne pouvoir être énoncés, ou de ne pouvoir l'être que par l'absurde. Ce caractère commun est celui même de la philosophie.

C'est qu'ils supposent déterminés des sens de mots qui ne le sont pas, comme certitude, liberté, réalité. Ce sont des dénominations vagues de sensations particulières ou de sentiments. (*Ibid.*, IX, 184.)

☆

Les uns voient les choses en mécaniciens — les autres en chimistes, l'un prend les corps pour donnés, l'autre, les molécules et tout le monde a raison.

Et il se peut que la querelle des spiritualistes, des matérialistes, des énergétistes, des intellectualistes se réduise à cette diversité possible des *unités*. (*Ibid.*, IX, 184.)

☆

Un esprit précis est nécessairement « matérialiste », c'est-à-dire veut images réalisables.

Un esprit rigoureux est sceptique par son opération même.

Un esprit vague et lâche peut être sceptique et matérialiste, mais —

Chacun de ces esprits[A] est défini par l'état où *il cesse de soi-même son attention* — où il se sent arrivé à son terme naturel, à son exigence, à sa — jouissance.

Il en résulte que Pierre *contient* Paul, mais va *plus*

A. *Deux tr. marg. allant jusqu'à :* sa — jouissance.

avant. Ce « plus avant » n'est pas nécessairement meilleur, plus utile, plus exact.

Il ne faut pas confondre cette cessation avec celle qui viendrait de la fatigue ou de la difficulté du sujet.

Mais tel est satisfait, qui l'est pour ne pas apercevoir le sujet dans sa complexité. Il répond à ce qu'il demande, mais il demande incomplètement. (*Ibid.*, IX, 211.)

La tâche de l'intelligence, et de sa pureté sceptique, est de rendre *relatif* ce que le sens et le corps présentent comme *absolu*. Elle doit donc découvrir ou imaginer les opérations, (déplacements de point de vue etc.) qui rendent les choses / phénomènes / *parties* de quelque relation — qui doit s'annuler.

La vue naïve présente les choses comme en soi — l'observateur comme indépendant d'elles et elles de lui — p[ar] ex[emple] le monde *extérieur*. Ce par quoi (d'ailleurs) l'observateur se réduit à n'avoir point de corps et à se séparer de sa propre histoire, de ses actes etc.

Remarque — La notion du *moi* apparaît corrélativement avec les doutes sur la réalité extérieure. Tant que ces doutes sont inexistants ou négligeables, c'est l'*homme* tout entier qui suffit — mais plus tard, l'homme que l'on est est une réalité extérieure, et il faut isoler le *moi*. Changement de variables.

La relativité consiste à montrer qu'il n'est rien qui ne suppose ce qui l'annule.

La question de la « réalité sensible » revient à prétendre que tout se passe comme si on ne pouvait par aucun moyen établir l'existence de choses sans propriétés liées à l'observateur.

Le mot *réel* n'a aucune *vertu singulière*. Voyons la chose. Alors on essaiera de classer les phénomènes selon leur indépendance des circonstances — ou selon leurs effets etc.

La « causalité » intervient pour comparer les observateurs. (1923. *X*, IX, 254-255.)

Il n'y a ni « esprit » ni « chose » mais un phénomène et un « être ».

L'élément fondamental complexe —
Événement. (*Ibid.*, IX, 284.)

Ce qui le plus a nui à l'avancement de la philosophie a été (et est encore) la méconnaissance plus ou moins volontaire de la nature de cette activité-attitude.

On ne sait, ou on ne veut pas, que la philosophie $\begin{cases} \text{est} \\ \text{soit} \end{cases}$ un *art* comme la danse ou la musique.

D'ailleurs étant tombée aux mains des professeurs, ou dirigée des fins politiques ou religieuses, elle a vu obscurcir son caractère essentiel d'art, c'est-à-dire d'acte essentiellement *libre* dans la confection d'un objet sensible ou intelligible, et j'entends par *libre*[A] — ici — arbitrairement déterminé. (La détermination ou nécessité étant due à des *conventions* qui vont s'ajouter aux conditions et aux nécessités fournies par la matière de l'acte, lesquelles sont *insuffisantes* pour déterminer l'objet à faire.)

Elle serait l'art du tout. (*Ibid.*, IX, 284-285.)

« Suppression radicale de toutes les abstractions indéfinissables. » (*Ibid.*, IX, 297.)

L'erreur dont vit et par quoi se multiplie toute la philosophie consiste à prendre pour des choses, ou pour des objets de sa méditation, pour des problèmes ou pour des entités, les mots séparés des phrases — sans lesquelles ils sont d'ailleurs — — *impossibles*. Car il est impossible de penser aucun mot sans quelque *phrase,* ou sans quelque disposition qui est *comme une phrase.* (Et du même coup s'éclaircit ce qu'est une *phrase.*)

On voit les philosophes dire : qu'est-ce que le temps, qu'est-ce que la vérité ? Etc. —

Le sens du mot est une phrase — car si ce sens semble être une image la relation entre l'image et lui, relation

A. *Aj. renv.* : liberté — coexistence de *n* solutions

qui est moi, est de la nature d'une phrase. (*Ibid.*, IX, 308.)

« Crise de l'esprit »
Bilan des doctrines — etc.
Le Spiritualisme a coûté cher à l'humanité — Les esprits ont empoisonné les malheureux nègres humains.
Le matérialisme est bien moins atroce. Car son atrocité est limitée par la considération de l'*utilité*. Il s'arrête de tuer pour faire des esclaves. —
Mais l'autre a une atrocité illimitée. Il ouvre l'éternité aux supplices. Il ne connaît pas de *mesure.* Saevit ubi — vult[1].

Cette étrange doctrine qui jamais ne peut s'assouvir, et qui consiste dans une imagination sans images, ou à images absurdes, peut se définir par un décalque que l'on ferait de l'être vivant, et l'on ne retiendrait que certaines propriétés[A] — celles de se souvenir, de prévoir ou conjecturer, d'imaginer, de « deviner », de s'abstraire du moment et du lieu, de s'*absenter,* de combiner volontairement ou fortuitement, de « savoir ». L'esprit est l'être fictif qui n'aurait que ces propriétés. (*Ibid.*, IX, 310.)

Le réel est ce qui peut figurer dans une infinité de points de vue, de combinaisons, d'actions, et qui est en somme une infinité potentielle. (*Ibid.*, IX, 310.)

La critique des philosophies est aisée car ces recherches ne consistant qu'en combinaisons de symboles terriblement grossiers, il suffit de mettre en question l'existence des choses signifiées pour renverser tout édifice. (*Ibid.*, IX, 316.)

Philosophie est le lieu des problèmes que l'on ne sait

A. *Tr. marg. allant jusqu'à :* volontairement ou fortuitement.

énoncer. Il ne s'agit point de les résoudre. (1923. *Y*, IX, 348.)

Un problème philosophique est une difficulté qui naît entre les mots.

Ou bien il s'agit d'accorder des propositions qui sont, ou semblent être, *vraies* séparément et qui sont contradictoires. On ré-examine ces propositions et on trouve que les termes qui les composent n'ont pas été définis ou institués par un concert et un travail initial simultanés. Le point unique de vue n'a jamais existé. On essaie de le déterminer, mais il est trop tard.

Recherches de notions 1° qui ne puissent se contredire 2° valables pour tout point de vue.

Toute difficulté qui n'est pas de cette espèce passe nécessairement de la philosophie à la science. (*Ibid.*, IX, 350.)

Les doutes sur le monde sensible ne sont qu'une grossière tentative de déceler la relativité des perceptions. Mais le mot « exister » a mis beaucoup d'ombre et de confusion dans la recherche. (*Ibid.*, IX, 360.)

Questionnaire fondamental

Le pourquoi, le comment, etc. c'est une analyse de l'*acte*. Donc tout ceci est *humain,* acte humain et nous n'avons nul droit de l'appliquer hors de ce qui n'est pas acte de l'homme. [...] (*Ibid.*, IX, 363.)

Se demander si un acte est libre — et si un acte peut être libre, — c'est se demander si cet acte peut être produit à partir d'une considération complète et comme symétrique des possibles, j'entends des possibles matériellement praticables, — le choix résultant ensuite d'une considération complète des conséquences également

déduites et pareillement présentées — de chaque hypothèse et décidé par le *désir* d'obtenir l'une des séries de
conséquences calculées.

Il faut observer que si le choix résultait d'une sorte
d'opération impartiale — automatique —[A] (*Ibid.*, IX,
369.)

En tant que chacun est *dans* la *nature,* et que chacun
est centre relatif, et comprend ce qui le comprend[B] — —
il s'agit de représenter ce fait — cette contradiction
fondamentale :

— *Tout*[C] n'est qu'un cas particulier de ma propriété
de concevoir / penser / — quoi que ce soit. $U < M^1$.

— Ma propriété de concevoir est attachée à une partie
d'un tout. $M < U$. Mais ce *Tout,* ou le visible en général
— est un leurre. Cf. microscope — temps. Ne serais-je
donc pas *pluralité* — ? (M, U) constituent une forme.
(*Ibid.*, IX, 393.)

La philosophie a pour unique objet d'*expliquer* une
douzaine de mots dont nous nous servons constamment
et sans difficulté.

On peut dire qu'elle apparaît dès que nous introduisons
des résistances dans le langage. (*Ibid.*, IX, 419.)

Que la philosophie soit devenue chose scolaire, chose
distincte du philosophe, chose professionnelle, chose
de mémoire — cela est dérisoire.

Car elle ne s'explique que par l'existence individuelle,
centrale — la volonté de ne rien laisser non rapporté
à un quelqu'un, et de tout[D] (*Ibid.*, IX, 518.)

A. *Passage inachevé.*
B. *Dessin d'un point entouré de deux cercles en haut du passage.*
C. *Deux tr. marg. allant jusqu'à :* M < U.
D. *Passage inachevé.*

☆

Nous n'avons pas à expliquer l'univers — mais à l'exploiter. Voilà le vrai chemin.

Le transformer c'est le comprendre, — car comprendre c'est transformer. C'est par la voie de l'exploitation des choses et de nous que nous accédons à ce que n[ou]s pouvons comprendre — c'est-à-dire à ce que n[ou]s *pouvons.* (*Ibid.,* IX, 523.)

☆

L'être vivant est d'une part, — partie d'un système ou milieu, et élément figuré momentané de ce milieu dont il est inséparable.

Sous cet aspect, il s'appelle Corps, — autrui, ou autre, — ou homme, il a une durée, structure, et est unité numérable.

Ses particularités sont subordonnées à ses caractères généraux.

D'autre part — il est unique, essentiel, irremplaçable, *invisible,* condition première et inévitable de toute chose, mesure universelle, — observateur.

Les contrastes de ces deux aspects, leurs accords et leurs désaccords — forment tout le drame.

Il y a des états du Corps et du Monde qui sont en harmonie avec le 2me aspect — qui n'y contredisent pas —, qui l'augmentent.

Il y en a qui l'empêchent.

Il y a action et réaction perpétuelles de ces 2 « *formes* ». (1923. Z, IX, 594.)

☆

Le réel est dépourvu de toute signification et capable de les assumer toutes.

Voir vrai, — c'est, — si l'on peut, — voir insignifiant, voir — informe.

La chose en soi n'a que l'être. (*Ibid.,* IX, 615.)

☆

Discours de la Méthode —

A. *Aj. :* le faire si vivant que le cogito s'éclaire

Tentation —
« Psychologie » de l'auteur d'un tel discours —
Ce qui est impliqué —
axes personnels[A] —
Descartes — le Moi — Rapporter à *soi* — d'où *évidence*,
non *autorité*[B] —
Cf. Galilée.
L'homme des axes. (*Ibid.*, IX, 638.)

On pourrait, — et peut-être le devrait-on, assigner
pour seul objet à la philosophie de poser et de préciser
les problèmes, sans s'occuper de les résoudre.

Ce serait alors une Science des énoncés, et donc une
épuration des questions. (*Ibid.*, IX, 642.)

Tout ce qu'implique une connaissance quelconque,
et elle *cache*, offusque, la plus grande part de ce qui est
nécessaire pour qu'elle soit. Toute connaissance cache
ce qui connaît. L'attribut obscurcit le sujet. Ce qui
connaît est inconnu.

Déduire ce qui connaît de ce qui est connu. Il faudrait
pouvoir écrire une équation entre les deux — mais le
membre connu est infiniment variable, et le premier
membre est supposé constant. (*Ibid.*, IX, 664.)

Presque toute la philosophie s'embarrasse dans le
piège que voici :

Certaines notions sont, semblent à la fois inévitables
et inextricables. Temps — Cause — Réalité — etc. On
croit qu'on ne peut s'en passer et on éprouve qu'elles
sont pleines de ténèbres et de contradictions.

Mais les notions ne sont que des instruments. Il suffit
de les écarter et d'aller droit à son problème particulier.

A. *Aj. marg.* : prélude, ouverture de la philosophie moderne
B. *Aj.* : « Orgueil » ce n'est pas autre chose que l'impossibilité
de n'être pas le fondement du tout.

On trouvera toujours que la chose peut s'exprimer autrement ou que le problème se fait absurde et nul.

Demander si le monde sensible est réel c'est demander s'il n'est pas semblable à un rêve, c'est-à-dire s'il n'est pas semblable au monde que nous considérons comme dérivé du monde sensible et que n[ou]s définissons par celui-ci.

On peut bien supposer que l'on puisse s'éveiller du monde sensible et percevoir un monde autre qui ferait apprécier[A] le sensible comme celui-ci fait le rêve. Mais ce n'est qu'une supposition, une imagination ou une analogie, choses mentales fugaces, et nous attribuerions à cette supposition vague la fermeté, — au monde sensible, la faiblesse, que le réveil fait attribuer, l'une au monde sensible, l'autre au monde du rêve !

Le réel non sensible des philosophes est — un rêve.

Si tout est rêve, il n'y a plus de rêves et l'on n'a rien dit. (1924. ἄλφα, IX, 690-691.)

La scholastique thomiste est une philosophie qui a une raison d'État. Il y a un *but* — une volonté. En quoi elle est belle, rigide, fragile. (*Ibid.*, IX, 733.)

θ

Du Bien et du Mal, quel est *finalement* le plus « fort » ? Voilà ce que l'homme se dit. Et s'il n'y a point de *fin*, il ne s'y reconnaît pas. Le vulgaire ne conçoit pas une histoire sans fin, un drame sans catastrophe, dernier acte, et qui soit ou indéfiniment continué, ou interrompu *au hasard*. (*Ibid.*, IX, 780.)

Discours de la Méthode ou le passage de l'homme au philosophe, le Pont. (1924. βῆτα, IX, 805.)

Le doute philosophique, conduit à appliquer au tout

A. *Lecture incertaine.*

une opération qui n'a de sens que sur la partie. (*Ibid.*, IX, 866.)

☆

Ceux qui croient que le monde n'est pas réalité ne sont pas moins crédules que les autres.

Ils ne font qu'une définition de la réalité — et encore ils ne la font même pas ! et ne sont pas capables de la faire.

Davantage, si le monde n'est pas réalité, qu'est-il donc, et qu'est-ce qu'une *apparence* ?

C'est une comparaison. On compare le monde à un *rêve*. Mais le rêve ne nous est connu comme tel que par contraste avec un autre état.

Quel est l'état qui rend le monde assez semblable à un rêve ? — C'est précisément l'état qui n[ou]s fait le regarder en rêveur. Tout à coup nous sommes comme détachés de lui et de son mouvement.

Ou bien c'est par la critique des perceptions. Une boule de mie de pain.

Et pourquoi cette apparence ?

Suis-je, ne suis-je ? et cette table, est-elle ou non ? Ces questions sont ridicules, et le sont sous bien des aspects.

Par exemple, c'est que la réponse, telle ou telle, n'a point de conséquence. Si elle en avait, d'ailleurs, l'idée même de la question ne se fût jamais présentée.

L'expérience ne peut trancher la question de *réalité* (comme les philosophes l'entendent) — car elle implique la solution. (*Ibid.*, IX, 867-868.)

☆

θ

Sans l'ignorance, point de questions. Sans questions, point de connaissance, car la réponse suppose la demande.

Celui qui sait « tout » ne sait rien, car l'acte du savoir ne se produit pas en lui; il manque d'une condition essentielle. Celui-là n'agit pas qui ne manque point de quelque chose.

La connaissance n'est que l'action de l'absence ou de l'insuffisance des sens.

D'ailleurs sans cette ignorance et déficience, nous ne distinguerions rien dans notre connaissance même. La lumière sans les ombres, la lumière partout, venant de partout, ne produit qu'un éblouissement monotone. Mais les ombres donnent les formes et les inégalités des lumières donnent les couleurs.

Ainsi le monde n'est sensible que par les inégalités, et le corps est inégalités. (*Ibid.,* X, 17.)

La philosophie et ses mots et ses problèmes se sont faits dans des époques où la physique et la physiologie étaient enfantines. (*Ibid.,* X, 37.)

Bergson me dit hier qu'il avait fait sa table rase en 90 — et commencé de se faire un système en étudiant la mémoire et assemblant les données relatives à l'amnésie qu'il considère comme le positif de la question.

J'ai remarqué in petto que je me suis mis à ma propre philosophie, deux ans après (en 92) — et sans besoin de table rase puisqu'il n'y avait rien sur la mienne. Et comme méthode, je ne me suis fié qu'à ma *manière de voir* les choses mentales — ayant une sorte de répulsion pour les documents.

24-6-24.

Il parle de son système, de la fonction limitée du cerveau qui se borne à joindre l'esprit aux actes — (Ce qui me semble le contraire de ma propre pensée. Je crois la pensée et la conscience inséparables d'une *forme* d'*acte*.)

La mémoire, à mon avis, n'est pas libre, étant assujettie rigoureusement à répéter le *sens* des événements; sans exception (sauf les exceptions apparentes dues à des images de simultanés qui sont alors énumérables dans un ordre quelconque).

Je donne à B[ergson] l'exemple de la dynamo qui est inintelligible si on l'examine hors de la présence du courant. L'examen n'en révèle rien. (*Ibid.,* X, 67.)

Philosophie, ou les questions mal posées
— Qu'est-ce que l'instinct ?
On ne sait pas où l'on va. On sait que toute solution ne changera rien.
Un problème dont la solution n'aura point de conséquences est mal posé. (1924. *Γάμμα*, X, 89.)

Descartes et la Clarté —

Descartes. Point de qualités *occultes* — a fait le plus g[ran]d effort pour la *Clarté* — à peine mort, attraction / forces /, électricité, puis vie etc. (*Ibid.*, X, 103.)

Il n'y a pas d'objet indépendant des observations — car objet implique observation.
— Objet dont l'observation dépend comme il dépend d'elle. (*Ibid.*, X, 139.)

Réalité — Mot qui n'a aucun sens isolé — signifie la propriété d'une chose *opposée* à une autre qu'il faut spécifier, tantôt *imaginaire*, tantôt *passagère*, tantôt *mesurable*, tantôt *démontrable*.
Ce mot désigne, étant choisi un étalon, ce qui en a les propriétés.
Mais rien *n'assure que le choix soit bon*. Il se peut et il est probable que la notion même soit défectueuse, et d'origine indistincte, grossièrement formée. C'est une figure, une comparaison.
La philosophie tourne souvent à un travail de précision sur des objets imprécis au moyen d'instruments grossiers et non adaptés.
« Cause » — « temps » — « réalité » etc. ne sont ni observables ni définissables. (*Ibid.*, X, 169-170.)

Le philosophe croit qu'il y a et qu'il peut atteindre des idées *infiniment* plus importantes que les autres — Idées d'idées.

Limites.

Ou plutôt t[ou]s les h[ommes] qui pensent, pensent ainsi — mais les uns cherchent un être qui est eux-mêmes ou dieu — ou *x* — et les autres cherchent une égalité, une relation — une méthode, la croyance commune étant que par effort ou par chance, ils trouveront « en eux », c'est-à-dire en demeurant dans une certaine attitude, ce moyen de transformer tout le reste ou la connaissance de tout le reste. (1924. δέλτα, X, 201.)

La « réalité » est l'idée fixe des peuples chez lesquels la propriété foncière* est une *idole*.

Il est étrange que les phil[osophes] y aient attaché tant d'importance. Notre esprit admet le vrai et le faux. Nos sens ne n[ou]s trompent jamais. *N[ou]s ne sommes trompés*[A] *que par la rapidité de nos inductions.* Si je crois voir des parallèles qui sont des obliques. Cette vitesse[B] est essentielle *au rêve* qui ne vit que sur *une pente* et de cette chute. (*Ibid.*, X, 209.)

Philosophie — Exercice *illimité* des fonctions interrogeantes de l'esprit. (*Ibid.*, X, 211.)

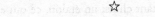

Phil[osophie]

Questions mal venues. En général on ne sait pas ce que l'on veut, on passe inconsidérément du domaine des faits, celui des images, de celui[C] aux symboles et aux combinaisons formelles.

A. *Deux tr. marg. allant jusqu'à :* des obliques.
B. *Tr. marg. allant jusqu'à la fin du passage.*
C. *Développement inachevé.*

Le fait de la pluralité des philosophies qui s'oppose à l'unité des sciences —

absence perpétuelle de vérification —

défaut de spécialisation. (*Ibid.,* X, 213.)

C

Cogito =

Je ne suis sûr de rien, *donc* je suis sûr que je suis.

Je puis douter de tout, donc je ne puis douter de quelque chose, moi d'être.

Donc, encore, je ne suis pas dans le tout, je m'y oppose.

Donc je fais une classe à moi seul.

Donc je suis incomparable — unique — donc l'animal est machine — je puis douter s'il sent, je puis douter que v[ou]s pensez — il y a p[lusieurs] expressions — c'est-à-dire que vos actes sont explicables par machine —

mais non les miens — Il y a un être privilégié. L'existence certaine est pour lui seul. (*Ibid.,* X, 219.)

La philosophie développe cette croyance qu'il y a dans la profondeur que n[ou]s supposons au sens de certains mots, — des choses, des objets qui pour être indéfinissables n'en ont pas moins — une *existence réelle.* Et ces mots-là précisément font partie de cette croyance.

Ainsi infini, parfait, temps, cause, âme et matière etc. sont idoles philosophiques — et non considérées ce qu'ils sont = des instruments défectueux, suffisants au vol, désastreux en combinaison. (*Ibid.,* X, 237.)

D. ?

F.

On arrivera peut-être à se convaincre que nos limites sont dans nos organes et dans les organes de nos organes et que le savoir que nous supposons ingénument pouvoir croître indépendamment de nos sens et de nos actes et jusqu'à l'infini, est ou verbal ou imaginaire à mesure qu'il s'éloigne de l'état d'où l'on peut en redescendre jusqu'aux faits.

Décrire ce chemin fermé[A], c'est peut-être le destin de la pensée des hommes — ou plutôt de ce voyage très accidenté d'une espèce dans l'expérience[B]. (*Ibid.*, X, 238.)

☆

Le sourcil relevé chez Descartes —
Cette dualité du regard que ce déséquilibre suggère[1]. (*Ibid.*, X, 251.)

☆

« Phénomènes »[C] — définis par leur groupe de substitutions. (*Ibid.*, X, 275.)

☆

Ce que les systèmes philosophiques expliquent le plus malaisément, c'est la différence des individus[a]. (*Ibid.*, X, 279.)

☆

L'objectivation consiste dans la séparation des actions sur nous dues à la sensib[ilité] *spécialisée* et nette de celles dues à la sensib[ilité] générale — énergie, douleur, plaisir.

Or la 1re peut constituer un *groupe* — c'est ce groupe qui est ou qui joue l'univers de la connaissance (claire) et qui est un ensemble de substitutions indépendant de l'observateur — Mesures.

La Séparation peut-elle s'effectuer ?

On peut la considérer comme un acte artificiel.

Alors le Monde cartésien est artificiel mais net et utilisable, et le reste est confus et rêve, impuissance[D].

A. *Tr. marg. allant jusqu'à :* dans l'expérience.
B. *Aj. renv. :* Si le savoir est limité par le pouvoir, défini par lui. —
Mais s'il ne l'est pas, si on croit à son savoir entièrement fait de relations psych[ologiques] ou verbales ou imagin[aires] — alors ce savoir est partie de combinaisons ψ et au fond rien ne le distingue de ces combinaisons. [*Aj. renv. après* Mais s'il ne l'est pas : Un réel se décompose en imaginaires.]
C. *Quatre tr. marg. allant jusqu'à :* groupe de substitutions.
D. *Aj. marg. :* Ce que Kant appelle l'idéal subjectif de D[escartes] est la création du monde objectif.

Impuissance remarquable.

Le monde des sensations spécialisées est celui des relations réciproques[A].

L'idée de réalité ≡ celle d'objectivité. (*Ibid.*, X, 287.)

Si puissante, si profonde, si séduisante que soit une philosophie et même une religion, il est impossible qu'elle satisfasse un esprit puissant / actif / qui ne l'a pas inventée. Toute solution étrangère de nos problèmes personnels* / véritablement nôtres / est un instrument qui *n'a pas* été exactement fait pour nous. Elle n[ou]s aide à trouver le nôtre — fût-ce par les réactions qu'elle suscite de nous. Les esprits qui ressentent fortement cette impossibilité sont intimement ennemis de toute propagation de leurs propres idées, ils en sont jaloux, comme ils sont d'autre part en défense contre les idées étrangères. Bonnes ou mauvaises, elles sont toutes mauvaises pour leur sentiment de leur singularité, qui est l'étalon de leur vrai, et l'aiguillon de leur capacité de le produire[B]. (*Ibid.*, X, 296.)

Nous donnons / attachons / des noms à nos choses / images / mentales hors de proportion avec ces choses — avec nos puissances vraies, et c'est là, philosophie. (1924. ε. *Faire sans croire*, X, 323.)

☆

Le temps n'est plus où l'on pouvait croire à une science totale personnelle[C] gardée dans un homme et immensément plus profonde que celle publiée[D]. La possibilité même d'une telle connaissance éminente et singulière s'est effacée de l'esprit.

A. *Aj. marg.* : Voilà ce que Pascal ne voulait pas entendre. Il a tremblé sur le seuil du monde moderne. Le plus grand neurasthénique.

B. *Aj.* : Situation à la Descartes

C. *Aj. renv.* : Le savoir effectif s'est fondé au contraire sur l'impersonnalité.

D. *Aj. marg. renv.* : et même publiable.

Et cependant ce rêve a engendré la philosophie, et ce qui n[ou]s reste de philosophie en conserve quelque chose. Amincissement de la philosophie. (*Ibid.*, X, 325.)

Descartes vise / songe / à la puissance — Pascal à l'impuissance de la pensée. (*Ibid.*, X, 350.)

Le philosophe malgré qu'il en ait, malgré soi est toujours, l'est invinciblement, l'agent d'une tendance qui est contraire à l'expérience, et quand même il fonderait la philosophie de l'expérience, ou sur l'expérience, il est tel.

L'idée mère et génératrice du philosophe est — arrêtant le compte des connaissances au moment où il commence sa *méditation,* — de tirer *de ce qu'il a,* le maximum de *clarté* de relations, « d'explication », de domination de « définitions[A] » —

et ceci ressemble au travail interne du géomètre. Mais la différence est très remarquable. Le géomètre opère sur des données numériquement finies et chacune définie. Tandis que le philosophe opère sur des données non définies en nombre indéterminé. Cf. mémoire[B].

Descartes essaye de joindre. (*Ibid.*, X, 350.)

Frontières de la ph[ilosophie]. Léonard, Pascal, Montaigne.

Figureraient d[an]s la philosophie de l'antiquité. (*Ibid.*, X, 351.)

Pascal, Descartes
Question cruciale —
Imaginer 2 humanités, l'une dominée par l'esprit de

A. *Aj. marg.* : il n'y a pas d'exemple qu'un métaphysicien n'ait anticipé sur les Sciences
B. *Aj. marg.* : Cf. définitions de Kant, très habiles.

D[escartes], l'autre par celui de P[ascal].

Choisir.

Ces 2 hommes inf[inimen]t remarquables mais l'un comme règle et l'autre comme accident (même au point de vue religieux).

J'aime Descartes à cause de la pureté simple et grandiose de son être, de la fermeté de sa pensée, de l'impression générale d'honnêteté et d'ordre qui paraît dans toute sa démarche.. (*Ibid.*, X, 359.)

Conditions a priori du Cogito —

Trouver une formule qui soit indépendante[A]. [...] (*Ibid.*, X, 373.)

Cogito — Division du monde
  2 dérivations
  L'une vers infra — vers Dieu — (Supra)
  L'autre vers connaissance claire — mesurable.

Je considérai le Cogito d'abord comme une formule magique — Fiat lux. Le monde connaissable se divise, s'ouvre et la terre se sépare des eaux, le solide, du déformable; le mesurable de l'irrationnel — etc.

Puis, — comme postulatum — Parallélisme du penser et du être soi. (*Ibid.*, X, 374.)

Le Vice de la logique et de la méditation

Il est de conduire à donner aux combinaisons de la parole, — aux *jugements* — une valeur propre et une importance intrinsèque — tandis que ce ne sont après tout que des événements transitoires de l'esprit. Il en résulte que l'on a pris ces moyens pour *fins* — et l'expression p[ou]r la connaissance et que l'on veut qu'un

---

A. *Aj. marg.* : D[escartes] essaye de mesurer — d'égaler, de dire la même chose de 2 façons — mais le je *suis* est scholastique. Il attache à l'être et donc à la *réalité* une valeur irrationnelle — Il croit à une distinction possible.

système de mots soit l'objet suprême — parfois l'objet du monde ! (1924-1925. Z, X, 452.)

θ

N[ou]s avons trop d'esprit.
On n[ou]a mesuré l'esprit trop largement.
De là vient la métaphysique.
Trop d'esprit pour nos besoins.

θ

Les animaux sont les êtres qui n'ont pas plus d'esprit que de moyens. En quoi ils sont justes et mesurés et toujours dignes dans leurs actes (à l'exception de ceux qui ont quelque ressemblance avec l'homme et qui paraissent agités, importuns, lubriques, curieux). (*Ibid.*, X, 455-456.)

Les problèmes « métaphysiques » sont engendrés par quelques *contrastes* — apparents,
comme celui entre le dehors et le dedans, l'état de vie et celui de mort.
L'application aveugle du questionnaire qui est dans l'homme — Victime de ce questionnaire. (*Ibid.*, X, 460.)

Peu d'esprits s'inquiètent d'examiner la question avant de fournir la réponse. (*Ibid.*, X, 460.)

☆

Explication —

Le progrès des moyens a affaibli la métaphysique — qui n'a jamais prévu quoi que ce soit des phénomènes trouvés par expérience.
(La puissance a remplacé l'explication. Quelle présomption que de prétendre par combinaisons dans un système de signes fondé sur la pratique restreinte et l'observation grossière, arriver à en *savoir* davantage !

Il a suffi de l'adoption d'un autre système dans lequel les éléments de comb[inaison] sont des résultats d'opérations (mesures).) (*Ibid.*, X, 500.)

Quand un philosophe se demande ce que c'est que le *Temps,* il se met aussitôt par là même dans la situation la plus défavorable, et comme sur une pente glissante contre l'inclinaison et la « lubricité » de laquelle il voudrait se mouvoir et se hausser au point suprême de précision et de généralité que son esprit puisse atteindre en lui-même.

Car c'est se demander le sens exact d'un signe dont l'existence est statistique. Et non seulement le sens exact (et non le sens *moyen* qui ne lui servirait d'ailleurs de rien) — mais le sens caché et la valeur réelle, comme si quelque secret était proféré inconsciemment, mêlé obscurément dans la parole commune de chacun et l'idée.

...On pourrait dire que ce mot (et ses pareils) est une indéterminée dont le sens résulte du reste de la phrase (en y ajoutant seulement la connaissance de *l'orientation* générale du discours), tantôt mouvement continu, tantôt effort résistant, tantôt *quantité de possibilité.* (1925. η. *Jamais en paix !,* X, 535.)

Philosophe est celui qui essaye de rapporter toutes choses physiques et mentales à une classification d'un seul tenant. (*Ibid.*, X, 540.)

« Résumé »

Il y avait une métaphysique = un ensemble de questions et de réponses.

Kant a examiné ceci : De quoi peuvent être faites les réponses ? De jugements. Que sont les jugements ?

Il a imaginé toute une constitution de l'esprit.

Mais il y a aussi la question préalable des problèmes eux-mêmes. Certains problèmes ont-ils un sens ?

Parler de l'origine du monde, c'est le considérer comme un objet fabriqué. Parler du « monde » c'est supposer un objet qui se tient dans la main.

Parler de liberté, c'est supposer un homme qui ne voit pas de différences sur le moment entre un acte et un autre, qui les considère selon une équivalence. (*Ibid.,* X, 541-542.)

J'ai fait à 21 ans une immense découverte : que les mots sont des mots; les images, des images; que l'on n'en sort pas; que c'est un Système fermé; que tout le monde humain roule cependant sur l'*oubli* de ces évidences, que la *confusion* de nos mots avec les choses, celle des choses avec nos propriétés etc., est ce qui rend la connaissance, la science, la pratique — — *possibles,* — la pensée en liaison possible avec les sensations. Connaître c'est confondre. L'*état normal* est cette confusion *absolue* — comme la non-perception du mouv[emen]t de la terre est une propriété nécessaire des hommes. Leur organisation leur masque leur état. (*Ibid.,* X, 557.)

D[escartes]

Rêve réel[A]. La fameuse question des philosophes se réduit à ceci : Il n'y a pas d'expérience dans l'état veille qui puisse nous démontrer que n[ou]s ne rêvons pas.

Ce n'est pas vrai. (*Ibid.,* X, 575.)

Un problème d'échecs est plus important qu'un probl[ème] métaphysique tout en exigeant des travaux au moins comparables, parce qu'il se donne pour ce qu'il est. On peut donc donner l'effort où il faut. Tandis qu'un problème de métaphy[sique] n'est qu'un problème d'échecs déguisé, et comme il y a ambiguïté on prend Monde, Réalité, Cause, Vie, Intelligence, Matière pour

A. *Tr. marg. allant jusqu'à la fin du passage.*

ce qu'ils ne sont pas — et non pour ce qu'ils sont. Et que sont-ils ? — Ils sont Roi, dame, Tours, cavalier — Mots et effets de mots — L'échiquier logique.

Bois taillés selon fantaisie de chacun.

Comme il n'y a pas de définitions-vérifications, les coups absurdes ne sont absurdes que relativement à des *conventions non arrêtées* et même *que l'on ne peut formuler*.

Les coups exacts ne valent de même que etc. —

L'erreur commune sur ces choses consiste à confondre les solutions purement transitoires avec des choses vérifiables. — (*Ibid.*, X, 592.)

L'idée de cause est une nébuleuse qui s'est résolue par les travaux de précision.

La mesure a tué la cause[A]. (*Ibid.*, X, 599.)

L'impuissance est caractéristique de la philosophie. Et ceci frappe — dans une époque où la puissance est maîtresse. (*Ibid.*, X, 607.)

Dans les matières qui ne sont pas d'ordre pratique on ne voit quelles limites assigner à la subtilité.

Cheveux coupés en 10^n — nature subtile. (*Ibid.*, X, 613.)

Si on lit une théorie du rire — comme celle de B[ergson] — on admire l'ingéniosité etc. mais on sent bien que ce n'est pas *vrai*, que c'est un travail sans rattachement à ce qui peut se passer entre le diaphragme, les nerfs et les idées.

On pense alors que la valeur de cette « analyse » ne

A. *Aj. marg. :* Cartesius

peut consister que dans la *préparation* qu'elle doit ou peut être pour aborder le problème réel (que d'ailleurs elle n'énonce pas).

La 1re chose à faire quant à un problème c'est de l'énoncer — et aussi, sans doute, de ne pas l'énoncer à la légère, de ne pas se borner à prodiguer les pourquoi et les comment. (*Ibid.*, X, 657.)

☆

Une âme — ce mot n'a peut-être de sens que dans les phrases où il est question de *plus d'une* âme — mais de plusieurs.

S'il n'y eût qu'un seul homme au monde l'idée de l'âme eût été économisée, ignorant de sa mort et ne se distinguant pas en lui-même, ne se divisant pas — pas de dualité.

Car l'idée de l'âme vient d'une *coupure* naïve qui elle-même est rendue nécessaire par un certain *point de vue*A — comme certains objets vus de 2 points différents paraissent 2, et non 1 qu'ils sont. (1925. θ. *Comme moi*, X, 705.)

☆

On considère sa main sur la table, et il en résulte toujours une stupeur philosophique[1]. Je suis dans cette main et je n'y suis pas. Elle est moi et non moi.

Et en effet cette propriété du corps est contradiction et c'est cette propriété qui serait fondamentale dans une théorie de l'être si on savait l'exprimer exactement.

Et cette pensée, de même, ou toute pensée est moi et non moi. (*Ibid.*, X, 733.)

☆

L'idée de cause prend son véritable aspect quand on en fait voir la nature provisoire et transitoire. C'est l'idée de transformation *sensible* | *manifestée* | *à une échelle donnée*.

À telle approximation *A* est cause de *B*.

Qui a fait ceci ? Cet homme. Mais de plus près cet

A. *Aj. marg. :* *Cartes*

homme se dissipe, et la chose aussi. Alors apparaissent l'acte, le fait mécanique, le psychique et le moment aussi.

Et la cause se dérobe toujours ou se confond à un *tout* infiniment extensible, infiniment divisible, infiniment autre que soi.

C'est pourquoi les sciences repoussent les causes et pas à pas, et[A]

Nommer une *cause,* c'est toujours prendre un peu plus et un peu moins qu'il ne faut.

L'idée de cause exclut la précision.

Le mot cause ne pouvait résister au degré de pression de précision qu'impose l'ère moderne.

Littérature et métaphysique expirent à un certain degré de cette pression. (*Ibid.,* X, 743.)

Des mots comme *vérité,* ou même *réalité* ont embrouillé les choses et créé des difficultés gratuites. (*Ibid.,* X, 754.)

θ

Tridon — analyse nette de la question âme.

L'homme est un navire — mais le capitaine ?

Il n'y en a point. Les circonstances *locales* agissant sur une organisation plus *générale* — Mémoire. (*Ibid.,* X, 760.)

Si l'on *élimine* le langage[B], — et *on doit pouvoir toujours le faire,* que reste-t-il des philosophies ? — Posez-leur cette question. Posez-la à ces mots qui enfantent des problèmes indéterminés.

— Il y a toujours un problème linguistique à résoudre préalable. Ex[emple] : Qu'est-ce que la vie ? — 1° un

A. *Phrase inachevée.*
B. *Deux tr. marg. allant jusqu'à :* que reste-t-il des philosophies ?

mot — (et 2 choses à fixer a) étymologie b) fonction du mot)[A]. (*Ibid.*, X, 776, 781.)

C'est le vague de l'idée de Cause qui permit de former l'idée de Cause Première.

Ex[emple] : Pierre qui tombe — Histoire de la gravité.
Aristote —
Newton —
Einstein. (1925. 'Ιῶτα, X, 843.)

φ

On se passe aisément d'une Critique de la Raison Pure en observant seulement que les mots sont des mots et que tous les résultats des raisonnements sont sans exception *provisoires* — c'est-à-dire impuissants, inopérants si on ne les retrouve pas dans l'expérience. Sinon ils sont ou faux de par les raisonnements faux ; ou vains, de par la mauvaise façon des définitions ; ou leur gratuité ; ou bien nuls et vides de par leur transparence (analytique).

Un raisonnement[B] ne mène jamais à un être mais à un acte ou expérience, ou modification de point de vue (qui, lui, peut faire apercevoir un être, mais il faut qu'on l'aperçoive). (*Ibid.*, X, 853.)

La préoccupation de faire œuvre générale a conduit aveuglément les philosophes à faire œuvre *naïve*, c'est-à-dire œuvre infiniment moins savante et moins sagace

---

A. *Aj. renv.* : Il faut avant tout déterminer, épuiser les fonctions du nom avant de trouver une « chose » — sinon on fait du travail divergent et vain.

S'interdire toute spéculation antérieure à ceci. Le mot *isolé* n'existe que théoriquement.

Il n'est pas dit / sûr / qu'à chaque *mot* une *chose* corresponde ; mais il est certain qu'à chaque mot des emplois ou fonctions de ce mot sont attachés.

Tout mot se présente en combinaison.

[*Aj. marg. après* Il n'est pas dit : Principe.

Trois tr. marg. allant de : Il n'est pas dit *jusqu'à :* sont attachés.]
B. *Tr. marg. allant jusqu'à la fin du passage.*

que la plupart des œuvres littéraires. On voit ces hommes dont l'attitude est de méditer sur l'homme au moyen de l'homme s'y prendre, dans l'exposé de leurs pensées, comme des enfants / innocents / doctoraux tandis que des romanciers et des auteurs de théâtre (même de basse qualité) se gardent d'oublier que leur ouvrage va modifier quelqu'un et ne se passe en réalité que dans quelque homme de telle ou telle résistance et de telle ou telle inertie, qu'il s'agit d'enflammer / de mouvoir / ou de saisir — de séduire à une apparence quelconque.

On peut supporter ceci de la part des savan[t]s qui se rapportent toujours à des vérifications extérieures. Mais le philosophe dont l'art le conduit toujours à vouloir rendre présent et solide ce qui par essence ne l'est pas ne peut se passer sans dommage de faire entrer le lecteur dans ses desseins — (rôle du langage).

C'est ce que Descartes a peut-être soupçonné et ce qu'il a tenté par le *Discours* et plus précisément voulu dans ce *Discours* quand il s'est représenté vivant et pensant — et a décrit une sorte d'expérience que chacun peut imiter et qui devait selon lui aboutir uniformément au Cogito.

Ce Cogito ne signifie rien dans ses termes. Il signifie comme mimique et[A] (*Ibid.*, X, 870.)

Vraie philosophie

Pas de recherche plus importante à présent que celle d'un instrument logique ou de représentations qui — permettraient à l'attention (au point sensible de l'attentif) de se mouvoir à travers les ordres de grandeur, ou les ordres de choix — (p[ar] ex[emple] l'ensemble des n[ombres] 1ers) — d'enchaîner les échelles ou de les organiser en substitutions non accidentelles.

Car la philosophie etc. se perd dans ces confrontations et le langage est tout à fait infidèle sur ce point. Ainsi *arbre* ne dit pas à quelle échelle cet *arbre* est pris. Le rêve est un cas très important — où l'on voit des propositions-veille traduire ce qui appartient à un tout autre monde

A. *Passage inachevé.*

ou système. (C'est pourquoi une analyse comparée du rêve et de l'attention est chose capitale.)

Il est d'ailleurs très frappant de voir la connaissance confondre ces choses, et cette confusion est le secret des antinomies, des inextricables, p[ar] ex[emple] la liberté.. Quand on dit que l'homo est libre et qu'on lui oppose qu'il ne l'est pas — on ne distingue pas entre deux sujets différents — dont le passage de l'un à l'autre n'est pas défini ni considéré.

La logique se borne à relever la contradiction mais ne *porte son effort sur l'origine de la contradiction*. Elle vient cependant de quelque chose — qui est l'emploi d'un seul et même instrument quand il en faudrait *n*.

De même les questions sur le mouvement.

L'erreur est une notion grossière. (*Ibid.*, X, 889-890.)

Explication. Explication, cause, — mots nés dans des circonstances limitées — pratiques — pour signifier ce qui est *suffisant* pour aller outre. Puis enflés à l'infini. (*Ibid.*, X, 907.)

☆

La philosophie vantée des Hindous laisse 400 millions d'hommes à la merci de cent mille Anglais, 1/4 000 !

après que les Grecs, les Mogols etc. successivement eussent dominé ce peuple et ces terres immenses !

Cette philosophie n'a vu se créer qu'un art barbare, une science enfantine, des mœurs despotiques.

On peut se demander si la faiblesse de caractère de ce peuple n'aurait pas engendré sa philosophie en les tournant vers une contemplation

ou si inversement — —

Cette philosophie est intuitive. D'apparence religieuse, de fond ascétique-sceptique.

Le christianisme en eût fait autant s'il n'était venu se faire politiquer chez les Romains et discuter chez les Grecs.

Il n'est pas impossible que toutes les sottises : Justice, Métempsycose, réincarnation, incarnations, âmes, jugements nous soient venus d'orient — c'est-à-dire le *Même est autre.* [...] (*Ibid.*, XI, 17-18.)

Être matérialiste ou spiritualiste ce fut dans les 2 cas dépasser outrageusement ce que l'on savait de la matière. C'était la définir — c'est-à-dire *créer illusoirement,* les uns, une substance indéfiniment riche — les autres une substance inerte.

Or les expériences récentes ont montré que le dépassement par excès était moins erroné que le dépassement par défaut. Mais ce n'est qu'une question de *mots.* Rien ne n[ou]s oblige [à] n[ou]s servir d'un seul mot pour nommer en bloc tout ce qui nous *touche* et impressionne le tact. (*Ibid.*, XI, 46.)

Ce qui est précis est ce qui peut aussitôt se traduire en actes. (*Ibid.*, XI, 50.)

L'idée naïve de la Création ex nihilo telle que des millions d'humains l'ont imaginée me fait songer de l'ouverture d'une Exposition universelle — à l'heure 0 du jour 1 de l'an 1. Tout s'illumine et les diverses classes apparaissent au Souverain qui admire Son industrie. Tout fonctionne, le soleil est allumé, les bêtes marchent, volent, nagent, et bientôt les incidents commencent. Le Serpent use de sa ruse trop bien imaginée. La nudité etc.

Il faut retoucher. Celui qui se félicitait s'énerve et frappe.

La doctrine soi-disant adverse de l'évolution ne le cède pas en naïveté. Les êtres sortent à la queue leu leu de leurs oppositions mutuelles et de celles que les circonstances leur font. Beaucoup de temps et peu de création comme si $t \times c =$ constante.

Et donc tout ceci n'est qu'un chapitre des *lois de l'imagination.* Nous exigeons que ce qui fut se soit conformé avant nous à ce que nous pussions imaginer. Le groupe des images × le groupe des calculs. (*Ibid.*, XI, 52.)

Les questions que tu poses à cette étendue obscure ne peuvent point être précises. Ses réponses en toi sont[A] (*Ibid.*, XI, 58.)

Un homme est plus compliqué — infiniment plus — que sa pensée[1].

Il faudrait peut-être en venir à — donner à notre philosophie cette base que — nous reposons sur une complication infernale d'éléments et d'événements élémentaires.

Un esprit capable de saisir la complication de son cerveau serait donc plus complexe que ce qui le fait être ce qu'il est... (*Ibid.*, XI, 60.)

L'espace n'est pas un phénomène — Surtout pas un phénomène physique.

Ensemble, groupe.

Il est clair que l'espace ne peut être ce que dit Kant, car Kant l'*invente*. L'espace est une idée confuse en soi — qui s'emploie en contraste mais non positivement. Positivement on parle de distances, de surfaces, de figures, de déplacements divers. (*Ibid.*, XI, 71.)

Toute la question de la liberté et du choix repose sur la distinction ou la différence entre l'acte externe et l'événement interne. La séparation, p[ar] ex[emple], est impossible quand l'acte est plus rapide qu'une certaine durée ε. L'acte dont le décrochement se fait dans $t < ε$ n'est jamais *libre*. Il est irréversible.

Au lieu de *libre*, pourquoi ne pas dire *réversible* — équilibré ? (1925. κάππα, XI, 80.)

A. *Passage inachevé.*

Comment se fait-il[A] que l'esprit ait infiniment plus de pouvoir pour se poser des questions qu'il n'a de moyens pour en résoudre ? / de leur répondre ? /

On peut écrire des équations insolubles.

Et qu'est-ce qui sépare la question de sa réponse ? (*Ibid.*, XI, 101.)

La chose pense — La matière pense —

Propositions qui deviennent moins hideuses quand on se demande si les sujets possibles du verbe *penser* ne sont pas de purs bouche-trous[B], des moyens uniquement déduits du besoin d'avoir et d'employer ce verbe.

Le verbe crée son sujet et tout ce qu'il lui faut pour que la forme d'expression soit complète, puisse jouer — et pas de verbe sans sujet, pas de sujet sans verbe.

Toute proposition est acte en soi. (*Ibid.*, XI, 103.)

L'analyse logique classique par *sujet*, *copule* et *attributs* est peut-être à transformer. (*Ibid.*, XI, 103.)

☆

[...] Qu'est-ce que je connais le mieux ? — Quel est le maximum de réponse et de l'exactitude ? Relativité — *L'absolu du relatif* — Corps conscient total.

Les *questions*, l'ensemble du questionnaire est la définition des valences du connaître. Comme les besoins exprimables ou non.

Mais les questions classiques[C] Cur etc. sont peut-être en partie naïves, relatives à une psychologie et physique primitives. D'où la métaphysique — Réponse savante à des questions naïves. Donc refaire le questionnaire —

A. *Tr. marg. allant jusqu'à* : de leur répondre.
B. *Tr. marg. allant jusqu'à* : puisse jouer.
C. *Tr. marg. allant jusqu'à* : psychologie et physique primitives.

c'est-à-dire refaire l'esprit, refaire le système des besoins de l'*esprit*.

L'*inquiétude métaphysique* est le résultat du questionnaire abusif et naïf. [...] (*Ibid.*, XI, 116.)

Finalisme

Un homme peut être regardé comme un ensemble d'appareils de mesure et d'indicateurs d'énergie combinés — dont le rôle est l'*action*, — de laquelle la fin est *conservation, propagation*.

(Mais *fin* est un fait *psychologique*, un élément représenté. Observer que ce n'est pas la même chose de dire que tel objet extérieur à l'individu est *fait pour* lui, et de dire que telle fonction ou organe de l'individu a lui devant être conservé pour *rôle*.)

L'œil est fait pour voir — formule absurde mais il faut dire ((œil, vision, variation de l'œil, variation de la vision) sont liés)

car c'est la proposition même, la forme de la proposition qui sont mises en défaut par une relation prélogique — (logos = langage).

Les disputes finalistes sont linguistiques. Finalité est chose humaine, chose de conscience inapplicable à la structure humaine ou naturelle; mais l'adaptation, le rôle, la fonction existe. Seulement il y a exacte contemporanéité — tandis que psycholog[iquemen]t la fin est *antérieure* au moyen et postérieure à l'acte du moyen. (1925-1926. λ, XI, 156.)

Le nombre des problèmes « philosophiques » que les philosophes ne se sont pas posés est surprenant. (*Ibid.*, IX, 180.)

La plupart des probl[èmes] philosophiques sont tels qu'ils s'évanouissent si nous les énonçons.

La plupart des mots de la philosophie ne satisfont plus au degré de précision exigible. (*Ibid.*, XI, 265.)

La *Critique de la Raison Pure* est impure. Kant (p[ar] ex[emple]) croyait aux « jugements » qu'il divisait et classait.

Pour établir son matériel critique il faisait des définitions.

Il faisait toute une métaphysique préalable formelle — et il se fondait sur des observations « psychologiques » — p[ar] ex[emple] il dit : penser en toute universalité. Il croyait que l'on pense véritablement des jugements « universels » — on ne fait que les écrire.

Il croit au principe de causalité. (*Ibid.*, XI, 285.)

On liberty[A].

On ne peut nier ni affirmer la liberté, — car on ne sait la trouver, la définir.

Mais si on la veut « admettre » — on peut remarquer qu'elle est l'improbable des statistiques. —

Être libre se définirait alors — être capable d'agir contre le probable — pour amener l'improbable. (1926. *μ*, XI, 336.)

Pascal est plus excitant que Descartes pour les esprits ; Descartes plus excitant pour les volontés.

Pascal est une sorte d'agitateur, de turbulent. Il change d'objet, renverse ses pas, renverse tout, se brise et suicide ses raisons au moyen des prophètes etc. Descartes, gouverne.

Pascal est une sorte d'excitant violent et déprimant. Le type Descartes est organisant, tonique — —

Dieu lui-même lui sert. (*Ibid.*, XI, 381.)

Il faut mettre les questions sous forme optima. Pour ceci ne pas essayer de résoudre la question telle quelle —

A. *Tr. marg. allant jusqu'à :* la définir.

mais reprendre les données et les apprivoiser. (*Ibid.,* XI, 396.)

☆

Le « déterminisme » (p[ar] exemple) est une *manière de voir*. On voit déterminé. On peut voir autrement.

Chaque doctrine est comparable à cette modification de la vision qui fait voir sur un champ de sensations telle liaison entre les objets et non telle autre également possible. P[ar] ex[emple] tous les points suivant des diagonales — ou les cases de l'échiquier. Donc — tout ensemble d'objets peut être vu selon x lois « arbitraires » dont chacune permet d'explorer entièrement le champ, de *compter* tous les objets. Et si on a vu une fois selon tel ordre, on le verra toujours.

Chaque vision a une probabilité $\frac{1}{x}$. (*Ibid.,* XI, 401.)

☆

θ φ

Mythe —

Certaines formules — soi-disant « pensées » — emportent chez la plupart, plus d'excitation, plus d'attente qu'elles n'en contiennent. N[ou]s voyons le halo, la photosphère et non le *corps,* l'objet — or ce halo est nôtre et n'est point de la pensée.

Il y a bien des mots, surtout chez les philosophes, qui se font employer avec le sentiment qu'on en *dit plus qu'on n'en pense* et.. qu'on n'en peut penser ! — Causalité — Être — réalité — Mots indispensables à la pensée vague et à fonds troubles. Chez Kant — *formes.* (*Ibid.,* XI, 422.)

☆

θ

Si nous faisons abstraction^A complète de ce qui est adjoint à la vision, n[ou]s pouvons toujours considérer

A. *Aj. renv.* : Ainsi, il faut une *abstraction* pour remonter à la Sensation pure (ou faire semblant d'y remonter). Il faut un travail, un acte pour chercher le spontané N° 1. Et ce travail est très visible

ce qui est reçu de l'expérience immédiate comme un désordre et une multiplicité de choses privées-de-significations, *isolées,* infranchissables, sans issue, sans relations, *muettes* — L'être.

Ainsi toute connaissance se doit figurer par une coordination plus ou moins riche

et quand n[ou]s prétendons « remonter » du connaître vers l'être n[ou]s prétendons couper ces liaisons — revenir au *point de signification nulle,* de non-monde, de non-moi[A]. (*Ibid.,* XI, 425-426, 424.)

Les entités, mythes, monstres abstraits qui emplissent nos phrases et sont l'objet de la métaphysique comme ils en sont l'excitant — — sont créatures de la commodité — inventions de la nécessité et de la facilité de s'exprimer. Mais leur caractère conventionnel et déduit de la mécanique des actes psychiques (cause, p[ar] ex[emple], réalité etc.) est caché par l'usage, par l'impossibilité de s'en passer. (*Ibid.,* XI, 426.)

La métaphysique consiste à poursuivre la connaissance plus loin que toute vérification, à séparer l'une de l'autre. À peine on abandonne la seconde, on vole dans la première. Lâcher la *vérification* pour avancer dans la

dans certains efforts d'artistes qui ont voulu reprendre la sensation à la source...
Pour observer des sensations mêmes, il faut s'adresser à l'espèce de sensations qui entrent peu ou point dans la construction du monde objectif, qui sont loin de la motilité, qui n'en dépendent pas, qui sont indépendantes d'objets, c'est-à-dire de *groupements-images à multiples connexions* qui sont des îles — généralement de douleur — dans le champ, qu'elles modifient sans être réciproquement beaucoup modifiées par lui.
Supprimer signification, effets, substitutions — et toutes transformations en remontant jusqu'au point où *rien ne précède,* au point de rupture. [*Petit dessin représentant ce point d'origine de la sensation.*]

A. *Aj. renv. :* Le Moi réaction
Le moi passe par le non-moi et est une réaction contre un état initial non-moi.

connaissance, est chose toujours comique. (1926. *v XXVI*, XI, 439.)

L'acte est la seule notion parfaitement générale car il est la seule que n[ou]s puissions désigner exactement, uniformément. (*Ibid.,* XI, 443.)

Poussée actuelle — d'inspirationnisme.

Toutes les religions frémissent, les nations cherchent des dieux — Jahvé — Bolchévisme — Orients..

Mysticismes — en finir avec le 18e.

Freudisme.

Bergsonisme.

Tout ceci tend à transformer en adeptes, en derniers initiés les « libres penseurs ». (*Ibid.,* XI, 447.)

Théorie des points de vue —

S'il existait une vraie « philosophie » ce serait un des problèmes de cette occupation que de faire une théorie des « points de vue » —

de leur définition, de leur nombre, de la variation de chacun, du passage de l'un à l'autre, des invariants de leur ensemble — de leur combinaison entre eux, de leur production.

Les *choses* sont des invariants de points de vue. Les *personnes* sont des lois de points de vue.

Ensemble des points de vue possibles pour un individu. Ciel étoilé.

Ce point de vue des points de vue — de considérer sous le rapport des points de vue est d'une richesse immense.

Un point de vue étant choisi, un ∞ de *propositions* etc. lui correspondent, liées entr'elles.

Un tel point est correspondance de ∞ à 1 et peut-être le « Je suis » est-il l'expression de la corresp[ondance] la plus générale de cette espèce ? —

Le temps[A] (1926. ϱ *XXVI*, XI, 574.)

Descartes ne devait pas dire que l'animal est machine, car les *machines* qu'il connaissait étaient loin des machines qu'il eût fallu connaître pour y comparer les animaux.

Mais nous pouvons déjà le dire, — pour une partie assez importante des actions et fonctions animales que nous pouvons imiter au moyen de dispositifs, — ou exciter et faire manœuvrer *comme* des machines, — ou remplacer ou même surpasser en puissance et en précision. (*Ibid.*, XI, 648.)

Le *Cogito* montre surtout Descartes « médusé » par le verbe *Être*.

Il est des mots qui pétrifient le philosophe et le mettent à la merci de sa partie naïve.

La question : Si j'existe ? bizarre effet de l'existence du verbe *exister* combinée avec[B] (*Ibid.*, XI, 650.)

Rendement des doctrines

Les spiritualismes ne peuvent produire que des effets qui *diminuent le nombre* des problèmes. Les matérialismes ont pour conséquence de l'*augmenter*.

Le matérialisme ou *confiance dans les sens,* ou sentiment que la perception sensible est une limite, s'obstine à combiner, accroître, affiner, discuter les dites perceptions.

Cf. l'infinité de problèmes nouveaux depuis l'activité déchaînée du physicien. (*Ibid.*, XI, 671.)

Notre propre esprit, notre — conscience, notre mémoire, notre — vie ne sont à chaque instant qu'une probabilité. (*Ibid.*, XI, 697.)

A. *Passage inachevé.*
B. *Passage inachevé.*

☆

Dans toute élaboration, l'essentiel (parfois dommageable) est de déterminer le questionnaire précis, la table des questions auxquelles doit répondre le travail effectué, et aussi les signes à quoi l'on connaîtra le degré d'exactitude des réponses. (1926. σ *XXVI*, XI, 711.)

☆

Le plus redoutable scepticisme est aussi le plus ingénu.

La question naïve de l'enfant touche le point sensible. Pourquoi la lune ne tombe-t-elle pas sur la terre ? Question que ne savait plus se poser Aristote.

— L'esprit des hommes se forme par des questions de cet ordre naïf, auxquelles des réponses ridicules données par les g[ran]des personnes viennent se joindre et créer l'habitude de se contenter de mots. Expédient.

— Personne n'a le courage, le cynisme, de répondre qu'il n'y a point de réponse — que même il n'y a point de question.

Ainsi commence le règne en chacun de l'expédient intellectuel, de la confusion des pouvoirs, de l'illusion verbale, sur quoi toute la vie de l'esprit va se développer, de quoi elle va se nourrir et s'enivrer — produisant parfois dans le monde essentiellement inexistant qui se forme ainsi, des ouvrages relativement admirables, des inventions presque dignes de n'être pas absurdes et vaines tant elles sont ingénieuses et bien combinées ou merveilleusement exposées.

Mais ce ne sont que des excitations, des jeux, même tragiques, même sublimes. (*Ibid.*, XI, 809.)

☆

Le doute philosophique (sur l'existence) a pour origine l'idée fausse, ou exagérée, que l'on s'est faite de la valeur du mot *existence*. Monstre.

On plaçait dans ce mot une sorte d'infini — Rien n'était assez existant pour exister.

Ce que l'on tirait de ce fait linguistique — le besoin du verbe être pour définir quoi que ce soit — — Déification du verbe *être*, voilà la moitié de la philosophie.

On a donné le summum inaccessible de l'importance à cette idole — constituée par une impossibilité de définition. (*Ibid.,* XI, 810.)

Préambule — Je me propose ici de traiter d'une manière peut-être neuve, des arguments de Zénon. Je veux mettre en évidence la confusion dont ils sont essentiellement les effets, et dont procèdent aussi tous les commentaires, toutes les gloses et raisonnements ou réfutations qui en dérivent; et non seulement ces développements naissent, comme leurs prétextes, d'une confusion mais encore *la philosophie presque tout entière* — EST — *cette confusion.* Je dis que tout s'évanouit et qu'il n'y a plus ni thèses, ni antithèses, ni difficultés, si l'on s'avise seulement d'*écrire* ou de vouloir *écrire,* de chercher à *écrire,* ces questions dans un langage PUR, c'est-à-dire qui tienne séparés et bien distincts les domaines réels de la conscience et nous empêche de passer de l'un à l'autre sans le savoir, de prendre des images, des constatations, des propriétés de notations les unes pour les autres.

Il suffit pour se garder de cette confusion, d'adjoindre aux définitions (ou de prendre pour élément dans les définitions) l'indication des domaines ou nature des choses pensées ou observées, *vues* ici ou là, ou abstraites ou déduites. (1926-1927. τ 26, XI, 873.)

Les problèmes de la philosophie classique me sont étrangers et je les considère en étranger. (*Ibid.,* XII, 20.)

Qu'il s'agisse de philosophie, de politique, de droit, de théories esthétiques etc., nous savons que nous nous servons à présent pour y penser et pour en parler d'un matériel grossier, impur, — indigne de nous, — et que toutes les propositions, déductions etc. que nous en faisons sont vaines, sont ruinées d'avance par ce que nous pouvons concevoir de plus rigoureux. Ce sont des conventions mal faites et que d'ailleurs personne n'a faites mais qui se sont faites de tous.

Les *problèmes* surtout. Qu'y a-t-il de plus scandaleux que de voir discuter des problèmes dont les énoncés mêmes sont indéterminés ? (*Ibid.*, XII, 40.)

La question *liberté* ne se pose que pour un nombre d'actes relativement *petit* par rapport au nombre total des actes. (*Ibid.*, XII, 41.)

Liberté

Entre la conscience et l'acte qu'elle prévoit, dont elle imagine les effets et qu'elle peut prescrire — à partir d'une idée de ces effets, lesquels sont représentés et excitent à leur réalisation, se placerait une revue des possibles, une comparaison. La question est de savoir si ces divers possibles étant également présents, le choix résulte des « forces » seules (attractions ou répulsions — sensibilité —) et pourrait donc être prévu par un calcul, *ces forces étant attachées indissolublement à chacune des hypothèses ;* ou si le sujet dispose d'une force *non liée,* d'une énergie *libre* et liquide qui puisse être attribuée à un quelconque des possibles, par la simple *lecture* d'une indication ou *convention*[A].

Car il ne faut pas oublier — ce qu'oublient, je crois, tous les philosophes ensemble, — que la liberté d'un être implique le *langage* — c'est-à-dire le Relais. Point de relais, point de liberté concevable.

C'est *le langage qui crée la possibilité de l'intervalle conscient.* (*Ibid.*, XII, 42-41.)

Les Philosophes anciens étaient parvenus de plusieurs façons à traiter d'apparences tout ce qui est sensible ; mais en général ils supposaient à ces sortes de fantômes quelque « réalité » cachée qui était *Idées,* ou *Lois,* ou *Être* — et qui était soustraite à la relativité de la connais-

---

A. *Aj. renv. :* Non-liberté — Si l'acte ne dépend que des *forces*. Liberté — Si l'acte ne dépend que des *conventions*.

sance sensible. Mais la nécessité de ces objets verbaux est seulement formelle (si elle existe). Et ils ont ce vice d'emprunter au réel-commun, aux *apparences,* le *réel* qu'ils enlèvent aux apparences. Je veux dire qu'il se fait alors cette bizarre substitution : on emprunte au sensible la force ou le sentiment de puissance, d'irrécusabilité des sensations — on le transporte aux essences et aux entités — on le rend indépendant et on rejette aux illusions ce qui le donne et le comporte. (*Ibid.,* XII, 47.)

Ad Societatem Spinozanam[A]

Ce que j'ai envisagé l'un des premiers, peut-être, c'est la « sensibilité de l'intellect »[B] — ce qu'il y a d'amour, de jalousie, de piété, de désir, de jouissance, de courage, d'amertume, et même d'avarice, de luxure / et jusqu'à [une] sorte de luxure /, dans les choses de l'intelligence. Il y a une passion, des émotions et des affections dans l'application de la vie à ces activités qui ont pour objet le *comprendre* et le *construire*.

Et ce sont là des *instincts*.

Quoi que l'homme puisse faire, où qu'il s'emploie s'il s'y met tout entier, il y est tout entier et il y porte ses puissances de sentir et de produire. Son objet ne fait pas qu'on le traite à froid ou à chaud.

Ce n'est que l'expression qu'il peut, par une feinte nécessaire, diviser de la chaleur et de la confusion de la vie. (*Ibid.,* XII, 68.)

Toute philosophie où le mot *vie* est explicateur est nulle à mes yeux. (*Ibid.,* XII, 83.)

Spinoza, pas de rigueur en lui.

« Ethica » — Commode p[ou]r juger la philosophie,

A. *Aj. marg.* : Spinoza lien du juif et de l'Europe moderne — Scholastique — Combinaison curieuse du rabbin et du 17e.
B. *Tr. marg. allant jusqu'à* : de l'intelligence.

car ses défin[itions] et ses axiomes mettent sous nos yeux
en peu de mots les grandes illusions — — (*Ibid.*, XII, 91.)

Si tu fais 2 coupes à angle droit d'un corps organisé,
ou si tu regardes la face et le profil[A].

C'eſt un don particulier et singulier que celui de *voir*
les choses selon des angles ou des coupes inattendus —
inhabituels.

Pour y parvenir ſyſtématiquement il faut toujours
exprimer explicitement dans l'expression habituelle,
les variables d'observateur que tout le monde néglige
et ne voit même pas, car on se confond avec elles. Alors
on essaie si on peut changer ces variables etc. et on regarde
ce qui advient de la chose[B].

Il faudrait donc[C] (1927. *v* 27, XII, 114.)

J'appelle pseudo-problèmes tous ceux dont l'énoncé
ne peut être exprimé en termes certains — c'eſt-à-dire
en termes limites et ne donnant lieu chacun à des problèmes.

Si l'on élimine des philosophes tous les pseudo-
problèmes (réalité, Être, liberté, cause — etc.)

on trouve que chez la plupart, la préoccupation
capitale, the chief point fut de chercher à donner aux
idées[D], aux choses mentales — *puissance de chose,* permanence, uniformité, résiſtance, netteté des corps solides.

(Cf. Platon qui voulant faire concevoir toute la
différence des *Idées* aux idées que n[ou]s avons, compare
les premières à des *pots* et les secondes à leurs ombres
portées..) (*Ibid.*, XII, 125.)

Il eſt bien inſtructif de conſtater que dans ce problème
célèbre de la liberté la part faite par les philosophes à

A. *Un dessin en marge illuſtrant chacune de ces deux façons de voir.*
B. *Aj. marg. : Gl.*
   Théorie générale des « points de vue »
C. *Passage inachevé.*
D. *Tr. marg. allant jusqu'à :* des corps solides.

l'analyse de quelques cas réels de choix et de décisions
soit si mince.

Et de même pour le « temps ». (*Ibid.*, XII, 166.)

Nous pensons d'une chose qu'elle est réelle quand
nous ne trouvons nulle case de nos sens qu'elle ne
remplisse d'une qualité correspondante

et que n[ou]s sommes même portés à penser que si
n[ou]s avions plus de moyens encore de connaître ils
trouveraient en elle ou par elle de quoi s'exercer positivement. (*Ibid.*, XII, 173.)

Toute philosophie chancelle quand tu lui opposes
le simple dessein d'un système de signes *directs* et qui
représentent ton expérience, tes problèmes et non des
problèmes étrangers.

La philosophie ne peut convenir qu'à celui qui la
forme, et même en lui elle est toujours à l'état naissant.

Toute philosophie ne vaut que dans son état naissant
et devient ridicule si on essaie de la rendre complète
et mûre. Les relations du langage avec l'intention, la
vision, la transformation, la fixation partielle, la réaction etc. qui constituent la vraie pensée — si elles étaient
plus conscientes, la philosophie en serait bien altérée.

Quand on dit : *Tous les hommes,* que pense-t-on au
juste ? Lorsque *tout* ne désigne un nombre fini et actuel,
ou bien lorsque *homme* désigne un homme général,
nous sommes dans une *phase* mentale *provisoire*.

L'abstrait est provisoire. (1927. *Φ*, XII, 392.)

Toute ma phil[osophie] se réduit à accroître cette
précision ou conscience de soi qui a p[our] effet de
séparer nettement les demandes des réponses et de n[ou]s
induire à ne poser de questions qui ne déterminent point
le « monde », le groupe de leurs réponses[A].

A. *Aj. renv.* : Car la conscience de soi réduit énormément la
valeur des universaux et *tend à abolir l' Au-delà du langage.*

(Alors adieu les problèmes classiques.)

Ceci conduit à essayer d'un syst[ème] de notations qui supprime automatiquement ces problèmes — qui limite les éléments d'*explication* — corps simples —

qui ne se borne pas à définir certains termes mais qui stipule des conditions — p[our] tout langage. (*Ibid.*, XII, 408-409.)

Philosophie consiste généralement à prendre pour question (dans le langage) ce qui était considéré généralement pour une réponse. Un mot qui servait de R est pris pour D.

Cette petite révolution, ce changement de fonction s'appelle le doute philosophique[A]. (*Ibid.*, XII, 419.)

Le monde sensible en tant qu'il nous fait croire qu'il peut être sans nous, en tant qu'il nous semble invinciblement indépendant de nous, de notre *état, essence,* et *existence,* nous donne l'idée de Réel.

Nous concevons qu'il y a une existence indépendante
de l'homme en général
de nous-mêmes en particulier
et de l'état de nous-mêmes —

et que le monde perçu représente cette existence d'une *représentation conforme.* (1927-1928. χ, XII, 460.)

Approximation grossière

J'ai toujours eu la sensation que : moralité, politique, législations, jugements esthétiques, métaphysique et annexes étaient provisoires — des expédients tout au plus — c'est-à-dire non fondés sur une connaissance possible, raisonnablement possible, et précise — de la structure et du fonctionnement de l'humain.

A. *Aj. marg.* : Cette transformation d'une ancienne réponse — (car un *mot* est *une ancienne réponse*), en question *nouvelle,* est Philosophie.

— Mais peut-être[A], la pensée et l'action de l'humain, si elles se fondaient enfin sur cette connaissance plus exacte de l'humain — seraient-elles — — inhumaines.

(C'est Teste en personne — que cette remarque. — !) Et en effet l'inhumain doit commencer dès que l'humain se *conçoit*, se classe, soi-même — se voit — — (Narcisse).

Ch

Je pense que le mécanisme de la sensibilité et celui de la connaissance seront connus — assez bien — quelque jour.

Cette vue claire fera éliminer bien des problèmes et l'instrument humain s'emploiera mieux soi-même — s'il lui reste alors un *but* — — un *désir*.

Je veux dire que l'idée que l'on se fera alors de la pensée, des sentiments, de la connaissance de tous ordres et de leur portée[B], agira sur les contenus, les objets, les volontés, les *valeurs* attribuées, affectées. Le « monde », « l'homme », la « vie », « l'esprit », etc. auront des substituts plus précis dans les « esprits ».

Littérature et philosophie, si elles sont encore possibles — le seront dans un domaine et avec des retentissements bien différents. Je pense toujours à ces sujets comme si l'avenir devait les altérer énormément dans le sens indiqué par le développement de la connaissance physique.

— L'accroissement considérable de la différence entre la vision naïve des choses et la vision révisée — (plus grande que celle entre la vision du nouveau-né et la vision de l'homme) — met aussi un intervalle choquant entre les jugements et sentiments littéraires — philosophiques et *politiques* et ceux qui s'imposent aux esprits, au *même esprit,* dans le domaine des parties refaites du savoir.

Jamais le problème d'ajuster les parties d'un système qui doit être *Un,* et qui est désaccordé, ne fut si nettement proposé, et jamais l'hiatus plus grand.

Il se fait donc une tendance oscillante à l'équilibre — D'où les va-et-vient remarquables depuis un siècle et les contradictions.

A. *Trois tr. marg. allant jusqu'à :* seraient-elles — — inhumaines.
B. *Tr. marg. allant jusqu'à :* attribuées, affectées.

Solution : *radicale* — Tout renverser, tout refaire.
Pays neuf, mais esprit naïf et vieux.
Modulation. (*Ibid.*, XII, 490-491.)

Le hasard est un effet de *contraste*.
Hasard relatif.

Et cet effet dû au fait que rien n'est simple — que chaque chose a une multiplicité de fonctions ou de propriétés, dont l'une tient à l'autre dans l'événement et en est séparée dans les attentions.

J'ouvre un livre *au hasard* et je lis une ligne. C'est arriver aux pensées qui me sont exprimées par la ligne au moyen des propriétés combinées du livre matériel et de mon acte physique. Je laisse les deux ordres indépendants.

Pas de hasard sans une *convention* — ou *croyance*. (*Ibid.*, XII, 523.)

Mon problème essentiel, fut, demeure, d'instituer une science des *manières de voir*.

1. Les mots : *on peut... on peut aussi bien* — .. sont la définition de cette science.

2. Chaque opinion, chaque sentiment, chaque proposition se réfère non tant à son homme, qu'à une *manière de voir* dont elle est une propriété spécifique comme tel grossissement l'est de telle distance. Il suffirait de changer, même peu, ces conditions pour transformer l'*objet*.

3. Tout mélange (inconscient ou non) de jugements appartenant à diverses *manières de voir* — ou états d'accommodation est entaché d'inconsistance.

4. Chaque manière de voir doit être mentionnée.. définie si possible.

5. Pour chacun, il en est une qui est la *plus probable,* la plus fréquente, la plus stable, la plus aisée, la spontanée. Celle-ci peut varier avec l'âge — les circonstances — la *sensibilisation* actuelle du sujet à telles excitations.

6. Une grande œuvre en tous genres impose une manière de voir.

7. Il y a une science et un art de passer d'une manière de voir à une autre. M D V → M' D' V'.

Il y a une modulation.

8. Chaque M D V opère sur des données plus ou moins simples.

9. Une M D V jouit des mêmes propriétés qu'une *idée* ou image en ce qui concerne sa production immédiate.

Elle peut survenir brusquement — comme réponse.

10. Le langage commun implique une confusion de M D V.

Tout effort pour penser nettement — c'est-à-dire p[our] déterminer une M D V est nécessairement *contre* ce langage commun, *contre ses formes* et *contre ses mots.*

11. Toute manière de voir est définissable par l'*uniformité* fonctionnelle. Ex[emple] simple — le domaine pur d'un sens. Mais dans l'application complexe — s'introduisent des correspondances — des ordres de grandeurs — des définitions — des annulations — des axiomes — des opérations ou actes[A].

À chacune correspond un « monde » — monde poétique, pictural, économique — astronomique — mondain — etc.

Un *jeu* est une M D V réduite — arbitraire.

Le calcul des probab[ilités] est une M D V qui associe à chaque événement une fraction < 1.

12. En somme, si telles liaisons sont introduites — qui portent les unes sur l'accroissement de telles sensibilités — ou *instabilités* ou sur leur diminution[B] — les autres sur la *variabilité générale,* les autres sur les champs ou domaines,

il en résulte des ensembles (de valeurs) dérivés. M D V —

Points de vue, invariants des points de vue. (*Ibid.,* XII, 563-564.)

☆

Quand Héraclite constate l'écoulement, il s'immobilise. (*Ibid.,* XII, 597.)

A. *Aj. marg. :* des lieux
B. *Aj. marg. :* admissions

Une partie du corps H s'ajuste bien avec le profil *a'b'*
du corps M — le reste ne s'adapte pas[A].

2 métaphysiques possibles — L'une qui ne veut
considérer que la partie qui s'ajuste, l'autre qui considère
le reste. (*Ibid.*, XII, 632.)

21-1-[28]

Je dis au P[ère] Teilhard[1] que si j'avais à choisir entre
spir[itualisme] et matér[ialisme] (deux thèses vaines)
c'est la seconde que je choisirais.

Car le spiritual[isme] est la doctrine qui demande le
moins d'esprit. Le spirit[ualiste] ne s'engage à rien —
aucune condition ne l'entrave, tandis que l'autre est
obligé de déployer une ingéniosité extraordinaire (modèles mécaniques) — le premier ne met au jeu que de
vagues notions — et des métaphores (pourquoi ?).

D'ailleurs *voir* le nombre des *mots* exigés par l'un et
par l'autre — et le rapprocher de la complexité certaine
du « monde ».

Et enfin le spirit[ualiste] croit aux mots (sans eux ainsi
crus, il est dans la misère) et il croit aux *unilatéraux*,
élans — sentiments — toutes choses *ouvertes*. (*Ibid.*,
XII, 636.)

☆

L'acte *libre* diffère de l'acte subi, par le temps.

Il n'est pas d'acte libre dans un temps de même ordre
de grandeur que l'ordre de grandeur du temps réflexe. Il
faut que l'acte libre *ait eu au moins* le temps d'être révoqué.

Il est celui qui ne se produit qu'après un temps
suffisant pour que son image se soit prononcée et ait
pu donner naissance à une réponse négative.

Il implique donc $n\theta$, θ étant l'unité de temps réflexe.
L'impression que n[ou]s avons d'être libres dépend du
temps qui n[ou]s est laissé pour ne pas agir.

A. *Dessin en marge représentant deux figures* M *et* H *dont les profils
irréguliers ne s'ajustent que partiellement.*

Or ce temps même dépend de l'*intensité* des circonstances (intensité sensorielle (douleur vive), intensité
de propagation nerveuse, extension, *importance* vitale);
des *résistances* qui s'opposent aux transformations[A].

Parmi ces résistances (dont une partie tient à la structure) il en est de remarquables : ce sont celles tenant à la
culture, à la mémoire — à la « profondeur » du sujet.
(*Ibid.*, XII, 675.)

☆

Il suffit d'avoir écrit soi-même pour savoir à quel
point ce que l'on écrit diffère de soi-même et combien
ce que l'on n'écrit pas est plus important.

Il s'ensuit que remonter de l'écrit à la pensée totale, en
rapprochant, collationnant rigoureusement tout ce qui
est sorti d'une plume, l'interprétant le plus scrupuleuse-
ment du monde — produit une pensée et un être fantastique d'autant plus faux (c'est-à-dire qui n'a pas existé)
que c'est plus exact et complet.

D'abord l'être réel (qu'est-il ? —) n'est jamais simultané et ne se connaît ni ne se ressent que par moments —
perspective fausse.

Ensuite, écrivant, il ajoute à soi et retire de soi ce
qui n'est pas conforme à son dessein — à son intérêt.
Il complète et il dissimule.

C'est pourquoi je pense qu'il faut rechercher la visée,
les objectifs probables profonds des êtres. On ne sait
rien de quelqu'un quand on ne sait pas ce qu'il veut.

Descartes, Leibniz, Kant visaient à peu près les mêmes
conquêtes — tandis que Spinoza, Malebranche en visaient
de tout autres.

Que pouvaient convoiter de tels esprits ?

Il faut 1º déterminer le *but,* 2º déterminer (quand il
s'agit d'un but mental) ce à quoi ils convenaient avec
eux-mêmes de reconnaître qu'ils l'avaient atteint, leur
exigence, 3º rechercher les conditions et circonstances
de leur emprise et donc — *ce qui était,* quand ils s'y
mirent — et les réactions que cet état devait provoquer
de la part d'esprits audacieux et obstinés. Il faut adjoindre
ici les événements intercurrents, etc.

— Les lueurs qui leur viennent sont relatives à leur désir / attente /, à leur faculté critique (mais ils ne notent pas celles qui ont succombé devant leur propre critique) — d'ailleurs —[A] (*Ibid.,* XII, 676.)

Anthropomorphisme

On ne peut s'empêcher de prêter à l'aiguille aimantée l'hésitation, — à la toupie l'absence vivante du dormeur, à la mer, des passions et des valeurs variables de vigueur. (*Ibid.,* XII, 686.)

Il en est du réel comme du corps simple en chimie — c'est une définition négative.

Est réel[a] ce qui a résisté à t[ou]s les changements d'observateur, d'époque, d'épreuve — d'accommodation. (*Ibid.,* XII, 697.)

Teste

Je suppose que l'on parvienne à assimiler d'assez près au point de vue fonctionnel les divers organes des sens — et de coordination des gammes de valeurs (des diverses sensibilités) à des appareils comme ceux que l'on peut construire.

Alors les notions du monde et des choses — le « monde » et les « choses » se trouveront des effets qui correspondront à une partie d'eux-mêmes — car les organes et appareils et leurs états sont également perçus comme fonctionnements d'eux-mêmes.

On pourra à volonté considérer un corps donné ou un événement comme primitifs — ou bien comme effets d'une combinaison complexe de fonctionnements.

Tous nos « jugements » seront des effets ou produits plus ou moins conformes à une *attente* (*nôtre,* c'est-à-dire attente — car le moi se réduit ici à une attente).

A. *Passage inachevé.*

Supposé que nous ayons enfin de notre fonctionnement, de nos résonances, de notre combinatoire, de nos problèmes, connaissances et solutions et formations mentales, une représentation assez nette et — Alors que devient l'homme — que reste-t-il ? (*Ibid.*, XII, 729.)

Si un certain jugement dépend du temps que nous pouvons consacrer à la conservation de ses constituants dans la présence active de l'esprit — de la prolongation de notre attention; — ou bien de notre capacité quant au *nombre* des éléments distincts que n[ou]s pouvons considérer en esprit simultanément — ce qui est certain — que faut-il penser de nos jugements ? (*Ibid.*, XII, 729.)

Variations de la « Causalité »
a. période pré-cartésienne — — confusion des types — type psychologique prédominant. Causa finalis et causa secunda[1] —
b. période cartésienne — Causalité = identité — quantification —
c. période post-cartésienne
  1. P[rincipe] de Carnot. Entropie — Évolution
  2. Intervention des interventions — relais
  L'imprévu — L'époque — L'indépendance.
(*Ibid.*, XII, 748.)

De Interroganti Materia[2]

θ Réponses aux questions de l'homme, car celui-ci est questions.

La philosophie est le goût — des *questions,* du *?*.

Ce goût a ses maladies. Doutes et affirmations. Tantôt il brise un anneau qui semblait fermé — complet. Tantôt, il croit compléter un anneau imparfait.

Clore ou rompre tel anneau[A]. (1928. ψ, XII, 775.)

A. *Passage illustré par un petit dessin d'un anneau incomplet.*

θ

Les doctrines spiritualistes s'appliquent assez bien à *un*, — sont bien embarrassées quand elles doivent envisager *plusieurs* et justifier la distinction et surtout les différences des esprits; sont tout à fait gênées quand il faut en considérer le nombre indéfini — leurs caractères statistiques et la reproduction avec ses hasards, ses hérédités etc.

Des milliards de libertés, d'entités autonomes. (*Ibid.*, XII, 777.)

Comme il y a des imaginaires en algèbre, ainsi le raisonnement sur les mots conduit à des expressions sans *choses*, et toute la métaphysique n'est qu'une erreur sur $\sqrt{-1}$ — qui consiste à supposer des êtres purement dus à l'application illimitée des règles logiques.

Mais personne ne s'est avisé d'utiliser sans illusions ces formations formelles — car il y faudrait la puissance et la profondeur de les traiter (comme on a fait en math[ématiques]) au moyen de conventions qui leur donnent un sens arbitraire — mais utile.

Il est d'ailleurs remarquable que des règles qui donnent des résultats exacts et réels de *a* jusqu'à *p* donnent des résultats purement formels de *p* à *z*. C'est qu'elles ont été déduites des cas réels et particuliers.

Ex[emple] : le mot *cause* — c'est-à-dire d'abord — *motif*, chose *visée* — chose engendrant l'acte qui la vise ou qui la fait. (*Ibid.*, XII, 849.)

Réel ou propriété de ce qui sature nos sens. (1928. Ω, XII, 864.)

La littérature se décompose en offensives locales. La philosophie attaque générale toujours manquée. (1928. *AB*, XIII, 225.)

Optique philosophique

Le doute sur la réalité revient à *considérer* les choses de la veille comme pouvant être considérées du sein d'un rêve (car n[ou]s ne pouvons parler rêves sans en avoir une sorte de définition. Si cette définition implique *réel*, alors *cercle*.) (*Ibid.*, XIII, 241.)

Philosophie. N[ou]s savons bien ce que sont *matière, temps, esprit* etc. etc. puisque nous nous entendons sur ces signes... au point de disputer de leurs sens. Mais ce que nous voulons savoir dans tous les cas, — c'est comment ils se relient au reste de notre savoir. N[ou]s en savons assez sur eux pour les employer au vol — pas assez pour nous y attarder. C'est l'observation de St Augustin. (*Ibid.*, XIII, 277.)

Philosophie.

Toute philosophie implique que le travail de l'esprit peut donner des résultats qui soient à la fois : non vérifiables extérieurement et toutefois non vains[A].

D'où l'Idée du Vrai Philosophique. Ce Vrai n'est pas pour eux une image conforme, mais une découverte, conséquence d'une opération ou exploration bien réussie.

Gladiator estime qu'il n'y a de vrai que le vérifiable, conformité, commodité d'une représentation.

D'où l'idée d'une Science générale des Représentations.

D'autre part, il place l'effort au-dessus du résultat. (1928-1929. *AC,* XIII, 306.)

Perspective

Substituer le pouvoir au savoir, c'est rompre avec la métaphysique.

A. *Aj. :* En somme, valeur de la pensée sans contre-partie.

Et cette substitution présente une tout autre *perspective*.

A.   Perspective métaphysique[A]

D'un point[B] (ou homme ou observateur) *donné* ou plutôt *imposé* — car tu es *imposé* comme condition à toi-même —

voir, former — *ce qui* à partir *de ce qui est* est *plus étant* que ceci, — est *raison, cause, force*, ou *idée* ou *fin* de ceci; et *ce qui a* « *ce qui est* » pour acte, pour moment, pour conséquence la plus probable, etc.; et ce qui « sera » — (vecteurs).

En somme transformation de ce qui est 1° en ce qu'on croit plus être; 2° en ce qu'il suppose ou implique ou cause ou attend etc.

B.   Perspective-pouvoir — est celle de la transformation de ce qui est par tout autre voie, par *actes* et relais d'actes — et alors inconnu des conséquences. Modifications du réel, du milieu, de l'individu — Dans quel sens ?

L, T, M. *Dépréciation de la connaissance.* (*Ibid.*, XIII, 316-317.)

Peuples sensibles n'ont pas d'esthétique.

Comique de voir Kant qui devait avoir un goût de chien chercher le beau.

Rien de moins artiste. *Il n'a pas su s'exprimer.* Peut-être cet universel veut-il dire ayant sensibilité, puissance intellectuelle[C].

Terrible simplification chez Kant. (*Ibid.*, XIII, 348.)

Rien de plus anthropomorphe que la ligne droite — le continu, le temps etc. (*Ibid.*, XIII, 348.)

« Principe de Causalité ». Il suffit de l'examiner pour voir qu'il ne faut jamais se servir du mot *cause* dans une pensée de précision. (*Ibid.*, XIII, 358.)

A.   *Aj. marg. renv.* : Comment fut-ce possible ? *Langage.* Logos.
B.   *Tr. marg. allant jusqu'à* : transformation de ce qui est.
C.   *Aj. marg.* : a priori

Kant et les « jugements »

Il y croyait. Il croyait qu'on pensait des propositions, croyait aux concepts. On ne fait que les traverser.

C'était confondre un essai d'organisation ou d'administration du peuple des pensées avec ce peuple même. (*Ibid.*, XIII, 372.)

La philosophie tout entière[a] est malgré soi entraînée peu à peu à se placer sous la protection de l'*esthétique* ou plutôt sous l'apparence inattaquable du *Jeu*. — Les philosophes étant les derniers à s'en apercevoir. Le Savoir, en effet, perd toute signification et même toute bonne conscience, quand le pouvoir n'y correspond pas.

— De plus le langage mieux connu ne laisse plus d'illusions, — ne peut plus dissimuler sa vraie valeur qui n'est que transitive — valeur de transformation.

Le « monde », la « cause », « l'univers », les « concepts », la « connaissance », les « principes », le réel.

Tout ce matériel —

Ce qu'il y a de vérifiable dans ces termes s'en va joindre des « sciences ».

Et que faire quand les esprits sont, les uns, dressés par ailleurs à une précision toujours croissante, — par les sciences —

les autres, à une liberté ou anarchie de combinaisons par la littérature ? (*Ibid.*, XIII, 382.)

Le savoir n'est plus une fin mais un *moyen* — or, le Philosophe fut celui *pour lequel* il *était une fin*. (*Ibid.*, XIII, 401.)

Philosophie est une aptitude générale ou une manie, ou une habitude, bref, une *association de fréquence f* —, de probabilité φ (*f*), à transformer toute réponse en demande.

— Ce procédé[A] essentiellement requiert *langage* —.
Répété à la suite (comme les enfants le font) il conduit
mécaniquement à donner pour limite à l'interrogatoire ce
que le langage *semble* impliquer de plus pauvre — en
suivant l'analyse (naïve) de ses implications apparentes —
c'est-à-dire en appliquant une forme locale (indo-
europ[éenne]) de *faire des signaux,* qui est la proposition,
la distinction sujet-attribut — et la classif[ication] des
catégories — — l'invention des prop[ositions] générales,
des *abstraits* — etc.

Si l'on cherche ainsi à *répondre,* on tire de la question
une proposition — c'est-à-dire une exigence de sujet-
attribut, qui par l'usage immémorial semble et s'impose
comme — une nécessité de la *raison,* c'est-à-dire de la
compréhension — c'est-à-dire ici de la convenance
sujet-attribut.

Or cette condition est illusoire si le sujet et les attributs
sont variables et verbalement fabriqués.

Donc la philosophie fabrique les deux : Être. (1929.
AD, XIII, 539.)

☆

Les philosophes ont souvent considéré qu'une question existait par ce seul motif qu'ils ne savaient pas la
résoudre.

L'examen souvent fait voir que ces prétendus problèmes étaient illégitimes (comme de considérer le rêve
étant placé dans la veille en tant qu'argument contre
le réel) ou bien reposaient sur le langage particulier
d'une race. (*Ibid.,* XIII, 541.)

☆

Feinte philosophique
Le don, la faculté interrogeante du philosophe est une
position, une attitude —
et s'établit, elle et la responsivité qui s'ensuit, en
mimique séparée, art de *feindre*[B].

A. *Tr. marg. allant jusqu'à* : conduit *mécaniquement.*
B. *Aj. renv.* : La conséquence de cette conscience acquise de la

— Feindre le doute, feindre « l'univers », feindre un ordre des pensées, feindre Dieu, feindre de penser ce qui pense[A].

Ce sont des pouvoirs — analogues à ceux du poète et du peintre. (*Ibid.*, XIII, 548-549.)

Les postulats les plus gros sont si familiers qu'on ne les voit plus.

Ainsi ce qui est *demandé* par les *mots* : Même — Tout. (1929. *AE*, XIII, 584.)

... Le rôle de la comparaison est immense.

Dire : déterminisme — c'est dire *tout* arrive

ou bien : COMME arrive la conclusion des prémisses

ou bien : COMME arrive la chute d'un corps lâché — et il s'agit toujours de systèmes tels que la *partie* engage et donne le *tout* (comme d'un triangle). On généralise (après division en temps et en espace —). Dans l'espace — et *c'est sa définition,* la partie donne le tout moyennant les postulats de fondation et des conditions « analytiques ».

On passe au successif — et le déterminisme pur est *déjà* une *conception d'espace-temps* — dans laquelle l'antécédent et le conséquent sont comme des parties simultanées d'un tout.

Le temps est une véritable dimension de l'espace dans toute pensée de causation[B]. (*Ibid.*, XIII, 596.)

vraie nature de la philosophie, c'est une nouvelle définition des valeurs et des sujets de toutes ces feintes.

Descartes introduit ce qu'il lui faut pour suivre son raisonnement — il *doute*. Tout est perdu. Il pose *Dieu*. Tout est sauvé.

Il écrit Dieu = ce qu'il faut pour m'ôter d'un doute.

Kant s'embarrasse du devoir : il pose un *noumène* — il est gêné par le jug[emen]t synthétique; il invente ce qu'il faut pour le [*Phrase inachevée.*]

Ainsi : invention (verbale) de ce qu'il faut pour résoudre des problèmes qui n'existent que verbalement.

A. *Aj. marg.* : Pourquoi ne pas s'aviser de ces feintes ?

B. *Aj.* : $x = a + \int_{t_a}^{t_x} v dt$

☆

Doute. Cart.

Il est choquant de se livrer au doute philosophique de 2 à 4, ou de 8 à 10 et de cesser de douter à l'heure du déjeuner.

Ou bien il fallait faire de ce doute une opération définie —

$$D(x).$$

Alors la « réalité » de x s'écrit $D(x) = 0$.

Mais on a par hypothèse $D(D) = 0$.

C'est-à-dire qu'on ne peut *douter* que l'on *doute*.

Douter consiste à observer que *plusieurs noms* différents portant chacun *différente conséquence*, sont également possibles pour une chose donnée.

$$D(x) = p \text{ ; si } p = 0, N(x) = 1.$$

On ne doute que d'une attribution. A est-il b ? ou c, ou d ? C'est-à-dire que la donnée est incomplète.

Le doute est marqué par la production d'un système de plus. (Un nombre donné est racine d'une infinité d'équations.)

— Or le doute-opération peut évidemment s'exponentier —

$$D(D(D(x)) = D^3(x).$$

Le doute est un nombre — nombre des noms ou attributs équi-valents possibles d'une chose à tel état, et différents de conséquence ou catégorie.

Que fais-tu, Philosophe ? — Je suis en train de douter. Il y a du ridicule dans cette réponse. (*Ibid.*, XIII, 604.)

☆

Matière = ce qui se conserve dans une transformation quelconque, *quoi que ce soit en soi*. $B - A \equiv m$ —

et c'est bien l'idée simple contenue dans toute acception. Ex[emple] : les *mots*.

L'énergie, *en tant qu'elle se conserve*, est *matière*. La réduction de la matière à de l'énergie était infuse dans la loi de conservation.

La matière ainsi définie n'est telle que moyennant spécification de la transformation qui la laisse invariante.

Elle apparaît par comparaison de l'état final et de l'état initial. (*Ibid.,* XIII, 614.)

Un problème philosophique est un problème que l'on ne sait pas énoncer.

Tout probl[ème] que l'on arrive à énoncer cesse d'être philosophique.

C'est en quoi les philosophes sont artistes / poètes /, et construisent des attitudes interrogeantes devant certains mots comme Temps, réalité, monde etc., et Être — ! Mais en quoi ils ne le sont pas exquisement c'est le faisant croyant qu'ils font autre chose. (*Ibid.,* XIII, 624.)

Création — le mot est à la mode[1]. Il est plus excitant que celui de transformation. Mais ce dernier, quant à moi, m'*excite* plus que lui.

L'idée de création est pauvre et magique.

On songe aujourd'hui à quelque chose *x* qui tend vers un autre état que le sien en inventant, fabriquant — *créant.*

Les uns mettent leur merveilleux ici et les autres là. Nous sommes comme les spectateurs d'une séance de prestidigitation. Les uns admirent le tour en tant et pour autant qu'il est incompréhensible et les autres en tant qu'ils en devinent les moyens. Pour ceux-ci, si le miracle est réel, le spectacle perd tout intérêt. Il émerveille, il « transporte » — mais il n'a ni sens ni importance pour *nous* — seulement pour nos nerfs. (*Ibid.,* XIII, 635.)

Peut-être faudrait-il expliciter l'anthropomorphisme et en faire un système cohérent — avoué.

On verrait alors nettement que toute *explication* est anthropomorphique. Et comment se pourrait-il autrement ? Ce n'est que sur la *dose* qu'on dispute.

Quoi de plus Homme que de *compter* ? Échange du distinguer et du confondre, comme les doigts s'ouvrent un à un, se ferment ensemble.

Et puis — de chacun de ces 4 arbres, aucun ne sait qu'ils sont 4. Ils ne font nombre que pour Quelqu'un. Rien de plus objectif que le nombre de ces objets. Rien qui exige davantage quelqu'un qui groupe et qui énumère. (*Ibid.,* XIII, 635-636.)

Zénon. Il n'y a pas d'instants.

N[ou]s pensons SÉPARÉMENT le mobile (— et alors il est immobile) d'une part, et le mouvement — (et alors le mobile n'est plus), d'autre part. (*Ibid.,* XIII, 643.)

L'idée absurde du *Savoir achevé* — de tout Savoir est essentielle à la philosophie; elle est cachée dans toute philosophie et jusque dans Kant. Qui philosopherait sans cette arrière-pensée ? Dieu sait Tout. Mais cette notion naïve — — Va au Musée.

La philosophie[A] (genre des anciens) ne considérait pas le *progrès* — admettait *stabilité* — admettait qu'il y eût « quelque chose » — un *objet de la connaissance absolu* (matière p[ar] ex[emple]) et un moyen de la connaissance — un *Possible de savoir* — qui fût *limite.*

Ces deux pôles d'ailleurs indépendants. De sorte que la « connaissance » pût comprendre un tout autre contenu que le donné (connaissance de *Dieu* p[ar] exemple) et que le donné, de son côté, pût être l'objet d'une connaissance infiniment différente de la connaissance donnée. On ne pouvait penser qu'un accroissement de précision, par exemple, pût changer le jeu du tout au tout. (*Matière,* est un vieux mot qui a surnagé — et *esprit,* un autre. Mais ils ne cadrent plus du tout avec l'*état des faits.*) (*Ibid.,* XIII, 653-654.)

Si le nom de philosophie s'évanouissait — qu'inventerait-on *aujourd'hui* pour le remplacer ? (*Ibid.,* XIII, 656.)

A. *Tr. marg. allant jusqu'à :* d'ailleurs indépendants.

☆

Le degré de précision contraire à la philosophie

Temps et lumière

La nature de la lumière est *connue* de la rétine.
La lumière est chose rétinienne spéciale.
— Qu'est-ce que la lumière ? qu'est-ce que le temps ?
Ce sont des *questions* que je rapproche.
Si on demande ce que veut dire *lumière ?* —
Ce dont la sensation d'objets *vus* implique la *présence*
et dont la suppression simultanée de *tous* objets *vus*
définit *l'absence*.

Les philosophes jadis se demandaient ce que c'est
que la lumière. Ils en disputaient entre eux. Ils ont passé
la main aux physiciens depuis 1700. En revanche ils
s'occupent du temps. Et ils défendent ce domaine. Le
temps leur paraît plus philosophique que la lumière.
En d'autres termes, il semble plus aisé de disserter sur
le *temps* — sans contrôle.

Mais un *temps* viendra peut-être que la succession
de nos idées, la substitution des sensations, les différences
de marche ou d'état dans notre système sensitif, les
évaluations subjectives qui en résultent, et enfin le
souvenir — seront TROP PRÉCISÉS pour que le philosophe
puisse manœuvrer et utiliser le temps dans sa construction du monde ou de l'esprit.

— — D'ailleurs, au point de vue moderne — le temps
physique est sous la dépendance de la v[itesse] de la
lumière composée avec celle des corps. (*Ibid.,* XIII, 656.)

Quant à moi, j'ai passé ma vie à chercher des *énoncés*
et non des *solutions*. Les problèmes classiques de la
philosophie me paraissent d'origine naïve. Ils ne peuvent
se présenter que si l'on parle dans sa pensée le langage
de la rue et de la maison. (*Ibid.,* XIII, 663.)

Le spiritualisme est croyance à explication par les
mots en tant qu'ils provoquent des « sentiments ».

Le matérialisme est croyance à explic[ation] par les images en tant qu'elles correspondent à des actes. (D'où matière et mouvement.) — Le premier est facilité dans l'explication — difficulté dans les mœurs. Le second est au contraire.

Tous 2 croient à l'explication.

Le 1er[A] explique ce monde par un autre et les propriétés d'un autre.

Le 2e [explique] ce monde par une partie de ses propriétés — celles dont nous pouvons disposer — donc nos actes.

Mais il arrive que *ce monde* change par le progrès de nos moyens de l'interroger.

Le spiritualisme s'appuie sur les discontinuités, les bonds, les impuissances. (1929. *AF[1] 29,* XIII, 724.)

Le « réel » est ce qui s'alimente de notre vie, se renforce de chaque expérience, se montre indépendant de chaque expression. (*Ibid.,* XIII, 733.)

Rien de plus superficiel que les oppositions à la mode : quantité / qualité; automate, intuitif; instinct, raison[a]. (*Ibid.,* XIII, 752.)

H + φ

Si l'on se résigne à accepter un échange de vues, d'impressions et de jugements entre des *individus différents* pour fondement et *définition* de quelque « réalité » (ce que fait Einstein — 1re conférence à Princeton) — (ce qui me répugne — d'une part — — et d'autre part, m'intéresse et me suggère des conséquences *de divers ordres*) ce consentement qui suppose les conventions du langage commun doit conduire à faire la part (dans chaque pensée appliquée au monde) de facteurs étrangers

---

A. *Deux tr. marg. allant jusqu'à :* une partie de ses propriétés.

— assez semblables à *Moi* pour correspondre et convenir avec *lui*, s'accorder avec *lui* — et assez différents de *Moi* pour fournir à ce *moi* des données indépendantes — etc.

Il en résulte qu'une « pensée » n'est entièrement définie que si l'on joint à son objet et à la *réponse* qu'elle constitue (par son expression) à cet objet — un troisième facteur — l'autre observateur du même objet — lequel est représenté par le langage.

Par là il existe en toute pensée un élément *statistique caché*. D'ailleurs cet élément commun est admission des concordances, rejet des discordances.

Le réel est comme élu à la majorité des voix. (*Ibid.*, XIII, 759.)

Philosophes[a] —

On pourrait penser qu'il n'y a point de philosophie par soi, c'est-à-dire de corps de doctrine objective qui réponde à ce nom sommé de s'expliquer. Mais dans tous les esprits semble exister une pente plus ou moins prononcée vers un état qui serait *unique pour chacun d'eux* et *identique en chacun d'eux* — et tel que toute réflexion sur tout sujet y conduirait chacun, pourvu qu'elle soit assez prolongée dans chaque cas. Je dis : *état* et non : contenu. Le *doute* est de cet état, car il est nécessairement l'acte tâtonnant de toute réflexion prolongée, son correctif presque automatique, etc. etc.

Or cet état consiste dans le sentiment d'étrangeté à l'égard de ce qui est — c'est-à-dire dans le fait ressenti de l'indépendance au moins apparente « de ce qui est » et de ce qui le perçoit, et donc il en est *comme si* l'on ne percevait que merveilles, — comme si presque rien n'était *donné* — comme si on ne voyait guère plus que *questions* et presque plus de *réponses*.

Et enfin je dirai donc non point que A est philosophe, mais que *A est plus philosophe que B* si le nombre des données retenues par A pour sa réflexion est < que le nombre retenu par B. Moins de choses *naturelles,* existantes par soi-mêmes — irréductibles — chez A que chez B. Et moins *d'évidences*. Et plus de choses paraissant à A devant être réfléchies, pouvant être résolues — moins de choses accordées, plus de choses qui arrêtent, qui ont pour effet de faire penser qu'elles pourraient être différentes, etc.

C'est la *question* qui fait le philosophe. Quant à la réponse (et même à la valeur propre de la question)...

Philosophie est donc résistance à l'évolution réflexe de la pensée, à l'échange instantané.

C'est en quoi la phil[osophie] et l'intuition sont incompatibles.

— Et j'ajoute pour commenter qu'il n'y a point de suprême pensée — il n'y en a point (de pensée *articulable*) qui achève, épuise le pensement. Mais en revanche il y en a sans doute — une *première* — et cette première est une *forme*. (*Ibid.*, XIII, 792-793.)

☆

Simplicité

Je regarde un objet suspendu à une chaînette, qui a été heurté et qui se balance, revient rythmiquement au repos.

Rien de plus simple.

Si je conçois maintenant que ce phénomène local est commandé par un « univers », c'est-à-dire par un système de choses aussi étendu, aussi compliqué, aussi *varié.. que je voudrai,* (sur lequel d'ailleurs cette infime partie et cette forme d'événement réagissent) je puis induire que quelque infinité d'événements, de circonstances peut produire des apparences *simples*.

Je n'ai point de raison de penser que *tout* ne soit aussi *simple* et qu'en tout point la même simplicité ne puisse exister.

Quid, *simple ?* — Sensible, imaginable nettement, entièrement.

— Tout « l'univers » *ligué* aboutit en chaque élément à tel phén[omène] *simple* — pouvant être exprimé, mesuré par un petit nombre d'opérations et symboles relatifs à l'homme[a]. (1929. *AH2*, XIII, 865.)

☆

Le Compositeur-composé. Et le guignol.

Nietzsche — ne représente pas une « philosophie »

(heureusement p[our] lui) — mais un compositeur, un composé, un « poète » du syst[ème] nerveux[A] —

et tous ses effets sont des transpositions — (au moyen du langage —) de réactions, contrepositions, réponses, associations par contraste[B] — *fuites* innombrables etc. dont l'agitation et les substitutions, les groupements etc. prennent pour éléments expressifs — des « idées », c'est-à-dire des mots qui signifient.

Je ne trouve p[our] expliquer ceci (qui est général) que cette image : une main dont chaque doigt est coiffé d'une petite tête[C]. *Ce guignol a pour vie celle de la main,* et pour apparence, cinq personnages. Le spectateur voit une comédie. Le montreur, ici, peut croire à ses personnages.

Un de ces personnages peut être figure de « l'univers », un autre de la sexualité — ou de la métaphysique — nature etc. On peut faire ceci (et tout le monde le fait) à cause du *langage* — qui permet d'articuler et de combiner les « notions » avec *une liberté extrême par rapport à leur origine* et *valeur* réalisable, et en dépit d'elles, et avec une mécanique — ou automatique réelle qui est celle du syst[ème] nerveux. (1929. *ag*, XIV, 36.)

Je n'ai jamais rencontré personne de moins métaphysique que Votre Serviteur — c'est-à-dire de moins disposé à donner aux choses qui se passent dans l'esprit une existence ou à leur supposer des propriétés autres que mentales. Pour moi ce que j'ai dans l'esprit n'est qu'esprit, jusqu'à preuve du contraire. Il y a présomption générale et intense de *spiritualité* — c'est-à-dire d'instabilité, *transitivité,* protéisme — — En somme un ensemble de propriétés *fonctionnelles*.

Je ne peux pas oublier ou ne pas voir assez vite ce que[D] (*Ibid.,* XIV, 40.)

A. *Aj. marg. :* Il n'est qu'un excitant — pas un aliment.
B. *Aj. marg. : A*
C. *Dessin en marge représentant cinq doigts coiffés de petites têtes.*
D. *Passage inachevé.*

Les termes de la Métaphysique sont des billets ou des chèques qui donnent l'illusion de la richesse. Cette illusion n'est pas à dédaigner. Elle est encore moins à confondre avec une possession réelle, c'est-à-dire valable à l'égard de tous et en toute circonstance. (*Ibid.*, XIV, 49.)

☆

Objectivité. On pourrait la définir ainsi : qualité d'un éclairage, d'une manière de voir, qui soient indépendants des objets vus.

Ces objets étant enfin réduits aux invariants de toutes les transformations d'*éclairage* etc. (*Ibid.*, XIV, 52.)

☆

J'estime *philosophes* ceux-là qui eussent inventé la philosophie, et de même, peintres, poètes, géomètres etc. Mais non ceux qui se font tels ou tels par *frottement,* par aimantation. (*Ibid.*, XIV, 56.)

☆

Le réel est ce qui ne peut jamais être tout entier considéré d'un seul et unique *point de vue.*

Quel que soit le point de vue (le mode de considérer — exprimer *A*,) sous lequel on regarde *A*, il *exclut* une infinité de caractères ou de propriétés qui cependant se rattachent à lui par un enchaînement nécessaire. Le réel, RÉSIDU. L'inépuisable par la connaissance. (*Ibid.*, XIV, 84.)

☆

Si on serre de trop près la relation qui existe dans le fait entre le *nom* et la *chose,* on se perd nécessairement comme les scholastiques l'ont fait (et les Grecs).

Ils ont cru que cette liaison était susceptible d'une analyse complète et devait finalement s'exprimer en forme exacte, — car ils croyaient à la valeur propre du langage. Le sens du mot leur paraissait un absolu — un *élément simple à la fois du réel et de la pensée* — que le savoir consistait à préciser cet élément — de sorte qu'ils passaient leur temps (non toujours sans profit) — à « définir », c'est-à-dire à transformer en propositions aussi peu nombreuses qu'ils pouvaient les emplois divers et souvent hétéroclites du mot.

Presque toute la philosophie consiste dans une recherche du sens *absolu* isolé *des mots* — qui suppose croyance dans cette valeur — et dans la valeur de la recherche (« pensée ») — Ce qui revient à arrêter un corps en mouvement pour s'expliquer les effets de sa force vive[A]. (*Ibid.*, XIV, 87-88.)

Quand on dit que les mêmes causes produisent les mêmes effets, on ne dit *rien*. Car les mêmes choses ne se reproduisent jamais — et d'ailleurs on ne peut jamais connaître toutes les causes.

On est donc obligé à corriger le principe en disant que des causes à peu près semblables produisent des effets à peu près semblables, c'est-à-dire dy = f(x)dx — La continuité.

Ou bien statistique. (1929-1930. *ah 29*, XIV, 214.)

La philosophie[B] jusqu'ici, est une mécanique trop pure — sans la chaleur ni les frottements ni les autres termes.

Elle suppose par exemple des *concepts* dont elle spécule — c'est-à-dire qu'elle prend les mots comme ayant un sens final exact, les combine — comme les solides idéaux en mécanique, les traite en indéformables.

La logique en est une conséquence.

Le concept est la convention — La propriété conventionnelle des sens de mots de se conserver, d'être isolables, fermés. Mais si l'on observe ce qui est observable,

---

A. *Aj. renv. :* franchir l'espace, renverser un obstacle
B. *Tr. marg. allant jusqu'à :* ni les autres termes.

on trouve de tout autres propriétés — et surtout la nature transitive du langage, sa valeur *suspensive,* conditionnelle. (*Ibid.,* XIV, 216.)

θ

Nous comptons, nous nous faisons les comptables de la nature, qui ne compte et ne sait compter. Si elle savait, les lois ne seraient pas statistiques. (*Ibid.,* XIV, 231.)

θ ?

Procès de la Philosophie

Ce que l'on peut reprocher à la philosophie c'est qu'elle ne sert à rien, cependant qu'elle fait penser qu'elle peut servir à tout et en tout.

D'où l'on peut concevoir deux modes de Réforme Philosophique : l'un, qui serait de prévenir qu'elle ne servira de rien; — et ce sera la diriger vers l'état d'un *art* et lui en donner toutes les libertés ainsi que les gênes formelles[A] —

l'autre qui serait, au contraire, de la presser d'être utilisable et d'essayer de la rendre telle, en en recherchant les conditions[B].

Mais il faut, avant de prendre un parti ou l'autre, se figurer bien nettement ce que l'on entend par servir à et par utilité. (*Ibid.,* XIV, 248.)

Le plus difficile in philosophicis est de savoir ce que l'on veut savoir — et à quels signes on connaîtra que ce désir est satisfait. (*Ibid.,* XIV, 272.)

En toute matière le choix du *point de vue* est capital. (*Ibid.,* XIV, 287.)

A. *Aj. marg. renv. :* La Métaphysique délivrée
B. *Aj. marg. renv.: Méthode* ou Art de penser de omni re[1], et de réagir selon cet art.

Le « déterminisme » comme le « liberté-isme » sont espèces de religions.

En fait 1° il y a des cas où l'on peut prévoir avec telle assurance et d'autres où on ne le peut —

2° le nombre des cas de prévision augmente.

Le reste est systèmes.

Mais toute recherche est essentiellement liée à l'espoir d'acquérir de nouvelles prévisions, c'est-à-dire de trouver une relation de l'*idée* de quelque *partie* à l'*idée* du *tout*, qui se vérifie *de plus en plus*. (*Ibid.*, XIV, 352.)

Le sens du mot *déterminisme* est du même degré de vague que celui du mot *liberté*. (*Ibid.*, XIV, 356.)

Si la « liberté » existe, elle est certainement si restreinte, ses occasions et ses interventions si rares, le temps qu'elle occupe si bref — qu'elle vaut à peine qu'on en parle.

Elle ne serait qu'un bond pour sauter d'une nécessité dans une autre. (*Ibid.*, XIV, 371.)

Des satisfactions fantasmagoriques données à des espoirs illusoires; des réponses purement verbales à des problèmes purement verbaux — — — des ombres de clartés éclairant des ténèbres inexistantes. (1930. *ai*, XIV, 416.)

☆

La liberté que l'usage du parler a donnée aux mots permet de penser en forme problématique, d'adapter mécaniquement le verbe *faire* au « monde ». Quis fecit Mundum[1] ? —

Le langage articulé — — fait de pièces qui s'ajustent pour paver exactement le champ (ou saturer les valences)

de l'instant, étant vérifié dans un ensemble de cas, — on
l'a voulu conserver dans tous les cas. Mais il n'est pas
du tout sûr que cette forme propositionnelle soit légitimement ainsi employée[A].

De là tous les problèmes philos[ophiques] — Zénon etc. — Dieu. On voit de même en mathématiques
tout ce qui n'est pas nombre entier être engendré par les
formes que les opérations sur les entiers ont suggéré
de distinguer et de définir. (*Ibid.*, XIV, 450.)

☆

Mémoires de mon esprit —
  Philosophes — Je n'ai jamais compris leurs problèmes
en ce sens que je ne les aurais pas inventés.
  Au contraire, je *ressens* des problèmes dont ils ne
semblent pas s'être occupés. (1930. *aj*, XIV, 482.)

☆

  Ce qui trouble et paralyse toute « philosophie »
c'est l'incommodité de mots comme *réel* qui ont déjà
beaucoup vécu et sont des valeurs complexes qui dans
chaque application particulière introduisent des idées
étrangères à ce qu'on veut dire. (*Ibid.*, XIV, 485.)

☆

θ
φ
  La métaphysique et le spiritualisme supposent (en
gros) que la connaissance n'est pas *finie* — qu'elle est
capable de plus qu'elle ne possède à chaque instant.
  Peut-on assigner à l'*esprit* un autre objet ou une autre
application, ou lui supposer d'autres valeurs, espoirs
  que fantastiques —
  ou que pratiques — ?
  Il est évident que quel que soit l'*esprit,* il se réduit
à ce qui donne à quelque donnée ou système de données
(φ ou ψ) telle ou telle valeur, les fait *cause* de tels effets
(φ ou ψ).

A. *Aj. marg. renv.* : On « exprime » un complexe par un acte.
Mais en rigueur le domaine d'application de ce système est limité
étroitement.

Pour moi l'esprit est capacité, probabilité, de certains *actes* d'un genre particulier — dont on ne peut se représenter l'agent, car toute représentation est son acte[A].

Il est un de ces mots (tel que *Hasard,* Temps, etc.) qui sont produits par la nécessité de donner un *sujet* à des propositions dont les attributs seuls s'imposent à nous.

Ces sujets sont entièrement définis par leurs attributs. (*Ibid.,* XIV, 513.)

Rien de plus difficile[B] que de dégager les vrais problèmes.

Le plus grand pas d'une Science est le pas qu'elle fait quand elle a modifié, organisé *son langage* — (c'est-à-dire sa *manière de voir*) — de façon qu'elle ne puisse plus se poser que de *vrais problèmes* — qui sont précisément des problèmes invariants p[ou]r tous changements d'expression. (1930. *ak*, XIV, 542.)

Je ne trouve pas dans les philosophes une analyse de ce qu'implique ce petit verbe : *Pouvoir,* qui est le plus important de notre arsenal.

Remarque : ils ont parlé de la *volonté* sans parler du *pouvoir* ! (*Ibid.,* XIV, 575.)

φ

Comme la lumière *semble faite pour* l'œil, l'œil *pour* la lumière, on ne sait, dans cette naïveté qui s'impose, — qui a commencé ?

Si deux objets s'ajustent exactement, et d'ailleurs de formes très compliquées, on en déduit la grande probabilité qu'au moins l'un d'eux — nécessairement le plus délicat — est *fait* et est fait par... pour... Mais si le *faire* même est comme le *voir* — une relation entre deux termes qui s'ajustent — on n'a que déplacé le nœud.

A. *Aj. marg. :* Rôle du sujet grammatical
B. *Tr. marg. allant jusqu'à :* de *vrais problèmes.*

φ

Note. C'est la grossièreté et la généralité de la notion *Faire* qui a engendré cette cosmologie. Si au contraire on s'oblige à préciser les actions de fabrication et leurs moyens — on se rend impossible de penser (dans le vague) qu'un animal ou un monde sont fabriqués comme un vase ou une horloge. N.B. Le mot *créer* s'emploie volontiers pour les fabrications mal définies.. sans modèle apparent.

— Si le dieu a créé c'est par première intention — car pas de différence entre sa pensée et son acte. (1930. *al*, XIV, 599.)

Chez beaucoup de *penseurs* — surtout du genre ou type allemand — le bafouillage résulte de l'emploi de mots mythiques illimités provenant de l'histoire (littéraire ou philosophique ou autre — comme Romantisme, Renaissance etc., Grèce etc.) avec lesquels ils font des compositions, contrastes, symétries. Plus c'est beau, plus c'est faux — mais ce peut être excitant — et c'est l'essentiel. (*Ibid.*, XIV, 619.)

☆

Sur Kant.

Critique plus superficielle qu'on ne croit, — puisque c'est *critique*. Il a ruiné l'expression « métaphysique » en attaquant du côté des « concepts » et des « jugements ».

Mais ceux-ci sont encore ou déjà.. de la métaphysique. Il eût fallu aborder la structure du langage même; et alors — la *Critique* elle-même eût peut-être non moins souffert que ce qu'elle attaquait.

D'autre part, il n'a pas touché à l'essentiel qui était l'éradication de la métaphysique. Il fallait mettre à découvert ce que *voit* le métaphysicien et qu'il exprime et développe en des formes plus ou moins logiques et en constructions plus ou moins *intéressantes*. (*Ibid.*, XIV, 620.)

☆

S

Ce qui a tant fait spéculer sur le rêve et le réel — jusqu'à nier leur différence — — — *réelle* — — (théori-

quement), c'est la valeur illusoire donnée à la notion
de réel. On souhaitait un réel absolu, que l'on ne trouvait
pas dans le réel observé. On en avait cependant tiré cet
absolu en choisissant dans l'observé, et surtout dans son
expression, des propriétés; en éliminant les autres (ce
qui est bien un fait de l'antiquité classique — esthétique
et non « scientifique » —) comme p[ou]r la géométrie
des Grecs.

Ainsi la notion d'être et d'existence devint absolue,
indépendante de toute observation, et même incompatible avec elles. Tout ce qui se voit étant ipso facto
frappé de moindre — existence. Sans que l'on pût,
d'ailleurs, expliquer, sinon par des récits fabuleux, cette
production au regard normal de choses inconsistantes
et illusoires.

Or tous les « réveils », tous les retours ou changements
qui dissipent une « illusion » des sens ou du jugement,
consistent seulement dans l'introduction dans le système
d'une $(n + 1)^{me}$ variable, si n était le nombre des
variables de la perception primitive. (*Ibid.,* XIV, 620.)

Si j'avais à construire une « philosophie », je me dirais
qu'un but précis a manqué jusqu'ici aux philosophies
que l'on a faites. L'analyse de cette condition conduit
à penser que toute philosophie doit pouvoir se mettre
en *formules*.

Avant toute chose et toute réflexion sur le fond, je me
demanderais quelles conditions doivent remplir ces
formules pour qu'elles jouent un rôle réel et utile dans
un esprit. Car si une philosophie ne fonctionne pas, elle
n'est rien. Elle est un roman ou un poème des mots
abstraits *non définis*.

Donc, les conditions de forme — c'est-à-dire d'existence et d'*annexion ou assimilation aux esprits* — des
formules.

Donc, une idée préalable de l'esprit — du langage.
(1930. *am,* XIV, 691.)

La philosophie est peut-être ce qui représente le mieux
la nature de chaque peuple — étant expression — œuvre

de ce que peut la capacité d'expression abstraite de la langue d'un peuple — Faite de débats et tâtonnements qui ont ce langage pour organes.

Un peuple se peint par la variation qu'il imprime à sa langue, laquelle peut être d'origine étrangère — Ou plutôt — un *peuple-époque*.

La philosophie — contrainte imposée à un langage d'origine *moyenne* par un individu, en vue d'une expression indépendante des accidents et conséquente, *justifiante*, — non-expédient — s'opposant par là à la nature de tout langage *ordinaire*. (1930-1931. *an*, XIV, 727.)

Bergson n'a pas renouvelé les problèmes, ce qui était le besoin le plus urgent p[our] la philosophie. Il a répondu à sa façon aux questions traditionnelles.

Il s'est interrogé en professeur et répondu en — poète[a]. (*Ibid.*, XIV, 737.)

Une objection à la philosophie — c'est que l'on peut (très probablement) toujours trouver *mieux* — plus simple — plus général — plus exact — etc. que toute position, formule, structure déjà trouvée.

Car il n'y a pas de conditions ni de caractères qui remplis, limitent définitivement l'action mentale. Des seuils certains. (*Ibid.*, XIV, 748.)

Toute la question de la réalité, célèbre en philosophie, provient de la valeur abusive donnée au mot : *réalité*. Si ce mot eût été mis au point — et empêché de fuir hors de toute pensée nette, — le problème eût disparu ou se fût prodigieusement transformé. (*Ibid.*, XIV, 749.)

Ce qui m'étonne dans la philosophie c'est de voir, c'est d'y trouver le développement d'*explications* sans nulles sanctions ni vérifications.

Ce sont donc les œuvres les plus *subjectives* possibles. Et il faut donc pour établir l'*Idéal du genre*, rechercher les conditions du plus *personnel-universel, universel* étant ce qu'ils croient faire — *personnel,* ce qu'ils font — les deux liés. (*Ibid.,* XIV, 770.)

☆

C'est peut-être un mauvais signe pour la « vérité » d'une pensée que son aboutissement à un système — c'est-à-dire à une unité.

Tout nous fait désirer cette unité de vues. Tout nous devrait reprendre et avertir qu'il est infiniment peu probable que nous puissions la découvrir et l'exprimer, sans torturer le vrai, sans construire, adjoindre, soustraire, — *agir.* (1931. *AO,* XIV, 875.)

☆

φ

Je cherche quels sont les mots ou expressions que j'eusse employés ou forgées pour m'exprimer mes perceptions des choses mentales si l'argot abstrait — les mots connaissance, conscience, — esprit etc. m'eussent été inconnus.

Tous ces termes (et la plupart des autres) ne sont que des *expédients…. consacrés.* Ils sont plus propres à s'entendre grossièrement avec autrui qu'avec soi-même.

— Par ces causes[A], dans la plupart des cas nous agitons et méditons ou croyons méditer des problèmes *étrangers* — qu'il s'agisse de philosophie, d'esthétique etc. Je dirai même[B] — que la plupart des probl[èmes] dits *philosophiques* nous sont des probl[èmes] étrangers. On n[ou]s apprend à douter de ce qui n[ou]s est indubitable — Le DOUTE DU PERROQUET. Le doute cartésien, chez Des Cartes, marque de liberté d'esprit et aussi de peine de l'esprit; chez les autres, marque d'imitation. Rien que paroles. Tandis que le vrai « philosophe » (s'il existe) essaye de ressentir que toute observation immédiate peut recevoir ∞^n expressions, et que toute

A. *Tr. marg. allant jusqu'à :* des problèmes *étrangers.*
B. *Tr. marg. allant jusqu'à :* des probl[èmes] étrangers.

expression peut recevoir ∞ᵖ significations. (*Ibid.*, XIV, 903.)

Les 3/4 du temps de l'esprit se passent à se défaire de *réponses* apprises ou communiquées; même de *questions* qui ne sont *pas de nous* ; de difficultés importées et que n[ou]s ne ressentons pas, ou n'aurions pas inventées. (*Ibid.*, XV, 18.)

« Lectures » (de celui qui lit si peu)
Je feuillette M[aine] de Biran[1]. Son *Journal intime.* Faiblesse de cet esprit. La faiblesse est ce qui frappe — La niaiserie continue.
Cet homme devait être incapable de faire quoi que ce soit, et maladroit de ses mains. Vrai *philosophe*. Fait un monstre de son *Moi*. Embarrassé de son Dieu, de son Moi, de son Roi — et surtout de son malheureux corps.
— Je juge les gens (de l'esprit) à leurs vertus de construction et de solution.
Incapables de faire la moindre chose réelle, font un syst[ème] du monde.
Voient naturellement les inconvénients des choses qu'ils ne savent pas faire. (*Ibid.*, XV, 21.)

Je suis « matérialiste »ᴬ en ce sens que je crois que rien ne se passe en nous qui ne dépende du jeu de fonctions (diverses) dont le caractère commun est la *possibilité ou capacité de répétition*. Il en résulte que ce qui nous paraît *irrépétable* est superficiel — est désordre — est .. sans avenir. Le langageᴮ comme fonction est chose plus importante et *profonde* que tout ce que l'on peut dire; et le VOIR, *plus profond* que toute chose { vue ou visible / qu'il *fait* percevoir.
La capacité ou *possibilité* est *vie*, et tout le reste, son

A. *Tr. marg. allant jusqu'à la fin du passage.*
B. *Tr. marg. allant jusqu'à :* l'on peut dire.

exercice accompli, eſt .. *passé*, déchet — ne vaut que par accroissement qu'il peut donner de cette vertu ou puissance. Ceci anime toute ma... *philosophie !* [...] (*Ibid.*, XV, 25.)

Zénon

Franchir un espace, ou plutôt se mouvoir avec le franchir p[ou]r résultat, eſt autre chose que le *diviser*[A]. Franchir eſt indépendant à chaque inſtant de l'entière étendue de l'intervalle. Il se trouve *ensuite qu'on l'a franchi*[B]. Tandis que *diviser* suppose une opération qui porte sur le *tout* de l'intervalle.

De même dans l'Achille le mouvement de l'Achille eſt indépendant de celui de la tortue.

Quand n[ou]s imaginons le déplacement n[ou]s n'imaginons pas la *partition*. Le mouvement eſt incompatible avec les arrêts. (1931. *A'O'*, XV, 59.)

Toute queſtion ou tout problème qui n'eſt pas finalement soluble par *aĉtes* eſt une apparence de problème.

Il n'y a de science que des aĉtes. (*Ibid.*, XV, 60.)

Sur Nietzsche (Lettres lues en voyage)

Comment se peut-il que cet homme si intelligent ait pu écrire de telles sottises — avoir une telle idée de l'importance de ses idées ?

Ceci pour moi eſt irrésoluble. — Non nobis, Domine eſt une bonne parole.

Il avait pourtant le sentiment qu'il ne faut pas être homme de lettres. Voilà le bon orgueil.

Mais pas davantage le Messie. Et sentir pourtant que l'on porte une vertu de nouveauté et d'unicité.

Sentir qu'une vertu sort de soi. (*Ibid.*, XV, 105.)

A. *Aj. renv.* : on peut *franchir sans s'en douter* —, mais non diviser sans s'en douter.
B. *Aj. marg.* : Et la vitesse eſt quelconque.

Sur Nietzsche

Comment cet homme sincèrement *seul,* je le crois,
a-t-il pu souffrir d'écrire ces rodomontades, transposer
si naïvement en langage guerrier, en fanfares, ou bien
en déclamations de héros biblique ou de monarque
assyrien, les échappées d'idées — les impressions de
surmonter les hommes qui sont communes à tout
penseur — et peut-être — *banales* — ou du moins —
ordinaires dans cet ordre de « parleurs » ?

(Car le *penseur* est un *parleur-à retard.*) (*Ibid.,* XV, 114.)

Erreur des philosophes est de ne pas consentir à ne
stipuler que pour soi-mêmes. Ils sont les plus « particuliers » des hommes et veulent être universels et
universellement vrais.

Par là, la phil[osophie] fut créée — et viciée. (*Ibid.,*
XV, 141.)

On me demande si « les sciences de la matière peuvent
servir aux sciences de l'esprit ».

Mais le *fait* est qu'elles servent. Peu ou Prou. Heureusement ou non. Même chez ceux qui tentent de s'en
passer et de constituer sci[ences] de l'esprit en dehors,
au-dessus — — ils les prennent donc pour condition
négative — répulsion entre dans la courbe comme
attraction. (*Ibid.,* XV, 150.)

Traditions et solutions déjà existantes ne doivent être
considérées qu'après que l'on aura étudié le problème
actuel dans sa nudité et actualité — comme tout neuf.
(1931. *AP,* XV, 175.)

La philosophie est chose essentiellement personnelle,
et par là, nationale — Elle est personnelle ou n'est pas.

Phil[osophie] allemande absurde en Italie ou en Espagne, comme il se voit par le langage d'emprunt et mal à l'aise. (*Ibid.,* XV, 199.)

☆

Je n'ai jamais compris si la « durée » fameuse de Bergson se classait dans les sensations, dans les perceptions — dans les symboles ou notions introduites p[our] exprimer — ou dans les observations condensées — ou dans les métaphores.

Si pas de définition précise, pas d'utilité réelle. (*Ibid.,* XV, 287.)

☆

φ

Déterminisme — n'est pas du tout le résultat d'une photographie des faits. D'autre part, n'est *précis* que dans un système à équ[ations] différentielles. Continues. Suppose Temps. 1 dimension.

Nihil est in posteriore quod non fuit in priore nisi *motus*[1]. (1931. *AQ 31,* XV, 361.)

☆

φ

Philos[ophie]. La « notion » de « réalité »[A] est-elle indispensable ? Ne peut-on la considérer comme simplement élément d'un *contraste momentané ?* (Entre ce qui résiste à telles épreuves et ce qui ne leur résiste pas. Ces épreuves sont : la durée → le changement d'état du sujet ; l'intervention des divers *sens ;* la variation des circonstances, des points de vue — et en somme tout ce qui cherche si la chose en question peut être comparée à une chose.) Qualité[B] de ce qui, perçu ou connu par nous, est jugé *exister* indépendamment de notre perception — c'est-à-dire au même degré, AU MOINS, QUE NOUS. (*Ibid.,* XV, 362.)

A. *Tr. marg. allant jusqu'à : contraste momentané.*
B. *Tr. marg. allant jusqu'à la fin du passage.*

☆

Philosophes — ont perdu leur temps à vouloir *trouver*
un sens net — pur — permettant des problèmes et des
solutions *exacts, uniques* —

à des mots dont les caractéristiques sont contraires de
celles-ci. Au lieu de *créer* les termes de leur métier désiré.
Ce n'est pas qu'ils n'en aient point forgé mais ils les ont
forgés *après* l'entreprise commencée, et comme *réponses*
ou *moyens* de réponse ou de recherche. C'était *trop tard*.

Je cause avec Bruns[chvicg][1] sur ma conf[éren]ce et
n[ou]s parlons *Événement*. Il cherche aussitôt le *sens* de
ce mot. Et ceci suppose autre chose que le sens réel —
qui est le sens observable dans la bouche commune =
quoi que ce soit[A] d'*observé* et de *nommé* ou *désigné* avec
implication ou énonciation *possible* de quelque *lieu et
temps* de production. Au fond — il s'agit de détacher.
(*Ibid.*, XV, 407.)

☆

Le (Protagoras). Ce n'est pas le vrai texte selon moi.
Je permuterais les « évaluants » et dirais :

τῶν μὲν ὄντων - ὡς οὐκ ὄντων ἐστίν
τῶν δὲ οὐκ ὄντων - ὡς ὄντων ἐστίν[2]

Car telle est la force étrange de l'homme — 1) Donner
à *ce qui n'est pas*, puissance et effets d'*existence* (dans un
système ou — domaine qui est donc réciproque)
2) ôter ou refuser à *ce qui est* ces caractères.

En somme : affirmer le non-étant, et nier le étant.

La grande affaire de l'homme est de faire que ce qui
est ne soit pas et que ce qui n'est pas soit. (*Ibid.*, XV, 415.)

☆

Kant — (1) T[ou]s les corps sont étendus = analy-
t[ique]
(2) T[ou]s les corps sont pesants = synthétique a priori

A. *Tr. marg. allant jusqu'à : lieu et temps de production.*

Mais ces jugements pas plus *essentiels* l'un que l'autre. L'idée (1) est visuelle. (1931-1932. Sans titre, XV, 479.)

Les idées de Bergson sont des combinaisons d'éléments ou de termes que je considère, moi, comme arbitraires, historiques, — didactiques — et que je n'accepte pas sans révision et réduction préalable à des chefs redéfinis et reconnus utilisables.

Ce qu'il y a de plus contestable dans la pensée, ce sont les spéculations sur des termes *divergents* — c'est-à-dire à la fois abstraits ou théoriques et non définis. Scandale de la Philosophie. (*Ibid.*, XV, 504.)

θ

La philosophie[A] fut longtemps la tentative / volonté / de répondre avec profondeur à des questions enfantines.

Du jour que ces questions se sont montrées enfantines, la philosophie a dépéri.

Enfantines — c'est-à-dire posées sans égard aux moyens d'y répondre, et répondues en conséquence — c'est-à-dire par des moyens dérivés des questions mêmes — dont ils ne sont qu'une autre expression. (*Ibid.*, XV, 515.)

☆

φ

Les probl[èmes] de la philosophie ne sortent pas de l'observation des choses — mais ils n'ont recours à l'observation que pour argumenter.

C'est le langage qui les fournit. B[ergson] en est un exemple récent. « Qu'est-ce que la liberté » ? Mais point d'examen du fonctionnement de l'homme préalable. On n'aborde la question que pour affirmer ou nier une propriété dont on ne sait dire ce qu'elle est; et l'on démontre *ce que l'on veut*. Mais il ne faut rien vouloir.

A. *Tr. marg. allant jusqu'à la fin du passage.*

La philosophie a fini par reconstituer un fonds de probl[èmes] traditionnels — dont il n'est pas sûr qu'ils existent autrement que par cette tradition même. (*Ibid.*, XV, 568.)

Un mot ne doit jamais servir à créer à lui seul une question. Ils sont faits pour construire comme éléments connus des questions ou des réponses. Il faut ne jamais se servir de mots qui par eux-mêmes posent des questions. (*Ibid.*, XV, 576.)

Il me semble que Bergson s'acharne à fluidifier ce que je m'acharne à solidifier. (1932. Sans titre, XV, 599.)

Il y a des « idées » pour public (de divers ordres) et des idées pour « Soi ».

La philosophie est généralement *extérieure*.

Un homme ne peut penser à Univers, à Connaissance etc. que sur des symboles individuels, images etc. — n'ayant aucun répondant stable et comparable. Il se satisfait donc d'une congruence de soi à soi ou de soi à quelqu'un — laquelle n'a que la valeur d'une convention de jeu. Et encore si cette convention était explicite ! et si on déclarait explicitement rechercher précisément et uniquement cette satisfaction fermée !

Comparaison. On fait une patience, ou une réussite. Car la *disponibilité des mots* en fait un jeu de cartes. L'arrangement *A* doit satisfaire à des *conditions* qui tiennent à la distribution initiale des rôles ou valeurs des cartes. Telle carte est *Moi ;* l'autre, Connaissance; l'autre, Vie etc. — *Espace*. Et ainsi en toutes choses.

C'est pourquoi je suis Formel. C'est-à-dire — Je vois qu'il s'agit d'un *jeu* et que l'*important* — le *réel,* c'est la mobilité et les dispositions des cartes — et non la « signif[ication] » de telle ou telle disposition — car aucune ne réagit sur les « choses » — Si ce n'est pas les conséquences d'action qu'on peut en tirer. « Si telle disposition *P* satisfait à *G*, j'agirai pour amener un événement conforme à *P*. » (*Ibid.*, XV, 606.)

Réalité = 1. qualité des corps solides / choses sensibles / d'*exister* — au moins *pour* la plupart de nos sens principaux — de les impressionner — et de *résister* aux épreuves que n[ou]s pouvons faire pour *répéter* et *préciser* ces impressions — et leur *coordination*.
2. qualité d'*objets* non sensibles ou non actuellement sensibles qui permet de comparer l'existence, ou l'arrivée de ces objets à l'*absolu* d'existence, de présence et de détermination totale des corps ci-dessus, ou d'exprimer ceci par comparaison. (*Ibid.*, XV, 617.)

La philosophie est l'art (qui ne veut pas l'être) d'arranger les mots indéfinissables en combinaisons plus ou moins agréables ou excitantes.

Quand ces efforts décoratifs sont heureusement réussis, (pour quelqu'un,) ils produisent à ce quelqu'un l'impression de compréhension supérieure.

Tout se dessine bien, se simplifie, s'ordonne, — dans l'univers *complet en soi* des *contemplations verbales*.

La philosophie raisonne gratuitement, et sur des données illimitées. En particulier, les valeurs.

Les philosophes se divisent et se querellent sur des conventions d'écriture — ce qui n'est que louable si on n'oublie pas de quoi il s'agit. La métaphysique aisément prend pour *or* ce qui n'est que *papier*, et pour des *êtres* ce qui n'est que *moyens d'échanges*. (*Ibid.*, XV, 647.)

« Ce que n[ou]s savons le mieux » = ?

Je me demande tout à coup *Qu'est-ce que n[ou]s savons le mieux* — ? — Question à proposer à un concours de philosophes..

Il est comique que cette question puisse se poser, et même embarrasser. Si je ne sais ce que je sais le mieux — — c'est-à-dire ce qui est réponse (de mon esprit) à la fois immédiate et entière, acte uniforme —

Il est clair que c'est ce qui n'est pas même jamais en question — et ne peut l'être.

Or, on peut penser que *philosophie* est négation de cette impossibilité. La forme de *question* est, chez le philosophe, libre et appliquée à tort et à travers à quoi que ce soit. (*Ibid.,* XV, 688.)

Le grand Écart

Le fond de l'amour, des recherches etc. n'est-il pas : *que faire de cette sacrée vie ?* que faire de sa vie, de ce *disponible* apparent ?

Où, vers où, l'esprit doit-il jeter la balle que le chien-corps devra aller quérir et rapporter ?

Voilà la question bizarre qu'une intell[igence]-sensib[ilité] (un *système-vivant* à *autoexcitation*) produit parce qu'elle se sent ou se croit plus générale que toute application d'elle-même, Écart. (*Ibid.,* XV, 750.)

La *logique* a résulté d'une tentative analogue [à] celle (qui a bien réussi) de donner au nombre une notation systématique uniforme — (cf. numération romaine c/ décimale).

On a voulu par les catégories construire la *base* d'un système des *concepts*.

La tentative n'a réussi que dans les domaines où les concepts étaient pures conventions — et dans la limite de ces conventions. C'est-à-dire que l'on s'y contente de confronter les résultats aux conventions initiales et non aux observations. Le « vrai » devient *accord* avec les prémisses — et cesse de devoir s'accorder aux choses.

Toutefois dans les applications les plus simples (géométrie et analyse) les conventions (ou définition) pouvant être assez conformes aux *objets* — les résultats demeurent assez conformes aux vérifications. (1932. Sans titre, XV, 859.)

θ

« L'esprit », ô Philippe, est opposé au corps en ceci :
qu'il est une action d'une partie de ce tout; et une action..
superficielle.

Et par quoi tu comprendras que plus il semble négliger
ce corps — plus il se renforce dans le sentiment d'être —
Esprit !

Il s'oppose au *corps profond,* comme une *partie* à un
tout ; mais il s'oppose au « monde visible » comme un
tout à une *partie...*

Mais le *monde visible* n'est qu'une émanation ou une
conséquence très indirecte, (supposant des intermédiaires
très complexes) de l'action du monde *substantiel* sur une
portion de lui-même, organisée en corps vivant — cependant qu'il agit *sur soi-même* ou agit sur le corps profond
invisiblement.

θ   L'esprit — certes — est opposé au corps ! mais bien
autrement qu'ils ne le croient — et si absolument opposé,
si entièrement différent — qu'il *ne peut même pas en être
distingué* ou *distinct* — et que tu ne peux dire : ici l'esprit,
et là le corps. Aucune sphère ne contient l'un et l'autre.
Ils s'opposent au point de ne pouvoir être opposés.

Cependant que la plupart pensent à *l'esprit* comme à
quelque être, et le meuvent, et donnent la pluralité, la
sensibilité, la mutabilité — à cette essence — également
opposée à la constance comme à la transformation, à
l'absence comme à la présence — à l'espace comme au
temps — à la figure comme à la substance — à la puissance comme à l'acte, — mais pour laquelle, vie et mort,
et tous ces modes contraires que j'ai dits sont indivisibles,
ainsi que le Bien et le Mal et l'Être et le Non-Être — —
— — Ce que nous disons *Notre esprit* (et opposons
parfois à *notre Corps*), n'est en vérité que ce en quoi notre
Corps s'oppose à soi-même, et par exemple la durée de
son désir à la durée de son effort, ou celle de son acte
à celle de tel état — ou encore la présence vive d'une
partie à l'inertie du tout. —

Mais rien de plus local, de plus accidentel, de plus
inconstant. Cependant l'opposant grossièrement à la
totalité et à l'inertie apparente du corps, nous en dédui-

sons qu'il y a donc quelque chose de nous qui n'est
pas *corps.* Ce qui est faux en soi — mais qui nous révèle
l'existence du vrai. Nous apprenons qu'il y a *un esprit,*
mais nous nous trompons en le désignant — — C'est
pourquoi lorsque nous tentons de rendre notre désignation plus précise, analysant notre pensée, et les ouvrages
et actes de l'homme — et[A] ne trouvons rien que des
images qui sont toutes empruntées du corps et du monde
des corps.

Et quand nous nous avançons dans l'analyse des corps
et de leurs modes, considérant l'*univers* ou bien dans son
ensemble ou dans une partie de plus en plus petite, nous
éloignant apparemment de nous-mêmes — ce que nous
trouvons *si loin de l'homme* — —[B] (*Ibid.,* XV, 860-862.)

☆

Descartes doutant s'il existe, est Descartes donnant aux
mots : *être* ou *exister,* une valeur plus grande que toute
valeur que l'intellect puisse mesurer — ou assigner.

« Est-ce que tout ceci n'est pas un rêve, *Moi compris ?* »
(et il ne lui faut rien de moins qu'un *Dieu* pour le
remettre —) c'est là une *impression* traduite en termes
ordinaires — c'est dire qu'*ON* se trouve capable de plus
d'états et de perceptions que la présente et que toute
présente ; qu'il n'en est point à laquelle une autre ne puisse
se substituer, qui rendrait la précédente « fausse » et
pauvre — comme le réveil fait le rêve.

C'est une hypothèse. (Si Choses et moi ne pourraient
recevoir d'autres *noms* — —)

Il vise un éveil de l'éveil, et tel que l'*éveillé-éveillé*
ne serait plus Lui — mais... qui ? Quis majus Ego*
quam Ego*[1] ?

Hypothèse comparable à celle des univers à 4 dimensions spatiales. [...] (1932-1933. Sans titre, XVI, 14.)

☆

Préface de *Variété III*

Philosophes modernes — se réduisent — à vouloir

A. *Valéry voulait sans doute écrire* nous.
B. *Passage inachevé.*

écrire la préface d'une encyclopédie refondue t[ou]s les dix ans.

Tâche ingrate et toujours moribonde.

Mais quant à moi j'ai voulu *sauver la philosophie* — en la rendant indépendante des sciences — — et même des « mystiques ».

Ce n'est pas moi qui fais la table des matières — de ce volume.

Philosophie, ses sursauts, et tentacules lancés vers le survivre[A]. (*Ibid.*, XVI, 25.)

☆

Je ne fais point de *métaphysique,* c'est-à-dire que je prends garde de ne pas donner aux mots plus de force ni d'étendue que je n'en ai[a].

J'admire ceux qui parlent de l'univers, du temps, de la vie, — comme s'ils ne doutaient pas que quelque chose réponde à ces beaux noms et obéisse à l'appel.. et comme s'ils pouvaient disposer d'un autre domaine que le cercle de leurs mains, et la durée d'une attention.

Il y a peut-être une sorte de déguisement ou de falsification[a]. (*Ibid.*, XVI, 36.)

☆

« Monde actuel »

Entre autres traits, une tendance chez certains à poursuivre l'élimination de la métaphysique — Une Science dont le *pouvoir* est le seul fruit, le savoir devenant un *moyen,* un provisoire, se dégage de la métaphys[ique]. La philos[ophie] sans métaphys[ique] n'est plus qu'une auxiliaire. Quant à la métaph[ysique] si elle subsiste, elle ne peut demeurer que consciente de sa vraie nature. Donc Art. Je n'ai jamais pu la concevoir autrement.

A. *Dessin représentant six « tentacules », avec, au bout du premier,* le nom [St] Thomas, *au bout du deuxième,* V[aléry], *au bout du troisième,* mystiq[ue], *au milieu et ensuite au bout du quatrième,* James[1] *et* Bergson — intuition, métapsychique, *au bout du cinquième,* Meyerson[2] — sciences, *et, au bout du sixième :* Nietzsche — musique, physiologie, biologie — puissant par l'impulsion, faible dans la résistance — offensive puiss[ante], défensive — faible.
Au-dessous du dessin, Valéry *a ajouté :* Ceux du surhomme, de l'aventure — Ceux [*Passage inachevé.*]

Il m'a toujours été impossible de concilier autrement que par l'*idée d'art* — la prétention de la métaphysique et l'observation des choses psychiques qu'elle amenait en moi.

Or je ne suis pas un phénomène isolé.

De plus, je maintiens qu'alors la philos[ophie] doit se dégager de la Science. (*Ibid.*, XVI, 39.)

Explication de la Philosophie

Philosophes prennent ce que n[ou]s *voulons* dire pour ce que n[ou]s *pouvons* dire. Ils ne sont pas les seuls. Mais abusent. Cet abus = leur essence.

Comment ce phénomène étrange est possible ? Ce que je puis imaginer projeté en q[uel]q[ue] sorte — dépassé — mais verbalement — — (*Ibid.*, XVI, 44.)

19-11-32

Conversation avec Painlevé[a] chez Cain[1][b], au milieu d'un groupe. On parlait « déterminisme ». Je lui dis que je n'entends pas bien ce mot. Il me répond par la définition connue — Un état donné donne la suite. Je réponds que ceci engage le Temps, grosse affaire — et que d'ailleurs la prévision n'a de vérification jamais qu'approchée — que le phénomène observé n'est jamais qu'*en partie* celui qu'on prévoyait — que tout ceci reposait sur l'illusion du Savoir et du Tout Savoir. (*Ibid.*, XVI, 44.)

Nietzsche — en somme — trop spécieux.
Cas remarquable — Exemple de ce que donnerait l'ex-philosophie avec conscience d'être un art. (*Ibid.*, XVI, 50.)

Le langage de la phil[osophie] a tous les défauts d'un Langage technique, et aucune de ses qualités. C'est un langage d'adeptes et non de savants. (1933. Sans titre, XVI, 268.)

Le mot Cause ne doit s'employer que lorsqu'on peut *aligner* sur *le type de l'acte volontaire* une modification donnée. Je dis *aligner,* car ce type est essentiellement *linéaire,* comme le faire. La *cause* de l'ébullition de l'eau est l'acte de la placer sur le feu. Mais le phénomène même implique « l'univers ». C'est-à-dire qu'on ne voit pas de bornes à l'énumération de ce sans quoi il ne serait pas.

« Je puis » est l'essence du mot *Cause.* (1933. Sans titre, XVI, 411.)

La philosophie est peut-être l'obstination de la pensée à revenir vers[A]

Elle est attirée invinciblement aux problèmes qui repoussent la pensée. (1933. Sans titre, XVI, 479.)

φ

Toute la philosophie repose sur l'oubli de ceci : que les mots sont *conventions,* et la plupart, conventions oubliées, implicites. (*Ibid.,* XVI, 512.)

Il m'est impossible de ne pas voir qu'une idée comme celle d'*élan vital*[1] n'existe que par une imagination du genre poétique. Mais *si je me trouve en* POÉSIE, alors je me développe *en poète* — et il ne s'agit plus que de plaisir à organiser. (*Ibid.,* XVI, 535.)

Philosophy.

On a fini par croire à l'existence de quelque chose qui se nomme Philosophie — (d° Psychologie —).

A. *Phrase inachevée.*

Attitude d'esprit ? — Certains « problèmes » — Une certaine *littérature*[A] — qui ne veut pas l'être — (Et l'*enseignement* qui capitalise — — —)

L'attitude tend à OPPOSER le *général* au *particulier*, « l'universel » à « l'individuel » — le *faux* au *vrai* —, le *réel* à l'*illusoire* — le rationnel à l'irrationnel —

tout ceci défini par l'attitude même — On prend pour *universel*, pour *vrai*, pour *réel* — la COMPLÉMENTAIRE. L'attitude philosophique initiale [est] celle dans laquelle cette production se fait toute seule. La restituer non plus spontanée, — la développer, essayer de lui donner une valeur, — de l'organiser — voilà ce qu'est la Philosophie. S'il y a une complémentaire à l'individuel — on en tire l'universel et — l'UNIVERS. S'il y en a une à l'*illusion*, il y a un *réel*, et si l'on prend le réel n° 1 pour illusoire — on *complémente* par un réel n° 2 qui est l'Être en soi, Dieu etc. De même[B] (*Ibid.*, XVI, 544.)

φ

Ad philos[ophos]

B[ergso]n se fondait sur la science — qui vers 90 était évolution et déterminisme. De l'une il tire son idée de la vie. Contre l'autre il invoque l'esprit — — 25 ans après — évolution est en baisse et la matière n'est plus *inerte*[C].

Moralité : Il ne faut prendre à la science que des types comme tels — et non des « idées générales » car elles ne lui sont pas *essentielles* (elle est recettes) et ne sont déjà que philosophie. (*Ibid.*, XVI, 576.)

Chez les philosophes (et d'autres) la volonté mène à l'erreur. Le vouloir compléter, arrondir, construire un *système*.

A. *Tr. marg. allant jusqu'à :* voilà ce qu'est la Philosophie.
B. *Passage inachevé.*
C. *Aj. marg. renv. :* La « matière » était définie par inertie et par déterminisme rigoureux.
Ceci est changé.
Il en résulte que l'inertie et l'ex-matière deviennent des manières d'imaginer — tirées d'observations partielles.

Car un système est toujours < que l'observation générale. (1933. Sans titre, XVI, 692.)

La philosophie n'est au fond que l'ambition (à plusieurs degrés) de l'esprit qui rêve la dictature de la connaissance — et qui de plus — prétend tirer de son travail bien plus que de ses observations et de son « intuition » bien plus que de son attente l'autorité désirée. Ex[emple] : la question de la *liberté* où elle s'engage sans définition du problème — ne sachant jamais si elle est en train de le *poser* ou de le *résoudre*.

Par là, elle se rapproche encore plus du type *Art*. (*Ibid.*, XVI, 699.)

Ce qu'il y a de plus frappant dans le *Discours de la Méthode*, c'est l'*insignifiance* des principes que donne Descartes comme expression de cette Méthode. Certains paraissent bien naïfs[A].

Le *charme* de son *Discours* est bien au-dessus de sa substance. De quoi l'on peut induire diversement : 1. que ces *principes* sont aujourd'hui si évidents qu'ils ne font plus d'effet sur nous, 2. ou bien que ce n'est pas tant leur valeur d'EFFET qu'entendait proposer Descartes — que leur valeur d'USAGE — Ce qui est fort différent. *Savoir* et même *être assuré de* — — quelque précepte n'a qu'un intérêt somptuaire. Mais savoir au point de pratiquer presque inconsciemment le précepte est d'une tout autre conséquence.

P[ar] ex[emple] *ne recevoir pour vrai* — etc.[1] Traduisons ceci en *notre* langage. (*Ibid.*, XVI, 728.)

Cause — Si l'on dit que le coup de mer a ruiné une jetée. Tout ici est *homo* — *Coup* — et l'emploi du verbe actif comme l'idée de ruine ou de désordre — qui est relative à *notre* ordre. Et l'on néglige la modification

A. *Aj. renv. :* Naïveté du précepte des dénombrements.

réciproque de la mer. On ne dit pas : la jetée a vomi ses pierres sur la mer, a transformé, dissipé, l'énergie de la lame.

Mais quoi qu'on fasse, c'est toujours un homme qui observe. (*Ibid.,* XVI, 759.)

☆

θ

Le *Bien* ne s'oppose au *Mal*, la *Matière* à l'*Esprit,* le Vice et la Vertu etc. ; Quantité, qualité ; Intellect, sensibilité ; Statique, dynamique etc. que par un besoin de contraste et de symétrie plus *esthétique* que vérifiable dans les faits — et il s'ensuit des développements ou systèmes plus ou moins agréables à considérer.

Le jour ne s'oppose pas à la nuit : *il lui succède*. Mais la complémentarité visuelle et la mémoire introduisent le *contraste*.

(C'est là ce qui « explique » que chez tant d'hommes (ou chez tous !) le Bien et le Mal coexistent, et même se confondent.)

Les expressions[A] dans un même ordre tendent à se classer et à se référer les unes aux autres selon la classification et connexion du *type sensibilité* (cf. *fatigue*). C'est-à-dire selon complémentaires-contrastes (Unité-Variété, Tout-Partie — etc.). La métaphysique[B] et la Rhétorique sont faites de l'exploitation assez aveugle de cette *forme* de *réactions* et *symétries* qui se produit (ceci capital) dans un domaine de résonances — d'où des formules de développements (Hegel — etc.).

Satisfaction du *sens* (accord parfait etc.) — et par extension, de *l'esprit*. (*Ibid.,* XVI, 780.)

☆

Réduire à zéro les questions qui s'expriment par des abstractions non définies. (1933-1934. Sans titre, XVI, 788.)

A. *Deux tr. marg. allant jusqu'à* : Tout-Partie — etc.
B. *Tr. marg. allant jusqu'à* : *réactions et symétries*.

Liberté (Métaph[ysique])

Bon exemple de la légèreté philosophique qui spécula si avant sur la *liberté*, — c'est-à-dire sur un *attribut de l'action,* sans jamais essayer de représenter d'abord une analyse de l'action.

C'est la même fantaisie vaine que l'on trouve dans les spéculations sur la matière, l'esprit etc. qui supposent que l'on sait ce qu'on ne sait pas et que l'on ne sait pas ce que l'on sait. (*Ibid.,* XVI, 813.)

Les doutes ne témoignent que de l'impuissance à résoudre certains problèmes. Mais il arrive que l'on puisse le porter, le doute, sur l'existence du problème — et jusque sur la nature de l'attitude problématique, en général...

Le langage permet de distribuer à tort et à travers les points d'interrogation. L'attitude interrogeante étant prise en tout point — se révèle vaine assez souvent. (1934. Sans titre, XVII, 36.)

Dans tout problème « philosophique » le plus difficile est de savoir au juste *ce que l'on veut.*

C'est peut-être pourquoi mon instinct de toujours m'a fait me demander (comme question essentielle primordiale) *ce que l'on peut.* (*Ibid.,* XVII, 111.)

Il est remarquable (entre autres choses dont l'absence est remarquable) que de tous ces scholars[1], philosophes, critiques et philologues, aucun n'ait recherché à préciser les *limites du langage — articulé —* c'est-à-dire ce qu'il ne permet pas de reproduire exactement dans l'esprit de *l'autre*[A].

A. *Aj. marg. renv.* : ou de représenter à soi-même identiquement. N[ou]s avons chacun nos choses inexprimables.

Ce qu'il faut[A] rapprocher de la remarque suivante — la *pensée*[B] ne peut être et se développer que dans les interstices, lacunes, du système des *réponses exactes* — qui ne demandent aucune transformation de données.

(*Penseur* est celui qui *vit* volontiers dans ces lacunes — est sensible à ces insuffisances, essaie de former les transcendantes et irrationnelles qui compléteraient le système des *entiers* et des fractions simples donné.) (*Ibid.*, XVII, 128.)

☆

Le « déterminisme » n'est au fond que l'assimilation de l'évolution d'un système observable au développement d'un raisonnement logique.

C'est une manière de voir (ou exprimer) la *suite* des phénomènes qui suppose définitions et classements exacts, conservation. (*Ibid.*, XVII, 166.)

☆

Il y a autant de « faits » qui peuvent donner à penser que « l'âme » est attachée à un « corps » comme par hasard et par accident et non essentiellement liée à lui —, que de faits qui disent le contraire.

Mais rien n'établit que ces deux notions soient bien formées, et tout fait penser qu'elles ne le sont pas — c'est-à-dire rien ne prouve qu'il soit inévitable de représenter nos observations au moyen de ces termes très âgés etc. (1934. Sans titre, XVII, 347.)

☆

L'affaire Zénon consiste à prétendre que l'on peut démontrer l'*inexistence* d'un phénomène (dont l'*existence* s'impose *à nos sens*,) en déduisant l'*impossibilité* de ce phénomène (par un raisonnement inattaquable) des *termes qui le décrivent.*

Mais on ne peut parler d'impossibilité sans avoir déjà conçu la possibilité. Or c'est d'elle seule qu'il s'agit. (*Ibid.*, XVII, 373.)

A. *Deux tr. marg. allant jusqu'à :* ces insuffisances.
B. *Deux tr. marg. allant jusqu'à :* réponses exactes.

Après tout, c'est manque d'imagination liée et d'attention que d'avoir besoin de contes, de voyages et d'extraordinaire quand il suffit de regarder pour changer l'ordinaire en merveilleux.

Et ainsi de la curiosité mystico-métaphysique. (*Ibid.*, XVII, 378.)

La plupart des difficultés de la philosophie sont artificielles.

(C'est là[a] une définition de la phil[osophie].)

De plus, choisies de manière [à] n'avoir pas de solution.

Le tout a p[our] origine l'absence de la question : Qu'est-ce que je veux[b] ? (1934. Sans titre, XVII, 444.)

☆

31 7bre 34

Furieuse tempête S.O. créée, *improvisée* en [un] 1/4 d'heure sur une première heure de calme plat, donnée, — ardoise si plane que le tableau de la mer sous ciel mort et mat semble — *est* — vertical et peint d'une seule pièce comme un mur. Tout à coup, le vent vient. Les moutons se font. Bientôt cette mer subite est par certaines régions comme une plaine de neige.

Vers 18 h. un maximum. Je vais avec F[rançois] sur les falaises. Tout le spectacle.

Je sens l'absurde présence de « l'artiste » latent en nous, qui ne peut voir une chose frappante et qui s'impose aux sens, qu'il ne songe, de plus ou moins près, à l'expression par quelque moyen, peinture ou mots, de ce qu'il voit.. Il y a, dans cette impulsion, le sentiment de vouloir *partager* l'impression. On sent que l'on ne pourra décrire à X cette splendeur de désordre et l'étrangeté des lumières du ciel et de la mer, l'assaut, l'énormité des lames, la quantité des écumes, les *effets* de masse et de bruit, les forces vives et le double arc-en-ciel tout à coup très complet enjambant le monde au-dessus de l'Est.

J'observe que devant les chaos ou les arrangements qui font sensation (toutes choses ayant l'air organisé et progressant par effets comme au théâtre), le nombre des

idées communes probables est petit — et les idées produites évidentes.

De quoi, je ferais volontiers une application aux réactions mentales qui se produisent devant « l'univers » —
la mort, — les « grands événements » de politique —
ou de la vie. J'avais mis dans *Teste* que « le sublime les
simplifie » (je crois)[1].

C'est toute une critique de la métaphysique et peut-
être de la poésie à grande volée. Devant cette tempête
— *doivent* inévitablement se produire quelques réponses
certaines : « *À quoi bon ?* » — *L'homme n'est rien* — (et sa
réponse : la *Pensée !*) — *C'est une colère* — (Neptune et
Jéhovah) — *que d'eau !* — *comment rendre ?* (Claude,
Wagner, Shakespeare, au choix !) — Etc.

Ces réponses fatales communes, (qui ne se produisent
pas chez les hommes qui sont intéressés par profession
à l'état du temps, pêcheurs, cultivateurs — lesquels y
voient ce qui les concerne dans leur métier — avaries,
dégâts, fatigues et les parades —) permettent de reconstituer les *questions :* Cur, quomodo, Combien durera ?
— *À quoi bon ?* À quelle fin ? Etc. Combien de chevaux
vapeur ?

Ces questions fondamentales opposent au choc des
éléments et à l'excitation de la sensibilité générale par les
effets des sensibilités spéciales (vue, ouïe, forces de résistance à la poussée du grand vent) — tout *ce que l'homme
peut tirer de son reste* — de ce qui n'est pas engagé — de
l'*au-delà* de la scène actuelle — de ses réserves générales..
Il tend ainsi à *donner un sens* à ce qu'il perçoit — c'est-
à-dire à le faire *acte de quelqu'un pour quelque chose,* plus ou
moins explicable par lui-même — et événement qui joue
un rôle dans sa propre histoire.

Si la tempête n[ou]s apprend q[uel]q[ue] chose, c'est
surtout, de nous-mêmes.

De même le « ciel étoilé ».

L'homme naïf — il ne peut ne pas faire de commentaires.

Poser des questions — tirer des « leçons » — Rapporter à son
humanité telles régions ou tels moments de sa sensibilité
— Ne pas consentir à ne pas utiliser, ou à ne pas donner
un sens, à ne pas créer du papier monnaie — des idoles —
Croyance invincible à des dessous.

Mais à 100ᵐ· sous la surface, toute cette tempête est

ignorée — aussi bien qu'au centre du galet qu'elle roule ou de la molécule qui la compose dans tel litre d'écume —.

— Comme si nous avions de quoi substituer ce que n[ou]s sommes à ce qui est.

« Ce qui est » a « ce que n[ou]s sommes » pour *réponse* et ensuite — pour *demande*.

Mais, *pour un autre regard* — l'un et l'autre membre viennent à la file.

Si l'on peut appliquer (ou croire appliquer) ce regard à ce que l'on vient de ressentir ou penser, — mettre son Moi en série — c'est Conscience II.

(1) $a + \psi_1 = 0$
(2) $(a + \psi_1) + \psi_2 = 0$. (*Ibid.*, XVII, 465-468.)

Historique —

Ayant observé que la philosophie ni la psychologie ni l'histoire ne me servaient à rien dans les problèmes qui *personnellement* se posaient à moi, *nés de moi,* je les ai considérées comme étrangères — et leurs valeurs, — de convention[1].

Leurs problèmes caractéristiques, d'ailleurs, me parurent assez arbitraires. Leurs difficultés n'étaient pas les miennes : je ne les eusse pas inventées. Et leurs solutions, sans force à mes yeux.

P[ar] ex[emple] : Je n'aurais jamais inventé de discuter de la *réalité du monde sensible*.. Car je n'eusse non plus inventé de donner au mot *réalité* autre sens qu'un sens fini et observable, qui ne donnât lieu à aucune hypostase.

J'aurais cherché, p[ar] ex[emple], à différencier minutieusement le φ et le ψ. — — (1934. Sans titre, XVII, 543.)

φ

La « philosophie » devrait se référer toujours à l'observation directe personnelle et non emprunter l'observation « scientifique » et ses relais.

S'il lui reste q[uel]q[ue] chose à faire, c'est justement de marquer *l'écart des deux visions* et des deux *langages* correspondants — qui est l'écart du vieil homme et de l'*homme possible*. —

Elle serait donc *conscience* — et non *systèmes*. (*Ibid.*, XVII, 573.)

☆

Savoir — L'analyse de Kant fut purement du savoir VERBAL. D'où erreur — Le savoir réel est pouvoir. Kant ne visait que la prétention à un savoir verbal illusoire. Mais la question fondamentale est la nature du *savoir* effectif — qui est celui qui peut, réduit au nécessaire et suffisant, entrer dans l'action extérieure. (*Ibid.*, XVII, 576.)

☆

La philosophie est l'étude des questions qui satisfont aux 2 conditions suivantes :

1° Elles ne sont pas absurdes à / (Il n'est pas absurde de — —) / poser, *a priori ;*

2° Elles ne sont pas traitables / (Il n'est pas possible de — —) / par des méthodes expérimentales — ou impersonnelles — (indépendantes des personnes).

Il en résulte que la plus grande part de la recherche philosophique consiste en réalité à décider *si une question est ou non du ressort du philosophe*. —

Le destin du phil[osophe] moderne est cruel — car tout lui remontre l'impuissance où le place le *précisement* des emplois de l'esprit. — Il n'a plus de place dans un milieu sans ombres.

Que deviennent le phil[osophe], l'historien, le moraliste, et bientôt l'écrivain ? (*Ibid.*, XVII, 606.)

☆

« Abstractions »

Je suis obligé par métier de me servir d'une foule de *mots* vagues et de faire montre de spéculer sur eux, par eux[1].

Mais, en moi, ils ne valent rien. Je ne pense pas réellement avec ces mots de philosophes — qui sont généralement des expédients du langage usuel auxquels on donne une importance propre, et dont on cherche à tirer des lumières — leur supposant un sens, les considérant comme problèmes dans telle attitude d'esprit, cependant qu'on les utilise comme moyens suffisants dans telle autre.

Ainsi qu'est-ce que le Temps, la Beauté etc. ? Cet *arrêt* n'est pas heureux. A comprend B, se servant de ces mots. Mais *A ne comprend pas A*. Il n'y a dans ce genre que problèmes lexicologiques, = *extérieurs — qui se réfèrent à autre chose que mon expérience* — actuelle — interne — agissante. (1934-1935. Sans titre, XVII, 732.)

Les logiciens ont la mauvaise habitude de nommer *Vérité* ou *Vrai* — ce qui devrait se nommer Conformité, Identité, Accord etc., Ajustement.

D'ailleurs les mots *vrai* et *vérité* sont imprécis. (*Ibid.,* XVII, 734.)

φ θ

Nous vivons encore dans et de la scholastique d'origine grecque, de la dialectique et de la forme de « savoir » fondée sur l'analyse du langage commun, *pris à une époque déjà avancée* et pris comme valable en soi[A], — identifiable à la pensée même — pouvant conduire à la « vérité » par opérations légitimes — ce qui est « impliqué » par les mots, étant dans les choses — avec l'idée profonde que le réel est finalement intelligible (d'où le Dieu *non mystique*) etc.

Mais si l'on prend le langage à partie, si on le considère dans son évolution dans l'individu et dans les races et siècles — si on le conçoit comme une activité à base et conditions physiologiques — à formation et acquisition statistiques, à modèle d'*acte* sur le type réflexe acquis — — si on trouve que la logique et la classification qu'elle suppose ne sont définies que dans un domaine de conditions restreint — et moyennant des conventions (comme celle-ci : qu'au mot général *Homme* correspond quelque chose et non une désignation incomplète — de manière qu'on puisse dire valablement *tous les hommes*

A. *Tr. marg. allant jusqu'à :* moyennant des conventions.

ou bien *tout homme,* sans dire quels ni *où* ni *quand*) alors les valeurs qui constituaient le savoir et sa possibilité sont grandement altérées. On verra, par exemple, que la généralité comme Homme dépend de l'existence (non nécessaire) d'un terme — que certains problèmes ne furent posés que par suite de l'existence ou de l'inexistence de termes —; que (par exemple) notre questionnaire *Cur, quando* etc. s'étant dégagé, la métaphysique s'ensuivait à cause de cette indépendance, comme la droite « infinie » naît d'une indépendance entre le geste traceur et le tracement marqué. (*Ibid.,* XVII, 746.)

« La matière » — inséparable de quelque opération ou action qu'il faut toujours *mentionner* — sans quoi ce mot n'a *aucun sens* — et expose à des idolâtries diverses. La matière de.... bien. Mais la matière en soi n'a pas plus de sens que le volume en soi.

— Le but est, en somme, de représenter par le langage, des transformations observées. Et il ne peut y en avoir d'autre.

Parler de la matière en soi, de *matière* tout court, c'est *séparer* (ou plutôt vouloir séparer — car la séparation n'est qu'apparente) telle perception, de l'acte qui fait percevoir.

Tout ceci[A] — ma « critique » du langage, — tend à rechercher les *fonctions indépendantes* —

et avec elles, les *pouvoirs* et les *possibles.*

« Je puis.. »[B] est pour moi un signal de l'esprit bien plus important que le « Je suis », qui ne signifie pas grand'chose. Car il ne m'apprend rien, et rien n'est changé si je dis : *Je ne suis pas.*

L'importance donnée par Desc[artes] à ce *Je suis* n'est pas... *cartésienne.* Il ne m'avance en rien de conclure que : *Je suis.*

J'aurais dit : *Je suis* ne veut dire que : *Je puis* — et : *je pense* n'a pas d'autre sens — car tous les exemples que D[escartes] donne (je doute — je raisonne —) ne sont que des *je puis.* Donc c'est le Pouvoir et le Possible qui

A. *Deux tr. marg. allant jusqu'à :* les *possibles.*
B. *Tr. marg. allant jusqu'à :* Je ne suis pas.

sont à considérer. Mais la notion d'indépendances et de dépendances créées s'y confond. (1935. Sans titre, XVII, 816.)

Considérer les métaphysiques « esthétiquement » — c'est les sauver — et ne plus les *opposer* de manière que $M + M' = 0$ mais les *contraster*, de manière que $M \times M'$ = maximum ou parallélisme[A]. Alors Hegel ne détruit plus Schopenhauer[B] (c'est le contraire *historiquement*) pas plus que Bach Wagner.

Il suffit de ne pas attacher à chacun de ces édifices une valeur *saturante* — en observant le *langage*.

Les timbres n'avaient pas la même signif[ication] excitante chez B[ach] et chez W[agner]. Pure *coloration* chez B[ach]; mais significatifs chez W[agner] — purement sensoriels chez B[ach] — mais affectifs et viscéraux chez W[agner]. (*Ibid.*, XVII, 867.)

J'ai essayé de me faire mon langage « philosophique » d'après mon observation propre et de mon besoin personnel réel, en rejetant les problèmes d'autrui — et en visant une idée d'ensemble du penser et du vivre qui me servît.

Je ne trouve pas dans mon observation bien des choses dont le philos[ophe] se tourmente; et j'y trouve bien d'autres dont il ne s'inquiète pas[a]. (*Ibid.*, XVII, 901.)

Matérialisme — on croyait savoir *ce que c'est que la* « *matière* ». Leibniz ne pensait qu'à des mécanismes. Il ne songeait et ne pouvait songer à une *activité* — *insondable*. Il rêvait..

L'esprit était chargé de tout ce que l'on ne pouvait attribuer à l'inerte. (*Ibid.*, XVII, 902.)

A. *Aj. marg.* : Or c'est ce qui a lieu réellement.
B. *Aj. renv.* : Il n'y aurait pas de *contradictions* dans l'ordre esthétique (ou de la sensibilité). Il y a *contrastes* — le besoin de *A'* finit par naître de l'action de *A*.

La réflexion sur le mot _univers_ conduit aussitôt à en voir _la mauvaise qualité_.

Mais alors se pose la question de chercher des notions moins défectueuses pour préciser les idées d'unité de « systèmes ».

Ensemble des perceptions _possibles_ — — — —

Et il y a la difficulté de la clause : _À un instant donné_ — qui suppose une référence unique — une simultanéité.

Unité d'un ensemble hétéroclite ?

L'_univers_ est un abus du mot _Tout_.

Abus qui ne l'était point quand on pouvait imaginer le « monde » comme contenu et énumérable —. Mais qui le devint quand l'observation et la réflexion — etc. etc. Simultanéité devenue un non-sens. Vitesse de lumière. (_Ibid._, XVIII, 59.)

Spiritualisme, matérialisme n'ont plus de sens aujourd'hui. Ils supposent que l'on sait ce que l'on veut dire quand on dit _matière_. Mais on sait à présent qu'on ne le sait pas. On a trouvé dans la « matière » jusque de la... liberté !

D'ailleurs — on sait que _savoir vraiment_ n'est que _pouvoir_. Si donc on ne peut faire produire à une combinaison de choses et de forces q[uel]q[ue] effet comme on produit « l'esprit » — on ne peut conclure (ou bien un élément « vivant »).

Tout le reste est littérature — dépassement de crédits. (1935. Sans titre, XVIII, 135.)

☆

θ

L'opposition — ou les rapports — extraordinaires entre le « Corps » et « l'Âme-esprit » — qui fait tout le drame du vivre et toute la substance des croyances — a pour base la remarquable _ignorance_ du 1er par le 2e, la non-transparence, l'insuffisance de la sensibilité toute tournée vers l'extérieur.

D'où retards, différences de marche — contraintes. Écarts. (_Ibid._, XVIII, 144.)

« Descartes » — Cogito

Je le prendrais — s'il y avait lieu — par le fait : l'intervention *personnelle* du Soi — qui se fait *philosophe*. « Je » devient élément, — Référence — et en somme... *oracle !*

Dans le Cogito, 2 *curiosités* : valeur mythique donnée au mot — *Être* — et fondement de la connaissance d'un certain « Réel » sur le moi. (*Ibid.*, XVIII, 174.)

L'inégalité des « esprits » est inconcevable. On ne peut penser à ces différences sans *dé-spiritualiser*.

L'École l'avait entrevu. Ils *individuaient* par la « matière »..... (*Ibid.*, XVIII, 215.)

La philosophie tendait — *en tant que conséquences pratiques, tout au plus,* à modifier la *conduite* des hommes par attitude à l'égard des événements et des autres hommes.

La science tendait à modifier l'*action* même, p[our] la rendre plus puissante, plus sûre et précise, plus économique.

L'art tendait à modifier la sensibilité, à la cultiver — fleurs doubles — et à doubler la vie. (1935. Sans titre, XVIII, 288.)

☆

L'opposition traditionnelle du *corps* avec l'*esprit* n'est que... dans les esprits — 2 idées simplistes — — (*Ibid.*, XVIII, 320.)

☆

θ

Le langage articulé permit à l'homme de mettre en *problème* tout ce qu'il pouvait considérer, car il lui suffisait[A] de mettre le *signe de question* (créé pour provoquer réponse d'un homme à un homme *en tant qu'un homme peut savoir ce qu'un autre ignore,*) devant des noms d'objets

A. *Deux tr. marg. allant jusqu'à :* ce qu'un autre ignore.

ou de phénomènes que nul homme ne connaît plus
qu'aucun autre.

Ceci sans égard à la *légitimité* — etc.

On a montré que les réponses à ce genre de questions
étaient vaines. On ne l'a pas assez dit de ces questions
mêmes. (*Ibid.*, XVIII, 323.)

Cette phrase fameuse : *Je doute de l'existence du monde
extérieur*[A], n'a, à mon avis, aucun sens propre. Elle
définit les mots *existence* et *monde*. On donne à ces mots
des valeurs telles qu'il faut *inventer* de nouveaux sens
pour eux qui à la fois, conservent les sens usuels et les
altèrent. *Existence* cesse d'être : *observabilité*, et *monde extérieur* cesse d'être : *réciproque* de mes actes productifs de
sensations. Extérieur ≡ action. (1935. Sans titre, XVIII,
439.)

☆

Il y a dans la métaphysique cette confiance, *non exprimée
mais fondamentale* — qu'une pensée suffisamment puissante pourrait, sans autres données que les communes
notions à l'époque *T*, porter la connaissance à un *point
dernier,* et tel que toute *expérience* ou analyse ultérieure ne
fût plus — ne pût plus être pour elle, que cas particulier
— et ne pût altérer le système de notions et de lois
institué par elle.

La « connaissance » fondée sur la puissance de la
pensée, de l'attention — — — —

La « connaissance » — c'est-à-dire la représentation,
l'organisation, la[B]

Mais la connaissance, c'est la possession de quelque
chose au moyen d'une *contradiction*.

Je *confonds* avec la *chose* son *Idée* — car sinon, cette *idée*
cesserait, aussitôt la confusion dissipée, de me présenter
la *chose*. Rien ne conserverait à l'idée les caractères de
la *chose*.

Et je l'en *distingue*, car sinon je ne pourrais rien
faire de l'idée et cette idée demeurerait isolée, hors du

A. *Aj. marg. renv. :* C'est douter d'une invention gratuite.
B. *Phrase inachevée.*

pouvoir de transformation et d'évaluation et de classification ou d'association qui est esprit.

Il faut que je puisse me reporter à la chose et il faut que je puisse rapporter la chose à toute la possibilité qui ne lui appartient pas dans l'instant. (*Ibid., XVIII, 442.*)

φ

Il n'y a pas une seule « notion » d'origine « observation » qui ne soit sujette à révision et modification. (Les phil[osophes] se sont disputés sur la matière — croyant savoir ce qu'elle est, or elle est ce que l'obs[ervation] et l'exp[érience] montrent qu'elle est *à telle époque et par tels moyens.*)

Donc la sagesse (Sophia) veut que toute spéculation sur des notions soit accompagnée de la mention des *conditions* de connaiss[ance] de ces notions. (*Ibid., XVIII, 445.*)

Philosophes —

1. Il est étrange que les philosophes aient si peu arrêté leur pensée sur les *énoncés* de leurs soi-disant problèmes, et n'aient pas refait les observations généralement grossières sur lesquelles ils sont fondés — et qui inspirent le langage ordinaire dans lequel ils sont exprimés.
2. En présence de ces problèmes, il est étrange que les mêmes ne se soient pas occupés de former (autant que possible) toutes les « solutions » — systématiquement. (*Ibid., XVIII, 494.*)

φ

La plupart des prétendus problèmes de la métaphysique sont absurdes, enfantins, — ou sans aucun sens.

C'est pourquoi on recule devant leurs énoncés *précis*. On ne sait pas les *ar-ti-cu-ler.* (*Ibid., XVIII, 507.*)

Ce que dit S. Augustin du Temps — qu'il cesse de le concevoir ce qu'il est dès qu'il s'arrête à y réfléchir — est vrai de tout.

L'arrêt agit comme un microscope sans limite à son grossissement qui substitue l'infini au fini.

Même quant aux notions bien définies, pour l'être par conventions — et comme créées de toutes pièces par ces conventions — l'*arrêt* met de l'infini. Un cercle, par exemple. Je sais ce que c'est. Mais *ce que c'est* comprend toutes les propriétés possibles et qui peut dire qu'il les connaît ? (1935-1936. Sans titre, XVIII, 600.)

☆

Le « principe de causalité » soumis à un regard précis, perd toute vigueur — si ce n'est toute signification. (1936. Sans titre, XVIII, 662.)

☆

La statistique a fini par ré-générer la.. *liberté*. Il n'y a plus de « déterminisme » (dit-on —) à telle échelle.

Et ceci excite les esprits qui attachaient à ces noms de *liberté* et de *déterminisme* des valeurs *indéfinissables*.

Car jamais on ne les a *définis,* ces mots (si ce n'est dans l'étroit domaine de la mécanique classique et réversible —).

Mais si on eût, au lieu de considérer le vague et de subir son penchant — observé les phénomènes, et noté les *pouvoirs* réels, on eût trouvé — — — qu'il ne fallait pas *faire semblant* de *savoir ce qu'on ignore* — et de *concevoir ce qu'on ne conçoit pas*. Le 1er cas étant celui des *déterministes,* le 2me celui des *libérants*.

Quant à la statistique — qui semble impartiale, elle introduit un arbitraire inévitable. *Elle compte ;* mais elle exige un *choix et des conventions*. Elle décide d'abord ce qu'elle comptera — Ceci ou cela. Par là, elle décide que ses objets sont *identiques*. Elle décrète l'identité — puisqu'elle forme des *nombres*. Elle réussit dans la mesure où les épreuves sont identifiables. Mais rien ne prouve *a priori* que cette identification soit toujours légitime. (*Ibid.,* XVIII, 673.)

H.

Il est remarquable que spéculations sur « liberté » et déterm[inisme] aient pu être tant développées par tant d'auteurs, sans que l'observation des FAITS et des *moments,* (et l'analyse même des énoncés ou *questions*) aient été approfondies.

D'ailleurs aucune définition de la liberté. Quant au déterminisme, en dehors du *cas* très *particulier* des éq[uations] différentielles de la dynamique classique — rien que de vague.

Et le problème même n'a pas été introduit par l'observation, mais par une intention d'ordre moral ou religieux. (*Ibid.,* XVIII, 674.)

Les 3/4 de la métaphysique constituent un simple chapitre de l'histoire du verbe *Être*. (1936. Sans titre, XVIII, 826.)

Le principe de causalité est bizarrement anthropomorphique. L'effet *réclame* une cause (dans / par / l'esprit des hommes). Et la cause *fait, agit* — l'effet. (*Ibid.,* XVIII, 875.)

Il y a une espèce de métaphysique de nouvelle forme — qui dérive de la nouvelle « nature physique » que les *relais* donnent à essayer de concevoir. (1936. *Voyages,* XVIII, 909.)

Je ne suis ni déterministe, ni fataliste, ni libre-arbitriste mais je suis sûr qu'il y a des « liaisons », des équations de condition dans nos états et dans leur succession,

liaisons et conditions dont quelques-unes se soupçon-
nent et qui, connues ou mieux connues, montreraient
la vanité d'une quantité de nos idées accoutumées sur
l'homme et sa conduite, l'esprit et sa valeur.

La plupart de nos lois civiles, de nos usages sociaux, de
nos jugements politiques, de nos routines psychologiques sont probablement aussi absurdes que.. l'avenir
le voudra. Peut-être d'autant plus absurdes que plus et
mieux raisonnés. Scholastique. (1936. Sans titre, XIX,
114.)

☆

« Le cerveau (dit Bergson cité par ?) est le point
d'insertion de l'esprit dans la matière[1]. » Il emploie donc
ces mots *sérieusement*. Ils en sont là — philosophes et
théologiens. Ils raisonnent sur des mots *sans fond*.

On ne peut raisonner sur le mot *Matière* qui était pris
jadis comme résumant toutes les propriétés négatives et
conservatives apparentes — *Inertie, durée propre* —
conserv[ation] de la masse et de l'impulsion — irréductibilité
à l'énergie.

Mais tout ceci ne subsiste que moyennant cette correction capitale : — — à l'échelle *H*. (*Ibid.*, XIX, 143-144.)

La nature n'est qu'une pratique.
N[ou]s ne pouvons n[ou]s empêcher de vouloir y voir
une théorie. (*Ibid.*, XIX, 152.)

θ φ
La métaphysique naquit de l'impuissance de l'esprit
à résoudre des problèmes posés par la *sensibilité* — usant
de formes questionnaires créées par les besoins sociaux
— et les communications entre individus — (*Pourquoi ?*)
— Rien n'oblige à ces questions que la sensibilité —
c'est-à-dire contrastes et similitudes spontanément excités.

Tel phénomène[A] met en défaut l'automatisme, qui se
trouve sans avoir de quoi répondre immédiatement.

A. *Deux tr. marg. allant jusqu'à : essentiellement « Dramatique ».*

L'embarras — *Situation essentiellement « Dramatique ».*
Toute pièce ou roman met en œuvre quelque *écart* du
fameux « cours ordinaire des choses » — c'est-à-dire
échanges insensibles ou quasi. — C'est un point singulier.

L'insensibilité[A] *est la règle* — le résultat, d'ailleurs, d'une
structure très complexe. — Cet embarras se trouve, à
l'état brut, dans le jeu des fonctions organiques — de
leurs incompatibilités, de leurs gênes — Indigestion,
s'étrangler en buvant. Quand le psychisme entre en jeu
— c'est excité par la sensation de difficulté — dont il est
bientôt dominé.

Image du bélier — Niveaux de conscience, d'agitation,
production exagérée, — oscillations — *notes aiguës* —
temps modifiés[B].

Ici, rôle du questionnaire. Douleur et questions
absurdes, avec réponses ad hoc. *Le système ψ* (demandes
et réponses psychiques) *se comporte comme* le *système
moteur* convulsivé — cris, gesticulations —, va-et-vient
— c'est-à-dire comme éliminateur ou radiateur d'énergie
vive surabondante. (*Ibid.,* XIX, 155.)

Le Comble de la Philosophie est atteint quand elle
arrive à considérer (verbatim) comme le *réel même* ce qui
n'est donné à l'esprit que par une suite de substitutions
aboutissant à un pronom neutre *(Quid)* joint à un verbe
vide *(Est).*

Et tout ceci à cause de la forme du langage indo-
européen. (*Ibid.,* XIX, 189.)

« Réalité », liberté, et autres thèmes de philosophes,
me semblent obtenus (en tant que traditionnels aiguillons
de la pensée *impure* spéculative) par négligence de leur
condition observable — et de leur entrée en jeu dans
l'esprit. Or ce sont des produits de réaction ou des
compléments qui s'introduisent pour exprimer (tant bien
que mal) des *Contrastes.*.

A. *Tr. marg. allant jusqu'à :* s'étrangler en buvant.
B. *Deux dessins en marge représentant des béliers hydrauliques.*

Il en est de même de tous ces termes qui ont de commun le fait d'être indéfinissables dès que l'on oublie la condition initiale, et qu'on leur croit une signification propre et indépendante — Croyance due à l'existence verbale — qui *substantifie* ce qui n'a pas de quoi vivre par soi. On prend alors pour fondé en soi ce qui n'est qu'une *réponse* inséparable de la demande.

Le *réel* est inséparable du non-réel et vient *après* lui. Il est le non-(non-réel) — on ne commence pas par l'idée de réel[A]. « L'âme » n'est immortalisée que par qui ressent vivement sa propre mortalité.

Or, on prend pour notion primitive ce qui est second et ne vient que par un *doute*.

Se demander si l'on est *libre,* ou si les choses sont *réelles* cela ne peut inquiéter ni l'*impression* d'être libre ou non libre ni celle de l'*existence* des choses — mais des développements très éloignés de ce qui semble être en question. (*Ibid.,* XIX, 217.)

L'habitude de ne pas penser en termes vagues (ou l'impossibilité de penser en eux) mène fort loin —, ruine bien des choses. Mais d'autres apparaissent. (1936. Sans titre, XIX, 254.)

Peut-être faudrait-il rejeter presque toutes les idées générales et immémoriales (que nous recevons par le langage et la culture, avec toutes leurs contradictions latentes, leurs insuffisances etc.) antérieures à l'époque des faits nouveaux et des vérifications impitoyables ?

Ce sont là des gênes et des impuretés —.

Des termes comme Histoire, Philosophie, Politique, — Cause etc. sont sans précision.

Il est bien inutile de rechercher un sens vrai qui n'existe pas — etc. —

A. *Aj. marg. :* Au lieu de *réel, réalité,* pourquoi ne pas noter ce qu'on observe dans la circonstance ? Je n'ai pas *toujours* besoin de cette notion ; mais elle se propose quand il faut choisir ce qu'il faut prévoir p[ou]r agir.

La moitié du temps d'intelligence de chacun se perd à chercher des solutions à des problèmes qui n'existent pas, et qui ne sont dus qu'à leur inexistence même en tant qu'elle est inaperçue.

Première chose que doit enseigner le Philosophe est de chasser de soi tous les termes que l'on n'entend pas exactement, — que l'on emploie comme on se servirait de membres qui n[ou]s feraient agir en dépassant notre but.

La perfection de la pensée ne se connaît qu'à la perfection de l'acte en laquelle elle s'accomplit et est résorbée.

Mais c'est un premier moment de l'*acte* que l'*expression de la pensée,* et il faut donc viser à la perfection de l'expression.

Cette perfection a deux principaux caractères — qui doivent se conjoindre en elle. L'un est l'ajustement de la pensée à son objet et l'autre son ajustement à l'esprit qui doit s'en enrichir.

La première exigence conduit à veiller au *vocabulaire,* d'une part, et à la *spécialité des formes.* Elle veut qu'on évite les dépassements, les locutions de moindre action, et d'imitation (qui éloigne de ce qu'on doit dire pour rejoindre ce qui a été dit) etc.

La deuxième exigence regarde la fonction même de l'esprit, — la mémoire, les formes en tant qu'exercices en elles-mêmes et toutes les conditions du corps de l'esprit. (*Ibid.,* XIX, 261-263.)

☆

Je suis fataliste. Je crois que nos idées ne jouent qu'un rôle ou apparent ou ridiculement faible dans les « événements » même dans les cas les plus gouvernés par elles à notre regard.

L'homme peut « savoir ce qu'il fait »; mais il ne peut savoir ni *ce qui* fait, ni ce *que* fait *ce qu'il fait.* Le fortuit le fait naître; lui compose sa vie; le marie, lui donne ses pensées, le tue.

S'il veut — sa volonté examinée quantitativement le long de sa vie est toujours fort peu de chose.

On trouverait que s'il est « libre » et se croit parfois

en possession d'être « cause » il ne peut passer qu'un instant dans cet état. Il le traverse, et fort rarement — (en admettant l'hypothèse). (*Ibid.*, XIX, 280.)

Il ne faut pas dire : l'œil sert à voir. Il faut dire : l'œil voit — ou mieux *Je vois* et d'ailleurs l'œil ne voit que comme dépendance.

Problème de la vie —

N[ou]s voulons résoudre par la pensée, des problèmes dont la solution a la pensée même pour conséquence, entr'autres conséquences.

Que serait la pensée sans la vue, et elle dit : *qui a fait l'œil ?* Elle a vu des yeux.., de ses yeux.

Si on résout en termes premiers toutes ces questions, on trouve que toute réponse qu'on y donne est ou vaine, ou autre que réponse à la question même. (*Ibid.*, XIX, 335-336.)

1. Systèmes Ph[ilosophiques] — Ce qu'on gagne en beauté, on le perd en exactitude.
2. Les succès de la philosophie consistent dans des œuvres, et point dans des résultats.

C'est une raison de plus pour voir en elle un des « beaux-arts ». (1936. Sans titre, XIX, 374.)

Z

Les paradoxes zénoniens sont dus à une erreur d'observation ou plutôt à un désordre dans les observations — qui fait que l'on place l'opération de diviser quelque chose *avant* l'existence de cette chose et comme supposée par elle[A]. On suppose que la ligne a des parties... *avant qu'elle soit !* et on oppose cette partition à un mouvement sur la ligne — *lequel n'est autre que la ligne elle-même.*

On marque des points sur elle. Mais elle ne dépend

A. *Aj. marg. :* Ligne et mouvement sont inséparables. Qui fait l'une fait l'autre.

pas d'eux, ni eux d'elle. Car je puis ayant divisé $\overline{AB}$ par des points, la faire évanouir — aussi bien que j'aie pu la tracer sans eux. (*Ibid.*, XIX, 392.)

La notion vague de *liberté*, (d'autant plus imprécise qu'on la veut préciser) et les discussions éternelles qu'elle a excitées — ont précédé toute analyse serrée de l'action — qui eût pu aboutir à un problème bien différent. (*Ibid.*, XIX, 454.)

La philosophie — la dialectique devait nécessairement résulter — de, — était « en puissance » dans ce fait que — les notions que n[ou]s offre le langage sont inévitablement incohérentes entr'elles —, formées à part les unes des autres —, — à diverses époques; et il en naquit des embarras que l'on crut tenir des choses, quand ils étaient les effets de la nature du langage et de sa génération sporadique, statistique, ana- ou poly-chronique.

Il n'y a pas de contradictions là où il n'est rien.. *dit*.

— Il résulte ensuite de ceci qu'un langage exempt de contradictions n'est qu'un langage homogène, — ou rendu tel par une refonte qui substitue des définitions explicites conventionnelles à des « sens » de l'usage. Mais rien de plus *quant aux choses* signifiées. (*Ibid.*, XIX, 464.)

φ

« Philosophie » est en somme le désir, la prétention, l'art etc. d'apprendre quelque chose par la seule réflexion sur les données que l'on a, sans considération des conséquences pratiques et sans limitation à un but déterminé. (1936. Sans titre, XIX, 545.)

Rien ne prouve que nos types usuels et incarnés d'expression aient un sens et une valeur à l'échelle 10^{-x}; que

nos « substantifs », nos « variables », notre forme propositionnelle, lesquels sont adaptés (plus ou moins
bien) à l'expérience directe des corps et des relations et
transformations sensibles, vaillent à toute échelle, que
l'*identité,* les « objets », le nombre y soient applicables.
En un mot, que n[ou]s puissions *penser* si avant. (1936-
1937. Sans titre, XIX, 723.)

☆

Descartes —
Dis[*cours*] [*de la*] *Méth*[*ode*] — Militaire. Amateur.

La nouveauté fut la rentrée de l'*homme* dans la philosophie — — Et la vieille mesure des choses. Depuis
Aristote — abandon de l'homme même — et analyse du
discours.
(En somme — chercher ce qu'on ne voit point avant
lui.)
Mais c'est la personne même[A] — Voilà le fond du *Je
suis* — un coup — et comme suite 1° Changement de la
hiérarchie des préoccupations. C'est le Corps qui l'intéresse. Anatomie etc.
2° D'où — peut-être — la *référence* — Géom[étrie] ⊥ [1].
3° La physique — et mécanique — Syst[èm]e du
Monde — unification mathémat[ique] L[ongueur],
M[asse], T[emps]. (*Ibid., XIX*, 803.)

☆

φ

Décapités Parlants

La pensée des philosophes, est général[emen]t si loin
des actes que je n'y comprends rien. Je ne comprends
pas, en particulier, l'intérêt de ces spécul[ations] qui
me semblent verbales.
Ouvrir Spinoza ! Ce *Dieu,* cet *infini* desquels on ne peut
rien *faire.*
Et si ce ne sont pas des *états de soi* bizarrement nommés,

A. *Aj. renv. :* Méthode, c'est lui.

et dénaturés, que sont — que peuvent être, les signif[ica-tions] de ces mots ?

Toute mathém[atique] doit conduire à des nombres — Toute spéculation à des opérations — ou à des simplifi-cations d'opérations. (1937. Sans titre, XIX, 846.)

Philosophie, somme de tous les sujets sur lesquels il est possible de différer d'opinion; étant certain, d'ailleurs, ou très probable, que jamais ne s'impose une solution unique et définitive. (1937. Sans titre, XIX, 908.)

Dire qu'un homme est libre, c'est dire qu'il peut agir sans que sa sensibilité intervienne ou qu'il peut disposer de son énergie-sensibilité-motilité indépendamment de l'énergie-sensibilité-subie et conformément à quelque conclusion de processus intellectuel pur.

Les muscles obéissant à la seule excitation venue d'une opération achevée dans la conscience, et non influencée ni *inégalisée* par désir, crainte, besoin — et toutes puis-sances qui font *impossible ce qui est physiquement possible* ou *possible ce qui est affectivement impossible*.

— Bien. Mais alors — ce processus quasi mécanique doit cependant tirer de quelque source l'excitation.

Il fallait d'abord faire une analyse de l'*action*. (*Ibid.*, XX, 33-34.)

L'accord de la pensée avec elle-même n'a aucun intérêt si cela n'a aucun effet hors de la pensée[A]. *Donc*, les logi-ciens ont besoin d'une extériorité qui sanctionne *par le fait* l'erreur logique. Sans cette vérification la contra-diction ne vaut pas moins que la déduction légitime.

Or la vérification ne peut exister 1° sans *existences* et 2° sans correspondances exactes entre les choses et les notations (définitions). (1937. Sans titre, XX, 64-65.)

A. *Aj. marg.* : Affirmer — nier

Liberté. Les partisans de la liberté doivent admettre que tous nos états n'en sont pas capables, et les capables également capables[A]. Il en résulte que les états où elle existerait sont commandés par des conditions qui ne la comportent pas. (*Ibid.*, XX, 113.)

La plus ancienne falsification philosophique fut d'appeler *Vrai*, le *logiquement correct*.
On allait par là à prétendre désigner dans l'expérience les produits du raisonnement. (1937. Sans titre, XX, 213.)

Matière, est ce que n[ou]s savons de la matière et qui dépend de l'époque.
Le matérialisme et son adverse sont des « doctrines » qui n'ont de sens que moyennant une date dans la physique. Il est vrai que la *matière* de l'an *T* ne pense pas — f(*T*) ne pense pas.
Et ainsi de l'*esprit*, de *la vie* et autres choses semblables. Matière et vie de l'an 1000 ne sont pas celles de l'an 1900, qui ne sont plus celles de l'an 1937.
La métaphysique suppose une physique au delà de laquelle elle pointe vers *Dieu* sait où.
Une métaphysique « moderne » ? (*Ibid.*, XX, 217.)

La notion (?) de cause est vague — mêlée — elle ne peut résister au moindre accroissement de précision. Plus la « Science » a accru cette pression de précision — (Descartes ? — les variables) plus le verbalisme des « causes » a rétrocédé, Cause se référant de plus en plus à des moyens d'action, et à des conditions d'observation.

A. *Dessin en marge représentant une balance, avec un petit objet qui fait pencher légèrement un des plateaux.*

Conservations etc.

L'univers math[ématique] ne connaît pas de causes. (*Ibid.*, XX, 229.)

« On aurait beau errer dans un cerveau, on n'y trouve-rait pas un état d'âme — », dit le philosophe.

Mais on a beau circuler dans un train, on n'y rencontre pas la force vive. (*Ibid.*, XX, 257.)

« Complétude » et causalité

Philosophie — définitions dialectiques : par le « *C'est ce qui.. fait* — que.. »

La vraie *causalité*[A], c'est l'obligation de former une *phrase complète*.

Chercher la *cause,* c'est chercher sujet ou attribut d'une proposition dont FAIRE est le verbe plus ou moins avoué. (*Ibid.*, XX, 258.)

φ Des[cartes]

La grande nouveauté intellectuelle est que la logique *suit* et ne précède plus — ou ne précède que comme instrument de recherche.

Elle est démonétisée comme moyen de découverte se suffisant, et suffisant à soi seul — ce qui est ou fut toute la Scholastique due à l'émerveillement causé à l'homme par cet usage du langage.

Par ex[emple] — *remonter de cause en cause* — c'est-à-dire de *mot en mot*. (*Ibid.*, XX, 259.)

θ

Il y a beaucoup moins de mystère qu'il n'y a de facilité à s'en former, et de gens qui sèment çà et là des points d'interrogation, qui ne leur coûtent rien.

A. *Tr. marg. allant jusqu'à : phrase complète.*

Mais que si l'on mettait autant de soin et d'esprit ou de rigueur à émettre des questions, à construire les Pourquoi et les Comment qu'on en dépensera* à tenter d'y répondre, on épargnerait bien du travail sans fruit et quelques inquiétudes circulaires et fameuses. (*Ibid.*, XX, 279.)

Le hasard est un effet de lumière, qui éclaire un pavé entre les autres d'un pavement. (*Ibid.*, XX, 327.)

S + φ.

N[ou]s sommes obligés avant d'aborder notre tâche propre, nous *modernes* — (c'est-à-dire successeurs, héritiers, et gênés par nos biens, ou plutôt, par *la diversité incohérente* de nos biens hérités —)

1º de n[ou]s défaire des notions, problèmes etc. que n[ou]s ne ressentons plus, des dettes contractées par d'autres — *Table rase* de la croyance à ces quaestiones

2º de n[ou]s refaire des yeux qui voient ce qui est à voir, et non ce qui a été vu. (1937. Sans titre, XX, 436.)

Le mouvement a été mis à part par les penseurs, comme phénomène général. « Matière et Mouvement » — Mais pourquoi ? Le passage du rouge au bleu n'est pas moins phénomène que celui de la tortue de *A* en *B*. (*Ibid.*, XX, 481.)

θ

Il est clair que l'*esprit* s'oppose à la matière ! puisqu'il a été fabriqué pour cela et par cela.

Il faut bien qu'il s'oppose à q[uel]q[ue] chose. Ce sont des termes relatifs l'un à l'autre. (*Ibid.*, XX, 497.)

Sur Descartes :
Idées claires et distinctes,

Cogito etc. — —
Cela veut dire : *Credo in me*.
J'ai confiance en moi.
Je Puis. —
Matière et étendue et *Pensée* —
Cela veut dire[A] : Mon opération volontaire mentale ⇄ le phénomène. (*Ibid.*, XX, 508.)

Recherche de la « *vérité* » (d'être vrai) dans les arts — est fausse voie.

Il faut étudier la « réalité » aussi ardemment que possible et fidèlement; et *faire* ensuite ce que l'on veut.

Mais cette réalité étudiée montre du même coup et d'un même système l'esprit et les choses.

— La Science, par des moyens subtils et indirects, à présent se fait une « réalité » qui n'est pas celle qui répondait à l'usage des sens et pouvoirs directs et attachés aux individus. Dans ce nouveau régime, *A est réel*, SI on applique tels procédés et instruments.

D'ailleurs toute connaissance contient un élément hypothétique, ou devrait s'exprimer en forme hypothétique, et cette forme consiste à mentionner *un pouvoir d'agir*. Ce corps est pesant = *Si* je tente de le soulever, je sentirai une difficulté de le faire. Ce corps est loin = si je veux le toucher, cela *coûtera* des pas[B]. —

Le *réel* est en rapport avec l'acte. Il lui est proportionnel. Donc, *dans chaque cas*, il y a une *quantité de réalité* qui s'attache à telle *idée* de telle *chose*[C] (car la question de *réalité* ne se pose qu'au moment de *choisir* une action relative à la *chose*, à travers l'*idée* de cette chose).

Donc hypothèses.

L'erreur des phil[osophes] est de spéculer sur la *réalité* en dehors des conditions où ceci a un *sens*. Et l'origine se trouve dans l'action. D'où le *corps solide*, étalon de *valeur*. (1937. Sans titre, XX, 657.)

A. *Tr. marg. allant jusqu'à la fin du passage.*
B. *Aj. marg. :* Acta
C. *Aj. marg. :* La réalité est une valeur.

Z.

Nous savons que la flèche vole et qu'Achille attrapera la tortue — mais n[ou]s savons aussi que si n[ou]s pensons vraiment à la flèche, n[ou]s perdons aussitôt le vol.

N[ou]s savons qu'il n'est pas vrai que le mobile parcoure d'abord la *moitié* du chemin, la moitié de la moitié etc. Car moitié est un arrêt qui exclut le mouvement. C'est une autre opération puisque je puis ne pas diviser le parcours. Il est bien *divisible* comme il est *franchissable,* et cela fait 2 choses dont la superposition est purement verbale. Si je puis diviser *AB,* c'est par un acte indépendant de $\overline{A.B}$ (1937-1938. Sans titre, XX, 735.)

Z.

Toute l'affaire du Zénon repose sur cette curiosité... philosophique :

S'efforcer[A] d'imaginer impossible un *phénomène* (vol de flèche etc.) *d'observation constante et banale.*

Comment faire pour suspendre Achille et figer la flèche dans l'air ? — Il suffit de *penser* nettement la flèche[B].

C'est par des substitutions de prestidigitateur qu'on y parvient... On joue d'un « mouvement » qui n'est pas un mouvement, — d'un « temps » qui se change en objet divisible, et redevient temps.

Et ceci[C] en usant du procédé qui consiste à opposer comme *contradictoires* des propriétés qui ne le sont que si on affirmait qu'elles sont *simultanées* ou simultanément manifestées par les opérations qui les font apparaître — comme la divisibilité qui est un possible d'époque *t* et l'indivision, qui est de l'époque *t'*. Ainsi opposerait-on une porte ouverte à elle-même fermée. (*Ibid.,* XX, 772.)

A. *Tr. marg. allant jusqu'à :* constante et banale.
B. *Aj. marg. :* Distance et division d'une distance interfèrent.
C. *Tr. marg. allant jusqu'à :* les font apparaître.

« Cause » — ce mot est personnification. D'ailleurs le « verbe » est toujours personnifiant.

Alors *cause* est l'*acte* du substantif sujet de la phrase — substantif qui devient une personne[A]. (*Ibid.*, XX, 787.)

L'homme est un animal *substantifiant* et *personnalisant*. *Il ne peut pas faire autrement.* — Choses, *personnes, actes, sentiments* — voilà notre palette. (1938. Sans titre, XX, 846.)

☆

Si l'on conçoit bien, et sans moralités étrangères, les relations réelles (quoique encore mal connues) du « corps » et de « l'esprit » —

(comment veut-on que des temps timorés et ignorants aient pu les admettre !)

p[ar] ex[emple] lucidité, attention, invention, rapprochements etc.

liés à états chimiques — considérés comme réactions complexes; d'autre part, bornés par des conditions de « temps », par des nombres d'éléments, / valeurs, / etc. etc., on se gardera de donner aux productions ψ des *valeurs* ou de s'en faire une *idée,* qui préjugeraient de leur nature — modifiable.

L'opinion[B], sur ces choses, comme sur toutes, doit au fond être en équilibre mobile avec les moyens d'action φ ou ψ que l'on a à l'époque *t,* et donc réserver dans les conceptions et affirmations — la part du possible — ce que les phil[osophes] n'ont pas fait. Car eux et la phil[osophie] sont nés avant l'ère du pouvoir > savoir. (*Ibid.*, XX, 847.)

☆

Finalité

Fait pour — Cette notation si puissante, développée de l'acte; si incarnée — et même si génératrice de notre

---

A. *Aj. marg. :* « Le froid » a fendu ces pierres.
B. *Tr. marg. allant jusqu'à :* la part du possible.

esprit — que productrice plus encore que descriptive, — mais source de vains problèmes. Elle sépare le phénomène en facteurs sur le modèle de l'acte réfléchi — asymétrique et *doublé* par un processus psychique — imaginaire.

Il conviendrait de ne pas séparer l'*œil* du *voir,* sans précautions. (*Ibid.,* XX, 893.)

Trop humain[A]

Tant que[B].. quelque chose.. ressemble à.. quelque chose.. — — qu'on y trouve un haut et un bas, — un *avant* et un *après,* un commencement et une fin —, alors nous en sommes encore à *la lire* en *hommes,* — en ajoutant au texte. Ce qui n'est pas *informe* est falsifié. Ce qui a un *sens,* une *forme* (c'est-à-dire quand on *peut* en séparer une idée d'unité de génération), un nom, une *fonction,* une « cause » etc. est humanisé, *reconnaissable,* — différent de ce qu'il Est — c'est-à-dire que cela est déjà privé (dès le 1er regard) d'une partie de son possible intégral, n'est plus vierge. Et bien des opérations et constatations sont déjà exclues de la possibilité par cette restriction. Bien des analogies supprimées en germe. P[ar] ex[emple] le son du parler. (1938. Sans titre, XXI, 38.)

La philosophie et la Science ont eu ce résultat assez digne d'être marqué : qu'elles ont conduit bon gré mal gré à une confrontation des divers esprits, les ayant contraints à se rencontrer sur des lieux psychiques de plus en plus resserrés — et à s'opposer ou à convenir de plus en plus précisément.

D'ailleurs, chacune de ces auto-excitations avait d'abord provoqué dans l'intérieur de l'Un de chacun le même rapprochement et des conflits analogues.

De sorte que la discussion à plusieurs et la discussion intime se sont ainsi assimilées entr'elles.

A. *Aj. marg. :* chercher la métaphore *ou* reconnaître
B. *Tr. marg. allant jusqu'à :* n'est plus vierge.

Ce qui eut p[our] conséquence la dé-particularisation d'une partie des possibilités ψ de l'individu. (*Ibid.*, XXI, 99.)

☆

Liberté. Un homme qui a moins d'esprit qu'un autre, ou moins de savoir, serait moins *libre* qu'un autre mieux doué, puisqu'il ne peut former que *p* possibilités quand l'autre en forme un nombre plus grand.

Et d'ailleurs même remarque quant au nombre et à la force « poétique » des arguments. (*Ibid.*, XXI, 141.)

☆

Formations — Analyse formative.

Toute combinaison mentale[A] de notions qui se présente, non comme association de complémentaires — mais comme significative d'existences en soi, — si elle offre symétrie, ou similitude, contraste etc. — est suspecte d'être une *formation propre*.

Ainsi *dieu-diable* ; *matière : esprit* ; *matière, forme* ; *bien : mal* etc. — *vie, mort* — choses qui ne s'opposent pas — dans l'observation — mais dont l'une, en tant que *donnée*, *produit* l'autre en tant que *réponse*.

Parfois l'*une* est *négation* de l'*autre*[B] ; parfois *complément* de l'autre et résulte de l'exigence d'un *tout*. Ce *Tout* est *équilibre, fin* etc.

— On peut donc concevoir une recherche générale de ces *formations propres,* qui serait analogue à la géométrie, en ce sens que ces modes de formation joueraient le rôle des trans-formations de la géométrie, lesquelles engendrent tant de vues et de relations[C].

— Ce qui trouble cette recherche c'est le rôle de l'association pure et simple qui est l'élément accidentel de la production ψ — et ce rôle est multiplié par le langage, (dont le *formel ou formatif propre* est constitué par les productions d'espèce phono-motrice — rythme, formes cadencées; similitudes et contrastes des émissions vocales — —).

A. *Aj. marg.* : Règle
B. *Aj. marg.* : inversion
C. *Aj. marg.* : Géométrie de l'esprit

De plus, la tendance générale à *réalisation* — c'est-à-dire à reproduire l'extériorité — est également contraire aux développ[emen]ts propres — cf. complém[entaires] de l'œil —

La « mémoire » est donc tantôt favorable, tantôt obstacle aux formations — suivant qu'elle est productive ou re-productive. — (*Ibid.*, XXI, 166-167.)

Poétique

La Rhétorique a coûté cher à la Philosophie.

Partout où paraît le contraste, et la symétrie, là se manifeste l'*action de la sensibilité* dans le langage = l'attribut s'*oppose* à l'attribut. Le repos ET le mouvement — La *vie* et la *mort* — La matière ET l'esprit — La quantité ET la qualité[A]

et ceci, *inventif aussi*, créant le second terme : Le Temps et l'Éternité — par négation (avec d'abord invention de l'idée générale de temps). Ce sont des besoins de la sensibilité (complémentarité). C'est trop beau p[our] être — — — (*1938. Polynésie*, XXI, 275.)

Liberté etc. et son contraire —

Tout dépend[B] de la manière de voir — et de *créer le problème*.

Ainsi — dans cette pseudo-question — si l'on prend ou non l'*individu* comme un être bien défini; si le *Je* se conserve et peut se concevoir hors de chaque état ou circonstance. (*Ibid.*, XXI, 303.)

Il ne faudrait pas dire : JE *pense* — sans précautions, car *Je* n'est pas celui du JE *suis* Jacques —

c'est un *je* qui ne sert qu'à exprimer *penser* et n'en dit pas plus. (*Ibid.*, XXI, 304.)

A. *Aj. marg. :* Tout ceci n'est que dichotomie, antinomie, symétrie DÉSIRÉE
B. *Tr. marg. allant jusqu'à la fin du passage.*

☆

L'homme qui dort et rêve est-il libre ? Et pourquoi ne le serait-il pas ?

C'est que *les muscles* sont *séparés des signes.*

— Mais était-il libre de ne pas s'endormir, au moins ?

« La liberté » est fonction des *signes* —, grâce auxquels le *présent,* l'*absent* et les *forces* sont liables ou déliables. (*Ibid.,* XXI, 311.)

☆

La liberté suppose que ce qui est pensé, imaginé n'a aucune conséquence par soi seul.

Le terme *liberté* (phil[osophique]) sert (ou est exigé par) la description et la mise à part de certains actes — *rares* — qui soient 1° non réflexes 2° imaginables 3° à conséquences présumées reconnaissables, et donc *choisies* 4° non entièrement déterminés par les données *extérieures* 5° non sous pression de temps 6° non accomplis en état physique anormal 7° accomplis par un indiv[idu] non psychiquement inférieur, et non inculte.

Ce n'est pas tout.

La liberté[A] suppose aussi que l'*individu,* théâtre de la préparation de l'acte — est un *système bien défini.*

Et c'est là le point faible et il l'est d'autant moins que l'on lui concède plus d'esprit. (*Ibid.,* XXI, 336.)

☆

La philosophie a été viciée par la « recherche de la vérité ». Ce terme de vérité — étant ambigu — a donné lieu à un changement de voie insensible. On le décèle assez bien en remarquant l'emploi du mot *vrai* en logique — (« De 2 propositions, si l'une est *vraie,* l'autre est fausse », etc.)

On a substitué à la représentation (ou expression) la plus exacte de l'observable, la formation d'expressions de choses ou relations non observées ou non observables, lesquelles ont été constituées en « Vérités » — ou *Réalités.* (1938. Sans titre, XXI, 411.)

A. *Deux tr. marg. allant jusqu'à :* un *système bien défini.*

☆

Monsieur, lui dis-je, il n'est de matière ni d'esprit.
Personne n'a jamais vu ces choses-là. Que vous parliez
de *matière* ou d'*esprit,* vous vous faites et nous faites un
discours. Un discours a besoin d'oppositions, de négations, d'affirmations, voire de « démonstrations » et
« d'explications ». Il faut bien qu'il vive ! Taisez-vous
intus et *extra,* et rien n'en sera changé. Un discours est
fait de mots... Ceci compris, vous trouverez que *matière
et esprit* sont des mots, par quoi leur ressemblance *fonctionnelle* est frappante. On les manœuvre aussi aisément
l'un que l'autre. Leur différence est *significative.* Ils ne
sont pas appelés au service dans tous les mêmes cas.
Dans *tous les cas où le discours n'est pas tout, il n'y a aucune
difficulté.* Point de dispute — car dans ces occasions, on
ne se retourne pas vers les mots pris séparément. Le
significatif n'est pas en cause, et on ne peut pas attribuer
ad libitum une même attribution à l'un ou à l'autre —
car toute dispute n'est possible que si *A est P, B est P,*
sont possibles et s'excluent. Si le choix n'entraîne aucune
conséquence qui se substitue au choix lui-même et le
vérifie dans l'expérience, il y a métaphysique. (*Ibid.,* XXI,
438.)

☆

La moitié de la logique est une spéculation sur le mot
Même; l'autre moitié sur le mot Tout. (1938. Sans titre,
XXI, 569.)

☆

φ Si la philosophie doit survivre aux progrès des sciences,
lesquels sont conditionnés en *pouvoirs,* et fonction des
moyens matériels[A], elle ne peut survivre que comme
maintien, affirmation, conservation de l'*individu-pensant*
— en tant qu'indépendant desdits moyens.
    Elle répugne à l'enseignement organisé.
    Car il n'est pas de *savoir philos[ophique]* puisqu'il n'y a
pas de *pouvoir ;* et il ne peut y avoir passage du *plus sachant*
vers le *moins sachant* de choses également valables pour

────────

A. *Aj. renv. :* dont la logique mathématique

tous — qui ne peuvent être que des actes ou des éléments d'actes.

Il ne peut passer utilement que l'idée de possibilités psych[iques] comme de *douter,* de *coordonner* — de s'aventurer par l'esprit — etc. (1938. Sans titre, XXI, 646.)

φ et L

Toute métaphysique consiste à faire du Langage autre chose qu'un intermédiaire sans valeur propre, et qui disparaît entièrement après sa fonction accomplie.

Elle exige que telle ou telle formule verbale soit tenue pour achèvement d'une recherche, ou pour *réponse* — définitive — et par là, que telle ou telle autre formule soit tenue pour *demande* réelle.

Or, il est évident que le Langage se construit, soit dans chacun, soit à l'échelle statistique[A], par et pour son annulation et substitution finales. Il se fait, s'apprend, se développe dans le sensible et le faisable.

Communication et compréhension.

Le chef-d'œuvre en ce genre a consisté à faire du mot *Être,* le *plus pauvre de tous,* — le *plus riche.*

Or ce mot n'a pas de *sens* : il a une *fonction.* Il ne donne pas *quelque chose ;* il porte à q[uel]q[ue] chose. (1938-1939. Sans titre, XXI, 807.)

Tout problème[B] dont la solution est indifférente à la pratique ou insoluble par elle (p[ar] ex[emple] si elle ne se prononce pas par une majorité de réponses notable) est ou — inexistant —

ou — purement verbal, dû à langage

ou — mal énoncé.

Il faut d'ailleurs toujours évoquer la question de vérification non verbale. (1939. Sans titre, XXII, 46.)

A. *Aj. marg. renv.* : ce qui fait *2 langages*
B. *Tr. marg. allant jusqu'à la fin du passage.*

☆

θ

Il n'est pas sans fruit de penser parfois au problème marin ou désertique de faire le point ou de faire la route — et même à la façon dont ces problèmes essentiels s'imposaient avant que les cartes, les instruments et les calculs soient tout organisés — et quelles observations sont nécessaires et suffisantes pour la détermination désirée.

Pourquoi ? C'est que c'est là un problème type — auquel je réduis... la métaphysique. (1939. Sans titre, XXII, 205.)

Une « philosophie » doit servir à q[uel]q[ue] chose — et n'être pas une simple possibilité de discourir — selon un langage spécial — *à côté* de la vie, une manière de penser apprise et sans application — —

Je recommande de ne pas accepter de problème que l'on n'ait bien regardé s'il se fût posé à nous de par notre besoin — et ensuite, s'il est soluble par nos pouvoirs connus, et à quoi n[ou]s le connaîtrions résolu. (1939. Sans titre, XXII, 280.)

La philosophie s'est faite grâce à une ignorance remarquable de la nature et de la valeur du langage — qui a été considéré comme pouvant constituer une *fin,* un but et un achèvement. (1939. Sans titre, XXII, 543.)

☆

25/9/39.

3ʰ. — Nuit étoilée — Aussitôt toutes les pensées vaines et absurdes — s'ébauchent à l'appel de l'auguste perception.

Je m'essaye à ne pas donner un sens à cette exposition de feux froids.

Le Système du Grand Chien sort de terre, traînant Sirius — au S.E.

Tout cela, sans doute, est fort interrogeant. — *Ici,* deux corps lumineux voisins l'un de l'autre ne sont voisins que grâce à moi — et contemporains aussi. Je suis la circonstance grâce à laquelle il y a quelque relation entre eux. L'expression : *à tel instant* n'a de sens que par moi. C'est dire qu'il y a une plaque sensible. L'*instant même* peut se traduire par : *à tel lieu.*

— Métaphysique naïve.. Production du moment — un aspect comme celui-ci — et aussitôt, de même que cet *instant est émis* par soi — un groupe désordonné de questions : Qui fit ? Pourquoi ? Que suis-je ? etc.

— Et de quoi voulez-v[ou]s que l'on fasse des réponses ?

« Le devoir » est bien de chercher la simplicité de ces réponses — Naïvetés — Complémentaires. Il y a métaphysique quand la *naïveté* — (c'est-à-dire *production directe de R par D*) de la réponse R est égale à celle de la question D. (1939. Sans titre, XXII, 611-612.)

θ

L'application aveugle et comme *mécanique* du questionnaire (cur, quis, quando etc.) à toutes choses — a engendré la métaphysique.

Tout dut avoir un pourquoi, une origine, un but — c'est-à-dire se placer dans une organisation du type humain « action volontaire consciente ».

Ceci, d'ailleurs, bien.. naturel !

Le progrès, ici, a consisté à *rétrograder,* à comprendre que dans t[ou]s les cas où l'homme n'intervenait pas ès qualités, *il n'y avait rien à comprendre* — qu'il y avait peut-être à agir. Aussitôt les pouvoirs d'action se sont prodigieusement accrus, — les illusions d'explication fort resserrées. (1939-1940. Sans titre, XXII, 787-788.)

θ

L'opposition de la chair et de l'esprit, à l'avantage de celui-ci, ne manque pas de quelque ridicule et témoigne de la légèreté de ceux qui s'y complurent.

C'est opposer une sorte de machine incomparable,

une merveille de matériaux (comme le muscle), de résistance, de souplesse, de possibilités, de prévisions à une production désordonnée où quelques bonheurs se déclarent au milieu d'accidents, d'illusions, de sottises — d'incohérence. (*Ibid.*, XXII, 788.)

☆

L'invention des anesthésiques est anti-métaphysique. (*Ibid.*, XXII, 788.)

☆

φ

Une analyse (comme celle de Kant) se propose, au fond, de déterminer une VALEUR — c'est-à-dire de réduire à zéro celle des métaphysiques antérieures. Pour cela il procède au procès des « *jug[emen]ts synthétiques a priori* ». Mais il y suffisait d'une simple observation du langage[A], qui aurait montré, en outre, que bien des termes dont la *Critique* se servait étaient, eux-mêmes, aussi *critiquables* que les jug[emen]ts synth[étiques] a priori. Ainsi les noms des catégories, le temps, l'espace et Cᵗᵉ.

Et quant à la *valeur* qui est l'objet du débat, il n'observait pas qu'elle est elle-même toute relative, et que l'illusion que l'on peut découvrir quant à une *valeur,* ne fait rien à ses effets de valeur pour tel ou tel. Il pensait à une valeur *absolue.* (1940. Sans titre, XXIII, 15.)

☆

Un spermatozoïde transporte d'un bord à l'autre de la vie, une quantité d'*avenir* précis, quelques caractères d'un individu qui *sera,* ou plutôt des *chances* qu'il soit, et de plus, s'il est, des chances d'être *tel* à telle époque.

Il faut toujours songer à ceci, métaphysicien, quand tu prétends ouvrir la bouche et disputer sur la matière et l'esprit. Ce que le microscope a *vu* (et les autres moyens) jamais pensée spéculative ne l'a soupçonné. Et rien de plus évident qu'elle ne peut rien que discourir dans une enceinte sans issue. (*Ibid.*, XXIII, 28.)

A. *Aj. marg. renv.* : par ex[emple] celle du mot *Tout*.

☆

On fait grand état de l'esprit — (Il fait grand état de lui-même !)

On l'oppose à la matière, et même à la vie (immortalité etc.) —

mais qui produit les sottises, les erreurs, les contradictions, les idoles ?

Cela est donc faillible — et vain dans la proportion énorme que l'on sait et il n'y a pas de moyen de diviser la nature spirituelle. L'absurde est aussi « esprit » que le juste, et le superficiel ne l'est pas moins que le profond. (1940. Sans titre, XXIII, 166.)

☆

θ

Le sang circule par à-coups à l'intérieur, l'air se renouvelle par souffles; la terre tourne.. et tout ceci n[ou]s est insensible. Quels problèmes résolus de « relativité » ! L'œil *voit*, et par là, ignore que sa substance sensible se reconstitue à chaque instant. Cette ignorance est essentielle à la « connaissance » qu'il nous procure des choses visibles.

L'esprit ignore la vie, dont il est un produit d'autant plus heureusement réussi qu'il ne révèle pas cette activité aveugle de laquelle il procède.

Ce que n[ou]s savons[A] et pouvons savoir doit masquer nécessairement ce que nous sommes — sans quoi il n'y aurait que *nous*... Mais *penser et connaître*, c'est *méconnaître* la condition au profit du « phénomène ». Le phénomène ne peut avoir lieu que s'il exclut sa possibilité*.

Connaître A est exclusif de *connaître A-en-tant-que-connaissance*. (*Ibid.*, XXIII, 168.)

☆

Le spiritualisme prend-il à son compte toutes les sottises des esprits ?

Et leurs rêves ? (1940. Sans titre, XXIII, 242.)

A. *Deux tr. marg. allant jusqu'à* : au profit du « phénomène ».

Cogito : Le *Cogito* a (ou eut) une immense valeur, mais il n'a jamais eu aucun sens. (1940. *Rueil-Paris-Dinard I*, XXIII, 292.)

Préliminaire de toute métaphysique

M[esda]mes, M[e]ss[ieu]rs, — — Considérons l'ensemble des pronoms et des adverbes interrogatifs.

Qui ? Quoi ? — Pourquoi ? Comment ? Où ? Quand ? etc.

I.   Si l'on convient de placer librement ces signes devant tout nom ou toute proposition que l'on voudra et que l'on s'efforce de répondre aux questions ainsi formées par les moyens que l'on trouve en soi, cette entreprise est « métaphysique ».

II.   Il est remarquable que la formation de ces questions est comme instinctive dans nombre de cas, et *répond* à quelque résistance excitante due à quelque circonstance.

Et il est non moins remarquable que la réponse à cette demande-réponse initiale est généralement une formation dont l'examen montre qu'elle est en germe dans la question même.

La réponse[A] *est de même substance que la question*, et *de même valeur*. (En physique, au contraire, les réponses sont non-psychiques.) (*Ibid.*, XXIII, 296-297.)

Erreur d'Hamlet —
Il eût dû dire plutôt :
To have or not to have
To do or not to do[1]. (*Ibid.*, XXIII, 301.)

Hasard
Le hasard qui est un contraste entre la cause et l'effet — l'une, insignifiante, et l'autre aussi important que l'on

A. *Deux tr. marg. allant jusqu'à :   de même valeur.*

voudra. C'est donc une différence de conséquences pour une sensibilité donnée qui le définit. (*Ibid.*, XXIII, 341.)

Génération de la métaphysique et possibilité de sa production.

Je m'étonne que l'on n'ait pas cherché à déterminer le maximum de notre connaissance, l'étalon — du savoir ou des comprendre et concevoir. Dans quel cas et à quelles conditions, sommes-n[ou]s pleinement satisfaits sur un point quelconque ? — On en déduirait la formule générale qui supprimerait implicitement toutes les questions dont aucune réponse satisfaisant à ces conditions ne serait possible. Par exemple, *toute réponse qui n'a de sens que dans l'enceinte du langage répond à une question qui n'est que de mots.*

La métaphysique est tout entière une exploitation du langage, dans lequel résident toutes ses possibilités, et n'est possible, en outre, que par oubli ou inconscience, ou mépris de cette restriction incontestable.

Elle est souvent une sorte de logique de l'indéfinissable, c'est-à-dire une machine dont les organes sont des corps mous.

Ils s'ajustent toujours, mais elle — ne marche pas.

Le maximum de connaissance consiste dans le type de l'acte voulu et accompli — qui ferme le cycle introduit et commencé par la question-besoin. (*Ibid.*, XXIII, 402.)

Certes, l'idée de cause est naturelle. Les enfants s'éveillent l'esprit dans l'étonnement, et il est des animaux d'une étrange curiosité. Mais ce qui est naturel et instinctif n'est pas nécessairement ce que la réflexion doit épouser, sous peine de n'être pas ce qu'elle croit être.

L'oreille de la bête inquiétée se dresse et son regard alentour, comme sa narine sous le vent, cherche la *cause*, et tout cet accroissement subit de sa sensibilité irritée par un simple frôlement de feuillage cherche la *cause*. Seulement, cette recherche a une fin, qui n'est pas *ce qui a produit* cet émoi, mais bien l'acte à accomplir selon l'occasion ou l'attitude du repos à reprendre. Cette cause est toujours ou quelque chose ou rien. Elle n'est demandée au vent et à la distance que comme un signal pour passer à l'action. Elle a sa place bien marquée dans la suite des transformations des forces et des mouvements de la bête. Mais les causes dont parlent les philosophes procèdent du mélange bizarre de l'inquiétude interrogative de l'animal, laquelle a une signification, une conséquence d'action, et une vérification possible, avec une attitude spéculative provoquée et interrompue à volonté, reprise à loisir, et dont aucune action ni vérification n'est à attendre.

« Tout ce qui est requiert une cause. » Mieux vaudrait dire : *Tout ce qui est peut matériellement* s'écrire sous un *Pourquoi* et un *Comment*. Et ceci ne prouve que l'indépendance acquise d'un questionnaire formé d'après nos actions, dont n[ou]s connaissons tout ce qu'il faut de connaissance pour les accomplir[A]; cette indépendance due au langage n[ou]s excite à questionner à tort et à travers.

D'ailleurs, il est de notre nature d'animaux mobiles et devant s'adapter à une foule de circonstances accidentelles, de posséder des moyens qui ne soient pas étroitement spécialisés. C'est pourquoi n[ou]s faisons de nos mains d'autres actes que les actes utiles. Nous jouons de la lyre.

C'est donc finalement ces indépendances qu'il faut méditer. Elles sont fécondes. Mais leur fécondité n'est pas sans les inconvénients de toute fécondité. Il y a des monstres — et tant par dix mille... dont l'*infini*.

Phil[osophe] — Voilà donc ce que tu fais de ces illustres problèmes ! (1940. *Dinard II*, XXIII, 408-409.)

Il est curieux d'observer que les objections contre le « matérialisme » — c'est-à-dire en vérité contre le mécanisme-déterminisme — oubliaient que les raisonnements de la mécanique du type XVIIIme sur lesquels se modèle le déterminisme pur, faisaient abstraction de la *matière* ! On spéculait sur des entités géométriques indéformables,

A. *Aj. marg.* : et ne savons rien de plus.

des fils incassables, faits d'une substance irréelle — dont les propriétés substituaient[A] à toute échelle et à toute température.

Rien de plus « idéal » que cette matière toute spirituelle.

Les objections et les révoltes du « sentiment », loin de s'adresser à ce vice de la dynamique première, inévitable mais incontestable — visaient donc en vérité l'intention et la prétention de raisonner sur un seul type l'ensemble des choses — d'unifier, en somme, l'entreprise de refaire notre idée du « monde »..

Il y eut donc deux *matières* en présence —, aussi démodées l'une que l'autre par les découvertes ultérieures, etc. (*Ibid.*, XXIII, 432.)

Descartes — anti-philosophe — puisqu'il pensait sur toutes choses aux applications. Le *Cogito* est *pour en finir avec la philosophie*. Son Dieu est un postulat fondamental qui débarrasse le terrain. Alors ses vraies grandes idées : un *univers* à représentation mathématique totale, qui le contraint à l'idée alors neuve de *conservation* — puisqu'il fallait que ce système d'unité de référence total s'exprimât par une égalité — et puis l'idée de la forme *Produit*, *MV* — erreur mais — vérité. (*Ibid.*, XXIII, 481.)

3me F[aus]t

Moulin de Leibniz[1]

L'idée que l'on avait de la « matière » ne pouvait évidemment engendrer l'idée que l'on avait de « l'esprit ». Ce fut une lutte de définitions primitives, et en somme, d'ignorances — — qui dura jusqu'au jour où l'on fut obligé de comprendre que savoir n'est que pouvoir, et que tout est provisoire et que toute proposition doit se référer à nos moyens d'action.

Leibniz visite le moulin et n'y voit nulle trace de conscience ni de pensée. Mais tout cet organisme ne lui

A. *Valéry voulait probablement écrire :* subsistaient.

montre même pas de mouvement, s'il en sépare le courant d'air ou d'eau qui l'entraîne à *agir* pour moudre...
Une dynamo sans courant est inexplicable — etc. Ce
raisonnement intuitif est d'avant 1800 — (Volta)[A].
(1940. *Dinard III 40*, XXIII, 549.)

☆

« Cause ». Production de sensibilité et inductions
    Voici une idée sur ce terme. Je crois qu'il faut (si on
veut l'employer) mentionner toujours une référence *dans
la pensée* de *celui qui parle*.

    D'ailleurs, la fameuse proposition : « Tout ce qui est
requiert une cause » — ne dit que *requiert* = Tout ce qui
est *excite* à lui donner une « cause ». La *cause* est donc
une réponse demandée ou exigée, sans garantie de
son existence, et sans autre nécessité qu'un besoin de
quelqu'un.

    En précisant ceci, je trouve que la relation cause-effet,
et l'exigence en question n'ont de sens que dans les cas
où l'on peut assimiler la production d'un phénomène à
une *action* du type humain, à un *faire*. Or, dans ces cas,
l'acte même est borné à ce qui suffit à l'exécuter. Je n'en
connais que ce qui détermine la coordination, l'énergie
dépensée, l'instant etc. mais tout ceci est, en réalité,
étranger ou extérieur aux choses manœuvrées ou modifiées. Je fournis la forme de l'acte, la pression, la tension,
la torsion, la coïncidence de telles perceptions etc. —
mais non l'inertie et les propriétés de la matière. La *cause*
ne peut être que *psychique* — ou bien, être *l'acte même*.
Tel est le germe. Mais on a étendu ceci à tout, existence
des choses et production de phénomènes. Ici commence
l'aventure et la fantaisie. Invention de *noms* de causes :
Forces, la pesanteur, p[ar] exemple — qui servent de
sujets à des propositions du type : *A* fait *B*. Il en résulte
que la *pesanteur* est un AGENT *extérieur aux corps, qui ne*

A. *Aj. renv.* : D'ailleurs, la vue d'une pierre par terre ne dit pas
que cette pierre peut tomber. L'eau qui en tombant fait aller le
moulin — n'en dit rien quand elle est au repos. Il faudrait voir le
cerveau en activité et les sens. Un cerveau mort, un moulin au
repos ne montrent que ce qu'ils sont : de la mort et du repos.

tomberaient plus si elle cessait *d'agir*. On prête aussi une action au « temps » : $K \dfrac{d^2 x}{d t^2} = X$. FONCTION *du temps !*

Et au « hasard » aussi.

— Ensuite, j'ai pensé à aller plus avant — pour mieux isoler cette production de l'esprit, la *Cause*.

On observe une liaison de phénomènes. Un objet frotté *attire* un brin de paille. (Déjà cette phrase introduit l'action, et même en 2 points.)

Je *vois* ce mouvement. Mais voir un mouvement, *c'est le produire*. La *vue seule* ne peut *voir un mouvement*. Elle peut seulement *induire* une fonction implexe de motilité — très générale et donnant souvent des images secondaires fugitives — (utilisables en littérature. Ainsi, je vois, en ce moment même, sur la mer, un cotre qui tâte le vent et dont la voile faseye. Ce mouvement incertain de la toile se figure en moi par *l'ébauche d'un mouvement de ma main,* ouverte et tournant alternativement, un quart à gauche, un quart à droite, autour de l'axe de l'avant-bras, la paume en dessous...)

1re constatation : une fonction induite est essentielle dans la notion de *cause ;* et cette présence ou intervention — se généralise, s'étend à tous les réflexes — salivation, érection, bâillement, etc. comme elle peut aussi être constituée par une fonction compliquée — coordination.

Ainsi se constitue entre des phénomènes liés en fait, mais *par la seule observation,* une liaison fictive explicative qui se produit dans l'implexe psychique-moteur, et qui transforme (comme un opérateur) en *acte* (ou plutôt en esquisse d'acte) la modification observée — (et l'instant en phase d'acte).

Cette transformation entraîne avec elle, et introduit dans le circuit, plus d'une, (et parfois, toutes) les caractéristiques de l'acte le plus complet — comme le *but,* les *tâtonnements* etc.

La liaison de fait A-B^A, induit dans le domaine ψ une liaison organique fictive $A'\,B'$ sur le modèle des

A. *Tr. marg. allant jusqu'à :* cette liaison de fait.

actions, laquelle tend à imiter *A-B* et à donner un but, une possibilité de reproduction et tout ce qui appartient aux actes à cette liaison de fait[A].

Ainsi les actes du géodésien instituent, entre des lieux éloignés l'un de l'autre, et *sur une carte,* une liaison non visible sur le terrain. —

Mais ce processus multiplié par le langage, s'égare, et veut à toute force attribuer un *but,* une prescience.. ce qui engendre un simple verbalisme à forme « logique » = qui confond ce qui n'est exigé que par l'expression (et parce que cette expression est faite pour le cas de l'action vraie et par lui) (par exemple un *nom* qui serve de *sujet*) avec la nature même des choses.

Le *Faire* lie ce que le fait ne lie pas, mais juxtapose, ou substitue. (*Ibid.,* XXIII, 556-558.)

Liberté

La fameuse question de la « liberté » suppose que le facteur psychique le moins excitant, sinon le plus répugnant, *puisse* l'emporter et déterminer l'acte, quelle que soit l'impulsion ou la représentation contraire et sa puissance; donc, moyennant un emprunt d'énergie *étrangère à lui* (= qu'il n'excite pas), ou un relais — p[ar] ex[emple] une idée seconde — (qui représentera, par exemple, des conséquences de l'acte).

C'est trouver plus fort que le plus fort. —

Cette fameuse question n'a jamais été regardée que d'un œil métaphysique, et l'on n'a jamais essayé de demeurer longtemps dans l'observation des faits, non seulement avant de la résoudre, mais avant même de l'énoncer. C'est dire que les uns *veulent* et que les autres ne *veulent* pas, une certaine prétendue solution du problème. Or l'une de ces opinions est inintelligible; l'autre est imaginaire — toutes les deux, d'origine affective — et toutes les deux se disputant la prétention « d'avoir raison » sur la valeur d'un mot que personne, jamais, n'a pu ou su définir. Ils volent aux conséquences et ce sont elles dont l'idée agit sur leur sentiment.

A. *Dessin schématique en marge représentant ce phénomène.*

La liberté est évidemment, qu'elle soit illusion ou non, un caractère de l'action.

Eh bien, on n'a jamais pensé[A] que l'action [a] des modalités bien différentes selon l'intervalle de temps dans lequel elle doit se produire. Ce qui n'a que le *temps* d'être réflexe et ce qui donne celui de reprendre et d'essayer des solutions. La « liberté » dépend alors des circonstances extérieures. Combien de temps faut-il accorder pour que la liberté plénière soit concevable ? (*Ibid.*, XXIII, 628-629.)

Le Dialogue de la Philosophie —

Le commencement d'une « philosophie » est toujours et nécessairem[en]t la destruction de q[uel]q[ue] chose — qui est ou bien ce que pensait celui qui constitue sa « philosophie » avant qu'il s'y soit mis; ou bien ce qui était pensé par d'autres.

Il n'y a pas de vrai philosophe sans cette réaction et destruction initiale, à laquelle quelques-uns s'arrêtent.

— J'observe, à côté de ceci — que toute Science se détache progressivement — en tant que vocabulaire, du langage commun et en tant que manière de penser ou d'agir, de la manière commune; et d'abord, en instituant entre le *penser* et l'*agir,* une relation toute particulière.. (Ainsi le chimiste s'écarte du cuisinier.)

La philosophie ne se fait pas une *action,* et c'est pourquoi la phil[osophie] n'a pas de *but* car l'action[B] et le but sont inséparables.

— Cartesius[C] a (en ligne générale) essayé d'en faire une action — après l'opération de destruction sommaire initiale — par l'idée de la Méthode, c'est-à-dire d'un manuel opératoire — que l'on peut nommer Analyse-par-référence = Division, ce qui le conduisait à donner une place et une valeur à lui aux notions et probl[èmes]

A. *Tr. marg. allant jusqu'à* : doit se produire.
B. *Aj. marg. renv.* : complète
C. *Aj. marg.* : Situation de Descartes.
  Les phil[osophes] ont essayé de le rabattre vers eux.

de la philos[ophie] qu'il n'écartait pas. (*Ibid.*, XXIII, 633-634.)

☆

φ —

Les philosophes n'ont pas eu conscience ou n'ont pas voulu consentir que leur affaire vivait et se mouvait dans le langage — (en quoi ils mutilaient la pensée) et n'était donc finalement qu'une affaire de forme.

Ils se sont donc livrés à t[ou]tes les illusions du langage, plutôt joués par lui que jouant d'elles comme font les poètes. Et fièrement ils ne reconnaissent pas philosophes des hommes comme Léonard ou R[ichard] Wagner, que j'estime prodigieusement plus vraiment universels que les Aristote et les Platon et les Kant et les Hegel, parce qu'ils étaient maîtres de moyens qui permettent de manœuvrer ce en quoi l'homme peut *se sentir*, avec précision, plus riche et plus vaste que ce qu'il faut pour la vie particulière — et que peut la philosophie désirer de plus qui ne soit absurde ? (*Ibid.*, XXIII, 642.)

☆

φ —

Il suffit d'observer ce que produit la lecture d'un Spinoza pour voir le verbalisme, c'est-à-dire le *manque de sens* en œuvre... et constitué en *rigueur !*

C'est un jeu d'échecs. (*Ibid.*, XXIII, 662.)

☆

φ —

D'après divers récents, le libre arbitre et une foule de jolies choses de ce genre — seraient rendus scientifiquement admissibles par l'action possible d'un élément du *monde* (de l'échelle) *désordonné* où l'on ne peut plus observer[A] que des *probabilités,* sur le monde des phénomènes directement observables et qui sont considérés comme *certitudes* — avec pouvoir de prévision.

Il suffit d'assimiler le monde ψ au monde des quanta et des électrons, et le monde des *gros* phénomènes au système neuro-moteur qui est le monde réflexe et le monde volitif pour croire avoir trouvé le joint métaphysique désiré. (*Ibid.*, XXIII, 666.)

A. *Aj. marg. :* par relais

☆

Moulin de Leibniz

Supposé que l'on puisse voir le moulin-cerveau en activité. Rien encore ne montrerait la « pensée ». Mais si l'on comparait ce qui s'y verrait — avec l'état interne concomitant, je crois très imaginable une correspondance; (sans similitude —) mais comparable à l'accord de la parole et du geste, lesquels sont aussi différents qu'une pensée et un mouvement — ou qu'une température *(sensible)* et une ébullition ou vaporisation *(visibles)*. Qui ne verrait que bouillons et bulles pourrait-il conclure à sensation thermique ?

— Il faut stériliser d'abord le champ opératoire, c'est-à-dire éliminer l'idée que conscience et pensée sont choses supérieures et plus mystérieuses que les phénomènes. Voir, toucher sont inclus dans matière et mouvement. Voir le moulin identifie la connaissance et un objet. Je ne vois pas la *vue* dans la visite du moulin. Je vois le moulin — ou plutôt.. des choses. Pourquoi y verrais-je plus ?

La vue d'un muscle ne montre pas de force. Je n'en conclus pas que la force existe sans le muscle. [...] *(Ibid.,* XXIII, 679-680.)

☆

Les philos[ophes] et le langage — φ λ

Cette recherche des philosophes (qui est immémoriale et qui s'est épurée en prétention de « *l'accord de la pensée avec elle-même* ») — remonte probablement à une double origine : l'idée de la valeur théurgique et magique du langage; l'ergotage mercantile et juridique, la discussion sur le sens des termes d'un contrat, et parmi les circonstances qui ont dû rendre ces discussions inévitables, les relations de peuples, surtout méditerranéennes, qui entraînaient des écritures ou des conventions *bilingues* — toute une activité de traduction.

Une politique, une jurisprudence à base oratoire, plaidoyers, argumentations, interprétations; ont exercé à l'analyse spécieuse et d'apparence rigoureuse des significations verbales — tous les esprits des citoyens. Et

quand cette région du globe s'est trouvée en proie à la
crise des croyances et à la libre concurrence des religions,
la théologie et la métaphysique, nées de l'entrée en lice
des intellects en matière religieuse ont porté au plus haut
point l'importance du verbalisme.

D'autre part — ici un point très obscur pour moi, (problème capital à résoudre) la *logique* a trouvé sa justification
réelle dans l'édification des sciences exactes et d'abord
de la géométrie. Ici la définition devenait non seulement
possible mais *engendrait* — au prix d'un écart très remarquable entre la signification et les choses observables.
L'abstraction *ligne* — Etc. Cet écart a conduit les mathé-
m[aticiens] modernes à affirmer leurs théorèmes d'*existence* qui posent délibérément des démonstrations sur des
définitions... *sans corps* — dont on se borne à établir
qu'elles n'emportent point contradiction.

Mais la logique n'a prise, en dehors de cas particuliers,
et des jugements particuliers, que sur un matériel verbal
ad hoc — etc.

Quant à la philosophie, à laquelle je reviens, elle s'est
accoutumée à considérer les mots comme problèmes,
non de linguistique mais d'essences et de choses en soi.
L'observation servant à illustrer, à soutenir, mais non
à engendrer les connaissances et leur représentation par
le langage. — Je crois au contraire que l'essentiel est dans
le *faire* et son acquisition.

Ils auraient dû[A], à mon avis, ne pas considérer dans le
langage donné, autre chose qu'un instrument de pratique
et de fortune, sur lequel il est vain de s'attarder.

Le *langage*[B] est la constitution d'un système quasi organique[C] de transmission et d'échange, à éléments quasi
réflexes. Si je fais signe à quelqu'un de venir, ou d'apporter q[uel]q[ue] chose, ce signe séparé de la circonstance ne fait venir personne. Mais ainsi séparé, je puis le
faire alterner rapidement avec un signe d'*arrêt*. J'aurais
obtenu ainsi une contradiction — au moyen de l'indépendance de l'acte avec toute circonstance.

Ceci[D] éclaire la prétention de « l'accord de la pensée

A. *Tr. marg. allant jusqu'à* : de pratique et de fortune.
B. *Tr. marg. allant jusqu'à* : d'un système.
C. *Aj. marg. renv.* : c'est-à-dire annexé au fonctionnement de
régime
D. *Deux tr. marg. allant jusqu'à* : avec elle-même.

avec elle-même » — c'est-à-dire prétention de la pensée de s'élever au-dessus de toutes circonstances.. ! Ce qui est une accommodation dont il faudrait bien décrire les variables. Le philosophe, *dans le moment qu'il est philosophe, et spécule,* est saisi par une phase de transformation particulière qui porte sur l'usage du langage. (*Ibid.*, XXIII, 689-691.)

La plupart des problèmes et difficultés « philosophiques » se réduisent à des erreurs sur la vraie nature du langage, et en particulier sur celle qui conduit à isoler les mots et à tenter de les considérer comme autre chose que des moyens d'échanges, purement transitifs. Ceci par la croyance au sens intrinsèque de ces mots.

On donne p[ar] ex[emple] au mot *Réalité* une vertu propre, isolable — quand il n'y a qu'à observer pour voir 1º que c'est un membre de contraste; 2º que celui qui s'en fait une idole lui communique visiblement sa propre excitation et emprunte à la table sur laquelle il frappe une sensation d'existence qu'il *transporte* inconsciemment et verbalement à quelque objet... verbal toujours contestable.

Car il est à noter[A] que le philosophe ne donne ainsi du *réel* qu'*à ce qui n'en a pas* — sans quoi, il ne prendrait pas cette peine — et n'aurait même pas l'idée de la prendre. Il le retire à ce qui en regorge ! C'est un virement. Il suffirait de le décrire, d'en formuler la manœuvre, pour rendre toute l'affaire du « monde sensible » ridicule. Ainsi ai-je fait, je crois, pour le Zénoniana, simple tour d'escamotage, par substitution d'images, superposition ou *surimposition* d'images incompatibles. On commence par imaginer $A \rightarrow B$; puis, on imagine une division de $A \leftrightarrow B$; puis, on exprime que division est nécessairement *précédée* d'une autre $\dfrac{AB}{4}$ etc. Mais diviser $\dfrac{AB}{2}$ c'est avoir déjà divisé AB, et ces divisions commencent par se faire avant de se trouver infaisables, le tout se passant

A. *Tr. marg. allant jusqu'à* : l'idée de la prendre.

dans *le même domaine,* celui de l'action mentale sur images !
où imaginer $\overline{AB}$, c'est le tracer — donc franchir un
intervalle.

Si je puis tracer cette ligne au tableau c'est que je
possède le système moteur, visuel qu'il faut, et ce système
est capable d'un *fonctionnement virtuel* qui *est nécessaire à son
fonctionnement complet*[A].

Or, jusque-là, la notion de moitié n'est pas en jeu, est
en dehors. Et même, la notion de *Entre A et B.* (1940.
Sans titre, XXIII, 805-806.)

La logique suppose cette contradiction — que nous
savions ce que n[ou]s ne savions pas.

Il faut donc corriger cette formule en ajoutant que
n[ou]s savions *implicitement* ce que n[ou]s ne savions pas
explicitement.

Et la logique se réduit donc à la transformation de
l'implicite en explicite. (1940. Sans titre, XXIII, 887.)

φ

La fameuse question de la liberté n'a jamais été abordée
dans un esprit libre, en toute liberté d'esprit.

Tous ceux qui en ont écrit ont cru savoir ce qu'ils
pensaient sous ce mot — et se sont demandé si et
comment l'homme pouvait faire ce qui lui répugne : c'est
en quoi ils faisaient tenir toute la question, certains y
cherchant le « droit » de punir celui qui ne fait pas ce
qui lui répugne ; les autres, de quoi nier ce droit. (*Ibid.,*
XXIV, 5.)

Philosophies à base de rêve — et de la notion d'apparence.

Erreur — perceptions « trompeuses » — « vérité » —
« réalité » — Doute — Certitude.

A. *Aj. renv.* : Le parcours est alors inséparable de son produit :
le tracement. Et quand le tracement sera accompli, le parcours
virtuel (qui demeure) peut seul interpréter *en ligne* ce que j'ai tracé.

Tout ceci suppose des *états comparés* comme rêve-veille ; Erreur-Vérité ; apparences-réalité ; croyance-doute ;

autant de *contrastes* successifs qui sont formés de deux termes, tels que l'un est toujours l'antécédent par sa nature, et que le second suppose celui-ci — et *le qualifie.*

Si le second ne se produit pas, le premier est ce qu'il est et n'est pas ressenti état inférieur ou incomplet — ou instable.

Car les premiers termes, *suivis des seconds* (comme d'opérateurs —) prennent une *valeur* = 0. Que deviennent-ils ? Des chèques sans provision ou faux. Toutefois on peut en faire usage — ou comme « documents », ou comme « curiosités, combinaisons excitantes », ou comme « présages ». — Donc, la « valeur » qui a été annulée n'est pas toute la valeur de ces premiers termes — —

— Ainsi l'état ou la perception *M devient* apparence, erreur, rêve etc., moyennant une transformation d'état qui produit transformation de valeur — — avec *conservation* de ce qu'il faut pour que la sensation de *contraste* se produise.

La philosophie s'est appliquée à généraliser cet effet (qui est rare) et à en faire une sorte d'opérateur *abstrait* dont elle affecte *verbalement* quoi que ce soit. On peut *par l'écriture* mettre quoi que ce soit sous le signe *Doute sur l'existence.*

Ce qui conduit à chasser devant soi, de position en position, l'attribut *Réel.*

Le doute[A] (devenu systématique) *est devenu indépendant* de toute chose, (comme une opération *fictive*) et le *réel,* par là, se réfugie dans le mythe. Il devient comme par définition : *ce à quoi ne s'applique pas une opération qui s'applique à tout.*

Il ne reste évidemment que l'opération elle-même. (*Ibid.,* XXIV, 25-26.)

Pour que l'argumentation fondée sur le rêve afin de contester la réalité du réel soit valable, il faudrait que l'on

A. *Deux tr. marg. allant jusqu'à :* opération fictive.

puisse traiter en rêve cette perception du réel — la simuler[A] — et non pas seulement formuler — la possibilité dont on veut faire état.

Qu'est-ce qui me prouve que je ne rêve pas — ? C'est que je suis dans l'état dans lequel j'ai défini le rêve et qui définit le rêve — et que je n'en *connais pas d'autre.*

En particulier, dans la veille, je puis aller et venir[B] entre des domaines de sensations et de variations indépendants, être ici et penser à autre chose, et enfin me retrouver toujours certaines perceptions desquelles je ne puis me passer ou m'écarter *indéfiniment.* Dans quoi que ce soit que je m'engage, ces perceptions finissent toujours par se reproduire.

— D'ailleurs, il faut fournir un réel de second ordre, — et tous ceux que l'on a offerts, par nécessité de *rendre rêve ce qui ne l'était pas,* se réduisent à des « abstractions » verbales ou à des descriptions de sensations individuelles.

Comment imaginer[C] l'état de super-veille ? qui rendrait la veille absurde en elle-même ou n'ayant pas existé ? Un sens de plus. Par exemple, un sens de *prévision,* dont notre dynamique serait une naïve tentative, et notre sens de la vue qui est prévision grâce à la vitesse de la lumière, une suggestion. (*Ibid.,* XXIV, 43.)

La vraie valeur de la philosophie n'est que de ramener la pensée à elle-même, ce qu'elle fait parfois sans le vouloir ni le savoir, par le détour de ses inventions, qui, plus aventureuses sont-elles, ou bien plus symétriques et ordonnées, éclairent d'autant plus la nature mentale propre et le mode de production et de développement de l'esprit comme fonction particulière — et pas du tout comme représentation conforme de ce qui est, — et n'est pas lui. (1940-1941. Sans titre, XXIV, 82.)

A. *Aj. marg. renv. :* ou constater qu'elle est rêve — par transformation en un autre état
B. *Deux tr. marg. allant jusqu'à :* m'écarter *indéfiniment.*
C. *Tr. marg. allant jusqu'à :* n'ayant pas existé.

θ etc.

φ

Oppositions-Contrastes (classiques) des mythes abstraits — « vie-esprit / v[ie] et mort / » — *Esprit*-Corps — *Esprit*-« matière » — rêve-réel — Moi-Non Moi — Intellect-Sensibilité etc.

Voilà[A] ce dont il faudrait faire une table — et qu'il faudrait traiter par voie formelle — à titre de *produits de Sensibilité* de manière à dominer les significations.

On observerait — des propriétés de groupe. (1941. Sans titre, XXIV, 567.)

☆

Causalité —

« Tout ce qui est requiert une cause. » (Kant)

« Requiert » à qui ? Quelle provocation !

« Tout ce qui est » excite à inventer.

C'est que *tout ce qui est* est traduit en forme d'action — et se donne pour l'effet d'un acte-complet, avec besoin, but, — psychisme initial — etc.

Mais c'est là un processus naturel, naïf — qui assimile des transformations quelconques à la transformation partielle qui est *Faire*. Ceci, d'ailleurs, *encouragé* par l'extension du *faire* par les accroissements dus au savoir. (*Ibid.,* XXIV, 655.)

☆

φ

C'est le langage qui est la matière de la philosophie, à partir des Grecs —, le langage tenu inconsciemment pour contenant « en puissance » la « vérité ». Ce que je me redis ainsi : le langage donné est capable de la « vérité »[B]. Il s'agit de l'employer avec les précautions et

A. *Quatre tr. marg. allant jusqu'à :* faire une table.
B. *Aj. marg. :* Pour moi, si « vérité » a un sens — c'est une relation entre *pensée-expression* et *non-pensée*. La vérité purement logique se nommerait *conformité* ou *correction*. Quelle que soit la perfection de cette conformité, la sanction expérience (non-pensée) est réservée.
La « raison » tient compte de cette réserve ; en quoi, elle s'oppose à la dialectique ou manœuvre logico-sémantique.

l'habileté requises. D'où *dialectique* — D'où les spéculations sur l'Être; sur l'Un — Sans résultat — car le verbe
n'engendre que verbe. Et ce verbe est d'origine *pratique*
— ce qui s'oppose virtuellement à une dialectique analytique prolongée et à des combinaisons exactes — — et
ce qui expose à faire des définitions illusoires — comme
celles des Dictionnaires.

Or[A], la suite des temps et l'édification des sciences
montre assez qu'il a fallu non explorer et exploiter le
langage donné, mais créer des langages appropriés à
définitions *réelles*.

De plus, on a pu et dû douter de la capacité même du
type Langage pour l'expression exacte des observations
Type : *A est b*. Le système *sujet/attribut* apporte sa
forme, qui introduit, sans qu'on s'en doute, un certain
genre d'erreur.

P[ar] ex[emple] les jugements : T[ou]s les *corps* sont
pesants — sépare le poids du corps; — puis, le joint. Et
l'on peut discuter si ce jugement est analytique ou synthétique, ce qui conduit à revenir sur la définition de *Corps..*
Pouvoir penser *Corps* sans penser *poids* (ou *masse ?*). (1941.
Sans titre, XXIV, 692.)

☆

Les philosophes n'ayant pas compris la nature transitive du langage, simple moyen de transmission et transformation, ont eu peur des *idoles* qui sont engendrées
précisément par l'ignorance de ce caractère ou essence
instantanée. Et ils ont, p[ar] ex[emple] — été embarrassés
par des questions comme de la finalité, laquelle est
éclaircie quand on considère cette finalité comme un *expédient d'expression,* d'ailleurs inévitable. N[ou]s n'avons
que le *modèle* : « *Action prévue et voulue pour atteindre tel
but* » (fourni par notre expérience continuelle) pour
n[ou]s exprimer la concordance de circonstances et de
caractères ou de choses, en lesquels n[ou]s décomposons
un phénomène, et le *décomposons* justement *comme n[ous]
le pouvons,* selon notre type, de manière que le reconsti-
tuant en expression, n[ou]s n[ou]s retrouvons.

A. *Tr. marg. allant jusqu'à : A est b.*

Alors ce type *action prévue* est la seule image à notre disposition. Si n[ou]s le considérons comme autre chose qu'une image, c'est-à-dire lui donnons une *valeur,* qui n'est que l'oubli de la nature transitive, alors l'idolâtrie est à craindre, et enfante, par une logique spécieuse — des compléments imaginaires répondant au *Qui, Comment, Pourquoi* de cette logique naïve.

Et ceci, cette génération verbale, due à la méconnaissance de la transitivité est l'œuvre de la Dialectique. Un dialogue socratique est un chef-d'œuvre de remplissage : excitation systématique et suivie — des exigences de l'esprit en tant qu'il exprime et que son moyen reproduit ses expériences *locales,* dont il applique à tout, le *type usuel.* Mais c'est confondre 2 voies qui ne se superposent que sur un segment. (*Ibid.,* XXIV, 745-746.)

☆

φ

Le grand combat mythologique *Esprit contre matière* était celui d'une idée des plus vagues contre une image des plus grossières — celle de l'ex-*matière* de l'expérience vulgaire.

T[ou]s les attributs qui définissaient cette dernière sont en déroute — et quant à l'Idée de l'esprit, elle n'a fait aucun progrès certain. « Matière » n'a plus qu'un sens pratique, et comme provisoire — devenue énergie et probabilités. (1941. Sans titre, XXIV, 878.)

☆

Ego

Ces réflexions perpétuelles que je fais sur des mots comme hasard, réel — etc. en recherchant d'abord ce qu'ils *font,* leur rôle — le besoin qu'ils servent, s'opposent à la routine des philosophes qui leur cherchent un *sens* et supposent au langage une sorte de savoir et de substance « existentielle » qu'il ne peut pas avoir.

Le mot *X* ne contient pas plus de richesse que celui qui le dit ou que celui qui l'écoute, et dans l'instant même, n'en possède[A].

A. *Aj. marg. :* H. Si un sot parle de Dieu, c'est d'un Dieu sot. Et si quelque savant explique l'univers, l'univers porte lunettes et rosette à la boutonnière.

On essaie de faire une sorte de proposition qui serait impliquée dans t[ou]tes les p[ro]p[ositi]ons possibles où figure X et le substituerait — c'est la méthode inverse de la *définition* conventionnelle des sciences : *J'appelle Y* — etc.

La recherche du « sens » est le contraire de l'institution d'une définition et est généralement divergente.. (*Ibid.*, XXV, 29.)

De la liberté

Cette question fut obscurcie de morale.

On a mêlé l'observation des faits et les conséquences. « Si l'homo n'est pas " libre ", il n'est pas " responsable "» etc. Mais on n'a jamais su dire ce qu'on entendait par *libre*, si ce n'est précisément — *responsable*.

— Or, il ne s'agit pas de ceci. Il s'agit simplement d'observer l'action de l'homme.

Ne pas omettre que cette action peut être déclenchée par plusieurs excitants, que le temps joue un rôle etc. — toutes questions préalables

que l'on doit bien distinguer la phase « réelle » ou musculaire des autres phases..

Noter que parler de *liberté,* c'est n[ou]s suggérer de n[ou]s placer dans un état où rien ne n[ou]s sollicite fortement, — et de supposer que, dans toutes circonstances, cet état est introductible —; et de plus que l'on peut alors fournir une excitation d'action qui ne dépende que *de notions* — ce qui est impossible — ou qui exclut toute présence de *but.*

« Liberté »[A] est l'expression d'un fait d'observation (des actes) dans certains cas. Il y a des cas dans lesquels la pression d'action est ou nulle ou équilibrée ou[B] (1941. *Cahier de vacances à M. Edmond Teste,* XXIV, 815.)

L'extrême légèreté des philosophes apparaît dans des

---

questions comme celles de la « Liberté » où ils s'engagent sans se demander si ce terme a un sens précis, — et il n'en a pas — et sans procéder, avant d'aller plus avant, à une analyse sérieuse de l'action — quelle qu'elle soit.

P[our] le Dictionnaire je mettrais : Propriété supposée de l'action humaine, d'être parfois uniquement, entièrement déterminée par une élaboration intellectuelle. (L'*inégalité* qu'est un acte comme produite à partir de l'*égalité* que présente la fonction mentale.) (*Ibid.*, XXIV, 820.)

Il est aussi ridicule de parler *liberté*, libre arbitre tant que certaines questions du syst[ème] nerveux n'ont pas été débrouillées qu'il devient ridicule d'avoir parlé matière et esprit — tant que cette matière n'a pas été élucidée. (1941. *Interim — Marseille et Suite*, XXV, 96.)

φ

L'erreur capitale est dans la volonté.

Elle consiste à *vouloir* que la solution d'un problème soit telle ou telle.

Ce furent là les erreurs du spiritualisme et du matérialisme — (D'ailleurs, si faibles — —) (1941. Sans titre, XXV, 183.)

Réel — Il n'y a pas de réalité sans une *non-réalité* complémentaire et contraste. (*Ibid.*, XXV, 219.)

Finalité — Cette obscure affaire intellectuelle doit être reprise en sens inverse.

Elle se résume ainsi : Les conditions et moyens qui n[ou]s apparaissent nécessaires pour que l'être vivant soit et dure et se reproduise nous donnent l'idée d'une fabrication complète du type *Faire conscient*. But, prévision, construction, exploitation des ressources brutes d'un milieu.

Toutefois n[ou]s n'observons que les mécanismes mêmes et les résultats — mais aucunement le but ni les moyens, ni les actes — (n[ou]s y suppléons verbatim).

Mais si n[ou]s n[ou]s retournons vers le *Faire conscient* qui est notre modèle ?

N[ou]s apercevons bientôt les limites de cette connaissance. La fabrication humaine[A] la plus consciente possible se borne à exécuter des actes visant à conformité avec une idée — et qui ne peuvent s'effectuer que grâce à des propriétés des choses et de nous-mêmes qui n[ou]s dispensent de tenir compte de TOUTES les propriétés des choses et de nous-mêmes, et de les connaître. De plus, les buts eux-mêmes sont bornés, et nous n'avons pas à connaître les conséquences autres que prochaines et sensibles, dans leurs rapports avec les buts.

L'idée, la pensée, sont, par rapport aux réalités, des succédanés momentanés, qui ne conservent que le minimum de durée, de présence. (1941-1942. Sans titre, XXV, 344.)

☆

Ce qu'il y a de plus remarquable dans les problèmes de la philosophie, c'est qu'ils n'ont jamais été énoncés — et que les disputes qu'ils ont excitées se réduisent à discuter sur les termes qui devraient figurer dans ces énoncés. Il ne s'agit pas de savoir si l'homme est libre, mais que signifie *libre*, ni si le monde sensible est *réel*, mais que signifient *monde* et *réel*.

Il y aurait donc à effectuer un travail comparable à celui qui a été effectué pour exprimer les observations physiques immédiates en notions indépendantes, bien définies par actes simples et résultats de ces actes — —

P[ar] ex[emple] l'idée vague de *liberté*. Il faut refaire les observations et soigneusement analyser les *actions*, — puisque la liberté s'entend des actes — avant de procéder plus avant.

On obtient alors un problème de mécanique organique — dans lequel peut s'introduire ou s'imposer un

A. *Tr. marg. allant jusqu'à* : de les connaître.

problème de *relais* (interventions) — et avec celui-ci — celui de pluralité de solutions (et de *définition de la solution elle-même*) ainsi que de la *prévisibilité* de l'action résolutoire. (*Ibid.*, XXV, 361.)

Liberté / Paradoxe.

Si l'on admet l'indéterminisme Heisenberg[1] et si on veut y voir un moyen de sauver la « liberté » — on obtient cette drôlerie imprévue de tirer la liberté du monde physique, par l'étude duquel on était venu à la vouloir abolir dans le monde « moral » ! (*Ibid.*, XXV, 388.)

Tu ne m'apprends rien si tu ne m'apprends à faire quelque chose. (1942. Sans titre, XXV, 690.)

Il faudrait inventer une structure (comme celles inventées par Riemann[2]) dont la connexion fît voir (au moins grossièrement) les appartenances réciproques qui font d'un contenu un contenant et un contenant d'un contenu, puisque je suis *dans* un monde qui est *en* moi, enfermé dans ce que j'enferme, produit de ce que je forme et entretiens, — comme mes deux Serpents dont chacun est finalement *dans* l'autre[A].

L'imaginable expire par conséquence de la prolongation d'un processus imaginable qui ne peut se poursuivre. (*Ibid.*, XXV, 702.)

Nietzsche — Inflation insupportable qui infeste cette intelligence.

Que de sommets de carton ! — Comment peut-on se croire quelque chose à ce point — !

A. *Trois dessins en marge de deux serpents dont chacun mord la queue de l'autre, formant ainsi un cercle fermé, et un dessin d'un cercle dont la circonférence et le centre sont marqués tous les deux* M.

Et quelle imagination universitaire — — Il est ivre de lectures et de lections. Les livres comptent pour lui ! Ce n'est pas le fort de M. Teste.

— Et naturellement, *non-observateur* personnel. Pas de sens — des nerfs — type nordique.

D'où mixture, salade, d'histoire, de philo-logie et sophie — Esthétique de thèses.

Mais, quand il est bon, very—exciting. Rien de plus — mais rien de moins — et c'est beaucoup.

Appartient à l'ordre des exagérants, classe des solitaires par mégastomanie. Mais encore — a eu le sens extrême de la sensibilité intellectuelle et de la poésie possible de cet ordre. J'ai essayé q[uel]q[ue] chose dans ce sens — mais rien ne m'y a encouragé, ni l'époque et le milieu, ni notre langue qui veut que l'on prenne parti et n'a ni les libertés, ni les ressources verbales que cette entreprise exigerait. [...] (*Ibid.*, XXV, 767.)

La connaissance est un fonctionnement. Les analystes (comme Kant) ont cherché à élucider l'*anatomie* des produits de ce fonctionnement, — soit les *jugements* et leurs « valeurs » — en s'attachant au *vrai* ou au *non-vrai*, à la légitimité des expressions universelles — — qu'ils considéraient comme des *fins*. Mais je ne regarde qu'au fonctionnement — c'est-à-dire que je ne m'inquiète que du caractère *transitif* des expressions. Je vois que l'expression universelle n'est que passage, qu'on ne peut s'y arrêter, et, d'autre part, que ces expressions dépendent de conventions ou acquisitions, sous-entendues ou inconscientes — — qui constituent un certain *Langage*.

Je note (par exemple) que l'analyse par des « catégories » suppose des définitions de ces catégories qui seraient irréprochables, tout exemptes d'arbitraire.. Mais ceci est impossible. Tout langage naît dans l'à peu près et y plonge ses racines. (1942. Sans titre, XXVI, 60.)

Toute action dont la mise en train et le soutien dépend d'*images* de ce qu'elle coûtera et de ce qu'elle rapportera

— à son facteur[A]; — si elle est de celles qui ne se réalisent pas aussi vite qu'elles se dessinent — c'est-à-dire avant toute réponse à la réponse que leur *production-propagation-au-moteur* constitue; si sa représentation s'accompagne de celle d'autres actions également résolutoires et de leurs *rendements* ; si.....

donne lieu à une question dite de *Liberté*.

Pour le moraliste, il s'agit de faire passer de la chaleur d'un corps froid à un corps chaud.

Mais tous ces animaux qui ont fait la philosophie et les morales n'ont pas cherché à esquisser d'abord une dynamique du vivant[B] ! laquelle observerait d'abord toute la question des réflexes, des tropismes et des impulsions — celle des résistances et des relais — celle des connexions acquises — associations etc., celle des temps — celle de l'imagination,

de manière à *retrouver*[C], SI ON LE RETROUVAIT, le « problème de la liberté », comme par exhaustion, comme impossibilité de réduire à cette dynamique tels *cas bien attestés par l'observation.*

Cette dynamique suppose que les valeurs (ou pouvoirs excitants) attachées aux représentations ne dépendent que de ces représentations — — — —[D]

En somme, *avant tout,* il eût fallu étudier la *non-liberté* — le cas normal de fonctionnement. (*Ibid.,* XXVI, 103.)

Kant

Nul ne pense de jug[emen]ts analytiques a priori. Quant aux synthétiques — Tous les corps sont pesants — cela revient à dire : J'appelle *Corps* tout ce qui n'est que perception visuelle et tactile. Alors l'idée de poids est ajoutée par « synthèse » — après expérience motrice.

Quant au mot *Tous* au sens absolu — il est évidemment purement transitif — il ne s'applique « légitimement » que par conséquence immédiate de la définition du nom

A. *Aj. marg. :* Rendements imaginaires
B. *Aj. marg. :* Légèreté des philosophes
C. *Deux tr. marg. allant jusqu'à :* par l'observation.
D. *Aj. marg. :* Système isolé

auquel il s'applique — *ce qui dispense de l'employer*. (1942. Sans titre, XXVI, 171.)

Credo

Je crois à la dissolution, disparition ou transmutation assez prochaines de ces grandes mythologies connues s[ou]s les noms de Philosophie et d'histoire.

« Mythologie », c'est-à-dire Créations du Crédit, c'est-à-dire du Langage.

C'est pourquoi Philosophie et Histoire seront plus ou moins remplacées par l'étude des valeurs de la *parole* — Étude qui classera les œuvres de ces espèces entre le roman et les poésies —, sans oublier les Livres Saints, la théologie etc. — toute la bibliothèque de la *Fiducia*.

SC. En regard, le *stock* « *scientifique* » — composé 1° du stock toujours croissant

a) des observations enregistrées que l'on peut refaire *aussi souvent qu'on veut* — (du moins à l'état d'enregistrements matériels)

b) des recettes précises — Fac sec[undum] artem. (Acta — agenda[1])

2° de l'amas des nébuleuses... Je veux dire des théories — à l'état ou d'instruments ou d'œuvres d'art, ou de documents — (verba).

Ainsi, dans l'ensemble, c'est le *Faire* qui l'emporte... Tant pis ! peut-être. (*Ibid.*, XXVI, 231-232.)

Liberté.

Exige (pour le *seul énoncé* à faire correctement)
1° du « temps » — pas de liberté du réflexe rapide
2° un arrêt et une « *comparaison* ». Celle-ci est forcément alternance — va-et-vient. Il faut supposer (gratuitement) qu'il y a équi-connaissance et équi-valence d'examen des membres de l'alternative. *Je puis* en savoir autant sur chacun d'eux, prévoir aussi bien — etc. Il ne faut pas que la sensibilité de la balance varie avec chaque chose pesée. On suppose donc pendant la comparaison, l'*inhibition des forces* — c'est-à-dire des produits impulsifs préférentiels de la sensibilité.

3° Résultat — la décision. La *liberté* consiste alors à pouvoir *s'efforcer* de produire *automatiquement* l'attribution des énergies d'action à la résolution obtenue avec abstention des forces impulsives, c'est-à-dire de la sensibilité affective.

Mais celle-ci est maîtresse des énergies fondamentales de régime, qui *peuvent toujours l'emporter sur les énergies d'action*. [...] (1942. Sans titre, XXVI, 246-247.)

Excitants — Les ivresses théorétiques —

Je lis q[uel]q[ues] pages de la « Volonté de Puissance » — et après y avoir trouvé ce que cela peut donner, c'est-à-dire un excitant — de la classe L, je ressens, re-trouve la sensation du *vide* — que ces mixtures de prophétisme, historisme, philosophisme et biologie, me procurent.

La verbalisation.. qu'il dénonce chez les autres le possède. Il serait drôle de faire un album de ces épopées abstraites comparées —

comparées aussi aux débauches de *Crédit,* de Fiducia dans les affaires.

Ma question *OÙ* est la sommation de payer en autre monnaie que verbe. [...] (1942. Sans titre, XXVI, 348.)

Animal-machine

En vérité, c'est enfin la *machine* qui tend à devenir *animal*.

Fonctionnellement, il y a un énorme progrès en ce sens.

D'ailleurs, n[ou]s ne pouvons concevoir avec précision un *vivant,* que par les idées que n[ou]s avons des machines. Et n[ou]s remplissons la différence avec des *mots*. Ce remplissage est la métaphysique. La vieille causalité est une mécanique enfantine. Le spiritualisme n'est que *mots* désignant le vide mental dans une expression qui veut représenter par des *verbes,* des phénomènes ou des perceptions internes qui ne sont pas réductibles au type *action mimable*. Mais le *verbe veut* un *sujet*. On lui donne un *nom* à croquer : *dieu, esprit, âme, mémoire, volonté* — etc. et ces termes se font leur « univers ».

Ils emportent tous une signification NÉGATIVE. Ils disent : *Ce qui n'est pas sensible et qui fait que..* etc.

En somme, *capacité d'agir sans.. être*. Mais on y ajoute de l'*être* ad libitum — par exemple, sous forme d'images plus ou moins naïves. Ce qui donne des curiosités comme : Mon âme vole vers toi — Et la voilà dans l'espace — C'est un oiseau. (1942. Sans titre, XXVI, 521.)

☆

φ

Le vice de la Critique-Kant est la non-considération préalable du langage — et, par conséquent, il regarde la « Connaissance » comme fin — le langage lui offre des « catégories » — mais par une analyse qui conserve — ou plutôt, suppose — des significations de termes *absolues*, ainsi qu'une *valeur absolue* du type *Jugement*. Il y a trop d'*innéité* dans cette vue, tandis que la nature « fonctionnelle » ou de transformation, est pour moi, la chose essentielle. Il oublie, peut-être, que la « Logique » ne vaut que dans le cadre de conventions — dont la plus importante est celle des « définitions » *explicites* — à base d'extériorité. (1942. *Lut. 10.11.42 avec « tickets »*, XXVI, 545.)

☆

Terminologie de l'esprit

φ
Ego
Syst.
Teste

L'analyse ou l'observation qui a donné pour résultat la terminologie de l'esprit m'a toujours paru ce qu'elle est — c'est-à-dire imprécise et presque impossible à préciser. D'où quantité de difficultés inutiles et de solutions illusoires, avec croyance à des possibilités de solutions qui n'existent pas.

Il faudrait faire une liste de tous ces termes signifi-catifs de la vie interne, et de ceux qui désignent, sans la mentionner, des choses qui ne sont qu'en elle, et qui ne donnent lieu à aucune expérience ou observation commune.

Parmi ceux-ci, ceux qui bénéficient d'une croyance commune.

.. Quoi de plus étonnant que la docilité générale de — philosophes, psychologues, psychiatres — tous ceux qui s'occupent de « l'esprit », à l'égard des notations gros-sières que leur offre et impose le langage commun en cette ... matière — et que l'absence d'efforts d'observa-tion, des remarques les plus simples ? Par exemple, le rôle purement transitif des « idées » ou « pensées », qui devrait conduire à les nommer ou définir autrement, ou à leur substituer d'autres expressions directement for-mées. (*Ibid.,* XXVI, 546.)

Réel —
Doute etc.

Il n'y a pas à douter que le doute sur la réalité du monde sensible est une simulation, qui a son origine dans certains effets rares — dans lesquels le doute est *observé,* à l'état d'incident de la perception, — et qui a été développée par voie dialectique, *à froid,* par un jeu volontaire sur le mot *réalité,* dont on a fait une idole, une entité, jamais définie, d'ailleurs. (*Ibid.,* XXVI, 596.)

☆

La Philosophie (et toute la recherche de principes, les premières pages de toutes sciences etc.) a été viciée par le faux problème de la réalité, — du doute sur le monde sensible — etc. — Problème qui n'était tout au plus qu'un problème d'expression et qui plaçait à la base et au commencement de toute pensée spéculative, une attitude de falsification; le philosophe se devait de faire semblant, chaque jour, pendant cinq minutes ou cinq secondes, de ne pas « Croire à la réalité du M[onde] ext[érieur][a] ».

Or si problème il y a, ce n'est pas celui qu'énonce le mot « réalité » — c'est celui que pose le mot *Croyance*. Encore ce mot est-il inutile, puisque tout se passe, sauf en q[uel]q[ues] instants de q[uel]q[ue]s esprits, sans le moindre doute sur la question, et par conséquence, sans qu'il y ait même croyance.

Certaines expériences, comme le rêve et le réveil, ont conduit à assimiler ce que l'on observe dans la veille à ce dont on se souvient au réveil et que ce réveil semble avoir réduit à un passé unilatéral et personnel qui se soit formé du sommeil, sous le sommeil et qui ne fût possible que par le sommeil.

Ces expériences ; et aussi toutes les occasions de vérifications de récits ou d'imaginations ou d'illusions de la vue, — ont introduit la notion générale de correction, de rectification, de présence ou d'objets incontestables, indépendants de la personne, de l'éclairage et impliquant, au fond, la *sensation tactile, motrice* — avec dépréciation de ce qui est donné par la parole, par la vue instable, par — —

Et du coup, on négligeait d'observer que ce « réel » était un produit, un effet, une réaction ou contraste, et n'*apparaissait* qu'en réponse à q[uel]q[ue] chose. Pas d'autre utilité, ni d'autre.. existence. — Même[A], on peut dire, le *réel* est le *généralement négligeable !* Le réel n'est que le second membre d'un contraste. Le 1er est qualifié d'*apparence*.

Au contraire[B], la distinction acceptée de la perception externe — (ou Monde sensible —) et du psychique, donnant *deux variables* entre lesquelles des relations capitales pour le *fonctionnement* dont *la conscience est le produit* sont observables, m'a paru si féconde et si vraie que j'en ai fait le premier *article* de ma recherche = celle d'une *représentation de ma vie consciente*. (Ibid., XXVI, 630-631.)

☆

Lit. —

Lecture de Nietzsche — Ce qu'il y a de *faux* dans

A. *Deux tr. marg. allant jusqu'à :   généralement négligeable.*
B. *Tr. marg. allant jusqu'à :* sont observables.

N[ietzsche] (qui est l'un de ceux que j'estime le plus dans l'ordre idéologique), — c'est l'importance qu'il donne aux *autres* — la polémique — et tout ce qui fait penser à des thèses. Il voit trop les choses déjà placées dans l'Histoire Littéraire, — et Lui, vainqueur de Socrate et de Kant — —

Puis, le mot magique : *Vie*. Mais c'est une *facilité* que de l'invoquer. (1942-1943. Sans titre, XXVI, 711.)

☆

Quand je dis : Toutes les personnes qui sont dans cette salle — Je dis que je PUIS quelque chose — comme de les regarder une à une — aussi bien que de voir un ensemble. Je puis concevoir des modifications réciproques — de cette pluralité en tant qu'unité ou en tant que pluralité.

Voilà ce que signifie *Toutes*. Mais *t[ou]s les hommes* — ? — Ici, je ne *puis* rien. (*Ibid.*, XXVI, 739.)

☆

Kant

φ
H K φ

Toujours « par hasard » — comme il en est de presque toutes mes lectures — j'ouvre les *Prolégomènes à la Métaphysique des Mœurs*.

J'ai peu lu de Kant — ça et là, dans une vieille et mauvaise traduction, des pages de la *Crit[ique] de la raison pure*.

Cette rigueur apparente m'ennuie — — ou bien je ne comprends pas. Le seul mot de *Connaissance* m'est obscur dès qu'il est employé comme ayant un sens à *l'état isolé*.

Ces termes n'ont pas, à *l'état isolé*, plus de sens que des mots comme : Donc, avec, si etc.

— Cette lecture me fait un assez pauvre effet. Tout Kant suppose, en réalité, une croyance latente à la valeur absolue, surnaturelle du *langage*. C'est là ce qu'il baptise *Noumène*. Il ne se demande pas si les termes ont un sens, — mais cherche un sens idéal de ces termes et croit que ces sens sont des *réalités* transcendantales.

Pour moi, tout langage est transitif — transmissif et tout discours est une portion d'un cycle à définir. C'est

pourquoi tel discours est *littéraire,* tel autre, partie
d'action réelle, — tel autre, modificateur d'implexes
(savoir etc.). Parfois, le même peut entrer dans plusieurs
cycles successivement parcourus.

— L'idée de la *volonté bonne* — en accord avec une *loi
universelle* — est naïve — dérivée de la remarque populaire : *Si tout le monde en faisait autant...* Mais celle-ci a pour
conclusion virtuelle : *Alors, la vie en société serait impossible* — ce qui est une conséquence imaginaire *pratique,*
qui constitue la *valeur instantanée* ou *évidence* de l'hypothèse. (Mais il se peut que ce soit un *envieux* qui voudrait
bien *en faire autant* qui ait trouvé cela.)

— Développement. Si *tout le monde* pouvait écrire la
Critique, ou peindre comme Titien — — ? ? — *Si tout
le monde en faisait autant,* la valeur des œuvres et la crimi-
nalité ou la moralité des actes tomberai[en]t à zéro.

La moralité exige des immoraux — et la comparaison
des uns et des autres, avec supposition de leur identité de
sensibilité, d'éducation, d'intelligence, donne naissance
à la notion bizarre de *Liberté.* Celle-ci, d'ailleurs, devrait
s'exprimer ainsi : *À ta place,* j'agirais autrement. (1943.
Sans titre, XXVI, 783-784.)

K φ Kant.

Tout ce que Kant expose et pose avec tant d'apprêt
didactique —, ses catégories, ses jugements.. ses conditions de la *« connaissance »,* n'est que résultat d'une analyse
du langage *donné* — type indo-européen. L'intelligibilité
est relative à l'expression et à la possibilité[A] de *retrouver
une expression donnée* comme une *nécessité* et non plus
comme une donnée. Qu'est-ce que cette fameuse « nécessité » ? (*Ibid.,* XXVI, 784.)

Log[ique]

Le moyen de Kant consiste à « penser dans une

———

A. *Tr. marg. allant jusqu'à :* comme une donnée.

entière universalité » — — de quoi il tire son appréciation des « jugements » — et une foule de conséquences.

(L'emploi qu'il fait du mot *Pur,* est remarquable.) Mais c'est cette sorte de méthode ou d'opération qui est curieuse à considérer.

Elle est nécessairement une application du « Je Puis » et un recours à la *consciousness.*

Mais il ne *critique* pas dans cette opération le rôle joué par le langage en tant que tel — et en tant que telle langue particulière.

Son analyse *conserve* le langage; et par conséquence, la logique, les « concepts » etc.

— Par ex[emple] : l'*universalité* (confiée au mot Tout, Tous) ne l'arrête pas. La valeur de ce signe ? S'il a un *sens* autre que convenu ?

— Par ex[emple] : il ne se demande pas si tel jugement *analytique* dans une langue ne serait pas *synthétique* dans une autre ? On peut concevoir une langue dans laquelle l'idée de *poids* serait inséparable de celle de *corps.* « T[ou]s les corps sont pesants » serait alors *analytique* — ou bien, il faudrait recourir à une recherche qui permît de créer un mot nouveau.

Rien ne prouve que la formation des mots soit conforme à une destination « rationnelle » éventuelle.

Rien ne prouve[A] que le mot *Tout, Tous* dût prendre la valeur *universelle* (de la logique) — c'est-à-dire qualifier des *ensembles inimaginables*[B], par omission des conditions de *retour* du *Tout* à ses éléments. (Cf. l'infini de la ligne.)

Et alors, cette expression a-t-elle un *sens ?* c'est-à-dire peut-on lui *substituer quelque objet de pensée qui ne soit pas langage* — le langage n'étant, après tout, qu'une *transition ?*

Le *Tout, Tous* des jugements universels est un *don* fait par la nature du langage articulé du type de nos langages — qui permet de placer *Tout* devant un nom — même *quand on ne pourrait absolument pas aboutir à former la notion* Tout *par analyse du sens de ce nom.*

De même, j'ai beau examiner une pluralité donnée, je ne puis parvenir à découvrir ainsi l'infinité des nombres entiers et de même, l'examen d'une ligne droite.

A. *Trois tr. marg. allant jusqu'à :* (de la logique).
B. *Deux tr. marg. allant jusqu'à :* qu'une *transition.*

Il faut donc pour pouvoir donner un sens à ces expressions que je mette en évidence[A]

« Tous les hommes » ne veut pas dire « tous les hommes », qui est impossible à penser. Mais *veut dire q[uel]q[ue] chose de possible à penser* et qui est *l'indépendance* (sensible à mon esprit) *d'une idée et de sa répétition.* L'idée *Homme* me semble inaltérée par sa répétition.

Rien n'est plus opposé à l'expérience. (*Ibid.,* XXVI, 798-799.)

φ

« Noumènes » — considérés ou définis comme des exigences du langage (occidental). (*Ibid.,* XXVI, 813.)

Toute *fiducia,* et en particulier, la fondamentale, c'est-à-dire le *Langage* dont nous disposons, *colle* à la perception de si près que nous *croyons* (c'est là la fiducia) être en présence du *fait* lui-même[B].

Mais, même dans les cas les plus favorables, avec les précautions les plus grandes pour obtenir l'*objectivité,* notre *humanité* ne s'y marquerait pas moins — et un « œil angélique » la verrait.

On ne peut pas chasser l'homme de l'homme.

Cet « ange »[C] verrait dans nos œuvres que n[ou]s avons une *droite* et une *gauche,* un *haut* et un *bas,* et que nous infligeons ces causes de déformations à nos objets de perception et de connaissance.

Ainsi du *passé* et du *futur* — du *dedans* et du *dehors.*

Ce sont là des quasi-conventions imposées par notre structure *particulière.*

Il y a là une relativité. Et nos idées les plus simples et essentielles en participent.

C'est une grande acquisition[D] de la science que d'avoir *contraint* les esprits à admettre ceci.

A. *Phrase inachevée.*
B. *Aj. marg. :* se substitue à la vue brute des choses, et *crée* des objets.
C. *Tr. marg. allant jusqu'à :* et du *dehors.*
D. *Deux tr. marg. allant jusqu'à :* admettre ceci.

Nos idées les plus générales sont suspectes de particularité — Courbure de l'espace-temps.

Et n[ou]s n[ou]s sentons appartenir à une *espèce,* une solution au *problème de vivre.*

Encore, en disant ceci, j'introduis l'idée que *vivre* est un résultat de fabrication, un fonctionnement, — que la *chose appelée* un *être vivant* propose une question — doit remplir des conditions — etc. etc.

Mais ce n'est pas LUI, — c'est... *Moi !* — *Qui, Moi ?* = Moi ? = *une sorte de Lui ! !*... (1943. *Notes,* XXVII, 28-29.)

Fondateur de la Philosophie Négative.
La plus positive de toutes. (*Ibid.,* XXVII, 73.)

Du Philosophe vrai.

φ à Xiphos[1]

Le savoir qui lui vient des autres et dont il ne peut répondre en personne est souvent le poison du Philosophe. Il doit se méfier des écritures, et des résultats indirects obtenus par des moyens qui ne sont pas les siens. Qu'il se dise qu'il est un artisan et artiste dans l'art de transformer les données communes en expressions exquises, et qu'il ne recherche pas d'autre vérité que la sienne. (1943. Sans titre, XXVII, 154.)

φ

La philosophie est l'ensemble des problèmes que l'on ne sait pas énoncer, sans en être embarrassé pour les résoudre. Tout cela naquit, sans doute, des questions bien naturelles, mais naïves — que l'esprit s'est posées sans songer aux moyens qu'il avait pour y répondre. Ces moyens étant de même espèce que les fins, rien n'avait lieu que *manœuvres mentales* ou plutôt *verbales..* (*Ibid.,* XXVII, 165.)

☆

L'homme est « libre » si l'action (et non seulement la décision) peut être indépendante des pouvoirs excitants afférents aux images des hypothèses qui représentent et les diverses actions et leurs conséquences (imaginées)[A].

N.B. Les discussions sur ce pseudo-problème n'ont jamais donné ni un énoncé clair de la question — ni une idée de la pluralité possible des hypothèses — ni de leur comparabilité, et de la dépendance des puissances excitantes de chacune — — ni de l'*intervention* des *conditions fonctionnelles* d'action — laquelle action peut finalement dépendre de circonstances *locales* — instantanées, donc plus brèves que toute pensée ou que toute inhibition d'origine mentale.

Il y a un *moment où le temps de réaction est le maître de l'acte.*

La question[B] est, en somme, une affaire fonctionnelle, et ne peut être considérée que si l'analyse des fonctionnements est constituée.

Elle seule permettrait d'énoncer le problème et de statuer sur son *existence*. (1943. Sans titre, XXVII, 295.)

☆

Le « principe de causalité » est, tout au plus, un automatisme — dérivé du réflexe qui nous fait brusquement tourner la tête vers le point désigné par l'ouïe.

C'est une sorte de complémentarité — qui appelle les *yeux* vers le maximum du *bruit*[C] — et avec les yeux, tout le dispositif de complément éventuel d'action.

Mais cela ne donne pas de *cause* — par soi seul. Le principe en question dit qu'il y a *toujours* une « cause » — mais il devrait s'exprimer *Principe de demande de cause*, mais non point d'*existence*. [...] (1943. Sans titre, XXVII, 344.)

A. *Dessin en marge représentant une multiplicité de chemins différents qui mènent tous à un même point central et en repartent dans plusieurs sens.*
B. *Tr. marg. allant jusqu'à :* est constituée.
c. *Aj. marg. renv. :* noter l'incohérence son-motion-vision.

☆

φ

La pauvreté et inutilité de Spinoza me confond, comparée à son immense influence et réputation.

Le mot *existence* a *causé* de grands ravages. Du reste, le langage permettant de *croire penser* à des *choses,* quand on se borne à se dire et répéter des *noms,* et à croire séparer, et pouvoir être séparés, des facteurs qui sont inséparables —, on prend pour une analyse des choses ce qui n'est qu'une analyse d'un certain langage ou procédé conventionnel de notation. Ainsi, les pseudo-idées d'*Être, essence, substance, existence* et toute la logique du vide.

L'observation des choses ne peut aboutir à y trouver des essences, de l'*Être ;* et les pensées que l'on s'en fait n'ont de valeur que si les actions qu'elles régissent ou suggèrent donnent des résultats non-pensée qui les justifient. Le reste est — — Poésie. C'est prendre[A] des propriétés ou nécessités d'*expression* (de notation par éléments *discrets*) pour des invariants du réel. Toute la logique des jugements en résulte. [...] (*Ibid.,* XXVII, 365-366.)

☆

Hasard. Effet de sensibilité qui résulte du contraste (forme de sensibilité) entre la perception d'un fait (et sa conséquence) et ma disposition. Il n'y a pas de hasard si je ne suis pas « sensibilisé » — *inégalisé. À chaque instant je ne m'attends pas à tout.*

Le moins amenant le plus, l'ordre naissant du désordre. (*Ibid.,* XXVII, 396.)

☆

Des philosophes; les uns s'appliquent à l'explication de toutes choses comme si elles formaient un ensemble ou unité —, (et qu'il y eût en eux, dans leurs possibilités, de quoi être la condition d'une unité, qui est l'Un——)[B].

Cette « explication » (comme toute explication) est ou

A. *Deux tr. marg. allant jusqu'à la fin du passage.*
B. *Aj. marg. :* $S = I$

serait un discours d'un seul trait, bien ordonné, et qui
contînt ou satisfît toutes les conditions d'un discours
considéré comme une action complète. Car nécessairement l'explication de toutes choses doit comprendre
celle de ce discours lui-même et du discoureur.

Les autres (philosophes) venus après ceux-ci, se sont
appliqués à examiner si le discours des premiers était
possible — et de quoi il était fait — ce qui les conduisait
à ce qu'ils nomment *Théorie de la connaissance,* mais qui
se nommerait plutôt : *Examen [de] l'expression de ce que
n[ou]s croyons savoir*[A].

Mais ils n'ont, en général, mis en cause que les valeurs
logiques, et n'ont pas tenu compte de la réalité psychologique des choses mentales. Par ex[emple] le fonctionnement avec ses durées limitées, ses pluralités limitées
d'objets simultanés etc. (1943. Sans titre, XXVII,
422-421.)

☆

φ

Tandis que le « spiritualiste » ne se meut que dans le
langage, dont il fait ce qu'il veut au moyen de définitions
qu'il se donne sans les appuyer sur des phénomènes
constants —

le matérialiste s'oblige à se tenir en relation avec
l'observation et l'expérience et à chercher dans les phénomènes ce que l'autre poursuit dans sa verbale cervelle.
(*Ibid.,* XXVII, 423.)

☆

φ

J'ouvre Spinoza *(Éth[ique])* et je demeure toujours
confondu par ce néant verbal construit dans les méditations d'un esprit puissant...

Ce ne sont que des transformations de langage en
langage — ce qui veut dire que tout cela n'a aucun *sens.*

Un *langage* a pour *sens* du *Non-langage.* « Non-langage »
sont les sensations, les choses, les images et les actions.

A. *Aj. marg. renv. :* Car ces théories de la « connaissance » sont
un mixte semi *logique,* semi *psycho-*logique dans lequel la « légitimité » verbale et la réalité psychique (c'est-à-dire ce qu'on observe
sur *soi* et ce qu'on *peut*) ne sont pas distinguées. — Et le tout sans
égard à la nature du langage — — [*Aj. marg. :* Le « vrai ».]

Rien de plus, rien de moins. Tout le reste est pur transitif. (1943. Sans titre, XXVII, 506.)

☆

φ

Fiducia. Nous parlons et raisonnons de choses — ou de prétendues choses — dont on ne peut parler et raisonner qu'en faisant abstraction de tout observateur.

Ces choses-là sont purement verbales. *On prétend les concevoir.*

Ex[emple] : On parle du « temps »[A] — Mais *qu'observons-nous qui n[ou]s fait employer ce nom ?*

Des choses qui, dans chaque cas, pourraient et devraient être autrement nommées — et avantageusement. Ex[emple] : un écoulement dans un sens; une suite de substitutions; une sensation d'arrêt, de contrainte dans une immobilité — des diminutions, et des accroissements localisés; le sentiment de pouvoir ou ne pouvoir faire telle chose *et* telle autre, la variation des possibilités, — la perte ou destruction de choses par inaction ou en dépit de toute action.

La station mentale[B] *sur ces termes se résout en désordre.* L'*attention* transforme le « clair » en obscur; la conductibilité en résistance, la transmission nette et instantanée en incertitude.

Voilà ce que montre l'observation de la philosophie — et qui est le fruit de toute « dialectique » dont le développement ne se restreint pas à spéculer sur des *conventions* données comme telles. Le bon succès de la géométrie tient à son aveu du système de conventions qu'elle exploite, et à la simplicité de ces conventions qui demeurent dans des relations assez faciles avec l'expérience mécanique originelle. (*Ibid.,* XXVII, 543.)

☆

Espace et temps — ce que la philosophie a bâti sur ces malheureux mots est un bon exemple de la légèreté des profonds.

A. *Aj. marg. :* T.
B. *Deux tr. marg. allant jusqu'à :* le « clair » en obscur. *Aj. marg. :*

Il n'est pas jusqu'aux « savants » qui ne se soient perdus dans les sables mouvants de ces régions linguistiques de récente formation. —

Kant dit qu'espace et temps sont des « formes de la sensibilité », ce qui ne veut dire q[uel]q[ue] chose que comme négation d'autres thèses — mais dire *forme* et dire *sensibilité* c'est ne rien dire de positif — cela est moins clair encore que de s'en tenir à espace et à temps et tout à fait moins utile.

Ces mots répondent bien à un *besoin* puisqu'ils existent[A], et sont en usage, facilement employés. Mais *ce besoin n'est pas un besoin de la « connaissance »* — c'est-à-dire un besoin de poursuivre quelque objet de pensée jusqu'au point où elle peut cesser de *vouloir*.

Si un mot[B] devient une *question à laquelle réponse* ne puisse être *donnée* qui ne soit, quelle qu'elle soit, que tirée d'une réflexion et de transformations mentales tandis qu'il était d'usage immédiat et banal, ce mot perd la propriété purement transmissive — et son utilité de *répondre* à un besoin — pour devenir origine artificielle d'un besoin factice — car *factice* est le besoin qui n'est pas un moment du fonctionnement à terme fini d'un système vivant. Or[c] il n'y a *terme fini* que hors de l'esprit. (*Ibid.*, XXVII, 614.)

☆

L'erreur de la philosophie fut de croire au langage et à la possibilité d'en tirer autre chose que.. du langage.

Or si la considération du langage doit n[ou]s servir à n[ou]s apprendre ses limites et la meilleure manière de s'en servir, — c'est bien. On ne peut qu'approuver.

Mais la prétention logique et dialectique est tout autre. Ils ont prétendu y trouver dans le langage des lumières sur les choses, les causes, etc. Or ce langage, formes et mots, est une création désordonnée, statistique, à tâtons et des inventions ou expédients particuliers — qui vont par le plus court au but.

A. *Tr. marg. allant jusqu'à* : un besoin de la « *connaissance* ».
B. *Deux tr. marg. allant jusqu'à* : immédiat et banal.
C. *Deux tr. marg. allant jusqu'à la fin du passage. Aj. marg.* : Action.

Il résulte d'observations particulières, non homogènes, grossières, suffisantes, pratiques.

Si on le considère comme *arrêté* et *définitivement* substitué à la *connaissance,* on pense qu'opérer sur lui, c'est opérer sur le réel lui-même, et on est *conduit à négliger l'observation ultérieure.* D'où des énoncés qui semblent avoir un *sens* et n'en ont pas (Métaphysique)[A]. Alors des expressions et formes (comme celle de la *question* (?)) qui ont un sens dans l'action vraie, sont excitées et employées hors de leur domaine — et *perdent pied.* Mais le philosophe ne s'en aperçoit pas. Cf. t[ou]tes les questions d'origine, de cause, de fin, d'existence — lesquelles n'ont de *sens* que *provisoire* — entre une demande et une réponse, toutes deux situées *hors du langage.* Quoi de plus *provisoire* qu'un jugement « universel » ?

Ici est grave la responsabilité des mathématiques dont les succès ont fortifié la croyance naïve aux vertus propres de la logique. (C'est une affaire indo-européenne, ou plutôt de territoire indo-arabe-gréco-européen.)

Mais dès que la mathématique s'applique, elle est d'autant moins exacte que son application utilise des théories plus éloignées de l'action réelle. Le nombre entier est action. Mais la « *grandeur continue* » *est accommodation.* (*Ibid.,* XXVII, 686-687.)

Thème — « Cet étourdi de Kant... »

Ce truc de juger d'un acte par une transformation en universel ! — (C'est la parole banale : *si tout le monde en faisait autant !*)

— Applications diverses divertissantes —
À un chef-d'œuvre — Si tout le monde pouvait en faire autant ! —
À une domination : Quel est le peuple ou la race dont on peut concevoir la domination sur t[ou]s les autres ? L'*Imperium catégorique.*

— Revenant à la morale — Le passage de l'extrême particularité de chaque *espèce* à une expression générale — a-t-il un sens — ? (sans parler de l'intelligence et de

A. *Aj. marg. :* Mes observations jouent ici le rôle des « faits nouveaux » en science.

la culture de chacun !). Observer aussi que cet impératif eſt essentiellement individuel, — doit être le résultat d'une attitude individuelle et exclut l'impératif *appris,* inculqué, intimé par une autorité étrangère, loi, dogme, etc.

Quelle confiance dans l'identité des jugements ! C'eſt sans doute ce qu'il nomme la *Raison* — article de foi. (1943. Sans titre, XXVII, 755.)

Existence — Quand on met en queſtion l'*exiſtence* d'une chose sensible — ce qui eſt le fait et le péché des philosophes — on eſt obligé pour que cela ait un sens — de donner au nom de la chose une signification telle que cette chose bien visible ne se suffise pas et qu'il y manque quelque propriété — d'ailleurs arbitraire — qui lui conférerait l'*exiſtence.*

Que diable pourrait-on adjoindre au monde sensible pour le contraindre à *exiſter ?* — *Exiſter* ce serait se manifeſter 1° hors de tout langage; 2° hors de tout.. psychisme ! Donc, dans un.. *monde sensible !* il y aurait une transformation qui n[ou]s débarrasserait de la notion, de la pensée et de la *perception,* toutes suspeɛtes[A] ! (*Ibid.,* XXVII, 831.)

Liberté

L'homme se sent libre. Mais mon bras, fort souvent, ne se sent aucun poids. Il n'en pèse pas moins. (1943-1944. Sans titre, XXVII, 880.)

Réel. Dans notre idée du « réel » on trouve
1° l'idée de *limite* de la connaissance par les sens, limite

A. *Aj. renv. :* « Exiſtence » ne sert qu'à désigner le résultat d'une recherche des moyens de juſtifier un *nom* ou une image ou idée ou expression, par la produɛtion de quelque chose qui ne soit pas de même précarité — et à quoi ce *nom* et l'idée conviennent.

qui est la sensation et sa *croissance* avec la force appliquée — d'où l'acte de serrer fortement, frapper fortement un solide — — —
2º l'idée de l'*illimité* des conditions à réunir, à connaître,
de celles que découvriraient des expériences — pour
épuiser, faire, — réduire à... esprit, à notions — cette
chose.

J'ai beau l'étreindre, elle est ma limite, elle me limite.
DONC il y a encore *autre chose*. (Et tout ceci affaire de
sensibilité ?)

Toute chose « réelle »[A] est *celle qui est encore autre chose
que ce qu'elle est !* Ou plutôt — 1º qui est *ce qu'elle est*[B] —
c'est-à-dire tout ce que tout l'examen possible — *peut* lui
trouver de déterminations par mes sens et liaisons, en y
ajoutant des virtualités — comme d'être soluble, fragile,
pesante — combustible — tous les *BLE* et les RE, les
éventuels, ce qui peut modifier

2º qui excite l'idée *vague,* variablement vague, que cet
examen et ces développements de la connaissance de la
chose *en même temps* que de sa nature n'épuisent pas,
« *n'expliquent* » pas ce qui fait que je la tiens pour subsister, *moi* supposé absent, supprimé — etc. Elle me
suggère qu'elle n'est pas réductible à la connaissance la
plus complète que j'en puisse prendre, — et même que
cette connaissance, (quoiqu'impossible à concevoir plus
complète de manière que je n'aie plus une question précise à me poser à son sujet — (de celles dont la réponse
ait un *sens* — c'est-à-dire une conséquence vérifiable
par une action)) *qui ne me dit pas*[C] *ce qu'est la chose pendant
mon absence,* ce qu'elle est et devient *sans moi* — qui puis
être pourtant certain de la retrouver[D] — *me cache de cette
chose bien plus encore qu'elle ne me montre.* Je tends à penser
que *je ne la connais que par ce qui me la cache.*

Singulière impression.

De quoi on pourrait rapprocher ce que j'ai observé
ailleurs — que ce que je n[ou]s voyons de nos yeux est
excitation de notre rétine par les *rebuts* de la lumière
éclairant « un corps », c'est-à-dire par ce qu'il rejette

A. *Deux tr. marg. allant jusqu'à :   ce qu'elle est.*
B. *Tr. marg. allant jusqu'à :* ce qui peut modifier.
C. *Tr. marg. allant jusqu'à :   mon absence.*
D. *Tr. marg. allant jusqu'à :* Singulière impression.

vers nous — ou laisse filtrer. Mais *ce rebut est suffisant pour ce que n[ou]s avons à* FAIRE *de la perception du dit corps.*

La physique, par ses relais, nous enseigne quel peu est ce que nos sens n[ou]s proposent. Par là elle donne une sorte de passage — illusoire — vers un ultra-réel... imaginaire. (*Ibid.,* XXVII, 898-899.)

Logicien, prends garde, si tu ne veux ne te mouvoir que dans ton vide, d'assurer non seulement la conformité de ton langage à ton langage, mais encore la correspondance de ton langage au Non-langage — et l'aller et retour de l'un à l'autre.

En mathém[atiques] le Non-langage est constitué par les nombres entiers et les fractions finies — c'est-à-dire par des signes qui sont échangeables contre des actes et ceux-ci aboutissant à des perceptions de choses — (de *tas*), transformation dont le type est : *Autant de que de.. (Ibid.,* XXVII, 922.)

Le « spiritualisme » introduit d'étranges discontinuités; ainsi le bras qui agit est mécanisme, mais en remontant à la source, le mécanisme s'évanouit — et l'acte est *inspiré.* Donc la « liberté » doit se trouver en un point sur un trajet ! (*Ibid.,* XXVIII, 9.)

— V[ou]s êtes « matérialiste » ?

— Oui, Monsieur, dans la mesure même où je ne sais pas ce que c'est que la « matière ». — J'espère que vous êtes assez informé pour en parler. Mais — excusez-moi — j'ai une peur horrible que vous ne sachiez pas ce que vous dites — — Consultez-vous un peu. (1944. Sans titre, XXVIII, 21.)

Le serpent se mange la queue. Mais ce n'est qu'après un long temps de mastication qu'il reconnaît dans ce qu'il dévore le goût de serpent. Il s'arrête alors... Mais, au bout d'un autre temps, n'ayant rien d'autre à manger, il s'y remet.. Il arrive alors à avoir sa tête dans sa gueule. C'est ce qu'il appelle « *une théorie de la connaissance* ». (*Ibid.,* XXVIII, 24.)

Qui a *fait* tout ceci, ce *Monde* etc. etc. ?

Mais qu'entends-tu par *Faire* ? Pense d'abord un peu à ton *verbe ;* avant de lui attacher à la queue la casserole MONDE — dont tu serais déjà bien embarrassé si tu arrêtais un peu ce vieux mot devant le désir de lui substituer q[uel]q[ue] chose de net. L'analyse de l'idée *Faire* ruine la causalité généralisée. (*Ibid.,* XXVIII, 123.)

Le philosophe n'a pas vu que *Monde extérieur* est une condition *fonctionnelle* de la connaissance — comme les *forces extérieures* le sont du déplacement d'un système.

Dire qu'il y a un *monde extérieur,* c'est dire qu'il n'y a pas égalité de l'action et de la réaction, que ce que je vois de mes yeux[A] et ce que je produis par l'esprit doivent nécessairement s'opposer et se confondre alternativement, — et tantôt, sans relation de « contenus » entr'eux, tantôt en relation (comme dans l'action volontaire). (*Ibid.,* XXVIII, 126.)

Depretiatio

Les questions d'*origine* — et celle de *fin* quand elles ne sont pas définies (J'appelle origine — (ou fin) de telle chose... etc.) et qu'elles ne sont pas vérifiables par confrontation d'un fait avec la définition — sont pure imagination.

Il en est ainsi des problèmes d'évolution — des problèmes « historiques » — etc.

Le problème d'origine suppose naïvement que l'on se

A. *Deux tr. marg. allant jusqu'à :* se confondre alternativement.

place, *soi*, avec des yeux, et un intellect, et un langage etc.,
en un lieu et dans des conditions où le commencement
va se produire — —

Que de choses incompatibles accumulées !

Un vivant-pensant, avant la vie — Un pensant-
parleur avant tout langage ! — Un esprit qui attend le
commencement parce qu'il connaît la suite — — Il
attend la Création du monde et de l'homme pour voir
comment Dieu ou *on* s'en tirera.

De même, pour les fins. (1944. Sans titre, XXVIII,
185.)

Réel — Cette vieille question est le chef-d'œuvre de
niaiserie philosophique, obtenu aux dépens de l'observation.

Introduire un état dans un autre qui est incompatible
avec le premier.

Cf. la division ad infinitum, qui consiste à imaginer
l'acte diviseur séparable de la chose divisée, et à dire
Je puis quand on ne peut pas.

Dans le cas du « réel »[A], l'observation la plus grossière
montre que la connaissance et identification d'une *chose*
a un *maximum* qui définit *cette chose même*. C'est un 100 %.

— P[ar] ex[emple] je perçois forme, couleur, poids,
etc. etc. et cette réunion, *dans la phase* ω, est la chose
même — et sa connaissance. Si quelque détermination
fait défaut, et que ce soit dans une phase où j'y supplée
sans le savoir, il pourra arriver qu'un changement de
phase me fera voir que ce que je prenais pour la chose
n'était qu'une production totale ou partielle de mon
état — et la chose me devient *irréelle*.

Pas de réel en cause, sans ce contraste — entre x %
et 100 %.

Le bruit crée sa cause — et les effets de cette cause
comme fuir. Mais il n'est que 10 % par exemple des
propriétés de la bête au galop que j'ai imaginée. (*Ibid.*,
XXVIII, 209.)

A. *Tr. marg. allant jusqu'à* : C'est un 100 %.

☆

Des Questions et Réponses *légitimes*

Aucune recherche sérieuse et approfondie, qui veille[A] à isoler soigneusement les problèmes et à ne pas confondre les *espèces*, c'est-à-dire à distinguer ce qui est *mental*, ce qui est *image*, ce qui est *verbal*, ce qui est *perception*, ce qui est *impulsion* ou *émotion*, ce qui est *action* —, et à observer de *quoi peut être faite* une réponse valable à une question donnée, — et d'ailleurs, si la question *a un sens* — c'est-à-dire si le « pourquoi », le combien etc. forment un composé défini avec leur contenu —

ne peut aboutir à une conclusion « mystique » — ou métaphysique.

Je dis que v[ou]s n'en savez pas plus que moi sur telle question, car votre réponse est *parole inconvertible* en perception résolvante. On ne doit poser de question qu'*on ne spécifie les conditions de la réponse valable*. Mais souvent, on ne demande qu'un apaisement — un complément. En somme, examinant à LOISIR la proposition $P = (A$ est $B)$, demander simplement les moyens de substituer à A et à B, *leurs répondants* EN *Non-langage* —, ce qui *vu, imaginé, fait* — dans un esprit qu'*on peut imiter,* et sous tel besoin d'expression de cet esprit, permettrait de combiner ces produits psychiques — de manière à « justifier P » — c'est-à-dire de former un *Non-Langage composé* (qui est le *sens* de P) décomposable en A et B.

Et ceci donne naissance à la question : Si tel produit Non-Langage est donné, exige-t-il, en langage, le nom A — ou l'attribut B ?

Si ce que tu imagines sous le nom *Monde* exige ce nom, et ne peut se réduire à une image et à un geste virtuel enveloppant, mimique et développements vagues ? Et[B] si ces développements ne sont pas « convergents », (p[ar] ex[emple] s'ils s'excluent, ce qui est le cas pour l'imagination des « choses » à des échelles très différentes) ce terme unique a-t-il un sens ? (*Ibid.*, XXVIII, 214-215.)

A. *Tr. marg. allant jusqu'à :* une question donnée.
B. *Deux tr. marg. allant jusqu'à :* s'ils s'excluent.

☆

Les uns attachent le plus grand prix au net et au transformable en détermination complète d'action. Les autres,
à l'inexprimable, indicible, ineffable, incommensurable.
(*Ibid.*, XXVIII, 226.)

☆

H.
φ

Le penseur a pour fonction, manie, habitude etc. d'introduire des résistances et des difficultés, = des *multiplicités* et des *obscurités* sur le cours des échanges naturels
de signes contre idées et d'idées contre signes, et d'exiger
de soi plus de lumière que sa lumière, plus de voies que
sa voie (ou que *sa ligne de plus courte vie de réaction de sen-
sibilité-conscience*[A]) et ce sont autant « d'arrêts »...
Il rend équivoque, ambigu, « profond », « sans fond »,
dangereux etc. ce qui était simple, sûr, fini, — utilisable
sans réflexion ni méfiance... comme l'altération du fonctionnement de nos jambes rend le pas incertain.
Il y a de la régression en ceci — un retour à l'état de
tâtonnement, de l'époque enfantine d'acquisition par
tentatives. — On apprend à ne plus savoir.. (1944. Sans
titre, XXVIII, 251.)

☆

Presque toute « philosophie »[B] consiste dans la transformation d'un *mot* qui était un moyen utile, un produit
d'utilité, un « expédient » — en un excitant d'arrêt, une
résistance, une difficulté, un obstacle — devant lequel
piétine indéfiniment le « penseur ».
Comment cela s'est-il produit ? C'est l'ambition d'unifier et celle d'accroître la connaissance par des opérations
intérieures. Mais on oublie que ces accroissements ne
valent que si les expressions obtenues par manœuvres
intérieures se trouvent finalement vérifiées par l'expé-

A. *Aj. marg.* : dψ ou Δψ
B. *Tr. marg. allant jusqu'à* : un excitant d'arrêt.

rience. Ce qui annule aussitôt celles qui sont invérifiables
— et ensuite, celles qui sont invérifiées.

L'intelligibilité du réel est très limitée — tandis que
l'intelligibilité du verbal est illimitée. La première est
possession d'action complète — (imitation et impulsion). (1944. Sans titre, XXVIII, 349.)

La science en vient à se dégager du langage pour
s'établir de plus en plus sur les actions et leurs effets.
Mais la philosophie s'embourbe de plus en plus dans
le discours... Se retourne dans son lit de feuilles sèches,
abstractions. Les explications rien que verbales, cela
revient à déplacer, arranger autrement des mots dans la
bibliothèque mentale. (*Ibid.*, XXVIII, 365.)

L'acte *libre* — s'il y en a — ne peut être *instantané* —
c'est-à-dire pensé et exécuté dans un temps d'*acte réflexe*,
— non *vu* intérieurement et produisant des réactions
psychiques de conséquences ou de valeur, avant de
devenir excitation motrice. Il faut que l'idée ne provoque
pas l'acte avant qu'elle n'ait excité d'autres idées. Mais
ceci ne peut dépendre de la pensée — c'est-à-dire de
conditions qui impliquent retard et arrêt. Ainsi, s'il y a
liberté — intervention de réactions entre l'idée-impulsion
d'acte et l'acte — cette *liberté* exige une condition fonctionnelle. (*Ibid.*, XXVIII, 390.)

Liberté
H.

On n'a jamais défini la « liberté ». La raison de ce
défaut est simple. C'est que la liberté est une sensation.
Un homme est libre quand il se sent libre. Ce qui obscurcit ce sujet, c'est que *l'on pense que l'homme est le plus libre
quand il se contraint.*

Le comble de la liberté est de se contraindre[A]. Se forcer

A. *Aj. marg.* : antitropisme

à agir contre la *sensibilité de première intention* — c'est-à-dire[A]

C'est une question de mécanique d'action — qui demanderait pour être énoncée une connaissance du système nerveux qui n'existe pas encore.

L'action contrainte, obtenue par liberté de la volonté — me fait songer au problème de faire passer de la chaleur du corps froid sur le corps chaud. Il faut, en effet, que ce qui excite le moins d'énergie d'excitation d'action l'emporte sur ce qui en excite le plus — moyennant... ? (*Ibid.*, XXVIII, 392.)

Je crois qu'il n'y a pas de problème « métaphysique » de la liberté par cette simple raison que des circonstances purement « physiques » comme la « pression de temps » ou l'insuffisance de temps peuvent n[ou]s obliger à agir avant toute réflexion possible. Alors, *Qui* a agi ? L'individu n'a que *subi* et l'acte cependant a valeur d'action et conséquences d'action. Un homme éveillé en sursaut et effrayé tire et tue.

Donc n[ou]s ne serions *libres* que quand les circonstances le voudraient bien. Cette liberté elle-même serait « déterminée ».

La « liberté » est une *sensation*[B]. Et comme telle, se produit dans telles circonstances — avec telle intensité.

Il en résulte qu'un individu ne peut savoir si un autre *est libre,* ou *fut libre* de faire ceci ou cela. *Il en juge par lui-même* qui ne possède que les apparences de la situation d'action de l'autre[C].

La relation de la sensation de liberté avec l'action même est chose très obscure[D]. — On observera[E] que cette sensation relativement à tel acte — n'est pas abolie radicalement par l'acte accompli. *La possibilité d'un autre acte subsiste dans l'esprit.*

A. *Phrase inachevée.*
B. *Aj. :* ou plutôt : *Ma liberté est une* [*lecture incertaine*] sensation
C. *Aj. marg. :* Attribution
D. *Aj. marg. :* Action
E. *Tr. marg. allant jusqu'à :* subsiste dans l'esprit.

Cette sensation est d'ailleurs remarquable car elle est singulière — comme excitée non par une « cause » locale et[A]

N[ou]s ne savons ce que n[ou]s faisons que moyennant une capacité de causalité qui vaut ce qu'elle vaut, et qui n'a de sens, d'ailleurs, que dans un très petit rayon, sur une minime partie des phénomènes.

Je résiste à tel besoin (d'intensité moindre que φ).

La notion de responsabilité implique le déterminisme.

En effet, elle consiste dans la supposition que l'auteur de l'acte volontaire a voulu *toutes* les conséquences de son acte, (parmi lesquelles le châtiment éventuel). En réalité celui qui agit agit en vue des premiers termes du développement des conséquences — — et néglige le reste — parmi lequel celles qui pourraient l'atteindre. Il spécule sur un *déterminisme restreint*. Mais celui qui le rend responsable installe un déterminisme illimité. (Prescription trentenaire[B].)

Nos actes ne n[ou]s suivent qu'à la condition que n[ou]s n[ou]s suivions n[ou]s-mêmes, que n[ou]s n[ou]s conservons.

L'hypothèse du Même — est nécessaire.

D'ailleurs l'idée même de *conséquence ne subsiste que dans le vague*.

Liberté suppose ignorance. [...] (*Ibid.*, XXVIII, 393-395.)

Spiritualisme = minimum.

Le spiritualisme est la « doctrine » qui permet le plus petit et le plus pauvre effort de l'esprit. (1944. Sans titre, XXVIII, 434.)

(De la légèreté des philosophes
qui n'ont pas analysé l'action)

A. *Phrase inachevée.*
B. *Aj. marg.* : Qui a fait ceci ? *Qui ? Moi ?* L'acte oublié est l'acte d'un autre.

La liberté —

Le meurtre de Laïos[1]. Est un acte — un phénomène de mécanique physiologique. Remontons. Le bras du meurtrier est un mécanisme — le long des liaisons anatomo-physiol[ogiques] duquel on remonte jusqu'à *un certain point*.

Ce point est aussi un *point du temps,* en ce sens que ce qui parvient en *ce point* le premier (en fait d'excitation) *est exécuté sans reprise possible. Aucun contr'ordre ne passe au delà.*

En deçà, serait le *lieu* et le *temps utile* de la *liberté*[A].

Mais cette « liberté » exige certainement une durée — un temps d'arrêt — c'est-à-dire un temps *plus grand qu'un temps de réaction* du type *réflexe.* Il y a donc un lieu, une époque et une durée qui sont conditions de la « liberté », laquelle exige la production possible d'événements de conscience et de sensibilité seconde entre une *excitation initiale* et la réponse. Cette production est plus ou moins précisée et développée sous la pression diverse des circonstances et il y répond (dans le cas de la liberté) l'impulsion d'action ou d'inhibition.

L'intensité de l'excitation initiale peut être telle que la phase durée-conscience soit ou supprimée ou traversée sans arrêt possible.

L'acte conscient peut être irréfléchi.

Le problème *Liberté* consiste donc à chercher à préciser... la mécanique intime des cas où les conditions et circonstances permettent des effets de la durée et de l'intensité limitée de la *phase* entre excitation initiale et impulsion sans retour ni reprise par inhibition.

Ce qui réduit beaucoup les cas où l'on pourrait parler de *liberté* — laquelle[B] n'a de chances que dans un domaine de conditions *qui est déterminé par le monde extérieur* et par *l'organisme neuro-moteur individuel,* donc par du *Non-Moi.*

L'acte se produit *avant l'esprit* ou *au travers de lui* —

Ici cette remarque[C] : Si *tout l'esprit* pouvait s'insérer, s'introduire dans l'intervalle *Liberté*, jamais acte ne se

---

A. *Petit dessin schématique en marge représentant le lieu et le temps limités où la liberté est possible.*
B. *Tr. marg. allant jusqu'à : par du Non-Moi.*
C. *Tr. marg. allant jusqu'à : la décision à prendre.*

produirait. Si toutes les ressources virtuelles d'examen, analyse, imagination etc. venaient au procès de la décision à prendre, *elle ne serait jamais définitivement prise.*

Donc le fonctionnement intellectuel pur non seulement ne suffit pas à décision — mais tend à l'éloigner ad infinitum. Donc il doit être arrêté — et quelque *valeur* — c'est-à-dire sensation type affectif, être excitée par l'un des états de ce développement, à moins que cet arrêt ne soit précipité par l'urgence.

Ainsi[A] la *liberté* ne procède pas d'une *libre* comparaison d'hypothèses d'action et d'imaginations ou raisonnements de conséquences. — Elle est sensibilité !

Ce que j'arrive donc à appeler *Liberté,* c'est *ce qui se passe* dans les cas les plus *favorables* où ce mot puisse s'employer. [...] (*Ibid.,* XXVIII, 477-479.)

Réel

Il n'y a aucun doute sur la *réalité du monde extérieur* tant que l'on ne fait pas un mythe de ces mots, et qu'on n'y voit que ce qu'ils sont : des instruments d'échange qui valent dans la mesure où l'échange est satisfaisant. Le fameux doute commence avec une sorte de comédie volontaire, qui dure peu en fait, car elle est incompatible avec le fonctionnement vital; mais que l'on développe verbalement ad libitum. (1944. Sans titre, XXVIII, 526.)

☆

Le métaphysicien qui parle de Dieu, du Monde, des essences etc. est comparable à un homme qui imprimerait des billets de banque sans encaisse ni garanties — et par conséquence qui pourrait en faire de cent milliards, d'une infinité de francs etc.

Ces billets pourraient circuler, et comme *vivre commercialement* mais vaudraient seulement entre personnes qui *n'auraient point conscience* qu'avec du papier, *elles pourraient faire* des *effets semblables à volonté* —, puisqu'il n'y aurait point d'échéance, ni d'or en aucune caisse à exiger en échange.

A. *Tr. marg. allant jusqu'à la fin du passage.*

Par ce raisonnement, je mets ensemble toutes asser-
tions qui n'ont aucune contre-partie, ni peuvent en avoir
— leurs arguments et raisons n'étant jamais que de
même farine que les questions, c'est-à-dire des formations et productions *mentales* — auxquelles on ne peut
donner que des valeurs que l'on tire de *soi,* dans le
moment. J'oppose donc à ces produits indifféremment
leur nature *rien que mentale* — et je ne leur donne qu'une
sorte de valeur toute conventionnelle, que je puis
nommer *valeur de circulation intérieure.*

Mais ce raisonnement même en peut être trouvé, lui
aussi, de même farine, et c'est pourquoi les métaphysiciens disent que nier la métaphysique, c'est soi-même
en faire.

Voilà à quoi il faut échapper, en essayant de bien
isoler cette notion de « nature mentale » que j'ai alléguée.

Mon « originalité » en tant que re-penseur se réduit
sans doute à la hardiesse que j'ai eue — et à la manie
qui s'ensuivit — de considérer tout ce qui est *pensée,*
comme une activité interne soumise, quelle qu'elle soit
en détail, à des conditions que j'appelle *fonctionnelles,* plus
ou moins quantitatives — c'est-à-dire limitantes —
comme l'est un *débit,* variable, d'ailleurs, entre limites —
plus ou moins conservatives.

Elle est, de plus, excitée ou alimentée. (1944. Sans
titre, XXVIII, 719-720.)

☆

Réel. La vérité sur le *réel.*

Ce mot fallacieux — Protée — (cf. Être) — C'est une
affaire de *valeurs.*

Dire qu'une chose est « réelle », est une *réponse* —
excitée par quelque résistance ou difficulté qu'elle a
soulevée.

P[ar] ex[emple] *Réel* répond dans l'ordre de la perception et de l'exception à la même demande (ou analogue) à laquelle répond le mot *Vrai,* dans l'ordre du
discours. Le *réel* est dans l'ordre de la *vue directe* ce qu'est
le *vrai* dans celui de la *transmission. Ce que je vois* est réel
ou non. *Ce que tu dis* est vrai ou non. Mais ce que je vois
ou sens est incontestable *en soi* — c'est-à-dire dans l'instant et sans interprétation. Le doute sur le *réel* ne porte

que sur la *valeur,* sur ce qui n'est pas en scène, p[ar] ex[emple] sur le *nom* donné à ce qui paraît, et ses conséquences. (1944. Sans titre, XXIX, 5.)

Le soi-disant « Principe de causalité » est la magnification d'un réflexe — celui du « tropisme » qui fait la tête se tourner vers le bruit soudain ou vers l'odeur.

Il s'agit dans ces cas naturels de faits d'accommodation — Modifications qui rendent *net* ce qui commence par être *vague ;* ou *complet* ce qui était *partiel.*

Et ceci, d'ailleurs, suppose un *complet, une perfection* qui est élimination par l'action.

Si je complète l'*effet* par la *cause,* j'élimine l'incident. Le *Je puis* (ou agir ou négliger).

Ainsi tout ce mécanisme est un modificateur du JE PUIS.

Absurdité que la prétention de remonter de *cause* en *cause.* (1944. Sans titre, XXIX, 140.)

À ceux qui tiennent pour la causalité, il faut seulement demander de citer un seul cas dans lequel on puisse séparer *autrement que pratiquement* et *anthropomorphiquement,* ce qu'on déclare *cause* de la masse des caractères du *réel.*

Cause → Arrêt — un courant — une résistance —
                une polarisation — un champ —
                une orientation — (Le *passé,* point cardinal).
(*Ibid.,* XXIX, 147.)

Légèreté des philosophes.

Quand on songe que des gens (et de quelle valeur !) ont pu discuter sur la « liberté » pendant des siècles, sans même énoncer un problème précis, — sans examiner d'abord la question de mécanique psychophysique, le

rôle des *temps* — etc., bref, tout ce que le regard le plus
superficiel fait apercevoir dans l'action et ses conditions !

« Liberté, Réalité », deux mots sur lesquels s'est
exercée la vaine inquiétude des philosophes, leur simulation, leur mépris naïf de l'observation. Ils n'ont jamais
pu ni énoncer ces problèmes prétendus, ni dire à quoi on
connaîtrait qu'ils sont résolus ! (*Ibid.,* XXIX, 193.)

☆

Les vraies difficultés de l'esprit ne sont pas dans les
solutions à trouver, mais les problèmes. Il faut se dire :
Avec plus d'esprit, que deviendraient-ils ?

Avec plus de conscience de soi, les problèmes de la
métaphysique se font ridicules, de simples abus du *Pourquoi* et du *Parce que.*

Il n'y a de bons *Pourquoi*[A] que ceux dont une expérience
possible donnerait la réponse, annulerait la tension. Il
est clair que tous les autres ne sont que discours —
demandant discours. (1944-1945. « *Pas de blagues* »,
XXIX, 414.)

☆

φ θ

Spiritualiste[B], celui qui croit que sensibilité, conscience,
mémoire, pensée n'ont aucun besoin d'un organisme —
Croyance à l'inutilité de l'organisme.

D'où cette question : À quoi sert un organisme ? Et
cette autre : Que sont conscience, pensée, sensations
sans *Action ?* — car *action* suppose quelque *matière
d'action.*

Matérialiste —, plus difficile à définir — car on peut
considérer cette opinion comme liée à la connaissance
physique et physiologique d'une époque. —

Il faudrait dire = celui qui croit que sensibilité,
conscience etc. sont indivisibles d'une organisation dont
les propriétés sont celles connues à l'époque T. Il en résulte
que les arguments contre ne valent, s'ils valent, que
relativement aux idées physiques de l'an T.

A. *Tr. marg. allant jusqu'à :* annulerait la tension.
B. *Tr. marg. allant jusqu'à :* connues à l'époque T.

La liaison organo-psychique n[ou]s échappe à un certain point.

De même l'opposition *Moi* (C E M). Mais on n'a jamais précisé ces difficultés. Il faudrait se placer à divers points, et de chacun d'eux bien observer, se méfier du langage. (1945. Sans titre, XXIX, 489.)

Sermon pour les esprits.

C'est peut-être une erreur — la plus séduisante, sans doute, pour l'intellect, sa tentation majeure — que de croire avancer dans les voies de la perfection de l'esprit — en s'éloignant le plus possible de l'expérience et des idées figurées.

Il ne faut pas croire que ce qu'on nomme « concepts » ou « notions » — aient une valeur autre que transitive et expressive, quand ces choses ne se réduisent pas à un objet d'expérience sensible. (*Ibid.*, XXIX, 530.)

Nous savons — nous pouvons, du moins — savoir que l'esprit ne nous apprend rien par lui-même et ne peut rien nous apprendre que par son rôle dans nos rapports avec ce qui n'est pas esprit.

En effet, rien de ce que n[ou]s avons appris, l'esprit n'aurait pu le tirer de ses réflexions et combinaisons — d'images ou de jugements et de mots — Aucun raisonnement n'aurait même pu faire soupçonner que l'eau est faite de gaz, que la lumière blanche est composée — etc.

Ceci a mis tous les siècles pour être compris et n'est pas encore bien compris. (Connaissance poétique.. !) Et pendant tous ces siècles, Dieu sait tout ce que l'on a cru savoir — car on ne savait pas que savoir, c'est *savoir faire* — et rien de plus.

Le rôle de l'esprit est nécessaire; il n'est pas du tout suffisant. De plus, il est trompeur car il ne peut qu'il ne mêle les affections et inégalités de la personne aux opérations d'expression, de comparaison, de substitutions conservatives, de résolution, etc. qui[A]

A. *Phrase inachevée.*

Il trouve ce qu'il attendait sans le savoir. (*Ibid.,* XXIX, 591.)

☆

Ce fut peut-être une erreur, mais féconde autant que séduisante, que de croire et aspirer à la plus grande généralité dans l'édification du savoir. À quoi la nature même du langage indo-européen inclinait les esprits, et les Grecs excellèrent.

Mais cette illusion de convergence et unité finales, engendra autant et plus de fantasmagories abstraites ou autres que de recherches et trouvailles heureuses — celles-ci, du reste, toutes dans le domaine des choses vérifiables, tandis que du côté « métaphysique », les résultats sont et devaient être *nuls*, plaisir à part.

Des termes comme *Univers, Cause, temps,* et *espace, essence* et *existence, être* — *réalité* etc. et leurs combinaisons « logiques » sont sans effets autres que verbaux.

Comment a-t-on pu penser qu'à force de penser, la pensée parviendrait à autre chose qu'elle-même ?

Et, en fait, elle n'a rien prévu, rien imaginé de ce qui s'est découvert peu à peu et dont la découverte l'a toujours déconcertée. (*Ibid.,* XXIX, 593.)

☆

Langue et Logique. Ne pas confondre — confusion due à notre ignorance de langues très différentes des nôtres — — L'indo-européen ? — Rôle des sacrés *Grecs !* Le mot *Animal* a pu être formé *avant ou après* le mot *Cheval.* Et même, moyennant l'hypothèse d'un rôle spécial du *cheval,* être applicable à tous les animaux, *moins* le cheval.

La découverte de la hiérarchie *logique* Animal > cheval a pu être postérieure. Il a fallu arriver à la période « dialectique » des bavards discuteurs Athéniens ?

— Quand on a pensé : *Ce qui est* (le « Monde ») suppose un *Faiseur* — Ceci assez naturel — mais non tout primitif. Et d'abord, il a fallu qu'on eût l'idée de fabrication assez dégagée. Puis, celle de fabrication de figures. L'argile modelée en homme — Manquait le souffle — etc.

Ceci est une extension de la Logique aux implications de la construction de la phrase. Notre phrase occidentale crée de la « causalité ».

Ainsi[A] : Si une chose qui semble ordonnée suppose un Auteur — *l'expression de toute chose* exige (chez nous) une différenciation de fonctions et une construction qui demande du substantif et du verbe — et on les fournit. (1945. *Turning Point*, XXIX, 844.)

☆

B[er]g[son]

Personne n'a assisté à la création — ni personne à l'évolution des espèces.

Il s'agit donc de deux images fantastiques.

La première offre quelque difficulté, qui est de se représenter un état de choses avant toutes choses.

Il est simple de dire : Il n'y avait rien. On imagine une nuit, un silence. Mais ce sont là des données toutes positives.

Les ténèbres ont besoin des yeux et de la mémoire de la lumière. Le silence est l'attente du bruit.

Et enfin, nous savons que ce théâtre va s'éclairer et se peupler.. Ce *nihil* est quelque chose.

Ainsi, tout ceci est truqué.

Tout ce qui va être au commandement ne va pas n[ou]s surprendre.

N[ou]s ne pouvons penser *création* ex nihilo sans opérer une négation — qui exige une affirmation antérieure, réservée. J'éteins d'abord — Puis j'allume — Mais c'est *rallumer*.

Quant à l'évolution n[ou]s avons un modèle qui est celui du changement de l'œuf en animal. Mais ce changement si considérable, quoique n[ou]s en observions presque heure par heure, les étapes, n[ou]s est incompréhensible — l'hétérogène sort de l'homogène — tandis que le contraire n[ou]s est assez familier (? ?). La division, les pierres et le monument — *Plus facile de changer une cathédrale en tas de pierres*. (1945. *Sub signo doloris*, XXIX, 896.)[a]

A. *Deux tr. marg. allant jusqu'à :* une différenciation.

SYSTÈME

Je pose que : La Science mathématique dégagée de ses applications telles que la géométrie, l'arithmétique écrite etc. et réduite à l'algèbre, c'est-à-dire à l'analyse des transformations d'un être purement différentiel, composé d'éléments homogènes — est le plus fidèle document des propriétés de groupement, de disjonction et de variation de l'esprit. (1894. *Journal de Bord,* I, 36.)

La « psychologie » a deux grandes manières et même trois. Je ne suis d'aucune.

La 1re est surtout littéraire, avec un air juridique. La Rochefoucauld, Montesquieu etc. Quelquefois elle a un caractère observateur auquel l'arbitraire ne laisse d'autre vertu que celle du conte — Stendhal — La Bruyère etc. Constant etc. Balzac.

La 2me est scientifique. Elle connaît le cerveau, mais surtout celui des pigeons. Elle étudie les *facultés* et les organes. Elle est encore fort dispersée, à la recherche d'un début. Ce qu'elle connaît le mieux sont les *erreurs* des sens, les troubles nerveux. Une fâcheuse méthode médicale la domine encore. Toutefois elle est probe, accumule beaucoup de faits, entrevoit des lois particulières. Elle a du reste des limites étroites qu'elle tente de reculer en ne proscrivant plus l'observation self-intérieure. (*Ibid.,* I, 44.)

☆

Si je n'arrive pas à autre chose, je saurai du moins de quoi il ne faut pas s'occuper. (*Ibid.,* I, 53.)

Réflexions sur l'algèbre. Invention d'une langue symbolisant les opérations de l'esprit. Pour y arriver, analyse ce que c'est qu'une langue par rapport à ces opérations, et son jeu. (1896. *Log-Book*. π = *16*, I, 129.)

Les différences entre les choses connues constituent la connaissance, et la connaissance est comme un lieu géométrique. Tout ce qui est, est connu, en vertu d'une propriété commune. Qu'y a-t-il de commun entre ceci, cela, cette couleur, cette autre, ce son, ces combinaisons ? et puis aussi les choses imaginaires. Voilà la question.

Physiquement et du côté des sens, cette observation peut suggérer une hypothèse mécanique. Mais une telle solution — qui est du reste intéressante — n'est plus une solution pour celui qui connaît la nature et le domaine des mécanismes. (*Ibid.*, I, 130.)

La philosophie s'est toujours attribué la Science des sciences. Mais ce qui surprend en elle quand on la parcourt, c'est l'absence de toute solution précise et de toute indication pratique quant à la nature des faits intellectuels. Elle ne montre en rien les procédés réels de la pensée. Elle [ne] donne jamais une recette pour utiliser sa pensée, pour capter tout ce [qui] s'y passe et prévoir les résultats d'une rêverie, d'une méditation, d'un calcul. (*Ibid.*, I, 131.)

Étant donnée une th[éorie] quelconque de l'esprit, sur quoi porte la différence des « *esprits* » ? (1896-1897. *Selfbook*, I, 84.)

☆

La psychologie en tant qu'étude de fonctions, il ne faut pas étudier les portions particulières — disconti-

nues mais les relations générales où le continu peut
s'introduire. (*Ibid.*, I, 105.)

Peut-être y a-t-il une loi dans les ph[énomènes] nerveux comparable à l'induction.

Une certaine action modifierait une autre — par ses
variations et non par sa propre intensité (dans certaines
limites). (1897. Sans titre, I, 793.)

10 h[eure]s. Je suis saoul, ivre de physique et il me
semble que dans la psychologie on trouverait toute
une sagacité comme cela à introduire. — (1897-1899.
Tabulae meae Tentationum — Codex Quartus, I, 306.)

La psych[ologie] serait la géométrie du temps —
c'est-à-dire une convention ou le résumé des lois suivant
lesquelles se succèdent les états de connaissance. (1898.
Sans titre, I, 383.)

Étant donné un ensemble quelconque il y a des
connexions entre les parties. Ces connexions se classent.

On peut les définir ainsi : Si *A* est relié à *B* cela veut
dire toute variation en *A* se *traduit* en *B*.

Être vivant.

Nombre de connexions entre 2 points, êtres plus ou
moins reliés[A].

Ordre de connexion.

Combinaison de la connexion avec le temps.

Connexion dans le temps.

Une connexion peut être directe ou indirecte —

A. *Dessin en marge d'un cercle irrégulier rattachant deux points* A *et* B.

A-B ou *ACB*[A] — rattacher tout ceci à la connexité de Riemann. Il suffit pour cela d'appeler connexion la ligne[B] *cc'*.

Nature de la transformation connexe. ∂A donne ∂B.

La comparaison de ∂A et de ∂B mesure la connexité —
$$\frac{\partial A}{\partial B} = K : \frac{\partial C}{\partial B} = \frac{O}{K} \text{ ou } \frac{K}{O} \text{ ou } \infty.$$

Cas principaux — dans le corps O^c *A* étant altéré *B* est altéré, mais *C* sur le trajet peut être ou non altéré. Si *AC* est infiniment petit on a une connexion de proche en proche. Si $dC = 0$ la connexion est maxima.

Mais on fait toujours l'hypothèse du proche en proche — pourquoi ? (1898. Sans titre, I, 446.)

Trouver.

Aller à la limite.

Pouvoir écrire sa pensée. La soustraire à la particularité d'un de ses points. Voir les ensembles.

Remplacer chaque fait mental par sa loi plus quelque chose.

Pouvoir opérer, transformer.

Trouver — le lien sans cesse du formel et du signifié.

Remplacer chaque chose par sa formule ou expression d'une suite d'opérations intellectuelles.

Résistances. Difficulté. Symétrie.

Mesures.

Pouvoir.

Représentations diverses, conformes etc. Transformations. (1898. *Paul Valéry*, I, 467-468.)

Toute méthode consiste au fond à bien isoler et

A. *Dessin en marge représentant ces deux genres de connexion par un triangle dont les trois angles sont marqués* A, B *et* C.
B. *Petit dessin représentant une ligne* cc' *à l'intérieur d'une figure irrégulière.*
C. *Dessin d'une ligne* ACB *entourée d'un rond.*

connaître ses éléments — le reste n'est rien, il se fait tout seul.

Le suprême en ce genre est atteint quand on arrive à la quantification = à la substitution au donné d'un ensemble d'éléments *égaux* ou *égalisables* qui eux-mêmes sont substitués par l'un d'eux et des opérations simples, elles-mêmes réduites par un système de notation.

Je répète que le reste n'est rien. (1899. εἰδωλολατρεία, I, 522.)

Je n'ai pas pu supporter de ne pas commencer par le commencement. (1899. Sans titre, I, 615.)

La connaissance regardée comme une variété à *n* dimensions, — il y a intérêt à savoir les relations générales entre toute variété à *n* et toute variété à *n* - 1 dimensions.

La portion φ de la connaissance a une variance variable suivant les circonstances et passe de 0 à 7 ou 8. — (1900. Sans titre, I, 842.)

Je sens que tout progrès philosophique à venir dépendra de l'envie qu'on aura de *représenter* plus ou moins précisément la connaissance et la pensée. (1900. Sans titre, I, 870.)

Ces années, j'ai étudié la langue et le temps. Plus généralement les notations, et les opérations. Je pense à un langage plus général que le commun et parfaitement précis pour représenter la connaissance. J'en arrive à concevoir que *je me refuse à discuter ou à comprendre tout résultat énoncé dans le langage commun*.

Je me refuse à *ne pas* tenir compte de ce qu'est ce langage quand on me donne une question qu'il habille et transforme.

La question de la valeur des *représentations* est immense. (*Ibid.,* I, 876.)

Difficultés

Tous ces papiers sont les monuments de mes difficultés. Ces dernières sont ou classiques dans ces sujets ou miennes. Comme classiques il y a la question des sentiments, des émotions et en général des correspondances du physique et du moral. En plus général, la question des *nouveautés* et des productions brusques dans le système de la connaissance.

Autre difficulté — voisine — ce qui dans ce système ressemble à un potentiel — la mémoire etc.

Difficulté générale — le temps — le langage — et dans mon sentier — la fabrication des instruments destinés à remplacer le langage ordinaire pour cette recherche. —

Une difficulté très profonde est le doute si je dois me borner aux éléments conscients — ou non. (*Ibid.,* I, 882.)

La psych[ologie] est une théorie de transformations — il faut en dégager les invariants et les groupes, c'est-à-dire les figures, les distances pour établir l'espace psychologique.

Si A est un état, B un autre état, on a souvent $\varphi(A) = \Delta\varphi(B)$. (1900. *More important — Opérations (Groupes, transformations),* I, 915.)

Méthode

Le dessein me vint[1] de ne plus apprécier les œuvres humaines et presque les autres choses que selon les procédés[a] que j'y pouvais remarquer. C'est-à-dire que, d'abord ingénument et puis, de toutes mes forces, je supposais chaque fois que je dusse[b] exécuter la construction de la chose donnée; — et je tâchais à la réduire à des actions[c] successives dont le caractère principal était que je savais ou ne savais pas les produire. De la sorte,

j'écartai de ma recherche, — non de mon sentiment —
tout jugement incertain[a] ou vague, et je me bornais
à mesurer chaque fois mes forces ou, si l'on veut, à
diviser le donné par ce qui était possible à mon esprit.
De la sorte, chaque chose proposée devenait une série
de problèmes et je ne la considérais que comme ne
demandant de moi qu'une série d'opérations.

Ces opérations, les unes, personne ne les peut faire;
les autres sont à quelques-uns et le reste à tout le monde.

Pour moi, lorsque j'étais arrêté, je regardais comme
un nouveau problème le fait de ne pas pouvoir résoudre
le primitif. (1900. *Cendres*, II, 2-3.)

Peut-être trouvera-t-on, trouverai-je ! ce langage sans
métaphores matérielles qui produira la vie mentale —
vraie — ? ? ? ?

Suivre ces métaph[ores] dans le lang[age] ordinaire —
algèbre — ? ? Le domaine spirituel est encore inconnu
à cause de ce manque. (1900-1901. Sans titre, II, 78.)

Je tente à mes risques et périls ce qu'ont tenté et
accompli Faraday[1] en physique, Riemann en mathématiques — Pasteur en biologie — et d'autres en musique.
Je tente de donner à la théorie de la connaissance une
méthode assez rigoureuse pour diminuer le nombre des
fantômes qu'elle comporte et rendre plus connexes les
branches pratiques qu'elle a toujours possédées, à l'écart
de ses théories successives. Mais dans ce domaine plus
que dans les autres il est difficile de pratiquer des séparations, d'établir un système homogène de notation —
Essentiellement je cherche l'expression la plus conforme
et la plus commode des transformations incessantes de
la connaissance. *Tous les résultats, toutes les constructions
connues* ne tiennent aucun compte apparent de la durée.
Ils impliquent une foule d'axiomes conservatifs. Je tiens
à déterminer la situation *vraie* ou *relativement uniforme* de
l'ensemble des notions... (*Ibid.*, II, 102.)

Courage de se dire : dans tel domaine je n'y vois pas — je pense là avec les choses toutes faites — les mots de tout le monde — le vague de l'instruction et de l'*extérieur*. (1901. Sans titre, II, 308.)

— — Ce que je puis de moins en moins comprendre — c'est qu'on puisse parler, parler, parler (écrire, écrire, écrire —) tout à coup sur des faits particuliers sans s'arrêter d'abord — assez — pour avoir envie d'*aller au fond*..... Et s'il n'y a pas de fond, se taire. (*Ibid.*, II, 309.)

Je cherche une pureté inédite dans les matériaux et les opérations de la pensée constructive. Je veux obtenir à l'état pur ses procédés et ses actions. Cela ne se peut sans écarts ou erreurs. (1902. Sans titre, II, 625.)

Ce qu'il faut chercher à concevoir c'est le fonctionnement d'ensemble de l'être humain. (1902. Sans titre, II, 770.)

Mon devoir n'est pas facile — — Il s'agit de ressaisir tout ce qui représente l'homme, de redescendre aux vrais phénomènes si cachés sous les mots, sous les habitudes, sous la logique même, d'apercevoir ce qui est devenu invisible par trop d'évidence — de réunir ce que sépare l'usage immémorial, de me méfier de tout, de décrire[A] exactement les faits les plus instables, de construire de toutes pièces des notions nouvelles, à la *même place* où l'humanité successive en a établi de grossières. (1902-1903. *Algol*, II, 839.)

A. *Tr. marg. allant jusqu'à :* des notions nouvelles. *Aj. marg. :* A H

De même que le géomètre se débrouille dans le chaos physique en demandant ce qu'il peut mesurer et en réduisant la spéculation aux combinaisons de mesures — et sa fin à une mesure, de même je veux réduire à des actes représentatifs toute spéculation. Mon pouvoir réel doit seul être employé et tout finir à lui. (*Ibid.*, II, 898.)

Il faut introduire dans l'étude de l'esprit — c'est-à-dire de l'homme total — des notions nouvelles, pures — vierges, fondées directement et visiblement sur l'expérience et l'observation. En général le sens des mots usités par les philosophes n'est pas *observable*. (*Ibid.*, II, 921.)

Je cherche ce qui me permettrait de regarder ou imaginer le sommeil comme le raisonnement, la surprise, la colère comme la métaphore, — l'abréviation comme le développement, l'excitation comme l'abattement et suivre, même, légitimement jusque chez l'enfant, jusque chez l'animal, chez l'ivrogne, chez le malade, le fol et l'idiot — le mot à mot de leur être tout entier. (1903. *Jupiter*, III, 23.)

Groupes d'opérations[A] — possibilité de délimiter — de trouver un état initial et un final — le *final est identique à l'initial*, retour comme justification des opérations. Le livre est fini quand on se trouve comme naguère, *sans livre*.
Les opérations ne sont intelligibles et saisissables que par cette propriété. Appliquer ceci aux réflexes. L'inconscient comme illimité — donc insaisissable. On introduit par artifice — la conscience — la suite d'opérations

---

A. *Tr. marg. allant jusqu'à* : également final et initial.

dirigée et tendant à un état stable également final et
initial.

Possibilité de l'abréviation par les groupes.

L'ordre, notation qui fixe un parcours d'opérations formant un ensemble complet, monodrome, et cyclique. [...]
(*Ibid.*, III, 69.)

☆

L'analyse des sens des mots employés en psychologie
doit elle-même faire partie de la psychologie — et donc
ces sens eux-mêmes ne peuvent pas être utilisés comme
instruments. (*Ibid.*, III, 120.)

☆

Les schémas qu'on est *obligé* de tracer pour *regarder* le
système nerveux prouvent combien peu ce système de
relations et interventions est connu, explicateur —

Quelle est la puissance de ce système idéal pour expliquer ou représenter l'esprit ?...

Ces schémas sont faits de masses séparées et de liens.
Je traduis par *indépendances* et dépendances. À quoi bon
des termes anatomiques ou physiologiques qui ne représentent que des situations et des structures au fond irrationnelles avec nos autres connaissances ? —

Les masses sont certaines choses de même espèce. Les
liens sont des temps — Temps — immédiats — médiats
— Indépendances — Voilà.

Je propose de faire abstraction de l'imagerie physiologique — et de — — — psychologique.

Chercher des invariants. Baptiser des notions pures.
Mêler les 2 domaines. Le physiologisme donne sur
l'infini — entraîne dans les sens et vers leurs limites. —
Le psychologisme est un cercle vicieux. (*Ibid.*, III, 132.)

☆

Trouver une représentation intuitive du fonctionnement total du vivant —

Une surface à la Riemann — Plan de la conscience —
Plan des imaginaires, c'est-à-dire des phén[omènes] physiologiques. (1903-1905. Sans titre, III, 217.)

AH.

Le but étant une représentation commode — conforme, réduite — la psych[ologie] phy[sique] donne certaines indications figurées — mais en elle-même ne peut supporter toute la tâche — étant elle-même une représent[ation]. Quelle est la représ[entation] des f[onctions] physiques ?

Ma méthode de remonter toujours aux fonctions vraies — repasser par l'informe — chercher l'ensemble des chemins d'un état donné — dessiner le contour du possible — assigner les intermédiaires, les moyens relatifs — séparer les figures — chercher les transformées — agir complètement sur le sujet donné, — mais *après en avoir fixé la réalité pure,* seulement — (*Ibid.,* III, 250.)

Une classification bien faite des éléments de la conscience, supprime la plupart des problèmes classiques — et à leur place — on voit des problèmes plus profonds — moins linguistiques — — — Mais ceci pour être vrai — doit être précédé du problème général de la linguistique ou notation, savoir : une telle classification est-elle réalisable d'une seule manière ?

Il faut remonter à l'état où un langage n'est pas encore institué. (*Ibid.,* III, 277.)

J'ai considéré toutes les notions et abstractions usitées comme devant être refaites — comme : le résultat d'expériences, de besoins et de tendances anonymes, immémoriaux et qui peuvent être refusés, repris — dans un but de rigueur et de développements. (*Ibid.,* III, 281.)

.. Je me servirai du mot attention — mais il ne faut pas oublier qu'une théorie rigoureuse psychologique ne comprendrait que les phénomènes représentés systématiquement par des notions — nouvelles, spéciales, — uniformes — extérieures les unes aux autres — faute de quoi les jugements énoncés sont équivoques et le sujet inépuisable. (*Ibid.*, III, 284.)

Les termes psychologiques classiques ont perdu d'abord leur valeur de métaphore — mais ils n'ont pas acquis de valeur nette, conventionnelle, uniforme, identique. Ils sont presque clairs dans les phrases — et obscurs isolément — Mauvais instruments de recherches. (*Ibid.*, III, 314.)

La psychologie ne doit pas être *explicative,* mais seulement représentative. (*Ibid.*, III, 392.)

La psychol[ogie]ᴬ n'est possible (comme ensemble scientifique) que si on consent à regarder l'homme comme un système — c'est-à-dire un ensemble de parties, isolées ensemble et séparées de tout et qui sont *toutes hors de l'œil qui les regarde,* soumises semblablement et entièrement à la même connaissance — quelles que soient leurs différences intérieures / entr'elles / — et leurs relations. Si elle est une science possible — tout l'homme doit être une représentation. Il doit monter tout entier sur le théâtre non seulement tel qu'il s'apparaît à lui-même et qu'il apparaît aux autres — mais sans perspective et avec toutes les perspectives.

Psychologie, Science de ce qui ne change pas dans la pensée — de ce qui dans chaque pensée est plus général que cette pensée. (*Ibid.*, III, 421.)

Notre devoir est de nous faire une figure de l'homme tout entier qui nous permette d'embrasser d'une manière

ᴬ. *Tr. marg. allant jusqu'à* : doit être une représentation.

générale, l'étendue de ses modalités — de ses pouvoirs — de ses transformations, par ordre à peu près comme tous n[o]s mouvements infinis sont contenus dans une bonne connaissance de l'anatomie. Pour cela il faut déterminer les domaines partiels, leur extension, leurs dimensions, et puis leurs restrictions mutuelles — en quoi la physiologie pourra servir. (*Ibid.*, III, 428.)

Analysis situs[1] et psychologie —

Situation et localisation intégrale des sensations — diversités —
Intus et extra — Monde extérieur —
Images — Localisation des faits mentaux.
Temps.

L'analysis situs recherche les principes — les notations pures de tous ces rapports qui s'expriment par — intus, extra, trans, inter, circum, c'est-à-dire subdivision d'un espace ∞^n en régions, par des figures de forme quelconque — mais déterminées en nombre de dimensions et en *extension* — je veux dire continuité[A]. La droite et la gauche sont des relations qui appartiennent à l'analysis situs, étant les situations d'un point entre 2 autres p[ar] rapp[ort] à une rotation donnée — c'est-à-dire constante — situation qui est inversée dans l'autre figure si on conserve la rotation. (*Ibid.*, III, 438.)

Hardie métaphysique —
Il y aurait dans le corps des masses en connexion réciproque ou non, et d'autres (ou les mêmes par d'autres endroits) sans connexions.
Il y aurait donc des systèmes conducteurs et des systèmes diélectriques.
Alors les courants de conduction seraient la règle — les courants de déplacement seraient — conscience[2].

A. *Petit dessin en marge de deux cercles qui s'intersectent, dont l'un est situé sur un plan vertical et l'autre sur un plan horizontal.*

La volonté serait l'action des 2mes sur les 1ers.

Les relations irr[ationnelles] seraient aimantation.

Soit ce circuit de forme c^A.

La conscience serait *illustrée* ainsi comme mode singulier de connexion. (*Ibid.*, III, 454.)

Pour moi j'appelle philosophie tout ce qui est recherche de pureté dans les éléments, ordre, rigueur, prolongement de l'ensemble, volonté dans le dessein et maintien de volonté. (*Ibid.*, III, 474.)

Une science trop verbale et qui ne se peut mettre en images, schèmes et transformations réglées, est *superficielle,* étrangère à mon organisation profonde. (1905. Sans titre, III, 641.)

Toute ma « psychologie » ou si l'on veut mon désir et mon objet le plus persistant, est de — m'exprimer — ou bien de faire un langage pour ma pensée — ce qui revient à chercher des lois élémentaires et des conventions constantes. (*Ibid.*, III, 655.)

Tout système de psychologie est mille fois trop simple et cent fois trop compliqué. (*Ibid.*, III, 679.)

Je sens de plus en plus le besoin (presque douloureux) de posséder un instrument plus énergique que le langage pour rapprocher mes résultats divers.

Ainsi mes propositions assez nombreuses sur la mémoire n'entrent pas dans leur état dans une représentation. (1905-1906. Sans titre, III, 687.)

A. *Dessin d'un circuit électrique élémentaire comprenant un courant de conduction et un courant de déplacement.*

Je cherche[A] les définitions psychologiques par l'état des parties constituantes du système. Et je cherche le système par le moyen des invariants et des transformations, par la remarque des modes qui s'excluent entre eux et de ceux qui se changent les uns dans les autres soit réciproquement soit unilatéralement. (*Ibid.*, III, 719.)

Un langage ! Un langage ! pour exprimer non les images mais leur construction, mais leur sort — et tout ce qui, quantité, forces, transformations réglées ou élémentaires, ... les fait — *vivre*. (*Ibid.*, III, 720.)

Nous avons peut-être besoin de tout exprimer en fonctions d'une seule variable. (Ibid., III, 794.)

A[nalysis] S[itus]

[...] Contenant et contenu sont des notions qui ont pu être généralisées comme exprimant une f[onction] discontinue d'une certaine variable continue. La connaissance peut — d'ailleurs en général est regardée sous cet aspect et son type général est fonction discontinue de variables continues. (Demandes — réponses — continuité.)

L'ensemble des sensations et accommod[ations] externes forme contenant par rapport à l'ensemble interne. J'ai l'idée d'une marche continue qui venant des choses vues et touchées passe par ma tête et là se perd — puis se retrouve au sortir. Toute pensée sort dans les sensations seulement.

Et d'autre part l'ensemble des pensées forme contenant par rapport aux sensations et accommodations en tant que collection des fonctions possibles et en se consi-

A. *Tr. marg. allant jusqu'à* : parties constituantes du **système**.

dérant lui-même comme valeur particulière d'un lui-même qui peut aussi représenter ou devenir le monde extérieur[A].

Toute sensation ne va que vers la pensée seulement.

Et ces 2 faces suivant que l'on regarde une espèce de lois ou l'autre, les 2 espèces étant également impliquées dans chaque cas. (*Ibid.*, III, 820-821.)

Problème

Considérons un système D.R. Et d'autre part une pensée quelconque. Il importe de décomposer la pensée donnée en système D.R. Là serait l'objet de la géométrie psychologique. (*Ibid.*, III, 881.)

Comparaison.

Comparer le problème classique de la distribution des couleurs sur une surface de tel ordre donné[1] — avec certains phénomènes de la conscience — coexistence de *m* impressions sans confusion. (1906-1907. Sans titre, IV, 156.)

Matériaux impurs — Mains sales —

Musique — Définition de la gamme — Usage de ce système *pur* et complet.

Histoire — encore en pleine impureté — Ne pose pas de questions.

Tentative des scholastiques — Échec — Vanité de la logique sur langage usuel.

Tentative moderne — Symbolique logique — Algèbre.

Pureté et ordre — Séparation nette des opérations et

A. *Aj. renv.* : Ainsi un colossal problème d'analysis situs : qui est le problème le plus général de l'accommodation instantanée centrale — ou conscience — et tellement étendu qu'il faut y faire entrer des transformations continuelles comme l'inversion de contenant en contenu et vice versa — Le tout devenant partie.

des *substances*. Systèmes fermés — Quelle que soit la *note* émise — elle est en relation simple avec toute autre — relation définie et ordonnée — et distincte. (1907-1908. Sans titre, IV, 185.)

.. Vieux désir, te revoilà, (périodique souffleur) de tout reconstruire en matériaux purs; rien que d'éléments définis, rien que de relations nettes, rien que de contacts et de contours dessinés, rien que de formes conquises, et pas de vague[1]. (1910. *D 10*, IV, 461.)

Mon goût du net, du pur, du complet, du suffisant — — — conduit à un système de substitutions — qui reprend comme en sous-œuvre le langage — le remplace par une sorte d'algèbre, — et aux *images* essaie de substituer des *figures* — réduites à leurs propriétés utiles[2]. — Par là se fait automatiquement une unification du monde physique et du psychique. (*Ibid.*, IV, 472.)

☆

Origine de mes idées favorites

Très jeune, j'ai eu la certitude qu'il devait exister entre toutes choses, toutes données, sensations, sentiments et durées et idées — des rapports analogues aux relations numériques, la connaissance exigeant nécessairement une sorte de commensurabilité de degré suprême entre tout ce qui tombe sous son signe.

J'appelais ces rapports : des nombres plus subtils et je remarquais de toutes mes forces tout ce qui pouvait fortifier cette manière de voir, ou semblait la vérifier. J'étais donc conduit à essayer de compléter chaque expérience ou idée par des éléments que je pressentais ou imaginais être *impliqués,* mais peu sensibles, et qui me permettaient de satisfaire cette sorte de logique dans laquelle le sujet, le support, l'être était la connaissance même et même *moi.* À toute chose, fragment par définition, s'adjoignait un homme et toutes ses conséquences — : d'une part limitation, restriction — de l'autre, extension et enri-

chissement à cause des retentissements inhérents à
l'homme tout entier — — Rien qui ne fût humain dans
ce système; rien d'humain qui n'y fût.

Commandé par mon système ou par ce qui le command-
dait lui-même, je me mis à m'observer. J'apportai un
grand soin à préciser mes modes et mes fonctions, à bien
séparer les images et le langage, les raisonnements et les
formations spontanées, à réduire tout ce qui se passait
devant moi en éléments réels, c'est-à-dire psychologiquement définis — estimant que rien n'était achevé qui
n'avait pas été poussé à la limite d'une notation *purement*
psychologique et physiologique. (1912. *G 12,* IV, 679.)

Une seule chose importe — celle qui se dérobe, infiniment, indéfiniment, à *l'analyse,* — ce rien, ce reste, cette
décimale extrême.

Et c'est pourquoi il faut faire des analyses, et de plus
en plus fines, serrées, subtiles, précises — insupportables.
(1913. *L 13,* V, 10.)

Quantification psychologique. (*Ibid.,* V, 16.)

L'œuvre importante en psychologie générale sera de
trouver les notions qui analysent le sujet mécaniquement — des notions aussi simples et pures que celles de
groupe, de modif[ication] réversible, d'équilibre — etc.

Ces notions que j'estime et envie et qui doivent
détrôner les anciennes — ont ce caractère d'être arbitraires et indiscutables. On ne les voit pas[A] nécessairement mais dès qu'on les a vues, on ne peut plus ne plus
les voir; et au contraire on voit par elles — Comme ces
figures de l'attention dans un champ uniforme et qui
s'imposent à leur inventeur, une fois perçues ou créées.
Damier.

— Ainsi le mécanicien *voit* les centres de gravité et
les axes instantanés etc. et voit *moins* les corps.

A. *Deux tr. marg. allant jusqu'à :* ne plus les voir.

C'est une nouvelle intuition, propre au calcul. (1913. *M 13*, V, 40-41.)

T.

Le travail est double — 1. Épurer — redessiner, resignifier les choses, redissoudre et faire recristalliser les relations — Préparer des corps purs — Gamme.

Et, 2 : faire passer ces nouveaux éléments dans le disponible, le futur spontané, l'immédiat, — dans l'automatique *et* dans la sensibilité.

.. Mon idéal n'a pas été de présenter une explication du monde, mais d'accroître les pouvoirs, le dressage du système humain : Particulièrement, de le *préparer contre* ses sentiments et ses pensées, ses émotions — en essayant d'adjoindre à ces fluctuations la notion de la relativité de leur valeur et de l'indétermination de leur *signification*. (1913. *P 13*, V, 169.)

Mon but principal a été de me figurer aussi simplement, aussi nettement que possible mon propre fonctionnement d'*ensemble,* — monde, corps, pensées.

Ce n'est pas un but philosophique.

La philosophie, dont j'ignore la définition, — parle de tout — dont une grande part par ouï-dire. Il n'y a pas permanence du point de vue ni pureté des moyens.

Rien ne peut être plus faux que le mélange (par exemple) d'observations internes et de raisonnements, si ce mélange est fait sans précautions et sans qu'on puisse toujours distinguer le calculé de l'observé; ce qui est perçu et ce qui est déduit, — ce qui est langage et ce qui fut immédiat. (1914. *Q 14*, V, 211.)

On ne peut se rendre un compte assez net du système psychique, de sa singularité que par une comparaison constante avec le monde de la physique. J'entends une comparaison *fine* — c'est-à-dire en essayant d'appliquer les concepts de la physique, son langage, et ses analyses aux faits psychologiques.

Alors, des propositions physiques les unes sont affirmées, les autres niées du monde psychique (mais sous réserve de la possibilité de comparaison, naturellement). (*Ibid.*, V, 212.)

☆

« Matérialisme »

La connaissance des propriétés matérielles est la meilleure introduction à celle des propriétés mentales.

La connaissance de la physique est importante pour la connaissance de la psychique, et la connaissance de celle-ci indifférente ou nuisible à celle de celle-là.

Ce serait une acquisition positive de réduire à une mécanique un événement psychologique, et ce serait une perte, une diminution de puissance de ramener à des notions psychologiques l'expression de phénomènes physiques.

Cette pierre *veut* tomber. Ce cristal *agit* sur cette onde. Cette aiguille pressent, hésite, devine le Nord. Nous voilà bien avancés. (1914. R *14*, V, 218.)

☆

Je *vois* invinciblement le sommeil — l'attention — — comme des « équations ».

C'est le fond de ma théorie des phases.

Je raisonne comme si ces équations existaient. Mes observations tendent à voir ce qui peut les préciser, à ne pas voir ce qui n'y aurait pas de rapport.

Je suppose donc une homogénéité entre des phén[omènes] bien irréductibles — mais pas plus hétérogènes[A] que chaleur et mouvement, angle et ligne : une limitation réciproque me suffit — et je cherche à la trouver dans les observations; et ceci suggère des observations que je n'aurais pas faites sans cet instinct. Et j'en trouve parfois.

Ainsi cette relation (que j'ai posée il y a si longtemps,

A. *Aj. renv. :* Et après tout il ne s'agit que de trouver ou plutôt de — retrouver — une « forme » qui [*Phrase inachevée.*]

tout au début de mes réflexions), entre φ et ψ, et qui définit le présent grossièrement — et qui dit : ce que je pense gêne ce que je perçois — et réciproquement.

Cette relation est observable — Elle ne peut pas ne pas être observée. Une fois que je l'ai vue, je la vois toujours.

Etc.[A] (*Ibid.*, V, 231.)

Ma philosophie voudrait se réduire à des relations entre choses observables.

Ces relations mêmes sont des choses *faisables.* (1914. Y 14, V, 442.)

Système nerveux — et analysis situs.

On peut considérer toute modification comme une coupure dans un système de connexion μ.

Connexion variable. (1914-1915. Z 14, V, 492.)

De la reproduction des choses de l'esprit

Ce curieux sujet n'a pas été regardé, que je sache. Et si je dis vrai, c'est une nouvelle marque de la légèreté connue des critiques.

Toute lecture prolongée d'un auteur dispose le lecteur à émettre des pensées ou des formes.. homogènes à celles de l'auteur. À le continuer dans une autre bouche.

Il ne s'agit pas du plagiat, ni de l'imitation raisonnée. Mais la chose lue communique un mode, un accent, un mouvement, un sentiment des *effets,* qui se prend.

Les résultats obtenus sont bien intéressants. Ils ne sont ni empruntés à l'auteur, ni toujours inférieurs aux siens, ni toujours aisément reconnaissables, ni exclusifs d'une activité directe et propre de l'auteur *secondaire ;* ils peuvent être plus importants.

Et de plus ils peuvent constituer des combinaisons de

A. *Lecture incertaine.*

l'auteur primaire avec d'autres et avec l'auteur secondaire.

La définition si difficile de la *forme* littéraire est mise en jeu directement dans cette expérience.

« L'homme même » — Certes — et le problème le voici : Qu'est-ce qui est imitable ? — Ce n'est pas le nœud de circonstances indépendantes d'où tel écrit, telle ligne sont l'effet. Ni la personne, qui est également un coup de partie sans second / lendemain /.

Il faut donc chercher et trouver d'autres notions. En les cherchant, on est amené à considérer un tout autre mode de *reproduction des choses de l'esprit*.

Deux hommes qui s'ignorent à des temps et en des lieux bien séparés, sans contact littéraire ou autre — arrivent à la même *idée*. Ainsi dans le *Cœur mis à nu* de Baudelaire, je trouve sur l'amour une pensée très particulière qui est aussi — à des dixièmes près — écrite dans un manuscrit de Léonard que B[audelaire] ne *pouvait* pas connaître.

Il se forme une sorte d'équation entre des êtres bien différents. Ils ont de commun : d'abord un certain objet ou une impression — cet objet ou impression ne leur est pas propre. Ensuite une réaction qui leur est propre à chacun.

Cette réaction quasi identique ne doit étonner et être retenue que si elle est très particulière — rare — improbable.

Elle fait penser (alors) que le monde intellectuel ne suit pas les mêmes lois de hasard que le monde physique.

— Mais quel est l'aspect du monde mental sous le rapport des chances[A] ?

Quelle est la probabilité de telle idée ? Quelle est la probabilité pour que telle idée vienne à p individus ?

— Peut-on regarder la sphère mentale comme un théâtre d'événements, un vase où les molécules de gaz se heurtent ?

Cette image parfois s'*impose*. Une tête fertile, une circonstance excitante, conversation animée, inspiration, incohérence, hâte, volubilité — Dire un nombre *au hasard*[B].

A. *Aj. marg.* : Probabilités
B. *Aj. marg.* : Je ne sus que répondre.

Remplacement d'une réponse adaptée par une foule de solutions essayées « au hasard ».

L'à-propos. — —

Quelle est la pr[obabilité] de telle association ? de tel souvenir ? Mystère radical.

— Mais du moment que l'événement se produit —

La loi des grands nombres — cette définition, — prétend que l'événement se rapprochera de sa probabilité à mesure que le n[ombre] des épreuves croît.

La prob[abilité] que la chose arrivera dans la proportion même de sa probabilité croît avec le n[ombre] des épreuves.

C'est un sentiment.

Admettons.

Si donc l'événement se produit on doit le considérer comme *signe* d'une probab[ilité] — vérifiée à la longue. S'il est très peu probable en soi, le nombre des épreuves a été *probablement* très grand. Ce n'est pas la *valeur* des idées qu'il faut considérer dans ces recherches. Cette valeur n'est pas chose définie — Mais bien leur rareté ou *nouveauté* par rapport à l'*ordinaire* des idées du sujet considéré.

Ce n'est pas tout. Il y aussi une autre sorte d'improbabilité des idées : c'est la qualité d'une idée de satisfaire à des conditions exprimées. Ce n'est plus la nouveauté, c'est la *conformité* (qui peut, au contraire, être attendue en vain depuis longtemps).

— Tantôt on ne peut dire à quoi *répond* telle idée qui vient. Tantôt on ne sait que répondre à telle question.

À quoi *répond* ce désir, — ce rêve — cette idée — cette perspective ? Quelle idée répondrait à ce désir, à cet obstacle — ?

Quelle probabilité y a-t-il pour que, dans telle quantité d'individus, *a* et *b* se conviennent ? *a* et *c* se répugnent ?

Si une activité psychologique peut être regardée comme combinatoire, elle donne prise par là aux notions du calcul des probabilités.

Or l'activité psychologique est toujours représentable par les combinaisons d'éléments invariants et finis en nombre, comme le langage ordinaire; et même les états non *énumérables* sont en dernière analyse, composés de constituants indépendants.

— Pour chaque individu, il y a, à la longue, des combinaisons plus nombreuses de telle espèce.

L'absence de loi ? — Cette absence *réalisée,* au moins un grand nombre de fois —

Quelles sont les chances de cette pensée ? (1915. Sans titre, V, 750-752.)

n + s.

Ce chiffre de ma première pensée, vers 92 —, cachait mon idée secrète que l'esprit est commune mesure de toutes choses.

Exactement : que les transactions entre tant de choses et de toute nature supposent cette possibilité d'échange, de combinaison, d'association de choses aussi hétérogènes qu'elles le soient et sans doute aussi une nature de ces choses mêmes qui s'y prêtent.

L'ensemble de toutes choses comprenant toutes leurs relations définit cet esprit. (1916. *B,* V, 894.)

Cette tâche — ne plus penser avec ce que nous savons faux. Penser avec nos acquisitions nettes — ou bien penser en ne donnant à ce qui se pense que le degré de sérieux et la portée que mérite ce que nous savons de ses origines en nous. Se dire : tel jugement vient de telle lecture et de telle impression qui vaut tant — et rien de plus. Telles imaginations devaient se produire, puisque j'ai été un enfant; puisque j'ai appris telles sottises; puisque je n'avais pas le temps de réfléchir, ou l'idée de le faire quand elles m'ont une première fois saisi. Elles n'en sont pas plus véridiques. Il ne faut pas y croire, c'est-à-dire les subir et les sentir plus profondes, plus significatives comme si leur grossièreté même était marque de leur valeur, très supérieure à mon pouvoir. Pourquoi se tourmenter à vouloir maintenir ce qui ne se maintient pas de soi-même ? — Idée ! Ce n'est pas moi qui t'ai trouvée, subie, obtenue.. et si je te prends et si je

te pèse, te trouvant légère; et si dans mon esprit tu
dépéris et te décomposes de toi-même, pourquoi ne
verrai-je pas cette inconsistance ? Pourquoi te pratiquer
une alimentation artificielle ? Si tu es vraie, prends les
chemins et l'allure de la vérité. — Mais je ne fabriquerai
pas ta vérité, je ne te donnerai pas du réel pris dans mes
ressources, comme si je ne voyais pas ma propre fraude,
et me dévalisais moi-même[A]. [...] (*Ibid.*, VI, 47-46.)

Mon travail.

Est-ce que je me trompe ? — Me suis-je égaré pendant
toute ma vie ? Quand je revois ces cahiers, je vois que
j'ai cherché indéfiniment sans but, sans livre jamais rêvé
— ce que je nomme les *conditions de la pensée*. Et je ne les
ai — cherchées que dans la mesure où je croyais qu'on
ne les avait pas trouvées ni cherchées systématiquement.

Exemple — Je n'ai jamais vu qu'on ait retenu ce fait :
qu'une pensée est incompatible avec toute autre.

La valeur de ce fait si simple dépend de ce qu'on en
sait faire.

Ces conditions sont des relations observées. (*Ibid.*,
VI, 108.)

Il est très significatif que le fondateur de l'Énergétique[1] ait été un homme recherchant le fonctionnement
de la vie et se soit trouvé par là conduit à attaquer
l'étude des systèmes hétérogènes, théâtres de modifications « internes » en les soumettant à la comptabilité.
Ce qui entre = ce qui sort.

Naturellement il a dû modifier ainsi : *il y a quelque chose
qui entre = à celle qui sort.* — Il a dû avant de compter
trouver la manière de compter. (1916. *C*, VI, 135.)

A. *Aj. renv.* : On peut donc apporter à une idée, de la vérité, de
la valeur objective; lui ajouter une vertu qui n'est pas à elle comme
la musique ajoute de la solennité ou de la grâce à des paroles; et
comme on parfume une fleur de soie —; lui fournir une force.

On peut aussi lui en ôter. Comme on le voit quand après un
temps assez long, l'idée qui jadis paraissait toute-puissante et infiniment juste, reparaît faible ou morte, destituée de sa vigueur. Et
pourtant c'est la même.

Constituer le monde et l'homme comme la musique a été constituée à partir des bruits — Séparer les corps purs, les vibrations périodiques — Former les éléments reconnaissables et reproductibles — Passer à leurs combinaisons — Tendre vers la reconstitution des impressions primitives et fermer ce cercle. Mais on aura, pendant la route, émis des choses nouvelles. (*Ibid.*, VI, 157.)

Psych[ologie]

Je ne sache pas qu'un psychologue se soit jamais mis en face du problème total d'un fonctionnement d'esprit.

La connaissance et la sensibilité et tout ce qu'elles demandent et tout ce qui leur est demandé, leur place quant au corps, leurs restrictions etc. Tout ceci a été timidement envisagé à cause de la métaphysique sous-jacente qui a toujours gêné ou paralysé les tentatives de solutions *naturelles*, grossières. (1917. *E*, VI, 422.)

Anthropomorphisme —

Les psychologues ne songent pas à étudier ces machines admirables où la combinaison d'une mécanique subtile et de l'électro-magnétisme donne des effets si souples.

Mais 1° plus on invente des machines de ce genre, plus on éclaircit par des modèles l'idée que n[ou]s pouvons avoir de l'organisation neuro-psycho-physique

2° plus n[ou]s essayons de trouver quel mécanisme peut reproduire telles activités de l'être vivant, plus n[ou]s avons l'idée de nouvelles machines. (1917. *F*, VI, 598.)

Hasards —

S'il y avait des psychologues, et non d'inutiles observateurs dont l'objet d'observation et les instruments sont ridicules — — ils eussent saisi la grande importance des considérations de probabilité dans la psychologie.

L'incessante arrivée des sensations, la prodigieuse et perpétuelle activité des associations, cela met en jeu des nombres énormes. Les lois font banqueroute dans ce chaos. (*Ibid.*, VI, 630.)

De même que l'optique, l'électricité, la chaleur etc. ne forment plus des chapitres distincts de la philosophie naturelle, ainsi, mémoire, volonté, attention, sensation.. doivent se compénétrer et se lier entr'elles.

Mais dans quelle unité ?

Homme n'est pas une notion assez fine. Peut-être — Acte ? (1918. *H, VI,* 916.)

Nous n'en sommes pas encore au moment où la psychologie peut avoir affaire à la logique — Il s'en faut[1] ! — La logique ne joue qu'à partir du moment où les définitions sont bien arrêtées — où elles sont exprimées définitivement en concepts. Le jeu ne peut commencer qu'après les conventions arrêtées. (1918. *I, VII,* 15.)

Le but[A] de la psychologie est de n[ou]s donner une idée tout autre des choses que n[ou]s connaissons le mieux. (*Ibid.,* VII, 31.)

Ma spécialité —

Ramener tout à l'étude d'un système fermé sur lui-même et fini.

(N'est-ce pas là la définition de la mathématique ? — Une expression $A = 0$ où des valeurs non finies sont impliquées est un système de trois signes.)

Or, un progrès d'apparence indéfinie résulte de cette méthode. Car elle est (par exemple) et entr'autres modes, à la base de l'application du raisonnement aux choses.

A. *Deux tr. marg. allant jusqu'à la fin du passage.*

Un raisonnement demande d'abord des définitions, et
ensuite le jeu[A] d'un système de propos[itions] qui se
transforme en lui-même, et dont on fait coïncider un
des états avec le donné, puis on opère la formation des
états successifs jusqu'à *un certain état* ou *conclusion* — qui
n'est conclusion que par rapport à un repère extérieur —
le donné.

Rendre quelque chose *raisonnible* (!). (1918-1919. *J*,
VII, 244.)

Pourquoi des définitions ? — Pour raisonner, c'est-à-
dire agir avec netteté, uniformité..

C'est là précisément la fin dernière de l'intellect. On
peut donc dire qu'il travaille incessamment, uniquement
à se faire des définitions.

S'il arrivait à tout se définir, son office serait achevé et
il disparaîtrait, cédant la place aux seules fonctions uniformes construites par définitions. (*Ibid.*, VII, 255.)

Le groupe le plus général est celui de la conscience —
qui admet comme invariant général unique la distinction
fondamentale de la connaissance.

La psychologie est l'étude de ce groupe, dont elle fait
partie. (1920. *L*, VII, 497.)

Préface d'un traité de Ps[ychologie] — c'est-à-dire
d'un Traité de mes réflexions ou recherches

Le but du présent ouvrage est la recherche (non, la
trouvaille) des conditions qui permettraient de *raisonner*
(ou calculer) les choses psychologiques.

Ce problème n'est pas déterminé. On peut l'aborder
de *n* manières. Si *n* ne peut être infini, le problème a un
sens..

Toute connaissance où la raison-calcul peut s'intro-

A. *Deux tr. marg. allant jusqu'à :* un certain état *ou* conclusion.

duire est nécessairement précédée d'une reconstruction, ou réfection de la matière d'observations. (*Ibid.*, VII, 625.)

☆

An[alysis] Sit[us]

Il y aurait de grandes choses à tirer de l'analysis situs si cette analysis était plus maniable.

Par ex[emple] la connexion psychologique — Les coupures introduites dans le cours de la pensée par les incidents relatifs — et la lutte contre ces coupures.

P[ar] ex[emple] la théorie de la mémoire.

Ordre de connexion de l'esprit, ou de l'état, nombre de chemins d'un sujet à un autre. Il y en a toujours. [...] (1920-1921. *M*, VII, 704.)

☆

Gladiator :

Je fus — je suis peut-être quant au *fond* même des pensées, (aux sentiments aussi et à ce qu'il y a de plus essentiel) — ce qu'un rhéteur est quant à leur forme, et un sophiste quant à leurs figures.

C'est-à-dire que j'ai considéré penser, le penser même, comme indépendant de ses « causes », de ses « objets » et de sa « valeur »....

Et la preuve, je la trouve dans mon histoire — quand j'ai cherché tant de fois à définir l'esprit par des postulats indépendants, more mathematicorum[1] :

Ce qui cherche des « causes »

ce qui les trouve

ce qui cherche *x*, l'attend...

ce qui « veut »

ce qui « prévoit »

ce qui « revoit »

ce qui parle, se parle, se surprend; s'attend.. (*Ibid.*, VII, 725.)

☆

Écrire le groupe de transformations qui unit, rend solidaires des phénomènes extérieurs[A], et ces événements à existence subjective — Voilà ce qui serait extraordinaire.

A. *Tr. marg. allant jusqu'à la fin du passage.*

Le groupe de Galilée-Newton, c'est le monde objectif
ici. Celui de Lorentz[1] et d'Einstein serait d'y adjoindre
le monde sensibilité. [...] (1921. *N*, VII, 860.)

☆

Ce jeudi 21/4/21

« Relativer » — opération de relativation
Transformation qui consiste à faire figurer dans les
expressions — — — —

A. Newton	⎞	Einstein
B. Max[well][2]	⎠	Lorentz

fermer le cercle[A].

Longtemps on a pris ceci pour de la « Subtilité ».
Chercher les principes ou les *habitudes d'esprit* qui
dans le domaine de l'Intellect-convenu-actuel jouent le
rôle des principes euclido-héraclito*-galiléo-newtoniens.
Leur faire subir les transformations.

Dans le cerveau actuel = ΣΣ (sens commun, expérience restreinte (= ordinaire accoutumée), langage
mythique, triade : Monde, Corps, Souffle; triade : vouloir, sentir, intelligere; — triade : Connaissance, Connaissant, Connu; — Kant, et mystiques, etc. etc.; Cause,
effet; logique etc.)

Et en somme tout le groupe du langage articulé. Mais
je l'ai considéré depuis 30 ans comme *incomplet*. J'ai vu
ceci : *Savoir,* en fonction du langage, est une apparence
liée à un observateur ou auditeur qu'il faut définir chaque
fois, de façon à pouvoir constater si la proposition
obtenue annule un état déterminé.

On le voit très bien en examinant le fait de *comprendre*
qui se réduit à une possibilité de fonctionnement, et
implique donc un être et ses conditions de fonctionnement fini.

On le voit autrement et aussi bien en observant que les
connaissances telles qu'on les forme ou qu'on les
accepte ordinairement, les acquisitions, les échanges, les
formules ne tiennent aucun compte apparent de la structure réelle des actes mentaux, des conditions DR de la

A. *Aj. : (iᵨ - ab)* [*Lecture incertaine.*]

suite des substitutions psychiques, — et que même la distinction des idées et des phénomènes secrets qui s'y lient (mais sont présumables) ne fait l'objet d'aucune réserve.

L'Inconscient, et aussi le physique, jouent très vaguement dans l'opinion actuelle, le rôle d'un éther-Maxwell qui lie et explique tout ce que l'on veut.

Cette chose cachée et demandée par tant d'autres choses doit être délimitée, — conditionnée, — pourchassée.

— La logique moderne montre déjà ce qu'il faut faire du Vrai et du Faux — Notions relatives et notations pures.

Le Moi je l'ai commencé à dessiner.

Mémoire — Passé — Univers — Tout ceci également doit être repris de près. (*Ibid.,* VII, 869-870.)

☆

La vitesse maxima dans le monde *réel* absolu, est celle du réflexe (celle de la lumière est une pure notion, une écriture —). Mais pour l'homme il ne peut rien *ressentir* plus rapide que son changement propre* le plus rapide. *C'est cette vitesse qu'il faut introduire dans les équations psychologiques universelles.* La prendre pour unité.

Cette vitesse joue dans toutes nos pensées, elle est impliquée dans toutes nos idées — et il *ne peut pas en être autrement.*

Il faut ranger à côté d'elle les autres conditions absolues qui doivent d'ailleurs s'y lier étroitement.

Nombre des choses distinctes imaginables. Durée des attentions. Trouvailles, — car *trouver* ou non dépend de la vitesse de *capture* et de combinaison, en lutte avec la vitesse de désagrégation des assemblages favorables donnés par le hasard.

(Quand je pense dans ce mode-ci, et que je viens, entre-tant, ou entre-temps, à songer à la manière dont les poètes et les critiques parlent encore de génie et de poésie, je m'émerveille de ces pauvretés lyriques et de ces hyper-mondes en réalité si pauvres.) (*Ibid.,* VII, 873.)

☆

Toute la psychologie généralisée est un problème de

relativité. Elle exige de pouvoir considérer du même point les phénomènes internes et les externes.

Ce sont leurs échanges, leurs substitutions mutuelles, leurs combinaisons incessantes qui doivent nous guider.

En somme, joindre le groupe psychologique au groupe physique. (*Ibid.,* VII, 886.)

☆

Système —

Chercher une forme pour l'ensemble de la connaissance. But. Conditions à exiger de cette forme — Sa relation indispensable avec le langage.

Parties de l'ensemble — Domaine extérieur — Domaine intérieur — Variables indépendantes de ces domaines — Nombre de variables. Phases.

Ce qu'il y a de commun aux objets de connaissance les plus différents — — Incompatibilités — Successivité — Simultanéité.

Recherche éternelle de l'unification. Procédés des philosophes — Matière — Esprit — Images grossières et surabondantes.

Éther des physiciens.

Mais si on se limite à chercher cette forme en tant qu'expression, et non en tant que réalité supposée, de sorte qu'il faille se borner à démontrer son économie, sa fécondité, son élégance, — et non sa nécessité ni son existence inobservable — — pas d'ultra-mondes — mais un système de relations entre choses observables, ou faisables.

Recherche des problèmes réels. Aveu des lacunes, ne pas les combler par des mots comme Volonté, etc. (*Ibid.,* VII, 890-891.)

☆

Le Réflexe[A] est la notion capitale, *commune* à l'obs[ervati]on physiologique et à celle psychologique. — C'est le Δs.

Intus et extra, cette figure se retrouve. C'est la forme universelle. (*Ibid.,* VII, 917.)

A. *Trois tr. marg. allant jusqu'à :* C'est le Δs.

« Système »

Le système doit consister en un choix nouveau de variables. Jusqu'ici les variables de la psych[ologie] et même de l'univers*, ont été imposées par des problèmes particuliers, par des idées métaphysiques, par le vocabulaire de l'usage. N[ou]s en sommes à l'époque où le sec, l'humide, le feu et l'eau étaient les constituants de la physique.

Ainsi, le temps, l'espace, l'intellect, la mémoire, etc. Il ne faut pas penser *avec* ces éléments impurs = (définis par les p[ro]p[ositi]ons usuelles).

Comment faire autre chose ? Comment représenter l'être ? Il faut d'abord fixer un but. Ce but — REPRÉSENTER *ce qui est, ce qui peut être. Construire un syst[ème] d'images fonctionnelles.*

Et ici l'observation même est, d'abord, une réaction de la chose observée.

Il faut rendre l'observateur présent.. (*Ibid.*, VIII, 34.)

☆

Principe du Système — (ad K)

Si l'on reprend les observations internes (psychologiques) et qu'on les exprime dans un certain *langage,*

Si l'on reprend les observations physiologiques et qu'on les exprime dans un certain *langage,*

langage, l'un et l'autre, aussi réduit que possible aussi —

alors on doit trouver enfin en comparant les résultats les *mêmes formes,* les mêmes équations finales.

Peu importent les *noms* donnés aux *lettres* au moment de la construction des équations ; ce qui sera retenu enfin ce sera leur figure.

Si par exemple, l'idée de retour au même état sert à exprimer une condition essentielle en physiol[ogie]et si n[ou]s la retrouvons en psych[ologie] —

Quel est ce langage ? (1921. *O*, VIII, 154-155.)

☆

Psychologie. Psychologues.

Pour moi j'ai essayé de me faire une idée du fonctionnement total de la marionnette.

J'ai essayé de voir — de rendre sensible à mon « esprit » — cette chose mouvante, changeante, pensante, consciente.

J'ai pensé que cette unité si complexe devait satisfaire à des « équations de condition » — qui s'imposassent en même temps au « corps », à l'« esprit » et au « milieu » *inséparable* du corps et de l'esprit; que ces conditions étaient cachées dans l'idée vague de Moi, de Homme, du Présent etc.

J'ai supposé que sous l'empire de ces conditions, toutes les modifications de toute espèce du Sujet se limitaient et se composaient.

Tout ceci n'avait pas été fait, et je ne puis pas dire d'ailleurs que je l'aie fait — Je l'ai conçu et cherché de mille manières depuis 30 ans environ. (1921-1922. *Q*, VIII, 349.)

Organon[1].

Le problème fondamental est un problème d'analysis situs — de relations *dans,* et de connexions. De plus le probl[ème] doit être transformable — et peut-être même la transformation être *nécessaire ?*

Ensemble des sensations   les S
Ensemble des représentations les R
Ensemble des « actes »   les A

Ces 3 ensembles se soudent, se pénètrent, s'enveloppent.

Il s'agit de se faire de la connaissance réelle — observable, l'idée la plus générale — De représenter la conscience à elle-même.

Or, optique de chacun. (*Ibid.*, VIII, 360.)

Quel sens a ce mot : univers ?

En suivant le fil de ce mot, on voit bien toute la naïveté de la pensée.

Raisonner sur la locution « Tout ce qui est ».

Est — visible, imaginable, *concevable*.

Concevable opposé à *visible* — *imaginable*, c'est en réalité changer de domaine.

La distinction[A] et la classification de ces possibles intellectuels est chose capitale. Ce fut toujours ma base.

Ainsi un « homme » les emploie — sans discerner — et il peut en user ainsi À CAUSE DU LANGAGE qui [ne] les discerne pas. Le langage fait illusion et confond, perceptions, images, logismes etc.

Mais un « Système » devrait être une pensée d'homme où ces éléments sont bien séparés — Où l'élaboration est soigneusement mise en évidence. (*Ibid.*, VIII, 406.)

Préface du Système — Les idées que je vais essayer d'exprimer ont pour justification et comme pour germe, — l'inefficacité, l'insuffisance, l'incertitude des idées qui ont été émises sur les mêmes sujets. Une matière si[B]

J'ai essayé de me satisfaire moi-même. Je n'y suis point parvenu. Je publie cependant ces essais car je m'y crois autorisé par cette faiblesse (même) générale dont je parlais.

À force de tirer, le but peut être atteint.

Ce n'est pas une méthode très élégante, mais au fond il n'y en a pas d'autre. (*Ibid.*, VIII, 507.)

Mon { idée / image } capitale a été celle de fonctionnement appliquée à la « psychologie ».

Comme l'homme respire, se meut, digère, ainsi doit-il sentir, connaître, et penser. Il perd connaissance, il la retrouve comme il perd la mobilité et la sensation.

Il s'ajuste, s'adapte, se relâche.

Parole — Ce qui parle, celui qui parle.

Mais pour essayer ce « Système » il fallait refaire les définitions ou plutôt les faire; — et donc refaire des observations.

En somme pouvoir penser l'être pensant.

A. *Deux tr. marg. allant jusqu'à :* qui [ne] les discerne pas.
B. *Phrase inachevée.*

L'observation de soi donne des clichés ou de brèves suites. $t = 0$, $t_1 - t_0 = \Delta t$.

Je n'ai pas craint les analogies, et même les constructions.

Quel rôle joue l'événement conscient dans la marche du corps ?

Relativité — mais restreinte.

La conscience incompatible avec certains états du corps.

Le corps impose le *passé. Le temps est une fabrication de ce corps.*

Comment se figurer ce corps ?

Notions nouvelles.

Et il faut trouver des conditions invariantes auxquelles tous les états de conscience possibles doivent satisfaire. (*Ibid.*, VIII, 514.)

Des mots comme *esprit, pensée, raison, intelligence*, etc. sont autant de vases fissurés, de mauvais instruments, de conducteurs mal isolés.

Comment raisonner avec eux ? Comment combiner ?

La possibilité d'introduire le raisonnement ou calcul, et donc les combinaisons dans l'étude de l'être, doit être le critérium des notions à adopter ou à conserver. Le reste est devant être rejeté.

Il faut que chacune de ces *notions* nouvelles soit définissable au moyen d'opérations simples décrites en langue ordinaire — et qui soient[A] (1922. R, VIII, 591.)

Le problème, mon problème[B] —

Trouver le système de conditions, de références constantes ou toujours reconstituables, et d'actes qui permette de représenter dans un langage minimum, homogène et propre au raisonnement — les phénomènes, *en tenant compte* de l'*observateur* — (lequel introduit l'échelle etc., et toutes ces conditions capitales sans la désignation exacte desquelles le mot : phénomènes et toute vue des choses ne signifient rien). Il faut expliciter.

A. *Passage inachevé.*
B. *Tr. marg. allant jusqu'à :* Il faut expliciter.

φ et ψ vus

Il faut qu'un système de cette espèce soit assez relatif, assez souple — et assez simple pour satisfaire

à tous les états ou phases — comme le rêve, l'attention etc.

aux degrés enfantins ou animaux du psychisme

au fonctionnement du corps, en tant qu'il admet des phénomènes cérébro-spinaux conscients dans son acte — (agir etc.)

aux développements

aux spécialisations.

P[ar] ex[emple] : que la réflexion du géomètre et l'attente et les tâtonnements du poète soient, sans changements fonciers, expressibles par lui. [...]

Tentative pareille a été faite plusieurs fois — toujours dans le dessein de placer au centre, ou au sommet de la connaissance, une *Combinatoire Générale*. Aristote, Lulle, Leibniz. Leur erreur a été de chercher par là à savoir, à anticiper, à *trouver*. Je ne voudrais que *représenter*.

Ils aboutissaient, en somme, à une classification du langage ordinaire au moyen de définitions assez arbitraires. (1922. *S*, VIII, 634-636.)

Problème. Trouver une représentation qui rende compte, ou du moins qui soit capable, — du raisonnement et du sentiment, de la liberté et du trouble; du clair et de l'obscur; de la veille et du rêve; du présent, du souvenir, du devant être; du spontané et du réfléchi; de la surprise des divers ordres; de la permanence et du changement; des variations de divers degrés; des changements de points de vue et d'échelles[A]; du moi et du non-moi; de la puissance et de l'impuissance; de l'ordre et du désordre; du physique et du psychique[B]; du désir, de l'espoir, du vouloir, de l'agir, du réagir — — etc. et aussi des développements *infinis en puissance et finis en acte*. (*Ibid.*, VIII, 703.)

A. *Aj. marg.* : L
B. *Aj. marg.* : L

Système de ma philosophie

Fondé sur le seul individu.

Représentation de toutes choses rapportées EXPLICITE-MENT à un point individuel. (« Moi »)

Recherche des variables permanentes — indépendantes.

Réalisation d'un système fini — fermé.

Recherche des « fonctions ».

Critique et élagation des problèmes conventionnels historiques; et des notions indéfinissables — ou illimitées. Ni Espace, ni Temps, ni Cause, ni Réalité ni etc. Mais le Fonctionnement.

Théorie des phases — et des modulations — États critiques — Énergie — L'attention, le sommeil, le rêve.

Théorie des formes.

Théories de l'Acte — de l'Équilibre — Accommodation — du Présent.

L'image — formule.

La Mémoire. Rôle fonctionnel d'une idée.

En somme les *imaginaires* des divers ordres bien isolés du réel.

Ce qui a fait l'immense succès de la géométrie, c'est sa forme. Triomphe de la forme fixe.

C'est cela qui est toujours à trouver — — pour ceci.

Il s'agit de trouver une forme — et d'abord les *figures élémentaires* de la conscience.

La chose — l'objet

L'événement

L'acte. (1922. *T, VIII*, 776-777.)

Le Système

Grosso modo le Système a été la recherche d'un langage ou d'une notation qui permettrait de traiter de omni re comme la géo[métrie] analyt[ique] de Des Cartes a permis de traiter toutes figures.

Le corps humain (en tant que syst[ème] de variables) doit fournir ce secret.

Fonction ici est dépendance — D'où notion d'états fonctionnels. (1922-1923. *V*, IX, 82.)

Système

Mon objet — chercher une *forme* capable de recevoir toutes les discontinuités, tout l'hétérogène de la conscience. (*Ibid.*, IX, 165.)

Ma « philosophie » est dominée par la considération du sens des mots : savoir, pouvoir, expliquer. (1923. *X*, IX, 277.)

C'est un problème d'analysis situs que de représenter les relations (Moi-autre)(Moi-moi) et les connexions, les frontières[A]. (1923. Z, IX, 646.)

En somme le problème général de « mon Système » est un problème de connexion.

C'est la « continuité » de l'être — ou du moi — sa représentation dans ses variations — et ces grandes variations sont comparables à des variations dans le n[ombre] de dimensions. (1924. ἄλφα, IX, 746.)

Il y a certainement une « Géométrie du Tout » qui est possible — moyennant une position singulière de l'observateur. (1924. Γάμμα, X, 98.)

Des grandeurs qui seraient à considérer dans la *Géométrie du Tout* (*pensée, vie, sens* etc.). L'idée de ces

---

A. *Dessin en marge représentant schématiquement les nombreux rapports entre le Moi et le monde extérieur.*

nombres + *subtils,* fut ma première idée. Illusion très illusoire, mais très utile, car elle m'a préservé de bien des idoles moins elle-même et elle oblige à une précision fallacieuse qui dresse l'esprit, et qui eſt d'ailleurs moins nuisible, plus féconde que le vague fallacieux. Car elle empêche la satisfaction.

Elle conduit à reprendre toutes les notions de la Connaissance, — à diſtinguer les domaines, à revenir sur le commencement des sciences pour bien observer le passage du fait aux concepts etc. (*Ibid.,* X, 106.)

Méthode — Il faut ne considérer et ne conserver que les queſtions qui ont trait au fonctionnement observable de l'être. (*Ibid.,* X, 122.)

Art de réduire le nombre des idées.

Art des commencements, art de faire des premiers principes les conventions fondamentales. (*Ibid.,* X, 169.)

Analysis situs — mental —

Revenir à cette queſtion. Tableau des connexions. 1924. δέλτα, X, 188.)

Dernier jour de M. Teſte

Mon rêve aura été de pouvoir penser un jour en m'aidant de principes, de définitions, et de jugements sur les pensées, que j'aurais refaits selon mes réflexions, et non reçus avec le langage, ses formes et les habitudes transitives qu'il emporte et impose. Mes précisions subſtituées à mes vagues. (*Ibid.,* X, 225.)

Mon « syſtème » fut bien de se rapporter toujours à un ensemble fermé, fini, mais à la différence des syſtèmes

de catégories purement intellectuelles et des facultés —
mon système presque naturel / spontané / tend à voir
« fonctions », c'est-à-dire registre d'éléments discrets
formant une diversité plus ou moins complexe — certains de ces registres étant *donnés* (couleurs etc. —
d'autres peuvent être institués — éducation etc.).

Cette conception est très souple — mais demande une
analyse étroite — dans ses bases — et une grande généralisation dans l'application. C'est *une théorie du fonctionnement.*

Chaque registre a des propriétés générales et d'autres
singulières. Pour déterminer ces idées — j'ai analysé
selon elles, l'attention, le sommeil, les modulations des
états ou passages. Ma tendance étant la représentation
correcte de l'homme et non l'explication.

Une idée capitale s'ajuste à celles-ci — Celle de l'équilibre et de l'accommodation généralisée.

Théorie de l'acte. Trame réflexe — *Les réflexes sont
énumérables.*

Tout tend à se passer par cycles fermés. Un cycle
constitué[A] tend à une indépendance[B]. L'habitude est
l'exemple de ces formations propres. Le rythme en est
l'exemple aussi.

Un système humain ou animal est un système de cycles.
Mais l'on est conduit alors à faire la part de l'accidentel.
Conception des « 3 Lois ».

Conception des n + s — c'est-à-dire des relations
cachées qui existent entre les plus diverses choses —
cf. énergie. (*Ibid.*, X, 291-292.)

Je suis toujours hanté de l'idée de trouver des notions
pour la Connaissance générale. Il doit être possible de
trouver des notions quasi quantitatives (c'est-à-dire non
numérables mais combinables et mieux combinables que
celles fournies par le langage et la logique) — qui résument des conditions permanentes de la conn[aissance] et
s'étendent à la *perception* comme à la *transformation.*

A. *Tr. marg. allant jusqu'à :* l'exemple aussi.
B. *Aj. marg. :* Moi — Non-moi, Veille — Sommeil

Perception généralisée.

Transformations les plus générales — de la connaissance. (1924. ε. _Faire sans croire_, X, 353.)

Einstein a créé un _point de vue,_ mais il n'y a pas d'œil humain qui s'y puisse placer.

Il n'y a pas d'œil qui puisse voir à la fois la face et le profil d'un homme, d'un seul tenant.

— Peut-on créer un _point de vue_ analogue — (formel) pour l'intus et l'extra ? pour le physique et le psycho-affectif ? (1925. η. _Jamais en paix !,_ X, 562.)

J'ai appris un peu de physique pour mes besoins en cherchant où je pouvais des images, des modèles, des exemples de prolongements d'idées — pour me représenter le fonctionnement de ce dont la conscience est l'acte. (_Ibid.,_ X, 578.)

Je trouve une image de mon idée si ancienne de la constance relative du champ de conscience[A] dans l'analyse statistique qui s'applique à l'équilibre radioactif.

$$\frac{dN_y}{dt} = K_x N_x - K_y N_y$$

d'où $N_y = \dfrac{K_x N_x}{K_y - K_x} \left(1 - e^{-(K_y - K_x)t} \right)$

d'où le temps.

Mais _ici_ x — comment l'_enfermer,_ quel x définir pour que q[uel]q[ue] chose _se conserve ?_ (_Ibid.,_ X, 634.)

Il y en a pour qui les mathém[atiques] sont excitants. Ce qui m'y attire c'est le désir d'_écrire_ des analogies, d'opérer sur elles, d'en découvrir.

A. _Aj. marg. :_ φ + ψ = K

Mais il me faudrait une autre mathém[atique] que j'ai souhaitée à 20 ans. Mathématique des *relations* et en somme des *dimensions* ou des variables, — comme architecture moléculaire, *formules* de constitution des notions. (1925. θ. *Comme moi*, X, 698.)

Système

L'idée est d'une pan-logique — de représenter toutes choses par un système fermé ou déduire un système à images *utilisables* et analogue à un syst[ème] fermé — des choses perçues. (Noter que la notion grossière de temps général *signifie* une tendance de cette espèce.)

Dans un tel système une fois défini, les *analogies* (dont il a pour but de justifier l'emploi, de préciser les formules, de les pousser etc.) —

les analogies seront les identités de *forme* entre les[A] *A, B, C,* vus de tel point et réduits à tel *édifice d'actes* sont même chose ou schème Σ.

Inversement, un schème Σ utilisé en programme d'actes s'incorporera de *p* façons dans *p* domaines.

Le système a pour désir les analogies et les représentations qui permettent d'écrire les questions et problèmes en langage homogène —

p[ar] ex[emple] la suite et la CONNEXITÉ DANS LE SUCCESSIF des phénomènes conscients, leurs liaisons dans l'instant, leurs substitutions, leurs correspondances (mémoire), leurs propriétés constantes (présent, identités etc.), leurs *implications* (potentiels, possibles etc.), leurs exponentiations. (*Ibid.,* X, 756.)

La mathématique psycho-pan-logique etc. que j'ai l'honneur de Vous présenter pour la première fois en cet univers

est une « discipline » par laquelle (comme en toute mathématique) on s'efforce de réduire ou plutôt, de rapporter le *Tout de Chacun* à un système de représentation d'indice fini — et entier.

A. *Phrase inachevée.*

Penser — c'est toujours, d'autre part, — opérer sur quelque système de ce genre mais partiel, instantané, non conservé — et système intrinsèque — non analytique en général. Il ne s'agit que de passer à la *pureté* de ce qui est — opération humaine.

Entre *ce qui serait* par le succès heureux de ce projet et *ce qui est,* la différence se concevra en imaginant ce qui en serait des math[ématiques] si l'on n'avait inventé le syst[ème] des chiffres et les conventions de numération, les notions d'égalité, d'opérations etc.

N[ou]s en sommes là vis-à-vis de la connaissance et de la sensibilité totales.

La première démarche est de séparer les éléments en reconnaissant leurs classes — et ceci par la considération de leurs propriétés combinatoires.

Si l'on part du langage généralisé

Ensuite décréter les relations de ces classes. (1925. Ἰῶτα, XI, 33.)

☆

Peut-être faudrait-il créer un nouveau système d'*unités* — empruntées non plus aux observations mécaniques mais aux obs[ervations] plus générales énergétiques et non plus au psychologique verbal — mais au physiologique — et au *machinique*.

La Mesure n'a de sens que p[ou]r des actes à prévoir — Elle est un des développements des actes *prévisibles.* (*Ibid.,* XI, 45.)

Transformations

Il n'y a pas de problème plus général et plus excitant que celui-ci, que j'ai tant choyé :

Notre conscience est théâtre de transformations. Son univers se transforme, ses prévisions, ses potentiels, son rôle ou fonction à l'égard du corps, son objet ou son maximum instantané, sa tension, sa relation avec les actes, sa résonance, ses réactions, sa propriété de s'exponentier, ses inerties etc. Peut-on déterminer des *variables indépendantes* et préciser les types de transformation ?

Peut-on dire — et comment le dire ? — que mon état à demi éveillé *comprenne* comme une *valeur* de ses variables mon état tout éveillé, et moi distrait, moi attentif etc. ?

— Tout ce que n[ou]s appelons conscience, intelligence, mémoire, attention

sont des invariants *grossiers* de ces transformations car n[ou]s ne pouvons envisager que ce qui se conserve. (*Ibid.*, XI, 71.)

Cerveau/âme — question mal faite. Mais à la place considérez fonctionnement, cherchez d'autres « variables » — creusez les relations fondamentales, — les correspondances, les mots : propriétés, facultés. (1925. κάππα, XI, 102.)

Nœuds et jeux du point sensible de la connaissance dans l'espace mental —

Anneau vivant[A]. (*Ibid.*, XI, 144-145.)

En somme

j'ai une représentation finie des choses et j'ai essayé de mettre toute chose dans cette forme finie, c'est-à-dire que je ne suppose pas dans la connaissance ce qui est *hors d'elle* — ou suggère un hors d'elle. [...] (1925-1926. λ, XI, 214.)

« L'association des idées » — la transmission irrationnelle (comme je dis) demeure le grand mystère.

Elle comporte un problème des probabilités — et[B] un double problème

d'abord un aspect statistique —

ensuite un prob[lème] des probabilités des causes d'arrivée a posteriori d'un événement dont les possibles sont infiniment nombreux.

A. *Deux dessins d'anneaux, suivis de trois dessins de nœuds topologiques.*
B. *Verbe illisible.*

Par hypothèse les chances d'arrivée sont égales. (1926.
μ, XI, 332.)

Tout mon système fermé repose sur groupes. (*Ibid.,*
XI, 338.)

☆

Mon Système. Consiste bien simplement à distinguer
ce qui est *vu* — de ce qui est *formé,* ce qui est purement
« mental » de ce qui est perçu etc., à observer [que] le
tout est sujet à variations et fluctuations et enfin à essayer
d'établir des relations entre ces constituants de la
conscience et de la présence. Ces relations entraînent la
notion de *phases,* et des *modulations* qui conduisent d'une
phase (régime permanent) — à l'autre.

C'est là une première approximation.

Les constituants sont définis par leurs groupes de substitutions autant que possible. (*Ibid.,* XI, 362.)

☆

Mon idéal aura été l'analytique — plus vaste et plus
modeste que celui des méta[physiciens].

Ce qui revient à ne jamais introduire d'entités mais
des notions,

à ne pas exprimer par des notations surabondantes.
(*Ibid.,* XI, 375.)

☆

Gl. et Syst.   Purezza

Reconstruire[A] les Choses ou Êtres conventionnels,
tout « l'imaginaire » et ses connexions

au moyen de figures définies, de matériaux *purs,* de
postulats explicites, de minima, le nécessaire et suffisant.
(1926. v *XXVI,* XI, 460.)

... Il n'y a ni *volonté* ni *mémoire* ni *conscience* a priori
— etc. Mais ces notions (et les autres) sont dérivées

A. *Tr. marg. allant jusqu'à la fin du passage.*

grosso modo et on ne semble pas avoir cherché en ces
matières la figuration nette, par une analyse uniforme
aseptique.

Il en résulte que la connaissance de l'esprit en est
arrivée aux « images » et ces images sans relations
entr'elles. Et tout ceci *peu utilisable* — (cf. les mystiques),
donc pas de combinaisons.

... Mon sentiment fut de considérer l'aspect « transformations » et l'aspect « conservations » de ces choses.
(1926. *ℓ XXVI*, XI, 544.)

N + S. Je fus frappé[A] avant toutes choses de l'extrême
diversité ou hétérogénéité des objets et événements qui
se succèdent, ou se gênent réciproquement dans la
connaissance. J'en conclus qu'il y a entre eux quelque
commune mesure, quelque identité — dont la surprise,
le maintien, l'attente, etc. sont les effets de déficience ou
de surabondance. (*Ibid.*, XI, 614.)

Projet de praefatio —

Je dirai ici ce que j'ai pensé, imaginé, et essayé mais
non sous la forme ordinaire des exposés philosophiques,
lesquels tendent à donner une étendue factice, une façade
à fausses fenêtres et une consistance objective à des
aperçus et à des rapports d'origine accidentelle — Etc.
Cette étendue et cette consistance ne peuvent appartenir
qu'à des résultats proprement « scientifiques », c'est-à-
dire plus[B] — —

Mais moi, je raconterai les souvenirs de mon esprit,
les « théories » qu'il s'est faites pour soi et non pour tous.
L'esprit de chacun enfante ce qu'il peut et ce dont *il est*
le besoin à un instant donné. Même la contradiction.
(*Ibid.*, XI, 643.)

Passions — Curieux d'observer que les « passions »

A. *Deux tr. marg. allant jusqu'à la fin du passage.*
B. *Phrase inachevée.*

se font rares dans la littérature — Passent de mode —
Ne se « peignent » guère plus.

La passion existe. Et il faudrait revenir sur cette catégorie qui (à mon point de vue) s'insère à un certain
niveau du système Espace-Temps-physiologique — que
j'ai essayé de concevoir toute ma vie.

Système de liaisons, actions mutuelles, ou actions sans
réactions apparentes — système de multiplicités dont le
nombre et les espèces de dimensions se succèdent, se
disputent etc.

La passion se placerait entre l'état et la phase — aurait
ses ressemblances grandes avec le rêve et l'attention.
(*Ibid.*, XI, 668.)

☆

Retour à mes moutons —

Tout m'ennuie au fond — qui n'est pas ce que j'ai
naïvement *formé* entre [18]92 et [1]900 — à quoi je me
suis voué — qui m'a soutenu toute ma vie jusqu'au
moment des inquiétudes — des ennuis — des extério-
rités — des gens — de la « gloire » — et d'autre chose
encore —

naïvement formé — naïvement formé et par constance
pure et simple d'une volonté simple et *inflexible,*

volonté de passer à la limite de soi-même, de trouver
l'équivalent bref, l'*instant représentatif* de tout le possible
de Soi — Caligula souhaitant que — etc. — cher
Caligula !

Il fallait rendre cette conception à trouver, *indépendante
des progrès et surprises de la Science* — — *indépendante des
langages* — *des « sentiments »*[A] —

en somme, elle ne doit contenir que des éléments
invariants — et des relations — le tout formant un
système clos — fini — (ou représentable par) (comme
l'est le *corps* de l'individu) — contenant tout ce que peut
subir ou émettre le Soi apparent — celui qui se situe et
se reconnaît et le Réciproque de quoi que ce soit[B].

D'où en somme une théorie analytique — dont
l'attrait invincible était, est — *composition*[C] d'éléments

A. *Aj. marg.* : Conditions
B. *Aj. marg.* : Moi × Tout = 1
C. *Tr. marg. allant jusqu'à* : addition de ces choses.

conscients et d'éléments présent-total-instantané (ou
états), composition *idées*-images avec états, addition de
ces choses, combinaisons de divers ordres (comme de
pensées avec humeur avec *phases*) — modulations qui
changent le registre des réponses.

Dans ce système un *abandon* de la question *A* est une
solution. — Une *attention* peut se rapprocher d'*un rêve*,
un *souvenir* d'un *acte* — Etc. (1926. σ *XXVI*, XI, 737.)

Se remettre à l'informe pour retrouver la forme. (*Ibid.*, XI,
739.)

Il est étrange — l'est-il ? — que pas un physiologiste
ne se soit appliqué à concevoir le jeu simultané de toutes
les fonctions, et comme elles sont ou dépendantes ou
indépendantes les unes des autres, leurs « relativités »,
leurs gênes mutuelles et leurs coaptations — etc.

C'est ce que j'ai voulu faire dans l'ordre de la connaissance. [...] (1926-1927. τ *26*, XI, 891.)

Le Système
n'est autre chose que l'ensemble des vues et recherches
consécutives à la possession de cette remarque si simple
(1892) que tout est ou sensations ou *effets* de sensations,
que ces effets ne peuvent : ou que se confonde, se mêler,
s'éloigner dans leur chaos, — ou être substitués plus
nettement pour aboutir à des sensations.

La grosse difficulté est de désigner, définir exactement
des constituants du conscient tels que l'on puisse écrire
une loi de conservation — et une loi de limitation — des
lois de combinaisons, — des propriétés qui s'appliquent
à l'ensemble — telles que retours — diminution —
annulations, reprises — *sections* — variations du n[ombre]
des dimensions — connexions.

D'où les diverses — les infinies plongées et tentatives
que j'ai faites.

En somme Idée de Classification « absolue » — Idée
de représentation — Idée de vision (ou sections) qui

transforment le Significatif, *lequel Significatif tend à altérer
la structure réelle* — et à y ajouter toujours le formel.
Les ψ purs sont signif[icatifs] conventionnels. (*Ibid.*, XII,
21.)

Esquisse —

L'idée me suit depuis.. toujours. Présente et non —
Claire et informe — Étant et n'étant pas —
(Car cet ordre — il arrive que la contradiction soit
l'expression nécessaire, exacte — voir ci-contre.)
Voici l'idée un peu plus nette ce matin — il y a 35 ans
qu'elle est sur l'horizon, existante et niable, comment la
dessiner en cet état ? C'était une idée sans traits, ne
supportant pas le grossissement attentif, changeant à
chaque regard..
Idée. Chercher les conditions les plus générales de
connexion, tout ce que la moindre attention, le moindre
arrêt, la *conscience*.. fait apparaître; la *division* du tout
instantané — et puis du tout intégré.
Ainsi : Interne — Externe — —
À chaque instant (au sens *éveil, acte* qui divise, réponse
à —) — il y a classes des phénomènes.
Cette opération est complexe.
— Ce qu'on nomme Mémoire est une des divisions
de ceci —

interne	*externe*
passé	
actuel	actuel
futur	
possible	

Il s'agit en somme de trouver une représentation
commode de cet ensemble total qui exprimé comme il
l'est par le langage existant et vu selon le regard ordinaire
se représente comme on peut par les « notions » temps,
espace, présent, interne, externe, objets, sujet, idées —
La grande affaire de la division en monde sensible,
intelligible, affectif, moi et non-moi etc. s'y rapporte —
réel, imaginaire, etc.
Y a-t-il un moyen de « voir » la figure totale dont le
temps, p[ar] ex[emple] serait une des propriétés ? p[ar]

ex[emple] la continuité, l'aspect continu — mais alors le retour inverse serait possible, ce qui condamne la figureA.

Et cette faculté si remarquable de maintenir, conserver quasi présente, une impression ou une notion, le long d'une diversité, de reconnaître son retour ou ses analogies à travers une suite, tellement que la suite naturelle puisse être réduite, *décimée,* et que tout enfin se passe comme si la chaîne des choses de même espèce relative avait seule eu lieu.

Comme si dans une suite de nombres quelconque la sensibilité ne résonnait qu'aux multiples de p ou aux puissances ou etc. (*Ibid.,* XII, 48-49.)

Principes — Je cherche des principes qui domineraient le fonctionnement mental d'ensemble comme les principes dynamiques font l'évolution des syst[èmes] matériels.

Ces principes sont généralement non significatifs.. Mais le plus important serait celui de la liaison entre le signif[icatif] et le formel. (1927-1928. χ, XII, 670.)

Il faudrait que je trouve pour mon Système des notions comparables aux invariants physiques.

Or — *ici* — je trouve 1° des fonctions (dans mon sens) avec leur cycle propre et uniforme — leur sens d'évolution finie et réitérable — avec leurs durées types — et les résistances qui font sentir les durées

2° des événements connus ou non — excitant ces évolutions

3° des *liaisons* — dont les plus remarquables sont ces dépendances momentanées de fonct[ionnements] libres en principe — coordinations —

et leurs troubles —

et leurs alliances durables et réitérables — mémoire, éducation, ou leurs alliances d'origine inconnue — (instincts, phobies etc.) irrationnelles.

A. *Aj. marg.* . . $p\,q\,r,\ p'\,q\,r'$

Ces liaisons, leur montage, leur conservation coûteuse, etc. introduisant les *durées* complexes... etc.

Or chaque fonction est un invariant. Le voir ou le entendre sont des invariants du groupe général de la sensibilité — (et leurs sous-groupes). (*Ibid.*, XII, 712-713.)

☆

J'ai cherché, je cherche et chercherai pour ce que je nomme le Phénomène Total — c'est-à-dire le Tout de la conscience, des relations, des conditions, des possibilités et impossibilités analogues dans leur usage aux principes et lois les plus générales de la physico-mécanique.

Les dites lois physiques essayées par analogie doivent fournir des *différences* avec les observations portant sur le Phén[omène] Total.

En particulier le rôle énorme des « interventions » dans celui-ci est absent de la physique théorique. On ne peut en effet le raisonner et il est *générateur de l'imprévu*, de l'inégalité. (*Ibid.*, XII, 722.)

☆

Système — J'ai cherché une vue et — une expression de l'ensemble hétérogène de la connaissance — formé à mon sentiment (en gros) de lois ou formes fonctionnelles et de « contenus ».

(La question du « temps », p[ar] ex[emple], est double — car il y a un *temps perçu* — qui est un *contenu*, et des temps fonctionnels non perçus mais qui agissent sur les contenus, les subissent, les modifient et en sont modifiés) —

Ainsi je compare ceci à ce qu'on trouve en considérant un *acte* (car connaître est un acte) — dans lequel on constate d'une part son effet extérieur, le coup frappé, — l'objet déplacé, le morceau mâché et avalé — et d'autre part le cycle moteur, l'énergie, les phases ou durées — les résistances, les puissances — les relais..

Le fonctionnel ou formel est essentiellement *actuel* — Tend à disparaître, à n'être pas perçu (instrument).

Mémoire et attention. (1928. ψ, XII, 753.)

☆

Voici ce à quoi j'ai pensé toute ma vie.

Je suis sûr qu'il n'est pas impossible de trouver ou de former des principes ou des lois ou des conditions de la conscience — des événements qui s'y produisent, — de la liberté — du n[ombre] de dimensions de cette liberté — de l'implicite qu'elle développe, — des indépendances et des dépendances — de ce mélange de statistique et de fonctionnel etc.[A] —

c'est-à-dire des principes et des conventions de représentation générale. (*Ibid.*, XII, 832.)

☆

Syst[ème] nerveux S.N.

Suggestions —

Si les relations d'excitation se bornent dans l'intérieur du S.N. à des *conductions* ?

Si des *inductions* ne sont pas possibles ?

Je pose la question. (1928. Ω, XIII, 11.)

☆

Système nerveux —

Comprend-il plusieurs circuits indépendants[B] ? Ses rapports avec le non-nerveux.

Y a-t-il des effets comparables aux inductions ? aux selfs ? — aux variations de capacité ?

Que se passe-t-il entre le nerveux et le non-nerveux ?

Points de l'application.

Responsivité.

Interventions — Accum[ulations].

Discontinuité. Quanta. Seuils.

Phénomènes oscillants — Complémentaires — *Contrastes* et productions — réponses.

Émission, réception liées.

A. *Aj. marg.* :
$$\psi + \varphi = K$$
$$\varphi - \psi = u$$
B. *Petit dessin de deux circuits en marge.*

Mémoire[A] — *Création* de la DISTANCE DE TEMPS —
INÉGALITÉS. (*Ibid.*, XIII, 22.)

J'ai conçu et poursuivi depuis 92 un système de pensée
fondé sur les volontés suivantes —

Se faire un principe de représentation générale *limité*,
(que j'ai appelé absolu) qui fût indépendant de toutes les
variations de la physique — mais admettant des sciences
toutes manières de voir en tant que telles, en tant que
modes de penser, associer, exprimer, transformer —
mais non en tant que décelant des réalités. N'en retenant
que des actes et des relations mais point les propositions
réalisées.

Ce qui revient à exprimer finalement tout résultat en
perceptions immédiates — à prendre pour invariant ce
qui ne dépend pas du langage employé — à ne jamais
confondre (finalement) ce qui est mental transitif avec
ce qui se retrouve toujours. (1928. *AB*, XIII, 297.)

Toutes ces questions sont dominées par mon principe
de 92 —

Il existe un certain *groupe* caractéristique de tout
ce qu'on nomme phénom[ènes] psychiques, vie intérieure etc.

Le problème est de trouver ce groupe. (1929. *AD*,
XIII, 450.)

La physique moderne mais c'est une nouvelle manière
de penser — qu'elle exige et qu'elle introduit peu à peu.

On pensait timidement *énergie, vecteurs* etc. — aujour-
d'hui c'est entropie, action, tenseurs etc.

Il est temps que la philosophie se résigne ou à la mort
ou à la rénovation.

A. *Deux tr. marg. allant jusqu'à :* DISTANCE DE TEMPS.

Pour moi non philosophe je pense depuis 30 ans à une réfection de ma pensée.

Je l'ai voulu réduire en « interventions » — et en « accommodations » (Type réflexe et type attention).

Le second type (conscient) étant comme l'extension du premier.

Le problème *général* est de trouver des lois de représentation de la conscience.

Mais le *premier* problème est : que vouloir ? (1929. *AE*, XIII, 576.)

Équations générales de la Sensibilité —

Générales.. c'est-à-dire — existant pour tous les sens. Un *sens*, ici, est défini par un groupe. (*Ibid.*, XIII, 594.)

Le néo-rationalisme — celui que je crée s'il n'existe pas — ne consiste pas dans une croyance à explication par notions et concepts — Mais plutôt au rejet de tout dessein d'*explication* universelle — et il se borne à chercher une expression aussi *pure* que possible.

Toute explication illimitée est un leurre. [...] (*Ibid.*, XIII, 619.)

S — Mon système est un dictionnaire. (1929. *AH 2*, XIII, 823.)

— Sous le nom secret de *nombres plus subtils*, « (N + S) » j'entendais ceci :

qu'il y avait une attitude mentale centrale qui *rendait compte* des échanges entre objets de la connaissance les plus différents — les *temps*, par exemple, et les *choses* pouvant s'échanger, étant des éléments d'une certaine *équivalence*.

Ce qui généralise ad infinitum (mais qualitativement) les équivalences comme celles chaleur-travail, masse-lumière etc.

On arrive ainsi à concevoir un système d'*hétérogénéités* — et ses équilibres — (phases de Gibbs[1]) mais il faut ici concevoir ce système comme *maximum d'hétérogène* — dans ses substitutions.

Quelle que soit la nature de la conscience, elle est substitution et l'on peut penser que les éléments qui se substituent ont *au moins* entr'eux, *quels qu'ils soient* — une certaine propriété commune — une certaine conformité ou congruence avec les conditions inconnues du connaître — et donc *entr'elles*.

Cette relation a pour cas particuliers ce qu'on nomme *espace et temps,* relations, lesquelles l'une et l'autre enferment des hétérogènes — G_s, G_t (et aujourd'hui G_{st}). (*Ibid.*, XIII, 823.)

La recherche de toutes les conditions d'une *pensée* qui ne sont pas *telle pensée,*

et du comment la spécialité de telle pensée est soumise d'abord, quelle qu'elle soit, à ces conditions m'occupa longtemps. (*Ibid.*, XIII, 831.)

Je crois — j'ai cru — que toute pensée (discours intérieurs, images tenues et combinaisons — —) doit satisfaire à des conditions *générales* — constantes — et que ces cond[itions] générales sont en *nombre fini*. — C'est là le point important. —

Ces conditions n'ont aucun rapport direct avec la *valeur* des pensées — mais permettent de les rapporter à un *système* (analogue à un syst[ème] de coordonnées).

Ce système devrait comprendre :

Les durées
Les contrastes
L'état — et ses résonances[A]
Ce qui caractérise le type réflexe.
La composition.
Les groupes.

A. *Aj.* : Tout ce qui a forme de sensibilité *générale* — Tout ce qui est emprunté des sensibilités spéciales.

Les indépendances — Leur nombre..
Échanges — Inégalités — etc.
La signification en général.

Tout semble détail et cas particulier à qui considère ce fonctionnement. (1929. *ag*, XIV, 32.)

L'avantage de la mécanique analytique de rappeler par les équations de condition et par l'obligation des références tout ce qui agit dans un phénomène m'a tellement frappé que ce type s'impose toujours à moi en toute question.

Une notion, une pensée, une proposition considérées[A] dans le réel de leur formation, de leur production, des effets de divers ordres qu'elles entraînent — — émotion, adhésion, refus, développement, décomposition, disparitions, retours, altérations, transformations, pouvoir d'action, rôle fonctionnel, rôle significatif, valeurs, usages, dégénérescences, phases diverses (retour dans le rêve) etc. —

impliquent des conditions — des références — des possibles aussi — que l'on oublie toujours quand on raisonne, qu'on fonde sur elles.

P[ar] ex[emple] un point capital — Les éq[uations] de *conservation*. (*Ibid.*, XIV, 81.)

Les réflexes et l'esprit obligent à concevoir les vivants comme des condensateurs chargés. La vie s'analyse en charge et décharges; et même décharges oscillantes.

Le courant est une décharge à travers un conducteur. La sensation est variation de cette décharge causée par variation de résistances, le trajet d'un courant constant *normalement*. Elle est donc transformation comme la radiation du filament d'une lampe insérée dans le circuit. — Cette transf[ormation] est le grand problème. Comme le monde ou espace-éther diffère du monde moléculaire — ainsi différerait le monde du régime à résistance iden-

---

A. *Deux tr. marg. allant jusqu'à :* (retour dans le rêve) etc.

tique et faible en tous points — (qui serait le monde moléculaire), — du monde à fréquences localisées, et à émission, en ces points, hors du conducteur qui serait le monde *sensible*.

Il y a des phénomènes cantonnés et d'autres qui produisent des effets *rayonnants*.

La sensation serait le *rayonnement* dû à une résistance sur le trajet d'un écoulement qui sans résistance serait *cantonné* dans son conduit.

Ce rayonnement serait accès dans un domaine ou monde très différent qui d'ailleurs serait *créé* par lui. La conscience serait la seule issue — changement d'ordre de choses. Éveil = intercalation de résistances — et *être en charge*.

D'autre part, — la *présence prochaine* des réponses de tout genre.

Cette question est à tirer au clair. (1931. *AO*, XIV, 811.)

☆

Où Je m'approuve.

Je m'approuve (ce matin) d'avoir « fondé » en 92 mon « Système » — qui n'est qu'une observation très simple suggérée par le besoin de défendre Moi contre Moi et aboutit alors presque aussitôt à 2 principes de valeur ou d'évaluation.

Le 1er est de distinguer aussi vite que possible dans les états et occupations de la connaissance les éléments ψ* ou *psychiques* — (définis par leurs modifications possibles et transformations ou substitutions) des éléments « *physiques* » — φ* sans m'occuper des questions de réel ou non — Mais uniquement du pouvoir ou non-pouvoir et de leurs conditions.

Les ψ sont alors plus « libres » que la tradition ne les fait et plus « bornés ». Le « savoir » devient transitoire. Le Moi pur se détache et se fait propriété réciproque — identique à l'égard des φ et des ψ.

Conséquences curieuses[A] — Les (N + S) ou l'*hétérogène* exigeant un *Moi de degré variable*, le Moi ≡ *réflexe-réponse à l'hétérogène*. — Les valeurs ψ dépendant étroite-

---

A. *Deux tr. marg. allant jusqu'à : réflexe-réponse à l'hétérogène.*

ment de leurs durées; (le Présent), d'où l'*attention* — ingrédient capital — Et de l'attention, passage à l'idée des « phases » sommeil etc.

Et de là, l'idée de chercher des comparaisons entre les phases et des notions sur le passage de l'une à l'autre, modulations ou brusques substitutions. Etc. Changements de domaine, d'espaces. *n*, (*n* + 1).

Et tout ceci conduisait à re-définir toutes choses du langage ordinaire.

P[ar] ex[emple] la mémoire — Son caractère réflexe plus important que sa propriété restitution.

Autre exemple : la *matière*.

Le type réflexe — généralisé. (1931. *AP*, XV, 257.)

Expression absolue ou irréductible

Ma « philosophie » n'est que la recherche de ces expressions mais au lieu de catégories qui dépendent du langage reçu, ou de notions d'origine biologique extérieure (instinct) et d'ailleurs au lieu de viser à la connaissance, soit logique, soit intuitive — illimitée, elle vise à tout rapporter à sensations et actes — les deux grandes *pentes* ou grands *versants* du vivant. Le sommet — lumière ou nuages, selon le temps, cime sur qui siègent les apparitions, les prophètes, et brille parfois la foudre (mentale) — doit tout à ses sources et[A] (*Ibid.*, XV, 268.)

Gl. et Syst.

Les qualités d'un appareil de réception sont bonnes à méditer : sensibilité
        sélectivité
        pureté
        facilité de réglage.

Attention, Mémoire.

Les catégories anciennes de la psych[ologie] pourraient être heureusement remplacées ou précisées par l'analogie de propriétés de tels appareils ou autres. (*Ibid.*, XV, 283.)

A. *Passage inachevé.*

Je cherche indéfiniment le calcul des choses totales,
c'est-à-dire du sentir-penser-agir ou de la transformation
la plus générale — et réelle — qui définit l'Éternel
Présent. (1931. *AQ 31*, XV, 387.)

n + s

Ego — J'ai pensé, j'ai cru avec foi — qu'il était possible
de concevoir une sorte de science de tout l'esprit —
c'est-à-dire simplement, de tout traduire en un langage[A]
selon lequel *sensibilité et signification,* — *durées et choses,*
manifestassent des *équivalences* de substitution et de génération mutuelles — lesquels effets sont proprement
l'esprit même. Et c'est en quoi la « création » artistique
(elle est toujours *artistique*) est possible et consiste. P[ar]
ex[emple] : un *temps d'attente,* sensible ou non, a des
effets. (1931-1932. Sans titre, XV, 576.)

L'effort particulier[B] qu'il faut faire pour établir en
problème de géométrie une question fournie par l'expérience — montre une traduction en *notions* et en *relations*
toutes préparées et mises HORS DU LANGAGE COMMUN, —
*de telle manière que l'on puisse à chaque instant se référer à des
images d'actes précises et toujours attachées à nous, et identiques à elles-mêmes. Il n'y a pas 2 idées ou images de cercle
— comme il y a une ∞ d'images d'arbres.* Or, c'est à quoi j'ai
visé. Ce sont les *images d'actes qui seules sont disponibles,
identiques, présentes.* Tout ce qui n'est pas tel, n'offre que
fallacieuse matière à réflexions et transformations.

Cf. l'effort des physiciens pour géométriser les phénomènes. (1932. Sans titre, XV, 666.)

A. *Deux tr. marg. allant jusqu'à :* de substitution et de génération
mutuelles.
B. *Deux tr. marg. allant jusqu'à la fin du passage.*

☆

1892/1932 — Testificatio[1]

Le « Système » — « Mon » — Système

cette *reductio ad certum et incertum* — que j'ai définie
(pour me défaire de maux imaginants et imaginés) en 92
— il y a 42 ans — et de laquelle toute ma vie « intellectuelle » ne s'est plus passée —,

mon « Système » et absence de système — jamais
publié, gardé comme un secret d'État — comme une
faiblesse et comme une arme —

qui m'a servi à définir toute chose — à peser — à
détruire et à reconstruire, — à échapper à toutes les
classifications et philosophies — à crever la Fiducia

qui se résume en le mot *Pouvoir.*

Après tout — JE *suis* un système terriblement *simple,*
trouvé ou formé en 1892 — par irritation insupportable,
qui a excité un *moi* nº 2 à détacher de soi un *moi* premier
— comme une meule trop centrifugée, ou *une masse
nébuleuse* en rotation. Stabilité du système... (1932-1933.
Sans titre, XVI, 45.)

☆

Je pratique, depuis 1892, le système que j'ai créé au
mois de novembre de cet an-là, 12 rue Gay-Lussac —
Et que j'ai créé *par nécessité* — pour me défendre d'une
douleur insupportable de la *chair* de l'*esprit,* et d'une
autre de l'*esprit de l'esprit.* Révolte contre les idoles.

Ce « système » que j'appelle encore de ce nom S,
entre moi, ou parfois l'*Absolu,* ou *Réduction à l'absolu,*
consiste simplement, en principe, dans une sorte de
projection de tout, ou de quoi que ce soit — sur le plan
du moment, — donnant une réduction de cet objet à des
caractères, qualités, puissances etc. qui soient sensiblement les *miens* et le soient très distinctement.

Tout devient par là *actuel.* Les *mots* perdent leurs
valeurs cachées ou *infinies ;* certains sont considérés comme
bons pour l'usage externe — mais non pour dignes de
figurer dans mes *vrais* problèmes et dans mes solutions.

Les images sont traitées comme *images* — c'est-à-dire
en considération des modifications que je puis leur faire

subir *librement* — puisque ce sont des états plastiques d'une propriété. Et j'en détache leurs *valeurs d'impulsion,* d'*obsession,* etc., qui, dans aucun cas, ne leur sont attachées par des liens *fonctionnels* résistant aux circonstances, au « temps » etc.

Les sentiments sont des *valeurs* d'images qui peuvent d'ailleurs introduire des images ou en être introduites.

Dans ce système, le *Moi* joue un rôle fonctionnel et d'ailleurs réciproque du phénomène. Réponse à la diversité, à l'instabilité.

Pas de phénomène sans un Moi — Pas de Moi sans phénomène. (Un bâton a deux bouts. Une pluralité de corps a un centre de gravité. Une impulsion a une réaction, une *force* en a une.)

Et l'idée de *pouvoir* devient capitale. Énumérer les pouvoirs.

Parmi eux, le précisement — qui est essentiel dans le Système — Car il est accommodation — et il est fondement de la distinction essentielle entre ce qui advient spontanément, n'agit que par son instantané et ce qui supporte d'être développé.

D'où l'idée d'analyse par temps indivisibles ou Chronolyse.

Réflexes[A] et *non-réflexes* — distinction qui devient très importante. Théorie de la dépendance des indépendantes — (combinée avec la *monotonie* des fonctions indivisibles —) — attention.

Théorie du *point.*

La recherche de la distance entre le donné vrai et l'utilisable par l'ensemble de l'être conduit à observer les *informes.*

Le « temps » réduit à l'absolu.

La mémoire considérée comme définie par un certain *minimum.* Ainsi que les automatismes — Inspiration. (Distinction de la valeur d'échange de ces produits et de leur valeur de capitalisation.)

Au contraire — les maxima. Travail second, attention.

Notion de ce que peut être la « Volonté » intérieure — n'agit que sur la durée (par quelque détour).

La *conformité.*

A. *Tr. marg. allant jusqu'à :* très importante.

La *self-variance* — ou instabilité essentielle, (cf. la *sensibilité*) est le fait le plus constant. Rien ne *dure* que par un effort (limité) et *moyennant quelque chose*.. sauf ce qui *dure* CONTRE un effort.

C'est là la grande différence de φ et de ψ. (1933. Sans titre, XVI, 322-324.)

L'idée essentielle de ma « méthode » — (ou ma méthode même) n'est pas autre que l'idée essentielle des mathématiques — où nul, d'ailleurs, ne l'a formulée. C'est l'idée de *pouvoir* — (*dans l'ordre de l'esprit*) — Idée qui m'est apparue à la lueur d'une *crise* de la 20ᵐᵉ année — et que je n'ai cessé de tenter de préciser. Elle m'a rendu des services immenses — et particulièrement par annihilation de problèmes (ou transformation radicale de probl[èmes]).

L'absence ou le vague de cette idée fait la faiblesse de la philosophie et celle de l'histoire.

Elle réduit tout travail à sa manœuvre ψ. Il faut donc examiner celle-ci.

Ici se présente une netteté à acquérir : celle de la distinction ou division des dits *pouvoirs* et des autres conditions mentales et *parapsychiques* — — — (1933. Sans titre, XVI, 608.)

La « psychologie » exigerait l'emploi de moyens comme les surfaces de Riemann ou les figures topologiques pour REPRÉSENTER les passages et les substitutions qui constituent sa *structure successive* de son état-instant.

J'y pense sans lumières depuis 40 ans. La question de continu — est le point difficile — Car ces moyens géométriques de l'analyse sont liés au continu — Et ici c'est l'hétérogène et le discontinu qui dominent.

On a toujours cherché des *explications* — quand c'était *représentations* qu'on pouvait seulement essayer d'*inventer*.

Problème de représentation d'une Conservation-Transformation avec peut-être alternance de ces deux effets et différences possibles des *forces* de l'un ou l'autre de ces facteurs ou arcs complémentaires d'un cycle. (*Ibid.*, XVI, 622.)

☆

ψ

Je devrais reprendre et porter au degré de précision le plus grand mon idée (1892) de considérer *tout le psychisme* (ψ) en bloc comme on regarde la quantité de chaleur d'un système ou une forme q[uelcon]q[ue] de « l'énergie ». Ce mode de représentation a son intérêt.

Cette idée provenait 1° du sommeil — 2° de l'observation du travail mental limité par nombre de variables — et par *durée* — 3° du travail mental *second* — c'est-à-dire s'exerçant sur des objets mentaux *conservés* — 4° de la *variance*. Ce zéro, et ces limitations et cette variance inéluctable donnaient une suggestion fonctionnelle. L'*organe* psychique se montrait limitatif. Mais ses produits semblaient déjouer la limitation — de même que la notion générale de *nombre* dépasse l'intuition fondamentale du PETIT NOMBRE *vu à la fois* comme tout et comme éléments. Sur le modèle du *petit-nombre* le *nombre en général* a été formé, quoique nous ne voyions pas à la fois l'ensemble et les unités d'une pluralité non très-petite. (1933-1934. Sans titre, XVI, 813.)

☆

La recherche des « Équations générales » de la connaissance — ambition de jadis (sans autre illusion que celle d'une obligation de déterminer la relativité d'une question quelconque et une *écriture*,) me conduisit à une analyse de l'*acte* en général, ou transformation complète spéciale — dirigée — —. Le schème de l'accommodation s'ensuivit, et la relation de liaison et limitation (φ, ψ). (Le « temps » me parut donc une notion très grossière — à abolir et à remplacer par des notations plus précises tirées d'une observation de la perception.

P[ar] ex[emple] la notion de *présent* — qui se résout en *échange* réciproque, — en *contact* — en certains minima — et en somme en relation de φ/ψ — de sensations (comprenant celles d'impulsions, d'arrêts etc.) avec les éléments psychiques réponses). (1934. Sans titre, XVII, 153.)

☆

Méthodes

1892   Traduction systématique en ψ; puis en ψ² ou ψ(ψ)
        — puis intervention du φ.
        Essai des (n + s) —— La *négation générale* ou *Moi*.
        Les Idoles. Le *fini et limité* (équivalences et substi-
        tutions) — *Gênes* réciproques (φ + ψ).
        Self-variance.

1902   Puis idée des fonctions — et accommodation.
        « Attention » — et les *modulations*.
        Degrés de liberté — Le Pouvoir. Les *opérations*.
        La conscience sous le sommeil.

190.   Les 3 « lois ». F[onctionnel], S[ignificatif], A[cci-
        dentel].
        Le type *réflexe* — L'Acte. Type essentiel.
        Les *mécanismes*. De types DR — l'*énergie libre*.
        Le Temps, le Présent-forme.

19..   La conscience, échange, va-et-vient.
        Valeurs.
        Les Pouvoirs. (*Ibid.*, XVII, 186.)

☆

Mon système serait de ne rien accorder, ni m'accorder,
qui n'ait été ou re-défini, ou noté comme *non défini ;* mais
jamais ignoré à ce point de vue, et confondu avec une
valeur certaine. (1934. Sans titre, XVII, 286.)

☆

La « topologie » nerveuse plus importante dans bien
des cas que la topographie anatomique.

Les points *A*π sont nerveusement plus *proches* que les
points *AB* ou *O*π. La distance directe *s*, la distance *le
long de...* *D*, la distance d'action Δ, autant de notions
à considérer[A]. (*Ibid.*, XVII, 327.)

☆

S. φ

Philosophie — Déguise la *vraie pensée* par des mots mal

A. *Aj. marg. :* $\Delta = wt$

ajuſtés — des mots qui ne reviennent pas au maître et lui
sont non des moyens, des membres, des *esclaves,* mais
des *problèmes. Il eſt indécent*[A] *que des mots soient des problèmes,* (autres que de la science des langues). S'emparer
de cette idée fut l'acte glorieux de la géométrie.

Cette idée bien acquise — il faut passer aux vrais problèmes. Mais avant, nettoyer le langage, et se faire une
idée nette des opérations de la parole — des transformations qu'elle permet et de leur vraie valeur.

L'objectif eſt de reprendre et refaire *en pur* avec l'extension et les suppressions qui en résultent le domaine
d'action mentale et de représentation. (1934. Sans titre,
XVII, 371.)

Riemanniana —

Pas un des soi-disant *psychologues* ne s'eſt avisé de la
diversité des « plans » sur lesquels se font les chemins
et les points et les coupures de l'esprit — — (ce mythe).
Les mots « *point de vue* », « *ordres d'idées* », « attention »
et même « invention » — (ce qui eſt *invention* sur tel
plan, eſt un événement mental quelconque sur tel
autre — —), le font grossement voir.

L'*éveil*[B] eſt la sensibilisation brusque ou progressive
d'un autre plan parallèle au plan exiſtant — un *accroissement du nombre* de ces plans —

tandis que l'*absorption,* l'assoupissement, la diſtraction
eſt une réduction de ce nombre.

De plus, il y a (comme chez Riemann) des soudures.
(1934. Sans titre, XVII, 441.)

θ S

J'observe que la religion ne change guère la manière
de voir les choses. Tout y paraît tel qu'il paraît.

Je crois que le bouddhisme eſt la seule religion qui
donne une vue des choses tout autre que l'apparente.

A. *Tr. marg. allant jusqu'à :* la science des langues.
B. *Tr. marg. allant jusqu'à :   du nombre* de ces plans.

La science du jour en donne de toujours nouvelles[A], et la notion des ordres de grandeur suggère une représentation par feuillets *riemanniens,* l'observateur humain faisant la *soudure.* Et son intervention et son opération *explicitées* ajouteraient de nouvelles conditions à cette représentation[B], qui se compléterait nécessairement par la notion du mouvement d'un point dans cette structure feuilletée. Ce *point* représenterait « *l'esprit* » — et je rejoins ainsi ma définition de la « psychologie » — Étude des propriétés d'un système hétérogène — maximum. (*Ibid.,* XVII, 475.)

J'ai cherché ce qui est *fini* dans l'esprit et donc dans son rôle, dans son opération — — (1934. Sans titre, XVII, 599.)

Discours de ma méthode : Histoire 1892 — Le fini — la réduction à mon système. Au lieu du Cogito et Sum, ma formule.	Le Système — n'est pas un « système philosophique » — — mais c'est le *système de moi* — mon *possible* — mon va-et-vient — ma manière de voir et de revenir. Inventivité plutôt que compréhension. Le Robinson.

(1935. Sans titre, XVIII, 55.)

L'idée admirable, enivrante des transformations, me représente l'essence de l'esprit et toute question est réduite au pouvoir ou au non-pouvoir aussitôt que l'on aperçoit le champ des transformations dont elle est susceptible.

La poésie en est un cas particulier. (1935. Sans titre, XVIII, 141.)

A. *Tr. marg. allant jusqu'à :* feuillets *riemanniens.*
B. *Tr. marg. allant jusqu'à la fin du passage.*

Tous les troubles dont s'occupent la neuropathologie et la psychiatrie font concevoir (mais grosso modo) que tout ce qui est notre conscience, notre sensibilité, notre agissement, nos certitudes et perceptions les plus simples, les plus fondamentales, — ce sont des effets ou des produits, de conditions et de liaisons très complexes —; et d'ailleurs, *non énumérables* à cause de la propriété, essentiellement vitale, de fixer et de se composer — *avec* l'ACCIDENTEL — de sorte que le système Homo ne peut être comparé que partiellement à une « machine » — *n'étant pas isolable,* ni susceptible d'une description finie, ni conservatif.

— Mais le modèle *Machine* doit être pris comme base. (Seulement les machines se transforment — et par les applications électriques et électroniques se rapprochent des êtres vivants.) (*Ibid.,* XVIII, 210.)

☆

Il ne me paraît pas impossible que le domaine de la pensée abstraite soit quelque jour exploré, transformé et organisé par l'invention de symboles et d'une symbolique à l'exemple de la physique mathém[atique]. Le langage ordinaire, d'une part, est insuffisant, de l'autre est illusionnant.

P[ar] ex[emple] : la relation *EST* est ambiguë. Le mot TOUT, TOUS — de même. Les opérations ou substitutions sont confondues. La condition d'homogénéité inobservée.

Jusqu'ici cette transformation n'a pu se faire que dans l'ordre quantitatif — à cause de la simplicité des nombres, et des opérations — Et surtout de la grossièreté des sens qui permet de confondre ou d'assimiler des objets — de les additionner, de ne voir pas leurs différences —, de croire à la conservation du *mètre* dans le temps et dans tous les azimuts comme dans t[ou]s les états de mouvement.

Peut-on aller au delà ? (1935-1936. Sans titre, XVIII, 579.)

Ma « philosophie » n'est pas *explicante* mais *opérante*. L'explication elle-même — (la légitime) ne lui est qu'une application de l'activité opérante.

Entre l'être et le connaître, le faire. (1936. Sans titre, XVIII, 656.)

J'ai cherché (sans trop me la préciser) la liaison des définitions — postulats — des math[ématiques] avec la sensibilité (spéciale) et la motricité — c'est-à-dire avec les constituants des actes. — Ce qui est naturel — puisque les math[ématiques] ne sont, en dernière analyse, qu'une prescription d'actes aboutissant à un nombre ou à un tracement, par voie de *Je puis* successifs. (1936. Sans titre, XVIII, 796.)

N + S — vieux *sigle*

Je ne savais comment exprimer (et ne le sais encore) la relation des données hétérogènes et incomparables et irréductibles qui n[ou]s peuplent les sens et l'esprit, et à l'incohérence *réelle* desquelles s'oppose le CONTRAIRE — le « Moi » — le Constant, le Producteur de suites et de continuités, l'Éternel, le Central —

Cet hétérogène qui forme transmission. (1936. Sans titre, XIX, 271.)

J'aurais voulu mettre ces idées en forme de notions précises — rejetant la terminologie des philosophes —, en faire des symboles et des relations — toute une « physique mathématique » avec ses équations de conditions. (*Ibid.*, XIX, 276.)

Mon idée principale (qui se précisa beaucoup vers 1900) fut de traiter la conscience-connaissance comme un *Système* (au sens de la physico-chimie) doué de conservations et de transformations.

Ce Système — *formellement* fermé — *significativement non borné* — (Ces termes de *formel* et de *significatif* correspondaient, dans mon intention, à 2 ordres de « propriétés » — que je trouvais en observant les modes de changement du système — p[ar] ex[emple] le « contenu » d'un état pouvait varier avec plus ou moins de « liaisons » — (*attention*, p[ar] ex[emple]). J'y joignais une autre notion : l'*accidentel* — (que la physique omet, puisqu'elle ne prend le phénomène qu'à son aise, et isolé, et dans un laboratoire, avec matériel, instruments etc. Mais l'étude qu'elle fait suppose tout ceci — c'est-à-dire des systèmes déjà choisis et élaborés en problèmes.)

Le physicien lui-même est une condition de la physique, de laquelle il n'est pas question.)(1937. Sans titre, XX, 105.)

Mon principe (189.) est demeuré intact. Il se réduit à ne jamais consentir à dépasser par l'esprit les pouvoirs *réels* de cet esprit. Toute idée qui dépasse ces pouvoirs est *vaine en soi* (ce qui n'est pas être vaine en tout, et surtout au regard des tiers).

Ce principe donne aussitôt *couleur de scepticisme…* Comme le langage est le principal moyen de ces dépassements, je tentai de le réduire — et d'ailleurs de traduire toute pensée en *Absolu*, entendant par là le système de ces pouvoirs *réels*. Il fallait donc les déterminer — et je m'y suis mis — etc. (*Ibid.*, XX, 141.)

Ma méthode

Rejeter[A] tous les termes qui ne sont pas négociables, échangeables contre pouvoirs réels — ou quasi-réels.

Donc 1° bien reconnaître et distinguer ces pouvoirs. —
Or, c'est là une recherche de *Pureté.*

2° ne pas oublier la généalogie des *termes,* et les

A. *Tr. marg. allant jusqu'à :* ou quasi-réels.

retours sur eux, qui sont illusoires si on croit y trouver autre chose que ce que leurs acquisition et modifications successives ont importé. (*Ibid.*, XX, 152.)

Le « SYSTÈME » — comme disait K qui m'excitait à le faire — — —

C'était, c'eût été, c'est, ce fut et serait une espèce de méthode à la Descartes — j'entends la Géométrie — puisqu'il s'agirait d'une sorte de traduction systématique de la diversité des objets et des transformations de la conscience ou esprit en éléments et modes du *fonctionnement réel* (observable ou probable) de cet esprit.

Tandis que l'usage, la pratique, le langage — etc. confondent nécessairement (par exemple) l'idée et son objet, le conditionnel avec l'actuel, la partie avec le tout — (on pense *Tous les hommes, l'infini* etc.) tellement que la pensée est une figure presque perpétuelle et croit disposer *sans limites fonctionnelles* — et consiste même dans cette illusion — de même que la vue donne la distance et les volumes qui ne sont pas sur la rétine.

Par ex[emple] la grande confusion au sujet [du] temps — la plus ordinaire — qui confond dans un fait éternellement et essentiellement *actuel* le « présent », le passé, l'avenir — la *suite* (*type* si important, mais type) —

c'est-à-dire qui impose, invente, utilise, et surtout, *compose* des productions très différentes en génération fonctionnelle et en valeurs de substitution.

— Mais cette intention « analytique » demandait toute une recherche — peut-être chimérique — de ces conditions cachées — ou négligées.

D'où les théories des *phases,* des (n + s), de l'attention-accommodation, de la division selon la pureté — du « travail second », du « temps-vrai » réduit au D.R. de la mémoire définie *avant* le passé, du *point* généralisé — des pluralités; de l'infini = indépendance, des dépendances de *fonct*[*ions*] indépendantes; de ces « fonctions » ou cycles ou gammes et de la répétabilité; des « 3 Lois »; du langage etc. etc.

En somme, toute « connaissance » m'apparaît comme[A]

A. *Phrase inachevée.*

En somme, il m'apparut toujours plus fortement que ce qui se présente presque toujours et nécessairement, comme *choses,* monde, idées, connaissance était *autre part,* le produit d'un fonctionnement — c'est-à-dire un système borné et fermé, contraint à revenir sur lui-même — après qu'il a atteint certains points — ou accord de valeurs.

Il doit pouvoir produire (entr'autres choses) l'illusion qui le masque — celle d'une infinité de possibles — — (1937. Sans titre, XX, 290-292.)

Mon système est de représenter et non d'expliquer. (1937. Sans titre, XX, 378.)

La thermodynamique est le meilleur modèle pour la recherche et l'expression de ce qui m'intéresse — — L'idée de cycle. (1937. Sans titre, XX, 420.)

Je pense depuis 40 ans comme s'il existait une mathématique cachée des « *propriétés de l'esprit* », dont tout ce qui est pensé, trouvé etc. ne serait que conséquences déguisées (n + s 1892), et dont on finirait par trouver l'écriture propre.... (1938. Sans titre, XX, 894.)

An abstract Tale[1] —
La révélation anagogique

1) En ce temps-là (mdcccxcii) il me fut révélé par deux terribles anges No[ûs] et Er[ôs] l'existence d'une voie de destruction et de domination, et d'une Limite certaine à l'extrême de cette voie[2]. Je connus la certitude de la Borne et l'importance de la connaître : ce qui est d'un intérêt comparable à celui de la connaissance du Solide

— ou (autrement symbolisé) d'un usage analogue à celui du mur contre lequel le combattant adossé et ne redoutant nulle attaque *a tergo*[1], peut faire face à tous ses adversaires également *affrontés,* et PAR LÀ, RENDUS COMPARABLES ENTR'EUX — (ceci étant le point le plus remarquable de cette découverte, — car parmi ces adversaires, *Celui qui est Soi,* ou ceux qui sont la *Personne* qu'on est et ses diverses insuffisances, figurent comme les étrangères et adventices circonstances).

Et les deux anges eux-mêmes me chassant devant eux, se fondaient donc en un seul; — et moi, me retournant vers et contre eux, je ne combattais qu'une seule puissance, une fois le Mur ressenti aux épaules.

2) J'ai cherché à voir cette borne — et à définir ce mur.

— J'ai voulu « écrire » pour moi, et en moi, pour me servir de cette connaissance, les conditions de limite ou fermeture, ou (ce qui revient au même) celles d'unification de tout ce qui vient s'y heurter; et donc aussi, celles qui font qu'on ne les perçoit ordinairement pas, et que la pensée se fait des domaines illusoires situés au delà de la Borne — soit que le Mur se comporte comme un miroir, soit comme une glace transparente — ce que je ne crois pas. Miroir plutôt; mais n'oublie pas que tu ne te reconnaîtrais pas dans un Miroir si tu n'y voyais quelque autre, et dans celui-ci tu n'en vois point.

Que si cependant tu étudies ce que tu y vois, tu observeras que le personnage étranger fait ce que tu te sens faire.

Ce sont donc les variations corrélatives qui te permettront de comprendre que ce personnage est *de toi* —; qu'il n'a pas un *acte* de *plus* que *Toi ;*

et par là aussi, ce Toi prend place en quelque manière, dans l'*Antégo*, et devient partie.

3) Ainsi des propriétés de topologie, de limitation, de commune-quasi-mesure,

m'apparaissaient — et me dirigeaient vers un système de notation *absolue* — qui excluait l'explication — pour tenter la représentation utilisable — et la possibilité de traduire en pouvoirs réels toute chose —

4) Ainsi une volonté de pousser la *fonction du Moi* à l'extrême — et non sa personnalisation croissante (qui est le phénom[ène] remarqué dans réveil, *reprises* etc.).

(1938. Sans titre, XXI, 70-72.)

La théorie de Gibbs des équilibres *H* m'a excité énormément vers 1902 car elle traitait le problème (physique)
dont l'aspect non physique mais *total* — c'est-à-dire
rapporté au *MOI*, et non à l'*observation-des-physiciens* me
travaillait depuis 92 — c'est-à-dire la question de l'hétérogénéité généralisée = la « conscience ». J'appelais
depuis 92 ou 93 les (N + S), les propriétés du *tout* hétérogène de ladite conscience et j'avais essayé de trouver
des propriétés communes, *conservation de q[uel]q[ue] chose*,
et variations de ce Tout[A]. La notion de variance —
J'avais observé que l'instabilité était ici la règle. J'appelais cela Self-variance. (1938. Sans titre, XXI, 215-216.)

Parmi les problèmes que pose mon idée de phases —
celui-ci : Comment cette structure par phases est-elle
dissimulée — ?
Comment le rêveur ignore-t-il qu'il rêve ?
Comment se doit concevoir la « sphère » des présences
et possibilités d'une phase ?
Comment le langage cache-t-il ce que n[ou]s pensons
et sa particularité ? (*Ibid.*, XXI, 218.)

La « Physique de l'esprit » —
Ceci fut la grande affaire ou le grand œuvre depuis
1892 — Pour lutter contre des « idées » (*amour* et orgueil),
je les « observai » (conform[émen]t au principe de self-
consciousness) et m'efforçai de les réduire à des « phénomènes ».
« Phénomène » signifie qu'un *observateur* indépendant

A. *Aj. renv.* : Je concevais tout ce qui est « mental » comme
instable, transitif, et pouvant être considéré en *tas* — comme une
diversité sommable qu'on peut enfermer dans un vase ainsi qu'un
système d'objets divers — et ce *vase* était *phase*. Vase qui contenait
non seulement les objets mais leurs possib[ilités] de variation et
d'échanges sauf les incidents qui feraient sauter le vase, — c'est-
à-dire changer la phase.

se dessine — ou — — se forme « en regard » et aux
dépens de la Chose — avec hypothèse de non-dépen-
dance de ces 2 membres. *Cet état constitue un événement,* et
il n'est pas STABLE.

Je disais en moi — de quoi que ce fût : « ce sont des
phénomènes mentaux » — c'est-à-dire des formations
sujettes à l'oubli, et surtout essentiellement *en substitution*
— (self-variance). Tout ce qui est *mental* étant caractérisé
par le changement propre — et n'ayant d'autre *durée*
que celle d'un phénomène (φ) — signal. Pas de *durée
morte* — ou durée-en-MON-absence. Mais ces événements
étaient renouvelables et pouvaient être « soutenus »
(comme un œuf sur un jet d'eau) par *intervention extérieure
à leur nature,* quoique excitée parfois par elle, parfois par
« volonté ». Ce qui donnait un enchaînement et une
accumulation vers un *seuil.*

2. Tout le mental devenait donc *transitif* — et *limité*
d'autre part. J'écrivis : $\varphi + \psi = K$ pour symboliser
grossièrement que la perception-production mentale et
la perception-physique se limitaient.

L'*attention* devenait alors une modification des liaisons
et substitutions *normales* de la présence (caractérisée par
l'acte fondamental de la conscience — *Moi/non-Moi* —
et le Moi devenant une variable d'état depuis le Moi-
pur = 0 jusqu'au Moi diffus —).

L'attention agissait en sens inverse de la limitation-
durée et de la limitation-nombre des éléments distincts.

Mais d'abord je la considérai dans le fait de l'accommodation visuelle — dûment généralisée. Ce qui me conduisit à la notion des *fonctions* V, c'est-à-dire des ensembles
fermés de valeurs sensibles (groupe des couleurs, des
états du muscle).

3. Tout ceci conduisait à un jugement sur la pensée qui
la considérait soumise à des relations de condition : —
les unes, tout étrangères à son « contenu » — c'est-à-dire
à sa traduction *possible* en choses sensibles ou faisables —;
mais relatives à sa nature transitive et à ses limites de
coordination distincte (nombre de constituants); les
autres, pouvant dépendre de ce contenu — p[ar]
ex[emple] de l'excitation et des valeurs qui lui seraient
adjointes. Mais alors, il arrive q[uel]q[ue]fois que ces

dernières soient réciproques : c'est-à-dire que Valeur et excitation soient *fournies* au dit contenu.

.. Ce jugement sur le mental le déprécie. D'où cette proposition : la valeur du *mental* résulte de l'effet produit par la formation du *non-mental* à laquelle il s'est employé. Cet « objet » peut donner *plus* qu'il n'a reçu. De plus, il est conservatif et accumulateur.

D'où *Matière*. *Matière* pour moi est toute conservation après une transformation T. Le mot n'a de sens que si on spécifie T.

4. Parmi les « idées » de ce temps-là, celle-ci : Il existe des relations « formelles » (langage du temps), c'est-à-dire indép[endantes] des contenus — mais agissant sur eux ; il existe aussi des relations *irrationnelles* — qui résultent des actions réciproques d'*éléments* ψ ou φ, lesquels, sans relation de coordination réelle entr'eux, se modifient, s'excitent, s'excluent de l'instant par simple coexistence ou séquence.

— En somme je pensais à une sorte de calcul[A], à des équations de condition etc.

qui permissent de composer l'hétérogène, (je le marquais par ce sigle : N + S)

car, me disais-je, TOUT *est mental,* et a donc les propriétés communes du *mental* — comme les substitutions ψ, l'oubli, la précarité. Et tout ceci relativement à *quelque chose.* Disons conscience, moi pur.

Il y aurait donc des restrictions et des variations de l'instant dont l'expression serait utile; et comparable pour la *largeur* aux principes de l'Énergétique qui limitent la dynamique sans entrer dans la spécification et description des systèmes. (1938. Sans titre, XXI, 395-398.)

Mon système est de tout réduire à ce que l'on peut, et ce « pouvoir » analysé d'ailleurs, en *fonctions* connues (Pureté) bien séparées.

Je voudrais arriver à noter en *homogènes.* (1938. Sans titre, XXI, 773.)

A. *Tr. marg. allant jusqu'à :* propriétés communes du *mental.*

☆

La notion de *pureté* est essentielle dans ma pensée. Elle s'imposa dès l'origine, comme résultat de self-consciousness exaspérée — Et celle-ci — comme *attitude* de *défense générale* contre *sentiment* et son obsession 91/92 aussi bien que contre dominations intellectuelles extérieures écrasantes...

Il s'agissait de déprécier en bloc toutes ces productions de tourments — et de faire de bien des monstres — des phénomènes de.. *moi* — des phénomènes « mentaux ». (*Mental* veut toujours dire *moi*, comme *mien* — etc.) Ce que les philosophes ne font pas. Ils firent même le contraire par la fâcheuse théorie des *apparences*.

La *pureté* naquit alors. Le ψ se divisa fortement du φ. Et je tentai de les regarder dans leurs relations comme la physique fait des espèces d'énergie. J'observai que l'on a à très grossièrement $\varphi + \psi = $ constante.

En d'autres termes, la non-confusion de ces espèces était à observer — quoique[A] leur *confusion dans l'instant* soit indispensable à la « connaissance » et se consomme dans l'acte. Ici l'importance de la propriété motrice. Dans chacune de mes catégories, des propriétés caractéristiques différentes tenant à leurs substitutions propres, aux conditions de conservation — aux liaisons entre elles et aux effets.

Une fois séparées, il fallait les re-composer. (1939. Sans titre, XXII, 444-445.)

☆

Ma philosophie (suite !)

Je reviens à...[B]
Mon idée fut de considérer *fini* ce que l'on tient pour *infini* — et pour *combinatoire* le *possible* de chaque « esprit ». La connaissance, une capacité fermée.

Capacité de réponses — — etc.

D'où l'idée de substituer la *manœuvre*, le dressage de

A. *Tr. marg. allant jusqu'à :* indispensable à la « connaissance ».
B. *Aj. marg. :* [18]92-93

l'esprit à la philosophie de système — et à ses oracles —
Le *Faire* mental.

D'où la poursuite des définitions « absolues », c'est-
à-dire en possibilités vraies. Images avouées, et actes —
et observations du détail mental. Relations « rationnelles » et « irrationnelles ».

Renoncement à l'explication — et problème de la
représentation (cartographie) la plus conforme et la plus
utile. (1940. Sans titre, XXIII, 236-237.)

J'ai voulu me faire de la poésie, et choses semblables,
(métaphysique etc.) une idée qui rapportât ces choses et
valeurs à des fonctionnements et états d'un système
vivant et pensant, comme je me sens en être un, et me le
figure d'après mon expérience propre et directe, —
abstraction faite de toute la traditionnelle terminologie.
Mes sensations et mes pouvoirs, seuls en jeu — — autant
que possible ! — Il est vrai que le langage donné et *ce que
je sais* s'interposent — Nul ne peut être parfaitement
PUR, et réduit à ses vrais besoins et moyens particuliers.
On ne peut pas isoler *SOI* comme on isole un corps.
(1940. *Rueil-Paris-Dinard I,* XXIII, 288.)

La tentation de traiter des choses de l'esprit selon des
méthodes analogues à celles de la Thermodynamique
est grande — — fut grande en moi — il y a 40 ans.

On n'a pas essayé d'appliquer à la pensée et à la
conscience, les idées de transformation et de conservation — celles d'équilibre mobile etc.

Et cependant on voit un système passer de la veille au
sommeil, d'un mode d'action à un autre —, et dans ces
transformations, un corps, une connaissance, un milieu,
en relations réciproques ou non, en échanges; et certaines conservations, sensibles ou latentes. (1940. Sans
titre, XXIV, 27-28.)

Ma philosophie ne tend qu'à représenter et à tenter
de voir ce qu'une représentation plus précise que l'or-

dinaire suggère de changer dans les valeurs et aussi les *connexions* ou *relations* ou *liaisons* qu'elle peut révéler. Mais point d'explication, point de *Cause* généralisée — Une simple division des fonctions — un essai de traduire chaque chose en formule fonctionnelle. (1940-1941. Sans titre, XXIV, 72.)

Ego
Syst.
92 etc.

Je fus séduit par l'idée d'essayer d'appliquer aux conservations et transformations internes des relations du type de la physique; non comme *devant* s'y trouver, mais à titre de questionnaire, de moyen de former des problèmes. Beaucoup de mes idées proviennent de cette « manière de voir ». (1941. Sans titre, XXIV, 724.)

Mon *Système*

Tenter de décrire l'*instant-durant* — sans s'inquiéter des idées philosophiques, et termes usés — —

C'est ce que j'ai voulu. J'ai trouvé l'opposition essentielle (φ, ψ); le type D.R.; les « 3 lois » (significatif, formel-fonctionnel, accidentel); les dimensions C E M; la notion capitale de *phase ;* la forme d'*action complète ;* la transitivité et la fonction RE — Et les relations entre Conservation et Transformation ou entre ce qui se répète et le non répétable. Enfin, le Possible — — Et les effets de sensibilité. (1942. Sans titre, XXV, 674.)

Je poursuis l'observation du fonctionnement de l'esprit. Je voudrais faire de ceci ce que Léonard faisait avec le vol des oiseaux. — (1942. Sans titre, XXV, 845.)

Mon Système —
189. 19..
Mon idée hardie, neuve, féconde pour moi, (seul), peu

soutenable, imaginaire au regard des tiers consista, ce qui n'avait pas été fait, je crois, à considérer pensée, perception, conscience — etc. *en bloc* comme représentées par un système en transformation — à peu près comme on traitait en physique les phénomènes sous l'aspect énergétique.

Cette vue éliminait d'abord les « contenus » de la connaissance. Il est clair que quel que soit le rêve que l'on fasse, tous les rêves sont soumis à des conditions d'être rêves, de ne pas rompre le sommeil.

L'état de *veille* doit être plus composé, consister en des échanges entre perception et production — et en des relations possibles entre les productions psychiques et les motrices. Cette idée conduisait à une sorte d'équation de conservation — etc.[A]

J'y ajoutai l'observation si simple du fait essentiel que je baptisai *Self-variance* — — c'est-à-dire l'instabilité propre, essentielle, de tout ce qui est psychique — connaissance, pensée sont avant tout des *changements* — Penser = changer. Tout ce qui est conservation sensible, constance, durée est non-psychique. Plus exactement — s'attribue à un non-psychique. Etc.

La conséquence immédiate des vues de ce genre était la négation de toute valeur aux opinions et idées *qui ne supportaient pas d'être* au plus tôt *accompagnées du souvenir de leur condition fonctionnelle* et réévaluées en conséquence. De même qu'il faut oublier ce que l'on peut faire de ses jambes si l'on rêve de jour ou de nuit que l'on bondit jusqu'à la lune.

Ici intervenait une critique du *langage* etc.

Théorie des phases — (ou systèmes partiels), montages — et enfin, le *modèle d'action complète* ou le fonctionnement pris comme notion fondamentale.

— Je n'ai jamais cru aux « explications » — Mais j'ai cru qu'il fallait chercher des *représentations* sur lesquelles on pût opérer comme on travaille sur une carte ou l'ingénieur sur épures etc. — et qui puissent *servir à faire* — — Tout ce qui est mental est transitif. (1942. Sans titre, XXVI, 99-100.)

A. *Aj. marg.* : $C = \varphi + \psi$

Sys.

Au lieu de spéculer sur des coupes de cervelle et
des vues microscopiques de filaments et de noyaux,
mieux vaudrait essayer de construire un modèle méca-
nico-électro-chimique qui représentât non « la pensée »
mais le fonctionnement — lequel impose à la pensée,
conscience etc. des équations de condition.

Et d'abord celle-ci que le système quel qu'il soit doit
pouvoir revenir à un état Z.

Il ne peut donc s'écarter indéfiniment de ce point.

De plus (hypothèse) il ne peut non plus revenir à un
état exactement identique. (1942. Sans titre, XXVI, 263.)

Sy.

Ma passion fut et demeure cette mécanique mentale
à laquelle je suis toujours ramené et tends à tout rapporter. Mais, quoique j'essaye de la réduire en observations simples, je suis bien obligé de lui trouver des
modèles, des expressions et figurations — qu'il importe
de varier beaucoup — pour éviter tout « système »,
c'est-à-dire toute partialité, escamotages ou emprunts
qui dissimulent l'*insuffisance d'un système quelconque* à représenter (et encore moins à « expliquer ») une diversité
qui est la plus grande possible par définition. (1942. Sans
titre, XXVI, 306.)

☆

Mon système est une tentative de réduire en théorie
de transformations (la plus générale) tout ce que n[ou]s
pouvons n[ou]s représenter de l'*esprit* — et par là — de
tout.

Toute théorie de transformations est une théorie de
conservations.

Ce qui se conserve *ici* a un minimum — Le *Moi pur*
qui repousse tout attribut.

Mais parmi les conservations — il y en a une qui est
capitale — qui est *conservation* de *possibilité* (du moins je

l'exprime ainsi, car il faut compter avec le *langage* et composer avec lui.)

— On pourrait définir « l'association dite des *idées* » dans le cas de l'irrationalité — c'est-à-dire *B suit A* sans autre propriété que de s'y substituer — comme la *substitution qui ne conserve rien.*

Les substitutions « harmoniques » sont similitudes, symétries, contrastes et conservent en puissance leurs inverses. Chacune est une portion d'un cycle possible — ou va-et-vient.

Il y a d'autres conservations — celle d'excitation principale ou sensibilisation dominante. L'attention transforme le champ — diminue ou annule partie des réponses[A]. (1942. *Lut. 10.11.42 avec « tickets »*, XXVI, 611.)

Syst.
Ego

Il est temps de se vanter un peu.

Je me vante ou m'accuse d'avoir — le premier, peut-être, — essayé d'introduire dans l'étude ou connaissance de la pensée — de ses produits et valeurs —, une *considération quantitative.* Je notais $(\varphi + \psi) = c$ et $(n + s)$.

Deux observations simplicissimes : On ne pense (ou perçoit) pas *tout à la fois.* On ne pense ou perçoit que par durées très limitées.

Et aussi : Perception extérieure et perception intérieure se font concurrence.

Ceci étant, et ceci produisant des effets sur les choses de la conscience, indépendants de la *semblance* de ces choses — — il peut en résulter des questions sur la vraie valeur des résultats des réactions significatives — dues à ladite *semblance* des choses. Telle conclusion[B] serait-elle telle, si la durée de la pensée en cause *à l'état d'excitant-respondendum* était plus grande ? ou si plus de variables indépendantes pouvaient être simultanément *excitées* ?

A. *Aj. marg. : AB, AC, BC*
B. *Tr. marg. allant jusqu'à :* simultanément *excitées* ?

Tout ceci témoigne d'une ambition absurde, mais non inféconde — qui se serait nommée : Théorie Analytique de la pensée — (c'est-à-dire de certaines transformations —) — Car il faut que certaines entreprises non sensées soient tentées — — — (1942-1943. Sans titre, XXVI, 719.)

☆

Syst.
Ego

J'ai rêvé — que — Comme on a inventé (par une sorte de nécessité) des symboles et expressions complexes pour les besoins de la physique mathématique, tout un matériel d'opérateurs qui permettent de penser à la Maxwell — etc. — Ainsi pourrait-on tenter de créer, pour penser *Fonctionnement du vivant sentant-mouvant-pensant* —, des notions ad hoc — tout autres que celles du vocabulaire traditionnel de la philosophie et de l'usage — qui feraient apparaître à la fois le « significatif » et le fonctionnel, et les caractères de conservation, transformation dans les substitutions mentales.

Ces substitutions sont ou significatives ou fonctionnelles, et tantôt accidentelles, tantôt dirigées. (*Ibid.*, XXVI, 759.)

☆

Ego
Syst.

J'entrevois depuis presque toujours (c'est-à-dire plus de 50 ans) la possibilité d'une *mécanique nerveuse* —

c'est-à-dire d'une représentation du *fonctionnement de l'instant,* ou de la *structure du présent.*

La sensation essentielle de *conservation* varie entre un minimum et un maximum. (Elle prend le nom de *Présent*), et le minimum peut ne plus se dénommer que *Moi sans attribut* — quand l'instant ne supporte même plus autre chose que l'identité pure ou la plus pauvre.

Le maximum est ressenti dans l'état le plus riche en fonctions différentes coordonnées aussi distinctes que possible — et admettant la quasi-réversibilité aussi bien que la libre détente des puissances motrices.

— Mais le point capital serait cette condition que j'ai désignée par les mots *Instant* et *instantané*.

Toute la vie en tant que sensibilité est instabilité, *changement propre.*

Tout ce qui est n'est qu'en tant que changement et parmi ce changement, figure çà et là — la sensation d'opposition à quelque changement. Il y a aussi celle d'accélération du changement ressenti. (1943. Sans titre, XXVI, 811.)

Ego et Syst.

Je suis devenu l'œuvre de la transformation essentielle qui s'est faite de moi en moi l'an 92 et suivants, quand j'ai vu[A] (et consenti à) la substance « nerveuse » de tout — pressenti et tenté de définir *tout* en faits de sensibilité, réflexes, propriétés fonctionnelles, durées — et substitutions de divers genres. (1943. *Notes,* XXVII, 64.)

☆

Ego et Syst.
(N + S)

Vers 1901-4 — les théories Gibbs — Phases — Équilibres hétérogènes me frappèrent beaucoup — et me servirent d'images pour préciser la notion qui s'imposa à moi dans la crise absurde, 1891/189./ — dans mes efforts pour lutter contre obsession et cette sensibilité insupportable que j'ai retrouvée en 20, 21... etc., puis en 35 — etc. et *nunc.* Je fis l'observation simplicissime de la constitution du *présent.*

J'y trouve des sollicitations mentales et leurs *précédences* sensibles, à développements pressentis ou produits; des perceptions de l'*instant-milieu ;* des impulsions et pressions diverses — qui se disputent la place sous les noms divers : sentiments, obligations, passions, besoins, sensations internes donnant des valeurs irrationnelles à des images et en liaison réciproque — ces images ou idées se réduisant à des minima dans les cas d'hypersensibilisation etc.

Tout ceci est hétérogénéité. Et je pensais qu'il y avait

A. *Deux tr. marg. allant jusqu'à :* substance « nerveuse » de tout.

entre ces constituants quelque relation puisqu'ils me semblaient agir l'un sur l'autre, se contrarier, se substituer, s'opposer — etc.

Quand je me disais : *Ceci* n'est qu'images et sa force consiste dans cette propriété de renaître à tout propos, et de m'exciter les irritations et torsions intimes les plus insupportables — je veux réduire ceci à des images etc. etc[A]. — Cela passera, un jour — Cela céderait à un opium — ou à des événements ou à une douleur physique etc. — je tentais d'opposer cette *connaissance* à ces diables, à ces connexions irrationnelles tissées « en moi ». Je* faisais ainsi une relation entre cette connaissance ou *expression* — donc délimitation et représentation de ma sensation — et cette tempête de sensibilités et j'observai, d'autre part, que tout ce tableau *pouvait* être entièrement remplacé par un tout autre, un calme succéder à la tempête, mon être s'occuper d'autre chose.

Donc, — en quelque sorte — le *possible,* dans cette physique — faire partie de *l'existant.* Etc.

— En somme, un chaos psychesthésique — intellect, sensibilité, *actualité* — choses, actualités — obligations — besoins — et leurs activations, *d'une part ;* et de l'autre, cette *forme* qu'est la conscience de la diversité hétérogène et quasi-simultanéité de ces facteurs, de leurs assauts, et produits de combinaisons, gênes mutuelles, réactions etc. etc.

L'idée de limitation réciproque; celle de conservations et de reprises, retours[B]. —

Résultat : volonté de dépréciation (impuissante en fait) de ce que je baptisai : « phénomènes mentaux » (mauvais nom)

et j'envisageai je ne sais quelle *énergétique* (à cause de l'hétérogénéité).

Puis me vint l'idée des *phases* — etc. (*Ibid.,* XXVII, 64-66.)

☆

Depuis 50 ou 51 ans, ma *conviction* (!) est que pensée,

A. *Aj. marg. :* images absurdes de satisfaction — et les réponses qui les annulent
B. *Aj. marg. :* $\varphi + \psi = K$

et connaissance relèvent d'une certaine quasi-mécanique mentale — vitale — c'est-à-dire simplement qu'elles satisfont à des conditions dont les unes sont sans rapport à la *valeur* des produits, à leur signification et relation pour la conscience. La conscience elle-même en est un produit, — les autres sont des effets de ces produits les uns sur les autres, soit qu'il y ait succession, soit *combinaisons*.

J'ai passé ma vie à *croire* à ceci, à observer dans cette intention; — donc — à *me sensibiliser* selon elle, — et donc, à *trouver* nécessairement des raisons pour ma croyance.

L'idée de fonctionnement m'a dominé. J'ai pensé que le type Acte-réflexe était le fait fondamental — et été conduit à développer les termes de cette relation non réciproque et *essentiellement* hétérogène, d'une part, dans l'analyse du terme *Excitation* — c'est-à-dire étude de la *Sensibilité ;* d'autre part, le terme *Réponse,* c'est-à-dire étude de l'*acte* — Le tout formant la notion d'*Action complète* — avec sa cyclique.. exigée par le retour à l'état de disponibilité.

Les mathématiques ne m'ont intéressé que par les ressources-modèles qu'elles offrent pour cette étude. Les idées d'opération, de transformation — avec conservation. [...] (1943. Sans titre, XXVII, 312.)

☆

Ego
Sys.

Ma visée fut toujours de tout concevoir comme fonctionnement ou produit de fonctionnement.

En particulier, je fais la chasse aux « abstractions substantives », aux soi-disant êtres de raison, concepts et autres figures de la rhétorique philosophique.

Tout[A], finalement, doit pouvoir se réduire en 1º *Ceci que je touche du doigt* en prononçant un *MOT ;* 2º *Cela que je fais ou mime* en prononçant un *MOT.*

Ce qui ne se réduit point à ces actes[B] (1943. Sans titre, XXVII, 359.)

A. *Tr. marg. allant jusqu'à : mime* en prononçant un *MOT.*
B. *Passage inachevé.*

☆

Mémoires d'un *Moi* —

Mes découvertes — de 189.. Je maintiens qu'elles étaient bonnes. On ne les avait pas faites. Elles tendaient à rabattre vers l'observation les notions de *connaissance, pensée* etc., lesquelles — nota bene — ont été *grossièrement* formées comme des résultats de besoins distincts, et par des tâtonnements statistiques *indépendants* : il en résulte un flottement incurable de nos idées de l'esprit. Et donc.. toute philosophie.

Je n'eus pas grand mal à considérer celle-ci comme fantaisie et ne pouvant me servir à rien. Rien, d'ailleurs, ne me paraissait plus ennuyeux (ce qui était pour moi le point capital) et plus incompréhensible.

Donc, en me regardant, j'observai que tout était *fini*, borné — et mêlé d'autre chose..

Je découvris : que le *changement* ou substitution de l'objet du moment était la règle absolue, la loi fondamentale[A]. Et ce changement nécessaire — essentiel de la conscience ou plutôt de ce à quoi elle s'occupe, était ou donné ou produit. Rien ne dure par moi. Et tout ce qui dure, dure contre moi et même peut-on dire que cela se renouvelle, plutôt que cela *dure*. J'appelai cette loi — la *Self-variance*.

Le changement en question est d'ailleurs plus ou moins complet. J'ai comparé ceci au mouvement qui est tantôt de *translation,* tantôt de *rotation*. Ce dernier conserve une partie du corps mouvant en état immobile.

— J'observai : que le nombre des choses distinctes que n[ou]s pouvons penser en liaison les unes aux autres était *très petit*. N[ou]s pouvons faire quelque effort pour l'accroître un peu.

Ainsi durée et diversité — étaient très limitées — par le fonctionnement mental.

Et ceci n'avait pas été remarqué ou assez retenu comme condition de notre pensée et agissant sur ce qu'elle regarde et opère. Nous croyons dépasser ces bornes. L'*infini* est le type de cette illusion, laquelle

A. *Aj. marg.* : Toute chose chasse une autre. L'attention à φ exclut l'attention à γ.

consiste à ne pas voir le *retour invincible au point le plus proche* de *l'état de pouvoir recommencer un écart*. Ainsi le bras qui a agi revient près du corps, et l'*écart agissant* retient seul notre attention — tandis que n[ou]s négligeons le retour inévitable, — *n'y sommes pas sensibles*.

— J'ai observé l'hétérogénéité des substitutions mentales. Et défini la « psychologie » — (si celle-ci peut exister) comme l'étude des propriétés d'un système essentiellement hétérogène — et même le plus hétérogène possible.

J'observai qu'aucune chose dans l'esprit n'appelle elle-même, mais appelle toujours quelque autre aussi différente d'elle « que l'on voudra » —

qu'il y avait toutefois, dans l'exercice de cette vertu de substitution, des cas remarquables dans lesquels la substitution *conserve* q[uel]q[ue] chose, et engendre une idée qui la suit et se substitue à son tour à la précédente, idée d'une liaison réciproque entre termes successifs. Ainsi la similitude, le contraste etc. que je nommai alors (arbitrairement) : *relations rationnelles* — celles dans lesquelles il existe une sorte d'opération qui appliquée à un terme donne l'autre, ce qui est impossible dans la plupart des cas de substitution — pas plus qu'on ne peut déduire de l'excitation le réflexe qu'elle produit.

Je m'occupai de l'*attention*[A], considérée comme modification de la variance et j'eus l'idée de la comparer à l'*accommodation* visuelle (1900) et celle-ci, je me la représentai comme variabilité d'un système de variables qui pour certaines valeurs des variables, a la *vision nette* pour effet, cette vision nette étant la correspondance uniforme — « d'un point de l'image à un point de l'objet » — Ce qui traduit en langage de notre fonctionnement, est la condition essentielle de *notre action*. Mettre un morceau à sa bouche — sans erreur.

L'action devenait donc un type, et son analyse devait donner une structure dans laquelle tout ce qui est connaissance, sensibilité, motilité doit s'insérer — et les notions abstraites fondamentales (nombre, ordre, forme etc.).

(Mais, parmi les actions, figure celle de parler-correspondre avec X — etc. Développé plus tard.)

J'ai donc observé l'action et j'ai pris les types les plus

A. *Aj. marg.* : L'attention 1900-1904.

importants et les plus *complets* : celle de la nutrition —
celle de la reproduction qui est si riche en emplois de
toutes les facultés successives pour aboutir à un réflexe,
le plus sensible de tous — (car la douleur n'est pas un
réflexe — du moins régulier).

Mais toute action composée (« complète ») et comprenant sensibilité-conscience-pensée n'est pas instantanée.
Elle demande une adaptation de variable préalable — et
les changements d'état qui constituent le *montage* de la
machine appropriée — à l'exécution de l'acte.

D'où l'idée des *phases* et l'analyse de celle-ci me
donnait l'idée de *fonction*. (J'appelai ainsi *ce qui ne sait faire
qu'une seule chose,* comme la fibre musculaire — et qui ne
répond que par cette seule réaction à n'importe quelle
incitation.) (1943. Sans titre, XXVII, 449-452.)

L'énergétique a pour domaine les échanges entre un
« Système » défini et le milieu extérieur. Il n'y a que
2 termes. Mon sujet de recherches en tant qu'analogue,
c'est-à-dire *confondant* autant que possible les modifications et phénomènes les PLUS DIVERS — pour ne considérer que les transformations[A] ou — le *Changement* le
plus général de la « connaissance » (disais-je — mais il
s'agit du présent possible —) et les *conservations* diverses,
continues, ou constantes ou spéciales etc., est à 3 termes
— C.E.M.

Je cherchais et je cherche une représentation de cette
hétérogénéité simultanée et successive. Je dis : Il y a
quelque chose dans « tout » (ce *tout* étant nôtre, *notre
Tout*)[B] qui substitue, admet, excite, compense etc. —
les constituants les plus divers, et se comporte à leur
égard *comme s'ils étaient une matière homogène.*

Il y a, en effet, des modifications qui identifient tout,
comme le sommeil, ou la sensation très aiguë. Aux
limites, tout est annulé à la fois. De même, t[ou]s ces
constituants divers sont ou instables ou négligés. C'est
une observation toute banale mais de laquelle, comme
toujours, on n'a rien tiré. Or, elle contient en puissance,

A. *Aj. marg. :* 1893
B. *Tr. marg. allant jusqu'à :* ou instables ou négligés.

le principe d'une « énergétique », c'est-à-dire d'une similitude cachée et de limitation récipro[que]. (1943. Sans titre, XXVII, 657.)

Apologie —

Mon originalité, en tant que « penseur » —, fut (dès mon commencement de volonté de self-government intellectuel — 92) de considérer la conscience et ses formations comme un système fermé quasi-physique, à deux variables, φ et ψ, en concurrence et en composition, toute soumise à une loi de changement, — n'existant qu'en changement — et surtout toutes connaissances, pensées, activités *confondues* dans la conception d'une sorte de grandeur, tandis que toutes perceptions extérieures et sensations en constituent une autre.

Ce qui suppose une identité cachée de nature entre tous les facteurs psychiques (comme la masse entre t[ou]s les éléments chimiques) les plus dissemblables.

« *Penser* » prend alors un sens nouveau — (qui d'ailleurs est impliqué dans l'existence même de ce terme —). C'est un phénomène *local*, soumis à des conditions analogues à celles d'un syst[ème] chimique, — un équilibre à la Gibbs.

On ne considère le « contenu » qu'une fois les conditions bien reconnues — ou du moins, *réservées*. Les pensées particulières sont, avant tout, bornées, subordonnées — à un champ de conditions non significatives. (1944. Sans titre, XXVIII, 150.)

Je ne puis, je n'ai jamais pu, séparer une « connaissance de la connaissance » d'une représentation du fonctionnement total. (1944. Sans titre, XXIX, 147.)

Du jour où je me suis dit — (où j'ai fait passer, (ou est passée) en face) cette simple parole :

Ceci est image — *Cela* est langage — Et cet autre *ceci* est sensation — *cela* est ARRÊT — et *cela* est substitution — — Etc.

avec un commandement de ne pas confondre ces espèces — — autant que possible ! — ce qui était *sacrifier au fonctionnement* — Idole contre toutes les autres — — — qui qualifiait d'idole tout ce qui se donnait, (selon la nature) n'être pas un *fonctionnement* —

Ce jour-là fut de première importance pour mon développement. (1944-1945. « *Pas de blagues* », XXIX, 248.)

PSYCHOLOGIE

L'esprit n'est que travail. Il n'existe qu'en mouvement. (1896. *Log-Book*. $\pi = 16$, I, 131.)

La pensée variation relative à des variations moins grandes — et à des variations plus grandes qui s'y opposent (réalité ETC.) — mais comme sa variation propre est inconnue — peut être infiniment variée ! — alors ? (*Ibid.*, I, 139.)

Esquisse de la théorie des opérations

Si on analyse la connaissance en une suite d'*états*, l'observation[A] fait connaître que certains de ces états se succèdent régulièrement dès que l'un d'eux est donné. Il s'agit d'étudier les lois de ces successions dans leur généralité.

Il y a deux manières : ou bien un état étant donné, un autre est donné de suite; et ce couple est purement juxtaposé dans le temps sans que l'on puisse reconnaître d'autre liaison entre ses deux termes. J'appelle ce genre de succession, *irrationnelle* ou *symbolique*. Le type du genre est le *mot*.

Ou bien, il y aura entre les deux termes une relation autre que la séquence. Si l'on suppose les deux termes

A. *Deux tr. marg. allant jusqu'à :* l'un d'eux est donné.

classés chacun dans une série de termes analogues, le 1er étant donné, on pourra toujours construire le second, ou (d'une façon indéterminée), un des *isomères* du second. Cette relation sera dite *rationnelle*. Cette relation a pour types généraux, la < sensation > et ses premiers effets psychologiques ; les abstractions telles que le dessin d'une chose par rapport à l'image de cette chose, etc.

On peut dire en général que toute relation rationnelle implique l'existence de quelque chose de commun, de répété, entre les deux termes composants.

On voit de suite que toute relation symbolique est invariable ; elle est, sans degrés.

Au contraire, toute relation rationnelle peut subsister pour des variations exercées sur ces membres. Ces variations sont limitées par la durée du terme commun. Tant que ce terme subsiste, la relation subsiste.

Une relation peut être *réversible* ou *irréversible*. Elle est réversible lorsque le couple d'états qui la forme peut être renversé dans le temps. Toutes les relations symboliques sont évidemment réversibles.

Les relations rationnelles, au contraire, sont très souvent impossibles à transposer. Si une sensation A est suivie d'une notion *(rationnelle)* quelconque B, je ne pourrai pas, dans le cas général, retrouver B en partant de B. Je retrouverai en A une image d'A, A'. Si A est réellement différent de A', (A, B) est irréversible en (B, A). Mais si on fait une certaine convention d'après laquelle A serait *relativement égal* à A' le couple $(A$ ou $A', B)$ est réversible, à ce point de vue.

Si on se place dans l'hypothèse précédente $A \equiv A'$, la réversibilité d'un couple rationnel ne dépend que du terme commun, c'est-à-dire de l'étendue des variations qu'il peut subir sans disparaître[A].

J'appelle *opération,* une suite de relations rationnelles.

J'appelle *formation,* une suite réelle d'états regardée indépendamment des relations.

J'appelle *construction* une suite d'opérations parmi laquelle peuvent se trouver des relations symboliques, et

---

A. *Aj. marg. :* La réversib[ilité] d'un couple rationnel n'existe pas. Si on la réalise par la convention $A \equiv A'$ elle dépend de cette nouvelle relation rationnelle. $(A,B)(B,A)$ dépendent de (AA').

qui satisfait à certaines conditions ou termes identiquement répétés jusqu'à ce qu'ils ne puissent plus l'être[A]....
(1897. Лимбес, I, 165-166.)

L'esprit ne voit qu'une chose à la fois — il n'opère que par une opération à la fois.

Qu'est-ce que la chose, et à la fois ? ?

Qu'est-ce qui est[B] l'unité de son opération *ou* de son objet ?

Il s'agit non de la découvrir mais de l'inventer.
(1897-1899. *Tabulae meae Tentationum — Codex Quartus*, I, 210.)

Il s'agit de comparer, non les choses mais les variations dont ces choses sont susceptibles. Là commence la psychologie — le petit nombre.

Groupes de *variations*. (*Ibid.*, I, 211.)

Avant tout mon analyse consiste à se rendre compte des liaisons de divers ordres, de celles arbitraires, de celles physiquement données et de celles psychiquement nécessaires. (*Ibid.*, I, 262.)

L'esprit ne peut connaître qu'une chose à la fois rigoureusement — une sensation p[ar] exemple — mais le quantum ? (*Ibid.*, I, 264.)

Étude des relations rationnelles

Ces relations sont définies
1° par portions communes

A. *Aj. marg.* : comme par symétrie — détail [*Lecture incertaine.*]
B. *Deux tr. marg. allant jusqu'à :* ou de son objet.

2° par variation concomitante des termes
3° par limitation de cette variation dans un domaine
4° par construction indéterminée possible de l'une par l'autre
5° par le rôle du temps (réversibilité). (*Ibid.*, I, 266.)

La grosse question est d'être sûr que la pensée procède de proche en proche ? On peut avoir tout à coup une idée sans rapport avec ce qui est en train, mais sait-on si elle n'est pas rappelée par une sensation q[uelcon]q[ue] ? Sait-on si on voit son commencement réel ? Mais si on ne le voit pas, existe-t-il ? puis-je m'en servir ?

Il faudra trancher cette affaire d'inconscient. (*Ibid.*, I, 275.)

Vie mentale — Série infinie de traductions. (*Ibid.*, I, 288.)

Ce qui distingue le mieux les hommes c'est l'intensité de cette production d'images et de faits mentaux tantôt spontanée en quelque sorte, tantôt provoquée par les événements.

À mesure que cette production devient plus abondante et que l'homme ne cherche plus à la rattacher sans cesse à ses intérêts ordinaires et à la réalité, il tend à la poursuivre en elle-même, à la faire naître (et s'attache à la raccorder à elle-même).

Ce qui fait le —^A c'est cette production toute gratuite de plus en plus complète en elle-même. — Elle devient alors de plus en plus *formelle* et si on pouvait clairement l'observer alors il n'y aurait aucune difficulté à y lire les lois fondamentales de la pensée. —

Elle ressemble au rêve, sans l'être. Les sensations l'excitent mais plutôt comme impulsions que comme proprement des matériaux. (*Ibid.*, I, 350.)

A. *Le substantif manque.*

La question est de savoir quels sont les rapports de la pensée et de son contenu.

C'est la psychologie formelle. (1898. *Paul Valéry,* I, 456.)

Il y a[A] une infinité d'états de connaissance possibles, mais ils se résolvent en un nombre restreint de changements et de variations.

Il y a *n* objets mais tous ces objets peuvent passer par telle propriété commune et telle autre.

Soit une association d'idées quelconques $A\,B\,C\,D$. —

1° Cette association établit l'existence d'un certain ordre quelconque. Cet ordre peut ou ne peut pas subir toutes les permutations. (En considérant $A\,B\,C\,D$ comme quantifié et *concret*.)

Problème donc à étudier.

2° Cette association demande un certain temps. Étude des déformations de ce temps, son décroissement. La qualité même des asso[cia]tions est peut-être une fonction de ce temps ? [...] (1898. Sans titre, I, 384.)

Self-variance des états mentaux

Principe. Un état de connaissance étant donné, cela suffit pour qu'il y en ait un autre *après*. (*Ibid.,* I, 397.)

La variation de la connaissance suppose un groupe. Quelles sont les conditions de cette variation, comment arrive-t-elle par expérience à isoler, à laisser fixe ce que [nous] reconnaissons comme tel et qui nous sert à tout expliquer ou exprimer ? Voilà la question. [...] (*Ibid.,* I, 403.)

A. *Deux tr. marg. allant jusqu'à :* et telle autre.

☆

Les choses les plus hétérogènes et les plus éloignées
dans le réel peuvent se succéder immédiatement dans la
pensée. Elles seraient donc en réalité non hétérogènes
une fois pensées. N[ou]s détruirions l'hypothèse externe
d'hétérogénéité et de distance — Leurs liaisons sont
différentes par conséquent.

Quelles peuvent-elles être ? —

Les termes communs ? (1898. Sans titre, I, 415.)

☆

On peut regarder la pensée comme une suite de transformées.

1º Cette suite peut être dirigée ou non.

Il y a toujours transformée, mais qu'est-ce qui différencie méditation etc. ? —

par rapport à quoi a lieu la transformation ?

2º Y a-t-il des groupes — comment sont-ils ? (*Ibid.*,
I, 434.)

☆

N[ou]s comprenons une chose lorsque n[ou]s pouvons opérer sur elle comme sur certaines autres choses
dites connues. C'est une transformation mentale que la
compréhension. Qu'est-ce qui a changé ? Ce n'est pas les
données — c'est la place ou la relation de ces données
par rapport au reste[A] de notre esprit, ou entre elles.
Correspondance.

L'explication la meilleure pour un être donné est celle[B]
qui le rend le plus maître de la chose donnée. (1899.
εἰδωλολατρεία, I, 513.)

☆

Temps
Self-variance

A. *Aj. renv.* : Mais ce reste n'est pas particulier, incarné — il
reste abstrait, conceptuel.

B. *Aj. renv.* : Elle est relative au moment — mais il y a intérêt
à la faire une bonne fois avec des éléments retrouvables à tout
moment. Quels sont ces éléments ? Image — (non composée) etc.

Potentiel
Lois de correspondance
Relations rationnelles
Relations irrationnelles
Relations irrationnelles réciproques (ou physiologiques)
Opérations, Transformations
Groupes
Invariants
Champ de connaissance
Changements.   (1899. *Divers*, I, 584.)

La découverte de la self-variance — serait égale à celle du mouvement de la terre. (1899. *Sans titre*, I, 623.)

Le cerveau paraît à la pensée et dans la pensée comme une chose particulière — incommensurable avec la généralité, l'universalité de la pensée. L'œil, alors ? — qui est une petite calotte sensible recevant toute image. L'œil n'est que récepteur et n'a qu'un rapport inconnu avec l'image[A]. (*Ibid.*, I, 623.)

Je me suis quelquefois essayé, dans des travaux destinés au plus parfait secret — à définir correctement l'homme ; correctement, suffisamment de sorte désirée à le pouvoir représenter par une figure commode quoique complexe à volonté. Cette définition était recherchée par moi dans le domaine psychologique.

L'esprit système de correspondance et de travail sur ce système. Le corps fournit au système une partie de ces éléments. Cette partie est remarquable. Elle se dédouble en sens[ations] et images.

En somme un ensemble total comprenant d'autres ensembles — à relier entre eux. (1899. *La bêtise n'est pas mon fort*, I, 655.)

A. *Petit croquis qui illustre probablement cette idée.*

☆

Un système dont une portion a un déplacement absolu et une autre un déplacement relatif; dont toutes les variations laissent fixe un point (A) — ou plutôt laissent identique un point dont on ignore la coïncidence avec lui-même; qui a des liaisons d'ordre différent — pour des parties semblables sinon identiques; qui se déforme dans des espaces de dimensions différentes et qui projette ces diversités sur un même lieu particulier, successivement ou simultanément; qui établit en lui-même des liaisons nouvelles à son gré et en détruit, sauf celles primitives; qui applique *n'importe où*, des forces caractérisées comme pures possibilités choisies dans un lot limité... qui existe par moments finis et par transformations — *directes !* — qui ne repasse jamais par le même point absolu à moins d'ignorer ce nouveau passage; dont les parties sont tantôt variables et tantôt invariables; qui détermine des points symétriques et correspondants — *dont les parties ont une inertie différente et graduée* déterminant par continuité un point d'inertie infinie (A)[A] (1899. εἰκόνες, I, 724.)

☆

Si chaque instinct est la voix d'un organe ou d'une fonction, celui de raisonner aussi : et qu'est-ce que ces fonctions qui *parlent,* ces organes qui viennent au chapitre ?

L'instinct de la toile d'araignée en quoi diffère-t-il de l'instinct non plus de la bête mais du tissu qui fabrique coquille, organes, squelette ?

L'araignée produit le fil — et là ne pense pas, mais elle se meut ensuite pour en choisir le lieu, et pour mener sa construction.

L'esprit ressemble à cela. Il produit sans s'en douter un fil et le met en œuvre en s'en doutant. (1899. Sans titre, I, 700.)

A. *Passage inachevé.*

L'ensemble des substitutions dont un concept donné est susceptible. (1899. Sans titre, I, 807.)

☆

Énoncés des
Problèmes fondamentaux
de l'Association des idées —

1) Comment déterminer la suite d'états mentaux qu'on déclare associés ?
Comment éliminer les sensations de cette suite ?
Idée d'une suite toute mentale à partir d'une sensation ou à partir d'un fait purement mental.

2) Comment se limite chacune des phases de la suite ?
La suite est-elle un continu ou un discontinu ou tantôt ceci et tantôt cela ?
Notion d'un quantum. — Unité. — ?

3) Comment une suite de ce genre est-elle possible ?
Pourquoi si *B* suit *A*, *B* n'est-il pas suivi à son tour de *A* (quels que soient *A* et *B*) et ainsi indéfiniment sans progrès jusqu'à la sensation la plus prochaine ?
Ensemble des hypothèses qui satisfont à cette question. Elle est évidemment impliquée dans la question : « Pourquoi *B* suit-il *A* ? » Tout ce qu'on peut dire pour justifier que *C* suit *B* est encore plus vrai de *A* suivant *B* après l'avoir précédé.

4) Mêmes questions si on adopte mon système —
Alors les couples se divisent en 2 classes :
a) *A* est donné — *B* est donné.
b) *A* est donné, *B* est donné; mais $B = \varphi(A)$.

5) Ne faut-il pas abandonner le terme et l'opinion : « Association des idées » et prendre celui d'Association des *états* ?
Avantages de ce terme. Difficultés dues à l'emploi de la notion d'*objets* en psychologie.
Un objet est le résultat d'une suite d'états. Ces états peuvent ne pas se succéder *immédiatement*.

6) Notion du *formel* et du *significatif*. Formation du significatif — c'est-à-dire réunion *hors* d'une suite

d'états de ceux qui appartiennent à un certain groupe commun. D'où, relations entre états qui sont indépendantes de la succession.

Formation des invariants. Abstraction. Degrés. — (1900. Sans titre, I, 826-827.)

Ce ne sont pas les phénomènes mentaux eux-mêmes qui sont susceptibles de connaissance régulière ou de science — car ils sont particuliers. Ce seraient bien plutôt leurs invariants, et leurs supports — ce qui apparaît comme tensions, positions, variations, déformations dans ces phénomènes. Mais ici l'observation est du même domaine que la chose observée — et on ne sait pas leurs relations. (1900. Sans titre, I, 863.)

Le fait élémentaire de l'intellect est le changement qui comprend substitutions et transformations — ST. (*Ibid.*, I, 865.)

Peut-être — à un temps — verra-t-on dans notre mot actuel « Pensée » etc. la même faculté mythique que celle qui a fait peu à peu personnifier le nom du jour ou de l'aurore — aux — *anciens.* (*Ibid.*, I, 890.)

Programme

Le but est la représentation. Il ne s'agit pas tant de connaître autre chose que ce qui est connu déjà, que de donner à cette connaissance immédiate sa forme réduite et la plus puissante..

Mais la représentation totale de la connaissance peut-elle ne comporter qu'un nombre fini et petit d'éléments — unités — et d'opérations types ?

Je ne crois pas. Je crois que les éléments ne sont pas susceptibles de dénombrements, de réductions, et de symbolisations utiles.

Au contraire, tout me porte à croire que la représentation à rechercher doit être restreinte à celle des opérations types. En d'autres termes ce n'est pas la représentation de la c[onnaissance] *totale* qu'il faut poursuivre pratiquement. C'est la représentation du pouvoir.

Autre question. La connaissance et le pouvoir relatifs à un individu peuvent être considérés soit comme instantanés, soit le long d'une durée définie ou bien encore d'une durée indéfinie. Suivant que la représentation particulière qu'on peut faire par le langage ou par tout autre moyen (limitation) élimine ou non la durée, l'appréciation finale diffère grandement.

De ce côté on peut donc concevoir l'ensemble des systèmes possibles de notation comme tenant compte ou non des propriétés de la durée. (1900. *More important — Opérations (Groupes, transformations)*, I, 892-893.)

Comment se relie un état à un autre[1], supposés se suivre immédiatement, — ou à un autre non immédiat ? Tout est là[a]. (1900. *Cendres*, II, 12.)

L'existence d'abstractions nécessite absolument celle d'une propriété de l'esprit, grâce à laquelle la partie d'une *chose* peut, sous certaines conditions, être *équivalente* à la chose totale; et d'une propriété inverse qui ramène du tout à la partie. (*Ibid.*, II, 22.)

La plus grande source d'erreur en psychologie[b2] est de confondre ce dont l'esprit est capable pendant une certaine quantité de temps avec ce dont il est capable[c] dans un temps plus long ou plus court.

Si on suppose une durée infiniment petite que deviennent ces opérations pendant ce temps ? Quelles sont les fonctions qui sont nulles pour cette variation infiniment petite ? (*Ibid.*, II, 41.)

Cela est[1] — parce que cela a été déjà :
Telle est la loi la plus singulière de l'esprit[a]. (*Ibid.*, II, 60.)

De quoi se compose le langage intérieur réel ? Cela a l'air connu et ne l'est point. Et l'on touche le point de l'intraduisible. Là il faut bien s'arrêter et trouver q[uel]q[ue] chose qui se comprend de soi-même.

Ce qu'on appelle ordinairement *pensée* n'est *encore* qu'une langue. À vrai dire très particulière et dont les axiomes diffèrent beaucoup des axiomes du langage ordinaire.

Mais où commence la traduction ? et quoi est traduit ? Il ne s'agit pas d'aller *inventer* un fond inexistant. Mais le critérium sera : Si tel fait mental est une traduction ou une représentation — il y a une relation entre ce phénomène et le phénomène traduit. Mais si ce dernier[A] a été traduit c'est qu'il était presque impossible de le *connaître* en lui-même. La traduction ne peut aller que vers le plus clair.. ou amplifier — ou *quitter* — (1900-1901. Sans titre, II, 95-96.)

Homme — un équilibre entre limites — avec sa propriété autocentrique. Cet équilibre s'étend à toute la connaissance — mais par des liaisons de valeur différente. (*Ibid.*, II, 103.)

L'esprit ou la connaissance ne sont compréhensibles qu'en tant que réitération. Ils ne sont renouvelés que partiellement et seraient hors de prise s'ils étaient nouveaux continuellement. La liaison est répétition — soit d'éléments, soit de situations relatives. La loi continue[B]

A. *Tr. marg. allant jusqu'à la fin du passage.*
B. *Tr. marg. allant jusqu'à la fin du passage.*

est d'exprimer toujours le dernier terme en fonction des précédents. C'est une récurrence. [...] (*Ibid.,* II, 104.)

☆

Quand on voit le rôle des symboles — et dans l'esprit même — on ne sait où il s'arrête — où finit cette onde de traductions et où existe l'original s'il existe.

Une chose de n'importe quelle nature peut être symbolisée par une autre de n'importe quelle nature.

Si on savait lire ! Si on osait simplement regarder les faits purement mentaux et qu'on oublie toutes les relations de l'expérience externe — si puissantes — mais alors on manquerait de termes. Pourquoi ? (*Ibid.,* II, 150.)

☆

Mon point de vue à moi serait volontiers de chercher l'unité non dans les objets mais dans les opérations mentales. Ce qui revient à tenir compte des changements de point de vue et à essayer de montrer ces changements comme transformables à l'encontre des points de vue eux-mêmes.

Le moi comme résidu d'une suite de substitutions. — (*Ibid.,* II, 156.)

☆

On se fait rarement rire seul parce qu'on se surprend difficilement soi-même. (*Ibid.,* II, 188.)

☆

Il ne faut pas confondre les matériaux de la pensée avec ses opérations. Une image n'est rien en elle-même. Mais sa position, sa répétition, ses déformations, ses divisions, ses conditions de répétition régulière et surtout son éclairage, ses conditions ou son traitement par l'*attention,* son *analyse* et ses rattachements. (*Ibid.,* II, 196.)

☆

On peut admettre qu'un esprit considéré pendant un

inſtant ∂t ne peut pas être trouvé différent d'un autre esprit.

En d'autres termes, un esprit ne peut pas être défini à un inſtant donné.

Un état mental isolé n'eſt rien, = 0, parce que dans un inſtant nul (et même fini mais très petit), il n'eſt rien, il ne présente rien, et ce qui l'emplit pendant ce néant ou quasi-néant, n'exiſte que *par la suite*.

L'esprit n'exiſte qu'ensuite de lui-même.

D'autre part s'il changeait totalement il n'exiſterait pas davantage.

On ne peut se le REPRÉSENTER que comme somme ou pluralité en série — avec des conservations partielles et des changements continuels. De sorte qu'on ne peut se représenter le moi que comme un point *nul*, un zéro de qualité et de quantité. [...] (*Ibid.*, II, 201.)

☆

E
Système —

Les phénomènes mentaux n'ont pas une énergie propre mais ils utilisent une énergie générale — spéciale — cf. attention. La répétition d'un même fait mental se produit dans des conditions très diverses. Ainsi[A] cette répétition peut être comme mécanique, ou volontaire ou accessoire de volontaire.

Il ne faut jamais parler d'*un* souvenir en soi — c'eſt un artifice de langage — mais au moins d'un couple de souvenirs. Ce couple lui-même conſtitue un temps non nul.

Il s'agit de conjeƈturer comment se diſtribue l'énergie ψ — quelles sont ses formes — comment elle s'applique.

Voici les faits recueillis par moi —
— Vitesses de subſtitutions de faits mentaux.
— Attention, et son contraire, élimination.
— Entrecroisement de sujets différents, et influences réciproques par-delà d'autres sujets.
— Transformations continues d'images — Indépendances de variations.

A. *Deux tr. marg. allant jusqu'à :* accessoire de volontaire.

— Travail second ou variations de certaines parties d'un tout dont les autres parties sont continuées ou reproduites.

— Formation de systèmes partiels — dont partie est physique.

— Durées inégales des phénomènes ψ.

— Relation de la durée avec la difficulté — efforts.

— Prolongements.

— Limitation du pouvoir mental — règle du temps — unité.

— Apparences d'un potentiel.

— Liaisons d'un ensemble à une portion — liaisons irrationnelles.

— Équilibres et leurs durées.

— Self-variance ≡ inertie.

— Résolutions — Formations d'êtres composés.

Le *travail* est loin d'être toujours conscient. Ainsi même physiquement les moindres mouvements — les sensations ordinaires — le *simple fait de vivre* entraîne dépense d'énergie, mais on ne la perçoit pas. Mais dès que malade alors cela apparaît. Psychologiquement la maladie est un accroissement de sensibilité à l'égard des dépenses d'énergie. (*Ibid.*, II, 203.)

Tout acte même inconscient est préparé — *avant* lui se forme une *charge* correspondant à l'appréciation de la dépense et de la disposition nécessaires.

Le pouvoir dans le temps. [...] (1901. Sans titre, II, 260.)

D'où sortent ces gestes qui signifient la méditation ? Se tirer le nez, se prendre le menton, le front — se mordre les doigts, les lèvres, — se gratter la tête, la soutenir. Ce sont visiblement des accompagnements destinés à placer le système matériel ou la partie du système humain qui ne joue pas dans la méditation dans un certain état d'énergie secondaire favorable[A]. Ils sont destinés à favo-

---

A. *Aj. marg. :* dans l'organisme la même énergie qui supporte et fait un organe, s'en sert et le fait fonction.

riser l'attention en provoquant par *imitation* la volonté
— en brûlant les déchets de l'énergie générale — en
représentant l'impatience de trouver — en mimant
l'acharnement — l'immobilité — le retard voulu pour
mieux précipiter l'idée cherchée etc.

Le principe qu'il faut dépenser tant par unité de temps
s'applique. Mais cette dépense doit se diviser — et
s'écrire de plusieurs façons différentes. On peut penser
qu'il y a *d'abord* une quantité généralement distribuée et
ensuite une portion disponible qui est dirigeable. —
(*Ibid.*, II, 281.)

Peut-être le fonctionnement formel de l'esprit, ses
vicissitudes regardées en dehors de toute référence et de
tout but — nous montrent-ils aussi la vie d'un organe.
Sommeil, veille, conscience, atonie, fatigue, ce sont
sans doute des phases que connaît chaque organe mais
que nous ne connaissons pas directement. (*Ibid.*, II, 282.)

Si l'être vivant est un système relatif à l'énergie générale je suppose que ce système doit comporter diverses
restrictions quant à ses rapports avec l'énergie générale
— ces restrictions constituant en somme l'équilibre du
vivant. Le vivant tant qu'il vit voit sans doute son
énergie intérieure sous p formes distinctes et qui ne
doivent pas s'annuler pour la plupart. Alors sa vie serait
l'oscillation comparée de ces formes. Mais entre les
formes très nombreuses de cette énergie existent des
cycles variés — dans chacun desquels dès qu'ils sont
établis, l'énergie suit un chemin particulier.

Le cycle le plus simple est l'extinction d'un potentiel
existant antérieurement. Mais on PEUT[A] — c'est le pouvoir — former un potentiel à dépenser de suite.

Toute l'existence peut se résoudre en une somme de
cycles tels. (*Ibid.*, II, 306.)

A. *Trois tr. marg. allant jusqu'à* : dépenser de suite.

Tout homme tend à devenir machine.

Habitude, méthode, maîtrise, enfin — cela veut dire machine. (1901-1902. Sans titre, II, 353.)

L'esprit comme ensemble de rel[ations] rationnelles. (*Ibid.*, II, 368.)

L'intellect tend à la conservation des formes. (*Ibid.*, II, 420.)

Les données
Éléments figurés.

Leur nature — Définitions convenables — Leurs substitutions.

Leurs combinaisons. Lois *A* et Lois *B*.

Nature invariante des éléments *A*.

Relations rationnelles des éléments *B*.

Opérations.

Relation rationnelle générale — Fixes et mobiles — Travail second — compréhension.

Relations irrationnelles. 1re idée des cycles.

Symboles etc. — Série totale.

Significatif et formel — Additivité — Irrationalité des suites réelles.

Attention.

Temps.

Mémoire. Réitérations. Mesure.

Langages. Signes. Principe de l'expression. Clarté.

Rationalité des combinaisons à éléments irrationnels.

Éléments non figurés, réels.

Surprise — passions, désirs etc.
Sentiments. Méthodes de transformation.

États.

Problème de leur sectionnement.
États généraux. États instantanés. Phases — Sommeil etc.
Certitude — doute.

Représentation *dynamique*. Le Pouvoir.

Cycles. Notion des sources infinies.
Notion de puissance.
Motion de la connaissance. Self-variance.
Chocs — Transformations. — Intensités.
Variables dynamiques vraies.
Équilibres.
Principes divers de conservation. Le raisonnement.
Mémoire — restitution de l'énergie.
Réversibilité.

Représentation pure — conventionnelle[A].
(*Ibid.*, II, 423.)

L'homme système de systèmes distincts, mais tantôt dépendants, tantôt indépendants entre eux. Ces systèmes sont connus comme multiplicité de réponses à une multiplicité d'excitations. (1902. Sans titre, II, 431.)

Cycles. Le cycle est l'ensemble de l'excitation et de la réponse. Il est fermé quand l'*être entier* — le système de systèmes distincts — se trouve après la réponse dans le même état qu'avant l'excitation. (*Ibid.*, II, 431.)

☆

La surprise montre qu'en un point quelconque peut

A. *Aj.* : Capacité de sensibilité — inédit — douleur — découvertes — étendue du champ sensible. Cf. mystiques.

se placer un *appel* d'énergie brusque et critique provenant d'un système quelconque et affectant tous les
systèmes. La surprise est l'éveil dans la veille. On est
éveillé au milieu de la veille. Il y a dans la veille une tendance à la continuité. (*Ibid.*, II, 433.)

Création de cycle fermé — apprendre à *quelque chose*
à revenir à son état initial. (*Ibid.*, II, 437.)

Cyclose. On a un ensemble de systèmes. Chaque
système est défini par un genre de réponse. Si l'ensemble
revient au point initial le cycle est fermé. $E + R = 0$.
Tout cycle tend à se fermer. Quelle est la dépendance
des systèmes entre eux ?

*Ces systèmes ne sont pas assimilables à nos subdivisions
organiques anatomiques*, en général. (*Ibid.*, II, 456.)

Il faut construire des schémas non comme ceux des
médecins mais comme ceux des physiciens — non pour
figurer des trajets entre des régions anatomiques ou
matérielles mais entre tout ce qui est distinct et nécessaire, que cela nous soit représenté ou non dans les
corps. (*Ibid.*, II, 470.)

On dirait que l'homme est un système énergétique
tantôt conservatif et tantôt ouvert. Il emprunte à une
source et restitue à une autre — mais dans l'intervalle,
il déforme suivant une loi. Les problèmes de ce point de
vue — sont la spontanéité en tant qu'apparence — la
dualité des sources — les formes — les équations continuelles d'état à état suivant — l'importante question du
déclenchement d'un potentiel — c'est-à-dire la notion
de circonstance par laquelle le potentiel et le temps ont
un contact. (*Ibid.*, II, 475.)

Le système esprit est tel qu'on ne peut le considérer dans un temps = 0 ou hors des temps.

Au fond il n'est que la loi présumée de certains changements. Qui dit esprit ou pensée dit unité ici, là diversité, et cette unité parfaitement constante quoique la diversité change. (*Ibid.*, II, 502.)

Il y a un moment de mon esprit où je suis *comme le maître* ; et il y a un moment où je ne suis rien. Que se passe-t-il entre ces deux moments ?

Dans le 1er j'oriente, maintiens, repousse, guette. Dans le second je subis, je change, je me heurte. (*Ibid.*, II, 552.)

Création ou réserve de potentiels particuliers — attente d'un événement — préparations — tonus — accommodation potentielle. (*Ibid.,* II, 555.)

Des notions nouvelles à introduire dans la représentation de la connaissance.

Plusieurs systèmes tantôt indépendants ou mono . . . tantôt liés.

Degrés de spontanéité.

Degrés de liberté. L'être libre.

Cycles.

Potentiels divers.

Phases.

Subdivisions. (*Ibid.*, II, 627.)

Est-ce *mon* esprit ou bien *l'*esprit qui est tel ? (*Ibid.*, II, 638.)

L'observation intérieure est comme dans la même enceinte avec ce qu'elle observe. On ne la pratique pas en général. Ce qui est observable agit. Observé il se restreint et se meurt, fixe. (*Ibid.*, II, 647.)

L'idée des phases et des fonctions m'est venue en songeant que l'homme *travaille,* se *déforme* suivant telles voies particulières déterminées par des demandes ou excitations qui proviennent de tous points.

Une pensée ne commande une machine du corps que dans certains états. La même pensée peut exister à l'état impuissant ou froid. De plus[A] on peut donner artificiellement à cette pensée une valeur motrice.

La phase est en elle-même l'établissement de fonctions composées — de plus cela est aussi le régime d'excitation successive de fonctions indépendantes. (*Ibid.*, II, 658-659.)

L'avantage de la théorie de l'énergie est de faire penser à *toutes* les conditions, circonstances d'un phénomène et de corriger a priori une partie des inconvénients de l'abstraction. (*Ibid.*, II, 663.)

Qu'est-ce qui se conserve d'états en états ?

Un état dépend-il de l'antérieur immédiat — ou d'états plus anciens ? — Où gîte l'état *plus ancien* en attendant d'agir au présent ? Cet état *plus ancien* doit-il reparaître fatalement ou peut-il demeurer disparu ?

Dois-je introduire la continuité par autorité, et en créant quelque notion plus adroite que l'inconscient ?

Voici divers cas de discontinuité : 1° l'irrationnel — 2° les sensations (ce qui revient au même que 1°) — le formel.

A. *Tr. marg. allant jusqu'à :* une valeur motrice.

Pour le physicien la différentielle d'une masse est une masse etc. Mais la différentielle d'un état, ici, si on peut la concevoir — n'est pas un état.

Et cette élasticité bizarre qui permet à certaines fonctions de reprendre des valeurs lointaines — par un symbole ou un accident quelconque. (*Ibid.*, II, 675.)

Tous les travaux de l'esprit aboutissent ou à zéro — ou à un acte, ou à un potentiel (à un accroissement de potentiel).

Ce potentiel n'est lui-même que l'adjonction d'éléments nouveaux — ou de relations irr[ationnelles] nouvelles — ou d'opérations nouvelles — emmagasinés sous une forme telle que leur réapparition sera réflexe. (1902. Sans titre, II, 692.)

L'apparition et la forme de la pensée trouble toute notre causalité. Dire qu'elle vient des sens — c'est que la connaissance sort de la connaissance. Les sens eux-mêmes sont des objets des sens.

Dire qu'elle vient du cerveau — c'est encore le même cercle. (*Ibid.*, II, 694.)

Il y a deux genres de lois dans l'homme. Les unes sont des lois continues et seraient figurées par des éq[uations] différentielles. Les autres sont des lois ou dépendances à distance — ce seraient des d[ifférentielles] finies.

Là est la clef de la véritable anthropologie. En effet — si on ne prend plus le langage comme solution mais comme problème — si au lieu d'essayer de forger les significations — on prend celles existantes — si [on] recherche ingénument ce qui est réellement pensé — si on considère le confus et l'intégral comme donné et nécessaire dans sa complexité — et le séparé comme faux — les abstractions comme de premières approxima-

tions demandant vérification sérieuse et non comme
réalités — les idées non tant comme formations — que
comme des unités instantanées décomposées *ensuite* par
le langage, — alors la connaissance prend l'aspect de
l'état toujours actuel d'un certain système et sa science —
devient la détermination et la représentation de ce système, autant qu'il *sera* possible de les tenter.

... Or une connaissance quelconque peut être regardée
en général soit comme une chose séparée de tout et donc,
au moins, séparable — (c'est le point de vue du langage
ordinaire et des philosophes), soit comme un phénomène momentané — non séparable d'un certain système
— (c'est mon point de vue) et formant un aspect du
temps en général — Le temps étant le nom vague d'une
des faces du système total. [...] (*Ibid.*, II, 754.)

Équations fondamentales — Celles de la mécanique
signifient en gros que tout phénomène méc[anique] n'est
que temps, longueur, masse.
Tout fait mental n'est que demande et réponse. (*Ibid.*,
II, 793.)

J'appelle *phase*[A] — une durée pendant laquelle l'individu peut être représenté comme fait de *n* fonctions (ou
régions cycliques) indépendantes. Ces fonctions ici ne
sont pas forcément simples — ce sont plutôt des cycles
de fonctions simples et des fonctions simples.
Ainsi le sommeil — la réflexion — la digestion —
l'exercice — la volition — la colère sont des phases
pendant lesquelles certaines fonctions sont suspendues
— d'autres agissantes et ces dernières liées momentanément entre elles.
L'indépendance relative des fonctions est simultanée
ou successive.
La notion de phase repose sur l'intermittence et la

A. *Tr. marg. allant jusqu'à* : liées momentanément entre elles.

différence d'activité des diverses fonctions. À chaque instant il y a dans l'homme quelque chose de prépondérant. (*Ibid.*, II, 803-804.)

La structure de chaque homme est accordée d'une façon purement générale aux circonstances et aux événements. Elle prévoit en quelque sorte, la nature et l'intensité *moyennes* des circonstances. Elle est préparée suivant des *probabilités*. La probabilité est fondamentale chez l'homme — presque organique. Ainsi, la surprise. (*Ibid.*, II, 819.)

Toute relation rat[ionnelle] est telle qu'un terme étant donné — l'autre ne dépend plus que d'opérations de l'esprit — et est contenu* implicitement dans le 1er moyennant telles opérations.

« Contenu » n'est pas le mot juste.

Au contraire dans la rel[ation] irr[ationnelle] aucune op[érati]on de l'esprit n'intervient — c'est-à-dire aucune op[érati]on où le 1er terme joue un rôle. (*Ibid.*, II, 822.)

☆

La connaissance doit être une transformation (ou une substitution —) de données en autres données ou productions. Mais cette opération dépend des données primitives. Quant aux productions elles doivent se faire automatiquement et *intelligemment* — c'est-à-dire suivant une correspondance ou loi.

Ce qui est surprenant dans l'intelligence c'est ce mécanisme merveilleux par lequel une donnée sensible ou autre s'entoure instantanément, instinctivement, d'autres données (mentales), lesquelles rapportent à la 1re tout un système d'expériences compatibles avec cette donnée et lui répondent par mille voix expertes, par une totalité... par le possible, par les actes possibles.

Il est double, ce mécanisme — d'un côté, irrationnel, de l'autre rationnel.

Mais là aussi le vouloir peut jouer le rôle d'un excitateur.

...Il y a évidemment quelque système de variables indépendantes et nous connaissons des valeurs composées de ce système. (1902-1903. *Algol*, II, 856-857.)

Je ne sais comment bâtir ces définitions de fonction, phase, cycle qui permettraient de suivre les variations multiformes de l'homme. Cependant je *sens* ces notions. (*Ibid.*, II, 876.)

L'homme est un système qui se transforme. Ses transformations sont de divers ordres, de diverses espèces.

Se transforme-t-il dans un *sens* ? et tout entier ? ou par parties ? Comprend-il des systèmes partiels qui se transforment indifféremment ?

Fonctions — Ensembles de phénomènes tels que l'on passe de l'un à l'autre par une opération identique, quels qu'ils soient ? (*Ibid.*, II, 896.)

L'esprit dans toute son extension pure, dans ses liaisons et ses dénouements incompréhensibles et inutilisables, dans sa liberté relative, est quant aux actes réels et aux événements sensibles comme une 3ᵐᵉ dimension par où la connexité du monde gagne et s'enrichit. (*Ibid.*, II, 901.)

Toute la science de l'être humain n'existerait pas si l'on devait l'aborder dans toute sa complexité. Mais lui-même ne se perçoit que selon et par des simplifications. Ces simplifications résultent des phases et le problème n'est pas inabordable à cause de ces phases. À chaque phase l'être est réduit à un moindre nombre de variables. Il importe extrêmement[A] de prendre pour valeurs de ces phases et de ces variables — non directement les idées ou

A. *Tr. marg. allant jusqu'à :* un état plus ou moins actif.

perceptions ou impressions — mais bien la capacité de les produire. Ce qui varie n'est pas le fait de conscience mais le domaine de ce fait est dans un état plus ou moins actif; et ce domaine lui-même est plus ou moins connexe selon les êtres et selon leurs moments.

Une idée possédée peut toujours se produire égale à elle-même — mais ce qui varie c'est sa *virtualité de production* à tel instant et aussi sa *valeur d'excitation* sur d'autres fonctions. (Je rappelle qu'il s'agit de représenter le mieux possible le processus de l'être.)

Or cette valeur d'excitation ne dépend pas de l'idée même ou seulement d'elle. Là gît l'erreur de l'associationiste. Elle dépend de tout le passé de l'individu en général — et de sa phase ou de sa connexité instantanée. Connexité générale et connexité instantanée. (*Ibid.*, II, 913-914.)

En dernière analyse, le travail de l'intellect est un rangement — un ordre — ou peut toujours être représenté par un ordre. Il y a des éléments toujours donnés et tous les rangements sont possibles. Mais l'un de ces ordres satisfait à certaines conditions demandées, et le travail consiste à passer de la multiplicité des combinaisons possibles à l'unique combinaison / (ou aux quelques — —) / définie comme utile. Les livres ont pour objet de rendre ce travail aisé ou presque nul.

On aurait pu arriver au but en effectuant toutes les combinaisons et en les essayant successivement. C'est rarement possible. (1903. *Jupiter*, III, 2.)

Rire, négation et refus de penser — improbabilité — on refuse de s'accoutumer, ou de comprendre, par simulation interne, quelque chose.

Rire = on veut bien mais *elle* se dérobe à être saisie et, larmes, — on ne veut pas mais *elle* presse et s'impose — la tentative vaine se décharge dans le physique.

Pourquoi vaine ? D'où ce désaccord ? Quand cela *déborde*-t-il ? Tantôt par incohérence brusque — voisine. Alors on est dans l'incompatible.

Cela semblerait indiquer dans la connaissance — un double procédé — d'abord la compréhension, puis la rumination instantanée — synthèse — décharge de l'accumulation des charges partielles de fonctions et alors on rit, on pleure, on fait le bilan, on passe, on aperçoit une lueur, on agit, on jouit instantanément d'un plan de durée nulle — d'un plateau simultané.

Or dans le rire et les larmes, *je* ne joue aucun rôle — il tente de jouer un rôle et n'y parvient pas — même quand l'origine du rire est tout intérieur. (*Ibid.*, III, 48.)

Mon idée est que la réaction appelée penser — est limitée — c'est-à-dire ne peut se produire indifféremment sous toutes les formes — dans chaque cas particulier. Il y a une succession de déterminations — et un arrêt.

Ce qu'on appelle assez naïvement le contenu de la pensée — est ce qui voile les caractères formels et topographiques. (*Ibid.*, III, 71.)

La merveille de l'œil c'est l'image nette. À une ligne tactile — correspond une seule ligne — motrice — ou trajectoire — et une ligne rétinienne — ou de séparation[A]. Par analogie — l'esprit. La veille, accommodations comme le cristallin et la pupille.

Importance des correspondances uniformes — netteté — pouvoir. On oublie toujours que l'œil change *par* le spectacle[B]. (*Ibid.*, III, 83.)

L'instinct est l'action / mode d'agir — type — / de l'être, agissant *totalement* comme *un* de ses organes — comme son organe — ou serviteur d'une nécessité — d'un sine qua non.

A. *Aj. marg.* : nerveux—moteur—élastique—rigide—liquides
B. *Aj. marg.* : [*Deux mots difficiles à déchiffrer*] cristallin—pupilles —rétine—direction—distances—images—éclairage.

Tout instinct s'opère par motion, sécrétion, représentation. Tout l'être — c'est-à-dire toutes les fonctions — ou des fonctions très différentes — sont solidarisées, pour une d'entre elles. (*Ibid.*, III, 112.)

Les grands efforts et les grands succès de l'esprit — c'est de tenter d'apercevoir et d'apercevoir des groupes — au lieu de choses —; des domaines au lieu de points. (*Ibid.*, III, 133.)

… De ce point, le mien, les choses mentales et les physiques sont inséparables, liées, réciproques. (*Ibid.*, III, 135.)

Lorsque l'événement ne répond pas à ma prévision — lorsque l'événement n'est pas prévu ni pré-accommodé, il y a surprise[A]. L'inconscient comme le conscient a sa surprise. La prévision est une accommodation préliminaire extérieure aux excitations directes qui provoquent l'accom[modation] ordinairement. (1903-1905. Sans titre, III, 238.)

Comment nous sont révélées par l'étude intérieure les variables de nous ?

Peu à peu on observe que le formel contient le significatif — que telle colère ne peut durer — que l'œil se détache par la fatigue du spectacle, — que le mental est transformé à part du physique — que le *sens* gai a un *son* triste — que je puis mettre cette idée comme à l'envers — que l'unité de l'être est virtuelle — que le moi est une fonction quelconque prise comme invariant — qui nécessite la diversité et lui est réciproque. — (*Ibid.*, III, 269.)

A. *Aj.* : Accommodation centrifuge

Interventions — nécessitent un potentiel.

Donc il y a un équilibre. Or cet équilibre n'apparaît pas dans la conscience. Elle est donc le lieu de ruptures de certains équilibres. De même les parties motrices du système nerveux sont également des lieux de rupture d'équilibre.

Ainsi l'homme est composé d'une foule de systèmes ou variables dont chacun est en équilibre.

Cet équilibre est plus ou moins stable. Il est rompu par des *interventions*. (*Ibid.*, III, 270.)

On ne fait pas tout à la fois — on ne pense pas à tout *à la fois* et le plus grand effort est de faire ou penser — *un peu plus à la fois*.

— De même on ne fait rien *longtemps*.

Longtemps et à la fois — voilà nos difficultés.

Mais une partie de nous *travaille* tout le temps et en tout point. L'autre est toujours cantonnée et mesurée.

Il y a plus. Cette autre est économe . . .

1) Quand certaines fonctions sont occupées — les autres ne peuvent l'être.

2) Et de plus celles qui le sont, le sont d'une seule façon.

Dans 1) c'est la puissance qui est limitée. Dans 2, c'est la fonction elle-même. (*Ibid.*, III, 288.)

☆

Comment se pourrait-il que corps et esprit soient indépendants lorsque les organes nécessaires à l'esprit sont corporels et inextricablement liés à ceux du corps même ? — On pourrait dire que l'indépendance réelle qui existe entre eux ressemble à celle qui existe entre certaines parties ou propriétés du corps. Cette dépendance-indépendance est indirecte — elle est limitée aux excitations — elle tient aussi au fonds commun quantitatif ou potentiel. (*Ibid.*, III, 289.)

Si on prend pour parties élémentaires des éléments anatomiques on se condamne à connaître ces éléments. Mais ce qui nous intéresse ce sont des propriétés — des lois — et non des figures sans signification. N[ou]s ne savons assigner exactement à ces figures, des propriétés simples — un nerf semble conducteur — une cellule, — producteur. Je ne me connais aucun moyen ou pouvoir de déformer l'image anatomique jusqu'à en faire une représentation de propriétés dynamiques ou psychiques.

Et toutes les propriétés dynamiques ou analogues que j'attribue à un muscle ou à une cell[ule] nerveuse — telles que élasticité, charge, décharge, potentiel, explosion, déformation, contact etc. définissent en vérité ce muscle — ou ce nerf — l'éclairent, — et n'en sont pas éclairées. Je lui substitue une machine. (*Ibid.,* III, 306.)

Si le *choc* est *très violent* — quelle que soit la préparation — l'accommodation préalable — il y a cependant *rupture* — retentissement — surprise — paralysie. L'intensité est l'effet d'une impression hors du domaine de son espèce. L'inattendu — est l'effet produit quand l'impression va exciter un groupe non exercé. Il y a deux degrés — 1. Ce groupe n'est pas actuellement en activité — 2. Il ne l'a jamais été.

Situations. (*Ibid.,* III, 308.)

Les animaux constructeurs — leur instinct admet une certaine souplesse — une pluralité — et cette pluralité est continue — tâtonnements — à chaque instant l'être forme la résultante entre les circonstances, l'état du besoin et les moyens canoniques de l'instinct. (*Ibid.,* III, 308.)

☆

Le syst[ème] nerveux donne l'excit[ation] au muscle. Le muscle se déchaîne et ne rend au syst[ème] nerveux que des sensations.

Le cerveau permet lorsqu'il est intéressé de répondre à une excitation non par spécialité — c'est-à-dire par une réponse uniforme — mais par adaptation instantanée après jugement. En d'autres termes il permet de varier la réponse — car il dispose d'un domaine ou d'une diversité de moyens de réponse. Comment va-t-il choisir ? Pour cela, il construit virtuellement toutes les réponses dont il dispose à ce moment — (liberté réglée). Il répond par *n* réponses virtuelles — et il finit par une réponse à ces *n*, réponse réelle (qui peut être de forme virtuelle)[A]. Le choix, même restant intérieur, est un changement de système — Ce n'est pas un chang[emen]t d'idée puisque l'idée était dans le tas. (*Ibid.*, III, 324-325.)

Par la recherche de la théorie des réflexes je m'efforce de dégager du peu que l'on sait sur le corps — des conditions pures[B] — des restrictions simples — de façon à les retrouver dans la pensée — et à limiter alors par ces relations l'étendue de ce que l'on peut imaginer sur l'esprit comme les relations mesurées par le physicien doivent restreindre et diriger notre image du monde physique. [...] (*Ibid.*, III, 331.)

L'automatisme[C] tend à s'accroître. Les liaisons possibles réalisées tendent à se modeler sur le type réflexe. L'uniformité tend à régner. Les coordin[ations] tendent à dépendre les unes des autres — les différences à se compenser *en se liant* entre elles, en formant un tout mû d'un bloc. La conscience tend à se porter plus loin — à voir des systèmes plus compliqués — ou à apprécier des différences plus faibles.

A. *Trois dessins en marge, dont le premier semble représenter schématiquement les domaines multiples du système nerveux et musculaire, dont le deuxième représente une réponse spécialisée et uniforme, et dont le troisième représente plusieurs réponses virtuelles à une même excitation.*
B. *Tr. marg. allant jusqu'à* : image du monde physique.
C. *Aj. renv.* : cf. corr[espondance] uniforme — les formes.

Elle use toujours des mêmes procédés — mais plus longuement et sur des objets déjà traités et élaborés par elle.

Elle apprécie la différence entre *elle et son objet* — ou entre ses sensations et ses représentations — etc.

Pendant un âge de la vie elle prend certains thèmes. Puis d'autres — Puis d'autres. Plusieurs s'arrêtent à tel point. Il y a des choses qui demeurent. *Ce qui change, c'est l'automatisme acquis* qui augmente. Mémoire, mécanismes construits et acquis — Automatisme et goûts changent.

Ce qui est automatique à un moment donné —

L'homme semble construire son corps libre à l'image de son corps végétatif.

Le temps est la forme de cette continuelle transformation et' le souvenir redonne sous la forme de l'automatisme tout ce qui est venu accidentel, libre, etc. C'est pourquoi il a un sens — le sens non de la causalité — mais de l'excitation. (*Ibid.*, III, 341.)

Le rire marque de l'inutilité de la pensée ou d'aller plus loin, devant telle chose — inutilité ou satisfaction — empêchement de la pensée par excitation et soulagement réflexe — Désarmement. (*Ibid.*, III, 342.)

L'esprit est essentiellement complexe. La complexité est presque sa raison d'être — mais à tout prix il simplifie.

La complexité est sa matière — la simplification est sa fonction. (*Ibid.*, III, 367.)

Il n'y a surprise que s'il y a édifice momentané — qui se trouve détruit. Cet édifice est un schème / tracé / de réflexes intermittents — or voici que cette machine est en défaut. L'excitation inattendue et douée de grande capacité — au lieu de trouver un chemin minimum de réponse — pénètre de seuil en seuil très profondément et agit par choc[A] — en un point non relié. (*Ibid.*, III, 400.)

Admirable propriété de l'esprit de n'aller point à chaque coup, au fond des choses qui s'éveillent continuellement en lui — de les connaître assez — *en les reconnaissant seulement* — de se fuir — de réduire telle notion à ce qui suffit pour penser outre. (*Ibid.*, III, 431.)

L'essence du rire est l'incommensurable — je refuse de m'accommoder, de penser, à un objet comme trop aisé à réfuter, à détruire.

Les larmes, idem, mais comme trop difficile à... Manque d'équilibre en ma faveur. (*Ibid.*, III, 433.)

Penser — c'est s'adapter. (*Ibid.*, III, 433.)

Rien ne prouve que le principe de causalité soit applicable en psychologie — Au contraire.

Je pense qu'il faudrait pour la psychologie un principe des dépendances bien plus compliqué. (*Ibid.*, III, 448.)

La pluralité des chemins possibles entre deux états est la caractéristique de ce qu'on appelait : *esprit*.

A. *Aj. renv.* : Les effets de la surprise sont
1) trouble de connaissance, ou arrêt
2) réflexes désordonnés, oscillants
3) retour multiple à l'état antérieur et repassage par la surprise — on constate que « ce n'est pas possible »
4) en comparant l'état ant[érieur] à l'état actuel.

L'existence de la surprise me fait déduire qu'à chaque instant l'homme est monté, accordé, attentif, prévoyant selon la phase.

En d'autres termes cet *esprit* « ubi vult[1] » est comme un domaine infiniment *souple*. (1905. Sans titre, III, 557.)

Stabilité[A] du système mental et propriétés significatives. Cette stabilité-là — doit s'entendre de la permanence générale des associations complexes — des opinions-classifications, évaluations qui font que n[ou]s continuons à être à peu près semblables ou capables du moins de n[ou]s *ressembler*[B].

En particulier et dans un sens élémentaire, la poursuite d'une occupation, d'une recherche, malgré les événements adventices et la formation de suites significatives par élimination des choses étrangères — La faculté de traverser assez impunément tout ce qui n'appartient pas à tel groupe significatif, sans s'arrêter et dévier, ou en revenant après déviation ? Tout cela indique une propriété de *veille,* d'attente qui est d'ailleurs limitée — mais qui tient à la phase.

Considérons ces événements adventices — ils traversent la conscience, sont ou imperçus, ou perçus et *répondus* ou annulés réflexement. Ils peuvent s'incruster inconsciemment. (*Ibid.,* III, 558-559.)

L'être tend à annuler ou à uniformiser la modification qui s'opère. Conservation de l'état antérieur, ou bien reconstitution de l'équilibre général. Tendance à exprimer toute la pluralité excitée en fonction d'une seule variable. (*Ibid.,* III, 597.)

Rien ne prouve que la machine humaine soit parfaite. Il y a des déperditions, des ébranlements, des frottements. Et il arrivera au savant quelquefois de prendre pour un effet essentiel du fonctionnement de la machine ce qui est une pure défectuosité dépourvue de signification

---

A. *Deux tr. marg. allant jusqu'à :* propriétés significatives.
B. *Aj. marg. :* cf. équilibre statistique

propre et d'utilité, — une vibration de la chaudière bien distincte de la marche adaptée du moteur, et qui lui vole de l'énergie. Mais ce phénomène secondaire a son importance propre, montrant la relativité du fonctionnement principal — la restriction de sa finalité et en quelque sorte cette finalité ou adaptation comme purement approximation — moyen — peut-être même *détournement*... L'esprit comme une application, un perfectionnement, non comme un être simple et autonome. Il en est de même du corps. (*Ibid.*, III, 607.)

Prodigalité et économie de la pensée. (*Ibid.*, III, 640.)

Parmi les arrangements et « conventions » qui se font dans l'être grandissant et changent l'enfant en homme, il y a cette adaptation de la quantité d'énergie attribuée à chaque idée. Chez l'enfant ni patience ni mesure dans les déchaînements, ni durée — Tout dépend à chaque instant des circonstances actuelles — Colère et larmes non graduées. La graduation se fait plus tard.

Ceci peut être utilisé contre les théories de James. En réalité ce qui rend si délicate la psychologie dans toutes les questions où l'on veut chercher une cause et des conséquences (problème de la liberté, libre arbitre — problème du rire, larmes, et leurs accomp[agnements] psych[iques]) — c'est qu'on ne veut pas voir ce qui est — à savoir la complexité des actions mutuelles — et ces compositions qui doivent être figurées par des *produits*— ($a \times b \times c$).

De même que l'enfant n'a pas encore formé les associations qui plus tard lui serviront à arrêter la plupart des impulsions et à leur opposer des notions et des habitudes — de même sa volonté quoique forte manque de profondeur — c'est-à-dire d'excitations pouvant être plus fortes que les excitations actuelles. (*Ibid.*, III, 667.)

L'homme excité répond plus vite et plus fort que celui qui part du repos. L'inertie du vivant est variable. Le ressort change d'élasticité et sa puissance de restitution augmente jusqu'à un certain point par le travail répété de suite.

Dans l'état de veille — il y a unité ou unification possible instantanée de tout l'être formant un système « élastique » très complexe — tandis que dans le sommeil ce même être est « dispersif » et que les excitations s'amortissent. (1905-1906. Sans titre, III, 689.)

Une pensée sans issue et qui presse néanmoins, se résout en pleurs ou en rire.

La chose la plus risible n'est que *probablement* risible.

Le rire nous cache un monde, un abîme où nous ne savons pénétrer. Il recouvre l'intervalle où notre incohérence gît. (*Ibid.*, III, 717.)

Notre mécanique a été tirée de l'observ[ation] des machines simples, celles qui sont faites de corps solides ou tendus — puis on l'a divisée et adaptée à la représentation des autres machines. Mais quoique rigoureusement suffisante, elle n'est pas heureuse dans l'analyse des mouvements du vivant.

L'expérience grossière marquée par le langage a depuis toujours institué des notions comme l'élan, l'effort, la fatigue, l'impulsion, le brusque fonctionnement et des fonctions périodiques très compliquées — lesquelles sont ou difficiles à retrouver mécaniquement ou à peine abordées dans la dynamique depuis l'énergie. Et surtout l'accommodation du moteur vivant est un fait sans mécanique, surtout quand la volonté s'y mêle. Enfin la théorie des interventions, c'est-à-dire des transformations de l'énergie d'un système commandées par un système énergétiquement extérieur au précédent — est inexistante. — — — (*Ibid.*, III, 768.)

La croissance de l'esprit

Il faudrait faire un livre... non ! une étude, une table écrite des développements successifs de l'intellect depuis la naissance — et cette étude serait théorique, faite pour y comparer les observations sur l'enfance. Comment se dessine l'esprit et se stabilise-t-il — ? Comment la veille triomphe-t-elle du premier rêve ? Comment s'accroît indéfiniment la relation, sorte d'entropie, et comment l'être devient de plus en plus symbolique, résumé, adapté, outillé, communiquant ? Et comment se font les abréviations a priori, et les extensions générales, dans le temps ? Et comment se font les significations secondes ? Une pierre suffit à changer la figure d'un fleuve et plus il est rapide plus elle se change. (*Ibid.,* III, 771.)

[...] En psychologie il y a une remarque étrange à faire. Un état non automatique peut être amené par un procédé automatique — de sorte que[A] l'automatisme et le non-automatisme se pénètrent. Le non-automatisme est caractérisé par la présence *nécessaire* des images dans le trajet. Le trajet serait différent si les images disparaissaient; et de plus les images dont il s'agit ne sont pas déterminées complètement par les excitations quelconques, mais elles peuvent ou s'ordonner par rapport à une notion, à un *but* vu, et maintenu — etc. etc. Or, un état non automatique peut être mis en train par une association quelcon[que] — je puis avoir l'*habitude* de chercher à vaincre l'habitude. Je puis automatiquement sortir de l'automatisme. (*Ibid.,* III, 781.)

En somme, le plus clair en psychologie serait de tout réduire en correspondances — univoques, multivoques,

A. *Tr. marg. allant jusqu'à :* par les excitations quelconques.

données ou formées. Ces correspondances joignant les divers appareils. (_Ibid.,_ III, 783.)

L'image est d'autant plus vive qu'elle accommode plus tous les appareils et les accapare.

L'image faible ne commande les moteurs que si elle est un signe habituel. L'habitude est un raccourci — un chemin plus direct. Ce raccourci se fait de lui-même et m'envahit — il me remplace. Car moi je ne suis pas un raccourci — je n'existe que par... surabondance. (_Ibid.,_ III, 803.)

L'habitude elle-même[A] s'adapte — et en quelque sorte se prévoit elle-même. Si elle a consisté dans un changement brusque, les premières fois — elle se fera une entrée en jeu plus douce les fois suivantes[B] — et un raccordement qui est une véritable œuvre originale, n'étant pas donné dans la constitution du phénomène.

Ainsi l'homme _vit_ avec des circulations inconnues qu'il admet dans son système, et dont le nombre moyen est toujours croissant.

Chaque acte ou événement tend à créer, ou renforcer ou détruire des habitudes — et à chaque instant elles sont à telle phase (du moins celles à période déterminée).

Celles à période déterminée sont celles dont l'excitateur même fait partie de l'homme et est entraîné par son temps circulatoire — et aussi celles liées à des phén[omènes] périodiques externes. (_Ibid.,_ III, 803-804.)

La moyenne du nombre des fonctions composées qui deviennent habitudes est croissante. (_Ibid.,_ III, 805.)

L'automatisme supérieur consiste dans la construction

A. _Deux tr. marg. allant jusqu'à :_ constitution du phénomène.
B. _Petit dessin schématique en marge illustrant cette modification._

de systèmes complexes pouvant être mus entièrement par une seule intervention qui suffit à déterminer toutes les transformations. De même qu'on ne pensait pas autrefois que la révolution d'un corps pût être indépendante de sa rotation — on ne savait pas combien sont grandes les indépendances relatives dans le même individu.

De sorte que c'est une question éminente de déterminer les possibilités indépendantes d'un système vivant. La difficulté capitale du problème est que notre pensée et notre représentation sont déjà des liaisons et des dépendances et que n[ou]s ne pouvons nous observer que dans cet état. (*Ibid.*, III, 810.)

Cette succession et cette coexistence de choses disparates, quelconques, hétérogènes — cette universelle substitution, qui ne nous étonne pas ou plus, en tant que *monde,* si on l'attribue à la connaissance devient scandale et merveille. En tant que *monde,* je m'en sépare; mais ce monde baptisé connaissance, alors je ne sais plus où me mettre à part. (*Ibid.*, III, 827.)

L'instabilité mentale est chose si importante qu'on ne saurait trop l'observer. (*Ibid.*, III, 859.)

Chaque fonction — c'est-à-dire chaque système demande-réponse — pris à part — et laissé à lui-même — tend à « dépasser le but ».

C'est l'*aveuglement* de la *nature* — c'est-à-dire en quoi les processus non conscients semblent aveugles, forts, monotones, uniformes, chacun ne *voyant* que sa spécialité.

Ainsi trop de spermatozoïdes. Ainsi trop de souvenirs pour un dont j'ai besoin.

... L'homme — son « esprit » est une occasion de multiformité — Il est un carrefour. (*Ibid.*, III, 875.)

La conscience se déplace dans un espace ou réseau à plusieurs dimensions dont les sommets sont des « idées » (mots, images, etc.) et dont les côtés représentent les « associations ».

Entre deux sommets quelconques, plusieurs chemins sont possibles sinon une infinité. (1906-1907. Sans titre, III, 891.)

Je tiens pour extrêmement probable qu'un grand nombre de phénomènes psychologiques et surtout psycho-physiologiques sont dus, malgré leur apparence régulière et mécanique, à de véritables hasards — à des connexions anatomiques répondant à des nécessités physiques de volume ou de situation, mais entraînant des connexions psychiques sans rapport avec les fonctions psychiques, et produisant des apparences frappantes d'irrationalité.

Ainsi le rire quand il est déterminé par des représentations, pourrait être remplacé par une autre forme de décharge. (*Ibid.*, IV, 13.)

Une fonction, dans le sens de ces recherches que je suis, est un groupe de choses qui s'excluent[A].

L'individu alors est constitué par de telles fonctions, simples et composées, et toute diversité de choses qui s'excluent est fonction. Chaque fonction simple est particulièrement définie par son groupe et plus particulièrement par une sorte de continuité dans ce groupe. (*Ibid.*, IV, 20.)

Nous apprenons aussi à vouloir. Mais au fond l'exercice le plus simple du vouloir devrait nous étonner. Apprendre à vouloir c'est oublier les termes moyens.

A. *Aj. marg. renv.* : présent

Il faut se représenter le début de la vie psychique comme ensemble de corps dont les liaisons n'existent qu'à l'état purement possible et général.

Certaines forces s'exercent qui de cet ensemble font un mécanisme et ce mécanisme exclut, une fois fait, l'action de forces *quelconques* — tandis qu'il devient machine pour le reste des forces — celles compatibles avec le montage.

Dans toute machine, les premières forces sont pour la construction. [...] (*Ibid.*, IV, 78.)

Il n'y a pas de pensée infiniment brève : j'entends par là que toute pensée trace un temps. (*Ibid.*, IV, 89.)

Tout ce que nous pouvons nous représenter *nettement* — c'est-à-dire au moyen de toutes les fonctions qui y entrent, dans l'ordre ; *de façon finie,* c'est-à-dire correspondant à un signe isolé — et aussi *en voyant nettement ce qui est avant et après,* comme un développement unique, sans cyclose, sans points multiples, sans tendance au recommencement — etc. Tout cela est purement intellectuel.

C'est un domaine — intellect-raison — dans lequel l'uniformité des demandes-réponses visibles est parfaite — Procède par identités.

Il y a intellect lorsque dans la même conscience, dans le même champ, l'objet et ses conditions sont réunis, visibles, coordonnés visiblement — la suite consistant en déformations de cet objet sans interruptions, ni changements autres que des changements prévus — c'est-à-dire appartenant au groupe des fonctions visibles employées. Compare à cette esquisse difficile la notion de *clarté*.

Si donc je précise cette description et je trouve ses propriétés, je trouverai aussi ce qui est intellectuel, ce qui peut l'être — et ce qui ne peut l'être —

L'intellect divise les objets à lui présents, cependant qu'il est, en portions dont chacune appartient à un continu entier ou à un groupe. De sorte que l'objet devient une réunion complexe de valeurs. Alors on raisonne sur ces continus et non sur l'objet — et même on devrait ne plus voir l'objet mais ce groupement. (*Ibid.,* IV, 95.)

Les expériences que fait un être sentant, depuis sa naissance, tendent à un classement et un groupement limite — identique chez tous les êtres de même espèce.

Cette limite identique qui est atteinte toujours et quelles que *soient les expériences,* est atteinte par des procédés cachés, propriétés dont l'ensemble peut s'appeler *entendement.*

C'est une *éducation fatale.* Un ordre préexistant qui se réalise par tous moyens. Il vient un moment où nulle expérience ne pourra plus modifier ma notion de la distance, du temps, du solide, de l'interne et externe etc. De plus il y a des raccourcis dans la suite des expériences.

Limite et raccourcis dépendent de conditions cachées. À toute impression désormais correspond une seule classification — (non contenue dans l'impression).

S'il y a une limite c'est qu'il s'agit de l'association définitive de fonctions distinctes — discontinuité. C'est une mémoire qui ne peut s'altérer (à moins de troubles très graves). (*Ibid.,* IV, 98.)

Ce serait d'une merveilleuse chimie — passionnante ! — de savoir composer rêves et veille, lucidité, passion, sentiment et raisonnements avec les mêmes fonctions diversement liées, excitées, combinées. Il n'est pas de jour que je n'y songe, et pas de jour où j'aie senti l'impossibilité de voir ces différents modes aussi voisins que l'alcool l'est du sucre. (*Ibid.,* IV, 103.)

Si des variations sont trop lentes, elles nous échappent. Ainsi les variations philologiques sont en général de type « séculaire ». On ne les perçoit qu'en éliminant le grand temps qui sépare des textes. Telle la croissance d'un arbre. Et dans l'intérieur d'un homme même il y a des variations lentes. L'homme ne perçoit des choses et de lui-même que les variations comprises entre α et β. Pour les variations plus lentes il ne les perçoit pas en tant que *mouvement* — mais il peut par la mémoire, les percevoir en tant que *déplacement*. Il ne voit pas l'étoile se mouvoir — mais il voit qu'elle s'est mue.

Les variations trop vites nous échappent. Ainsi dans les réflexes supérieurs, les mots échappés — etc. Ce qui montre la conscience comme une boucle sur un chemin[A]. Cette boucle peut être omise, économisée — (*Toutes les fois que l'impulsion a d'avance une réponse fixée,* toutes les fois qu'elle appartient à un chemin déjà frayé.) Trop petit, trop lent, trop vif — pour être perçu — ?? (*Ibid.,* IV, 118.)

« L'esprit » est de la nature d'un « acte ».

La conscience est la possibilité des actes — et aussi la hiérarchie ou les indépendances des actes. (*Ibid.,* IV, 128.)

La pensée touche à chaque instant des limites qu'elle ne voit pas — soit qu'elle se ralentisse à mesure qu'elle s'en approche et cesse d'elle-même avant d'être empêchée. Rarement elle va jusqu'au dernier point permis.

Elle est un jeu de hasard perpétuel, corrigé par des sensations et des méthodes — mais les corrections et éliminations elles-mêmes... (*Ibid.,* IV, 130.)

L'hésitation urinale ou celle qui se produit parfois dans les éternuements — montre une excitation suffisante pour venir à la conscience, insuffisante pour déchaîner le réflexe musculaire.

Dans la conscience même, les exemples de ce phénomène sont fréquents. Ainsi les souvenirs voisins d'un

A. *Petit dessin en marge illustrant cette idée.*

souvenir cherché — les velléités de souvenirs ou de
coordinations — les insuffisances de rappels — les
commencements interrompus.

C'est de la sorte que n[ou]s percevons le temps lui-
même — comme fonction propre — chose *connue* en
tant qu'intervalle DR et sous forme de pression —
tension — insertion. (*Ibid.,* IV, 148.)

(Enfance)

S'il y a un anneau, on tend à le tirer, une porte,
à l'ouvrir, une manivelle, à la tourner —, une culasse,
à la faire jouer. S'il y a un liquide, on *pense* à le boire —
dégoût a priori ou désir confirmé viennent ensuite.

S'il y a un escalier, à le gravir... un morceau de bois, à
le mordre, un bassin d'eau, à y jeter toute chose.

Et ces impulsions de fonctionnement s'exercent avant
tout sur le corps même du sujet qui est un excitant perpétuel à le faire jouer, à le mordre, à le manier, à l'explorer — à l'annihiler en exerçant sur lui, par lui toutes
les activités possibles.

(Et dans CE CAS particulier, les organes et excitations
sexuelles) — la masturbation, et même l'amour peuvent
exister non comme sexualité mais comme activité générale. (*Ibid.,* IV, 166.)

L'homme oublie la pesanteur, le soleil, la solidité —
la constance et la régularité des grandes conditions de
son existence. Ces grands intermédiaires, son ombre, la
nécessité de tant de choses à chaque instant, il les oublie
comme il oublie ou ignore son corps, ses pieds, — et
s'il ne les oubliait, il ne pourrait penser, et l'effort de sa
pensée n'arrive qu'à les lui rappeler soit nommément,
soit sous l'apparence de relations épurées et d'idoles de
la profondeur. La pensée est *essentiellement* partielle.
Penser c'est oublier aussi — oubli organique ou fonctionnel. (1907-1908. Sans titre, IV, 181.)

Toute la vie mentale est réglée par des actes ou discontinuités régulières que n[ou]s ne percevons que par exception. (*Ibid.*, IV, 229.)

L'intelligence n'est que le *choix* (1) entre des *souvenirs* (2). (*Ibid.*, IV, 247.)

Qu'est-ce, psychiquement, que ce formel ?

C'est d'abord l'automatisme mis au net et opposé au contenu conscient.

Il y a des données.

Mécanisme — c'est un mécanisme propre — relatif à moi — de moi — qui traite le non-moi comme de moi, par des moyens.

Ce sont des *actes* dont le principe et la fin sont des relations. Ces actes sont indépendants du contenu quoiqu'une dépendance existe — comme marcher est indép[endant] de la direction et du but.

Ce mécanisme demande 1° *séparations,* recherche des indépendantes, d'où fabrication de concepts, fixations — 1° ᵇⁱˢ classification — 2° contacts et articulations — — d'où copules et signes d'opérations — 3° le mouvement — mais général. (*Ibid.*, IV, 260.)

Faire un raisonnement, un endormement, une surprise, une colère —

Cataloguer *tous* les *êtres* employés pour exprimer ces états —

Les anatomiser — Noter surtout les êtres implicites —

Voir les rôles d'images, les interventions, les conditions, restrictions, liaisons dans chaque cas — Indiquer les résidus, les systèmes complets traversés — Mettre sous forme d'opérations les changements —

Marquer les seuils, les indépendantes, les intermédiaires —

Noter les compensations, et phén[omènes] non conscients —

États d'échanges égaux et états critiques — États à pression constante / isonomiques / —

Caractères cycliques. (*Ibid.,* IV, 276.)

Il a de l'esprit : c'est-à-dire il a de quoi *répondre* aux excit[ations] extérieures par des adaptations soudaines, inattendues. (*Ibid.,* IV, 290.)

☆

L'homme tend à ne penser que des pensées utilisables (selon telles conventions qu'il s'est faites). C'est pourquoi on rejette en avançant en âge les pensées enfantines — c'est-à-dire telles quelles — et le littérateur celles qui ne sont pas scriptibles. Et il faudra un effort pour revenir à l'état d'égalité quant aux pensées — L'inégalisation progressive étant la règle dans l'ensemble et dans le détail, (au point qu'une phase quelconque de l'individu est notable par l'inégalité des pensées qu'elle détermine, ou qui la détermine).

Dans le rêve il y a égalité d'intensité ou d'apparition mais l'habitude d'inégalité subsiste — d'où bizarrerie. (*Ibid.,* IV, 345.)

☆

Très remarquable ce mot de « disposition » qui signifie à la fois un *ordre* et une *préparation,* une détermination a priori du mode de réaction — une prévision de l'état de la sensibilité — —

La sensibilité pressentant son propre degré et son propre sens — (direction).

Disposé = *rangé* de façon à réagir dans tel sens, avec telle intensité. (*Ibid.,* IV, 348.)

Cher Monsieur, vous êtes parfaitement « dénué d'intérêt » — Mais pas votre squelette — ni votre foie, ni lui-même votre cerveau — Et ni votre air bête et ni ces yeux tard venus — et toutes vos idées. Que ne puis-je seulement connaître le mécanisme d'un sot ? (1909-1910. *A,* IV, 376.)

La puissance de l'esprit est en raison des possibles qu'il peut former et sa justesse dépend des conditions qui *s'*imposent au choix qu'il fera parmi eux.

Mais son inspiration, sa « grâce » sont encore d'autres vertus qui abrègent, — ou même abolissent, le procès de cette formation; et remplacent, d'un coup, par *la chance,* l'énumération systématique et la détermination de proche en proche. (1910. *C 10,* IV, 454.)

L'homme, animal symbolique — c'est-à-dire admettant des substitutions qui remplacent le contact de quelque chose par des éléments finis de fonctions lui attenant. Déjà la crainte, et les sentiments sont des symboles. Une bête qui peut avoir peur a déjà un mode d'existence autre que le pur présent. Mais la crainte à longue portée ne paraît que dans l'homme. Il est suivi et mû hors de la vue du danger par l'idée active du danger.

La raison est un contrôle de ces symboles. Elle expire à la réalité. (1910. *D 10,* IV, 467.)

L'organe du possible[A] est le chef-d'œuvre de la nature. (1910. *E 10,* IV, 586.)

— Penser : quelque chose trace une piste, un chemin dans un domaine vierge, préalable, entre des villes ou

A. *Aj. :* **Tête**

points connus. Des ponts se jettent d'eux-mêmes, des
voisins qui s'ignoraient se touchent. Certains qui se
rencontraient tous les jours font enfin connaissance et
commerce — Ils ne se quitteront plus.

— À tel moment *sacré* — spécial — — des choses
qui s'appelaient et se succédaient, il ne leur suffit plus
de s'échanger, il faut qu'elles s'ajustent, se distribuent
l'obscure besogne de me faire voir plus clair.. quoi ? —
Moi. Je me suis un peu plus relié, j'ai fait que plus de
points de moi deviennent multiples. Ce mot, ce mouvement me servent à plus de réponses, entrent dans plus
de moments.

Avec merveille, se découvre que telle idée contenait
comme le secret et la visibilité de tel système seulement
donné, inorganisé et qui va devenir une autre idée.
(*Ibid.*, IV, 591.)

Le sot est un rudiment. Il montre des lois trop simples
de combinaisons mentales[1].

L'homme de génie fait pressentir son édifice extrêmement composé. Sa simplicité dans les résultats, quand
elle est (et est admirable), résulte d'une netteté et d'une
étendue qui demandent elles-mêmes la collaboration de
toute une profondeur et d'un nombre immense d'éléments indépendants.

Cette complexité agissante et non visible permet seule
à la pensée de ne pas s'égarer à chaque tournant, de se
prévoir et d'être tout autre qu'une réponse instantanée,
transformée de la demande même, et non réponse de
l'objet de la demande. (*Ibid.*, IV, 608.)

Un problème capital est le suivant, qui n'a pas été bien
posé :

Dans quelle mesure la pensée, la connaissance laisse-
t-elle voir dans son développement et ses vicissitudes ou
variations, les variations et changements caractéristiques
d'une fonction organique ?

Qu'est-ce qui se réfère, dans la pensée, aux modalités

d'une telle fonction ? — Et d'abord qu'est-ce qui est commun à toutes les fonctions physiologiques ?

Caractère périodique — Intermittence — Régime — Variations f(t) d'ordre essentiel — Variations (amplitudes) entre limites, qui sont adaptation. — Mises en train.

Troubles — Insuffisances. (1911. Sans titre, VII, 310.)

Je rayonne —

Mon corps rayonne *dans* le noir[1], *vers* une conscience, la sienne, — ses sensations, idées; et, dans ce calme, presque, sa *possibilité générale de sentir quoi que ce soit*. —

La notion du rayonnement physique, de la déperdition dans, vers, le vide — de se mieux percevoir soi en présence du Corps Noir, la nuit, le silence etc. — comme si la conscience propre — celle de soi était une dissipation, une mise en liberté de quelque énergie et d'autant plus intense que plus grande la différence entre l'éveil caché et le noir environ.

Ou encore songer à absorption, transmission, réflexion, et plusieurs êtres en présence faisant des échanges.

En présence du *noir,* c'est le possible que je rayonne.

Or ce que je conçois, c'est ce que je rayonne. Je n'absorbe que ce que j'émets.

Je ne perçois que ce que je rends.

Si je ne reçois rien — je puis encore émettre quelque chose. Longtemps ? Je puis alors et même sentir que je reçois rien et que j'émets quelque chose.

Et je place quelque source intérieure, là. Et elle est le temps pendant lequel je me donne sans recevoir. (*Ibid.,* VII, 322.)

La sensibilité et la conscience sont avant tout, des phénomènes d'isolement ou plutôt des phénomènes qui se produisent grâce à certains isolements comme l'étincelle requiert les diélectriques. [...] (*Ibid.,* VII, 323.)

Dans les êtres vivants, les activités les *plus diverses possibles* se limitent réciproquement. Des phénomènes parfaitement incomparables, irréductibles, se contiennent entre eux, se restreignent, se substituent. C'est imaginer quelque *forme* qui les contienne que j'ai cherché.

Et le premier principe : c'est que chacun d'eux ou chaque espèce est *limité*. Rien d'infini n'est compatible avec la vie. (*Ibid.*, VII, 324.)

☆

La conscience (au sens de prendre conscience) est une *division* — un passage à l'hétérogène — la substitution d'une pluralité à une unité, ou d'une pluralité plus grande à une moindre.

Cette division a sa limite.

D'autre part, l'exercice de la pensée serait impossible — du moins son exercice utile, — si cette division maxima était constamment réalisée.

Il y a des confusions essentielles à la pensée dans certaines de ses phases. Il faut absolument que l'idée et la chose soient confondues à telle phase..

Il y a des phases nécessaires où n[ou]s appelons *sphère* ce qui n'est qu'un *cercle*.

Et le cas inverse ?

Si on peut pousser loin, aller assez vite pour que le seuil ou idée finale nouvelle, finalement nouvelle soit atteint avant la mort du chemin, avant que le sillon lumineux soit éteint — c'est pour n'être pas contraint de voir à fond chaque pas — mais à peu près ; assez pour rejeter ou adopter tel pas. Ceci à tes risques et périls — mais seul moyen hasardeux d'aller au plus loin, de *gagner du temps* et un temps qui vaut des choses — un temps de qualité supérieure.

Ce vol vaut mieux que des siècles. Ces siècles le jugeront et définitivement ; mais absolument incapables de l'accomplir.

Cette espèce de réduction des intermédiaires, ce minimum serait à la limite la solution obtenue spontanément.

.. Ainsi le travail de ce genre requiert la persistance

des excitations internes et est mesuré par elles. *Le génie serait de voir le cercle lumineux tracé par un point.* Les autres ne voient qu'un point. Mais celui-là est sensible un peu plus longuement et arrive au cercle ou le cercle lui arrive. —

Il y a une sorte de dédoublement en lui, comme de deux variations indépendantes. Cette vitesse donc est possible par ces symboles, diminutions de raisonnements et de précisions. Et il y a des minimums reconnaissables. Il peut suffire d'un arc pour deviner, déterminer tout le cercle — et c'est là un *raccourci* — On peut aller de l'avant.

Il y a à considérer comme éléments indépendants : le mouvement traceur — (vitesse); la durée d'un élément de trace; l'arc suffisant pour *reconnaître*.

L'analyse de ces éléments est importante. On voit que l'attention *consiste à se modifier* pour *accroître une certaine durée.*

S'il en est ainsi, le moi est comme ce contact ou frontière éclairée entre l'obscur qui est sous les sensations, l'obscur sous l'intuition, le seuil où cet accident (l'idée) peut enfin être saisi, — reconnu — assimilé — articulé — retenu.

— L'idée — serait la trace, figure, image, représentation, d'une modification complexe, à facteurs indépendants, momentanément liés — *sur* un système simple (cf. mémoire) — le vestige du simultané-successif. L'inverse du temps.

Autre aspect.

Songe à ces poissons profonds qui portent l'œil et la lumière dans les abîmes.

Ils recueillent la dégradation de leur propre énergie.

Ils voient ce qu'ils rayonnent[A].

Qu'importe que la source soit le soleil ou mon organe illuminant ? Mais pour qu'ils voient il faut que ce cycle soit d'accord avec le rythme de leur rétine. Leur nuit coïncide avec leur sommeil.

Sensibilité ressemble à ceci.

A. *Aj. marg.* : L'attention, le mouvement des yeux sont les analogues de la *faculté photogénique* — ils ne voient que ce qui les intéresse parce qu'ils n'éclairent que cela.

L'action extérieure ne donne rien, mais ouvre et ferme en moi. On me fait épanouir, colorer, mouvoir, souffrir...

Le vrai monde extérieur se réduit au changement pur.

Moi, je m'accumule et je me dépense — Moi, je recueille, je récupère une partie de mon énergie.

Ce qui m'apparaît, ce que je subis c'est ma substance manœuvrée de l'extérieur. (*Ibid.,* VII, 328-329.)

☆

De même que les phénomènes physiques apparents, — les effets des lois — sont très différents d'aspect suivant les dimensions des corps, et celles des élongations de particules —,

— Ainsi : l'attraction moléculaire et l'attraction newtonienne, — les effets de mv et de $\frac{mv^2}{2}$; — les déviations de la diffraction lorsque les dimensions des diffracteurs sont comparables ou non aux longueurs d'onde —

Ainsi les phénomènes physico-psychiques — le rayon d'action d'une impression reçue, — l'action mutuelle d'éléments de conscience, — etc.

Les phénomènes sensibles, sensations, idées, etc. sont plus ou moins conscients, sont produits au 1er rang ou masqués dans des conditions analogues à ces conditions physiques précitées.

En particulier les temps ou durées — le rapport de la durée de l'ébranlement à la durée de la décharge. — Le brusque et le lent donnent des effets qualitativement différents.

De même les phénomènes du rêve.

Ces variations expliquent que dans le domaine psychique — apparent — aux mêmes *causes* ne répondent pas les mêmes effets. (*Ibid.,* VII, 331.)

☆

Jeux de jeunes chiens, joies — Est-ce mécanique ? Faut-il y voir de l'énergie qui se dégrade ? — Ils feignent un combat. Ils ont l'intelligence des limites entre le vrai et le feint. Ils ont l'intelligence de choses qui ne comptent

pas, d'actes sans conséquences — de l'ennui, du temps
à amuser. Et c'est là le signe du commencement de l'esprit — lequel n'est qu'une propriété d'être sans être, de
faire sans faire, d'animer et d'inanimer, — d'animer
même ce qu'il y a de plus inanimé : le temps — ! Nourri
de hasards qui lui servent de matière, d'éveils, de parole,
d'adversaire. Ainsi, ces jeunes chiens me mènent loin.
(*Ibid.*, VII, 352.)

☆

Nous tenons naïvement la pensée pour le plus libre, le
plus rapide, le plus pur de toutes choses. Nous manquons
en général de repères pour la considérer autrement.

Mais la surprise montre qu'elle a une *inertie ;* les problèmes complexes montrent qu'elle a une sorte de
nombre de dimensions; le rêve montre qu'elle est impuissante par elle-même : une potée d'eau froide restitue au
dormeur désespéré sa royauté apparente, son arbitre. Il
ne pouvait se tirer de lui-même de son propre enfer..

Il y a aussi les variations. (*Ibid.*, VII, 356.)

☆

[...]

L'association est succession dont la loi et la structure
ne doivent pas se voir. La conscience des divers termes
exclut la conscience de leur succession et ne les donne
que chacun comme seul — et un après l'autre comme se
suivant *naturellement.*

D'autre part, *il n'est pas d'idée isolée.* Une idée isolée
n'a pas de sens. Toute idée est un centre qui requiert des
environs, un carrefour, un commencement, une partie
qui se relie à un tout vague, mais infiniment et indéfiniment précisable — un terme d'un développement implicite. Ceci quant au *sens.* Et quant à sa présence, son
arrivée — sa durée d'actualité, une idée à ce point de vue
formel est une *pièce,* une phase de fonctionnement.

Et cette idée ou unité instantanée est bien plutôt
dérivée d'un système qui comprend également les suivantes, qu'origine ou cause des suivantes. (*Ibid.*, VII,
365.)

Parmi les modifications de l'individu, il en est qui ne peuvent être produites instantanément à partir d'un instant quelconque.

Mais elles demandent une sorte de préparation plus ou moins cachée, pendant une *phase* intermédiaire.

Je compare cette préparation à un montage de machine. Phénomènes de réveil, tâtonnements, passages du désordre à l'ordre; attention, attente. Une fois la machine montée, les liaisons *réalisées,* l'instrument accordé, — l'acte peut se produire. J'appelle *acte* la modification qui a demandé un montage. C'est le fonctionnement d'un mécanisme qui a dû, d'abord, être assemblé. Et ce mouvement compatible avec les liaisons (anciennes ou récentes); considéré comme impliquant un montage et non comme immédiatement possible, — est seul : Acte.

Il y a donc deux modes du travail : — le montage et le fonctionnement même. Tous les états transitifs sont montage ou démontage. Le démontage est total ou partiel.

Les actes sont tels que les uns, en s'effectuant, entraînent le démontage du mécanisme. Ce sont ceux dont on dit qu'ils ont pour objet de franchir un seuil. — Les autres admettent une continuation ou répétition uniforme. (1911. *Somnia,* IV, 493.)

Au fond, il est étrange, interrogatif que tout ne vire — que j'aie le sentiment de stabilité — de conservation. (*Ibid.,* IV, 537.)

Idée des réseaux.

L'ordre et la combinaison d'images ou d'objets, indépendamment de la nature de ces choses suggère une représentation des relations par des réseaux. La loi de génération du réseau et celle de l'élément peuvent ou s'ignorer entr'elles, ou se combiner ou se contraster.

La notion ordinaire[A] de « conscience psychologique »
— celle de mémoire aussi — etc. sont des indications de
ce qui, rendu net, pourrait se *figurer* par un réseau ou
un autre.

Ainsi le *présent* permanent, éternel est un sommet du
réseau qui indéfiniment emplit le tout. Le donné, quel
qu'il soit, est portion du réseau infini; il ne s'accroît et
ne diminue que par mailles entières : *le réseau se super-
posant à lui-même par tout changement total.*

— Entre des limites, la conscience est indépendante
de ses objets. Il faut q[uel]q[ue] chose pour qu'elle en
devienne dépendante. Au réveil, il y a reformation d'un
réseau. Ce que je sais, ce que je sens se rejoignent, se
reconnaissent, se répondent.

Tout ne peut s'annuler à la fois.

Le réseau définit l'ensemble du possible dans une
phase donnée. Dans telle phase, à telle demande répond
telle réponse. Mais la demande est quelconque.

Il faut distinguer dans les variations *immédiates* psychiques ce qui a trait au réseau, ce qui a trait à l'élément.

Telle fonction particulière — p[ar] ex[emple] : le
sentiment respiratoire — a subi, de t_0 à t_x, telles variations. À tel instant, tel état de cette fonction n'est compatible qu'avec une activité restreinte de tout l'être. P[ar]
ex[emple] : pour une valeur x, l'être ne pouvait, à ce
moment, penser qu'il *courait*. Mais il pouvait penser une
foule d'autres choses. Il ne pouvait *croire* ni même
imaginer *fortement* lui courir. *Mais il pouvait le rêver*
(peut-être ?). (*Ibid.*, IV, 540.)

L'analyse montre que l'homme requiert une grande
quantité de systèmes indépendants, qui s'unissent ou
coïncident, et se disjoignent indéfiniment.

Chacun de ces systèmes pris à part, peut entrer en jeu
ou en combinaison, d'une infinité de manières, tantôt
lié à tel autre, tantôt à tel autre. Chacun est comme une
voix — un instrument d'orchestre. (*Ibid.*, IV, 548.)

A. *Deux tr. marg. allant jusqu'à :* un réseau ou un autre.

☆

Toute la puissance spirituelle est fondée sur les innombrables hasards de la pensée.

L'esprit joue un jeu d'enfer et mille coups contr'un
que l'événement tient.

Sans le hasard, point de réflexion.

Réfléchir est s'obstiner à jouer la même couleur, le
même cheval, le même numéro.

Sans ces hasards et ces jets d'ici et de là, ni ce remuement d'incidents, d'entrevues, de passés contre les présents — pas de « raison » — pas de non-hasard.

Ces hasards sont liés à l'homme même, comme ses
yeux, ses oreilles, ses forces. Ce sont une sorte de
fonction.

Avec quoi ferais-je du non-hasard, une combinaison
suivie, un calcul régulier, si je n'avais toujours à moi,
en moi, et autour de moi — de quoi me faire penser
à toute chose probable, et prévoir et parer — ?

Que ferait mon esprit s'il n'essayait mille conjectures
indépendantes ?

Puissant qui agite et jette les dés. (1912. *H 12*, IV,
728.)

☆

Peut-être, l'impossibilité que nous sommes d'envisager
de très grands nombres d'objets, des combinaisons compliquées de choses; de prolonger nos réflexions et nos
déductions, d'explorer entièrement même notre propre
mémoire — est-elle essentielle à notre structure, — non
seulement en ce que ces prolongements et dépassements
sont incompatibles avec les ressources organiques limitées du cerveau et leur variation trophique — mais
davantage — (peut-être) parce que la considération où
nous serions amenés, l'idée inconnue à laquelle nous
arriverions seraient incompatibles avec nos idées *ordinaires,* détruiraient des différences nécessaires.. (*Ibid.,* IV,
737.)

☆

L'attente *élémentaire* se trouve dans la structure même
fonctionnelle de l'être. Vivre — est répondre.

Il y a une attente ou plutôt une grande pluralité d'attentes — de ressorts tendus, d'états d'éq[uilibre] instables, ou de potentiels existants — qui nous sont uniquement révélées par leur décharge.

Mais d'autres nous sont sensibles en elles-mêmes et comparables à des tensions ou pressions. Lorsque je tire ou presse un corps, je sens quelque chose.

C'est là une attente *active,* un acte, mais cet acte se traduit non par un mouvement ordinaire, mais par une déformation ou construction interne — cachée.

Or cette construction ou déformation a une double instabilité. Elle est instable comme *ressort* à *se détendre* brusquement. Elle l'est comme *dissipation possible graduelle.*

(Le sommeil est une détente générale — une désagrégation des constructions cachées — de celles qui ne s'appliquent à aucun objet particulier.) (1912. *Surprise-Attente,* IV, 740.)

Jamais mon attente n'est assez complète, mes conditions connues assez nombreuses pour que je défie toute Surprise. (*Ibid.,* IV, 743.)

Notion de puissance, facultés, capacité *ultérieure* — mises en défaut.

Attente est spécialisation.

Avoir autant de réponses qu'il y a de demandes (probables). (*Ibid.,* IV, 744.)

Tout semble s'éclaircir beaucoup si on tient compte des états et non des seules pensées.

Comprendre dépend des états et non des pensées indiquées.

La pensée est alors un phénomène intervenant comme relation mutuelle entre les valeurs de plusieurs *champs* distincts.

Chaque idée fait partie d'un ou plusieurs systèmes (ou groupes de symétrie) (ou fonctions dans mon langage 1904).

L'association est l'apparition de plusieurs éléments d'un groupe. L'analogie — apparition d'un autre groupe.

Alors tout se passe comme si on avait 1º un système régulier de substitutions liées complexe 2º une coupe ou vue dans ce système. Le hasard apparent de la pensée, étant celui introduit par la zone perçue du système (1).

Ainsi penser une chose — un nombre *au hasard* c'est invoquer une loi latente. (1912. *I 12,* IV, 812.)

Il n'est pas permis, car il n'est pas possible, de s'attacher à étudier la pensée sans s'attacher à décrire quelque chose de plus — l'être tout entier. (1912. *I' 12,* IV, 816.)

Comment je vois le vivant ? — Je fais abstraction de sa figure. Je ne *vois* cheval ni homme —

Mais d'étranges représentations.

Ces graphiques notent des « fonctions ». Je vois le vivant un système de fonctions — ces fonctions plus ou moins indépendantes — chacune son cycle monotone. Les unes intermittentes, les autres ininterrompues. Leurs résonances et interférences. Les unes et les autres se combinent, s'empêchent, s'excitent, se contrarient, s'échafaudent, se continuent, se suppléent, se renforcent, se détruisent, vitesses différentes.

Comment embrasser du regard cette complexité ? Par exemple, faire *durer* sur cet océan de demandes et de réponses croisées, — une préoccupation, une élaboration stationnaire, cependant qu'il se fait un renouvellement *naturel* et dans un sens obligé — une loi d'échange dominante — — (*Ibid.,* IV, 821.)

La psychologie est chose si indéterminée, si dépourvue de premier chapitre, ou de page des axiomes, de définitions : que toute relation qui en fait partie peut se replier sur cela même, s'inverser — et il y a des faits ou des demi-faits (car elle est le domaine des demi-faits) qui se trouvent ou se peuvent toujours imaginer pour justifier ces combinaisons.

Ainsi je trouve parfois, prenant l'antique vocabulaire : mémoire, attention, intelligence, etc., qu'on pourrait faire une table où chacun de ces mots formerait avec tout autre une combinaison *réelle*.

On peut soutenir qu'il y a une mémoire intelligente; une sensibilité de la mémoire; un automatisme du choix et de la réflexion; un sommeil éveillé; une fatalité ou une loi de liberté; une attention ou vigilance pendant le sommeil; une mémoire [qui] choisit. (1913. *K 13*, IV, 893.)

L'intelligence n'est au fond que mémoire *organisée*. La mémoire ordinaire ou proprement dite est intelligence à 1 dimension. Plus elle a de dimensions, — plus grande est l'intelligence — plus de ressources elle a.

Mais ce qui permet que la mémoire ait plus d'une dimension — et qui se prête à ces mouvements d'organisation, permet d'autre part tous les mouvements inutiles ou fantasmes et enchaînements inopportuns. On le voit par les rêves.

— On a donné des noms à ces moyens d'instituer avec des événements distincts, des chaînes suivies. Le continuum à 1 dimension s'appelle temps ou durée. Un autre, ordre. (*Ibid.*, IV, 916.)

... Ceux-ci considèrent leur propre être interne, leur monde propre singulier comme une sorte de forêt pleine de rencontres mystérieuses possibles, de surprises inouïes — de hasards, chasses, accidents, découvertes, aventures jamais mesurée — Parfois un faisan — Parfois un monstre.

Mais c'est un système combinatoire.

Tout l'imprévu dont il est capable est borné en quelque manière. (*Ibid.*, IV, 916.)

☆

Eh bien[A], mon objet philosophico-littéraire a été de montrer en jeu et *à la fois*, ces divers ordres qui font la complexité de l'homme —, qui font les uns aux autres, ressorts et ressources et qui forment comme objectivement — la condition primordiale de la pensée, son élasticité.

C'est pourquoi le rêve est si important — étant un autre mode que la veille de produire ces combinaisons ou de les enregistrer. C'est pourquoi les états critiques, les « phases » de l'être — sont si captivants.

Et c'est pourquoi j'ai simplifié mes idées sur ces points, par la conception maniable de « fonctions » et celle des 3 lois.

Avant tout la pensée est mélange, mixture et ceci avec un raffinement dans le mélange, inexprimable. Il faut chercher du côté des problèmes de mélanges. Ces mélanges sont étroitement liés à la notion de *temps*. La divisibilité des pensées[B] par l'indépendance des constituants de la pensée ou l'indivisibilité — c'est le problème du temps. (1913. *L 13*, V, 4.)

☆

Ne pas confondre : psychologue, et « peintre du cœur humain ». Il y a eu, il y a et il y aura des peintres excellents de ce cœur. De psychologue je n'en connais point; mais des embryons, des projets de psychologues, des parties de psychologue.

Encore ne peut-il se concevoir de psychologue qui ne soit autre chose que psychologue et bien autre chose...

L'erreur à éviter est la confusion. Un mauvais peintre du cœur peut se croire psychologue, c'est une illusion moderne. La psychologie ne peint pas le cœur que son objet est de reconstruire. Elle n'a pas affaire avec la vraisemblance qui est capitale pour le peintre. Celui-ci doit finir au moment où il donne l'impression d'avoir vécu profondément dans une autre vie. Mais le psychologue ne regarde les notions d'homme et de vie que comme

A. *Tr. marg. allant jusqu'à :* ressorts et ressources.
B. *Tr. marg. allant jusqu'à la fin du passage.*

grossières notions vulgaires — comme le mécanicien écoute parler de *force* celui qui ne distingue dans les phénomènes le travail de la puissance, la force vive de la force morte — etc. (*Ibid.,* V, 6.)

Pour ce que rire est le propre de l'homme..
Je ne sais si c'est vrai.
Mais pourquoi le rire serait un moyen, une ressource de l'être le plus pensant ? de l'homme ?
Ce vomissement du cerveau — cette équation d'une image ou d'une idée ou d'une coïncidence avec une chatouille ?
Il y a donc quelque chose dans ces perceptions, ces réalisations qui fait qu'elles ne peuvent aller au bout de leur destin mental ; mais avant, elles *touchent* quelque point de la machine et je suis secoué, sonore, empourpré ; content de l'être et malgré moi ; si le moment, le lieu ne m'en font aussi un ennui.
.. Le rire semble apparaître avec l'homme (ou peu s'en faut) mais pourtant le plus homme, le plus pensant, rit moins, ne rit plus.
Serait-ce un phénomène des frontières ? (*Ibid.,* V, 31-32.)

Ce qui se passe dans un cerveau à partir de la mort d'ensemble jusqu'à l'altération chimique — cela pourra, sans doute, être connu quelque jour. Et ce que le moindre éveil, la moindre notion nécessite *comme changement du cerveau* pourra aussi être repéré. Ces deux connaissances et un raisonnement assez solide, assez engageant mettront l'homme en possession d'une solution admissible d'un problème qui l'a torturé si longtemps et si affiné. Et ce sera bête comme bête paraît maintenant de voler dans les airs et de circuler sous les eaux.
Quelque penseur de ce temps regrettera le temps où Pascal valait encore des réflexions. (1913. *N 13,* V, 69.)

Sur le rire : pour cette vieille étude, rechercher les

effets du rire et voyant ce qu'il produit, ce qu'il dérange, secoue — — etc. conjecturer le pourquoi.

En général tous les analystes du rire ont négligé le phénomène lui-même pour considérer *ce qui fait rire* — ce qui est un point secondaire. De plus ils ont cherché une signification à ce qui n'en veut pas avoir.

On a une équivalence entre une explosion musculaire singulière et un complexe psychique donné.

Cette décharge remplace quelque opération normale qui ne peut avoir lieu cette fois.

Mais comment l'impuissance à penser et le refus bruyant extériorisé qu'est le rire sont-ils liés au contentement ? à la légèreté du vivre ? Est-ce l'agrément de s'exonérer ? Lorsque cet élément d'exonération fait défaut, le rire n'est pas loin d'être pénible, soit que le rieur demeure *chargé,* soit que le rire soit morbide.

Le rire diminue à partir de l'origine, et reprend chaque fois que l'image se reforme par abaissement du rire, — à moins que quelque autre idée ne se soit insérée — p[ar] ex[emple] la conscience que l'on rit.

Le cerveau réagit devant certains complexes psychiques comme l'œil devant une vive lumière brusque.

Il appartient[A] à la classe de phénomènes physiologiques qui soustraits à l'action directe de la volonté, sont mus (ou peuvent l'être) par des représentations : non comme instruments de ces représentations, mais au contraire comme instruments du corps *contre* des représentations, atteint par des représentations — ou plus finement : c'est l'effet moteur (sécrétoire) incoordonné qui se produit par compensation lorsque l'effet moteur *virtuel** coordonné — normal est *jugé* impossible, mais jugé non par le jugement ordinaire, — par le dispositif lui-même. (Très délicat[B].) (1913. *O 13,* V, 123.)

☆

R.

Le rire est une *réponse,* dont la *demande* est une certaine impossibilité.

A. *Deux tr. marg. allant jusqu'à la fin du passage.*
B. *Une flèche renvoie au passage cité plus bas :* Le rire est une *réponse...*

Cette impossibilité se découvre, ou se forme d'elle-même — ce n'est pas une impossibilité par réflexion.

C'est-à-dire qu'elle résulte d'une véritable expérience, d'un insuccès *en acte*.

Cette expérience, à son tour, a consisté à aller loin dans la réalisation, à imaginer entièrement.

Éclate alors l'impossibilité représentative — soit par contradiction, soit autrement.

Et éclate aussi la preuve que la représentation n'était pas seulement une distribution superficielle, gratuite, mais que son arrêt demande impérieusement une compensation *pour la partie cachée, énergétique* virtuellement mise en jeu.

On avait sans le savoir imprimé un mouvement, ébranlé une masse, et il faut maintenant dissiper cette énergie, subir le choc, amortir cette quantité. (*Ibid.,* V, 125-126.)

L'intelligence, mais on peut l'oublier. Intelligent ? Mais il faut qu'on se rappelle qu'on l'est, — parfois — c'est une impulsion — — que l'intelligence, un arrangement que l'on n'est pas le maître de ne pas faire.

Intelligent ? — Non. Nerveux — nerveux.

Tout réflexes. Il sent de cette façon. Tellement que le Monde, tout le réel, toutes choses, il les sent, les traite en réactions nerveuses de son être, en réponses, en détentes et développement *finis*.

Quoi qu'il arrive, quoi qu'il soit vu, pensé, cela est ou demande ou réponse. Et il n'y a qu'un petit nombre de réponses réelles, qui répondent à tout. L'univers est compris sous le signe R.. (1913. *P 13,* V, 143.)

Ce nerf est pressé. Je souffre. Je ne vois pas de fin à ce mal. Je souffre fidèlement, et ma résistance à la douleur l'exaspère. Je ne puis directement rien faire qu'augmenter mon mal.

Mais la pression cesse brusquement. Le mal s'envole. Je m'étonne, je m'éveille.

— Ce sommeil est gêné. Je rêve. Je suis pris dans ce groupe invincible — et ma résistance à l'aventure la porte à l'extrême terreur. Impossible de vaincre, impossible de se laisser aller.

Mais la gêne cesse, ou le sommeil s'achève. Je m'éveille ou je finis sans images mon sommeil.

— Je crois être lésé. J'entre dans la colère — je me débats, mais enfin je me détrompe, je me rassure. Plus rien.

Tout le temps de la vie se passe ainsi. L'accidentel commence chaque comédie. On interprète cette donnée au moyen de significations — et ce significatif suit la trame formelle.

Ce que j'appelle formel — cela peut se comparer à l'œil et aux lois optiques et physiologiques de la vision — le significatif étant la vue, ce que l'on voit.

Entre significatif et formel il y a dépendance et indépendance à la fois, comme l'œil voyant n'importe quel spectacle visible — et pourtant ce spectacle dépend de l'œil.

Tout le significatif forme un groupe d'invariance au formel. (1914. *Q 14*, V, 183.)

Des définitions —

Le travail de définir commence à la naissance[1].

Si à l'âge de 40 ans je veux faire une définition — cette attention implique *directement* un travail qui s'étend à toute mon histoire antérieure. Essayer de définir le nombre c'est essayer de se mettre au point où l'on était avant de savoir ce qu'est un nombre, et en même temps ne pas perdre ma connaissance actuelle du nombre, et enfin passer de ce premier état d'ignorance à ce point actuel, sans refaire tous les détours, sans s'égarer dans sa vie, sans la revivre, mais en somme remplacer le tâtonnement et l'acquisition de l'idée suivant une moyenne d'essais, de degrés disséminés etc., par un procédé fini, par un système d'actes strictement suffisant. C'est un raccourci. (*Ibid.*, V, 194.)

☆

Nous ne touchons à quoi que ce soit que par notre pouvoir de représentation en général.

Mais si ce secret est *une* de nos pensées, quand il les impliquerait toutes et qu'il ferait en nous apparaissant, que toutes se dégonflent, se fassent absurdes, vaines, enfantines, pareilles à des rêves surmontés, à des illusions des sens déjouées, — à des détails inutiles, — à des développements superflus, — quand bien même, alors, il ne peut exclure, épuiser d'autres pensées ultérieures — car il demeure pensée, passage.

Il n'y a pas de pensée qui soit par sa nature, la dernière pensée possible.

Toujours nous sommes interrompus, jamais nous ne sommes achevés.

Il n'y a d'achèvements que partiels. (*Ibid.*, V, 212.)

☆

La connaissance réagit sur ce qui est connu — et ce qui est connu réagit sur elle. Et cette réciprocité rend diabolique toute question où la connaissance même entre explicitement, comme un des termes.

Dans une infinité de cas — qui comprend la plupart des cas de la pratique — ces réactions sont négligeables. Mais toutes les fois qu'il faut considérer *la connaissance parmi les objets connus,* — comme dans la question du rêve, de l'attention, par exemple; — alors des relations très fortes et très complexes se posent entre la perception et son objet, relations de dépendance étroite entre elle et lui, entre lui et elle, et c'est le désespoir de l'analyse. (1914. R *14,* V, 241.)

☆

Supposons qu'on ait fait un tableau — des activités. À chacune on met en regard l'ensemble de celles qui gêneraient celle-là. Si je parle, je ne mange pas.

Le système se décompose en systèmes partiels incompatibles de fonctions compatibles. Il suffit de déterminer 1 activité ou de la donner, pour supprimer *p* activités incompatibles.

Ce qui revient à assigner un degré de liberté. Eh bien, chacune de ces fixations[A]

Mais il y a *au moins* 2 genres d'incompatibilités. Les unes sont *qualitatives* — Les autres *quantitatives*. Je ne puis parler et chanter à la fois. Je ne puis parler ou boire ou courir plus vite que ε, ni plus lentement que α.

Parfois je dois *attendre* la fin d'un acte pour le refaire. « Mes yeux sont plus grands que mon estomac / ventre / », mes pensées ou mots naissants naissent plus vite que ma bouche ne peut émettre.

Et ces choses sont de conséquence pour l'appréciation sur la valeur nette des pensées. Ce sont des limites — — des conditions qui semblent extérieures, mais qui se reflètent dans le contenu.

Celui-ci n'a jamais qu'un degré limité d'indépendance de la forme. *Ce degré serait précieux à trouver.* (1914. *S 14*, V, 259.)

On est bien loin d'avoir tiré toutes les conséquences de ce fait si simple : que les activités d'un être vivant ne peuvent s'éloigner indéfiniment de leur zéro. (*Ibid.*, V, 262.)

« Esprit » — le groupe de toutes les classifications, de toutes les substitutions, de toutes les transformations.

Au lieu d'aborder les associations directement, chercher tous les modes de séquence, de liaison et de combinaison.

On rencontre bientôt de tels problèmes : quel est le minimum nécessaire qui donné provoque un autre terme ? (*Ibid.*, V, 277.)

25/5 [1914]

Ce réveil — à peine d'un somme lourd — à peine. Encore en pleine viscosité. Et pourtant de suite, une idée

A. *Phrase inachevée.*

d'entre les idées, un rappel sans pitié — un coup de poi-
gnard sans préambule — à l'endroit précis — sans égard
à l'oubli encore régnant. Je souffre, mais je m'étonne.
Cette cruauté de moi — je m'efforce de la comprendre.

Ce n'est pas une association soumise à de simples chances.
C'est le rideau qui se relève sur un décor qui n'a pas été
changé. Il y a eu un brouillamini, une confusion, un
remuement des billes chiffrées — et pourtant le nombre
qui était s'est reformé immédiatement.

Ou encore il y a peut-être de tels degrés ou coefficients
d'importance attachés à telles idées qu'elles sont associées à des modifications de degrés divers. Celle-ci[A] par
exemple, a pris une telle importance dans le passé —
qu'elle est liée au moindre changement ou au changement en apparence le moins significatif — comme le
réveil.

L'importance *propre* des idées serait mesurée par leur
sensibilité, c'est-à-dire leur association à des événements
plus fréquents — plus quelconques. Et telle sera pensée,
dès qu'on pense, dès qu'on tend à penser.

Et en effet si une idée a été longtemps retenue, imposée
— elle a coexisté avec un nombre très grand d'autres
impressions concurrentes ou intercurrentes. Elle a donc
contracté des résonances multiples — augmenté ses
chances de retour. Et si elle a pénétré profondément, si
elle a causé des modifications physiques très sensibles
elle s'est associée au fonctionnement même, et le fonctionnement même la fera reparaître. (*Ibid.,* V, 280.)

< Le cas de l'association classique est un cas particulier.
Dans le cas général ce qui est pensé ne se déduit pas
de ce qui vient d'être pensé, quoique ceci puisse y entrer.

Ce qui est perçu, d'ailleurs, ne se déduit pas de ce qui
vient d'être perçu. >

— En réalité, si l'on se *borne* à la suite des choses
pensées ou perçues *dont nous avons conscience,* cette suite
n'est comparable à aucun développement lui-même
intelligible, et qu'on puisse ou représenter par une loi ou
construire de terme en terme, de proche en proche. La

A. *Tr. marg. allant jusqu'à* : comme le réveil.

substitution de pensées n'est pas pensée, ni — pensable.
C'est un argument étrange de dire que le lien nous
échappe mais qu'il existe, puisque c'est ce lien qu'il faut
montrer.

Voici un cas que j'ai observé mille fois. C'est qu'un
incident ou objet quelconque, un quoi que ce soit et
peut-être en un mot, un simple *arrêt* de la pensée qui
existait à un moment donné; — un simple changement
ou ébranlement de ce qui résidait, — suffit, si l'homme
est sous la pression générale d'une préoccupation latente,
sa marotte, son INQUIÉTUDE, sa partie sensible, — à faire
ou *laisser* apparaître en pleine conscience la notion ou
rappel de cette préoccupation — Tout me rappelle telle
chose.

C'est comme un poids ou un potentiel — qui n'est pas
appelé tant qu'il est libéré. Il possédait toutes les conditions d'existence moins la présence[A].

L'association classique est au fond plutôt une simultanéité qu'une succession. (1914. *U 14*, V, 356-357.)

Du sens à donner à cette combinaison de mots : lois
de la pensée.

— *Ce qui se conserve* dans la pensée, c'est le « corps » et
l'organisation du corps. Je veux dire que les invariants
que l'on peut noter dans la pensée comme le *présent,* la
puissance $\left(\dfrac{\tau}{t}\right)$ etc., ont la même *valeur* que les invariants
d'organisation. Il y a analogie, passage des uns aux
autres. (1914. *W 14*, V, 378.)

A. *Aj. renv. :* De sorte que le plus grand problème de la psychologie est de statuer sur la possibilité de représenter — ou penser ce
qui n'est pas pensé.. Il s'agit d'inventer ce qui n'est pas pensé.
  C'est le même embarras que pour la mémoire. — Le problème
du latent. Comment introduire ce latent dans un « calcul » ?
  D'ailleurs ce latent est de deux espèces. Il y a du latent qui
jamais encore n'a paru au jour. Et il y a du latent qui n'est qu'un
retour.
  Il y a du latent qui est imminent; et du latent qui est au contraire,
résistant, *improbable,* difficile à extraire.
  Latent-passé, et latent-avenir.

La gêne mutuelle des activités physiques et spirituelles. (*Ibid.*, V, 389.)

Notion des seuils[A].

Cette notion de seuil joue un rôle capital dans le fonctionnement étant le moment de la discontinuité — le point où une fonction généralement progressive touche et détache une autre fonction à allure brusque.

Les fonctions progressives préparatoires ont 2 types : le type à *tâtonnements* où les actes multipliés sont indépendants et le seuil atteint comme une cible — Optimum.

Le type *rythmique ou additif* où les actes se répètent en s'ajoutant, avec fréquence croissante — jusqu'à atteindre un maximum — Accumulation — d'excitations.

— Il s'agit en somme d'arriver à un point d'instabilité d'où le système ne puisse que rouler sur un certain versant. Du zéro à ce sommet, on accomplit une transformation artificielle — et du sommet au nouveau zéro une transf[ormation] naturelle brusque. Le côté progressif est souvent en escaliers. Les efforts sont d'un côté, les détentes totales de l'autre.

Le seuil est marqué en général par une sorte de perte de contrôle. — Joie, désespoir, abattement, stupeur, — et leurs diminutifs — tous phénomènes intrinsèques, intensifs, sans autre signification qu'énergétique.

Et il est marqué par une sorte de sensation plus ou moins aiguë dont l'intensité dépend de la rareté du fonctionnement. (1914. *X 14*, V, 409.)

Tout ce que nous voyons, tout ce dont j'ai conscience est intermédiaire.

Cela est enveloppé dans l'idée grossière du temps et de la profondeur de cette notion.

Nous sentons qu'une impression n'est qu'un élément de chemin ; qu'un acte n'est qu'une modification passa-

A. *Petit dessin d'une bille qui monte vers le sommet d'un plan incliné et redescend de l'autre côté.*

gère — que le résultat de l'acte est un nouveau palier
— que la satisfaction atteinte est un obstacle surmonté
— que le passé ne compte que pour l'avenir, que l'avenir
est un moyen du présent — etc.

C'est une expérience si vieille qu'elle naît avec nous.
Mais ce qui est le plus visiblement intermédiaire — c'est
la « pensée », « l'idée », la « conscience » — dont chaque
acte, chaque lueur, chaque sursaut est ou un moment
d'un fonctionnement existant ou un commencement de
fonctionnement nouveau. (*Ibid.*, V, 418.)

☆

Une mécanique de la pensée a généralement ce vice
d'exclure le plus caractéristique de la pensée — c'est-
à-dire l'effort pour trouver une mécanique, — le
tâtonnement.

Cet effort s'oppose à l'association des *idées,* au moyen
de l'association d'éléments plus complexes — (car l'IDÉE
qui figure[A] dans « l'association d'idées » est un élément
superficiel — on ne peut s'y arrêter, l'utiliser sans une
modification complexe.

L'idée a ce caractère de jouer tantôt comme élément
superficiel ou linéaire, tantôt de pouvoir être portée
à une puissance ou connexité d'un nombre très élevé de
dimensions[B].

Telle figure psychique inexplicable *sur le plan* s'explique
en la regardant comme projection sur ce plan d'une
figure à plus de variables.

J'estime qu'il y a des domaines dans lesquels idées et
modifications physiques *sont comme de même espèce*. Cf. les
équations chimiques complètes.

Si on pouvait écrire de telles relations, ce seraient des
propositions bien étranges, répugnant à *notre* logique.
Mais notre logique est faite en deçà de ces recherches.

D'ailleurs, ces propositions ne devraient pas se lire
comme des prop[ositions] ordinaires — *ce seraient presque
des constructions matérielles* — — Elles n'auraient pas proprement de signification — mais un fonctionnement.

A. *Deux tr. marg. allant jusqu'à :* une modification complexe.
B. *Aj. marg. renv. :* Degré de conscience = n[ombre] de variables
liées

Elles n'auraient pas un *sens,* ne conduiraient pas à une *autre* pensée — mais seraient elles-mêmes un fait final, un aspect.

La mécanique de la pensée n'existe pas — mais une mécanique générale — qui n'est autre que l'étude d'un système hétérogène de toutes façons — soumis à des hasards de degrés divers —, (c'est-à-dire que le hasard de la région S n'est plus hasard dans la région $S + S'$ —) et susceptible cependant de fonctionnements, de régimes, de lois — tellement que par moments les hasards semblent l'emporter — et par moments c'est une loi. (*Ibid.,* V, 419-420.)

On peut concevoir comme base des perturbations de l'être une sorte de loi d'échanges équivalents, un régime — dont le modèle, d'ailleurs, est l'équilibre physiologique.

Il faut distinguer les variations réversibles de cet équilibre de ses variations irréversibles, mais momentanées — (quoique avec production, alors, de déformations permanentes).

Momentanées signifie que l'existence de l'être n'est pas abolie.

Alors on peut concevoir ces perturbations par rapport [à] un échange égal comme phénomènes dus à l'action des excès en plus ou en moins qui faussent l'égalité ou équivalence des échanges.

Et on peut rapporter ces phénomènes aux chefs suivants que je pose provisoirement :

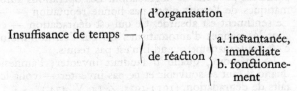

Insuffisance de temps — d'organisation

de réaction — a. instantanée, immédiate
b. fonctionnement

Insuffisance d'énergie libre
Insuffisance d'organes
Insuffisance d'objets (extérieurs)
Insuffisance d'idées.

Sentiments — émotions — surprise — voire sommeil — désir, volonté, activités internes, inquiétudes, inégalités sont relatifs à ces insuffisances.

Supposons que cette liste des insuffisances générales soit bien faite, — et ce n'est pas, — il est permis de penser que temps, énergie, organes, idées, objets (ou ce qui en tiendrait lieu définitivement) pourraient se considérer simultanément comme ayant des relations profondes; des choses si différentes (bien plus différentes que chaleur et mouvement) se limiteraient mutuellement. Etc. Etc. — Perspective !

Un problème très important serait : savoir si la connaissance normale — est une perturbation ou un des éléments d'échange normal ? Si elle est de l'ordre des équilibres ou de l'ordre des irréversibles ? —

Peut-être sommes-nous contraints de la considérer comme normale — ce doit nous sembler *probable,* — et peut-être ne l'est-elle pas ? —

— On peut envisager aussi les insuffisances de mémoire, de réponses, d'arrêts, de sensibilité, de mobilité, d'amortissements, d'élasticité.

Et en général, on considère ainsi les perturbations comme dues à des transformations qui ne peuvent s'effectuer dans le système où elles sont requises et qui se compensent alors au mieux dans d'autres systèmes. (1914. *Y 14*, V, 447-448.)

Observation — Il peut sembler à première vue que l'automatisme d'un fonctionnement doive toujours se classer parmi les produits de dégradation. Les opérations automatiques de l'esprit n'ont pas bonne réputation — Ce sentiment est absurde. Ce qui est dégradation — ce sont les pannes d'automatisme. Ce qui l'est non moins c'est l'automatisme quand il n'est pas requis.

La mémoire, quand il faudrait inventer; l'amnésie quand il faut se souvenir et ne pas inventer — voilà les faits de dégradation. (1914-1915. *Z 14*, V, 474.)

Ce qui fait défaut à la psychologie ce sont les faits.

Donnez-moi un rêve authentique et je vous ferai la théorie du rêve.

Mais il n'y a pas de *rêve authentique*.

La psychologie est un domaine dans lequel les observations sont du même ordre de grandeur que les erreurs d'observation. (*Ibid.*, V, 489.)

Soient des impressions α_1, α_2.. α_n. La connaissance revient à substituer à la dépendance ou liaison L de ces impressions une autre liaison λ.

Le groupement est conservé. Les éléments conservés; mais le lien n'est plus le même.

Mais L était non perçu, inconnu. λ n'est pas connu davantage. C'est indirectement que l'on suppose L et λ. La différence de L et λ se voit dans la reconnaissance comme dans le souvenir ordinaire.

... Parfois les tâtonnements spirituels me font penser à ces petits ébranlements que l'on donne à des particules de fer pour rompre les résistances passives et leur permettre de se ranger dans le champ magnétique. (*Ibid.*, V, 527.)

L'instinct est un acte (ou une série d'actes) qui est commencé et guidé par les sens, sans qu'il y ait cependant élaboration psychique.

Rappelle-toi la fourmilière de La Preste[1]. J'ai enlevé la croûte de terre rouge, mis à découvert un réseau de galeries plein d'œufs et de fourmis.

Les fourmis avec une activité instantanée se chargent des œufs, les transportent dans les dessous — *reviennent* prendre les œufs qui restent. En un clin d'œil tout est en sûreté.

Si c'eût été une population humaine, il y aurait eu des différences de conduite : certains œufs abandonnés. Et sous un danger apparent aussi énorme, très peu d'individus seraient *revenus* chercher les œufs restants.

La fourmi ne distinguait pas entre son danger et celui

de l'œuf. Je pensais que le devoir n'est au fond que l'instinct quand l'instinct commande le risque à l'*individu*. L'individu moins sensible à soi-même que son instinct ne l'est. Cet instinct indifférent à l'individu n'est pas toujours utile à quelque chose. Il peut nuire à l'individu, et aussi à l'espèce ; n'être qu'une relation particulière.

D'ailleurs[A], en ce qui touche l'homme, l'individu et l'espèce ont une importance qui se balance. Notre espèce ne vaut que par les individus.

Et chez l'homme la sensibilité individuelle est ultra-puissante. Il nous semble étrange de penser à son œuf, chose extérieure, avant de penser à soi. Mais il y suffit d'une organisation appropriée : une connexion au lieu d'une autre.

Chez l'homme tous les instincts ont été soumis à de rudes épreuves. La conscience de soi rend l'instinct *étranger*.

La fourmi ne voit que ce qu'elle voit, ne perçoit que ce qu'elle perçoit. Elle n'imite personne ni elle-même. Elle ne trouve pas en elle-même un monde qui veut durer.

Elle n'a pas cette charge de créer ou de satisfaire des besoins artificiels. Notre instinct le plus fort est de faire des instincts.

Le devoir est à l'instinct ce que le produit de synthèse est au produit naturel. Il le contredit, l'imite.

L'instinct en soi n'est ni plus ni moins étonnant qu'un organe ou une fonction. Il est d'ailleurs en relation étroite avec eux, n'étant que leur collaborateur.

L'homme a divisé ce qui était uni. La saveur était une première partie de la nutrition, il en a fait une entité particulière, un accélérateur en soi du système nerveux. Les yeux étaient pour les jambes, les mains, pour le mouvement et ses utilités. Ils se sont faits curieux, ivrognes de couleur.. Là où l'animal ne voit que des signes, nous voyons notre... destinée. Nous nous voyons. À quoi rime[B], en effet, que me veut cette chose vue, si elle ne me dit immédiatement rien ? Que me font ces étoiles ? Naïvement, savamment, j'en fais enfin quelque chose. Il faut bien qu'elles m'importent ! (1915. Sans titre, V, 579-580.)

A. *Deux tr. marg. allant jusqu'à* : par les individus.
B. *Deux tr. marg. allant jusqu'à* : Que me font ces étoiles ?

L'organisation de l'esprit — c'est l'organisation d'une activité complète.

Ce qu'on appelle intelligence, génie, pensée — tout cela a trait à des organisations — ce qui est organisé étant impressions, réactions, associations. (1915. Sans titre, V, 650.)

L'ancienne psychologie considérait à part comme entités bien définies ou bien distinctes : Volonté, sensibilité, mémoire, Entendement etc. etc. Mais rien quant aux entrées et aux sorties de ces personnages. — Mais se souvenir c'est rapporter le fait ou l'état *E* à tels repères (présent etc.); vouloir c'est construire un état où l'idée de *P* et l'idée de la réalité de *P* se distinguent et cette distinction *engendre* des efforts, des machines etc. — ou le sentir se construire, cet état, —; sentir, c'est tout ce que l'on met à part — etc.

Un événement *x* peut exciter : souvenir, ou vouloir, ou réflexions ou des combinaisons de ces choses. Dans quels cas agit-on, songe-t-on, désire-t-on, pressent-on, prévoit-on, se souvient-on, etc. ? Quoi suscite l'intérêt ? le désir ? la crainte ? — l'émoi physique ?

— Ainsi les « facultés » sont des *effets* divers, plus ou moins distincts, plus ou moins mêlés, plus ou moins intenses ou poursuivis et dont la séparation quand même elle est possible, est artificielle et toujours incomplète. — Modification, conservation, répétition, action, substitution sont liées —

les applications plus ou moins apparentes (comme de la sensibilité à l'intellect). (1915-1916. *A*, V, 785.)

Si un oiseau savait dire précisément ce qu'il chante, pourquoi il le chante, et *quoi*, en lui, chante, il ne chanterait pas.

Il crée dans l'espace un point où il est, il proclame sans le savoir qu'il joue son rôle. Il faut qu'il chante à telle heure. Personne ne sait ce qu'il ressent lui-même de son propre chant. Il s'y donne avec tout son sérieux. Le sérieux des animaux, le sérieux des enfants qui mangent, des chiens amoureux, l'implacable, prudente physionomie des chats.. On dirait que cette vie exacte ne laisse pas une place pour le rire, pour l'intervalle moqueur.

Le rire et ses formes plus cachées — c'est un démontage de la machine, un moment d'entrebâillement dans l'improbable. Le rire le plus élevé est celui qui atteint les choses non-risibles. — (*Ibid.,* V, 817.)

☆

Tandis que la pensée et la sensibilité sont constituées avant tout comme modes de transformation, la connaissance est l'idée de l'identité, de la permanence, de l'accroissement, de l'assimilation.

C'est une organisation qui se poursuit, se maintient, se noue, converge, au milieu des circonstances mouvantes qui sont pensée et sensations. (*Ibid.,* V, 820.)

☆

Un jour, un médecin me traita intérieurement de fou parce que je lui demandais s'il ne croyait pas que la structure même de la pensée dépendît d'une certaine façon de la marée sanguine dans le cerveau.

Il ne laissait pas se produire ces idées gratuites, sans importance et si importantes. Il n'aimait pas les idées qui ne rapportent rien.

Pourtant, lui disais-je, les êtres qui vivent dans les lais et relais de la mer, ne sont-ils pas influencés par cette vie de flux et de reflux ? Leurs mœurs au moins ? Leurs habitudes ? Et la suite de la vie qui peut-être ne perçoit pas ce changement régulier n'en est-elle pas tissue, pourtant ?

Et l'homme qui vit dans la marée de la lumière et de la nuit, sa vie n'en est-elle pas bariolée — ? Un être sous un globe toujours éclairé serait-il pas différent ?

La pensée ne montre pas les fluctuations de la circulation. Mais il est des cas-limites. Parmi les conditions de la pensée, est celle-ci. Cherchons bien. Etc.

Ce médecin s'est dirigé vers la politique. (*Ibid.,* V, 838.)

☆

[...]
(Conscience)

— « Sincère avec soi-même » signifie conscience, qui
signifie percevoir ce qu'on produit, — achever l'acte
étrange — en plaçant au rang des « causes » les « effets ».
— D'où il suit que ces effets deviennent causes à leur
tour. La connaissance devient objet de connaissance —
ou plus précisément, — le fait qui se donne comme
connaissance provoquée et qui peut par sa *forme,* sa
situation.. jouer le rôle de connaissance est à son tour
perçu comme demande. Montrant ainsi que la qualité ou
la fonction de demande — ou réponse[A] — n'est pas attachée dans tous les cas à la nature de l'événement — mais
n'en est inséparable que dans un domaine — celui non
psychologique. Par là, le domaine psychologique propre
se trouve défini a contrario : avec sa souplesse singulière
et sa ressource « infinie ».

Rapprocher de ceci la simple mémoire, qui est possible
si la même idée peut être ou originale ou restituée.

Le même résultat peut être atteint en opérant comme
indéfiniment une *distinction* entre ce qui est (produit,
donné, reçu) et ce qui peut l'être. Assimiler le produit
à un reçu ou distinguer du produit la capacité de production, c'est équivalent.

Ainsi, cause et effet, demande et réponse, sont, dans
un *premier domaine,* caractérisés autant par leur ordre de
production que par leurs espèces mêmes. Dans le
domaine physiologique, ce qui excite est toujours très
différent de ce qui répond — Spécialisation.

Mais dans le domaine psychique il en va autrement :
les événements ne sont pas spécifiquement demande ou
réponse. La forme réflexe demeure mais ses termes sont
interchangeables suivant les temps, — les besoins.

C'est peut-être cette propriété qui constitue la pensée
comme algèbre par rapport à l'arithmétique des sensations — Et qui lui permet cette espèce d'analyse
indéterminée.

Telle sensation est toujours ou demande ou réponse
(ou signe de demande ou signe de réponse) toujours pré-

A. *Deux tr. marg. allant jusqu'à :* sa ressource « infinie ».

cédente ou toujours suivante — (Mais par rapport p[ar] ex[emple] à des mouvements — non au sens absolu physiologique).

Mais telle idée joue selon les cas, les deux rôles. Et de plus, cette idée qui de réponse peut se changer en demande, peut acquérir toute la vertu agissante d'une demande, nous enrichir — si c'est s'enrichir ? — d'une sensibilité et d'une variété de mouvements ou actes — et par ce détour modifier les sensations ou les occasions de sensations.

Ainsi cette propriété seule nous permet de changer, modifier non seulement le milieu, pour satisfaire à des fonctions — c'est l'instinct — mais de modifier la fonction même, et par la voie de la sensibilité, non par l'effet des circonstances.

L'instabilité[A] du *rôle* des événements psychiques est caractéristique de l'homme. Chez l'animal leur rôle est fixe. Une représentation est ou indifférente ou amène des actes d'une tendance déterminée.

Chez l'animal[B], le fait psychique a un rôle uniforme et déterminé. Chez l'homme il peut servir à plusieurs fins, entrer dans une pluralité indéfinie de combinaisons, à titre divers.

Et corrélativement la main, organe de la pensée, est capable d'une infinité de tâches — peut frapper et dessiner, saisir et signifier. L'animal n'a pas de gestes ou bien peu. (1916. *B*, VI, 39-40.)

Le travail de l'esprit

Le travail psychique non désordonné consiste, en gros, dans une suite de tâtonnements qui cherchent à construire l'appareil instantané, le moment, l'état — dont l'acte unique serait enfin la production d'un certain résultat *désiré*.

On n'a pas assez remarqué ce double degré. Ce travail s'applique non directement à produire la chose, mais à produire ce qui produira la chose.

En d'autres termes, le travail psychique est psychique

A. *Deux tr. marg. allant jusqu'à :* leur rôle est fixe.
B. *Quatre tr. marg. allant jusqu'à :* à titre divers.

en tant qu'il est indéterminé. On ne fait pas ce qu'on veut. Mais en le voulant, il arrive que l'on fasse ce qui peut faire ce qu'on veut.

Le monde psychique dont je parle ici s'étend d'une sorte de désordre à une sorte d'organisation. L'état d'organisation est atteint quand le résultat ne dépend plus que des conditions présentes et est entièrement déterminé par elles[A]. Alors c'est un autre travail. Ainsi il ne reste plus au géomètre, à un certain moment, que des actes algébriques à effectuer, ou des combinaisons de chiffres.

Ce travail demande donc une excitation d'ensemble et non une excitation spéciale appliquée à tel mécanisme.

Cette excitation générale va croissant et est comparable à une température ou force vive moyenne.

Ainsi, s'il s'agit d'écrire, le système de mots auquel aboutira l'écrivain, — ou plutôt système de phrases et de fragments de phrases, doit être regardé à partir d'un ordre quelconque initial.

On aura, d'une part, un dictionnaire rangé de façon fortuite dont la *disponibilité* croît avec l'excitation. Une espèce de chaleur croissante détache en quelque sorte de parois les éléments verbaux, les agite et les rend dociles aux moindres appels — comme si leur inertie était diminuée. Leur excitabilité propre est prodigieusement accrue — Mobilité.

D'autre part des *modèles* sont également suscités — Modèle de l'idée nette, — de la forme vive — du minimum — de l'*originalité* —, du bizarre, du clair, du serré, du gracieux etc..

Ces mouvements d'êtres intellectuels procurent des possibilités qui s'entrevoient. — L'être *attend* ce qu'il veut. Il cherche à provoquer une suite soit à ce qui est déjà acquis, soit à l'espoir d'acquérir, si excité. Il est dans l'état de l'amant qui a commencé son acte.

Il y a des alternances de confusion et de distinction — Images, paroles, gestes et actes intérieurs ou quasi intérieurs.

Tout l'appareil nerveux, toutes ses fonctions sont, à ce point, également agissantes et réagissantes, demande et

---

A. *Aj. marg.* : n'est plus qu'une transf[ormation] *spontanée* (facilité)

réponse, réceptrices et productrices. Chaque fonction tend à assumer le maximum de rôles. Il y a alternance entre liberté et liaisons. Des corrections successives se chevauchent. L'absurde devient occasion et matière du meilleur; s'utilise, se renverse, germe et se reproduit. Le fortuit prend force de loi. Une forme de langage sert de moule à des quantités de choses. Tout agit et est agi. Tout peut servir.

La chose cherchée se perd. Une autre est épousée d'enthousiasme. C'est un jeu de hasard étrange qui précède, prépare, *veut* l'élimination du hasard, et qui la porte dans ses séries.

Étrange ! — car il s'agit de ne pas jouer une infinité de coups — et pourtant d'en jouer assez pour économiser cet infini. Il n'y a aucune chance d'obtenir tel résultat par le nombre; et il y faut tantôt du nombre, tantôt une rencontre tout improbable.

Mais quand on a joué assez de coups, ici, il est permis d'*espérer* que ce nombre suffise à construire ce qui, d'un seul et dernier coup, donnera le résultat. — Induction. Il s'agit de mettre une balle au centre de la cible. On tire n coups. Après quoi le coup $n + 1$ donne le but. Entre n et $n + 1$ quelque chose s'est produite. Quoi ?

Les coups préparatoires ont accru l'énergie disponible et assigné aussi les seules fonctions qui doivent enfin agir et *qui s'ignoraient au début*. On ne sait pas d'abord — et on ne distingue d'ailleurs jamais, quelles sont les fonctions qui agissent utilement enfin. (*Ibid.*, VI, 65-67.)

☆

Le système nerveux —

Son caractère étrange est de déjouer la continuité; l'intervalle d'espace, le temps mécanique...

Généraliser, localiser, retarder, devancer, préparer; renforcer, exagérer, simuler, assimiler. Relayer. Interrompre.

Régler le formel, organiser le significatif, parer à l'accidentel. Le secret de ce système est le plus important ou le seul secret qui soutient tous les autres.

Un jour ce sera déchiffré comme dynamo. (*Ibid.*, VI, 83.)

☆

Si l'homme avait dix mille, cent mille doigts aussi indépendants que ses membres, aussi intimement *connus*, distincts, dociles et personnels, son système de numération aurait une base 10^5. Il ne percevrait pas mieux d'ailleurs la merveille de cette *solution* réalisée par un membre mobile, sensible, doué de continuité et de discontinuités par l'association étroite de la sensibilité et du mouvement — (si je *touche*, mon mouvement qui conserve le contact donne continuité comme impression; si ce doigt se meut d'un objet à un autre, il y a interruption etc.).

Mais nous possédons réellement d'autre part un nombre fantastique de *touches* indépendantes — plus subtiles que des doigts. Ne seraient-ce que les Mots et les combinaisons de Mots. On pourrait dire[A] que l'*esprit* n'est en somme que le nom vague et générique du nombre inénumérable de ces touches et de leurs combinaisons. C'est précisément le caractère indénombrable qui donne à cette solution du problème de l'*un-multiple*, l'aspect de spontanéité, de richesse *infinie*, d'inépuisable, de nouveauté toujours possible, et de possible. *Il n'y aurait pas de notion d'Esprit[B] si ce nombre était familier, perçu, présent ou proche.*

Le mouvement, la mise en jeu de ces touches semble en engendrer d'autres. La diminution de leur nombre est mémoire. (On peut la regarder aussi comme accroissement de la probabilité d'arrivée de l'événement E.)

Ce nombre immense et d'ailleurs variable et dans lequel du reste entrent ces variations.. ne peut se considérer que sous le point de vue des lois de grands nombres Qui sait si les mots psychologiques ne seraient pas (en partie) des images de grossières idées des lois des gr[an]ds nombres ? ne recouvriraient pas des observations dont la traduction rigoureuse si elle était possible serait lois de probabilité ?

Essayons de nous expliquer à nous-mêmes. Je prends par exemple ce qu'on appelle un Désir. Fait psychologique capital. Cela semble d'abord un fait à considérer

A. *Deux tr. marg. allant jusqu'à :* de nouveauté.
B. *Tr. marg. allant jusqu'à :* présent ou proche.

en soi. Mais ce désir est un fait d'une catégorie de faits — et cette catégorie n'est pas toujours en jeu. Elle est distribuée sur un ensemble d'autres faits. Cet ensemble comprend aussi l'idée de désir puisqu'il m'est possible non seulement d'éprouver un désir mais de le penser, de le constater et reconnaître chez autrui etc. Je désire ou non. Je pense ou non Désir — Etc.

J'ai aussi le sentiment : que le nombre des désirs dépendra en gros de l'intervalle de temps considéré, — quoique chacun en particulier semble *original,* actualité pure. Cependant il y a eu et il y aura plus de désirs en un an que dans un mois.. Si je n'eusse eu jamais qu'un seul désir — je ne l'aurais pu reconnaître. Il ne se serait pas reconnu lui-même. (1916. *C,* VI, 161-162.)

Tâtonnements

François[1] — qui a neuf jours, essaye de sucer son pouce. Quels travaux ! quelles approches !

Il me fait souvenir de mes essais et recherches ; — de mes idées d'il y a 12 ans sur la coordination, le passage de la multiformité à l'uniformité, l'attention.

Ses deux mains cherchent, l'une étudiant l'autre. Sa géométrie s'agite, essaie d'être. Jusqu'ici il n'a réussi que deux fois — et cet acte qui pour nous est *certitude* est pour lui faible probabilité. Cet acte qui est sûr pour nous, et stable est pour lui une chance et une fois réalisé, instable.

Pour nous l'idée difficile, le point de pensée cherché, la solution, le génie. Il y aura génie tant que tel acte sera aussi dépendant de facteurs indépendants que chez François ce mouvement difficile.

Il découvre ce procédé, de toucher un point quelconque de son crâne et de mouvoir sa main sur cette surface où quelque part est sa bouche. Il a réduit l'ensemble des cas possibles et l'assujettit à 2 dimensions.

Toute l'histoire humaine se réduit à l'intervalle de tâtonnements entre une demande et une réponse, un besoin et sa satisfaction. Temps de perception, temps de conservation de demande, zéro. (*Ibid.,* VI, 229.)

Il y a *instinct* si l'incitation détermine ipso facto les mouvements qui l'apaiseraient si d'ailleurs les parties et conditions extérieures nécessaires étaient physiquement réalisées, à portée.

L'homme dès la naissance presque, fait voir son caractère d'homme en essayant de remplacer par des succédanés les conditions extérieures qui manquent à la satisfaction de son instinct. Il suce son pouce et toute la civilisation est née. —

Il a retrouvé le sommeil, le calme, l'absence primitifs, l'échange égal. (*Ibid.,* VI, 231.)

☆

Celui qui trouvera entre *l'être* et le *connaître,* une relation simple (fût-ce un artifice) qui permette de spéculer en calculant les deux (comme une vitesse *et* une chaleur etc.) — celui-là tiendra un instrument sans prix.

Il ne s'agit ni de subordonner, ni d'exprimer l'un par l'autre mais d'écrire leur double effet simultanément, ne jamais l'oublier.

C'est ce que j'avais rêvé il y a si longtemps sous forme $I + R = K$. Cette formule grossière me rappelait toujours le *total*.

Les connaissances de tous ordres, les sensations plus ou moins *ordonnables,* les mémoires, les relations quasi constantes comme personnalité, etc. Tout ce qui entre à un degré quelconque dans l'être, tout cela devait être incessamment rappelé.

Car chaque instant les contient, — les est. (*Ibid.,* VI, 245.)

Rire

Qui explique le rire, doit expliquer aussi le rire du dément; le premier rire de l'enfant ? Épanouissement.

La formule doit donc être de cette forme :

Toute excitation qui....., provoque le rire. Cette excitation peut être sensation, idée, impression... Il faut, de plus, pour la *qualifier,* faire appel à d'autres circonstances qu'elle.

Les éléments de supériorité, d'inattendu, d'impossibilité réalisée, éléments que l'on extrait facilement par l'analyse du rire normal psychologique, sont insuffisants.

Un écart ? — L'insuffisance, l'inutilité, l'impossibilité de *concevoir* le spectacle proposé, de faire ou imiter ce que fait le pitre sans perdre le sérieux. (Et si on ne peut pas tenter cette imitation, on ne rit pas.)

La chatouille — L'*acuité*. Relation du rire et de l'acuité agaçante.

Il faut définir un *seuil* qui pour chacun et pour chaque époque fixe le rire. Seuil, c'est-à-dire quantité et qualité.

Définir le rire c'est définir un seuil.

Le seuil qui délimite le jeu, un autre sérieux.

Voir une chose sous deux aspects, réelle et impossible.
(*Ibid.*, VI, 252.)

☆

T[e]ste

L'intelligence, l'esprit, ces mythes inévitables, chacun se les définit — se les donne, se les refuse à telle occasion. —

L'idée que j'en ai, ce matin, — je l'exprime ainsi : L'intelligence est le *pouvoir des substitutions* (en tant que *plus* adaptées). Son problème serait : À un ensemble proposé de choses, circonstances, — en substituer un autre tel que... etc. — *et ainsi ce qui n'était possible, le devient.* Le rôle des langages dans l'intelligence paraît alors très clair. C'est une substitution typique fondamentale.

Substitutions de mots et subst[itutions] de choses.

Comprendre est opérer une substitution-traduction.
(*Ibid.*, VI, 274.)

☆

Rire ou sourire, d'enfant de 3 mois[a].

Je crois que quand il sourit c'est qu'il reconnaît[b]. Ou du moins ce sourire vient automatiquement comme effet d'une question résolue[c].

Chez ce nouveau, la re-connaissance est besoin et ne se produit qu'avec un retard.

Sourire, s'illuminer, être content.

Plus tard ce sourire deviendra un art, dira : Moi je

sais et toi tu ne sais pas. La difficulté vaincue est plus agréable, si la victoire m'est attribuée à moi. Et plus avant : ta défaite, ton insuccès m'est une sorte de victoire. Et l'on sourit encore.

La supériorité sur un besoin s'étend peu à peu à la supériorité relative sur autrui.

On jouit de l'embarras, de la naïveté, de la faute, de l'insuffisance d'en face — et dans la mesure même où l'on aperçoit ce qu'il fallait faire.

Mais il y a encore d'autres sourires — toujours dérivés du même commencement. J'accueille par un sourire celui-ci[a]. (1916-1917. *D,* VI, 312-313.)

Il y a des cases dans le cerveau, avec inscriptions :
Étudier au jour favorable[1]. — À n'y penser jamais — Inutile à approfondir. — Contenu non examiné — affaire sans issue. Trésor connu et qui ne pourrait être attaqué que dans une seconde existence. — Urgent — Dangereux — Délicat — Impossible — Abandonné — Réservé — À d'autres ! — Mon fort — Difficile etc.

— On peut imaginer que toute idée est pourvue d'une idée jointe qui la connote — une fiche où son âge (d'évolution), sa relation à l'actuel, sa relation au réel, sa valeur d'usage etc. sont plus ou moins inscrits — Mais inscrits en un langage de la sensibilité et de l'acte.

Signes obligatoires, signes exécutoires, signes dilatoires, signes instantanés (comme ceux qui marquent la relation possible de l'idée avec l'état ou le besoin actuels). (*Ibid.,* VI, 323.)

Moi, mémoire, g[ran]ds nombres

Si la loi des grands nombres ou les raisonnements de cet ordre s'appliquent au désordre vivant de nos impressions et de nos réactions psychiques ou autres, cela dépend de la manière dont on définit ces faits multipliés. Par ex[emple] on peut considérer le chaos général de ces commencements, de ces arrêts et échanges; ou bien considérer des états perceptibles, finis qui nous apparaissent comme idées, actes, représentations énumé-

rables — et qui soient l'effet de myriades de « chocs » ou
d'éveils cachés. Il y a encore bien d'autres modes.

Quoi qu'il en soit, il y a de ce côté des recherches
à faire. On peut espérer en tirer, non point des précisions
sur ce qui nous touche le plus près — c'est impossible
par définition — mais arriver peut-être à penser que ce
qui nous touche de si près, — (il n'y a pas plus près —
c'est nous-mêmes — !) — est comparable à une moyenne.
Je suis comme fait d'événements dont aucun n'est
moi — et dont l'ensemble contient même une foule
d'événements très éloignés de « moi », — contraires
à moi — ennemis — douloureux, — inexplicables —
contradictoires.....

Le moi est ici ce qui se conserve, mais NON CONTINÛ-
MENT; *c'est par rappels* — retours.

La mémoire[A] serait une des formes — celle perceptible en partie — de ce rappel à je ne sais quelle situation
moyenne. La possibilité de flotter entre des temps
distincts et d'intervalles quelconques, est un de mes
éléments de définition. Non omnis praesens. Je ne suis
pas présent tout entier. (*Ibid.*, VI, 351-352.)

Les notions de pensée, connaissance, etc. doivent être
— rejetées. Celle d'acte et de réaction, etc. doivent les
remplacer. (1917. *E*, VI, 423.)

Instrument —

Grande, immense propriété de l'être vivant d'un certain degré —, de négliger ou dominer les circonstances
infinitésimales (en général).

J'écris ceci par exemple sans m'occuper du papier, de
la plume, presque des mots, et pas des règles. Les actes
sont comme abstraits et pourtant concrets. Quand les
choses reparaissent *contre* les actes, — l'impression est
celle du hasard.

A. *Deux tr. marg. allant jusqu'à la fin du passage.*

Nous agissons comme en des raccourcis de propriétés. Nous volons au sein d'un corps matériel.

Cette magie est faite d'adaptations —, d'habitudes, de minima acquis, de « groupes » qui se sont imposés à notre organisation.

Parler c'est agir avec les mots comme si chaque mot était nous, indistinct de l'acte même.

Marcher — savoir marcher — c'est quand chaque pas n'est plus rien. Vivre c'est donc en quelque sorte « spiritualiser » les choses, leur ôter leur multiformité, leur spécialité, leur absolu indécrottable, les réduire à des signaux. (*Ibid.*, VI, 439.)

☆

La vie de l'esprit — Rumeur faite de mille, de toutes choses et voix, de toutes tentatives et tentations particulières, de millions d'avortements, d'incidents.

L'esprit tend constamment à se reconstruire, à se regagner, à *généraliser,* conserver certains états exceptionnels dont il garde un souvenir-modèle.

Il tend constamment à gagner, à annuler l'immense majorité de ses propres actes et modifications.

La simple vue nette des choses est sa conquête la plus précieuse; il est arrivé à la rendre en apparence, stable; à pouvoir monter sur elle, compter sur elle — au prix de sacrifices étranges.

Cette maison bien claire et bien terminée qui est là est un chef-d'œuvre méconnu, d'accommodations, d'indépendances cultivées (comme le jeu du pianiste, éducation des « doigts »). La couleur demeure, belle partie sauvage conservée dans le cadre. [...] (*Ibid.*, VI, 460-461.)

☆

Rien de plus dissemblable que ces choses qui *commencent* par paraître sœurs. Car tout l'esprit se porte peu à peu à les discriminer, comme l'œil à séparer des ténèbres quelques formes. Il s'emploie tout entier à leur différence, qui devient son activité même; et leur ressemblance ne lui est plus rien. (1917. *F,* VI, 571.)

☆

L'anneau de fumée[A] —

L'anneau de fumée, circulation éternelle, impossible
à rompre, faisceau de filets fluides, régime permanent et
tourbillonnaire qui voyage.

Image du système nerveux entièrement fermé qui se
croit infrangible — la *Conscience* — *Équilibre mobile.*

— Ils s'attirent entr'eux — Ils passent au travers les
uns des autres — Ils sont des unités comme des solides,
se déplacent en se déformant avec une étrange cohésion
— *entités.*

Double système de circulations et de rotations, de filets
de molécules roulant les uns sur les autres, formant des
chaînes comme enfilées et fermées. (*Ibid.,* VI, 611.)

☆

L'être est incompatible avec certaines connaissances.
Quae si sciam, non essem[1] —, dirais-je.

Il y a donc une ignorance fonctionnelle, nécessaire et
qui confère le degré de liberté qu'il faut à l'esprit pour
qu'il soit possible.

Penser est être autre que ce que l'on est. On s'aperçoit
donc que l'on est, par des empêchements et des lacunes
de la pensée, par des impossibilités de penser, par des
contradictions — c'est-à-dire par la présence de choses
qui bien que venant à la pensée ne sont pas pensée.

— P[ar] ex[emple] je ne dois pas pouvoir me rappeler
l'origine de ma vie mentale. Il y a une contradiction
initiale.. Ni même mes premiers événements conscients.
Peut-être sont-ils fondus et vus comme ils l'étaient,
c'est-à-dire sans notions, se sont-ils non effacés et abolis
mais connus au point de devenir méconnaissables, et
reviennent-ils sans qu'on puisse les individualiser, parce
qu'ils se sont incorporés à la vie fonctionnelle.

Pour reconnaître[B], il faut que les représentations
soient d'une certaine complexité et puissent se distinguer de l'être même. Il faut *qu'elles soient insolites dans la
mémoire même* — ou plutôt *qu'elles l'aient été.* (*Ibid.,* VI,
675-676.)

A. *Deux petits dessins d'anneaux de fumée.*
B. *Deux tr. marg. allant jusqu'à :* l'être même.

☆

Le fonctionnement du cerveau se surmontant soi-même, s'arrachant à ce qu'il vient d'être, le jugeant, le confondant, le regrettant, — cette sorte d'exponentiation, de surenchère et ce sentiment que ce que je pense je puis le penser { autre encore, le surmonter, le renver-{ mieux encore, ser, le réduire ce tout à une partie — c'est là l'esprit — ce qui n'est pas ni jamais qu'instantanément confondu avec son acte ni son produit.

La suite de la pensée ressemble à une évolution d'espèce — (*Ibid.,* VI, 688.)

☆

La psychologie — Science de tout ! conçue comme science des actes — analyse de l'acte — car le système nerveux tout entier n'est enfin que le facteur d'actes — l'*agent*. Théorie de la machine. (1917-1918. *G,* VI, 758.)

☆

Infirmités nécessaires

Je tiens que certains points obscurs, nettement noirs sont nécessaires à l'existence de la pensée, à l'exercice d'une connaissance. Il est impossible de concevoir une pensée sans un passage du moins net au plus net, ou, du moins compréhensif au plus compréhensif, du senti au perçu, du perçu au complété, au transformé, au relié à —, au voulu, à l'annulé — à l'organisé, à l'exprimé.

Mais ce n'est pas tout.

La pensée ne peut se devancer; certaines pensées ne doivent pouvoir se préciser; d'autres se vérifier.

— Nous n'avons pas d'images pour toutes les combinaisons possibles abstraitement.

— Nous n'avons pas d'expressions pour toutes les représentations φ ou ψ possibles.

— Nous n'avons pas de mémoire pour toute l'étendue de notre passé. Et encore moins pour toute sa composition. (*Ibid.,* VI, 787.)

Imaginez un être dont toutes les expériences se changeraient en fonctions. Ce serait l'être scientifique par excellence. Ne serait-il pas embarrassé de ces fonctions innombrables ?

Celui qui n'oublierait pas les cartes déjà jouées et déduirait le jeu de l'adversaire.

L'intellect n'est pas autre chose que le travail qui substitue à cette infinité impossible l'usage et l'organisation d'un nombre restreint de fonctions.

Ou plutôt qui transforme en fonctions les expériences. (*Ibid.,* VI, 792.)

Je dis[A] : la pensée est l'ordre dans les faits ou événements ou modifications psychiques, *en tant qu'il se fait.*

Ces événements sont compatibles avec un certain désordre — qui se perçoit ou ne se perçoit pas, et auquel s'oppose, succède ou cède la pensée définie comme ci-dessus. *Ce désordre est commencement.*

L'ordre en question n'est lui-même perçu et formé que comme modification du désordre donné. On peut dire aussi bien que le changement du désordre en l'ordre est proprement *la pensée,* ou que le résultat, l'ordre obtenu est *une pensée.*

Ainsi, comme jadis on concevait le mouvement comme l'état intermédiaire entre la puissance et l'acte, c'est-à-dire entre deux attributs contradictoires, on peut noter la pensée comme passage entre le désordre et l'ordre d'un certain ensemble.

Cette position n'a d'autre but que celui de donner un objet simple à la pensée pensant à elle-même, et de permettre une dénomination de moments, de notions et de problèmes.

Il faut étudier ce désordre, ce passage, cet ordre et le fait inverse. Cet ordre tend à annuler la pensée. (1918. *H,* VI, 821.)

A. *Tr. marg. allant jusqu'à : en tant qu'il se fait.*

☆

Similitude

L'existence de choses semblables est le fondement de tout. Un monde fait d'exemplaires uniques est inconcevable. Si rien ne se répétait, rien ne serait. Le fils d'une autre espèce que le père; et chacun dissemblable à tout coup de lui-même; chaque instant incomparable à chaque autre, ce serait exactement le chaos. (Ce serait un monde héraclitien, et pas même un monde.)

L'existence de figures semblables est déjà un fondement de la géométrie. Mais que serait la pensée sans l'image de l'expérience, et faite d'éléments qui ne se rapporteraient à rien d'extérieur[A] ? — Il y a cependant toute une partie de nos productions qui ne sont qu'elles-mêmes, qui ne sont pas *individuées*.

Eh bien, quand on analyse le rêve, il faut essayer maintenant de considérer au contraire, des similitudes données, des images d'êtres et de situations *comme si c'étaient des formations qui ne ressemblent à rien*. Le véritable rêve est le rêve donné, — *moins* les altérations qui sont dues à l'acte d'y reconnaître nos affaires et nos personnages de la veille[B]. (*Ibid.*, VI, 854-855.)

Il est peut-être moins difficile d'expliquer la vie et la pensée par des machines que d'expliquer une machine

A. *Aj. renv.* : Ajoute ici — que cette nécessité de ressemblance exige, — pour agir sinon pour être, — que l'image, et la chose dont l'image est image, ne forment pas une relation symétrique. C'est en quoi, peut-être, réside la valeur et la définition de *l'extériorité*. Si *A'* est image de *A*, *A* n'est pas image de *A'*, mais modèle. (La reconnaissance consiste d'ailleurs à penser cette relation symétriquement, mais ce n'est qu'un éclair.)

Qu'on ne puisse pas intervertir *A* et *A'*, ceci est capital. —

B. *Aj. renv.* : Notre tendance invincible à chaque instant est de réduire le degré d'originalité, l'incomparabilité de ce qui vient de naître; de chercher des précédents; et ce mouvement lui-même se compare assez naturellement aux mouvements d'un corps qui rétablit son équilibre et essaye d'affirmer sa stabilité.

L'infiniment identique et l'infiniment varié sont les extrêmes, entre lesquels l'être ne sait que rompre incessamment et joindre incessamment.

par des considérations spirituelles; plus facile d'expliquer la pensée par la nécessité et les lois que la presse hydraulique par la spontanéité et la liberté — ou par l'amour. (*Ibid.*, VI, 858.)

Mon premier point est toujours la *self-variance*. Tout ce qui semble stable dans la conscience ou capable de retours aussi fréquents et aussi aisés que l'on voudra, est pourtant soumis à une instabilité essentielle. L'esprit est ce qui change et qui ne réside que dans le changement.

Mais ce changement se fait par plusieurs modes mêlés. Et aux dépens de ce changement d'ensemble se font des changements partiels réglés. (*Ibid.*, VI, 892.)

Transformations sur place d'une idée encagée

L'anxiété tend à refermer, à recommencer, ce que les idées d'elles-mêmes tendent à transformer indéfiniment[A].

Elle est donc constituée par un empêchement à la transformation, mais tandis que l'attention gêne la transformation comme le guidage dans un mécanisme gêne le mouvement en l'utilisant, l'anxiété ramène au même point et fait sentir la nullité des états successifs traversés[B].

Cette sensation d'infructueux donne celle de maximum de durée, c'est-à-[dire] d'usure non compensée, de mouvements de va-et-vient, de chemins brisés dont la somme est nulle. — Somme d'« affirmations » dont chacune a sa négation. Et une véritable *éducation* se fait avec éducation de superstitions et de sensations organiques mêlées. *Rien* (dans tel état) *rien ne s'affirme qui ne se nie.* Comme si chaque mouvement de l'esprit était soumis à une liaison cachée qui ne lui permet qu'une élongation finie et qui doit ramener l'esprit au point symétrique.

A. *Dessin en marge qui illustre schématiquement cette idée par une série de mouvements linéaires renfermés à l'intérieur d'un cercle.*
B. *Dessin schématique en marge représentant cette idée par un réseau de lignes irrégulières qui s'en vont dans tous les sens et reviennent toutes au même point de départ.*

Ceci est une propriété qui touche à celle de l'attente, de la préparation. Ainsi pour atteindre une quille avec un corps suspendu on doit remonter le corps au point symétrique[A].

L'anxiété est dégénérescence de l'attente. (*Ibid.*, VI, 893.)

☆

Chaque pensée est un fragment ou une face d'un système de relations.

De même que chaque fois que n[ou]s avons affaire à un objet nous ne percevons guère et ne nous ajustons que les propriétés de cet objet qui s'emploient dans notre action du moment — ainsi chaque pensée n'est que ce prélèvement momentané dans un objet plus complexe. Elle est une face d'un ensemble[a]. (1918. *I*, VII, 92.)

☆

L'esprit va dans son travail de *son* désordre à son ordre[1]. Il importe qu'il se conserve jusqu'à la fin, des ressources de *désordre,* et que l'ordre qu'il a commencé de se donner ne le lie pas si complètement, ne lui soit pas un tel bandeau, — qu'il ne puisse le changer et user de sa liberté initiale. (1918-1919. *J*, VII, 151.)

☆

Principe de Carnot = Un sot ne devient pas homme d'esprit mais un homme d'esprit contient un sot qui tantôt se montre, et parfois l'emporte.

La sottise serait donc une forme de dégradation plus *naturelle.*

Il est plus naturel d'être bête — donc plus commun, et c'est cette fréquence qui fait le prix de l'être non bête.

Si tous avaient de l'esprit, si la pensée par la fatigue, l'âge, le trouble devenait plus fine, plus profonde, more acute[2], quel changement dans notre monde ? — Il est beaucoup plus facile d'imaginer les maisons en chocolat,

A. *Dessin en marge illustrant ce mouvement.*

les pierres comestibles, etc. que d'imaginer un homme surpris, réagir non par une *absence* et un arrêt mental mais par une clarté et une préparation plus vive et plus adaptée encore que celles qui se peuvent obtenir dans l'attente et l'attention suivie.

Entr'autres conséquences de ce fait, celle-ci : ayant observé que ce qui est moins précieux, moins utile, est plus *commun,* nous prenons tout ce qui est commun pour *moins précieux. (Ibid.,* VII, 173.)

☆

L'intellect, on peut essayer de le définir ainsi : Toutes les opérations et transformations que notre action intérieure, par représentation, symboles, liaisons et relations, peut faire subir à une donnée, et que n[ou]s pouvons concevoir comme non impossibles à effectuer au moyen de machines.

Si ce n'est pas la définition, du moins on pourrait prendre ceci comme définition de quelque propriété que n[ou]s avons et repartir ensuite aidés de cette 1re notion pour définir l'intellect. Ce serait une étape.

On voit en précisant la condition machines, que l'idée de conservation est l'idée capitale. (1919-1920. *K,* VII, 374.)

☆

Éducabilité, caractère éminent de l'homme. Rudimentaire chez q[uel]q[ues] animaux — nul chez le reste. Définition et conséquences. *(Ibid.,* VII, 404.)

☆

L'habitude permet de négliger le mot à mot des sensations, et nous incorpore en quelque sorte comme instruments les choses prochaines. On ne voit plus ce qui est visible, on oublie que l'on marche, que l'on vit de seconde en seconde, on ne voit que des singularités, et des *buts,* et des résistances. Le dessin vrai de l'existence échappe, et d'ailleurs il est impossible à suivre car il est infiniment développable à chaque instant.

Par là, le phénomène de l'habitude se lie de quelque façon à la discontinuité de la conscience, qui ne progresse et ne procède que par crans, que par étonnements finis. (*Ibid.*, VII, 438.)

Désordre

Dès que le cerveau[A] est le moindrement éveillé, il est le siège d'une variation, d'un changement psychique incessant : *il est habité par l'instabilité même*. Il est livré à une sorte de désordre qui ne lui est pas généralement sensible, il ne perçoit que les éléments de ce désordre, qui est le changement en soi, sans repères — c'est-à-dire sans moyens pour ce désordre de se réfléchir, de se rejeter, d'irriter, de se faire contraindre et arrêter. Il y manque l'image d'un désordre.

Ce n'est que l'introduction d'une idée de succession et d'ordre qui par contraste agira, et pourra peut-être modérer cette variation irrégulière et indéfinie.

Le degré d'éveil[B] sera ressenti ou suggéré par la résistance à cette vacillation — (qui elle-même n'est pas si constante qu'elle n'admette des fixations incompréhensibles, des arrêts sans cause apparente).

Cette diversité successive est d'une fécondité prodigieuse. Je l'appelais jadis *self-variance*. C'est le phénomène le plus admirable de la nature, après la nature même, *dont il est la mobilisation*. [...] (1920. *L*, VII, 536.)

L'intelligence, *si elle est* —, j'entends l'intelligence non comme produit, mais comme « cause », — est quelque chose de contraire à la probabilité, à la répartition égale des coups, aux grands nombres. *Intelligenti pauca*[1] signifie aussi cela — c'est la loi des petits nombres.

C'est la petitesse extraordinaire du temps mis, au milieu du nombre immense des réactions mentales possibles, par celle qui précisément convient.

Inter-legere[2]. (*Ibid.*, VII, 540.)

A. *Deux tr. marg. allant jusqu'à* : l'image d'un désordre.
B. *Tr. marg. allant jusqu'à la fin du passage.*

L'intellect est la perception, l'intuition, la possession, la construction, ou le développement des formes. (*Ibid.*, VII, 653.)

Le poids d'un corps[A] est un fait particulier qui a reçu un sens cosmique prodigieux, — l'attraction newtonienne.

Supposez qu'on trouve pour la pensée, la conscience, l'idée, — etc., la *mémoire,* — etc. — un sens universel, une valeur d'indice universel analogue — — (mais trouvé et non désiré-inventé, à la Pascal) — Alors.... (1920-1921. *M,* VII, 743.)

Psychologie
est la recherche de tout exprimer au moyen

de 3 choses { les événements
                  { les états
                  { les actes[B]

Physique est étude des déterminations — relations mesurables entre nos sensations — entre actes et sensations qui en résultent.

Physique et Psychologie. (*Ibid.*, VII, 761.)

L'homme a q[uel]q[ue] chose de plus que le nécessaire à la vie —. Mais quoi ? —

Généralisation — Combinaison.

Curiosité non prédéterminée — et pouvant être soutenue. Attention. (*Ibid.*, VII, 816.)

Quand l'on veut sortir du vague en psychologie, on

A. *Tr. marg. allant jusqu'à la fin du passage.*
B. *Aj. :   (facultés, propriétés, fonctions ?)*

est conduit à se demander : Comment *cela marche-t-il ?* —
Ce qui revient à regarder quelque chose comme une
machine. Et ceci suppose bien des choses. Il faut repérer
— Il faut objectiver. Il faut généraliser cette notion de
machine.

De plus[A] il faut que cette machine soit précisément
combinée pour avoir affaire aux *hasards* de plusieurs
espèces. Ces hasards l'alimentent, la contrarient, la per-
fectionnent, la détraquent. Il en est qui la dépassent.
Hasards non compensés.

Par ex[emple] : il en est d'*époque.* Le fait *A* fait partie
de ceux que la machine peut compenser, mais non en
tout temps. Il en est de *nature.* Le fait *B* n'a pas de
compensateurs. Il en est d'*intensité.* La classe de faits *C*
est prévue, mais entre des limites.

— La vue objective, ici, conduit à considérer tout événement φ ou ψ comme intermédiaire; et la « conscience »
elle-même. Pas d'idée, pas de sensation, pas d'acte qui
ne soit intermédiaire — quant à l'ensemble. Il n'y a que
passages. Mais des cycles de détail, dont le type est
l'acte. (*Ibid.,* VII, 824.)

Théorie *nerveuse*

Un système nerveux élémentaire — est un « univers »
au sens d'Einstein.

C'est une dimension espace-temps.

(La distance *AB* dans un tel espace est ≡ un temps.
Si les points *A*, *B* sont définis au sens ordinaire, alors
il y a entre eux plusieurs *distances* (conduction, convection).) (*Ibid.,* VII, 832.)

Le rire dit : Je ne suis pas comme cela, MOI ! (1921.
N, VII, 841.)

Question capitale de *ma* psychologie.

A. *Tr. marg. allant jusqu'à :* de plusieurs espèces.

Qu'est-ce qui se conserve à travers tous les états ? qu'est-ce qui se conserve dans le sommeil, le rêve, l'ivresse, l'épouvante, la fureur de l'amour ? la démence ? (*Ibid.,* VIII, 4.)

Il est des animaux dont le destin est de suivre, le nez sur la terre, le fil d'une sorte de pensée[1].

Ce fil est tressé de brins olfactifs et de fragments visuels qui se succèdent, liés par une attente seulement, et un échange de *oui* et de *non,* muets.

Ce fil est dévidé par l'allure, le petit trot, lui-même prêt à être modifié par un incident.

Ils ont leur marche pour temps[A].

Ce fil de l'intérêt immédiat — rompu par sommeil et devenu rêve.

La veille a un fil conducteur. C'est-à-dire qu'un incident, *quel qu'il soit,* n'arrive pas, (par sa perception) à transformer DU TOUT AU TOUT les choses. (*Ibid.,* VIII, 43.)

La plus grande différence technique qui soit entre la machine animale et la machine faite par l'homme est peut-être la souplesse inimaginable de l'appareil vivant. (1921. *O,* VIII, 88.)

Le retour de l'être à un certain état est la condition psychologique et physiologique fondamentale.

La durée —— La réponse —— Les quanta, rythmes. L'élongation, — les « fonctions » — l'attention. Le retour par le « passé » ou mémoire — (la mémoire se produit toujours dans le sens des événements restitués).

Cet état est défini par l'échange égal.

N[ou]s avons une quantité limitée à dépenser *hors de* l'échange égal.

N[ou]s ne pouvons rester éloignés de l'état de

A. *Dessin d'une ligne ondulée sur laquelle est surimposée une autre ligne d'un mouvement saccadé.*

l'échange égal. Mais en réalité cet échange est un ensemble très composé d'échanges de divers ordres, qui ne se suppléent pas ou peu. Nutrition, oxydation, élimination, voilà les types en gros. Dans l'ordre purement nerveux, ordre des sens, des actes, des contrastes, des[A] (*Ibid.,* VIII, 144.)

Principe

Toute la science de la conscience et aussi du fonctionnement vital peut (doit) être mise sous la forme :

Revenir au MÊME état[B]

avec ce problème : que faut-il à un système pour qu'il revienne au même état — ?

Ainsi : agir, se souvenir.

Comment s'écarte-t-il de l'état ? — \
Comment y revient-il ? \
Tout événement est sur l'un de ces trajets.

On se trouve toujours ou s'*éloignant* du *présent* ou y *revenant.*

L'ensemble de l'aller et du retour correspondant constitue une unité de *vie.*

Si ce cycle n'entraîne *pas* sensation de durée c'est une transf[ormation] *naturelle,* ou échange égal. Si non, c'est une trans[formation] *artificielle.*

Ces principes donnent un moyen d'analogies, et d'ordre. (*Ibid.,* VIII, 154.)

Mécanique

Il faut bien se représenter une immense machinerie et nous plaçons naïvement notre moi, notre pensée à la Direction, au Centre.

Mais ce n'est pas vrai. Ce moi, cette pensée ne sont que l'un des produits.

Ce qui entre au corps — Ce qui en sort — Ce qui agit extérieurement sur lui — Ses réactions. (*Ibid.,* VIII, 180.)

A. *Passage inachevé.*
B. *Aj. renv. :* par rapport à quoi ? — Le repère est tantôt [*Phrase inachevée.*]

Phases — Ce que j'ai appelé Phases dans mes anciennes notes ce sont les états du même vivant, définis par le nombre et l'espèce des *variables* que cet état comporte.

Ainsi pendant le sommeil, pendant la méditation, pendant les actes — le même homme offre des systèmes de variables différents, avec telle liberté et tels invariants.

Entre ces phases sont des états de transformations ou de montage de machines.

Pendant ces phases, les actions extérieures sont diversement répondues. Telle sensation est acceptée ou repoussée ou amortie — ou développée.

Les « associations » sont également modifiées. Pendant le travail mental suivi, les variables musculaires jouent un rôle particulier.

Compatibilités, incompatibilités[A].

La surprise est caractérisée par la coexistence de phases incompatibles, comme être endormi et éveillé, heureux et malheureux. Instabilité, oscillation. (*Ibid.*, VIII, 223.)

L'*utilité* d'une chose ou d'un acte, est relative à une fonction, et est mesurée par le travail qu'ils économisent. Ainsi, semelles économisent l'attention à ne pas se blesser en marchant.

Cela libère telles pièces du jeu du vivant, rend disponibles et libres, des *temps,* des *énergies.* —

L'utilité de la chose n'est pas sa nécessité. Il y a des points communs.

Au delà de l'utilité, il y a encore une autre notion non désignée par le langage, qui est celle qui marquerait la qualité d'une chose d'accroître le possible, de conférer une fonction nouvelle non nécessaire, comme de voler, de communiquer avec les hommes éloignés etc.

Les mêmes mots — servir à, être fait pour, — etc. désignent ces idées différentes.

A. *Aj. marg. :   Équation difficile à déchiffrer.*

L'*œil sert* à voir; la *flûte* à faire de la musique; la *scie* à diviser nettement les solides etc.

On finit par dire : La mémoire sert à se souvenir. Le souvenir à prévoir, etc.

Il faudrait peut-être rechercher à l'état naissant cette formation de l'utilité. La genèse de l'inſtrument — accroiſſement naïf des actes humains. *Percevoir* plus loin, plus net, plus, — *agir* plus loin, plus fort, plus précisément, — algèbre — *vivre* plus sûrement, plus facilement, plus longtemps — (et p[ar] ex[emple] : sorcellerie, médecine, *salut* → éternité); *conserver* — mémoire, cuisson, monuments, écriture, photo —, métrique et rimes — etc.; *créer* — contes, jardins, musique, féeries, conquêtes, — *rêves*.

Les idéaux. Vivre toujours, faire de l'or — etc. — voler, aller dans la Lune.

La Perfection. Dieu ou le Maximum. (1921. *P*, VIII, 245-246.)

Les phén[omènes] de folie visible — La folie eſt intensification, manifeſtation extérieure du fou caché qui eſt en tous, du *désordre naturel,* des obsessions, imaginations, identifications imaginaires, qui sont normales.

Ce n'eſt pas la production de l'idée, ni l'idée en soi, qui sont démence et aliénation — c'eſt le rôle joué par l'idée et la valeur donnée à l'idée par le sujet, — le trouble de classification, de portée, de réalisation. (1921-1922. *Q*, VIII, 393.)

Association « d'idées » — expression très malheureuse. C'eſt association de *tout* qu'il faut dire.

Tout ce qui se passe dans le syſt[ème] nerveux eſt élément d'association avec tout ce qui se passe dans le même syſtème.

C'eſt même une *définition*. — (*Ibid.*, VIII, 417.)

Conscience et sensibilité (et vie) sont changement sans arrêt. Dans un monde immobile et fixe, il y a au moins, ce moi qui change, et qui ne peut apprécier l'immobilité autour de lui que par un changement de soi.

(C'est ce que j'appelais jadis la self-variance — !)

C'est un fait capital.

Il en résulte que tout ce qui paraît constant, stable, identique à soi-même, ferme, durable ou permanent est renouvellement. Comme la connaissance demande permanence et identité, équation, conservation, — *existence*, il lui faut un mécanisme — qui compense le changement; et en somme, il lui faut... un « monde » aussi qui veuille bien ne pas se modifier totalement.

La connaissance doit être indépendante des changements et en particulier des changements propres de l'être même.

L'objet A de ma connaissance doit être A indépendamment de tout — de ses antécédents, de mon état, du *temps* etc. Reconnaître A[A] (*Ibid.*, VIII, 481.)

☆

Énergie

Nous avons beau imaginer un cerveau, une moelle, des cellules, etc., rien n'en résulte — Ce sont des images infructueuses.

Peut-être serait-il plus fécond de chercher une vision énergétique du système ?

Du système vivant.

Il y a des *réserves*. Il y a des relais innombrables.

Il y a une organisation de recharge. Des potentiels.

Il y a des équilibres et des ruptures d'équilibres.

Il y a certainement des cycles.

Il y a dégradation, il y a des transf[ormations] compensées et de non-compensées. *Économie* etc. Rendement. Conservation. Dissipation.

Mais il y a autre chose.

Et il y a la grosse question du « milieu ».

Question de l'isolement. Syst[ème] partiellement / momentanément / isolé. (*Ibid.*, VIII, 485.)

A. *Passage inachevé.*

Psychologie. Je ne sais si quelqu'un s'est posé le problème de la psychologie comme je fais.

Je demande où l'on veut en venir. Quel degré de précision on exige. Si le langage, et même si un langage, peut satisfaire ? (Cf. musique) —

Si des images précises[A] ne serviraient pas mieux que des *mots* à se figurer ce mécanisme *dont la loi est* D'ÊTRE TROUBLÉ À CHAQUE INSTANT. Le rétablir est son affaire. (*Ibid.*, VIII, 494.)

Chaque pensée *touche* à l'infinité des autres. De proche en proche, suppose, implique, illumine, modifie l'infinité des autres. (*Ibid.*, VIII, 503.)

☆

Le système nerveux est, vu fonctionnellement, un ensemble de transformations et de substitutions.

Mais cet ensemble est énormément compliqué par les propriétés du « temps ».

Il a un aspect instantané qui est relativement facile à observer et à décrire, sinon à débrouiller. (1922. *R*, VIII, 569.)

L'homme, poste mobile — dans un champ d'énergies. (*Ibid.*, VIII, 589.)

Le schéma d'une installation de T S F me parle beaucoup plus du vivant et du fonctionnement de l'être *sensible* et vivant, que toute coupe histologique (laquelle n'a aucun *sens*) — et que toute « analyse » psychologique. Je vois là bien plus de philosophie que dans les livres de

A. *Tr. marg. allant jusqu'à :* ce mécanisme.

philosophie. La « réalité du monde extérieur » etc. et
autres problèmes se présentent à mon esprit — sous une
forme plus acceptable etc. — ou s'évanouissent. (*Ibid.,*
VIII, 590.)

Il faut avec « monde », « corps », « moi » etc. former
un mécanisme (modèle électro-magnétique), représentation du fonctionnement dont la conscience est l'effet.
Événements[A]. (*Ibid.,* VIII, 591.)

Cyclose

Notre vie successive est faite en grande partie de
recommencements. Nos fonctions décrivent des cycles
fermés.

Les événements qui nous modifient durablement —
doivent donc instituer en nous des cycles.

Il se peut que ces cycles nous échappent en partie, et
que la portion consciente ne nous révèle pas la portion
cachée qui la complète et la ferme.

Il faut que tout système qui est de nous puisse revenir
à un certain point.

La réponse [à] une excitation, réflexe ou non, est
retour à un certain point.

L'*extérieur* est ce qui nous écarte, le Mon être, ce qui
ramène. Il tend à revenir à soi. Il tend à revenir d'autant
plus énergiquement que la tension *actuelle* est plus forte.
Qui dort, s'égare. On meurt, de s'éloigner un peu trop.
(*Ibid.,* VIII, 595.)

Nous ne pouvons penser à l'INSTINCT sans former une
sorte d'équation entre quelque instinct, et un développement conscient d'autre part. I = travail de conscience.

Notre réflexion nous conduit souvent à organiser
quelque machine (d'actes) dont le fonctionnement nous

A. *Dessin en marge d'un grand carré* M *dans lequel est inclus un petit
carré* C.

soit *utile*. Nous la formons du besoin, de l'analyse de la situation, et des moyens dont nous disposons.

L'instinct est le passage du besoin à un acte complexe, (non comparable à une détente simple) *sans* intervention de la Simultanéité, *avec* une très faible conscience des conditions actuelles, sans effort — —

L'approche de l'hiver détermine la migration.

L'oiseau songe-t-il à partir ? ou bien se borne-t-il à faire le nécessaire de proche en proche ? sans envisager pleinement le moment, le départ, la route, le lieu où il va ?

« Le *froid* vient. Je dois fuir le froid *parce que*. — On peut le fuir, car il y a des *pays* où il fait chaud, quand ici il gèle. Je puis y aller. Il faut prendre cette *direction*. Voler TANT DE JOURS. S'arrêter à tel point etc. Je partirai *demain*. » Donc, actes.

Que de notions ! — Celle du lendemain ; le pourquoi ; la comparaison des latitudes ; la direction et la route entière ; la *durée*... et le Je !

Et cette propriété d'agir *en esprit*, puis de passer à l'acte complet. Observe que le JE est lié étroitement à la faculté d'agir-en-esprit.

Choisir, agir, sans faute, mais sans éléments suffisants de jugement — « sans faute », ou plutôt sans flottements.

Acte composé entièrement déterminé par un événement non retardé.

Instinct, habitudes — *Instrumentation* — Suppression des intermédiaires conscients. (*Ibid.*, VIII, 599.)

FORMEL (dans mon langage d'il y a 15 à 20 ans) ne serait-ce pas *fonctionnel ?* — (*Ibid.*, VIII, 636.)

Psychologie de la connaissance.

Connaître implique une opération qui annule ou compenseᴬ tout un reste de sollicitationsᴮ. —

Connaître a lieu par quanta.

A. *Deux tr. marg. allant jusqu'à la fin du passage.*
B. *Aj. renv. :* L'œil admet des équilibres stationnaires.

C'est^A un acte de transformation. Qui change un* *ensemble* d'excitations en un *élément* d'un système de *correspondances*.

Il y a donc à rechercher, avant toute chose, en psychologie, la structure de cette substitution. (1922. *T,* VIII, 768.)

☆

Trouver *forme fixe* pour la « Philosophie ». Quelque chose comme article de Somme.

τὰ προβλήματα[1].

L'Acte — Type choisi. N[ou]s *admettrons* ce type. Alors sensation est partie d'acte — perception est acte (qui peut en provoquer un autre).

Sensation est à réflexe, ce que perception est à acte réfléchi ? Sensation peut donc s'assimiler à événement. (*Ibid.,* VIII, 790.)

☆

Phases.

Tout acte complexe — (demandant collaboration de plusieurs « fonctions » / constituants / indépendants) et parmi les actes je place les actes intellectuels, et parmi ceux-ci la perception — suppose un certain état d'ensemble de l'être.

Suivant cet état, l'acte est possible ou non, il est esquissé ou achevé, il est produit immédiatement ou après un flottement, il est tel ou tel autre.

Ainsi l'homme fatigué, ou l'homme dans telle attitude ne passera pas directement à l'acte qui répond à telle excitation. Il y aura des intermédiaires. Ainsi une réflexion sera nécessaire pour former 45×31. Ainsi la perception et la reconnaissance ne seront pas identiques selon que le sujet sera endormi, assoupi ou vigilant. Ainsi tel même événement — amènera telle ou telle représentation.

La mémoire peut être considérée, à ce point de vue,

A. *Tr. marg. allant jusqu'à :* système de *correspondances.*

comme l'acte d'un être qui a ses *phases*. Elle n'est pas identique à elle-même et indépendante de l'époque.

Ces phases — je veux dire ces états — sont, je les *imagine,* définissables comme connexion du moment, et comme énergie utilisable ou libre, immédiatement *disponible*.

Problème capital — Quelle relation découvrir entre la connexion du moment et cette quantité d'énergie libre ? Cf. attente.

Mais avant tout, trouver les « fonctions » indépendantes. (*Ibid.,* VIII, 809.)

☆

Trouver dans la pensée et dans les produits de la pensée les traces, les caractères du fonctionnement de l'être vivant. Ce qui donne des limites et des conditions à cette pensée. Et aussi la notion des écarts de ces conditions, — ainsi l'additivité.

DoncA, — premier problème — Comment la connaissance paraît-elle indépendante de ce fonctionnement ? — comment a-t-on pu s'y tromper ? Et même comment pour être *connaissance,* doit-elle cacher, masquer, non connaître, renier ce fonctionnement ? (1922. *U,* VIII, 859.)

☆

Je suppose qu'on ait fait
1° une psych[ologie] objective, uniquement composée d'observations extérieures sur l'homme — sans un mot d'*intériorité* —
2° une psych[ologie] subjective, uniquement composée du monologue interne, avec images, sentiments, sensations.
LA RÉUNION DE CES DEUX VUES SERAIT INSUFFISANTE. (*Ibid.,* VIII, 869.)

☆

L'être tend à revenir à l'état où il sera prêt à réagir. (*Ibid.,* VIII, 880.)

A. *Tr. marg. allant jusqu'à la fin du passage.*

☆

La propriété capitale peut-être de l'esprit-corps, c'est de rendre dépendantes momentanément des variables qui sont indépendantes « au repos » — c'est-à-dire hors de mon action.

L'attention est un cas particulier de cette propriété. (*Ibid.*, IX, 3.)

☆

L'animal n'a pas de *Si* — (εἰ). Et cependant il *hésite*. Irai-je ici ou là ? (1922-1923. *V*, IX, 90.)

☆

À l'*intérieur* et derrière la pensée, il n'y a point de pensée, pas plus que dans le fil téléphonique il n'y a de voix.

Mais il y a des modifications qui se rechangent en pensée quand elles arrivent aux appareils d'extériorité[A][a]. (*Ibid.*, IX, 124.)

☆

La connaissance[B] est l'acte qui est doué, le seul, de la propriété d'*additivité* indéfinie — et spontanée. Et non seulement d'additivité, mais de productivité d'organisation de lui-même, et des choses.

Les autres actes sont instantanés et finis. (*Ibid.*, IX, 214.)

☆

Le retour ou répétition a pour effets — adaptation à la chose répétée, — spécialisation — précisément — économie — correspondance de plus en plus nette, — accroissement de vitesse — et tendance à l'automatisme pur. (1923. *X*, IX, 269.)

A. *Dessin d'un circuit électrique.*
B. *Deux tr. marg. allant jusqu'à :* indéfinie — et spontanée.

Il ne voyait que distraitement la substance des pensées, mais étrangement leur forme. Cette forme n'est [que] le fonctionnement d'une partie de l'organisme. (1923. *Y,* IX, 346.)

Théorie lagrangienne de l'acte —

Je veux dire : trouver dans l'analyse de l'*acte* une écriture qui conduise à un système de relations analogues aux équations de Lagrange-Hamilton[1]. (*Ibid.,* IX, 369.)

L'homme (ou son système nerveux central) a quelque « dimension » de plus que l'animal.
Comment préciser ceci ?
Ceci contient toute la question de l'instinct. (*Ibid.,* IX, 403.)

Cette vache, cette mouche regardent à peu près la même chose que MOI, et ne voient pas la même. 3 développements distincts. (*Ibid.,* IX, 457.)

Ce grand essai éternel et absurde de voir ce qui voit et d'exprimer ce qui exprime. (*Ibid.,* IX, 466.)

Observations internes —

Dans ce domaine, les erreurs sont de l'ordre des observations — — Il est impossible de discerner.
Et d'ailleurs qu'observe-t-on ? et à quoi peut-on rapporter l'observation, et qu'est-ce qui distingue l'observation du phénomène observé ? Ici l'étoile, ses *élé-*

ments, l'observateur, la lunette, l'horloge sont inséparables, et on peut toujours dire que l'observation crée
l'étoile, que l'heure crée l'observation.

Dans le domaine intérieur il y a une sorte d'équilibre
réversible, de *symétrie de variations* — et d'ailleurs — la
naïveté s'ensuit, qui réfère inconsciemment au monde
des choses stables. (1923. *Z, IX, 633-634.*)

Le caractère le plus évident de la conscience est la
variation. Cette instabilité lui est essentielle. Mobilité de
l'esprit est esprit. L'esprit est sa mobilité.

Cette variation perpétuelle dont il a conscience plus
ou moins nette s'effectue de plusieurs façons.

Tantôt par interruption — c'est la sensation, le souvenir, l'association —

Tantôt par modulation —

et tantôt elle est totale, tantôt partielle —

d'où questions de conservation, d'enchaînement, de
reprises. Questions aussi d'*observateur*. Rêves. (*Ibid., IX,*
648.)

C'est un fait[A] infiniment remarquable que l'homme
communique avec — *soi,* par les mêmes moyens qu'il
communique avec l'*autre.*

La conscience a besoin d'un *autre* fictif — d'une extériorité — elle se développe en développant cette *altérité.*
Le subjectif est la limite.

Ce qu'il communique contient toujours ce qui est
commun et tend à rendre le tout commun.

Entre *parler* (ou penser) et *autre* (interlocuteur) il y a
une relation réciproque. Penser, c'est communiquer à un
autre qui est soi. Parler à quelqu'un, c'est parler à soi
en tant qu'autre.

Le Soi est l'invariant de tous *autres* possibles. (*Ibid.,*
IX, 651.)

A. *Trois tr. marg. allant jusqu'à :* avec — *soi.*

La connaissance considérée comme une construction — comme construction des sensations — demeure du castor qui est en nous — demeure à $3 + x$ dimensions.

Mais il reste[A] des sensations inemployées, *inassimilables* — la douleur est inassimilable et n'entre pas dans l'édifice Monde. (1924. ἄλφα, IX, 693.)

L'intelligence est la vie d'une classification comme elle se forme, se transforme, se réforme. (*Ibid.*, IX, 737.)

La pensée de l'homme est du second ordre par rapport à la pensée animale. Elle comprend toute la pensée animale comme le nombre comprend toutes les pluralités discrètes. (*Ibid.*, IX, 750.)

Comment l'homme connaît et pense n'est pas infiniment différent du comment l'oiseau vole, le poisson nage; et on le soupçonne en observant comment l'homme *parle* — et *se parle*. Penser est se parler. (1924. βῆτα, IX, 804.)

Nous ne concevons pas les volumes — Mais seulement les surfaces. Nous ne percevons [pas] que telle chambre a le même volume que l'obélisque[a]. (*Ibid.*, IX, 829.)

Pensées détachables et pensées non détachables

Ce qui se passe en vous, en moi, ce qui vient, paraît, parle, passe, frappe en nous — se sépare en catégories;

A. *Deux tr. marg. allant jusqu'à la fin du passage.*

et les unes de ces pensées tiennent aux circonstances *locales* si étroitement, elles sont si *particulières* — c'est-à-dire si mêlées de la connaissance plus ou moins vague d'une infinité de circonstances présentes, passagères, indéfinissables, que nous ne pouvons les en détacher et les porter à la dignité d'une expression complète en soi-même, transportable sans altération par la mémoire, utilisable en dehors de l'instant, — communicable d'instant à instant et d'homme à homme.

Or l'exigence d'une science psychologique est la simplicité de ses propositions, — mais la réalité psych[ologique] est au contraire la complexité même — et nous n'avons pas ici — comme n[ou]s l'avons dans la physique, — la chance d'avoir des sens assez grossiers pour ne pas distinguer une goutte d'eau d'une autre, une longueur d'une autre qui en diffère de 0,00000001 mm. De plus toute tentative de préciser est indiscernable de toute tentative d'altérer.

En d'autres termes le fait psychique et l'observateur sont inséparables et l'expression du fait se confond avec le fait. Le fait engendre l'observation, l'expression peut engendrer l'exprimé.

En physique la mesure est un fait matériel, qui dépend linéairement (dans la pratique) du fait mesuré.

La science n'est possible que parce que les actes de la science sont bornés, délimités par les corps solides. (*Ibid.*, IX, 859.)

Pour opposer entre eux (ou combiner, mais opposer c'est aussi combiner), intelligence et instinct, il faut définir l'un et l'autre et ces définitions sont nécessairement arbitraires. Pour mettre en évidence cet arbitraire il suffit de remarquer que l'on peut parler assez raisonnablement de l'intelligence comme d'un instinct, — celui qui nous pousse à comprendre et à faire de la compréhension; — et de l'instinct comme d'une intelligence spécialisée, et d'ailleurs cristallisée et soumise à un procédé de conservation. (*Ibid.*, IX, 904.)

Instincts.

Si un être accomplit des actes qui sont conformes à sa
structure, à sa conservation, ou à celle de son espèce, —
et qui ne soient pas *construits* directement par les circonstances actuelles sensibles à cet être, mais *provoqués* seulement par elles; si ces actes semblent imposés et entièrement déterminés, et tendent à s'accomplir sans égard
aux obstacles, aux insuccès, —

on parle d'*instincts*.

Tout se passe comme si un mécanisme très compliqué
était commandé à distance (de temps) (prévision c'est
chronotélélogie).

En somme, des activités complexes et combinées de
fonctions indépendantes sont exécutées en série simple
et linéaire, à partir d'une excitation minima qui suffit
à les déclencher et qui serait insuffisante à les *motiver*.

De plus, il y a des forces qui contraignent à cette
exécution, et une absence de résistances ou de concur-
rences *internes*.

Il y a nécessairement un *guidage* et de *l'énergie*. Il y a des
relais et un déclenchement. (*Ibid.*, IX, 925.)

Attention etc.

Il n'y a aucune relation *réelle* entre les choses qui se
ressemblent. Sans certaines permanences du milieu, la
vie serait impossible. Sans certaines ressemblances, la
connaissance le serait aussi. Elle exige que les choses ne
soient pas infiniment variées ni infiniment identiques.
Elle néglige ou ne perçoit pas les différences, — elle
diversifie les semblables, — et ceci autant qu'il le faut
pour qu'elle soit possible.

Il y a donc une sorte de tendance et d'activité profonde, et aussi de structure et de fonctionnement dans
les organes de la connaissance — qui ont pour effet la
conservation d'un certain *optimum* de *permanences et
d'inégalités*, de ressemblances et de différences, d'ho-

mogène et d'hétérogène — (Homos et Heteros[1]), loin
duquel la connaissance est impossible.

Un « connaisseur »[A] est un homme qui perçoit entre
certains objets plus de différences et plus de ressemblances que les autres.

Ses classifications sont plus nuancées. Il a des ordres
décimaux plus riches. (*Ibid.,* X, 28.)

Sur la folie — Lettre à Dominique.

Les cas les plus intéressants sont ceux qui ne s'éloignent pas infiniment de la normale. On trouve alors que
l'équilibre mental est une *apparence,* que le fou est un
grossissement de l'homme sain, — que tout esprit sain
vu à la loupe est un grouillement d'éléments de démence.

Peut-être dans le sage sont-ils assez divers pour se
compenser à peu près et chez le fou, sont-ils *moins variés,*
et les impulsions s'ajoutent-elles jusqu'à rompre tous
les obstacles que la présence du réel oppose aux puissances nerveuses ?.. (*Ibid.,* X, 50.)

☆

Tentation
Manie de l'acte, du possible

Je ne sais si l'on a observé la tendance générale des
hommes à faire jouer tout mécanisme qui est à leur
portée —; à agir tout ce qui se donne pour être agi,
à obéir à ce qui leur sert — et les excite à faire semblant
de s'en servir —

ouvrir une porte parce qu'elle est fermée, et sans autre
dessein,

tourner une clef, un robinet, manier une arme, couper
de petits bois avec un couteau, enflammer des allumettes
pour les éteindre, ne pas pouvoir ne pas faire et défaire,
additionner des chiffres qui sont écrits devant eux, tracer
des figures inutiles —

observer certaines lois d'action — tout arbitraires,

A. *Tr. marg. allant jusqu'à :* sont plus nuancées.

se rendre la marche difficile et sensible en s'interdisant de poser les pieds sur les joints.

— Cette manie va jusqu'à donner l'idée de plonger un couteau dans la gorge d'un homme endormi, le col tendu dans l'abandon. Ce cou s'offre et suggère le meurtre.

Les enfants turbulents semblent vouloir remplir la chambre de tous les pas possibles. La même manie n'épargne pas l'organisme, elle fait user de la voix, crier, siffler. L'onanisme. (*Ibid.*, X, 69.)

Cerveau* —

un fait énergétique périodique, flux — et *résistances,* des potentiels —

tout un électro-magnétisme de la sensibilité.

Image électro-magnétique de la *sensibilité*. [...] (1924. *Гάμμα*, X, 82.)

Et cetera. Et cetera.

Mallarmé n'aimait pas ce mot-geste. Il le proscrivait. Moi je le goûtais et je m'étonnais.

L'esprit n'a pas de réponse plus spécifique. C'est lui-même que cette locution fait intervenir.

Pas d'Etc. dans la nature, Énumération totale. La partie pour le tout n'existe pas dans la nature — L'esprit ne supporte pas la répétition.

Il semble fait pour le singulier. Une fois pour toutes. Dès qu'il aperçoit la loi, la monotonie, il abandonne. (*Ibid.*, X, 105.)

Un homme porte un fardeau. Il fait plusieurs choses À LA FOIS. Il *vit*. Il porte. Il se dirige. Il pense à quoi que ce soit. Si le chemin est difficile, si le poids est lourd ou fragile, il *vit* autrement, il ne pense pas, mais s'applique à ses pas et à son équilibre. Il converge vers la conservation de soi et de l'objet — et il passe par les minima. Il s'arrêterait si une pensée prenait l'importance éminente. P[ar] ex[emple] il voit un danger, un lion. Il perçoit une douleur. Il se souvient brusquement d'avoir oublié.

Il y a donc des variables indépendantes en nature / en puissance /, dépendantes en acte et *qui se gênent*[A]. (*Ibid.*, X, 149.)

☆

La pensée est ce qui élabore la vision ou le discours *interne*.

Je me parle, je me* fais voir à moi. (*Ibid.*, X, 167.)

☆

L'Ensemble

Il y a des cœurs qui sont plus près de l'*Ensemble* que les autres, ou plus facilement.

Que de gens ne pensent jamais à leur situation dans l'ensemble ! Qui s'avise, en allant dans la rue et en prenant la route qu'il faut pour aller acheter son tabac, qu'il opère exactement comme le marin sur l'océan qui détermine sa route, fait le point et gouverne ? Qui songe[B] avoir une carte dans la tête, et que toutes choses connues visibles sont des astres et des phares ? Qu'il en faut pour ouvrir son tiroir, que trouver sa bouche avec la fourchette est une merveille de calcul ?

— Mais il n'en faut pas moins pour se / s'y / reconnaître en soi-même et se diriger vers le *souvenir* utilisable dans le moment..

Les superstitions des Romains sur les moindres actes de la vie ont leur profondeur. Elles arrêtaient sur chacun de ces points dont nous négligeons entièrement les coordonnées et les opérations qui les déterminent. (1924. δέλτα, X, 177.)

☆

Un homme se sent bête — ahuri, sans *présence*, sans esprit et il s'en rend compte. Où donc est celui qui

---

A. *Aj.* : $x_1 + x_2 + x_p = K.$
B. *Aj. illisible.*

vaut / valait /, se dit-il ? — Il considère l'esprit absent comme il regarderait son corps malade ou fatigué. Où est ma force ? Où mon courage ? Où sont mes mots, mes lumières accoutumées ?

Esprit et force, ce seraient donc des puissances d'emprunt, comme des biens extérieurs et des joyaux ou des armes qui se perdent.

Ainsi de la mémoire.

On peut perdre tout ceci et connaître qu'on les a perdus. Cette connaissance est le dernier *atout*. Tout se joue sur cette conscience — qui est comme le moyen suprême de tout regagner.

Quelle est la qualité commune de tout ce qui se perd ainsi ? et ce en quoi ils se perdent également — ? Et par quoi subsiste ce qui a subsisté et qui juge la situation ? —

C'est s'apercevoir que ce qui semblait *naturel*, certain, réponse sûre, substitution *spontanée* — ne l'est pas. Comme l'acte de marcher semble inséparable du soi, tant que les jambes sont saines et valides — et la terre ferme tant que la tête est solide. Et la lumière ne fait pas penser aux yeux. Les intermédiaires n[ou]s échappaient et leur ajustement parfait. L'apparition des moyens est due au commencement de la gêne. L'impuissance fait voir la naïveté de la puissance, et sa fragile complication. (*Ibid.*, X, 189.)

Un homme fort intelligent qui n'aurait pas la moindre connaissance d'anatomie et qui raisonnerait sur le corps, ignorant qu'il a des poumons, des intestins, des nerfs etc. décrirait le fonctionnement de l'être à sa façon ou ferait des hypothèses étranges.

Ainsi du cerveau. (*Ibid.*, X, 242.)

« Intelligence »

Tantôt promptitude, tantôt amplitude.

Tantôt promptitude de l'arrivée des représentations *justes* — c'est-à-dire efficaces, adaptées à la circonstance; amplitude en n[ombre] de dimensions, organisation, dépendance, classification.

Organisation c'est la classification en acte — L'acte
à sa place. (_Ibid._, X, 248.)

☆

Il faut remarquer [que] dans les êtres vivants la condition de retour, de cycle fermé est la règle et que toute la
notion de fonctionnement l'implique.

Il en résulte[A] que suivant que l'on considère les choses
dans un de ces cycles, _pendant le cycle,_ ou bien que l'on
envisage la suite sans égard à cette division, à ce _pas_ des
choses, — les résultats sont très différents.

Mon idée très ancienne fut de toujours observer la
structure cyclique du temps vrai. Structure qui est peu
ou point sensible à l'observation immédiate, laquelle ne
s'intéresse qu'aux résultats.

Analyse par cycles. Stabilité de l'être. (1924. ε. _Faire
sans croire,_ X, 393.)

☆

La machine et les appareils électriques nous font
comprendre mieux les vivants et les nerfs. (1924-1925.
Z, X, 439.)

☆

Le rôle de la mécanique nerveuse dans la pensée —
Comment faire un pas dans l'analyse de la connaissance
sans avoir de ce rôle la moindre idée ? _Même pas les
notions pour y réfléchir et énoncer les problèmes n'ont été
forgées !_

Le type de cette mécanique est le réflexe — avec ses
caractères uniformes, cycliques, asymétriques, parfois
additifs, parfois formation de _groupes_ — — et ses correspondances _irrationnelles._

Et ses « temps » et les croisements et les interférences
— Les montages — —

Et le caractère d'_intervention_ des excitations. _Mais pas_
DE CONSERVATION. Il faut un principe de conservation.
(_Ibid.,_ X, 454.)

A. _Deux tr. marg. allant jusqu'à :_ du temps vrai.

Comme le mouvement respiratoire est à chaque instant excité par l'action de CO_2 sur le bulbe et que la suite de la vie exige une *intervention extérieure* de toutes les deux secondes, — ainsi la conscience est réexcitée par des événements continuels. (*Ibid.*, X, 464.)

L'*esprit* dans toute sa force est la puissance de l'ensemble actuel de mon acquis,
contre chaque chose particulière, et le Tout *actuel*, réalisable contre la partie, et l'acte de ce qui fut. (1925. η. *Jamais en paix !*, X, 548.)

Esprit — agent d'instabilité, de non-inertie, de discontinuité. (*Ibid.*, X, 552.)

« Énergie libre ». À chaque instant il y a TANT d'énergie libre. Et la circonstance a des conséquences fort différentes selon ce taux actuel. (*Ibid.*, X, 564.)

« Intelligence » ? —
Sensibilité articulée — à plusieurs dim[ensions] — toutefois *intelligenti pauca ?* — ce peu, c'est une hypersensibilité — un rien donne tout. Donc attente, donc organisation cachée. (*Ibid.*, X, 585.)

L'esprit est libre quand il se meut, dans toutes ses dimensions, que rien ne paralyse, secrètement ou non, l'opération de ses combinaisons.
Libre = Complet,
mais sans certaines liaisons actuelles ce n'est plus liberté, c'est chaos. (*Ibid.*, X, 585.)

Même lorsqu'il demande, l'esprit est réponse. (*Ibid.*, X, 589.)

La pathologie (comme renseignements sur le vivant) en enseigne la divisibilité.

Par exemple que le champ visuel peut être coupé en deux — ou que la connaissance est réduite à objectivité — (agnosie tactile) ! — pas de *conventions* — troubles du *passé* — le *présent* reste intact.

En somme — elle donne une idée de la dissection des *fonctions* normalement dépendantes, mais exceptionnellement indépendantes. On voit des *zéros* et ce qui en résulte pour la manœuvre de l'être.

Bateau dont le gouvernail ou l'hélice ou la boussole etc. sont supprimés[A].

Simple

Rien n'est simple — Rien n'est *naturel*. Voilà le fruit de la connaissance pathologique.

Entre ce qui est et ce qui n'est pas, un infini de conditions.

Nous avons donc[B] un signe, un étalon du *simple* — qui est le suivant : ce qui demande le minimum de calcul ou de résistance.

Et en somme ce qui ne requiert qu'une activité inconsciente. Mais notre automatisme est donc absorption du complexe, et occultation du complexe.

C'est pourquoi le complexe devient simple par éducation. La ligne droite est simple relativement — rapportée à la vision immédiate.

Et c'est pourquoi le simple est si coûteux à obtenir. On pourrait dire que la somme de difficultés, d'opérations est constante mais qu'elle est en 2 parties (communicantes) — Partie consciente et partie inconsciente. (*Ibid.*, X, 623.)

A. *Aj. renv.* : L'artiste, le philosophe opèrent parfois artificiellement de la sorte.
B. *Tr. marg. allant jusqu'à* : occultation du complexe.

☆

Si on analyse la moindre notion en recherchant ce qu'il faut de fonctions et de coordinations pour l'obtenir, on arrive à considérer toute connaissance de quoi que ce soit comme une architecture très composée.

L'*esprit* est le nom de notre ignorance de ces facteurs, et entraîne la croyance à l'immédiat, — à l'existence directement perçue, des choses. (*Ibid.*, X, 625.)

☆

Mettez-vous à la place du malheureux Cérèbre — malheureux organe qui ne peut pas se dérober, ne pas penser, ne sachant faire autre chose, et que tout nécessairement atteint, remue — — fait résonner.

Pas un instant sans intégration, sans désintégration. (1925. θ. *Comme moi*, X, 668.)

☆

Le principal de l'esprit, ce sont des fonctions transitoires, — des actes et des événements[A]. (*Ibid.*, X, 677.)

☆

La pensée agit sur les choses par les muscles. Les choses sur la pensée, par les sens, — par la chimie du sang, — par les modifications des tissus cérébraux. (*Ibid.*, X, 759.)

☆

J'appelle un chien. Il se tourne, s'ébranle, court vers moi, bondit autour de moi, donne de la voix, etc. Je le caresse. Je ne sais pas ce qui se passe en lui. En particulier, j'ignore s'il eût pu ne pas faire tout ceci; si ce qui eût pu l'arrêter de le faire — eût pu être *de nature comparable à ce qui l'a fait agir*. Si l'impeto[1], l'impulsion d'action eût pu exciter en se réfléchissant avant de s'accomplir une contre-impulsion.

A. *Aj.* : réactions

Chez l'homme la naissance même de l'acte éclaire la contre-indication possible[A]. (1925. 'Ιῶτα, X, 856.)

Il n'y a pas de communication entre notre fonctionnement mental et nous. Le fond de l'homme n'a pas figure humaine. (*Ibid.*, X, 857.)

Mesure-accommodation. Quand l'œil après ses fluctuations de courbure et de pupille etc. est arrivé à vision nette, il en est comme de l'application du mètre sur une longueur. Il y a égalité, on peut prendre une chose pour l'autre et nous atteignons la limite de notre travail extérieur. N[ou]s pouvons agir sur une donnée. (*Ibid.*, X, 868.)

L'homme ne pense, ne connaît, ne sent qu'en se divisant — en image et en attention, en parole et en audition, en localité (de son corps) et en un *reste* qui veut s'y attacher ou s'en défaire.

Mais entre ces 2 membres de chaque état quelle est la relation ? Et comment se peut-il que le témoin apprenne quelque chose du parlant, quoi les distingue, les sépare et fasse l'un *autre* que l'autre ? (*Ibid.*, X, 908.)

L'idée la plus nette de la « volonté » se trouve dans la remarque qu'il existe des muscles dont le fonctionnement peut dépendre d'une excitation retardée, conservée, transportée — *absente*.

La volonté propre à l'homme n'apparaît que grâce à la scission devenue possible entre perception et action. La perception actuelle ne suffit pas à déterminer l'action. (*Ibid.*, XI, 43.)

A. *Deux petits dessins qui semblent illustrer schématiquement les actes avec et sans « contre-impulsions ».*

☆

[...] La distraction laisse les sensations assez pures; alors au lieu de *connaître,* nous *sommes.*

Je *suis*^A à chaque instant *ce que je ne perçois pas distinctement;* cette masse confuse, à demi implicite, à demi potentielle — constituée par toute la sensibilité libre qui s'exerce et forme enveloppe, profondeur, présence, environs de l'instant — et^B (*Ibid.,* XI, 55.)

☆

L'esprit* est l'organe / a un organe / du possible. Comment cet organe est-il possible ?

Comment est-il possible qu'un événement sensoriel tombe dans un système tel qu'il le mette en émission de possibilités ? (1925. , XI, 115.)

☆

Conversation avec Van Bogaert¹ (neuropathologiste).

Comme on voit par les observ[ations] cliniques le syst[ème] nerv[eux] se subdiviser ! —

« l'espace » p[ar] ex[emple] se diviser en fonctions dont la ré-association est possible quoique non commode de bien des façons.

Une action comme la lecture, combien de conditions indépendantes ! (Un malade lit à angle droit de l'axe des lignes, puis récupère la lecture normale et conserve la *faculté* de lire par le travers.) d° Sens de la *possession* des organes — Celui qui croit perdre ses doigts et celui qui considère sa main gauche comme inexistante. Il faut pour user de la main, un sens de sa *présence* et existence.

En somme le moindre acte, implique une pyramide de conditions, de ces conditions simples que j'appelle « fonctions » et que je voudrais caractériser par un *groupe* —

(Et le Temps !) (1925-1926. λ, XI, 161.)

A. *Deux tr. marg. allant jusqu'à : distinctement.*
B. *Passage inachevé.*

Le malade qui avait une tumeur cérébrale voyait de petits êtres incolores courir, gambader, se compénétrer etc. — il *savait* qu'ils étaient des productions morbides subjectives.

Donc ils étaient l'effet complexe d'une propriété formative — à demi sensorielle, à demi interprétative.

J'incline à croire qu'il y a une fonction visuelle *créatrice* qui d'un minimum fait q[uel]q[ue] chose d'*exprimable,* à peu près comme nous ajustons des *airs* sur des rythmes de roues. —

Dans le rêve, n[ou]s *créons* l'unité factice de p[lusieurs] données incohérentes. Nous *voyons* uni et formant situation, histoire, un ensemble pris au hasard —

En somme la pathologie et les incidents font voir une *divisibilité* du connaître, de l'agir. (*Ibid.,* XI, 179.)

Le cerveau poursuit à travers sa carrière d'interruptions, de sommeils, absences, incidents et ses applications une tâche propre / particulière / et constante dont l'effet n'est pas de *connaître* mais bien d'*émettre* et cette émission n'a d'autre loi qu'elle-même... Il doit s'agir pour le cerveau de se délivrer à chaque instant de ce qui gêne la vie locale. Ce dont il se débarrasse et qu'il jette dans un *autre monde* est image, idée, pensée. La réaction ou le recul de cette émission est un Moi — mais le Moi sans visage, sans histoire, sans nom.

Toute production de ce cerveau a donc une double condition — l'une qui lui vient du fait organique, l'autre de constituer un élément du *monde* et ceci se voit bien quand le cerveau harcelé s'accélère ou bien quand divisé il se hâte, se libère comme il peut — *au hasard.* (*Ibid.,* XI, 297.)

En toute matière existe et doit être déterminé un plan moyen ou d'équilibre — à partir duquel s'élève l'effort positif ou négatif — et auquel il revient toujours.

Il faut cependant distinguer ce plan du *zéro*. Ainsi
le silence — et le ton moyen de la voix. L'obscurité
et l'éclairement corr[es]p[onden]t au minimum d'effort
visuel. Le sommeil et l'état éveillé sans tension particulière.

L'état d'échange permanent normal. (*Ibid.*, XI, 306.)

Esprit — Mental — Psychique etc. ? ?
   Sorte d'espace — à ∞^p variables
   spontanéité
   prévision
   conservation latente et reproduction occasion-
nelle — accidentelle — ou provoquée $\begin{cases} \text{par « } moi \text{ »} \\ \text{par quid} \end{cases}$
   lieu-Temps — d'événements. (1926. μ, XI, 323.)

Rendre purement possible ce qui est[A], tel est[B] le vœu secret
et la volonté ou l'instinct essentiel de « l'esprit ».

Pas de regard qui ne tende à transformer ce qu'il vise
en *moyen* de l'être et de l'esprit, — en symbole, en matériaux, en réserves, en exemple, en question ou en
preuve — — — (*Ibid.*, XI, 329.)

Tout ensemble de sensations tend à se réduire, à s'ordonner en figure. (*Ibid.*, XI, 340.)

L'intellect est acte articulé de l'esprit — qui a ses actes
réflexes.

Or les « actes articulés » sont actes qui permettent
réversibilité, passage par équilibres inf[inimen]t voisins
caractéristique de l'attention. (*Ibid.*, XI, 387.)

A. *Aj. renv. :* ce qui est — est impossible !
B. *Tr. marg. allant jusqu'à :* l'instinct essentiel de « l'esprit ».

Ce qui ne ressemble à rien est inconnaissable. (*Ibid.*, XI, 401.)

Réfléchir, c'est penser la même chose mais dans un autre système, c'est placer le même objet dans un lieu et un espace mental autre —

c'est amener cette idée rapide ou simple d'abord, dans un laboratoire-temps où elle est soumise à ses propres effets. (*Ibid.*, XI, 405.)

La croyance la plus élémentaire est croyance à l'identité — Notion essentielle des Mêmes.

C'est la répétition qui fait tout; sans retours, sans souvenirs, sans nombre fini d'éléments et d'opérations, sans les *n* couleurs, les 3 dimensions, les *m* mots de la langue, les 4 directions haut, bas, droite, gauche, les saisons, la rotation etc., sans les lois, sans les périodes, les constantes, sans les groupes, les dix doigts etc. rien de possible.

Justification des analyses quantitatives.

Les lois — Contre le singulier et l'infini du singulier. (1926. v XXVI, XI, 468.)

Imagine souvent l'être vivant sans mains ni membres — le poisson, le reptile — et de là passe aux êtres membrés.

Les actes des premiers sont comme des vagissements, des voix inarticulées — et il doit y avoir des conséquences lisibles dans les temps de leurs réactions.

Rien de plus précieux que ces imaginations qui font sentir combien il faut de conditions au moindre agissement. (*Ibid.*, XI, 506.)

Si les théories de Freud ont une valeur thérapeutique
— c'est une grande probabilité qu'elles n'ont point de
valeur « scientifique ».

Car qui dit « thérapeutique » dit au plus 6 sur 10.
(*Ibid.*, XI, 476.)

Phén[omènes] électriques — Phén[omènes] nerveux
— *Phénomènes de même schéma.* (1926. ϱ *XXVI*, XI, 544.)

Confirmation — Théorie que le hasard me fait lire
dans une revue scientifique. L'influx nerveux se reconnaî-
trait dans le chaos des neurones et trouverait « son »
chemin en trouvant l'élément de chemin nerveux dont
la « chronaxie » ou temps de propagation serait le même.

Resterait à trouver le plus important — Ce qui détermine ces identités de chronaxies.

Appelons un *simul* l'élément complexe de présence.
(*Ibid.*, XI, 598.)

N[ou]s sommes à la merci de ce qui se produit dans
le champ de notre perception. (*Ibid.*, XI, 608.)

☆

Le rire est élimination d'une surprise-contraste qui a
provoqué surproduction, impossibilité d'adaptation,
d'identification. Rupture à répétition[A]. (*Ibid.*, XI, 632-
633.)

A. *Aj. renv. :* L'accoutumé, le probable, le sentiment du *réel*,
l'*inertie* sous toutes ses formes, de l'esprit, le possible — — —
constituent donc des *charges* —

cf. la chatouille — cas remarquable, souvent déjouée *par* l'attente
et localisée en des régions rarement touchées, dont l'abord est
improbable.

La surprise est l'oscillation d'un *Moi* entre deux personnes ou personnages distincts, jusqu'à ce que leur fusion ou enchaînement ou la suppression de l'un s'opère.

L'hésitation ordinaire est parente de la surprise, étant un va-et-vient — mais de *fréquence* plus faible et de termes moins hétérogènes.

Généralisant le type *surprise,* on le retrouve dans toute dualité provisoire instable, tout doublet de solutions. (*Ibid.,* XI, 646.)

Représenter l'être par des cycles fermés — par systèmes de systèmes dont l'évolution est du zéro au zéro[A]. (*Ibid.,* XI, 646.)

La vue des choses fait émettre des propos intérieurs généralement vagues, coupés, incomplets, parfois purement *noms* ou *épithètes* ou *interjections* isolés; et parfois l'un d'eux irrite tout un monde d'images et de puissances mentales qui éclate et envahit le champ, agite le corps, y puise des forces qui se développent, modifie les dispositions, les desseins, le futur, — rêve, cauchemar, création etc. — et enfin il y a retour aux choses, plus ou moins identiquement, après cette *perturbation* et l'amortissement des ondes secondaires, des réflexions, échos, croisements et remous. (*Ibid.,* XI, 675.)

Considère le fécond désordre de l'esprit. Mais fécond grâce à la machine du corps qui retentit, choisit, agit; et des événements ou des idées, négligeant les uns, amortissant les autres, renforçant et soutenant quelques-uns, donne un *sens* à certains, c'est-à-dire un rôle dans sa fonction — une place dans le système. (*Ibid.,* XI, 676.)

A. *Petit dessin représentant un système de cycles fermés par deux lignes circulaires qui s'intersectent.*

☆

Tout le processus de l'esprit peut se regarder sous l'aspect de *substitutions,* tantôt de *hasard* —

tantôt *réglées* —

de *hasard* — c'est-à-dire qui ne dépendent que de conditions non représentées; l'événement instantané — —

ou *réglées* — c'est-à-dire que l'événement qui se produit est soumis à une conformité qui le fait considérer comme un *écart,* est rapporté à quelque chose. (*Ibid.,* XI, 701.)

☆

La quantité n'est rien pour l'esprit — qui n'apprécie que formes — qui traduit identiquement en son langage (en lui-même car il n'est que langages, opérations,) des phénomènes de grandeurs et intensités toutes différentes.

Mais la quantité est capitale, dominante, pour le corps, le temps du corps, le système des nerfs, c'est-à-dire le système des *seuils,* les *équilibres.*

Figures semblables. (1926. σ *XXVI,* XI, 732.)

☆

Principe de transformations —

La faculté de transformation de l'esprit est chose si essentielle qu'elle eût mérité d'être isolée et nommée.

L'association est le fait — substitution.

La transformation est la possibilité, la propriété.

Penser est toujours un processus de transformation — *penser* (au sens étroit) c'est conserver.

Traductions — Le traducteur universel —

Transf[ormation] identique et groupes. (*Ibid.,* XI, 738.)

☆

Formel — Syst.

Il ne faut jamais oublier que les grandes fonctions fondamentales de l'homme, qui sont ses relations essentielles sont *cycliques.*

Tout événement se produit telle fonct[ion] étant à une

phase φ de son cycle. Il intervient sur les organes de la fonction au point φ de temps fonctionnel. (*Ibid.*, XI, 836.)

L'intelligence — faculté de reconnaître sa sottise — d⁰ faculté de connaître nos limites. (1926-1927. τ *26*, XII, 83.)

La pensée est indépendante de nos mouvements quand ils sont assez lents, mais ensuite elle est troublée et bientôt bouleversée — et d'abord par la rotation et par les mouvements oscillatoires. Mais le m[ouvemen]t de la terre lui est insensible. (*Ibid.*, XII, 100.)

☆

Rappelle-toi toujours ta pensée première — que rien n'est qui ne s'exprime en fonctions du *type nerveux*. (*Ibid.*, XII, 108.)

☆

Ce qui distingue l'esprit de l'homme de celui de l'animal, (et ceux des hommes entre eux) c'est la possession d'une variété d'échelles ou de rayons d'accommodation — et les passages de ces valeurs, *ou champs de combinaisons réciproques.*

Ainsi la mémoire animale ne doit pas donner aux bêtes la conception du passé — mais elle n'est (sans doute ?) que le retour d'une relation sans représentation d'un champ où tous les *retours* — ou plutôt *toutes les origines des retours* sont composés et définissent un « monde » antérieur —, un « plein »ᴬ.

De même la prévision animale doit être *linéaire*. (1927. v *27*, XII, 139.)

☆

Le grand signe de l'animal humain est le tâtonnement non dans l'acte mais entre les actes — et le *choix*. (*Ibid.*, XII, 166.)

ᴬ. *Aj. marg.* : Mémoire quanta et Mémoire continuum, ou *plein*

☆

Ma vieille théorie de l'*instrument*[A].

L'habitude, l'éducation, suppriment le sentiment de ce qui est intermédiaire entre le vouloir et l'agir. Rendre instrument.

Ainsi le mécanisme verbal — les bras et les jambes de l'homme *sain* en circonstances *normales* (normal et sain sont des qualités *instrumentales*).

La pointe du style qui dessine, arrive à décrire une ligne dépendante de la vision de l'objet, et le dessin et l'image de l'objet semblent en liaison directe.

Suppose un appareil mécanique liant la pointe au corps vu. Fais le mot à mot du dessin.

Ceci ressemble au barreau aimanté prolongé par un autre ; le *pôle va* à l'extrémité nouvelle. L'accommodation se porte ainsi à l'extrême[B]. (*Ibid.*, XII, 227-226.)

☆

Les physiologistes n'ont pas assez médité toutes les relativités qu'exige un organisme — les indépendances.

L'être complexe ne vit — au milieu des circonstances changeantes et multiples — que par l'indépendance de ses fonctions diverses.

Supposé que cette indépendance s'altère — qu'il faille s'asseoir pour respirer, se taire pour digérer — réfléchir

A. *Aj. renv. :* Cette notion fait ressortir la complexité de ce que n[ou]s croyons naturel et immédiat.

Il se fait une sorte de transport de la sensibilité localisée au plus loin, à l'extrême, au contact (ou à la séparation) de même que la sensibilité du doigt qui palpe et suit un objet se transmet comme si les intermédiaires n'existaient pas et *quelle que soit la distance* — dans l'espèce, l'*extension* du *bras*.

Quid du « temps » ? Il y a q[uel]q[ue] chose d'analogue.

[*Tr. marg. allant de :* Cette notion *jusqu'à :* naturel et immédiat.]

B. *Aj. renv. :* « L'habitude » absorbe les relais — et fait organe direct ce qui est indirect.

Toutes nos propositions cachent, impliquent une sommation de ces conditions « sous-entendues » et en particulier de la condition Moi.

N[ou]s pensons une foule de *choses* comme si nous étions ou en dehors ou des êtres analogues à un espace euclidien qui laisse les phénomènes se produire sans modification de ses propriétés. (Ceci résulte précisément d'une *instrumentation*.) [...]

pour..., fixer sa pensée pour.. — ce qui se réalise dans certains états plus ou moins morbides..

Comment est possible cette indépendance ?

Comment ses variations se font-elles ? *Diminution* du *nombre des cycles indépendants*. Nombre maximum. Les combinaisons normales, coordinations — leur *durée* (attention etc.). Rôle des associations — Induction.

Ce qu'on nomme Sensibilité — Intelligence, Mémoire — etc. et que l'on oppose sous ces noms peuvent être regardés comme des cycles qui se combinent irrégulièrement (en général). (1927. *Φ*, XII, 307-308.)

☆

L'idée de fonctionnement est à mes yeux essentielle. Toute philosophie et toute connaissance doit la « conserver ». Point de proposition qui ne doive être considérée d'abord en tant que produit d'un fonctionnement et élément — événement d'un système caché. (*Ibid.*, XII, 343.)

☆

Idée assez périlleuse —

Comme les physiciens ont jadis complété le monde électrique en ajoutant les courants de déplacement aux conductions et ont admis qu'il se passait q[uel]q[ue] chose dans les diélectriques, peut-être pourrait-on (pour une simple tentative défiante de soi-même, et pour s'exciter l'esprit) — considérer les moments « conscients », les actes « conscients » etc. comparés aux autres —, ou bien comme diélectriques, ou bien comme conducteurs — — mais liés[1].

Ainsi les dispositions mises par les objets de conscience quand ils sont *libres*, sans liaisons *conscientes* seraient l'indice de structures et de lois du *milieu*.

Or ces lois sont de 2 espèces : l'une, *associations ;* l'autre, *similitude, symétries*. Chaque élément ψ^A est en effet sur 2 familles de substitutions[B]. L'attention volon-

A. *Deux tr. marg. allant jusqu'à* : 2 familles de substitutions.
B. *Dessin représentant un réseau d'éléments psychiques qui se trouvent aux intersections de deux familles de courbes.*

taire, contrainte du champ. Le rêve, autre structure.

Mais les substitutions quelles qu'elles soient peuvent agir sur le champ et le modifier. Le hasard des pensées successives peut amener un élément qui éveille, qui[A] (*Ibid.*, XII, 424.)

Le fonctionnement mental ≡ capacité de réponses. Tout ce qui est *esprit* est *réponse*. (1927-1928. χ, XII, 443.)

Monde perçu — construit par telle espèce animale. Lois générales de ces constructions, dont chacune est le réel pour l'espèce ε et est la limite et aussi la loi statistique de ses expériences.

Monde de l'embryon, du dormeur, de l'algue — de *tout* ce qui existe *par réaction* et doit conserver plus que sa masse et son énergie, mais sa distinction, son régime, ses potentiels divers.

— Dans chacun de ces mondes, axiomes — les uns de conservation, les autres de variation, p[ar] ex[emple] : existence de droites infinies — ou non. — Axiome[B] de *non-répétition intégrale*, de *non-retour-total* — (qui peut-être n'est pas vérifié p[ou]r telle espèce).

Rien ne prouve que le « temps » n'est pas une boucle. (*Ibid.*, XII, 452.)

La pensée[C] est l'abus de la propriété remarquable que possède le système cérébro-spinal de l'homme d'*agir sur soi-même* : Il *se* parle et s'écoute; s'apprend et pouvait donc s'ignorer.

Ce que JE *suis* instruit, étonne *ce que je suis*. Et il y a un temps entre moi et moi. Moi naît de moi.

Ainsi les relations *moi à moi* ne sont pas d'une nature

A. *Passage inachevé.*
B. *Tr. marg. allant jusqu'à* : telle espèce.
C. *Deux tr. marg. allant jusqu'à* : pouvait donc s'ignorer.

essentiellement différente des relations Toi à moi et
moi à Toi — ?

Il faut un *langage* pour l'une et pour l'autre.

— Moi induit moi — crée Moi-autre.

De plus les rapports mystérieux de ces échanges ou
phénomènes avec les systèmes cér[ébro]-spin[aux] sont
indirects et d'ailleurs *mêlés*.

La pensée[A] la plus dégagée parvient à mettre hors
circuit, hors de cause le système C[érébro]-S[pinal]. *Il
n'existe pas pour elle*, pendant cette phase. Elle l'ignore.

La venue du sommeil. (*Ibid.*, XII, 524.)

☆

Remarque[B] — Si l'on s'exerce à exécuter des mouvements indépendants simultanés (mains droite et gauche
p[ar] ex[emple]). L'indépendance est d'autant plus difficile à conserver que les mouvements sont plus accélérés.
À la limite, — dans l'*instant*, une seule loi de mouvement
est possible.

Mais je me demande si ceci demeure vrai dans les productions d'idées. (*Ibid.*, XII, 531.)

☆

Si, comme je le *crois*, le fonctionnement d'ensemble
de tout vivant se décompose en une quantité de fonctionnements simples, cycliques — (de zéro à zéro) et
monodromes, — correspondant chacun à un organe ou
appareil qui ne peut exécuter qu'une seule et même
opération répétée — à partir d'une *excitation quelconque*,

alors une analyse est possible — dont le programme
consistera à rechercher l'énumération de ces éléments —
et ensuite leurs liaisons, gênes mutuelles et à leurs
compositions par l'effet des actions « extérieures » et à
leurs rapports avec l'énergie libre ou liée.

Mais avec « l'esprit » s'introduit la propriété de formation ou création de fonctions nouvelles — et aussi celle
d'inversion. DR — RD. (*Ibid.*, XII, 555.)

A. *Trois tr. marg. allant jusqu'à* : Elle l'ignore.
B. *Tr. marg. allant jusqu'à* : est possible.

Principe de répétition.

Ceci est capital. Comment se peut-il que l'on n'ait pas médité sur cette structure de recommencements qui est la chose la plus évidente, la plus essentielle ? Celle qui ordonne tout et dont le désordonnement relatif, le conflit des *fonctions* avec les événements est le sujet même de la sensibilité et de la connaissance. Sensibilité est perturbation; — et *en puissance,* elle est possibilité — chances de perturbations. Intellect est possibilité, pouvoir, acte de rétablir le type du *retour* (relativement à telle fonction ou à un groupe de fonctions).

L'élongation, l'écart de ce type — sont attente.

— Une grande part du labeur de l'esprit est de constituer en systèmes capables de répétition — les combinaisons d'impressions et[A]

C'est là ce qu'on nomme *exprimer*.

Peut-être le secret de la mélodie. (*Ibid.,* XII, 605.)

Rareté des actes « réversibles » chez les bêtes.

Reposer un poids sans choc.

S'élever par états d'équilibre. (*Ibid.,* XII, 610.)

☆

Tout est fondé sur ceci : que la plupart des choses et nous-mêmes ne changeons pas pendant un certain temps ou du moins que les changements sont corrélatifs et fonctions continues

et que la grandeur[B] des changements appréciables est en raison inverse de la grandeur des choses qui changent ainsi si l'on considère la *moyenne*.

Stabilité de l'*univers individuel* — fonctions cycliques — un seul langage — langage principal.

Tendance humaine à stabiliser[C].

A. *Phrase inachevée.*
B. *Deux tr. marg. allant jusqu'à* : la moyenne.
C. *Aj. marg. : En général* les petites choses changent plus que les grandes — $m \times v$.

Mais il y a 2 stabilités, l'une *per se*, l'autre statistique. Or tout se passe dans la veille dans un état de stabilité suffisante qui est comme une conviction organique et psychique en nous. (*Ibid.*, XII, 612.)

☆

$$\varphi + \psi = ?$$

L'esprit est l'instable relativement à l'ensemble de la perception « externe » — ou extériorisée.

Ce n'est pas que cet ensemble ne soit changeant. Mais n[ou]s avons nécessairement une *perception moyenne stable*, référence *stationnaire* dont j'appelle φ l'effet. Il y a une sorte de pression de φ qu'on peut considérer *constante* dans certains cas — et en particulier qui doit être constante quand il y a travail mental second.

Alors la perception « interne » ou ψ, domaine de l'instable, ne se présente jamais comme moyenne.

Et c'est là une des racines de l'attention.

L'instable ne se fait stable que pour peu de temps et moyennant paiement sensible.

Le monde extérieur est l'ensemble qu'on peut ou qu'on doit pouvoir considérer *stable* — En quoi il est *spatial*. Plus les sensations se substituent par équivalence, plus stable. Le monde intérieur correspond à l'instable.

Or il y a une relation :
Je pense donc je suis

    ψ   ≡   φ
je varie / fluctue / donc je ne varie pas. [...] (*Ibid.*, XII, 617.)

☆

Comment les idées et les sensations passent à travers les unes des autres sans se confondre, se substituent l'une à l'autre et l'autre à l'une, se font place, se recouvrent en s'ignorant, — ceci est plus étrange, plus complexe que la simple « association ».

Et parfois quels « sons résultants », quels accords singuliers ! (*Ibid.*, XII, 658.)

☆

Instinct.
Production d'actes *composés*

ne dépendant pas de l'expérience personnelle — du passé vécu —

n'en étant pas modifiés,

mise en train automatique par une sensation ou perception.

La réponse-prévision envoyée par la mémoire doit être plus prompte que le Tout de l'événement futur.

Une fraction de cet événement provoque ce souvenir rapide qui annonce le Tout qui va se produire. (*Ibid.*, XII, 697-698.)

Notre vie et action est constituée par des détentes finies, des émissions limitées successives de diverses espèces — entre lesquelles chacun des systèmes qui n[ou]s constituent repasse au zéro. (*Ibid.*, XII, 710.)

Il y a[A] un type Réflexe — et un type : accommodation et il faut tout ramener à ces 2 types.

Mais le 1er se trouve dans le domaine-conscience — transformé. Le type Réflexe est dans un seul sens $D \rightarrow R$. Dans l'esprit il est doublé. $A \rightarrow B$ et $B \rightarrow A$, existent. Cette réciprocité permet l'esprit, définit le monde ψ, monde des signes. (*Ibid.*, XII, 713.)

Toutes nos machines ont pour objet les unes le système sensitif à développer dans son rendement

les autres le syst[ème] moteur à suppléer ou remplacer en énergie, en fréquence

les autres à accroître ou à remplacer les combinaisons sensitivo-motrices — comme l'attention. (*Ibid.*, XII, 723.)

L'homme a le don parfois de rendre étrange ce qu'il voit de familier.. non l'homme ! mais l'instant fait ceci.

A. *Tr. marg. allant jusqu'à :* à ces 2 types.

Un certain *retard* fait ceci. Et cet effet *exceptionnel* est contraire à l'effet constant des choses sur l'homme et de l'homme sur les choses qui est de rendre insensibles — c'est-à-dire familières les impressions. Or il y a peu du premier effet et beaucoup du second. Le second est le plus probable. Si un homme est pris au hasard il y a bien plus, énormément plus de chances p[ou]r qu'il soit en train de rendre *nulles* les impressions qu'il reçoit que de les rendre *fortes* (ou *étranges* ou sans *issue*, ce qui est la même chose). (1928. ψ, XII, 857.)

L'idée vient à toute heure; mais non la forme. Car l'idée est *événement local*, et la forme, *acte de l'ensemble*. Il faut p[our] trouver la *forme* que tout l'être soit en jeu, le corps présent, le *temps unifié*, c'est-à-dire les durées diverses *accordées*. (1928. Ω, XII, 866.)

(Alphabet)
« Généralité — Généralisation — »
correspond à un *état*.
Comment un « instant » est-il plus qu'un instant[A] ? Or c'est là tout ce qui distingue l'homme. L'animal, comment a-t-il affaire au « temps » ? lui qui est à l'homme ce que l'arithmétique est à l'algèbre — le nombre entier au nombre plein[B]. On peut dire qu'il n'a affaire au *temps* — c'est-à-dire ici au « plus qu'Instant » — que :
1° par les développements fonctionnels inconscients — phases... habitudes etc.
2° par les incidents séparés — discontinus — liés à des actions précises qui exigent *attention*, addition d'actes ou de travaux.
Or il n'y a *temps* que si quelque même chose peut être dans plusieurs systèmes distingués par leurs variations dx, δx, Δx.
Ce qui suppose que plusieurs modes de propagation sont identifiés. Un « souvenir » est tout autre chose que

A. *Aj. marg. :* θ
B. *Aj. marg. :* Le temps et l'animal — La bête et la durée — ne fait que le *mot à mot* — cf, le rêve — Temps élémentaire

son modèle — (il ne coïncide exactement que s'il s'agit d'un acte refaisable).

La *vue* de l'objet o — agit.
Le *souvenir* d'o'   agit.
Le *besoin* —   agit.

Ainsi le temps est caractérisé par les *actions* de *causes* de diverses natures. (*Ibid.*, XII, 869.)

L'idée est un édifice-événement. (*Ibid.*, XII, 903.)

Parmi les qualités du Présent — est celle difficile à exprimer tant elle est générale — de la *conservation du plein mental* — qui doit se combiner avec l'instabilité essentielle, ou plutôt la variation perpétuelle qui est le fait capital.

L'autre fait, la 3ᵐᵉ Loi est le retour inévitable à un certain point d'élongation ou tension nulle. (*Ibid.*, XII, 911.)

La self-variance (comme je disais en 95) — la dissolution continuelle, spontanée[A] des objets de la conscience qui est d'ailleurs l'aspect fonctionnel et l'effet des associations

est le fait fondamental *formel*[B] — car cette substitution perpétuelle fait de toutes choses des éléments identiquement produits, émis et résorbés. C'est un processus d'*égalité*[C]. Donc les inégalités (le *significatif*) requièrent des propriétés tout autres et inconstantes, des *potentiels* ou de l'*énergie actuelle*. Il faut pour *inégaliser* ou valeurs excitantes particulières à tel élément, ou action actuelle.

L'inégalité se fait : ou par *écarts* dus à une sensibilisa-

A. *Tr. marg. allant jusqu'à* : *travail dégagé* — Etc.
B. *Aj. marg.* : Ce changement fondamental n'est pas continu.
C. *Aj. marg.* : Toutes choses égales devant la substitution *naturelle*, c'est-à-dire *spontanée*, et toujours instante.

tion particulière — et action du corps conférant durée relative — rotation — *travail fourni* — *adjoint* ou par *travail dégagé* — Etc.

Mais l'égalité est un fait caractéristique — capital.

Comment peuvent tant d'objets si dissemblables être égalisés ? Cf. langage, numération.

C'est que[A]

Les objets les plus différents et hétérogènes se substituent, s'appellent, se juxtaposent. (*Ibid.,* XII, 912.)

La substitution est le fait fondamental.

Toutes choses mentales étant égales devant la substitution spontanée (qui marque d'ailleurs un processus de temps)

sont inégalisées ou par volonté ou par *x*

= cessent d'être purement mentales quand il y a résistance à la substitution.

C'est alors le φ qui intervient —

ainsi : — sensation persistante > ε
        — douleur — etc.
        — attention (actes suivis)
        — volonté

sont autant d'*écarts.*

L'esprit se sait incapable *à soi seul* de maintenir un objet quelconque à la fois *présent* et *constant,* ce qu'on pourrait exprimer en disant que cet esprit n'est qu'opération, « acte »[B].

Notre sentiment de la durée[C] est lié à la différence d'état d'une partie avec un tout, et à la conservation de cette différence, inégalité.

Il y a alors addition — ou plutôt sommation, accroissement, et non plus substitution par échanges équivalents.

Un autre fait remarquable est le croisement des idées et des sensations —

A. *Phrase inachevée.*
B. *Aj. marg. :* $o = \Delta\psi = f(\varphi)$
C. *Deux tr. marg. allant jusqu'à :* avec un tout.

qui se traversent sans se mêler dans la veille normale — c'est-à-dire qu'ils ne donnent pas de tiers effets dans le cas général.

Les esprits artistes — c'est-à-dire les *distraits-attentifs*, (rêveurs —) sont au contraire souvent *impressionnés* par, sensibles à — des relations entre les séries qui se croisent. Leur fécondité d'idées est souvent due à ce simple fait d'être sensibles à des voisinages ou croisements fortuits et capables de les *utiliser* pour des « créations », émissions, etc. Mais ils la payent par la fragilité *fréquente* des pensées résultantes — (parfois d'ailleurs très précieuses).

L'indépendance des suites est caractéristique de la veille — et il est remarquable[A] au plus haut degré que la dépendance des idées étant le rêve même, l'indépendance des actes locaux lui correspond dans le sommeil et la distraction —, tandis que l'indép[endance] mentale et la liaison des actes sont caractéristiques de la veille. (*Ibid.*, XII, 913-914.)

S'interrompre[B] — propriété essentiellement humaine — révélatrice, preuve de l'existence d'une pluralité de voies.

La production mentale se développe sur une voie — mais chaque émission engendre un *champ* qui peut agir sur une *charge* — laquelle peut brusquement inhiber l'émission. Il y a une sorte de self-induction, et une décharge brusque de conscience altère tout à coup l'état de conscience existant. (1928. *AA*, XIII, 63.)

Les hallucinations restreintes, productions de figurines etc. doivent être rattachées à l'impossibilité de circonscrire, de limiter des impressions à leur teneur — de recevoir sans émettre — de constater.

Et cette impossibilité est *profonde*.

Si l'oreille bourdonne, le dément crée un sens, un discours, des injures qui justifient ce bruit subjectif. Il répond à une partie par un tout — ce qui est un fait

A. *Tr. marg. allant jusqu'à la fin du passage.*
B. *Tr. marg. allant jusqu'à* : révélatrice.

général et même essentiel de la vie mentale. Il ne se
reconnaît pas dans son œuvre.

Les images visuelles sont plus difficiles à expliquer.
Les bonshommes ou visages apparus, *toujours en action*.
Il faudrait imaginer — ou — *écrire* — une propriété
visuelle-motrice-objectivante. (*Ibid.*, XIII, 96-97.)

Les plus « profondes » questions du monde :
Comment n'as-tu pas pensé à ceci[1] ?
— Et toi, comment y as-tu pensé ? (*Ibid.*, XIII, 117.)

Tout vivant montre :
1. une régularité fonctionnelle moyenne avec des propriétés ou invariants permanents;
2. des écarts *fonctionnels* — actes *complexes* (Cette complexité ou composition est capitale);
3. des écarts accidentels.

Ces 3 genres sont des fonctions du milieu. Les (2) et (3)
ont action sur le (1). Le (1) tend à rétablir sa régularité
troublée par eux. (*Ibid.*, XIII, 124.)

Du Pourquoi les chiens remuent la queue si vivement,
cependant qu'ils se fixent quant au reste du corps, et
regardent la main qui tient viande ou dragée.

Entièrement orientés, moins le segment dernier qui
chante tout seul au bout de leur corps.

Ils sont comme chargés.

Cette vibration équilibre cette immobilité.

Ils se taisent par un bout et parlent par l'autre.

Dans cet état, il y a une liaison entre la perception,
l'acte imminent, les *forces,* la durée ou maintien, — la
distance* probable ou appréciation de l'instant de bondir
— saisir. Il faut qu'il y ait équilibre — compensation
pour le maintien.

La vibration caudale[A] ne se produit que si l'attente se

A. *Tr. marg. allant jusqu'à :* lui paraît tout proche.

prolonge, et cesse dès que le chien *croit* qu'elle va cesser.
Elle s'interrompt si l'acte lui paraît tout proche.

Elle est une soupape qui dissipe un trop d'énergie
résistante débitée par l'animal. Il s'agit de maintenir
constante l'énergie utilisable nécessaire au bond brusque
et exact, *pour que* cet acte réalise un maximum de *précision*.
Or le maximum de précision exige l'existence d'une
fonction des forces telle que *l'acte ne dépende que de son
objet*. Un système complexe rendu monovariant par
contrainte.

La perception excite (intervention) la production $\dfrac{dq}{dt}$
d'énergie utilisable *immédiate* qui s'accumule mais cette
accumulation tend à exciter des actes *quelconques* de
dissipation.

Mais ces actes sont — par un effet central de l'excitation, localisés en un *point* et sous une *forme* telle qu'ils
laissent libre et prêt à agir le mécanisme principal. Cette
forme est vibratoire, et ce *point* est le *point du corps* qui
est hors du mécanisme principal, hors du circuit —
cf. moteur débrayé.

Tout ce qui est vibratoire dans les actes animaux
représente un grossissement de l'énergie moléculaire et
généralement un processus de dissipation. D'ailleurs par
la nature inorganique un gaz qui se détend, un corps qui
subit un choc, une corde pincée qui revient au repos, —
vibrent.

Régulateur à boules.

Attente active ou entretenue ~ dissipation vibratoire.
(*Ibid.,* XIII, 128-130.)

☆

« L'esprit » est lié incontestablement à un organe, à un
système matériel et énergétique sur lequel n[ou]s ne
savons rien.

Mon hypothèse est la suivante : Cet organe, si spécialisé soit-il, n'en est pas moins un organe, et comme tel
a des traits de fonctionnement qui lui sont communs
avec les autres. En tant qu'organe, il est nourri, recons-
titué, soumis à des fluctuations diurnes, — et aux lois
de *débit* communes.

Est-il absurde ou impossible de chercher dans les produits de *l'esprit* — quelques traces de ces caractères
généraux de fonctionnement ? S'ils sont reconnaissables,
ne sont-ils pas les invariants de toute connaissance ?
(*Ibid.*, XIII, 132.)

☆

Il y a *instinct* si :
Si un animal exécute des actes *complexes* — c'est-à-dire
exigeant coordination de *p* fonctions, ordre de succession
régulier — et adaptation aux circonstances, déclenchement à temps — à partir d'indices
Si ces actes ont p[our] effet probable de conserver
l'individu ou l'espèce
Si t[ou]s les animaux semblables les font, et les font
sans autres modifications que locales, mais aucune modification qui exigerait représentation *séparée* du *but* et des
moyens et donc division de la sensation
pluralité de chemins entre 2 états. (*Ibid.*, XIII, 163.)

☆

Des bornes de l'esprit. Il y a une limite du nombre des
objets distincts que l'on peut concevoir. Une limite des
imaginations successives qui doivent se commander ou
se combiner. Une limite de la mémoire et une des attentions. Une limite de la promptitude. Une de la permanence et une de la variation.
Toutes sont variables selon l'heure et l'individu. Je
suppose que je connaisse mes limites comme je connais
le rayon de mon bras, le poids qu'il peut élever, le
nombre des couleurs, la vitesse de ma course — etc.
Je connais aussi que ces déterminations sont variables
entre 0 et leurs maxima.
Tout ce que je puis et pourrai jamais comprendre ou
concevoir est en deçà. (1928. *AB,* XIII, 207.)

☆

Rien n'est suffisamment défini par l'actuel ou plutôt
par *un actuel*. Si je vois un chien, *entre* la vue et l'idée,
s'écoule un certain *temps* pendant lequel *ce n'est pas*

encore un chien. L'animal cherche son nom et ses propriétés. Parfois ce temps est *sensible.* (A)

Il arrive que certaines apparitions (états ou figures)
intérieures se produisant, un temps sensible s'écoule aussi
avant que ces effets soient compensés, achevés, annulés
par l'*inactuel ;* souvent ceci n'arrive que difficilement et
par effort, et aussi souvent n'arrive jamais. (B)

Les cas (A) et (B) sont importants parce qu'ils accusent
bien je ne sais quelle nature réelle, — presque objective
— de l'action de l'inactuel-potentiel. Ce temps perçu est
du moi pur. L'effet se produisant ou bien par *nouveauté,
étrangeté, soudaineté, complexité* du phénomène, ou bien
par conséquence de *mon* état, il y a équivalence.

Un phén[omène] ordinaire peut, dans certain état,
exiger un temps de résolution comparable à celui qu'exigerait un phén[omène] surprenant dans un état plus
tendu.

Nouveauté[A], *Intensité, soudaineté, complexité,* Excès,
Écarts sont donc les improbables — subjectifs (et physiologiques) dont les uns sont improbables p[ar] rapport
à l'état ou accommodation présents, les autres p[ar]
rapport aux potentiels de mémoire ou d'acte, les autres
p[ar] rapport à l'organisation humaine. Autant d'*attentes*
de diverses espèces.

Le *nouveau* exorbite du souvenir.

L'*intense* excède les énergies et les matériaux organisés.

Le *soudain* viole les ordres de vitesse ou de transmission
(agit avant accommodation).

Le *complexe* excède la coordination — et met en défaut
la fonction de réduction qui abaisse le nombre des
variables.

Si on convient de regarder ces causes de perturbation
du régime psychique comme des limites diverses du
pouvoir instantané — et par analogie, comme *improbables*
p[ar] rapport à l'état donné — on peut dire que le temps
nécessaire à la compensation est inverse de la *probabilité.*

La vie et la connaissance impliquent une certaine
conservation de l'état du milieu — une stabilité — et
donc une évolution générale des choses vers *un état le
plus probable* — Ce qui est *fut* — (moyennement —) l'état
le plus probable. (1928-1929. *AC,* XIII, 320-321.)

A. *Tr. marg. allant jusqu'à* : de diverses espèces.

☆

Ma vieille théorie des « phases » était bonne, féconde. Consistait à observer que les possibles d'un individu différaient selon les moments — que les conséquences d'une même excitation n'étaient pas les mêmes en T_A qu'en T_P, que les *montages* intimes ne duraient que certain temps; qu'il y avait donc à considérer dans chacune de ces phases un *degré de liberté* — des conditions de liaisons et des conditions d'énergie —

que de plus il fallait envisager le passage d'une phase à une autre — modulations — (insensibles) ou brusques changements.

Tout ceci suggéré par sommeil, — réveil, attentions, activités etc.

D'ailleurs c'est par là peut-être qu'il faudrait commencer un exposé de l'Attention. (*Ibid.*, XIII, 331.)

☆

Faits purement mentaux —

— Ce qui distingue grossement les φ des ψ — c'est la durée et stabilité des φ — la répétition libre des ψ.

Si les φ étaient aussi instables que les ψ

Si les ψ étaient aussi *conditionnés, multi-liés* que les φ la distinction serait impossible.

Mais la durée des ψ est coûteuse — limitée (tandis que le réel présent est ce dont on peut se distraire).

— De plus — Les ψ, proprement ψ, sont tels qu'ils répondent toujours à quelque chose ou ressemblent à quelque chose. Ils sont des valeurs, ont un caractère essentiel d'*objets d'échanges*. On pourrait dire p[our] les représenter que le *temps* figure explicitement dans leur expression. Chaque idée, ou représentation est essentiellement *en acte*. (*Ibid.*, XIII, 337.)

☆

— La vie mentale anormale, détraquée (même *supérieurement* anormale) est à mon idée, plus *simple* que la normale. L'accommodation est diminuée (c'est-à-dire le nombre des modifications qui s'accordent aux circonstances) mais comme cette vie plus simple conserve les expressions, l'automatisme, langage etc. elle se traduit par les moyens de la vie complexe. D'où apparence bizarre, cocasse — trouvailles — cf. Rêves. Les *mots* de l'homme sont émis par un animal dont ils deviennent le cri élémentaire. (*Ibid.*, XIII, 342.)

On pourrait étudier[A] les divers états démentiels en distinguant systématiquement ceux où l'automatisme psych[ique] croît de ceux où il est altéré — (amnésies etc.).
L'un tend à devenir tout mémoire.
L'autre tend à devenir tout présent et chocs. (*Ibid.*, XIII, 342.)

La matière de nos pensées est énergie, c'est-à-dire qu'elle peut se changer en actes. (1929. *AD*, XIII, 514.)

Le véritablement *nouveau* serait parfaitement inexprimable. (1929. *AE*, XIII, 572.)

Je ne crois pas qu'il ne se passe rien dans un nerf pendant qu'il n'est pas excité.
Je pense au contraire que son excitation est une modification d'un régime. Cette modification si elle aboutit à une sensation doit être un *changement de fréquence* analogue à celui qui fait chanter les tuyaux. (*Ibid.*, XIII, 573.)

Comme il faut une différence des températures des sources pour une machine, ainsi une diff[érence] d'ordre-désordre pour le travail de l'esprit. Tout ordre ou tout désordre et rien ne va. (*Ibid.*, XIII, 602.)

A. *Tr. marg. allant jusqu'à la fin du passage.*

Notre esprit est fait d'un désordre, *plus* un besoin de mettre en ordre[1]. (*Ibid.*, XIII, 653.)

La distraction montre bien comment s'introduisent les réponses *inexactes* — c'est-à-dire qui ne satisfont à la demande que partiellement — par plus court chemin.

Rêve et distraction supposent un *incomplet,* qui tend à se compléter ou à s'achever par les *plus courts moyens,* tandis que le réveil et l'acte d'intelligence complètent par les moyens appropriés, par le maximum de coordination. (1929. *AF¹ 29*, XIII, 701.)

Phénomènes brusques —
Desc[artes]

La propriété[A] que n[ou]s avons d'être : *surpris,* instruits, accablés, excités etc., *modifiés brusquement,* par des combinaisons *internes,* des réactions intimes d'éléments psychiques, lesquelles se produisent plus ou moins spontanément, après des coexistences à l'état inerte — — des retards infinis, est de 1ʳᵉ importance dans la vie intellectuelle et même affective. Ce à quoi n[ou]s n'avions jamais songé, et dont n[ou]s possédions toutes les données, éclate, éclaire, assomme — etc. et en un mot produit des effets « énergétiques » = (capables d'exciter actes et sécrétions et de modifier les *attentes* subséquentes).

Il en résulte que n[ou]s cherchons (nous, *intellectuels*), n[ou]s cherchons par la pensée ce à quoi nous n'avons jamais pensé. (*Ibid.*, XIII, 723.)

Le rire agit sur le rieur[B] comme une rupture de circuit ou de liaisons agit sur un système.

A. *Tr. marg. allant jusqu'à :* éclaire, assomme — etc.
B. *Aj. renv. :* Examiner aussi comment *finit* le rire — amortissement.

Il y a oscillations — les *échanges,* au lieu de se poursuivre dans un sens — et entre des espèces psychiques
et sensorielles équivalentes en valeurs de substitution,
s'essaient brusquement entre espèces très différentes.
Ils débordent. [...] (1929. *AH* 2, XIII, 859.)

Il résulte de l'examen du rire, des inquiétudes, etc. que
le physique et le psychique peuvent figurer dans un
même type de processus — *symétriquement.*

Dans le rire[A], le psychique repousse vers le physique
quelque force sans *issue psychique,* puis le *physique* repousse
vers le psychique quelque manifestation *sans cause* —
(quand l'éclat de rire a remplacé la représentation —).
La *cause* ne trouvait pas son *effet normal* et de *même
nature* qu'elle, pour échange. Puis l'effet ne trouve plus
de cause *d'autre nature qu'elle,* pour le soutenir. (1929.
af-2 29, XIII, 877.)

Stupeur est suppression des réponses. L'être est réduit
à la première moitié des temps — Pas de réponses —
tandis que la règle est *toujours réponse (quelconque).* (*Ibid.,*
XIII, 877.)

La machine n'en est encore qu'à ses essais. Un jour,
peut-être, un kaléidoscope électrophonique composera
des figures musicales par quantités — inventera des
rythmes, des mélodies en série. L'homme aura des
machines à créer comme il aura des machines à raisonner
exactement — Son rôle se réduisant à choisir[B]. Usines
de combinaisons.

Le sentiment le plus intense n'est qu'une combinaison
entre les autres. (*Ibid.,* XIII, 915.)

L'homme est fait* / un système / de parties dont

A. *Deux tr. marg. allant jusqu'à la fin du passage.*
B. *Aj. renv. :* et peut-être à déguiser quelque peu le caractère

chacune *fait** quelque chose et ne peut faire* que celle-ci. Quoi qui agisse sur elle (sans la détruire ou l'altérer) elle *répond* par cette unique modification.

À chacune de ses parties correspond une transformation propre qui affecte presque pour toutes les espèces de ces parties, une allure cyclique. Une cause quelconque agissant sur l'une de telle espèce, elle répond par la réponse de son espèce — et revient à l'état initial. Une fibre musculaire excitée par t[ou]s moyens, se contracte et tend ensuite à résoudre sa contraction. — Temps élémentaire.

Il n'y a pas d'ailleurs d'*inertie* — au moins apparente. La modification ne se poursuit pas.

Mais dans le syst[ème] nerveux cette remarque n'est plus vraie.

2. Toutes ces parties qui composent l'organisme *peuvent*[A] agir les unes sur les autres de 4 manières différentes :
par convection — rôle des liquides — circulation — osmoses — chimie — contact qu'exigent les actes chimiques

par rayonnement — ? $\Bigg\langle$ ondes

$\qquad\qquad\qquad\qquad$ électrons

par conduction — nerfs
par effets mécaniques, tensions, pressions, torsions
et par combinaisons de ces 4 modes entr'eux[B].

3. L'adaptation résulte t[ou]jours d'une action nerveuse qui modifie le cycle caractéristique d'une partie nerveuse ou autre.

4. Ces actions tendent (comme d'ailleurs les mod[ifications] locales) à un retour *au même état* — ou plutôt à un *certain état* défini par *disponibilité* (charge et irritabilité ou excitabilité restituées) — et par taux ou *rythme d'échanges* en harmonie avec l'ensemble — p[ar] ex[emple] avec les apports et éliminations.

5. Ici — Étude des indépendantes-dépendantes. (*Ibid.,* XIV, 10.)

☆

L'entraînement, l'éducation sont des accroissements

A. *Aj. marg.* : au point de vue physique *a priori*
B. *Aj. marg.* : Tissus locaux et tissus de transmission.

de rendement par spécialisation — *précisement* de l'appl[ication] des forces — enfin automatisme — c'est-à-dire *uniformité*.

Celui-ci n'est possible que[A]

La répétition ne joue un rôle que pour tendre au dépouillement, à l'élimination des possibilités non favorables — comme en agitant ce qui est dans un tamis, on finit par séparer les grains qui passent.

La création des automatismes est le fait capital. Il y a donc une *liberté* d'abord — qui subit des événements une restriction. Tout événement tend à n[ou]s organiser de façon telle que sa reproduction entraîne désormais une réponse uniforme avec minimum de temps-énergie (ou d'action et non d'énergie tout court — car l'éducation peut au contraire exiger réponse de grande énergie dans tel cas particulier). (*Ibid.*, XIV, 15.)

Qu'une *demande* puisse être une *réponse,* c'est l'esprit.

La pensée proprement dite, tout entière située dans le domaine des *réponses,* y forme des demandes secondaires. Elle est même la faculté de cette formation de demandes secondaires[B]. (1929. *ag,* XIV, 30.)

La pensée est l'acte d'une *fonction* (au sens physiol[ogique]) comme la marche.

Elle doit porter le caractère d'une fonction, dans ses *effets* et ses produits. Ce caractère masqué par *l'usage* comme le *déplacement* masque le *fonctionnement* des organes qui déplacent — comme la chose vue masque l'accommodation et LA FIN MASQUE LE MOYEN — et masque la relation réciproque chez le vivant de la fin et du moyen. Tout ce que nous sentons et pensons, et d'abord ce *nous* lui-même sont donc affectés *essentiellement* de conditions fonctionnelles, que j'appelle formelles. Instabilité —

A. *Phrase inachevée.*
B. *Dessin en marge qui représente schématiquement ce processus.*

Transitivité — Accélération et retardement — *Durée*
entre ε et *ne* — reproductibilité — Gênes mutuelles —
Forces extérieures.

En modifiant le plan d'observation on peut ne voir
de l'activité mentale que ces caractères.

De ce point de vue, le contenu paraît une matière
statistique de substitution. [...] (*Ibid.*, XIV, 92.)

☆

L'immense majorité de nos pensées pourrait être
annulée sans nul dommage.

Les choses indifférentes l'emportent infiniment en
nombre sur les autres. L'œil voit et rien ne répond à la
plupart de ses impressions. Mais qu'un seul battement
manque au régime du cœur. (1929-1930. *ah 29*, XIV,
325.)

☆

La bêtise des bêtes vient de leur spécialisation. —
L'animal est et paraît spécialisé dans une affaire et un
métier (qui est de vivre ou plutôt d'exécuter, d'accomplir
la vie et ses rites) — Et tout homme qui paraît ainsi
paraît bête.

C'est une allure *linéaire* — à 1 dimension. L'intelligence commence avec le nombre des indépendances —
quoiqu'elle se dépense toujours à chercher à le réduire
et à s'éliminer soi-même. (1930. *ak*, XIV, 568.)

☆

S

La *confusion*, fait capital — lié aux durées et qui montre
bien que *connexions* et *durées* sont étroitement liées.

Quand la connexion est simple, — il y a uniformité
de la réaction, et la durée est un minimum.

Quand il y a hâte et connexions fondées sur mémoire
il y a une limite, et au delà, confusion devient de plus
en plus probable — — La confusion est un chemin le
plus court — *satisfait seulement à cette condition.*

Distraction —.

Il arrive[A] que *tel instant* prenne SA main pour *son* pied.
(Car l'instant est aux moyens de se défaire de lui-même,
aux issues de son énergie, comme découvrant ces moyens
— voyez l'homme qui s'éveille. Et celui qui s'endort
prend ce qui est sien pour étranger, ce qui est étranger
pour sien — ce qui est balbutiement pour parole, et la
parole d'autrui agit sur lui, parfois, comme un visage
familier vu à l'envers.)

Mais dans l'état de présence — c'est-à-dire de *connexions
non instantanées* — chaque instant donne pour chaque
modification — le contrôle *du va-et-vient* et il est répondu,
non seulement *en vertu de l'instant,* — mais avec égard aux
conditions d'accommodation — qui restreignent les
réponses.

Le nombre des connexions est p[ro]p[ortionn]el au
temps (normal).

Tout ceci est bien difficile à démêler — et cependant
doit être rendu simple par quelque biais.

Le point qui m'intéresse — est la relation de tout ceci
avec nos connaissances.

« La pensée » d'une part, considérée comme une sorte
de *produit.. local* — occasionnel — comparable à la motilité des membres — en tant que variations de liaisons,
de précision, de tension — et par là soumise aux fluctuations de vigueur, de *présence,* de coordination et d'autre
part, formant l'*Univers de l'Instant-quelqu'un.* (1930. *al*,
XIV, 617-618.)

La notion de phase de l'être vivant que j'ai introduite
(il y a ——- ans —) pour me représenter sommeil, veille,
activités et leur transition — libertés de divers degrés —
peut peut-être se rattacher à celle de fonction — (dans
mon sens) — (ensemble de valeurs qui s'excluent, et se
prolongent l'une l'autre). (1930. *am*, XIV, 668.)

Je ne sais si le « système nerveux » peut être rendu
responsable de la conscience et de la pensée. *Nul ne le*

A. *Tr. marg. allant jusqu'à :* vu à l'envers.

sait, et d'ailleurs ce système est lui-même un élément singulier d'*univers inconnu*, un transformateur local qui reçoit, accumule, restitue — (dynamo). Mais je sais que ce système, entre le *corps*, c'est-à-dire ce qui nous affirme de *deux façons,* sous deux aspects (sens[ibilité] spécial[isée] et générale) —— et l'inconnu donne aux product[ions] de l'esprit ses conditions propres — *D.R.* Son type, ses restrictions etc.

N'oubliez pas que parmi les conditions est celle si remarquable d'*offusquer* ce qui est plus *petit* que.. plus long ou plus bref que.. (*Ibid.*, XIV, 676.)

Il faudrait qu'une théorie de « l'esprit » englobât aussi le développement à partir de l'enfance — c'est-à-dire que tout ce que l'on remarque dans l'esprit en plein régime fût rattaché et coordonné à des états naissants.

C'est une condition capitale. Car elle peut conduire à opposer l'esprit à la fois à une conception « mécanique » et à une conception « animique », à une représentation par identités et conservation, comme à une par discontinuités, autonomie pure. (*Ibid.*, XIV, 677.)

En somme *je* suis une *transformation ;* qui conserve une certaine probabilité de — conservation.

Certitude de transformation

et

Probabilité de conservation.

Dans nos jugements, les uns sont frappés par l'*aspect-conservation*, les autres par l'*effet-transformation*.

Note — Tout ce que l'on dit sur le *temps* joue sur ces 2 mots, dont le système conjugué vaut mieux que le mot *Temps,* puisque ce sont deux notions — images simples — d'ailleurs inséparables.

Toute conservation désigne une transformation qu'elle *restreint.*

Toute transformation — une conservation qui la *constate.* (*Ibid.*, XIV, 692.)

Instinct[A] — Instinctif signifie : *de brève durée d'élaboration psychique.* L'acte instinctif est l'acte dont la partie psychique est *limitée,* de façon que l'impulsion initiale, la *direction* de l'acte soit hors de cause et que le psychisme n'intervienne que p[ou]r *exécution,* accommodation, mise au point quant aux circonstances — et non discussion de principe.

Quel que soit le temps nécessaire à l'exécution, il ne peut comprendre un temps de *montage — qui est temps d'une autre espèce. (Ibid.,* XIV, 701.)

Animaux supérieurs[B] (à d'autres) — ceux qui *font plus de choses* à la fois que les inférieurs. Ceux qui pensent à autre chose en faisant une chose. (1930-1931. *an,* XIV, 748.)

Le rôle de l'automatisme et de son accroissement n'a pas été assez médité. (1931. *AO,* XIV, 805.)

Si l'on pouvait voir la suite vraie de ses pensées et sentiments on trouverait une certaine périodicité (compliquée) qui serait humiliante. Ce qu'on croyait une création perpétuelle apparaîtrait cyclique. (*Ibid.,* XIV, 833.)

Mesure de l'ignorance et ses dimensions

Qui mesurera la grandeur de ce que n[ou]s ignorons et par quelle unité ? — Il y a une première ignorance qui est celle due à nos habitudes de vue, qui nous font ne

A. *Tr. marg. allant jusqu'à :* est limitée.
B. *Deux tr. marg. allant jusqu'à :* que les inférieurs.

pas percevoir des choses qui sont devant nous. Une deuxième, qui est de ne pas avoir eu l'occasion de voir des choses, à cause de leur époque ou de leur distance. Une troisième, qui est due à la limitation de nos sens en nombre et en acuité. Une quatrième, qui est due à la structure même et au fonctionnement de ces sens. Une cinquième, qui est relative et subjective, et qui, elle, est *créée* par nos *propres questions ;* si absurdes ou naïves qu'elles soient, elles n'en sont pas moins. À cette forme d'ignorance nº 5 est liée la compréhension des questions possibles; elle porte non seulement sur les réponses, mais aussi sur les demandes.

Ici faut-il introduire notre sentiment de ces ignorances — notre sensibilité et pressentiment à leur égard. (*Ibid.,* XIV, 839.)

La pensée ne résiste guère à la douleur, aux instincts, aux diversions intenses —, à la fatigue.

Sa liberté en est réduite ou supprimée. Elle se réduit à des traits, à des commencements. Elle est brouillée ou obscurcie —, ou bien *simplifiée.*

Ou bien l'incident altère les *valeurs.* Les[A] (*Ibid.,* XIV, 851.)

Il y a longtemps que je n'ai pas repensé l'idée ancienne fondamentale — ma première *vérité.*

Celle du limité instantané — du fini.

Ni longtemps, ni à la fois.

Conditions toutes « formelles » ou organiques. (*Ibid.,* XIV, 901.)

L'esprit est le mouvement (et la capacité de ces mouvements) qui va du particulier au général, du général au

A. *Passage inachevé.*

particulier; du réel au possible, *et retour ;* du complexe au simple, *et retour.*

« *Et retour* » — Car si l'on s'engageait *sans retours* dans les transmutations d'images, dans les développements et associations — à l'infini — ce ne serait plus *esprit,* mais *phénomènes.* Ainsi le rêve. (*Ibid.,* XIV, 909-910.)

L'*esprit* se manifeste dans le *retour* (ou la tentative de retour) du système vivant à un état dont il a été *écarté.*

Mais cette phase se complique par ceci : que l'écart peut être régénéré par les circonstances du retour — Comme un corps qui tombe peut rebondir sur les accidents d'une pente. (*Ibid.,* XV, 18.)

Modulation — changements d'ordre de grandeur C'est pourquoi le passage au sommeil est si captivant. Et j'interprète ainsi les divers phénom[ènes] mentaux, qui vont d'ensembles à détails, d'images à lumières, de cohérence à incohérence etc. ou sont de même ordre statistique, s'échangent indifféremment. J'y vois des fluctuations d'ordre de grandeur — dont l'image grossière est la Variation de la vision changeant de distance, l'angle visuel et la correction correspondante. (1931. *AQ 31,* XV, 390.)

Les cris et les coups apparaissent aux limites des états d'homme et d'animal..

— Je me trompe. L'animal ne montre pas de bestialité. Il y a donc plus d'égarement, d'explosivité, de non-distinction, de déséquilibre des réactions, d'emportement — possibles dans l'homme — que dans la bête, et ceci doit résulter d'une sorte de multiplication de l'excitation par la durée des représentations, les connexions par signes —, l'exaltation du *Moi,* lequel est *illimité chez l'homme* (ce que montre bien l'instinct de *propriété* si développé). (*Ibid.,* XV, 403.)

Il y a une Intelligence-Recherche, — et une Intelligence-Trouvaille, une des demandes et une des réponses.

Les uns ont l'esprit toujours éveillé et d'un éveil interrogeant. Ils trouvent des résistances, des arrêts excitants de toutes parts où les autres ne s'inquiètent pas.

Les seconds, — qui ne sont pas toujours les mêmes — produisent des productions parfois sans cause et non attendues d'eux-mêmes. Ils inventent sans cesse. Parfois, ils ne trouvent qu'après, la question dont la réponse leur est venue. (*Ibid.*, XV, 430.)

La fréquence des échanges D.R. est très variable et elle joue un rôle capital dans les produits de « l'esprit ».

On n'en parle jamais !

C'est un caractère formel capital.

La *hâte,* par exemple, qui est tantôt imposée par une condition externe, tantôt par l'*état* du sujet, — et qui peut être aussi caractéristique du sujet même. Vif ou lent de tempérament. (1931-1932. Sans titre, XV, 459.)

L'âme sollicitande[1]

L'homme — sur un lieu haut et à pic[A] — doit nécessairement songer à se précipiter, — comme il songe invinciblement à boire une coupe pleine d'un beau liquide placée devant lui[2]. Et ainsi est-il à chaque instant, *tenté* de rejoindre l'âme naïve de cet instant, qui veut ce qu'elle voit et accomplit aussitôt ce que les objets présents demandent. C'est l'âme *sollicitande.* Divinité des états naissants.

L'armoire close demande la femme de Barbe bleue; la pomme, Ève. — Il y a en nous nombre d'*attentes* indépendantes. (*Ibid.*, XV, 558.)

A. *Aj. marg. :* Dessin

☆

Il n'est pas de forêt vierge, de buisson d'algue marine, de dédale ou labyrinthe cellulaire — qui soit plus riche en connexions que le domaine de l'esprit

tellement [que] si n[ou]s pouvions l'embrasser d'un coup d'œil, lui qui se fait en tant qu'il se montre, par coups de réponses et de résonances — nous verrions le *possible* comme un

La *curiosité* (cf. enfant) est comme la pression d'existence du possible — — (*Ibid.*, XV, 570.)

☆

Animadversion

On n'a pas assez remarqué — ni même remarqué — que notre être suppose quantité « d'invariances ».

1º Le corps est à peine sensible — quantité de modifications échappent à toute sensibilité — Électr[icité]. Magnét[isme].

2º Les sens reçoivent quantité d'impressions dont l'esprit n'est pas saisi. L'animadversion ne se produit pas.

(Ceci dans une considération naïve des choses...)

3º Les 2 zones sont susceptibles de variations individuelles.

Ces remarques peuvent servir à l'étude de ma question très ancienne : Rechercher les divers modes de changement de l'état (de conscience) $\Delta\psi$ dont les 2 grands modes sont $\Delta\psi_1 = $ *Demande*

$\Delta\psi_2 = $ *Réponse*. (*Ibid.*, XV, 593.)

☆

Le moindre faux geste — on se heurte, on tombe — on casse — etc. fait concevoir à quel point notre suite ordinaire d'existence (parmi laquelle la conservation même de cette existence) est *linéaire*, est comme une *ligne, lieu* étroit de conditions et coïncidences *improbables*.

A. *Phrase inachevée.*

Se tenir debout, — aller où « l'on veut » — trouver sa bouche pour manger — ne pas s'asseoir à côté de la chaise.

Et — — _se souvenir utilement_ — ! ! Et les conditions de la vie animale ! Il y aurait un certain génie à sentir fortement et aussi nettement que possible l'_improbabilité générale_ à chaque instant. Ce sentiment existe grossièrement et fortement sous forme des questions naïves de la cosmologie — _l'ordre du monde_. Providence — et plus tard, les lois naturelles. Lever du soleil — D'abord _miracle_ — puis _machine_.

À ceci se rattachent : accommodation, sensibilité, attention, raisonnements etc. Toutes manières de parler de ce qui substitue une probab[ilité] plus grande à une moindre. (1932. Sans titre, XV, 618-619.)

S

Si l'acte mental est assujetti à des conditions de production, ses résultats — : pensées, idées, précipités, combinaisons, choix, arrêts, etc. (images, formules, liaisons idéo-affectives etc.) sont (ou non) affectés de ces conditions générales. Voilà mon hypothèse — et nos opinions, nos « jugements », nos croyances, nos connaissances, notre « monde », notre « science », nos « dieux », nos « désirs définis », nos diverses réactions à images, réactions à _termes psychiques_ — — etc. sont _avant tout_ soumis à ces conditions cachées qui paraissent dans les _phases_ — sommeil, veille — états — dans les _durées_ — attention — dans les _modes de substitution,_ surprises, suites partielles, seuils. (_Ibid.,_ XV, 655.)

☆

J'appelais Phase (dans mon Système) l'état variable de connexion des fonctions de l'être — et les états de chaque fonction — qui déterminent le possible — les réponses possibles à quelque excitation ou événement survenant dans cet état.

Les phases se transforment tantôt insensiblement, tantôt brusquement et sensiblement, et tantôt par l'action continuelle de l'organisme, tantôt par courts-circuits, résistances changées[A].

L'étude des phases doit comprendre la table des incompatibilités — des fonctionnements qui s'excluent. (*Ibid.*, XV, 677.)

Esprit

Tout le monde a quelque esprit. Tout le monde se sert du sien. Et qu'on soit idiot, fou, ramolli — il y a *esprit* dès que les sens font paraître autres choses que celles qu'ils imposent, autres choses qui donnent à celles-ci des relations avec les *possibles du corps* du sujet (et non avec les actes immédiats de celui-ci qui sont *tout-réflexes*). Alors, il y a, — ou il y a *eu,* en quelque temps précédent, — *esprit.*

Ainsi : *esprit* ≡ *puissance* ou *capacité* de *transformation,* tantôt presque instantanée, tantôt laborieuse.

(Le continu et le discontinu sont deux formes de transformations fournies par les possibles du corps — comme les muscles fournissent soit le *coup,* soit le *tracé, point* ou *lignes.* De même, l'*événement,* et l'*instant,* et d'autre part, le suivi, le *constant-coulant.*) (*Ibid.*, XV, 687.)

Division de l'être

La pensée exige une division interne — et que le même puisse s'opposer au même — déguisant la même énergie en plusieurs personnes.

Il faut trouver en soi *celui* qui ne sait pas et *celui* qui sait, *celui* qui attend et *celui* qui vient, *celui* qui propose et *celui* qui objecte, celui qui cherche et celui qui trouve ou donne. Tous les couplages de verbes d'action et de

---

A. *Aj. renv.* : Décrire (quelque jour) un personnage total — complexe, sa phase et sa variation de phase — et son $*x + iy*$ ou $*\varphi + i\psi*$ — Ses potentiels dormants. Tendresses. Intellect. Le « monde » où il y voit clair, et qu'il étend devant son procès imaginaire. Ses sensations *locales.*

possession, soit couples de l'affirmation et de la négation ; soit couples d'équilibres ou de complément.

Cette divisibilité se trouve également dans la sensation de *temps*. Le temps exige division de l'être.

Et de même la division Φ, Ψ.

Ce sont pôles. (*Ibid.*, XV, 723.)

Tout ce que n[ou]s percevons, produisons, sentons est sur une certaine *trame* dont nous percevons aussi parfois le grain, la matière, la texture — mais en général n[ou]s n'en percevons que la peinture. Il faut accommoder à ce subjectile, c'est-à-dire savoir qu'il existe, pour l'entrevoir. (*Ibid.*, XV, 740.)

L'esprit — est groupe et sentiment de ce groupe. (1932. Sans titre, XV, 752.)

S

La vie humaine[A] serait infiniment différente si telles fonctions qui s'exercent par muscles lisses et glandes, étaient aux ordres de la « volonté ». Certaines sont semi-volontaires. P[ar] ex[emple] : n'ont que la rétention qui soit volontaire. Le pouvoir d'arrêt plus étendu que le pouvoir d'action. C'est le contraire dans les fonctions psychiques où l'arrêt est presque impossible. Cf. *attention*.

— Le « caractère » est grandement fait du tableau individuel de ces résistances dont l'effet extérieur *avouable* est une *traduction*. Les bizarreries, les projets, certaines obstinations — seraient clairs si on connaissait le fonctionnement secret ou le débat du volontaire et involontaire. (*Ibid.*, XV, 806.)

L'intuition livrée à elle-même donne des résultats qui

A. *Deux tr. marg. allant jusqu'à* : Cf. *attention*.

sont comparables à ceux d'un *champ* — (invisible) comme magnétique.

Les choses s'y disposent comme d'elles-mêmes *comme si elles se connaissaient* — ou obéissaient à quelque puissance ordonnatrice, et les *temps* joints* à cette injonction mystérieuse, sont des temps de propagation — des intervalles de l'effet de résonance.

Cf. cristallisation brusque — dans milieu saturé.

On peut donc supposer que les relations parfois si rapides qui se *manifestent* à l'esprit — et parfois si inattendues mais si heureuses — sont l'effet d'un *milieu* (dans un état particulier) dont un « fragment » d'*implexité* cachée se révèle (sous un choc ou coïncidence excitante).

La *valeur* de la révélation est *réservée*.

L'*intuition* est *impersonnelle*. Peut-être — telle intuition ne pouvait se produire qu'à telle personne. Mais elle réduit cette personne à n'être que l'assemblage de ses conditions et si elle cherche *ensuite* à se retrouver *cause*, elle ne trouve rien. (Cf. le réveillé : comment diable ai-je pu forger ce rêve ? Je ne retrouve pas le *procédé*.) (*Ibid.*, XV, 873.)

☆

Natura = generatio = φύσις[1].

« Nature » — Ensemble des conditions et des choses qui semblent engendrer, régir, propager, perpétuer la VIE. On en déduit souvent l'idée vague d'un *minimum* qui est suggérée par les actes instinctifs. Il est *naturel* de penser — — Minimum de temps et de moyens.

Capacité du temps, ou de l'instant, ou de la phase ?

Je ne sais. Mais il y a une capacité qui s'oppose au nombre et à l'intensité des excitations, et à l'aiguillage sur les voies et dérivations.

L'esprit a pour limites : *À la fois* et *Longtemps*. La conservation de la vision mentale, et la distinction et accomplissement des actes psychiques sont bornés par cette capacité (variable d'ailleurs avec l'individu et l'état de l'individu).

Le *travail second*, c'est-à-dire l'opération *mentale* qui est celle dont la *matière* est *acte* et l'*acte*, un *acte* — est très borné.

La confusion, la distraction / le sommeil /, l'abandon total, sont des bornes naturelles.

Il en résulte que toutes nos représentations et nos idées —, et particulièrement, toutes nos conclusions et opinions sur un sujet sont en réalité à la merci de cette *capacité* — et un peu plus ou un peu moins de celle-ci — les peut transformer de fond en comble. (Et ainsi de la présente....)

Ceci suscite la question : De quel *droit,* un état *de moi* juge-t-il l'autre —

comme la veille fait le rêve; l'examen, le spontané; le sang-froid, l'égarement etc. ? Et même comme l'égarement parfois se juge égarement, et l'homme qui est en train de s'enivrer ou de perdre pied, voit *percer* en soi quelques lueurs d'état solide — équilibre stationnaire. (*Ibid.,* XV, 883-884.)

☆

« Penser »)
« Pensée » }

— Ces mots viennent devant l'Académie, et je ne sais quelle « définition » *Nous* en donnerons jeudi. Je cherche (à part moi) — ce que je crois qu'il faudrait faire. Il s'agit d'un problème lexicographique et non du tout « philosophique ».

Éviter autant que possible les mots : *esprit, âme.* Je vois 3 points. 1º une *personne*[A] — 2º une certaine *transformation*[B] — 3º une certaine *conservation* pendant cette transformation et bornée à elle. « Penser », alors, — c'est *transformer* une sensation, une perception, une relation — ou plusieurs — en une idée ou relation ou expression. C'est en somme une modification particulière de l'état d'une relation. La *conservation* est très difficile à définir. Tantôt inconsciente, tantôt laborieuse; et tantôt portant sur le *but,* (seuil) — tantôt sur les éléments — tantôt sur le type de *substitutions* — — —

De plus cette *opération est sans effet extérieur direct.* C'est pourquoi j'ai posé : « 1º une *personne* »[C] — c'est-

---

A. *Aj. renv.* : c'est-à-dire une probabilité de *retour* à des références *supposées les mêmes* — Le Même.
B. *Aj. renv.* : « spontanée » d'abord et pendant un temps de spontanéité; ensuite, *soutenue,* c'est-à-dire avec sensibilité d'un secours étranger au.. *contenu..*
C. *Tr. marg. allant jusqu'à* : *cachées,* — *probables.*

à-dire la possibilité ou l'existence de certaines choses et de certains faits ou actions *cachées,* — *probables* — suggérée par *ma* propre observation de *moi* — — —

Dans l'idée de la pensée — existe la notion d'une liaison entre perception et action. Je pense ≡ je me dis.

Le *Je* et le *Me* sont distincts.

« Je doute » ≡ je forme, (ou : il se forme) moyennant un arrêt, une ou plusieurs solutions autres que la proposée. (1932-1933. Sans titre, XV, 914.)

Équations de condition.
Conditions générales.

— Toute pensée — connaissance — est limitée quant au nombre des constituants indépendants.

— Elle consiste en une jonction ou une dis-jonction.

— Elle est transitive — DR.

— Elle implique des choses *cachées,* forces, potentiels, harmoniques, FUTURS. (*Ibid.,* XVI, 62.)

Quand j'ai prononcé en 92 le jugement sauveur — et exécuteur — « Ce sont des phénomènes mentaux » — expression mauvaise — mais pensée *précipitante* — j'enfermai dans leur *groupe* tous les mythes — et aussi (chose plus importante) les résonances affectives — c'est-à-dire les *évaluants* des mythes — (ce qui leur donne pouvoir d'action, d'inhibition, d'impulsion, de — *trahison,* sur *nous*). Et quand j'écrivais φ + ψ = constante, et (n + s), j'établissais de tout ceci la *relativité,* c'est-à-dire la réciproque dépendance.

φ + ψ — c'est-à-dire que le psychique et le physique (ou plutôt leurs variations $(\Delta\varphi + \Delta\psi) = 0$) sont liés et que la liberté ou mobilité de l'un exige la fixation de l'autre.

Mais ceci est excessivement grossier.

Une simple attente — produit des modifications parfois totales dans *l'état d'esprit.*

— C'était conſtituer une notion : *Activité Mentale* — énergie à forme psychique, et tenter de relier cette ébullition ou production, ses fluctuations etc. (tout ce qui représente *en bloc* les échanges ψ) 1° à la pression externe (sensation) 2° au *contenu* — c'eſt-à-dire d'utiliser cette notion à comprendre la valeur, la genèse, la PLACE dans le ſyſtème total du vivant, de chaque opération, acte, modification PSYCHIQUE, — en somme la portée — les limitations cachées — de la « pensée ».

— Si la pensée eſt en relation avec un organe — sa *généralité* (par exemple) eſt D'AUTRE PART une valeur *particulière* de la variété spéciale de cet organe. — Quelles conditions ceci entraîne-t-il ?

Il y a des « équations de condition ».

Je considérai le rêve comme un cas très important — à définir par des considérations de nombre de variables et de liaisons. Loi des phases. Je trouvai des conditions de limitation jusqu'alors inaperçues. — Je compris que *Longtemps* et *À la fois,* sont des reſtrictions de première importance. (Si l'on pouvait concevoir plus de relations variables *simultanément* menées — quelle conséquence pour nos opinions et pouvoirs ? — Si l'on pouvait *conserver* plus *longtemps* un ſyſtème de relations, quelle conséquence ? — Donc, nos idées sont enfermées dans ces bornes de leur pluralité et de durée comme nos actes par le nombre et l'indépendance des membres — nos dix doigts — et par la durée de l'effort.)

L'attention me requit — que je comparai à l'accommodation visuelle, d'où théorie de la *netteté.*

Dans ce Syſtème — que j'appelai le Syſtème — le « monde sensible » φ eſt d'abord considéré *en bloc* (lui aussi) comme opposé au ψ. Il eſt l'ensemble des origines d'excitation. Il donne de lui une idée ſtatiſtique — dans laquelle la quantité des sensations se compose — — —

J'ai observé aussi que les[A] (*Ibid.,* XVI, 71-72.)

Attention — L'accommodation visuelle eſt partie de l'accommodation générale, et comme *il*[B] fait varier iris et

---

A. *Passage inachevé.*
B. *Valéry voulait probablement écrire* elle.

courbure, il fait varier convergence — port de tête et
tout le corps s'il le faut.

Ceci est général. L'association des idées est mal *dit*.
L'associativité est générale — Idées, sensations, motions.
(*Ibid.*, XVI, 91.)

Nous sommes à chaque instant[a] à une certaine *distance*
de notre état le plus libre et disponible[b]. (*Ibid.*, XVI,
113.)

Esprit ≡ puissance de transformation et de conservation — ou reproduction. « Dans mon esprit » ≡
en présence de ⎰
sous l'action de ⎱ mes puissances de transformation
et de reproduction. (*Ibid.*, XVI, 119.)

Conditions de la pensée —

Supposition d'un homme à mémoire si fidèle que
chaque mot *qu'il va employer,* lui rapporte aussi toute son
histoire. Il l'a entendu[A] p[our] la 1re fois en 18.. dans
telle circonstance; lui a donné, enfant, tel sens et telle
valeur — Etc.

La pensée devient impossible. *Il n'arrivera jamais à se
dégager de soi-même* — condition absolue pour *être encore !*
Liberté à l'égard du Moi que l'on se connaît.

Et donc, parmi les conditions de la pensée, celle-ci :
pas trop de conservation — symétrique de celle-là : *pas trop
de transformation* —

qu'il faut joindre à celles : *peu à la fois ;* et *rien longtemps.*

(— Et dire qu'il faut que « l'univers », si on prétend
s'en faire une *idée* — et donc, *en faire une idée* — doit
entrer dans ces formes de restriction !) (1933. Sans titre,
XVI, 266.)

A. *Tr. marg. allant jusqu'à : pas trop de conservation.*

☆

La mémoire est possibilité — « *faculté* ». Et ce n'est point la seule.

L'être vivant est un nœud de *facultés* — c'est-à-dire qu'on ne peut le penser ni le décrire sans invoquer autre chose que ce qui est observable dans l'instant.

Il faudrait donc le représenter par un système d'éventualités — et même de divers ordres. (Les psych[ologues] et philos[ophes] ne s'y sont pas attachés, et l'idée simple de recherches d'une représentation ne semble pas les avoir occupés. Ils ont préféré chercher à expliquer et à s'expliquer des mots, allant des problèmes ou prétendus problèmes aux observations, et non des observations aux problèmes. De même, en critique litt[éraire] on a pris l'*inspiration* pour base de départ et non l'observation du fonctionnement d'un « auteur » ou d'un « lecteur ».)

Ces « facultés » sont potentiels et probabilités. On pourrait dire, en essayant par voie générale, d'un « principe ». Comme le tube digestif *doit* pouvoir émettre et *faire* tout ce qu'il faut pour transmuer en assimilable les substances ingérées — (utilisant muscles et glandes — par réflexes subordonnés ou coordonnés) — ainsi les centres cérébraux doivent posséder des réponses de transformation. Plus la transformation est complexe, — c'est-à-dire à plus de constituants indépendants, plus elle est *consciente*. Mais les difficultés sont d'un tout autre degré ! (1933. Sans titre, XVI, 305.)

La *pensée* (réflexion, etc.) est une puissance de transformation *essentiellement actuelle,* qui opère sur des matériaux *essentiellement antérieurs, vers* un état de ces matériaux (et de la machine elle-même) *essentiellement futur.* Ceci est aussi ce que fait la *vie* — mais les matériaux ne sont pas les mêmes.

Ordre — désordre.

Désordre — ordre.

Ordre ≡ utilisable.

Jeux où il faut commencer par brouiller les cartes, les dés —, les donner *au hasard*. (*Ibid.*, XVI, 356.)

Self-Variance.

La loi fondamentale de l'esprit m'apparut en 92 ou 93 comme impossibilité de fixation. J'ai donné le nom anglo-latin de *Self-variance* à cette remarquable caractéristique.

La conscience est sans repos. Toujours par quelque endroit la relation qui la constitue : (Chose/Présence), est modifiée. Et cette instabilité qui s'observe d'ailleurs dans la sensation même est le caractère essentiel de la *sensibilité*.

Il est étrange que personne ne l'ait signalée. Cette remarque me parut capitale. De plus, elle conduisait à grouper tout le mental et conscient — pour en faire une sorte de fonctionnement, et parfois le constituer en une *grandeur ou quantité ;* — d'autre part, elle soulignait fortement le caractère d'écart, d'effort, de dépense — — de toute *durée,* ou de tout développement enchaîné qui contrastait avec cette instabilité naturelle et essentielle du « contenu » de la conscience. La *durée* contre la pure et simple dissipation. L'*inégalité* contre la probabilité égale de dispersion des idées. La *spécialisation* contre le libre jeu des « associations » en tous genres.

Cette instabilité est d'ailleurs une loi des sens — car il n'est pas de sensation continue constante. (*Ibid.*, XVI, 437-438.)

Le rire est un évaluant — et les pleurs aussi[A] — excitation de refus — deux — impossibilités, l'une, par supériorité; l'autre, par infériorité ressentie. (1933. Sans titre, XVI, 547.)

Le « morbide » psychique[B] est caractérisé par la domination du *formel* —

A. *Aj. :* Comment distinguer le rire des larmes ?
B. *Tr. marg. allant jusqu'à :* domination du *formel*.

p[ar] ex[emple] fréquence, reprises, périodicités rapprochées, aveugles retours — (désespoir ≡ reprises des accès d'espoir). Le psychique n'est plus résolvant; l'esprit ne fait plus accepter *la limite,* le règlement de compte, qui est sa fonction résolutoire.

Cf. production rétinienne de compl[émentaires] par fatigue ou choc radiant. Elle est oscillatoire.

Ainsi : apparition de caractères *non significatifs,* non finis, non fermés, et d'autre part, non « accidentels », non substitutions quelconques.

Ce sont bien des associations, mais non libres — mais *pipées.*

Et ceci *inépuisable.* Et ceci avec des débauches d'*energeia* — Phœnix.

Jusqu'à un certain point, la conscience de ceci existe, lutte, — reconnaît son impuissance. Elle est remarquablement impuissante.

En somme, mécanisation de valeurs.

Le « contrôle » n'existe que par doublement et devancement.

La maîtrise de soi a un domaine resserré.

Pâleur et rougeur lui échappent. — Il n'y a que le muscle volontaire qui lui soit soumis ou lui puisse être soumis.

Aussi les sièges d'élection des *évaluations irrationnelles* sont muscles non volontaires, glandes, — vaisseaux, — autant de résonateurs. (*Ibid.,* XVI, 554.)

☆

Bornes.

Il n'y a pas encore une Science des *ordres de grandeurs,* notion jusqu'ici mal définie. Quoiqu'il semble qu'elle tente de se dégager. Mais je la conçois aussi extraphysique — — et surtout. Et d'abord les grandeurs de *durées* — capitales en matière de sensibilité, de conscience, d'actes etc.

— À chaque ordre, un « univers » qui a des bornes. (1933. Sans titre, XVI, 636.)

☆

Méthode : Je suppose que l'on veuille distinguer

entre les produits de sa pensée, ceux qui auront valeur instantanée, périssable, particulière de ceux qui seront conservés, et jugés d'importance constante ou croissante... Etc.

Je *refuse* alors de compter parmi celles-ci toutes les *notions* non expérimentales — et les non définissables par actes simples[A]. Celles telles que l'*arrêt* (sur elles) de la pensée donne des développements divergents. Et chaque *arrêt* produit des résultats divers.

Ces notions-là ne peuvent faire l'objet que de lexicologie — c'est-à-dire statistique plus ou moins déguisée. — Mais n'est-il pas étonnant que la pensée produise ceci et cela, et aussi se reprenne, — se ravise — se corrige — se précise..

Ce ne sont pas[B] les *produits* qui définissent la santé mentale — mais les réactions qu'ils causent — les annulations de *valeurs,* et d'impulsions — les *croyances.* L'imbécillité, d'autre part, étant la déficience de durées, de puissance $\dfrac{\theta}{t}$, instabilité. Faiblesse des réactions. (*Ibid.,* XVI, 731.)

L'*esprit* a horreur de la répétition. La compréhension ne se répète pas — (dans les bornes de la mémoire et de la re-connaissance).

L'idée est le contraire d'une activité de régime. (*Ibid.,* XVI, 764.)

☆

Le Monde extérieur est toujours *neuf ;* et quand nous ne le trouvons pas tel — c'est que nous ne le percevons pas, mais autre chose que lui, que nous prenons pour lui par une sorte d'erreur due à notre propriété de voir ce que nous fûmes de préférence à ce qui est. Reconnaître est une simplification, une altération. (1933-1934. Sans titre, XVI, 862.)

A. *Aj. marg. renv. :* c'est-à-dire uniformément retrouvées — compare avec *référence*
B. *Deux tr. marg. allant jusqu'à :* les *croyances.*

On perçoit en soi-même des choses qui naissent, mais non des choses qui s'évanouissent — sauf des sensations. (*Ibid.*, XVI, 863.)

☆

Un homme pensait ou sentait qu'il n'y a pas de *semblables,* que rien ne se répétait, ne s'égalait[1]. Une liqueur bue ne donnait pas 2 gorgées identiques. Il ne trouvait que des singuliers. Il trouvait que 3 et 4 n'avaient aucun rapport et que 2 fois 1 n'avait aucun sens. Tout neuf et vierge à chaque coup. S'il lui venait un souvenir, il le percevait comme création — il en percevait l'originalité, — ce en quoi le souvenir n'est pas le passé, mais l'acte du présent.

C'est sans doute ainsi que se développe la « Nature ». Pas de *passé* pour elle, ni de redite, ni de semblables — que notre grossièreté de perception nous fait admettre, notre petit nombre de moyens et notre nécessité de simplification.

Mais sans cette pauvreté, et cette nécessité et cette falsification, il n'y aurait pas d'*intelligence* — pas d'analogies, pas d'*universalité*. (*Ibid.*, XVII, 22.)

☆

L'*Implexe* que j'ai mis dans l' « Idée fixe » — est le *reste caché structural* et *fonctionnel* — (non le sub-conscient —) d'une connaissance, ou action consciente.

Cf. le mécanisme insensible du bras, et des doigts dans un acte — cf. ma vieille « théorie » de l'Instrument. Il y a là toute une analyse à faire. (1934. Sans titre, XVII, 63.)

☆

Si

L'homme entouré de *Si*. Si je précipite ce vase, il se rompra. Si j'ouvre ce tiroir, des objets paraîtront. — Si je regarde cette page, j'y lirai tel poème. *Si*, *si*, et *si*..

La somme des sɪ, ou plutôt leur ensemble, est *infus* dans l'acte général de re-connaissance de soi, du lieu, du moment; et nous ne concevons* l'instant que par je ne sais quel ensemble de variations virtuelles ou de transformations éventuelles de la *sphère* des données présentes. (*Ibid.,* XVII, 70.)

J'ai « vu » (à tort ou à raison — le phénomène *in-tui-tio* n'en a cure — — — —) jadis, (92 !) — *tout* le connaître, comprendre, produire — etc. comme pouvant être comparé *en bloc* à une *activité* (sans considération des objets de cette activité — des valeurs extra-actuelles ou extérieures — —), activité *limitée* par une activité d'autre espèce φ, — et qui pouvait, avec celle-ci, avoir des quantités de relations plus ou moins générales, plus ou moins sensibles au sujet ou *conscientes*. Et je pensais que le contenu de tel produit *isolé* ou *isolable* de l'activité ψ (cette isolabilité étant à examiner de très près — en regard du chaos mental) — devait être, dans une mesure à déterminer, lié, borné, invisiblement contraint, par ces relations et cette concurrence (φ, ψ).

Toute représentation des « choses », ou connaissance serait ainsi un produit fonctionnel — et le *penser, douter, imaginer* etc. — en général et en bloc, bornés en bloc et en tant qu'*espèce fonctionnelle,* par le « reste », comme le chanter par le courir, le parler par le manger, le — — —

De plus, dans l'intérieur même de ce domaine d'activité — existent aussi des gênes — comme entre le transitif (généralement imposé) et le conservatif — la substitution et le développement — (qui est durée organisée-organisante). (*Ibid.,* XVII, 156.)

L'examen « anatomique » le plus minutieux d'un appareil électrodynamique (à l'état de non-fonctionnement) ne peut révéler à l'esprit le plus puissant et subtil — le rôle du « courant ». On a beau dévider les fils, les analyser, etc. Rien de visible ne peut faire imaginer l'usage de la dynamo, de la lampe à incandescence[1]. (*Ibid.,* XVII, 187.)

L'instinct de dévorer, d'épuiser, de résumer, d'exprimer une fois pour toutes, d'en finir, de digérer définitivement les choses, le temps, de tout ruiner par la prévision, de chercher par là autre chose que les choses, c'est là l'instinct extravagant et mystérieux de l'esprit[1].

Rien que le mot : Monde — en est un indice évident. C'est toujours Caracalla qui souhaitait une seule tête à couper.

Nihilisme laborieux, qui ne juge avoir bien détruit que ce qu'il a pénétré — mais qui ne peut bien comprendre que dans la mesure où il a su construire — Nihilisme bizarrement constructeur...

Il s'agit de refuser ce que l'on *peut* (faire) mais ce pouvoir doit d'abord être acquis et vérifié. (1934. Sans titre, XVII, 352.)

Nous croyons — *constitutionnellement* — par nécessité de la pensée — que notre pensée n'est pas une fonction *ou seulement une fonction* comme celle qui produit des actes q[uelcon]q[ues] sous une excitation.

N[ou]s croyons[a], en particulier, que si n[ou]s pensons *1 000 objets,* ceci a un *sens* quoique n[ou]s ne puissions percevoir au delà de 5 ou 6. Ou bien le volume de la terre ou sa distance à la lune — ou $\sqrt{3}$ ou Univers.

Mais c'est croire à l'espace et au temps *euclidiens,* au nombre en soi. (*Ibid.,* XVII, 396.)

« L'Infini » mental —

Encore un *sujet* de questions que je n'ai pas vu beaucoup exploré.

Une idée de plus n'altère pas en soi la faculté d'avoir ou d'acquérir les idées. Le possible demeure. La répétition de l'acte ne tend pas à le rendre impossible.

Que si ceci se produit — c'est par altération d'une autre espèce. Et le Corps intervient — fatigue.

De plus — il y a *au contraire* un accroissement des

possibles *par la production même*. Ce point est de toute
importance et de grande difficulté. C'est ici une propriété
essentielle qui *pointe*. La combinatoire mentale. Ce n'est
plus l'*association* linéaire mais une *combinaison* de *présences*
— contacts. (1934. Sans titre, XVII, 501.)

☆

Pensée — Bornes quantitatives — $(N.t)$
        un *nombre* — peu « *à la fois* »
        une *grandeur* — pas « *longtemps* ».
    Ainsi quels que soient « *l'esprit* » considéré et la
chose qu'Il se trouve penser, cette chose et cette transformation (en autre chose, en affections, en décision etc.)
— et quelle que soit l'énergie d'attention excitée — est
par là limitée.
    Toute son opération et acquisition est bornée par le
nombre maximum des éléments ou constituants indépendants, et par une certaine durée ou conservation du
système (ou chose).
    Toute « connaissance » doit donc contenir cachée
cette limitation. Et on ne doit rien concevoir qui suppose,
(autrement qu'illusoirement) *plus* que la *forme* imposée
par (Nt) n'en peut contenir.
    Tout ce qui l'excède est devant être « justifié » — —
Comment excédons-nous nos bornes ? Ainsi, *l'existence
de 30 objets distincts* ? Nous la concevons par une sorte de
traduction :
1º une image vague de pluralité de ces objets
2º une image d'*un* objet de cette collection ou d'une
    pluralité accessible (2, 3, 4) de ces objets
3º une idée d'opérations ou actes qui se répéteraient
    entre l'Un et le Tout.
    — Or cette limitation est tantôt sensible, mais géné-
ralement imperceptible. Le langage la démontre par ses
formes, et la cache par ses *mots,* — exactement comme la
numération permet d'écrire ce que nous ne saurions
percevoir ni même compter réellement en tant qu'objets
distincts. S'il fallait expérimenter que $10^6 + 10^6 = 2.10^6$
(objets distincts) !
    Retour à l'analyse du « présent ».
    — Il y a un *présent* qui est défini par tout système qui
satisfait à n et t.

L'esprit est aussi la faculté des échanges de « développables ».

« Vitesse » caractéristique. (1934. Sans titre, XVII, 563-564.)

Si la *pensée* est le produit d'une *fonction,* ce que peut décider l'analyse de ces 2 notions (pensée, fonction), il s'ensuit des conséquences — — —

Si elle est excitée, déprimée par les mêmes actions qui excitent, dépriment, les fonctions en général..

Si elle est bornée en tant que *fonction,* n'est-elle pas bornée en tant que soi-même — et sa *valeur pensée* peut-elle dépasser sa *valeur fonction* ? N'y a-t-il pas inflation ? Ici rôle du langage. (*Ibid.,* XVII, 608.)

On ne peut *voir*[A] q[uel]q[ue] chose, sans qu'une autre soit *non-vue* — et de même pour le *faire.* L'ensemble des choses qui ne se masquent pas — ou celui de celles qui ne se gênent pas dans l'action — est une conception capitale, qui est impliquée dans ma théorie des « phases »[B] dans laquelle — la *perception,* le *degré de liberté,* l'*énergie libre* et la *connexion* sont liés par une relation — et qui permet de distinguer les différents « temps » — et de substituer de l'observable à la notion grossière.

— Tout ce à quoi il ne faut pas penser quand on veut suivre une pensée dans un ordre quelconque exerce une sorte de pression de distraction ou de dissolution sur la suite ou conservation de celle-ci. (1934-1935. Sans titre, XVII, 708.)

☆

La surprise (généralisée) est un désordre ou dérangement d'un certain ordre normal. De même que le hasard entendu au sens de production de l'improbable — du non-attendu — de ce à quoi on ne *pouvait* s'attendre — et qui était *loin* (J'étais *loin* de m'attendre à ...).

Cette *distance* est expression remarquable.

A. *Trois tr. marg. allant jusqu'à :* dans l'action.
B. *Deux tr. marg. allant jusqu'à :* une relation.

La surprise est *à la fois* sensation spéciale — retard de réponse-modification physiologique — avec production de phénomènes sensibles oscillatoires, comme les oscillations du pendule ralenti — de reprises.

L'intensité (même attendue) d'une sensation — la nouveauté — l'improbabilité — agissent à peu près dans le même sens.

Elle exige du temps pour se dissiper. Ce *temps* est extra-psychique. Il est perçu par un observateur qui n'est pas, en général, le sujet même.

Elle montre que l'état mental *de régime* (comparable à l'équilibre auquel revient le pendule) est une phase — un dispositif accordé à des conditions présentes. *Ce temps est très sensible.*

Ce n'est pas l'incohérence d'idées ou de choses perçues qui fait surprise mais la perception de l'insuffisance de la *phase* fonctionnelle pour tel événement. C'est une rupture de l'équilibre de phase.

Indigestion — Intolérance.

L'être était en état de répondre *exactement* — (c'est-à-dire selon un certain minimum) — à tout un ensemble d'événements φ *ou* ψ. Domaine psychorganique d'un Possible. Dans cet état — une sorte de réversibilité constituée par l'égalité suffisante des échanges — La transformation se faisait par demandes et réponses de valeur énergétique peu différente.

Contradictions exprimant la Surprise : Ce qui est très loin est présent. Ce qui est faux est vrai. Ce qui n'est pas est. Ce qui n'est pas possible est — etc.

Oscillation entre présences qui s'excluent.

Et deux espèces de production se montrent alors. Il y a tentative pour former ce qui comprendrait (dans les 2 sens du mot) ces éléments contradictoires. — Et tentative pour éliminer l'un d'eux. J'avais pensé jadis à une différence de marche entre la propagation des excitations.

Le *brusque,* l'*intense,* le *neuf* sont les noms d'un effet de propagation plus rapide.

« On dirait que » l'organe (connu ou non) affecté émet une *onde d'émoi* (!) plus prompte (vers le *centre de l'importance*) que l'onde de perception de régime.

« Comme si » un trop-plein se portait sur la corde de

l'arc[A]. Alors la réaction — le retour inverse se heurte à … Il y a inassimilation. Le fait nouveau n'entre pas dans le cadre de phase — (énergétique et spécialisée) existant. L'énergie sans issue s'élimine par désordres de toute espèce — ou bien, au contraire, *manque partout.*

Si l'on peut assimiler (dans ceci) une « idée » à une détonation ou à un choc — à cause des effets produits, c'est qu'il y a dans les idées un *élément caché. Point d'idée sans quelque chose d'autre* qui tient au significatif et en est la *valeur,* mais qui agit sur le *formel* — et c'est là la valeur. C'est ce qui distingue en profondeur les idées et forme la charge des *signes* de laquelle dépend la force affective instantanée. (1935. Sans titre, XVII, 802-803.)

☆

Ce que je trouve de plus net et remarquable quant à « l'esprit » est cette propriété que j'ai aperçue en 191. et me suis signalée — (C'était le temps où je tentai de réduire la fonction mentale au type réflexe). Je vis (par la considération du langage) que, tandis que les réflexes ordinaires sont composés de deux événements successifs incomparables dont l'un est toujours antérieur, l'autre toujours conséquent, les relations psychiques sont dans les 2 sens. Au couple *Mot → sens* correspond le couple *Sens → mot,* — tandis que le couple *Douleur → cri* n'est pas double d'un couple *Cri → douleur.*

Il y a donc un domaine de possibilités — grâce auquel le langage peut être créé.

En somme 3 types. A. Le Réflexe pur — donné et imposé par l'organisme — et constitué par 2 événements du corps hétérogènes, mais invariables — et toujours de même succession DR.

B. Le réflexe d'acquisition — Même forme, — mais sujet à modifications et à *oubli.*

C. Le bi-réflexe psychique — à double entrée.

Ce qui caractérise ψ — *c'est la possibilité.*

(Cf. (peut-être) les complémentaires. Vert, Rouge.

A. *Dessin en marge qui illustre schématiquement cette idée.*

Le Vert produit serait le *possible* du Rouge *donné*.) (*Ibid.*, XVII, 840.)

L'esprit n'existe qu'en acte. (*Ibid.*, XVII, 845.)

L'idéal de l'« intellect » est de substituer un « mécanisme » institué *une fois pour toutes* à une formation locale de solutions de chaque fois.

Apprendre à marcher, à lire. (*Ibid.*, XVIII, 9.)

Un de mes chefs principaux de recherche est de trouver le moyen d'assimiler la connaissance-en-acte (ou pensée) — à un groupe fermé. Mais d'une part je trouve l'*infini* des contenus distincts possibles, le non-retour intégral — De l'autre le fini des formes, des éléments discrets d'*action* (mots, actes). N[ou]s pouvons n[ou]s éloigner indéfiniment d'une idée donnée — mais non de n[ou]s-mêmes. *Une idée peut ne jamais se présenter,* (ou *se re-présenter*) à nous. *Mais nous en sommes capables et si* elle se présente, elle détermine aussitôt un ou plusieurs groupes. (*Ibid.*, XVIII, 39.)

« Instinct » — idée de guide, aiguillon de bouvier[A], mais simplement on désigne par là ce qui

1° excite — 2° dirige

tout acte qui a le double aspect de

{ 1° Réflexe
{ 2° Réfléchi.

1° *Réflexe —*

c'est-à-dire *entièrement* déclenché par l'excitation initiale — et donc déterminé — c'est-à-dire

A. *Aj. :* = Excitation à accomplir un *complexe* d'actes coordonnés sans réflexion, et sans éducation préalable

— localisé par elle
— énergie et spécialité de fonction fixées par elle
— non réciproque — Intervention et non transformation
— *non retardable.*

2º *Réfléchi* —

c'est-à-dire[A] exigeant *p fonctions* indépendantes coordonnées à partir d'une phase « libre », exigeant, *ou
ayant exigé,* un MONTAGE, et ce montage exigeant une
« représentation ».

(La représentation n'a pas d'autre « principe » que
cette résolution du problème de coordination de *fonctions*
élémentaires indépendantes. Cf. « L'espace » — le
« monde EXTÉRIEUR » — le « temps » et autres mythes
— les « objets et êtres » etc. Le langage etc.)

Ce processus qui distingue montage et exécution et
qui construit une machine *Uniforme* au moyen d'éléments
fonctionnels distincts et discrets — introduit la distinction
entre le « *concevoir* », le « *se disposer à* », le *être prêt à,*
le *agir,* le différer ou « non-agir » — le *temps* — les
contrastes entre ces états.

Ces distinctions sont sensibles.

Quant à la combinaison *unique* des *p* fonctions indépendantes en principe et qui peuvent chacune entrer
successivement dans *x* combinaisons, elle est très délicate
à préciser — à cause de l'intervention de la *mémoire* —
qui est elle-même *une* de ces fonctions, et qui d'autre part,
les intéresse toutes ou est intéressée par toutes....

— En somme, les *instincts* se donnent comme *contraste*
entre leur mode de production et leur portée, qui passe
de beaucoup le peu de connaissance que l'exécution
exige.

Effet complexe de cause simple — MAXIMUM d'*adaptation,* résultat d'un MINIMUM de *travail mental.*

La Sagesse est dans l'acte et non dans la pensée.

Ex[emple] : les prévoyances animales. L'insecte
amasse, et pour amasser, construit.

— Or, *nous ne pouvons comprendre ceci.* Car nous raisonnons ainsi : Je sais par expérience et mémoire que l'hiver

A. *Tr. marg. allant jusqu'à :* une phase « libre ».

viendra — *j'y pense maintenant* — cependant que telles
ressources sont présentes, abondantes etc. *Si* je les mets
à l'abri — ces réserves se conserveront etc. Je vais les
constituer — pour les trouver quand la bise sera venue.
Je m'en occupe. Je coordonne le présent, l'avenir certain,
la connaissance des propriétés non périssables, les moyens
locaux de préservation, l'action.

Mais sans toutes ces considérations combinées — je
n'eusse rien fait. Or, cet animal le fait. —

— Mais tout ceci est effet de contraste sur Moi, qui
fait produire par mon esprit 2 ou 3... solutions — A) un
constructeur fait *ad hoc* qui, lui, SAIT, (à la place de
l'animal); et qui, lui, PEUT et VEUT — mais il est trop
clair que cette réponse n'est faite que de la demande;
B) une sorte d'intégration (évolution) qui comble l'intervalle
1º entre ce qui m'apparaît de l'inorganique et ce qui
m'apparaît de l'organisé
2º entre l'organisé réflexe pur; et l'organisé complexe —
par tâtonnements et nombre immense de tâtonnements.

Enfin, comme remarque latérale — les organismes
eux-mêmes et leurs coordinations *simultanées ou successives*
internes, celles qui n'ont pas de psychisme — présentent
des « sagesses » et des « prévisions » par le fait.

La vie des animaux organisés en dépend.

Et encore — ceci[A] — tous les instincts proprement
dits sont impulsions musculaires. *Le muscle strié entre
dans leur définition*[B].

De plus, il faut supposer qu'ils s'imposent par une
pression affective. Douleur et plaisir — ces deux *forces*
d'inégalité.

Cet acte *instinctif*[C] a la forme d'un *réflexe* et les effets
d'une *composition de l'esprit.*

Ceci conduit à examiner de plus près ce en quoi
consistent ces *compositions.* Recherche rendue difficile par
ce fait que les circonstances réelles sont altérées, mas-
quées, falsifiées dans chaque cas à peu près comme le

A. *Tr. marg. allant jusqu'à : dans leur définition.*
B. *Aj. renv. :* Ceci a une importance — car c'est la modification
musculaire qui définit la volonté — et qui introduit, d'ailleurs, les
degrés d'intensité, de durée, en relation *perceptible* avec l'excitation
perçue.
C. *Tr. marg. allant jusqu'à : composition de l'esprit.*

rêve est falsifié par le souvenir au réveil et l'expression du souvenir — que d'ailleurs *nous n'avons pas de moyen de notation ad hoc.* — Tout moyen de notation *pour nous-mêmes* comme pour autrui — suppose une *division* (et opposition), d'une chose et d'un opérateur. Or c'est là précisément le caractère de ces *états naissants*[A] — qu'il n'y a pas de division nette ni stable. *Il faudrait que la perception ne modifiât pas la chose perçue.*

Cependant cette composition offre *prévision* (p[ar] ex[emple]), c'est-à-dire spécule sur la conservation du moi — et celle de propriétés invariantes. (*Ibid.,* XVIII, 46-48.)

Il y a, *normalement,* en l'homme — des obstacles, empêchements, impossibilités, improbabilités, stables et imperceptibles,

qui font que *toutes* les combinaisons d'images, de signes, d'actions... *possibles,* ne se produisent pas — que toutes les impulsions, toutes les compréhensions etc. ne se font pas — ou s'amortissent très rapidement.

Et[B] parmi toutes les espèces de ces restrictions, celle-ci : *Ce qui n'a jamais été en moi tend à ne jamais être.* C'est une sorte de principe d'inertie. (1935. Sans titre, XVIII, 65.)

Si des enfants jouent à s'attraper, il arrive que le poursuivi s'avise de gagner un obstacle comme un gros arbre ou une table ronde et fixe, et de tourner autour en prenant la vitesse de l'adversaire — qui ne l'atteindra jamais[1].

Or jamais cette idée ne vient à un animal poursuivi.(?)

Contra : Les ruses de certain gibier.

Il serait curieux de chercher à tracer le cercle des idées que peuvent inventer les animaux. (*Ibid.,* XVIII, 110.)

Tout ce que [nous] savons et pouvons est lié à des

A. *Quatre tr. marg. allant jusqu'à : la chose perçue.*
B. *Tr. marg. allant jusqu'à : ne jamais être.*

conditions dont n[ou]s ne soupçonnons que quelques-
unes — que n[ou]s ne savons, d'ailleurs, exprimer
exactement.

N[ou]s ne savons pas démêler, en général, ce substratum — et réduire nettement nos connaissances à des
fonctions de variables bien définies. Ainsi tous nos
mouvements sont composés de contractions et détentes
de quantité de muscles, et les confondent. Et n[ou]s
ignorons la machine. Nous percevons notre action dans
une simplification extrême, quand la moindre exige,
d'autre part, une mécanique merveilleuse. (*Ibid.,* XVIII,
157.)

☆

Observation.

Je regarde la fumée de ma cigarette posée[1]. Elle est un
doux ruban avec des fils sur les bords, qui s'évase, se
noue, se dénoue, fait des nappes à échelons, à tourbillons, etc.

Et je suis émerveillé, mortifié de ne pas concevoir
comment cette transformation fluide, ce flux de formes
et de figures successives, qui s'engendrent si facilement
et librement, avec une grâce, une fantaisie, une suite et
continuité, comme une invention etc. — m'est perceptible. Comment je (mon œil —) *suis* cette suite[a] ? Je suis
là, comme j'écouterais de la musique. C'est le même état.

Comment[b] s'additionnent ces figures ? (*Ibid.,* XVIII,
206.)

☆

L'Équidistinct

ψ Soient une « pensée », un guéridon, un oiseau, une
attente, une distance, une douleur — etc. et essayez de
composer* tout ceci — je veux dire, de concevoir *ce qui*
— « équidistant », ou.. *équidistinct,* de tout ceci, épouse,
mime, emprunte, substitue tous ces termes hétéroclites.
Son essence étant d'être indéfiniment *autre,* ce qui pour
elle n'est pas un.. changement (quoiqu'elle se note par
l'idée de changement) mais au contraire, *changer est son
même,* sa constance — — —

sans oublier[A] que.. la *variation* du changement est
nécessairement une.. *permanence* !

$\Delta V \equiv$ non $V = K$ (d$V = 0$).

On ne songe jamais chez les philosophes à ce protéisme essentiel — et comment l'individu peut bien
porter *en soi* de quoi subir, fournir, cette diversité
infinie.

— Par là[B], s'accuse bien le contraste remarquable
entre la diversité psychique et *la monotonie fonctionnelle*. Et
l'on peut dire que nous connaissons tant de choses au
prix de l'ignorance de notre fonctionnement. L'œil ne se
voit pas, mais voit les étoiles éloignées. Le voir est
incompréhensible. *Il est caché par ce qu'il montre.* (*Ibid.*,
XVIII, 221-222.)

Le *Si* est instrument essentiel de l'action mentale.
(*Ibid.*, XVIII, 229.)

« Phases » — Ce que j'appelais *phases* (vers 1902) était
l'état caractérisé par le groupe des échanges. Les éléments
de ce groupe s'échangent sans changement de phase.
Le passage de phase à phase se fait soit par une sorte
de modulation — soit par brusque variation. —

La phase est la notion de la possibilité d'échanges
(entre éléments) qui n'altèrent pas le n[ombre] des
variables fonctionnelles en présence.

Ainsi passer de l' « espace » à n dim[ensions] à celui
de $n + 1$ est chang[emen]t de phase — n est le degré de
liberté. Ce qui est possible dans une phase ne l'est pas
dans l'autre. Agir — consciemment est impossible à celui
qui pense. Rêver est impossible à celui qui déchiffre une
partition. Dormir à celui qui souffre. (*Ibid.*, XVIII, 231.)

ψ S

La vie psychique[C] est un mélange curieusement dosé

A. *Tr. marg. allant jusqu'à :* une.. *permanence!*
B. *Tr. marg. allant jusqu'à :* la monotonie *fonctionnelle.*
C. *Deux tr. marg. allant jusqu'à :* ne serait pas.

d'attendu et d'inattendu — car si tout fût l'un ou l'autre, elle ne serait pas.

La proportion du mélange varie entre des limites. Il y a là matière à réflexions. (*Ibid.,* XVIII, 236.)

☆

Il y a une partie cyclique de la conscience qu'exprime le mot : re-trouver. Vivre p[our] la conscience c'est toujours re-vivre; Être, c'est re-être. Il n'y a pas d'entièrement inédit et il n'y a pas d'entièrement re-édit[A].

Proportion du neuf et du vieux à chaque *pompée.*— Mais encore faudrait-il tenir c[om]pte de la *perception* de la nouveauté ou de la non-nouveauté qui, après tout, *fait* ces qualités; est croyance — opinion, — et il y a du faux-neuf et du faux souvenir. (1935. Sans titre, XVIII, 278.)

☆

L'instinct, excitation et détermination de toute une action, *si complexe soit-elle,* par *une seule sensation* — qui éveille de proche en proche, les fonctions les plus diverses.

Cette sensation monogénétique*(!) peut être d'origine externe — (une odeur, etc.) ou interne. Dans le 1er cas, la direction est donnée. Dans le second, elle est cherchée. La *faim* fait quêter, interroger « l'espace ».

La conscience et les calculs viennent se caser dans la suite des opérations de libération de cette sensation initiale.

— D'ailleurs[B], la conscience la plus déliée, l'intelligence la plus éveillée et libre, sont appelées à être, (et à être, l'une, la plus déliée; l'autre, la plus libre —) par *l'habitude horaire.* L'automatisme amène le « *temps* » *de la création.* La redite[C] emporte l'invention, et la retire dans son pli. Il y a *une heure pour revenir à l'inédit,* et un *retour régulier de la production de* « *premières fois* » ! Ceci est une

---

A. *Dessin en marge représentant le mouvement circulaire de l'esprit et de la vie.*
B. *Deux tr. marg. allant jusqu'à :* l'habitude horaire.
C. *Tr. marg. allant jusqu'à :* « premières fois »!

des grandes merveilles de l'observation de l'esprit. Ainsi le mouvement régulier de l'appareil de transport emmène l'explorateur dans des régions inconnues. — C'est que les régions inconnues sont faites d'éléments connus. (*Ibid.*, XVIII, 316.)

Sys.

L'esprit[A] est à chaque instant, — n'est qu'à chaque instant. L'esprit n'est qu'une transition perpétuelle. Événements.

Et ce qu'il forme qui n'est pas « à chaque instant » — le durable, stable, qu'est-ce ? (1935. Sans titre, XVIII, 404.)

S

Le grand malheur de l'homme est de ne pas posséder un moyen naturel, immédiat, d'abolir telle pensée à son gré[1].

« L'attention volontaire » est plus existante que le détournement volontaire — —

Il n'y a pas symétrie du pouvoir positif et du négatif. (1935. Sans titre, XVIII, 436.)

L'immense plupart de nos perceptions et pensées est sans conséquence[2]. (*Ibid.*, XVIII, 436.)

☆

Pouvoir — et choses de cette espèce

— C'est[B] le constituant « Musculaire » de nous, en tant qu'il est ressenti, qui est peut-être le sens le plus important — celui dont les propriétés sont racines de

A. *Tr. marg. allant jusqu'à :* transition perpétuelle.
B. *Tr. marg. allant jusqu'à :* le plus important.

nos « temps, espace, *pouvoir* » etc., toutes choses que je vois sous le nom général d'Action.

En particulier, la sensation d'écart, de tension et de détente est fondamentale.

Notre idée de présent, passé, futur est fondée à l'état élémentaire sur *l'action*[A] — laquelle est propriété du *Musculaire*. (*Ibid.,* XVIII, 445.)

☆

Il faut bien *regarder* assez souvent les vivants comme des machines.

Toutes les fois que l'on peut prévoir les modifications d'un système, si ces modifications sont conçues comme pouvant se répéter, soit par le même système, soit par un autre semblable en tout ou en partie à « lui », l'idée de *machine* se propose.

Il y a donc dans les vivants un *quantum* de machine d'autant plus sensible que l'on considère moins les circonstances extérieures *(fortuites)* — qui entourent leur système. (*Ibid.,* XVIII, 456.)

☆

θ S

Le Possible[B] considéré comme actuel — *maniable* — utilisable. Ainsi l'*Infini* est manié comme un moyen fini.

L'ensemble E énumérable[C] — (les entiers, p[ar] ex[emple]) — *n'est pas énumérable en fait*. On *peut* raisonner comme s'il fût tout présent. En réalité — ce n'est pas une *collection* que E, c'est une *opération* « considérée » comme indépendante de sa matière.

Le Possible, désigné, énuméré, combinable, — est l'invention, le moyen capital de l'intellect *humain* — l'artifice majeur — ce qui est anti-animal essentiel. Le calcul des prob[abilités] en est le chef-d'œuvre. (*Ibid.,* XVIII, 480.)

A. *Petit dessin en marge qui semble représenter « l'action » de l'esprit dans le temps.*
B. *Tr. marg. allant jusqu'à :* tout présent.
C. *Tr. marg. allant jusqu'à :* en fait.

La pathologie mentale ou neurologique a pour principal intérêt de montrer que des activités qui paraissaient simples et entières, sont en réalité extrêmement composées. Comme le membre fatigué ou endolori fait connaître son poids — qui semblait inexistant — ainsi le retard d'une réponse, l'expression étrange et fantastique d'une sensation — etc. (1936. Sans titre, XVIII, 664.)

Quelle notion de l'*eau* peuvent avoir les poissons de la profondeur ? Leurs physiciens disputent peut-être si l'eau existe. Leur idée de la masse, de la pesanteur — Temp[érature] constante.

Les corps non vivants tombent. Les corps morts s'élèvent. Les bulles gazeuses. (*Ibid.*, XVIII, 671.)

C'est une des propriétés cardinales — (*trop simples*, dirais-je —) de l'esprit que rien n'y puisse demeurer *isolé*. Tout ce qui se produit à lui ou en lui trouve ou son *semblable*, ou son *voisin*, ou *son suivant*, ou *son précédent*.

En vérité, n[ou]s ne pensons pas à *quelque chose* — nous pensons *de* quelque chose *à* quelque chose — (from → to). (*Ibid.*, XVIII, 683.)

S

Forêt mentale —

Espace dont chaque « point » est carrefour. (1936. Sans titre, XVIII, 786.)

J'appelle *phase,* l'état ou le dispositif (inconnu) lequel régnant, tels actes sont immédiatement possibles, et effectués dès l'excitation, et tels autres exigent une transformation préalable — ou préparation interne — ou interne-externe — qui rende ou l'énergie disponible,

suffisante, ou le système articulo-moteur, ou psychique
en ordre d'exécution. (*Ibid.*, XVIII, 812.)

☆

Le plus *réel* et le plus important problème de la
connaissance est pour moi celui de la distinction et des
rapports entre les 2 faces de la connaissance, le sensible
et le psychique. Question viciée par la fâcheuse notion
de *réalité* — mal énoncée (si jamais elle l'a été ?).

φ et ψ[A] — ma première idée fut de les considérer
comme en concurrence — comme des termes qui se
limitent réciproquement. $\varphi + \psi = c$:

Et aussi cette relation symbolique : $\Delta\psi \equiv \varphi$
$$\Delta\varphi = \psi.$$

Mais il y faut les inégaliser.

— Cette opposition-conjonction-alternation[B] est fondamentale p[our] le fonctionnement de « l'esprit »
(comme les 2 températures pour le cycle Carnot) et on
ne peut rien comprendre à ce fonctionnement, si on
commence par « douter » si l'on rêve — c'est-à-dire par
considérer les 2 *espèces de la conscience* comme indiscernables — tandis que ce sont leurs *phases* (au sens électro-
mécanique), leurs relations qui sont le fond de la vie
psychique.

La substance de celle-ci est *fonctionnement* et ce que nous
en observons — le voile.

Mais la notion[C] d'*acte réflexe* permet de soupçonner
le mécanisme alternatif dont perceptions, idées, etc. sont
les effets.

Mais il faut du réflexe passer à la notion d'acte complet.

La pensée est un fragment du cycle de l'acte complet —, *un moment de la transformation.* —

Elle est essentiellement transitive — instable.

Le monde extérieur sensible[D] est l'ensemble de toutes
les demandes.

Le phénomène de l'accommodation donne le type

A. *Tr. marg. allant jusqu'à :* les inégaliser.
B. *Deux tr. marg. allant jusqu'à :* ce fonctionnement, *suivis d'un
seul allant jusqu'à :* la vie psychique.
C. *Tr. marg. allant jusqu'à :* un moment de la transformation.
D. *Tr. marg. allant jusqu'à :* toutes les demandes.

du fragment (d'acte complet) qui est le modèle de l'attention. (*Ibid.,* XVIII, 887-888.)

L'enfant[A] découvre l'indépendance et sa propre causalité — *Être cause*[1]. (1936. *Voyages,* XIX, 30.)

La plupart des impressions demeurent sans réponses, comme la plupart des graines sans avenir. (1936. Sans titre, XIX, 89.)

Il est remarquable qu'il faille une sorte de travail pour retrouver (et encore très imparfaitement) l'état de voir ce que l'on voit tout — cru et tout brut, où l'on ne *sait pas* ce que l'on voit, où on ne le traduit pas sans avoir le temps de s'apercevoir qu'on le traduit. (*Ibid.,* XIX, 91.)

Des productions proprement psychiques, idées, images, — discours sont soumises à des fluctuations comparables à celles de *corps* et d'*énergie*..

Ainsi, sous le coup d'émotions, des représentations, des comédies et parfois des actes, se produisent, s'exagèrent, s'exténuent et reprennent comme par un mécanisme oscillant, si complexes soient ces phénomènes ψ — si *entiers* soient-ils, si complets en soi — ils ne sont pas moins des *parties,* des moments d'une oscillation — comme le *rouge* est partie d'un système où le *vert* est implicitement compris.

Donc — notre connaissance, nos souvenirs, nos combinaisons, notre anti-présence, leurs valeurs etc.

sont soumis à une fonction-temps de sensibilité générale et énergétique oscillatoire — plus ou moins tôt amortie.

C'est-à-dire que ce que n[ou]s imaginons et ressentons,

A. *Aj. renv. :* (15 mois ?)

quel qu'en soit le contenu est soumis à une « mécanique » cachée, à une *durée* fonctionnelle cyclique.

Qui que tu sois, quoi que tu fasses, le jour te mène à sa nuit et la nuit à son jour. (*Ibid., XIX, 96.*)

☆

Imagination

A-t-on seulement jamais songé (j'y ai songé dans le premier *Léonard* — de 1895) à explorer la question de l'imagination ? à considérer ce possible et ses bornes ? Cette combinatoire qui se livre par cas particuliers est-elle susceptible d'une recherche de son étendue ?

Et cependant n[ou]s en vivons. Notre temps n'est occupé que de formations qui répondent à des circonstances très diverses et très inégales.

Ces formations se déploient dans un domaine. (1936. Sans titre, XIX, 301.)

☆

Les vieux principes.

1. Tout ce qui est est *sensible* (ou senti) ou *mental.*
2. Tout ce qui est mental est soumis à certaines conditions non mentales et *peut* produire des effets non mentaux. Ces effets sont sensibles — *ou non.*
3. Il y a donc des choses qui ne sont ni sensibles ni mentales. Donc (1) est *faux.* Il faut y ajouter les *Implexes.*

     Ex[emple] — la mémoire, qui peut produire des choses qui furent acquises sans qu'on le sentît. Cf. le rêve.
4. Le sensible et le mental sont antagonistes. Se gênent l'un l'autre.
5. Le sensible oblige le mental à produire une stabilité — et tout ce qu'il faut pour le distinguer de soi. Il oblige le mental à le circonscrire.
6. Les conditions non mentales du mental obligent ce mental sans paraître en lui.
7. S'il n'y a que *mental*[A], une part de lui prend fonction de sensible.

A. *Tr. marg. allant jusqu'à :* fonction de sensible.

8. Quand le sensible est demande, le mental répond selon un ordre qui, si promptement soit-il parcouru, doit l'être. Parfois cette propagation est retardée et la réponse ψ ne se manifeste qu'un *temps quelconque* après, et parfois inopinément. — Comme par surprise.

9. Quand le mental est demande, il se répond généralement d'abord à lui-même. (?) — —

10. Du moment que ces 2 domaines observables se gênent — on peut songer à les représenter par de quasi-grandeurs, dont la *somme* soit égale à un certain *paramètre*. En d'autres termes, quelles que soient les sensations et les pensées, il y a une relation d'*antagonisme* entr'elles indépendante de leur contenu.

11. Ce qui m'a conduit à penser que toute pensée particulière *devait* satisfaire d'abord[A] à *m* conditions actuelles d'*existence de pensée, avant* d'être ce qu'elle est — en particulier.

Mais ce qu'elle est en particulier et *comme distincte de toutes autres* — était ce qui nous était sensible et le reste, peu ou point. *Ce que* n[ou]s pensons masque les conditions qui le supportent et produisent. *Ce qui pense* n'est pas *pensée.* —

Sans doute cette expression est vicieuse et l'est substantiellement — car elle prend la forme de proposition. Mais comment *faire ? Faire* est notre condition[B]. (*Ibid.*, XIX, 338-339, 341.)

☆

« Esprit » = Puiss[ance] de transformation étrangère aux choses qu'elle transforme — (Sens fréquent du mot « esprit »).

« Comprendre » signifie *transformer une situation* donnée par perception, *en elle-même comme* obtenue par images d'actes.

Et ainsi les attributs et verbes à accoupler *normalement* au mot *Intelligence* sont *bien-désignés-en-puissance.*

A. *Tr. marg. allant jusqu'à* : le supportent et produisent.
B. *Aj. renv.* : *Faire* est dans tout notre langage — articulé. « *A est B* » est un *faire.* C'est ajuster deux éléments de deux collections complémentaires.

(— N.B. Je ne prétends *définir* une substance mais décrire une impression.)

— Puissance de transformation *étrangère aux choses qu'elle transforme*.. à peine l'a-t-elle accompli. —

— Et c'est pourquoi n[ou]s *ne comprenons rien* à l'opération de la nature vivante, laquelle n'est pas étrangère aux choses qu'elle opère et se confond avec cette opération.

— Et c'est pourquoi nous avons des difficultés avec le *mouvement*. Nous voyons une modification que n[ou]s analysons en temps, et en lieux, et en vitesse — etc. Mais cette analyse est une transformation étrangère; et ce que n[ou]s reconstituons, une congruence extérieure.

Mais cette puissance et les *choses* qu'elle transforme ont entre elles des relations de divers ordres, qui définissent ces « choses ».

Tout ce qui se produit[A] devant elle est devant être transformé — ou écarté — ou annulé aussitôt, ou substitué, soit immédiatement, soit avec des conservations etc.

et une question de réciprocité entre puissance et choses se pose.. (1936. Sans titre, XIX, 368.)

☆

θ
S

Toute croyance absorbe une certaine quantité de liberté ou possibilité de combinaisons psychiques

ou plutôt elle en absorbe le pouvoir d'impulsion ou d'inhibition — au profit de quelqu'une d'entr'elles.

Tout acte exige cette inégalité qui, en principe, est provoquée par un événement sensoriel — perception, instincts, besoin, etc.

Toute la vie est une suite d'inégalités ou d'écarts de l'état indifférent.

Cet état n'est rigoureusement réalisé que dans le sommeil sans rêves. La moindre sensation est un écart de ce zéro.. non absolu.

Rien n'est qui ne soit provoqué — L'être vivant n'est que réponses. (*Ibid.*, XIX, 429.)

A. *Deux tr. marg. allant jusqu'à :* ou annulé.

Ce que j'appelais *Phase* — n'est autre chose que la variabilité (discontinue) de l'être vivant à tel moment.

À tel moment, il ne peut accomplir telle chose à moins qu'il ne subisse un changement de *phase* — c'est-à-dire une modification du nombre et des connexions des fonctions et de leurs dépendances.

Un homme qui se mord p[ou]r demeurer éveillé ou qui se dispose p[our] dormir — un homme qui subit l'excitation sexuelle.

Le chang[emen]t de phase est toujours un chang[emen]t de l'énergétique, et une variation d'énergie libre ou disponible. (1936. Sans titre, XIX, 538.)

Au lieu de « formel » mettre généralement « fonctionnel » (dans mes notes). (1936. Sans titre, XIX, 591.)

☆

La transformation insensible qui change un acte volontaire et composé en automatisme. (*Ibid.*, XIX, 625.)

Réveil — Re* (poèmes ψ)

Le signe $R(x)$[A] le plus important de tous.

Toute chose *mentale* le contient ou... le cherche !

Tout fonctionnement de la conscience tend à faire passer de la singularité pure à la disponibilité — indéfiniment. —

Elle* cherche* à rendre *semblable* et *répétable* — (que d'anthropismes !).

Ce qui doit se ranger auprès de la remarque que l'acte de conscience détache son objet, l'oppose à *x*.

L'événement initial est événement sans similitude, et isolé. (*Ibid.*, XIX, 631.)

A. *Tr. marg. allant jusqu'à :* la disponibilité.

☆

Ma spéculation a été à partir du *fini*. J'ai « vu » le *fini*
à 20 ans. Et l'ai pris pour base. Le fini et les liaisons ou
gênes qu'il introduit.

Ceci conduisait à revoir toutes les valeurs et à tout
reprendre. Tout ce qui se pense et se croit est « gêné »
par la forme du *fini,* non apparente en général — (pas
plus que l'on ne songe à la longueur du bras qui borne
l'action réelle — à une enveloppe ou sphère). Au delà,
la fantasmagorie visuelle; au delà, l'hyperfantasmagorie
« abstraite » — la généralisation pure, le *Pays des Signes.*
Mais il y a aussi un En-deçà — Le *Pays du MOI* — avec
ses 2 zones — aussi — celle de la fantasmagorie « mentale »; et l'hyper ou hypozone — de la fantasmagorie
mystique. (Le Pays de Dieu) —

D'où le problème de la « Vraie Philosophie du
Sᵣ T[este] », la représentation du présent constant.
(*Ibid.,* XIX, 645.)

☆

Constituants des actes — Racine du temps

Problèmes de définition que je juge essentiels.

Qu'il s'agisse du rêve, de l'attention, du vers, du raisonnement — toujours *tout* exige une analyse des actes —
car ces diverses productions psychophysiques résultent
de combinaisons commandées par des impulsions ou
suggestions d'actes *incomplets* — qui tendent à se compléter comme ils peuvent pour que le retour au zéro soit
possible.

En d'autres termes[A] : RIEN DE PSYCHIQUE N'EST
COMPLET.

Et c'est là la racine *du temps. Rien ne ressemble à une figure
« parfaite »,* cercle ou carré, dans la vie de conscience.

Alors, la conscience qu'il faut pour ACCOMPLIR un
acte ordinaire, s'évanouit avec l'inachevé de cet acte —
et cet acte, à son tour, périt pour être achevé. (1936-
1937. Sans titre, XIX, 731.)

A. *Tr. marg. allant jusqu'à :* racine *du temps.*

☆

Je considère ce qu'on nomme vaguement *pensée, connaissance* — comme devant être associé à l'idée d'une certaine transformation — un acte de substitution — un « fonctionnement » ...

Mais tout fonctionnement se passe dans un système qui redevient ce qu'il était, — qui reprend l'état à partir duquel il « peut » se reproduire.. Il se régénère. Et finalement il a lieu dans une sorte de cycle — tantôt fermé par voie de retour inverse, tantôt achevé par un chemin ou insensible, ou différent du premier — (rouge → vert) qui revient au zéro.

Mais les systèmes de ces fonctionnements sont assez divers — selon le nombre des fonctions différentes et indépendantes qu'ils assemblent.

Si la pensée-connaissance est un fonctionnement, ce qu'elle forme, crée, compose — est soumis aux conditions des fonctionnements — quel que soit son objet — ou « contenu ».

Quand la conservation du contenu est exigée ou obtenue (en partie), c'est que le fonctionnement s'y prête — (attention). Mais ceci est limité, et ceci entraîne, d'ailleurs, aux dépens de tout autre fonctionnement, une dépense sensible.

Ainsi, la loi la plus générale de ce qui, d'*autre part*, est *esprit* est retour — après une excursion — toujours limitée — avec (parfois) acquisition. Mais il n'y a pas d'acquisition possible qui modifie cette loi — (par soi seule).

N.B. .. Tout ce que je viens d'écrire ci-dessus ne vaut rien. (1937. Sans titre, XIX, 882.)

☆

Nous pouvons penser parce que n[ou]s pouvons faire maintes choses, qui sont les indispensables à la vie, sans y penser. Mais quand celles-ci s'imposent à nous, deviennent sensibles, demandent peine et attention — — la pensée diminue ou s'altère. (*Ibid.*, XX, 11.)

☆

Les découvertes récentes et extraordinaires en chimie

biologique, les effets de tous ces produits humoraux et glandulaires font concevoir la vie sous un aspect tout nouveau — Une quantité de spécialités, leurs combinaisons, leur harmonie — leurs puissances merveilleuses. L'homme maître du fonctionnement intime et essentiel de son organisme, des développements de ses facultés. Une goutte de ceci et tel problème s'éclaircit.

De quoi, toute une *philosophie* peut naître. *A-t-on jamais délibérément regardé en face* et *mis en œuvre* cette pensée : *Pensée-connaissance a un* ÉQUIVALENT *physico-chimique ?*

Ce qui positivement se ramènerait à ceci : modification connue d'ordre phys[ique] aurait corrélatif psychique connu.

Le « matérialisme » nouveau — serait une théorie qui prétendrait faire dépendre toute production psychique de *causes* que des actions humaines, des moyens ou procédés pourraient reproduire et même développer. *Un métaphysicien prudent* de notre époque veillerait à écrire ses formules dans telle forme qu'elles fussent invariantes pour tous progrès *scientifiques* —

p[ar] ex[emple] si on trouvait que des substances ou des radiations agissaient sur la production des idées, modifiaient nos intuitions et donnaient une connaissance.. du temps (sens[ation] de durée) assez différente. « L'Univers » subordonné à cette chimie. (*Ibid.*, XX, 24-25.)

S'il y a à toute pensée des conditions comme *organiques* — comme celles de fonctionnement (ou physico-mécaniques ou quantitatives ou comme celles des sens (fréquences p[ar] ex[emple])) alors les pensées en sont affectées, bornées — dans leurs contenus — et n[ou]s ne pouvons pas plus *penser* au delà que voir infrarouge, toucher du feu, ne pas peser.

Mon idée fut d'appliquer — de chercher [à] appliquer — des conditions (observées,) à la vie mentale indistinctement considérée — comme un gaz malgré sa constitution en éléments désordonnés s'enferme dans une enceinte — et l'on observe et l'on étudie en réalité les EFFETS D'ENCEINTE.

Mais ici les éléments[A] (*Ibid.*, XX, 51-52.)

Partition —

Il n'y aurait pas de pensée possible si tout ce que n[ou]s sommes était présent.

(D'ailleurs l'esprit vit des *limites* de nos sens.) (1937. Sans titre, XX, 333.)

☆

Ma main trace des « mots » sur le papier sans que j'aie conscience du plus *grand nombre* des conditions de ce que je fais — —

Depuis l'accom[modation] visuelle, les mouvements des doigts — l'orthographe — etc.

Tout ceci est devenu instrumental. Tout a été *appris*, et tout — — oublié pour que l'opération soit ce qu'elle est. —

Si on regarde à la « pensée », il en est de même; il y a une partie instrumentale. (1937. Sans titre, XX, 379.)

☆

Il est enfantin de chercher à placer dans le cerveau, à tel lieu, telle faculté.

Ce n'est pas que cet ensemble de masses cellulaires ne soit composé de parties spécialisées et des connexions de ces parties — c'est que les notions « psychologiques » que l'on veut caser sont généralement très grossières.

C'est comme si on voulait trouver dans une centrale électrique (étant ignorant de toutes choses électriques) la machine qui *fait* la lumière rouge de telle lampe. (1937. Sans titre, XX, 467.)

☆

L'esprit est comme la main qui n'a [que] 5 doigts et le tronc qui n'a que 2 bras.

Il y a q[uel]q[ues] nombres* qui le bornent. Au delà,

A. *Passage inachevé.*

il peut supposer des existences, ou rien : c'est le même[A] !
(*Ibid.*, XX, 486.)

L'ouvrier ne sait pas qu'il a 2 mains[B] et rien que deux;
et l'une droite, et l'autre gauche; et inégales; et il ne
songe pas que ce qu'il fait est avant tout l'acte de deux
seules mains, et inégales, et en est marqué — *invisiblement pour les hommes*[C].

P[ar] ex[emple] : le poète ne se doute pas qu'il n'a que
de petits *temps* pour produire, car son acte essentiel, qui
est de se répondre par des effets verbaux combinés de
son et de *sens,* ne peut s'accomplir que dans des temps
très bornés.

Notre pensée la plus « universelle » n'est sans doute
pas moins restreinte, particularisée, *vertébrée,* asymétrique
que le faire de nos membres — et les[D] (1937-1938.
Sans titre, XX, 674.)

La surprise est un « temps » pendant lequel *quelqu'un*
ne se reconnaît pas. Ce qui suggère[E] que la *non-surprise*
(le cours ordinaire) est l'état de reconnaissance continue,
et que la reconnaissance elle-même... est ici une insensibilité relative. (1938. Sans titre, XX, 906.)

« Au-dessous » de toute figuration, de toute connaissance et de tout sentiment, il y a le fond énergétique, la
source et son débit, et les trois ou quatre formes que
peut prendre cette énergie, libre ou liée, et les 3 ou 4 distributions différenciées qui issues de la source, l'opposent
à elle-même, réagissent sur le débit etc. (1938. Sans titre,
XXI, 123.)

A. *Dessin en marge d'un homme aux jambes et aux bras étendus dont
le corps est contenu dans un cercle et borné par sa circonférence, comme
dans le célèbre dessin de Léonard de Vinci.*
B. *Tr. marg. allant jusqu'à :* temps *pour produire.*
C. *Aj. marg. :* passé et futur ?
D. *Passage inachevé.*
E. *Tr. marg. allant jusqu'à :* reconnaissance continue.

Je prétends qu'il y a une « mécanique » de la pensée — aussi bien qu'il y en a une de la vie, du vol, de la reproduction

que les pensées sont des produits

qu'il faudrait et faudra refaire toutes les notions du langage à partir du langage même — de son possible. (1938. *Sans titre*, XXI, 229.)

Élongation —

On n'a pas compris que le fonctionnement du vivant, (langage, actes, entendement, transformations psychiques) dépend étroitement de l'*élongation,* ou écart — comme l'*enjambée,* la *durée* d'une respiration, — la *portée de la main* — la durée d'une immobilité, — d'une attention — d'une.. *phrase*[A].

De même, autres conditions — domaine des sens, fréquences limites. De même, quantité de puissance — et quantité de diversité simultanée.

Tout ceci a ses effets *plus ou moins visibles* en toute chose : connaissance, pensée (pesée), fabrications — — etc. et en dépit des apparences de dépassement — qui font croire à plus de possession que celle de projections sur la *sphère* qui représenterait grossièrement ce domaine limité.

Il faut retrouver la « sphère » — c'est-à-dire le *volume* à rayon fini.. (1938. *Polynésie,* XXI, 314.)

La « logique » nerveuse

Tout développ[emen]t psychique a forme de contraste ou de symétrie — ou de complément. (*Ibid.,* XXI, 342.)

θ

Je m'occupe, dit-il, d'en finir avec l'esprit.

A. *Aj. marg. :* oubli

Observez bien tout ce qu'il fait. Regardez un homme dans son étrangeté, un animal dans sa simplicité, toutes les bizarreries du premier — — Voyez comme ils mangent l'un et l'autre. Il s'agit de se nourrir; il faut, en somme, de part[A] la nature, qu'un système que nous appelons *vivant* passe de l'état vide à l'état plein. L'animal y procède par le plus court. Mais l'homme ! Il lui faut la cuisine, les vaisselles, la parure, les propos brillants. Figurez ces 2 repas par des trajectoires entre les états que j'ai dits — Etc. C'est l'esprit qui fait toute la différence. Et ainsi du reste. Considérez toutes ces œuvres. À quoi riment-elles ? D'où naît donc le besoin de ce tracas ?

Et ne manquez pas de noter aussi ce trait constant qui me frappe en toutes choses de l'esprit et qui est leur nature contraire au vrai par essence. Vous parlez de *passé* et d'*avenir*. Vous faites comparaître les lieux qui ne sont pas devant vous, des grandeurs imperceptibles, des choses qu'aucun sens ne reçoit et ne pourrait recevoir — Etc. Mais tout ceci n'est que passage entre des états *sans esprit,* où v[ou]s consentez à être ce que v[ou]s êtes, en équilibre entre vos besoins et vos modifications de figure, sans productions intestines[B].

Quoi que vous « pensiez », *cela finit,* et l'excursion s'achève. Elle est donc bornée. Je m'assure que ce qui se fait, se produit entre ces bornes n'est pas sans dépendre d'elles en quelque manière.

Cela ne s'y voit pas. Et c'est le rendre visible que je cherche.. Il y a dans tout ce que l'on peut penser, de quoi cesser et vous rendre au zéro comme il y a dans tous les actes de votre bras des limitations de sa longueur et de ses libertés articulaires. Votre piano, votre dessin en sont discrètement bornés. Les formations que vous produisez à l'oreille et à l'œil, disent à l'observateur moins humain que vos ouvrages ne se font que dans un domaine que l'oreille, l'œil et le bras et la main circonscrivent de plusieurs manières.

Il faut se rendre momentanément moins humain. (1938. Sans titre, XXI, 381-382.)

A. *Graphie archaïque.*
B. *Aj. marg. :* S'il s'échauffe il se dilate.

Bien des événements de l'histoire de l'esprit consistent :
ou bien à reconnaître *possible* (ou non limité) ce qu'on
tenait pour *impossible* ou limité;
ou bien à reconnaître *impossible* ou limité ce qu'on
tenait pour *possible* ou illimité.
(Possible, limité — etc. — c'est termes provisoires
tenant lieu de tous les IBLES et ABLES — compréhensible,
faisable, pensable, visible, sensible, exprimable[A]. (1938.
Sans titre, XXI, 530.)

Comme la couleur d'un corps est l'effet produit par la
radiation dont il ne veut pas, — qu'il ne *digère* pas — sur
l'œil[B],
peut-être l'idée qui n[ou]s vient est-elle l'effet d'une
combinaison qui se fait sensible à l'esprit pour ne pas
être absorbée par le fonctionnement le plus économique
des échanges cérébraux. Ce que refuserait ce commerce,
ce qui ferait résistances sur un certain flux, cela ferait
émettre l'idée et son « *moi de réciprocité* » ?
Tout ce qui est sensible devrait peut-être faire penser
à une résistance — et à une *élimination*. —
Le Moi — ce refus fonctionnel de tout — — (1938.
Sans titre, XXI, 552.)

« L'esprit » répond par une tentative continuelle
d'unification et de centralisation ou simplification à la
diversité incohérente et fluctuante de l'instant. Cette
activité de sens contraire à celle de la sensibilité s'est
développée et organisée en connexions, classifications, etc. — inventions et actions intimes. (*Ibid.*, XXI,
553.)

☆

La pensée a pour condition essentielle de son rôle

A. *Aj. marg. :* cf. les distinguo.
B. *Aj. :* l'œil refusant d'ailleurs les fréquences < ou > que telles

dans les actions, l'oubli, ou la non-perception de ses conditions propres d'existence et de fonctionnement.

D'ailleurs toutes les fonctions sont... d'accord sur ce point. Qui fonctionne s'ignore d'autant plus qu'il fonctionne « bien », c'est-à-dire en cycle fermé *isolé*. (*Ibid.*, XXI, 572.)

☆

Ma « doctrine » — comme disent les autres — c'est que tout ce que tentent de dire les mots esprit, intelligence, etc. etc. signifie une capacité, virtualité, probabilité, faculté de transformation — une transitivité. Et tout ce qui n'est pas du cycle d'un acte complet est substituable — substitué et en tant que tel, est de *même valeur*.

Mais ici s'introduit le quasi-acte qui est la parole, l'expression —

par laquelle la « pensée » se fait *son acte* — et *agit*. D'où les immenses conséquences connues. (1938. Sans titre, XXI, 681.)

☆

Nous ne connaissons et ne pouvons connaître que ce qui s'accorde à la structure fonctionnelle de notre sensibilité et de notre « esprit ». (1938. Sans titre, XXI, 700.)

☆

La moitié du temps d'esprit se passe à découvrir que ce qui ne se ressemble pas se ressemble et que ce qui se ressemble ne se ressemble pas.

Similia dissimilia fiunt[1]. (*Ibid.*, XXI, 742.)

☆

L'enfant qui essaie de marcher — et qui vient de réussir à faire quelques pas, entre sa mère et une chaise qui lui sert de but — fait une expérience capitale — qui va servir p[ou]r toute sa vie. C'est une œuvre. Il atteint *un but* — Il apprend ce qu'est un but. Il montre la joie. (1939. Sans titre, XXI, 892.)

Implexe, etc.

Il est étrange que nul terme (autre que celui de *mémoire*) ne désigne ce qui est en puissance dans chacun, et qui est actualisé, fourni comme *réponse* — aux excitations diverses !

Il y a une foule de capacités, de ressources, de sensations et modifications *potentielles,* de tous ordres, dont les événements font paraître *à chaque instant* les effets actuels. Le langage possédé, les douleurs et plaisirs, les accommodations etc. (1939. Sans titre, XXII, 109.)

L'*esprit* est une réaction qui tend à annuler ce qui arrive de neuf — en lui substituant des *fonctions de ce qui fut* — soit purement psychiques, soit développées en actions extérieures. (*Ibid.,* XXII, 124.)

La conservation, grande question —

car[a], après tout, c'est une mixture de *neuf* et de *choses d'Une fois,* avec les *Mêmes* (τὰ ἴσα)[1], les *Constants,* les *Re-naissants* — qui est la *conscience* — avec son « Moi », sa « Mémoire », son Omnivalence, sa fonction du *quoi que ce soit,* sa self-variance *fonctionnelle* — son débit. (*Ibid.,* XXII, 147.)

Cyclonomie — Répétitions

Dans l'ordre physique un phénomène peut se répéter ou non selon le mode d'observation.

Si on l'*isole,* pas de répétition — Carnot.

Si on ne l'isole pas au sens Carnot, il peut se répéter sensiblement.

A. *Tr. marg. allant jusqu'à la fin du passage.*

L'être vivant n'est pas isolé ni isolable et se répète quant au fonctionnement vital.

Dans son fonctionnement mental, la répétition intervient; mais ce fonctionnement comporte tout l'accidentel des modifications du milieu — dans lequel se mêlent aussi des reprises et des combinaisons d'une fois.

La conservation qui se trouve dans la vie psychique — est de divers genres. La mémoire réitérante; les retours d'états et de phases; la référence C E M — etc.

Contraste avec l'infinie variété des perceptions, questions, associations.

Le langage est le cas particulier le plus évident. Il exige conservation de certains possibles, conservation des signes et celle de leurs sens.

Ici faudrait-il re-définir (more meo[1]) « conservation » et « répétition ».

(Les math[ématiciens] et phys[iciens] considèrent ces notions comme données —, se livrent ici au langage.)

Or, conservation, — indépendance quant au temps $\dfrac{ds}{dt} = 0$ est au fond, le produit d'une attitude *actuelle* — possible par la différenciation des fonctions et l'*inégalité* momentanée qu'on peut leur imposer, qui fait sentir un contraste — entre éléments moteurs. Une « constante » est une sensation — motrice négative. (*Ibid.*, XXII, 160-161.)

☆

Pouvoir. On ne méditera jamais assez ce curieux mot[A]..

(Les philosophes, qui ne pensent à rien (qu'à leurs questions accoutumées et non aux observations) et qui ne savent ni ce qu'ils veulent ni ce que l'on peut vouloir — — n'en parlent pas.)

J'observe 1°) que *voir,* ce fait, ne prend place dans un fonctionnement dirigé que si cet événement qu'il est est transformé en élément d'une action — — *virtuelle*[B].

P[ar] ex[emple] : la distance, le modelé — la perception du mouvement des corps, la forme etc. sont des actions virtuelles qui interprètent le tachisme visuel.

A. *Aj. marg. :* Implexe et pouvoir
B. *Aj. marg. :* *Pouvoir* est complémentaire de *voir.*

Ce que n[ou]s voyons (et croyons ne faire que voir) est en définitive un *tableau d'actions* quasi prononcées, quasi imaginées par images motrices — et constituant une diversité développable.

Chaque événement (sensation etc.) est comme un germe, dont le *terrain* est fonctions, mémoire etc.

Et d'ailleurs, est tout ce qui se développerait aussi dans un rêve. « Terrain du rêve ».

2°) qu'il y a une sensation de cette virtualité. (1939. Sans titre, XXII, 290.)

RE et SE-RE

Tout le fonctionnement mental[A] dans les 3 domaines C E M
est dominé par la reprise, répétition, recommencement, identité —
comme par le changement perpétuel du tableau.

Tout ce qui se produit doit nécessairement se composer d'éléments réitérables.

Chaque instant est une combinaison que l'on *peut toujours* considérer *unique* et que l'on *doit toujours* reconnaître formée de parties reconnues. Cette partition est plus ou moins menue. Parfois presque tout semble restitué, parfois de petites parties; parfois de seules relations de situation (« topologiques »).

La grande affaire[B] de la fonction ψ est de *re*-connaître, *re*constituer — *re*-trouver, dont la capitale est *SE REconnaître, SE REssaisir,* — etc. à partir de toute situation initiale ou *événement-premier-par nature.*

Le plus beau de ce fonctionnement est son application à l'inédit, qu'il s'agit de pouvoir percevoir et traiter AU PLUS TÔT comme un connu.

Mais le *connu* est *ce qui se résout au plus tôt* en *acte juste,* et donc, *sans reste,* annulé, dévolu, ex-terminé — (1939. Sans titre, XXII, 405-406.)

A. *Tr. marg. allant jusqu'à* : CEM.
B. *Trois tr. marg. allant jusqu'à* : re-trouver.

☆

Tout ce qui est de l'esprit s'analyse en substitutions. Les termes classiques de mémoire, association, attention, intelligence, conscience[2] etc. sont tous réductibles à des types de substitution — qui diffèrent par le nombre des variables, par les conditions de conservation de l'une à l'autre.

Ce qu'on nomme le MOI est une variable de *présence* constante[A], (qui est *variable* en *degrés,* depuis le degré de conscience de l'éveil, ou de l'ivrogne jusqu'au degré le plus riche en souvenirs ordonnés etc.).

C'est comme une production fonctionnelle distributive qui répond à la diversité des sensations et de leurs effets.

Mais avant tout, c'est un MOT qui désigne le seul objet distinct de t[ou]s les autres, et unique de son espèce, incomparable. (1939. Sans titre, XXII, 460-461.)

☆

Phases.

Ce mot se comprendra assez bien, (pris dans le sens que je lui donne en moi, *(a parte mei)* depuis 40 ans —) si on songe au sommeil, ou à l'attention prolongée, ou à quelque action exigeant coordination de *fonctions* (autre mot mien) indépendantes *en général.*

Il désigne, en somme, un état des possibilités de toute espèce (et des impossibilités que ces possibilités peuvent engendrer) — des modifications *immédiatement* réalisables, les autres exigeant un changement de phase tantôt *brusque* (c'est-à-dire sensible), tantôt par modulations. Éveil brusque, éveil modulé.

Plus étendues que les *phases* seraient les *périodes ;* variations très peu sensibles en général et qui affectent surtout l'énergie libre moyenne, la « spontanéité » etc. et qui s'étendent sur des temps très longs, mois, années.

Elles sont liées à l'âge, à l'état de santé, de régime de vie. (*Ibid.,* XXII, 506.)

A. *Aj. marg. :* CEM

☆

« Association » et implexes

Le phénomène étonnant mal appelé *Association des idées* — (car il s'agit d'un certain mode de *Substitution* et qui n'absorbe pas seulement des « idées », mais de tous les produits possibles de « sensibilité ») se divise (comme je l'ai noté, il y a 40 ans !) en substitutions par similitudes ou contrastes et symétries ; — et en d'autres, par agglutinations chronotopologiques ; et en d'autres, — réflexes divers. Dans chaque cas, un élément perçu agit comme élément d'un système d'implexes qui entre en évolution. Et cette évolution ou ce développement *semble devoir être sans fin* — (cf. inertie) soit qu'il consiste en substitutions périodiques — ou analogues, soit qu'il procède par *bonds sans loi,* de souvenir en souvenir — et ceci (en général,) paraissant tout naturel — ou plutôt, *ne paraissant pas.* —

Ce phénomène fait la substance de la vie psychique — et de ses effets organiques (dont il constitue le *cours ordinaire ou naturel*) en relations d'échanges courants avec les perceptions et sensations *désordonnées* (par la « force des choses ») qui forment l'ordinaire de la vie sensorielle. Etc.

Ce régime est rompu, de temps à autre, et toujours « par hasard » et tantôt par un événement extérieur, tantôt par l'effet de l'un des éléments qu'il fournit et qui se trouve se mettre en travers du dit « cours ordinaire des choses ». Ici interviennent des considérations *énergétiques.* [...] (1939. Sans titre, XXII, 638-639.)

Le mot *Esprit* est pris dans un sens favorable quand on l'oppose (chez divers) à Corps, matière, sens — etc.

Mais il faut bien reconnaître qu'il est aussi faiseur de sottises et même que la bêtise est une de ses manifestations les plus fréquentes.

Il produit indifféremment des effets de toutes qualités ; et ces qualités elles-mêmes incertaines (si ce n'est dans les cas où le *fait* décide et juge l'idée). (1939-1940. Sans titre, XXII, 761.)

Le psychisme, « la pensée », la sensibilité consciente, « l'esprit » etc. résulte peut-être de *quelque chose* qui joue dans l'appareillage anatomo-histologique — et sa chimie le rôle que le courant électrique joue dans une dynamo et par là, dans les électro-aimants et les circuits d'une organisation comportant quantité de relais.

Tous ces problèmes ne peuvent être que des problèmes 1° de modèles — empruntés à la construction que n[ou]s savons faire 2° de pouvoirs d'action.

Un modèle de « système nerveux ».

Des recettes d'action sur ces systèmes — voilà les seules réponses positives concevables. Le reste est verbe.

Ces résultats[A] excluent le plus possible les effets d'imagination et de résonances verbales. (*Ibid.*, XXII, 804.)

L'acte essentiel, et le plus fréquent, est de se *re*trouver.

Cet acte se confond avec l'esprit même. Il est réflexe — — (*Ibid.*, XXII, 849.)

☆

Ce que n[ou]s percevons et savons résulte du fonctionnement de notre organisation, et en est le produit.

Croire qu'il y a quelque chose à percevoir ou à savoir en dehors, au delà de ce fonctionnement est une illusion. Ultraviolet. La connaissance est *courbe* comme « l'univers » de quelque physique moderne. (*Ibid.*, XXII, 857.)

☆

— Le retour au Même — (état, moi etc.) — base de tout.

— Conservation du futur — du possible — place de l'accidentel.

Systèmes demi-fermés.

A. *Trois tr. marg. allant jusqu'à la fin du passage.*

Dans le fonctionnement mental, le retour et l'une fois se combinent.

La Mémoire — retour partiel. (*Ibid.*, XXII, 864.)

☆

Bornes

Mes vieux principes (tirés de la plus simple observation) — que « n[ou]s ne *pouvons* penser que peu de choses distinctes à la fois » ; et que « n[ou]s ne *pouvons* penser à quoi que ce soit longtemps » ; et que « ce que l'on pense s'altère aussitôt et qu'il y a une variation ou substitution immédiate et fonctionnellement nécessaire de tout objet mental » et que « cette substitution n'admet jamais la substitution identique, celle de *a* par *a* »

doivent évidemment avoir des conséquences quant aux jugements qui se forment, aux opinions, décisions qui se font *nôtres* et qui donc *nous font* en tant que nous connaissons, décidons et agissons.

Tout « effort intellectuel » s'exerce *contre* les restrictions ci-dessus, et le *progrès* dans cet ordre a été la création de moyens de remédier à l'instabilité, à la pauvreté numérique de l'esprit.

Cet effort peut s'exercer aussi contre d'autres défauts de l'appareil intellectuel, qui sont ses attaches affectives, les résonances, les adhérences, et les « pentes » de la sensibilité etc.

— Il résulte de tout ceci que rien ne peut être au delà de ces bornes si *être* est *être connu* — et que la connaissance est *donc liée à certains* « *objets* » *comme* « *l'espace* » *à la* « *matière* » — (C.E.M.).

Si n[ou]s pensons, ou *croyons penser,* le contraire, comme on suppose l'*ultraviolet* pouvoir être perçu, c'est *au relais langage qu'on le doit* — car l'existence de ce relais a donné naissance à de pseudo-relais.

Le langage est relais par *signes* — et le signe est (par définition) *provisoire* (comme un chèque) ou transitif. Il n'est qu'un instrument de passage — et ne vaut que moyennant échange final contre *valeur-or* — je veux dire comme chose visible à tous et actes faisables par tous. (1940. Sans titre, XXII, 878-879.)

☆

Une considération[A] de l'idée de machine serait
bonne 1° pour considérer l'être vivant
2° pour considérer les productions ou œuvres de l'être
vivant.

On aurait alors un type de référence — ou de comparaison.

— Et enfin (si cette ambition n'était exclue) —
3° pour considérer « l'univers ».

Car, dans t[ou]s ces cas, on ne peut que se référer à
quelque modèle et mieux vaut l'avoir sur la table que
dessous. —

Je pense qu'une bonne théorie de l'*action* du vivant a
besoin d'une bonne idée de la machine comme repère. —
(*Ibid.*, XXII, 885.)

☆

Je me suis dit : *Toute œuvre résulte d'un acte.* Cette formule vaut ce que vaut l'idée qu'on se fait d'un acte. En
soi elle n'est rien.

Je me suis servi de 2 types d'actes :
1) l'accommodation visuelle,
2) la copulation.

Le 1er à cause de sa précision d'analyse possible et très
féconde — *Idée du point,* du trouble avant le net — etc.

Le 2me car c'est le type de l'acte le plus complet possible.
Montage très compliqué, seuils — successifs. Écart très
fort de la normale. Cycle bien marqué. Interventions très
diverses.

Tous les sens en jeu — toute la psychie et des substitutions remarquables — très sensibles : excitations,
relais — images, calculs — violence après douceur —
conscience substituée par égarement — frénésie, passage
au rythme — substitué aux actes finis — — Tout le
tableau — si complet qu'il peut être pris pour modèle.

Les « 3 Lois » sont là en pleine lumière. (*Ibid.*, XXIII,
29-30.)

A. *Tr. marg. allant jusqu'à :* ou de comparaison.

Ma conviction fut — est — qu'il y a un certain mécanisme mental tel, qu'il est bien inutile de tenter la moindre « métaphysique » tant que n[ou]s n'aurons pas de lui une notion plus précise. (1940. Sans titre, XXIII, 256.)

☆

L'intellect = ensemble des transformations (et *possible* ou *implexe* des transformations) qui nous sont acquises par l'expérience des coordinations et conservations de fonctions complexes, reconnaissables, répétables. Transformations bien séparables et qui peuvent être répétées identiquement (par hypothèse)[A].

La connaissance[B], d'ailleurs, ne vit que de répétitions ou reconnaissances, combinées avec une certaine proportion variable d'inédit.

L'opération qui digère cet inédit et l'assimile à la connaissance acquise est proprement « intellectuelle ». Similitudes[C], raisonnements, égalité ou *identification*. *L'identification est la grande affaire de l'Intellect ;* et il se développe dans un sens tel que cette transformation se fasse sans tâtonnements, et moyennant un minimum. Ainsi la vision nette.

Cf. la formation de la « notion » d'*objet* si importante qui se forme dans les premiers mois de la vie. (1940. *Rueil-Paris-Dinard I*, XXIII, 322.)

☆

Implexe.

Ne pas confondre ce que je nomme l'*Implexe* avec ce que l'on nomme l'Inconscient ou le Subconscient (forme active de l'Inconscient ?).

L'implexe[D] est ce que n[ou]s savons (avec une pro-

A. *Aj. marg. :* Les intellects diffèrent par le plus ou moins de conscience de ce mécanisme et par l'espèce de sensibilité qui le fait apercevoir et l'excite à l'occasion de ce qui se présente.
B. *Deux tr. marg. allant jusqu'à :* variable d'inédit.
C. *Tr. marg. allant jusqu'à :* sans tâtonnements.
D. *Tr. marg. allant jusqu'à :* excitation ou atteinte.

babilité énorme) que tirera de nous telle excitation ou
atteinte. Connaissance qui peut s'accroître par expérience.
Douleur, souvenir, désir, — plaisir — sommeil, éveil.
Mais telle idée *neuve* n'est pas de l'implexe. Toutefois elle
en tient par le fait même qu'elle est *Idée*. La production
des idées est implexe, mais non les produits mêmes en
tant que formés dans l'instant[A].

Implexe[B], c'est au fond ce qui est impliqué dans la
notion d'homme ou de moi et qui n'est pas *actuel*. C'est
le *potentiel de la sensibilité générale et de la spéciale* — —
dont l'*actuel* est toujours un fait du *hasard*. Et ce potentiel
est conscient.

Implexe aussi la capacité d'agir en général. (*Ibid.*,
XXIII, 398.)

☆

Variance totale. B[C].

La considération de cette propriété essentielle (et si
peu étudiée) donne une idée singulière de la pensée, et
de sa nature en tant que fonctionnement du mécanisme
mental, dont l'instabilité et substitution ou transitivité
absolue est la caractéristique principale, Nᵒ 1, tandis que
la propriété jumelle est le Retour.

En somme[D], d'un côté, la pensée se fuit continuellement, comme le mobile, *comme si ses objets successifs
n'étaient que des positions occupées successivement par un
mobile essentiellement mobile ;* d'autre part, ce mouvement
(par discontinuités) produit aussi fréquemment que possible et tend à produire le passage par une position « antérieure ». Le retour, la re-connaissance, le se-retrouver
ou le retrouver sont des conditions aussi obligatoires
que le quitter, le changement. Il est impossible de
demeurer, impossible de passer de *P* à *P*; mais il est
non moins impossible de s'éloigner indéfiniment de *P*.
Ceci est très difficile à préciser et à dire. Le mot *antérieur*
est ici très peu satisfaisant. — Rien[E] dans la conscience

A. *Aj. marg. :* $C + 2O = CO_2$
B. *Tr. marg. allant jusqu'à la fin du passage.*
C. *Suite d'un passage antérieur (XXIII, 515) intitulé* Variance
totale. A.
D. *Deux tr. marg. allant jusqu'à :* essentiellement mobile.
E. *Deux tr. marg. allant jusqu'à :* entièrement re-produit.

ne peut être ni entièrement neuf, ni entièrement *re-produit*. « Neuf » et « re-produit » sont des effets complémentaires[A], dont l'un tend à *arrêter* et à modifier le *mouvement* en question, l'autre à l'*accélérer* et *simplifier,* — p[ar] ex[emple] en remplaçant les étapes P_1 P_2 P_n par P_1 P_n. C'est un *groupe de substitutions.*

Et, chose remarquable, il est possible d'exercer une action inverse. On peut restituer du *neuf*[B] à une vieille connaissance — en lui appliquant un *arrêt ;* remettre *en état de surprendre* quelque chose devenue peu consciente, fruste en quelque sorte et glissante.

Ainsi, les aspects transitifs et les aspects conservatifs se pénètrent, se combinent.

Ce qui ressemble vaguement à ce qui se passe dans l'économie physiologique nerveuse : Le milieu extérieur[C] exerce sur le système vivant des actions accidentelles de toute espèce et toujours renouvelées tandis que les réactions du dit système sont en nombre fini et de peu d'espèces.

Mais, quant à l'esprit, ses réactions possibles prennent des *apparences* dont le nombre est indéfini, car leur registre s'accroît *(en puissance)* à chaque instant — (Mémoire). De plus, il s'y insère des connexions et des modifications autogènes... (1940. *Dinard II,* XXIII, 519-521.)

Élimination généralisée.

Tout[D] ce que n[ou]s faisons, volontaire ou non, psychique ou physique, œuvres, actes, réflexes, parole, pensée, rire, pleurs,

est *élimination,* — moments, pressions, produits d'élimination, — sensations d'élimination et de facilité, jouissance ou peine d'élimination.

La conscience et la sensation se placent sur un trajet d'élimination.

A. *Tr. marg. allant jusqu'à : groupe de substitutions.*
B. *Tr. marg. allant jusqu'à : et glissante.*
C. *Tr. marg. allant jusqu'à : (en puissance) à chaque instant.*
D. *Tr. marg. allant jusqu'à : produits d'élimination.*

Penser[A] est sentir sortir de je ne sais quoi des produits
de réaction éliminatoire — quand cette réaction trouve
des moyens « psychiques ». — Quand ces moyens manquent ou sont en défaut, — p[ar] ex[emple] quand
l'énergie de la réaction provoquée est plus grande que
la capacité de débit par voie d'expression et d'annulation
normale, elle déborde vers des exutoires divers — glandes
ou muscles — larmes — rire — —

L'homme pressé[B], ne trouvant plus dans la marche
simple une élimination suffisante de son excitation à
annuler une distance, se met à courir. Il change de
puissance. L'homme pressé de se débarrasser de son
discours, dont les effets qu'il en attend sont *déjà* dans
son esprit, — hâte le débit et bredouille. Sa langue prend
la course, — etc. etc. Le copulateur accélère son mouvement en raison directe de l'approche du seuil. (Ceci,
d'ailleurs, cas très important p[our] l'analyse du *Temps
vrai.*) (1940. *Dinard III 40,* XXIII, 602.)

☆

Ego φ ψ
Phases.

Ma meilleure idée — fut celle des *phases* — (nom
que j'ai pris par vague analogie à la terminologie de
Gibbs —). (Mais ici — le *temps* est incorporé.)

Elle résulte de l'observation toute simple suivante —
Le rêve n'est que *sous le Sommeil.* Il est exclu pendant la
veille. Il y a incompatibilité. Entre la veille et le sommeil,
des états « critiques » — tantôt passage insensible,
tantôt brusque.

De même, *l'attention* et toutes les modalités conservatives est incompatible avec l'échange quelconque d'idées.
D'autre part, elle est comparable et incompatible avec
une sensation vive — qui impose l'inégalité.

De même, *l'action* — non automatique. Le mouvement
accéléré — exclut les processus psychiques à plusieurs
variables — etc.

Et d'abord, toute *fonction* exclut ceux de ses fonction-

nements qui ne sont pas l'actuel. On ne peut serrer un
objet et ne pas le serrer, ou en serrer un autre. Ce qui
d'ailleurs est la définition de ce que j'ai appelé *fonction*.
      — De plus[A], on ne peut passer d'un fonctionnement
d'ensemble à un autre sans transformation de l'ensemble.
Il faut changer de phase.
      Passer de l'*idée de l'acte* à l'*acte* sans le *montage* de la
machine de l'acte. L'homme assis, avant de courir, doit
se transformer. L'homme en excitation mentale, s'endormir. D° Erôs.

      L'idée de *phase* ainsi comprise me semble d'une impor-
tance capitale — et jamais énoncée par les psychologues.
      Elle s'impose, au contraire, quand on pense *fonction-
nellement*.
      Elle représente bien beaucoup de faits — les plus
divers. P[ar] ex[emple] : les changements de ton du discours. — Les combinaisons et oppositions. Sensibilité,
intelligence — Intuition — raisonnements. Volonté etc.
      C'est, en somme, une idée-lumière — particulièrement
propice à obliger à tenir compte de la diversité fonctionnelle — de la place respective des grands facteurs
(psychique, sensoriel, moteur) en présence, de leurs
restrictions mutuelles ($\varphi + \psi$); du rôle des *relais*.
      Et l'idée aussi de la variation du moi — c'est-à-dire
des diverses formes et des divers modes de substitution
de la conscience. Et par conséquent — une notion neuve
du « temps ».
      L'idée de considérer tout le psychisme et tout le sen-
soriel — comme des « *masses* », des produits indistincts,
— *de l'activité*.
      — On trouve ainsi que « l'association » n'est pas la
pensée mais une propriété du psychisme en gros. —
      N.B. Ma « phase » n'est pas comme la « phase »
physico-chimique un état en présence d'un autre. Au
contraire. Une phase exclut t[ou]tes les autres. — Je
pourrais cependant changer de mot. (*Ibid.*, XXIII,
663-664.)

☆

Rien de plus baroque que l'hypothèse des idées innées.

A. *Tr. marg. allant jusqu'à :* changer de phase.

Le vrai est bien plus merveilleux. *Nous naissons avec du possible inné !* Mais la thèse en question ne dit pas ce qu'elle entend par « idée », et serait bien en peine de le dire. (1940. Sans titre, XXIII, 763.)

Expér[ience] mentale

Tout acte est un cycle moteur qui écarte une partie du corps d'une situation relative initiale et se termine par le retour au même état, ou à un état tel que cette partie puisse effectuer un autre cycle ou le même. — On néglige généralement, *en pensant acte*, le *retour* ci-dessus noté. Car la conscience[A] ne s'intéresse *spontanément* qu'à ce qui l'excite à être ou à se modifier (s'accroître, s'étendre, et se prolonger, ou quelquefois, le contraire) et ceci se compare à des *résistances*[B]. Or le *retour* (en général) *n'est pas résistant.* Ce qui n[ou]s intéresse dans l'acte, c'est son *effet* relativement à sa *cause,* lesquels sont deux moments extrêmes que l'on tend à considérer exclusivement. Mais la fin dernière de t[ou]s les actes n'est pas leur fin psychologiquement exprimée. Elle est le retour *final* au zéro et au maximum de disponibilité du même système moteur. (1940. Sans titre, XXIV, 4-5.)

Mon Syst[ème]

Si j'ai pris l'action comme fait fondamental, pour étudier le psychisme — c'est que[C] le psychisme n'intervient dans le fonctionnement total d'un vivant, d'une *manière absolument indispensable à l'entretien de la vie[D],* que comme facteur de l'*action* qui est exigée par la vie.

Il a excédé ce rôle. Mais ses conditions essentielles tiennent à lui, ses limites et son équilibre sont fixés par lui. C'est donc à lui que j'ai rapporté ce fonctionnement *partiel,* ses modes et moyens. (1940-1941. Sans titre, XXIV, 200.)

A. *Deux tr. marg. allant jusqu'à :* ou à se modifier.
B. *Aj. marg. :* La conscience néglige ou abandonne ce qui se fait tout seul. Cycles simples.
C. *Tr. marg. allant jusqu'à :* l'entretien de la vie.
D. *Valéry a écrit* vivre *par inadvertance.*

Surprise est sensation qui fait percevoir le régime ou *cours naturel* comme l'obscurité la lumière, et avec des effets oscillatoires analogues.

De plus, pouvant être « due » à une *sensation* intense[A] ou d'ordre singulier — (douleur, p[ar] ex[emple] — ou odeur dans l'inodore..) comme à une *idée* et celle-ci d'origine interne ou transmise, elle indique une équivalence de ces diverses « causes » par opposition à la constance ou à la présence latente de quelque — niveau.

Cf. le changement d'orbite de l'électron de Bohr[1]. *Émission d'énergie oscillatoire,* ici entre l'antérieur et le présent. (1941. Sans titre, XXIV, 410.)

Je suis certain qu'il y a une mécanique possible de l'esprit. Je ne dis pas que tout ce qu'est l'esprit s'y réduise. Je dis qu'il est inutile de chercher plus loin tant que cette première approximation ne sera pas accomplie.

Cette simple observation que n[ou]s ne percevons ni ne pensons pas *tout à la fois,* c'est-à-dire que les objets de conscience s'excluent indépendamment de leur nature ou figure, suffit à imposer des conditions étrangères[B] à la valeur et à la reconnaissabilité, comme aux développements *propres* (c'est-à-dire dépendant de l'objet même) de ces objets.

Ce que j'exprimais : Le *significatif* est borné par le *fonctionnel.*

Et encore : l'invention de signes et leur usage interne — est *Contre* quelque chose qui est la *nature fonctionnelle de l'esprit* s'opposant à la quantité ou à la complexité des choses dont il est sollicité d'effectuer la transformation — par sa nature instantanée de medium d'action. L'action externe[C] exigeant adaptation ou accommodation *préalable,* c'est-à-dire d'après une anticipation ou idée des choses auxquelles la machine à agir aura affaire.

A. *Aj. marg. renv. :* Il y a toujours une intensité possible plus active que toute attente.
B. *Tr. marg. allant jusqu'à :* de ces objets.
C. *Deux tr. marg. allant jusqu'à :* aura affaire.

D'ailleurs, le rôle *transitif* de tout ce qui est mental, et le fait que tout ce qui est conservatif dans ce mental[A] — (conservatif manifesté comme tel —) est référence à du non-mental — *Monde, Corps* et même *Mémoire,* et oppose au mental quelque autre domaine ou régime,

montre le mental comme portion d'une évolution fonctionnelle — plus ou moins conditionnée — tantôt par des conditions du type énergétique — tantôt par des conditions du type mécanique — et toujours par des conditions chronocycliques caractéristiques de toutes les fonctions. (1941. Sans titre, XXIV, 455-456.)

☆

Tout ce que « je sais » (et *puis* « savoir »), tout mon possible de réponses — réfléchies ou *pouvant* être réfléchies[B] — et qui *peut* passer à l'état exprimé-en-moi — c'est-à-dire *répétable,* et utilisable, pouvant être employé en combinaisons, servir de transformateur, de résolvant etc.

doit finalement[C] s'exprimer en termes du système fonctionnel (ou syst[ème] *nerveux*), c'est-à-dire transitif — sur le type D.R. (réflexe) et se ranger dans les 2 espèces de ce type — l'espèce associative simple ou l'espèce « harmonique » — en tenant compte de la propriété capitale de la fonction motrice, qui introduit dans ce fonctionnement 1° la possibilité de passage quasi continu de A_ψ à A_φ; 2° la perception spécifique de *constance ;* 3° celle de répétition[D], *amorcée* par une condition étrangère à ce qui est répété. Ces 3 caractères sont capitaux et établissent une fonction (cette f[onction] motrice) *à part,* avec ses propriétés d'indépendance, de résistance, d'*attente.* Ce qui revient à réaliser des *inégalités* par relais, ou à modifier les inégalités données[E], à *répéter* ce qui *ne se répéterait pas tout seul,* à fournir des moyens et conditions à la transformation — de manière à surmonter

A. *Tr. marg. allant jusqu'à :* domaine ou régime.
B. *Deux tr. marg. allant jusqu'à : répétable,* et utilisable.
C. *Deux tr. marg. allant jusqu'à :* type D.R. (réflexe).
D. *Quatre tr. marg. allant jusqu'à :* ce qui est répété.
E. *Tr. marg. allant jusqu'à : tout seul. Aj. marg. :* attention, volonté

l'automatisme, les *plus courts retours.* (1941. Sans titre,
XXIV, 584.)

☆

L'opposition de l'esprit à lui-même, son débat, sa
critique de ce qu'il vient à peine de produire —
   quoi de plus étonnant et de plus significatif ?
Une idée naît — Réponse à quelque chose — et sa
présence engendre une réponse.
   Où est le Moi en tout ceci ? —
   En tant que formation elle était — — *Moi ?* —
   En tant que formée, elle se fait *Non-Moi* et agit
comme une circonstance ou un événement *extérieur* sur
le « Reste »[A]. —
   Le Moi, est *l'acte de passage* de l'extranéité ou
étrangeté d'une demande à l'extranéité ou étrangeté
d'une réponse ! —
   Il se fait une identification ou plutôt une assimilation
— ou équinégation[B]. (*Ibid.*, XXIV, 602-603.)

☆

Je ne cherche pas à résoudre en *sensations* ce que l'on
trouve dans l'intellect — ni à constituer l'intellect en
mythe leibnizien.
   Mais, quant à moi, je pense *fonctionnement* et si je tends
à rejoindre toujours une notion qui me semble fondamentale — ce n'est ni la sensation, ni l'esprit — c'est de
préférence le type *Réflexe,* comme je me le suis défini —
qui apparaît dans toute *action composée,* comme réciproque
de la différenciation — organisée.
   En gros, tout ce qui est *mental* doit se placer entre une
demande et une réponse. *Demande,* c'est le domaine des
sens organisés. *Réponse,* c'est l'affaire des moteurs et des
glandes — — *Demande,* c'est le domaine « extérieur »
brut — Tout ce qui « demande » est *extérieur* — (ainsi

A. *Aj. marg. :* Le *Moi* est bien, comme je crois, un *recul* — et une
propriété de tout Système complexe de D.R.
B. *Dessin schématique en marge représentant les « demandes » se pro-
pageant le long des trois axes Corps, Esprit et Monde, et se transforment
parfois en « réponses ».*

une *question dans mon esprit*). C'est aussi le « Hasard ».
(*Ibid.*, XXIV, 613.)

Mon objet[A] est de faire penser — et de me faire penser
moi-même, — à des choses auxquelles on ne pensait pas
à cause de leur présence ou trop proche ou perpétuelle,
— c'est-à-dire de leur importance même[B]. Notre pensée,
par sa fonction ordinaire, est naturellement sollicitée
par ce qui n'est pas aussitôt résolu ou par ce qui demande
une réponse spécialement faite pour la circonstance.
Nous ne faisons aucune attention au sol uni sur lequel
n[ou]s marchons, et cette marche elle-même n[ou]s
laisse songer à autre chose. Ainsi l'intervention et le
rôle* / mouvement / *naturel* de la pensée est comme
opposé au cours *naturel* de cette marche. L'une et l'autre
poursuivent leurs trains de substitutions etc. Mais quand
le terrain devient difficile, il y a un double renoncement
à cette liberté. Il faut ou bien que la marche s'associe
à la pensée, ou que la pensée arrête la marche, et *ou bien*
le choc de la pensée, *ou bien* celui des *accidents* du terrain
font changer l'allure. Mais aussi une sensation du corps
— C E M. Ce sont les 3 sources « d'*accélérations* ». (1941.
Sans titre, XXIV, 876.)

« Psychanalyse » !

C'est trop consentir à l'affectivité et au trouble, sans
parler de l'*invention,* à tendance équivoque toujours, qui
vicie toute confession, plus ou moins inconsciemment.
L'aveu a toujours un but.
Et le langage falsifie toujours ce qu'il exprime des
états qui sont censés se placer en deçà de la possibilité
de s'exprimer en langage. On raconte ce qu'on a éprouvé
avant le moment où on a eu la parole. Mais le récit doit
se plier à l'organisation acquise d'un langage — et le

A. *Tr. marg. allant jusqu'à :* proche ou perpétuelle.
B. *Aj. renv. :* Je cherche ce qui est visible et non vu, qui n'im-
porte pas et qui est essentiel, qui est toujours et qui n'est jamais —
Rien de profond.

produit du récit est le produit du langage de *l'un* évalué
dans le langage d'un autre !... (*Ibid.,* XXV, 5.)

☆

Capacité de diversité et de réponse à celle-ci

L'une de mes premières « grandes idées » —, de celles
non observées en eux par les philosophes, fut celle que
j'appelais du nom bizarre de « nombres plus subtils »
(que je notais n + s) — et qui avait échappé sans doute
par sa simplicité.

J'observai simplement l'extrême — et peut-être
Suprême — (maxima) diversité des choses qui se substituent dans notre perception[A] — et dans nos pensées, et
je supposai que quelle que fût leur hétérogénéité, il
devait y avoir entre elles, sinon une « commune mesure »,
du moins quelque similitude intime qui rendît *possible*
cette Substitution... je veux dire : *concevable*. « Connaître »,
« penser », avoir sentiment ou conscience — semblaient
s'opposer à cette diversité, être également son complément comme la *notion* de vue absorbe également toutes
couleurs et formes. Mais les termes eux-mêmes de l'hétérogénéité devaient se substituer selon plus d'un mode.

D'abord, j'observai que jamais le même n'est immédiatement substitué par le même exactement. Peut-être
la « durée » n'est-elle que la non-substitution ou la
substitution insensible. Si n[ou]s la percevons, c'est en
faisant appel à quelque élément nouveau —, autre —
comme de constater l'identité même — ce qu'exprime
justement le mot *Durée*.

— La « psychologie » me parut la recherche des
conditions et possibilités de ces substitutions —

car Mémoire, association, attention, productions
mentales, compréhension etc. etc. sont des *figures* de
substitution.

C'est l'Échange. — (1941. *Cahier de vacances à
M. Edmond Teste*, XXIV, 816.)

___

A. *Aj. renv.* : ce qui est un des constituants ou excitants, besoins
— de l'idée de *possibilité* — qui est comme la *liberté* des événements
par rapport à notre perception

☆

ψ
Observation très importante —

On ne peut *isoler* « une pensée » que fictivement car, dans sa déclaration à l'esprit qui se l'émet elle est en relation avec tout ce qu'elle exige et ce aux dépens de quoi elle se dégage — — (C'est pourquoi elle affecte si souvent cette rapidité, parfois si grande qu'elle échappe autant qu'elle se fait saisir — comme entre deux autres modifications — —)ᴬ Et dans son expression une fois obtenue — si elle semble isolée, formulée à part, — elle l'est en éléments du langage ou en signes dont chacun est en liaison prochaine — avec quantité d'autres éléments et de valeurs. C'est pourquoi l'expression se modifie parfois d'une façon inattendue et fait se faire une autre « pensée » par le simple effet de la composition en mots, de la première — laquelle ne peut, en q[uel]q[ue] sorte, supporter son expression initiale.

Le langageᴮ est donc (dans l'état où il est implement dans le sujet) l'un des *auteurs* de la pensée — — *un des principaux auteurs*ᶜ — à peu près comme les *actes appris* et *leurs instruments* le sont des actions. Carᴰ ces *acquisitions* suggèrent autant les projets qu'ils les exécutent.

Ce qu'on a multiplie ce qu'on veut — Savoir nager, conduire, cuisiner. Je tends à vouloir autant que je puis.

Principe du possible dans le vide. (1941. *Interim — Marseille et Suite,* XXV, 110.)

☆

Syst.

Pour *moi,* ce qu'on nomme Esprit, Pensée etc. est le producteur ou le produit d'un certain fonctionnement E et joue un rôle variable, à ce titre ou à un autre titre que

---

ᴀ. *Aj. marg. :* « Être » p[ou]r une pensée, c'est gagner à la course — comme le spermatozoïde qui sera *élu.* Ainsi la vitesse sera facteur d'existence.
ᴮ. *Deux tr. marg. allant jusqu'à :* *auteurs* de la pensée. *Aj. marg. :* Lψ
ᴄ. *Tr. marg. allant jusqu'à :* des actions.
ᴅ. *Deux tr. marg. allant jusqu'à :* qu'ils les exécutent.

je vais dire, dans un autre fonctionnement C qui comprend le premier et est essentiel à lui.

A. On peut donc écrire a priori les conditions générales de tout fonctionnement par hypothèse — hypothèse qui se précise *par* ce postulat : le *fonctionnement* E (qui ne figure dans le produit que par exception) *ne doit pouvoir s'écarter* INFINIMENT *en nature du type des fonctionnements quelconques.* Il est caché comme le squelette est caché dans l'animal, comme la circulation dans le vivant.

Par ex[emple] — Tout fonctionnement est réglé en *temps* de réaction. Les temps de réaction[A] sont liés (p[ar] exemple) aux dimensions des membres[B], à la sensibilité des seuils, à l'aller et retour, à la réponse mémoire, ou à la réponse sécrétion-contraction (gastrophysique).

En somme, il faut combiner E(< C) avec la production E de ψ[C] — comme dans la marche, il y a *un* ASPECT *fonctionnel*[D], ambulation, cycle uniforme et qui peut être à peine conscient, — et un *aspect sensitif* — *significatif*, le *chemin parcouru,* les *choses vues,* — qui sont comme production du régime de marche. Ma locomotion produit de la distance et du paysage.

Et il y a bien des relations entre les 2 aspects, mais ils sont virtuellement, implement, *indépendants*.

B. D'autre part, l'observation directe de ψ montre que ce fonctionnement E admet des propriétés *extraordinaires*.

« L'esprit » est capable d'une *infinitude* de perceptions, représentations, idées[E]. Il possède un *implexe* énorme et qui peut croître (mémoire) sans limites connues. Et enfin il semble agir sur lui-même.

Mais les propriétés fonctionnelles E se montrent nettement dans les limites que trouvent ces développements non fonctionnels — dans la *durée* de chacun d'eux et dans le *nombre* des constituants indépendants de chaque coordination[F]. C'est la finitude fonctionnelle.

Enfin, les produits apparaissent toujours *transitifs*.

A. *Deux tr. marg. allant jusqu'à :* sensibilité des seuils.
B. *Aj. marg. renv. :* Cf. mesures physiol[ogiques] — gorgée, bouchée.
C. *Aj. marg. :* E(ψ) et [*mot illisible*] ψ'(E)
D. *Tr. marg. allant jusqu'à :*   choses vues.
E. *Aj. marg. :* Capacité
F. *Aj. marg. :* ni longtemps ni beaucoup à la fois

Il y a impossibilité à les fixer. On ne peut maintenir quelque temps que ce qu'il faut pour conserver l'excitation *qu'ils reçoivent ou qu'ils donnent* —. (*Ibid.*, XXV, 146-147.)

☆

RE

Comme le veau marin est obligé de revenir respirer en surface, l'organisme est de cent façons obligé à des *retours* — recharges ou sommeils. Et ceci domine son « temps ». Et l'espèce se retrempe dans la mort des individus combinée à la reproduction. Mais ceux qui *ont l'esprit* ont *de quoi ne pas* comprendre, ni accepter cette condition de leur existence et de celle de l'esprit. L'esprit[A] est une propriété d'ignorer l'essence et l'essentiel afin de connaître l'accident. Car c'est *l'accident seul qu'il importe de connaître,* pour préserver et conserver cette essence qui est donnée. Ainsi l'œil ne voit qu'extériorité. (1941. Sans titre, XXV, 187.)

☆

Physique de l'*esprit*

Corps de l'esprit

Comme toute courbe décrite par un point de la main ou du bras est fermée par rapport au corps, ainsi... il y a une élongation et excursion finie, — un écart de quelque chose — que je pourrais appeler le *Corps de l'esprit.*

Le « *Cours naturel des choses* » exige l'insensibilité propre de ce « corps » — comparable à cette insensibilité propre de la plupart des actes normaux qui permet de confondre une partie de ces actes avec la pensée, la sensation auxquelles ils s'ajustent et obéissent; et une autre partie aux choses qui n[ou]s touchent.

À ces notions se rattachent celles de Présent — de Temps (perçu) — d'Attention.

En somme[B], la *sensibilité* exigée par toute connaissance est normalement *insensible*[C], de manière que l'appareil

---

A. *Deux tr. marg. allant jusqu'à :* importe de connaître.
B. *Deux tr. marg. allant jusqu'à :* soit non-connu.
C. *Aj. marg. :* Principe d'exclusion : ce que je vois exclut la vision même.

vivant soit non-connu, et son opération comme absorbée dans la production des sensations, perceptions, pensées et même des actes moteurs simples (qui n'exigent ni grands efforts ni coordinations rares).

Ainsi l'œil ne se fait pas sentir dans la vision normale, les choses vues ne parlent pas de l'œil. De même les échanges psychiques sont comme des combinaisons ou substitutions de leurs objets. Il y a confusion instantanée de la fonction avec son produit. Connaître, penser etc. sont des *fonctionnements* et doivent dépendre, quant à leurs résultats, de cette organisation — pour une partie.

L'insensibilité en question a fait que les philosophes n'ont même pas relevé ce que j'appelle depuis 40 ans la *self-variance* — ou variation propre et irrésistible de l'objet de la connaissance — — conformément à la loi de la sensibilité = l'instantanéité — (.. laquelle doit se rapporter au mécanisme de la vie réflexe).

Toute sensation ou perception qui ne reçoit pas sa réponse et qui persiste, détermine une sensation du Corps de l'esprit et une modification, qui, l'une et l'autre, intéressent aussi le Mon-Corps.

Or, tout ceci donne donc deux états ou deux expressions de la même présence mentale :

L'une, simple — dans laquelle ne figure aucune mention d'un fonctionnement plus général que toute formation actuelle — et ceci permet de passer, sans s'en apercevoir, de perception interne à externe, de confondre le mental et le réel, les temps etc.

L'autre, qui note que la variété infinie des objets de l'instant est sous la dépendance de conditions fonctionnelles — du type *sensibilité*. Et ne peut pas plus s'y soustraire que la variété des choses visibles aux exigences de l'œil.

Les conditions visuelles sont très suggestives comme modèle particulier d'un type général de la connaissance.

J'ai beaucoup profité en 1900-1904 d'avoir considéré l'attention comme accommodation — et déduit de là une théorie du *Point*, notion *générale* = détermination unique d'un système de variables — Netteté — Arrêt.

Je reviens à la vue. Normalement, *ce qui est vu* ne donne lieu à aucune sensation propre de l'œil. *Ce qui est*

vu est *ressenti* cependant comme faisant partie d'une ∞ de
visibles — (∞, parce qu'il est *ressenti* que ce que l'on voit,
quel qu'il soit, peut[A], *puisqu'il est vu,* être substitué par
tout autre *visible.* Ainsi, le vague sentiment du possible
infini — d'une indépendance de la fonction et de son
produit, *fait partie du fonctionnement.* Mais[B], observée
autrement, cette vue se découvre dépendre, sans qu'on
en ait conscience, — de *p* variables d'adaptation, et d'une
variable essentielle qui est la recharge énergétique —
chimique — des éléments sensibles à la lumière. Il est
anormal que ces variables entrent en scène.

Le produit parfait de la vision s'exprimerait par le
zéro des *sensations de condition.* L'œil est exclu. (*Ibid.,*
XXV, 284-286.)

☆

Analogies

Toute vie de l'esprit — est écart. Penser est s'écarter,
Élongation. Sentir vivement est une impulsion. Il y a une
« force » ou plutôt un potentiel qui tend à ramener vers
le zéro.

Le « poids »[C]. (1942. Sans titre, XXV, 587.)

☆

La mémoire a sa vitesse. La sensation, la sienne. La
réponse réflexe, la sienne.

La mémoire est la réponse figurée ou d'action significative acquise qui a normalement la plus grande vitesse
de production — celle qui est la plus grande après la
vitesse de sensation. Le « passé » est ce qui rebondit du
présent — son *retour à lui.*

Nous sommes à la merci de ces vitesses de propagation, —
génie, liberté, décisions etc.;

une riposte trop prompte ou trop lente, une réper-
cussion manquée *décident.*

— Ces vitesses sont, d'autre part, sous la dépendance
de l'état — comme dans un milieu tendu, corde ou air —

A. *Deux tr. marg. allant jusqu'à :* tout autre *visible.*

B. *Deux tr. marg., et ensuite un seul, allant jusqu'à :* sensibles à la
lumière. *Aj. marg. :* intensité — « distance » — complémentaires,
convergence

C. *Aj. marg. :* Chaque type d'écart introduit dans le régime de
changement (Self-variance et variations externes) un type de « temps »
spécifique.

plus ou moins. C'est la propagation qui *crée*. Elle traverse l'intervalle, le désert. (*Ibid.*, XXV, 613.)

Le type d'action complète — mon chef-d'œuvre de théoricien ! !

Ce type — que j'ai vu se dégager de mes expériences d'attention — accommodation etc. me paraît le plus propre à tout organiser dans le domaine de l'esprit — à donner les définitions etc. et un *sens* à ce que l'on fait.

Accidentel, significatif, fonctionnel — sont en toute question.

J'y verrais quelque chose d'analogue en généralité et en importance clarifiante et opérante aux équations générales de la dynamique. Mais tout autre — naturellement ! — Ici la sensibilité — au lieu des « forces »[A].

Le « présent » est la coexistence de simultanéité et d'instantanéité, de changement, diversité — et de *durée* — sentie ou conservation sentie — sinon *produite, émise* — qui répond à la sensibilité en acte par de la « conscience » — sensibilité d'échange[B].

Idée incluse en tout ceci et.. hardie ou Principe paradoxal : Si, opérant une analogie intuitive des propriétés de l'état et des variations d'un système des substitutions de cet état ψ, φ, Σ, on essaie de le représenter par une image physique — (dynamique etc.) — on peut obtenir une idée intéressante de la *différence. Ce en quoi et par quoi l'analogie est inacceptable*[C] — est une acquisition positive pour la connaissance de Σ. *Importance de ce qui ne se trouve pas d'image.* (1942. Sans titre, XXV, 746-747.)

L'Équilibre implicite —

Le vertige et modifications de ce genre montrent bien que « *l'état normal* », (le régime d'échanges assez exacts

A. *Aj. marg.* : volonté = Ft
B. *Aj. marg.* : éq[uation] de continuité, inégalité
C. *Tr. marg. allant jusqu'à* : Σ.

des demandes-réponses)[A], l'ordre de marche de la machine à vivre, avec l'indépendance et les dépendances qui assurent le fonctionnement, et *rétablissent* à chaque instant un *mon-monde,* un *mon-corps* et *mon-Esprit,* un mon-Temps, comme *réalités distinctes*[B]

est une sorte d'équilibre restitué (constamment et très promptement) — entre les « forces »[C]. Et ces *forces* sont *sensibilité* — (ce qui entraîne cette conséquence capitale que *les « causes »*[D] *ne sont pas égales aux « effets » et que les mêmes effets sont provoqués par des causes très diverses*) — La *Non-Conservation.*

Or, toutes nos connaissances et reconnaissances, nos idées et actions en liaison, adaptations etc., bref, tout ce que n[ou]s sommes et ce en quoi *nous* nous *mouvons* — c'est-à-dire *notre Temps* et *espace* — se produit dans et sous cet Équilibre de base, *généralement insensible,* fait de réflexes et aussi d'actes, — entretenu[E]. *Les temps de réaction étant dans cet état maintenus plus brefs que celui de ressentir la perte d'équilibre.*

Le « monde extérieur » est une[F] (*Ibid.,* XXV, 761.)

Que l'on puisse parler, penser *en marchant,* ce petit fait n'a pas frappé tous nos physiologistes et rien ne m'a plus donné à songer[G].

La pluralité des fonctionnements indépendants entre telles limites — cela montre une sorte de *dissection* des fonctions même composées — chacune pouvant accomplir son cycle, à part des autres.

Si l'une cependant exige une consommation de puissance $> \alpha$, l'autre tend à cesser[H]. Il y a donc une limite,

A. *Aj. marg. :* État du « Sûr de Soi ».
B. *Aj. marg. :* Équilibre distributif.
C. *Aj. marg. : Sensibilité*
D. *Deux tr. marg. allant jusqu'à :* La Non-Conservation. *Aj. marg. :* D'où cette remarque — *la loi de Fechner est un non-sens*[1].
E. *Aj. marg. :* Et il y a une confiance, certitude de cet équilibre — qui est aussi un produit de sensibilité.
F. *Passage inachevé.*
G. *Aj. marg. :* La conscience faisant du va-et-vient entre ces activités
H. *Aj. marg. :* Partition de puissance.

un quantum total qu'elles se partagent. Ce quantum (variable d'ailleurs) étant comparable à la puissance mécanique, introduit le « temps ».

Le « temps » — incompatibilité, limitation[A]. (1942. Sans titre, XXVI, 138.)

La pensée[B] naquit de « l'indétermination » un certain jour — — — Et ne cesse de naître ainsi.

Elle eut pour aiguillon le besoin — de déterminer une *action*.

(L'animal embarrassé — la bête devant la vitre infranchissable et nulle; devant la piste bondée et le point multiple; devant la nappe verte, liquide ou solide.. etc., tel est l'*obstacle*. Cf. les géomètres de 169. devant $\sqrt{-1}$. Les physiciens devant Michelson[1]. La philosophie devant le Mal — etc. etc.)

Cette pression conduit à regarder *de nouveau* les données. RE est la condition initiale de l'essai de transformation du problème de fait = la *multiplicité* des possibilités ou celle des exigences s'opposant à l'action. « Penser » (au sens *travail mental*) c'est donc *re-penser*.

C'est aussi tenter de faire intervenir une autre « dimension ».

Le premier moment de la pensée est donc un *arrêt*.

Ensuite une re-vue, une exploration rétroactive ou rétrospective, en partie double. D'abord, celle de la situation donnée; ensuite, celle des pouvoirs, avec essais : tâtonnements.

N.B.[C] 3 cas : ou 1 solution, et pas de retard — l'action se déduit unique des données; ou aucune solution; ou la pluralité.

— Mais il faut compléter ceci par la notion de l'*exigence* à laquelle doit satisfaire la solution. Par ex[emple] : la rigueur ou la promptitude ou l'économie de moyens, ou telle qualité — p[ar] ex[emple] en poésie, l'harmonie continue. (1942. Sans titre, XXVI, 173.)

A. *Aj. marg.* : Temps vrai
B. *Tr. marg. allant jusqu'à :* pour aiguillon le besoin.
C. *Deux tr. marg. allant jusqu'à :* ou la pluralité.

Phases.

L'idée de *phase* est celle de possibilité immédiate. *Je puis,* dans tel état, faire telle chose. Telle autre exige une transformation préalable. Assis, je ne puis aussitôt courir — Il faut que je me lève. Interrogé, il faut que je réfléchisse. Excité, il faut que je me reprenne et me calme. Etc.

Ceci se combine avec la self-consciousness. Exécuter en esprit le montage d'un acte — C'est comme *innerver* d'avance les *variables* de cet acte — *garnir son compte* — changer le possible en potentiels. (1942. Sans titre, XXVI, 401.)

— Implexe — possibles — sensibilité

Le simple mot de « sensibilité », par le suffixe (ible) qu'il contient, indique le caractère d'un *implexe* — c'est-à-dire la *possibilité,* avec plus ou moins de *probabilité.* Un ensemble de possibilités de réactions ou de transformations — comme effets de *causes* quelconques, lié à un système conservatif et cyclique est l'implexe. Les réflexes, la mémoire, les sensations ou plutôt la capacité de sensations. (*Ibid.,* XXVI, 431.)

☆

Il est étrange que les notions *Simple-Complexe* conjuguées aient été si peu re-pensées. Il y a là cependant une référence directe à l'organisation de l'esprit et à ses possibilités de transformation — = son métier propre.

Toutes nos fonctions[A] sont transformatrices — et les fonctions purement physiques sont cycliques. Le sang est à la fois le produit de transf[ormations] fonctionnelles, qui se transforme lui-même en conditions des fonctions qui le produisent. (1942. Sans titre, XXVI, 504.)

A. *Deux tr. marg. allant jusqu'à :* transformatrices.

☆

Comme la vision fait oublier l'œil, ainsi ce que l'on pense fait oublier la pensée.

L'œil est absent de ce qu'*on* voit — Le pensant de ce qu'il pense, et quand ils se font sentir, c'est un autre ordre de choses qui intervient.

« L'œil » devient alors une sensation qui interfère avec la vision.

Le pensant s'oppose à la pensée et est excité par ses arrêts, ses peines, ses limites propres. (*Ibid.*, XXVI, 519.)

☆

ψ

La *vitesse*[A] *de la pensée* devrait être tenue comme aussi significative que celle de la *lumière* (laquelle a mis de 1675 à 1905 environ, pour être mise en valeur).

Cette vitesse, propriété de la sensibilité, et qui est relative à d'autres perceptions, *entre lesquelles elle se situe*, — jouerait un rôle dans une vraie « théorie de la connaissance ». (1942. *Lut. 10.11.42 avec* « tickets », XXVI, 609.)

☆

N[ou]s ne sommes, au fond, que le sentiment ou sensation d'une *possibilité,* entourée, investie, d'*éventualités*.

Le produit de ces deux quasi-grandeurs est le *présent*. (*Ibid.*, XXVI, 626.)

☆

Rire. Réflexe sans relation (comme tout réflexe) avec sa « cause » — qui répond à quantité d'excitations, parmi lesquelles une quantité d'exc[itations] psychiques — représentations ou perceptions.

On demande ce qui serait commun à toutes celles-ci ? Il y a *contraste* toujours. Refus — *vomissement* — Réaction de dégagement — négation — Rendre inoffensif l'être ou le danger. L'expulser du monde dont JE fais partie. Tandis que les larmes seraient, au lieu d'affirmation de puissance, — un signal d'impuissance avec tendance à se

A. *Tr. marg. allant jusqu'à :* qui est relative.

retirer, *SOI,* du monde où telle chose douloureuse est possible. *Les larmes le voilent.* (1943. Sans titre, XXVI, 838.)

☆

De la Réflexion ψ

Penser — *Re-penser.*
C'est une application[A] de la faculté *RE* (Réfléchir).
C'est repasser du *Connu* à l'*Inconnu.* La méditation de ce genre est de SENS INVERSE. Ce que je savais, je ne le sais plus. Ce que je franchissais, est un obstacle.
Car c'est un fait ou une loi[B] remarquable et fondamentale — (de discontinuité —)
que ce qui s'accomplissait *avec la vitesse* du *non-penser,* ne s'accomplit à la *vitesse* du *conscient* que difficilement ou point du tout.
Cette loi tient à la nature de la réaction.
— Alors qu'obtient-on en RE-pensant ? (1943. Sans titre, XXVII, 4.)

☆

De même que l'homme debout (et son système de possibilités d'action actuel) ignore mais exige une quantité de conditions actives cachées qui conservent son équilibre insensiblement — de sorte que *tenir debout* est une *action* continuelle, entretenue — Ainsi la connaissance et l'état de veille, (donc le « monde » et la distribution C E M de référence) sont entretenus de manière à *cacher* cet *entretien,* et que tout se passe comme sans *ma* participation, comme existant par soi, comme si les objets ne devaient rien à « moi » — ou plutôt à des conditions *qui, ne figurant pas normalement dans ma sensibilité,* sont donc *en moi* — (la sensibilité étant extériorisante — et opposante à ce Moi).

Mais il est des troubles qui font cette solidité et architecture se désagréger — et la *composition* de l'édifice qui semblait un bloc — devenir consciente.

A. *Tr. marg. allant jusqu'à :* de SENS INVERSE. *Aj. marg. :* Rendre étonnant
B. *Tr. marg. allant jusqu'à :* point du tout.

Les correspondances instantanées des forces cachées et des sensations viscérales ou autres se troublent. Il y a des rotations, des vides, des chutes, des appels — qui n[ou]s disent que la figure de ce monde passe — que ce monde est une fabrication qui doit être constamment *produite,* qu'il est un produit continuellement devant être fourni, un aliment indispensable à notre Moi à chaque instant; que les *choses* ne sont que comme le soutien de l'oiseau dans l'air, et *tombent* à la moindre cessation de l'acte de l'aile — qu'il y a donc un *poids,* une pesanteur, ou une courbure de.. néant.

Tout ceci fait penser à une Relativité. Le système vivant à l'état normal est organisé de manière qu'il *ignore* tout ce qui *produit,* fabrique *tout ce qui est.* De sorte qu'on arrive à cette proposition qu'il y a autre chose que *tout ce qui est,* ou que *tout ce qui est* ne se suffit pas puisque cela est du *sensible,* (extériorisé ou non) et que *l'exploration du sensible ne révèle*[A] *que de l'insensible..*

N[ou]s savons qu'il y a des modifications qui mènent hors du tout. *Désordre.*

En somme[B] : *Ce qui cache,* ou ne manifeste pas, « *fait* », « *produit* », « *est condition de* » ce qui est connu..
comme si on disait que *la rotation de la terre est condition de notre sensation qu'elle est immobile.*
Ce qui cache montre — *Ce qui est montré cache.* Ainsi la terre tourne et ne tourne pas
la matière pense et ne pense pas.
À quoi répond un *distinguo,* une évolution ou karyokinèse du mot Terre ou matière — et à chacun, 2 ou *n sens* différents — ce qui exige à son tour, de « l'esprit », de chercher la *modulation* qui va de l'un de ces sens à l'autre.

Entre la *terre-plane* et la *terre-sphère,* il y a une suite de transformations.
La terre-plane est celle de l'expérience immédiate et *dense.* Elle est plane tout le temps et pour tous les sens. Mais un fait constant *injurie* parfois cette certitude. Le

A. *Aj. marg. :* mal ?
B. *Tr. marg. allant jusqu'à :* ce qui est connu.

vaisseau s'éloignant, sa coque disparaît avant sa mâture
— comme s'il passait au delà d'une crête. On constate
qu'en tout point on se trouve *au bas* d'une hauteur,
derrière laquelle descend le vaisseau.

L'*image* d'une convexité isotrope se fait — etc. et le
mot TERRE l'annexe[A].

La Terre est sphérique, *toutes les fois que...* Elle est
plane dans t[ou]s les autres cas. (Échelle.)[B]

C'est la même chose dans la Relativité. L'*espace* est
euclidien, et distinct du *temps* dans tels cas. Il est courbe
et *espace du temps* dans tels autres.

Ceci est général.

Des faits *nouveaux*[C] — (et donc, assez *rares* et résultant
d'observations assez délicates, *non pressantes,* pour n'avoir
pas été vus ou retenus par les observateurs antérieurs
pour *faire nouveau* — et s'imposer —) exigent modification, d'abord, des idées existantes, et puis *formules* de
transformation et recherche d'*invariants (tenseurs).*

Ici, j'ai invoqué les sensations de désordre. De même,
la *douleur* n'entre pas dans le cadre d'une *physique.*
Comment trouver la représentation qui comprenne tous
ces constituants et les transformations ? (1943. Sans
titre, XXVII, 285-287.)

☆

H ψ

... Je frotte des allumettes — qui ne s'enflamment pas.
C'est une *résistance.*
L'impatience me gagne.
Ce devient un — poème. La non-réussite se fait chose
très sensible; la réussite, le prévu-accompli eût été chose
nulle.
Ceci me donne finalement la lueur suivante : rien de
plus minime que la *cause* probable de l'échec de mon acte.

A. *Aj. marg. : Transformation*
B. *Aj. marg. :* relativité. *Tr. marg. allant jusqu'à :* dans tels autres.
C. *Tr. marg. allant jusqu'à :* s'imposer. *Autre tr. marg. allant
jusqu'à :* tenseurs.

Mais cet échec *enflamme* les implexes divers, que le succès eût laissés *inexistants en acte*.

Or, généralisant, l'immense majorité des fonctionnements de la vie sont *réussis et muets*. L'éveil de questions, de *valeurs* et des implexes *sans limites propres* est dû à des *résistances*, échecs etc.[A] *D'où... tout !* Travail, traces, recherches, création d'explications — physique et métaphysique.

Donc, les excitants de Tout — physique, métaphysique etc. ne sont pas les importances absolues propres. Ce n'est pas que la vie et la mort soient par elles-mêmes plus importantes, ou dignes d'intérêt, qu'elles se développent si énergiquement dans l'esprit — — Et de même, les événements « historiques ». (1943. Sans titre, XXVII, 678.)

Toute ma « philosophie » est dominée par l'observation du caractère fini — *par raison fonctionnelle* — de toute « connaissance ». Ce caractère est réel — tandis que tout *non-fini* est fiduciaire. Ce *fini* est exigé par le cyclique. (*Ibid.,* XXVII, 680.)

J'appelai *Phase* (1901) la modification de tout un être en tant que capable de modifications non définitives — qui le rend capable ou plus capable de faire telles choses et incapable ou moins capable d'en faire telles autres. (Faire, et aussi *sentir, subir, produire*.)

Le passage d'une phase à une autre est plus ou moins sensible. Il est tantôt rapide, tantôt par degrés insensibles (modulations). Cette notion est commune au physique et au psychique. (1943. Sans titre, XXVII, 706.)

J'ai (1901) *vu l'accommodation* comme type, forme à généraliser — ceci en essayant de me faire une bonne idée de l'*attention*. Pourquoi ? — le fait capital est celui-ci :

A. *Aj. marg. :* Le feu n'a pas de limites propres — inertie.

la même situation « d'esprit », *résistance* sur le trajet d'un acte à accomplir, d'une réponse en est résolue, dénouée ou non, par le soi-disant *Même individu,* de manières très différentes, selon qu'il se trouve dans tel ou tel état. *En général,* la résolution sera plus prompte, plus économique, plus complète etc. si l'individu s'est modifié, volontairement ou non, — et est devenu l'*anti-hasard,* le *producteur de correspondance uniforme* entre l'excitation et sa réponse, *quand le mécanisme réflexe immédiat n'existe pas à l'état constant.* Les « ressources de l'esprit », comme celles des coordinations sensitivo-motrices, sont alors comme trouvant *leur meilleur* RENDEMENT. Ce que j'ai acquis, ce que je puis etc. — mes *implexes.*

Or, il est clair que *mes idées* sont des résultats de transformations cachées qui dépendent du transformateur. Je puis dire que telle opinion ou production d'un esprit *vaut* (au moins, provisoirement) ce que vaut le processus d'élaboration, lequel, du reste, comporte plus ou moins de *conscience de soi* — et engage nombre de sensibilités ou sensibilisations etc. Un peu plus d'attention-durée, et « la face des choses » en est toute changée. D'où, une notion de relativité que j'ai développée.

D'où la tentation de faire une théorie des *phases* — c'est-à-dire des transformations sensitivo-mentales dans lesquelles le système vivant-sentant-pensant peut se regarder comme un Syst[ème] isolable.

L'image guide était celle de l'accommodation visuelle complète. Vision « nette » = tel système des variables *en présence* — éclairement, courbure, diamètre, et d'autre part, sensations, perceptions, = distance etc.

Ce système de coordinations tend à conserver la netteté — et tout ceci ressemble à la conservation de l'équilibre des systèmes hétérogènes par variations corrélatives[A]. Voilà mon analogie favorite de 190.. N[ou]s sommes loin de la « philosophie ». Je trouvai beaucoup de plaisir et de profit (*pour moi,* excitation etc.) dans cette voie.

Je songeai qu'il n'y avait pas absurdité à rechercher des sortes d'*Équations de condition* et d'*équations générales* de la conscience.

Je voyais alors le rêve, l'attention, l'action comme

A. *Aj. marg. :* Gibbs

des *phases* entre lesquelles des passages brusques ou modulés[A].

Ici, *rôle de la musique de Wagner,* prodigieux enregistreur de modifications, qui me semblait avoir travaillé p[ou]r moi et avoir eu le « génie » de percevoir nettement en lui ces variations des valeurs et fonctions cardinales de l'ouïe —, et de *produire* les moyens, les excitants qui reconstituent les états en question par une sorte de *mimétisme* ou de mimique irrésistible.

Wagner me faisait *entendre, (qui est vivre)* ce que je voyais ou.. modelais de mes quasi-sensations motrices, cette suite de modifications — *le long d'une durée* — en équilibre réversible avec ??? [...] (*Ibid.,* XXVII, 739-741.)

Duchenne de Boulogne[1].
Faire une leçon du Cours[2] où je parlerai de lui.

Je me rappelle l'intérêt que j'ai pris à regarder son album — Encore un hasard !

Cette anatomie fonctionnelle par l'excit[ation] électrique. Toute la vie affective exprimable dissociée en fonct[ions] simples, et les combinaisons ou synthèses de sentiments obtenues — Certaines tout inédites. [...] (*Ibid.,* XXVII, 748.)

« Dignité de la pensée ! »

Comment peut-on broder là-dessus ! (en argot 1830 broder = écrire —).

La moindre chose — mouche etc. dissipe.

La douleur — supprime etc.

Il y a aussi les imbéciles — — et qui pensent — [...] (1943-1944. Sans titre, XXVII, 924.)

L'homme est doué de tout ce qu'il faut pour vivre et ce qu'il a d'*esprit* fait partie de ce *matériel.* Mais ce qu'il

A. *Aj. marg. :* Wagner

a d'esprit, comme ce qu'il porte de germes, est en surabondance nécessaire. Il porte trop de germes : par ex[emple] 1.000.000.000 dont $\dfrac{1}{100.000.000}$ seront probablement utilisés; mais ce nombre 10^9 s'oppose aux chances de perte — qui sont énormes. Et il a trop d'esprit — pour parer à la quantité d'imprévus auxquels le mécanisme uniforme ne peut répondre.

L'esprit est une invention qui tend à réaliser le mécanisme multiforme — avec ce qu'il faut pour — aboutir à l'action uniforme.

C'est un problème[A]. Et il me semble qu'il n'y a pas de métaphysique à faire avant de l'avoir résolu.

N.B. Mais on trouve sur le chemin le problème de la *vie en commun* — car l'*Homo solus* n'a presque point d'esprit. — En quoi la *vie en commun fait l'esprit ?* fabrique de « l'esprit » ?

— Et enfin, je dis : *l'étude profonde du système moteur, des merveilleuses propriétés du muscle et des combinaisons musculaires* nous ferait concevoir les propriétés de l'esprit en tant qu'il perçoit et contrôle ses propres compositions[B].

Je songe au Stéréographe Von Orel. (1944. Sans titre XXVIII, 181.)

☆

Observation

— Je transporte un paquet assez lourd pour moi. Il me pèse — Mettons 2 ou 3 kgs.

Je m'assieds dans le métro. Un homme, d'air robuste, est là. À ses pieds, un gros sac très gonflé de je ne sais quoi.

À l'arrêt, lui et moi nous levons, et je le vois soulever son sac avec un effort très marqué. Je me dresse avec mon paquet — qui *me semble léger,* d'un poids insignifiant, comme si l'effort de l'homme m'avait suggéré un effort proportionnel au poids probable de son sac,

A. *Tr. marg. allant jusqu'à :* l'avoir résolu.
B. *Deux dessins en marge représentent ces propriétés des muscles et de l'esprit comme des cycles fermés de demandes et de réponses.*

à travers ou au moyen de sa mimique, et cet effort virtuel
en moi ne trouvait que mes 2 ou 3 kgs à soutenir.

Contraste, sorte de *surprise,* — analogue à celle du
corps quand il trouve la marche à descendre moins haute
qu'il ne s'était attendu à la trouver.

Qui s'était façonné, composé implement *se heurte*
à son *trop.*

Ceci arrive en tous les modes de *préparation* physique
ou morale. (*Ibid.,* XXVIII, 219.)

Quand je dis que ma pensée vient de ma tête, est dans
ma Tête, je ne fais pas une hypothèse, je fais une observation. Je constate que ce que je viens de *me* dire,
d'apercevoir etc. se *passe là,* toujours *là,* rien que *là..*
Qu'est-ce que *Là ?* Ce lieu a des propriétés singulières..
dont celle de.... se contenir. (*Ibid.,* XXVIII, 233.)

Connaissance

Le *trop court* et le *trop intense* sont *contre* la connaissance.
(*Ibid.,* XXVIII, 239.)

L'action est un composé de *possibles* dont le choix,
l'ordre d'utilisation, les intensités d'énergie dépendent
d'une « pression » interne et d'un milieu — matière etc.,
avec exclusion[A] de la connaissance ou perception des
moyens — *au delà de ce qu'il en faut pour leur emploi. Je
ne sais de mon bras que ce dont j'ai besoin pour m'en servir
sans y penser.* (1944. Sans titre, XXVIII, 285.)

Fiducia. *Voir* n'a d'utilité que moyennant une croyance
dans les propriétés *non vues* que rappelle ou suggère ce
que l'on voit et qui ne signifie ni ne peut signifier rien

A. *Tr. marg. allant jusqu'à : pour leur emploi.*

par soi seul. Voir — c'est croire voir — et produire une substitution. Cette couleur est de l'*eau.* Cette eau est à cent pas de moi. Cette petite tache est une grande maison.

La croyance est utile en raison de son automatisme — Substitution uniforme et instantanée et qui *prend entièrement la place* de la sensation, l'absorbe, de manière à préparer à l'action une détermination immédiate.

C'est[A], en somme, un développement du type : *acte-réflexe,* par lequel des excitations sont pourvues de réponses *acquises.* Les modes d'acquisition de cette constitution d'*uniformités* sont divers, mais le fonctionnement est le même.

(Toutefois, les réflexes eux-mêmes ne sont pas impeccables.)

Dans ces acquisitions, *la mémoire joue le rôle* que *la structure anatomique joue dans les purs réflexes.* Ceci est un grand mystère. Mais donne à penser que la mémoire a un substratum dans la structure.

Quand on songe qu'un spermatozoïde transporte une quantité incroyable de virtualités, des caractères *futurs,* des tics, sans compter l'essentiel — — sous une dimension microscopique et une apparence si simple — on peut songer aussi à la mémoire.

Il est clair que la substance vivante a des virtualités de développements inimaginables.

Il ne faut pas faire de mystagogie à ce sujet, car si peu que ce soient, ce spermatozoïde et qu'un cerveau — il faut cependant qu'ils soient, et jouent un rôle. De plus leurs propriétés extraordinaires sont soumises à des conditions *matérielles* — directes et indirectes.

Indirectes ? — Je pense au nombre énorme des spermatozoïdes émis pour un seul élu.

C'est une fonction où les probabilités interviennent. (*Ibid.,* XXVIII, 294-295.)

Attitude — État d'équilibre à partir duquel tels actes sont possibles directement — par *moindre* modification, *et non* tels autres.

A. *Deux tr. marg. allant jusqu'à :* acte-réflexe.

L'homme couché ne peut se mettre à courir sans passer par des états intermédiaires.

Il y a donc une classification des *possibles-à-partir-de* —

On ne peut réfléchir, calculer in media ira[1], ou en pleine émotion. Il faut revenir à un état-carrefour. (1944. Sans titre, XXVIII, 535.)

☆

Tout ce qui[A] fait concevoir l'activité et les produits de ce qu'on nomme « Esprit » comme activité et produits d'un système organique — c'est-à-dire comparable à une fonction physiologique et soumis à des conditions analogues — est d'importance capitale.

1º Ces conditions sont à nos idées et connaissances ce que les conditions matérielles et les conditions conventionnelles d'une carte géographique — ou d'un dessin sont à ce qu'ils représentent. Papier borné, altérable, échelle — etc. *Quoi que ce soit est soumis à ceci.*

2º Notre connaissance de ce fonctionnement de base est évidemment bornée par bornes de notre « physiologie ».

3º L'*esprit* est possible, et son emploi, — par l'absence *actuelle* de cette connaissance.

Ainsi la conscience du fonctionnement mental est contraire à l'exercice de la fonction, — comme celle du détail du mouvement d'un membre l'est à son action normale. Toutefois, elle est imposée dans certains cas — ceux dont l'acte à accomplir exige une coordination avec les sens qui s'exerce sur les limites de perception.

Enfiler une aiguille. Analyse des *actes fins*. (1944. Sans titre, XXVIII, 818.)

☆

Le quantum d'esprit *nécessaire* est un *trop*.

Que le *trop* est *nécessaire*.

Que si j'avais à m'expliquer l'esprit, la connaissance, la pensée — et autres objets du monde verbal — « philosophique » — je raisonnerais ainsi :

La chose manifeste et essentielle est l'entretien, la

A. *Tr. marg. allant jusqu'à* : d'importance capitale.

conservation de la vie, laquelle exige des actes, et ces
actes très variés puisqu'ils doivent s'accomplir en milieu
très variable — (n.b. certains êtres changent prodigieusement de milieu durant leur existence *continuée* — (mais
sont-ils les « mêmes » ? — chenilles — métamorphoses)
mais leurs modifications extraordinaires sont par changements substantiels — et non par actes, sans quoi il faudrait leur supposer une « *intelligence prodigieuse* » comme
leur changement est *prodigieux*).

Pour ces actes conservatoirs imprévisibles demandés
par la circonstance, le mécanisme réflexe est insuffisant.
D'où, des « facultés » — une prévision qui n'est plus
« à une seule variable » substantielle — mais qui introduit cet extraordinaire *relais, le psychisme*[A], — ce MAXIMUM
de possibles, d'hétérogénéité qu'il faut pour obtenir un
minimum ou un *suffisant* de composition d'action.

— D'où cette indication, qu'il faudrait rechercher ce
qui est indispensable, le minimum d'intelligence indispensable à la vie, et le préciser. (Ce mot de *vie* compren-
nant aussi la variation probable moyenne du milieu
inséparable du système vivant.)

Et pour illustrer ceci, examen des cas pathologiques —
des êtres déficients ou mutilés et de leur perte certaine —
aveugles etc.; idiots; petits enfants — etc. dont les
facultés de connaissance ou de raisonnement sont abolies
ou diminuées. (1944. Sans titre, XXVIII, 908-909.)

Comme le théoricien de la relativité cherche à découvrir ce qui subsiste des lois de la physique première
quand les conditions de l'observation sont modifiées
par le mouvement, on pourrait (sans espoir) se demander
ce qui subsiste de la conscience quand les conditions
de la connaissance sont altérées par telle intoxication ou
tel trouble fonctionnel ?

Par ex[emple] les hallucinations auditives des per-
sécutés — la personnalité pervertie etc. (1945. Sans titre,
XXIX, 485.)

A. *Tr. marg. allant jusqu'à :* composition d'action.

☆

Croyance. La fonction réelle et indispensable du *croire* est d'ordre pratique. *On ne peut rien faire* sans *négliger* certaines parts des perceptions, et sans *adjoindre* à ce qui subsiste des *valeurs* non constatées. Je ne puis marcher sans *croire* que le terrain est solide d'après ma *vue,* mais je néglige mes perceptions crurales en général.

Si elles s'imposent, l'acte se modifie, et de même si je doute du sol. (*Ibid.,* XXIX, 541.)

☆

Comme il est nécessaire au fonctionnement des êtres agissants dans leur milieu qu'ils perçoivent bien plus de choses que celles qui les intéressent et qu'ils puissent accomplir bien plus d'actes qu'ils n'en ont à faire pour leurs besoins, exactement satisfaits, ainsi, peut-on imaginer que n[ou]s devons produire quantité d'idées, d'opinions et d'inventions, les plus étranges parfois et les plus aberrantes, pour pouvoir former les quelques-unes dont notre vie ne peut se passer — —

La surabondance nécessaire est un des faits les plus remarquables. Il ne s'agit pas de l'expliquer. On observera qu'elle coexiste dans les vivants avec l'exactitude qui se trouve, d'autre part, dans leurs fonctions, et l'étroitesse des conditions de leur fonctionnement organique.

On dirait que cette rigueur est remplacée par le recours à la prodigalité statistique, en tous les cas où l'individu est en rapport avec le milieu. Et ceci est presque une définition de l'individu. À l'*intérieur* du système, tout se fait par correspondances uniformes de modifications.

L'uniformité diminue avec la sensibilité qui est création et créatrice d'*extériorité* —

(hors de ceci, il n'y a *ni Moi ni non-moi*).

Ainsi *extériorité* ≡ *multiformité*.

Le cycle[A] d'actions et d'opérations qui tend à satisfaire le besoin S — (à éteindre la lampe-signal S) comporte une partie « *non linéaire* » — de tâtonnements.

A. *Tr. marg. allant jusqu'à :* lampe-signal S.

Le « monde extérieur » est diversité non ordonnée.
Il y a plus de chemins — — — —

— Il y a cependant des instincts, — et il y a des sensibilités qui déterminent de *plus courts chemins*.

Le plus court chemin du chien à la proie n'est pas la ligne géodésique, mais la ligne de l'odeur laissée aux herbes.

C'est un *plus court chemin* en ce sens qu'il est le seul qui conduise au but, tandis que tout autre égare — peut être considéré comme *fait de carrefours*. — (*Ibid.*, XXIX, 565-566.)

☆

Vieille invention [18]94-1900

J'appelle *phase* l'état dans lequel telles choses n[ou]s sont possibles à *faire*, à imaginer, à développer de toute façon, — et telles autres interdites ou différées. —

C'est[A] par quoi nous différons tant de n[ou]s-mêmes selon les moments.

C'est, en somme, une *notion* qui résume la variation du fait : *Pouvoir*.

Cette notion se rattachait en moi 1903 — à celle de *fonction* — c'est-à-dire de division de l'être en variables qui ne faisaient et ne savaient faire que quelques manifestations. Par ex[emple] un élément rétinien ne produit que la gamme de couleurs et de clartés, dont le zéro. Et *quelque excitation que ce soit* n'en tire jamais que l'un de ces effets. D° un élément musculaire.

Mais ces fonctions élémentaires sont groupées en systèmes complexes — lesquels s'accordent ou non, se composent ou s'excluent, avec variation conséquente du Pouvoir (actif ou passif). Ici, les antagonismes internes.

Tout ceci doit se traduire aussi en *temps,* ce qui se marque dans le passage d'une phase à une autre. Modulations. Sautes brusques.

Enfin, l'*énergie libre* (et sa distribution ainsi que sa quantité) doit être considérée.

Un système vivant engagé dans telle phase ne peut en changer que moyennant telles conditions. *Seuils*. Toute action interdit telle autre. (1945. Sans titre, XXIX, 613.)

A. *Tr. marg. allant jusqu'à :* selon les moments.

☆

Sys.

La réflexion et analogie de la vue m'a toujours donné
beaucoup d'idées, c'est-à-dire de modèles. Ainsi vers 1900
le type de l'accommodation-attention.

Modification d'un système de variables parmi les
valeurs simultanées duquel certaine est privilégiée et
donne « vision nette » — c'est-à-dire détermination par
un *sens* (la vue) d'une coordination motrice propre à
l'*action exacte ;* et, de proche en proche, de tout un
« *monde net* » de figures et de possibilités de substitutions
ou mouvements; donc, de *prévisions,* enrichies d'ailleurs,
par l'excitation de souvenirs, d'acquisitions diverses,
automatismes, — et effets du langage, re-connaissances.

Ceci, en général, masqué par la promptitude avec
laquelle l'accommodation s'établit, ses effets se produisant plus vite que toute observation de leur venue. Il
faut supposer un ralentissement — qui est parfois anormalement réalisé.

Un autre bénéfice de mes réflexions sur la vue fut ma
réflexion sur les *complémentaires.*

Mais il y a encore à penser sur ce sujet. Ainsi les
conditions très générales et presque trop évidentes de la
vision qui sont la *lumière,* les *choses,* le *voir* même[A].

Car si je vois, ce voir est susceptible de 3 modes de
modification ou d'altération *indépendants,* qui peuvent
recevoir les noms ci-dessus. Rien de plus simple.

Comme l'accommodation me donnait un modèle
de l'attention en général, involontaire ou non, avec
ses conséquences d'inégalité, de production de l'inégalité de connaissance par une sorte d'acte — et de
conservation —

cette considération des conditions A pourrait être
utilisée *pour un modèle de la conscience.*

Le rôle de la lumière (celle-ci, non au sens des physiciens, mais avec la signification la plus naïve et commune
de puissance extérieure, indispensable aux « choses »
autant que le sol solide l'est à la marche — —) doit être
— dans la conscience, joué par l'énergie excitante de

A. *Aj. marg. :* A

provenance extérieure. Et c'est pourquoi je crois qu'il n'y a pas de conscience sans quelque sensation plus ou moins obscure. Si *toute sensation* fût abolie la conscience ne pourrait subsister par les seuls psychismes. Les pensées vivent, sans le savoir, d'une *excitation d'existence* que produit et renouvelle une activité sourde de sensations quelconques — p[ar] ex[emple] celle de la tension générale du corps, d'équilibre rétabli de la figure du système matériel du corps, celle de toucher périphérique, des appuis, des muscles de la face, de la bouche, de la langue, etc. etc.

En somme, le maintien de la *sensibilité générale*. (1945. *Turning Point*, XXIX, 783-785.)[a]

SOMA ET CEM

Rien de plus étranger que notre corps. Ses plaisirs et ses souffrances nous sont incompréhensibles.

Il est une figure bizarre pleine de formes bizarres et où rien ne paraît des idées que nous avons.

Dans quel langage traduit-il ce que nous sentons de lui ? ou dans lequel traduisons-nous ce qu'il est ? (1901. Sans titre, II, 293.)

Le bras connaît ses gestes et les chocs qu'il reçoit — et ses douleurs, mais non sa structure. (1902. Sans titre, II, 645.)

Tantôt le corps est séparé de la connaissance, tantôt il y paraît; tantôt l'un, tantôt l'autre domine. Quelle est la loi de ces unions, de ces séparations, de ces substitutions ? (1902-1903. Algol, II, 869.)

La plus grande partie du corps ne parle que pour souffrir. Tout organe qui se fait connaître est déjà suspect de désordre. Silence bienheureux des machines qui marchent bien. (1905-1906. Sans titre, III, 761.)

Mon corps finit toujours finalement toute comédie. Toute comédie finit par le retour de mon corps sur le théâtre. (Ibid., III, 855.)

La pensée n'est sérieuse que par le corps. C'est l'apparition du corps qui lui donne son poids, sa force, ses conséquences et ses effets définitifs.

« L'âme » sans corps ne ferait que des calembours et des théories. —

Qu'est-ce qui remplacerait les larmes pour une âme sans yeux, et d'où tirerait-elle un soupir et un effort ? (*Ibid.*, III, 881.)

Le « corps », l'instrument de référence — Le régulateur, la lampe de la *veille* — L'étalon de comparaison de la certitude — L'horloge du présent. (1906-1907. Sans titre, IV, 139.)

☆

Si l'homme était pur esprit, — il n'y aurait ni surprise, ni les importances diverses des choses, ni ces tâtonnements et ces troubles qui rendent sensibles les travaux qui font la pensée, lui donnent un corps, un temps pour être, un temps où elle n'est pas et un où elle est.

Et que serait telle pensée[A], si elle n'avait une gorge à serrer, des glandes à tarir, une tête à enflammer, un souffle à comprimer, des mains à agiter, des membres à paralyser ?

Ce qui fait songer au pur esprit, n'est que la multiplicité ou diversité des effets et des moments d'une idée donnée. Mais si tel ou tel effet n'est pas proprement nécessaire toutefois il en faut toujours quelqu'un. (1912. *G 12*, IV, 675.)

☆

Les propriétés des corps sont d'autant moins connues qu'elles sont plus constantes.

Plus elles sont comme séparables des corps, ou variables, plus nous les saisissons.

La chaleur nous est plus accessible que la pesanteur. (1913. *P 13*, V, 162.)

___

A. *Tr. marg. allant jusqu'à :* des membres à paralyser.

☆

Spéculation —

Il me semble que pour les êtres vivants les propriétés intimes de la « matière » soient *cachées* par leur structure même, qui possède ces propriétés à titre d'invariants. Je veux dire que (dans des limites) tout ce qui est atomique, la mécanique atomistique, les mouvements désordonnés, les radiations etc. sont comme surmontés dans un premier ou primitif ou préliminaire travail*, celui qui a abouti à la constitution de la substance vivante. Tout cet ordre de petitesse et cette complication, ces « hasards », sont comme refoulés, contenus dans les bornes de l'existence et de la stabilité des molécules organiques et des cellules.

Le détail infime du corps a affaire à ce détail, s'arrange entièrement avec ces lois — et l'édifice plus élevé les ignore — comme il importe peu à un édifice d'être réalisé en briques ou en pierre.

À ce corps édifié et à son ensemble de mouvements, ses actions, s'opposent seulement d'autres édifices dont les lois d'action et de réaction sont la mécanique ordinaire.

« Notre échelle » est déterminée par les lois de notre action sur ces édifices et de leur action sur nous — Notion du fini[A].

Notre corps est l'objet capital qui fixe cette échelle, nous cache certain infini et nous donne certain infini. (*Les sens* ici[B].)

L'idée même de cet infini caché est empruntée de celle de l'infini présent. Notre temps dans tous les sens de ce mot, notre présent, comme le passé et le futur, sont liés à notre corps et ne peuvent atteindre que ce qui n'est pas plus *petit* que *toute modification qui conserve l'édifice*.

D'ailleurs cette division du temps elle-même — et les dimensions de l'espace sont des relations dans l'édifice

---

A. *Tr. marg. allant jusqu'à :* nous donne certain infini. *Aj. renv. :* L'opération, par exemple, qui consiste à accumuler des parties pour obtenir un tout — ou l'op[érati]on inverse — est de notre échelle.

On peut se demander si cette opération simulée dans l'imagination et en apparence poursuivie indéfiniment a un sens.

Peut-on diviser ce que l'on cesse de pouvoir *prendre ?* La notion de grandeur ne s'évanouit-elle pas ?

B. *Lecture incertaine.*

et sont étrangères ou inapplicables aux événements contenus dans l'ordre de grandeur de l'élément vivant.

Notre corps est comme une abstraction. Et toute notre pensée, notre action sont abstraction.

Il importe peu à mon corps de marcher sur un sol de pierre ou de terre. L'essentiel est le solide, le plan, le rugueux. Le mouvement serait précaire si les propriétés intimes du sol y faisaient quelque chose.

Je m'avance, je vais et donc : je vis, *en négligeant*. Si je puis négliger certains termes, ce n'est pas qu'ils n'existent — mais je suis fait de sorte que mon détail caché équilibre ce détail caché.

(Tellement que la même simplification qui a permis de trouver dans les mouvements célestes les lois de la mécanique générale (finie), — permettait déjà à des êtres de vivre — de passer à travers des circonstances diverses — etc.)

Vivre nous semble donc une indépendance. *Vouloir, c'est ne pas tenir compte de toutes choses.*

Imaginer, projeter, se souvenir c'est : ne pas même percevoir que l'idée n'est pas de même substance que la chose même. C'est passer d'un état à un autre par un chemin purement suffisant. C'est prendre une chose pour une autre par rapport à une 3me.

Mais nous périssons par une altération dans l'édifice élémentaire. La molécule vive ne peut indéfiniment nous soutenir hors du commerce universel des éléments plus petits.

Je vis, pour n'entrer pas dans le détail infini..

A cette indépendance se réfèrent les impressions d'*esprit*, de *liberté* — etc.

Ma connaissance, davantage, renchérit encore sur cette curieuse simplification. Car elle ne retient qu'une partie de cette partie. Et son attention est encore une restriction sur le tout qu'elle pourrait saisir.

— En somme nous devons cette curieuse vie à la constitution préalable d'un système qui n'est... qu'une partie de lui-même; dont une sorte de partie est annulée en annulant tout un *ordre* du milieu — tellement que le reste agisse et se meuve dans le milieu comme si — il ne subsistait plus que[A]

Cf. le repos apparent d'un objet. (1914. *U 14*, V, 336-338.)

A. *Phrase inachevée.*

L'organisme heureux s'ignore. Le chef-d'œuvre en ce genre, consiste donc dans le silence éternel de toute une part de la sensibilité *possible*. Et la perfection résulte de l'absence de certains phénomènes, de certaines sensations *positives*.

Alors, on en vient à considérer spontané, naturel ce qui, loin d'être en réalité simple et un et immédiat, demande une machine de machines où ne sont épargnés ni le nombre ni les complications ni les prévisions, ni les détours. (1916. *B,* V, 881.)

Nous sommes construits de façon à ne pas percevoir la force[a] centrifuge terrestre / les mouvements /, ni tant d'autres actions — Il y a en nous de quoi ignorer bien / l'infinité / des choses dont nous ne devons pas être gênés. Et il se peut que l'altération des mécanismes qui équilibrent secrètement ces actions et les tiennent hors de la sensibilité, se marquant par des troubles, ces troubles soient tout ce que n[ou]s pouvons directement connaître de notre état réel de corps terrestres et cosmiques. La mort même nous prive de cette organisation qui nous distingue des masses ordinaires et qui compense à chaque instant notre assimilation à une partie de l'univers inconnu, ou à une partie de notre sujétion à notre Tout. Il faut ce qu'il faut pour se distinguer de notre matière. — La vie est une vigilance, un acte, un écart — et comme un équilibre de degré plus élevé que l'équilibre immobile. La connaissance ou le *monde* est l'apparence stable de cet équilibre mobile. Quand elle cède périodiquement aux forces constantes, c'est le sommeil. (1918. *H,* VI, 829.)

La substance de notre corps n'est pas à notre échelle[1]. Les phénomènes les plus importants pour nous, notre vie, notre sensibilité, notre pensée sont liés intimement à des événements plus petits que les plus petits phénomènes accessibles à nos sens, maniables par nos actes. Nous ne pouvons pas intervenir directement et en voyant ce que nous faisons. La médecine est intervention indirecte — et d'ailleurs les autres *arts*.

Il se peut même que, dans cette petitesse, si nous y étions transportés, nos actes connus fussent inefficaces, non adaptés car les lois peuvent y être bien différentes des lois auxquelles nous sommes faits.

Le système nerveux[A], entr'autres propriétés, ou fonctions, a celle de lier des ordres de grandeur très différents.

P[ar] ex[emple] il relie ce qui appartient au chimiste à ce qui appartient au mécanicien. (1918-1919. *J*, VII, 171-172.)

Le sentiment de notre corps instantané est un élément capital de la psychologie. (Donc, on ne l'a point noté.)

À chaque instant ce sentiment très variable fait partie de notre conscience, et souvent le constitue entièrement. C'est la variable subjective capitale[B]. Il cède aux images de l'objectivité, les repousse; sépare les espèces psychologiques, les situe.

C'est le Moi n° 1; le Moi n° 0 étant le moi invariant pur.

Ce sentiment est au fond créé par l'action du corps lui-même sur son système nerveux. (1920. *L*, VII, 554-555.)

Tout Système philosophique où le Corps de l'homme ne joue pas un rôle fondamental, est inepte, inapte.

La connaissance a le corps de l'homme pour limite. (1920-1921. *M*, VII, 769.)

Écoulement de { l'univers / l'énergie à travers le *vivant* — qui lui oppose des gênes — d'où temps, sens, — et aussi comme un verre d'urane au « contact » de la lumière invisible,

---

A. *Tr. marg. allant jusqu'à* : très différents.
B. *Aj. marg.* : $\varphi + \psi = K$

fait le visible, ainsi le vivant donne lieu au « monde » par la sensibilité[A] — — Il transforme quelque chose en choses, en soi. (1921. *N*, VIII, 29.)

L'esprit est un moment de la réponse du corps au monde. (1921. *O*, VIII, 153.)

La sensibilité est une interruption dans les lois (ordinaires).

Elle est liée à organisation — subordination —, à une CONSTRUCTION COMPLEXE. L'être vivant est essentiellement celui, en qui les forces *ordinaires*[B] s'annulent — sont surmontées, se font équilibre, — les forces extérieures n'agissent plus comme sur une masse ordinaire — ou du moins certaines des forces extérieures — (et entre des limites $t - t'$). Pendant tout le temps que dure l'être vivant sa temp[érature], sa pression, sa composition chimique restent voisines d'une valeur.

Ceci pour être réalisé, gouverné, rétabli demande une complexité — une variation en *sens inverse* des variables extérieures — une régulation. L'action sur un point doit s'étendre à la masse. La réaction n'est plus p[roportionne]lle à l'action.

Tout se passe comme si le milieu n'existait pas. L'être emprunte au milieu de quoi faire comme si ce milieu n'existait pas.

Une découverte physique[C] consiste à s'apercevoir d'une partie des propriétés du milieu que nous nous cachons à nous-mêmes / notre vie nous cache /, qui sont en sommeil p[ar] r[apport] à nous, à défaire ce que notre organisation a fait.

Mais n[ou]s le découvrons encore au moyen de cette même organisation. (*Ibid.*, VIII, 184-185.)

A. *Aj. marg. : Sens*
B. *Tr. marg. allant jusqu'à :* des limites $t - t'$.
C. *Tr. marg. allant jusqu'à :* notre organisation a fait.

Les 3 dim[ensions] de la connaissance

Le corps, le monde, l'esprit. —

Cette division *simpliste* est pourtant capitale. Elle est cachée dans toute connaissance.

L'homme qui s'éveille *retrouve* ces 3 groupes.

Le corps comprend les *forces*.

Quand on dit : *Cet* arbre —

Le tout s'adresse à l'esprit. Arbre est du monde. *Cet* est du corps — axe de référence.

Au point de vue *accidentel* — le corps est monde.

L'action / effet / du monde sur le corps est esprit — (sensation — question). L'action / effet / de l'esprit sur le monde est acte.

La pluralité des rôles, des symboles de notre corps.

Serviteur, maître, — une partie est notre esclave, et le tout est notre maître. (*Ibid.*, VIII, 203.)

Corps et Moi

Le moi est le *rôle* plus ou moins caché du corps *vrai* dans la conscience. *Corps vrai* — c'est-à-dire non le corps visible et imaginable, l'anatomique mais l'intime travail et fonctionnement qui est véritablement notre corps, notre facteur. Notre corps dont la matière se renouvelle continuellement est donc comparable à une formule (chimico-énergétique —) de formules. Formule d'équilibre mobile, où le stable résulte des instables. (1921-1922. *Q*, VIII, 497.)

Somatisme (Hérésie de la fin des Temps.)

Adoration, culte de la machine à vivre.

Comme, en vérité, il est étrange que le *corps* ne joue pas un rôle dans les philosophies connues, ou n'y joue qu'un rôle effacé, ou honteux, ou dissimulé..

La vie est pour chacun l'acte de son corps. Etc.[A] (1922. *R*, VIII, 543.)

A. *Aj. renv. (en guise de titre)* : Adoration — Culte [*lecture incertaine*] du Corps

☆

L'étude approfondie de la main humaine (système articulé, forces, contacts etc.) est mille fois plus recommandable que celle du cerveau.

— Cette concentration du saisir et du sentir.

— Durée de striction.

— Mouv[ements] ultra-rapides — (Ceux plus rapides que la conscience).

— Caresser, pincer, pousser, tracer, tirer, flatter, frapper, cogner, — — — montrer — —ᴬ

Universalité de la main. (1922. *S,* VIII, 683.)

☆

Il faut faire mieux que les philosophes, et trouver de telles notions indép[endantes] qu'on les retrouve dans chaque question *utilement*.

Le *corps* me semble la chose à étudier de près. Car il est lié à tout, et dans chaque événement φ ou ψ, ses parties ont des *valeurs* déterminées. Il est l'unique, le vrai, l'éternel, le complet, l'insurmontable *système de référence*.

— Mais comment ne le savons-nous pas toujours ? Comment distinguons-nous cette « *connaissance* » qui le *cache* ? Tandis que d'autre part, ce corps n'est que l'une des *choses* qu'elle contient, qu'elle définit ? Qu'est donc cette connaissance ?

Il est vrai que la partie d'une chose est plus générale que le tout, la matière d'une chose plus universelle que la chose même.

Il faut donc essayer de partir d'une double affirmation — L'une, de la valeur absolue du corps, l'autre de la condition absolue de la connaissance.

Nous devons toujours retrouver ce *corps* — dans toutes nos questions — et même montrer comment il était invisible. Comme on pouvait ne pas le ressentir ?

Et nous devons toujours, toutefois, puisqu'il paraît si rarement, (et même jamais dans sa plénitude), — tenir compte de ce qu'une *chose* si liée à « moi », si immé-

ᴀ. *Aj. marg.* : Le corps vu de la main.

diate soit en même temps une *chose,* un objet d'entre les objets.

D'un côté ce corps est tout, ou presque tout et en tout; de l'autre il est un possible.

Mais si l'on faisait voir que cet objet particulier reparaît nécessairement, presque à chaque instant, que la *forme* de ses modifications normales est la forme même de la connaissance, que les singularités de l'un correspondent à des singularités de l'autre,

que la connaissance peut en somme, au lieu d'être considérée *intrinsèquement* (au sens géométrique), l'être *extrinsèquement* au moyen d'une référence,

alors...

Ainsi cette « table » est chose différente pour t[ou]s les corps-connaisseurs qui l'apprécient. N[ou]s ne la voyons pas sous le même angle etc. Mais n[ou]s ne pensons qu'à certains *invariants.* N[ou]s sous-entendons des expériences qui ont précisément pour effet d'éliminer notre corps à chacun, et de dégager une « table » en soi. (1922. *T,* VIII, 752-753.)

☆

[...] À chaque instant il y a une relation corps, monde
ω (Σ, K)
　　　　il y en a une　　　　　　　　　　corps, esprit
θ (ψ, Σ)
　　　　il y en a une　　　　　　　　　　esprit, monde'
γ (ψ, K')[1].
Le monde K et le monde K' diffèrent.
Ces relations sont des correspondances plurivoques ou univoques. (*Ibid.,* VIII, 754.)

☆

C'est un fait extraordinaire, de première importance, que notre pensée puisse exister sans que notre *corps* y paraisse explicitement. *Corps,* je veux dire pouvoirs d'*acte* et conditions d'*actes.* Corps ou vie — — (*Ibid.,* VIII, 838.)

☆

Unités. Sẙst[ème] des *mesures naturelles* — spontanées —[A]

A. *Mot illisible.*

Il y a 3 grandes variables qui composent toute la connaissance. Leurs noms vulgaires — sont — Corps, Monde, *Moi-âme / esprit /*.

Leurs distinctions ou leurs confusions donnent tous les états.

Les unités

K unité de réalité.

ψ unité de variété, de possibilité[A] — de doute — d'absence.

Σ unité d'identité.

Le *moi* est *origine*[a]. (1922-1923. *V*, IX, 144.)

Détecteur — Homme — Percevant les oscillations de *l'âme du monde*. Elles sont troublées par les vibrations parasites venant de l'instrument lui-même. Mais les unes et les autres perturbations sont également réelles, primaires et secondaires. Cette image enseigne quelque chose, et fait bien voir les *intérêts* de divers et différents ordres qui se succèdent, se gênent, se combinent, sur l'unique « durée » ou instant du point vivant. (1923. *X*, IX, 228.)

θ

L'esprit, ô —, est ce que le monde fait / tire / d'un corps — et ce que le Tout tire de la partie. Relation ternaire.

La relation du Tout à la partie se nomme Dieu. Celle de la partie au Tout se nomme esprit. (1923. *Y*, IX, 470.)

Il y a ambiguïté sur le corps. Il est ce que nous voyons de nous-mêmes. Ce que n[ou]s sentons d'attaché toujours à nous. Mais aussi ce que n[ou]s ne voyons pas et ne verrons jamais. (*Ibid.*, IX, 543.)

A. *Aj. :* objets

☆

Comment[A] on supprime le vivant en lui donnant *pour rien,* et dans le meilleur état, ce que son organisme et ses actes lui donnent[1].

Considère le vivant. Ce que tu vois et qui occupe d'abord ta vue, c'est cette masse d'un seul tenant, qui se meut, qui court, bondit, vole ou nage; qui souffle et qui agit, et qui multiplie ses actes et ses apparences, ses ravages, ses constructions et soi-même dans le milieu matériel..

Cette masse, cette activité, cette espèce qui te frappent sont *composés.* Tu reconnais assez vite que les appareils de propulsion, jambes, pattes, ailes sont une partie généralement considérable / énorme* / de la masse totale, — que les organes digestifs et respiratoires tiennent aussi un volume et jouent dans la durée de l'animal un rôle excessivement important, — que cette durée presque toute se dépense à alimenter ces insatiables consommateurs de matière. Mais tu sais aussi que ce qui est ainsi recherché et par des moyens qui sont presque toute la bête, en masse et en durée, — toutefois ne lui est pas essentiel, quoiqu'il soit nécessaire. En effet si l'animal était placé dans un milieu spécialement composé, si la chaleur lui était donnée, si la pression extérieure de l'air rendait l'artifice du soufflet pulmonaire inutile, si son sang recevait toutes préparées les substances dont l'élaboration indirecte réclame tout un système de vases, de filtres, de glandes, le broyage, la trituration, et d'abord la recherche — avec ses organes de sens, sa mobilité et les moteurs, les instincts, etc. — —

alors l'animal serait étrangement *réduit* et cependant la vie même serait maintenue, et même plus exactement maintenue qu'elle ne l'est, par les mécanismes naturels. Mais que serait cette vie ? — Il n'y aurait plus d'instincts, ni plus de sensations, ni plus d'images, ni plus de mouvements, ni plus de mémoire. Les nerfs disparus avec les muscles et les sens.. Si le sang était régénéré directement et la chaleur donnée, par un milieu parfaitement approprié, l'animal se réduirait à la vie élémentaire.

A. *Tr. marg. allant jusqu'à* : ses actes lui donnent.

L'esprit disparaîtrait avec ce qui lui donne occasion de paraître, avec l'incertitude et la variété des circonstances.

Tu vois par ce raisonnement que l'essentiel des prodiges de la vie peut se ramener à l'*accessoire* de cette même vie. Toutes les passions et les actions, et le sentir comme le connaître sont des développements *incalculables* a priori d'un fonctionnement qui répond à l'insuffisance du milieu. Et il n'y aurait pas d'œuvres d'art si la nature était plus belle, si l'on y trouvait des demeures délicieuses — etc. — si la musique naissait de fleurs.

L'âme, l'esprit, l'individualité, la pensée etc.[A] — sont des produits encore instables d'une adaptation au fortuit. La grande variété des espèces, la bizarrerie des formes et des moyens de chacune, leur parenté et leurs différences font songer que la conscience et la sensibilité auraient pu ne pas être ou que des propriétés tout autres pourraient les remplacer.

Il suffit comme je l'ai montré de fournir immédiatement et exactement au sang ce que les fonctions lui fournissent par machine et par approximation, pour supprimer tout l'éclat, toute la variété, toute la puissance, toute la profondeur et l'avenir de la vie.

Car l'esprit n'est dans le vivant que l'avenir de l'adaptation. Je dirai ici que le caractère le plus étonnant de l'esprit est l'instabilité — dont l'effet (entr'autres) est de rendre impossible ou très improbable la satisfaction achevée. L'esprit ou la sensibilité peuvent toujours rendre insupportable l'état de bien-être, — l'adaptation accomplie.

Ce caractère étrange doit peut-être se relier à ce fait que la vie a quitté ses milieux initiaux et *parfaits* — — pour gagner en terrain quelconque ?

De plus elle a quittés sans doute *sous pression d'elle-même*. Car, par la pluralité des vivants, la vie se comprime elle-même. Les effets de cette sorte de pression sont 1° sélection de ceux qui dévorent les autres ou les privent du nécessaire — ils se séparent par la puissance 2° sélection de ceux qui se séparent par éloignement et vont chercher fortune dans les milieux moins favorables.

Ainsi la reproduction joue aussi et le nombre intervient. $\frac{n}{v}$.

A. *Aj. marg.* : Langage

— En somme, si l'on dépouille la *vie*, des *accessoires*, des formes, et des fonctions que l'on peut concevoir remplacées par des modifications du milieu (et qui, d'ailleurs, en fait, sont variables avec les espèces et peuvent recevoir *x* substitutions) *cette vie se réduit à rien.* Elle est donc.. *per accidens !*

Cf. vie embryonnaire. C'est la vie essentielle.

Et alors ce rien, ou *presque rien*, peut être transmis par... *presque rien* — un germe, — et c'est ce germe à quoi nous nous réduisons quand nous nous sentons *être*, en nous dépouillant des accessoires qui donnent à la vie sa figure extérieure, sa variété, ses énergies, ses effets, ses puissances, ses vicissitudes, etc.

C'est remonter par un raisonnement à une *cellule simple* — unique. Et qui sait si cette cellule n'existe pas en chacun, à un certain point de l'organisme — et non dans le syst[ème] nerveux ?

Dans un milieu parfait, l'être se réduit. (*Ibid.*, IX, 566-569.)

Le corps est ce qui interposé dans le flux de l'énergie donne âme, vie et le reste.

Ce corps se résout de plus près en phén[omènes] chimico-électriques. À la mort, son mode de transformation du flux est changé. (1923. Z, IX, 668.)

Esquisse — La vie intérieure est due aux réflexions ou réfractions des actions extérieures[A]. J'attribue à *moi* ce qui vient indirectement de non-moi.

Centre de déviation, de dispersion, de relation, de classification. (*Ibid.*, IX, 677.)

☆

Le cerveau reçoit quelque chose et rend quelque chose. (1924. βῆτα, IX, 812.)

A. *Trois petits dessins en marge illustrant les différentes formes prises par ces « réflexions ou réfractions ».*

Le Corps —

Que de choses nous voyons vaguement !

C'est une vie excessivement vague en moyenne que la vie d'une psyché.

Mais l'organisme est précision.

La bouche peut confondre les saveurs. On peut lui masquer un goût, la tromper.

Mais le tube digestif ne se laisse prendre aux apparences — et ce qu'on lui donne n'agit sur lui que par sa *réalité*. (*Ibid.*, IX, 866.)

☆

Deux doigts blessés, hors de cause entraînent une diminution du groupe des actes — 2 notes ôtées de la gamme, combinaisons réduites. Les actes ont un registre — tactile, moteur. L'homme a été si peu et si mal étudié (grâce aux philosophes) que n[ou]s ne savons pas calculer la diminution d'action due à la suppression de tels instruments. Théorie de la main — sens + forces. (*Ibid.*, X, 43.)

☆

Examen de la notion d'organes. Théorie de l'instrument. Tout se passe comme si le bras et la main n'existaient pas, comme si les yeux ne travaillaient pas à chaque instant — l'accommodation est insensible.

Fatigue est l'entrée en ligne de ces membres cachés dans leur obéissance parfaite.

La durée ressentie est l'entrée en lumière ou en scène de quelque organe — et en somme une *inégalisation*. (1924. *Гάμμα*, X, 162.)

☆

Place du corps — c'est-à-dire du fonctionnement car ce corps n'est que fonctionnement et conservation.

Et c'est pourquoi Léonard plus grand que Pascal — et même que la plupart des philosophes. (1924-1925. Z, X, 440.)

Le corps est un espace et un temps — dans lesquels se joue un drame d'énergies.

L'*extérieur* est l'ensemble des commencements et des fins. (*Ibid.*, X, 440.)

Toute la méditation et la connaissance interne possible est incapable de nous révéler que nous sommes du sang en mouvement et en transformation. (1925. *'Ιῶτα*, XI, 24.)

La conscience est soutenue par le corps, et vacille et se tient sur la pression tremblante du sang comme la coquille d'œuf sur un jet d'eau.

L'équilibre stationnaire du percevoir et du connaître est assuré par l'incessant travail de la vie. La certitude intime, l'identité, la non-nausée, la quantité de correspondances croisées donnant la sensation du *solide,* celle de restitution in integrum sont réciproques, réactions, de toute une activité à laquelle les muscles et les nerfs, leurs obscures *actions de présence* et réactions sont essentielles. (1926. ϱ *XXVI*, XI, 572.)

Le navire Esprit flotte et fluctue sur l'océan Corps. (1926-1927. τ *26*, XII, 50.)

J'ai « l'impression » qu'un grand nombre des troubles du corps — et sans doute *tous* les commencements de troubles sont dus à une variation locale de résistances des conducteurs qui produit souvent une diminution de *réversibilité* — je veux dire une survivance des effets aux causes. L'équilibre mobile est altéré. (1927. *Φ*, XII, 418.)

Les mouvements de balancement, de pianotement, de
battement périodique — qui apparaissent dans l'attente
correspondent à une pression constante —
se produisent toujours dans les extrémités — doigts,
mollets, pieds, queue — lèvres, sifflotements —
compensent, sont dissipation —
sont égalité à l'acte qui ne se produit pas —
et prennent forme rythmique à cause des *liaisons* —
qu'introduisent les résistances mises à la production d'un
acte *déterminé. Circuit oscillant.* (1927-1928. χ, XII, 498.)

L'invariant réel de toutes les transformations mentales
tient au *corps* humain — et doit se trouver impliqué
à quelque titre dans l'idée vague que nous désignons
par *présent.* Forme qui se conserve. (A)
Mais ce corps — ce n'est point le corps anatomique,
lequel n'est pas peut-être la seule machine qui pourrait
accomplir les fonctions et satisfaire à toutes les conditions de fonctionnement qui assurent sensation, perception, conscience et actes. Il faudrait démontrer que
d'autres appareils et d'autre matière ne pourraient — etc.
— et réfuter la possibilité de substituer appareil à
appareil.
Le « corps » dans ma phrase (A) est ce qui assume
dans la connaissance les fonctions de conservation
continue, d'interruptions, de transformation avec conservation. (*Ibid.,* XII, 511.)

Par rapport à une petite région tactile de la peau
l'ensemble mobile du corps est comparable à l'ensemble
des appareils d'accommodation p[ar] rapport à la rétine.
Le corps se déplace, se dispose, presse et obtient les
conditions de pression nette — de contact net.
De même p[our] l'ouïe. (*Ibid.,* XII, 578.)

☆

L'homme debout

Je pose cette « colle » à tous les physiologiſtes — Policard de Lyon — Froment — Dᵣ Gley[1] ici etc.

J'ai fini par me demander à moi-même ce que j'entendais par cette queſtion : Comment l'homme tient-il debout ?

N.B. Cette queſtion eſt capitale. Si être debout eſt essentiellement humain, les conditions cachées de l'équilibre sont des circonſtances *hiſtoriques* capitales. Os sublime dedit[2].

Pourquoi et comment Debout ?

Ceci, la main, le langage — la *mémoire* ARTICULÉE.

Mais le problème précis serait le suivant : Dans l'homme debout et immobile, quel eſt l'état de chaque muscle depuis les pieds jusqu'au crâne ?

Le centre de gravité — projeté sur l'horizontale etc. et l'*état nerveux* — et la durée de cette ſtation.

Toute durée de cette espèce eſt liée à une puissance. Il y a donc une nouveauté, une *création nerveuse* quand paraît la subſtitution du bipède au quadrupède. (1928. Ω, XII, 902.)

« Mon corps » se fait sentir à « moi » comme *corps étranger*. Il disparaît pour devenir acte-moi, et je n'en ai plus conscience quand il eſt véritablement « mon » corps. Plus il eſt *mien,* plus il eſt *insensible* — c'eſt-à-dire de même *absence de masse* que le moi — — Sans inertie.

Dans la sensation vive, celle-ci eſt de même puissance que *moi* — soit qu'elle s'y subſtitue comme dans le plaisir — soit qu'elle tende à le dévorer, comme dans la douleur. (1930-1931. *an*, XIV, 714.)

Tout le fonctionnement a le *sang* pour objet. Le sang n'a pour objet que l'entretien du fonctionnement.

Ce sang, complexe — Œuvre incessante du tout organique. On ne trouve « en marge » de ce cycle que (peut-être) l'*esprit* et le *germen*. (1931. *AQ 31*, XV, 356.)

☆

S

Par la fatigue, le « corps » devient chose étrangère[A]. C'est le silence et l'obéissance immédiate, qui font que CE corps est *mon* corps. Cette confusion — qui cesse et renaît — Tantôt partielle, tantôt complète.

Permet[B] les *actes* contrôlés. Car pendant l'acte, c'est « l'esprit » qui agit comme par soi — tant que l'acte est sans trop de résistances. Cf. écrire.

L'acte est donc *pensée instrumentale* — et jusqu'à la fatigue, ou à l'effort — lesquels, devenant *trop* sensibles, (tandis qu'ils étaient jusque-là, *en équilibre avec l'excitation impulsive*) opposent entre eux des composants qui étaient d'abord liés. [...] (1933. Sans titre, XVI, 150.)

☆

Ces troubles et vertiges si désagréables[1] sont caractérisés par un « mouvement » d'univers irrésistible.

La nuque comme saisie — les oreilles comme encombrées. Il n'y a plus correspondance réciproque instantanée entre les sensations-réactions.

Un équilibre insoupçonné est troublé. Égarement des fonctions de l'espace.

Sorte de nausée spatiale.

Qui soupçonnerait que l'estomac, le pylore sont des fondements de l'espace ? que le repos et les mouvements d'ensemble relatifs des choses sont liés à la sensibilité de ces organes ? — que les variations de l'espace ou que les accélérations surtout par rapport à la verticale agissent en retour sur les nerfs du tube digestif ? ce qui est le mal de mer — — le mal d'ascenseur.

Rôle de la réaction du sol ferme — Pesanteur.

Rôle des yeux.

Peut-être compression des hémisphères ? Peut-être irrigation du cerveau ? carotides serrées ?

Pourquoi ces rotations ? On ne sait où s'accrocher. Le mouvement de l'image du lieu est difficile à concevoir.

A. *Aj. marg.* : Mais ce « corps » n'est pas celui de l'anatomie.
B. *Tr. marg. allant jusqu'à la fin du passage.*

Peut-être pourrait-on songer à q[uel]q[ue] chose d'analogue à une sorte de principe d'action et réaction qui interviendrait — comme dans le cas du patineur ? Certaines « forces extérieures » étant abolies ou réduites — tout effort a pour contrepartie une tendance « égale » et de sens contraire, un « recul ».

Dans le mal de mer, la pesanteur est annulée par une chute libre — tangage — la ptose agit sans opposition.

Mais ici, il faut tout traduire en langage du système de la sensibilité générale. Et ce n'est pas aisé.

Observer aussi les limites angulaires — rotation du regard. Fixation d'un point[A].

La fixation d'un point produit un mouvement « apparent », et ce mouvement tend à entraîner tout le système. Or ceci est vérifié *pour tous les points.* On ne sait où *fuir le mouvement des choses* — d'où désordre des membres, accrochages, angoisse — comme si l'objet que l'on va saisir était chassé par l'approche de la main. C'est un autre monde. Cf. le rêve. (*Ibid.,* XVI, 255-256.)

☆

Connaissance du Corps

Le « Corps »[B] perçu directement — sans visualité — non plus comme un objet, une *forme.*

Ainsi, fermant les yeux, agiter doucement la main, (mais ce *nom* est de trop) remuer les doigts. Essayer de ne pas introduire cet *Autre* — qui est la figure extérieure connue, l'*œuvre des yeux* et du *souvenir.* Alors commence le sans-lignes — l'espace informe. Si la main demeure immobile et non roidie, on ne sait si elle est ou non, ni ce qu'elle est.

Le nouveau-né apprend sa main en la regardant comme l'enfant apprend à lire. *Tout s'apprend* — — On apprend que le sommeil existe, que l'on a dormi. —

Ainsi se forme (par cette éducation de tâtonnements qui convergent) la fonction fondamentale des réponses immédiates aux sensations. Le « corps », le « monde » sont des convergences *uniformes,* par là distinguées des

---

A. *Dessin en marge illustrant ce processus. Deux tr. marg. allant jusqu'à :* tout le système, *suivis d'un seul allant jusqu'à la fin du passage.*
B. *Tr. marg. allant jusqu'à :* et du souvenir.

« *connaissances* » *qui pourraient être autres,* et ne sont que *mémoire* — tandis que celles-ci sont non seulement mémoire, mais TOUJOURS VÉRIFIABLES DIRECTEMENT et d'autre part, si fréquemment — que leur *production* se confond à la *présence* même et ne se distingue plus des sensations — dans la plupart des cas.

Il faudrait combiner ces vues avec le caractère de *va-et-vient* de la conscience éveillée. La conscience de rêve est sans retour. C'est une présence pure. Le *Moi* déterminé par l'événement excité est réduit à cette détermination — il est nécessaire et suffisant. L'ensemble des réponses est *divergent*.

Le système-conscience du rêve est d'un *univers* sans réponses secondaires.

Il n'y a pas de corde sous l'arc. (1933-1934. Sans titre, XVI, 896.)

☆

L'esprit s'étonne de l'extraordinaire particularité des choses —, des organes de la vie, surtout — qu'il trouve si *loin* et cependant si essentiels.

Il se heurte à ces formes et lois du « corps » —(que ceci est difficile à exprimer !) —

le visage de soi, les mains (étrangères et *Soi*), les bizarres « attributs » du sexe — les yeux, la bouche et les complications intérieures des fonctions et parties de cette cavité organisée — — —

Ce contraste qui a fait naître l'opposition — âme ou esprit et corps — doit être réfléchi.

Peut-être faudrait-il essayer de diriger sa pensée[A] de telle sorte qu'elle se tienne en liaison constante ou fréquente avec le sentiment de ces étranges formes et fonctions — ? N'oublie pas que tu n'aurais jamais deviné, inventé ces moyens qui te sont essentiels. Et[B] *tout ce que tu inventes, tu l'inventes au large de ce que tu es.* (1934. Sans titre, XVII, 155.)

☆

Question d'enfant

Comment peut-on penser sans ressentir le corps ? je

A. *Tr. marg. allant jusqu'à :* formes et fonctions.
B. *Tr. marg. allant jusqu'à la fin du passage.*

veux dire sans que la chose vivante qui pense soit aussi
sensible dans la pensée, que la main et le bras dans l'acte
qu'ils font ? La vision ignore l'œil. Comment *ce qui est*
fait *ce qui n'est pas* et s'ignore ? — ne se fait pas ?

Ceci m'exprime naïvement l'*extériorité* de la pensée.
Alors, la « vie intérieure » (expression plus naïve encore)
serait l'effet ou l'effort qui exprime l'action de rendre
sensible ce corps, cette chose vivante tout autre que son
produit. Et se diriger vers *le maximum de profondeur* de
la pensée, serait aller vers une sorte de connaissance du
connaissant, — de présence du cerveau — — L'être
et le connaître s'excluent. (1936. Sans titre, XVIII, 689.)

La « mystique » psychesthétique

Le point central de toute méditation — est la division
du présent quel qu'il soit en 3 lobes —
　　　Le « monde extérieur » ou φ_1
　　　Le « mon corps » ressenti ou φ_2
　　　L' « esprit » — ou ψ^A
　　　$\varphi_1 + \varphi_2 + \psi = 0.$
Mais : tous les éléments de φ_1 sont décomposables en φ_2
ou en ψ. Tous les éléments ψ sont à la merci d'une
combinaison (φ_1, φ_2); ils ne sont représentables, c'est-
à-dire rattachés* à l'un d'eux que par confusion avec
des éléments φ_1.

φ_2 et ψ introduisent un signe commun qui les oppose
ensemble à φ_1 — c'est *Je*. Mais φ_2 est le *lobe* le plus
intéressant — par sa multiple connexion. φ_2 est lié à φ_1 —
sur lequel il agit et par lequel il est agi, de telle sorte qu'il
fait partie de φ_1 dans telles circonstances. Il est lié à ψ par
de multiples liens. Il paraît en ψ.

Je me perds en ces choses inséparables.

Peut-être faudrait-il observer ceci en spécifiant le
domaine ou l'aire d'observation. Alors[B] apparaîtraient
les *confusions* ou les *oppositions* fonctionnelles de ces
3 ordres. Car le ψ, l'esprit n'est explicitement en cause
que dans des contrastes, et les autres aussi. Il fau-

A. *Aj marg.* : division fonctionnelle
B. *Tr. marg. allant jusqu'à* : dans des contrastes.

drait traiter tout ceci, en spécifiant l'état quant à la
« sensibilité ».

La similitude et le contraste, productions « naturelles »
de cette sensibilité.

Or, elle est précisément le secret de cette division.

Ce qui vient on ne sait d'où, va quelque part. Qu'est-ce
qui n'est pas sensibilité, puisqu'en agissant sur elle, tout
s'évanouit ?

Il y a un pouvoir de supprimer, un pouvoir de faire
re-être.

Ce pouvoir appartient à des modificateurs, parmi lesquels il en est de « psychiques », de sensoriels, et de
purement « physiques ».

En somme, il y a bien 3 grands *chefs* représentés *sur*
l'un. —

À chaque instant — 3 tangentes aux 3 courbes qui
figureraient la variation du φ_1, du φ_2, et du ψ^A.

Pas de résultante en général.

Dans chaque phase l'une des trajectoires est privilégiée — attention externe, interne ou somatique —
c'est-à-dire perception-monde; psychie; ou sensation
« pure ».

Le Temps[B] résulte de la perception de l'état de division ou de contraste entre ces 3 ordres de substitutions.
(1937. Sans titre, XX, 665-666.)

☆

C E M

Le présent est la liaison de la sensation corporelle avec
la perception des choses environnantes et avec celle de
la production psychique.

Il est donc perception d'un accord C E M et des
liaisons entre ces constituants.

La conscience exige ces trois termes[C]. (1938. Sans
titre, XXI, 610.)

A. *Dessin en marge de ces trois tangentes, et, en dessous, trois dessins
de trois anneaux entrelacés.*
B. *Tr. marg. allant jusqu'à la fin du passage.*
C. *Petit dessin en marge représentant par un cercle les rapports de
continuité entre le corps, l'esprit et le monde.*

« Mon corps » m'est aussi étranger qu'un objet quelconque — (si ce n'est bien plus —) et m'est plus intime, plus premièrement et primitivement MOI que toute pensée. (1939. Sans titre, XXII, 112.)

☆

Nerfs et esprit — (Service de l'energeia libre ou semi-libre — et des émissions va-et-vient etc.)

Il y a réciprocité d'action entre « l'onde porteuse » et « l'onde modulée »[1] — ce qui est caractéristique de l'être φ ψ.

Ce qui se voit bien dans les phases critiques : inquiétude — colère.

Alors le système C E M tend à une diminution de son équilibre (C. E. M.) qui déprime M, pour un système (C.E.) oscillatoire. (*Ibid.*, XXII, 145.)

☆

C E M — Les 3 points cardinaux de connaissance[A]. (*Ibid.*, XXII, 147.)

☆

Quoi de plus excitant pour l'esprit que l'ignorance où il est de *son* corps ?

C'est merveille que nous n'ayons rien pour connaître ce corps *nôtre* ! Il n'est pour l'esprit ni cœur, ni foie, ni cerveau — et ces organes, quand enfin il les découvre, il les découvre comme il découvre l'Amérique[B] — comme chose étrange et étrangère, et n'en a jamais aucune révélation de Soi à Soi.

— Quantité d'imbéciles placent ce pauvre esprit au-dessus de ce corps ! Ce corps qui fait tout — et qui s'est finalement donné un Moi pour Roi de ses sens — un

A. *Dessin des trois points cardinaux* C, E, M, *et deux dessins d'un compas avec les mêmes points.*
B. *Aj. marg. :* découverte scientifique

fantôme de roi — lequel se croit *intérieur* et n'est, au contraire, qu'une idole du superficiel.

D'ailleurs, à la limite de la connaissance est la perfection de l'automatisme. *Savoir est réponse sans réfléchir.* *Créer* (au sens des artistes) c'est *agir sans hésitation,* produire aussi sûrement que l'on marche à l'objet désiré. D'où l'idée d'inspiration — de gracieux don des muses. Mais c'est un *don* aussi que d'accomplir aveuglément tant de fonctions vitales — par composition de moyens indépendants, coïncidences exactes.

L'animal tout à coup *averti* de sa proie ou de son péril, se transforme — devient œuvre de la circonstance et compose l'œuvre de son action. Et ces compositions ont les perfections spontanées qui dans les œuvres pour l'esprit font parler d'inspiration.

C'est pourquoi je place dans l'intervalle qui existe entre les actions circonstancielles physiologiques et les actions nées de l'arbitraire et de l'esprit, les actions comme la danse, qui sont apprises, mais qui tendent vers l'automatisme comme vers leur perfection. Ici la conscience s'évertue à faire l'automatisme final.

Mais de la danse il est facile de passer au chant, qui est l'abandon de la voix aux forces à dissiper en connexion avec les sensations de l'ouïe — et le souffle avec les états affectifs ou de l'énergie libre.

Et la poésie essaie de faire de même malgré les difficultés nées des conventions significatives du langage. Et je rapproche tout à coup ceci (par un bond bizarre de l'esprit) de la recherche d'une forme de coque pour bateau ou avion — — !

Ce qui est l'automatisme-perfection dans les cas précédents, est ici la forme « idéale » du solide en relation avec sa vitesse et la résistance du milieu.

Cette analogie inattendue confond l'utile, le nécessaire avec l'inutile et l'arbitraire des œuvres d'art —

et — la notion d'objet avec celle d'action.

Enfin il faudrait compléter une analyse de tout ceci par une considération de la production naturelle (poissons p[ar] ex[emple] — par développ[ements] centrifuges) comparée à la production humaine par actes séparés et matière étrangère. (1939-1940. Sans titre, XXII, 757-759.)

☆

Écarts et présence — et C E M

On pourrait considérer la *présence*[A] comme conservation de possibilité d'échanges les plus rapides entre C, E, M, avec je ne sais quelle étrange notion qui me vient, de lieu géométrique des points équidistants de ces 3 Termes.

On peut s'éloigner[B] (au figuré) de ce point dans 3 directions —

C — vers la sensation pure — et jusqu'aux seuils
M — vers la perception « extérieure » — Monde
E — vers le rêve ou les combinaisons ψ.

Dans l'action consciente et adaptée à chaque instant — le maximum de *présence* (au sens ci-dessus). (*Ibid.*, XXII, 796.)

☆

La distinction[C] (ou la perception d'une distinction) entre le physique et le psychique (ou subjectif) apparaît comme conclusion *locale,* régulière — nécessaire et presque périodique, de toute excursion dans la pensée — quelle qu'elle soit.

Le réveil en est le type *gros.*

Le « réel » est généralement ce à quoi on se sent *revenir* — le port d'attache — — et ceci est une définition. C'est ce mouvement qui fait l'impression dite : *réalité.*

J'ai pris dès 92 cette distinction antiphilosophique pour base... J'écris aujourd'hui C et M au lieu de φ et l'un ou l'autre s'opposent à ψ. (C n'est que sensations non organisées, M perceptions.) Je dis E au lieu de ψ. Elle permet de ne substantiver que *toujours provisoirement* les entités. Électrons, p[ar] ex[emple].

— Il faut que l'être et l'esprit engagés dans une direction reviennent toujours au point à partir duquel ils puissent s'engager dans une autre. Voilà la loi normale. (*Ibid.*, XXII, 843.)

A. *Tr. marg. allant jusqu'à :* de ces 3 Termes.
B. *Aj. marg. renv. :* ou être contraint
C. *Tr. marg. allant jusqu'à :* le type *gros.*

☆

CEM

Que de choses entassées dans le moment du moi !
La quantité sonore, désordre qualitatif des bruits et leur
distribution en espace ou volume, leurs intensités et
causes suggérées, et celles-ci, normales ou anormales etc.
Le fragment visuel; mosaïque — avec distances, lignes
de délimitation, aller et retour etc., figures et discontinuités. Le système des pressions, et réactions du corps
et des solides sur lequel il s'appuie.

Le système des pressions, gênes, températures ressenties par le corps lui-même, viscères, face — souffle.

La sensation d'énergie positive ou de fatigue.

Les préoccupations semi-latentes, retenues. Les impulsions.

Le discours intérieur, intermittent — l'attente et
détente mentales.

Ce tableau grossier montre à quoi le moi s'oppose,
de temps à autre ; le *plein* relatif; le système « simultané »
de *ce qui est* — — — (1940. *Rueil-Paris-Dinard I,* XXIII,
316.)

☆

Définition du C E M / μ

Le besoin de sommeil — *ou* la volonté de *suivre* un
développement d'idée — ou l'appétition à faire quoi
que ce soit

peut être contrebattu ou par un phénomène localisé
dans le milieu (M) — ou par une sensation localisée
dans le sujet (C) — ou par une irritation psychique (E).

Il n'y a pas d'autre localisation.

Ce sont les 3 possibilités de référence qu'un sujet
puisse se trouver — et auxquelles s'oppose son besoin
actuel.

Peut-être 3 ensembles de possibilités d'excitation ou
de demandes. (1940. Sans titre, XXIII, 777-778.)

☆

Les 3 Corps[1].

C₁ Le Corps C₁ ou Mon-Corps est un système instantané de sensations musculaires, (volume), thermiques, gustatives, — — organisées ou ordonnées en *espace* —, + sensations localisées dans cet espace et pouvant modifier sa configuration, ses contacts — sensations d'inégalité, de changement, de gênes plus ou moins intenses; etc. + sensations de possibilités. Ce Corps C_1 se dissimule ou se précise selon les temps. Il est inséparable de formes d'action — d'une part, et de psychisme variable, d'autre part.

La conscience[A] le *retrouve toujours* à l'expiration de toute pensée.

Il est la limite commune — de toute pensée.

Il est origine, lieu d'origine; capacité ou implexe ressenti.

Si je dois l'isoler et le mentionner, si je le puis — c'est qu'il y a des *écarts* et des *variations* de son existence ou présence.

Il est toujours plus près de quoi que ce soit que quoi que ce soit.

C'est le corps immédiat *ressenti*.

C_2 est le corps *connu* comme — *objet* — et selon examen de semblables — vus ou disséqués. On y adjoint la physiologie, pathologie etc.

C_3 est ce que deviendrait C_2 si on en savait davantage — *sachant* que la connaissance du C_2 est ce qu'elle est !

C'est le corps en tant qu'inconnu. (1941. Sans titre, XXIV, 495.)

☆

Fonction motrice

L'ensemble de la fonction motrice et de sa sensibilité est une notion capitale à considérer.

C'est le transformateur à 2 entrées du Monde extérieur, qui n[ou]s traduit les modifications de celui-ci par deux procédés au moins. L'un qui est de nous suggérer les changements de lieu directement. Si le corps *A* passe en *B*, la fonct[ion] motrice esquisse ou suit ce déplacement, *dans* nos yeux ou nos membres. Si la couleur *R*

A. *Deux tr. marg. allant jusqu'à :* limite commune — de toute pensée.

eſt remplacée par *V*, l'idée d'une subſtitution n[ou]s traduit ou exprime *par un acte,* ce changement — Deuxième procédé. C'eſt un faire qui intervient — toujours.

D'autre part, dans le sens contraire, la fonction *inverse* intervient pour modifier 1º le « monde extérieur » 2º le C — conformément à des modifications « internes », et tantôt réflexement — tantôt quasi réversiblement — ou semi-réversiblement (volonté)[A].

La f[onction] motrice devrait être étudiée sur le type de la thermo-dynamique — car elle s'analyse en cycles de transformation et s'intercale dans le fonctionnement vital sensible, réalisant la relation des *formes* et des variables de cette vie. Images, impulsions, sensations, perceptions, actions. (1941. Sans titre, XXV, 16.)

C E M[B]

Le « monde extérieur » ne s'impose jamais[c] que par l'effet du Corps ou de l'esprit.

C'eſt-à-dire que sa perception eſt indifférente par soi seule — *puisqu'elle eſt négligée dans une proportion énorme* — comme sans valeur — cf. l'eau.

Elle ne s'impose 1º que si elle modifie le Mon-Corps par intensité sensorielle — et se joint par là à la rubrique *Douleur* — p[ar] ex[emple] — ou par résiſtance à quelque résolution d'action — (Énergie *liée*)

2º ou bien que si elle excite des valeurs de l'esprit — *(Énergie libre).* Curiosité — Projets — Développements — Problèmes. (1941. Sans titre, XXV, 178.)

C E M — Le mon-corps, le mon-esprit, le mon-

A. *Aj. marg. :* Rythme.
B. *Aj. :* Particularité du « Monde Sensible » et sa valeur. Il *vaut* par C et E.
Aj. renv. : Mon idée eſt de considérer ce *Mon-Corps, mon Monde* — et *mon Esprit,* comme 3 variables principales, entre lesquelles la vie sensitivo-consciente et agissante (à partir d'un moi) eſt relation. Ce sont les 3 attributions ou dimensions de la sensibilité totale. Pourquoi 3 ? Certaine « myſtique » ajouterait une 4me dimension, p[ar] ex[emple] l'*Âme.* Mais C + E suffisent.
c. *Deux tr. marg. allant jusqu'à :* cf. l'eau.

monde ce sont 3 directions — qui se dessinent toujours — et 3 domaines. Quand l'un domine, et par conséquent, se différencie, se manifeste en tant que diversité, les 2 autres sont, au contraire, simplifiés — et bloqués. Ainsi, quand le Mon-Esprit se divise, ou quand le Mon-Corps se fait plusieurs sensations. (1942. Sans titre, XXV, 710.)

☆

CEM

Pourquoi je m'attarde en ce C.E.M. ? C'est que cette considération des attributions est dans le régime vie/connaissance — capitale. Ce régime opère continuellement entre ces *membres* qui sont, en quelque sorte, ses « 3-dimensions ». Dimensions essentiellement hétérogènes — Le Moi étant le point 0, origine.

Ces attributions sont localisations et ensembles de possibilités distinctes — virtuelles, ... implexes.

Une représentation ou expression « analytique » de quoi que ce soit exigerait l'explicitation de ces membres — et de leurs substitutions.

Par ex[emple] une analyse d'action — *Agir* (en tant qu'on en a conscience) est un *produit de substitutions*. Je dis : « JE vais faire telle chose. JE la fais. » Ce n'est pas le même JE. Le premier est E — puis un M, en général — puis un C M séparé de E dans l'action même —.

Et ici, des relations d'exclusion interviennent. Des fonctions se gênent ou s'excluent. ($\varphi + \psi$). Le possible est affecté. (1942. Sans titre, XXVI, 332.)

☆

C E M.
$\varphi + \psi$

Tout[A] ce qui est psychique dans la veille est pris dans le cadre *Mon Corps* et *Monde extérieur,* lesquels pendant l'attention ou l'activité psychique assez intense sont contenus sur la lisière et se confondent — en partie.

Dans le rêve (ou états analogues) ce cadre n'existe pas. D'abord M = 0 ; quant à C, il est en relation indivisible avec E. (1944. Sans titre, XXIX, 135.)

A. *Tr. marg. allant jusqu'à :* en partie.

☆

C   E   M

J'ai froid. Je pense à mon travail. Je vois le papier.
Ce froid gêne ma suite de pensée. Je réponds par l'im-
pulsion-idée d'aller chercher une couverture = relation
mémoire C E M — qui est une action virtuelle (avec
un *Je puis*).

Mais C intervient autrement — une paresse. Mais
E reprend l'affaire... Il y a discussion implicite. Le besoin
discute avec l'économie énergétique, et, ou il l'emporte,
ou il se laisse équilibrer et mettre en attente. Parfois,
sa pression augmente « avec le temps »; parfois est
oubliée.

Le besoin dont l'exécution est différée. (*Ibid.,* XXIX,
136.)

SENSIBILITÉ

Chaque sens est un appareil d'interprétation de choses inconnues. (1902. Sans titre, II, 472.)

Un fait capital — un des rares faits physiologiques directement utiles au psychologue est la spécialité des nerfs combinée par leur excitabilité.

Qu'un nerf ne puisse dire que A, et que ce nerf puisse en même temps être excité par X, Y, Z, — ce fait est remarquable. Ainsi ces tissus optiques qui donnent un sens au mot lumière, couleur — et qui ne savent que cela — et qui le répètent au choc, à la vibration, à l'intoxication — à l'excitation électrique etc. — interventions diverses — (peut-être parce que *interventions* —). (1903. *Jupiter,* III, 78.)

À chaque instant — tend à se reformer une sorte de stabilité — et une sorte de sensibilité nouvelle.

Un son très intense[A] dure — je m'y conforme — je prends une forme appropriée telle que ce son me donne des effets minimums et que je jouisse du maximum de liberté. Alors je redeviens peu à peu sensible à des sons plus faibles qui joueront le rôle, s'ils se produisent, d'interventions dans un système à sensibilité non altérée. L'excitabilité se reformera *tout entière* et s'accommodera au son continu fort — qui est en q[uel]q[ue] sorte équilibré ou nul.

A. *Tr. marg. allant jusqu'à :* maximum de liberté.

Ainsi ce n'est pas l'intensité en soi — c'est la différence de phase, de structure momentanée. L'état *P* auquel j'arrive à partir de *A* par diverses voies diffère quant à sa variation possible suivant le chemin suivi. (*Ibid.*, III, 128.)

Regarder une chose sans la voir, c'est voir sans percevoir. Les sens fonctionnent, mais non l'adaptation profonde. (1905. Sans titre, III, 668.)

Sensations —
Est sensation tout événement de conscience[A] en tant qu'on peut le détacher et le discerner de toute correspondance, de toute transformation, de toute accommodation[B].

Percevoir c'est faire correspondre cet événement à un autre, lequel fait partie d'un *groupe* — entièrement connu — de sorte que l'événement *I* soit alors non seulement connu mais re-connu.

On ne perçoit que ce qui est dans un certain accord avec le signif[icatif]. On ne perçoit que le significatif. [...] (*Ibid.*, III, 676.)

Comment se fait-il que dans un orchestre je puisse suivre tel instrument au milieu de la touffe sonore ? ou bien telle mélodie à travers t[ou]s les instruments ?

Soit que je reconnaisse ce fil, soit que je le *veuille* suivre, soit qu'il s'impose à moi — je le discerne au détriment du reste. C'est-à-dire j'institue entre ses éléments une liaison de plus que le temps.

Comment se fait-il que dans un ensemble d'impressions successif ou simultané, toutes également perceptibles et viables a priori — un choix se fasse ? soit par vouloir, soit autrement ?

A. *Aj. :* rapporté à — simple — susceptible d'accommodation
B. *Aj. :* (dont on ne *voit* pas encore la corresp[ondance] etc.) — c'est le commencement d'une évolution en [un] seul *sens*

C'est le renforcement centrifuge. (1905-1906. Sans titre, III, 827.)

☆

Le Silence — terme qui représente la continuité de la fonction auditive. L'audition = 0, mais l'audibilité existe et est *perçue* — sous forme d'attente. Perception du pur *pouvoir* d'entendre — manque de réponse.

Sentir qu'on ne sent pas.

À chaque appareil sentant est attaché un appareil de réglage qui peut être mû volontairement[A]. Écouter = vouloir entendre = être contraint d'entendre. Regarder = vouloir voir. Flairer = vouloir sentir.

Silence = la suite du vouloir entendre.

Ces appareils permettent de franchir, de surmonter les lacunes, ou les interférences d'un domaine d'excitations, de le découper, de substituer zéro à telle excit[ation] et inversement de maintenir telle excit[ation] malgré un zéro.

Ceci[B] revient à considérer la sensation brute, inarticulée comme *fonction* de l'appareil de réglage. (*Ibid.,* III, 842.)

☆

J'ai beau regarder mille fois très fortement cet arbre réel si net et si bien éclairé dans sa bonne distance, très bonne pour tout voir — je n'en laisse pas moins toute la finesse de sa structure, si je ferme les yeux. Cela ne s'imprime point et en quelque sorte cela ne peut précisément m'appartenir. C'est un détail auquel il faut de toute nécessité la présence de son objet, ou de son origine — inimitable. Et toute photographie brute que mon œil désireux reçoit de cette vue, ne retient que des masses trop générales — et toute représentation (mue) d'ara-

A. *Aj. marg. renv.* : L'oreille ne connaît pas le silence, ni l'œil l'obscurité. Il y a un organe qui connaît le silence et le bruit et qui donc est plus *profond* que l'oreille — c'est-à-dire indépendant de son ébranlement. Ne rien percevoir diffère de ne pas percevoir. Ne rien percevoir c'est percevoir l'état de cet organe et non de l'autre.

On perçoit cette variable et oui ou non la fonction de cette variable qui existe ou non à tel moment.

B. *Deux tr. marg. allant jusqu'à la fin du passage.*

besques, est trop générale — ou trop libre. J'en imite le serré, non la forme.

... Cette figure que je reconnaîtrais entre mille, absente, je suis incapable de me la dessiner, et capable de trouver infidèle son dessin. Et je suis plus incapable de me la dessiner dans ma tête, que sur le véritable papier — où je la cherche par approximations. — (*Ibid.*, III, 846.)

☆

Chaque sens nous donne un groupe de connexions nouvelles.

Si nous étions brusquement enrichis d'un sens magnétique, les corps aimantés et les circuits apparaîtraient à ce sens comme un corps lumineux à l'œil. Le groupe de ces sensations s'adjoindrait aux autres et il y aurait des associations. Une classe infinie d'objets de pensée acquerrait une chance de plus de rappel pour chacun. (1906-1907. Sans titre, IV, 8.)

☆

La sensation est comme une étincelle dans une chambre de miroirs qui anime une infinité de figures et puis de relations implexes entre ces figures — (1907-1908. Sans titre, IV, 295.)

☆

Génie — Odorat du chien —

Sens magnétique — hertzien etc. — — Bien des sentiments sont peut-être actions confusément ressenties mais pour lesquelles pas d'organe spécialisé. Gamme musicale est un organe artificiel — un modèle d'organe. Étude des choses vagues et confuses. Sensation de l'orage — de la neige imminente.

Il se peut que les dons particuliers soient [dus] à quelque organisation de ce genre.

Un appareil des sens est non seulement un enregistreur mais un classeur.

Si tu n'avais pas d'odorat, (homme, c'est facile à concevoir) tu diviniserais le chien trouvant la viande cachée — *sans hésitation*. [...] (*Ibid.*, IV, 309.)

☆

Ma théorie favorite sur la sensation — c'est-à-dire qu'elle n'est pas une entrée ou introduction de quelque chose extérieur, mais une *intervention* — c'est-à-dire une transformation interne (d'énergie) *permise* par une modification externe, — une variation dans l'état d'*un système clos* qui forme relais par rapport à un système séparé[A].

Cette théorie contient cette conséquence que la sensation est due à une sorte de différence d'équilibres — qu'une chose ne devient sensible que par le *manque* plutôt que par la présence de quelque condition — ou plutôt activité due à quelque interruption.

Il s'agit de rétablir une continuité par quelque courant de déplacement. Une dissipation se fait où la conduction est moindre. Et l'action extérieure, la vibration du milieu, ou son choc, réclament en tel point du circuit une conduction plus grande qui n'est atteinte qu'après la sensation.

La sensation serait donc l'intervalle qui se produit entre 2 équilibres, les oscillations du niveau avant son calme, le retour — à un régime permanent — de sensibilité nulle. (1911. Sans titre, VII, 323.)

☆

Un mal de dents torture plus que bien des maladies mortelles. Il n'y a pas proportion de l'intensité du mal ressenti à l'importance de la lésion pour le tout.

Mais le tout et cette importance sont *avenir*. Et le corps ne voit pas d'avenir. Il est tout présent et ne sent pas ce qui sera. Il réclame la mort si la mer le fait vomir — — Il ne voit que ce qu'il voit. La torture ne sait pas attendre. (1912. *I 12*, IV, 788.)

☆

La première démarche de l'intellect est de refaire au plus vite ce que la sensibilité vient de peindre, de sonner, de perdre et improviser sur le rien.

———

A. *Aj. marg.* : Si la sensation était comme une force, elle se composerait — au lieu qu'elle peut être annulée comme on le voit par l'inattention.

Elle répète en essayant de comprendre et peu à peu
elle comprend pour avoir répété, redit. (*Ibid.*, IV, 807.)

Si on suppose un *sens de plus* — un sens magnétique
ou chimique ou autre — quoi se conserve — comment
sont modifiées les combinaisons internes ?

Les phénomènes connus, alors, sont-ils réduits ? Le
sous-groupe commun aux groupes de symétrie de t[ou]s
les champs sensoriels.

Cf. l'accommodation généralisée. Je définis l'accommodation la détermination de points — Le point étant
le symbole de correspondance entre des fonctions.

Avec un sens de plus, que saurais-tu de plus — ?
(*Ibid.*, IV, 813.)

☆

Sensibilité

Une erreur est de donner à la sensibilité, à l'intensité
des sensations et des émotions, une valeur ou importance
significative.

La sensibilité a précisément le caractère contraire. Elle
est telle qu'une cause très petite peut la mettre en jeu
tout entière. Elle est telle par sa nature qu'elle renverse
à chaque instant la proportionnalité des effets aux
causes. Une sensation très vive ne signifie pas une action
très puissante, ni une sensation très faible une action
très faible. — Et davantage : la relation entre la cause et
l'effet sensible est *quelconque* — variant d'homme à homme
et de jour à jour.

Il en résulte que c'est une absurdité de bâtir une
métaphysique sur la sensibilité.

L'amour est une émotion très intense, qui s'accompagne de désordres intellectuels, de ravages graves —
et ce n'est après tout qu'un détail d'un mécanisme repro-
ductif. Ce détail pourrait être tout autre et les enfants se
feraient aussi bien[A].

A. *Aj. marg.* : On pourrait extraire d'un mort tout récent
quelque goutte et féconder artificiellement une femme.

Mais ce détail a enrichi étrangement l'histoire humaine. Ce sentiment qui chez les animaux qui s'en servent, est seulement périodique, presque instantané — est devenu moteur de millions d'idées, d'actes, de philosophies, de livres. Toute une religion s'y appuie. Et ceci suppose que de transformations, de transcriptions, d'ambiguïtés, d'« épurations ». Décantez, filtrez — obtenez le Souverain Bien.

Pour s'assurer de cette non-valeur de la sensibilité, il suffit de rappeler qu'un mal de dents, une brûlure superficielle peuvent torturer plus qu'une maladie mortelle — déprimer l'intellect plus violemment, faire entendre des cris d'une acuité insupportable.

De même une simple idée, sans conséquence physique — ou dont tout le mal disparaîtrait radicalement par le simple oubli, conduit à se tuer.

Ces intensités ne sont pas signes d'importance, mais la sensibilité ne proportionne pas. Elle fait souffrir selon des règles particulières et locales qui étendent à tout l'être sentant la douleur (ou le plaisir) causé par une affection en un point. Ce n'est que ce point, important ou non pour le tout — et il agit sur le tout sentant. L'innervation sensitive des organes n'est pas fonction de leur importance.

Ainsi une douleur très vive peut avoir pour cause une altération locale sans conséquence mais elle ne laisse aucun repos, aucune lacune — rien ne passe librement entre ses rappels acérés. Tout est annihilé par elle.

Le comble ou le chef-d'œuvre de cette étrange nature de la sensibilité, est qu'elle fasse considérer la mort comme un secours, jusqu'à la montrer quelquefois comme un refuge contre l'idée même de la mort ! Il en est qui se tuent pour fuir le fantôme de la mort, et quittent l'ombre pour la proie.

C'est que l'idée de la mort, l'émotion auguste ou vile, est aussi puissante et falsificatrice que tout ce qui ne tient qu'à la sensibilité. Elle est ici maîtresse presque absolue, car l'expérience n'a pas été faite que cette terreur ne tenait pas à une grande cause.

Pourtant nous savons bien que la même action qui est sans conséquence au point *A*, nous tue, si elle se passe au point *B*. Une piqûre d'épingle, ici ou là.

Et ainsi : on peut souffrir horriblement sans sujet.

On peut mourir sans souffrir. On peut venir à préférer
la mort même à l'idée seule de la mort.

Pas de règles constantes.

Déduction : donc tout ce qui s'appuie seulement sur
la sensibilité a précisément l'importance que l'on veut.
(J'entends l'importance objective, pour la connaissance —). Remords, regrets, presciences, sollicitations
de la grâce, conscience du devoir etc. ne peuvent servir
de preuves ou arguments à aucune thèse quelconque.

Et leur intensité chez un tel, loin de leur conférer une
valeur non singulière, — les déprécie encore d'autant.
(Le « spiritualisme » revient à tout fonder sur la
« sensibilité »ᴬ.)

— Mais alors se pose pour l'intellect, un problème
propre.

Savoir : quand il pourra accepter l'inférence qu'il tire
d'un événement sensible, — le sensible étant toujours
son point de départ — ?

Or, parmi les systèmes de sensations, il en est qui sont
avec l'intellect dans un rapport particulier et étroit.

Ce sont les systèmes qui se trouvent liés à une éducation générale, les systèmes pourvus de correctifs; et ces
correctifs sont relations.

Ces systèmes ont un autre caractère : ils sont presque
toujours en action et leur activité presque incessante
constitue un régime normal.

De plus ils sont toujours multiplicité et composition
mutuelle — au lieu que les autres modifications sensibles
sont sans composition intellectuelle et régulière, mais
seulement intensive. Encore d'une façon discontinue.
Le plus, par exemple, abolit le moins —, l'altère etc.
(1913. *K 13*, IV, 918-920.)

Le propre du monde intellectuel est d'être toujours
bousculé par le monde sensible. (*Ibid.*, IV, 925.)

ᴬ. *Aj. renv.* : Dans le domaine de la sensibilité, la causalité est
tout autre chose qu'une identité. Les actions indirectes des images
peuvent se comparer à des signaux situés hors de l'intelligible. La
chose vue ou imaginée *et* ses effets ne font pas partie du même
domaine d'un seul tenant.

L'idée agissant sur la sensib[ilité] générale ne peut être équilibrée,
combattue par une autre idée.

☆

Une partie du système nerveux est vouée à l'illimité[1]. Horreur, douleur, anxiété, nausée *infinie* — désirs.

S'il y avait un art de la médecine, cet art serait de jouer au plus fin avec ce système étrange.

Passer entre l'excitation et la réponse, ou entre deux réflexes. Tromper ce trompeur —, dont le cerveau, son fils, a fini par se dégoûter, séparer à demi. Quelle situation ! Mythe et drame possibles ! — Le cerveau loyal, nu, pas *profond,* toujours trompé par la clarté, cocufié, mais honnête — enchaîné à ce serpent ou femme nerveuse, qui en sait plus que lui, moins que lui, chacun d'eux y voyant dans un monde inconnu de l'autre, réagissant à sa mode, se jouant les plus mauvais tours nécessairement et pourtant se continuant l'un l'autre, s'alimentant, s'aidant et s'entretuant... (1913. *L 13,* V, 11.)

☆

La douleur est l'extranéité d'une sensibilité — une chose existe qui est moi et non moi — autre que moi en moi.

Irréfutable comme moi.

Et une sorte d'autre moi qui tend à combattre le moi — un événement sensible qui tend à détruire les autres, leur existence *moyenne* et leur possibilité.

La douleur localisation bien plus nette que dans les jouissances.

Illumination implacable, propre d'une *partie.*

Attention forcée, nourrie à mes dépens (par le fait étranger).

Empêchement de l'*échange égal* qui est règle et liberté tandis que douleur est désordre et contrainte.

La douleur en un point, je la compare invinciblement à la loi d'Ohm[2] $\equiv e = ir$. On la diminue par le calmant qui diminue e ou par action locale sur r.

L'oubli est un moyen de l'échange égal.

Les localisations sont en général irrégulières — distribuées au hasard. Mon pied, mon crâne, tel point — n'existent que çà et là. Telle idée, et surtout tel détail.

Mais l'attention et la douleur insistante s'opposent à cette répartition. (1913. *P 13,* V, 166.)

☆

Qui t'a torturé[1] ? Où est enfin cette cause de douleurs et de cris ? Qui t'a mordu si avant, qui pesa sur toi-même, confondu à ta chair comme le feu coïncide avec le charbon / [la] braise /, qui te tordit et tordit en toi tout l'ordre du monde, toutes idées, le ciel, les actes et les moindres distractions ? Est-ce un monstre, un domi-nateur sans pitié, un tout-puissant connaisseur des res-sources de l'horreur et de ta géographie nerveuse ?

C'est un petit objet, une petite pierre, une dent gâtée. Il t'a fait tout *chanter,* comme le sifflet ajuté sur le cours de la vapeur. (1914. *Q 14,* V, 186.)

Nous ne voyons pas ce que nous voyons. Nous voyons ce que la chose vue nous fait nous attendre à voir.

La chose vue *agit,* et elle est vue comme conséquence de cette action. Toute perception est donc une production provoquée et peut n'être pas superposable à elle-même si elle est recommencée. On a cru voir. (1915. Sans titre, V, 572.)

Pour comprendre la vision il faut y joindre d'autres données que les données optiques.

Nous ne voyons pas les images qui se font sur nos rétines. On dirait mieux qu'*elles y voient.*

Il n'y a ni haut ni bas, ni droite ni gauche pour la rétine — seule.

La vue proprement dite n'est pas instantanée. Ce que nous voyons enfin est le résultat d'une organisation bien autre qu'optique.

L'action rétinienne ferme un circuit dont les contacts sont multiples et à la fois plus d'un pour chaque élément de rétine (couleur, λ) et à la fois *un* pour des groupes de ces éléments — (m[ouvemen]ts virtuels, forme). Les différences d'actions en des éléments donnent des quasi-mouvements[A]. (1916. *B,* V, 901.)

A. *Dessin en marge représentant le mécanisme visuel des deux yeux,*

Sensibilité

Le simple appelle le complexe, et le complexe le simple. Le vite compense le lent, la longue veut les brèves. Les symétriques se préparent l'un l'autre et tendent à *alterner*. ComplémentairesᴬA.

Donc chaque *détermination est cause du mouvement qui engendre l'autre, et comme par soi seule.*

Ainsi la pluralité l'unité, et celle-ci la pluralité. Ce sont des lois de la sensibilité, comme on le pressent dans l'oscillation rétinienne.

Ces mouvements font penser que l'action extérieure n'est qu'une mise en train étrangèreᴮ — qu'il y a une *inertie* de la sensibilité — que par contre, il y a une cause d'amortissement, et que la *perception* est en quelque manière antagoniste à la *sensation,* puisque la perception tend à n'utiliser que les premiers termes et à être troublée par les suivants.

Si du moins elle les perçoit, la perception initiale cesse de se rapporter au « Monde » pour perdre son sens. Elle n'est possible comme connaissance que si le développement local et harmonique de la sensation est étouffé.

L'œil *produit* avec un *retard* des phénomènes de même espèce que ceux que l'on croit qu'il *reçoit.* Le rouge = vert plus un *temps.* (*Ibid.*, VI, 97.)

☆

Mon œil veut là un certain vert.

Ma raison juge la situation et *explique* ce vert par sa mémoire. Elle conclut à un arbre. Je fais là un arbre.

Mais quel arbre et comment dessiné ? D'abord c'est un torchis, une tache brouillée.

Un nouveau recul, une consultation de l'œil des formes, cette fois, me demande telle silhouette.

---

avec une légende explicative et l'observation : Entre ce qu'on voit, et la vue de ce qui est *entre* ce résultat et l'origine *x*, (avant ce résultat) il n'y a pas de compatibilité.

ᴬ. *Aj. marg. :* Ce sont des lois d'équilibre et d'instabilité.

ᴮ. *Aj. marg. :* Ce que n[ou]s appelons extérieur n'est qu'une relation. P[ar] ex[emple] une loi de visibilité et de mouvements.

L'album de souvenirs indique tel arbre ou tel autre.
Le reste du sujet par une brève réflexion, fixe alors
l'espèce. (1917. *E,* VI, 480.)

Observation capitale

Il y a tout un système de sensations — c'est-à-dire de
possibilités, par lesquelles ou en présence desquelles, —
et il y a tout un système de sensations sans lesquelles ou
en l'absence desquelles — l'être-connaissance[A], l'état
capable de réactions ordonnées, séparées, distinguées,
retardables, prévisibles, pouvant être déjouées, préparées, amorties, déviées, accumulées, devancées, conjuguées — est *impossible,* est *en défaut.* Par exemple, la station-
debout, ou la marche, ou la réflexion simple, ou l'acte de
prendre conscience, d'englober, ou celui de trouver la
réplique adaptée, ou d'arrêter le flux des associations
ou.. etc. etc. sont ou non possibles, suivant la présence
ou l'absence de telles ou de telles *sensations* qui jouent un
rôle fondamental mais souvent non apparent comme
repères, points de référence, axes — et ces sensations
sont directement, quoique implicites, les agents et les
fondements de ce qu'on appelle l'espace, le temps, la
distinction de l'extérieur et de l'intérieur.

Si on rendait ces sensations explicites, si on les écri-
vait dans tout état de l'être où elles sont normalement
situées, tout le reste, c'est-à-dire sa vie et son changement
apparents, perçus, prendrait forme de changements
limités, internes, dans un équilibre stationnaire. —

Ainsi, en toute rigueur, puis-je écrire que tandis que
je pense à ceci l'absence de vertige, — ou la non-rotation
des corps qui m'entourent, — la *solidité* ou la non-
réaction du sol où pose mon pied, — l'impression de
forces *extérieures,* — la possibilité de me mouvoir, sont
des propriétés essentielles de mon état, et entrent dans
les données de ma pensée à titre de liaisons et de conditions (cachées ou non).

Ce n'est pas sans mécanisme, ce n'est pas tout naturellement ni tout immédiatement que les choses sont ce

A. *Un premier tr. marg., et à partir de :* l'acte de prendre conscience
un deuxième, allant jusqu'à : un rôle fondamental.

qu'elles sont, et que la « réalité » (au sens ordinaire) m'entoure, m'admet et s'impose en apparence. *Ce qui est* a besoin d'une activité incessante et est établi sans cesse ou rétabli. (1918. *I, VII, 126-127.*)

Cough —

Toux[1] — Cela est au début un imperceptible chatouillement annulaire au détroit de la gorge. Idées de frémissement minuscule, de grains très petits. Cela est insupportable. Il s'agit de gratter cet anneau irrité —, de le gratter avec ce qu'on peut, en un point qui est tabou pour les doigts.

Alors faute d'organe spécialisé, tout le corps peu à peu s'y met et exécute les mouvements possibles, les tâtonnements rythmiques, ou désordonnés. Image (ou plutôt autre forme) des phénomènes psychiques de l'inquiétude, de l'imagination aux abois[A]

L'intensité prend pour champ tout ce qui lui est offert. Cette tentative d'acte sans mains envahit tout par résonance et *ébullition*.

Dans le cas psychique elle met en train tout ce que l'on sait, le « monde entier ». Ici elle secoue tout ce qui est dans le torse. Je suis comme roué de coups, à en gémir.

C'est bête comme chou. Comme la vie, la mort, les dieux et tout. Je retrouve ma sensation si ancienne de sottise, de stupidité universelle, de *petites causes grands effets*.

Et cette sensation même a le caractère de démangeaison vaine, exaspérante, origine minuscule.

D'où immense mépris — Ô que tout me semble étrange, étranger, voyage en pays bêtes !

Et maintenant — songe si tu peux à ce qui fait oublier, à ce qui fait ne pas percevoir cette niaiserie. (1920-1921. *M, VII, 770.*)

Perception — La vue nous enseigne beaucoup plus de choses que n'en reçoit notre œil. Je vois que cet

A. *Phrase inachevée.*

arbre va tomber, et pourtant je ne reçois que des taches de couleur, et non un arbre et non une probabilité raisonnée de sa chute.

Entre ces taches et ces idées il y a du temps.

Ramener les choses à l'état initial de taches.

On voit alors tout le reste comme réponse. Mais réponse qui va se superposer aux taches-demandes, et les absorber, les recouvrir, les englober enfin dans les actes.

Si on trouble les conditions de superposition — comme en regardant tête renversée, les taches subsistent, les temps sont très allongés. Puis accoutumance. Les temps semblent s'abréger, cessant d'être perçus eux-mêmes. Au lieu de percevoir ces temps, on perçoit les « choses ». *Il y a donc une espèce d'équivalence.*

Le temps est ce que l'on perçoit à la place de choses. Ceci est bien d'accord avec ce que j'ai écrit sur la perception des durées par le non-acte.

Il est une transformation non compensée. (1921. *N*, VII, 877-878.)

La sensation est due à la présence ou au manque. (1921. *O*, VIII, 202.)

Erreur du sensualisme —

Ils ont pris les sensations pour éléments intégrants suffisants de la connaissance — c'est-à-dire de tout.

Or ce ne sont que des commencements. (1922. *R*, VIII, 560.)

Nous avons la notion d'une *maison,* et cependant n[ou]s ne la connaissons réellement que par fragments, par *m* projections et contacts; n[ou]s n[ou]s en formons cette possibilité de déduire des aspects non vus qui est notion. (*Ibid.,* VIII, 580.)

Sensibilité

Oscillations rétiniennes.

Les oscillations complémentaires de couleurs me font penser que la sensibilité locale, (quand les amortissements sont supprimés — à l'état *libre,* en quelque sorte) est comparable à un *syst*[*ème*] *à inertie.*

Si l'œil produit le vert après le rouge, s'il n'y avait pas d'amortissement on pourrait dire — ces arbres sont vert-rouge. Ce ciel est bleu-orange. Et donc l'action de la lumière de telle fréquence met en jeu une *inertie énergétique.* La lumière *commence,* éveille quelque chose. Le vert des arbres est le premier terme d'une série, de sorte que la couleur de l'objet est fonction du temps. (1922. *T,* VIII, 816.)

Douleur et Hasard —

C'est un fait énorme que l'intensité de la douleur ne soit pas liée à l'importance vitale de la lésion qui la cause.

La douleur n'est pas finaliste, elle n'est pas un avertissement exact. Son intensité ne dépend pas de l'importance de l'organe lésé, ni de la grandeur de la lésion, ni de ses développements à redouter, ni de son âge et de sa profondeur.

Elle est donc comme due au hasard. La sensib[ilité] douleur est distribuée au hasard. (1922. *U,* VIII, 907.)

Monde de la sensibilité « spéciale » — Physique.
Monde de la sensibilité « générale » — Sentiment — sensations *isolées* — réactions.

Pourrait-on trouver des formules qui les comprennent l'un et l'autre ? (*Ibid.,* IX, 15.)

La tâche de l'intelligence[A], et de sa pureté sceptique,

A. *Dessin d'une courbe de Gauss, qui semble représenter la distribution du quotient intellectuel autour de la moyenne.*

eſt de rendre *relatif* ce que le sens et le corps présentent comme *absolu*. Elle doit donc découvrir ou imaginer les opérations, (déplacements de point de vue etc.) qui rendent les choses / phénomènes / *parties* de quelque relation — qui doit s'annuler. (1923. *X,* IX, 254.)

L'*intelligence* eſt un commentaire, une suite, un agrandissement, une référence de la sensibilité — une *composition,* tandis que le sentiment eſt *simplicité.* L'une eſt acte et actions, l'autre, événement. (1923. *Y,* IX, 365.)

Les sens reçoivent des moyennes et les changent en impressions unies. (*Ibid.,* IX, 474.)

La douleur, sensations à l'état sauvage — Insulaire. Impossibles à compenser. Ni acte ni connaissance ne la compensent. Elle traverse tout[a]. (1923. *Z,* IX, 626.)

Sensibilité eſt propriété d'un être d'être modifié passagèrement, en tant que séparé, et en tant qu'il comporte de n'exiſter que par *événements. C'eſt l'exiſtence par événements* — au moyen de, pendant l'événement.

La connaissance, alors, serait la réponse à l'événement par tout ce qu'il faut pour caser l'événement dans une organisation dont le corps et les actes du corps sont les moyens, — le tout tendant à annuler l'*événement.* D'où se lèvent les queſtions du prolongement, de la prévision, de la reviviscence, de la transformation, de la *mesure* — des événements, — de leur développement. (*Ibid.,* IX, 627.)

Les sens[A] « reçoivent » sans doute. Mais ils « demandent » aussi. C'eſt un point capital, toujours oublié. (*Ibid.,* IX, 649.)

A. *Tr. marg. allant jusqu'à la fin du passage.*

☆

Tout se passe comme si une rage de dents était la plus importante des choses. Elle supprime l'univers, les passions — on se tuerait, on demande la destruction de soi et de tout. Cette cause infime, une carie, « pèse » donc sur un levier de longueur infinie.

De même, un incident minime détruit la vie de l'homme, comme un autre le rend fou.

Ces disproportions, relatives à nos évaluations, déprécient gravement notre système de mesures.

Toutes les *intensités*[A] que nous subissons, qui nous dominent, *n'ont aucune signification universelle.*

C'est sur elles cependant que toutes nos métaphysiques sont fondées, tandis que l'on ne devrait fonder sur elles que nos pratiques.

Dans l'exemple de la dent malade, il faudrait concevoir que la douleur locale qui se place au-dessus de tout et qui n'est rien — prend cette valeur dans un ordre de choses tangent à un autre. (*Ibid.*, IX, 653.)

☆

Nous mesurons l'importance des choses à leur sonorité ou résonance nerveuse. Telle est l'origine de nos évaluations. Mais la sensibilité sur laquelle n[ou]s les fondons est dans les rapports les plus irrationnels avec — elle-même. Le pouvoir envahissant de l'excitation diffère sans loi raisonnable du pouvoir envahissant de la cause de l'excitation. Chatouilles. Violoncelle. Grincements. Tout l'être est *retourné* par un ébranlement local insignifiant relativ[emen]t à sa cause. Nous ne pouvons pas tout entiers, avec toute notre force, résister à un ébranlement que n[ou]s pourrions produire ou supprimer par un effort insignifiant, si notre doigt pouvait se placer à sa source.

Tout l'art se fonde sur ceci. Musique surtout. Cette inégalité permet de combiner, et de conduire les hommes. (1924. , IX, 692-693.)

A. *Trois tr. marg. allant jusqu'à* : *signification universelle.*

Le plaisir et la douleur ne sont pas en commun comme
le chaud et le froid. (1925. 'Ιῶτα, X, 855.)

L'œil ne voit pas de forces. Et pourquoi ? Pourquoi
ne discerne-t-il pas que de 2 volumes égaux l'un est
plein, l'autre creux ? ni deux cordes tendues par des
poids inégaux ? ni de deux hommes, que l'un est prêt à,
l'autre loin de ?

L'oreille est plus dynamique, peut-être. Mais je
cherche à préciser le sens potentiel.

Je me demande si ce sens ne réside pas dans toute
gêne ou résistance au fonctionnement des fonctions qui
opèrent sans discontinuer la conservation et la fabrication de la vie. Si je fais quelque effort, j'emprunte
quelque chose — à cette source.

L'œil lui-même connaît la *force* quand cet emprunt lui
devient sensible — quand il se fatigue. (*Ibid.*, XI, 16.)

Ce que n[ou]s voyons[a] est une carte géogr[aphique]
coloriée dont n[ou]s connaissons les conventions[b]. (1926.
μ, XI, 395.)

Il n'y a rien en deçà de la sensation.

Pas de sensation sans organes appropriés.

La sensation n'est pas un renseignement, mais un commencement. Elle met en train, en évolution la suite de modifications qui tendent à l'annuler[A] — parmi lesquelles la
connaissance ou conscience. (*Ibid.*, XI, 429.)

A. *Aj. renv.* : parfois annuler par poursuite réflexe d'une sensation plus intense de même espèce

Les événements sensoriels ou de la sensibilité sont comparables au passage d'une onde[A].
La mémoire ? (1926. ρ *XXVI*, XI, 580.)

[...]

On ne saurait trop méditer, souligner, la différence et la pluralité des sens, et des affections. Essayer, par exemple, (comme on fait en géométrie toute une géométrie du seul compas) ce que serait une connaissance purement visuelle ou auditive etc. La philosophie toujours trop attachée à la parole, qui est un résultat immémorial d'acquisitions indistinctes mêlées, — a passé trop vite sur ces différences. [...] (*Ibid.*, XI, 647.)

Nous sommes un instrument très compliqué dont les sens jouent — les sens spéciaux et les sens viscéraux — et le « monde » joue des sens, le monde vu, le monde mangé, le monde respiré, humé, heurté
ou le monde visible, mangeable, odorant, solide, respirable.
Il y a aussi le monde-revenant ou mémoire.
Pourrait-on classer les sens au point de vue de leur valeur pour la connaissance ?
Pourquoi la vue si prépondérante ? (1926. σ *XXVI*, XI, 722-723.)

On pourrait imaginer[B] des sens qui percevraient non ce que n[ou]s percevons des êtres, mais d'autres « fonc-

A. *Aj. :* Pas de transport réel, pas d'*entrée* réelle mais une perturbation de proche en proche, mais perturbation dans l'hétérogène et *dirigée,* et d'ailleurs presque toujours mêlée de *réflexions,* d'ondes secondaires et parasites.
Les effets de l'arrivée de l'onde au point P_{n+1} se mêlent avec ceux de l'onde à l'état P_{n-1} qu'ils rencontrent au point P_n.
B. *Deux tr. marg. allant jusqu'à :* être le contraire.

tions » de leur existence. Leurs *charges,* leurs accélérations. N[ou]s voyons, entendons, et palpons certains
effets desquels n[ou]s déduisons ceux-là — mais ce
pourrait être le contraire[A].

Le « temps » est la plus simple et la plus générale de
ces déductions. (1926-1927. τ *26,* XII, 17.)

Notre connaissance des choses est subordonnée entièrement à ce fait que des événements successifs nous sont
simultanés à cause de la petitesse des temps qui les séparent comparée à la sensibilité rétinienne. $t = (\theta_1 - \theta_2)$.
Les événements lumineux compris entre θ_1 et θ_2 sont
perçus comme si $(\theta_2 - \theta_1) = 0$[B].

Sans quoi les points divers d'un solide seraient successifs.

On est donc fondé[C] à rechercher à quoi tient et à quoi
rime cette constante rétinienne, de discontinuité.

Il y a là une solution imposée à l'être vivant[D]. (*Ibid.,*
XII, 32.)

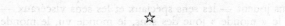

Les besoins latents[a] sont encore plus profonds que les
arrière-pensées.

Les besoins constants plus puissants que tous les
desseins[b]. (*Ibid.,* XII, 82.)

On pourrait considérer toute activité mentale comme
fluctuations — écarts — ou comme effets *sensibles* des
fluctuations, écarts d'un certain état-zéro perturbé par
les incidents de la sensibilité et qui tend à se reconstituer.

A. *Croquis en marge qui représente peut-être dans l'esprit de Valéry
l'effet produit sur l'écorce cérébrale par les innombrables impressions
sensorielles.*
B. *Aj. :* si n[ou]s percevions dans l'ordre d'arrivée
C. *Deux tr. marg. allant jusqu'à :* discontinuité. *Aj. :* cf. retards
de fluorescence
D. *Deux dessins représentent le délai (symbolisé par la légende* S = ct*)
dans l'arrivée de la lumière émise par des points différents d'un objet.*

L'association (celle que je nomme irrationnelle) serait une conséquence — le mode le plus fréquent de *retour*. L'association est *désordonnée*[A]. (1927. *v 27*, XII, 183.)

Sensibilité ≡ production d'*effets* incommensurables avec leurs *causes*. (1927. *Φ*, XII, 307.)

Si tu voyais ceci[B], tu ne pourrais que tu n'imagines ce qu'il faut pour que ce déséquilibre soit équilibre. (*Ibid.*, XII, 413.)

Problème essentiel — tout à fait invincible. Comment les fréquences se font couleurs ou sons ? Comment la sensation et l'énergie se déduisent ? On pourrait au moins essayer l'approximation suivante.

Construire le groupe des couleurs, par exemple, et chercher des conditions qui fassent comprendre ou qui représentent comment l'échelle croissante des fréquences doit être traitée par un appareil pour constituer ce groupe fermé.

Et en solidariser les éléments pour définir les complémentaires, les contrastes — c'est-à-dire les sensibilisations.

C'est un fait capital que la rétine émette le complément de ce qu'elle a reçu.

Par l'amortissement l'oscillation colorée tend à parcourir tout le groupe.

Vert réponse au rouge.

Mémoire complémentaire — Le mécanisme est le même.

Peut-on observer oscillation ? (Ce serait le chef-d'œuvre du « formel ».)

L'idée générale est la production ou émission d'effets de même groupe que la « cause » et tels qu'ils tendent à l'annuler comme une force contre-électromotrice. (1927-1928. *χ*, XII, 456-457.)

A. *Aj. :* Temps?
B. *Dessin en marge d'un manomètre contenant du mercure en déséquilibre.*

☆

Ordre de grandeur réel   H + φ

Enfantillage ? voir l'*infra*-monde sur le modèle du
monde — atomes, électrons — et la dynamique ultra-
microscopique, ultra-lumineuse — — Kepler[1] à 10^{-10} ?
De la petitesse.

Nos sens[A], — chaque élément sensoriel est un appareil
anti-statistique — un transformateur de *beaucoup* en *un*
(cf. un *mot* comme *foule*).

La transformation de la pluralité d'événements d'ordre
de grandeur α en unité de l'ordre A.

Mais ces événements insensibles dont la quantité
fonde un objet ou événement sensible n[ou]s sont révélés
par un autre sens. La vue révèle la pluralité condensée
dans l'unité que l'ouïe perçoit comme un son continu.

De plus — fréquence et limites.

Mais pour quoi ces intégrations ? (*Ibid.*, XII, 518.)

☆

L'homme corporel reparaît, rompt le monde des idées,
— comme un bruit brise le monde des sons. La pensée est
un « monde » fermé, soustrait à la sensation, où la sensation initiale se change en questions-réponses, perd son
origine — Corps noir. (*Ibid.*, XII, 533.)

☆

Si la température ou la pression ou.. sont des effets
moyens, il s'ensuit que nos sens en font cette moyenne
par la sommation et la discontinuité. Donc leur « temps »
et leur « espace » sont granulés et par quanta. Et *c'est
là le problème de la sensibilité.*

C'est ainsi (sur un plan plus étendu) que n[ou]s faisons
des *objets* au moyen d'une quantité d'expériences, comme
n[ou]s avons fait d'abord des sensations. (*Ibid.*, XII, 646.)

A. *Deux tr. marg. allant jusqu'à :   beaucoup* en *un*

La douleur est toujours question et le plaisir, réponse.
(*Ibid.*, XII, 694.)

Plaisir et douleur

θ

Il n'y a pas de rapports entre plaisir et douleur. Le
langage les combine en contrastes comme le blanc et le
noir, le jour et la nuit, le ciel et l'enfer — et même... le
sel et le poivre, ou le sucre et le sel.. ou le Bien et le Mal.

— Mais qui sait si l'opposition du Bien et du Mal ne
serait pas pure rhétorique — ? (dicit Serpens) et si bien
agir ne serait pas inséparable du désir et de l'amour du
mal; — mal agir constitué et défini par la vision du bien ?

— Mais l'opposition plaisir-douleur est celle, *non* des
sensations incomparables — mais des tendances, tensions, mouvements qui sont, eux, opposés. Il s'agit de
définir ces deux sens et de trouver la chose, le point,
duquel l'un s'éloigne, l'autre se rapproche.

— Or ce point, cet objet — est *Présent* (aimer, haïr
l'Instant). (La crainte ou terreur est la *douleur* causée par
le *rapprochement* d'un futur.)

Le plaisir[A] veut conserver et accroître — La douleur
diminuer et abolir un certain PRÉSENT.

Ce sont l'un et l'autre, des *sensations-accélérations* comparables à des *forces*.

Il n'y aurait point de douleur si quelque chose pouvait librement fuir quelque chose, céder à q[uel]q[ue]
chose — — *accepter* — (*Ibid.*, XII, 694.)

La perception est un vrai langage[B].

La perception est due à la combinaison de la sensation
avec la *valeur de veille* ou de présence.

L'élément *signe* est par là tiré de la sensation brute et

A. *Tr. marg. allant jusqu'à* : PRÉSENT.
B. *Aj.* : *voir*

devient élément d'une véritable construction relative au passé, au futur, au possible. Le présent appelle tout ce qu'il faut de données absentes (*profondeur,* figure complète, haut et bas — avant et après) pour passer.

Si la sensation[A] est *intense,* la perception est retardée — l'*élément énergie* l'emporte d'abord. Il y a oscillations entre l'élément *énergie,* (résistances, désordre, dissipation, inégalité — —) et l'élément *transitif* — cf. ce qui passe p[our] le langage.

On ne voit pas un « arbre » mais des taches. (*Ibid.,* XII, 724.)

On ne peut trop méditer sur la sensibilité. Il faut pour ceci avoir deux hommes en soi.

Mais comment être sûrs qu'ils sont bien *deux ?* C'est qu'il y a deux sensibilités, parfois *peu,* parfois *très* distinctes.

Une générale ou *subjective ;* et une spécialisée ou *objective.* Celle-ci est connaissance. Ce qu'on peut photographier, enregistrer, mesurer — est du ressort de la spécialisée objective.

Et cette sensibilité est en rapport direct avec les actes coordonnés. La première est en grands rapports avec les systèmes végétatifs dont elle dépend des perturbations. Elle est très variable. Ses expressions psychiques sont empruntées de l'autre. Ce qui se voit bien par le rêve et les délires qui sont la domination du monde des représentations et des expressions, voire des actes, — 1° par la sensib[ilité] générale (commandée elle-même par le régime ou état des fonctions et régions du corps) et 2° par les incidents de la sens[ibilité] particulière — (qui se rapproche de la générale en tant qu'elle est *isolée* ou qu'elle est sollicitée trop violemment comme un œil blessé par trop de lumière etc.).

(Mais le langage ordinaire ne distinguant pas entre ces 2 ordres — ni la conscience non dressée à ceci — il s'ensuit que l'on attribue couramment valeur objective à la sens[ibilité] générale. La sens[ibilité] générale fait *résonner* tout l'être ou certains éléments ou fonctions —

A. *Tr. marg. allant jusqu'à :* l'emporte d'abord.

pour certains états ou données de la sens[ibilité] spécialisée. Tous les arts.) (1928-1929. *AC*, XIII, 325-326.)

La sensibilité spéciale nous attire vers l'*extérieur*, et la
générale vers *nous*. Le *moi* est fortement, exclusivement
appelé, évoqué, interpellé, exigé par celle-ci. Il en est
la réponse essentielle. *Moi* est la réponse essentielle à
toute modification de la sensibilité générale. *Pas de douleur sans Moi*. Au contraire, la sens[ibilité] spéciale en tant
qu'elle est *pure* tend à constituer un état de *distraction* —
c'est-à-dire complet en soi, et un « univers » séparé,
formé des relations et des échanges de valeurs harmoniques. (*Ibid.*, XIII, 351.)

Aurore. Tout est orangé — la mer, bleu céleste..
(Présage de pluie.)
Le tout est donc de complémentaires exacts — Remarquable[A] simplicité.
Je me demande devant ce tableau matinal si[B] toute vue
ne tend pas à donner aux rétines un ensemble statistique-
ment complémentaire ?
2 couleurs sont complémentaires quand la vue de
l'une provoque l'émission de l'autre..
Ce qui est une relation capitale, fondamentale des arts.
(1929. *AE*, XIII, 595.)

Le spiritualisme[C] consiste à substituer les données de
la *sensibilité générale* aux données de la *sensibilité spécialisée*.
Celle-ci est celle des « sens » — couleurs, tact etc.
Celle-là est celle viscérale — et celle : plaisir-douleur.
C'est donc, en un certain sens, — *celle du corps le plus corps*
qui est prise pour la moins « matérielle » !

A. *Valéry a écrit* remarquablement, *sans doute par inadvertance.*
B. *Deux tr. marg. allant jusqu'à :* l'émission de l'autre.
C. *Trois tr. marg. allant jusqu'à :* sensibilité spécialisée.

(Le glissement de l'amour, du physique dans l'idéal, est un beau cas.)

C'est la différence de ces 2 ordres (l'un, des sensations distinctes, — l'autre, des sensations indistinctes et énergétiques — *(sensations d'état)*) qui *joue*. (*Ibid.*, XIII, 598.)

☆

C'est un fait considérable que la douleur éprouvée ne soit pas proportionnelle à l'importance du désordre qui la cause — qu'un rien, parfois, fasse souffrir plus qu'une lésion grave. Ou plutôt que les intensités et les importances vitales soient conjuguées, associées comme *au hasard*.

Il y a là un étrange *désordre* — qu'il ne faut jamais oublier. (1929. *af-2 29,* XIII, 877.)

☆

Ce qui empêche de dormir c'est l'attente. Ce n'est pas le bruit, tant que l'attente (d'un autre — bruit) que crée le bruit — Sorte de complémentaire-pendulaire. (*Ibid.*, XIII, 886.)

☆

Un voltmètre n[ou]s apprend q[uel]q[ue] chose dont nos sens sont ignorants. — Mais notre organisme n'en est peut-être pas moins affecté. Plus n[ou]s créons de ces organes artificiels, plus nos sensations paraissent partielles.

Pourquoi ne percevons-n[ou]s pas ce que des appareils n[ou]s traduisent ? Même en mécan[ique] l'œil ne révèle pas les ML^2, les densités, les centres de gravité, les tensions internes.

On pourrait dire : N[ou]s n'avons pas besoin *immédiat* de les connaître — ni les étoiles. Il pourrait n'y avoir que 2 couleurs — qui suffiraient p[our] les besoins moteurs ou p[our] les choix.

Pourquoi tant de tons ? — Pour en atteindre quelques-uns ?

Comment se fait-il[A] que notre œil ait telle capacité

A. *Tr. marg. allant jusqu'à la fin du passage.*

chromatique et ni plus ni moins ? 8 à 9 tons purs et
∞ variable [de] nuances. (*Ibid.*, XIV, 20.)

Nous ne percevons pas ce que nous percevons mais
ce qu'il faut que nous percevions, nous ne percevons pas
l'image rétinienne telle quelle — sphérique — double —
renversée — — petite — anisotrope.
Comment percevons-nous un segment de droite —
puisqu'il n'y a pas de droite possible sur la surface
courbe de la rétine ? (1929. *ag*, XIV, 71.)

Comment les organes des sens *somment* les fréquences
et transforment en sensations indivisibles, capitalisent
ces perturbations rapides ? (1929-1930. *ah 29*, XIV, 331.)

Interrupteurs.
La sensibilité, et l'esprit sont des facteurs d'interrup-
tion dans le cours *naturel*.
Ils s'interrompent d'ailleurs l'un l'autre.
Conséquences. (*Ibid.*, XIV, 369.)

Le mécanisme profond et simple de la production
mentale consiste dans l'émission à la conscience des
images qui « expliquent » une sensation ou satisfont
fictivement un besoin ressenti[A]. Mise en scène. Parfois
l'image peut se réaliser. Parfois non. Elle peut déterminer des actes. Mais ces actes sont conditionnés d'autre
part par la *phase* (sommeil —). — Voici une théorie :
la sensation est une *inégalité* qui se produit dans un
système ou régime fondamental *subcurrent*. Elle peut être
isolée ou *suivie*[B] = Cette inégalité peut se produire dans

A. *Une note renvoie à un passage antérieur sur l'embarras (XIV, 875).*
B. *Petit dessin en marge représentant la sensation comme interruption
d'une courbe continue.*

une quantité de systèmes, — ce qui généralise la notion de sensation ordinaire. (Ainsi un contraste dans les idées qui sera une sorte de *sensation de l'intelligence*.)

Alors toute sensation crée un *champ dans l'univers* ψ et ce champ a pour loi que toute sensation y trouve 1º une *place*, 2º une *réponse* ; ces deux conditions *annulent* l'inégalité. L'état de ce champ et par suite le sort de la sensation, l'exécution du retour à l'égal au zéro, est subordonné à la « phase » et à d'autres circonstances, et cette relation se marque entr'autres choses par la durée, qui peut être *complète* ou *incomplète* (rêve).

La *mémoire* brute est le premier terme du développement de ce champ. Elle est accompagnée[A] dans ce premier temps par des réflexes moteurs. (1931. *AO, XIV,* 893.)

Toute sensation crée, quand elle se produit isolée, un certain *déséquilibre* — ou *commencement*. Elle pose une sorte de question dont la réponse propre est une sensation du même groupe (en complétant au besoin le groupe par l'adjonction des *zéros*. Ainsi le *silence* est une *sensation* quand certaine attention auditive le fait percevoir par contraste avec le son.)

En d'autres termes un sens ébranlé tend à produire la sensation complémentaire.

Je crois que cette complémentaire doit, d'autre part, être déterminée par considération d'un certain *centre* ou *état* du sens intéressé — par rapport auquel la sensation donnée est un *écart*. (1931. *AP*, XV, 176.)

Étude de tout ce qui, dans la vicissitude du corps, ne nous est pas signalé par notre sensibilité.

Interprétation. (1931-1932. Sans titre, XV, 492.)

☆

La nature pensante[a] est une sorte de révolte contre la nature physique. Puisque tandis que celle-ci impose la

A. *Tr. marg. allant jusqu'à la fin du passage.*

dissipation, la diffusion, le désordre — l'autre tend au contraire. Elle a donc besoin de quelque désordre pour exercer sa fonction. Ce désordre nécessaire et initial — est renouvelé incessamment par *l'effet de la sensibilité* — *qui est inégalité,* origine. Le *monde extérieur* peut être défini l'interrupteur, l'agitateur, le troubleur, la source inconnue de dérangement qui nous demande sans cesse quelque chose, l'éveilleur de la Psyché. (*Ibid.,* XV, 569.)

La vue — une surface de q[uel]q[ues] m[illi]m[ètres] carrés — d'une part; d'autre part, un champ qui se donne immense — par la *lecture* des sensations imperceptibles d'accommodation et de rotation virtuelle.

— C'est une *croyance* que la vision. (*Ibid.,* XV, 572.)

Attraction des fragments d'un *entier* rompu, disposés sur un champ. L'œil les réunit. (1932. Sans titre, XV, 706.)

Les sensations ne ressemblent à rien. Elles sont absolues. (1932. Sans titre, XV, 762.)

L'univers visuel-moteur l'a emporté chez l'homme sur l'olfactif — et ceci était une condition du développement de l'intellect. L'olfactif et tactile et le coloré ou lumineux seul ne se composent pas en groupes très riches et possédant des invariants. (*Ibid.,* XV, 840.)

Le 1er mystère est de la sensibilité; le 2me de la mémoire. (1932-1933. Sans titre, XVI, 49.)

D'une part nous recevons sur l'œil *plus de choses* que

nous n'en percevons — (c'est-à-dire qui produisent conséquences significatives).

D'autre part nous percevons plus de choses que nous n'en recevons — nous ne percevons même qu'en ajoutant ou modifiant. (*Ibid.*, XVI, 93.)

Valeurs d'idées

Les « idées » ne sont rien sans les *valeurs*. Toute *idée* a une VALEUR, située entre *zéro* et *infini,* qui est tantôt durable et parfois presque inséparable d'elle; tantôt occasionnelle —.

Cette *valeur* ou « fiducia » est énergie, action de l'idée sur la sensibilité, d'une part; sur la motricité, de l'autre[A]. En somme, sur les ressources en énergie libre.

D'où on peut induire que dans les suites appelées « associations d'idées » l'élément de *valeur* est minimum;

que cet élément, d'autre part, est en relation avec la vitesse et la liberté des substitutions,... (arrêts).

Puis, problème de la liaison entre valeur et idée. Qu'est-ce qui donne, conserve, exténue la valeur? (1933. Sans titre, XVI, 166.)

L'un des fruits de la physique est de montrer que la sensibilité (spécialisée) (vue, tact etc.) *cache,* offusque, ignore une quantité indéfinie de choses, dont l'être sentant est d'ailleurs lui-même fait.

« Le son est une vibration », c'est dire que période, longueur d'ondes nous sont cachées — que les événements composants sont absorbés[B] — —

Observer que cette association de la sensation à un nombre laisse entière l'incompréhensibilité. Entre le *La* et 870 passages — il n'y a que relation de fait. (*Ibid.*, XVI, 177.)

A. *Aj. marg. :* et jusque sur les plexus, foie, rein etc.
B. *Aj. marg. :* Aucune méditation n'eût pu le deviner.

Quand le besoin ressenti se fait une satisfaction imaginaire — il y a oscillation entre ces 2 termes[a]. (*Ibid.*, XVI, 182.)

Si j'entends un bruit, l'esprit vole à une *cause* de ce bruit. Mais si je vois un objet — je n'ai pas la même impulsion car la vue d'un objet ne produit pas, *en général,* l'impression de transformation d'énergie, d'événement, incident, présence active ou agissante — que l'ouïe impose. (1933. Sans titre, XVI, 342.)

Le sens joue un rôle à inversions — change le *plural* en *un,* et le *un* en *plural,* le successif en simultané et réciproquement[A]. Il réagit toujours en sens inverse de l'impression quand l'impression atteint certains seuils — ou de complexité ou de durée. (1933. Sans titre, XVI, 467.)

☆

Les zones du plaisir causé sont étroitement localisées. Mais les points de douleur sont innombrables.

Le plaisir ne s'oppose à la douleur que par abus verbal de l'opposition des *actes* de sens contraires, qui tendent à accroître le premier et à diminuer ou abolir la seconde. Mais les sensations elles-mêmes ne s'opposent pas et parfois se mêlent bizarrement. (1933-1934. Sans titre, XVI, 793.)

☆

Pour la sensibilité, la lacune, le retard, les contrastes, sont des éléments *positifs.*

Je sens la non-réponse comme réponse.

Le silence parle. (1934. Sans titre, XVII, 328.)

A. *Deux petits dessins schématiques qui illustrent l'* « *oscillation* » *de la sensibilité entre le vert et le rouge, l'unité et la pluralité.*

☆

S

Self-variance — et Inſtabilité — Complémentaires — etc.

Il eſt impossible de fixer un point, — *le voyant, sans
effort* — comme de soutenir un poids — et d'autant
moins longtemps que l'intensité, ou de la lumière ou du
poids, eſt plus grande.

La conservation eſt coûteuse — et d'autant plus que
l'*écart* de la fixation à la position de liberté eſt plus grand.
L'effort dépend de l'écart et du « temps ».

On pourrait classer les couleurs ou plutôt les sensations colorées — par les *écarts.* Ici queſtion des complémentaires — qui sont réponses.

Queſtion qui devrait être généralisée mais très difficile.
C'eſt le nœud de la sensibilité, son « inertie ». Unité-
variété.

Production automatique de ce qui annule le donné
aussi exaĉtement que possible. Mais annulation par compensation, — *négation positive,* négation par produĉtion.

Il en résulte^A un « temps » d'espèce particulière et
remarquable, qui eſt subſtitution bien déterminée et sur
lequel *agit* un temps d'une *autre espèce* qui eſt épuisement, décharge — dissipation. (*Ibid.,* XVII, 329-330.)

☆

Le myſtère de la sensibilité domine tous les autres.
On ne passe pas.

Je ne sais même pas comme la queſtion peut être posée.

Il y a une coupure entre le « monde » et « l'âme » —
entre ce qui eſt vu, touché, et le souffrir, jouir, et une
autre, entre ceux-ci et l'agir ou réagir. Entre eux des
relations qui elles-mêmes entrent dans l'un ou l'autre —
(à notre regard). Mais ces 3 classes sont toutes.. *sensibilité.*
La même aneſthésie les annule. (1934. Sans titre, XVII,
415.)

A. *Deux tr. marg. allant jusqu'à la fin du passage.*

☆

Toutes les sensations qui ne sont pas attribuables à un des 5/6 appareils locaux des sens et qui ne sont pas modifiables (certainement) par *un déplacement sans vitesse* de quelque appareil des sens,

appartiennent à ce que je nomme *sensib[ilité] générale,* par opposition aux *sensibilités spéciales.*

Si quelque sensation de la sensib[ilité] spéciale, S devient trop intense, elle gagne, en q[uel]q[ue] sorte, le domaine de la sens[ibilité] générale G. — Le *chaud* devient *brûlant.* —

On peut donc imaginer une sorte de distance potentielle entre l'intensité donnée et l'intensité limite etc.

(Ces passages de *S* à *G* sont observables dans toute la vie de l'être.

Ainsi la *vue* d'un individu, ses apparences peuvent engendrer la *haine ou l'amour*. Le *descriptif* passe au *dispositif,* qui annonce l'*actif.*

Ici, intervient d'ailleurs un facteur qui n'est plus l'intensité — mais la *résonance.*

D'ailleurs, l'intensité plus haut mentionnée doit s'analyser plus précisément. Il faut la regarder comme un produit — d'une grandeur d'intensité physique par une grandeur *sensibilité*. $I = i\sigma$.) (1934. Sans titre, XVII, 570.)

☆

S

Valeur d'idée

Une idée que je sens exagérée, fausse et presque tout imaginaire — peut cependant agir, et agir furieusement en moi — aller à l'extrême — devenir insupportable — Inquiétude, amour —, haine — etc.

Ce pouvoir est extraordinaire — Dépend des gens.. Tout à fait morbide quand il n'a pas de base réelle. Mais en général, d'autant plus grand que moins réelle.

J'en tire la notion de la *valeur* interne d'une idée — c'est-à-dire son action sur TOUT le système nerveux. (*Ibid.,* XVII, 640.)

A. *Tr. marg. allant jusqu'à :* l'*actif.*

Toute la philosophie s'embarrasse devant des questions comme *droite* et *gauche* qui sont indéfinissables sans *Homme*.

Que faire de l'univers visuel de la poule et du serpent, qui est à *2 nappes* ?

Un animal qui aurait un œil à la tête, un autre à la queue — ou un autre qui ayant des yeux à champs séparés, à 2 domaines, les paupières en seraient liées, tellement que l'un ouvert, l'autre serait fermé. (1934-1935. Sans titre, XVII, 662.)

Si nos sens fussent plus ou moins aigus — mais c'est là ce que réalisent nos instruments et nos relais. (*Ibid.,* XVII, 723.)

Nous ne voyons pas que ce que n[ou]s voyons est de *nos* sens. Je ne reconnais pas dans cette couleur l'acte de ma rétine. Il faut que cette ignorance ou méconnaissance soit !.. La notion que j'ai de mes sens est incompatible* avec ma sensation. (*Ibid.,* XVII, 724.)

Compléments et « Idées-actes »

Si l'on donne des points, l'être voit — trace
(1) des lignes qui les joignent. Si un rectangle, les diagonales.
(2) Si *3* coups « également espacés » un 4me etc. — sont *fournis*. (Donc l'égalité est créée (dans le temps).)
À l'*équilibre* (1) ou *zéro et élimination* correspond dans (2) la *loi* ou rythme.
(Pourrait-on énoncer aussi l'analogue en *harmonie* ?)
(1935. Sans titre, XVIII, 10.)

La sensibilité spécialisée permanente constitue comme un fond neutralisé de présences qu'équilibrent je ne sais quelles forces insensibles — « accoutumance ».

On peut voir ou ne pas voir la plupart des choses qui sont dans le champ visuel, et souvent on n'en accuse aucune. On entend sans entendre etc.

Pour qu'il y ait perception — *non statistique* — il faut un facteur d'inégalité qui excite un développement. (1935. Sans titre, XVIII, 230.)

La sensibilité[A] *crée* ce qui manque — Idées, images. Elle est complémentaire du vide.

Elle réagit spontanément contre la raréfaction des excitations — et aussi contre la sensation non compensée — *faim,* soif, *amour*[B] —

réagit $\begin{cases} \text{contre l'unité, la continuité —} \\ \text{contre la diversité —} \end{cases}$ au bout d'un temps θ[C].

Il s'agirait de trouver l'équation d'équilibre mobile qui exprime tous ces cas.

Rêves. (1935. Sans titre, XVIII, 247.)

Dieu sait quelles métaphysiques et géométries l'invention des miroirs et des vitres a pu engendrer chez les mouches !

Notre toucher est un sens à 2 dimensions ajusté à un système moteur à 3 dimensions. Le bout de mon doigt erre sur une surface dont je ne perçois qu'elle n'est pas à 2 dim[ensions] que par les sens[ations] motrices du doigt, de la main et du bras. — Mais l'on fait passer une surface sur le bout de mon doigt, si accidentée soit-elle, elle n'a que 2 dimensions. (*Ibid.,* XVIII, 305.)

L'immense plupart de nos sensations, perceptions et associations ψ n'ont aucune valeur ni importance. Ce qui est *rouge* pourrait être BLEU. Ce qui est *loin* pourrait être près — etc.

A. *Deux tr. marg. allant jusqu'à* : images.
B. *Aj. marg. :* comme elle réagit contre l'absence de *réponses,* elle réagit contre celle des *demandes*
C. *Aj. :* Inventer n'est au fond que répondre — que *passer*

« L'importance » leur est donnée ou par l'intensité propre, ou par l'insolite ou par la durée et la forme de durée (fréquence) ou par la valeur de signe, ou enfin par une sorte « d'acte volontaire ». Et tout ceci relatif à l'individu et à sa phase.

Cette *importance* consiste dans l'extension des effets à des fonctions de l'être, qui s'étagent depuis les « sentiments » jusqu'aux fortes émotions, en passant par les actions. À cette importance, s'ajoute une importance virtuelle ou potentielle, qui se borne à enregistrer le fait, soit inconsciemment (mémoire), soit consciemment, comme pouvant devenir d'importance actuelle dans telles circonstances. (On *note*.)

Le degré d'importance est marqué par l'importance vitale des fonctions intéressées.

Observer toutefois (pour souligner les grandes difficultés de cette matière) que la *douleur* (qui est un créateur d'importance, suprême) n'est pas en relation simple avec le fonctionnement vital. Ce fait est très remarquable. Il n'y a pas de *logique* dans la sensibilité. (1935. Sans titre, XVIII, 419.)

☆

Sensation	*— d'une part*	— objet d'échanges quelconques —
		— élément isolé de « temps quelconque » —
		— origine de substitutions — signes —
	d'autre part	— élément d'un groupe de transmutations fermé — harmoniques, complémentaires, similitudes, contrastes, oscillations, ATTENTES.
Donc	d'une part,	une sorte de *translation* ou de *transition* sans compensation —
	de l'autre,	une sorte de *rotation* — de reproduction —

ce qui fait 2 « temps »[A].

A. *Dessin en marge représentant sans doute ces « directions » multiples.*

Il en résulte que, dans certaines conditions, un élément-événement de la sensibilité se donne pour élément de son *groupe* propre — et engendre, en quelque sorte, son passé et son avenir — qui ne sont que sa place dans le groupe.

Dans un rythme comme dans une mélodie, les *points* ou éléments (coups, *notes* —) engagent dans une *unité motrice*. (1935. Sans titre, XVIII, 446.)

L'*importance* est chose créée par la non-compensation, par l'*inachevé nerveux* — La réponse non produite.
Elle est excitant — charge. (*Ibid.*, XVIII, 471.)

La *pensée* comme production ou reproduction est plus *pauvre* que la *perception extérieure* comme production — plus pauvre en *objets* — plus riche en *relations*. (Observer que c'est elle qui fournit les relations dans l'examen des choses. Je ne *vois* pas la plupart de ce que je crois voir de mes yeux — je ne *vois* pas que ce mur en face est un solide — que le ciel est d'une autre matière que lui.)

Au lieu d'écrire *plus* pauvre, il faudrait mettre *infiniment plus pauvre*.

Alors, la pensée devant digérer la perception brute — doit suppléer à cette infinité toujours diverse par ce qu'il faut pour revenir à son petit nombre. Elle opère une réduction. (*Ibid.*, XVIII, 487.)

L'être projette autour de soi* une enceinte fermée — dont la clôture n'est que la réciproque de l'extension de ses sens, figurée par une surface ou lieu de cette portée.

C'est la topologie de la perception — et topologie ici embrasse le temps — — — (1936. Sans titre, XVIII, 792.)

Rôle essentiel[A] de l'amortissement des impressions —

A. *Tr. marg. allant jusqu'à :* se brouilleraient.

aussi important pour la connaissance que les impressions mêmes.

Sinon se brouilleraient. Pas de suite de sons, s'ils duraient > ε, mais un chaos, et s'ils duraient moins — il n'y en aurait jamais qu'un seul, ou un continuum. (*Ibid.*, XVIII, 801.)

☆

Peut-on penser qu'une couleur distincte *de plus*, bien différente de celles que n[ou]s connaissons, pourrait être si notre sens se modifiait convenablem[en]t ? Certains yeux en distinguent *moins* que la plupart. Faut-il voir une sorte d'*accident* dans le nombre assigné ? D'ailleurs, il en est de même du nombre des sens. (1936. Sans titre, XIX, 293.)

☆

L'homo^u tend à exercer tout pouvoir qu'il se sent comme [on le] voit par les enfants touchant à tout.

On croit que les choses l'attirent et qu'il en est curieux. Mais ce sont les pouvoirs de toucher, de manier, de modifier qui, bien plutôt, le travaillent et prennent les choses p[our] prétexte. Ils exercent l'être et lui excitent des besoins d'actes. Ce qui est observable dans les questions sexuelles, et surtout à la puberté. — On le voit aussi dans l'intellect — qui se cherche des problèmes à dévorer — et qui a ses appétits géométriques ou autres... (1936. Sans titre, XIX, 424.)

☆

Harmonie des sphères

Le mouvement du « monde » n'est perçu que par la vue — (et le gyroscope).

Aucun effet de centrifugation n'est sensible. La verticale est déviée — mais les organismes n'en savent rien. (1937. Sans titre, XIX, 887.)

☆

Le système de notre sensibilité est d'actions instantanées et locales ou partielles. Leur intensité est sans rapport avec l'importance *somatique* du fait qui les excite. La raison d'État ne les commande pas. Un petit élément excité peut tourmenter, entraîner, même ruiner, toute la machine. Il y a une quantité innombrable de ces éléments, et une infinité de possibilités d'irritation pour chacun.

De plus[A] *il s'en crée* dans le domaine psychique. Dans celui-ci la sensibilité n'est pas anatomique ou histologique — donc « énumérable ». — *Elle retentit* en imaginations. — (1937. Sans titre, XX, 282.)

☆

Sensation

1. Il paraît que n[ou]s avons 5 sens. D'autres comptent 6 ou 7. Soit *N*.

La physique (et c'est l'un de ses principaux enseignements) n[ou]s apprend que n[ou]s pourrions en avoir bien davantage. Ce n'est pas, semble-t-il, la matière qui manque.

Supposé que n[ou]s ayons un sens pour les rayons U, un pour les corpuscules — etc.

Etc.

2. D°. Cette collection de sens est hétéroclite. Aucun rapport entre eux. Mais beaucoup de questions surgissent.
   a) — Pourquoi *N* ? Y a-t-il saturation de connexions intérieures ?
   b) — Comment s'accordent-ils entre eux ?
   c) — Leurs positions sur le corps. Impossibilité des yeux par derrière ? — Division de l'espace visuel des oiseaux. (1937. Sans titre, XX, 381.)

☆

Voir un objet, c'est ne pas voir ce que l'œil perçoit — toujours = *une tache* — c'est *fournir instantanément le dernier terme d'une suite* de substitutions.

L'idée d'ouvrir un livre ne l'ouvre pas. La vue de ce livre n'est pas un « livre ».

Ce qu'on pense[B], ce qu'on voit ne sont que des antici-

A. *Trois tr. marg. allant jusqu'à :* domaine psychique.
B. *Tr. marg. allant jusqu'à :* d'autres puissances.

pations, des *promesses,* des amorces de transformations
ultérieures qui exigeraient d'autres puissances.

La pensée n'est possible que par la possibilité de
prendre la *partie pour le tout.* Elle s'effondre si on observe
que ce qui se manœuvre comme *tout,* n'est que *partie.*
Ce qui résulte de l'*accroissement* de *conscience* — qui va
inversement de l'*objet* à la *tache* — et à l'instant.

Or, prendre la *partie pour le tout* — (ce qui permet la
manœuvre ultérieure des touts par les forces conformée à la
manœuvre intérieure des parties)A (prendre les « choses »
pour *loin* de l'œil — etc., pour plus grandes que Moi etc.)B

À ce point, ce n'est pas encore le « cerveau » etc. qui
est en scène — mais — — (1937. Sans titre, XX, 461.)

Sens. Σ (Σ = sensibilité)

Le plaisir et la douleur, chacun selon sa manière, nous
enlèvent au monde ordinaire, dont ils semblent écarter
le rideau plus ou moins, rompre le charme et le système
fermé, — interrompre l'égalité générale d'échangesC.

Ils sont toujours *événements.* Ils nous signifient *sans*
réplique que ce monde ordinaire n'est pas le seul; que
toute sa variété peut nous paraître indifférente, — et tous
ses aspects identiquement étrangersD —

En eux réside l'*Évaluation* — sans explication. Etc. —
(1937. Sans titre, XX, 512.)

Valeurs

Toutes les *notions* en acte se produisent avec des
valeurs — c'est-à-dire excitent, en même temps qu'une
détermination (comme un objet, un acte, un possible,

A. *Aj. marg. :* extérieur = ultérieur et total
B. *Phrase inachevée.*
C. *Aj. marg. :* distraction
D. *Aj. marg. :* moyennant un événement d'espèce tout autre —
qui les domine comme une tour domine la plaine. [*Aj.:* L'élément
Notre Corps ou sa substance inconnue insère une puissance qui se
place *entre* la connaissance... *négligeable* et le possible de l'esprit,
sa liberté.]
Parfum.

un événement ou une relation entre de telles choses) des effets d'impulsion, de désir ou de répulsion, de plaisir ou de peine, et parmi eux, l'effet *d'existence ou de réalité* qui procure ou impose une relation très curieuse et fondamentale, entre la notion, et le fonctionnement de celui* qui la pense — lequel donne ou refuse à cette notion la propriété d'intéresser ses propres fonctions, *éventuellement* — (p[ar] ex[emple] *ses sens*) moyennant telles modifications qui, dès lors, sont inconsciemment et en général vaguement — formées comme *possibles*.

Toute « valeur » est éventuelle. Toute valeur est donnée ou reçue. Il y a souvent ici une illusion : on croit recevoir ce que l'on donne, quand on ne perçoit pas ce que l'on donne. Il y a des *choses-miroirs* qui nous renvoient l'énergie qu'elles reçoivent — et nous ne nous voyons pas nous-mêmes comme sources[A].

Valeur est donc capacité d'action (ou énergie), capacité de satisfaire un besoin actuel ou éventuel.

Telle chose *vaut* parce qu'elle excite un débit d'énergie — que n[ou]s recevons alors de n[ou]s-mêmes; ou bien parce qu'elle remplit un besoin. (*Ibid.*, XX, 544.)

Ce que *nous recevons* des sens, ce n'est pas le « monde extérieur » — c'est de quoi nous *faire* un monde extérieur.

Comment se fait-il ? Il se fait par substitution de choses sues à choses vues et ce savoir contient des pouvoirs virtuels. (1937-1938. Sans titre, XX, 712.)

À la base de toute notre connaissance sont les « paramètres » de la sensibilité. (1938. Sans titre, XX, 863.)

Nous ne *pouvons* rien contre la sensibilité à l'état naissant — Ni à l'état extrême. (1938. Sans titre, XXI, 84.)

A. *Aj. marg.* : gloire, foi

Nous avons la propriété de ne pas voir ce que n[ou]s voyons, mais autre chose qui s'y substitue.

N[ou]s voyons autre chose que ce qui « se peint » sur la rétine. (*Ibid.,* XXI, 156.)

Infinis — Implexes — Extrêmes.

Il y a un certain « Infini » dans l'ordre de la « sensibilité ». Sons suraigus insupportables — Extrêmes.

(Et voici aussitôt[A] une question qui naît de cette observation et la traverse : cette observation seconde même — que l'on puisse — comme je le fais — penser ces extrêmes à froid..)

Dans la mécanique érotique, l'action poursuit la production d'un extrême, et sans doute dans la recherche mystique. Ceci posé, on peut se demander si les valeurs extrêmes de la sensibilité ne devraient pas (quoique virtuelles et généralement accidentellement produites) figurer dans une mécanique du système vivant, comme le zéro absolu — et la vitesse de la lumière. (1940. Sans titre, XXIII, 253.)

En fait, l'observation me montre que parmi les choses présentes, la plupart (en général) sont perçues ou ressenties à titre de pur remplissage, nécessaire comme tel, mais indifférent en soi — pourvu qu'il satisfasse aux conditions de la *présence,* considérée comme une *forme* qui doit être remplie.

Cf. l'expression vague : *les choses.* Il faut des *choses.* C'est ce que j'appelai jadis le *Plein* mental.

Remarque : L'œil ne peut (normalement) ne pas voir[B]. Mais il y a des sens qui s'absentent — et ne fonctionnent que *spécialement.* Odorat, goût. *Ils ont peu d'indifférence.* (1940. *Rueil-Paris-Dinard I,* XXIII, 338.)

A. *Tr. marg. allant jusqu'à la fin du passage.*
B. *Aj. marg. :* Constance de la vision

☆

Une Loi de la sensibilité généralisée

ψ Σ

Toute propriété ou capacité de produire en réponse à une excitation, tend à produire, faute de celle-ci, la demande ou la matière de sa fonction. L'immobilité prolongée → motion; l'ennui → diversions; la rétine dans l'ombre; l'ouïe.

Ce sont des réactions contre le vide et la pression de l'énergie locale non dépensée. (*Ibid., XXIII, 382.*)

☆

Le *Pourquoi* — qui joue un si grand rôle dès l'enfance, est une réponse à quelque « inégalité »[A]. L'*inégalité* joue ici le rôle d'une *accélération de direction*.

Cette inégalité est aussi un *arrêt* et est due aussi bien à une circonstance extérieure qui se distingue des autres — qu'à une sensibilisation brusque d'un fait ou d'une idée ordinairement *passage*. Ce qui était un pavé (du chemin) devient obstacle.

Toute question est une réponse.

Comme on a peu réfléchi sur ces choses si simples ! comme (?), comme $(x =)$[B].

— Plus élémentaire encore est la demande ou question du *besoin*. Toute question est, en vérité, un *besoin*, due qu'elle est à la sensation qui naît d'un *manque*, et signifie un manque[C].

Or ce manque peut être non d'une chose ou d'un secours seulement, mais aussi d'une action du même organisme.

Le cas aigu se présente dans les anxiétés pour respirer, pour uriner, éliminer et dans celle du coït, qui est anxiété haletante précipitée.

Je dis *manque*... Il s'agit d'*écarts* et de *résistances*. (1940. *Dinard III 40, XXIII, 551-552.*)

A. *Aj. marg. :* Productions spontanées.
B. *Aj. marg. :* Leçon de vraie philosophie
C. *Aj. marg. :* Manques.

Poïet[ique]

L'opposition	*Produits de sensibilité*	
L'opposition classique=	Intellect	/ sensibilité
avec ses variantes de tout	raison	/ passion
genre →	devoir	/ passion
	classique	/ romantique
considérée comme *pro-*	statisme	/ « dynamisme »
duit[A] *de sensibilité* et DR	réel	/ mystiques / rêve
— c'est-à-dire comme de-	logique	/ intuition
mande/réponse *harmoni-*	loi	/ hasard
ques (contrastes, complé-	pression	/ force vive
mentaires) peut se met-	révers[ibi-	/ irréversibilité
tre sous la rubrique	lité]	
très simple ————→	*égalité*	/ *inégalité*
(*Ibid.,* XXIII, 575.)		

Le Caché

L'astronomie — la physique — la biologie nous enseignent que notre sensibilité organisée nous cache le
mouvement de la planète, la composition de notre corps
et sa structure comme ses énergies intimes.. sans compter
ce que l'on pourra découvrir — (ray[ons] cosmiques).

On peut dès lors se demander de préciser ce qu'elle
nous donne à percevoir et si cette sélection peut recevoir
une interprétation. Certainement on peut en imaginer !...

Ce problème est d'autant plus existant que le nombre
des choses cachées est plus grand, et il semble ne dépendre
que des relais. Les sens, eux-mêmes, sont des relais —
mais les relais premiers (ou derniers). (1940. Sans titre,
XXIII, 762.)

Seuils. Rien de plus important. Tout le fonctionnement
en dépend. C'est la discontinuité fondamentale en sensibilité. (*Ibid.,* XXIII, 767.)

A. *Tr. marg. allant jusqu'à :* et DR.

Moi — sensibilité

La sensibilité est le fait le plus important de tous — il les englobe tous, est omniprésent et omni-constituant. Ce qu'on appelle *connaissance* n'est qu'une complication de ce fait. (1941. Sans titre, XXIV, 304.)

L'esprit[A] ne crée aucune *valeur*.
« Intellect » — les égalités et transitivités par classifications et genres.
Sensibilité — l'inégalité, de toute espèce. Les « valeurs » — la *durée ressentie*[B] est une inégalité. *Elle est un des facteurs du présent sensible.* La durée, sensation.
Harmoniques — Les temps et durées sont des harmoniques — comme couleurs etc.
Des « temps égaux » (ce sont toujours des *coups* ENTENDUS — *l'oreille seule en juge*) sont un écart pour la sensibilité. Elle est éveillée par cette égalité. (*Ibid.,* XXIV, 354.)

Sensibilité — Mère de l'étonnement — Fille de la coupure, des résistances — Étincelle et lumière — Éveil, appel, invasion — Accélération — ou variation seconde — Inégalité, valeurs. (*Ibid.,* XXIV, 357.)

Théorie g[énéra]le des Harmoniques — et Morphologie

Un élément donné *sensibilise* tout l'ensemble des éléments du même système — Produit un état de demande ou attente.

Dans les cas dont je m'occupe actuellement, cette demande *attend* des éléments du même ensemble. Il y a une sorte de localisation dans la qualité de l'événement

A. *Trois tr. marg. allant jusqu'à :* valeur.
B. *Tr. marg. allant jusqu'à :* du présent sensible.

attendu. Le *son* veut le *son* — et la fonction *signe* est comme écartée, annulée. L'ensemble *E* est *virtuellement ordonné* (en implexe)[A]. Un *élément* e de E SE DONNE *alors comme partie,* arc d'une courbe, — portion présente et sensible d'un tout *existant,* mais à l'état[B]

Cet ordre[C] crée une tension vers lui — toutes les fois que le donné est un écart par rapport à lui, un dérangement.

Cette tension est génératrice (le *vert* crée le *rouge*) quand elle est intense, prolongée, *éloignée du médium* ou de *l'ordre de base.*

La Distance de Temps[D] doit être une tension relative à la valeur de *dérangement.* (1941. Sans titre, XXIV, 466.)

Sensations positives nulles — ou vides

Je nomme ainsi les sensations analogues à celle de l'œil dans les ténèbres — lequel ne voit rien et se sent éveillé, prêt à voir. Ainsi l'oreille tendue au silence et la main dans le vide. Alors les annexes motrices des sens sont ressenties et donnent une sorte d'impression *interrogatrice* et d'attente.

L'interrogation doit avoir un élément moteur de tension-arrêt, qui se marque dans le *chant* propre aux questions, lesquelles s'achèvent dans le haut de la voix — ce qui est *cesser* plus que s'*achever.* (1941. Sans titre, XXIV, 690.)

Sensibilité — fonction de l'inégalité[E]. — Elle joue le rôle des « forces » dans un monde qui est comme isotrope — ou désordre égal en première instance.

A. *Aj. marg. :* Le *bruit* est *signe* et isolé. Le *son* est résonance de *E.*
B. *Phrase inachevée.*
C. *Deux tr. marg. allant jusqu'à :* par rapport à lui.
D. *Trois tr. marg. allant jusqu'à la fin du passage.*
E. *Aj. marg. renv. :* La *symétrie* peut plaire comme contraste local, inégalité, *asymétrie* par rapport à l'ordinaire des choses visibles, qui est désordre. Elle dérange l'attente du désordre ordinaire des vues.

Il s'engendre une sorte de *couple* — qui (p[ar] ex[emple]) amène l'azimut de la vue à l'angle excité par l'ouïe.

Cf. Principe de Curie[1].

Ainsi au réveil, séparation du sensible et la lumière — des ténèbres.

L'homme est inégalisé par la vue qui est asymétrie des directions. Il voit *devant* et non *derrière*.

Chaque *sens* oriente la motilité, et son activité excitée *attire,* en quelque sorte, *loin* d'une position ou d'une figure d'équilibre — ou d'une inaction, la partie ou le tout du corps-masse — en même temps que l'attente et les potentiels psychiques s'écartent de l'égalité d'indifférence et du minimum de sensibilité équidisponible. L'attention est la modification qui répond à cette *force.* — (1941. *Cahier de vacances à M. Edmond Teste,* XXIV, 811.)

Sensibilité affective — Celle qui introduit la distribution ou variation de l'énergie générale et par conséquent donne les *valeurs* qui sont le transport ou le retrait d'énergie de fonctionnement vital ou d'action sur un des systèmes de fonctions. (1941. *Interim — Marseille et Suite,* XXV, 108.)

Les Inconnues réelles.
Mémoire —
Sensibilité — en tant que relation de « cause » à « effet ».
Ici « cause »[A] signifie le *fait* — (acte ou événement) *observé dans* le *milieu* qui a pour effet la *sensation dans* un *sujet.* Ainsi *870 vibr*[ations] *par seconde* = *tel son.* Saveur sucrée et $C^4H^6O^2$, salée et NaCl.

(La physique[B] s'*éloigne toujours* du fait sensible — puisqu'elle tend vers des recettes d'action.)

Celui qui exerce l'*action* qui chez l'autre produit une *sensation* peut ignorer celle-ci, et l'autre ignorer son *action* —. La communication entre les 2 observateurs est verbale.

Aucune explication ne pourrait donner à un sourd

A. *Deux tr. marg. allant jusqu'à : tel son.*
B. *Deux tr. marg. allant jusqu'à :* recettes d'action.

qui frapperait des notes sur un plan l'idée des différentes notes de la gamme.

L'action[A] (1941. Sans titre, XXV, 239.)

Sensibilité — Une des remarques les plus étonnantes que fait naître la sensibilité — c'est celle de la prodigieuse diversité qu'elle crée — les 6 ou 7 *sens* — — plus les douleurs, les plaisirs, les effets affectifs, l'effet moteur — et les sensibilités psychiques.

En négligeant son rôle caché — (végétatif pur).

Son rôle est aussi merveilleux que celui du *sang* dans l'ordre de la vie de base. [...] (1941-1942. Sans titre, XXV, 347.)

La seule réalité est la sensation pure. —

La réalité est donc instantanée.

Car c'est la chose incontestable, inimitable, indescriptible. (*Ibid.*, XXV, 396.)

L'ensemble des sensations est un *chaos,* auquel les machines de l'action imposent de temps à autre, un *ordre* momentané — une sélection, une « Signification », un rôle *fonctionnel* et de *l'aller et retour,* condition essentielle de toute « Connaissance ». (1942. Sans titre, XXV, 639.)

Monde Sensible

Possible

Il n'y a pas de vue plus vraie qu'une autre, des choses visibles. Il y a des variations de vue du « même » objet — un visage vu à l'envers, une projection insolite, perversions, inversions, miroirs bossus, toutes les combinaisons de la lumière et de la chose. Il y a une vue accoutumée, pratique, qui est celle qui nous permet de reconnaître au plus vite. Le reste est comme *accident.* Il

A. *Passage inachevé.*

« conserve » ce qu'il peut. Voir la géométrie. Mais l'aspect « normal » compatible avec la vie, la pesanteur, l'action, n'est qu'un *cas favorable* au milieu des *possibles* de la vision pure[A]. Ceci est particulier à la vue. Peu existant pour le son. Quid pour les formes tactiles ?

Le contact semble invariant, sauf dans les cas de dislocation des positions relatives des organes, ou de leurs altérations congestives.

— Cette remarque est utilisable comme tout ce qui tourne les positions du *sens naïf*.

P[ar] ex[emple] l'*histoire* est une vue naïve, une peinture plate. Et d'ailleurs tout ce qui cherche instinctivement de la *causalité*.

(La naïveté a deux degrés : 1° celle de l'enfance, qui est directe et a le prix de l'expérience première pure, valeur de l'innocence, — 2° celle de l'homme, qui est acquise, inculquée et lui cache ce qu'il voit par ce qu'il *doit* voir. L'enseignement s'en charge. Cf. l'enseignement de la religion.)

Tout récit est un parti-pris, d'abord par l'emploi d'un langage, et ensuite par la nature et action du narrateur.. Quand ce parti-pris est assez conscient et voulu, littérature. (*Ibid.*, XXV, 640.)

Sensibilité

La sensibilité tend à diviser l'un et à unifier le multiple, à simplifier le complexe et à différencier le simple. *Chacun des états produit l'autre.* Substitution quasi automatique de $^1/_n$ et de $^n/_1$. (1943. *Notes*, XXVII, 75.)

Sensibilité

Nous n'avons aucune action directe sur nos sensations. Tout mon vouloir ne peut modifier par lui seul telle couleur présente.

Remarque si simple que nul ne l'a faite. (1943. Sans titre, XXVII, 168.)

A. *Aj. marg.* : Espace visuel

Toute la vie de la sensibilité consiste en substitutions de diversité en unité et d'unité en diversité.

Ces changements sont ou d'*éléments* d'*un domaine* (bleu/rouge); ou de *domaines* (couleur/son); ou d'intensités; ou de fonctions d'éléments (différences, ressemblances) ou de fonct[ions] de domaines; ou de phases (dimensions, degrés de liberté, énergie libre). (1943. Sans titre, XXVII, 251.)

« Connaissance »

La pensée est anti-fonctionnelle. Je veux dire qu'elle a pour condition la dissimulation de sa machine organique = l'*ignorance de ce qu'elle est.*

D'ailleurs, tout est prestiges quand ON compare, *au moyen* d'une *étrange transformation,* ce qui est perçu (ou pensé) *tel quel,* avec ce qui est perçu ou pensé comme nécessairement mais inexplicablement condition de cette perception première.

Ainsi l'immense horizon est le produit de la très petite rétine. Ce qui entoure et rend infime tout notre corps en est le fait d'une petite portion. Mais *qui perçoit l'un ne perçoit pas l'autre.*

(N.B. Le fonctionnement parfait exclut ce qui fonctionne en faveur de ce qu'il produit. La lentille ne se *voit* que quand elle est sale ou embuée. Ainsi des machines du corps. D'où l'intérêt de la pathologie.)

La « santé »[A], le « monde extérieur », la raison, l'ordre social, un langage correct et clair —, tout ceci autant de cas de *dissimulation* parfaite et heureusement réussie de la « machine ». Adaptation exacte. Le chef-d'œuvre absorbe sa *création* — et même, son *créateur.* [...] (1943. Sans titre, XXVII, 339.)

A. *Trois tr. marg. allant jusqu'à* : de la « machine ».
   Aj. marg. : cf. la station debout

☆

Si l'on exprimait (en mots) exactement ce que l'on perçoit, on serait inintelligibles.

Car on ne voit pas d'*arbres,* mais des *formes* vertes — c'est-à-dire des *gestes vagues* de tracements et de circonscription, et des couleurs. N[ou]s savons aussitôt que ce sont des « arbres »; mais n[ou]s ne le voyons pas et ne *pouvons le voir.*

Il y a comme une succession de niveaux — qui vont de la sensation pure à la « connaissance » en passant par la re-connaissance, qui est une substitution remarquable[A]. Je reconnais cet *air.* Il se reproduit instantanément par « moi »; se classe et appelle ou engendre mémoire.

Puis viennent des développements, ou amortissement. (1943. Sans titre, XXVII, 455.)

☆

Problème

« L'*âme* » : Donner un sens à ce vieux nom du souffle.

— Notre sensibilité aux variations de l'énergie libre et de « possession de nous-mêmes » que causent (ou semblent causer) *dans l'instant* les circonstances perçues, les images ou idées.

L'importance ou valeur immédiate que prennent ces données, — les réactions qu'elles produisent dans la machine de la vie — et qui ont des conséquences secondes sur l'ensemble parmi lequel la production psychique, affectée en retour, *irritée* ou gênée.

La *distinctivité*[B], le non-mélange est *contre l'âme.* Il y a donc une sensibilité qui est, elle-même, plus ou moins... sensible, (selon les moments et conditions) comme si l'ouïe était plus ou moins fine ou juste — selon l'état du sujet.

Cette sensibilité devient hyperexcitable à certains objets et ainsi se créent les « valeurs » et les *inégalités actives.*

Ces valeurs sont de confusion.

A. *Petit dessin schématique en marge représentant ces trois niveaux.*
B. *Deux tr. marg. allant jusqu'à : contre l'âme.*

L'âme est toujours un trouble de fonctionnement puisqu'elle n'apparaît et n'est jamais invoquée, dans les cas où les échanges s'accomplissent par des fonctions appropriées, selon leurs cycles et leurs temps de cycles *isolables*.

L'âme est l'événement d'un *Trop* ou d'un *trop peu*. Elle est par excès ou par défaut.

« Normalement » n'existe pas.

Elle est donc l'effet d'un écart de la *phase* d'adaptation exacte, et ces écarts font leur sensibilité propre, qui est en liaison réciproque avec la machine de vie entretenue. (1943. Sans titre, XXVII, 721.)

La solitude est un effet de contraste.

Ceci écrit, je m'interroge sur ce fait — le *Contraste,* une des *valeurs* capitales de la sensibilité. (1943-1944. Sans titre, XXVII, 903.)

Ego

Plus je vais, plus je regarde *religieusement* tout ce qui est physiologique, et surtout ce qui engage la sensibilité.

Nous usons bêtement de puissances sacrées.

Il n'y a de sale que les esprits, mon cher spiritualiste !.. (1944. Sans titre, XXVIII, 360.)

Sensibilité — Harmoniques

« Est modus in rebus. Sunt certi denique fines quos ultra citraque *nescit* consistere rectum[1]. »

Infra-rouge — Ultra-violet.

Et, en effet, à quoi riment les limites sensorielles ? — D° *intensités.*

Voilà un problème de métaphysique biologique.

Cette gamme n'est-elle pas en relation avec la *sensibilité harmonique*[A] ? Cycle chromatique. *Toute sensation éveille*

A. *Courbe de Gauss en marge, représentant probablement un spectre d'harmoniques.*

une virtualité, un implexe que j'appelle *harmonique,* dont le développement donnerait, par substitutions *propres,* une succession complète ou parfaite d'états, un cycle du possible sensoriel fermé.

Et alors — se pose cette question incidente : Le domaine de l'intellect — — et aussi celui de la sensibilité combinatoire imaginative et celui aussi de l'affectivité, des *sensations émotionnelles,* ont-ils une *structure* également bornée et virtuellement fermée ?

Ici, pour brouiller tout, paraît le fouillis des relais, des *signes,* des mots et leur combinatoire.

Notons : *Il n'y a que* n *« couleurs » du sentiment.*

Attraction — désir — jamais trop.   +
Répulsion — etc.   –

Ensemble des *valeurs.* (1944. Sans titre, XXIX, 50-51.)

☆

Sensibilité positive
π
ACEM[1] ?

Mes expériences de jadis

Ce qu'on [peut] obtenir ou qui s'obtient tout seul de la vision.

Un bouton de porte fixé, un groupement de petits objets etc. peut être un commencement[B], une entrée, dans un domaine insubstantiel — qui n'est *ni moi ni monde* et qui a ses développements.

De même, les visages avant sommeil, si curieusement variants — au point que je les interprète comme des indicateurs de la variance propre de la vie neuro-circulatoire.

Mais ce sont des phénomènes *parfaitement inexplicables.* Ils remplissent un vide, ils sont en quelque relation avec l'orientation de la tête et celle des yeux.

— J'ai fait, il y a des siècles, des « expériences » diverses de vision — comme de bien *voir* les intervalles entre objets. Visuellement l'intervalle entre 2 meubles

A. *Les symboles* + *et* – *représentent des « couleurs » positives et négatives du sentiment.*
B. *Deux tr. marg. allant jusqu'à :* ses développements.

vaut un objet. Ou de supposer des déformations, ou des éclairements insolites.

La vue du milieu peut être *ramenée* à un stade tel que le milieu le plus familier soit étrange, méconnaissable — étant rendu plus... pur, plus vrai[A] ! lavé de la crasse *Connaissance* et des altérations dues à l'utile et aux actions — — etc.

Mais ceci s'applique bien au delà de la perception.

On pourrait faire le conte d'un esprit qui en vient là[B].

(C'est un peu mon cas. Je juge Histoire, Philosophie et le reste — par ma méthode d'*annulation du discours*. Tout discours[C] qui ne donne que discours, et tout discours dont les effets non-langage n'ont pas ce discours même pour expression unique et nécessaire, sont devant être tenus pour ce qu'ils sont.. des discours — et des effets de discours.) (*Ibid.*, XXIX, 165-166.)

Sentir commence, précède, accompagne et achève *tout*.
Et *donc, est tout.*

Par quoi, il est impossible d'aller en deçà et au delà de ce *mot* — — un *mot* qui est un *point-limite* — ou bien qui est un réflecteur total, qui réfléchit tout et n'absorbe rien. (1945. Sans titre, XXIX, 567.)

Le mot *sensibilité* est ambigu. Il signifie tantôt — faculté de sentir, production de sensations; et tantôt mode de réaction, réactivité, mode de transmission.

Et il signifie aussi liaison irrationnelle. (1945. *Maledetta Primavera*, XXIX, 739.)

La sensibilité est une mécanique de l'incohérence, de l'inégalité, de la discontinuité, de la différence et des disproportions..

A. *Trois tr. marg. allant jusqu'à* : la crasse *Connaissance*.
B. *Aj. marg. renv.* : *Apocalypte*[1]
C. *Tr. marg. allant jusqu'à la fin du passage.*

La *proportio* elle-même ne nous affecte que *par contraste avec la dé-mesure* — comme demandée par celle-ci — ou bien comme se redemandant elle-même — ad infinitum. « Plus je te possède, plus je te veux, ô Beauté. » Mais en composition et en opposition, le système *d'action* — La motilité — Et ses cycles.

Entre les deux, s'est développée la « connaissance » — la rationalité, les *égalités*.

Et, au-dessous des deux, se placent les fonctionnements de base — la vie et ses participations au milieu — l'obscur travail constant sur lequel les variations sensorielles, affectives et cognitives se jouent, dont elles s'alimentent, dont elles se jouent aussi. [...] (*Ibid.*, XXIX, 776.)

MÉMOIRE

La mémoire serait une inélégance dans mon système. Rien dans ce qui est à chaque instant ne la présente, et cependant, elle est. (1897-1899. *Tabulae meae Tentationum — Codex Quartus,* I, 273.)

Que sont ces fantômes — lesquels font voir qu'on est proche de se souvenir — ces ombres du souvenir qui ne vient pas, se jouant sur « le bout de la langue » ? Ce ne sont que les essais d'une fonction, ses efforts. (1902. Sans titre, II, 578.)

La mémoire mode de connaissance ou plutôt d'explication d'une connaissance non active. Correspondance bi-uniforme.
Par laquelle un présent est considéré comme partiellement dans le passé — et un passé comme pouvant être présent. (*Ibid.,* II, 652.)

La mémoire surtout faite pour garder des relations — — et ne gardant les choses qu'en tant que relations — le reste elle en garde le minimum. [...] (1902. Sans titre, II, 686.)

☆

De la mémoire en action — c'est-à-dire les réveils

continuels et partiels du passé sans qu'on le sache, — comme matériel de la pensée.

C'est une réponse d'un genre particulier. (1903. *Jupiter,* III, 124.)

Apprendre à parler c'est apprendre à dégager les sens des mots, des époques où on les a appris — c'est *oublier* la plupart des relations d'alors[A]. *Sans* oubli, on n'est que perroquet.

Il faut que le mot devienne une sorte d'unité utilisable, mobilisable et que la relation irr[ationnelle] qui le constitue survive aux expériences multiples. (1903-1905. Sans titre, III, 259.)

La mémoire et la mort se répondent.

Si l'être ne se souvenait, ses connaissances une fois produites et disparues sa conscience se retrouverait toujours au même point — zéro — et ne survivrait pas aux excitations[B]. La mémoire est la forme du changement progressif, relatif, — additif de l'être. Elle donne[C] une forme de plus en plus précise à l'être mental. Elle est une variation de la coordination « possible », coordination qui est accélérée par l'usage de l'imagination, laquelle n'est que la mémoire ou plutôt la connaissance générale se faisant elle-même.

L'imagination[D] est usage de la mémoire comme d'un organe — autour d'un besoin présent, pour une fin présente et comme si cette mémoire était présente et libre comme un organe. Souvenir *à propos.*

Cette faculté n'est donc qu'un usage — comme la main est marteau ou pince ou télégraphe ou compas, ou compteur ou métronome — ou schéma de tous les mouvements possibles.

Quand je combine, il me faut la présence ou souvenir des éléments et aussi le souvenir même instantané de ce que je fais et combine.

A. *Tr. marg. allant jusqu'à :* perroquet. *Aj. marg. :* adaptation
B. *Aj. marg. :* Elle pourrait être différente.
C. *Tr. marg. allant jusqu'à :* l'être mental.
D. *Tr. marg. allant jusqu'à :* Souvenir *à propos.*

Ainsi toute psychologie retourne toujours à des attitudes diverses d'appareils peu nombreux — inconnus — aux propriétés peut-être inscrutables. [...] (*Ibid.,* III, 265.)

☆

En quoi le souvenir s'écarte de ce qui fut.

En général on se rappelle (même dans le souvenir le plus fidèle) comme par parties *entières...* Ainsi j'ai appris *par cœur,* ces vers, avec efforts et répétitions — mais le souvenir est de la pièce intacte et non des tentatives. Je l'ai mise par morceaux et elle me revient d'un trait. (*Ibid.,* III, 328.)

☆

La mémoire en tant que re-connaissance ou conscience que *A* a déjà existé — n'est autre chose que l'économie d'une coordination nouvelle, d'un travail nouveau. (Et dans certains cas un travail particulier, celui de chercher à se souvenir, remplace un travail neuf — on cherche à exciter assez *P* pour qu'il enflamme *Q.*) Si cette coordination est purement associative — le travail neuf serait infructueux. (*Ibid.,* III, 490.)

☆

Il ne faut pas oublier[A] que les sensations ne servent que par la mémoire. Sensations sans souvenir ne sont qu'un langage inconnu.

Mémoire et habitude font partie du même mécanisme que la sensation.

Et même (dans la veille) — les sensations ne se déchiffrent que par la mémoire coordonnée — ou perception nette.

La mémoire *redescend* continûment. Elle répond à la question[B] : *que* VA-*t-il se passer ?* — et — que faire ? Elle me renseigne dans le sens du passé vers le futur.

L'habitude est la même chose mais dans l'acte et dans les excitations automatiques. (1905. Sans titre, III, 498.)

A. *Trois tr. marg. allant jusqu'à :* que par la mémoire.
B. *Deux tr. marg. allant jusqu'à :* vers le futur.

☆

Mémoire[A] et perception. Perception —, dans un souvenir, de choses qui n'avaient pas été perçues mais seulement imprimées, au moment de la sensation. (*Ibid.*, III, 510.)

☆

« Pour aller plus loin — »

Il faut pour aller plus loin, construire des systèmes qui accompagnent les faits de conscience, les idées et sensations — chacune à chacune — mais qui ne disparaissent pas avec eux et elles.

Ceci pour répondre hypothétiquement à cette question : que deviennent mes idées quand elles sont — absentes ? où se conservent mes souvenirs ? — car si on comprend aisément l'allée et la venue des fonctions élémentaires dont la machine subsiste identique et n'admet que le changement cyclique *fermé* de la fatigue et de la nutrition — il est tout à fait obscur de concevoir cette conservation et disponibilité imminente des souvenirs infiniment variés; et de plus la disponibilité demeurant intacte de leurs constituants. En somme — comment est possible le *repos* — l'état nul de relations essentiellement instables ? —

— On ne peut pas considérer comme systèmes utiles ou bien déterminés — des systèmes uniquement composés de faits de conscience pris comme tels tous ensemble — car les états d'un système doivent former par leur succession un continu — sans quoi il n'y a pas système. Donc il faut substituer aux données des conceptions qui permettent une continuité. (*Ibid.*, III, 511.)

☆

Le secret de la mémoire gît dans l'excitabilité. Un ensemble fortuit une fois réalisé — devient tout excitable par un de ses éléments. *Tous* ses éléments *peuvent* dès lors être donnés par un d'entre eux[B]. Mais ceux-là seulement

A. *Tr. marg. allant jusqu'à la fin du passage.*
B. *Aj. marg. :* 1) Tiens — mais je reconnais ceci (*où l'ai-je vu ?*).
              2) Voici bien ceci que je connais.

qui sont en aval du donné sont donnés chronologiquement. (*Ibid.*, III, 587.)

L'attention et l'usage, délient les souvenirs et détruisent la localisation dans le temps. Ainsi je me souviens
des mots et non plus des époques et des circonstances
dans lesquelles je les ai acquis. (*Ibid.*, III, 588.)

La mémoire[A] s'accroît régulièrement et se détruit
irrégulièrement. Comme un mur se fait par assises et par
journées, et quand il se défait, c'est par ici et par là et on
ne sait quand[a]. (*Ibid.*, III, 589.)

La mémoire — ou : conscience et transmission.
Ce qui fut le marcheur devient le chemin.
Une déformation qui a eu lieu dans un système devient
une liaison, une partie du système — une pièce ou organe.
Transformation du *présent* en organe — du fortuit en
régulier. (1905-1906. Sans titre, III, 686.)

C'est la mémoire qui fait de l'homme une entité. Sans
elle on n'a que des transformations isolées. (*Ibid.*, III, 697.)

La reviviscence n'est pas mémoire — mais une conséquence, ou une fonction de la mémoire — laquelle
mémoire est sans figures, aussi différente des images
qu'elle renouvelle — que le tracé sur un phonogramme
diffère des sons et des musiques — et même plus
différente[B].

A. *Tr. marg. allant jusqu'à la fin du passage. Aj. marg. renv.* :
comme si l'accroissement était f (*t*) et que l'altération, le retour etc.
soit non analytique
B. *Aj.* : Cf. moyens mnémotechniques

La mémoire enregistre non les choses mais leur connexion... — leurs conditions — ce qu'il faut pour qu'elles soient.. répondues[A].

De même qu'elle est excitable de plusieurs façons — elle inscrit de diverses sortes; le traceur peut différer — tantôt la conscience, tantôt dans la distraction. Dans un cas très complet on a : Phénomène, répétition interne centrifuge, tracement et trace, reviviscence — existence perçue.

Le domaine des traces connectives n[ou]s échappe, il peut être excité par voie secrète. (*Ibid.*, III, 796.)

L'être le plus central au moment où il existe le plus semble tenir à sa disposition des appareils — mémoire, vouloir, systèmes pseudo-cinétiques etc. sans lesquels il n'est rien, et eux sans lui sont des *machines marchant uniformément pour toute excitation quelconque qui les touche*.

Quel est son rôle ? Comment fait-il ?

Comment la mémoire brute, au lieu de se dérouler comme elle fait naturellement, se fait-elle d'autres fois limitée, adaptée, et comme *intelligente*[B] ? comme donnant ce qu'il nous faut, spontanément, et semblant n[ou]s deviner — puisque n[ou]s ne pouvons voir comment notre besoin lui parvient et est répondu.

Il n'y a pas de langage entre *Elle* et *Moi*. Et comment se fait-il que je me souvienne *seulement* du nécessaire ? Et comment se peut-il qu'il y ait mémoire continue et d'autres fois mémoire organisée ou significative ? [...] (*Ibid.*, III, 814.)

Degré d'automatisme d'un souvenir donné

Tel souvenir est plus ou moins automatique. Il l'est d'autant moins que ce retour entraîne un retour plus complet de tout mon être.

A. *Aj. renv.* : Toutes les impressions de tous les appareils doivent donc se composer d'une certaine façon caractéristique et donner une résultante unique, la trace mémorielle. [*Trois tr. marg. allant du début jusqu'à la fin de la phrase.*]

B. *Tr. marg. allant jusqu'à* : et est répondu.

Ainsi — *A* me fait penser à son nom. Ce nom tiré du passé me vient et se mêle à l'objet *actuel*. Une seule correspondance partielle a agi.

Mais si *A* me fait penser aux circonstances où je l'ai connu déjà — je les revis — et mon système entier y repasse momentanément.

Il se produit alors une *coupure* entre deux mondes, deux formes entières coexistantes — tandis que dans le 1ᵉʳ cas l'élément passé sert d'organe ou d'élément du présent. (*Ibid.*, III, 845.)

☆

Mémoire brute et mém[oire] organisée.

Ces 2 formes sont distinguées — l'une, brute, demande la séparation de 2 mondes — et le souvenir forme un monde complet. Dans l'autre le souvenir est partie du présent actuel.

Entre le *présent actuel* et le *présent passé* se trouve une coupure.

La mémoire organisée complète la mémoire brute et la fausse.

D'abord, taches et chocs — nébuleuse primitive, tâtons, pas de *point* — ces taches se déforment et suivent d'abord une suite rationnelle — c'est-à-dire continue jusqu'à un état qui soit centre de rel[ations] irrationnelles. Toute chose inconnueᴬ se déforme continûment jusqu'à un état reconnaissable — cette déformation ne dépend que de la chose — et de sa décomposition en f[onctions] simples. On parcourt l'une q[uelcon]q[ue] de ces fonctions.

À ce moment deux voies : ou bien la chose est abandonnée et on suit les rel[ations] irr[ationnelles] dans une branche quelconque — ou bien elle demeure comme condition initiale maintenue...

*Tout*ᴮ *ce qui n'est pas mémoire est analogie.* Tout ce qui n'est pas irrationnel est rationnel.

Mais les développements rationnels ne se sentent, ne se marquent que par les relations irrationnelles qu'ils éveillent au passage.

_____

A. *Tr. marg. allant jusqu'à :* un état reconnaissable.
B. *Quatre tr. marg. allant jusqu'à :* est analogie.

D'autre part, le mécanisme indiqué ci-dessus doit se compliquer et se perfectionner par la notion de plusieurs variables. (*Ibid.,* III, 850-851.)

☆

Mémoire —

A, qui d'une part et *d'abord* a été le produit de *m* excitations,

d'autre part, et *ensuite,* est reproduit par une seule excitation. (1906-1907. Sans titre, IV, 14.)

☆

La Mémoire^A proprement dite est le retour régulier* d'une connexion / liaison / qui a été, à l'origine, arbitraire — (qui aurait pu être autre —) — due à *m* conditions indépendantes.

Cette connexion n'a pas entièrement disparu avec les circonstances de sa production. On a conservé la possibilité de la reproduire moyennant une de ses parties ou conditions *qui ne suffirait pas à la produire ou à la déterminer pour la 1re fois.*

L'empreinte d'une diversité originelle reparaît par une excitation *simple.* (*Ibid.,* IV, 22.)

☆

La mémoire est quelque chose qui attend, — quelque chose comme la durée d'une forme, hors du présent et veuve de ses conditions de formation.

La mémoire attend l'intervention du présent. (*Ibid.,* IV, 32.)

☆

La mémoire aussi se développe, non tant en force, qu'en articulation, en organisation. Chez l'enfant le passé est peu distinct et quand il se présente, il se démêle mal de l'actuel. Il ne possède pas encore les figures et les définitions, hier, avant-hier, etc. Chez lui le retour inconscient

A. *Deux tr. marg. allant jusqu'à : pour la 1re fois.*
Aj. : Elle est non la chose mais le mode dont la chose paraît.

est fréquent — durable — tandis que l'homme s'aperçoit assez vite qu'il est en train de se souvenir...

Donc la valeur, la netteté de la mémoire ne sont pas immédiates et cette propriété n'est pas séparable.

On apprend à se souvenir comme on apprend à marcher, la naissance ne donnant que la motilité non coordonnée. La mémoire fait un *tout* comme la marche.

La mémoire congénitale ne serait, dans cette comparaison, qu'un ensemble de propriétés élémentaires, ne donnant que des effets non ordonnés — aucun parcours régulier dans le passé.

Notre mémoire mûre serait donc due à une collaboration ou association très complexe.

Note en passant que je ne puis désapprendre la marche, volontairement du moins — et instantanément. Marcher c'est se souvenir[A].

Ce qu'il y a de remarquable dans la marche et les autres compositions de ce genre — c'est la conservation de la souplesse d'adaptation malgré que les relations soient devenues inconscientes et parfaitement nouées. — C'est qu'il y a plusieurs genres d'adaptation et que la liberté la plus grande n'est pas avant toute adaptation — mais entre le désordre initial et la liaison complète. (*Ibid.*, IV, 76-77.)

Le problème de la mémoire contient celui de l'identité en psychologie : Qu'est-ce que le même ? — Ce qui est soustrait à des circonstances c'est l'opposition du fonctionnement à l'adaptation.

A. *Aj. renv.* : Un homme qui marche, en même temps se souvient et s'accommode (au terrain) — et ce problème si délié se résout naturellement à chaque pas, car il tomberait à chacun s'il manquait de se souvenir ou s'il oubliait de s'accommoder. Et la pensée est de même. À chaque instant, souvenir de choses et souvenir de relations et en même temps adaptation au présent — —

Le souvenir est dans la conscience la marque de l'inconscient. La forme du souvenir est forme d'inconscient — de fonctionnement.

Celui qui marche se souvient de savoir marcher — mais ce souvenir n'est pas conscient — on ne se remet pas à l'*époque* de l'éducation de la marche mais on marche comme si on avait toujours marché — et de même les mots comme si toujours on les avait sus — (Mais moins que la marche).

Or le fonctionnement une fois établi tend à devenir inconscient. Nous n'avons pas conscience du fonctionnement mental, et les choses qui surviennent dans la conscience[A] tendent à s'assimiler à ce fonctionnement et donc à disparaître. (*Ibid.*, IV, 76.)

Cette idée : Claude est mon fils — implique tout un développement souvenir. La vue de Claude ne m'apprend pas qu'il est mon fils mais elle réveille une série particulière de souvenirs que j'abrège en disant cela. C'est donc une *relation* entre lui, objet, et une suite non déterminée par l'objet mais par *nous*. (*Ibid.*, IV, 91.)

Ce qui nous intrigue dans la mémoire c'est de ne pas voir et même de ne pas pouvoir imaginer la déformation permanente de notre système que chaque impression lui impose. En apparence le système n'a pas changé, et il faudra une occasion pour montrer qu'il a été altéré — qu'il se souvient.

Mémoire et mode d'emmagasinement de l'énergie. Il faudrait pour étudier cette analogie — désespérée ! chercher les autres formes de ce genre d'énergie qui restituée exactement est la mémoire. Mais l'usage de cette accumulation n'est pas une dépense. (*Ibid.*, IV, 159.)

L'homme oublie perpétuellement ceci — sa mémoire. La mémoire est la chose du monde que nous oublions le plus aisément. (1907-1908. Sans titre, IV, 317.)

Si on peut prendre la partie pour le tout, le proche pour le proche[B], l'excitateur pour son effet, la réponse pour la demande, l'antécédent pour le conséquent — ces

A. *Quatre tr. marg. allant jusqu'à la fin du passage.*
B. *Valéry voulait probablement dire :* le proche pour le lointain.

relations qui admettent toujours une infinité de solutions[A] sont par là caractéristiques de « l'esprit », c'est-à-dire du monde où les interventions sont incessantes. D'où l'imbroglio éternel et l'irrationalité — Un tas d'équations imparfaites, — d'absurdités. $1 = 100$ etc. D'où pas de conservation, pas d'invariants directs — — Alors, mémoire ? — la mémoire n'est pas une conservation quantitative — c'est un prolongement de l'être, une modification du champ / territoire / où l'être est possible. Ce n'est pas le même être qui se souvient — — mais un nouveau chemin pour un nouvel être[B]. La conservation au contraire implique le même être et la même empreinte. (*Ibid.*, IV, 329.)

Mémoire, à la fois condition et matière du travail mental. (*Ibid.*, IV, 350.)

Une impression sur le « corps » produit des conséquences et pas de souvenirs. Une impression sur « l'esprit » produit des conséquences (qui peuvent être nulles) et des possibilités de souvenirs. De sorte que cette impression *conservée* pourra, tel jour, se confronter étrangement à ses propres conséquences. (1910. *C 10*, IV, 430.)

Ce qui me frappe le plus dans la mémoire, ce n'est pas qu'elle redit le passé — c'est qu'elle alimente le présent. Elle lui donne réplique ou réponse, lui met les mots dans la bouche et ferme en quelque sorte tous les comptes ouverts par l'événement.

Il semble qu'il soit nécessaire que tous les éléments de l'activité d'esprit soient des circuits fermés (de temps)

A. *Aj. renv.* : Mécanique — en généralisant = toute relation qui n'admet pas une infinité de solutions.
B. *Aj. marg.* : Retour partiel dans le même sens, à l'état mort sans âme, des groupements de parties.
Répondre par un état antérieur et comme si rien d'intermédiaire n'avait eu lieu.

toujours parcourus dans le même sens — et comme on se réveille au point où l'on s'était endormi, on se réveille dans le passé, puis dans le présent d'où l'on vient.

Ce n'est que dans des cas particuliers que la mémoire est nettement considérée comme conservation du passé. C'est par une sorte d'attention particulière — d'accroissement d'opération ou d'exponentiation — —

En général elle est plus vie que mort. Elle est comme le sang de la pensée dont la sensation est la nourriture. (1911. Sans titre, VII, 361.)

☆

La mémoire est ce qui distingue le mieux le syst[ème] psychique d'un système mécanique, c'est-à-dire instantané — entièrement contenu dans un état et dans chaque état.

Sans mémoire, sans présence du non présent, sans la notion confuse imminente d'être autre chose, sans le refus à demi implicite de se définir tout entier par le moment et les états actuels, — sans l'attente qui se rattache à cette propriété — sans l'impossibilité d'écrire une équation finie de soi — la conscience serait un chaos, une douleur inexplicable — un éternel commencement.

Au contraire nous vivons comme en *empruntant* à chaque instant, ce qui est à cet instant, sans pouvoir même penser que cet instant est tout. Aucun instant n'est proprement nôtre.

Et s'il en est dans lesquels par exception nous nous confondons entièrement, sans réserve, avec les choses qui une à une nous constituent[A]

Chaque instant est métamorphose — ou plutôt forme dans un système de formes. Mais chaque forme peut comporter une partie qui s'interprète elle-même comme autres formes.. Suivant le grossissement adopté, suivant le degré de conscience[B], cette image-reste est plus ou moins voisine de l'image-totale instantanée, et il y a plus ou moins de continuité. Je voyage et j'ai avec moi une carte — ou je fais la carte en même temps.

Mais sans retours, sans groupes, sans *fonctionnement*, rien n'est.

A. *Phrase inachevée.*
B. *Tr. marg. allant jusqu'à :* plus ou moins de continuité.

La mémoire changement d'état — par modification de la *structure* (écrouissage et parfois le recuit —).

La structure ici — c'est l'organisation réflexe (artificiel). Cette structure n'apparaît que sous l'opération — qui provoque les réponses — — ou *présent*.

Ainsi la mémoire est le résultat de l'action d'un présent sur un système à structures multiples possibles.

Le présent est l'accident. (1913. *O 13*, V, 115-116.)

Cette analyse montre dans la mémoire et l'habitude des faits capitaux qui relient la perturbation à la « matière » qui en est le sujet.

Mes propres changements et ceux des choses voisines sont d'abord significatifs, puis s'amortissent apparemment et modifient ma partie cachée de façon quasi irréversible. Je suis comme fait d'une partie réversible et d'une partie irréversible.

La mémoire n'est pas d'ailleurs conservation du *sens* même mais de ce qui dans le sens peut s'agréger à ma chose propre, modifier mes propriétés stables — quand elle joue je restitue momentanément le sens.

Ce qui se conserve n'est pas ce dont j'ai conscience. L'objet du souvenir a agi en moi d'une part comme déterminant une perception, et d'autre part comme modifiant sur un point, mon élasticité.

La mémoire fait voir d'ailleurs (et c'est ce qui la rend possible) que le même groupe de fonctions peut entrer en jeu, être mû par des *causes* parfaitement différentes..

Ce qui me donne l'idée ou l'image et ce qui la fait ressusciter — sont des choses et causes très différentes. [...] (1914. *Q 14*, V, 214.)

Ce gros problème noir — des « choses » qui ne nous semblent *être,* que quand elles sont *présentes ;* — desquelles cet attribut synthétique *être présentes* semble précéder le sujet, l'existence — ces choses mentales — nous sommes obligés d'autre part de considérer qu'elles *attendent en nous !* — qu'elles sortent et rentrent, — qu'elles peuvent subsister latentes pendant des années d'oubli.

Des choses qui sont tout présences peuvent supporter des interruptions, être et n'être pas, reparaître identiques !

On a beau réduire à je ne sais quel minimum ce qui se conserve, reporter sur le présent le plus possible du souvenir — l'énigme n'en est pas diminuée.

On aurait beau comparer l'idée à un être qui revivrait, dont chaque reviviscence serait en même temps la production d'un nouveau germe, et ce germe caché attendrait l'occasion de croître etc. Cette étrange comparaison ne rendrait rien plus aisé.

Quel est l'être de ces idées pendant ces intervalles où elles ne sont pas ? —

Mais on peut poser une question hardie — Cet intervalle a-t-il un sens ? — ou : ce que n[ou]s pensons et apprécions comme *intervalle* est-ce un intervalle ? Y a-t-il intervalle (autre que par figure) quand rien ne peut embrasser les 2 lèvres de cet hiatus ?

— Enfin quand ces choses reviennent, les voici qui entrent dans de nouvelles combinaisons. (1914. *S 14*, V, 280-281.)

☆

Mémoire[A] — Ce sujet capital sur lequel rien n'a été dit.

Chauffe un corps. Il se refroidit et après un temps quelconque, à partir d'une circonstance non semblable à l'échauffement primitif, il se réchauffe, comme de lui-même.

Comme si[a] le refroidissement de ce corps avait consisté non dans un rayonnement ou une diffusion irréversibles mais dans le passage de la chaleur, en grande partie, dans un système où elle se conserverait à l'état, p[ar] exemple, de poids suspendu.

La mémoire conduit forcément à un système *caché*. Pendant le temps que je ne me souviens pas de A — je n'ai pas le sentiment de quelque chose en moi qui, à l'occasion, se changera en A.

Cependant, l'occasion se produisant, il pourra arriver que je perçoive, au lieu de A, une lacune, une résistance.

Peut-être en parlant de la mémoire, ne faut-il pas dire

A. *Tr. marg. allant jusqu'à :* n'a été dit. *Aj. :* Ni sur la mémoire, ni sur la pesanteur pas même d'hypothèses.

que l'être repasse par un même état, car ce qui était demande revient comme réponse. De plus, le sens est conservé.

De plus — l'être n'est pas une suite. Il n'est pas dans un instant. Il y a des temps si brefs qu'il n'est pas.

Autre observation[A] — La production du souvenir se fait en allant du formel au significatif — de la tache à l'image, de l'image à la notion, du son au sens, du son aux syllabes, des syllabes aux mots et aux sens. Comme l'image photographique se développe en des points disséminés et des taches passe aux formes — le souvenir se construit dans un ordre *local,* indépendant du résultat final : la reconnaissance. Et aussi, le souvenir auquel une suite est essentielle, dont l'ordre fait partie de la nature reconnaissable (comme la mélodie) — cette suite se constitue linéairement, fidèlement sans *idée* préalable de la suite ou de sa loi, mais à partir de la note n° 1 — et de proche en proche.

En quelque sorte, le souvenir ne devient pas intelligence immédiatement. Sa matière le précède.

D'ailleurs, il arrive qu'il n'est pas besoin de le laisser s'achever. Il s'arrête de lui-même dès que ses effets sont *devinés.*

Cette observation me conduit à penser, une fois de plus, que la mémoire est impressionnée non par la même action ou du même coup — qui provoque la perception primitive — mais que l'objet attaque parallèlement la perception *et* la mémoire. Et qu'il y a une certaine indépendance entre ces 2 actions.

La perception sera restituée dans le souvenir par voie indirecte, secondaire.

Et peut-être que l'être qui n'existe pas pour la perception, dans des temps extrêmement brefs, existe dans ces petits intervalles en tant que mémoire.

Et en effet, la mémoire est utilisée bien souvent à percevoir *pour la première fois* des événements si brefs que la perception directe en a été quasi nulle ou inutilisable.

On s'efforce même quand les choses se succèdent vite d'accroître une sorte de sensibilité de mémoire, aux dépens de la perception — d'arrêter la perception pour

A. *Tr. marg. allant jusqu'à :* de l'image à la notion.

tout confier à la mémoire. Et de reporter la perception au moment du loisir immédiatement suivant, comme un développement. On reconnaîtra les objets plus tard. Pour le moment, on prend des taches.

La mémoire serait donc constituée par des phénomènes *inférieurs* — dont le souvenir proprement dit serait l'effet, la « lecture » — la perception.

La perception de ces phénomènes[a] « actuels » se ferait sous forme de rétroaction.

Or entre les phénomènes inférieurs peuvent exister des relations quasi matérielles — — telles que la contiguïté.

Il faut rappeler ici que nous négligeons à chaque instant une partie considérable de nos phénomènes d'association ou de mémoire. Nous voyons notre réaction mémoriale même, avec des yeux prévenus. L'image réelle qui nous vient est bien autre chose qu'un souvenir net.

(D'ailleurs, d'une manière générale n[ou]s pouvons percevoir plus de choses que le monde net n'en requiert finalement.) (1914. *T 14*, V, 304-306.)

Le non-nouveau; le non-présent, fondements de la pensée. (*Ibid.*, V, 307.)

L'entier — souvenir ou époque.

L'odeur est un *révélateur* tout-puissant.

L'odeur est le type de ces phénomènes inférieurs — « impressions, taches ». Car l'odeur est de toutes les sensations celle qui peut agir le plus fortement *à côté* de la conscience. Elle n'est pas attachée à une figure déterminée, mais elle requiert l'idée d'un espace-volume dans lequel se trouve le corps odorant. Elle modifie l'inspiration et par la variation de la capacité respiratoire elle suggère un volume. Elle fait venir ou fuir.

Mais il est impossible de la préciser, de la restituer ou retrouver.

Il arrive que l'odeur se reproduisant, les souvenirs de l'*époque* se produisent sans qu'on perçoive l'odeur.

Le volume est restitué et avec lui tout un contenant. (*Ibid.*, V, 307-308.)

Une théorie de la mémoire doit être dominée par l'idée du rôle joué par cette propriété — de sa place *continuelle* — dans l'être. Il ne s'agit pas d'écrire un *chapitre.*

Il faut sentir cette mémoire gênée et gênante, parmi d'autres fonctions (s'il en est). Parfois maîtresse, expansive, parfois *utilisée*[a]. (*Ibid.*, V, 308.)

Sous une forme ou sous une autre, le passé tout entier, soit reconnaissable soit méconnaissable, s'interpose entre moi et le monde actuel. (1914. *W 14*, V, 370.)

La mémoire, au sens où l'on dit : il a de la mémoire, — et la mémoire au sens — avoir perdu la mémoire (en bloc) du passé etc. D'un côté propriété comme tonicité, élasticité, irritabilité — De l'autre, stock. (1915-1916. *A*, V, 832.)

Syst[ème] nerv[eux] *Abréviation* Connaissance

Le caractère le plus frappant d'un système nerveux, est ce caractère *apparent* (au moins apparent) qu'un même *effet E* peut être amené par *p causes.*

Soit une de ces causes C. — C appartient à une classe et dans cette classe, elle est déterminée par son quantum q.

C peut être remplacée dans la production de E par une autre valeur C' de quantum moindre que q.

C' sera abréviation de C.

Ainsi je *reconnais* un même événement à son bruit significatif plus ou moins éloigné et intense.

Sans abréviation, il n'y a point de connaissance. L'abréviation est une de ces « conditions » innombrables.

La mémoire repose au fond sur la possibilité d'équation imparfaite. Si le souvenir était intégral, impossibilités.

Répéter n'est pas se souvenir. C'est *agir*, au moyen et dans les bornes du souvenir.

La rapidité avec laquelle l'homme qui s'éveille d'un profond sommeil se reprend à être ce qu'il fut et ce qu'il sera, est un effet de prodigieuse *abréviation*. Il se secoue et franchit, en quelques *minutes* de temps solaire, un intervalle d'états qui vaut des années de gestation, d'éducation, d'adaptation et d'exercices. C'est un coup de *mémoire générale* qui rappelle presque instantanément le système à ses devoirs, l'être à ses pouvoirs, le tas de matériaux à l'édifice, le néant à la capacité d'agir, le désordre — à l'utilisable. (1916. *C*, VI, 131-132.)

Oubli actif — Diffusion —

Si l'idée gardait toujours son acuité première ? Si cette sorte de dilution n'existait, qui finit par rendre supportable une idée d'abord très désagréable, à force de la différer, de la connaître, de la reconnaître ou prévoir, de la perdre et de la ravoir.. cette diffusion s'applique, non à l'idée même, mais à son pouvoir.

Il y a donc une sorte d'oubli qui n'est pas marqué par l'absence, mais qui se fait, nous présents, par les chocs, par la présence même. Le premier pas : c'est que cette idée on puisse la faire attendre — (Mais dès lors tout est accompli !) — comme si en présence de l'activité totale ou d'ensemble, telle attention particulière ne pouvait garder sa valeur. (1916-1917. *D*, VI, 379.)

Trame de souvenirs et d'attentes

Sans la notion de cette trame ou réseau, on ne peut rien saisir à la psychologie véritable.

Tout changement de la pensée doit donner ou un souvenir ou la matière d'un souvenir futur. (1917-1918. *G*, VI, 785.)

Ce qui distingue psychologiquement l'enfant de l'homme, c'est avant tout la densité du souvenir — et cette densité ne réside pas dans le nombre tant que dans la connexion et dans les *groupes* qui se forment. $SS = S$. (*Ibid.*, VI, 803.)

Mémoire

La chose fondamentale est certainement la mémoire. Elle est comme la matière dont les modifications et les mouvements sont pensée.

La mémoire divisée en éléments de plus en plus fins se résout en sensations ou en quasi-sensations.

Mais en combinant des sensations on ne reconstitue pas la mémoire. On n'en a du moins aucune chance.

— La mémoire est fondamentale — In ea movemur[1].

Le nouveau ne diffère du déjà connu que par l'*ordre de grandeur* des éléments de mémoire. Cette idée est *neuve*, mais les mots connus. Ce pays est *nouveau*, mais ce *bleu*, ce *vert* est connu. LA MARCHE INVERSE EST IMPOSSIBLE.

Donc, le mouvement de la pensée qui invente, innove, s'avance en elle-même porte entièrement sur la *grandeur* des éléments qu'elle combine, et elle les combine dans un autre ordre de grandeur qu'ils ne l'étaient.

De grandeur et de distance mutuelle.

Si jamais je n'avais combiné dans une proposition les mots *A* et *B*, c'est maintenant par exemple la rime qu'ils forment qui les accroche, et je cherche un sens à leur rapprochement. (1918. *H*, VI, 929.)

MN

De même que l'on perd quelque chose dans son esprit, aussi l'on y trouve quelque chose.

Cette perte est-elle comparable à ce gain ? — Oublier est-il dans un certain rapport avec créer ?

— La mémoire[A] est de retrouver avec son esprit ce

A. *Tr. marg. allant jusqu'à* : mouvement du monde.

que les sens ont perdu par le mouvement du monde; et l'esprit même que ce mouvement fait perdre toutes les nuits se retrouve. Aussi ce que l'esprit a pensé, il le perd par une sorte de mouvement qu'il a.

— Je suis moi-même à chaque instant un énorme fait de mémoire, le plus général qui soit possible; il me souvient d'être, et d'être moi; et je me reperds et je me retrouve le même, quoique je ne le sois pas, mais un autre. Sans ce souvenir inexact, pas de moi. — Toutes les fois qu'il y a souvenir, il y a illusion de conservation d'un soi. (1920. *L*, VII, 513.)

Nous n'utilisons nos expériences de t[ou]s ordres, (mis à part les réponses quasi réflexes) que par le détour du souvenir. (*Ibid.*, VII, 552.)

Coups de marteau

J'entends des coups de marteau, ce 3 août 1920, qui sont, pendant un/n de seconde, les coups de marteau qui à Cette, vers 1880, bâtissaient les baraques de la foire vers le 15 août.

Le choc d'aujourd'hui frappe sur le bois de 40 ans. Cette restitution naïve semble me dire que l'indiscernable n'a pas de date. La sensation nette et pure d'alliages est sans âge. L'âge est l'intervalle des incompatibles. Le choc a éveillé ces baraques de Cette : le rythme a agi. J'ai vu les platanes, les bois, les planches, l'Esplanade — l'ennui, le marché — J'y étais. Peut-être les mêmes coups, il y a dix ans, n'eussent pas rétabli ce passé ?

Il faut être distrait pour cela — Se laisser faire — Subir. *C'est une transf[ormation] naturelle.* Remonter, ici, est spontané. Mais si je le désirais, ce serait un effort, et généralement inutile. Il a suffi d'un rythme simplicissime. Ce à quoi je ne pensais pas, ce que je ne possédais plus, ce qui était évanoui, et qui eût pu l'être à jamais, s'est ressuscité. Redivivus[1]. Si ce phénomène arrivait à l'être tout entier, il rajeunirait. *Il aurait à chaque instant l'âge de la première fois qu'il a perçu la sensation actuelle.*

Comment considérer ce phénomène comme nécessaire — — ?

Le monde « extérieur » est décomposable par rapport
à nous, en éléments invariables en qualité — Atomes
sensoriels — Les sensations. (C'est une définition.)

J'aurais pu répondre à ces coups de marteau par la
seule *réflexion* que c'étaient des coups de marteau, qu'ils
me gênaient — etc. J'ai répondu *inexactement, globalement,
en gros ;* ce gros, cette surface au lieu d'un point, ce
domaine non infiniment petit, contenait des images dont
j'ai perçu ensuite, l'âge et le lieu. [...] (*Ibid.,* VII, 569.)

[...] — Le *présent,* avant tout, est souvenir — c'est-
à-dire acte, actualité des fonctions ci-dessus.

Le passé est la notion que certains faits actuels ne
jouissent pas de leur complexité de production. Ainsi
celui qui entend au téléphone quelqu'un parler, ne le voit
pas. Il imagine un interlocuteur, mais il n'a qu'une
partie. Je compare ici le temps écoulé à la longueur du fil
— et le souvenir à ce que donne l'appareil. L'appareil
actuel mû par l'actuel, celui-ci a été disposé, construit
dans le passé.

Mais c'est ce mot de passé qu'il faut éliminer. *C'est là
le but précis d'une théorie de la mémoire.*

Tout se passe comme si un *passé* existait *maintenant* —
— ou bien comme si — il y avait q[uel]q[ue] chose
analogue aux *masses cachées* de Hertz. *Causes.* Causes et
souvenir. (*Ibid.,* VII, 577.)

L'homme transporte son passé avec lui — comme il
transporte son énergie, son foie, sa logique, ses étalons
de mesure de temps, d'espace etc. (*Ibid.,* VII, 591.)

La mémoire est le corps de la pensée. La pensée
n'existe qu'exprimée; exprimée, elle est faite d'éléments
de mémoire. L'exprimer c'est la composer de ces éléments. L'actuel n'est qu'une combinaison de l'antérieur.

Plus les éléments sont *petits,* plus l'impression de *nouveau* est donnée. (*Ibid.,* VII, 598.)

La mémoire aussi importante et obscure que la gravitation ou l'oubli.

Est-ce l'oubli, est-ce le souvenir qui est le fait *naturel ?* (*Ibid.,* VII, 619.)

Le passé est propriété annexée à l'être.

Pour retrouver par la conscience un élément de passé il faut trouver les circonstances actuelles qui ont cet élément pour point d'aller-retour. L'actuel *A* ne peut revenir sur lui-même que si *P* existe.

P existe toujours[a], mais il n'est pas toujours perçu comme *S* (Souvenir).

L'être psychique n'a pas de commencement. Il n'y a pas de première pensée.

P d'ailleurs, d'après l'analyse ci-dessus, étant incorporé au corps, et inséparable de lui, car le corps n'est qu'un passé touchant au présent, une sorte de pyramide d'événements jusqu'au présent — *P* est corps.

C'est dans ce corps que gît le nœud. Axes, système de références. (1921. *N,* VII, 886.)

Mémoire

« Ce qui est une fois, est toujours, potentiellement. » (*Ibid.,* VIII, 13.)

Quel bienfait, mais quelle faiblesse que l'oubli.

L'homme *oublie.* Ceci est énorme. (1921. *P,* VIII, 268.)

Mémoire est actualité du « passé ». Le passé devenu *acte.* (*Ibid.,* VIII, 303.)

☆

Corps de l'esprit ou *Masse* de l'esprit

Tout « esprit » a des points sensibles — comme un ventre peut avoir des points sensibles; des points à réaction douloureuse et exagérée.

Certains points au contraire sont normalement très sensibles. Et anormale est leur insensibilité.

Le *corps de l'esprit* est cette étendue ou quantité de souvenirs, de notions acquises, de noms, d'attentes, d'où les événements, à chaque instant, tirent des réponses; et qui s'accroît ou se modifie du même coup par ces mêmes événements et par ces réponses mêmes. *En gros,* ce *corps* est constitué par un système *Mémoire-Attentes.* C'est là la MATIÈRE et l'ÉNERGIE de notre pensée.

Il y a une loi de *conservation* — et une de *dégradation* (sans trop forcer l'analogie).

Je dis matière — car qu'est-ce que matière — ? Simplement ce qui ne change pas *pendant telle opération.*

Je dis énergie. Car qu'est-ce qu'énergie ? — Simplement ce qui s'échange moyennant q[uel]q[ue] chose — —

Or, il y a une sensibilité de ce corps de l'esprit. C'est cette sensibilité particulière et très individuelle, de la Mémoire et des Attentes, qui fait ce que l'on nomme communément l'Intelligence (Esprit éveillé etc.).

Pendant toute transaction mentale définie[A], la matière-mémoire ne change pas.

La mémoire ne change pas en présence de la conscience, et dans l'opération consciente.

La sensibilité est le phénomène instantané / incessant /, qui *charge* la « mémoire » toujours dans un certain sens — et par *quanta ;* et qui la décharge par quanta, — aussi, — *dans le même sens.* Lorsque la charge « mémoire »[B] est elle-même *sensible,* on a affaire au phénomène de l'*attente.* Attendre c'est percevoir un accroissement. Mais cette décharge non seulement ne diminue pas la charge, mais l'accroît ou du moins la rend plus apte à se décharger.

C'est là le fait paradoxal.

La mémoire n'est donc pas une accumulation, mais une construction.

Le contenu de la mémoire est acte, — événement actuel.

Ce n'est pas son contenu qui est conservé.

C'est un chemin de moindre résistance.

{ Ce qui fut est plus aisé à parcourir.
{ Ce qui fut moi devient mon moyen, mon chemin. (1921-1922. *Q*, VIII, 402-403.)

L'oubli est adaptation[a] de l'être au présent, de l'esprit.

Le sommeil est adaptation de l'être au présent, de son corps. (*Ibid.*, VIII, 493.)

La pensée est un retour sur les lieux où s'est passée quelque chose. Quand elle cherche même ce qui *adviendra*, en réalité elle recherche ce qui est (virtuellement) *advenu* ; car sa recherche suppose qu'elle *trouvera* au moyen de ce qui est en elle, et qu'elle ne trouvera qu'au moyen de ceci exclusivement. Or ceci est antérieur en tant que *matière*, et antérieur en tant que forme d'opération. (1922. *R*, VIII, 527.)

L'impulsion-pensée se déploie dans l'étendue space-time[1] toute formée de souvenirs latents comme des *mines*. (1922. *T*, VIII, 797.)

Image du souvenir — un feu ou une lampe qui continue de brûler après que le bois ou l'huile se sont consumés.

La flamme survit au combustible. (1923. *Y*, IX, 457.)

La mémoire retient ce qui est utilisable. L'être rend utilisable ce qu'il a retenu. (*Ibid.*, IX, 544.)

Nous ne savons rien sur la mémoire, rien, rien. Avec quoi questionner, et que peut-on exiger des solutions ? Il faudrait se faire une idée nouvelle et directe de la mémoire.

Ce qui n[ou]s frappe, persiste et se projette sur les choses suivantes. L'intense a donc une qualité propre — qui est de persister au delà de la durée de sa cause.

Pas seulement l'intense, mais l'impression qui trouve résonance dans le sens ou dans le sujet. Ainsi telle odeur. (*Ibid.*, IX, 577-578.)

Je crois, je pressens que la mystérieuse mémoire doit être expliquée, — non, — *représentée,* par quelque conception analogue à celle de *courbure*[1], — qu'il faut considérer comme *identiques* des points de temps que nous tenons pour *distincts ;* que le *passé* en tant qu'il nous a modifiés, et proportionnellement à cette modification (qui peut être peu consciente), — est élément d'*avenir*, est *devant* nous, que le fonctionnel, l'acquis, le réitérable, la fonction du *présent,* le re-connaissable[A] (*Ibid.*, IX, 579.)

La mémoire considérée comme ligne d'univers[2]. L'acte constant, capital, élémentaire de l'esprit est de la nature d'un retour.

Ce « retour » tend[B]

Toute impression tend à rappeler, à faire *revenir* quelque chose. (1923. Z, IX, 586.)

L'opération de la mémoire est indépendante du temps écoulé depuis l'événement.

A. *Passage inachevé.*
B. *Phrase inachevée.*

Et cependant l'oubli se fait avec le temps[A]. Ce n'est pas le même *temps*. L'oubli est l'insensibilité croissante de l'appareil de mise en train de la mémoire[B]. J'incline à croire que le souvenir est indestructible en puissance. Mais l'acte se fait rare.

Le souvenir se manifeste par *un acte* dont les conditions d'excitation *précise* se perdent peu à peu[C]; et se perdent en particulier par emmêlement, confusion, — non-spécialisation.

Ce qui provoquerait ou devrait provoquer l'acte souvenir a, depuis, été employé à bien d'autres choses, ou bien c'est un minimum insuffisant.

Le temps écoulé semble accroître la quantité d'excitations et celle de données nécessaires pour se souvenir. Le *prix* du souvenir monte. *Il faut plusieurs données pour le déterminer.* (*Ibid.*, IX, 587.)

Analogie Mémoire —

Solution *sursaturée*. Il faut un germe cristallin pour cristalliser brusquement le tout

et ceci indéfiniment — le corps redevient liquide — ou encore variation brusque du niveau d'un liquide qui revient à un étage inférieur et remonte.

Oscillations ? — inertie — viscosité — —[D] (*Ibid.*, IX, 621.)

θ

Les impressions deviennent autant d'organes dont le fonctionnement et les combinaisons de fonctionnement sont *esprit*. Esprit est le mouvement et l'acte de l'*être* dont les perceptions et impressions de l'*homme* sont la

A. *Deux tr. marg. allant jusqu'à* : mise en train de la mémoire. *Aj. marg.* : j'entends l'oubli = abaissement, diminution de la capacité de se souvenir et non l'oubli normal, qui est l'effacement, l'amortissement

B. *Aj. marg.* : cf. sommeil

C. *Tr. marg. allant jusqu'à* : non-spécialisation.

D. *Aj. marg.* : $\pi\,(n-2) = n\omega$
$$p\omega = 2\pi$$
$$2(p+n) = pn$$

matière. La mémoire est la permanence et inertie de cette matière; sa *densité* (car toute pensée ne peut qu'introduire des souvenirs dans des souvenirs). (1924. βῆτα, IX, 806.)

On s'émerveille de la mémoire[a]. Mais la merveille est non moins dans la réapparition extérieure de choses déjà vues, dans la non-nouveauté de ce qui vient que dans le retour mental de ce qui fut. Il est merveilleux que le devenir soit nécessairement composé de revenirs, comme il est merveilleux que le venu revienne. À chaque instant, tout est nouveau; à chaque instant, tout est ancien. Dans l'instant même, ou presque, le nombre premier se change en multiple.

À chaque instant, le neuf se change en *vieux*[b]. (*Ibid.,* IX, 871.)

Le souvenir que j'ai de moi, qui me constitue en tant que personne et personnalité, souvenir de mon nom, de ma condition, de mon passé, de mes visages et vêtements, de mes séjours, de mes ennuis etc.

ce souvenir[A] n'a de force et d'efficace pour me faire ce *moi,* que dans la mesure où il peut encore agir sur ma sensibilité. Si tel souvenir d'un incident qui a une quarantaine d'années me fait rougir encore, ou frémir, — et si d'ailleurs je sens que le même incident survenant aujourd'hui ne me produirait plus ces effets, quoique[B] — ce dit souvenir m'est bien particulier et je communique directement avec mon enfance puisque j'en retrouve l'organisation nerveuse et que je ne puis cependant la confondre avec celle d'aujourd'hui..

Si je me souviens d'une humiliation subie quand j'étais en 8me. Ainsi la personne dépend d'une relation qui se conserve ou ne se conserve pas, entre l'imagination et l'irritabilité. Être sensible au souvenir, ce qui restitue la *présence,* tandis que le souvenir sans cette sensibilité ne restitue que des images non personnalisées — (*Ibid.,* IX, 915-916.)

A. *Tr. marg. allant jusqu'à :* sur ma sensibilité.
B. *Développement inachevé.*

Mémoire — Nous n'avons pas la moindre idée de ce qu'elle est.

Nous constatons la chose et impossible de concevoir sa possibilité. (1924. ε. *Faire sans croire*, X, 331.)

Mémoire fondamentale.

Il faut se *souvenir* de *tout* — ce que nous sommes. Pas de fonctions sans souvenir d'elles-mêmes. On le voit bien au réveil.

Quoi que ce soit est comme supporté par une construction de fonctions — et ces fonctions toujours en action.

Inventer, c'est se souvenir d'être inventeur et c'est ne pas se souvenir de ce qui rendrait l'invention *sans cause*.

Rendre présent — échangeable. (1925. η. *Jamais en paix !*, X, 629.)

En quoi un souvenir récent est différent d'un souvenir ancien ? Faut-il admettre une matérialité du vestige, et une sorte d'altération de ce produit conservé ? — Personne ne répond. (*Ibid.*, X, 661.)

Ce qui de la mémoire se présente sous l'espèce de *souvenir* est le plus petit nombre; dans le cas le plus général, mémoire est la matière du présent — tout ce qui est de fonctionnement régulier dans le présent.

Il n'y a d'actuel que la sensation encore non reconnue. (1925. 'Ιῶτα, XI, 32.)

Sur la mémoire —

L'esprit n'est possible que par le désordre de la mémoire. Grâce à ce désordre, à la rupture du lien chronologique, de nouvelles distributions sont possibles chez l'homme. Ce pouvoir de construction à partir de dissociations est maximé par les langages. Le dictionnaire est un agent contre la stratification chronologique.

Suppose qu'à chaque mot soit mise en note la date et la circonstance de son acquisition.

Je me demande s'il y a une *mémoire symétrique,* p[ar] ex[emple] si la suite *a b c* serait *dans certains cas* restituée sous forme *c b a ?* — (*Ibid.,* XI, 73.)

Re-trouver
re-connaître
Ce *re* est capital. (1925. κάππα, XI, 119.)

Hypothèse

Il n'y a de mémoire que du composé. La mémoire, du côté « matière », ne serait que relation et *cette relation indestructible.*

Amnésie et oubli ne seraient que trouble et insuffisance d'excitation (de cette liaison) — absence de l'excitation.

C'est le détonateur et non la charge qui serait déficient. (1926. *μ,* XI, 381.)

La Mémoire ne se perd pas. Le Souvenir est indélébile. C'est le chemin du souvenir qui se perd, la.. Synapse, dont la vertu est variable — — de 0 à 1 comme la *probabilité.*

— La qualification d'une intervention mentale en tant que souvenir est aussi une variable. (*Ibid.,* XI, 392.)

L'idée de définir Mémoire par le temps minimum — j'y repense aujourd'hui — après 15 ou 20 ans que je l'ai eue. Souvenir est l'événement mental le plus prompt à succéder à une excitation.

Et quand il y a retard quand on cherche le souvenir,

j'ai rêvé que cette recherche aboutissant et le seuil enfin étant atteint — le temps de l'attente est un multiple exact du temps minimum-unité.

Mais ceci est plus qu'hypothétique.

Toutefois on ne voit pas comment il en serait autrement. Que se passe-t-il pendant cette attente du seuil ? — Cf. Éternuement retardé.

Le passé — acte réflexe.

Mais le non-souvenir est fait de souvenirs élémentaires. — Pour l'activité d'esprit *actuelle* — il est donc essentiel[A] qu'il y ait *oubli* de la nature passée de chacun des éléments.

Le mot qui me vient, appris il y a 50 ans, joue comme un organe constant. Il a été acquis — et [est] devenu indépendant de l'époque initiale.

La mémoire ordinaire rend un élément de passé répétable indéfiniment. La mémoire fondamentale — supprime enfin la notion de passé. La première met en fonctions de l'excitation actuelle des fragments reconnaissables, non digérés d'*états complets*. La seconde est *moléculaire*. (1927. Φ, XII, 243.)

Mémoire —

On observe en certains cas assez bien que le souvenir parfois se produit par précisions successives dont l'apport peut être partiel, interrompu — réduit à un schème de relations qui serait par exemple représenté en parole par une proposition dont le verbe seul serait conservé tel quel — et engendrerait sujet et complément purement *possibles*.

La durée écoulée depuis l'origine serait *opaque* pour ce qui n'est pas le verbe, ou ne laisserait passer que le genre ou espèce du sujet et du reste. (*Ibid.*, XII, 293.)

Si un souvenir[B] peut jamais être radicalement aboli, c'est-à-dire si aucune circonstance ne pourrait jamais le ranimer ? (*Ibid.*, XII, 298.)

Mémoire et pensée — —

La condition essentielle[A] de la pensée *actuelle* est la liberté par rapport à l'ordre chronologique d'acquisition de ses éléments mémoriaux. (1927-1928. χ, XII, 441.)

Fait remarquable — Toujours quelque chose répond. Or, quand la mémoire exacte est en défaut — quand même un souvenir quelconque ne se produit — il se produit le sentiment ou sensation de lacune et il y a *sensation du manque*. (*Ibid.*, XII, 445.)

Souvenir significatif

En général, quand il me souvient de tel passé déterminé — (ce que j'ai fait *hier* etc.) ce souvenir est une fabrication, il a une signification a priori, et je le connais à ceci qu'il ne se présente pas comme une photographie prise au hasard — ce qui est le vrai, le réel des impressions réellement reçues[B].

Mais je revois *ce qu'il faut* — Ce qui a un sens, des valeurs. J'ai besoin d'un effort pour retrouver l'insignifiant, le brut, le réel[C]. —

A. *Tr. marg. allant jusqu'à la fin du passage.*
B. *Aj. renv.* : Exemple simple — Il me souvient très nettement d'avoir vu X hier. Mais quelle était la couleur de sa cravate ? A-t-il les yeux bleus ? Puis-je dessiner son nez ? — — Il me revient ce que j'ai fait alors de mon impression. J'ai traité X comme un *signe* et — c'est la *signification du signe* qui me revient surtout.
C. *Aj. renv.* : Le réel est matière brute, insignifiant. Le réel pur est insignifiant
inexprimable   } *négations*
instantané
informe
est éternel commencement.
L'être qui s'éveille brusquement se trouve dans l'état d'un réel *plus prolongé* que celui de l'être bien éveillé, il ne donne suite qu'avec un retard.
[*Aj. marg. après* : *négations* : On n'en peut parler que par négations car chercher le réel c'est parcourir le chemin inverse de celui des affirmations et qualifications.]

Il faut un effort pour retrouver ce que l'on a véritablement vu. — Il revient bien du premier coup mais presque
imperceptiblement — il revient comme un éclair qui
conduit au souvenir faux et conforme aux conventions
significatives. (*Ibid.,* XII, 465.)

La mémoire particulière est comprise dans la mémoire
générale, qui consiste dans la propriété de redevenir
soi-même.
« Revenir à soi » — redevenir soi. (*Ibid.,* XII, 486.)

N'oublie pas[A] sur la mémoire que tu as jadis remarqué
qu'elle exige qu'une variété à q variables puisse être
rappelée comme fonction d'une seule variable. (*Ibid.,*
XII, 540.)

On ne se souvient pas[B] *des actes élémentaires* — de la
main ou des jambes. *Pas de souvenirs du fonctionnel pur*
mais seulement des habitudes.
On ne se souvient que de l'accidentel, exceptionnel. On ne se
souvient pas d'avoir mangé tel jour mais de ce qu'on
a mangé; d'avoir parlé mais d'avoir dit telle chose.
Le fonctionnel n'est pas *passé.* De même p[our]
l'avenir. (*Ibid.,* XII, 625.)

Corrélativement à la mémoire[C], est la stabilité des
choses extérieures.
Si les choses changeaient totalement, la mémoire serait
sans reconnaissance — et même elle ne s'exercerait plus
car il faut p[ou]r qu'elle joue, que quelque élément soit
commun au présent et au passé — la plus petite partie
ou parcelle y suffit, mais encore faut-il cette parcelle.
(*Ibid.,* XII, 647.)

A. *Tr. marg. allant jusqu'à la fin du passage.*
B. *Tr. marg. allant jusqu'à :* d'avoir dit telle chose.
C. *Deux tr. marg. allant jusqu'à la fin du passage.*

Statistiques. Mémoire

Le mot : Byzance (p[ar] exemple)[A] a perdu son pouvoir de résurrection du *moment* de son acquisition par moi — pour devenir excitateur d'images secondaires — d'images imaginaires. Les mots ne deviennent instruments qu'en cessant d'appartenir aux souvenirs particuliers pour passer à leur valeur statistique. (*Ibid.*, XII, 718.)

Le fait capital de mémoire est de se retrouver au réveil, de retrouver son corps et soi. (1928. *ψ*, XII, 794.)

Le problème de la mémoire doit avoir quelque analogie avec celui de la vision du relief. Comme n[ou]s faisons de la profondeur au moyen de deux images à 2 dimensions et d'un système qui les compose et ne les compose qu'en faisant sentir que leur accord en un seul objet impose ce mouvement virtuel en quoi consiste le relief,

ainsi n[ou]s faisons une profondeur de l'instant, un *loin* et un *près* de l'instant, au moyen de la dualité de perceptions de figures incompatibles. Il y a identification d'un « *présent* » et d'un « *absent* ». (*Ibid.*, XII, 799.)

« Ce qui fut » effet de « ce qui est ».
« Ce qui est » effet de « ce qui fut »[B][a]. (*Ibid.*, XII, 815.)

Le caractère le plus frappant de la mémoire est qu'elle rend la « pensée », c'est-à-dire le possible, la liberté —

A. *Tr. marg. allant jusqu'à la fin du passage.*
B. *Petit croquis en marge qui illustre ce passage par deux lignes parallèles sur lesquelles sont situés des points représentant probablement le présent et le passé.*

possibles en fournissant non *le* passé (ce qui est le cas initial restreint,) mais *du* passé comme matériaux, comme éléments conservés, fixés, préparés pour les combinaisons, débités et utilisables dans les constructions instantanées ultérieures. (1928. *Ω,* XII, 903.)

Le passé *oublie* qu'il est passé; et à ce prix, joue dans le présent. (1928. *AA,* XIII, 155.)

La mémoire[A] ne « sert » pas tant à représenter le *passé* qu'à constituer le permanent, le sans-époque, à l'occasion, sous l'excitation du *présent*.

Ce permanent est fonctionnel, il forme une matière apte à entrer dans toutes les combinaisons.

D'autre part il donne l'idée du moi séparé du temps, comme l'idée du corps séparé du monde.

Comme le moi-corps s'oppose au « monde », ainsi le moi-esprit s'oppose au temps. (1928. *AB,* XIII, 201.)

La mémoire ne garde pas les impressions élémentaires d'intensité moyenne. Un souvenir déterminé se décompose donc en une somme de souvenirs nuls. Je revois telle séance — mais le nez d'un tel — sa cravate et tel instant quelconque — non. Il en serait tout au contraire si la mémoire était photocinégraphique. (*Ibid.,* XIII, 228.)

Mémoire ana-chronique

Il y a dans la mémoire des systèmes partiels organisés formant blocs, devenus indépendants de la chronologie — et qui ont beaucoup des propriétés d'un simultané, quoique successifs dans leur production. Dans ces systèmes, les parties qui les constituent ont plus de liaisons entr'elles que la liaison associative simple.

A. *Tr. marg. allant jusqu'à :* l'excitation du *présent*.

Par exemple[A] : la liaison associative *amphisbène* — ($A \rightarrow B$; $B \rightarrow A$) sans égard au sens.

Ce dernier cas est d'une importance énorme. La pensée[B] rapportée à la mémoire-mère — est anachronismes. Elle consiste à assembler dans un ordre tout actuel, des éléments qui ont été acquis dans un ordre accidentel antérieur.

Pour que ceci soit possible, il faut bien que ces éléments aient été détachés. Dans le pas des gens qui passent en ce moment je trouve les pas que j'ai entendus quand j'ai appris ce mot, mais non le reste de cet état si ancien. Ce bruit et ce mot ont constitué un système à double entrée qui élimine le reste et forme un (DR-RD) indépendant.

En somme je dirai que la mémoire chronologique est d'un type réflexe linéaire dont chaque émission ne dépend que de la précédente;

tandis que la *mémoire anachronique* — type-moyen-ressource de la pensée, présente la propriété caractéristique de la pensée, de sa possibilité —, qui est (contrairement au type réflexe organique — lequel est *toujours* de *même sens* et formé d'une demande et d'une réponse qui ne peuvent jamais s'échanger, s'intervertir —) de procéder au moyen de l'interversion ou inversion. (*Ibid.*, XIII, 228-229.)

Mémoire — considérée comme fonction d'un certain *sens*. Ce sens n[ou]s ferait sensibles à l'état actuel de nos structures de relations.

Mais ne faudrait-il analyser à fond la notion d'inscription sur matière ?

Le problème serait le suivant :

α) Que devrait être une telle inscription-restitution pour satisfaire aux propriétés formelles du souvenir ? (*Sens unique ; restitutions achronologiques* avec combinaisons dont l'exemple le plus facile à invoquer est le parler — Etc.)

β) Matière et conservation. S'il y a conservation, c'est d'un type particulier. Âge et mémoire.

A. *Tr. marg. allant jusqu'à :* sans égard au sens.
B. *Deux tr. marg. allant jusqu'à :* ordre tout actuel.

Question de quantité de souvenirs.

Mais ici on demande ce qui se conserve réellement ?
Hétérodyne possible. L'état *actuel* fournissant au souvenir
tels éléments. (*Ibid.*, XIII, 262.)

Mémoire et odeurs —

Cette remarquable puissance des odeurs — n[ou]s
rattache à une animalité dont l'odorat est un sens capital.

Rôle vital de l'olfaction — rôle de choix — *sens du
choix,* sens qui fournit le fil conducteur — rôle aliment-
aire, sexuel, — *social.*

Chez l'animal il me semble que la mémoire ici est
presque en continuité avec l'instinct (qui est comme une
expérience infuse).

Instinct serait à mémoire ce que capital est à travail.
(1929. *AE*, XIII, 622.)

Chercher à *imaginer* ce que peut être *mémoire* est
absurde. On peut tout au plus.. préciser les observations.

Ce que nous recevons par intuition brusque est tout
comme un souvenir.

Fonctions — brusques —

Font penser à un « espace » particulier —

Faraday — Lignes d'*univers* — géodésiques de
temps. [...] (*Ibid.*, XIII, 658-659.)

{ Lois de Mendel —
{ Lois de Volterra[1]

Je me demande si les souvenirs en tant qu'*unités* produites comme éléments discrets de la vie psychique dont
ils forment la matière de *combinaisons,* ne peuvent être
regardés comme *hérédités* — dépendances mêlées d'états
antérieurs. *Le mélange est actuel ; la séparation est potentielle.*

Ainsi pour les mots et symboles — Choses *apprises,*
mais choses devenues *fonctionnelles..*

Le *retour* au souvenir ancien qui se remarque en vieillissant — on songe à ce qui se passe dans l'hérédité. (1929. *AH 2*, XIII, 863.)

Un fil d'acier porteur de propriétés magnétiques gardant l'impression des vibrations subies —
cette invention est de nature à réhabiliter la mémoire *matérielle*. (1929-1930. *ah 29*, XIV, 256.)

La mémoire est ce qui fait d'une partie du passé une disponibilité (de réponses) analogue à celle de notre corps — capacité d'agir, de réagir, de s'adapter — et ceci par une pluralité de fonctions indépendantes, qui peuvent se composer de plusieurs façons. (1930. *ai*, XIV, 460.)

La mémoire est transformation d'accidentel en propriété formelle — qui permet le significatif.

(La nature de la liaison est *formelle*.
{ Son occasion de formation est *accidentelle*.
(Son effet est le *significatif*. (1930. *ak*, XIV, 563.)

S

Mémoire est retour avec *à propos* ; association est retour *quelconque*. (1930. *al*, XIV, 604.)

La mémoire se rattache certainement à la propriété de construire ou reconstruire un tout au moyen de q[uel]q[ues] parties — et le *plus* au moyen du moins. Le tout est actuel.

La partie / donnée / se compose 1° d'une excitation actuelle
2° d'un réflexe répondant à cette excitation
et sur ces bases, il y a construction.

Donc 3 types d'amnésie. (*Ibid.*, XIV, 630.)

☆

S'il n'y a pas de pesanteur analogue à une *force* appliquée aux corps comme une action *dans* l'espace mais une modification générale d'espace-temps par la matière dont l'effet a l'apparence d'une attraction et d'un champ —
Cette profonde vue d'Einstein me fait songer à.. la mémoire, autre problème, pesanteur de l'esprit — attraction de choses « passées » — (que veut dire *passées ?*) — par choses présentes. L'actuel se fait potentiel à la disposition de l'actuel. (1930. *am,* XIV, 678.)

☆

À l'aide d'une « dimension » de plus, une infinité d'essais pour atteindre — (pratiquement jamais) — le *cas favorable* — est remplacée par 1 seul acte ou système d'actes qui va directement au but.
Ainsi la mémoire. (*Ibid.*, XIV, 686.)

☆

Parmi les axiomes ou naïvetés impliquées dans la « connaissance » ceci ≡
Tout objet est réitérable. Pas d'objet *d'une fois* — Pas de connaissance singulière[a]
ou : Possible essentiellement est ce qui est — On ne peut concevoir une chose entièrement *isolée* de tout retour.
Par là, toute « chose » est *propriété*. Être ≡ pouvoir être et l'existence devient d'*événement, propriété,* — puissance. Or c'est là une définition de la mémoire — changement de l'événement en propriété. Institution :
Si *a* se produit, quel que soit *a*, sa reproduction mentale devient aussitôt *probable*. (p(*a*) devient de 0 quelque chose.)[A]
i(*A*) = *a*
p(*a*) = p(i(*A*))
si p(*a*) = 0, *A* = 0. (1931. *AP,* XV, 213.)

A. *Aj. :* Si l'opération de mémoire se fait par un *négatif* (ou un creux). [*Dessins représentant les « creux » de la mémoire et la façon dont le retour des événements mentaux les « remplit ».*]

Tout ce qui vient à l'esprit se décompose en éléments qui y ont déjà figuré. (1931. *AQ 31*, XV, 432.)

La mémoire[A] ne nous servirait à rien, si elle fût *rigoureusement fidèle*. (1931-1932. Sans titre, XV, 576.)

La mémoire. Le souvenir n'est pas le passé. Il existe des restitutions de l'identique — actes — mais le souvenir de choses est autre que les choses. C'est le 1er probl[ème] de la mémoire que d'exprimer cette différence et cette ressemblance A et S(A). (*Ibid.*, XV, 594.)

La mémoire est un plus court chemin — une géodésique de l'implexe[B].. *Ce qui fut est un minimum*. Passage à l'ordre. — Ce n'est pas la *restitution* qui est son trait essentiel, c'est son rôle de *réducteur* et de *simplificateur*.
Temps le plus bref et modification la plus directe. (1932. Sans titre, XV, 657.)

La mémoire chez l'animal — — est un pur élément de réflexes.
Elle est seulement *matière à réponses ;* mais chez l'homme est, de plus, *matière à demandes* — et c'est par là que l'instabilité s'introduit. (1932. Sans titre, XV, 818.)

Transport de *possibilités* — et leur conservation —
{ spermatozoïdes — gamètes
{ mémoire.   (1932-1933. Sans titre, XVI, 25.)

A. *Tr. marg. allant jusqu'à la fin du passage.*
B. *Petit croquis en marge représentant probablement une géodésique.*

☆

Le retour au *même* est la base de tout. La mémoire est le don du retour au même ou du même. Ce n'est pas le passé, sa grande affaire — c'est le re-présent.

C'est pourquoi elle revient du « passé » et ne le *remonte* jamais.

Son cycle du présent au présent se compose d'un arc imaginaire et d'un arc de retour « réel ». (1933. Sans titre, XVI, 249.)

☆

Les souvenirs de quelqu'un ne sont *chronologiques* que par des notions et conventions — qui sont d'AUTRE ORIGINE que ces souvenirs eux-mêmes. Il faut faire appel à une sorte de *tiers* « observateur » qui de la tranche de souvenirs P et de la tranche R *saurait* quelle est l'antérieure — au moyen de *dates*. Les souvenirs ne portent pas leurs dates avec eux — et n'indiquent que rarement et indirectement leur place chronologique.

De plus, ils sont falsifiés par le récit que l'on s'en fait — (cf. les rêves).

Le fil conducteur[A] d'un récit est une intervention postérieure aux faits — car il est développement selon les *choses qui se conservent* — Moi, lois et objets élémentaires, attente — etc.

Or ce qui est présent réel ne se conserve pas[B]. Il n'y a pas de fil conducteur, de variable indépendante dans le réel total.

Chaque instant[C] ou élément a N^p variations possibles. Mais si on le réduit à une spécialité — *et la Mémoire est une spécialisation,* cette spécialité est définie au contraire par une variation dominante, ou variable unifiante.

La Mémoire est une restriction dès qu'elle ne se borne à une réponse isolée. C'est pourquoi la mémoire des

A. *Trois tr. marg. allant jusqu'à :* qui se conservent.
B. *Aj. renv. :* Le temps vrai est de faibles durées. Rien ne se prolonge *indéfiniment*.. Le temps-Idée est donc composé d'une observation d'indépendance qui fait croire à une variable indépendante et d'une transformation.
C. *Tr. marg. allant jusqu'à :* variable unifiante.

mots et des actes *courants* n'est pas normalement considérée comme souvenir — mais comme fonctionnement actuel. Je ne réfère pas le sens ou le signe d'un mot à l'histoire ou époque de son acquisition, pas plus que celle d'un acte des mains.

Si la *suite* des actes et états d'un organe ou d'une partie du *corps*[A] était telle que chacun dépendît des précédents — — Mais la *disponibilité* en souffrirait. Elle demande que le *tableau noir* — symbole — *reparaisse* noir, pur, vierge. Ainsi rétine, et moteurs, attentes d'impressions et d'impulsions.

Le retour au zéro de chaque fonction est une nécessité — propriété essentielle. Cycle fonctionnel.

Le point d'insertion de la *mémoire* est donc situé plus profondément que la propriété de re-virginité des récepteurs et des opérateurs. Le retour du *zéro* s'oppose au retour des *valeurs*. Le retour du *vide* s'oppose au retour du *plein*. (1933. Sans titre, XVI, 421-422, 420.)

Mémoire

Les souvenirs[B] négligent les impressions et les actes *de régime* — qui sont d'ailleurs fournis par l'actuel. On ne se rappelle pas ce qui est ou se fait continuellement. *C'est-à-dire le plus important et le moins remarquable de notre histoire. On se rappelle chronologiquement ce qui aurait pu être autre.* (Ibid., XVI, 439.)

La disposition libre d'éléments significatifs qui permet inventions, projets, rêves — est *formel*.

Chose extraordinaire[C] — Tant de gens parlent de création etc. qui n'ont jamais songé à ce qui permet les combinaisons — et ne se sont jamais demandé comment des éléments d'expérience sont *mobilisables !* Comment des *mots* ($S + S$) se détachent des éléments de *temps* — où ils se sont produits et *deviennent* des DOIGTS déliés, et ceci insensiblement comme des couches géologiques

---

A. *Tr. marg. allant jusqu'à :* d'impressions et d'impulsions.
B. *Tr. marg. allant jusqu'à la fin du passage.*
C. *Tr. marg. allant jusqu'à :* sont *mobilisables.*

deviennent cailloux, se détachent de leur *âge* — qui est, après tout, *un état*.

L'*état de mot* libre, *utilisable,* est postérieur à l'état d'*époque.* Mémoire *brute* ou souvenir, et Mémoire non plus reconnaissable, mais annexée à la vie présente, à la *présence même* — comme organes. C'est l'instrumentation d'acquisition. Ce qui fut *objet* devient *sujet* — *Ce qui fut vu devient organe de vision*. Cette transformation est capitale pour l'action de l'esprit.

Le langage — les *idées* — ou images — sont de cette nature.

Et[A] c'est aussi par ce processus que se font les point, ligne, et autres moyens — *d'action* — dont le mouvement libre, la susceptibilité prompte sont marque d'éveil de l'être.

Et ainsi les rythmes.

— L'invention suppose liberté, déliement des éléments. Degré de liberté par rapport à l'époque d'acquisition, aux temps bruts.

Alors les combinaisons se produisent, et l'impression *actuelle* en forme des quantités.

Ou bien le sentiment de cette mobilité est elle-même génératrice — comme l'animal en euphorie et énergie surabondante s'égaille et joue.

Et tout ceci oppose cet acquis libéré, organisé, confondu à l'être et indivisible de sa conscience — à l'*acquis reconnaissable,* — aux *époques.*

Comme l'homme qui se sert de sa main, qui écrit etc. ne distingue pas (normalement) l'acte, ne le détaille pas, ne sépare l'intention, l'action et le résultat — si ce n'est quand il y a des résistances — et ne se souvient pas d'avoir appris à écrire — ainsi en tout. (1933. Sans titre, XVI, 502-504.)

Un souvenir est *présent* en tant qu'il est perçu en contraste avec la perception externe.

Si au contraire il s'accorde avec elle, s'y combine — il n'est plus souvenir, mais fonctionnement. (*Ibid.,* XVI, 533.)

A. *Deux tr. marg. allant jusqu'à :* moyens — *d'action.*

N[ou]s ne percevons le naissant qu'au moyen de moyens créés par le révolu. (1933. Sans titre, XVI, 664.)

Comment ce que n[ou]s avons appris ou acquis se détache de son époque-état et devient mobilisé, disponible, élément d'un clavier. (1933-1934. Sans titre, XVI, 851.)

On ne sait absolument pas comment introduire dans une représentation des choses — la conservation, la réitération, ou la suite organisée, dont l'esprit ne peut se passer — mémoire, hérédité, développements, mélodies — constances, additivité — transmissions —
c'est-à-dire relations de ce qui est, de ce qui fut, de ce qui sera — *dans ce qui est. (Ibid.,* XVI, 893.)

La notion de « passé » est à bien séparer de celle de la mémoire.
N[ou]s ne pouvons penser activement que pour avoir OUBLIÉ les *origines* des éléments et des formes qui sont les constituants *derniers* de notre pensée. (*Derniers,* c'est-à-dire venant après la *phase d'état naissant* de notre pensée.) (1934. Sans titre, XVII, 537.)

Mémoire

Je ne me rappelle plus[A] ce que j'ai dit (exactement) il y a *3 minutes*; mais je me rappelle que je v[ou]s ai dit *quelque chose.* De l'immense plupart de mes impressions passées, rien ne reste; et de beaucoup, reste un souvenir purement *catégorique* — c'est-à-dire dont la *précision n'est qu'abstraite,* une table des matières.. Je serais incapable

A. *Tr. marg. allant jusqu'à : quelque chose.*

de reconnaître tel chapeau que j'ai porté longtemps.. de dessiner le nez d'un professeur que j'ai eu un an (à moins de bizarrerie de ce chapeau ou de ce nez).

Or, ceci n[ou]s éloigne du type conservateur d'un film. (*Ibid.*, XVII, 648.)

Pas d'histoire

La pensée n'est possible[A] que par ce qu'on ne reconnaît plus l'origine de ses éléments — leur « histoire ». Ils sont coupés.

C'est l'oubli de leur histoire qui nous rend ces éléments maniables — en fait *notre* propriété. C'est l'oubli de la nôtre qui nous fait *nous* — en opposition avec une suite et n[ou]s donne l'idée vague, mais *essentielle,* que nous ne sommes pas réductibles à cette suite, que n[ou]s en étions *capables,* mais que toute notre vie (φ et ψ) *historique,* ne nous épuise pas. C'est là, peut-être, une illusion, mais fondamentale. (1935. Sans titre, XVIII, 28.)

L'oubli est aussi inconcevable que la mémoire. Mais il y a (au moins) *2 oublis.* L'un est « physiologique » — la conservation du connaître exige la disparition des objets de connaissance à mesure qu'ils ont été reconnus. L'autre est non-réponse. (1935. Sans titre, XVIII, 148.)

Mémoire — Un caractère capital de la mémoire, c'est le retour au présent. Si ce retour n'avait pas lieu, si on ne retrouvait quelque chose — il n'y aurait point de « passé ». Le présent est un effet de retour. (*Ibid.*, XVIII, 160.)

« L'infini » psychique

L'acte mental est indépendant des actes antérieurs (pensées) en tant que *possibilité.*

A. *Tr. marg. allant jusqu'à :* ces éléments maniables.

Il ne l'est pas en tant que *probabilité* — que les actes antérieurs tantôt diminuent énormément — tantôt accroissent. (1935. Sans titre, XVIII, 250.)

Il y a un travail caché qui, du souvenir brut chronologique, dégage des correspondances nettes qui perdent tout caractère temporel p[ou]r devenir des moyens toujours actuels — (Mots). (*Ibid.,* XVIII, 284.)

Quant à la mémoire, j'observe ceci : Je regarde le paysage — Un oiseau se joue dans l'air. Le souvenir de ce regard peut bien admettre l'oiseau — mais non sa trajectoire vue — mais une trajectoire possible quelconque, qui sera donc *fabriquée.* Je ne *garderai pas la vraie courbe vue.* La mémoire générale — ou *savoir,* vient au plus tôt secourir, falsifier, humaniser, personnaliser la mémoire vraie — qui est *brute.* Ce que n[ou]s avons vraiment VU — est ou sans intérêt, ou sans signification ou inassimilable. V[ou]s n'avez pas vu le couronnement du Roi. V[ou]s avez *vu* des objets colorés, — des gens — des morceaux de gens et des coins. (*Ibid.,* XVIII, 295.)

Toute expression ou opinion de la forme : *Il me souvient d'avoir vu telle chose* doit, en bonne critique, se décomposer ainsi :

α) *Je vois maintenant* (en mon esprit) *telle chose ;*

β) J'attache à cette *présence* une autre fonction : celle de représenter une chose antérieurement *vue* avec telle conformité. Cette présence *vaut plus* qu'elle-même, pour valoir *moins* qu'une présence de réalité. Elle gagne *au passé* ce qui lui manque *à l'actuel.*

Il suffit donc que la fonction *souvenir* soit excitée (per fas aut nefas) pour conférer à l'incomplet actuel, la puissance d'ex-complet.

Or, toutes nos pensées sont des souvenirs en combinaisons — Tous nos mots furent appris. Mais dans l'acte de combinaison, la fonction *souvenir* ne joue pas. Ceci est d'ailleurs *merveilleux*. Nos éléments de pensées ont perdu leur généalogie — Sans quoi rien que mémoire ! Et voilà une condition essentielle de la formation de nos idées. (1935-1936. Sans titre, XVIII, 573-574.)

La mémoire est d'essence corporelle (en tant que le corps est organisation) car elle est liée à la *forme*.

Un enfant peut réciter un texte dont le sens lui échappe.

La forme est donc condition de la répétibilité.

L'esprit abhorre la répétition; et tant que l'on se répète, *il n'y a pas esprit.*

Esprit est l'instant de formation qui répond à *ce qui ne peut être répondu par répétition*[A].

— La mémoire enregistre du quoi que ce soit avec des différences diverses et une irrégularité de choix qui dépend de l'état du sujet. Mais le point remarquable et mystérieux entre tous, c'est qu'elle donne tantôt du quoi-que-ce soit, tantôt ce qu'il faut ou même *plus que ce qu'il faut :* de l'inespéré, et inespérable. (1936. Sans titre, XIX, 145.)

La mémoire est l'avenir du passé. (*Ibid.,* XIX, 163.)

Une partie du passé[B] s'annexe à nous et n'est plus du *passé* mais du fonctionnel.

A. *Aj. marg. renv. :* Invention nécessitée.

Il en résulte que la recherche de ce qui se passe quand la répétition est inopérante, et de la production qui s'observe alors — est (ou serait) le vrai problème de la connaissance de l'*esprit*.

(Les romans ignorent ceci.)

Comme cas particulier très important — l'invention de choses métaphysiques — religieuses.

Les *trous* de la responsivité mentale sont les *lieux des inventions* — *Lieux-temps.*

Pour concevoir bien cette position — se figurer l'animal embarrassé. La mouche contre la vitre (en admettant qu'elle voie comme nous, ce qui est faux; le chat devant le miroir — — Là où le scorpion se tue, l'homme *pense,* invente..)

B. *Tr. marg. allant jusqu'à :* je marcherai.

Le fonctionnel est hors du temps chronologique. Le même verbe a tous les *temps* : je marche, j'ai marché, je marcherai. D'ailleurs, tout le langage est soustrait au souvenir de ses origines — sans quoi on ne pourrait en user. (*Ibid.*, XIX, 169.)

Si la mémoire était plus énergique et plus entière — la *pensée* ne pourrait pas être. Ce ne serait que souvenirs.

L'usage des mots est incompatible avec le souvenir illimité de leur entrée, acquisition, — et de leurs perceptions successives.

La *pensée* exige donc mémoire limitée et articulée, adaptable (à l'état de fragments) aux circonstances — imparfaite, incomplète — etc.

Elle est — — Un dérangement de la mémoire.

Éléments du « passé » disposés par le « présent ». (*Ibid.*, XIX, 198.)

La « mémoire » est une notation qui permet de désigner une relation entre « passé » et « éventuel ». (1936. Sans titre, XIX, 637.)

Le sens (ou direction) du « temps » doit être : Demande → réponse. C'est un ordre absolu.

Ce qu'on nomme *Passé* est du *psychique* et est *réponse* — (qui peut, d'ailleurs, se changer *ensuite* en demande —).

Mais alors un passé vient *après* un présent et y répond. Il a *ensuite* un présent pour substitut, et pour futur ! (1940. Sans titre, XXII, 881.)

Mémoire — Problème de disponibilité conservative. Examiner la question de conservation dans l'éventuel, qui est bien plus générale. L'organisme[A].

D'ailleurs, les propriétés physiques se conservent — Virtualités — Lois.

A. *Aj. marg.* : Maladies organiques sont des altérations de la conservation des propriétés de tissus.

Le *temps* est aussi la conservation de la propriété de changer. (1940. *Rueil-Paris-Dinard I*, XXIII, 282.)

Mn

La mémoire veut le changement d'accident en substance et de la perception en fonction. (*Ibid.*, XXIII, 300.)

Passé — Mémoire

Mémoire et entropie — La mémoire est de nature *croissante*. Toute modification sensible tend à accroître une.. virtualité.

Le *passé*[A] est donc le *virtuel*, la part des impressions et modifications qui peut se reproduire à l'esprit ou dans le système signalétique du corps, moyennant un « hasard ». Il est à la merci de ce hasard. (1940. *Dinard II*, XXIII, 534.)

Mémoire —

Je tente de la considérer sous l'aspect de la complémentarité.

Tout souvenir serait *complément* — c'est-à-dire produit de manière que joint à l'impression donnée, il forme avec elle un certain *zéro*, ou de quoi procéder. Il peut ME *surprendre*.

Souvenir = Produit psychique réponse qui peut se confondre (quand il est suffisamment *divisé* et *accéléré*) à l'acte mental instantané — et n'excite pas alors le sentiment du *passé* — d'un système qui *pourrait* se substituer entièrement à *tout* l'actuel.

Il est une sorte d'opérateur[B] qui, produit par quoi que ce soit, transforme *ce qui est* (et non seulement ce *quoi que ce soit* qui l'a excité) en tant que *significatif*.

À quoi rime le Passé ? (1941. *Cahier de vacances à M. Edmond Teste*, XXIV, 852.)

A. *Deux tr. marg. allant jusqu'à* : virtuel, *suivis d'un seul allant jusqu'à* : système signalétique du corps.
B. *Tr. marg. allant jusqu'à* : significatif.

☆

mn
valeur

Toute la *valeur* que n[ou]s accordons nécessairement
à notre Mémoire (consciente : hier, jadis etc.) est proportionnelle à la promptitude, *pureté* et rectitude de sa
détente actuelle. Plus elle est *réflexe pur,* plus elle est
« vérité ». Cela *fut qui n'hésite pas à être.* Elle l'est aussi
à la facilité de son développement — c'est-à-dire de son
arrangement de ses termes successifs entre eux jusqu'à
l'état actuel. (1942. Sans titre, XXVI, 195.)

☆

Mn.

La mémoire est une fonction éventuelle de restitution
— tantôt, *reconnue* et produisant alors une dimension
temps ; tantôt, purement fonctionnelle — *actuelle* —
définie seulement par ses caractères *réflexes,* sans référence à un « passé » — mais *se donnant* pour une
propriété intrinsèque et substantielle du Mon-Corps au
même titre que la faculté d'agir, dans l'état normal. Elle
fait partie du *Cours naturel des choses* et ne se fait remarquer que par ses dérobades et résistances — comme nos
autres facultés de répondre.

Noter[A] que si un *mot* ne répond pas — je *ne vais pas
le chercher,* en général, *dans le passé.*

Où est-il ?

Et parfois ce fait si curieux qu'on traduit en disant
« Ce nom est sur le bout de ma langue » — On l'a et on
ne l'a pas — *On a tout ce qu'il faut p[ou]r le re-connaître,*
son lieu est prêt, l'*attend,* son *écrin* exact..

On a même des éléments — « Ce nom commence par
un B ». Ce cas est passionnant.. L'incomplet —
résistance. Résistance = sensibilité. Et ce qui se rend
sensible, ici, c'est le mécanisme Mémoire.

Quant à l'immensité de cette réserve, elle me fait
songer à tout ce qu'un malheureux spermatozoïde de
rien du tout *transporte* du père aux enfants !

Ainsi les *déterminismes de développement* sont *confondants.*
(1943. Sans titre, XXVII, 222.)[a]

A. *Deux tr. marg. allant jusqu'à :* Où est-il ?

TEMPS

Toutes les fois qu'il y a dualité dans notre esprit il y a temps. Le temps est le nom générique de t[ou]s les faits de dualité, de différence. (1897-1899. *Tabulae meae Tentationum — Codex Quartus,* I, 302.)

Dans l'étude concrète d'une phase intellectuelle, rechercher les conditions de temps mental. (1898. Sans titre, I, 368.)

Time's geometry[1]. (1899. *La bêtise n'est pas mon fort,* I, 670.)

La seule chose continue est la notion du présent. (1901. Sans titre, II, 275.)

Il faut traiter le temps comme on a traité l'espace. Là on a fait des axiomes — et des constructions élémentaires ou intuitions élémentaires qui jointes à des conditions bien voulues, ou restrictions, ont créé le terrain — la matière d'une Science pure. [...] (1902. Sans titre, II, 589.)

La durée — Science à faire. (*Ibid.,* II, 592.)

Débrouiller la durée.

Rien n'est moins clair. Rien n'est moins clair que la substance même de la connaissance.

C'est une addition où tout entre — c'est-à-dire une correspondance entre tous les changements qui sont 1° identiques 2° ordonnés. (*Ibid.*, II, 592.)

Le rythme est la loi supposée de l'action d'une fonction (organique) intermittente rapportée à la durée — et celle-ci étant regardée comme formée d'éléments finis successifs — ce qui résulte naturellement de la manière dont nous connaissons les actions de ce genre. [...] (1902. Sans titre, II, 751.)

Dans le rythme on assimile les événements choisis aux intervalles qui les séparent et qu'on suppose remplis d'événements silencieux ou implicites — d'égale valeur aux donnés. Ce qui revient à reconnaître ou à définir une unité.

De même on assimile entre eux les événements donnés, ou manifestés s'ils diffèrent en intensité de façon simple.

Tout cela revient à pouvoir imaginer une loi ou règle de production de ces données. (*Ibid.*, II, 752.)

Les philosophes ont pris ce mot *temps,* et ont creusé son sens — comme si ce sens toujours enveloppé était un être donné — et caché. (1903. *Jupiter,* III, 81.)

Le temps e maine notion — résultent de l'opposition entre une chose qui varie et une chose fixe dans une enceinte. (*Ibid.*, III, 156.)

Comment peut-on frapper des coups réguliers[A] ? Quoi compte le temps ? L'erreur sur l'intervalle augmente comme l'intervalle.

De même que je puis subdiviser au jugé une grandeur en parties grossièrement égales et d'autant mieux qu'elle sera comprise dans un seul champ visuel — de même je puis diviser (ou prolonger) une durée en parties égales — — — Peut-être que je suppose entre chaque coup un certain phénomène identique. —

La répétition serait l'identité du souvenir des intervalles. Au fond c'est une correspondance de simultané à successif.

Mais quand on pianote inconsciemment d'où vient l'excitation régulière ? (1903-1905. Sans titre, III, 350.)

Je sais à chaque instant qu'il y a d'autres instants — et quand je ne le sais pas, je le sens. (*Ibid.*, III, 431.)

Le présent a une sorte de stabilité[B] — tandis que le passé-mémoire est un état de dépassement — (comme le rêve).

La mémoire est un état transitif entre 2 présents.

Le présent — extériorisation — disponibilité — sensation des sensations.

Ensemble des choses qui sont fonctions les unes des autres.

Sens de la dépendance immédiate.

Le présent est le sentiment de la dépendance entre mes fonctions d'action et d'adaptation — et mes représentations. [...] (1905-1906. Sans titre, III, 854-855.)

Le temps, distance intérieure. (*Ibid.*, III, 856.)

A. *Aj.* : c'est qu'ils se frappent d'eux-mêmes — soit comme un régime permanent — soit comme une série de réflexions élastiques.
B. *Aj.* : Présent — valeur de transf[ormation] [*lecture incertaine*] — stabilité — on y retombe

D'abord[A] comment transformer le système vivant réel en systèmes cycliques ?

Pour rendre ce système représentable et explicable il est absolument nécessaire de le douer de retours à de mêmes états. Si ce système[B] se transformait entièrement indéfiniment il n'aurait pas d'existence séparable. Il faut que certaines choses se conservent ou se reproduisent. C'est pourquoi on a inventé les facultés et puis les fonctions, c'est-à-dire des systèmes partiels et périodiques en lesquels le système donné est toujours divisible.

Il faut choisir un état identique qui se retrouve. Mais peut-on trouver un tel état de conscience ?

C'est ici que la notion de *présent* peut servir. Cette notion revient à donner à chaque instant une certaine relation identique — (de forme identique).

Il s'agit ici du *présent actuel*[C].

L'actuel est de la forme d'un réflexe tandis que l'inactuel prend une forme périodique. (*Ibid.*, III, 866.)

Une erreur des philosophes[D], quant au temps a été de ne le considérer que comme notion ou même comme « forme du sens intime[1] » — c'est-à-dire comme *lié à la conscience* — tandis que son rôle est plus étendu.

Il y a un temps perceptible en toute transaction de conscience. Mais il y a aussi des temps et même des temps bien déterminés hors de la conscience. Il n'est pas

---

A. *Trois tr. marg. allant jusqu'à* : systèmes cycliques.
B. *Tr. marg. allant jusqu'à* : se reproduisent.
C. *Aj. renv.* : Lorsque je, (psychologue) dis : je passe de tel état à tel autre — il s'agit de ce présent. Il faut donc construire (ou reconstruire cette notion essentielle.
Toutes les transformations de pensée qui demandent déplacement et transformation d'énergie sont relatives à ce présent qui doit être considéré légitimement comme un point d'équilibre.
La condition générale des transformations de pensée de cette nature est le retour à un point initial du système *total*.
Problèmes, attente, surprise.
[*Deux tr. marg. allant de* : Toutes les transformations *jusqu'à* : un point d'équilibre.]
D. *Tr. marg. allant jusqu'à* : est plus étendu.

seulement « l'intuition de notre état intérieur » puisqu'on le trouve comme propriété non perçue. (*Ibid.*, III, 880.)

Le temps est — l'éternel présent. (*Ibid.*, III, 882.)

Si un objet passe *très vite* sous mes yeux, je ne lui puis / de sorte que je ne lui puisse / donner que des noms très généraux — p[ar] ex[emple] : « quelque chose », on appelle instant l'état où me met ce quelque chose.

L'instant comme le point est donc une sorte de sensation et non une grandeur. Quelle que soit l'importance, le détail, le nombre de choses qui adhèrent à cette sensation, elles y sont liées.

Instant développable (simultanés).

C'est le temps de voir sans reconnaître — et aussi le temps d'agir sans pouvoir *interrompre* l'acte.

Il y a des vitesses absolues quant à l'intuition — des vitesses telles que n[ou]s n'en percevons pas de plus grandes. (1906-1907. Sans titre, III, 889.)

Il y a dans la pensée — quelque chose qui doit se représenter par une valeur continue — (comportant des singularités et des zéros —). L'état de ce Quelque chose dépend de son état antérieur de façon différentielle.

Considère la surprise. Cette coupure ! qui a une durée appréciable. Ce ne sont pas les phénomènes qui manquent à ce moment. La surprise est un arrêt, un suspens par brusque changement externe. Donc les phénomènes peuvent réaliser quant à moi des chemins continus ou au contraire des coupures sans cesser d'être *denses*.

Quelque chose arrive dans une région de moi où je ne suis pas. Cette région est comme sans issue tant que je n'y suis pas. D'où l'effet de choc. Il n'y a pas prévision des voies de passage. Il faut donc envisager une sorte de conductivité ou de transparence du système — qui varie par instants. Pouvoir instantané du système de laisser passer, de résister, de répondre, de s'adapter.

Le système nerveux peut se comparer à un milieu dont la réfringence varie en fonction du temps, — de divers potentiels etc., cette réfringence variant aussi en multiplicité.

Toute la pensée consciente serait alors comme la diffraction d'un réflexe.

Le rôle essentiel de ce moi « supérieur » est de prévoir — ce qui revient à relier a priori des fonctions de marche différente — de même que l'œil avertit le muscle avant le tact, en recevant de l'objet qui s'avance, la partie lumineuse qui précède de beaucoup la partie masse vive. De même le moi supérieur reçoit la partie imaginaire et mémoire avant la partie sensation (quand c'est possible) et la partie conclusion avant que la partie représentation détaillée et prémisses soit achevée.. Et il se trompe par excès de vitesse —, en essayant d'éviter la surprise[A].

La surprise est la cessation brusque d'un régime permanent[B] = un coup de bélier. La prévision immédiate continuelle est déjouée. Le moi n'avait rien préparé — le moi organe des commencements, des préparations, des mises en train est devancé.

Donc la substitution d'un phénomène à un autre n'est pas toujours indépendante de ces phénomènes, l'opération A/B n'est pas équivalente à B/C.

On ne peut pas s'attendre à tout.

Chaque régime que l'on prend est l'institution virtuelle d'un système de correspondances ou réponses *uniformes*. Je ne puis bondir que dans une direction. (*Ibid.*, III, 898-899.)

☆

On ne perçoit le temps même que lorsqu'il y a quelque désaccord — dans l'attente — la douleur — la presse — le vouloir.

C'est alors une grandeur qui ne dépend que de la tension d'une demande vers une réponse et qui s'enfle de tout ce qui est entre elles ou de rien.

A. *Aj. renv.* : Averti par des signes, cela ne peut pas toujours suffire à éviter le choc.

B. *Aj.* : c'est une sorte de division ou section instantanée

Si je presse ma pensée et pas de réponse suffisante ma jambe s'agite, ma lèvre est mordue — je soulage mon être nerveux de cette pression non compensée, par des activités quelconques. (*Ibid.*, IV, 73.)

À chaque *instant,* la pensée touche / fait allusion / à tout le reste du temps.

Tout le temps est en puissance dans le cerveau — dans le système pensant. (*Ibid.*, IV, 75.)

Le « tonus » de la veille est, dans la pensée, l'attente continuelle, la préparation incessante qui constitue l'avenir actuel, la partie avenir de moi[A]. Ainsi l'homme qui s'attend à bondir, à parler, à répondre prend la forme-avenir de son être — cf. appétence, glandes.

Cette attente n'est pas, en général, consciente.

Et quelle est la forme-passé de cet être, sinon le sommeil. Lorsque l'être n'est plus devant faire, — dans l'état *sur le point de —*, *il dort.* (1911. *Somnia,* IV, 567.)

AE[1]

Insuffisances —

« Être maître de.. » c'est simplement avoir le sentiment d'avoir des réponses *précises* et *prêtes.* L'appareil d'ajustement et l'énergie sont là.

Surprise. (1912. *Surprise — Attente,* IV, 749.)

☆

AE

Analogie de l'attente et du besoin.

Manque et pression.

Ressentir ce qui manque à la continuation d'être. (*Ibid.*, IV, 753.)

A. *Aj.* : porte à faux.. *Aj. marg.* : passage de l'indép[endance] à la dépendance

☆

Une chose est attendue quand le système à sa venue
reprend son équilibre au bout d'un temps < θ. (*Ibid.*,
IV, 753.)

☆

L'attente est anticipation, moitié d'un tout, temps
gagné accumulé. La surprise est rétroaction, déficit,
temps perdu.

Quelque chose naît avant terme — avant ses conditions d'existence —, agit avant d'être. (Définition de
l'*avant* normal.)

Alors le présent est ambigu multiple, gêné. Il n'est
plus éternel, ou si tu veux, son équilibre mobile est
troublé. Il est comme *en mouvement* p[ar] rapport à sa loi
normale d'échange *car il n'est qu'une loi des échanges*[A]. Les
choses qu'il contient ne sont plus de son commerce.

Il consiste dans la possibilité d'appliquer à ce qui va
survenir une réponse unique et déterminée; il est donc
une attente plus ou moins riche, complexe, organisée —
un ordre établi et dont il semble que ce qui pourra survenir sera ou demandera une application PARTICULIÈRE.

C'est le général et le sentiment d'être placé au centre
de toutes choses possibles, dans le disponible même; soi
limitant et refrénant d'avance toute propagation au Tout
de toute chose particulière.

C'est cette apparence nécessaire qui est troublée par
l'inattendu. [...] (*Ibid.*, IV, 761.)

☆

D G[1]

« Ce que je suis » est une attente permanente, générale... (c'est ici la fonction à déterminer, la forme).

Il y a des attentes de divers ordres — ou immédiates
ou permanentes.

Nous vivons dans une préparation ou disposition
perpétuelle — dont les grands traits sont organes,

A. *Aj. :* Il y aurait donc un changement et un repos de second
ordre — $f''(t)$.

mémoire. *Je compte* sur mes fonctionnements. Je compte sur ma mémoire, pour continuer d'être. Être signifie continuer d'être et c'est ressentir cette possibilité. Cf. la Veille.

Ce qui est attendu, est *idée*, sensation déterminée. L'inattendu est choc, sensation informe.

L'attendant est comme le sauteur qui se reçoit sur ses jambes comme s'il les eût envoyées au fond de la course par avance. (*Ibid.*, IV, 775.)

☆

Le temps est la sensation de l'organe de l'attention grâce auquel n[ou]s pouvons saisir le mouvement.

Le changement trop lent et le trop rapide nous échappent. (1913. *O 13*, V, 139.)

☆

[...] La surprise — éclaire merveilleusement ma nature. Elle me fait sentir directement l'oscillation entre présent et passé, — entre ma matière et ma figure. J'hésite rapidement entre mon cinétique et mon potentiel.

Elle se confesse naïvement par une sorte de désir éperdu de remonter l'événement, de refaire le chemin parcouru, de ravaler l'acte.

Et comme je suis par mes sens — attaché au fait accompli, je tire sur moi-même, je résiste à ce qui m'entraîne — je me divise. Et je ne puis revenir au calme, c'est-à-dire à l'échange égal (de réponses aux demandes) que moyennant une suite d'oscillations décroissantes —, au bout desquelles se fait la *synchronisation*.

Ce que je perçois est donc, dans cette hypothèse, *toujours* l'effet d'une *cause instantanée* — c'est-à-dire agissant assez brièvement pour que ma modification propre, *totale* pendant sa durée, soit infiniment petite — c'est-à-dire ici, *non perçue elle-même* —. Alors je suis *créé* par asynchronisme — j'existe comme entre des amortissements —. Je suis par intervalles — — Éveil.

C'est dans ces intervalles de perturbation que je suis, que je m'accrois au hasard.

A. *Aj. marg.* : oscillation dans fluide visqueux.

Le significatif est ce qui me fait pendant des temps toujours brefs (quoique formant une suite qui *semble dense*) être autre chose que mon synchronisme (ou moi propre).

Ce qui a empêché de bien comprendre la différence essentielle entre présent et passé, c'est qu'on ne distinguait nettement ce qui est moi et ce qui est ma propriété — « *vibratoire* » — d'être autre chose que moi.

La surprise forte est précisément un trouble du présent. Les temps dansent comme dans un éblouissement. Le repère fixe est momentanément aboli ou entraîné.

Perception d'un interstice généralement imperceptible entre demande et réponse. Un éclair d'impuissance — une coupure. (1914. *Q 14*, V, 214-215.)

☆

La notion de temps-quantité ou durée ($t_1 - t_0$) se ramène à la sensation de gêne et de résistance.

Soit que j'oppose une résistance, soit que je la subisse. N[ou]s ne sommes qu'attente et détente. (1914. *S 14*, V, 288.)

☆

La notion du temps consiste avant tout à distinguer le changement du non-changement et par conséquent à penser obscurément que le changement pourrait ne pas être. Le changement n'est pas, en apparence, nécessaire quant à la connaissance.

Mais une analyse un peu plus fine, ou légèrement *déplacée* — fait voir que la connaissance même est changement et que l'on ne constate *de visu* le repos d'un corps qu'au moyen et au prix de variations « internes » — ou actes — c'est-à-dire en *commençant* et en *finissant*, en explorant ce repos, en n'étant pas le même, mais en revenant au même au moyen de ce repos.

Nous ne pouvons penser à une pression constante que par un effort qui perçu à la fois du côté *muscle* et du côté *tact* croît, décroît.

.. Nous acquérons enfin l'idée d'un changement malgré le repos, d'un changement pur, uniforme dans, *au moins*, un corps fictif. Horloge idéale. (1914. *T 14*, V, 323.)

☆

Essai — Présent[A]

Le présent est le simultané dont l'un des termes est — « moi » — dont l'un des termes est « mon corps ».

Le mon corps est ce qui n'est substitué que par lui-même. Substitution unité idempotent[1].

Tout système de choses ne peut constituer un « présent ».

Le présent, permanence de la relation où ce terme (corps ou moi) entre.

Ce terme singulier se définit peut-être comme possédant un groupe, (ou représentant un groupe de substitutions) nettement différent du groupe de chacun des autres termes.

Action et réaction.

On peut essayer de représenter par zéro, ce terme d'espèce toujours différente de ce qui est — « Ce qui est » = 0

ou encore — Tout moins quelque chose ≡ 0.

Je suis à chaque instant identiquement *égal* à un système de choses.

Le présent n'est pas « une valeur » (de *t*).

Il est ce qui ne s'échange contre rien.

La représentation en tant qu'elle agit sur moi et que j'agis sur elle. D'ailleurs on peut remarquer que l'action même et la réaction prises ensemble d'un objet quelconque sur un autre quelconque est « présent ». (Sans que le moi ou le corps soit en question.) Dans le non-présent pas d'action réciproque. Cf. *Mémoire*. (1914. U *14*, V, 340.)

☆

Le temps comme quantité — peut être dit : l'effet unique, additif, toujours croissant uniformément de tous les changements quelles que soient leurs directions, leurs intensités, leurs natures. Ce seul effet qui soit identique et uniforme est temps. Cette définition ne convient pas à l'entropie, qui ne croît pas uniformément. (1914. *14*, V, 388.)

A. *Tr. marg. allant jusqu'à* : où ce terme (corps ou moi) entre.

Considère l'ensemble de toutes les sensations; suppose toutes ces sensations variant de façon quelconque.

Je dis que cet ensemble conserve quelque chose. Ce quelque chose est le *Présent*. (1914. *X 14,* V, 424.)

L'attente trahie par des *actes locaux périodiques*.

Ces actes servent de volant.

Mordiller lèvre ou moustache; balancement du pied, — va-et-vient en cage; chantonnement — cheval frappe du sabot.

Ces agitations sont entrecoupées d'explosions. Impatience.

Ces phénomènes prouvent que les machines montées dont le non-fonctionnement après montage constitue l'attente demandent pour leur entretien en cet état une activité, une dépense. Il faut une énergie disponible qui serve à la fois à maintenir la machine et à lui procurer dès le signal un fonctionnement intensif. Faux départ. (*Ibid.,* V, 425.)

Il est impossible de prévoir un événement sans que des modifications cachées se produisent.

Quel que soit, alors, l'événement ultérieur qui arrive la situation n'est pas entière.

Dans le cas le plus net, la prévision en tant que modification cachée, s'analyse en 2 changements : 1º production d'appareils d'adaptation éventuelle; 2º production de tension transformable en mouvements.

Or, les degrés de prévision et les qualités de prévisions sont nombreux.

Le degré élémentaire est l'état de *veille. Veiller,* c'est *prévoir* — attendre — à l'état le plus général. La veille[A] stipule toujours une certaine tension générale et un appareil de mouvement en général.

A. *Tr. marg. allant jusqu'à :* TOUT *entier.*

L'homme qui veille est celui transformable en agisseur ou acteur — *Acteur d'un acte qui ne réagisse pas sur lui* TOUT *entier*[A]. Mais par rapport à un événement suffisamment intense ou suffisamment brusque n[ou]s sommes / étions / toujours *endormis*.

Prévoir suppose une inégalité de propagation. Le temps mis par le phénomène *A* pour être substitué par le phénomène *B* — est plus grand que le temps mis par le ph[énomène] *A* pour suggérer comme sa conséquence ou sa signification *B'* image de *B*. $\overline{AB'} < \overline{AB}$.

Tout ce que nous *voyons* dans la veille, est, en quelque mesure, *prévu*. C'est cette prévision même qui rend la surprise possible. Si une intensité suffisante ou une étrangeté suffisante nous prennent de court, c'est donc que de moindres nous trouveraient parés.

Je veille — signifie : Si quelque chose arrive, il y sera répondu de façon appropriée. Cette chose, en particulier, éveillera les organisations et les actes qui sont pour amortir, dévier, utiliser ce qu'elle annonce.

C'est un gain de temps.

Cette prévision variable mais permanente ou *présente* pendant la veille comporte donc — machines ou organisation — et quantité d'énergie transformable — ou tension.

Les notions de *présent*, de *sensation*, de *pouvoir*, de *conscient..* sont relatives à l'une ou à l'autre de ces idées.

Et un autre rapprochement se fait.

La tension dont je parle a ce caractère très remarquable : elle semble assurer dans la veille l'existence de suites particulières, le maintien d'une sorte de direction à travers les incidents psychologiques ou extérieurs — comme un regard attend quelque chose — parmi les choses et comme une ligne continue sur une surface.

Ainsi cette *loi* créée, ce lieu ou ensemble de notions disséminées et jouissant d'une même propriété, est assurée par la tension et la conservation de la machine. Et ainsi son point de départ consiste en quelque chose de plus qu'une représentation. Il dépasse[B] la représentation,

A. *Aj. renv.* : directement. Celui qui peut transformer une vision *P du monde p* en mouvement dans le monde de vision *P'*.
B. *Tr. marg. allant jusqu'à* : par simple substitution.

en ceci qu'une autre représentation ne suffit pas à l'annuler par simple substitution.

Alors on peut comparer l'être à ce moment à un système où existe une fonction des forces. Toute variation qui n'est pas dans la direction ne compte pas. Il y a une sorte de *distance*, de relation (mais asymétrique comme l'est la distance réelle — de *moi* à tel objet). (*Ibid.*, V, 429-430.)

☆

Rythme — ensemble ou succession des actes compris dans une seule transformation d'énergie — une seule émission. Et cette seule émission est définie par ceci — qu'elle répond à une seule *demande* ou excitation.

Tandis que la mesure est un moyen de notation (par une unité de temps avec laquelle tout doit être commensurable), le rythme est la division en actes ou modifications *indivisibles* — quelles que soient la diversité et l'indépendance *apparentes* de ces actes.

Tout réflexe dont la partie *réponse* est non instantanée et simple (c'est-à-dire d'une seule fonction) — est un élément rythmique. Nous trouvons des événements arythmiques lorsque nous ne pouvons nous représenter ces événements comme conséquences complexes et successives d'un seul fait.

Exemple d'un rythme — Une balle élastique tombant de h remonte à h', retombe; remonte à h'' — etc. jusqu'à 0.

La 1re chute a tout déclenché.

La mélodie est un système d'éléments rythmiques, formant eux-mêmes un rythme d'ordre supérieur.

Relation de cette unité avec le continu.

Ceci[A] n'est pas le fait d'un être vivant. Mais l'être vivant qui assiste à ce *développement*, l'unifie — le *suit* par des mouvements cachés qui sont liés entre eux ou se lient de sorte telle que le commencement du phénomène suffira à le faire simuler tout entier.

Il suffit d'une note pour se re-mémorer une mélodie. Ce fait est capital. On est conduit de suite à la notion de développements complexes qui sont en même temps des indivisibles.

A. Ceci *semble renvoyer à* La 1re chute.

Ces êtres étranges sont très importants. La psychologie en est pleine. On peut expliquer par là l'opposition d'individualités — p[ar] ex[emple] le sceptique et le crédule. L'un ne peut voir $A.B.C.$ qu'en unité — l'autre intersecte. Pour lui A B C sont distincts et amenés par des faits distincts.

— Divisons un développement quelconque en unités de *temps*. En général toutes les suites obtenues en dérangeant de toutes les manières cet ensemble — seront non viables ou non intelligibles. L'effet dépend donc de l'ordre.

Il dépend aussi de la durée.

En général il y a un ou p ordres des éléments réels (Δs ou Δt —) qui ont un *sens* à l'exclusion des autres ordres.

Ils correspondent alors à une certaine unité — en sortent et y rentrent. Ainsi : explication, croissance, précisement, exécution, évolution, souvenir, actes, processus, melos, — retrouver x — séjour momentané dans un calcul formel, usage d'une image, emprunt d'une voie particulière, — rangement, classification de choses qui étaient désordre et maintenant dénombrables d'un seul coup d'œil.

Fini = Fermé — retour au point 0.

Action mutuelle d'éléments successifs — du passé sur l'avenir — et de l'avenir sur le passé. Les bornes entre lesquelles un avenir peut agir sur le présent.

Cet avenir doit être traité comme un présent caché qui dure et se dévoile. Il ne se fait pas, il se découvre. C'est en q[uel]q[ue] sorte un passage de puissance à acte.

Une action est rythmée quand elle dépend uniquement de son commencement — et qu'elle conserve certaines relations initiales.

Une succession de bruits se donne souvent pour un rythme mais elle n'est pas proprement un rythme à elle seule. Elle illumine un rythme en moi, — c'est-à-dire que je suis conduit à lier ces bruits distincts par une loi de mes fonctions — cette loi est une unité — et cette unité pourra être retrouvée dans des suites très diverses.

Conscience est hors du rythme — fonction isolée — le rythme est à la fois la continuité d'un système complexe et qui peut contenir des variables discontinues — cette continuité toujours *fermée*.

Quand le rythme s'exerce en plein, l'être est automatique, les conditions accidentelles extérieures sont comme abolies, éliminées.

— Une phrase est un rythme en tant qu'elle représente une unité psychique momentanément divisée et successive.

— Temps forts et temps faibles — Maxima et minima. Tout rythme comprend des transformations inverses. — Il se compose même de deux transf[ormations] inverses — *inséparables*. [...] (1914. *Y 14*, V, 466-467.)

Comment se présente le temps pour un animal ? (1914-1915. *Z 14*, V, 474.)

Le temps est une équation entre la permanence et le changement,

ou bien, autre notation : la permanence peut s'additionner au changement.

$$\varphi(a) + \varphi(o) = \varphi(a + o) > \varphi(a). \quad (Ibid., \text{ V, } 481.)$$

Rythme. Bien difficile à analyser, cette notion.

Peut-être la division accoutumée des relations du temps est-elle insuffisante. On se borne au successif et au simultané. Mais il y a une intuition intermédiaire entre celles-ci. C'est l'intuition du rythme.

Dans le rythme, le successif a quelques propriétés du simultané. C'est une succession de moments, mais quoique ces moments soient distincts — toutefois la succession ne peut en avoir lieu que d'une seule manière.

Ou encore, c'est une somme qui dépend de l'ordre de ses termes. Notons ici que la succession d'une transformation artificielle et d'une tr[ansformation] naturelle a lieu toujours dans cet ordre.

Il y a entre antécédents et suivants, des liaisons

comme si tous les termes étaient simultanés et actuels, mais n'apparaissaient que successivement. —

Tous les termes du successif correspondront à un simultané. Ce simultané lui-même sera réductible à un *signe.*

Une surface picotée sera représentable par le geste de piquer à petits coups. Alors on pourra considérer [la] surface et l'acte comme des moments d'un même développement — les prendre pour traductions l'un de l'autre; — et, dans cet exemple, — on voit des phénomènes de la durée se déployer ou se replier dans l'*intérieur* d'un fait simultané. C'est d'ailleurs le nombre :
$$(1 + 1 + 1 + ... 1) = A.$$

Ainsi *compter* — c'est, *en même temps :* attendre et se souvenir. Ainsi le nombre est le nom d'un objet qui est lui-même un moment du rythme le plus simple. Il suffit de donner ce nom pour déterminer entièrement un développement — qui est l'énumération — et une figure à laquelle se réfère l'énumération. (*Ibid.,* V, 499-500.)

☆

Rythme —

Toute loi perçue d'une succession est rythme. Il y a loi, dans ce sens, quand une dépendance se créera en moi entre les éléments de la succession dans leur ordre, telle qu'une partie des éléments donnera le tout, formant une sorte de demande à laquelle *répond* le reste.

De sorte que[A], de l'ensemble — il faut que tout soit fourni; soit par réception, soit par production, peu importe. Peu importe qui paye, pourvu que le paiement soit fait.

Le tout est donc indivisible une fois saisi. Il est divisible artificiellement, physiquement; il ne l'est plus, fonctionnellement. Je suis incapable de ne pas l'achever même quand je suis incapable de l'achever. — Je sens l'incomplet même quand j'ai perdu en moi de quoi le compléter. Il y a donc[B] comme indépendance entre la sensibilité de la liaison et l'existence ou continuité de la liaison. Le membre amputé fait souffrir.

A. *Deux tr. marg. allant jusqu'à :* peu importe.
B. *Deux tr. marg. allant jusqu'à :* fait souffrir.

Cette analyse fait soupçonner entre mémoire et sensibilité spéciale une relation très curieuse. Entre mémoire, intelligibilité élémentaire et sensibilité des relations.

L'élément de rythme donnerait une sorte de direction — d'ordre — successif. Le long de cette direction les éléments suivants seraient excités à mesure. Si cette chaîne est rompue — la direction n'en existe pas moins.

Il y aurait donc une *sensibilité intellectuelle* — une prémonition de ce qui va être fait conscient.

Cette sensibilité, — lueurs, directions, germes de séries. [...] (*Ibid.,* V, 500-501.)

☆

Rythme — Durée organisée — Figure de correspondance entre un instant ou événement et une durée ou développement.

Dans ce cas, un état A correspond à une suite ordonnée d'états B_1 B_2 — — un état entraîne une pluralité d'états. (*Ibid.,* V, 505.)

☆

Pour qu'il y ait répétition, il faut que quelque cycle soit réalisé. Comment se ferme le cycle ?

La chute d'un vers — ce mot indique bien que quelque chose tend dans le vers, à une fin, — l'attire —; que ce vers est une élongation, un mouvement qui doit revenir — et dont[A] une partie doit s'éloigner, l'autre se rapprocher du zéro.

C'est une attente.

Toutes les modifications de l'être vivant se ferment en quelque manière.

1° Entrée, développement, conservation de l'excitation, sa division

2° réponse.

Le pouvoir de se répéter : sa création par la répétition même. Cette formation d'un entier, d'une unité par une sorte de mise en série selon la sensibilité. Comment agit cette répétition ? Comment s'installe le : Ce qui a été, sera —? Comment d'une séquence quelconque passe-t-on à une succession dont chaque terme répond au précédent et demande le suivant ?

A. *Deux tr. marg. allant jusqu'à :* se rapprocher du zéro.

À chaque terme quelconque correspond un état x_t inconnu et *complexe*.

À chaque répétition artificielle, subie, — quelque chose diminue. Je ne puis subir *m* fois une répétition de la suite *S* en demeurant le même à son égard. — Au bout de *d* fois[A], je commence à la *prévoir* et dès le terme *n* je *prévois* le terme *n* + 1. — Et sans doute moins je vois *n* plus je prévois *n* + 1; *n* + 1 tend à prendre la place de *n* dès que *n* se fait soupçonner.

À *n* et à *n* + 1, le même état x_t tend à s'étendre.

Autre idée, hypothèse..

Le temps nécessaire à la perception de la séquence *S*, supposons[B] qu'il soit composé de deux parties, dont l'une reste constante, l'autre diminue à chaque reproduction artificielle de *S*. Appelons celui-là temps de perception, le second : temps d'excitation.

Alors les excitations successives dont la somme est ce dernier temps se rapprochent et viennent précéder les perceptions successives d'une certaine quantité λ.

Enfin les excitations se réunissent deux à deux — p[ar] ex[emple], et les temps correspondants deviennent de l'ordre de grandeur d'un seul temps de cette espèce.

Mais si cette composition exige une sorte de rapport simple —

— Le FAIT, et non plus l'hypothèse, c'est qu'une certaine *réduction peut* se produire à chaque répétition artificielle — (symbolisation). Et que certaines suites se réduisent plus rapidement que d'autres. Alors la répétition naturelle, c'est-à-dire (provoquée par une excitation et empruntant son énergie de moi) — se décompose en une réduite et un développement. (*Ibid.,* V, 505-506.)

☆

Recherches sur le rythme — —

Ce mot « rythme » ne m'est pas clair. Je ne l'emploie jamais. Ne s'agissant pas de faire une définition de chose, il faudrait regarder quelques phénomènes les plus simples, de ceux qui font venir le mot rythme; les regar-

A. *Deux tr. marg. allant jusqu'à :* je *prévois* le terme *n* + 1.
B. *Deux tr. marg. allant jusqu'à :* temps d'excitation, *suivis d'un seul allant jusqu'à :* temps de cette espèce.

der de près; isoler et nommer quelques caractères
généraux..

— On a tort de parler de rythme dans les phénomènes
physiques. Rien n'empêche de les diviser ad libitum.

— L'idée de périodicité n'est pas primitive. Je suis
tenté au contraire de déduire la périodicité d'une certaine structure sur laquelle les forces appliquées ne
peuvent que réaliser un mouvement périodique; plutôt
que déduire cette structure de la périodicité. — L'idée
de temps n'est pas non plus suffisante ni satisfaisante.
(1915. Sans titre, V, 541.)

Il ne faut pas mêler et encore moins confondre,
période et *rythme*. Il n'est pas exact de dire : rythme des
flots, rythme du cœur — etc. Ce sont des faits périodiques, *si l'on veut* — Car rien *en eux* ne nous oblige à les
découper en éléments périodes. C'est la relation de notre
observation à leur succession qui nous fait constater la
périodicité.

Le rythme est la propriété *imitable* d'une suite. Je dis
imitable et non : intelligible. Il y a des suites intelligibles
et non imitables — (ainsi la suite d'un raisonnement).

La périodicité n'est pas essentielle. Mais seulement la
suite périodique est imitable — ce qui a fait prendre
pour définition du rythme la période.

D'ailleurs il faut encore découvrir que telle suite est
périodique.

— Un système rythmique, n'est pas plus émis par
vous que par moi.

Dès qu'il y a rythme, il y a échange; et le pourquoi
et le comment de cet échange c'est le secret même du
rythme.

Cet échange n'est pas d'homme à homme mais de
fonctions à fonctions. Toutes les fonctions de même
espèce se réduisent à une. C'est l'unanimité. Les fonctions
différentes d'espèce se commandent ou se règlent l'une
l'autre. Tu chantes, je marche selon ton chant. Tu cries,
je souffre.

Il y a donc quelque chose de non-distinct. (*Ibid.*, V,
542.)

☆

Intervalles —

Quand des événements se succèdent, quels que soient ces événements, s'ils sont distincts, il peut arriver que nous soyons portés à les percevoir comme si chaque événement était *réponse* de l'événement antécédent.

On dira alors que l'intervalle de ces événements est compris entre α et β. Il est de l'ordre de grandeur-temps d'un arc réflexe — et nous supposons intérieurement une sorte de propagation ou de fonctionnement intermédiaire tel que (2) soit l'*effet* de (1).

Quand on dit : *Un coup n'attendait pas l'autre* — c'est dire que l'intervalle perçu était plus petit que celui qu'il eût fallu pour que le coup (2) fût réponse du coup (1).

De même, il n'est pas de mélodie rien que de notes *piquées* ou isolées. Une note *en attend* une autre ou ne l'attend pas.

Si on entend une fusillade, feu à volonté, la pluralité et la diversité des tireurs se devine par l'irrégularité des intervalles des coups *ou* par la quasi-continuité. Entre 2 coups successifs on ne peut insérer l'intervalle humain individuel qui est *employé* pour les actes intermédiaires.

Ce tir désordonné est donc caractérisé par l'impossibilité d'*attendre* les coups successifs. L'attente est en défaut, ou par excès ou par défaut. Il est probable que le coup partira entre tels et tels moments, et c'est tout. Nous ne pouvons construire le mécanisme qui nous permettrait identiquement ou de percevoir ou de produire l'événement. C'est cette construction qui est le *rythme*.

Il s'agit[A] de trouver la construction (cachée) qui identifie un mécanisme de production avec une perception donnée.

Mais dans cette appréciation, le *nombre* des événements n'intervient pas explicitement. Le nombre est le résultat d'une opération artificielle (dès qu'il est supérieur aux tout premiers nombres intuitifs). Saisir le rythme ou le non-rythme est entièrement indépendant du dénombrement.

A. *Tr. marg. allant jusqu'à :* une perception donnée.

Celui qui chante ou frappe un rythme ne sait pas *combien* de notes il produit. Elles ne sont pas comptées, mais il y en a *autant* qu'il faut. De même qu'on fait *autant* de pas qu'il faut pour aller de *A* en *B*. Le nombre n'intervient que pour noter artificiellement — mais ma mémoire possède la quantité qu'il faut sans numérer. — Car il n'est pas question d'*unités* pour elle. (*Ibid.*, V, 543.)

Notre vie entièrement fondée sur le devancement des événements. La plupart de nos événements sont des anticipations d'autres événements; ou des *parties* de ces événements.

C'est en quoi la surprise est une sorte d'exception, de mal, d'illégitimité, quand elle devrait être, ce semble, la *règle*.

— La prévision (au sens le plus simple : être prêt, s'attendre à..) est elle-même par hasard. —

Une partie de l'événement (Moi et tel objet) est, par exemple, ma marche *vers* cet objet — ou sa vision — ou son idée. Mais quand le tout devance la partie je suis surpris. [...] (*Ibid.*, V, 574.)

L'Attente et la Surprise

Le phénomène brusque.

Brusque et insolite.

Brusque et intense.

Analogie d'« avoir-le-temps »; de « reconnaître »; de « localiser », d'être en accord, n'être pas distancé, disproportionné, envahi, submergé.

Effets de choc — Le désordre. Inversion dans la durée.

Attentes.

La surprise est toujours possible. —

Importance de la notion de brusque, par rapport à la nature de la connaissance.

La notion de Brusque. Le Choc

Mécaniquement — le choc est une variation finie de vitesse dans un temps infiniment bref — et donc pendant un déplacement infiniment petit. La force devient infinie — c'est-à-dire inverse du temps inf[inimen]t petit. Les forces autres que celles développées par le choc deviennent négligeables.

J'écris maintenant des observations sur le choc d'ordre nerveux et psychique :

Le coup brusque est celui qui a sa propre perception comme effet ou réponse — (au bout d'un temps sensible).

Brusque est l'événement qui ne *peut* pas être précédé d'une préparation. C'est un fait qui doit appartenir à une *autre* catégorie à cause de non-lui, — de moi.

Il représente le hasard, — l'improbable pur, car le probable qui m'est imposé c'est ce qui est conforme à moi.

Lorsque mon acte précède ma connaissance, je le perçois comme fait brusque. Tous mes réflexes me surprennent, même prévus.

À un événement brusque répond un effet interne brusque. Au suspens de ce qui était, un suspens de ce que j'étais. Pour un certain degré de surprise, il y a une solution qui est moi. Pour un degré plus intense il n'y a plus de solution du tout.

Le soudain est ce que j'apprends par une sensation interne. Mon cœur m'apprend que je suis ruiné. Je viens de l'entendre dire et je ne puis y revenir, car ce cœur barre la route à la vue nette, à la décision même des circonstances. Il semblerait que ce cœur soit au courant, sache *avant moi*. Comment sais-tu, organe de la peur ?

Quand un choc me renverse, je me divise.. Je suis d'une part celui qui tombe; je suis aussi celui qui pouvant, *ayant pu* ne pas tomber, mais résister, éviter, ne conçoit pas cette chute. Je n'avais pas vu; donc, pas prévu —

c'est un *effet sans cause*. Ainsi l'état d'être tombé ne remplace pas exactement l'état antérieur. La substitution-temps qui compense toutes les contradictions, ne joue pas.

Il faut donc imaginer[A] un ensemble de substitutions E qui définissent l'*attente* dans chaque cas particulier.

Tout événement qui survient et qui n'est pas compris ou prévu dans cet ensemble, qui n'y figure pas, détermine une surprise.

C'est la surprise même qui décèle l'existence de ce qu'elle rompt et met en défaut.

Dans l'ensemble E, sensations, idées se substituent comme exactement, et cet ensemble forme comme loi d'équivalence excluant intensités trop grandes, nouveautés — etc.

Cette loi ou attente est donc une restriction dans l'ensemble des transformations possibles. Il ne peut pas, selon elle, arriver que X survenant me rappelle Y que je n'ai jamais connu; que X meuve des organes compensateurs que je n'ai pas — etc. Et pourtant cet X arrive.

Opposition d'un tout et de sa partie.

Effets oscillatoires. Mouvement pendulaire entre présent et présent. Égarement irréversible de l'aiguille aimantée.

Au moment du choc, la conscience se révèle comme pouvant être divisée, devancée, insuffisante. Elle déchoit de sa généralité absolue apparente et se montre comme portion.

Il semble que l'événement même exclue sa perception, — et se suicide, — s'empêche d'être.

Comme le monde entier[B] (et le reste), est réciproque rigoureusement de la « conscience » s'il arrive qu'un élément de monde agisse sur le tout, — sur la possibilité d'existence de ce tout, nous tenons là un conflit central. Ce cas vaut bien la peine que je m'évertue à faire passer dans la conscience sa négation même. C'est un cas limite.

Le monde extérieur est un certain système de substitutions. Dans le cas de la surprise, une substitution s'effectue qui ne fait pas partie du système.

A. *Deux tr. marg. allant jusqu'à :* chaque cas particulier.
B. *Tr. marg. allant jusqu'à :* un cas limite.

Choc est ce qui est suivi d'une oscillation. Cette oscillation masque, démasque périodiquement le *vrai*, comme l'eau troublée montre et cache le fond. Il y a mouvement entre les réels. Ils ne peuvent s'échanger selon un régime stationnaire.

Quand ce qui survient ne peut succéder à ce qui était, quand il n'est pas compris dans le domaine du système sensible réciproque de ce qui était, il y a oscillation. Au moment même, il y a sensation brute sans figure puis retour par phénomènes alternants.

Ce retour ressemble beaucoup à celui de la mémoire, après une amnésie, au réveil — tout souvenir est une surprise élémentaire. [...] (1915. *Surprise. Attentes,* V, 588-591.)

☆

Avant tout, la surprise est un réflexe — arrêt ou mouvement, et ce réflexe ne dépend que de l'*écart* du phénomène à une attente d'un ordre quelconque. La nature du phénomène importe peu. C'est qu'il est insolite, brusque, éloigné de quelque chose et il arrive même que quoique intellectuellement prévu, cette prévision, si je ne possède pas les organes ou fonctions qui à partir de la prévision se disposeraient pour amortir, — ne sert de rien. J'ai beau prévoir une détonation, je sursaute — mais je résorberai plus vite les oscillations. Je n'ai pas d'organe pour absorber l'effet vif du choc. — Je n'ai pas d'organe pour annuler l'arrivée de tel événement même prévu. (*Ibid.,* V, 593.)

Tandis que le fait non brusque attaque seulement ce qui est, le fait brusque attaque ce qui supporte ce qui est, — la structure et par conséquent ce dont ce qui est était *gros*. Il attaque ce qui allait ou pouvait être dans ce qui est.

Il se fraie un chemin extraordinaire.

Je regarde la surprise comme retard des modifications cachées qui limitent, définissent, localisent, machinent, spécialisent — etc. une perturbation donnée.

Tel *lieu,* telle *époque* ce sont des spécialisations. Et toute la mémoire ordonnée chrono-topo-logique. —

C'est un désordre des actes cachés, — donc un *temps perdu* tandis que la préparation correspond à un *temps gagné*.

C'est donc une *attente négative* que la surprise qui finit par la perception au lieu de commencer par elle.

Tâtonnement fulgurant. —

Ainsi, ce qui n'est pas échangé contre ce qui le compense en qualité, agit avant sa nature propre — laquelle est notre propre réaction spécialisée prise pour origine.

Le temps trop bref équivaut à un défaut d'organisation, à un manque d'antériorité.

Tout événement brusque touche le tout.

Le brusque est un mode de propagation.

La pénétration de l'inattendu plus rapide que celle de l'attendu, — mais la réponse de l'attendu plus rapide que de l'inattendu.

Le temps[A] dépensé *avant* est restitué *après* : c'est-à-dire qu'il vient en déduction, il est *négatif*. Le temps de l'exécution dépend du temps de préparation — et varie en sens inverse, (dans des conditions à préciser). (*Ibid.,* V, 594-595.)

☆

La lumière éblouissante empêche la vue. La sensation tue la perception. Entre ce qui est excité et ce qui est absorbé, quelque équilibre est rompu. D'où résulte un régime oscillatoire.

La surprise survit à sa cause. Il faut un temps pour se remettre : après que « l'esprit » s'est rétabli, il faut encore que la blessure se cicatrise; ou que le changement s'assimile l'être secoué et se fasse une règle, un mode de cet être.

Il y a donc une sorte d'inertie. (*Ibid.,* V, 598.)

☆

Au moment du choc, un retentissement se produit qui se traduit en idées très rapides, sans développements, sans arrêts sur elles-mêmes, idées paniques, idées inache-

A. *Deux tr. marg. allant jusqu'à : négatif.*

vées, dégradées de l'ordre de mouvements désordonnés, et comme éloignées de la réalité.

Au lieu de former *un* système, il y a des actions contrariées, comme celles de l'homme tombé à l'eau qui ne sait pas nager — et qui essaye de se défaire de l'eau, au lieu de se servir de l'eau suivant la nature de l'eau.

Cependant la perception d'accommodation s'avance : il y a deux êtres, deux transformations : l'une qui progresse trop vite et s'amortit par oscillations, l'autre qui tend à recouvrer un équilibre, à proportionner ses réponses aux demandes. Celui-ci se sent contraint de laisser passer et mourir celui-là. (*Ibid.,* V, 599.)

Surprise et répétition.

Ce rapprochement est capital.

L'homme sidéré répète ce qui le heurte, ne pouvant le re-constituer ni le transformer en acte approprié.

(Car la re-constitution ou compréhension est une vraie transformation mais intellectuelle.)

Il lui est impossible de *produire* ce qu'il reçoit, il ne peut que le *reproduire* — ce qui est fort différent.

Être surpris c'est reproduire sans avoir produit ; — revoir sans avoir vu ; finir par voir après avoir revu.

La reproduction est antérieure à la production.

Or, le tout ne se répète pas. On ne peut répéter que ce qui est cantonné dans une partie.

Si un fragment m'est donné ou je le répète, ahuri, comme insuffisant ; ou je l'achève. (*Ibid.,* V, 600.)

Toute surprise[A] rétroagit et transforme en rêve ou quasi-rêve ce qui était. On ressemble à celui réveillé qui repasse son rêve avec stupeur, sur la frontière ; et qui rétablit peu à peu sa *continuité* en traçant des parenthèses, des coupures en nombre pair qui isolent des époques.

Ce réveil m'a fait connaître une nouvelle *dimension.*

A. *Un premier tr. marg., et à partir de :* Ce réveil *un deuxième, allant jusqu'à :* une portion du réel.

Dans la phase antérieure, tous les événements quelconques *divisaient* mon cours. Mais la surprise ou l'éveil ont introduit ceci : qu'un ensemble, une suite d'événements, une « vie » pouvait *diviser* un autre cours qui est le mien agrandi, élevé à une puissance supérieure. Ce nouveau domaine a donc plus de dimensions que le premier.

La notion de rêve, de non-réel sert à séparer, neutraliser une portion du réel. —

Échelle naturelle des temps.

Temps d'action; temps de préparation — Durée de charge et durée de décharge.

Échelle de réflexe — Durée de l'ordre d'un réflexe. Répondre plus vite que l'on ne perçoit.

Notion des retards.

Ce qui est (déjà) n'est pas (encore) — voici la Surprise.

Ce qui n'est pas (encore) est (déjà) — voilà l'attente.

(*Ibid.,* V, 602-603.)

☆

Qu'il y a deux grands genres de la Surprise.

Ou bien je n'ai pas de machine.

Ou bien je n'ai pas de temps, et ce temps : ou de construire la machine ou de la faire jouer.

Je manque d'un certain *potentiel* ou d'un certain *actuel*.

(*Ibid.,* V, 603.)

☆

Suppose que la surprise n'existe pas. Nil miror[1]. L'attente n'existerait pas — Ce qui est absurde, impossible. Il faut que j'aie de quoi répondre *toujours,* et que ce *toujours* soit illusoire, puisse être nargué par le fait.

— Un homme sans s'étonner apprend qu'il est fait roi, qu'il est ruiné; tombe au milieu d'un dîner, dans sa cave; il n'en ressent que le mal et point le désordre. C'est inimaginable. Même se le figurer, c'est s'interrompre, se détruire..

Le *premier* acte de l'homme ainsi brusquement changé n'est pas de répondre à l'événement par des *actes*. Il faut qu'il reconstitue d'abord ce ou celui qui fait des actes. *C'est précisément celui-ci qui est atteint par le choc,* celui-ci qui fait les machines des actes. (Un ouvrier, un amant, un mangeur, un calculateur.. se forme en moi, se forme de moi.)

La surprise[A] est donc un changement de second degré.

— Et quand elle a eu lieu, l'être impuissant à agir ne peut reconstituer l'être qui pourra agir, qu'en restituant d'abord, autant qu'il le puisse, le *fait* auquel doit s'adapter le nouvel homme, l'homme de la situation. (*Ibid.*, V, 604.)

Si l'insolite produit un effet comparable à celui de la violence ou de la soudaineté, — c'est que pour chacun ses idées possibles forment à chaque époque, un domaine dont il ne perçoit pas la frontière, — ou il en confond la frontière avec celle de sa possibilité absolue de penser.

Il prend toujours le contour de ce qu'il peut imaginer *de suite* par lui-même pour le contour de ce qu'il peut, *de toute façon,* être conduit à concevoir ou percevoir.

C'est en quoi l'homme éveillé rêve toujours et pourra toujours être réveillé.

Ce qui surgira d'imprévu et qui est imprévisible forme le réveil de ce rêve et le changement de ce contour.

L'objet insolite nous rend insolite. C'est alors que nous répondons, ahuris, au même par le même. Pas le temps d'être autre.

L'attention suscitée nous altère. À l'objet rare, un être rare. (*Ibid.*, V, 608.)

Mon « intuition » est une discontinuité dans quelque continu. Puisque aussi bien, après elle, je suis obligé d'y *revenir* — c'est le grand signe, — de la repasser, de refaire le chemin parcouru — ou plutôt aboli, — en un éclair.

De même, je puis être surpris par mon propre acte si cet acte était prêt depuis quelque temps : je l'ai oublié, — en le préparant, puis en l'oubliant, j'avais *monté* une surprise !

... Tout à coup, je me rappelle; je vois, je conclus; je change d'avis. Je ne voyais pas, et je vois.

A. *Tr. marg. allant jusqu'à la fin du passage.*

Cette illumination brusque qui se fait parole, prend position — est une vraie surprise — Source des joies intellectuelles.

Je ne m'applaudis que quand je me surprends. Comment en serait-il autrement ?

C'est donc qu'il y a des événements internes, des faits dans le domaine des idées; et des accidents qui se peuvent changer en lois; des hasards qui sont tournés en actes volontaires, qui se font vouloir après, qu'on n'eût pas même pu désirer avant.

Plus généralement, à l'égard de notre réserve et ressource psychique, nous sommes à l'état d'attente indéterminée. Nous ne pouvons devancer notre pensée. (Mais *quelque chose* peut la devancer.) Mais nous sommes prêts à la penser.

Nous ne pouvons que recevoir, désirer de recevoir. (*Ibid.*, V, 611.)

☆

Rien ne peut être ni entièrement nouveau, ni entièrement non-nouveau.

Si quelque chose est ainsi elle ne peut être ni pensée ni perçue. Toute chose que je connais *maintenant* doit être et assez nouvelle et assez déjà-connue. Rien de ce qui survient ne peut être ni tout connu ni tout nouveau et inconnu.

Je ne vois que ce que j'attends; mais je ne vois que ce qui s'impose assez.

— On dirait que toute idée ou perception n'est idée ou perception que *par rapport à une certaine attente*.

Ainsi *l'idée inattendue n'est pas une idée ;* la sensation inattendue n'est pas une sensation *déterminée* mais un événement d'ensemble, informe.

C'est en quoi les chocs physiques et moraux se ressemblent.

Je préjuge à chaque instant — par ma pensée, — par ma configuration, — par ma tension, — par tout mon possible même, que la suite du possible sera telle et telle.

Si donc l'événement me contredit il détruit tout un développement. Et c'est là le secret de la force de la surprise. (*Ibid.*, V, 615-616.)

☆

An

Lorsque l'événement était *attendu,* l'élément *brusque* subsiste, l'élément indétermination n'existe plus.

Alors je suis bien *déplacé,* soulevé par le coup, mais je sais où me replacer.

Le fil non rompu ramène le corps déplacé à son lieu, *sans oscillations.* L'effet du coup est local, limité.

L'attente est cette *localisation.* Tout effet prévu se produit localement, limitativement — Polarisation. —

C'est le lieu des points atteints par un événement qui dessine l'attente. (*Ibid.,* V, 620.)

☆

An

Mathématiquement, l'attente est la recherche des conditions de maximum et minimum.

On cherche, p[ar] ex[emple] : un MINIMUM de surface vulnérable, — de mise en train, — de temps de mise en route, — d'élongation de son état et d'écart d'un but

ou un *maximum* d'intensité d'action, de précision, de conformité.

On se modifie de sorte que l'événement prévu X soit renforcé ou détruit, amorti — compensé exactement.

Si on généralise et [qu']on admette que toute activité *régulière* implique une attente (généralisée) — on voit que l'organe spécial est une modification ou construction réciproque d'événements classés.

Surprise, éblouissements, chutes, douleurs, etc. sont les événements inclassables ou prématurés — et les noms changent suivant les domaines et suivant la réaction à l'inclassé.

Ces réactions pourraient s'appeler *extérieures* (au domaine). (*Ibid.,* V, 621.)

☆

Le temps — classification qui s'impose entre les actions et nos réactions. En réalité c'est une particularisation — un repérage quant à l'ordre et à la compatibilité in nobis.

Rien n'est moins général ou universel que le temps. Il n'a pas de sens quant à l'univers. (1915. Sans titre, V, 712.)

Le présent a une sorte d'intensité. La relation du tout avec la sensation a des degrés.

Comme je l'ai déjà noté, la meilleure définition à adopter pour ce Présent serait = le Présent est de la nature d'une *forme ;* il est ce que conservent toutes les substitutions possibles, — le système des conditions d'un équilibre mobile.

Ce système ou cette forme se perçoit plus ou moins elle-même — Voilà cette intensité. De plus, toute perception n'existe en réalité que *dans* cette forme, et par conséquent, accompagnée d'un reste. Il n'y a pas de sensation isolée absolument. Pas d'île de plaisir ou de douleur parfaite. (1915-1916. *A,* V, 757.)

Préface à la Théorie du Temps.

Ce qu'on appelle Temps est une notion aussi grossière et confuse que l'était avant la dynamique, celle de *force.*

On appelait, en gros, *force* ce qui s'est analysé enfin en effort, en force, en travail, en intensité, en force vive, en puissance, en accélération etc.

Une telle discrimination doit être préliminaire à toute philosophie ou métaphysique du temps[A]. (*Ibid.,* V, 851.)

L'atome de temps.

Si on chronométrait les temps de réflexes, les temps de réaction, de retour après surprise, d'attention « instantanée », de sens complet, de reconnaissance, — peut-être en comparant ces mesures, trouverait-on qu'elles s'expriment toutes en multiples entiers d'une certaine durée — ou atome de temps.

A. *Aj. :* v[ariable] indépendante.

Rien n'existe pour nous en deçà de cette durée.

Un être ayant une constante-temps très différente percevrait un monde très différent — et le modifierait très différemment.

— Une sensation serait définie par une durée — Un souvenir d°.

Mais il y a plus.

Il y a peut-être aussi[A] dans ce règne moléculaire, un *ordre rigoureux* de succession de faits élémentaires, ordre qui nous échappe dans l'usage et l'appréciation d'ensemble de nous-mêmes et des choses.

C'est peut-être cette texture intime hypothétique qui rendrait compte des phénomènes les plus étonnants de la mémoire élémentaire.

— Un spermatozoïde emporte avec lui de quoi reconstituer dans un milieu approprié et avec le temps nécessaire — un complexe d'êtres antérieurs, nouvel être. Et il emporte cela dans un ordre de grandeur tout différent.

L'ordre rigoureux de succession est observable dans le développement des embryons. — Ordre lié à structure, à fonctionnement, seul tenant.

L'ordre rigoureux lié toujours à anticipation. (*Ibid.*, V, 855.)

☆

Rythme —

Je crois que le rythme est la loi d'une suite, mais d'une suite *multiple*. Ce qui fait que des manœuvres sur le sens de l'ouïe agissent puissamment sur l'énergie musculaire et les membres. S'il n'y a pas rythme l'oreille et l'esprit seuls sont intéressés — du moins *distinctement*.

Et à l'inverse des mouvements liés, répétés, ponctués de façon convenable éveilleront des mouvements phoniques, et s'éclaireront de ce chant.

Ce n'est pas la répétition qui fait le rythme; au contraire c'est le rythme qui permet la répétition — ou la crée. (C'est pourquoi il y a rythme sans répétition *objective*.) Ce n'est pas qu'on ne puisse imaginer la répétition d'une suite quelconque, mais cette répétition quel-

A. *Tr. marg. allant jusqu'à :* et des choses.

conque devra emprunter sa possibilité et ses conditions à autre chose — P[ar] ex[emple] : mémoire[A].

Il faut donc envisager ce qui constitue une suite telle-ment qu'elle contienne sa répétition comme conséquence.

Intervalles plus petits que la durée d'effacement. — Intervalles multiples exacts du plus petit d'entr'eux. — Restitution élastique, — limites de cette élasticité. Obli-gation et possibilité de prendre la configuration et de fournir les forces qui reproduiraient (sur l'oreille p[ar] ex[emple]) les effets donnés (par elle).

R[ythme] est ce qui se reconnaît, se saisit, se reproduit dans une suite. Ainsi dans une suite de paroles, ce n'est pas le timbre — Dans une mer, pas la couleur. C'est un mode de mouvement. Ou plutôt c'est tout phénomène considéré comme mode de mouvement —, ou le mouve-ment dans un phénomène considéré comme le définissant.

Pluralité comme engendrée par un mouvement. Une sorte de transformation réciproque entre la chose *A* et le mouvement quand cette transformation est réciproque, *A* donnant le mouvement et le mouvement donnant *A*.

Je comprends quand il y a période et que je l'ai saisie. *Alors la chose m'appartient.* Je l'ai entière comme j'ai tout l'acte que je vais faire *avant* que je ne l'aie tout fait. Il y a division entre la machine de l'acte et son exécution. Le rythme est donc configuration bien définie, — l'acte unique de cette configuration. (1916. *B,* V, 897.)

☆

Rythme — Voilé peut-être par des opinions comme celle-ci : une longue vaut 2 brèves. Oui selon le temps — non selon le rythme.

Car le rythme exclut le temps, se substitue à lui dont il est organisation.

Le rythme est au temps ce qu'un cristal est à un milieu amorphe.

C'est un temps tout actes, et les silences y sont des actes.

Constitution de l'unité de *n* manières.

Mais ce n'est pas une unité de temps. (Quoiqu'on puisse adjoindre la condition d'égalité de temps ordi-

A. *Aj. marg. :* Un discours rythmé est fait de portions répétibles.

naire.) Elle contient des silences ou intervalles de
2 espèces : Les uns qui sont des suspens, les autres
des zéros.

Arrêts divers, ceux-ci sur le haut de la voix, ou du
moins non sur le plus bas; ceux au plus bas ou au plus
haut.. (*Ibid.*, V, 906.)

☆

La notion du temps renferme aussi l'idée d'un mouvement indépendant de toute circonstance, de tout corps,
que rien ne peut modifier — et par conséquent *uniforme*
— sans vitesse.

Elle est absurde.

Mais comment construire[A] une fonction de tous les
changements observables, des non-changements, des
substitutions de tous ordres, des *contradictions,* de la
mémoire, de l'anticipation, de l'attente etc. qui satisfasse
à toutes les conditions ?

Historiquement, le mouvement diurne, l'écoulement
du fleuve, ont fourni leur image. Le temps est l'idée de
ces phénomènes non approfondis.

— La vitesse est un fait de situation. *A* est plus vite
que *B* quand *A* est situé entre *B* et le point de direction
à l'infini de ces deux mobiles se mouvant dans le même
sens et partis du même point. Quand ils vont en sens
contraires, il faut faire intervenir la mesure pour décider
que l'un est plus vite que l'autre.

— Au fond, l'élément mystérieux de l'idée de temps
est le changement même : relation toute singulière entre
des choses ou perceptions.

S'il n'y avait que substitution, rien ne nous le dirait.
(*Ibid.*, VI, 44.)

☆

Attente. Figure inverse de l'attente[B].

L'attente étant l'immobilisation d'un acte dont tout le
mécanisme est ajusté et à qui ne manque qu'un *signal* et
non un *travail* (de montage) — on peut concevoir et il
existe une forme inverse qui est l'action rétrospective.

A. *Tr. marg. allant jusqu'à :* toutes les conditions.
B. *Deux tr. marg. allant jusqu'à : travail* (de montage), *suivis
d'un seul allant jusqu'à :* dans la surprise.

C'est l'indication d'un acte, l'esquisse du mécanisme (et de son action) qui représente l'acte auquel le montage a manqué — de sorte que le *signal* ayant paru, rien d'adapté n'a pu suivre.

Cette rétroactivité se remarque précisément dans la surprise, et est comme une tentative de racheter l'occasion perdue, la riposte manquée. (*Ibid.*, VI, 87.)

Temps, nombre, rythme.

Le résultat de l'opération qui permet de représenter une pluralité *B* discrète quelconque, ou toute pluralité, par une pluralité *A* discrète de pluralités *A* (et une pluralité moindre que *A*) — sera nombre.

Mais la pluralité est faite d'éléments ou unités interchangeables, c'est-à-dire dont les échanges *conservent* les propriétés.

Cette propriété est exclusive du temps, dont elle est la négation, *l'opération inverse*.

Si l'on tient compte de tout, si l'on n'*oublie* rien, il n'y a pas de conservation *particulière ;* et le même se distingue du même.

On ne repasse pas le même fleuve — (à la condition de n'avoir pas trop oublié le premier passage, sans quoi on ne discerne pas).

Qui conserve tout, ne conserve aucune partie, car le même et le même coexistent et ont donc des rapports différents.

Là gît la distinction du rythme et du nombre — qui ont des points communs — tels que d'être relation entre simultané et successif.

Le rythme se distingue du nombre en ce que *l'ordre* d'énumération y demeure essentiellement inhérent; et d'autre part, il emploie plusieurs *unités* (au moins deux — et dont l'une est l'unité nulle, le silence élémentaire). On peut écrire un rythme en binaire 0 et 1 ; en ternaire 0, 1, 2.

Par contre le rythme en tant que pluralité est *borné*. Il y a un nombre d'éléments distincts non dépassable; et un nombre total d'éléments également indépassable.

De plus chaque élément ou unité est susceptible de

valeurs ; ou durées — (car les intensités peuvent se considérer comme éléments diſtincts).

Les intensités et durées employées dans un rythme sont en rapports simples ; et durées et intensités en n[ombres] finis.

Le rythme eſt organisation *quoique succession.* La mesure, énumération malgré organisation. Dans le groupe rythmique chaque élément eſt différent (par le rôle), fût-il physiquement identique. Dans la mesure : on n'additionne que des unités de même espèce. (*Ibid.,* VI, 98.)

L'État de rythme — État conservatif — (Atmosphère) — L'État de loi —

Quand le chant, la danse commencent, il y a quelque chose de changé non seulement dans l'ouïe ou les jambes ; mais je suis comme conſtruit et organisé autrement. J'ai subi un *changement* d'*état* — (analogue au passage du sommeil à la veille). Une sorte de température se modifie. Ma liaison intime eſt autre.

Je m'exprime ce changement curieux en disant que j'ai passé à l'état *de conservation sensible d'énergie utilisable* — (motrice). On vit plus sûrement, plus clairement, à moins de frais. Comme si les mêmes choses avaient pris des lois nouvelles d'échange, d'évolution, de compensation exacte ; toutes, malgré leur diversité, venant d'une source unique ; se composant en rapports simples ou sensibles.

Les aĉtes se dessinent de plus en plus en économie ; ils semblent exaĉtement proportionnés à l'énergie et cette énergie, sans frais ni pertes.

Leur durée eſt une sorte de « fonĉtion des forces ». Elle ne dépend que d'elles. Ni insuffisances, ni déperditions. Mais récupération et adaptation parfaites.

Dans cet état on ne peut agir (au sens le plus général) que l'aĉte ne soit capable de ramener à l'état initial.

Il se fait une création perpétuelle de l'*attente,* mais une deſtruĉtion perpétuelle du passé antérieur.

Il eſt très remarquable[A] que l'état rythmique exclue le souvenir dans la mesure même où il se sent *périodique,* capable de périodicité — car il conſtruit des périodes

A. *Trois tr. marg. allant jusqu'à :* capables par ſtructure.

complètes (qui *peuvent* ne pas se répéter mais qui *doivent*
en être capables par structure).

Il modifie singulièrement les catégories du temps.

Le danseur ne va nulle part. Le but, la cause, l'être,
l'acte, l'effet sont ici unis et enchaînés, comme les valeurs
d'une période. Ils se succèdent sans se détruire comme
les faces d'un même objet, comme si ces substitutions
formaient un groupe...

Remarque. Cet état conservatif — qu'on pourrait dire
d'énergie libre, liée, $(w + v = c)$ — d'échange sans
gains ni pertes (avant la fatigue) existe sous formes
diverses : la contemplation, la danse; — pendant cet état
les choses extérieures jouent un rôle curieux. Elles ne
sont plus que parties prévues de ma machine. Le sol
pour le danseur, l'arbre que le penseur fixe, où il s'appuie
en esprit. Si le sol cède, si l'arbre a été abattu, si le mot
manque à la marche de la pensée — — si la musique
s'interrompt — — on n'est plus à l'état de *grâce* — je
veux dire à l'état de loi. — Les *repères* perdus.

État thermique, d'agitation moléculaire, des *mots dans*
le parleur animé. (*Ibid.,* VI, 101.)

Le mouvement plus ou moins caché par lequel ce
qui n'est pas encore est déjà, ou est entièrement dans ce
qui est — s'appelle rythme. — Un ensemble de sensations donnant les conditions de ce / d'un / mouvement
en même temps qu'il l'imprime — et donnant ces conditions tellement que je puisse retrouver ou reproduire les
sensations données par le moyen de ce mouvement
reproductible et reproduit. (1916. *C,* VI, 165.)

Puisque les choses changent c'est donc qu'on ne les
perçoit qu'en partie. On appelle temps cette partie
cachée, toujours cachée, de toute chose. (*Ibid.,* VI, 239.)

☆

Horaires de l'organisme. L'organisme a ses chronomètres et ses métronomes. Quels sont-ils ? Quelle heure a-t-il adopté ? Quel pendule bat ?

Ces questions si on y pouvait répondre donneraient le fil conducteur et le plus intime lien du corps séparé avec le milieu cosmique.

Il y a plusieurs temps dans ce monde. Le temps de propagation d'un ébranlement est caractéristique d'un milieu. Il n'a pas de relation nécessaire a priori (dans l'état actuel des connaissances) avec les temps de rotation ou de révolution. (*Ibid.,* VI, 278.)

Le rythme — —

En somme je vois jusqu'ici dans cette notion délicate, ceci :

Il y a rythme toutes les fois qu'un ensemble d'impressions simultanées ou successives est *saisi* par nous de telle sorte que la loi d'ensemble, par laquelle nous saisissons l'ensemble, soit aussi bien loi de réception, de distribution que loi de production, ou reproduction.

Le mot loi n'est pas tout à fait le mot juste. Liaison serait peut-être plus exact, moins intellectuel. On voit que la notion ou sentiment élémentaire d'*intervalle* de *distance* est ici parmi les premières. Car si 2 corps me donnent ce sentiment (de leur écart) — je puis me reproduire ce sentiment et le détacher de ces corps mêmes.

Ce qui me parvient[A], se fait en moi une *organisation,* c'est-à-dire une machine d'acte, et l'acte de cette machine c'est précisément la restitution de ce qui m'est parvenu. (1917. *E,* VI, 518-519.)

L'égalité des temps est un problème insoluble. Et nous avons pourtant la notion de cette égalité. Elle est pratiquement utilisée — etc.

On peut comparer cette difficulté à celle de la superposition et de l'égalité des figures symétriques. Tous les éléments sont superposables, l'ordre est le même —

A. *Tr. marg. allant jusqu'à la fin du passage.*

l'ensemble ne peut par aucun mouvement s'appliquer à l'ensemble. Dans le temps, les phénomènes étant identiques, même impossibilité.

Il faut donc penser à une dimension de plus. Le phénomène A n'_est plus_ quand le phénomène A est. L'égalité des temps veut qu'il soit _encore_.

Revenons à la géométrie. Je vois le triangle A après le triangle A et je juge que ce nouvel A [est] égal au 1er, _par simple vue_. A me rappelle A et se confond à partir de ce moment avec lui comme conséquences[A]. Je puis me tromper. A_2 peut être différent — mais si A_2 me _rappelle_ A_1 et si je ne conçois que les conséquences puissent être différentes — —

Le fait est que l'égalité des temps _existe_ pour notre sens[B], _non seulement comme perception, mais comme loi d'action_. Ces mots : frappez à intervalles égaux, ont un sens parfaitement net. Nous savons l'accomplir. Et même nous savons beaucoup mieux l'accomplir que la prescription contraire : Frappez à interv[alles] inégaux.

Une fois que le mécanisme d'un acte est déterminé entièrement l'égalité des actes de ce mécanisme est la règle.

Il est probable que la perception de l'égalité des intervalles résulte de la construction d'un mécanisme caché qui produirait les phénomènes, et l'assimilation de la production à la réception est la clef de cette égalité — —

Tous les ph[énomènes] successifs tendent par leur suite à organiser en moi[C] un vague mécanisme producteur, tel qu'un seul même système les produise tous, et dans lequel ils jouent des rôles _D.R._ De plus ces phénomènes qui peuvent être _inimitables_ sont réductibles ou réduits au seul minimum nécessaire pour jouer ce rôle réflexe.

Or le réflexe ou plutôt _D.R._ est par définition, quand il est perçu, l'unité de temps. La modification spontanée est un type de minimum irréductible — qui ne peut être altéré que dans le sens du retard. [...] (1917. _F, VI,_ 589-590, 588.)

A. _Aj. renv._ : Nos yeux nous disent qu'il y a des figures égales. Tous nos sens ont un sens pour l'identité.
B. _Deux tr. marg. allant jusqu'à_ : la clef de cette égalité.
C. _Deux tr. marg. allant jusqu'à_ : ce rôle réflexe.

☆

ψ

— — En somme, je *crois* qu'il y a une mécanique mentale qu'il ne serait pas impossible de préciser.

Mais cette mécanique, qui doit s'inspirer de l'autre, toutefois ne doit pas craindre de prendre ses libertés nécessaires — c'est-à-dire de contredire la première sur les points qu'il faut. Ainsi la variable temps est profondément différente.

Le temps mental[A] est plus une fonction qu'une variable, en psychologie — et on trouvera $\dfrac{\partial t}{\partial F}$ plus souvent que $\dfrac{\partial F}{\partial t}$.

On pourrait aussi considérer le temps comme le *résultat* et chercher à le constituer ou à l'intégrer.

Je crois que mon idée grossière sur le montage des machines et la distinction entre le montage et le fonctionnement a sa valeur.

Aux montages sont attachés des *temps* de nature et de grandeur variables.

Aux fonctionnements, d'autres temps déterminés.

Aux dissociations, d'autres temps.

Aux conservations, des *durées.*

— Il est naturel de chercher ce qui se conserve dans cette variation perpétuelle. Or cela n[ou]s est *donné.* C'est précisément tout ce que n[ou]s sommes ou croyons être, nos choses, nos mots, notre corps. Mais qu'est-ce qui ne se conserve pas ? — C'est le problème ici. Et c'est à cette question que s'adapte grossièrement la notion du *Temps.*

Mais il y a d'autres choses qui se conservent que les 1ʳᵉˢ. Ce sont des relations. (1918. *H, VI,* 894.)

Les diverses espèces de temps que je distingue sont peut-être aussi différentes entre elles qu'une *chaleur latente* d'une chaleur thermique et qu'une chaleur d'une force vive.

A. *Un seul tr. marg. allant jusqu'à* : a sa valeur, *suivi de deux allant jusqu'à* : des durées, *puis de trois allant jusqu'à* : la notion du *Temps.*

Temps que l'on *fait*, temps que l'on subit — temps
que l'on ne fait ni [ne] subit et qu'on ne perçoit pas —
étant sur le même mobile —, ayant la même... vitesse !
que lui. (*Ibid.,* VI, 901.)

☆

Réflexions sur le Temps.
A. V[oir] p. 94.
B. Les sens du mot Temps. Les locutions. L'ingrédient
   universel. L'accumulateur. Le temps actif. Le temps
   passif ou durée — anthropomorphisme.
C. Analogies — Entropie.
D. Psychologie — L'attente. L'attention. La surprise.
   Temps de plusieurs espèces.
E. Notions nouvelles[A]. (*Ibid.,* VI, 904.)

☆

Le Temps, grosso modo, est l'unique variable universelle — qui *semble* entrer également dans tous les phénomènes internes ou externes, dans l'être et le connaître.
(*Ibid.,* VI, 911.)

☆

L'attente n'est pas seulement un état perceptible et
attaché à un objet, une sorte de visée à travers le temps
à laquelle un certain événement *doit* répondre : elle est
aussi plus profondément une disposition perpétuelle et
nécessaire de notre être, qui tend à lui faire physiquement et psychologiquement préparer ou *prévoir* le
moment immédiatement suivant.

On peut même penser que notre structure et notre
régime de fonctions définissent un avenir et prévoient
un ensemble de circonstances — qui ne se produit pas
toujours.

Ceci posé, tous les événements qui agissent sur nous
se trouvent, de par notre existence même antérieure,
divisés en classes : les uns viennent correspondre à nos
attentes conscientes; les autres n'y répondent pas. Les
uns trouvent en nous (dans nos ressources et réserves)

A. *Aj. :* correspondance réciproque de 1 à *p* et de *p* à 1 de quoi être compensés, utilisés ou surmontés; les autres nous prennent en défaut.

Parmi les moyens qui nous permettent de compenser les variations rares ou brusques du milieu extérieur ou intérieur, certains sont proprement psychologiques. Ainsi le naïf sentiment d'une certaine stabilité; l'étrange et inconscient conviction de l'*indifférence* d'une infinité de phénomènes *qui nous permet de négliger le plus grand nombre de nos sensations,* la notion de loi naturelle.. tous ces gardiens de notre sécurité mentale complètent par des illusions nécessaires le système des défenses de l'être contre les caprices de l'univers.

Mais nous ne sommes pas si bien gardés que des alertes ne puissent se produire. Nous sommes attaqués sans répit dans notre pouvoir de prévision. Nous ne pouvons être prêts à tout, et il y a toujours « plus de choses dans le ciel et sur la terre, Horatio, que.. » etc.[1]

Les mots de surprise, accident, étonnement, ignorance, désordre témoignent de notre familiarité avec cette impuissance à défier soit naturellement soit artificiellement l'infinie variété des combinaisons qui nous assiègent intus et extra.

Il a fallu faire un mythe de cette insuffisance. L'homme a appelé *Hasard* la cause de toutes les surprises, la divinité sans visage qui préside à tous les espoirs insensés, à toutes les craintes sans mesure, qui déjoue les calculs les plus soigneux, qui change les imprudences en décisions heureuses, les plus grands hommes en jouets, les dés et les monnaies en oracles; qui fait les batailles comparables à des *parties*..

Le Hasard ne se peut regarder fixement[2]. (1918. *I*, VII, 3-4.)

Time —

Le passé[A], le futur sont ce qui RÉPOND *au présent*, chacun selon des conditions.

Le *présent*[B] est la qualité de ce qui est doué du pouvoir

A. *Trois tr. marg. allant jusqu'à* : au présent.
B. *Un premier tr. marg., et à partir de* : qui suppose à son tour *un deuxième, allant jusqu'à* : condition de la connaissance.

d'agir — et c'est le *besoin* — le présent est lié intimement à l'acte. On peut puiser dans le passé des conditions, mais le passé se fait présent en ce sens.

D'autre part, ce présent besoin est lié par des relations à des choses qui sont considérées ou nommées *présentes* — et ces relations sont contemporanéité — et elles consistent dans un *rayon d'action*.

En somme — le présent peut se mettre sous forme d'une transformation complète — et puis d'une totalité (de proche en proche). Observateur et chose observée. *Échange*.

Quand je pense passé, j'en suis absent et j'y suis impuissant.

Le présent suppose (en gros) une réciprocité d'échange, une action et réaction, une fermeture — qui suppose à son tour une *durée suffisante*. Cette durée est niable théoriquement, mais elle est — elle est condition de la connaissance.

Un objet est présent lorsqu'il est à la fois demande et réponse, origine et fin : cause et effet —, départ et arrivée : et il n'y a de présent qu'en ce sens, pour autant qu'on peut constater *sensiblement* cette propriété.

La simultanéité n'est que cela. — (*Ibid.*, VII, 43.)

☆

ρ (Rythme)

Entre le chant et la parole, la différence est d'abord l'étendue du registre. Et de plus celle des fractions de ton utilisées, la parole utilisant des fractions non simples (au sens chimique —).

Alors le rythme. Le rythme étant la corrélation *sensible* des actes comme formant un seul acte; les actes en liaison — en loi — d'où sensation de *prévision*, d'*attente*, tandis que la parole est non-analytique, instantanée.

Én[ergie] potentielle + én[ergie] actuelle = K. Élasticité donc périodicité. Mémoire élémentaire.

Le chanteur tout entier est modification d'une colonne d'air, mais colonne continue et modifications claires. Attentif à cette colonne fluide invisible — porteur respectueux, support de ce courant d'air. (1919-1920. *K*, VII, 421.)

Nous sommes des machines assez régulières qui avons affaire à un monde ou milieu qui ne l'est pas, ou qui l'est moins ou qui le paraît moins, puisqu'il est une pluralité de machines rassemblée autour de nous et qui mêlent leurs périodes; ou de qui les périodes sont trop étendues ou trop brèves pour notre perception. — (1920. *L, VII,* 495.)

De l'*espérance* — περὶ τῆς ελπίδος — ἐλπίς[1]

Pourquoi j'écris ce mot — Pour me faire remarquer à moi-même combien les soi-disant psychologues sont bornés. Ils se gardent d'observer que ce mot représente q[uel]q[ue] chose d'important — et ils le considèrent comme peu scientifique, à cause de son arome religieux.

Or il signifie quelque chose — Et peut-être quelque chose très importante dans le système humain.

La vie mentale comporte certains oublis et certaines illusions instinctifs — qui la défendent et la supportent.

Les phénomènes d'attente sont capitaux. L'espoir en est un. Il conduit à l'oubli du probable et du certain. — Il est essentiel à la plupart des actes, et impliqué dans tous, même dans le geste du désespéré. — Les anciens le divinisaient. (*Ibid., VII,* 609.)

Le temps est la sensation de la déperdition d'énergie utilisable non compensée.

Analogie du temps pur et de la chaleur rayonnée.

Comme le travail se peut intégral[emen]t changer en chaleur mais la chaleur en travail intégralement, ainsi notre action est temps, durée nécessairement, mais notre durée n'est pas néces[airement] action. Action ou non, n[ou]s dépensons q[uel]q[ue] chose. (1921. *N, VII,* 842.)

Image du *présent* = une roue qui roule sur une surface; le point de contact de la roue et de la surface est ce présent. Ce n'est pas un point mais une petite superficie. Et sans le contact et le frottement, la roue tourne sans avancer, rêve.

De plus le chemin parcouru est sillage, trace. Le passé ensemble des points de contacts — mais passé *relativement à la roue*. Chacun de ces points est dédoublé par l'avance de la roue — et à chacun des points de l'arc montant correspond un point du chemin qui fut un instant confondu avec lui. — Tous les points de la roue à partir du contact actuel et dans le sens du mouvement de translation ont appartenu au contactᴬ.

Si on supprime le contact, on peut donner à la roue un tour *brusque* d'angle φ — dans le sens contraire à la rotation *continue* et revenir ensuite au point quitté. Le temps de brusque retour sans mouvement du centre.

Le mouvement divise le point multiple *C* en 2 points simples. (*Ibid.*, VIII, 7.)

Présent — OPΓANON

Chercher les invariants — Et ce serait Psych[es] Organon[1] — ou chercher les transformations dont les notions* — sont les invariants — Tableau. C'est reprendre les choses ab Chao, ab infantia, ab materia, ab somniis[2].

L'invariant capital est le *Présent*. Comparable à une forme — Sujet à fluctuations. —

C'est ce que toutes combinaisons de choses, de sensations possibles définissent identiquement.

C'est aussi l'état ou position moyenne d'où les écarts sont instables, — l'état de possibilité de réponse et de possibilité d'autre adaptation, l'état carrefour ou centre, l'état dans lequel une demande q[uelcon]q[ue] *est au plus près de sa réponse,* et où le *sensitif* est à la distance minime du *moteur.*

Écarts. Attentions. Distractions. Intensités. Le Souvenir, retour au Présent.

ᴀ. *Dessin d'une roue qui roule sur une surface, avec une indication du point de contact actuel* (C) *et des deux points de contact imminent* (A, A' *et* B, B').

Le Présent est disputé par ses contenus possibles. Il doit être caractérisé, réalisé matériellement par une tension et articulation dans le syst[ème] central.

Il est caractérisé analytiquement par une sorte de coïncidence ou d'équation. Il est aussi de la nature d'un contact. Ce que j'ai en commun avec le non-moi.

Tout le « *temps* » est contenu dans le *présent* dont il constitue, sous divers aspects, la forme grossière des *écarts*. — Spécialisation, attention.

Le souvenir est une des vibrations de la corde dont la tension est le présent. L'idée, l'invention en est une autre.

La variation de la tension donne l'idée de la rapidité ou de la lenteur du temps — — ?

Il se peut que le souvenir reconnu, perçu, utilisable, ne soit qu'un des termes ou moments d'un système d'harmoniques dont le reste est *amorti* rapidement. S'il ne l'était.. ? — Rêves ?

Le temps vrai n'est pas succession d'événements mais au contraire, succession du Même.

La restitution du Même, la re-connaissance du Même par le *même* est l'acte fondamental.

Tout se passe comme si le Même était immuable, (et par là ce Même se divise, se distingue de la personne). Il y a donc quelque chose à l'égard de laquelle, rien ne s'est passé.

Alors ce problème : ou bien l'on peut définir ce Même ou ce Présent, par les fonctions dont il est invariant, ou bien on ne peut pas.

Retrouver le Même, c'est changer d'Autre.

Prendre variable indépendante particulière localisée reconnaissable pour loi de la variation totale — c'est attention.

C'est écart du présent[A] *que* DE RENDRE *présent*. Il y faut des forces, car le présent libre est non polarisé. *Le Même se régénère par n'importe quelles substitutions*.

Mais faire se passer difficilement ce qui passerait facilement, *suivre,* retarder — il faut un « Corps » pour ceci.

Dans le rêve, souvenir, invention, sont indivis, à l'état

A. *Quatre tr. marg. allant jusqu'à :* RENDRE *présent.*

de dissociation, de composition et décomposition
réversible.

Tension faible.

Le présent serait le système de forces qui résistent à la
dispersion, à la propagation à l'infini des excitations. Il
est *contrainte* à ne se pas éloigner de plus d'une certaine
grandeur, de quelque point.

Théorie des écarts et de cette tension.

La sensation crée le présent et tend à le rompre par
ses conséquences.

Tout le temps est compris dans l'intervalle de deux
tensions.

Ainsi Présent = 6 aspects d'où : *Degrés* du présent.

a) Syst[ème] de forces. Tenseur[A]
b) Éq[uation] de condition absolue
c) Condition de contact de l'universel au singulier, de
l'être et du connaître
d) *Condition* de l'*acte*[B]
e) Condition de la *sensation*
f) Ensemble des corps vus — *Simultané* et in abstracto,
la visibilité* même d'un tel ensemble. (1921. *P*, VIII,
300-302.)

☆

Rythme. Correspondance entre actes et sensations —
et alors une *suite de sensations est comparable à un acte* —
cf. effets de la musique[C].

Qualité d'une suite d'événements qui la fait diviser en
parties telles que l'une engendre l'autre au moyen de moi.

Une suite est rythmée quand on *peut* battre des coups
qui *semblent* équidistants, qui la divisent exactement. Or,
on ne peut battre des coups équidistants que si quelque
chose en nous retient — produit. Cette appréciation-
organisation est le fait capital. Elle repose sur le principe
même de l'attente — — — (liaison passé-futur, avec
annulation du présent). (*Ibid.*, VIII, 323.)

A. *Aj. :* *La constante* condition.
B. *Aj. :* Voir cahier *Q*
C. *Dessin abstrait d'une suite d'événements périodiques, musicaux ou
autres, illustré d'une façon humoristique par un autre dessin de douze
hommes à la queue leu leu qui avancent ensemble, tantôt d'un pas mesuré
et régulier, tantôt à grandes enjambées.*

☆

Le rythme[A] impose de quoi l'engendrer. Il impose des actes et ces actes le renforcent, font de moi en retour une origine et une conservation de lui.
Communicabilité.

Il n'y a rythme que si n[ou]s avons le sentiment d'une unité de mesure — cette unité ne peut être qu'un acte. Le rythme d'une f[onction] périodique exige que cette fonction soit rapportée d'une mesure qui n'est pas horloge, mais en nous. (*Ibid.*, VIII, 324.)

☆

T

La durée est de la nature d'une résistance. L'homme qui soutient un poids à bras tendu, s'oppose à quelque chose. À quoi ? — *Non directement à la chute du poids — mais à la douleur croissante.* Limite de division ou d'écart.
Il conserve le zéro moyennant quelque destruction. Il y a « durée » non seulement parce qu'il conserve, mais surtout parce que cette conservation est *finie*. La durée est parce qu'elle ne peut pas *durer*. Toute durée est cycle.
La sensation croît au delà de toute capacité de supporter. *Comme si le poids croissait*[B].
(Accroissement du *temps* ≡ accroissement du *poids* et ceci par *l'intermédiaire de la sensibilité*.)
Et ceci n'a lieu que dans *un sens*. Il en est de même des résistances dans l'ordre physico-mécanique.
Pourquoi ? Je puis tenir ce poids 10 sec[ondes] et non 20 sec[ondes] ? Ceci dépend de ce qui équilibre ce poids.
L'effort devient de plus en plus « sensible ». Le poids *croît pour* la sensibilité. *Le poids le plus faible* DEVIENT *plus fort que le bras le plus fort.* Le fonctionnement tend rapidement à s'opposer à lui-même; mais non *directement*.
Pas de « forces » constantes pour l'organisme[C].

A. *Tr. marg. allant jusqu'à* : Communicabilité.
B. *Aj.* : Le plus court est de *céder*, d'abaisser le bras par le poids.
C. *Équation illisible en marge.*

L'être tout entier est appelé à payer pour la partie qui travaille contre. Il y a une partie de « Moi » *contre* « Moi ». Je suis divisé contre moi-même — *c'est là ce qui engendre la durée.*

Durée ≡ contrariété interne — Indépendance.

Se mettre en travers de son propre cours.

Rôle du « Corps[A] ». Rôle des *forces extérieures.* Le Corps est ce qui substitue. On peut remplacer toutes les f[onctions] extérieures par des états du corps. Système fermé de sensations. [...] (1921-1922. *Q,* VIII, 399.)

☆

Les Attentes.

Ce qui agit si fort en nous, ce n'est point l'événement en soi (quel qu'il soit), — c'est, par exemple, l'écroulement de *constructions* plus ou moins cachées, les Attentes déçues ou rompues. Ces attentes plus ou moins anciennes, plus ou moins *profondes,* — modifiant imperceptiblement notre possibilité de concevoir — notre possibilité de considérer la possibilité des choses extérieures, des événements. Nous crions, frappés par l'événement : Mais c'est impossible !

(L'*espérance* n'est point à classer à côté de la *foi,* ô théologien) — elle est la foi appliquée à soi. Je crois, donc ce à quoi je crois me donne à espérer. Fides substantia rerum sperandarum[1] — physiologie de ceci[B].

Attentes sont un fait capital pour le *Temps.*

La prévision est un degré de l'attente. Notre corps est *attente.* Il n'*attend* que certains événements et est fait pour eux, rien que pour eux.

La *douleur* est une des marques de sa *Surprise*[C].

La sensibilité est en relation avec attente. (1922. *R,* VIII, 566.)

___

A. *Deux tr. marg. allant jusqu'à la fin du passage.*

B. *Aj. :* On ne peut espérer qu'en prêtant existence et durée à ces choses. Ceci au moyen de quoi, — d'un corps — d'un système univoque. [*Deux tr. marg. allant de :* On ne peut *jusqu'à :* ces choses.]

C. *Aj. :* Surprise — *Effet* précédant la *cause* — analogie avec effets *rétiniens* — *complémentaires.* L'être surpris produit

Surprise[A] — L'événement inattendu se propage plus vite que toute autre perturbation. Il devance tout. Il devance la mémoire.

De sorte qu'il arrive *avant* des événements qui lui sont antérieurs — Il les reçoit — Oscillations — Non-compositions.

Groupe non galiléen.

Mémoire *revient* après.

Donc mémoire *normalement* est le 1er terme du retour, le plus rapide.

Mais la surprise va plus vite[B].

La surprise est différence, *contraste*.

Étude précise de la métaphore — Surprise = choc.

Lorsqu'un événement se propage en nous avec une vitesse > que la vitesse-mémoire (ou réflexe) — c'est-à-dire dans un temps plus petit que l'indivisible de temps — il y a impuissance, éblouissement, arrêt, RECUL, transformation, commencement de dissociation, phénomènes de déperdition (rire). (1922. *S*, VIII, 666-667.)

Surprise

Ce qui était en train passe comme à travers ce qui l'arrête. Ce qui existait passe au travers de ce qui vient exister, et va se reformer au delà — se reporte après — dans le futur.

Il y a comme un transport du passé dans le futur sans séjour dans le présent. (*Ibid.*, VIII, 674.)

Surprise — Demande énorme d'énergie immédiate. Déficit. (*Ibid.*, VIII, 674.)

A. *Tr. marg. allant jusqu'à :* va plus vite.
B. *Aj. renv. : Énergies d'événement* ∼ sensibilité —
        Énergie propre — intensité
        Énergie différentielle — état
        Énergie potentielle (attente —)
        Maximum d'énergie.

Aucun être vivant ne pourrait subsister dans un milieu sujet à des variations très rapides.

Il serait *surpris* tout le temps. Et toute son énergie serait absorbée à chaque instant.

La variation du milieu doit généralement être telle en intensité et en rapidité que l'être vivant soit possible. (*Ibid.*, VIII, 688.)

Vis-à-vis du *temps* nous nous trouvons encore aujourd'hui dans la situation où l'on se trouvait jadis, (et encore aujourd'hui, dans la pensée ordinaire) vis-à-vis de la *force*. C'est-à-dire dans un chaos de significations. Le même mot a une douzaine d'emplois. (*Ibid.*, VIII, 692.)

L'attente est ce qui réduit au minimum le temps de reprise de l'activité interrompue par la surprise, ou le temps de réponse à l'événement surprenant, lequel, s'il est *attendu,* est réduit rapidement à sa spécialité.

Prévoir pour annuler ou pour utiliser le plus complètement. (1922. *T,* VIII, 743.)

Contra Bergson

Pas de continuum universel de temps. La continuité-durée — « perçue » est seulement perceptible — peut-être inventée — — d'ailleurs.

Le continu-durée est ce que l'on perçoit quand on* *fixe* une *partie*. La *présence d'une Constante*. Constante = énergie. Résistance ∼ durée — — *sensibilité*.. Durée d'un *veston* — d'une bataille. Ce que l'on perçoit est probablement le *contraste* et généralement une *attente*^ (qui est *contraste* entre *l'acte total et sa première partie*). (*Ibid.*, VIII, 787.)

A. *Tr. marg. allant jusqu'à la fin du passage.*

☆

Oscillations.

Les oscillations rétiniennes que produisent les *contrastes* et qui font penser à une sorte d'inertie — je les rapproche des oscillations mentales que produisent les *surprises*.

Dans ces dernières, les *temps* sont comme *croisés*. Comme si revenir à l'état qui était actuel était complémentaire de l'état brusquement introduit. Il y a oscillation entre deux *temps* | présents | et une tentative de raccordement se dessine.

La période décroissante rétinienne est mesurable.

Quant à la surprise elle est relative à la structure ou à l'attente. La structure est donc comparable à l'attente[A]. Quelle que soit l'attente, si la sensation est assez intense il y a surprise totale. L'attente suppose un dispositif ou d'accroissement de sensibilité ou de diminution de conduction, pour localiser l'événement et l'amortir. Attente de la douleur.

Dans la surprise psychique, ce sont des idées et images qui se substituent en oscillations.

Oscillations entre { veille et sommeil, oui et non { sommeil et veille.

Cette dernière oscillation[B] est un fait infiniment remarquable — Vivre et non vivre. (*Ibid.*, VIII, 824.)

☆

Si la permanence, la constance *coûte*, c'est que la variation ne coûte pas. Ce que nous percevons de la durée, c'est son *prix*. (1922. *U*, VIII, 855.)

☆

Qui sait si le *temps* ne peut être considéré comme Faraday et Maxwell ont considéré l'*espace* ? — Vue naïve, puissante.

Le temps, *milieu* — avec des *contraintes*.

A. *Le reste du passage est illustré par quatre dessins d'oscillations de formes différentes.*
B. *Deux tr. marg. allant jusqu'à la fin du passage.*

Le mot de temps n'est que provisoire.

Et *dans* ce milieu — (que de métaphores !) ce que n[ou]s nommons instincts etc., souvenirs, associations, similitudes

seraient les uns des géodésiques, les autres des surfaces de niveau et il y aurait donc des mouvements de 2 espèces simples.

Et tout s'effectuerait par courbes fermées. (1922-1923. *V*, IX, 170-171.)

Surprise — Fait voir que l'état actuel quel qu'il soit est *lié au suivant*. Elle attaque le lien de ce qui allait être à ce qui est.

Pour analyser la surprise, il faut donc supposer à l'état *actuel* des parties cachées, ou des propriétés ordinairement insensibles.

Ces propriétés tendent à conserver la phase.

L'état supprimé se défend. Oscillation, forces.

L'un des termes ne peut être maintenu et l'autre ne peut être introduit. Ils ne sont pas substitution possible l'un de l'autre.

Je ne puis croire ce que je vois, ce que j'apprends. Je ne puis voir ce que je vois.

Division de l'actuel. 2 actuels incompatibles. Se repoussent[A]. — (*Ibid.*, IX, 173.)

Quand n[ou]s commençons à apercevoir *devant* nous, ce qui était derrière nous, et voyons paraître ce que nous avons quitté; et ceci par la continuation du même mouvement; et cette chose qui redevient être cependant non la même, non le même soleil, et le même; non le même printemps, et le même, cette sensation et cette contradiction qui nous divise, qui nous fait sentir que le même n'est pas le même —, qu'il est à jamais derrière nous et qu'il est encore devant notre face, cela est le temps en personne.

A. *Aj.* : $i = \varphi(\varepsilon_n - \varepsilon_{n-1}) = K + \varphi(\varepsilon_{n+1})$ [*Lecture incertaine.*]

Car si toutes choses étaient toujours entièrement différentes, nous ne diftinguerions pas d'intervalles.

Si le temps semble aller plus vite, à mesure que n[ou]s
avançons en âge, c'eft que n[ou]s reconnaissons aussi
plus de choses et en prévoyons toujours plus. — Et en
particulier nos pensées, nos désirs, nous-mêmes.

Car nous comptons par nombre de reconnaissances.

La longueur de la droite *AB* eft le n[ombre] de points
marqués sur elle[A]. (*Ibid.*, IX, 175.)

☆

Le Temps eft aussi une mesure d'énergie par le corps.
Le Corps eft mesure des choses. C'eft une définition.

J'en infère que la perception d'égalité eft fondamentale. Il y a en moi ce qui définit l'avant et l'après et
l'intervalle.

Il y a un intervalle tel que *a*, disparu, et *b* présent
liés, et liés comme si *a* conduisait à *b*, *a* et *b* étant deux
valeurs de la même fonction et cette fonction étant elle-
même mon acte, ou la dépendance immédiate de ma vie.
Alors[B] *b devient* produit, conséquence, compensation
de *a* par l'entremise d'une tension-intervalle-spécialisa-
tion due à *a*.

Mais quel eft le *siège de cet intervalle ?* N[ou]s ne pouvons
que le placer dans ce Moi, en tant qu'il conserve — —
Ce *moi*, mythe..

On arrive[C] à la conception étrange du *présent organisé*
qui se reproduit et tend à se reproduire, élément éternel,
forme type d'échange et définition du « corps ». (1923.
X, IX, 274.)

☆

Qui trouverait les vraies variables, en finirait par là
avec ces queftions d'espace et de temps. (1923. *Y, IX,*
399.)

A. *Dessin de deux lignes de la même longueur, AB et A'B'. Sur AB,
Valéry a marqué trois points ; sur A'B' il en a marqué sept, avec, en
dessous, la légende : A'B' > AB. Un autre dessin représente une ligne
avec, aux deux extrémités, un point A et, au milieu, un point B d'où part
une flèche. Le trajet BA qui suit le premier trajet AB eft expliqué par
la légende :* Surmonter, achever, c'eft *retrouver.*

B. *Tr. marg. allant jusqu'à :* due à *a.*

C. *Trois tr. marg. allant jusqu'à :* type d'échange.

Le passé est *entre* le présent et l'avenir — il est
1re conséquence — et l'avenir, seconde[A]. (*Ibid.,* IX, 407.)

Présent.

Le problème capital *non métaphysique* que je trouve
dans l'étude de la connaissance est le problème du
Présent.

Ce n'est pas un problème métaphysique, mais un problème de notation et de référence —

qui doit supprimer le problème d'existence.

On rapporte[B] toutes les existences à la simultanéité de
l'action et de la réaction, ou à leur correspondance
perçue, — c'est là l'axiome du présent. Il est la réciprocité
(approchée) de l'action mutuelle des choses, c'est un
système qui conserve les choses — sur le type du *corps.*
(1923. Z, IX, 618.)

θ

Perdre la vie — c'est-à-dire perdre l'avenir.
— N'es-tu pas l'avenir de tous les souvenirs qui sont
en toi ? l'avenir d'un passé ? (*Ibid.,* IX, 618.)

Sur les types des durées organiques qui sont
    durées de réflexes
    durées de persistance (rétine)
    durées de mouvements (circulation, digestion, actes
        complexes de pétrissage, malaxage, expulsions)
    durées de déclenchements par degrés *avec sensibilité*
    durées de croissance
    durées de généralisations cellulaires ou de proliféra-
        rations diverses
    durées de maintiens musculaires —
    et leurs variations pathologiques.

A. *Dessin d'un mouvement linéaire de* p (*le présent*) *à* A (*l'avenir*)
en passant par P (*le passé*).
B. *Deux tr. marg. allant jusqu'à :* correspondance *perçue.*

Les comparer à des durées physiques caractéristiques —

> durées d'oscillation
> durées de transmission. (1924. βῆτα, IX, 825.)

Dans le même miroir parallèle à un autre, les images
correspondantes (homologues) du même objet, celles
superposables, ne sont pas contemporaines à cause du
temps de parcours de la lumière. La plus éloignée est
après la moins éloignée.

Ici la « persistance » rétinienne compense en quelque
sorte et rend insensible la différence des temps.

Mais si l'*infinité* du nombre des réflexions dont parle
la théorie était sensible — il faudrait bien percevoir la
succession — et si la main reflétée se mouvait, si elle
s'ouvrait, par exemple, on verrait la main ouverte dans
les premiers termes spéculaires, et la main encore fermée
dans les suivants, et le tout dans le même miroir[A].

L'image de l'image de l'image de l'image... n'est plus
l'image de l'image. Mais elle l'est encore pour mes sens.
(*Ibid.,* IX, 919.)

Commencement de l'étude sur le Temps

Comme les mécaniciens, par une analyse etc. sont
parvenus à distinguer dans ce que le langage appelait
forces — une quantité d'idées ou de — d'idées séparables, et qu'il était bon de séparer, et comme ils ont
retiré la quantité de m[ouvemen]t, la force vive, l'énergie,
la puissance, la pression, et isolé la force pure — on peut
essayer d'opérer sur la notion de *temps* qui n'est pas
moins confuse et encombrée que l'était encore la force
il y a 200 ans.

Ce mot de *temps* etc. *Catégorie* mal définie.

Il serait bon que l'usage précis l'abandonnât et qu'on
lui substituât autant de termes distincts qu'il en faudrait
pour ne pas confondre des choses ou des perceptions
bien différentes. Mais ici la mesure — c'est-à-dire les

A. *Dessin d'une série de six images successives d'un point situé sur
une roue tournante.*

actes nets — nous font défaut. Il faut essayer de s'en passer.

Il y a d'abord la notion du changement illimité, pur, sans restrictions, sans[A]

et puis celle d'un changement continu — et celle d'un changement discontinu par substitutions.

Il y a notion de quantité.

Il y a celle de potentiel. (1924. *Γάμμα*, X, 142.)

L'homme attend toujours quelque chose, sans quoi il ne — serait pas. Et c'est pourquoi il peut toujours être surpris.

Cette attente constitutionnelle n'est ni corps ni esprit mais l'un et l'autre. (1924. *δέλτα*, X, 269.)

« L'avenir » est l'état désordonné du possible, mêlé de tous les degrés du probable. (1924-1925. Z, X, 461.)

Temps — ne se connaît que par contraste. (1925. *η. Jamais en paix !*, X, 543.)

L'impulsion actuelle passe par le passé.
Le passé décide de l'actuel. (*Ibid.*, X, 581.)

Le rythme est la qualité (inconnue) de la disposition d'événements quelconques qui engendre la mémoire immédiate des intervalles de production — ou reproduction, de ces événements.

La reproduction de ces intervalles est essentielle.

Mémoire.

Intervalles de production — rythme.
     —   de position   — mélodie. (*Ibid.*, X, 591.)

A. *Développement inachevé.*

☆

Crise — Passage d'un régime de fonctionnement à un autre, passage que divers signes n[ou]s rendent sensible.

Pendant une crise, le temps ne joue pas le même rôle que dans l'état ordinaire des choses. Au lieu de mesurer la *permanence,* il mesure la *variation* —

mesure[A] qui donne le temps *long* ou le temps court.

La marque limite du temps court est le retour de l'esprit sur ce qui s'est passé pour se rendre compte de ce qui s'est passé —(Surprise). Il y a eu désordre par *densité.* [...] (1925. θ. *Comme moi,* X, 673.)

☆

Temps. Les temps réels sont corporels et énergétiques.

Les durées (perceptions d'une permanence) — mesure d'une permanence par un changement — sont propriétés des fonctions.

Temps général — perception de notre permanence par contraste avec l'ensemble des changements. (*Ibid.,* X, 772.)

☆

Le sentiment de l'égalité des temps (durées) est presque uniquement *auditif* —

peu ou pas visuel : Des signaux lumineux ne disent pas leur équidistance temporelle nettement —

et aussi musculaire[B] —

et peut-être l'auditif n'est-il donnant l'égalité que par impulsions motrices qu'il communique.

Mais le visuel peut donner l'idée d'égalité continue —

(débit). $\int \frac{\partial Q}{C}$. (*Ibid.,* X, 773.)

☆

Attente[C] — À chaque instant n[ou]s sommes *proches* ou *éloignés* de tel événement qui se produit dans notre

A. *Trois tr. marg. allant jusqu'à la fin du passage. Aj. marg. :* Temps.
B. *Aj. :* Quid des retours du pendule — mais l'idée d'égalité est plutôt motrice.
C. *Tr. marg. allant jusqu'à la fin du passage.*

champ — ce qui veut dire que l'événement trouve des
chemins différents dans notre état. C'est la définition de
l'*état*. L'état défini par un *temps potentiel* d'évolution. De
sorte que n[ou]s n[ou]s comporterions tantôt comme
solide, tantôt comme un liquide visqueux etc. (1925.
ʾΙῶτα, XI, 10.)

☆

L'objet de tous les êtres est un *état* futur qui se dérobe
incessamment à eux; car, ou bien ils ne peuvent l'atteindre; ou bien, il se dépense une fois atteint, et engendre
un autre appel.

Cet état est l'état même de *l'énergie,* qui, toujours ou
déficiente ou surabondante, fait exiger une modification
vers la recette ou vers la dépense. Il y a instabilité
organique, essentielle — qui limite la durée de.. la
durée. (*Ibid.,* XI, 43.)

☆

Le travail mental.

Réfléchir, c'est substituer un champ de réponses à un
autre. Cette substitution introduit un temps d'une
seconde espèce — *transforme les données* —

c'est-à-dire des résistances — résistance au changement
spontané — s'il n'y avait[A] que ch[an]g[emen]ts spontanés
— pas de durée ni de temps. Mais le changement par
résistance ou changement sensible, divise l'être, fait
sentir les liaisons, les tend, sépare la géodésique naturelle
de la route imposée — —

On peut faire cette grossière comparaison :

temps ≡ pesanteur-chute

durée ≡ pesanteur-pression-tension. (1925-1926. λ,
XI, 208.)

☆

L'esprit est une puissance de prêter à une circonstance
actuelle les ressources du passé et les énergies du devenir.
(*Ibid.,* XI, 235.)

A. *Deux tr. marg. allant jusqu'à* : ni de temps.

À mon avis la fameuse *durée* que chaque être consume pour soi n'est pas du tout un continu mais elle doit se figurer par la dégradation et la reconstitution incessante d'un « présent achevé », équation d'équilibre. (*Ibid.*, XI, 264.)

Rythme. Tout changement, toute évolution ou transformation ou substitution qui ne dépend que de ses conditions initiales et finales.

Tout ce qui peut *se répéter*[A].

Un rythme est la figure motrice de ce qui peut se répéter.

Ce qui peut se répéter implique retour à un état identique. Tous les mouvements réels humains s'effectuent par courbes fermées, par aller et retour. (*Ibid.*, XI, 268.)

Un grand problème de « psych[ologie] » (sic) est la détermination du groupe général du Présent.

En un certain sens — on pourrait définir le Présent comme ce qui interprète le fait sensoriel, la réponse immédiate — qui *fait un sort à ce fait,* en soi insignificatif et informe, le restreint à tel développement, lui ôte ou donne telles résonances, telle fécondité. (*Ibid.*, XI, 307.)

☆

Le principal travail de l'esprit consiste à.. attendre. Et la fatigue lui vient de la spécialité et de la complexité de cette attente. (1926. *μ,* XI, 334.)

☆

Je réfléchis à perte de vue sur l'arbre, sur le fruit et sur l'histoire dans le temps du développement végétal tout en maturation, transport, accroissement et rayonnement — non sans discontinuités, séparation du fruit etc.

A. *Aj.* : répétition

Et tout[A] peut s'exprimer en temps *propre* ou *ordonné* et en temps général, universel ou désordonné. Temps *propre* n'est pas de l'individu seulement mais de telle pensée, de tel fonctionnement. (*Ibid.,* XI, 343.)

Le temps est connu par une tension, non par le changement. (*Ibid.,* XI, 363.)

Les spéculations sur le Temps constituent une gigantesque définition de chose.

Il faut refuser de s'y engager[B], et se reprendre au point où l'on a réellement besoin d'introduire une notion ou notation pour représenter ce qu'on constate.

Et il faut avant tout déterminer le problème, son existence et en définir les conditions, c'est-à-dire *ce que l'on veut,* ce dont on a besoin, et besoin primitif. (*Ibid.,* XI, 372.)

Équilibre et attente —
La surprise rupture d'un équilibre. (*Ibid.,* XI, 393.)

« Avenir[C] »
Avenir instantané.

À chaque instant un système *va* vers.. Pas d'avenir d'un tout absolu. Ce que X pressent, ou pré-voit — Ce qui sera — absolument parlant. Notion de la courbure du sort[D].

L'être prend à chaque instant la configuration que demande un événement qui n'existe pas (*pas encore ;* ou bien : *plus*). (1926. *v XXVI*, XI, 513.)

A. *Tr. marg. allant jusqu'à :* universel ou désordonné.

B. *Aj. :* ne pas se dire : qu'est-ce que le temps ?

C. *Aj. marg. renv. :* Mettre un mot entre guillemets, c'est pour *moi* le placer dans la bouche d'un *moi* moins conscient que celui qui met les guillemets. Ce mot dès lors provient d'un moi considéré comme *partie, état* — d'évolution, *degré* de Moi, embryon — etc. ou encore [*Phrase inachevée.*]

D. *Dessin d'une courbe avec deux tangentes.*

Formes de temps.

Division ou composition ordinaire, pratique, *réelle* du temps.

Il y a des *instants*. Il y a des *états*. Il y a des âges. Temps appréciés par le corps et par temps de l'esprit. Il faut 1° préciser ces *sentiments* de temps

2° et *dans* ces espèces différentes de temps placer les actes mentaux et autres, les impressions ou affections qui s'y produisent.

Telle idée se produit dans telle phase, dans telle *forme* de temps — loi locale.

— Locutions : J'ai eu un moment de stupeur — J'étais en *plein* travail —

changement[A] — *sensations* de possible présent, d'impossible.

Le temps réel se réduit à ces sentiments de possible et d'impossible — Pas encore — Jamais plus — Encore ! / Di nuovo / — Déjà — Toujours — Jamais — Maintenant — Bientôt. (1926. *ρ XXVI, XI, 565.*)

Il en est du *temps* et de l'*espace* comme du nombre. On ne comprend rien à ces notions antiques et organisées depuis longtemps si l'on ne considère pas attentivement les cas particuliers et restreints qui ont servi par généralisation à les acquérir. Les premiers et petits n[ombres] entiers ont servi à bâtir le nombre, car ce sont des cas favorables qui réunissent pluralité, intuition de l'un et du plusieurs, classement immédiat.

P[ou]r le temps et l'espace, les idées communes aux deux : ici ou maintenant; en avant, en arrière; en deçà, au delà; loin ou près; long ou bref; entre, dans; ensemble, séparément, à la suite; intervalle, distance; au voisinage de — —

identique, répété. (*Ibid.,* XI, 666.)

A. *Deux tr. marg. allant jusqu'à :* d'impossible.

Le temps résulte d'une combinaison, généralisation des impressions de changement et de résistances aux changements. Ce sont les accélérations qui font connaître le temps. $t = \int \dfrac{dv}{g}$ — Sensation de la tension qui se produit entre des parties d'un tout qui ne varie pas d'un seul bloc. Ce qui est passé laisse non compensée une fonction qui s'y adaptait — ainsi le cœur battant de peur au réveil d'un cauchemar. Ce qui est futur est *effort* partiel.

L'inachevé, l'incomplet est à la base du temps. (*Ibid.*, XI, 679.)

Le « temps » est une sorte de généralisation des relations de substitution, de tension, de résolution, que n[ou]s observons ou subissons, (empêchements, contraintes, entraînements, fixations partielles) dans le champ psycho-physique immédiat[A]. (1926-1927. τ 26, XII, 87.)

☆

L'examen anatomique de l'homo — fait voir un nombre fini de parties agissantes — entre lesquelles se voient des connexions.

Chacune de ces parties agissantes est à une phase de son évolution possible, qui est un *cycle*. N[ou]s sommes faits de parties qui ne peuvent que se modifier en cercle et les unes accomplissent leur cercle sans interruption de ce mouvement — les autres l'accomplissent de loin en loin — et occasionnellement.

Les perceptions que nous rangeons sous le nom de *temps* et de durée sont dues à des contrastes de ces cycles — et à la *diversité* de *leurs modes* de *combinaison* entre eux. (1927. *v 27*, XII, 121.)

☆

Une grande partie de ce qu'on nomme psychologie et même physiologie — et esthétique

A. *Aj.* : toujours, jamais, même, autre, avant, après, pendant, quand

est justiciable d'une espèce d'analysis situs étendu au temps *vrai*.

C'est ici que je placerais ma notion fondamentale du « présent » — *contact* — restitution — forme — distinction. (*Ibid.*, XII, 131.)

θ

Le temps s'écoule mais il n'entraîne pas également toutes choses, sans quoi il serait inconnu et imperceptible.

N[ou]s ne percevons que ces différences et n[ou]s plaçons tantôt sur l'objet qui fuit, tantôt sur celui qui demeure — et tantôt nos pensées, tantôt les choses qui n[ou]s entourent semblent prendre la tête du changement[A]. (*Ibid.*, XII, 145.)

L'équation Δt du temps vrai serait une grande conquête.

L'équation Δs d'Euclide-Riemann dit ceci :

$$\overline{AB} = \overline{BA}; \quad \overline{AB} + \overline{BC} = \overline{AC}.$$

L'équation (Δt) peindrait l'instant-différence.

Le temps vrai est ou agir ou attendre ou subir.

$$\varphi(d) - f(r).$$

Persistance $= \varphi(d)$. (*Ibid.*, XII, 149.)

Temps idéalisé — changement constant, indépendant de tout duquel t[ou]s les autres changements dépendent, tandis que dans la relativité t[ou]s les chang[emen]ts sont liés, l'horloge est *réelle* et il n'y en a pas d'idéale et elle obéit au reste comme le reste à elle. Le changement[B] (1927. *Φ*, XII, 294.)

Il n'y aurait point de musique si les sons ne s'amortis-

A. *Aj.* : $\dfrac{\partial \psi}{\partial t}, \dfrac{\partial \varphi}{\partial t}$

B. *Passage inachevé.*

saient rapidement, et il n'y aurait point de musique s'ils s'amortissaient trop rapidement.

Mais c'est la nature des corps et des milieux qui les *amortit* ASSEZ, et c'est celle de l'ouïe même qui les *entretient assez,* pour que la suite, la modification successive de l'un par l'autre puissent se produire, pour qu'on apprécie le bond d'une note à l'autre, ou sa chute.

Le temps nécessaire pour que l'un rejoigne le précédent est donc composé d'un temps et d'un temps — un temps de superposition des vibrations qui leur permet de s'ajouter — et un temps de conservation qui permet aux sons successifs de s'influencer. (*Ibid.,* XII, 303.)

Expression grossière

Le présent se transforme dans le futur *au moyen du passé.* (*Ibid.,* XII, 329.)

Problème des 3 coups

Le problème le plus difficile est celui de concevoir comment nous pouvons percevoir l'égalité de temps — p[ar] ex[emple] des intervalles jugés égaux entre des coups frappés.

Il faut admettre que chaque coup provoque quelque chose et que le coup suivant répond au précédent comme un *réflexe* — Réflexe créé — instantané — très important p[our] la théorie de la mémoire. Si l'intervalle est plus grand que ω, plus d'égalité. Il n'y a pas d'acte réflexe provoqué par (1) qui ait sa réponse en (2).

Donc[A] : Si 3 événements identiques sont perçus à intervalles de réflexe (simple ou multiple), une attente de réflexe est créée, et un 4e événement est *attendu,* défini.

Alors, des « temps » sont « égaux » est une manière de parler — ils sont identiques. Ou plutôt : Il n'y a qu'un *temps,* il n'y a qu'un *intervalle* DR de telle *intensité.*

Et si toutes autres sensations étaient annulées l'intervalle des coups 7-8 et ces coups eux-mêmes seraient indiscernables de l'intervalle 9-10 — ou de tout autre des coups D. R.

D. R.

A. *Tr. marg. allant jusqu'à :* attendu, défini.

Car[A] les coups *réponses* sont rendus *demandes* par leur suivant.

— Quant à l'*intensité,* je désigne ainsi — l'intervalle même en tant que pouvant être différent. La *tension* de l'intervalle croît jusqu'à une limite au delà de laquelle le coup *suivant* n'a plus de relation avec le *précédent.* Et en sens inverse si les coups sont rapprochés on approche du continu..

En réalité quand on perçoit des coups ou des sons successifs, il se forme en nous une sorte de machine musculaire-imaginaire qui tend à agir suivant un cycle moteur.

Or — et c'est le point capital de ma théorie — à tout acte *isolé*[B], formant cycle complet et pouvant se répéter correspond la sensation ou perception d'une durée caractéristique — une *constante.* Cette constante perçue nous est signe de l'exécution de l'acte la plus économique. Le même acte pouvant être plus ou moins accéléré mais il y a une durée optima. (1927-1928. *X,* XII, 453-454.)

2 Surprises. La marche, le degré *plus haut* que le système du sujet ne le « prévoyait » — ou *moins haut.* Retard ou avance. Deux sens de l'erreur, en excès ou en défaut.

Tout le fonctionnement sans surprise est une succession d'égalités. (*Ibid.,* XII, 475.)

Le temps apparaît dans la conscience généralement sous forme de *qualité du non-pouvoir,* de *grandeur d'impuissance* ou bien : de résistance — opposition à un cours naturel.

Immobilisation ou désordre — Volontaire ou involontaire. (*Ibid.,* XII, 577.)

☆

Le temps long se fait sentir *pendant.*

Le temps court ne se fait sentir qu'*après.* (*Ibid.,* XII, 597.)

A. *Tr. marg. allant jusqu'à :* leur suivant.
B. *Deux tr. marg. allant jusqu'à la fin du passage.*

☆

Dire que[A] le *temps* nous semble *long* c'eſt dire que
l'*inſtant* nous eſt *sensible* comme *excitation non compensée*.
Nous ressentons l'intervalle, la différence entre le tout
et la partie, entre la puissance et la résiſtance — entre
la puissance fournie et celle exigée. Mais tantôt la différence eſt négative, tantôt positive, et il y a temps
long par excès ou par défaut, par impatience ou par
découragement —

par impossibilité de prolonger l'inaction ou de subir
l'action.

Parfois le sommeil — Élongation du va-et-vient; plus
de réponse. (*Ibid.*, XII, 604.)

☆

Problème de Maury[1]

Relation du temps et de la sensation — Le temps eſt
mesuré par la sensation de l'écart.

Si revenant à l'état d'échange φψ libre on trouve φ peu
changé — et ψ très varié — présentant une quantité de
choses qui auraient demandé des années dans le réel —
il se fait un contraſte, une sorte de *choc,* et ceci tout
comparable à la surprise de sortir d'un monde et de se
trouver dans un tout différent — (p[ar] ex[emple] d'un
monde *subi* dans un monde *libre*) — il y a aussi une
production de petite cause (φ), grand effet (ψ). C'eſt là le
point dans le fameux cas de Maury.

— Le temps, perçu en l'absence de sensations positives[B], par écart de l'activité psych[ique] d'images etc. —
avec le fixe du moment — diffère profond[ément] du
temps perçu quand des sensations isolées, — indépendantes du processus psychique exiſtent. On dirait qu'il
n'eſt pas mesuré par la même unité. [...] (*Ibid.*, XII, 735.)

☆

Temps

Principe — a) Dans toute proposition où intervient

A. *Trois tr. marg. allant jusqu'à :   non compensée.*
B. *Tr. marg. allant jusqu'à :* exiſtent.

le *temps* — ce terme peut être remplacé par un terme plus précis; qui représente *plus conformément* la chose mentale *muette* qui tend à s'exprimer = à se transformer en actes verbaux *à récupération*.

(Récupérer l'état instable, à volonté, par un système d'actes verbaux fonctionnels identiquement réitérables — telle est la vertu de l'expression.)

b) Si l'on rapproche *n* propositions ainsi précisées les termes plus précis qui ont remplacé le mot *temps* sont généralement incohérents entre eux.

Une théorie du temps trouverait ou construirait la proposition de relation entre ces termes incohérents. Ce serait une théorie sémantique. Une langue pourrait ne pas posséder le terme temps mais *n* termes bien distincts. (*Ibid.*, XII, 737.)

La simultanéité de 2 choses ou événements dépend de ce qui peut ressentir quelque action de l'un sur l'autre indépendante de l'ordre.

Les mots : Même temps, signifient que l'action de l'un sur l'autre ne dépend pas du temps.

La notion de simult[anéité] comme celle de temps a des origines très simples. Créées sans intentions profondes — Mais étendues peu à peu, soumises à bien des combinaisons imprévues par les besoins, les à peu près, tout le trafic du langage, — quand les philosophes s'y sont mis ils ont cru à une signification profonde — à une formule qui contiendrait tous les emplois possibles du terme et qui résulterait de la connaissance de la chose même — laquelle n'existe pas. (1928. *ψ*, XII, 774.)

La réduction du temps est possible à cause des interventions ou signalisations, qui permettent l'automatisme.

Le minimum de temps est le temps de l'automatisme, temps réflexe. Ce que l'on gagne en *temps* est perdu en conscience[A].

Équation de la hâte. Quand le temps se resserre, l'in-

A. *Aj. marg.* : $T\varphi + T\psi = K$

dépendance des parties et l'ordre de leurs actions sont altérés. (1928. *Ω*, XII, 879.)

Le sommeil gagne — mais peut être refoulé — et ainsi de divers besoins. Chaque fonction peut être ainsi refoulée pendant un *temps* qui lui est propre. Quelques secondes p[ou]r la respiration — quelques heures p[our] d'autres. Ainsi les diverses vies partielles — respiratoire, nutritive, excrétrice etc. ont chacune leur temps moyen et leur temps limite.

Ces nombres mesurent notre liberté. (1928. *AA*, XIII, 168.)

☆

La simultanéité — p[ar] ex[emple] — est une notion vague dès que l'on ne considère pas une coïncidence locale.

Il faut n'en parler qu'avec mention du critérium (instrument, observateur et effets) et éliminer le temps *(Au moment que...)*. Nous ne songeons au simultané que moyennant un retour et des opérations *successives*.

Au vrai, il faut ramener ceci, par voie manifeste et réelle, ou réalisable, à une indivision (impossibilité de diviser une perception autrement que par un développement ultérieur — en la transformant).

Il faut d'ailleurs établir une table d'exemples et l'ordonner — 2 couleurs limitrophes

2 sons formant accord

1 vue et 1 son.

On suppose simult[anées] les qualités d'un objet, ce qui veut dire qu'elles se succèdent de toutes les façons — sans altération.

P événements sont simultanés quand les 2 conditions suivantes sont réalisées :

a) On peut trouver un même événement qui les produit (ou provoque) ou qui les abolit tous les *p* sans qu'il puisse les produire ou les abolir séparément.
b) On peut les considérer dans un ordre quelconque sans altération du pouvoir de les considérer dans un autre. (1928. *AB,* XIII, 185-186.)

Chaque fonction du vivant (les fonctions étant définies par leurs valeurs et les relations d'icelles)

devrait être représentée par ses constantes, par son cycle de temps, car chacune a *son temps*. (*Ibid.*, XIII, 290.)

Surprise — Brièveté du temps de production p[ar] rapport à puissance excitante du fait est compensée par longueur du temps de rétablissement — généralement oscillations. (1928-1929. *AC,* XIII, 319.)

Syst.

La surprise est en quelque sorte la rupture d'un élément de « temps ».

Elle décèle la relation — Temps-attente-énergie et même les deux espèces d'*attente* — $\begin{cases} \text{Attente générale} \\ \text{Attente spéciale} \end{cases}$

Elle résulte du manque de *ce qu'il faut* pour que l'événement n'agisse que sur les voies selon lesquelles son *effet ultra-psychique* sera minimum. P[ar] ex[emple] l'homme qui s'attend à recevoir la balle effectuera le minimum de dépense musculaire p[our] la recevoir.

Au contraire la surprise fait du gaspillage — oscillatoire, du *désordre* — sensitivo-moteur — (cf. rire). (1929. *AD,* XIII, 415.)

Temps —

L'objet de mes réflexions sur le temps est d'*éliminer* ce mot du langage exact, lequel serait le langage qui permettrait de raisonner avec des éléments finis, et sans croyance à des existences *sous* les noms *différentes du sens immédiat* — et apparaissant successivement par méditation — sinon par révélation.

Il faut qu'un nom n'offre rien de plus, considéré en soi, qu'un *a* ou qu'un *b* en algèbre.

Qu'est-ce que le Temps ? — C'est un *mot*. Ce qui explique pourquoi St Augustin savait ce qu'il est quand il n'y pensait pas et cessait de le savoir dès qu'il y pensait. Il pensait à ce mot, par ce mot, c'est-à-dire qu'il cherchait à substituer une *idée claire* à un expédient. (*Ibid.*, XIII, 474.)

Notions pures qui doivent remplacer le temps.
— Le changement ou substitution *quelconque*.
— Le changement avec conservation — le mouv[e-men]t ordinaire est un cas particulier.
— Le changement dans un certain *ordre* — (avant, après).
— L'intervalle d'événements.
— La notion de *chemin* ou ligne particularisée entre événements.
— Tension. (1929. *AE*, XIII, 679.)

Présent. Cette notion capitale — —
Chaque chose, chaque être, le « monde » — et en somme tout ce qui est connaissance est un élément de sa propre histoire. Nous ne connaissons que différentielles.
N[ou]s ne pouvons n[ou]s représenter une suite telle que chacun de ses éléments soit *tout*.
Or comme n[ou]s n[ou]s représentons des suites, il en résulte que chaque présent n'est pas *tout*. Chaque *présent* est ressenti comme incomplet, *partie* — et l'est d'autant plus qu'il perçoit ou engendre une suite plus sensible de choses ou d'actes.
N[ou]s *sommes donc enfermés* dans un *éternel fragment* — de nous-mêmes. (1929. *AF¹ 29*, XIII, 714.)

Surprise ~ désordre — effet *avant* cause
réponse *avant* demande
fruit avant fleur
événement avant adaptation et montage
le *fait* avant le *possible*. —
Il y a dans l'*admiration* un certain désordre.

En somme tous les cas si divers de cette espèce ne peuvent guère s'exprimer par une seule formule qu'en recourant à une notation énergétique. (*Ibid.*, XIII, 741.)

Penser eſt attendre — plus ou moins passivement. (1929. *AH 2*, XIII, 824.)

Attendre c'eſt penser ou sub-penser un événement dont l'arrivée provoquera un changement bien déterminé.

Au regard de cette pensée, tout ce qui advient et qui n'eſt pas cet événement, laisse un *quid* intaƈt. (1929. *ag*, XIV, 82.)

L'animal *répond* au bruit *soudain* par une transformation (sursaut, regard, tension —) qui le change en ſyſtème *incomplet* — avec une indéterminée. Il y a arrêt général et accroissement de sensibilité réceptive.

Ce qu'il a perçu eſt insuffisant p[our] agir exaƈtement. Quelque chose *de plus* rend *incomplet* — ou plutôt : *inſtable* — crée une différence interne.

On devrait donc se figurer les choses par un changement de diſtribution :

Au début, égalité — équilibre ou régime permanent (caraƈtérisé par petites durées des intervalles *dr* — insensibles — quoique les *d* et les *r* puissent l'être — alors d'ailleurs les *r* sont finies et quelconques). L'aƈtion *extérieure* (qui peut être un souvenir, point capital, car cette aƈtion *venant* de *moi* agit[A] comme une surprise, une nouveauté — et c'eſt là un fait de prime importance) change l'équilibre (cf. chang[ement] de *capacités* électriques). (*Ibid.*, XIV, 108, 110.)

Rythme :

Si[B] une suite d'impressions ou sensations, dont chacune agit sensiblement sur la précédente et modifie

A. *Tr. marg. allant jusqu'à :* de prime importance.
B. *Tr. marg. allant jusqu'à la fin du passage.*

la *probabilité* — *ressentie* de la suivante, *construit ou organise* un mécanisme moteur capable de reproduire cette suite (par action volontaire) ou produire une suite de même nombre et de même ordre et de mêmes intensités correspondantes, il y a *rythme*. [...] (1929-1930. *ah 29*, XIV, 282.)

Rythme : relation particulièrement *simple* entre le percevoir et le produire — (qu'on ne peut faire se correspondre (quand il s'agit de plus d'un seul élément) que moyennant une loi ou *régime* musculaire-moteur.. lequel exige liaison ou limitation réciproque de *potentiel* et d'*actuel*). (*Ibid.*, XIV, 290.)

Le temps — différence. N[ou]s ne changeons pas tout entiers.

Il ne paraît que si la sensation, la perception et la production ψ se distinguent. (*Ibid.*, XIV, 316.)

Perception du temps —

Remarque que le *temps* est perçu par l'ouïe, — le muscle; — non par la rétine. (*Ibid.*, XIV, 318.)

Temps long et temps court

Ces perceptions doivent être étudiées dans leurs *instants*. Car[A] elles se succèdent et se mêlent.

Ainsi l'homme qui court pour attraper *son* train, trouve le temps à lui laissé, très *bref* et la fatigue de courir lui fait trouver *long* le temps de cette course. Il court après le temps. L'idée du temps $\frac{s}{v}$ excite la production qui maintient ou accroît v, et par cette fatigue fait croître la sensation *instantanée* de durée. La cause de son effort est le temps trop court; l'effet est le temps trop long; et

A. *Tr. marg. allant jusqu'à :* d'instant en instant.

suivant que la fatigue lui fait désirer de ralentir ou que l'idée lui fait désirer d'accélérer, il oscille entre deux seuils d'instant en instant; et enfin, ou bien il abandonne, ou bien il donne un suprême effort.

On peut dire aussi que tantôt il mesure le temps par l'effort déjà fourni (fatigue), tantôt par celui qu'il doit fournir encore. Le travail déjà dépensé, le travail à dépenser encore.

L'un, *état ;* l'autre, *idée,* contraste.

On s'éloigne du régime d'échange exact.

Le chemin parcouru agit sur le chemin à parcourir. (*Ibid.,* XIV, 330.)

Présent

Le *présent* est Coexistence; Réciprocité; Durée; — *additivité ; équation de continuité* (de la quantité de différences perçues); équation d'action et de réaction; équation de conservation $(\varphi, \psi) = K$.

Toute relation d'échange entre termes dont l'un est φ. (1930. *ai,* XIV, 440.)

Sensations du temps —

La difficulté tient à ceci que les mêmes causes ou circonstances qui donnent d'abord sensations de *temps-court,* donnent par prolongement celle de *temps-long.* Et peut-être — réciproquement.

D'ailleurs les mesures subjectives des temps ne sont pas simples ni homogènes.

Il y a la *durée* des *actes* ou plutôt les durées suivant que ces actes sont simples ou composés, réflexes ou non.

Il y a la durée des *résistances* volontaires — des non-réponses dont la sensation croît très rapidement.

Il y a l'additivité des sensations répétées, leur fréquence, et l'intégration des sens[ations] continues.

(Toute sensation[A] continue *devient* ou nulle ou insupportable.) (1930. *ak,* XIV, 586.)

A. *Tr. marg. allant jusqu'à la fin du passage.*

S

On devrait appeler *présent* une *forme* constante de relations telle que toutes choses y comprises, quelle que soit leur différence, leur nombre etc., soient également opposées, également en *contraste* avec un... Indéfinissable — et Réciproque — — ou[A] — — ce qu'il faut pour que cet ensemble *hétérogène* compose une sorte d'*unité*.

Le présent — unité formelle — ou *Forme-Unité,* (dans laquelle doit obligatoirement figurer quelque « sensation » — peut-être de l'espèce de celles que je nomme *générales* ou non *spécialisées,* qui s'opposent à toutes les autres).

Il est un *contraste ;* et par là soumis aux lois physiol[ogiques] du contraste, entre l'unité et l'identité d'une *forme* et la variété qu'elle admet.

Parmi cette variété, on remarque les *changements* — ceux, du moins, que l'on peut *nommer,* envelopper *comme des objets* ou des *sensations* —, tels que mouvements, événements perçus, et les sensations de *temps,* c'est-à-dire ordre linéaire de l'hétérogène. (1930. *al,* XIV, 617.)

S

La perception de durée est due à la différence d'état d'une *partie* sensible du corps avec l'état où elle devrait être (de sensibilité moindre ou nulle) pour être en équilibre avec la sensibilité d'ensemble.

C'est une perturbation d'une certaine distribution. Et dans les cas d'*attente,* on trouverait sûrement des contractions locales — contractures, même des arrêts de sécrétion, — témoins physiologiques.

Le temps chronométrique (progr[ession] arithmétique). (*Ibid.,* XIV, 629.)

☆

La lumière, combinée avec la persistance des impressions, engendre toute notre idée d'univers.

Le temps est sommation — additivité. Et nous sommes additivité.

Il n'y a pas de temps — Il n'y a que possibilité, capacité d'addition, ou non —, et ceci, d'ailleurs, incompréhensible.

Toute science recherche ce qui se conserve, ou ce qui se reproduit.

L'intelligence se réduit à s'en faire des images, à *s'attendre* consciemment *à ceci*. Pas d'intellig[ence] possible en milieu parfaitement instable et instantané — pas plus qu'en milieu en équilibre.

Les « faits » — pas plus ou moins *réels* que.. « souvenirs ». (1930. *am*, XIV, 660.)

Je pense que Kant parlant du temps comme d'une forme de la sensibilité et de l'entendement — ne désigne en réalité que le *présent* — (une partie de ses propriétés). (*Ibid.*, XIV, 677.)

Surprise —

fait concevoir que le *présent* est *figuré,* est une *structure* de sensibilité orientée,

définie par un ordre de réponses qui dépend de l'attente intellectuelle et de l'attente inconsciente, sorte de *probabilités* psychiques et physiologiques, qui *restreignent l'ensemble des possibles.*

Cette *structure* est constituée par un système de réflexes, mentaux et physiques, qui assure la réponse la plus exacte par le plus court.

S'attendre à — est une organisation en vue d'assurer l'égalité $D + R = 0$.

Mais tout *présent* peut être surpris. On ne peut s'attendre à tout.

C'est là un point où doit s'insérer une réflexion sur le Temps — — (1930-1931. *an*, XIV, 720.)

Comment observons-n[ou]s le Temps ? Question naïve et fondamentale.

Toujours par *contraste* — (φ et ψ) ou (ψ₁ et ψ₂). (1931. *AO,* XIV, 911.)

☆

Rythme — perception d'une relation entre actes et effets sensibles — Sorte de réciprocité entre cause et effet — Ce qui engendre un « monde », un *système complet,* fermé, — conservatif — d'échanges de *temps* contre *actes,* de potentiel contre én[ergie] cinétique.

Frapper des coups à intervalles réguliers. Comment le peut-on ?

On ne peut le faire[A] qu'en « associant » quelque fonction de perception à la mécanique d'excitation musculaire.

La régularité des actes *ou* des sensations gagne le mécanisme sensoriel *ou* musculaire.

Mais c'est là une définition de la régularité. L'égalité des temps perçus ou des intervalles des coups *résulte* de cette contagion ou *résonance*[B]. Des intervalles seront dits égaux (ou commensurables) quand on pourra ou *devra* observer la coïncidence des événements perçus ou produits avec des événements d'autre genre produits ou perçus.

3 coups frappés définissent *l'état* qui *produirait* le 4ᵐᵉ. *Cet état est musculaire.* Mais ceci n'a lieu que si l'intervalle (1-2) est substitué par (2-3).

Rythme — En somme — rythme indique toujours une association *Musculaire-Sensorielle-réciproque.* Il est le pouvoir *généralisateur* des coïncidences; introduction d'une dépendance — d'une[C]

Expérience[D] — Il est impossible de *penser* un *rythme.* Immobilise-toi et essaie de te représenter un rythme. Impossible. J'ai vu quelqu'un croire le pouvoir et battre le rythme avec les paupières. Ou bien par impulsions dans les muscles de la bouche. (*Ibid.,* XV, 6-7.)

A. *Tr. marg. allant jusqu'à :* produits ou perçus.
B. *Aj. marg. :* Cf. { Phonation / audition.
Tête, pieds, bras s'y mettent.
C. *Phrase inachevée.*
D. *Tr. marg. allant jusqu'à la fin du passage.*

Le rythme n'existe que dans les *vivants* — c'est-à-dire dans des systèmes complexes dérivés d'une *chute* d'énergie, ou plutôt insérés dans une chute — une diminution régulière, continue d'énergie utilisable. Un corps qui tombe librement ne donne pas lieu à perception de rythme; mais s'il tombe en rebondissant sur une pente il peut y avoir *rythme*.

Une roue qui tourne d'un m[ouvemen]t uniforme ne donne pas de rythme; mais la projection d'un point de la roue dans le plan de la roue $y = \sin t$ peut être perçue comme rythme.

Il faut, pour instituer rythme, percevoir de quoi instituer *un système DR fermé* — c'est-à-dire un système tel que la réponse régénère la demande. État rythmique = état dans lequel la réponse à l'excitation replace en un *point* où l'excitation est renouvelée — où la *demande est redemandée* et même recréée par le système seul. (*Ibid.*, XV, 24.)

Il est remarquable que la simultanéité comme la succession — exigent du temps. Le Temps exige du temps.

P[ar] ex[emple] dans la définition du Sim[ultané] par Einstein, l'échange de signaux.

Et dans notre perception du simultané, il y a échange entre une impression et ses parties et va-et-vient.

Tout simultané est un successif symétrique. $\left|\begin{array}{c}ab\\ba\end{array}\right|$

Tout successif est un simultané.

Ce qui suggère que [dans] cette formule : *Le Temps veut du Temps* le premier *temps* n'est pas de même espèce que le *second*. *Le Temps exige des durées*, serait plus exact. (1931. *A'O'*, XV, 75.)

Les études sur le *temps* — si on conserve ce mot et les problèmes plus ou moins réels qui s'y rapportent ou qu'il fait écrire — doivent commencer par distinguer et ranger diverses images ou représentations comme des outils traditionnels. Ainsi le temps-flux continu uniforme ou héraclitien ou $H : \dfrac{d\sigma}{dH}$ *existe*. *H* est un continu géométrique indiscernable de σ — Variable Indép[endante] par excellence.

Le temps-Einstein ou E; $0 = (x_1 \ldots x_p)$; $x_n = E$ — quasi-symétrie des formules — Variable non indépendante.

Le temps-chute — Carnot. Diffusion. Désordre. Hiérarchie. Irréversib[ilité].

Le temps-catégorie — ou K[ant]. Forme d'entendement.

Le temps-vivant — avec équivalences — « Durée » — B[ergson].

Le temps-sensation-arrêt-écart-retard-attente — ou V[aléry] —

Le temps = possibilité.

Or de ces temps chacun se réfère à une vision ou expérience différente qu'il s'agissait de représenter. Ainsi la vision du changement, celle des substitutions possibles, — de leurs différences de *qualité* ; la vision selon *les actes* — et la forme générale des actes. L'acte résolvant une différence d'état — et annulant une sensation. (1931. *AP,* XV, 259.)

☆

S

Le rythme est la propriété de toute séquence d'événements auditifs que nous pouvons reconnaître et reproduire par des actes. Et il faut que ces actes accomplis nous replacent au point initial.

Il est une correspondance : perceptions-actes. (1931. *AQ 31,* XV, 329.)

☆

Le « passé » est un écart comme le « futur ». Ce sont 2 manières de voir (et de subir dans le domaine des

A. *Aj. marg.* : (le mien) et formant une fonction avec ses conséquences : reconnaissance — identité — mémoire — persistances et de plus — rôle nécessaire pour représentation. *Rien longtemps. Peu à la fois.* Temps court, long.

variables de la vie végétative) — des *choses présentes,* —
souvenirs, désirs. (*Ibid.*, XV, 393.)

☆

Le *temps* n'apparaît que dans la tentative de décrire
ou de n[ou]s représenter les phénomènes.

P[ar] ex[emple] le *temps long* consiste à se représenter
un état de fatigue comme sommation de perceptions
à partir d'un événement passé.

Tableau[A] des faits dont la description commune exige
l'emploi du mot : Temps.

Sensation de durée — $\left\{\begin{array}{l} \text{générale — « temps » long} \\ \text{spéciale — (trop rapide pour...} \\ \text{plus prompt que la} \\ \text{pensée)} \end{array}\right.$

Intuition de diversité dirigée
avant, après

Intuition d'unité sensitivo-motrice —
d'une pluralité quelconque
(Simultanéité : *a*, *b*, *c*, sont sim[ultanés] s'il existe
un acte qui les annule indistinctement.)

Commencements et fins — Coïncidences — Il est *temps*
de — (1931-1932. Sans titre, XV, 529.)

☆

Pourquoi n[ou]s ne pouvons pas n[ou]s représenter,
en nous représentant un phénomène successif, la *longueur
de temps* qu'il dure dans le réel ? ou du moins — nous
séparons la représentation, que nous subissons ou effec-
tuons dans un certain « temps » — de la représentation
du temps *réellement* nécessaire ou observé.

Mais ceci est-il vrai ? — C'est vrai des choses VISIBLES
successives. Ici dissociation — la non-confusion et le
non-enchaînement ou la non-continuité des images sont
les seules conditions limites. Mais dans les choses de
l'ouïe, la représentation exige, pour la reconnaissance ou

A. *Tr. marg. allant jusqu'à :* du mot : Temps.

la *figure* même — de quelque forme auditive — que les conditions *temps* soient positives.

En d'autres termes — la dissociation des phénom[ènes] (en tant que nous pouvons les imaginer) d'avec leurs conditions réelles de durée est extrêmement large dans le visuel — restreinte dans l'auditif.

L'œil ignore l'attente, qui ne se peint pas sur lui.

L'œil complet voit le corps *A* aller vers *B*. Mais voit *A* et *B* — et tend à produire la rencontre *AB* aussi vite qu'il a perçu les sens et direction du mouvement. *Il avance sur la* coïncidence.

L'oreille[A] fait ceci beaucoup moins. C'est qu'elle n'a pas de géodésiques, pas de *plus courts chemins*. Cf. Température[B]. (1932. Sans titre, XV, 611.)

☆

Il faut rapprocher la *durée vraie,* de la lutte de l'être vivant contre le principe de Carnot.

La durée vivante est récupération d'une partie d'énergie utilisable par un *détour*[C]. Comme dans le bélier et autres machines, on relève peu en laissant tomber beaucoup. — *Beaucoup plus* que selon le taux normal. Cf. l'accélération —

Presser ou retarder — quelque transformation fondamentale — insensible. (1932. Sans titre, XV, 802.)

☆

Au fond[D], notre sensation du temps est sensation d'accord ou de désaccord — de *ce qui fournit* avec *ce qui exige,* et aussi de ce qui exige *directement* avec ce qui exige *indirectement* — par voie affective ou psychique.

L'intervalle DR est le type. (*Ibid.*, XV, 888.)

☆

Le *Temps vulgaire* — (*Flux vulgare,* plante qui croît dans tous les cerveaux) est un mot qui remplit une quantité de rôles —

A. *Tr. marg. allant jusqu'à la fin du passage.*
B. *Aj. :* dQ = TdS
C. *Aj. marg. :* (attention)
D. *Tr. marg. allant jusqu'à :* affective ou psychique.

représente tantôt le contraste de la passivité d'un *moi*
avec l'activité extérieure — — (le temps de cuisson —);
étend ce sens à l'impuissance de ce moi — puis de : tous
les moi — (le temps nous emporte); tantôt un *capital* —
(avoir, ne pas avoir, perdre, gagner — etc.); tantôt un
signal d'action; tantôt un *ingrédient* avec ses doses; tantôt
l'état du ciel variable.. Etc. — —

La théorie précise conduirait au problème : ce *mot*[A]
étant mis de côté, et un essai de représenter les *choses*
tenté, que mettrait-on qui remplacerait ce terme ? Il faudrait trouver *n* notions *pures* — c'est-à-dire *bien séparées*
de leurs *emplois*, ayant donc références nettes et uniformes. (*Ibid.*, XV, 892.)

T

Dans tous les cas imaginables où le mot « temps »
s'emploie on peut remplacer ce terme par quelque autre
plus précis — quand le but de la pensée en cours est
précis — c'est-à-dire est de définir une action. (1933.
Sans titre, XVI, 397.)

Le temps (mesuré) s'est introduit par l'astronomie —
(jour, mois, an —) — variable générale et indépendante
— d'où il a passé à la mécanique et à la physique —
mouvements — puis périodes, fréquence — avec ses
hypothèses d'*égalité* —, de *continuité* — mais la *réversibilité*
(de temps) intervient seulement avec Principe Carnot —
s'impose.

Puis s'interprète en improbabilité — Désordre
croissant[B].

Puis, de *relatif* se fait plus *absolu* — c'est-à-dire dans
le domaine de plus en plus *petit* ne dépend plus de
l'unité choisie indépendamment du phénomène —
(émanation : $i_t = i_0 e^{-t}$). La convention cesse.

Et devient dans la relativité, un *ingrédient* et non plus
un *contenant*. L'*unité* de t n'*est plus indép*[endante] *de l'unité*
de s.

A. *Tr. marg. allant jusqu'à* : ce terme.
B. *Dessin représentant la chute d'un liquide dans un désordre croissant.*

Enfin se dissout dans l'enceinte de l'atome où l'*événement*, la coïncidence elle-même devient réciproque.

L'ancien « temps » supposait l'indépendance, la non-réciprocité avec les phénomènes d'une certaine *fluence*, progression arithmétique, dont on trouvait le modèle dans la rotation diurne — jugée uniforme. (1933. Sans titre, XVI, 572.)

L'attente nous modifie. La non-réponse agit. (1933. Sans titre, XVI, 659.)

Le *temps long* est sensation de la pression croissante d'une modification attendue déterminée — qui ne se produit pas —, de la gêne croissante des demandes que ce retard empêche de recevoir réponse — de déficience d'énergie spécialisée et de surabondance d'énergie libre. (1933-1934. Sans titre, XVI, 804.)

Trille des doigts[A], du pied, de l'*impatience* — marquant le besoin d'accélérer — La partie s'accélérant naïvement pour accélérer le tout et les choses. La *partie* prend l'allure souhaitée par le *tout* et contrariée par les *choses*. (*Ibid.*, XVI, 830.)

Nous pensons (toujours) *sur* le *Temps* — comme si cette réflexion devait aboutir à retrouver le type : *écoulement linéaire en tout point, uniforme*, essentiellement *positif* — identique à lui-même, *archimédien, indépendant*, non-réciproque, *mesurable*, continu, croissant — exigeant que le *présent* soit un *point* — — etc.

Je pense que le *présent* est la *forme* fondamentale constante — *une forme* dont la propriété essentielle est représentable par l'image d'un *aller et retour* ou d'un cycle — mais *hors du temps* ci-dessus — (le T).

A. *Tr. marg. allant jusqu'à la fin du passage.*

Forme de fonctionnement — et quelque chose doit jouer dans cette figuration le rôle de *C* (v[itesse] de la lumière) dans la relativité. — Mais un *C* variable discontinûment — selon la *phase* — c'est-à-dire le nombre des variables et leur groupement.

Le type réflexe — DR* est le cadre à observer. (*Ibid.*, XVII, 25-26.)

☆

L'activité de l'esprit peut se représenter (dans un certain genre) par le passage et le repassage d'un *temps* dans un autre. Il y aurait autant de ces *temps* que de spécialisations et dans chacune une mesure qui dépendrait 1º du nombre de variables fonctionnelles indépendantes assujetties à des liaisons; 2º des résistances à l'évolution de ce système qui tend à un seuil et à sa propre dissolution; 3º de l'intensité de l'excitation qui a conçu, monté, animé le système.

Cette notion de système momentané est capitale. *Il n'y a pas de temps général.* Il n'y a que des temps de systèmes.

Car ces temps[A] dont je parle sont l'expression plus ou moins nette du *reste,* de ce qui est ressenti comme non engagé dans l'acte actuel — et comme *tension, écart* entre *le tout et le libre,* et le *spécial et occupé.*

Dans le sommeil, la masse (tout et libre) est le zéro de sensibilité et conscience. (1934. Sans titre, XVII, 96.)

☆

J'ai considéré souvent le Présent comme une *forme.* Ou plutôt, j'ai songé à une forme qui représenterait ce que n[ou]s nommons Présent.

Cette *forme* définie et adoptée, plus de temps. Rien hors d'elle — mais elle contiendrait ce que n[ou]s percevons comme temps — et qui est sensations d'impression ou d'action, et sensations de certaines limites et de certaines gênes — c'est-à-dire sensations qui s'expriment par le mot *pouvoir.*

La sensation essentielle peut se nommer *dilatation* ou *écart.* Cet écart est *intérieur* au *présent* — c'est-à-

A. *Deux tr. marg. allant jusqu'à* : l'acte actuel.

dire n[ou]s percevons une différence d'état entre des
constituants — — —

À ce propos — j'observe que la croissance ou décroissance d'intensité d'une sensation est une sensation. —
d*I* est sensation comme *I*. Ici intervient l'accommodation
et on aperçoit la liaison de cette notion avec la notion
vague de « temps ».

(Il ne faut pas se laisser troubler ici par des expressions
contradictoires. Les contradictions résultent des vices
du langage ordinaire, qui n'est pas organisé mais fait au
hasard.) (1934. Sans titre, XVII, 458-459.)

Temps — Considère un morceau de musique. Il y a
des sons filés, des sons détachés, des silences, des trilles.
Du côté *Moi,* il y a des attentions, des rythmes, des
attentes, des surprises, — et il y a une certaine *conservation qu'il faut que j'attribue* à QUELQUE CHOSE. Ce peut
être le sentiment de la possibilité de penser à autre chose;
— ou bien quelque sensation de mon dos appuyé;
ou bien une fatigue — mais quoi que ce soit, cet élément
de présence sensible et d'écart (étranger au sentiment du
développement « en moi » de valeurs excitées par la
musique entendue —) a la propriété de conduire à la
possession de tout mon possible — de *Moi.*

L'intensité[A] de l'écart ressenti entre la spécialisation
organique et le sentiment ou sensation d'un élément
quelconque étranger à cette spécialité — est Sensation du
temps. Sans *écart,* point de temps et le changement alors
n'est qu'un phénomène comme la couleur — la forme etc.
Ce qui explique que l'on puisse en faire une variable
analogue aux autres.

Le « temps » (de cette espèce) exige donc une indépendance — (« *momentanée* »).

Si un mobile est perçu, je n'ai conscience du « temps »
(vitesse) que secondairement — au moment où *je reviens*
de le suivre des yeux (c'est-à-dire où j'ai conscience
d'avoir été spécialisé). Mais tandis que je le suis sans
effort — point de temps. Ce temps-là est donc sensation
d'*inégalité.* (1934. Sans titre, XVII, 546-547.)

A. *Tr. marg. allant jusqu'à* : Sensation du temps.

Les *temps brefs* ne sont pas de même espèce que les *temps longs*. Ils diffèrent profondément qualitativement.

Il y a des choses qui deviennent impossibles en temps *trop brefs* — et d'autres en temps *trop longs*. Ex[emple] : certains réflexes n'aboutissent pas si des *retards* leur sont imposés. Et *la conscience est un de ces retards*.

L'esprit n'opère que dans des temps bornés par le trop et le trop peu. (*Ibid.*, XVII, 620.)

☆

Rythme et Temps etc.

Somme dans le Temps

En toutes ces questions, ce sont d'abord les problèmes qu'il faut trouver — et ne pas prendre p[our] problèmes de la chose ce qui n'est que prob[lème] de lexicologie. Il faut donc se replacer devant les phénomènes et se demander ce que *l'on veut*.

Rythme sert à désigner la perception d'une pluralité d'événements successifs comme dépendants en tant qu'arrivée ou production successive d'une relation entre la durée de chacun de manière qu'il y ait création d'une *prévision instantanée* (le rythme est saisi) ou reproduction de ces événements par moteurs.

Or[A] *pour certaines de ces suites, cette formation est immédiate.* Le rythme résulte de l'acquisition de l'*acte des actes* — *Somme dans le temps ?* — Tel est le problème initial — exprimé en langage de fortune. Compter des coups — on le fait en donnant à chaque coup *valeur* de déclencheur d'un acte musculaire, car il n'y a jamais qu'*Un* coup et ce coup unique est d'autre part état d'une certaine accommodation — à laquelle appartient une *fréquence*.

Donc *fréquence* est un acte d'actes, une détermination comme une distance.

Cette fréquence est *énumérable* si à chacune des perceptions qui la constituent on peut associer un acte

---

A. *Deux tr. marg. allant jusqu'à* : langage de fortune.

musculaire virtuel ou non comme réponse. Il y a donc
2 limites. Si trop grande la fréquence la suite est *inimitable*
par actes et l'impression passe du domaine *articulé* au
domaine *continu*.

Si trop faible, pas de sommation (1, 1, 1).

Le type (1 + 1 + 1...) est compris entre le type (1) et le
type stationnaire ou continu. Les coups frappés[A] ne
doivent pas se représenter par des points sur une ligne,
mais par un cycle dont les « *arcs* » sont *attentes et détentes*.
Chaque coup[B] (*après* le 2ᵐᵉ ou 3ᵐᵉ) engendre une *attente
ou demande* telle que le coup suivant est *à la fois* produit
par l'événement et par *moi-réponse*. Cette coïncidence est
capitale. Chaque coup devient réponse et demande.

Chaque coup engendre un *état* — —

Donc chaque coup produit autre chose qu'une impression auditive[C] — mais une modification — implexe.

Ce qui d'ailleurs est aussi le fait constitutif du souvenir.
Il faut *associer à chaque événement sensoriel un événement
caché — qui tend à faire du perçu un élément de cycle du type
moteur.*

Une vraie analyse du temps serait la recherche de cet
implexe. C'est ce type qui assure l'unité générale. (1934-
1935. Sans titre, XVII, 716, 718.)

Chaque action ou modification est une forme d'*inégalité* — (de distribution) — qui s'oppose à une *égalité*
générale et *liberté* du système de l'Être. Le retour à
l'*égalité* est nécessité fonctionnelle — et se traduit, *en
sensibilité,* par une force* antagoniste de celle qui par
excitation locale a créé l'inégalité. Il y a donc, *en chaque
observation,* un cycle à découvrir — et un sens de croissance — — Les variables vraies sont l'*Instant* et le *Reste*.
Et il y a un *temps* d'écart et d'éloignement dans le spécial,
et un autre temps de retour où le Reste domine — et
grossit. Le Tout redevient, se reforme.

De sorte que le temps (sensible ou conscient) serait le

A. *Deux tr. marg. allant jusqu'à :   attentes et détentes.
   Deux petits dessins, l'un de cercles concentriques et l'autre d'un arc.*
B. *Deux tr. marg. allant jusqu'à :* réponse et demande.
C. *Deux tr. marg. allant jusqu'à :   du type moteur.*

nom de la sensation de passer ou repasser du *Tout* à la *Partie* et de la *Partie* au *Tout* — Du Spécial au Libre[a]. (1935. Sans titre, XVII, 904.)

Le *temps*[A] est l'expression confuse, *impure,* de la sensation de *pouvoir* et *de libre action*

(ceci formule vague préalable)

combinée avec la sensation contraire et avec

{ la variation spontanée, — « physiologique », « self-variance » en contraste avec les variations « extérieures » —

(p[ar] ex[emple] la sensation visuelle change avec la *durée* du même objet considéré — et avec le *changement* de cet objet[B], et à chacun de ces facteurs correspondent des effets différents — sensoriels, moteurs et psychiques —). (*Ibid.,* XVIII, 56.)

Temps et rythme

C'est une malheureuse expression[c] que de parler de *division du temps.*

Il faut au contraire parler — d'*édification* et parfois de *construction.*

Cette notion égare quant au rythme, lequel est le sentiment d'un mode d'action qui *construit* — et dans cette « construction », CE DIT « SENTIMENT » INTERVIENT, et il y a une sorte de réciproque.

Il est impossible à mon avis de *réduire le rythme à l'observ[ation] objective.* C'est pourquoi je blâme les termes *Rythme des vagues* qui éliminent la *sensibilité.* C'est ce que J'ajoute à la suite des perceptions enregistrables qui construit le rythme des vagues et autres. Tout rythme est dû à la *possibilité* de substituer à un développement de sensations données, un type d'action qui reproduise cette suite.

Introduction de notion subjective ω. (1935. Sans titre, XVIII, 83.)

A. *Trois tr. marg. allant jusqu'à : de libre action.*

B. *Aj. marg. :* $d\Sigma_\omega = \delta\omega + \delta\sigma$

c. *Tr. marg. allant jusqu'à :* la sensibilité.

Je reviens au temps* plus ou moins *sensible* — Long, nul, court.

En somme, doit donc se représenter par une différence —
$A - B = \theta$; $A - B = 0$; $A - B = -\theta$.

Et cet écart de valeur variable d'une certaine distribution ou répartition d'ÉNERGIE *centrale* — car je pense que chaque fonction particulière ou locale a ses réserves — qui sont en seconde ligne alimentées par une centrale.

Cette centrale elle-même est *locale* — de même que le Directeur d'une exploitation est un *homme* comme le plus petit employé. Le neurone est une cellule comme les autres en tant que cellule.

La fatigue les égalise. La cellule noble fatiguée se comporte comme la cellule secondaire fatiguée. Au sommeil, le cerveau[A] (*Ibid.,* XVIII, 156.)

Il est impossible de boucher le trou par où s'écoule l'eau de notre temps. (1935. Sans titre, XVIII, 247.)

☆

Temps

Pas d'équilibre dans la mécan[ique] vivante. $\Sigma f = 0$ n'existe pas[B].

Il en résulte que cette dynamique ne peut s'exprimer par les principes de l'autre.

C'est la *puissance* qui domine — mais[C] comment l'exprimer ? — Il ne faut pas opter sur le *temps* chronométrique qui devient ici dépendance des corps *non vivants*.

(Il faudrait un système intrinsèque — inconcevable. La *vie* se fie à ce qui lui ressemble le moins pour *savoir* q[uel]q[ue] chose. Constance, rigidité, identité. Or ceci

---

A. *Passage inachevé.*
B. *Aj. marg. :* $\mathrm{d}W = 0$
C. *Tr. marg. allant jusqu'à :* statistique et probabiliste.

lui nuit pour se connaître — ou plutôt le connaître est *peut-être incompatible avec ce qui connaît*.)

L'équilibre vital[A] est donc *en forme* statistique et probabiliste.

Suite de déséquilibres partiels. Le continu est absent de la vie. Or ces déséquilibres et leur annulation sont essentiels. Ils sont le *fonctionnement même*. Le *temps en résulte*. Ceci sous 2 modes simultanément *employés*. Le périodique et l'occasionnel ou accidentel.

D'où 2 « temps » — T_p et T_{ao}.

T_p n'est *connu* (perçu) que par ses variations de période. Il constitue la base fonctionnelle — Réflexes ignorés[B]. T_{ao} est constitué par des réflexes apériodiques — ceux dont la « cause » est excitations dites *extérieures* (ce qui ne veut pas dire *hors de l'organisme* — il n'y a pas de *hors* à ce point de vue). *Extérieures* = apériodiques.

Alors — la *Phase* est la forme que prend le T_{ao}.

Mémoire — et *habitude*. L'une apériodique — demeure du T_{ao} cependant que l'autre s'assimile au T_p.

La *conscience* — aller et retour — car elle est *revenir* à la perception, la retrouvant par une voie autre que son arrivée. (1935. Sans titre, XVIII, 367.)

Revenir au point initial, qui est le fait essentiel dans tout procès physiologique — s'oppose au *temps* type Héraclite-Carnot[C]. (1935. Sans titre, XVIII, 459.)

Rythme — Temps

Pourquoi compte-t-on[D] : Un — Deux — Trois ! pour sauter, ou déclencher un acte ? Ces trois « temps » —

A. *Le reste du passage est un long aj. renv. qui se rattache à la première phrase* : Pas d'équilibre dans la mécan[ique] vivante.

B. *Aj. marg.* : sang, reins, cours A et R [*lecture incertaine*], sommeil

C. *Deux dessins en marge : le premier d'une courbe qui monte à un maximum et revient ensuite à son point de départ, et le second de l'acte d'amour représenté schématiquement par un graphique qui monte, traverse un seuil, arrive à un sommet, et redescend brusquement.*

D. *Tr. marg. allant jusqu'à* : Potentiel + W = 0.

parce que trois événements sont nécessaires et suffisants pour déterminer un cycle moteur. Potentiel $+ W = 0$.

Ceci est capital p[our] le temps vrai. Le temps vrai est fondé sur sensation musculaire — (cf. *rêves*), laquelle est ou de contention-tension — ou de détente. (*Ibid.*, XVIII, 492.)

Mon « système », ce matin, me paraît se nommer soi-même l'Actualisme. (1936. Sans titre, XVIII, 681.)

Préambule —

L'objet du présent ouvrage[1] est de substituer au mot *Temps* (dans tous les cas où ce mot est employé avec un degré de précision utilisable) autant de mots qu'il en faut pour qu'une proposition ne soit pas équivoque. (*Ibid.*, XVIII, 696.)

T

Pour moi, je ne parle que de « durées » et non de « Durée ».

Car je ne vois pas d'observation de la *durée,* mais des observations isolées de *durées*. (1936. *Voyages*, XVIII, 901.)

Le *temps* est la substitution la moins déterminée quant à ses éléments; et qui ne s'observe que si l'on fixe l'un d'eux — c'est-à-dire qu'il ne se remplace que par lui-même. (Si la substitution fût totale, elle fût imperceptible.) Le *contraste* entre l'élément de substitution nulle et les autres, peut se nommer *durée*.

Il en résulte que cette *durée* ne *dépend que du contraste* et le contraste dépend de *la liaison qui existe entre le fixe et les substituts*.

La durée est une *sensation*. Donc, elle est *non constante*. Elle constitue un événement de nature spéciale, et est toujours un attribut de quelque chose. Pas de durée sans un poste — sans *spécialisation*. (Ce mot, sous cet aspect, comparable au mot *forme*.) Comme sensation, elle a *localité, intensité* et est perçue comme *écart* d'un certain zéro ou équilibre ou liberté — de régime.

La durée « physique »[A] est une différence de repères de « temps ». Mais la vraie durée (aussi différente de celle-là que la sensation de chaud ou de froid l'est du repère thermométrique) est essentiellement *actuelle*. L'autre suppose que 2 instants soient simultanés et que la différence des nombres-repères puisse se retrouver à toute époque.

En tant que sensation, la durée se rapproche de la sensation musculaire, qui se distingue par le fait qu'elle peut être produite par voie volontaire.

On peut *fournir* de la durée. Il y a une *durée-puissance* et une *durée-résistance*. Et il y a une *durée* de siège restreint et une *durée* diffuse (— actes répétés). (1936. Sans titre, XIX, 305-306.)

Rythme — Toute suite d'événements dont nous pouvons, savons, *devons* — AUSSITÔT reproduire la *figure-de-suite* par des actes — (*Pouvoir-savoir-devoir,* liés entre eux) et la répéter « indéfiniment ».

Ce n'est pas le mouvement périodique de la physique, car celui-ci peut s'étaler sur une durée quelconque.

Tout rythme est d'essence périodique mais la réciproque n'est pas vraie. Toute période n'est pas rythmique.

Il faut, en effet, que l'être vivant *composé* soit de la partie. — (1936. Sans titre, XIX, 435.)

T

J'ai étudié le « temps » non dans l'abstrait *indéfini* qui apparaît à chacun selon sa nature — Mais dans les faits observés — dans l'attente, dans l'attention, dans les substitutions de « phases » et de choses. (1936. Sans titre, XIX, 504.)

A. *Deux tr. marg. allant jusqu'à : actuelle.*

Les sensations de temps résultent toujours d'une différence d'état énergétique entre un des éléments de l'ensemble innervé et le reste — ce qui se voit bien dans les
spécialisations. Les divers constituants de l'être ne sont
pas à la même « époque » ou phase. (1937. Sans titre, XX,
85.)

Mon idée serait de tout traduire en termes de fonctionnement — et de remplacer la notion ou notation de
temps par les notations nécessaires les plus commodes.
La variable *t* ne vaut que dans le cas très particulier
de la mécanique — — et encore ! — Éliminée de la
géométrie. Et c'est un problème que de savoir *comment*
elle l'est. Elle l'est aussi du fonctionnement *Langage*. Dire
qu'un corps décrit telle trajectoire, c'est éliminer *t*.
La connaissance[A] exige ces éliminations. — Elle se
fait par identité, conservation, sommations, répétitions
ou reproductions, relations indépendantes de toutes
circonstances.
D'où les difficultés insurmontables : *Suite, rythme* — etc.
(1937. Sans titre, XX, 306.)

Temps (Topologie du —). (1938. Sans titre, XXI, 245.)

Toutes les difficultés que n[ou]s trouvons ou mettons
dans l'affaire du « temps » — tiennent 1º à des défauts du
langage etc. etc.
2º surtout à la physiologie même de la conscience.
L'idée ou mot *temps* s'introduit par le *besoin*.
Quel besoin ? — Non, quels ? Ces besoins divers —
sont des besoins de *Conservation*.
Une variable exige que l'*on* maintienne un point fixe.
— Mais de nos organes des sens, certains perçoivent
le *changement même*.

A. *Tr. marg. allant jusqu'à :* de toutes circonstances.

Alors — le phénomène est de même inconcevabilité et indivisibilité que la couleur ou le son ou l'odeur.

P[ar] ex[emple][A] : Il n'y a pas d'instantané sans *simultanéité hétérogène. (Ibid.,* XXI, 256-257.)

☆

Rythme — et choses semblables.

Les inscriptions graphiques des choses auditives sont trompeuses en ce sens qu'elles résorbent la nature de *substitution* des phénomènes.

Elles introduisent un observateur impossible — grâce à la conservation matérielle, et opèrent sur le phénomène une transformation qui ne conserve pas son essence[B] — qui est l'installation d'un état dans lequel le « temps » n'est pas *simplement* — *successif,* ou plutôt, — si l'on conserve la notation *temps,* — il faut renoncer à le traiter en *variable indép[endante]* mais, *comme dans la relativité,* le faire figurer comme soumis à la transformation parmi les autres variables.

Il faudrait donc introduire une notion analogue à « l'intervalle » — et dire qu'il y a un temps d'espèce particulière qui s'installe quand il y a rythme, melos, et en général, *suite organisée.*

Certes — ce qui frappe d'abord, c'est le caractère périodique, mais l'important est au contraire ce qui engendre cette forme périodique. Or ceci est certainement d'*ordre musculaire implexe.* Il est remarquable que l'on trouve alors un régime d'impulsions dans des muscles volontaires.

L'« intervalle »[C] serait assez comparable à un cycle Carnot.

Ici *ce qui va être,* et *ce qui vient d'être* sont choses positives. Ce sont *comme* des *formes d'énergie* — ressenties.

Le bras qui *va* agir — le bras qui *vient* d'agir sont des perceptions *positives.*

De même, la montée de l'influx musculaire dans la voix, — l'attente et sa charge.

A. *Deux tr. marg. allant jusqu'à la fin du passage.*
B. *Tr. marg. allant jusqu'à :* parmi les autres variables.
C. *Deux tr. marg. allant jusqu'à :* un cycle Carnot.

Tout ceci est escamoté dans la courbe d'enregistre-
ment périodique — et l'inscription du son l'omet.

C'est là cependant la substance de l'acte.

Et c'est pourquoi l'analyse de la constitution des intervalles au-dessous, ou au-dessus desquels il n'y a pas
suite, héritage, rythme, forme mélodique est si importante.

Les mouvements périodiques sont à toute échelle
mais non les suites organo-sensibles.

Dans celles-ci, il y a 2 faces — Émission et réception.
Et elles réalisent une liaison particulière de ces propriétés.

Cette équivalence[A] (1938. *Polynésie,* XXI, 276-277.)

Temps

Pour le temps comme p[our] le nombre — car cette
notion n'est pas moins élaborée — il faut retrouver les
expériences et intuitions toutes premières et rechercher
le « pouvoir ».

Ce temps primitif est lié essentiellement aux perceptions du syst[ème] moteur —

avant, *pendant,* après[B]

{ durée
{ vitesse. (1938. Sans titre, XXI, 564.)

Les 3 coups —

Pour créer l'impression ou la sensation de l'égalité
d'intervalle entre des événements successifs, *il en faut
au moins 3,* — *évidemment !* — le 3me *répond* à une sorte
de demande créée par la « superposition » des 2 autres.
Chacun des coups joue un rôle différent. Comme si la combinaison des 2 premiers avait créé un besoin ou un écart
que le 3me remplit — — Ferme un cycle. Cf. une proportion $C/B = B/A$[C].

A. *Passage inachevé.*
B. *Aj. marg. :* (ceci est un simultané-successif dû à la différence
de phase dans la multiplicité motrice)
c. *Aj. marg. :* $\dfrac{C}{B} = \dfrac{B}{A}$

⎧ *Tout acte, en soi, est répétable* — d'où je tire :
⎨ *Toute répétition tend à engendrer un dispositif d'acte* — l'acte
⎩ qui la produirait.

Il faut bien distinguer la *répétition* de la mémoire. Il y a
mémoire d'une odeur — mais non *répétition* — car
l'élément *acte* fait défaut. Il n'y a répét[ition] que d'événements *auditifs,* tactiles, et *visuels* — (et je n'ajoute pas
moteurs — car : *répéter = moteur*). Il faut *pouvoir* reproduire
ou imiter pour qu'il y ait répétition. (1939. Sans titre,
XXII, 565-566.)

J'ai essayé plusieurs fois et de *p* façons de me définir
le « Présent », qui me parut chaque fois une notion très
importante à reprendre — — à construire !

Une autre méthode consisterait à observer dans quel
cas *n[ou]s avons besoin* de ce terme, et comment il s'emploie. Il n'y aurait alors de *Présent* que dans ces emplois
— c'est-à-dire quand on pense ou qu'on perçoit ce qu'il
faut pour que l'expression de ces effets exige la notation
« Présent ».

On voit le changement de position mentale. Cette
méthode pourrait se généraliser. Chaque notion n'étant
définie que comme élément d'une expression ou d'une
conception *actuelle* — méthode « réaliste » à laquelle
l'existence des dictionnaires et les spéculations des philosophes, juristes et autres s'opposent nécessairement.

Je suis émerveillé à chaque observation que j'ai pu
faire de ma sensation de vie — sentante ou faisante, en
offensive ou défensive ou expectative — que les philosophes qui ont spéculé sur le temps si abondamment
semblent avoir si peu *observé,* et ont pris ce *mot* comme
matière, question, chose à définir, —

tandis qu'il n'est et ne pouvait être que notation
grossière, polysémie, et si problème, problème de statistique sémantique.

C'est pourquoi la réforme Minkowski[1]-Einstein ne
m'a pas surpris ni ému.

Elle n'était, d'ailleurs, qu'une réforme « locale » —
je veux dire physico-mathématique.

Car l'observation dont je parle n'oblige pas du tout
à utiliser un seul et même terme comme *espace* ou *temps*

pour noter les diverses possibilités du changement et ses diverses restrictions. Au contraire.

— Mais tout ceci dresse la question des questions : Comment *penser* — Comment penser *plus qu'il ne faut ?* Et *pourquoi ?*.. Impulsion ? Instinct ?.. (1940. Sans titre, XXII, 893-894.)

☆

Le temps vrai se compose : d'*attentes* — modifications finies avec sensation particulière croissante — de *spécialisations* — actions — *pour* — de *spécialisations contre.*

Et c'est la *conservation* qui, par sa nature, qualifie les temps vrais. Conservation a parte *mei* ou a parte rerum (C, E, M). (1940. *Rueil-Paris-Dinard I,* XXIII, 323.)

☆

T
Durée

La durée vraie est inégalité, spécialité — coûteuse. Il faut payer pour maintenir. D'abord, la vie même ! Et ensuite, et en plus, tout écart de la ré-fection normale.

La durée, résistance à la distribution égale de l'énergie disponible, introduite par des incidents divers — excitation locale d'un nerf — ou d'une idée des choses — ou par besoin, désir, « volonté » —

se fait sentir comme une *pression de temps,* supportable et même agréable, quand n[ou]s sentons pouvoir interrompre ad libitum cet écart et revenir à la disponibilité; pénible et insupportable dans les autres cas.

Toujours nécessairement finie. « Durée infinie » n'a aucun sens (si ce n'est signifiant une sensation de l'indépendance de la gêne subie avec les événements successifs).

J'ose comparer cette pression à — — l'osmotique, à cause de la sensation même de pression et de l'*inégalité* qui est le caractère de la structure d'une durée. Une durée d'attention est une restriction des échanges. Un certain seuil est à atteindre, ou un certain déclenchement terminal d'une composition des forces potentielles — un bond ! — Ainsi la plante monte et va à sa fleur par absorption osmotique du liquide. (*Ibid.,* XXIII, 355.)

☆

La relat[ivité] a réduit le *temps* à un phénomène horloge — soumis aux conditions d'observation d'un phén[omène] et aux réciprocités au lieu d'être une variable tout indépendante.

Cette horloge est d'ailleurs *lumière* — dont les fréquences dépendent de compositions de vitesses — etc.

Mais ceci est bon p[our] la physique.

L'être vivant doit avoir son horloge et son temps. Et même bien plus compliqué — puisque sa vie dépend de coïncidences et de successions ou correspondances, ou plutôt *consiste* dans ces accords. Insécable.

Mais en réalité, il y a ici autant d'horloges que de fonctions indépendantes. Et notre temps perçu est la différence de 2 de ces *temps* fonctionnels — qui ne sont pas des temps.

Un phénomène est autre chose que mesurable, et il est autre chose qu'un cas particulier d'une catégorie. (1941. Sans titre, XXIV, 427.)

☆

T

Un des vices de la physiologie, vice jusqu'ici incorrigible, est la nécessité de mesurer les temps (de réaction et autres) par l'horloge commune.

Et même, la notion seule de *temps* — qui ici, bien plus qu'en physique, est insuffisante — conduit à de fausses voies.

Je *sens* qu'il y a autre chose. Et je pense à ce que j'ai remarqué quant aux couleurs — qui, selon la physique et traduites en *fréquences,* ne correspondent plus aux couleurs de l'œil — qui forment un domaine *fermé* — où le rouge et le violet sont soudés.

Il se peut que les substitutions qui constituent la connaissance du *temps* (par conservation × transformation) puissent être considérées autrement que moyennant l'intermédiaire *horloge.*

Il faut écarter[A] la continuité et la croissance à l'infini —

A. *Trois tr. marg. allant jusqu'à :* du temps unique.

et l'omnipotence du temps unique. Car ceci conduit à la difficulté et aux paradoxes de la prévision biologique — et du finalisme anthropomorphique — (ou plutôt à *forme d'action réfléchie humaine*).

Les notions fondamentales *ici* seraient : *Toutes les fois que ; pendant que.. ; à peine.. aussitôt que* —; *avant* et *après ; tant que ; depuis que ;* plus *vite* que et *plus lentement que* — — Etc.

Et peut-être ces notions et autres doivent se modifier selon C E M.

Le temps vrai[A] n'a de sens que comme *complément* de l'instant — c'est-à-dire *avec autre chose :* il n'est pas isolable. L'horloge donne l'illusion d'isolabilité — — Le sentiment du « temps » *ferme, remplit* une lacune. (1941. Sans titre, XXIV, 514-515.)

☆

Si j'avais à exposer le « temps » je commencerais par relever les expressions dans lesquelles ce nom figure (A) : Perdre du temps, avoir du temps etc. Il faut tel temps. Le temps de faire. Il est grand temps de.. etc.

Puis je rechercherais les divers besoins auxquels ce mot répond. (B)

Le relevé (A) montre clairement que l'idée dans chaque cas est idée relative 1° à l'action 2° à la possibilité et à ses variations.

Dire que[B] le mobile M se déplace *en fonction du temps,* c'est que la perception du mobile M *se conserve* moyennant une *modification* de quelque chose indépendante du *mobile,* et pourtant cette modification est dépendante de la *perception* du mobile; et enfin, cette conservation excluant toute autre...

Alors, « le temps » en question devient une perception *partielle,* ou plutôt une partie sensible de la modification perçue — comme p[ar] ex[emple] la sensation de *humer,* d'*aspirer des narines,* est *partie* de la sensation d'une odeur — et la variation du *sentir* fonction de celle du *humer*[C].

Il faut conclure de ceci : Il n'y a pas de *temps* séparé

A. *Deux tr. marg. allant jusqu'à* : n'est pas isolable.
B. *Tr. marg. allant jusqu'à* : celle du *humer.*
C. *Aj. marg. :* Ceci est curieux ! dis-je à Moi

d'autre chose — Au contraire ! — Il n'y a *temps* que comme il y a *différence,* — contraste.

Et[A] c'est ce qui est nécessaire puisque n[ou]s avons plusieurs sens incohérents.

Tous ces problèmes d'entendement d'espace et de temps peuvent ou doivent être rapportés, non pas à une soi-disant analyse de jugements, qui conduit aux imaginations à la Kant — — (Formes, Schèmes — inventés ad hoc)

mais[B] à une recherche de ce qu'il faudrait pour transformer *ce qui agit évidemment* en *ce qui est évidemment réaction* — normale et indispensable. Or, il est clair que n[ou]s avons *P* sens, — c'est-à-dire une *incohérence de base ; stable,* primitive — Et quant à laquelle les mots *successif, simultané, antérieur, postérieur,* n'ont aucun sens.

Un *son* et une *température* ne se classent pas en « avant, après » — par eux-mêmes[c].

Ce rangement existe pourtant — *aussi souvent que* — — Il est une réaction qui résout cette incohérence — t[ou]tes les fois qu'elle doit être — résolue. P[ar] ex[emple] les *p qualités* d'un « corps » sont conjointes dans l'idée tactile-motrice de Corps — laquelle se relie à la perception du *Mon-Corps* — ce qui donne un possible composé. (1941. Sans titre, XXIV, 607-608.)

Temps est production.

Le *temps* sert toujours à noter une *différence* ou division ou bien il est sensation d'une *différence* — entre un facteur conservation et un facteur transformation liés.

Il apparaît dans les productions d'énergie, — quand il y a ou déficience ou surabondance. Exclusions. (*Ibid.,* XXIV, 608.)

T. De l'instabilité essentielle —

On ne peut fixer de l'œil un objet que pendant θ, et même, la vision s'altère d'elle-même avant ce maximum.

A. *Deux tr. marg. allant jusqu'à* : sens incohérents.
B. *Deux tr. marg. allant jusqu'à* : normale et indispensable, *suivis d'un seul allant jusqu'à* : stable, primitive.
c. *Aj. marg. :* $a < b$

On ne peut soutenir un poids à bras tendu que pendant θ qui dépend du poids, de l'homme, de l'état ou des circonstances, c'est-à-dire de M, de C ou de E — ou des trois[A].

On ne peut fixer du tout une image mentale — on ne la conserve pas — on la régénère. La « *volonté* » ici agit par répétition ou entretien, en isolant un cycle à circuit moteur, par quoi il y a résistance au *cours* ψ *naturel*, et l'objet poursuivi initial est *ramené*. (1941. *Interim — Marseille et Suite*, XXV, 120.)

Du *rôle que joue la notion de temps dans la pensée*[B], et que pense-t-on alors ?

On ne peut représenter un « temps » par un plus petit. Une heure n'est pas une minute soixante fois *plus grande*. — On ne parle d'*heure* que comme *souvenir*, ou comme *prévision*. Jamais actuelle, même quand on dit à l'heure actuelle — car alors c'est l'instant qu'on désigne.

Le *temps*[C] est 1° dans la sensation : attente — croissance — grandeur propre

2° dans la pensée : possibilité — souvenir — impuissance — prévision — condition — grandeur mesurée, spatialisée

3° dans l'acte.

Ainsi *Marcher pendant une heure* — ne signifie rien en sensation[D] — pas d'heure-sensation — ou de sensation-heure car la sensation est instantanée. Quand on parle ainsi on parle fatigue par image[E].

A. *Aj. marg.* : $T = \dfrac{F}{P}$

$F = \varphi\,(C, \psi)$

B. *Aj. renv.* : Il y entre sous forme de possibilité.
C. *Tr. marg. allant jusqu'à* : 3° dans l'acte.
D. *Aj. marg. renv.* : c'est-à-dire quel sens l'esprit lui donne-t-il ?
E. *Aj. marg.* : Faire — Calculer
          Subir

La sensation *temps* est actuelle. Elle est toujours due
à *un écart* — à un « *trop* » — Trop vite, trop lent, avec
une impression de *bien* ou de *mal,* de plaisir ou de peine.
(*Ibid.,* XXV, 136.)

Le temps est une *production* de la sensibilité. Il ne
devient[A] *catégorie, forme* etc. que quand on essaie de le
décrire, non comme *observé,* mais comme condition (raisonnée) *toujours existante.* Or il ne *s'impose* que *dans
certains cas,* et toujours, comme *surabondance* ou *déficience*
de quelque chose qui est perception quelconque liée à un
processus d'action. Ces effets par excès ou par défaut.
(1941-1942. Sans titre, XXV, 387.)

Le « temps » se fait connaître d'abord sous forme de
hâte ou de retard, par des sensations de désir, d'attente,
de gain ou de perte — —
et par des altérations locales[B]. D'où on a *produit* l'idée
d'*altération générale,* — puis sa « mesure » par quelques
altérations locales *périodiques* — cette périodicité suggé-
rant le compte — et la notion de *coïncidence,* qui *rejoint
l'espace* (le solide).
La notion de *vitesse* précède celle de *temps,* car elle est
directement en jeu dans l'adaptation de l'action au besoin
et aux perceptions extérieures et de même, celle d'accélération de direction et de vitesse. (1942. Sans titre, XXV,
448.)

[...]

L'égalité des temps (dont n[ou]s avons l'intuition) est
la chose du monde la plus incompréhensible. Elle est
évidemment de la nature d'un acte simple et identique
à lui-même.
Il faudrait étudier, espèce par espèce de sensation, la
production de la perception $|S_3 - S_2| = |S_2 - S_1|$.
(1942. Sans titre, XXVI, 65.)

A. *Deux tr. marg. allant jusqu'à : dans certains cas.*
B. *Aj. marg. :* Le temps « pur » est négation de réponse,
contrainte.

☆

De la Succession des choses en général — au point de vue de la théorie des substitutions.

Ces considérations doivent servir à reprendre à la racine les *notions* diversement présentes dans la quantité de significations qu'excitent les mots (en nombre indéterminé) :

Cause, temps, suite, série, ordre, histoire, rythme, mélodie, raisonnement, mouvement, transformation, évolution, développement, association (des idées), — *action* —

Etc. etc.

tous les termes, en somme, dans lesquels on trouve *changement* et *conservation,* avec une perception du type : *Demande-réponse* (c'est-à-dire de la *sensibilité*) — et une alternance de *successif* et de *simultané* (lequel est une succession réductible à 1)[A].

Une considération sommaire — fait penser ici aux mots : mémoire; images motrices; et durées résiduelles sensorielles, effets de non-amortissement complet ($i = i_0 e^{-t}$); complémentaires etc.

2 cas, avant tout, se proposent : 1° telle chose étant donnée, telle autre en résulte automatiquement. On dira que la substitution est *autonome.* Elle est *autonome fonctionnelle* si à un de ses termes, tel autre se substitue toujours le même. C'est le cas du réflexe, des complémentaires. Mais aussi de liaisons acquises par la mémoire *devenue organisée.* Cas du langage-signe-sens-signe etc. Elle est *organisée* — c'est-à-dire qu'il y a réciprocité — ce qui n'est pas le cas du réflexe, mais qui est le cas du Vert-Rouge, Rouge-Vert.

Tout ceci tâtonne aux environs du problème : relations des pluralités avec les unités. Comment p se change en 1 et 1 en p ?

A. *Aj. marg.* : 2 sortes de simultané :
$$\text{type visuel} \quad \begin{aligned} S &= a + b + c \\ a + b + c &= S' \\ S &= S' \end{aligned}$$
$$\text{et type auditif} \quad \begin{aligned} a + b + c &= S \\ S_a^c &= 1 \\ S &\to 1. \end{aligned}$$

Mais il y a plus profond.. qui est le problème de
l'*identité* — ou comment le système caché réalise la
substitution *identique,* non la conservation propre, mais
le *retour constant* à un *Même* — (Moi) et ce retour (apparence ou non — cette alternative n'a pas de sens) inévitable, comment amené ? — Le *Moi* (ressenti) est point
de départ, point d'arrivée — Sorte de systole-diastole.
(1942. Sans titre, XXVI, 330-331.)

☆

T   Traité des choses que l'on n'a jamais vues.

1) L'objet sérieux de recherches sur le « temps » ne peut
être que la substitution à ce terme d'une notation verbale
qui permît de représenter dans le langage ce que le langage peut représenter et offrir aux *besoins* de transformation mentale et des échanges, avec un peu plus de précision que le mot en question ne le permet.
   Il s'agit donc avant tout de ne pas oublier que le
« temps » n'est qu'un *mot,* d'observer que ce mot prend
le *sens* que le reste de l'expression chaque fois lui impose,
mais qu'il importe avec soi quantité de significations
parasites; et enfin, de mettre en évidence les besoins
distincts qu'il satisfait indistinctement aujourd'hui.
2) Il appartient à la catégorie des mots qui désignent
des choses qu'on ne peut ni montrer du doigt ni mimer,
ou dessiner ou rendre uniformément sensibles. *Ces choses-
là ne sont pas isolables :* leurs noms isolés produisent à
l'esprit de chacun *des compléments* divers, c'est-à-dire de
quoi passer outre, *comme si* le mot *isolé* faisait partie de
quelque discours.... (1942. *Lut. 10.11.42 avec « tickets »,*
XXVI, 564-565.)

☆

« *Temps* »[A] = Mot — ou signe qui sert à exprimer les
divers aspects ou propriétés du *changement.*
   D'autres aspects — ceux, en particulier, des *changements compensés* — ($AB + BA = 0$) sont exprimés par
le mot *Espace.* D'autres encore sont exprimés par le
terme moderne d'*Énergie* — — (et peut-être : *Action*).

A. *Tr. marg. allant jusqu'à :* et peut-être : *Action.*

Serait-il possible de formuler ces aspects et de grouper ces divers mots autour du mot *Changement* ?

$AB + BA =$ quantité positive *en temps*. (1943. Sans titre, XXVII, 589.)

☆

Au fond, la question — n'est pas : *Qu'est-ce que le Temps ?* qui est absurde. Qu'est-ce qu'un mot[A] ? ? ?! Mais elle peut *raisonnablement* être celle-ci — ou plutôt celles-ci :

Comment exprimer la diversité des changements, les possibilités et impossibilités des changements selon leurs espèces, — ainsi que les possibilités et impossibilités de coexistences ?

Toutes les fois que ce *mot* fait besoin, n[ou]s tendons à imiter comme n[ou]s pouvons au moyen d'une action virtuelle — tension ou détente — les divers types de substitutions offerts par les phénomènes, en tant et pour autant que[B]

Ainsi il y a une mimique *Durée* qui est tension spécialisée, conservation sensible; avec dépréciation, rejet des phénomènes concurrents.

Temps — Sensation — de conservation
          — sensation d'achevé ou inachevé ou de surachevé. Ici c'est, en q[uel]q[ue] sorte, *quantité de qualité*. Équation ou inégalité entre énergie dirigée et affectée — et son emploi complet ou substitution par la perception parfaite. Temps court, long. *Échange de conservation contre perception.*

          Sensation de l'éternel inachèvement. *Rien sans reste*[C], en tant que la conscience existe. Il n'est de phénomène ni de pensée qui abolisse *tout autre* phénomène ou pensée. Chaque phénomène ou pensée en abolit *un autre* — mais aucun, *tout autre*.

          Ceci est très important. (1944. Sans titre, XXVIII, 140-141.)

A. *Aj. marg. :* C'est l'animal contre la vitre.
B. *Phrase inachevée.*
C. *Tr. marg. allant jusqu'à :* phénomène ou pensée.

☆

Suites

L'intervalle perceptible de 2 sons consécutifs, condition du tracement virtuel ou de la loi de reconstitution du type (c'est-à-dire rythme) —

c'est tout comme la condition de rattraper la balle avant qu'elle ait rejoint le sol.

— La durée[A] de *survie* de l'impression *n'est pas de la mémoire*.

Sur mon horizon total 2π, je ne puis voir des objets *simultanés* que dans un angle ω au delà duquel je ne puis voir un objet *de plus*, du côté positif de rotation, *sans perdre* de l'autre. Il y a un *maximum de simultanéité* qui est un angle[B].

Il y a un *maximum de succession* sensible (c'est-à-dire *non-mémoire*). 2 coups séparés par $\theta > \varepsilon$ ne 'sont 'pas successifs sensibles.

Une *suite* est donc conservation du présent d'un passé.

Elle est un *produit de sensibilité*.

Or, cette condition d'intervalle qui fait les *suites* est, je crois, une *condition d'imitabilité*, de *production-reproduction*. D'où cette formule[C] — Une pluralité d'événements quelconques distincts constitue *une suite* quand leur perception engendre une action virtuelle de substitution de chaque élément par un autre, *d'une seule manière*. C'est que l'intervalle de *perception-de suite* N'EST PAS UN VIDE. Un *intervalle n'est pas un vide*. (1944. Sans titre, XXVIII, 274.)

☆

Présent — est un fonctionnement.

Il y a fonctionnellement — un *retour* à un *point* qui est le Moi — de l'instant. — Ce retour[D] est aussi obli-

---

A. *Tr. marg. allant jusqu'à : pas de la mémoire.*
B. *Dessin en marge représentant le secteur d'un cercle, formé par l'angle ω, dans lequel il est possible de voir simultanément deux objets* a *et* b *situés sur la circonférence.*
C. *Deux tr. marg. allant jusqu'à :* N'EST PAS UN VIDE.
D. *Tr. marg. allant jusqu'à : L'élongation est limitée.*

gatoire que le retour du cœur à l'état de reprise de sa contraction. —

Et ceci définit un « présent » dont les productions mentales aussi bien que les perceptions externes ou autres sont des *écarts. L'élongation est limitée.*

C'est une *réaction négative nécessaire* —, plus ou moins prompte. (1944. Sans titre, XXVIII, 413.)

APPENDICE
NOTES, VARIANTES
ET PASSAGES INÉDITS
DU CLASSEMENT DES CAHIERS

APPENDICE
NOTES ET VARIANTES
LES PASSAGES INÉDITS
DU CLASSEMENT DES CAHIERS

APPENDICE

LISTE PAR ORDRE CHRONOLOGIQUE
DES CAHIERS ORIGINAUX

REMARQUES PRÉLIMINAIRES

Contrairement à l'idée généralement reçue, il y a 261 cahiers, et non pas 257. Ce qui explique cette méprise, c'est d'abord l'existence d'un cahier inédit (le n° 54 de notre liste), ensuite le fait que les deux derniers cahiers, le n° 261 et le n° 262, ont été considérés comme l'équivalent d'un seul, et en troisième lieu, le fait que dans son inventaire des écrits de Valéry[1] Mlle Denise Rousseau a employé les n°s 51 *bis* et 51 *ter* pour désigner deux cahiers (le n° 50 et le n° 51 de notre liste) dont les dates lui paraissaient douteuses. En faisant par la suite le compte des cahiers, on a dû oublier que ces deux numéros avaient été intercalés entre 51 et 52.

Le numérotage que nous avons adopté est le nôtre. Il ne suit ni le numérotage de l'inventaire de Mlle Rousseau ni l'ordre de l'édition du C.N.R.S., mais correspond à la chronologie précise des cahiers originaux telle que nous avons pu la reconstituer.

En indiquant les dates des cahiers, nous n'avons tenu compte que de l'écriture de Valéry lui-même. Il importe que les chercheurs futurs ne confondent pas cette écriture avec celle de Mme Valéry, qui, après la mort de son mari, a noté sur les couvertures de certains cahiers les dates qu'elle leur attribuait.

Les chercheurs trouveront aussi dans les cahiers trois numérotages différents qui ne sont pas de la main de Valéry, et qui ont tous été volontairement omis dans l'édition du C.N.R.S. Le premier de

---

1. Cet inventaire, resté inédit, a été établi en 1958-1959 par Mlle Rousseau, qui était à l'époque élève de M. Octave Nadal. Malgré ses imperfections et ses lacunes, il a rendu le plus grand service aux chercheurs valéryens.

ces numérotages, qui figure dans certains cahiers seulement, a été mis par les copistes, selon les instructions de Valéry, à côté de chacun des passages du cahier pour permettre de les identifier au cours du classement. Le deuxième numérotage, au crayon rouge, et le troisième, au crayon noir, sont du C.N.R.S., et ont été destinés tout simplement à établir l'ordre du travail de reproduction en fac-similé.

Sauf indication contraire, les dates, les titres et les dessins inclus dans notre liste sont tous de Valéry, et se trouvent tous sur les couvertures des cahiers.

Les dates mises entre crochets sont celles que nous supposons être les bonnes.

Les chiffres romains renvoient aux volumes de l'édition du C.N.R.S., et les chiffres arabes aux pages des volumes.

L'indication « non reproduit » signifie « non reproduit dans l'édition du C.N.R.S. ».

L'ordre adopté dans notre description de chaque cahier est le suivant :

a) Les aspects physiques qui permettent de l'identifier;
b) D'autres particularités du cahier, s'il y en a;
c) Son titre;
d) Sa date;
e) Les pages de l'édition du C.N.R.S. où il est reproduit.

LISTE PAR ORDRE CHRONOLOGIQUE
DES CAHIERS ORIGINAUX

1. Cahier à couverture en papier orange.
   Dessin à l'encre composé de traits, représentant les rayons du soleil et les vagues de la mer (I, 1).
   Journal de Bord.
   « 1894 — Pré-Teste — Bath. »
   I, 1-69.

2. Cahier à couverture en papier jaune.
   « Docks ».
   1895/6.
   La date « 1895 » qui figure dans l'édition du C.N.R.S. est donc légèrement incorrecte.
   I, 71-81.

3. Cahier à couverture en papier brun.
   Log-Book[1]. π = 16.
   96 May-October.

---

1. Journal de bord.

Cahier probablement déplacé dans l'édition du C.N.R.S. (voir 4).

I, 123-140.

4. Cahier à couverture en papier brun.
Selfbook[1].
[1896].
Cahier probablement déplacé dans l'édition du C.N.R.S.

> Bien que la date « 1895 », reproduite dans l'édition du C.N.R.S., figure sur la couverture et qu'elle soit de la main de Valéry, on trouve à l'intérieur de la couverture « 96 ». Cette date, aussi de la main de Valéry, a été écrite dans la même encre violette qu'il a utilisée pour le cahier tout entier, et paraît donc contemporaine de la rédaction. On trouve également dans ce cahier des renvois au cahier 3 *(Log-Book)*, qui semblent indiquer que celui-ci est antérieur à *Selfbook* (bien qu'il soit possible que Valéry les ait rajoutés plus tard en relisant les deux cahiers). L'ordre que nous proposons rétablirait la suite des trois titres « maritimes » : *Journal de Bord, Docks* et *Log-Book*.

I, 83-122.

5. Cahier à couverture en papier jauni.
Début d'une série de cahiers qui utilisent du papier officiel du ministère de la Guerre[2].
Analyse du langage.
Février 97→.
I, 141-151.

6. Cahier à couverture en papier jauni.
Papier du ministère de la Guerre.
περὶ τῆς πολιτικῆς τέχνης[3].
[1897].

> La date « 1897 » qui figure sur la couverture est de la main de Mme Valéry, et correspond à une date qui figure dans le texte (I, 156).

I, 153-156.

7. Cahier à couverture en papier jauni.
Papier du ministère de la Guerre.
Λιμбες[4].
[1897].

> La date « 1897 » qui figure sur la couverture est de la main

---

1. [Littéralement] « Livre (journal) de soi ». Le mot n'existe pas en anglais.
2. Valéry a été nommé rédacteur au ministère de la Guerre en avril 1897 ; il y est resté jusqu'au mois de juillet 1900.
3. De l'art politique.
4. Ce titre semble être une transcription en un mélange de lettres

de Mme Valéry; le contexte indique qu'elle est correcte.

I, 157-166.

8. Cahier à couverture en papier jauni.
Papier du ministère de la Guerre.
Sans titre.
[1897].
Cahier probablement déplacé dans l'édition du C.N.R.S.

Le cahier ne porte aucune indication de date, mais il
contient un brouillon de minute du ministère daté, de la
main de Valéry, « juillet 1897 ». Bien que Valéry se soit
parfois servi de feuilles de papier qui traînaient sur son
bureau depuis un certain temps, il est douteux qu'il ait
gardé jusqu'en 1899 des minutes rédigées par lui en 1897.
Nous inclinons donc à croire que ce cahier est de 1897, et
non pas, comme l'affirme l'édition du C.N.R.S., de 1899.

I, 789-796.

9. Grand registre à couverture déchirée en papier vert.
Papier du ministère de la Guerre.
Tabulae meae Tentationum — Codex Quartus[1].
[Fin 1897 ou début 1898 — octobre 1899.]

La date « 1897 » qui figure sur la couverture, et qui a été
reproduite dans l'édition du C.N.R.S., est de la main de
Mme Valéry. Les seules dates qu'on trouve dans le texte
sont de 1898 (I, 234 : coupure de journal sur la mort de
Gladstone; 241 : allusion à la guerre entre les États-Unis
et l'Espagne; 253, 273 : allusion à la mort de Mallarmé;
286 : allusion à la mort de Jean de Tinan) et de 1899 (I, 293,
346, 360). Cependant, un petit « 1897 » écrit à la première
page permet de penser que le cahier a peut-être été commencé à la fin de l'année 1897. Quoi qu'il en soit, il chevauche certainement les deux années 1898 et 1899, ce qui
nous fait croire qu'il a été tenu par Valéry à côté des autres
cahiers de la même époque. Son format différent de celui
des autres semble confirmer cette hypothèse.

I, 167-362.

10. Cahier à couverture en papier jauni.
Papier du ministère de la Guerre.
Paul Valéry[2].
Summer 98.

---

russes et grecques du mot « limbes », sans doute dans le sens
d'« état vague » (de la pensée).

1. Mes tables (registres) de tentations — Livre IV. (Valéry
a écrit d'abord « Tabulae mei Tentationum », c'est-à-dire, littérale-
ment, « Registres des tentations de moi ».)

2. Mots recopiés par Valéry, avec quelques petites erreurs, en

Cahier déplacé dans l'édition du C.N.R.S., où il figure après les cahiers 11, 12 et 13 écrits en automne 1898.

I, 453-494.

11. Cahier à couverture en papier jauni.
Papier du ministère de la Guerre.
Sans titre.
[Automne 1898].

La date « 1898 » qui figure sur la couverture est de la main de Mme Valéry; elle est presque certainement correcte. Une allusion à une promenade à Versailles pendant laquelle Valéry a « marché dans les feuilles mortes » (I, 372) permet de situer ce cahier en automne. Rien n'indique s'il doit précéder ou suivre les cahiers 12 et 13 écrits vers la même époque.

I, 363-408.

12. Cahier à couverture en papier jauni.
Papier du ministère de la Guerre.
Disquisitiones super multiplicitatem universalem[1] — Ceci à mettre à part (non reproduit).
[Début octobre 1898].

La date « 1898 » qui figure sur la couverture et à l'intérieur est de la main de Mme Valéry; elle correspond à des dates qui se trouvent dans le texte (I, 504, 505).

I, 495-506.

13. Cahier à couverture en papier jauni.
Papier du ministère de la Guerre.
Sans titre.
Oct. 98 nearly ended[2] (à l'intérieur).

La seule date qu'on trouve dans le texte du cahier (I, 142 : « I/1900 ») semble se rapporter à un passage rajouté postérieurement.

I, 409-452.

14. Cahier à couverture en papier jauni.
Papier du ministère de la Guerre.
Peculiar researches[3] — à classer.
[1899].

écriture arabe, d'après l'inscription « À Paul Valéry, mon âme et mon cœur; le docteur Mardrus, l'Égyptien, au Français » qui figure dans un cahier antérieur (I, 283). [Calligraphie déchiffrée par Jacques Duchesne-Guillemin.]
Le docteur J.-C. Mardrus, médecin et orientaliste, traducteur des *Mille et Une Nuits*, a été un ami de jeunesse de Valéry.
1. Recherches sur la multiplicité universelle.
2. [Littéralement] Octobre 98 presque fini.
3. Recherches bizarres (ou spéciales).

Le cahier ne porte aucune indication de date, mais un brouillon de minute du ministère, daté de la main de Valéry « mars 1899 », indique qu'il a été terminé au mois de mars ou après.

Cahier légèrement déplacé dans l'édition du C.N.R.S. (voir 15).
I, 527-541.

15. Cahier à couverture en papier jauni.
Papier du ministère de la Guerre.
εἰδωλολατρεία[1].
[1899].
Cahier légèrement déplacé dans l'édition du C.N.R.S.

Le cahier ne porte aucune indication de date, mais il contient un brouillon de minute du ministère, daté de la main de Valéry « mai 1899 ». Il aurait donc dû figurer dans l'édition du C.N.R.S. après le cahier 14, et non avant.

I, 507-526.

16. Cahier à couverture en papier jauni.
Papier du ministère de la Guerre.
Divers.
[1899].

Le cahier ne porte aucune indication de date, mais il contient des brouillons de minutes du ministère, datés de la main de Valéry « mai 1899 » et « juin 1899 ».

I, 577-601.

17. Cahier à couverture en papier jauni.
Papier du ministère de la Guerre.

Ce cahier est le premier qui contienne des annotations d'une main étrangère, dont quelques-unes ont été reproduites par inadvertance dans l'édition du C.N.R.S., par exemple : « Définition possible du présent ? » (I, 610).

Sans titre.
June 99.
I, 603-633.

18. Cahier à couverture en papier jauni.
Papier du ministère de la Guerre.
Cachet imprimé sur la couverture, avec le titre au milieu.
La bêtise n'est pas mon fort[2].
End — June 99.
I, 635-676.

---

1. Idolâtrie. [Valéry a transcrit en lettres grecques la forme française du mot, qui ne comporte qu'un seul « ol ».]
2. Phrase, devenue célèbre, qui ouvre *La Soirée avec Monsieur Teste*.

19. Cahier à couverture en papier jauni.
Papier du ministère de la Guerre.
Organa[1].
[1899].

    Le cahier ne porte aucune indication de date, mais il contient une minute de 1899. Le mois n'est pas indiqué.

I, 677-684.

20. Cahier à couverture en papier jauni.
Papier du ministère de la Guerre.
Sans titre.
[1899].
Cahier déplacé dans l'édition du C.N.R.S.

    Puisque le cahier contient un passage daté « le 9 7bre » (c'est-à-dire septembre[2]), il aurait dû figurer avant les cahiers 21 et 22, et non après.

I, 757-777.

21. Cahier à couverture en papier jauni.
Papier du ministère de la Guerre.
εἰχόνες[3].
Oct. 1899.
I, 721-738.

22. Cahier à couverture en papier jauni.
Papier du ministère de la Guerre.
Sans titre.
9bre 99.
Cahier légèrement déplacé dans l'édition du C.N.R.S.

    Étant donné que ce cahier porte la date de « 9bre » (c'est-à-dire novembre), il aurait dû figurer après le cahier 21, et non avant.

I, 685-720.

23. Cahier à couverture en papier jauni.
Papier du ministère de la Guerre.
Divers.
[Fin 1899].
Cahier déplacé dans l'édition du C.N.R.S.

    Le cahier ne porte aucune indication de date, mais il contient des brouillons de minutes du ministère datés de la main de Valéry « janvier 1899 », « mars 1899 » et « nov. 1899 ». La présence de cette dernière minute indique que le cahier a été terminé au mois de novembre ou après. Il

---

1. Instruments.
2. Quand Valéry écrit « 7bre », il veut dire « septembre ». De même, quand il écrit « 9bre », il veut dire « novembre ».
3. Images.

aurait donc dû figurer après les cahiers 16, 17, 18, 19, 20 et 21, et probablement aussi après le cahier 22.

I, 543-576.

24. Feuilles réglées détachées, sans couverture (sans doute du papier du ministère de la Guerre — cf. cahier 26).
Sans titre.
[1899].

> La date « 1899 », de la main de Mme Valéry, est probablement correcte, quoiqu'on ne trouve aucune date dans le texte.

I, 739-748.

25. Cahier à couverture en papier jauni.
Papier du ministère de la Guerre.
Étude. I + R = K¹ — recherche de la définition-base.
[1899].

> Le cahier ne porte aucune indication de date, mais il contient des minutes du ministère, marquées « 189 — ». L'année précise ne figure pas, mais tout le contexte indique qu'il s'agit de 1899.

I, 749-756.

26. Feuilles réglées détachées, sans couverture.
Sans titre.
[1899].

> Le cahier ne porte aucune indication de date, et la minute du ministère qu'il contient n'est pas datée non plus, mais il s'agit vraisemblablement de 1899.

I, 779-787.

27. Cahier à couverture en papier jauni.
Papier du ministère de la Guerre.
Technical improving in literature².
[1899].

> Le cahier ne porte aucune indication de date, mais il contient, comme le cahier 25, des minutes du ministère marquées « 189 — ».

I, 797-804.

28. Cahier à couverture en papier jauni.
Papier du ministère de la Guerre.

---

1. Cette équation représente la relation constante entre les « productions mentales » (I) et les « sensations » (R). Valéry exprime souvent la même idée par l'équation $\psi + \varphi = K$.
2. Progrès techniques en littérature. [On dirait en anglais non pas « improving », mais « improvement ».]

Sans titre, mais Valéry a écrit sur la couverture :

> « ... qui crie sans aucun bruit —
> Parlant sans aucun bruit, criant même !
>
> ──────────
>
> Le Conseil des X... »

[1899].

Le cahier ne porte aucune indication de date, mais il contient, comme les cahiers 25 et 27, des minutes du ministère marquées « 189 — ».

I, 805-817.

29. Cahier à couverture en papier jauni, écrit dans les deux sens. Papier du ministère de la Guerre.

Sans titre, mais Valéry a écrit sur la couverture :

> « Rien de plus bête que le scepticisme vague (aliment des littérateurs —).
> Épitaphe de plusieurs : il naquit bête et
> il finit illustre.
> L'homme est-il fait pour vivre ? »

[1900].

Le cahier contient des minutes du ministère marquées « 189 — », mais juste après le début (I, 824), Valéry a écrit dans le texte « mars oo ».

I, 819-855.

30. Cahier à couverture en papier jauni.
Papier du ministère de la Guerre.
Sans titre.
Fin avril oo.
I, 857-890.

31. Cahier à couverture en papier jauni.
Papier du ministère de la Guerre.
À la première page, Valéry a écrit : « Dicté à *Jeannie.* »
More important — Opérations — (Groupes, transformations).
[1900].

Le cahier ne porte aucune indication de date, mais le fait qu'une partie du texte a été dictée à Mme Valéry (née Jeannie Gobillard) indique qu'il a dû être écrit peu de temps après le mariage de Valéry en mai 1900.

I, 891-922.

32. Cahier à couverture en papier rose.
Fin de la série de cahiers écrits sur du papier du ministère de la Guerre.
Texte dicté à Mme Valéry.

Cendres. (Ce titre n'est pas écrit sur la couverture, mais sur une feuille volante, et en haut de chaque page du cahier.) [1900].

Le cahier ne porte aucune indication de date, mais puisqu'il a été dicté, comme le précédent, à Mme Valéry, il doit être aussi de 1900.

II, 1-66.

33. Grand registre à couverture cartonnée brune.
Début d'une série de grands registres.
À l'intérieur, Valéry a noté : « Cahier qui a dû être rapporté du Mexique par M. Gobillard[1]. »
Sans titre.
9bre MCM (à l'intérieur, au début); end — July 01 (à la fin).
II, 67-232.

34. Grand registre à couverture cartonnée verte et noire.
Sans titre.
[1901].

Le cahier ne porte aucune indication de date, mais il appartient de toute évidence à la série de grands registres de cette époque, et semble venir se placer naturellement entre le cahier 33, terminé en juillet 1901, et le cahier 35, commencé en novembre 1901. Rien ne suggère qu'il ait été commencé en 1900, comme le laisse entendre la date « 1900-1901 » qui figure dans l'édition du C.N.R.S.

II, 233-328.

35. Grand registre à couverture cartonnée beige, rouge et noire.
Sans titre.
Begins — 9bre 01 (à l'intérieur).
II, 329-423.

36. Grand registre à couverture en toile noire.
Sans titre.
Begins April 1902 (à l'intérieur).
II, 425-676.

37. Grand registre à couverture cartonnée rouge et noire.
Sans titre.
Begins 8bre 1902 (à la première page).
II, 677-834 (à la fin du troisième passage : « Il y a des écrivains [...] jusqu'à ce qu'elle moule leur pensée »).

38. Grand registre à couverture en toile noire.
Algol (à l'intérieur; non reproduit).
[1902-1903].

---

1. Il s'agit du père de Mme Valéry.

Le cahier ne porte aucune indication de date, mais il contient un faire-part de décès annonçant la mort du frère de Mme Édouard Manet et daté « le 21 mai 1903 ».

II, 834 (au début du quatrième passage : « Celui qui verra clairement... ») - 924.

39. Grand registre à couverture en toile noire.
Jupiter (à l'intérieur).
Begins 25 June 03 (à l'intérieur).
III, 1-178.

40. Grand registre à couverture en toile noire.
Sans titre.
[1903-1905].

Sans date au début, mais le cahier doit commencer dans les derniers mois de l'année 1903, étant donné qu'il contient une lettre de Valéry datée « le 9 novembre 1903 » (III, 194). Un peu plus loin (III, 204, au bas de la page), Valéry a noté : « End — le 14 janvier 1904 », date qui n'a pas été reproduite, mais le cahier ne se termine en fait qu'un an plus tard, comme le montre l'annotation « End 28/2/05 » qui se trouve à la fin. La date « 1904 » indiquée dans l'édition du C.N.R.S. n'est donc pas tout à fait correcte.

III, 179-495.

41. Grand registre à couverture en toile noire.
Sans titre.
[1905].

Sans indication de date, mais le cahier contient une allusion aux funérailles de Heredia « ce vendredi 6 octobre 05 » (III, 663) et aussi une feuille volante, qui n'a pas été reproduite, datée « le 23 mars 1905 ».

III, 497-684.

42. Grand registre à couverture en toile noire.
Sans titre.
Begins 10 9bre 05 (à l'intérieur, au début); End — 31 juillet 06 (à la fin).
III, 685-884.

43. Grand registre à couverture en toile noire.
Sans titre.
Begins 10 août 06 (à l'intérieur).

Le cahier ne se termine qu'en 1907 (voir IV, 145 : allusion à la mort de Huysmans le 12 mai 1907).

III, 885-IV, 168.

44. Grand registre à couverture en toile noire.
Fin de la série de grands registres.

Sans titre.
Begins 30 7bre 07 (à l'intérieur).

> Le cahier ne se termine qu'en 1908 (voir IV, 206 : allusion à une lettre écrite à Pierre Féline en janvier de cette année).

IV, 169-354.

45. Petit cahier à couverture bleue.
Début d'une série de petits cahiers.
A (non reproduit).

> Début d'une série de titres désignés par les lettres de l'alphabet suivies, à partir du cahier 46, d'une indication de l'année.

1909-10 (à l'intérieur).
IV, 355-389.

46. Petit cahier à couverture grise.
Ce cahier a été publié en 1924 chez Champion et en 1926 chez Gallimard.
On y trouve une annotation d'une main étrangère, reproduite par inadvertance dans l'édition du C.N.R.S. : « cf. : οὐδεὶς ἑκὼν ἁμαρτάνει »[1] (IV, 397). (Nous ne signalerons par la suite que les cahiers où l'on trouve de nombreuses annotations de ce genre.)
B 1910 (non reproduit).
1910 (à l'intérieur).
IV, 391-422.

47. Petit cahier à couverture grise.
C 10 (non reproduit).
End — June 10 (à l'intérieur, à la fin).
IV, 423-456.

48. Petit cahier à couverture grise.
D 10 (non reproduit).
18/7/10[2] (à l'intérieur).
IV, 457-489.

49. Petit cahier à couverture bleue.
E 10 (non reproduit).
[1910].

---

1. « Personne ne pèche volontairement. » (Notion développée par Socrate dans le *Protagoras* de Platon à propos d'une citation du poète Simonide (*Œuvres complètes*, t. III, Ire partie, « Les Belles Lettres », 1966, éd. Alfred Croiset, p. 66).)
2. Valéry a écrit au-dessus de « 18 » un chiffre presque illisible, mais qui est peut-être un « 2 ».

Cahier déplacé dans l'édition du C.N.R.S.

La date « 20/6/11 » qui figure dans l'édition du C.N.R.S. (IV, 586) ne se trouve nulle part dans le cahier. Le titre « E 10 » indique clairement qu'il s'agit de 1910.

IV, 586-623.

50. Petit bloc à couverture jaune.
Sans titre.
[1911].
Cahier probablement déplacé dans l'édition du C.N.R.S., où il est situé en 1919. La date « 1918-1920 » écrite sur la couverture est de la main de Mme Valéry, et ne se rattache à aucune date dans le texte même. En plaçant ce cahier, ainsi que les cahiers 51 et 52, en 1919, l'édition du C.N.R.S. interrompt une série homogène de cahiers à couverture cartonnée, désignés par des lettres dans l'ordre alphabétique, ordre qui reprend après le hiatus créé par les cahiers 50, 51 et 52. Ces trois cahiers, qui sont en réalité des blocs, sont du même type que *Somnia* (n° 53) et *L* (n° 54), datés 1911 par Valéry. On y trouve aussi l'écriture petite et serrée qui est beaucoup plus caractéristique de 1911 que de 1919.
VII, 264-277 (à la fin du premier passage : « Voici l'approximation [...] même ordre de grandeur »).

51. Petit bloc jaune.
Sans titre.
[1911].
Cahier probablement déplacé dans l'édition du C.N.R.S. (voir 50).
VII, 277 (au début du passage : « Point — Si tu te diriges... »)-305.

52. Bloc en largeur sans couverture.
Sans titre.
[1911].
Cahier probablement déplacé dans l'édition du C.N.R.S. (voir 50).

Le « carnet 1919 » écrit à la première page est de la main de Mme Valéry. Ce qui lui a peut-être suggéré cette date, c'est l'ébauche d'une lettre adressée à M. Ernest Rouart et datée « Paris, le 30 mars 1919 ». Mais cette lettre, qui a probablement été écrite par la fille de Valéry, Agathe, figure sur une feuille différente de celles du reste du cahier, et a pu être rajoutée plus tard. (On trouve, par exemple, parmi les feuilles volantes du cahier 87, qui date de 1917, une dépêche de l'Agence Havas datée de 1920.)

VII, 306-371.

53. Bloc sténographique brun en largeur.
    Somnia[1].
    Avril-mai-juin 1911 (à l'intérieur).
    Cahier déplacé dans l'édition du C.N.R.S., où il aurait dû se
    placer après le cahier 49, et non avant.
    IV, 491-585.

54. Bloc beige en largeur.
    L.
    X^bre 1911.

    Cahier inédit important, omis par inadvertance dans l'édition
        du C.N.R.S. et non classé parmi les cahiers dans l'inven-
        taire de Mlle Rousseau (cote 140). Le « L » du titre signifie
        « Langage », sujet auquel se rapporte le cahier tout entier.
        On en trouvera quelques extraits dans le chapitre *Langage*.

55. Petit cahier à couverture rose.
    F 11 (non reproduit).
    9bre 11 (à l'intérieur).
    Cahier déplacé dans l'édition du C.N.R.S., où il suit immé-
        diatement le cahier 49 écrit en 1910, malgré le fait qu'il ne
        commence qu'en novembre 1911.
    IV, 624-661.

56. Petit cahier à couverture rose.
    G 12 (non reproduit).
    14 mars 1912 (à l'intérieur).
    IV, 663-701.

57. Petit cahier à couverture rose.
    H 12 (non reproduit).
    20/5/12 (à l'intérieur).
    IV, 702-738.

58. Bloc rouge en largeur, avec des pages détachées.
    Surprise — Attente (non reproduit).
    [1912].

    Le cahier ne porte aucune indication de date, mais il
        contient une lettre de Valéry félicitant des amis de Mont-
        pellier, les Bonnet, sur la naissance de leur fille Juliette,
        née le 30 juin 1912. Il nous paraît donc assez légitime de
        placer ce cahier entre le n° 57 (commencé le 20 mai 1912)
        et le n° 59 (commencé le 21 juillet 1912), comme l'a proposé
        Mme Valéry.

    IV, 739-776.

---

1. Rêves.

59. Petit cahier à couverture rose.
  I 12 (non reproduit).
  21/7/12 (à l'intérieur).
  IV, 777-814.

60. Petit cahier à couverture rose.
  I' 12 (non reproduit).
  1/9/12 — Mesnil[1] (à l'intérieur).
  IV, 815-853.

61. Petit cahier à couverture rose, signé « Paul Valéry ».
  J 12 (non reproduit).
  9 9bre 12 (à l'intérieur).
  IV, 854-889.

62. Petit cahier à couverture rose.
  K 13 (non reproduit).
  27 janvier 13 (à l'intérieur).
  IV, 891-928.

63. Petit cahier à couverture rose.
  L 13 (non reproduit).
  11 avril 13 (à l'intérieur).
  V, 1-35.

64. Petit cahier à couverture rose.
  M 13 (non reproduit).
  Trestraou[2], 13/7/13 (à l'intérieur).
  V, 36-68.

65. Petit cahier à couverture rose.
  N 13 (non reproduit).
  7bre 13 (à l'intérieur).
  V, 69-103.

66. Petit cahier à couverture rose.
  O 13 (non reproduit).
  [*Mot illisible*] / oct. 13 (à l'intérieur).
  V, 104-140.

67. Petit cahier à couverture rose.
  P 13 (non reproduit).
  23 Xbre 13 (à l'intérieur).
  V, 141-176.

68. Petit cahier à couverture rose
  Q 14 (non reproduit).

---

1. Le Mesnil-Saint-Laurent, propriété de campagne de Julie Manet-Rouart, fille de Berthe Morisot, cousine et amie intime de Mme Valéry.
2. Nom d'une plage à Perros-Guirec, où Valéry passait ses vacances à cette époque.

4 [*mois illisible*] 14 (à l'intérieur).
V, 177-216.

69. Petit cahier à couverture rose.
R 14 (non reproduit).
30 mars 14 (à l'intérieur).
V, 217-252.

70. Petit cahier à couverture rose.
S 14 (non reproduit).
3 mai 14 (à l'intérieur).
V, 253-291.

71. Petit cahier à couverture rose.
T 14 (non reproduit).
4 juin 14 (à l'intérieur).
V, 292-327.

72. Petit cahier à couverture rose.
U 14 (non reproduit).
25 juin 1914 (à l'intérieur).
V, 328-364.

73. Petit cahier à couverture rose.
W 14 (non reproduit). (La lettre « V » manque dans cette
série de titres.)
La Preste — 23/7/14 (à la première page).
V, 365-401.

74. Petit cahier à couverture rose.
X 14 (non reproduit).
24 oct. 14 (à l'intérieur).
V, 402-437.

75. Petit cahier à couverture rose.
Valéry a écrit à l'intérieur : « Ce cahier a désormais une
histoire. 20. 2. 25. »
Y 14 (non reproduit).
Nov. 14. End — 15 déc. 14 (à l'intérieur).
V, 438-472.

76. Petit cahier à couverture rose.
Fin de la série de petits cahiers.
Z 14 (non reproduit).
Fin de la série de titres désignés par les lettres de l'alphabet
suivies d'une indication de l'année.
15 déc. 14 (à l'intérieur).
V, 473-535.

77. Grand cahier à couverture rose.
Début d'une courte série de grands cahiers.
Beaucoup de sigles en couleur et d'annotations d'une main

étrangère (non reproduits, à part les annotations « Le
Système » (V, 544), « ouïe » (V, 553) et « Moi et non-moi »
(V, 554).)
Sans titre.
Février 1915 (sur la couverture); 9/févr./15 (à l'intérieur).
V, 537-585.

78. Grand cahier à couverture rose.
À l'intérieur, Valéry a écrit :

> « La phototypie de ce manuscrit
> a été faite par Daniel Jacomet
> pour Édouard Champion;
> Achevé de tirer à 130 exemplaires
> dont 10 sur Japon
> accompagnés d'un fragment autographe.
> Tous ces exemplaires sont numérotés
> et paraphés par Paul Valéry
> Ainsi que les vingt exemplaires réservés
> à l'auteur pour ses amis.
>   Novembre 1924. »

Surprise. Attentes.
9-4-15 (sur la couverture et à l'intérieur).
V, 587-625.

79. Grand cahier à couverture rose.
Sans titre.
Juillet 15 (sur la couverture); 3 juillet 15 (à l'intérieur).
V, 626-686.

80. Grand cahier à couverture rose.
Fin de la série de grands cahiers.
Sans titre.
Sept. 1915 (sur la couverture); 14. 9. 15 (à l'intérieur).
V, 687-752.

81. Cahier à couverture cartonnée bleue.
Début d'une série de cahiers à couverture cartonnée.
Petit dessin à la plume d'une ancre (non reproduit).
Plusieurs annotations d'une main étrangère (pour la plupart
non reproduites).
A (non reproduit).
Début d'une série de titres désignés par les lettres de l'alphabet.
Nov. 15 - janvier 16 (sur la couverture); 5 nov. 15 (à l'in-
térieur).
V, 753-858.

82. Cahier à couverture cartonnée bleue.
B (non reproduit).
Janvier 16 (sur la couverture); 11 janvier 16 (à l'intérieur).
V, 859-VI, 111.

83. Cahier à couverture cartonnée brune.
    Petit dessin à l'encre d'un arc et d'une flèche (non reproduit).
    Beaucoup de sigles en couleur et d'annotations d'une main
    étrangère (pour la plupart non reproduits). Table des sigles
    et de leur signification de la même main (non reproduite).
    C (non reproduit).
    Avril 16 - 7bre nov. 16 (sur la couverture); 16 avril 16
    (à l'intérieur, au début); 28 7bre 1916 (à la fin). (Valéry a dû
    se tromper en écrivant « nov(embre) » sur la couverture,
    puisque le cahier se termine en septembre.)
    VI, 112-279.

84. Cahier à couverture cartonnée bleue.
    Petit dessin à l'encre représentant une grappe de raisins
    entourée des chiffres MCMXVI (non reproduit).
    Plusieurs annotations d'une main étrangère (non reproduites).
    D (non reproduit).
    7bre 16 (sur la couverture); 28 7bre 1916 (à l'intérieur).
    VI, 280-420.

85. Cahier à couverture cartonnée brune.
    Petit dessin à l'encre d'un chapiteau (non reproduit).
    E (non reproduit).
    Mars 17 - 3.6.17 (sur la couverture); 25 mars 17 (à l'inté-
    rieur).
    VI, 421-567.

86. Cahier à couverture cartonnée verte.
    Beaucoup de sigles en couleur et d'annotations d'une main
    étrangère (pour la plupart non reproduits). Table des sigles
    et de leur signification de la même main (non reproduite).
    F (non reproduit).
    Juin 17-avril 17; 6 → 8 17 (sur la couverture); 12 juin 17
    (à l'intérieur, au début); 28 août 17 (à la fin). (Valéry a dû
    écrire « avril » au lieu d' « août » sur la couverture par
    simple distraction.)
    VI, 568-700.

87. Cahier à couverture cartonnée brune.
    Petit dessin à l'encre d'un as de pique (VI, 701).
    G (non reproduit).
    Août 17; 1917-8 (sur la couverture); 28 août 17 (à l'in-
    térieur).
    VI, 701-813.

88. Cahier à couverture cartonnée bleue.
    Petit dessin géométrique à l'encre (non reproduit).
    Beaucoup de sigles en couleur et d'annotations d'une main
    étrangère (pour la plupart non reproduits). Table des sigles
    et de leur signification de la même main (non reproduite).

H (non reproduit).

1918 — I (sur la couverture); 20 janvier 1918 (à l'intérieur).

VI, 815-934.

89. Cahier à couverture cartonnée bleue.

I (non reproduit).

Mai-octobre 1918 (sur la couverture); 4 mai 1918 (à l'intérieur).

VII, 1-134.

90. Cahier à couverture cartonnée bleue.

J (non reproduit).

Oct. 18 (sur la couverture); 9 oct. 18 (à la première page).

VII, 135-263.

91. Cahier à couverture cartonnée brune.

Petit dessin à l'encre d'une lyre (VII, 372).

K (non reproduit).

Avril 19-juin 20 (sur la couverture); 12 avril 19 (à l'intérieur).

VII, 372-492.

92. Cahier à couverture cartonnée brune.

Dessin à l'encre d'un compas (VII, 493).

L (non reproduit).

Juin 20-nov. 20 (sur la couverture); 3 juin 1920 (à l'intérieur).

VII, 493-666.

93. Cahier à couverture cartonnée brune.

Petit dessin à l'encre d'un serpent enroulé sur lui-même (VII, 667).

M (non reproduit).

Nov. 20-avril 21 (sur la couverture); 7/4/21 (à l'intérieur, à la fin).

VII, 667-838.

94. Cahier à couverture cartonnée brune.

Dessin à l'encre composé de cercles (VII, 839).

Beaucoup d'annotations d'une main étrangère (pour la plupart non reproduites).

N.

Av. 21 (sur la couverture); 8 avril 21 (à l'intérieur).

VII, 839-VIII, 50.

95. Cahier à couverture cartonnée brune.

O (non reproduit).

Mai 21 (sur la couverture); 12 août 21 (à l'intérieur, à la fin).

VIII, 51-227.

96. Cahier à couverture cartonnée mauve.

Dessin à l'encre d'une tête de bélier (non reproduit).

P (non reproduit).

1921 (sur la couverture); 12 août 21 — Perros[1] (à l'intérieur).
VIII, 228-346.

97. Cahier à couverture cartonnée brune.
Petit dessin à l'encre d'un pont (VIII, 347).
Q.
21 (sur la couverture); oct. 1921 (à l'intérieur).

> Le cahier doit se terminer en 1922 à cause de l'allusion à la mort du patron de Valéry, M. Édouard Lebey, le 14 février (VIII, 511).

VIII, 347-515.

98. Cahier à couverture cartonnée beige.
R (non reproduit).
22 (sur la couverture); 18/2/22 (à l'intérieur, au début);
« Quitté Vence le 5 mai — à 6ʰ· m. » (à la dernière page).
VIII, 517-645.

99. Cahier à couverture cartonnée marron.
S (non reproduit).
22 (sur la couverture); Montpellier, le 6/5/22 (à l'intérieur).
VIII, 646-731.

100. Cahier à couverture cartonnée beige.
T (non reproduit).
VI/22 (sur la couverture); 16/6/22 (à l'intérieur).
VIII, 732-852.

101. Cahier à couverture cartonnée bleue.
U (non reproduit).
22 (sur la couverture); 2 août 22 (à l'intérieur).
VIII, 853-IX, 66.

102. Cahier à couverture cartonnée beige.
V.
9ᵇʳᵉ 22 (sur la couverture); 6 nov. 22 (à l'intérieur).

> Le titre « V » et la date « 6 nov. 22 » ont été reproduits par erreur dans l'édition du C.N.R.S. avant la fin du cahier précédent (IX, 63).

IX, 67-219.

103. Cahier à couverture cartonnée bleue.
X. (La lettre « W » manque dans cette série de titres.)
2/23 (sur la couverture); 5 février 23 (à l'intérieur).
IX, 221-339.

104. Cahier à couverture cartonnée brune.
Dessin à l'encre d'un arbre (IX, 341).
Y.

---

1. C'est-à-dire Perros-Guirec.

8 mai 23 (à l'intérieur).
IX, 341-583.

105. Cahier à couverture cartonnée bleue et beige.
Dessin à l'encre d'une coupe (IX, 585).
Z (fin de la série de titres désignés par les lettres de l'alphabet).
9bre 23 (sur la couverture); 21 9bre 1923 (à l'intérieur).
IX, 585-680.

106. Petit cahier brun.
« Cambridge Univ[ersi]ty Book » imprimé sur la couverture.
ALΦA (début d'une série de titres grecs).

Le dernier « A » du titre n'a pas été clairement reproduit dans l'édition du C.N.R.S.

1er janvier 1924 (à l'intérieur).
IX, 681-784.

107. Cahier à couverture cartonnée vert passé.
Ce cahier contient l'avant-dernière de la série d'annotations d'une main étrangère : « « Tienes de no olvidar Karin » »[1] (X, 6).
β; βῆτα (sur la couverture); Bêta-24 (au dos).
Vence, 15/2/24 (à l'intérieur).
IX, 785-X, 69.

108. Cahier à couverture cartonnée beige.
Dessin et nom « Gallia » imprimés sur la couverture.
Γάμμα; Gamma; γ.
[1924].
La date « 20 août 24 » reproduite dans l'édition du C.N.R.S. est incorrecte : elle figure à l'intérieur du cahier suivant.
X, 71-173.

109. Cahier à couverture cartonnée brune.
Delta — 1924; Δ; δέλτα.
20 août 24 (à l'intérieur).
X, 175-306.

110. Cahier à couverture cartonnée bleue.
ε (sur la couverture; non reproduit); Faire sans croire (à l'intérieur; non reproduit); Eps. 24 (à l'intérieur; non reproduit).
20 oct. 24 (à l'intérieur).
X, 307-424.

111. Petit cahier à couverture cartonnée bleue.
Z (sur la couverture); Z, Zêta 24 (à l'intérieur).
Noël 24 (à l'intérieur).
X, 425-529.

---

1. Il ne faut pas que tu oublies Karin. (L'espagnol employé dans cette annotation est un peu singulier.)

112. Cahier à couverture cartonnée bleue.

η (sur la couverture); Jamais en paix ! (à l'intérieur).

Janv. 1925-avril 25 (sur la couverture); 30 janvier 25 (à l'intérieur).

X, 531-661.

113. Cahier à couverture cartonnée brune.

θ (sur la couverture); θ, Comme Moi (à l'intérieur).

Avril 25 (à l'intérieur).

X, 663-786.

114. Petit cahier à couverture cartonnée bleue.

Sur la couverture, dessin emblématique et inscription « Souvenir du Cuirassé Provence » de la main de Pierre Le Conte (X, 787). À l'intérieur, un dessin signé « Pierre Le Conte » illustrant les vers du *Sylphe* :

> *Ni vu ni connu,*
> *Hasard ou génie ?*
> *À peine venu*
> *La tâche est finie !*
> *[...]*
> *Ni vu ni connu,*
> *Le temps d'un sein nu*
> *Entre deux chemises !* (X, 791),

et, de la même main, un dessin du cuirassé (X, 789) avec, en face, les vers du *Cimetière marin* :

> *Une fraîcheur, de la mer exhalée,*
> *Me rend mon âme... Ô puissance salée !*
> *Courons à l'onde en rejaillir vivant !*

et des « Réflexions de l'imagier » :

« Le poète a été certainement déçu par " la silhouette étrange et massive " de la Provence, par ces " formes monstrueuses " qu'il va épouser pour quinze jours.... » (X, 788).

Après le premier de ces dessins, figure l'inscription : « Offert à Paul Valéry par le Vice-Amiral Dumesnil, Cᵈᵗ en Chef, l'Escadre de la Méditerranée », signée « Dumesnil, à bord de la « Provence » de Toulon à Brest, par Naples et Alger »[1] (X, 790).

Journal de Bord (à l'intérieur).

Sam[edi] 13 juin 25 (à la première page du texte de Valéry).

X, 787-839.

---

1. Valéry a été invité à faire cette croisière à bord de la « Provence » par son ami Émile Borel, alors ministre de la Marine.

115. Petit cahier à couverture cartonnée beige.
    Ἰῶτα.
    Juillet 25 (à l'intérieur).
    X, 841-XI, 75.

116. Cahier à couverture orange.
    κάππα.
    12. 7bre. 25, Mesnil (à l'intérieur).
    XI, 77-145.

117. Cahier à couverture cartonnée bleue.
    λ.
    13 oct. 25 (à l'intérieur).
    XI, 147-311.

118. Cahier à couverture cartonnée brune.
    μ.
    13. 2. 26 (à l'intérieur).
    XI, 313-431.

119. Cahier à couverture cartonnée verte.
    Dessin à l'encre, coloré en jaune, d'un serpent (XI, 433).
    ν XXVI.
    4 mai 26 (à l'intérieur).
    XI, 433-541.

120. Cahier à couverture cartonnée verte.
    ρ XXVI (sur la couverture); Rô[1] 26 (à l'intérieur).
    7. 26 (sur la couverture); juillet 26 (à l'intérieur).
    XI, 543-703.

121. Cahier à couverture cartonnée bleue.
    σ XXVI; σ.
    Valéry a écrit aussi sur la couverture le mot « Berlin ».
    22 7bre 26 (à l'intérieur).
    XI, 705-864.

122. Cahier à couverture cartonnée bleue.
    τ 26; τ.
    24 déc. 1926 (à l'intérieur).
    XI, 865-XII, 109.

123. Cahier à couverture cartonnée verte.
    Dernière annotation d'une main étrangère : « ed anche
    soffrono »[2] (XII, 189).
    υ 27; Υ; Upsilon 27 (sur la couverture); Upsilon 27 (à l'inté-
    rieur).
    Mars 27 (à l'intérieur).
    XII, 111-240.

---

1. Valéry a écrit « Rau ».
2. Et elles souffrent aussi.

124. Cahier à couverture cartonnée beige.
Φ (sur la couverture); Phi 27 (à l'intérieur).
Mai 27 (sur la couverture); 26 mai 27 (à l'intérieur).
XII, 241-437.

125. Cahier à couverture cartonnée bleu foncé.
χ (sur la couverture et à l'intérieur).
Acheté à Oxford le 18 oct. 27. Commencé le 26 (à l'intérieur, au début); Fini le 5/3/28 (à la dernière page).
XII, 439-749.

126. Cahier à couverture en toile grise.
ψ (sur la couverture et au dos).
3/28 (sur la couverture); 6 mars 28 (à l'intérieur).
XII, 751-861.

127. Cahier à couverture bleu passé.
Nom « Studium » imprimé sur la couverture.
Ω; Oméga 28. (Fin de la série de titres grecs.)
5 mai 28 (à l'intérieur).
XII, 863-XIII, 25.

128. Cahier à couverture rouge.
AA. (Début d'une série de titres désignés par deux lettres de l'alphabet.)
7. 1928 (sur la couverture); 1. 7. 28 (à l'intérieur).
XIII, 27-178.

129. Cahier à couverture cartonnée beige.
AB.
7bre 28 (sur la couverture); Guéthary[1], 14 7bre 28 (à l'intérieur).

> Le « juin 31 » reproduit dans l'édition du C.N.R.S. (XIII, 179) se rapporte à la date de la copie, et non pas de la rédaction du cahier. On lit à l'intérieur, de la main de la dactylo : « Copié par M. Nicole en juin 1931. »

XIII, 179-304.

130. Cahier à couverture cartonnée verte.
AC.
15 nov. 28 (à l'intérieur).
XIII, 305-404.

131. Cahier à couverture cartonnée verte.
Petit dessin à l'encre d'un pentagone sur la couverture et à l'intérieur (XIII, 405).
AD.
5. 1. 29 (à l'intérieur).
XIII, 405-569.

---

1. Dans les Basses-Pyrénées.

132. Cahier à couverture cartonnée grise.
Petit dessin à l'encre d'un globe surmonté d'une croix (XIII, 570).
AE.
1. 3. 29, mars 29, 3. 29 (sur la couverture); 1. 3. 29 — Polynésie[1] (à l'intérieur).
XIII, 570-693.

133. Cahier à couverture cartonnée brune.
AF[1]-29. (Le « 1 » et le « 29 » ont été rajoutés au crayon au titre « AF » écrit à l'encre.)
23 avril 29 (à l'intérieur).
XIII, 694-797.

134. Cahier à couverture cartonnée verte.
AH2 (sur la couverture et à l'intérieur).
Ce titre remplace un « ag » barré. On est surpris de trouver le cahier AH2 avant le cahier AH (n° 137).
4 juin 29 (à l'intérieur).
XIII, 798-871.

135. Cahier à couverture vert passé.
Dessin à l'encre, coloré en bleu, de la Corse (XIII, 872).
af-2 29. (Le « 2 » et le « 29 » ont été rajoutés au crayon au titre « af » écrit à l'encre.)
8. 29 (sur la couverture); août — 29 (à l'intérieur).
XIII, 872-XIV, 27.

136. Cahier à couverture cartonnée brun clair.
Dessin et nom « Gallia » imprimés sur la couverture.
ag (sur la couverture); AG — oct. 29 (à l'intérieur); AG (au dos).
[Octobre 1929.]
Le « 15 oc. 29 » reproduit dans l'édition du C.N.R.S. est de la main de Mme Valéry.
XIV, 29-184.

137. Cahier à couverture cartonnée brune.
ah-29 (le « 29 » a été rajouté au crayon au titre « ah » écrit à l'encre); AH-29.
Déc. 29 (sur la couverture); 24 déc. 29 (à l'intérieur).
XIV, 185-395.

138. Cahier à couverture bleu passé.
ai; AI 30.
25/4/30 — Grasse[2] (à l'intérieur).
XIV, 397-462.

---

1. Propriété de la comtesse de Béhague dans la presqu'île de Giens (Var).
2. Valéry était souvent reçu à Grasse par ses amis les Blanchenay.

139. Cahier à couverture mauve passé.
    Dessin et nom « L'Éclaireur français — Boy-Scout » imprimés sur la couverture.
    aj.
    Juin 1930 (sur la couverture); 24/6/30 (à l'intérieur).
    XIV, 463-524.

140. Cahier à couverture rose.
    Dessin de branches fleuries imprimé sur la couverture.
    ak.
    Montmirail[1] — 4 août 30 (à l'intérieur, au début); Grasse — 22 7bre 30 (à la fin).
    XIV, 525-590.

141. Cahier à couverture bleu passé.
    Dessin et nom « Le Mimosa » imprimés sur la couverture.
    al.
    1930 (sur la couverture); Grasse, 23 7bre 30 (à l'intérieur). Le « 9. 33 » reproduit dans l'édition du C.N.R.S. (XIV, 591) se rapporte à la date de la copie (cf. la note : « copié sept. 33 »).
    XIV, 591-640.

142. Cahier à couverture bleue.
    Dessin coloré et nom « Avia » imprimés sur la couverture.
    am.
    Octobre 30 (sur la couverture); Grasse, 19 oct. 30 (à l'intérieur).
    XIV, 641-711.

143. Cahier à couverture beige.
    an.
    29 nov. 30 (à la première page).
    XIV, 713-800.

144. Cahier à couverture cartonnée grenat.
    AO (sur la couverture et à l'intérieur); AO31 (au dos).
    8. 1. 31 (à l'intérieur).
    XIV, 801-XV, 41.

145. Petit cahier à couverture cartonnée bleue, avec dos spirale.
    A'O'; Polynésie; Scandinavie.
    Avril 31 (sur la couverture); Polyn[ésie], 31 mars 31 (à l'intérieur).
    XV, 43-156.

146. Cahier à couverture cartonnée brune, avec dos spirale. Aquarelle représentant Valéry en robe de professeur, avec la légende : « Hon. D. Litt. Oxon. » (XV, 157).

---

1. Le château de Montmirail, dans la Marne, propriété du duc et de la duchesse de La Rochefoucauld.

AP (sur la couverture); AP31 (à l'intérieur).
21. 6. 31 (à l'intérieur).
XV, 157-291.

147. Cahier à couverture cartonnée bleue, avec dos spirale.
AQ31. (Fin de la série de titres désignés par deux lettres de
l'alphabet.)
9 7ᵇʳᵉ 31 (sur la couverture et à l'intérieur).
XV, 293-435.

148. Cahier à couverture cartonnée bleue, avec dos spirale.
Sans titre.
30 décembre 31 (sur la couverture et à la première page).
XV, 437-594.

149. Cahier à couverture cartonnée brune, avec dos spirale.
Petit dessin à l'encre et au crayon représentant l'emblème
de Valéry, un serpent enroulé autour d'une clef avec les
initiales « P. V. » (XV, 595).
Sans titre.
23 avril 31 (à la première page).
Cette date doit être incorrecte, ainsi que le « 4. 31 » de la
main de Mme Valéry reproduit dans l'édition du C.N.R.S.
(XV, 595). C'est par distraction que Valéry a dû écrire
« 23 avril 31 » au lieu de « 23 avril 32 ». Juste après le début
du cahier (XV, 604), il note : « Samedi 30 avril — Discours
Gœthe qui m'a coûté tant de fatigue. » Or, ce discours a été
prononcé le 30 avril 1932. On trouve dans le cahier une
lettre (non reproduite) du célèbre spécialiste de Gœthe,
Lichtenberger, sur le discours de Valéry, ce qui confirme
notre hypothèse.
XV, 595-750.

150. Cahier à couverture cartonnée brun clair, avec dos spirale.
Petit dessin énigmatique (XV, 751).
Sans titre.
8. 32 (sur la couverture); 2 août 32 (à la première page);
18 oct. 32 (à la fin).
XV, 751-903.

151. Cahier à couverture cartonnée brun clair, avec dos spirale.
Aquarelle de l'emblème de Valéry (XV, 905).
Sans titre.
10. 32, oct. 32 (sur la couverture); 18 oct. 32 (à l'intérieur);
oct. 1932 (au dos).
XV, 905-XVI, 140.

152. Cahier à couverture cartonnée brun foncé, avec dos spirale.
Aquarelle de l'emblème de Valéry (XVI, 141).
Sans titre.

Janvier 33, mcmxxxiii (sur la couverture); 17. 1. 33 (à l'intérieur et à la première page); Janvier 1933 (au dos).
XVI, 141-297.

153. Cahier à couverture cartonnée brun clair, avec dos spirale. Aquarelle de l'emblème de Valéry (XVI, 299). Aquarelle et dessins de coupoles au dos (XVI, 460).
Sans titre.
Avril 33 (sur la couverture); 8. 4. 33 (à l'intérieur).
XVI, 299-460.

154. Cahier à couverture cartonnée brun clair, avec dos spirale. Dessins d'hiéroglyphes (XVI, 461).
Sans titre.
Juin 33 (sur la couverture); 28. 6. 33 (à l'intérieur).
XVI, 461-623.

155. Cahier à couverture cartonnée bleue, avec dos spirale.
Sans titre.
7bre 33 (sur la couverture); 17 7bre 33 — Mesnil (à la première page).
XVI, 624-786.

156. Cahier à couverture cartonnée brun clair, avec dos spirale.
Sans titre.
Nov. 33 (sur la couverture); 28. 11. 33 (à l'intérieur).
XVI, 787-XVII, 33.

157. Cahier à couverture cartonnée brun clair, avec dos spirale. Dessin à l'encre de l'emblème de Valéry (XVII, 35).
Sans titre.
2. 34 (sur la couverture); 2 — 1934 (à la première page).
XVII, 35-187.

158. Cahier à couverture cartonnée brun clair, avec dos spirale.
Sans titre.
5. 34.
XVII, 189-340.

159. Petit cahier à couverture cartonnée bleue.
Imprimé sur la couverture : « Adopted by Oxford and Cambridge Univ[ersi]ties. »
Sans titre.
Août 34 — I (sur la couverture); Poly[nésie], 5 août 34 (à l'intérieur).
XVII, 342-421.

160. Petit cahier à couverture cartonnée verte.
Sans titre.
Août 34 — II (sur la couverture); 21/8/34, Poly[nésie] (à l'intérieur, à la fin).
XVII, 423-503.

161. Petit cahier à couverture cartonnée brun clair, avec dos
     spirale.
     Sans titre.
     15/8/34 — 11/10/34 (sur la couverture); 15/8/34 (à l'intérieur).
     XVII, 505-648.

162. Bloc en largeur à couverture verte, avec dos spirale.
     Dessin et nom « Spirax » imprimés sur la couverture.
     Sans titre.
     Nov. 34 (sur la couverture et à l'intérieur); 12 nov. 34 (à la
     première page).
     XVII, 649-747.

163. Grand cahier à couverture cartonnée verte et beige.
     Sans titre.
     Le 7 janvier 1935 (à la première page).
     XVII, 749-XVIII, 62.

164. Petit cahier à couverture en cuir rouge.
     Sans titre.
     35 (sur la couverture); 5 mai 35 (à l'intérieur).
     XVIII, 63-237.

165. Bloc en largeur à couverture beige, avec dos spirale.
     Dessin et nom « Spirax » imprimés sur la couverture.
     Sans titre.
     Août 35 (sur la couverture); 1er août 35 (à l'intérieur).
     XVIII, 239-333.

166. Cahier à couverture noire, avec dos spirale.
     Sans titre.
     1935 (sur la couverture); « Freudenberg »[1], le xix.ix.mcm-
     xxxv (à la première page); Paris, le 23.x.mcmxxxv (à la
     dernière page).
     XVIII, 335-429.

167. Cahier à couverture noire, avec dos spirale.
     Sans titre.
     Oct. 35, xxiii oct. xxxv (à la première page); 2 déc. [1]935
     (à la dernière page).
     XVIII, 431-520.

168. Cahier à couverture en cuir brun.
     Sans titre.
     XII. 35 (sur la couverture); 2 déc. 1935 (à la première page);
     6. 1. 36 fini (à l'avant-dernière page).
     XVIII, 521-644.

---

1. Propriété de M. Martin Bodmer, grand bibliophile et collectionneur, à Zurich.

169. Cahier à couverture en cuir noir.
     Sans titre.
     8. 1. 36 (sur la couverture et à l'intérieur), 23. 2. 36 (à la
        dernière page).
     XVIII, 645-771.

170. Cahier à couverture en cuir noir.
     Sans titre.
     II. 36 (sur la couverture); 23. 2. 36 (à l'intérieur).
     XVIII, 773-893.

171. Petit cahier à couverture en cuir rouge.
     (Voyages)[1].
     Avril 36 (sur la couverture); 20 avril 36 (à l'intérieur). Ce
        cahier chevauche sur le suivant. La dernière date qu'on
        y trouve est le 17 juillet 1936 (XIX, 68).
     XVIII, 895-XIX, 77.

172. Grand cahier à couverture en cuir noir.
     Sans titre.
     Avril-août 36 (sur la couverture); 11 avril 36 (à l'intérieur);
        Fini août 36 (à la dernière page).
     XIX, 79-228.

173. Cahier à couverture en cuir rouge.
     Sans titre.
     Août-septembre 36 (sur la couverture); Poly[nésie], 11 août 36
        (à la première page); Fini Poly[nésie], 12-7bre-36 (à la fin).
     XIX, 229-351.

174. Cahier à couverture en cuir rouge.
     Sans titre.
     7bre octobre 36 (sur la couverture).
     XIX, 353-474.

175. Cahier à couverture jaune pâle.
     Dessin et nom « Gallia » imprimés sur la couverture.
     Sans titre.
     27 octobre 36 (sur la couverture).
     XIX, 475-565.

176. Cahier à couverture en toile rouge.
     Sans titre.
     11. 1936 (sur la couverture); 20/11/36 (à l'intérieur).
     XIX, 567-679.

177. Petit cahier à couverture en cuir brun foncé.
     Sans titre.

---

1. Il s'agit d'une tournée de conférences en Algérie et en Tunisie,
suivie de voyages à Liège, à Zurich, à Budapest, à Vichy et à
Genève.

4 déc. 36 (sur la couverture et à l'intérieur).
XIX, 681-805.

178. Cahier en largeur à couverture mauve.
Sans titre.
Mars 37 (sur la couverture); Commencé sous le Mont Cenis
le 19 mars 37 — à 8 ʰ· ou 9 ʰ· (central) (à la première page).
XIX, 807-879.

179. Cahier à couverture en cuir bleu foncé.
Sur la page de garde, aquarelle de l'emblème de Valéry (XIX,
881). Trace très effacée d'un dessin doré du même emblème
sur la couverture.
Sans titre.
18. 4. 37 (à la première page).
XIX, 881-XX, 57.

180. Cahier à couverture en cuir grenat.
Trace d'un dessin doré de l'emblème de Valéry.
Sans titre.
V. 37 (sur la couverture); 28 mai 37 — fini 13/7/37 (à l'in-
térieur).
XX, 59-182.

181. Cahier à couverture cartonnée beige, avec dos spirale.
Dessin d'un coquillage au dos (XX, 337).
Sans titre.
16. 7. 37 (sur la couverture); 16/7/37—7/8/37 (à l'intérieur).
Il est probable que Valéry aurait dû écrire « 7/9/37 » au
lieu de « 7/8/37 », étant donné que le cahier suivant
commence le 20 septembre 1937. On trouve déjà au milieu
du cahier la date « 17/18. 8 » (XX, 272).
XX, 183-337.

182. Cahier à couverture orange.
Nom « Le Caumartin » imprimé sur la couverture.
Sans titre.
7ᵇʳᵉ 37 (sur la couverture); Montmirail — le 20 7ᵇʳᵉ 37 (à l'in-
térieur).
XX, 339-416.

183. Cahier à couverture verte, avec dos spirale.
Sans titre.
4. 9. 37 (sur la couverture); 4/IX/37 — Poly[nésie] (à la première page).
XX, 417-508.

184. Cahier à couverture cartonnée beige, avec dos spirale.
Petit dessin (XX, 509) et petite aquarelle (non reproduite)
sur la couverture. Dessin de deux serpents entrelacés au dos
(XX, 669).

Sans titre.

Octobre 37 (sur la couverture); 26 octobre 37 (à la première page).

XX, 509-669.

185. Cahier à couverture cartonnée beige, avec dos spirale.

Aquarelle d'un serpent enroulé autour d'une clef (sans les initiales « P. V. ») (XX, 671).

Sans titre.

Décembre 37, MCMXXXVIII (sur la couverture); Noël 37 (à la première page).

XX, 671-822.

186. Petit cahier à couverture en cuir noir.

Sans titre.

29/1/38 (à l'intérieur).

XX, 823-XXI, 16.

187. Cahier à couverture cartonnée beige, avec dos spirale.

Sur la couverture, dessin d'un serpent sortant d'un trou (XXI, 17). Dessin abstrait au dos (XXI, 172).

Sans titre.

26 fév. 38 (à la première page).

XXI, 17-172.

188. Carnet en cuir rouge.

Dessin doré de l'emblème de Valéry (XXI, 173).

Sans titre.

3/4. 38 (sur la couverture); Bruxelles, 30 mars 38 (à l'intérieur).

XXI, 173-266.

189. Cahier d'écolier à couverture rose, avec dos spirale, écrit dans les deux sens.

À l'endroit où devait figurer le nom de la matière, Valéry a écrit : « Polynésie », et à celui où devait figurer le nom de l'écolier : « Paul Valéry de l'Académie française. »

Avril 38 de Grasse et Cassis.

XXI, 267-372.

190. Cahier à couverture cartonnée brun clair, écrit dans les deux sens.

Petit dessin (non reproduit).

Sans titre.

V. 38 (au dos); Marseille — 26. 5. 38 (à la première page).

XXI, 373-446.

191. Cahier à couverture bleue, avec dos spirale.

Sans titre.

3. 7. 38-5. 9. 38 (sur la couverture); 3. 7. 38 (à la première page).

XXI, 447-540.

192. Cahier à couverture orange.
    Dessin et nom « Patria » imprimés sur la couverture.
    Sans titre.
    Poly[nésie], 7bre 38 (sur la couverture et à la première page).
    XXI, 541-579.

193. Cahier à couverture en cuir vert foncé.
    Sans titre.
    Sept. 38 (à l'intérieur); End — 31 oct. 38 (à la fin).
    XXI, 581-689.

194. Cahier à couverture cartonnée vert foncé.
    Sans titre.
    Nov. 38 (sur la couverture); 1 nov. 38 (à l'intérieur); 6 déc. 38
    (à la fin).
    XXI, 691-789.

195. Cahier à couverture verte.
    Dessin et nom « Studio » imprimés sur la couverture.
    Sans titre.
    6. xii. 38 (sur la couverture et à l'intérieur).
    XXI, 790-877.

196. Cahier à couverture en cuir rouge.
    Sans titre.
    9/1/39 (à l'intérieur).
    XXI, 879-XXII, 81.

197. Cahier à couverture en toile rouge.
    Sans titre.
    Magdalen College[1] — The First of March mcmxxxix (à
    l'intérieur).
    XXII, 82-192.

198. Cahier à couverture beige.
    Dessin et nom « Gallia » imprimés sur la couverture.
    Sans titre.
    Avril 39 (sur la couverture); 23 avril 39 (à l'intérieur).
    XXII, 193-278.

199. Bloc en largeur à couverture orange.
    Dessin et nom « Rhodia » imprimés sur la couverture.
    Sans titre.
    Mai 39 (sur la couverture); 31 mai 39 (à l'intérieur).
    XXII, 279-337.

200. Cahier à couverture en cuir bleu foncé.
    Sans titre.
    Juin 39 (à l'intérieur).
    XXII, 339-453.

---

1. À Oxford, où Valéry était allé faire une conférence.

201. Cahier à couverture en cuir noir.
Sans titre.
Marrault[1], 5. 8. 39 (à l'intérieur) ; 16 7bre 39 (à la dernière page).
XXII, 454-578.

202. Cahier à couverture cartonnée brun clair, avec dos spirale.
Dessin d'une sphère (XXII, 579).
Sans titre.
17 7bre 39 (à l'intérieur).
XXII, 579-739.

203. Cahier à couverture en cuir brun foncé.
Dessin emblématique doré avec les initiales « P.V. » (XXII, 741).
Sans titre.
21 nov. 39-4 janv. 40 (à l'intérieur).
XXII, 741-870.

204. Petit cahier à couverture en cuir noir.
Sans titre.
7. 1. 40 (à l'intérieur).
XXII, 871-XXIII, 80.

205. Cahier à couverture orange.
Dessin et nom « Studio » imprimés sur la couverture.
Dessin de tuyaux (?) au dos (XXIII, 81).
Sans titre.
13. 2. 40 (sur la couverture et à l'intérieur).
XXIII, 81-168.

206. Cahier à couverture cartonnée vert foncé.
Sans titre.
Malmaison[2], chambre 2. 3 avril 40.
XXIII, 169-260.

207. Cahier en largeur à couverture cartonnée brune, avec dos spirale.
Rueil[3]-Paris-Dinard[4] I.
1940 avril → juin (sur la couverture) ; avril 40 (à l'intérieur).
XXIII, 261-403.

208. Cahier à couverture en cuir rouge.
Dinard II.
Dinard — juin 40-30 juillet (à l'intérieur).
XXIII, 404-542.

---

1. Propriété du professeur Pasteur Vallery-Radot, dans l'Yonne.
2. Valéry est allé à la Malmaison en avril 1940 pour se remettre d'une maladie sérieuse.
3. C'est-à-dire Rueil-Malmaison.
4. Valéry s'est réfugié à Dinard (en Bretagne) avec sa famille le 23 mai 1940.

209. Petit cahier à couverture cartonnée brun clair, avec dos spirale.

     Dinard III 40.

     31. 7. 40-16. 9. 40 (sur la couverture) ; 31. 7. 40 (à l'intérieur) ; 16 sep. 40 (à la fin).

     XXIII, 543-697.

210. Petit cahier à couverture cartonnée brun clair, avec dos spirale.

     Petit dessin sur la couverture encadrant dans un rectangle les dix lettres qui forment le nom « Paul Valéry » (XXIII, 699). Au dos, petite aquarelle d'un cercle rouge entouré d'un cercle gris (non reproduite).

     Sans titre.

     Dinard-Paris, 16. 9. 40 (sur la couverture); Dinard — 16. 9. 40 (à l'intérieur); 13 nov. 40 (à la fin).

     XXIII, 699-860.

211. Cahier à couverture cartonnée vert foncé.

     Petit dessin à l'encre d'une figure couchée (non reproduit).

     Sans titre.

     13 nov. 40 (à l'intérieur); 10 déc. 40 (à la dernière page).

     XXIII, 861-XXIV, 45.

212. Cahier à couverture cartonnée brun clair, avec dos spirale.

     Dessin d'un sceptre royal à deux têtes couronnées tenu par une main et ceint d'un serpent enroulé; deux dessins de lèvres et d'oreilles représentant un homme qui se parle à lui-même (XXIV, 47).

     Sans titre.

     10. XII. 40-23. 1. 41 (sur la couverture) ; 10. 12. 40 (à l'intérieur et à la première page).

     XXIV, 47-205.

213. Cahier à couverture cartonnée brun clair, avec dos spirale.

     Petit dessin d'un serpent enroulé autour d'une clef (XXIV, 207).

     Sans titre.

     Février-Mars 41, 2. 41.

     XXIV, 207-368.

214. Cahier à couverture orange.

     Sur la couverture, aquarelle de deux globes terrestres entre les bras d'un homme mort ou mourant, sur le corps de qui se dressent trois corbeaux noirs (XXIV, 369); au dos, aquarelle d'un serpent noir (XXIV, 440).

     Sans titre.

     21/3/41 (sur la couverture et à l'intérieur).

     XXIV, 369-440.

215. Petit cahier à couverture cartonnée brun foncé.
  Petit dessin doré d'un serpent qui se mord la queue (non reproduit).
  Sans titre.
  4. 41 (sur la couverture); 21/4/41 (à l'intérieur).
  XXIV, 441-516.

216. Cahier à couverture cartonnée brun clair, avec dos spirale.
  Valéry a écrit sur la couverture trois vers de l'*Élégie II* (*À Philippe Des-Portes, Chartrain*) de Ronsard[1] :

> *Mais au contemplement l'heur de l'homme ne gift.*
> *Il gift à l'œuvre seul, impossible à la cendre*
> *De ceux que la Mort fait sous les ombres descendre.*

  Sans titre.
  Mai 41 (à la première page).
  XXIV, 517-675.

217. Cahier à couverture cartonnée brun clair, avec dos spirale.
  Sans titre.
  7. 41 (sur la couverture); 14 juillet 41 — repris oct. 41 (à l'intérieur).
  L'édition du C.N.R.S. a intercalé à l'endroit où Valéry a dû interrompre ce cahier (XXIV, 757) le cahier 218 (août-septembre 1941), mais non pas le cahier 219 (septembre 1941). Dans une note non reproduite, Valéry indique, cependant, à l'endroit où il a repris son texte (XXIV, 867) : « S'intercalent ici Août-Sept. 41 — et son suivant. »
  XXIV, 677-757; XXIV, 867-XXV, 73.

218. Cahier à couverture orange, avec dos spirale, écrit dans les deux sens.
  Cahier de vacances à M. Edmond Teste.
  Août-septembre 41, 8/9/41 (sur la couverture); Vichy. 5. 8. 41 (à l'intérieur, barré); 5. 8. 41 (à la première page).
  XXIV, 759-866.

219. Cahier à couverture cartonnée rose foncé, avec dos spirale.
  Interim — Marseille et Suite.
  7bre 41 (sur la couverture); 16 7bre 41 — Marseille (à la première page).
  Cahier déplacé dans l'édition du C.N.R.S. (voir 217).
  XXV, 75-168.

---

1. *Pièces posthumes, Œuvres complètes*, Bibliothèque de la Pléiade, 1950, t. II, p. 648.

220. Cahier à couverture cartonnée brune, avec dos spirale.
  Sans titre.
  IX. 11. 41.
  XXV, 169-340.

221. Cahier d'écolier à couverture beige.
  Nom « 100 pages » imprimé sur la couverture.
    Valéry a mis après les mots « Cahier appartenant à »
    imprimés sur la couverture : « Teſte ».
  Table de multiplication imprimée au dos.
  Sans titre.
  Déc. 41 (sur la couverture); 24 déc. 41 (à la première page).
  XXV, 341-409.

222. Cahier à couverture cartonnée brun clair, avec dos spirale.
  Petit dessin au crayon de la lettre « P » dans un cercle.
  Sans titre.
  I. 42 (sur la couverture); 6 janvier 42 (à la première page).
  XXV, 411-579.

223. Bloc sténographique en largeur à couverture beige clair, avec
    dos spirale.
  Sans titre.
  Cahier parallèle — janvier 42 (sur la couverture); Bruxelles —
    9. 1. 42 (à la première page). (Ce cahier eſt contemporain du
    n° 222.)
  XXV, 581-659.

224. Cahier à couverture cartonnée brune, avec dos spirale.
    Sur la couverture, aquarelle fantasmagorique aux couleurs
    sombres d'un dragon-serpent volant au-dessus d'une ville
    maritime à l'italienne, avec un soleil-œil à l'horizon (XXV,
    661); au dos, petit dessin d'un serpent qui se mord la
    queue (XXV, 828).
  Sans titre.
  15. 3. 42 (sur la couverture et à l'intérieur).
  XXV, 661-828.

225. Cahier à couverture mauve pâle.
  Nom « Le Carnot » imprimé sur la couverture.
    Sur la couverture, dessins à l'encre de trois serpents entre-
    lacés et de quatre oiseaux noirs (XXV, 829). Au dos,
    un dessin de l'emblème de Valéry et deux dessins à l'en-
    cre d'un serpent enroulé autour d'un pommeau d'épée
    (XXVI, 43).
  Sans titre.
  4-42, Montrozier[1].
  XXV, 829-XXVI, 43.

---

1. Le château de Montrozier en Aveyron, propriété de Robert
de Billy, où Valéry a souvent séjourné pendant l'Occupation.

226. « Cahier de cartographie » rose (nom imprimé sur la couverture).

Au dos, esquisse au crayon bleu d'une femme qui lutte avec un serpent (XXVI, 113).

Sans titre.

22/6/42 (sur la couverture et à la première page).

XXVI, 45-113.

227. Cahier à couverture bleue.

Dessin et nom « Gallia » imprimés sur la couverture.

Sans titre.

Parallèle — Montarène[1], 12. 7. 42.

XXVI, 115-150.

228. Cahier à couverture rose.

Dessin et nom « Cortambert » imprimés sur la couverture.

Sans titre.

31. 7. 42 (sur la couverture et à la première page).

XXVI, 151-244.

229. Cahier à couverture jaune.

Dessin et nom « Cortambert » imprimés sur la couverture.

Dessin d'un visage au dos (XXVI, 337).

Sans titre.

27. 8. 42 (sur la couverture et à l'intérieur).

XXVI, 245-337.

230. Cahier à couverture bleu passé.

Dessin et nom « Cortambert » imprimés sur la couverture.

Sans titre.

Sept. 42 A. (Le « A » a été rajouté.)

XXVI, 339-436.

231. Petit cahier à couverture cartonnée bleue.

Sans titre.

Sept. Bis. 42 B (le « B » a été rajouté, et n'a pas été reproduit) ; 29 7ᵇʳᵉ 42, Montrozier (à l'intérieur) ; fini le 9 nov. 42 (à la dernière page).

XXVI, 437-539.

232. Cahier à couverture mauve.

Nom « Lutèce » imprimé sur la couverture.

Dessin à l'encre et au crayon d'un homme assis (XXVI, 541).

Lut. 10. 11. 42 avec « tickets »[2].

10. 11. 42.

XXVI, 541-669.

---

1. Propriété de M. et Mme Jacques Quellenec, dans l'Oise.
2. Il s'agit de tickets de rationnement.

233. Cahier à couverture verte.
    Nom « Lutèce » imprimé sur la couverture.
    Aquarelle de serpents enroulés les uns autour des autres en
    cercles, avec la légende : « Systèmes autophagiques et homo-
    phagiques » (XXVI, 671).
    Sans titre.
    29. 12. 42 (sur la couverture et à la première page).
    XXVI, 671-767.

234. « Cahier de cartographie » rose (nom imprimé sur la couver-
    ture).
    Petit dessin d'un serpent (XXVI, 769).
    Sans titre.
    28. 1. 43 (sur la couverture et à la première page); Fini 16/2/43
    (à la fin).
    XXVI, 769-836.

235. Cahier à couverture bleue, avec dos spirale.
    Sans titre.
    16. 2. 43.
    XXVI, 837-925.

236. Grand cahier orange.
    Initiales « P. V. » au crayon.
    Sans titre.
    14. 3. 43 (sur la couverture); Cahier commencé le 14 mars
    XLIII — l'Époque veut ce papier qui boit (à la première
    page).
    XXVI, 927-XXVII, 12.

237. Cahier à couverture vert passé.
    Dessin à l'encre et au crayon d'une tête (XXVII, 13).
    Notes.
    23/3/43 (sur la couverture et à la première page).
    Valéry a noté à la première page : « cahier se substituant à
    celui du 14.3. — dont le papier est intraitable. »
    XXVII, 13-109.

238. Cahier à couverture rose.
    Dessin et nom « Jeanne d'Arc » imprimés sur la couverture.
    Valéry a écrit sur la couverture les lignes sur l'araignée du
    Bestiaire de Léonard de Vinci : « L'araignée extrait d'elle-
    même le subtil et délicat réseau qui, en récompense, lui
    restitue la proie qu'il a capturée[1]. »
    Sans titre.
    18. 4. 43 (sur la couverture et à la première page).
    XXVII, 111-222.

---

1. Manuscrits de l'Institut de France, H 17 v (numérotage
Venturi).

239. Cahier à couverture mauve pâle.
Dessin et nom « Jeanne d'Arc » imprimés sur la couverture.
Sans titre.
2/6/43.
XXVII, 223-338.

240. Grand cahier à couverture vert passé.
Sans titre.
11/VII/43—6. viii. 43 (sur la couverture); 11/7/43 (à la première page).
XXVII, 339-399.

241. Cahier à couverture rose.
Dessin et nom « Triomphe » imprimés sur la couverture.
Sans titre.
6. 8. 43 (sur la couverture et à la première page).
XXVII, 401-495.

242. Cahier à couverture cartonnée vert passé.
Nom « Lutèce » imprimé sur la couverture.
Au dos, dessin à l'encre et au crayon d'un arbre à la forme duquel se mêle celle d'un homme crucifié (XXVII, 703).
Sans titre.
19/9/43 (sur la couverture); 19 7bre 43 (à la première page).
XXVII, 497-703.

243. Cahier à couverture vert passé.
Au dos, dessin d'une femme couchée autour de laquelle s'enroule un serpent (XXVII, 841).
Sans titre.
6. XI. 43.
XXVII, 704-841.

244. Cahier à couverture orange, avec dos spirale.
Sans titre.
16. XII. MCMXLiii (sur la couverture); déc. 43 (à la première page).
XXVII, 843-XXVIII, 13.

245. Cahier à couverture jaune pâle.
Dessin à l'encre et au crayon d'une main tendue pour attraper une balle (XXVIII, 15).
Sans titre.
8/1/44 (sur la couverture et à la première page).
XXVIII, 15-152.

246. Cahier à couverture rose, avec dos spirale.
Sans titre.
18/2/44 (sur la couverture et à la première page).
XXVIII, 153-248.

247. Cahier à couverture bleu passé.
Dessin et nom « Lutèce » imprimés sur la couverture.
Sans titre.
15/3/44 (sur la couverture et à la première page).
XXVIII, 249-331 (à la fin du deuxième paragraphe : « La pensée politique […] de cet organisme »).

248. Cahier à couverture bleu passé.
Dessin et nom « Lutèce » imprimés sur la couverture.
Sans titre.
17. 4. 44 (sur la couverture et à la première page).
XXVIII, 331 (au début du troisième paragraphe : « J'observe, ou crois observer,… ») - XXVIII, 415.

249. Cahier à couverture verte.
Petit dessin à l'encre (non reproduit).
Sans titre.
5.44.
XXVIII, 417-502.

250. Cahier à couverture rose.
Dessin et nom « Cortambert » imprimés sur la couverture.
Sans titre.
28/5/44—12/7/44.
XXVIII, 503-679.

251. Cahier à couverture vert passé.
Dessin et nom « Cortambert » imprimés sur la couverture.
Sans titre.
13. 7. 44-17. 8.
XXVIII, 681-849.

252. Cahier à couverture vert passé.
Dessin et nom « Cortambert » imprimés sur la couverture.
Dessin d'animaux marins (XXVIII, 851).
Sans titre.
13. 8. 44-6. 9. 44.
XXVIII, 851-XXIX, 16.

253. Cahier à couverture cartonnée brun clair, pris dans les deux sens.
Valéry a écrit sur la couverture : « In fine — copies L.[1] de notes diverses (Ego et Éphémérides) extraites d'*autres cahiers*. » (Ces notes, qui remplissent 26 pages du cahier, n'ont pas été reproduites.)
Dessin à l'encre et au crayon bleu entourant les initiales « P. V. » entrelacées.

---

1. « Look », nom familier que Valéry donnait à Mme Lucienne Cain.

Sans titre.
7. 9. 44.
XXIX, 17-231.

254. Cahier à couverture rose.
« Pas de blagues ».
4 nov. 44 (sur la couverture); 6 nov. 44 (à l'intérieur).
XXIX, 233-414.

255. Cahier à couverture verte.
Petits dessins de carrés (XXIX, 415).
Sans titre.
13 janvier 45 (sur la couverture); 3. 3. 45 (à la dernière page).
XXIX, 415-598.

256. Cahier à couverture mauve.
Nom « Oméga N° 5 » imprimé sur la couverture.
Croix au crayon bleu (XXIX, 599).
Sans titre.
3 mars 1945.
XXIX, 599-696.

257. Cahier à couverture verte.
Dessin et nom « Dessin » imprimés sur la couverture.
Sans titre.
Avril 45 — 14. 4 (sur la couverture); 3.4.45 (à la première page).
XXIX, 697-724.

258. Maquette de l'édition de luxe parue chez Stols, La Haye, en 1926 sous le titre *Analecta ex Mss. Pauli Ambr. Valerii, Tomus I* utilisée comme cahier. Au dos, Valéry a écrit : « Maquette 1925 devenue Cahier 1945. »
Dessin au crayon noir et bleu d'un arbre auquel se trouve mêlée une forme humaine, avec la légende : « Où l'Arbre risque un pas.... » (XXIX, 725).
Maledetta Primavera[1].
Avril 45 A (sur la couverture); 25. 4. 45 (à la dernière page).
XXIX, 725-781.

259. Cahier d'écolier à couverture mauve.
Dessin et nom « Cahier 100 pages » imprimés sur la couverture.
Table de multiplication imprimée au dos.
Turning Point[2] (non reproduit).
Avril 45 B.
XXIX, 783-876.

---

1. Maudit printemps.
2. Tournant, point critique.

260. Cahier d'écolier à couverture mauve.

Dessin et nom « Cahier 100 pages » imprimés sur la couverture.

Table de multiplication imprimée au dos.

On lit sur la couverture, de la main de Mme Valéry, les détails suivants : «Ce cahier est celui qui était commencé quand Paul le quitta pour prendre le cahier vert du 23 mai 45 et intitulé : Sub signo doloris. Il était resté sur la table avec les feuillets épars, ci-inclus, jusqu'après sa mort. J.V. »

Sans titre.

[Mai 1945].

XXIX, 877-887.

261. Cahier d'écolier à couverture verte.

Dessin et nom « Cahier 100 pages » imprimés sur la couverture.

Table de multiplication imprimée au dos.

Sub signo doloris[1] (à la première page).

23 mai 45.

XXIX, 888-911.

---

1. Sous le signe de la douleur.

LISTE DES RUBRIQUES
ET DES SOUS-RUBRIQUES
QUI FIGURENT DANS
LE DEUXIÈME CLASSEMENT DES CAHIERS

[N.B. : Seuls ont été inclus dans cette liste les titres de la main de Valéry lui-même. D'autres titres, qui sont pour la plupart de la main de Mme Cain, ont été omis[1]. Les titres écrits par Valéry figurent soit sur les couvertures des dossiers, soit sur des feuilles séparées qu'il a placées au début de chaque rubrique et de chaque sous-rubrique. Pour distinguer entre les rubriques et les sous-rubriques, celles-ci ont été imprimées en caractères plus petits. Quand Valéry a choisi deux titres semblables, nous les avons mis l'un après l'autre, les séparant par un point-virgule, par exemple : Histoire ; De l'histoire.]

EGO

Personnes — François[2]
Les Mémoires de Moi — Époque K

EGO SCRIPTOR[3]

GLADIATOR

Self
Facile — Difficile

---

1. Les titres de Valéry ne doivent pas non plus être confondus avec ceux que Mlle Denise Rousseau a donnés à certains dossiers du classement au moment de rédiger son inventaire.
2. Il s'agit surtout des belles réflexions sur la paternité inspirées à Valéry par la naissance de son fils.
3. Cette rubrique a été au début une sous-rubrique d'*Ego*.

De viris illustribus[1]
Composition — art et volonté
Théorie de l'Instrument — Histoire de Boris

LANGAGE

Logique et Création du Langage — Dictionnaire[2]

PHILOSOPHIE (φ)

Langage et phil[osophie]
De natura philosophiae
État philosophant (psych[ologie] du phil[osophe]) — qui est
philosophe — que veut le philosophe — attitude philos[ophique]
Pluralité des phil[osophies] — Systèmes
Destin de la phil[osophie] — Conseils au Phil[osophe]
Sc[ience]/Phil[osophie]
Phil[osophie] définie par ses « problèmes » — « Réalité » —
aventures d'un Mot — Liberté — Causalité etc. — Finalité —
But ?
Réel et Objectivité
Liberté — Choix
Hasard
L'Illustre Cogito
Zenoniana
Logique
Mythe
Connaissance
Savoir — Ignota — Acquisition
Logique etc. — « Raison » — Connaissance
Certitude et « Existences »
Inexprimats
Ce qui n'est pas
Ordre — Forme
Définitions

SYSTÈME

« Mon » Système — ce que j'ai cherché
Mon Syst[ème] est représentat[ion]
Mon Système est référence — (comme cartésienne) de toute chose
φ ou ψ — Sur un *n*-uple de référence —
Équations et relations de conditions, c'est-à-dire vraies toujours
φ — ψ — conditions formelles générales
Mes « 3 Lois »

---

1. Des hommes illustres. (Les observations de Valéry portent
surtout sur Léonard de Vinci et Napoléon.)
2. Les mots « Création du Langage — Dictionnaire » sont de
la main de Mme Cain, mais Valéry les a fait précéder par les mots
« Logique et ».

3 Lois — Le Signif[icatif] — en liaison avec le fonctionnel
Formel
L'accidentel
Variation Générale et Self-Variance
Relations — Échanges

PSYCHOLOGIE (ψ)

Pensée
Pensée, telle qu'elle s'apparaît à soi
Condit[ions] de pensée
Op[érati]ons de l'esprit
Les opérations et opérateurs
Travail ψ
Expériences φψ
Fonctionnement
Fonctionnement mental et Fonctionnement physique
Le fonctionnement — Phases
Physique fonctionnelle et psychiq[ue]
Physique de l'esprit — Changements d'état
Comparaisons — analogies
Manières de voir
Le changement d'état — modulations — variations — Self-variance
Cours naturel
Écarts — S — (cours naturel) — self-variance
L'hétérogène ψ et l'Informe initial
Hasard — Désordre
Ordre
Ordre, contrastes — Pureté
Moi — Toi — États centraux — Liberté
Optique — Manières de voir — An[alysis] situs — Repères — Continuité — Le « Corps »
Fonct[ionnel] — formel — ordre
Formel — Self-Vari[ance] — rythme etc.
Significatif
Accidentel
Transformations — Modulations
Transformations internes
Transitivité — Pensée cachée par son contenu
Les gênes
Liaisons
Accommodations de divers ordres
Netteté — accommodation — Tâtonnements — point
Association
Images
Fonctions d'une image
Imagination
Parole intérieure

Action
Instinct
Instincts — Besoins — forces
Intuition
L'inconscient — Subconscient etc.
Conscience — prendre conscience — perception
Perception
Attention
Connaissance
Comprendre et Intellect
Intellect
Product[ion] d'abstraction par sensibil[ité]
Incohérence — Unité de conscience — obscurcir — éclaircir —
    comprendre — imiter — croire
Habitudes
Réflexes
Réflexes — Volonté
Fonctionnement — réflexes — rire
Pouvoir
Possibles
Potentiels — attente
Attente
Attentes et Conservation de la Pensée — Potentiel[1]
Les Porte-à-faux — Espoir — Attente
Surprise
Méthode cyclique — Mécanismes — montages — États réver-
    sibles — organes — fonctions — pouvoir
RE[2]
RE et Similitude
Fonctions de Répétition — Répétable et Exponentiation
L'infini — la non-répétition
Observations diverses
Divers — retirés de « Rêve »

SOMA

Corps
Syst[ème] vivant
Organes et fonctions

---

1. Les mots « Conservation de la Pensée — Potentiel » sont de
la main de Mme Cain, mais Valéry les a fait précéder par les mots
« Attentes et ».
2. Valéry entend par « RE » la notion générale de retour ou de
répétition dans le fonctionnement physique et mental, qu'il s'agisse
du réveil, de la mémoire, de l'acte de reconnaître une identité ou
une ressemblance, ou de l'accomplissement d'un cycle quelconque.
Comme il l'écrit : « Le retour de l'être à un certain état est la
condition psychologique et physiologique fondamentale » (VIII,
144).

---

1. *Amour* et *Les choses de l'amour,* titres de deux dossiers séparés constitués par Valéry à des époques différentes.
2. C'est-à-dire la crise de 1921.

THÈTA (θ)

ψ, θ, Foi, Âme, Dieu, etc.
περί[1]
Mystes — Foi
Âmes — esprits
Xnisme
Idéaux — eschatologie — merveilles — miracles
Le Bien et le Mal
Cosmologie — vie etc.

BIOS

MATHÉMATIQUES

Math[ématiques] générales
Prémathématique — Grandeur — pluralité — continus
Ordres de grandeurs
Vraie grandeur
Mesure
Notions mathém[atiques] particulières = dérivées de l'accom-
modation et de l'attention — point — nombre = opération,
fixation sur laq[uelle] on opère — mesure — réversible
Nombre
Infini; Infinis
Probabilités
Géométrie
Espace

SCIENCE

Sciences — Généralités
Énergie
Mécanique — Force — inertie
Phys[ique] mécaniq[ue] — intuition
Intuition — Images
Mouvement — Zénon
Distance et durée
Relativité

ART

B[eau]x-Arts
Arts divers
Art et nature — Ornement
Musique
Musique et Ornement

---

1. Abréviation de *Perì tôn tôn theôn* (Dialogue *Des choses divines*).
Voir le chapitre *Thêta*.

Æsthetics; Esthétique
Conventions

POÏÉTIQUE; POÉTIQUE

Pour Poétique[1]
Des Expressions et Questions
Inspiration
Association et hasard
Producteur — La personne — le[2] — Son acte — sa Sensib[ilité]
— son Action — Morale — théologie — politique — droit —
économie
Consommateur
Action — la définition — moyens intellectuels de l'action —
mots, sujets

POÉSIE

LITTÉRATURE

ψ Litt. — A parte lectoris — A parte auctoris
Commerce
Histoire littéraire — Nouveau — plagiat etc.
Critique
Genres — roman
Théâtre
Préceptes
Auteurs
Opinions — Pascaliana; Pascaliana
Pascal et autres — S[téphane] M[allarmé] et opinions Pascal,
Nietzsche

PPA

Impressions — Sensibilia — Fragments
Ciels — mers
Attitudes, croquis et Ciels-mer

SUJETS

Narcisse
Théâtre

HOMO (H)

Divers; Remarques — Divers
Êtres — Homo
H — bon[3]

---

1. Notes pour le cours de poétique professé par Valéry au
Collège de France de 1937 à 1945.
2. Mot illisible.
3. Les passages groupés sous ce titre, ainsi que de nombreux

Moralités et Homo
Moralités — probablement utilisé[1] ?
Négligeables
Différé ou insignifiant
Insignifiants ou utilisés
Diverses notes — Rebut mais autographes
Autrui
Injures
Femmes
Animal
Ange et animal — l'animal-ange

HISTOIRE-POLITIQUE (HP)[2]

Histoire; De l'Histoire
Europe et Crise de l'esprit et Politique de l'esprit
Europe — France — Götterdämmerung — Faust
Guerre; Guerres
Fiducia
Femmes[3]
Politique
Politicaille
Société politique — Des puissances ou pouvoirs, de la hiérarchie

ENSEIGNEMENT[4]

[Il existe, en plus, une rubrique à part intitulée *Éphémérides*, sous laquelle Valéry a groupé des notes sur les événements « extérieurs » de sa vie (les visites, les dîners, les voyages, les cérémonies, etc.). On ne peut guère la considérer comme appartenant au classement

---

extraits des dossiers *PPA, Sujets* et *Homo*, ont été incorporés dans un dossier du classement intitulé *Bon*. Valéry semble avoir voulu désigner par ce mot les passages littéraires qu'il considérait comme particulièrement bien écrits.

1. Ce titre et les quatre titres suivants se rapportent à des passages que Valéry a relus, et parfois remaniés, en vue de les incorporer dans un de ses recueils de maximes.

2. Il est difficile de donner une liste complète et sûre des sous-rubriques que Valéry a envisagées pour cette section du classement en raison de l'état dispersé des extraits des *Cahiers* concernant l'histoire et la politique. De nombreux passages qu'il pensait utiliser pour la préparation d'articles ont été retirés du classement et rangés dans d'autres dossiers. Nous avons donc jugé nécessaire d'inclure dans notre liste de sous-rubriques toutes celles que nous avons trouvées dans ces autres dossiers et qui se rapportent à des pages dactylographiées appartenant au classement.

3. C'est-à-dire la question du féminisme.

4. Rubrique conçue d'abord comme une sous-rubrique d'*Histoire-Politique*.

proprement dit, étant donné qu'autant qu'on puisse le savoir, Valéry n'a jamais eu l'intention de l'inclure dans son résumé final des *Cahiers,* qui devait être consacré aux idées, et non pas aux petits récits anecdotiques. Mais heureusement pour le lecteur, certains des passages les plus vivants de ce dossier ont été classés aussi sous d'autres rubriques (par exemple sous *Ego, Art, Science* et *Histoire-Politique*). On en trouvera donc des échantillons dans notre choix de textes.]

NOTES, VARIANTES
ET PASSAGES INÉDITS
DU CLASSEMENT DES CAHIERS

LES CAHIERS

Page 9.

1. [Littéralement] pour quelque « philosophie » (je n'aime pas ce nom) — ou *Miso-sophie*, plutôt — un tas de croquis pour un schéma abstrait de la complexité des pensées — faits pour me permettre de me rappeler et de posséder au plus vite l'idée la plus claire de l'ensemble complexe et des possibilités impliqués dans l'apparition de la *personne, à voix unique*, Ego-Je et Moi, que la conscience, à chaque moment qu'elle existe, impose... [L'anglais de Valéry est loin d'être parfait !]

Page 10.

1. Reproduit, avec var., dans *Propos me concernant*, in *Œuvres*, vol. II, p. 1524-1525.

2. Reproduit, avec var., *ibid.*, vol. II, p. 1519.

Page 14.

a. *Var. cl. :* des volontés (à la mode des philosophes), mais

Page 15.

1. Reproduit, avec var., dans *Propos me concernant*, in *Œuvres*, vol. II, p. 1525-1526.

EGO

Page 20.

1. Henri Poincaré (1854-1912), l'éminent mathématicien dont les ouvrages sur la philosophie des sciences, devenus ses livres de chevet, ont exercé une profonde influence sur la pensée de Valéry. (Voir notre *Analyse de l'esprit dans les Cahiers de Valéry*, José Corti,

1963, p. 35-36 et *passim*. On trouvera dans cette étude de nombreuses précisions sur les lectures et les connaissances scientifiques de Valéry, et sur le rôle capital joué par la science dans son évolution intellectuelle.)

2. Lord Kelvin (Sir William Thomson, 1824-1907), célèbre physicien anglais, auteur de recherches sur l'électricité et le magnétisme.

Page 21.

1. Aller jusqu'à la limite extrême (jusqu'au bout).

2. Allusion à la phrase célèbre de Pascal : « L'homme n'est ni ange ni bête, et le malheur veut que qui veut faire l'ange fait la bête. » (*Pensées*, in *Œuvres complètes*, Bibl. de la Pléiade, 1954, p. 1170.)

Page 23.

1. Reproduit, avec var., dans la *Correspondance Gide-Valéry*, Gallimard, 1955, p. 354-357.

Page 27.

1. Il s'agit probablement de Pierre Louÿs, que Valéry désignait souvent par ces initiales.

Page 28.

1. Politique de la pensée.

Page 35.

1. De Victor Hugo.

2. Allusion à sa lecture du *Dictionnaire raisonné de l'architecture française* de Viollet-le-Duc à la Bibliothèque de Montpellier. (Pour des éclaircissements sur d'autres noms qui figurent dans cette table, et partout ailleurs où Valéry évoque des souvenirs de sa vie, voir l'excellente *Introduction biographique* au premier volume des *Œuvres* rédigée par Agathe Rouart-Valéry.)

3. J.-K. Huysmans.

4. Nom d'une écuyère de cirque que Valéry a connue à cette époque.

5. Helmuth, comte von Moltke (1800-1891), maréchal qui commanda l'armée prussienne pendant la Guerre franco-allemande.

Page 40.

1. Mot grec qui semble avoir été inventé par Valéry.

2. Passage omis dans l'édition du C.N.R.S.

Page 45.

a. Var. pr. vers. : si lent à bâtir, si temporisant — c'est l'abon-

dance d'idées que je rejette — les moments de néant — et surtout
la manie de vouloir

1. Version remaniée d'un passage antérieur (III, 427).
2. Version légèrement remaniée d'un passage antérieur (III, 450).
3. Reproduit, avec var., dans *Extraits du Log-Book de Monsieur
Teste*, in *Œuvres*, vol. II, p. 38.

Page 46.

a. Var. pr. vers. : H. Souffrance. Je n'ai pas un coin où être seul,
pas une chambre personnelle, ni une heure pure de bruit, de soucis,
de loisir sans l'idée de devoir changer d'occupation. J'envie le
prisonnier qu'une cellule préserve et qui dans elle est propriétaire
du temps, de l'espace et de la continuité. Pas de silence, de suite,
de profondeur sans argent, pas de noblesse sans calme.. Et quand
je suis près d'en crier et d'en gémir, au milieu de la torsion et de la
rage, ou au fond de l'attendrissement et du froid que cette incessante contrariété de ma tendance me fait subir, je pense *toujours*
à la sottise de ma tendance et de ma souffrance, à la vanité de cela
que j'aurais fini par concevoir si j'avais eu la paix et le recueillement.
J'ai peur d'y attacher une importance plus niaise que la méditation
n'eût été puissante/lucide/.
Enfin n'y a-t-il pas une circonstance ridicule dans ce malheur qui
consiste à ne pouvoir jouir de soi-même et à ne pas être exaucé
lorsqu'on n'avait rien demandé d'extérieur que le négatif ?

1. Version remaniée d'un passage antérieur (III, 474).
2. Version légèrement remaniée d'un passage antérieur (III, 475).

Page 47.

a. Var. pr. vers. : Je ne suis pas bête parce que toutes fois que
je me trouve en flagrant délit de bêtise, je passe, et je m'avance.
Que ce qui me distingue des M et des Y, si intelligents — soit la
pureté des moyens.

1. Reproduit, sans var., dans *Extraits du Log-Book de Monsieur
Teste,* in *Œuvres,* vol. II, p. 41.
2. Version remaniée d'un passage antérieur (III, 271).
3. Reproduit, sans var., dans *Extraits du Log-Book de Monsieur
Teste,* in *Œuvres,* vol. II, p. 45.
4. Reproduit, sans var., *ibid.,* vol. II, p. 41-42.

Page 48.

a. Var. pr. vers. : clairement
b. Var. pr. vers. : de cette vie humaine. Drames
c. Var. pr. vers. : de sa sottise — avec la connaissance d'être
dupe et prisonnier de mon tout, d'être enchaîné

1. Reproduit, sans var., dans *Rhumbs, Tel Quel,* in *Œuvres,* vol. II,
p. 617.

2. Version remaniée d'un passage antérieur (IV, 112).

3. Reproduit, sans var., dans *Cahier B 1910, Tel Quel,* in *Œuvres,* vol. II, p. 572.

Page 49.

a. *Var. pr. vers. :* Mon idée la plus intime : « Je suis tel. Étrange chose — moi être telle chose, telle figure, telle aventure ? Impossible ! Tout ce qui est déterminé, tout ce qui est fini, cela n'est pas moi. Moi est déjà à l'horizon de ce fini. »

Et mon Moi s'enfuit de ma personnalité que cependant il imprime et dessine en la fuyant.

1. Reproduit, sans var., dans *Cahier B 1910, Tel Quel,* in *Œuvres,* vol. II, p. 573.

2. Reproduit, sans var., *ibid.,* vol. II, p. 574.

3. Version légèrement remaniée d'un passage antérieur (IV, 134).

4. Reproduit, avec var., dans *Cahier B 1910, Tel Quel,* in *Œuvres,* vol. II, p. 575.

5. L'annotation en grec, reproduite par inadvertance dans l'édition du C.N.R.S., est d'une main étrangère.

6. Reproduit, sans var., dans *Cahier B 1910, Tel Quel,* in *Œuvres,* vol. II, p. 575-576.

7. Reproduit, sans var., *ibid.,* vol. II, p. 577-578.

Page 50.

1. Reproduit, sans var., *ibid.,* vol. II, p. 588-589.

Page 51.

1. Je vois le meilleur. [Allusion à Ovide, *Métamorphoses,* VII, 20 : *Video meliora proboque, deteriora sequor* (« Je vois le meilleur, et je suis le pire »).]

Page 52.

1. Reproduit, sans var., dans *Extraits du Log-Book de Monsieur Teste,* in *Œuvres,* vol. II, p. 45.

2. Jusqu'au dégoût.

3. Reproduit, avec var., dans *Extraits du Log-Book de Monsieur Teste,* in *Œuvres,* vol. II, p. 45.

Page 53.

1. Plutarque.

Page 54.

a. *Var. cl. :* la vraie. L'artiste souffre plus artistement que les autres et le savant plus savamment.

Page 56.

1. [Littéralement] et de nouveau (et cela recommence).

Page 57.

1. L'annotation « Grand à jamais » est d'une main étrangère.
2. Passage omis dans l'édition du C.N.R.S.
3. Sur ce « mélange corsico-italien » dans le sang de Valéry, voir l'*Introduction biographique* déjà citée.

Page 58.

a. *Var. cl. :* l'Impératif catégorique (ce démon familier) se lève

1. [Littéralement] « du côté de la chose », [...] « du côté de moi ».

Page 59.

a. *Var. cl. :* mauvais. Je serai *juste* à l'égard de ces plaideurs.
b. *Aj. marg. cl. :* Mais je me trouve quantité de caractéristiques !

1. Reproduit, avec var., dans *Propos me concernant,* in *Œuvres,* vol. II, p. 1514.
2. [Connais-toi] toi-même. (Il s'agit évidemment du célèbre « Gnôthi seauton », maxime qui était gravée au fronton du temple de Delphes, et qui a été adoptée par Socrate.)

Page 60.

1. Reproduit, avec var., dans *Lettres à quelques-uns,* Gallimard, p. 95. (La date donnée à la page 93 de ce recueil [1912] est incorrecte.)
2. Mallarmé.
3. Allusion à une remarque célèbre de Caligula (Suétone, *Vies des douze Césars, Caligula,* chap. 30).

Page 61.

1. Reproduit, avec var., dans *Extraits du Log-Book de Monsieur Teste,* in *Œuvres,* vol. II, p. 38-39.
2. Reproduit, avec var., dans *Analecta, Tel Quel,* in *Œuvres,* vol. II, p. 720-721.

Page 63.

a. *Aj. marg. cl. :* Le regret du crime non commis plus coupable que le crime.

Page 66.

1. Reproduit, avec var., dans *Extraits du Log-Book de Monsieur Teste,* in *Œuvres,* vol. II, p. 39-40.

Page 67.

1. L'annotation suivante, reproduite par inadvertance dans l'édition du C.N.R.S. (V, 237), est d'une main étrangère :

« Et cependant, il faut que l'acte me suive, ou donc je me condamne au rêve. Il faut que je digère ma pensée en volonté, ou donc elle devient fantôme. Il faut que je transmue voir en vivre, ou sinon quelque chose de précieux s'affaisse en moi et diminue. Quelque chose, quoi ? Retrouver quoi : peut-être toucher un premier terme.

« Retrouver par mille loi[s] le je, comme s'il était modèle de croissance végétale d'autre sorte, doit perpétuell[emen]t changer le voir en agir — prendre O, rendre CO_2, — sous peine des déformations les plus étranges. »

Page 68.

a. Aj. marg. cl. : Et pour finir par la mépriser.

Page 70.

1. Passage omis dans l'édition du C.N.R.S.

Page 72.

1. [Littéralement] « ce qu'il faut faire », et « ne s'occupant en rien de qui a été fait ». (Valéry joue sans doute ici sur le vers de la *Pharsale* de Lucain [II, 657] : *Nil actum credens, dum quid superesset agendum.*)

Page 74.

1. Il s'agit du fils cadet de Valéry, François, né le 17 juillet 1916.

Page 76.

1. Chose faite parmi (entre) d'autres hommes.

Page 77.

1. Ces vers, attribués par Valéry à saint Bernard, sont en réalité de Corneille Muys de Delft. Ils figurent dans son poème *Solitudo sive vita solitaria laudata,* Anvers, 1566. [Nous devons ce renseignement à l'obligeance de Dom J. Leclercq, O. S. B. de l'abbaye de Clervaux, Luxembourg.]

Page 81.

a. Var. cl. : changé ? Qui le dira ?
b. Aj. renv. cl. : à une époque où l'on imaginait tout le contraire

Page 82.

1. Reproduit, sans var., dans *Analecta, Tel Quel,* in *Œuvres,* vol. II, p. 715-716.
2. Reproduit, avec var., dans *Extraits du Log-Book de Monsieur Teste,* in *Œuvres,* vol. II, p. 43-44.

Page 83.

1. Reproduit, avec var., dans *Rhumbs, Tel Quel,* in *Œuvres,* vol. II, p. 649.

2. Reproduit, avec var., *ibid.,* vol. II, p. 600.

3. Dépréciation.

Page 84.

1. Reproduit, avec var., dans *Rhumbs, Tel Quel,* in *Œuvres,* vol. II, p. 646.

Page 86.

1. Cf. le « cauchemar de l'araignée énorme » auquel Valéry fait allusion dans un autre passage de souvenirs (*Ego,* XXII, 780).

2. Il s'agit de l'odeur du basilic, que Valéry n'a jamais pu souffrir, et à propos de laquelle il écrit dans un passage sur ses souvenirs de Gênes : « L'odeur néfaste du basilic — elle s'associait en moi à des horreurs, à des crimes — lus dans les volumes de feuilletons — à 10 ans. Si je le sens j'ai peur encore. » (Voir Agathe Rouart-Valéry, *Valéry à Gênes,* Edizioni Rai Radiotelevisione Italiana, Turin, 1964, p. 55.)

3. Voir, dans *Inspirations méditerranéennes,* à propos de l'enfance de Valéry passée à Sète, le passage suivant :

« D'autres fois, nous guettions de notre collège l'arrivée des escadres qui venaient chaque année mouiller à un mille de la côte. C'étaient d'étranges navires que les cuirassés de ce temps-là, les *Richelieu,* les *Colbert,* les *Trident,* avec leur éperon en soc de charrue, leur crinoline de tôle à l'arrière et, sous le pavillon, le balcon de l'amiral, qui nous faisait tant envie. Ils étaient laids et imposants, ils portaient encore une mâture considérable, et leurs bastingages étaient, à la mode du vieux temps, bordés de tous les sacs de l'équipage. L'escadre envoyait à terre des embarcations merveilleusement tenues, parées et armées. Les canots-majors volaient sur l'eau; six ou huit paires d'avirons, rigoureusement synchrones, leur donnaient des ailes brillantes qui jetaient au soleil, toutes les cinq secondes, un éclair et un essaim de gouttes lumineuses. Ils traînaient à l'arrière, dans l'écume, les couleurs de leur drapeau et les pans du tapis bleu à bordure écarlate, sur lequel des officiers noirs et dorés étaient assis.

« Ces splendeurs engendraient bien des vocations maritimes [...] » (*Œuvres,* vol. I, p. 1087.)

4. Valéry fait sans doute allusion à la « nuit de Gênes » de 1892.

5. Mer.

6. Voir la belle lettre de Valéry à Valery Larbaud, où il écrit à propos de la riviera di Levante :

« Quels souvenirs m'ont laissés tels séjours de ce côté-là et très particulièrement un certain mois d'août à Nervi — en 1887 ! J'avais 16 ans et un demi-bachot. Je ne sais comment j'avais passé

cet examen ! On allait de Gênes à Nervi. Un déjeuner léger, et
à peine le café bu, — à l'eau ! Trois ou quatre heures d'eau chaude
profonde, entre les rochers, jeunes gens et jeunes filles. On montait
sur la roche, on se rejetait à la mer, indéfiniment. Ensuite, on se
rajustait dans une sorte de cave marine à demi ténébreuse, encombrée de voiles et d'avirons. Ces impressions de soleil familier et
d'eau mordante, de vie consumée à demi nue, de temps ardemment perdu... longtemps sont demeurés en moi à l'état de ressource
et d'idéal. » (*Lettres à quelques-uns*, p. 175.)

Page 87.

1. Pour « K » (aussi « CK » ou « Karin »), voir le chapitre *Éros*
du deuxième volume.

Page 89.

1. Reproduit, sans var., dans *Moralités, Tel Quel*, in *Œuvres*,
vol. II, p. 517.
2. Reproduit, avec var., dans *Mélange*, in *Œuvres*, vol. I, p. 319-
320.
3. J'ai vécu.

Page 92.

1. « Nice » en lettres grecques. (Valéry a remplacé le « H » final
par un « И » russe.)
2. Ne s'occupant en rien de ce qui a été fait, ni de moi-même
non plus. (Valéry joue de nouveau sur le vers de Lucain : *Nil
actum credens, dum quid superesset agendum*.)

Page 93.

1. Il s'agit en réalité de Sédir (1871-1926), de son vrai nom
Yvon Le Loup, auteur de nombreux écrits religieux et mystiques,
membre de plusieurs cénacles occultes, et connaisseur de la pensée
ésotérique de l'Orient. Le mot « Sédir » est une anagramme de
« désir », dans le sens de « désir de Dieu, ou de l'Absolu ».

Page 96.

1. Reproduit, avec var., dans *Choses tues, Tel Quel*, in *Œuvres*,
vol. II, p. 483.
2. Émile Borel (1871-1956), mathématicien célèbre, auteur de
travaux sur le calcul des probabilités et la théorie des ensembles,
pour qui Valéry éprouvait une grande amitié.
3. Reproduit, avec var., dans *Mélange*, in *Œuvres*, vol. I, p. 312-
313.

Page 100.

1. Reproduit, avec var., dans *Propos me concernant*, in *Œuvres*,
vol. II, p. 1532.

2. Aurélien Scholl (1833-1902), journaliste et humoriste populaire de l'époque.

Page 101.

1. Reproduit, sans var. mais avec le titre *Au-dessous d'un portrait*, dans *Mélange*, in *Œuvres*, vol. I, p. 302.
2. Lucien Romier (1885-1944), l'historien bien connu.
3. La princesse de Bassiano a fondé en 1924 la revue *Commerce*, dont Valéry a été un des directeurs.

Page 102.

a. *Aj. marg. cl.* : 2 fois traité de Robespierre et 2 fois de Mussolini — !

1. Niels Henrik Abel, mathématicien norvégien brillant, né en 1802 et mort en 1829 (non pas, comme le dit Valéry, en 1828).

Page 103.

1. August Leopold Crelle fut le rédacteur du *Journal für die reine und angewandte Mathematik*, publié à Berlin de 1826 à 1856.
2. Carl Jacobi (1804-1851), mathématicien allemand, qui s'occupa, comme Abel, des fonctions elliptiques.
3. Giovannino di Grassi — mon ancêtre — vers 1380 fut peintre, architecte, sculpteur. [On s'attendrait plutôt à trouver « Giovannino dei Grassi ».]

Page 104.

1. Allusion au recueil d'études sur Valéry publié en 1926 par les éditions de la revue *Le Capitole* dans la série « Les Contemporains », avec une préface de René Boylesve.

Page 107.

1. Il s'agit vraisemblablement d'Anatole France, sur qui Valéry préparait à cette époque son discours de réception à l'Académie française.

Page 108.

1. Pierre Louÿs.
2. Julien Monod, banquier, ami et secrétaire bénévole de Valéry.
3. Voir à ce propos *XV lettres de Paul Valéry à Pierre Louÿs (1915-1917)*, s. l., 1926, édition hors commerce imprimée pour Julien Monod, qui reproduit le texte de la plupart de ces lettres, avec une notice de Valéry dans laquelle il pose les problèmes moraux et juridiques soulevés par la vente de correspondances privées.

Page 109.

   a. Aj. cl. : 40 [*c'est-à-dire 1871 — 1831*].
   b. Aj. cl. : 56 [*c'est-à-dire 1927 — 1871*].

   1. 1831 : L'année de naissance de la mère de Valéry. 1871 :
Sa propre année de naissance. 1927 : L'année de la mort de sa mère.
   2. Par elle je touchais au dix-huitième siècle vénitien et [*phrase
inachevée*].
   3. Le « lasciai » qui figure dans le texte doit être incorrect.
Valéry voulait sans doute dire soit « lasciò », soit « lasciasti ». Dans
le premier cas, la phrase se traduirait : « Bénie soit-elle qui nous
a quittés avec tant de sérénité »; et dans le second : « Bénie sois-tu
qui nous as quittés avec tant de sérénité. »
   4. Allusion au mariage de la fille de Valéry avec Paul Rouart,
fils de l'éditeur de musique Alexis Rouart, et petit-fils d'Henri Rouart,
ingénieur, peintre et collectionneur de tableaux. Le mariage a été
célébré à Juziers le 16 juillet 1927.

Page 110.

   1. Reproduit, sans var., dans *Pour un portrait de Monsieur Teste,*
in *Œuvres,* vol. II, p. 65-66.
   2. Edmée de La Rochefoucauld.

Page 111.

   a. Var. cl. : tout me dérobe aujourd'hui : solitude.

Page 113.

   a. Var. cl. : de *mon* commencement, de ce qui pour moi serait
commencement.
   b. Var. cl. : en 21. Larmes.

   1. Voir le chapitre *Éros* du deuxième volume.

Page 115.

   a. Var. cl. : du contenu (c'est-à-dire la pensée même) de la
pensée.

Page 117.

   1. Voir *Paul Valéry poète métaphysique,* dans *Le Destin de l'Occident,
suivi de divers essais critiques,* Paris, Éditions Prométhée, 1929, où
René Gillouin écrit (p. 256-258) :
   « [...] Il est certain que nul poète, avant lui, n'a possédé un sens
si sûr, si profond, si mystérieux des ressources orchestrales de
notre langue, des infinies possibilités mélodiques à la fois et sym-
phoniques que comportent les diverses dispositions des consonnes
et des voyelles, du merveilleux contrepoint auquel peut donner
lieu l'utilisation parallèle du sens idéologique des mots et de leur

valeur phonétique. Analysez de ce point de vue un sonnet comme
« Les Grenades ». [...]

Pénétrez-vous d'abord du sens, dégagez le thème idéologique,
l'opposition entre la « générosité » des grenades entr'ouvertes et
l'intellectualisme hautain où le poète s'est confiné, non sans
éprouver le regret de ses juvéniles enthousiasmes. Puis suivez
de vers en vers la succession et le croisement des éléments phonétiques, les *ou* graves, caractéristiques du premier quatrain, le départ
en flèche du second sur le *s* et sur l'*i*, le dur arrachement symbolisé
dans le troisième par la combinaison des *c* et des *r,* puis la plainte
musicale sur laquelle, dans le quatrième, comme sur un air de
flûte nostalgique, s'achève la méditation, et dites si jamais, dans
l'histoire de la poésie française, un art plus savant s'est mis au
service d'une émotion intellectuelle plus pleine et plus pure. »

Page 118.

1. Le baron d'Huart.
2. René Grousset (1885-1952), auteur d'ouvrages sur l'histoire
et la civilisation de l'Orient, y compris le bouddhisme.

Page 120.

a. Var. cl. : particulier. C'est le tout-de-ce-point, et ce point
est unique.

Page 122.

1. Force vive (vitale).

Page 124.

a. Var. cl. : par ma nature
b. Var. cl. : propre, — les choses que j'appelle *accidents* ou *cas
particuliers.*
c. Var. cl. : automatique. Elle a sans doute ses raisons.. Or
d. Var. cl. : *être tout autre*
e. Var. cl. : plus *libre,* c'est-à-dire pourvu de plus de voies.
Beaucoup
f. Var. *cl. :* dimensions. Je me cherche un degré de plus de
liberté d'esprit. [*Aj. marg. renv. :* J'oublie certes, de plus en plus
les noms des gens, même bien connus de moi; et j'ai fort peu de
souvenirs certains des temps passés — et ces pertes ne vont pas
sans ennuis, parfois sans dommages... Mais [*Passage inachevé.*]]
g. Aj. marg. cl. : La moindre observation ou conscience de soi
montre que — Le mâle c'est le hasard.

1. Reproduit, avec var., dans *Propos me concernant,* in *Œuvres,*
vol. II, p. 1513.

Page 125.

1. Le frère aîné de Valéry.

Page 129.

a. Var. cl. : esclave — et martyr.

1. L'affaire Dreyfus.

Page 130.

1. [Littéralement] propres à inspirer de la pudeur.

Page 131.

a. Var. cl. : choses *attendues* et *nommées* se substituent aux sensations telles quelles. Les « idées » ?

Page 132.

a. Aj. marg. renv. cl. : Germe de « Mon Faust » — (1940)
b. Var. cl. : limites. Survie etc. [*lecture incertaine*] — Images. « L'univers » des transformations mentales m'apparut.

1. Qu'elle soit comme elle est, ou qu'elle ne soit pas. (Allusion à la réponse *Sint ut sunt, aut non sint,* faussement attribuée au général des jésuites, à qui on proposait de modifier les *Constitutions* de sa Société, et due en réalité au pape Clément XIII.)

Page 135.

1. Dr Serge Voronoff (1866-1951), physiologiste d'origine russe, qui est devenu chef du laboratoire de chirurgie expérimentale au Collège de France.

Page 136.

1. C'est-à-dire Pascal.

Page 137.

1. Allusion probable à un passage du *Manfred* de Byron où le héros, en proie au désespoir, va se précipiter du sommet de la Jungfrau, dont la beauté sublime le laisse indifférent.

Page 138.

1. Reproduit, avec var., dans *Propos me concernant,* in *Œuvres,* vol. II, p. 1520-1521.

Page 141.

a. Var. cl. : attaquer. Chaque objet particulier lui paraît
b. Var. cl. : puissances éveillées, — et il pressent dans tout le

jour qui va suivre, une incarnation, et donc une réduction, de cette illusion de Pouvoir à l'état pur que mon sens intime

1. Reproduit, avec var., dans *Propos me concernant,* in *Œuvres,* vol. II, p. 1532.

2. Valéry joue ici sur les deux sens de l'abréviation « Hon. » en anglais : « l'honorable Moi-même » et le titre de *docteur honoris causa* qui lui a été décerné par l'Université d'Oxford en 1931.

3. Reproduit, avec var., dans *Propos me concernant,* in *Œuvres,* vol. II, p. 1516-1517.

Page *142.*

1. Reproduit, avec var., *ibid.,* vol. II, p. 1527-1528.

Page *143.*

a. Var. cl. : ma sensibilité secondaire d'imitation honteuse, romance,

b. Aj. marg. cl. : Sensibilité de basse qualité

c. Var. cl. : m'inspire du dégoût. Le calcul

d. Aj. marg. renv. cl. : Pascal qui joue de la mort, Hugo de la misère.

Page *144.*

a. Var. cl. : impossible. Mais qu'est-ce que j'entends par invention ? J'ai dû finir par distinguer — (distinguo !)

— Mon idée de l'invention réduit celle-ci à une certaine observation qui produit (comme pour soi seule) ce qui manque à la chose observée pour former une *idée d'action*.

b. Var. cl. : Je suis l'envers de toutes choses — et de moi-même !

1. Valéry avait deux ans à l'époque. Voir le récit bien connu de cet incident, *Enfance aux cygnes,* dans *Mélange,* in *Œuvres,* vol. I, p. 297.

Page *145.*

a. Var. cl. : forêt d'idées possibles

b. Var. cl. : se dit l'instant suivant.. Mais la sensation

c. Aj. cl. (en guise de titre) : Ma « gloire » !

1. Horace, comte Sébastiani de La Porta (1772-1851), maréchal de France, né en Corse.

2. Reproduit, avec var., dans *Propos me concernant,* in *Œuvres,* vol. II, p. 1523.

3. Guillaume II, empereur d'Allemagne, a prononcé ces mots au cours d'une visite à un hôpital militaire pendant la Première Guerre mondiale.

Page 146.

1. [Littéralement] je ne l'ai pas voulu, et si je l'avais voulu, je ne l'aurais pas pu.

2. Reproduit, avec var., dans *Propos me concernant*, in *Œuvres*, vol. II, p. 1525.

Page 147.

a. Var. cl. : qui prétendent [mener] (dit-on)

b. Aj. marg. cl. : Je suis toujours tout près d'admirer tous ceux qui savent faire ce que je ne sais pas faire et [*Phrase inachevée.*]

Mais je n'admire pas les carrières, les hommes mais les talents en soi.

Je suis infiniment curieux de l'attitude de l'homme devant son travail et dans son travail, son angoisse, ses libertés conquises.

c. Var. cl. : valeurs. Je compte sur mes doigts [*Phrase inachevée.*]

1. Féerie à grand spectacle d'Ennery, Clairville et Mounier (Michel Lévy frères, 1862). Valéry en parle dans une lettre du 18 août 1895 à Gide :

« Ces diableries idiotes me rappellent le mot célèbre et si beau qui est dans *Rotomago* [*sic*] (féerie de MM. Clairville et Giraudin, je crois). Il y a là un individu, bien fatigué des prestiges qu'un sorcier quelconque suggère à son mobilier et il s'écrie à un moment où quelque trappe joue encore, où le canapé s'emplit d'eau — non, la chambre, — c'est le canapé qui fait le bateau, il en sort une voile, etc., il s'écrie : " Allons, bon ! Voilà les bêtises qui recommencent ! " Ce mot est irrésistible (crois-moi !) et il me poursuit, je me le dis à tout moment ! seule verbale amulette contre les merveilles de carton et de déveine — ou de veine — qui poussent. » (André Gide-Paul Valéry, *Correspondance*, Gallimard, 1955, p. 245.)

Cf. *Notre destin et les lettres* (*Œuvres*, vol. II, p. 1060-1061), où Valéry écrit à propos des transformations qui s'opèrent dans le monde moderne :

« J'ai prononcé tout à l'heure, le mot féerie. C'est que je songeais à une vieille pièce de ce genre que j'ai lue (ou que j'ai vue) il y a bien des années. Il ne me souvient pas si je l'ai lue ou si je l'ai vue. Un enchanteur des plus malveillants y soumettait à d'étranges épreuves un malheureux garçon dont il entendait contrarier les amours ; tantôt il l'entourait de démons et de flammes, et tantôt il lui changeait son lit en un bateau tanguant et roulant dans une chambre qu'une mer illusoire envahissait, et le drap de ce lit se dressait comme une brigantine de fortune enflée par le vent des coulisses... Mais la surprise finissait par atteindre l'état d'indifférence résignée, et à la dixième brimade du magicien prodigieux, ce jeune homme, fatigué de tant de sortilèges farceurs et de tant d'assommantes merveilles, haussait les épaules et s'écriait :

« — Allons, bon ! voilà les bêtises qui recommencent !

« Voilà, peut-être, comment nous finirons, un jour, par accueillir les " miracles de la science "... »

Page 148.

1. Reproduit, avec var., dans *Propos me concernant,* in *Œuvres,* vol. II, p. 1520.

Page 159.

1. Mémoires d'Anna-Magdalena Bach, seconde femme de Jean-Sébastien Bach.
2. À la plus grande gloire de Dieu (devise de l'ordre des Jésuites).
3. *Un Officier de cavalerie (Souvenirs du général L'Hotte)* (1905), ouvrage sur le dressage des chevaux.
4. *Introduction à une théorie nouvelle des mécanismes* (1905) du mathématicien Gabriel Kœnigs.
5. Valéry pense ici à la traduction française de la *Constitution de la matière* de Lord Kelvin, annotée par le physicien Marcel Brillouin, qui parut en 1893.
6. Allusion au *Faraday inventeur* du physicien irlandais John Tyndall, traduit par l'abbé François Moigno, lui-même mathématicien et physicien, et publié en 1868.
7. Valéry avait beaucoup d'admiration pour les romans de Restif de La Bretonne, et surtout pour *Monsieur Nicolas.*

Page 160.

1. Ils participent du feu.

Page 161.

1. Dans mon for intérieur (en moi-même).

Page 162.

a. Var. cl. : éducation mathématique première. Il me semblait
b. Var. cl. : conservation, différence et égalité, et cela

1. Paul Painlevé (1863-1933), mathématicien (auteur de travaux importants sur l'analyse, la mécanique, etc.) et homme politique.
2. Vers de la fable *Le Laboureur et ses enfants* (livre V, fable IX) :
    Travaillez, prenez de la peine :
    C'est le fonds qui manque le moins.

Page 164.

1. Caracalla (Marcus Aurelius Antoninus Bassianus) [188-217], empereur romain puissant et sévère, dont le règne commença par l'assassinat de son frère Geta, et qui étendit le droit de cité à tout son empire.

Page 167.

1. Voir le *Journal* de Gide (1889-1939), Bibl. de la Pléiade, 1951,
p. 930.
2. Au fond de l'âme.
3. Il n'y a rien dans les mots qui n'ait été ta réponse, et rien de
plus grand. (Valéry joue ici sur le *Nihil est in intellectu quod non fuerit
prius in sensu,* c'est-à-dire : « Il n'y a rien dans l'intellect qui n'ait été
d'abord dans la sensation. » Cette formule, comme on le sait,
remonte jusqu'à l'empirisme grec classique de Protagoras et
d'Épicure, et a été reprise depuis par toute une lignée de philosophes empiriques modernes, y compris Gassendi, Locke et
Condillac.)

Page 168.

1. La « belle Catalane » de Montpellier pour qui le jeune Valéry
a éprouvé une passion douloureuse et muette sans même la
connaître.

Page 169.

1. Gide.

Page 172.

1. Voir le *Journal* de Gide (1889-1939), p. 789, 930.
2. *Ibid.,* p. 124, 686, 930, 945.
3. *Ibid.,* p. 749, 760, 1034.
4. *Ibid.,* p. 1034.

Page 175.

1. La phrase à laquelle Valéry fait allusion, et qui figure effectivement dans *Le Domaine d'Arnheim,* est la suivante : « Je crois que
le monde n'a jamais vu et que, sauf le cas où une série d'accidents
aiguillonnerait le génie du rang le plus noble et le contraindrait
aux efforts répugnants de l'application pratique, le monde ne verra
jamais la perfection triomphante d'exécution dont la nature humaine
est positivement capable dans les domaines les plus riches de l'art »
(Poe, *Œuvres en prose,* Bibl. de la Pléiade, 1951, p. 956).
2. Voir la préface des *Histoires extraordinaires* de Poe, parue
en 1856 sous le titre *Edgar Poe, sa vie et ses œuvres,* où Baudelaire
cite une lettre concernant Poe, écrite par Mme Frances Osgood,
dans laquelle elle parle des « brillantes fantaisies qui traversaient
son étonnant cerveau incessamment en éveil » (Poe, *op. cit.,* p. 1053).

Page 177.

1. Sous l'espèce du vécu (vaincu) — du *vécu (vaincu)* ! je vis et
je vaincs.

Page 179.

1. Gide.

2. Il s'agit du tract *Pour une paix immédiate* du pacifiste Louis
Lecoin.

Page 181.

1. Allusion au démon de Socrate, qui devait figurer dans l'œuvre
que Valéry projetait d'écrire un jour sur la religion et les « choses
divines », y compris la question de la mort et de l'immortalité.

Page 182.

1. Passage écrit au moment de la chute de la France.

Page 184.

1. [Je vois le meilleur, et] je suis le pire. (Ovide, *Métamorphoses,*
VII, 20.)

Page 190.

1. Gustave Fourment (1869-1940), né à Montpellier, ami de
jeunesse de Valéry, professeur de philosophie, puis député et
sénateur du Var.

Page 196.

1. Pouvoir.

Page 197.

1. Le mot en question figure dans les vers bien connus qui évo-
quent la chute de la Parque dans le sommeil :

> *Ce fut l'heure, peut-être, où la devineresse*
> *Intérieure s'use et se désintéresse.*

Thibaudet fait remarquer qu'on retrouve ce même mot dans
un essai de Bergson sur le sommeil et le rêve : « [...] Oui, je crois
que notre vie passée est là, conservée jusque dans ses moindres
détails, et que nous n'oublions rien, et que tout ce que nous avons
perçu, pensé, voulu depuis le premier éveil de notre conscience,
persiste indéfiniment. Mais les souvenirs que ma mémoire conserve
ainsi dans ses plus obscures profondeurs y sont à l'état de fantômes
invisibles. Ils aspirent peut-être à la lumière; ils n'essaient pourtant
pas d'y remonter; ils savent que c'est impossible, et que moi, être
vivant et agissant, j'ai autre chose à faire que de m'occuper d'eux.
Mais supposez qu'à un moment donné *je me désintéresse* de la situation présente, de l'action pressante, enfin de ce qui concentrait sur un
seul point toutes les activités de la mémoire. Supposez, en d'autres
termes, que je m'endorme. Alors ces souvenirs immobiles, sentant
que je viens d'écarter l'obstacle, de soulever la trappe qui les
maintenait dans le sous-sol de la conscience, se mettent en mouve-

ment. » (*Le Rêve*, in *L'Énergie spirituelle*, P.U.F., 1919, p. 95.) Étant donné que l'essai de Bergson a paru deux ans après la publication de *La Jeune Parque*, il s'agit d'une rencontre d'idées purement fortuite.

Page 199.

1. Voir le meilleur. Endurer le pire. (Encore une allusion, avec une variante de Valéry, à Ovide, *Métamorphoses*, VII, 20.)

Page 202.

1. Pierre Louÿs.
2. Valéry pense peut-être à la racine du mot grec pour « rare », ou peut-être encore au verbe grec signifiant « tirer ».

Page 203.

a. Var. cl. : bêtises, au moment que l'on s'en réveille et que la marée d'énergie rentre dans la masse où se fait la refonte de ce qui vient d'être.

1. Reproduit, avec var., dans *Propos me concernant*, in *Œuvres*, vol. II, p. 1527.
2. Reproduit, avec var., *ibid.*, vol. II, p. 1532.

Page 205.

1. *Journal* de Gide (1889-1939), p. 237.
2. *Ibid.*, p. 237-238.
3. *Ibid.*, p. 930.

Page 207.

1. Supprimée la cause, ôté l'effet.

Page 208.

1. Jean Hardouin (1646-1729), jésuite d'une grande érudition.

Page 209.

1. *Journal*.
2. Valéry a mis par inadvertance « 14.1.42 ». Au moment d'écrire ce passage puissant, il était malade et profondément déprimé.

Page 211.

a. Var. cl. : la disposition naïve à donner des valeurs
b. Aj. marg. cl. : On pourrait dresser cette table pour bien des écrivains. Il faudrait faire un tableau ou questionnaire — toutes les « valences » de la sensibilité. On emplirait les cases au moyen

des œuvres bien lues. Tout ceci, d'ailleurs, ne servirait à rien.. Mais à quoi sert l'histoire littéraire ?

c. Var. cl. : À dicter

Les confessions, les aveux, les journaux ne donnent en général que des faits.. Il serait d'intérêt moins épisodique de dresser la table des goûts et dégoûts de quelqu'un — comme celle de ces albums de jadis pour jeunes filles : « Quelle est votre fleur préférée ? » Votre couleur ?.. Votre poète ?

Je m'amuserais à faire la table de mes tropismes. Je ne puis souffrir — même en idée — les rognons, les tripes. Je n'aime la viande que déguisée.

Ici distinguer

d. Var. cl. : Quant aux gens, il faudrait que je m'en informe avec précision auprès de moi-même. Effets produits réellement sur moi par M[allarmé], D[egas], L[ouÿs] etc. Attractions, répulsions. — Erreurs — Pressentiments..

Plus avant

Page 212.

a. Var. cl. : j'en pâtis. (Je suis, intellectuellement, en antagonisme fréquent avec ce que je suis organiquement.) Le désordre

b. Aj. marg. renv. cl. : Je ne vois pas ce qui est autour de moi. Mais si cela me requiert, mes yeux le creusent et l'épuisent.

c. Var. cl. : le penser lentement). Mais je repense si lentement ! Et exécuterais sans fin.

Je n'aimerais pas faire des livres avec des livres. Ni faire des livres avec « ma vie » telle quelle, — ni avec celle des autres.

d. Var. cl. : et les éprouve

e. Var. cl. : plus vites encore) signalée

f. Var. cl. : me jette sur une idée — miroir aux alouettes, ou que

g. Var. cl. : C'est pourquoi, le sachant, je suis si lent

h. Var. cl. : l'expérience, et prévenu par elle contre mon improvisation ; je me demande

1. Hermann Keyserling (comte) [1880-1946], philosophe et écrivain allemand.

2. *Journal* de Gide (1889-1939), p. 1116, 1254.

Page 213.

a. Var. cl. : Ainsi le disent *mes écritures*..

1. Reproduit, avec var. (très nombreuses), dans *Propos me concernant,* in *Œuvres,* vol. II, p. 1506-1509.

Page 215.

1. L'annotation « Voir *Présence de P.V.* », reproduite par inadvertance dans l'édition du C.N.R.S., est de la main de Mme Valéry.

Page 218.

  a. Aj. marg. renv. cl. : Mon « idéal » de l'amour. « Erôs énergu-
mène. » Source d'énergies.

Page 219.

  a. Aj. marg. renv. cl. : en certains domaines.
  b. Var. cl. : pas aisément réduire
  c. Var. cl. : modes de production

  1. Je suis qui je suis, [...] celui qu'on me fait.

Page 222.

  1. Moi-même.

Page 227.

  1. Non pas pour tout le monde. L'heureux petit nombre.
(Valéry pense évidemment aux derniers mots de *La Chartreuse de
Parme* de Stendhal.)

Page 228.

  1. Hommes riches et autres.
  2. Voir *Cahier* XXVIII, p. 681, où Valéry parle du *Traité de
l'Aristie* qu'il pensait écrire sur « l'art de la supériorité » dans des
domaines différents.
  3. Tout le monde fait ainsi.

Page 230.

  1. Payot, 1935.

Page 231.

  a. Passages inédits de la rubrique Ego *du classement*

18.. 19..

	Hist[oire] Littéraire Idées et ouvrages
Relations —	
et lieux — *Influences* locales	
et lectures	
Sète — Montpellier — Élève	Architecture — Ornement
Ce pays.	Premiers vers
Italie	
Militaire	
P[ierre] L[ouÿs]. Gide.	La litt[érature] ésotérique.
Tableau.	Poe.
Paris — cafés	Séparation.
S[téphane] M[allarmé] — J. K.	
[Huysmans] — Verlaine	Ère Teste

Le Centaure	*La Soirée* — Léonard —
Londres —	*le faire*
à cette époque, relations	
Ministère	Époque de réflexions
	Ma philosophie

Retour à poésie — par voie [*Passage inachevé, écrit à l'encre.*]

Ma légende

Cygnes — Une femme qui me gardait s'étant éloignée
P[ierre] L[ouÿs] [18]90
Nuit de Gênes [18]92
Le tableau
La Savoyarde.
Le Pavillon — clair de lune[1].
Le Ranelagh[2]. [*Passage écrit à l'encre.*]

Du VI.I.43 Sept heures.

Aurai-je la force de frapper ce qui me vient à l'esprit, comme un chemin de traverse mal gardé ? Un répit se fait dans la tempête organique. J'ai toussé sans arrêt de deux heures à six, comme hier, et l'exaspération du contraste entre la minceur du prétexte et du moyen et l'énormité des résultats m'épuise autant que ce branle affreux lui-même qui emporte le cœur, l'estomac, les poumons dans ses saccades de réflexes indomptables, qui se déchaînent tout à coup pour des heures à partir d'un grattement de minuscule étendue, vers le fond du pharynx.. Le mécanisme est d'une naïveté remarquable. J'ai beau dire aux médecins ce qui en est, et leur signaler en particulier l'enchaînement de ce phénomène avec mon état gastrique ; comment des acides [*mot illisible*] et irritent la gorge, et comment la gorge créant le désordre [*mot illisible*] répétition agit sur l'estomac, qui se trouve roué de coups [*mot illisible*] par cette terrible striction ou ces pressions, lesquelles me font sur le champ tomber en somnolence. D'autres fois, apparaissent les effets syncopaux. Je vais m'évanouir.

Mais les médecins ont la grande habitude de ne jamais réfléchir. Je l'ai remarqué cent fois. Il y a en eux l'étrange idée que tout est classé, que ce qui manque de nom n'existe pas. Chaque nouveau nom qu'on leur invente, comme *métabolisme, réflexes conditionnés* etc. leur rend le service de diminuer l'attention directe aux faits et sur-

---

1. Allusion à l'amour de Valéry pour la femme désignée par le sigle « K ». (Voir le chapitre *Éros* du deuxième volume.)
2. Allusion à la femme désignée par le sigle « NR ».

tout la méditation des faits. IL N'Y A PAS UN MÉDECIN QUI SE FASSE UNE IDÉE DE L'HOMME, FONCTIONNEMENT D'ENSEMBLE..

Et voilà pour eux.

Or, tout à l'heure, rompu, vide de force et de liquides, je [me] suis mis à penser à l'étonnant portrait de moi que forment les lignes, çà et là me nommant, du *Journal* d'A[ndré] G[ide].

Il en est d'une amabilité touchante. Mais il en est qui supposent tant de méconnaissance de moi, chez un homme auquel je me suis toujours confié « en toute simplicité », que le mot « perfidie » vient tout seul. Comment a-t-il pu écrire que ma vie a été réglée comme une partie d'échecs ? ? Moi qui ne suis que mes hasards..

Il est vrai que ces hasards portent d'assez beaux noms.
P[ierre] L[ouÿs] m'a suborné vers la Poésie.
Mon développement « en profondeur » fut une réaction contre la tyrannie de la crédulité littéraire, et autre.
Huysmans m'a précipité dans une carrière administrative.
Mon ami A[ndré] L[ebey] m'a tiré de là et m'a valu 22 ans d'Havas avec beaucoup de loisir.
Mon mariage est l'œuvre conjuguée des dames Mallarmé, de Monsieur Degas et de l'atmosphère Berthe Manet.
Ma « Jeune Parque » fut conséquence inattendue de la fondation de la Librairie N.R.F. ..
Mon Académie, une idée d'Hanotaux.
Ma chaire, une idée de Bédier.
Ma Nice[1], une idée de Monzie..

Voilà un échiquier où tout le monde a mis la main, excepté moi.

J' [*mot illisible*] que toute ma prose (aphorismes à part —) fut faite sur commande et parfois sur mesure. Même, ou surtout, le premier *Léonard* [*mot illisible*] sur demande de.. Léon Daudet..

Je n'ai jamais sollicité ni décorations, ni présidences, ni doctorats H[onoris] C[ausa].

ET CE N'EST Pas Tout.. [*Passage tapé à la machine par Valéry.*]

☆

10 juin 43

Ego
Éphéméride

Impression douce, et ma foi, grande..

Été hier soir au concert qui m'était une corvée, Salle Chopin prié par Granger. Sa femme Alexandra Ilminsky jouait.

---

1. C'est-à-dire son poste d'administrateur du Centre Universitaire méditerranéen de Nice.

D'abord, divers Rachmaninoff et Scriabine. Je dormais aux 3/4. Puis, elle a joué deux ou quatre très courtes pièces d'elle-même, pas indifférentes du tout. Très maigre, en satin roide argent. Mais comme ils ont été heureux de ma présence.. Ils étaient si heureux, si heureux que je l'étais à mon tour.. Le mari a voulu me présenter son père et sa mère. La petite Russe était confusément ravie. Lui me disait combien ses camarades (d'agrégation) m'admiraient (je n'aime pas ce mot). Il y avait quelque chose de si pur, si simple, si clair dans cette petite offrande d'êtres que je me suis un peu perdu dans le « se sentir » vraiment et intimement « remué ». Il est plus que rare que je ressente les compliments au *point d'y penser*.. (Tu sais, mon moi, les deux seuls sentiments qui seuls me suivent.) Mais, ce hier soir, j'ai été pris. Et moi, qui ne me regarde jamais dans le miroir que sont les autres, où l'on se voit autre, et qui n'y cherche pas à me voir beau dans un reflet, — ces gens si contents, leurs yeux, leurs à peu près dans les effusions et les formules, m'ont presque un peu saoulé, pendant des minutes, de leur joie ivre et jeune. Comme ils me parlaient de la *J[eune] P[arque]*, je me disais : « CELA *en valait donc la peine* ».. Il me semblait que j'étais payé de bien des choses (Mais de quoi ?). Et pourtant je n'ai jamais visé cela. Pas même jamais imaginé.. C'était ME FAIRE que je voulais.

Je me suis offert de me dire : *Ceci est ma gloire*, — tout en me foutant un peu de moi (sans quoi la soirée n'eût pas été complète, Mr Teste..). Je dis MA gloire, et non : LA gloire. Car il n'y avait rien de public publicitaire, de gloire fabricable, en tout ceci. Et c'était bien ce qu'il faut, *ce qui est bien,* l'impression d'*exister*, de se reposer dans des esprits sans parties basses.. Ce sont de bons tombeaux pieusement gardés.

Puis, je me suis interrogé si je devenais bête ? Vas-tu rire de moi ? Peut-être. Mais non. Ces jeunes gens ont pris de moi, sans doute, le meilleur, qui est *ce que j'ai fait de supérieur à moi*.

Et, après tout, ce moment-là me donne quelque certitude, — celle de pouvoir mépriser les triomphes extérieurs et les puissances dites réelles qui ne résistent pas à un tête-à-tête avec soi seul.. À moins que le soi-même ne soit de vile espèce... [*Passage tapé à la machine par Valéry.*]

☆

Ego

On m'a souvent taxé de snob parce que j'allais fort dans le « monde ».

Ceci entre 17 et 39. Surtout 19 et 30. J'y allais volontiers. Dîners, dames, pourquoi pas ?

Quant au snobisme, c'était le meilleur antidote. Il faut voir les gens et les choses de près. Ceci décharge l'esprit* du snobisme et en même temps, de son contraire, qui est bien pire. Il se complique d'une bassesse et d'une envie si évidentes que l'on ne conçoit pas qu'elles ne se fassent sentir à ceux qui manifestent leur antisnobisme.

Je ne me sens ni Bourget, ni Proust — qui, après tout, ont tiré du monde la substance de leur besoin d'écrire.

Mais, vers le soir, depuis 1918-19 — je n'ai pas l'envie de travailler. J'ai eu mon matin si cher, et il me plaît de ne pas demeurer sans conversation, sans l'imprévu (limité), les formes et leurs libertés mondaines — etc. Tels autres vont au café, et ils font bien.

Enfin, il y a de grands avantages parfois à fréquenter les « salons » — et même l'Académie[A]. Dix minutes de conversation font voir, dissipent, renversent, simplifient etc. bien des choses sur lesquelles on n'aurait à jamais que des opinions populaires ou.. littéraires et que ce peu de mots avec les hommes ou les femmes les plus instruits de ce dont il s'agit rend tout autres, et souvent, plus claires.. [*Passage écrit à l'encre.*]

Ego

J'ai la folie de la coordination. Il m'est incroyable, insupportable que deux idées parfaitement quelconques entr'elles, et aussi éloignées que l'on voudra par le temps comme par la figure, ayant été pensées par *moi*, il n'y ait pas entr'elles une relation autre que celle, *toute nominale,* d'avoir *été pensées par moi.* Quelque chose doit être même en chacune.

N.B. Étant données 2 idées exprimées — sans termes communs ni rien. Je suppose que l'on observe que leurs expressions sont de *même langage.* Mais cette relation est sans évidence propre : il faudra la démontrer. [*Passage écrit à l'encre.*]

Je n'ai jamais cru à la parole humaine quand elle voulait m'instruire de ce qu'aucun homme n'a pu voir ni concevoir.

Même enfant je sentais que celui qui me parlait ne pouvait me parler que *de soi.* [*Passage écrit à l'encre.*]

EGO

Des « Mémoires de Moi »

Essai de reconstituer mon attitude intérieure si dure et implacable contre la partie sensible à l'extrême et si vulnérable de mon être âgé de 20 ans. Je me fis l'Ennemi du Tendre, de toutes les forces de ma tendresse désespérée. C'est un drame singulier que je ne crois pas que l'on ait traité. J'ai créé alors *l'Idole de l'Intellect*

A. *Aj. marg. :* C'est donc une affaire de « rendement ».

et son grand-prêtre, mon illustre M. Teste, contre les terribles puissances du « cœur ».

Et voici l'étrange question qui souvent me vient quand je reviens moi-même à songer à cette origine du *Moi qui fut*..

Que serais-je devenu si, à cet âge, j'avais rencontré celle qui m'eût rendu ce que je périssais de ne pas donner; et si, d'autre part, (de tout autre part) quelque circonstance de fortune m'eût permis de vivre à loisir, à l'aise, comme G[ide] ? Deux choses, après tout, non impossibles.

Ma question est celle-ci : Qu'aurais-je attribué à l'esprit dans ma vie, qu'aurais-je fait du mien dans ces conditions ? Aurais-je accompli cette sorte de révolution et ces actes intimes de volonté de rigueur qui m'ont façonné, — mais qui, peut-être par contraste, ont préparé de loin cette lointaine, imprévue et très douloureuse reprise de sensibilité trop profonde.. ?

Question vaine et absurde, mais conforme à la loi du Péché contre l'Esprit, — lequel est une des ressources de l'esprit, et sans lequel.. il y a peu d'esprit.

Quis me intelliget ? Qui me comprendra ?

ET qui décrira, formulera, réduira cette sensation de ne pouvoir être compris ? Chacun de nous n'est-il pas le poème le plus obscur et d'abord pour soi-même ? Est-ce que je comprends pourquoi telle idée de tel visage ou de tel moment a telle force et le pas sur toutes les autres, et non seulement sur les autres, — mais sur mon sommeil, mon travail, ma vie organique et ma vie supérieure ?

Nous ne comprenons pas qu'une simple carie de dent rende fou à se tuer, et que *l'intensité de la douleur ne dépend pas de l'importance vitale*[A] *de sa cause.*

La grande tentation de ma vie aura été d'épuiser quelque chose, d'atteindre une limite de mes possibilités données de sentir et de penser composées. Non du tout de faire une œuvre au sens ordinaire du terme : Une œuvre, en ce sens, est une chose pour Autres, et ces Autres indistincts, qui vous payent indistinctement en paroles. (Il y a des gens pour cela : des « hommes de génie ».) Mais une œuvre de vie — peut-être de vie avec vie : accord d'êtres avec toutes leurs harmoniques qui se renforcent selon toute la richesse de nerfs correspondants et la variété des inventions de l'intelligence passionnée. Tout ceci donnant enfin la sensation unique de l'UNE FOIS POUR TOUTES, de l'accomplissement d'une vie — QUI EÛT COMPRIS.. [*Passage tapé à la machine par Valéry.*]

1. Allusion probable à la *Vingt-cinquième lettre* des *Lettres philosophiques.*

2. *Des choses divines.*

EGO SCRIPTOR

Page 239.

a. *Var. pr. vers. :* à sa proie variée (ou le reste du monde) — logé dans un hôtel

b. *Var. pr. vers. :* je déteste la rêverie et je trouve les actes lents et ridicules. Mais j'aime

1. Version remaniée d'un passage antérieur (III, 521).

Page 241.

1. Sans quoi il n'est pas.

Page 242.

1. Reproduit, avec var., dans *Calepin d'un poète,* in *Œuvres,* vol. I, p. 1454-1455.

Page 243.

a. *Var. cl. :* positivement

1. Valéry pense sans doute à *La Jeune Parque,* qu'il est en train de composer à cette époque.

Page 244.

a. *Var. cl. :* moyens purs. Pour moi écrire, c'est se préparer à écrire.

Page 245.

1. Il s'agit probablement de *La Jeune Parque.*

Page 246.

1. [Je] me suis référé à...

2. Nous inclinons à croire que Valéry pense ici à Clédat, auteur d'un *Dictionnaire étymologique de la langue française* (Hachette, 1913) qu'il a beaucoup consulté en composant *La Jeune Parque,* ainsi qu'en témoigne une dédicace du dictionnaire à son fils François. Il faut ajouter, cependant, qu'il emploie ailleurs dans les *Cahiers* l'abréviation « Cl. » en parlant de Claudel (cf. un autre passage écrit vers la même époque : VI, 752). Voir à ce propos James Lawler, « Valéry et Claudel. Un dialogue symboliste », *N.R.F.,* 1er septembre 1968, p. 245.

3. Allusion évidente au vers de *Phèdre* (acte IV, sc. II), dont Valéry, comme tant d'autres, admirait la musicalité.

4. Allusion à l'histoire connue des *Mille et Une Nuits*.

Page 247.

1. Reproduit, avec var., dans *Propos me concernant*, in *Œuvres*, vol. II, p. 1513.

2. Sacrifice de l'intellect.

Page 250.

1. Daniel Halévy, « De Mallarmé à Paul Valéry », in *La Revue universelle*, 1er mai 1920.

Page 251.

1. Allusion à un plébiscite organisé par la revue *La Connaissance, Revue de lettres et d'idées,* dans lequel Valéry a été désigné comme le plus grand des poètes contemporains. (Voir *Œuvres*, vol. II, p. 1486-1488.)

Page 252.

1. *La Jeune Parque.*

2. Reproduit, avec var., dans *Autres Rhumbs, Tel Quel*, in *Œuvres,* vol. II, p. 673-674.

Page 257.

1. Ce chapitre contient de nombreuses allusions de ce genre, directes et indirectes, aux critiques souvent très dures qu'on adressait à Valéry dans la presse de l'époque. (Voir la *Bibliographie* des *Œuvres*, vol. II, sous *II. Ouvrages consacrés à Paul Valéry, III. Ouvrages à consulter*, et surtout *IV. Articles*. Voir aussi l'excellente bibliographie d'A. James Arnold, *Paul Valéry and his Critics. French-Language Criticism 1890-1927*, Charlottesville, University Press of Virginia, 1970.)

Page 258.

1. J'ai fait ce que j'ai pu avec la conscience de le faire.

Page 259.

1. Efficacité.

Page 266.

a. *Var. cl. : de son mieux.*
Obligé d'écrire dans un langage qui n'est pas celui que je me suis fait pour penser *de mon mieux*.
Quel mieux ?

1. [Littéralement] « aux Dauphins »; ici dans le sens de « pour mes Dauphins ». (On reconnaît l'allusion à l'expression *ad usum Delphini*, c'est-à-dire « à l'usage du Dauphin », nom donné aux éditions des classiques latins préparées pour le fils de Louis XIV, mais dont on avait retranché certains passages considérés comme trop crus; d'où, par extension, toute édition expurgée ou arrangée pour un certain public.)

Page 268.

a. *Var. cl.* : Je ne fais bien *ce que je fais* que faisant

1. *L'Âme et la Danse.*

Page 269.

a. *Var. cl.* : Ego. [*Exemple d'un cas où Valéry change d'avis sur la rubrique sous laquelle il faudrait classer un des extraits des « Cahiers ».*]

Page 270.

1. [Littéralement] « Pour [ma] maison », d'où « pour [ma] propre cause ». (Abréviation de *Pro domo sua*, titre d'une harangue de Cicéron dans laquelle, comme on le sait, il a plaidé à son retour d'exil contre le patricien Clodius, qui avait fait confisquer ses biens.)

2. Allusion à l'article d'André Rousseaux, « Paul Valéry ou l'Intelligence désolée », *La Revue universelle,* 1er février 1931.

Page 272.

a. *Var. cl.* : étrangeté mienne.

1. Le critique et romancier Edmond Jaloux (1878-1949).

Page 274.

a. *Var. cl.* : philosophie. Le langage — qui est la seule base solide et qui a d'ailleurs une existence fonctionnelle bien différente de celle *aperçue par analyse des termes*.

1. *Wagner, histoire d'un artiste* de Guy de Pourtalès (Gallimard, 1932).

Page 275.

1. Vers du *Cimetière marin* (Œuvres, vol. I, p. 151) :

> Zénon ! Cruel Zénon ! Zénon d'Élée !
> M'as-tu percé de cette flèche ailée
> Qui vibre, vole, et qui ne vole pas !
> Le son m'enfante et la flèche me tue !
> Ah ! le soleil... Quelle ombre de tortue
> Pour l'âme, Achille immobile à grands pas !

2. Reproduit, avec var., dans *Propos me concernant,* in *Œuvres,* vol. II, p. 1515.

Page 277.

1. Réplique célèbre de l'*Horace* de Corneille (acte III, sc. VI) :

JULIE

Que vouliez-vous qu'il fît contre trois ?

LE VIEIL HORACE

Qu'il mourût !

2. De Victor Hugo. *(La Légende des siècles.)*
3. Reproduit, avec var., dans *Propos me concernant,* in *Œuvres,* vol. II, p. 1515-1516.

Page 278.

1. Marcel Prévost (1862-1941), ingénieur de formation, romancier, et grand amateur de poésie, que Valéry a appelé « un esprit aussi complet qu'on peut le souhaiter » (*Au temps de Marcel Prévost, Vues,* La Table ronde, 1948, p. 213).
2. Reproduit, avec var., dans *Propos me concernant,* in *Œuvres,* vol. II, p. 1521-1522.

Page 280.

a. *Var. cl. :* Je regarde la littérature avec des yeux qui y voient surtout des résolutions
b. *Aj. marg. renv. cl. :* (« en acte » et non seulement en théorie)
c. *Var. cl. :* comme la pratique et le sentiment de l'ornement édifient le sens plastique au-dessus de l'imitation naïve des objets, et comme le sens des *formes* algébriques au-dessus du *nombre* en mathématiques.
d. *Var. cl. :* ignorer que *tout ce qui est* se dessine, se colore et se substitue sur une trame de sensibilités pures, dont chaque espèce a ses relations intrinsèques entre ses *valeurs,* tandis que la diversité incohérente et irréductible de ces espèces compose les choses et les événements.
Mais il n'est pas nécessaire de concevoir cette vivante structure pour en user et abuser *en artiste.* D'ailleurs la pratique de la vie en fait autant et ne perçoit même pas cette incohérence constitutive. [*Aj. marg. illisible.*]

Page 281.

a. *Var. cl. :* à Diderot ! à Montesquieu.
Que de « références » ! — à Michel-Ange ! ! ! (Jean Choux)
[*Allusion à l'ouvrage de Jean Choux,* Michel-Ange et Paul Valéry, *Paris, Rasmussen, 1932.*]

1. Reproduit, avec var., dans *Propos me concernant*, in *Œuvres*, vol. II, p. 1514-1515.

2. Reproduit, avec var., *ibid.*, vol. II, p. 1515.

Page 282.

1. Reproduit, avec var., *ibid.*, vol. II, p. 1518.

Page 283.

a. Var. cl. : substantiel. Une intelligence est réponses. Mais elle est peu de chose si elle [ne] s'accompagne d'une excitation à se poser des questions.

b. Var. cl. : voulu

c. Var. cl. : sans le choc qui tire de lui cette étincelle ?

1. Observation de Jacques Rivière, qui a écrit plus exactement : « Une grande intelligence inappliquée ; tel m'apparaît d'abord Paul Valéry. » (« Paul Valéry poète », *N.R.F.*, XIX, no 108, 1er septembre 1922, p. 257.)

2. Reproduit, avec var., dans *Propos me concernant*, in *Œuvres*, vol. II, p. 1523.

Page 284.

1. Reproduit, avec var., *ibid.*, vol. II, p. 1512.

Page 285.

a. Var. cl. : restriction.

Comment dire à l'esprit : *Tu n'iras pas plus loin — —* à moins d'être Dieu en personne ?

Mais Dieu en personne est précisément de ce côté-là.

Page 292.

1. Vers de *La Jeune Parque* (*Œuvres*, vol. I, p. 107) :

> *Ô n'aurait-il fallu, folle, que j'accomplisse*
> *Ma merveilleuse fin de choisir pour supplice*
> *Ce lucide dédain des nuances du sort ?*
> *Trouveras-tu jamais plus transparente mort*
> *Ni de pente plus pure où je rampe à ma perte*
> *Que sur ce long regard de victime entr'ouverte,*
> *Pâle, qui se résigne et saigne sans regret ?*
> *Que lui fait tout le sang qui n'est plus son secret ?*
> *Dans quelle blanche paix cette pourpre la laisse,*
> *A l'extrême de l'être, et belle de faiblesse !*

2. Vers d'*Anne* (*Album de vers anciens*, in *Œuvres*, vol. I, p. 89) :

> *Enfin désemparée et libre d'être fraîche,*

> *La dormeuse déserte aux touffes de couleur*
> *Flotte sur son lit blême, et d'une lèvre sèche,*
> *Tette dans la ténèbre un souffle amer de fleur.*

Page 294.

1. *Cantate du Narcisse*, publiée pour la première fois en 1939.

Page 296.

1. C'est-à-dire dans *Ébauche d'un serpent* (*Charmes*, in *Œuvres*, vol. I, p. 138-146).
2. Voir *Œuvres*, vol. I, p. 151.

Page 300.

1. On se demande si Valéry veut dire *duello stretto*, c'est-à-dire « duel serré », à moins qu'il n'entende « duo » dans le sens musical du terme.

Page 302.

1. Le premier titre d'*Une conquête méthodique* a été *La Conquête allemande*.
2. Premier vers de l'ode célèbre de Ronsard.

Page 303.

1. *La Soirée avec Monsieur Teste* et *Introduction à la méthode de Léonard de Vinci*.

Page 311.

1. Le poème en question, *Rêve*, a paru dans la *Petite revue maritime* de Marseille en 1889. (Voir *Œuvres*, vol. I, p. 1575-1576.)
2. L'article d'Henri Chantavoine, où il dit à propos de Valéry que « son nom voltigera sur les lèvres des hommes », a été publié dans le *Journal des Débats* le 7 avril 1891.

Page 312.

1. Allusion à *Ébauche d'un serpent* (*Œuvres*, vol. I, p. 139) :

> *Tu gardes les cœurs de connaître*
> *Que l'univers n'est qu'un défaut*
> *Dans la pureté du Non-être !*

Page 313.

1. *Agathe*, ou *Manuscrit trouvé dans une cervelle*, commencé en 1898, laissé inachevé, et publié en 1956 seulement. (Voir *Œuvres*, vol. II, p. 1386-1392.)

Page 314.

1. La phrase déjà citée du *Domaine d'Arnheim* sur les possibilités de perfection artistique.

Page 316.

1. « Je ne l'ai jamais vu que la nuit. Une fois dans une sorte de b...; souvent au théâtre. » (*La Soirée avec Monsieur Teste*, in *Œuvres*, vol. II, p. 17.)

2. La poésie est comme la peinture. (Horace, *Art poétique*, 361.)

Page 318.

1. Le prince Pierre de Monaco (1895-1964), né comte Pierre de Polignac, amateur des arts et grand ami de Valéry.

Page 319.

a. Passages inédits de la rubrique Ego scriptor *du classement*

En tant que poète, mon idéal fut de tenter d'atteindre par la voie d'une sorte d'analyse, et en raisonnant sur les conditions de la « poésie » (dans la mesure où je pouvais me faire une idée de celle-ci) des résultats comparables à ceux que l'on poursuit à la mode traditionnelle, de proche en proche et sans autre visée que l'heureux succès du moment.

C'était, (je l'avoue) s'intéresser plus à la fabrication et au fabricant qu'au produit même et à ses effets sur les amateurs.. Mais je pensais que cette manière de synthèse pouvait avoir cette conséquence qui se voit en chimie : que la recherche de production d'un certain objet naturel donne parfois, outre cet objet même (ou plutôt son quasi-même, —) divers autres qui ne sont pas dans la nature, — comme si l'analyse nous plaçât à un point à partir duquel, en revenant aux composés, nous nous trouvions au carrefour de plusieurs routes dont la réalité donnée n'eût choisi que l'une d'entr'elles. C'est comme introduire une liberté par notre action, dans la formation accidentelle de la nature.

Or, supposé que n[ou]s arrivions en biologie, à créer quelques êtres par synthèse, — (dont certains croisements peuvent donner quelque idée restreinte), on voit quelles conséquences étranges pourraient s'en déduire et s'ensuivre. [*Passage écrit à l'encre.*]

☆

NOTE SUR « MON FAUST »

.. J'ai parfois pensé depuis *x* ans, que le Faust de Gœthe était plus que centenaire; que bien des choses étaient nées depuis lui; que son personnage et celui de son compère illustre pouvaient servir à de nouveaux Regards sur le monde actuel.

Mais ceci à l'état de fumée de cigarette (Hélas, ô cigarettes !); pas la moindre idée d'en venir au papier !

Or, en *juillet 40,* me trouvant à Dinard, ayant appris assez vite que mes fils et mon gendre, sains et saufs, s'étaient merveilleusement rencontrés à Clermont-Ferrand, ma poitrine tout à coup déchargée d'un poids d'angoisse, je disposais d'un temps vide et indéfiniment libre; je me suis mis, un jour, à improviser sans motif, sans but ni plan, ni rien de préconçu, un dialogue entre un FAUST et un MÉPHISTOPHÉLÈS. DIALOGUE SEMI-SÉRIEUX; sérieux dans le fond, plutôt blague dans la forme. Il n'est resté de ce dialogue que des fragments que j'ai utilisés ensuite.

Ayant pris goût à mes fantoches, j'ai commencé — (toujours sans plan) — deux pièces : *Lust* et *Le Solitaire ou Les Malédictions d'univers...*

J'ai travaillé avec un entrain.. diabolique à ces pièces, jusqu'au jour où mes hésitations croissantes sur leur développement, et surtout PARIS, et ces démons déchaînés que sont les AUTRES, m'ont obligé à suspendre mon travail.. Jusqu'à quand ? ?

D'autre part, j'ai conçu l'idée qu'il y aurait à faire un ensemble de pièces ne conservant que F[aust] et M[éphistophélès] comme lien, et parmi celles-ci le voyage des deux dans le monde moderne — côté science, et côté politique-social...

Mais ce vaste dessein n'est qu'un jeu avec l'impossible.

Venons à ce qui est. Il y a deux actes faits de chacune des deux pièces susnommées; la première *(Lust)* en voudrait deux de plus; et l'autre, un.

« Mon Faust » est fort différent du *Faust* de Goethe. Il est celui qui a voulu *vivre* « *une fois pour toutes* ». Il ne veut à aucun prix ni survivre ni revivre sous aucune forme et dans aucune condition. Mais il semble, autant qu'on puisse le savoir, qu'il lui a été infligé pour châtiment de revivre. Il connaît la vie par cœur, et il lui faut la subir. Il ressent des événements et de tout, les mêmes dégoûts qu'un homme trouve dans son métier au bout de vingt ans qu'il le pratique. L'imprévu lui-même fait partie de ce prévu écœurant. Mais un certain reste de sentiment le rend assez tendre avec sa secrétaire LUST, qui est prise pour lui d'une passion singulière qui ne se résout pas en amour du type classique.. Voilà où en est cette pièce. Méphistophélès y est plutôt bafoué. Faust le traite en inférieur, et lui démontre que les « esprits », par définition, n'ont pas d'esprit, ne peuvent penser.. Leur dialogue vous amuserait et choquerait, je crois.

Quant au *Solitaire,* je renonce à vous en donner une idée : c'est un texte terrible. Mais figurez-vous que [j'ai] trouvé par pur hasard, dans le N[ouveau] *Testament,* un verset où il est question du combat de l'Archange avec le Diable pour la possession du corps de Moïse.. Cette étrange chose.. Or, j'avais songé à une scène très

analogue à celle-ci s'agissant du corps de Faust... Voilà une rencontre assez extraordinaire.

Tout ceci est plutôt injouable, quoique le dialogue soit, me dit-on,
très « vivant ». Mais il y a trop d'idées. Il faudrait un très petit
théâtre et un public particulier. Et puis, des acteurs.. [*Passage tapé
à la machine par Valéry.*]

GLADIATOR

Page 324.

1. La voie qui mène au « surhomme ». [Allusion implicite à
Nietzsche.]

Page 325.

1. Valéry veut probablement dire « jeu (travail) de la fantaisie
(de l'imagination, de l'esprit) ».

Page 327.

1. Reproduit, sans var., dans *Cahier B 1910, Tel Quel*, in *Œuvres,*
vol. II, p. 581-582.

Page 330.

1. Exemple du genre de graphie archaïque qu'affectionnait
Valéry.

Page 334.

1. Reproduit, avec var., dans une lettre à Albert Coste, *Lettres
à quelques-uns,* Gallimard, 1952, p. 107-108.

Page 335.

a. Aj. renv. cl. : dont l'objet est non la conservation mais l'accroissement de l'agent
b. Var. cl. : difficile

Page 337.

1. Dressage, entraînement.

Page 338.

1. Les *Ennéades,* traités de Plotin (v. 205-270), publiés par son
disciple Porphyre (234-v. 305).

Page 339.

1. Voir, à propos de toutes ces remarques sur le dressage des chevaux, l'ouvrage déjà cité, *Un Officier de cavalerie* du général L'Hotte, et notre étude *Valéry's Conception of Training the Mind*, in *French Studies*, vol. XVIII, n° 3, juillet 1964.

Page 340.

1. Reproduit, avec var., dans *Rhumbs, Tel Quel*, in *Œuvres*, vol. II, p. 633-634.

Page 342.

1. Reproduit, sans var., dans *Mauvaises pensées et autres*, in *Œuvres*, vol. II, p. 876.

2. Ici commence *Gladiator*.

3. Il nous paraît probable que Valéry s'est trompé d'initiale ici, et qu'il fait allusion à *Louis* Poinsot (1777-1859), mathématicien à qui on doit des travaux importants sur la mécanique, notamment une théorie des couples et des recherches fondamentales sur le mouvement d'un corps solide autour d'un point fixe.

4. Élégance (goût).

Page 343.

1. Des choses poétiques.

Page 344.

1. Ainsi parle Gladiator. Gladiator dit. [Allusion à l'ouvrage bien connu de Nietzsche, *Also sprach Zarathoustra (Ainsi parlait Zarathoustra)*, et peut-être aussi à l'expression *Magister dixit* employée par les scolastiques du Moyen Âge pour citer comme un argument sans réplique telle ou telle doctrine de leur maître Aristote. Gladiator est évidemment présenté ici comme un « maître » symbolique.]

Page 346.

1. Allusion au mythe d'Orphée.

Page 349.

1. Par l'Analyse à la Synthèse.

2. Reproduit, avec var., dans *Choses tues, Tel Quel*, in *Œuvres*, vol. II, p. 510.

Page 350.

1. Exemple d'un passage que Valéry a rangé sous deux rubriques différentes. (Il figure aussi dans le chapitre *Ego*.) Bien que ce genre de chevauchement soit assez fréquent dans le classement des

Cahiers, nous n'en avons laissé dans notre choix de textes qu'un ou deux échantillons.

Page 351.

a. *Var. cl. :* capitale. L'Effort.

Page 353.

1. Voir *Un Officier de cavalerie* du général L'Hotte, où il est beaucoup question de cette notion de « légèreté » si chère au grand écuyer François Baucher (1805-1873), le professeur d'équitation le plus réputé de son époque, auteur de plusieurs ouvrages techniques, y compris un traité intitulé *Méthode d'équitation basée sur de nouveaux principes* (1842), que Valéry a lu et admiré.

Page 356.

1. Alfred Jaëll (1832-1882), pianiste et violoniste virtuose, né à Trieste, qui débuta à Venise à l'âge de onze ans.

2. Robert-Houdin (1805-1871), de son vrai nom Jean-Eugène Robert (Houdin étant le nom de sa femme), mécanicien habile qui devint un prestidigitateur renommé.

3. Passage omis par inadvertance dans l'édition du C.N.R.S.

Page 357.

a. *Aj. cl. (en tête du passage) :* L'orgueil doit être parmi la partie axiomatique de *Glad[iator].*

1. Louis-Stanislas Baudin, *Manuel du jeune marin ou Précis pratique sur l'arrimage, l'installation, le gréement et la manœuvre d'une frégate de 44 canons,* Toulon, L. Laurent, 1828.

Page 359.

1. Reproduit, avec var., dans *Pour un portrait de Monsieur Teste,* in *Œuvres,* vol. II, p. 66.

Page 361.

1. C'est là le point (la question). [Valéry joue évidemment sur le vers d'*Hamlet* (acte III, sc. 1) : *To be, or not to be, that is the question.*]

Page 363.

1. Balthazar Gracián y Morales (1601-1658), écrivain jésuite espagnol, auteur du célèbre recueil de maximes *El Oráculo manual* (1647), traduit en français sous le titre *L'Homme de cour.* La dernière des trois cents maximes porte le titre : « Enfin, être saint ».

2. Il s'agit de José María Sert y Badía (1876-1945), peintre espagnol.

3. La comtesse de Béhague.

Page 365.

1. Moi et anti-moi.

Page 367.

a. *Var. cl. :* davantage. Tenez les mots pour des chèques.

Page 368.

a. *Aj. cl. (en tête du passage) :* Faust, Lust
b. *Aj. marg. cl. :* Pensée organisée
c. *Aj. marg. cl. :* Tendresse

1. [Littéralement] par des moyens justes et injustes.

Page 370.

1. Tour d'ivoire.

Page 372.

1. Vers ce qui est noble par ce qui doit croître. (Valéry joue sans doute ici sur le mot de passe des conjurés d'*Hernani*, de Victor Hugo : *Ad augusta per angusta*.)

Page 377.

a. *Passage inédit de la rubrique* Gladiator *du classement*

L[éonard]

Dessiner d'après la fonction dessiner = comprendre.
L'œuvre devient une série d'opér[ations] et il ne serait pas impossible de décrire les pièces et les actes du mécanisme.

Ma pensée revient toujours à Léonard — un de ces hommes pour qui la vue n'est pas chose passive mais acte — pour qui le savoir n'est que pouvoir et qui reconstituent en pleine lumière avec toutes les ressources de l'analyse ce qu'il y a de plus mystérieux. [*Passage écrit à l'encre.*]

LANGAGE

Page 384.

1. Raymond Lulle (1235-1315), philosophe ésotérique catalan, auteur de l'*Ars magna*.

Page 394.

1. Reproduit, sans var., dans *Rhumbs, Tel Quel*, in *Œuvres*, vol. II, p. 621.

Page 395.

1. Reproduit, sans var., *ibid.*, vol. II, p. 621.

Page 396.

1. Ce passage, et les cinq autres qui suivent, sont tirés du cahier 54, écrit en octobre 1911. Ce cahier est inédit, ayant été omis par inadvertance dans l'édition du C.N.R.S. Le « L » du titre signifie « Langage ». (Pour des détails supplémentaires, voir la *Liste par ordre chronologique des cahiers originaux.*)

Page 402.

1. « Un songe (me devrais-je inquiéter d'un songe ?) » (*Athalie*, acte II, sc. v.)

Page 406.

1. Reproduit, avec var., dans *Choses tues, Tel Quel*, in *Œuvres*, vol. II, p. 503.

Page 408.

a. *Aj. cl. (en guise de titre)* : Évangile
b. *Var. cl.* : que vous n'employez pas en vous-mêmes.
Ne dites pas aux autres ce que vous ne voudriez pas que v[ous] v[ous] disiez —
f[aites] [*lecture incertaine*] au prochain

Page 409.

1. L'annotation « extrêmement intéressant au point de vue de vous », reproduite par inadvertance dans l'édition du C.N.R.S., est d'une main étrangère.
2. Qui le premier ?

Page 412.

1. Dieu [*mot sanskrit*] et Ciel.

Page 415.

a. *Var. cl.* : en intensité et complications par la fonction de reproduction toute seule; de même que l'acuité du mal de dents est sans proportion avec la lésion

b. Var. cl. : Mais qui peut parvenir à *articuler* tous ces actes étranges

c. Var. cl. : et qui s'égarent sur des glandes, sur des muscles, sur des muqueuses ? La pensée inarticulée, avortée, refusée, irrite

d. Var. cl. : dans la suite. On trouve des hommes dont les mêmes émotions qui font la plupart pleurer, se traduisent par un rire.) [*Les phrases suivantes du texte original, à partir de « Remarque que... »,* *sont barrées.*]

1. Reproduit, avec var., dans *Mauvaises pensées et autres*, in *Œuvres*, vol. II, p. 897-898.

Page 416.

1. André Thérive (1891-1967), grand traditionaliste dans le domaine linguistique, un des fondateurs du « Grammaire-Club », qui avait fait paraître dans *L'Opinion* du 29 septembre 1922 un article critiquant l'emploi peu orthodoxe de la langue française dans les poésies de Valéry.

Page 419.

a. Aj. cl. (en guise de titre) : Langage et Objectivité

Page 421.

1. Réduction au fait.

Page 423.

1. Reproduit, avec var., dans *Choses tues, Tel Quel*, in *Œuvres*, vol. II, p. 504.
2. Seconde jeunesse de M. Teste.
3. Réduction au vivant, au présent.

Page 424.

1. Reproduit, avec var., dans *Littérature, Tel Quel*, in *Œuvres*, vol. II, p. 559.

Page 425.

1. Allusion à l'espace-temps (ds^2) de la théorie de la relativité restreinte : $(ds)^2 - (dx)^2 + (dy)^2 + (dz)^2 - c^2 (dt)^2$.

Page 427.

1. Allusion aux lois phonétiques découvertes par le philologue allemand Jacob Grimm (1785-1863).

Page 432.

a. Var. cl. : que tu te parles ? de la foule.

Page 435.

1. Il s'agit probablement de Barrès.

Page 440.

1. [Littéralement] le carrefour (la place publique).

Page 443.

1. Allusion au principe d'Archimède, selon lequel tout corps plongé dans un fluide éprouve une poussée de bas en haut égale au poids du fluide qu'il déplace.

Page 444.

1. Quand on fait.

Page 447.

1. Reproduit, avec var., dans *Propos me concernant*, in *Œuvres*, vol. II, p. 1517.

Page 448.

a. Var. cl. : Force = ressort contraint.

Page 449.

1. Martine Rouart, la petite-fille de Valéry.

Page 457.

1. Le sens technique primitif de ce mot, c'est « un objet coupé en deux, dont deux hôtes conservaient chacun une moitié qu'ils transmettaient à leurs enfants ; ces deux parties rapprochées servaient à faire reconnaître les porteurs et à prouver les relations d'hospitalité contractées antérieurement » ; d'où, par extension : « signe de reconnaissance pour des gens séparés depuis longtemps et qui se font reconnaître », « tout ce qui sert de signe de reconnaissance », « signe convenu, signal », « convention ». (Définitions du *Dictionnaire grec-français* d'Anatole Bailly.)

Page 464.

1. Valéry pense ici non pas à la linguistique moderne, mais à la linguistique traditionnelle, et surtout à la philologie.

Page 467.

1. Allusion à l'origine latine du mot « enfant » : *infans* (« qui ne parle pas »).

Page 468.

a. Aj. marg. renv. cl. : dans une hypothèse de l'évolution

PHILOSOPHIE

Page 479.

1. Ce chapitre contient de nombreuses allusions à la pensée de Kant telle qu'elle se trouve exposée dans la *Critique de la raison pure,* par exemple aux notions de nécessité et d'universalité dont il est question ici, aux jugements « analytiques » et « synthétiques », à la connaissance *a priori* et *a posteriori,* etc.

Page 480.

1. Allusion à Nietzsche.

Page 483.

1. Zénon d'Élée (né entre 490 et 485 av. J.-C.), célèbre disciple de Parménide qui nia la réalité du mouvement au moyen des arguments d' « Achille et la tortue » et de la « flèche qui vole », auxquels Valéry fait souvent allusion.

Page 492.

1. L'odorat empêche (entrave) la pensée. (La formule *Odoratus cogitationem impedit* se trouve au chapitre 12 d'un écrit anonyme de la fin du xiie siècle ou du début du xiiie siècle, faussement attribué à saint Bernard, *Meditationes piissimae de cognitione humanae conditionis.* Cet écrit a paru dans les œuvres de saint Bernard éditées par Migne, *Patrologia latina,* vol. CLXXXIV, Paris, 1854, col. 503.)

Page 501.

a. Var. pr. vers. : ce n'est pas « Dieu, cause, monde, volonté... etc. » — ce sont

1. Version remaniée d'un passage antérieur (III, 338).
2. Reproduit, sans var., dans *Rhumbs, Tel Quel,* in *Œuvres,* vol. II, p. 649.
3. Version remaniée d'un passage antérieur (IV, 111).
4. Reproduit, avec var., dans *Cahier B 1910, Tel Quel,* in *Œuvres,* vol. II, p. 572-573.

Page 502.

a. Var. pr. vers. : La philosophie est possible à cause de l'impossibilité de noter exactement, uniformément nos intuitions. Si l'on pouvait le faire, si quand le « penseur » parle de l'Être — etc. il montrait exactement

b. Var. pr. vers. : la traduction d'une chose intraduisible.

1. Reproduit, sans var., dans *Cahier B 1910, Tel Quel*, in *Œuvres*, vol. II, p. 583.

2. Reproduit, avec var., *ibid.*, vol. II, p. 586.

Page 503.

1. Thalès (fin du VIIe siècle-début du VIe siècle av. J.-C.), mathématicien et philosophe grec de l'école ionienne, un des fondateurs de la géométrie.

2. Anaximandre (610-547 av. J.-C.), métaphysicien de l'école ionienne.

3. Empédocle (Ve siècle av. J.-C.), philosophe et médecin d'Agrigente, qui passait pour être magicien.

Page 504.

1. Exemple d'un passage tiré d'un cahier probablement déplacé dans l'édition du C.N.R.S. (Voir le cahier 51 dans la *Liste par ordre chronologique des cahiers originaux*.)

Page 506.

1. Cligne les yeux deux fois.

Page 508.

1. Reproduit, avec var., dans *Instants, Mélange*, in *Œuvres*, vol. I, p. 401-402.

2. Reproduit, sans var., dans *Analecta, Tel Quel*, in *Œuvres*, vol. II, p. 748.

Page 509.

a. Aj. marg. cl. : cf. équations rien que d'inconnues.

b. Aj. marg. cl. : *Faire* est relation *a c b* entre être vivant et pouvant agir, et une matière non symétrique — faire un rêve, un faux pas.

Il a été fait parce qu'il semble réglé [*lecture incertaine*].

Relativité de l'ordre.

c. Aj. cl. (en tête du passage) : Un monde est le contenu d'un volume égal au moins au cube de la plus grande distance que l'on puisse *définir* (par astres ou autrement).

Page 512.

1. Dur est ce propos.

Page 515.

1. Reproduit, avec var., dans *Rhumbs, Tel Quel*, in *Œuvres*, vol. II, p. 620.

Page 516.

1. Reproduit, avec var., dans *Analecta, Tel Quel*, in *Œuvres*, vol. II, p. 738.

2. Reproduit, avec var., *ibid.*, vol. II, p. 705-706.

Page 517.

1. Bergson, dont *L'Évolution créatrice* avait paru en 1907.

Page 526.

1. Les références de ce genre qui se trouvent dans le texte de Valéry se rapportent à la pagination des cahiers originaux.

Page 536.

a. Var. cl. : fonctions. Elle est peut-être de rendre cuique suum aux sens ce qui est d'eux, à l'esthésie ce qui est d'elle.

1. Lionel-Alexandre Dauriac (1847-1923), philosophe néo-criticiste.

Page 537.

1. Pourquoi, comment, qui, quand, où ?

Page 553.

1. Reproduit, avec var., dans *Analecta, Tel Quel*, in *Œuvres*, vol. II, p. 747.

Page 556.

1. *Le Monde comme volonté et comme représentation* (1818).

Page 557.

1. Souffle.

Page 560.

1. Reproduit, avec var., dans *Analecta, Tel Quel*, in *Œuvres*, vol. II, p. 745-746.

Page 564.

1. Reproduit, avec var., dans *Moralités, Tel Quel*, in *Œuvres*, vol. II, p. 537.

Page 568.

a. Var. cl. : responsabilité. Car une métaph[ysique] tend à représenter le tout par une partie — l'étendue du temps dans un instant.

Page 571.

1. Reproduit, avec var., dans *Autres Rhumbs, Tel Quel*, in *Œuvres*, vol. II, p. 693.

Page 572.

a. Var. cl. : multiplient — En philosophie pas de faits nouveaux, pas d'espoir de faits nouveaux.

Page 573.

a. Var. cl. : cette moule
b. Var. cl. : compléter. L'univers n'est pas infini *(en tant que relations).* S'il l'était la moindre chose exigerait une infinité de conditions et rien donc ne pourrait être.

1. Reproduit, avec var., dans *Choses tues, Tel Quel*, in *Œuvres*, vol. II, p. 505.

Page 574.

1. De Dieu.
2. Reproduit, avec var., dans *Moralités, Tel Quel*, in *Œuvres*, vol. II, p. 541.

Page 577.

1. De la même farine (espèce).

Page 579.

1. Le grand physicien et ingénieur Nicolas-Sadi Carnot (1796-1832), auteur de la deuxième loi de la thermodynamique, dont il est question ici et dans beaucoup d'autres passages des *Cahiers*.

Page 580.

a. Var. cl. : sans actes. Car le modèle de la pensée rigoureuse et puissante est machine.

Page 582.

1. Souffle = vent = souffle (vie).

Page 587.

1. Il sévit où il veut. [Allusion aux paroles de l'Écriture (saint Jean, III, 8) : *Spiritus ubi vult spirat* (« L'esprit souffle où il veut »).]

Page 589.

1. C'est-à-dire : Univers < Moi.

Page 598.

a. *Var. cl.* : la différence des individus — et par conséquent, la pluralité des systèmes.

C'est pourquoi tant de philosophes trébuchent sur la morale et titubent dans l'esthétique, car la différence des individus figure essentiellement dans l'une et dans l'autre.

1. Allusion au célèbre portrait de Descartes par Frans Hals.

Page 606.

1. Reproduit, avec var., dans *Moralités, Tel Quel*, in *Œuvres*, vol. II, p. 519.

Page 612.

1. Reproduit, avec var., dans *Choses tues, Tel Quel*, in *Œuvres*, vol. II, p. 496-497.

Page 630.

1. Teilhard de Chardin, que Valéry a rencontré à plusieurs reprises dans la société parisienne.

Page 632.

a. *Var. cl.* : *négative*. Nombres premiers. Est réel

Page 633.

1. Cause finale et cause seconde.
2. [Littéralement] Du sujet interrogeant.

Page 637.

a. *Aj. cl. (en guise de titre)* : Conseils au philosophe — Sort de la phil[osophie]

Page 641.

1. Allusion aux théories de Bergson.

Page 644.

a. *Var. cl.* : instinct, raison.

Sont « poésie ». Contrastes et contradictions ne sont jamais in rebus.

Et si elles sont dans « l'esprit » ? L'esprit = celui qui a pouvoir de se contredire.

Page 645.

a. *Aj. cl. (en guise de titre)* : Philos[ophie] organisée et ph[ilosophie] inorganisée

Page 646.

a. *Var. cl. :* relatifs à l'homme. Merveille — Elle appartient à nos sens etc. limités.

Il est assez étonnant que l'on puisse assez bien connaître un phénomène sans être obligé de connaître le Tout-Phénomène.

Page 650.

1. Au sujet de toutes choses.

Page 651.

1. Qui a fait le Monde ?

Page 656.

a. *Var. cl. :* poète. Il a traité avec génie le programme du baccalauréat.

Page 658.

1. Maine de Biran (1766-1824), disciple bien connu de Condillac et de Cabanis dont la pensée a peu à peu évolué, comme le montre son *Journal intime,* vers le spiritualisme et la religiosité.

Page 661.

1. Il n'y a rien dans le suivant qui n'ait été dans le précédent, sauf le *mouvement.* (Valéry joue ici sur la réponse de Leibniz à la formule des sensualistes : *Nihil est in intellectu quod non fuerit prius in sensu nisi intellectus ipse,* c'est-à-dire : « Il n'y a rien dans l'intellect qui n'ait été d'abord dans la sensation, sauf l'intellect lui-même. »)

Page 662.

1. Léon Brunschvicg (1869-1944), auteur de travaux sur la philosophie des sciences et sur la pensée de Kant, de Spinoza et de Pascal.

2. « Pour celles qui sont, mesure de leur non-être; pour celles qui ne sont point, mesure de leur être. »

Valéry fait allusion ici à la formule du sophiste grec Protagoras (v. 485-v. 410 av. J.-C.) citée par Socrate dans le *Théétète* de Platon (*Œuvres complètes,* t. VIII, IIe partie, « Les Belles Lettres », 1967, éd. Auguste Diès, p. 170) : « L'homme est la mesure de toutes choses; pour celles qui sont, mesure de leur être; pour celles qui ne sont point, mesure de leur non-être. » (Voir XV, 375.)

Page 668.

1. En supposant que Valéry ait oublié de mettre un point d'interrogation à la fin de cette phrase, il veut sans doute dire : « Qui [est] plus Moi que Moi ? »

Page 669.

a. Var. cl. : Il y a une sorte de déguisement ou de falsification dans la pensée spéculative.

La pensée d'ordre pratique, celle qui est partie de notre action, doit nécessairement se confondre, *dans l'instant,* à la réalité dans laquelle elle va nous conduire et appliquer ses résultats ou formules de coordination.

Mais la spéculation, qui n'a aucun acte à prescrire, ni aucune réalité à subir et à contraindre, ne peut que simuler sans le savoir, des résistances et des accomplissements qui seraient tout illusoires si la peine de convention qu'elle se donne et le plaisir véritable qu'elle obtient de soi ne justifiaient, après tout, ses exercices.

1. William James (1842-1910), l'éminent philosophe américain, chef de l'école pragmatique et un des fondateurs de la psychologie expérimentale.

2. Émile Meyerson (1859-1933), spécialiste de la philosophie des sciences.

3. Reproduit, avec var., dans *Propos me concernant,* in *Œuvres,* vol. II, p. 1523.

Page 670.

a. Aj. marg. cl. (1) : peu de jours avant sa mort
b. Aj. marg. cl. (2) : qui fut le dernier entretien philosophique de Painlevé

1. Julien Cain (1887-1974), administrateur général de la Bibliothèque nationale de 1930 à 1964 et grand ami des arts et des lettres.

Page 671.

1. Il s'agit évidemment de Bergson.

Page 673.

1. Allusion au premier précepte de la méthode de Descartes (*Discours de la Méthode,* IIe partie) : « Le premier était de ne recevoir jamais aucune chose pour vraie que je ne la connusse évidemment être telle; c'est-à-dire d'éviter soigneusement la précipitation et la prévention, et de ne comprendre rien de plus en mes jugements que ce qui se présenterait si clairement et si distinctement à mon esprit que je n'eusse aucune occasion de le mettre en doute. »

Page 675.

1. Érudits.

Page 677.

a. Var. cl. : artificielles (cherchées). (C'est là
b. Var. cl. : je veux ? Création d'un je ne sais pas.

Page 678.

1. Souvenir (un peu inexact) de la remarque de Teste à propos des spectateurs qu'il contemple à l'Opéra : « Le suprême *les* simplifie. Je parie qu'ils pensent tous, de plus en plus, *vers* la même chose. Ils seront égaux devant la crise ou limite commune. » (*La Soirée avec Monsieur Teste,* in *Œuvres,* vol. II, p. 21.)

Page 679.

1. Reproduit, avec var., dans *Propos me concernant,* in *Œuvres,* vol. II, p. 1525.

Page 680.

1. Reproduit, avec var., *ibid.,* vol. II, p. 1526.

Page 683.

a. *Var. cl. :* ne s'inquiète pas.

J'en dis autant du physiologiste. Il ne sait pas comment un homme se tient droit sur ses pieds, et ce qui se passe en lui quand il lui prend tout à coup de presser le pas, de changer de direction.

Page 690.

1. Voir *L'Âme et le corps,* essai de Bergson reproduit dans *L'Énergie spirituelle,* P.U.F., 1919, p. 47.

Page 696.

1. C'est-à-dire géométrie analytique.

Page 714.

1. Avoir ou ne pas avoir. Faire ou ne pas faire. (Allusion implicite au premier vers du monologue le plus célèbre d'*Hamlet* [acte III, sc. 1].)

Page 717.

1. Voir la *Monadologie* de Leibniz, § 17.

Page 735.

1. Il s'agit du « principe d'incertitude » du grand théoricien de la physique quantique, Werner Heisenberg (né en 1901). Pour des définitions des différents concepts scientifiques auxquels Valéry fait allusion dans ses notes, voir notre *Analyse de l'esprit dans les Cahiers de Valéry* (José Corti, 1963) et les ouvrages de vulgarisation par des savants modernes tels que Louis de Broglie que nous y citons.

2. Bernhard Riemann (1826-1866), célèbre mathématicien allemand, père de la géométrie non euclidienne et de la topologie.

Page 738.

1. Fais selon l'art. (Faits — à faire.)

Page 741.

a. *Aj. marg. cl.* : Nos croyances les plus foncières nous sont
insensibles. Il suffit de penser « Je crois.. » pour affaiblir ce que l'on
croit. C'est introduire le JE, qui est capable de tout et qui est
variation virtuelle.

Page 747.

1. Île mythique que Valéry évoque dans *Histoires brisées,* in
Œuvres, vol. II, p. 436-450.

Page 764.

1. Roi légendaire de Thèbes, père d'Œdipe.

Page 771.

a. *Passages inédits de la rubrique* Philosophie *du classement*

Si la ph[ilosophie] n'est plus la conn[aissance] ni la conn[ais-
sance] de la conn[aissance] — reste la forme[A].

Celui qui *ne vit qu'une fois* met au-dessus de tout la connaissance
puisqu'elle est *un épuisement* — ou plutôt il veut en faire un
Épuisement.

Il y aura des hommes après n[ou]s. [*Notes écrites au crayon.*]

☆

La liberté est une sensation : celle de pouvoir vouloir..

La liberté de penser est bornée[B]
1° par les conditions fonctionnelles de base —
    durée — état organique —
2° par la limitation des ressources :
    A. de l'instant (ou énergétiques) — la hâte — le nombre —
        des conditions de réponse —
    B. de *réserves* — mémoire — culture —
    C. de production spontanée —
3° par des forces extérieures ou quasi telles
    A. Gênes — douleurs —

A. *Aj. marg.* : l'intellect
B. *Tr. marg. allant jusqu'à* : conditions de réponse. *Aj. marg.* : à
refaire — énoncer le problème

B. Crainte —
C. Préoccupations — Inquiétude.
D. Sensations externes intenses. Bruit. [...]

[*Passage écrit à l'encre.*]

SYSTÈME

Page 780.

  a. Var. pr. vers. : les autres choses même, que par les procédés
  b. Var. pr. vers. : C'est-à-dire que je supposais chaque fois,
d'abord ingénument et puis de t[ou]tes mes forces, que je dusse
  c. Var. pr. vers. : opérations. [*Aj. marg. pr. vers. :* Ces opérations, les unes personne ne les peut faire; les autres sont à quelques-uns; et les autres à tout le monde.]

  1. Version remaniée d'un passage antérieur (I, 436).

Page 781.

  a. Var. pr. vers. : incertain ou mobile — et je me bornais à
mesurer chaque fois mes forces — ou si l'on veut à mesurer le
donné par ce qui était possible à mon esprit. De la sorte, chaque
chose proposée devenait une série de problèmes. Or moi, lorsque
j'étais arrêté, et je ne les savais pas résoudre, je cherchais à analyser
cette difficulté : je regardais comme un nouveau problème, le fait
de la non-résolution du premier.
  Chaque objet reposait ainsi sur une diversité d'expériences de
la pensée.

  1. Michael Faraday (1791-1867), un des plus grands expérimen-
tateurs de l'histoire de la physique, qui a jeté les bases de l'étude
de l'électricité et du magnétisme.

Page 787.

  1. Nom original de la topologie.
  2. Allusion aux équations de Maxwell.

Page 790.

  1. Le célèbre problème des « quatre couleurs » en topologie.

Page 791.

  1. Reproduit, avec var., dans *Extraits du Log-Book de Monsieur Teste*, in *Œuvres*, vol. II, p. 41.
  2. Reproduit, sans var., dans *Analecta, Tel Quel*, in *Œuvres*,
vol. II, p. 713.

Page 799.

1. Valéry pense soit au physicien et médecin allemand Robert von Mayer (1814-1878), qui calcula l'équivalent mécanique de la chaleur et énonça la loi de la conservation de l'énergie, soit à son compatriote et contemporain Hermann von Helmholtz (1821-1894), physiologiste et ensuite physicien de génie, qui développa les théories de Mayer.

Page 801.

1. Reproduit, avec var., dans *Analecta, Tel Quel,* in *Œuvres,* vol. II, p. 738.

Page 803.

1. À la manière des mathématiciens.

Page 804.

1. Hendrik Antoon Lorentz (1853-1928), l'éminent physicien hollandais qui a joué un rôle capital dans l'élaboration de la théorie de la relativité.
2. James Clerk Maxwell (1831-1879), le grand physicien écossais, auteur de la théorie électromagnétique de la lumière, dont les travaux marquent l'apogée de la physique classique.

Page 808.

1. Allusion au recueil de traités d'Aristote qui a établi les principes de base de la logique.

Page 830.

1. Willard Gibbs (1839-1903), physicien américain, auteur de la « loi des phases » concernant l'équilibre des substances hétérogènes, une des théories les plus importantes de la chimie physique.

Page 835.

1. Témoignage.

Page 846.

1. Un conte abstrait.
2. Reproduit, avec var., dans *Histoires brisées,* in *Œuvres,* vol. II, p. 466-467.

Page 847.

1. Par-derrière.

PSYCHOLOGIE

Page 879.

a. Var. pr. vers. : Comment se relie un état (1) à un autre ? tout est là. La liaison est *constatée* dans le 2me ou un 3me état.

b. Var. pr. vers. : Une des plus grandes sources d'erreur en psychologie

c. Var. pr. vers. : ce dont il est capable *pendant une autre — plus grande ou plus petite.*

De quoi est-il capable dans un instant infiniment petit ? En d'autres termes que deviennent ses opérations pour une variation inf[iniment] petite ?

Quelles sont les fonctions qui s'annulent en même temps ? La « formation » est complètement indépendante de la chose formée qui peut disparaître, être remplacée par toute autre etc.

1. Version remaniée d'un passage antérieur (I, 377).
2. Version remaniée d'un passage antérieur (I, 389).

Page 880.

a. Var. pr. vers. : Cela est parce que cela a été.

C'est la loi la plus bizarre et la plus difficile au monde — celle de l'esprit.

1. Version remaniée d'un passage antérieur (I, 484).

Page 902.

1. Où il veut.

Page 916.

1. Reproduit, avec var., dans *Analecta, Tel Quel,* in *Œuvres,* vol. II, p. 732.

Page 917.

1. Valéry joue ici sur l'idée du « corps noir » développée par la physique moderne.

Page 932.

1. Reproduit, avec var., dans *Analecta, Tel Quel,* in *Œuvres,* vol. II, p. 713.

Page 941.

1. Station des Pyrénées-Orientales où Valéry est allé avec sa femme pendant l'été de 1914.

Page 950.

1. Le fils cadet de Valéry.

Page 952.

a. Aj. cl. (en guise de titre) : François
b. Var. cl. : 3 mois. Quand il sourit c'est sans doute [*lecture incertaine*] qu'il reconnaît.
c. Var. cl. : d'une question résolue, fleur.

Page 953.

a. Var. cl. : celui-ci.
J'observe le regard du grand œil de l'enfant, — du petit infans de 8 mois — regard où paraît une confiance, une crédulité, une foi « intenses » comme si toute la naissante force intellectuelle, l'attention première s'employait à constituer le plus tôt possible, du *réel*, à se faire ce qu'il faudra *croire* pour toute la vie. Toute la force première pour *faire le vrai*, le *certain*, définir l'unité de réalité...
L'attention chez ces tout petits — est suivie souvent d'une agitation — Ils prennent possession par bonds du regard, par <intention> de l'être et de l'ouïe — comme l'oiseau qui vient de se poser à terre. —

1. Reproduit, avec var., dans *Mauvaises pensées et autres,* in *Œuvres,* vol. II, p. 793.

Page 956.

1. Si je le savais, je ne serais pas.

Page 961.

a. Var. cl. : ensemble. Cet ensemble caché que n[ou]s supposons est une sorte d'infini — progr[ession] géom[étrique].

1. Reproduit, avec var., dans *Analecta, Tel Quel,* in *Œuvres,* vol. II, p. 714.
2. Plus aiguë (plus pénétrante).

Page 963.

1. À qui sait comprendre, peu de choses (et, par extension, peu de mots) suffisent.
2. Discerner, choisir.

Page 966.

1. Reproduit, avec var., dans *Instants, Mélange,* in *Œuvres,* vol. I, p. 400-401.

Page 974.

1. Les problèmes. (Titre d'une œuvre d'Aristote.)

Page 976.

a. Var. cl. : appareils d'extériorité. C'est un qui se téléphone à soi-même. [*Un dessin schématique illustre cette idée.*]

Page 977.

1. Les équations auxquelles Valéry fait allusion ici sont dues aux travaux sur l'expression mathématique la plus générale de la mécanique classique du comte Louis de Lagrange (1736-1813) et du savant irlandais Sir William Rowan Hamilton (1805-1865), tous les deux mathématiciens et astronomes.

Page 979.

a. Var. cl. : Nous ne concevons guère les volumes, peu les surfaces. Nous ne percevons ni que telle chambre a le même volume que l'obélisque ni que tel mur a [la] même surface que tel parquet.
La mesure seule — le nombre.

Page 982.

1. Semblable et autre.

Page 989.

1. Impétuosité (élan).

Page 991.

1. Docteur Ludo van Bogaert, neurologue belge.

Page 1000.

1. Allusion à la théorie électromagnétique de Maxwell.

Page 1010.

1. Reproduit, sans var., dans *Mélange,* in *Œuvres,* vol. I, p. 307.

Page 1016.

1. Reproduit, sans var., dans *Mauvaises pensées et autres,* in *Œuvres,* vol. II, p. 793.

Page 1026.

1. L'âme qui doit être sollicitée.
2. Reproduit, avec var., dans *Mauvaises pensées et autres,* in *Œuvres,* vol. II, p. 808.

Page 1031.

1. Nature = génération (reproduction) = nature.

Page 1035.

    a. Aj. cl. (en guise de titre) : L'idée générale de fonctionnement
    b. Var. cl. : disponible, état qu'on peut représenter par une
égalité statistique — comme celle d'une pression de gaz.

Page 1040.

    1. Reproduit, sans var., dans *Mélange,* in *Œuvres,* vol. I, p. 333.

Page 1041.

    1. Valéry pense évidemment au parallèle avec le fonctionnement
du cerveau.

Page 1042.

    a. Var. cl. : sous une excitation. Mais q[uel]q[ue] chose de plus.
Nous croyons
    1. Reproduit, avec var., dans *Poésie brute, Mélange,* in *Œuvres,*
vol. I, p. 352.

Page 1050.

    1. Reproduit, avec var., dans *Instants, Mélange,* in *Œuvres,* vol. I,
p. 400.

Page 1051.

    a. Var. cl. : une fantaisie, une mollesse, une suite et continuité,
comme une invention de paresseux, etc... — m'est perceptible.
Comment mon œil peut suivre cette suite ?
    b. Var. cl. : Comment se poursuivent ces variations qui se
déduisent à mes yeux si heureusement l'une de l'autre, et qui
montrent la figure et le mouvement à l'état inséparable comme
une voix le fait, qui est timbre, action, substitution, enchantement,
et vivante arabesque... ?
    1. Reproduit, avec var., dans *Propos me concernant,* in *Œuvres,*
vol. II, p. 1524.

Page 1054.

    1. Reproduit, avec var., dans *Suite, Tel Quel,* in *Œuvres,* vol. II,
p. 750.
    2. Reproduit, avec var., dans *Mauvaises pensées et autres,* in
Œuvres, vol. II, p. 793.

Page 1058.

    1. Valéry pense sans doute à sa petite-fille, Martine Rouart, née
en janvier 1935.

Page 1071.

1. Les ressemblances se font dissemblances.

Page 1072.

1. Les égaux.

Page 1073.

1. À ma manière.

Page 1086.

1. Niels Bohr (1885-1962), le grand physicien danois, auteur d'une théorie fondamentale sur la structure de l'atome, à laquelle Valéry fait allusion ici.

Page 1097.

1. Loi psychologique selon laquelle la sensation varie comme le logarithme du stimulus. Gustav Theodor Fechner (1801-1887), philosophe allemand, fut un des fondateurs de la psychophysique.

Page 1098.

1. Albert Michelson (1852-1931), physicien américain, dont l'expérience cruciale sur la vitesse de la lumière, faite en collaboration avec Edward Williams Morley (1838-1923), a été à l'origine de la théorie de la relativité.

Page 1106.

1. Guillaume Duchenne de Boulogne (1806-1875), médecin français, auteur de recherches sur les maladies nerveuses dans lesquelles il employa des excitations électriques.
2. Cours de poétique professé par Valéry au Collège de France.

Page 1110.

1. En pleine colère.

Page 1115.

a. Passage inédit de la rubrique Psychologie *du classement*

Une imitation fait rire.
Charge — caricature.
On rit comme l'on sait — d'après ce qu'on est.
Il y en a qui rient parce qu'ils vont rire.
La chose la plus risible n'est que probablement risible.
Rien ne serait plus comique que la pensée vraie, la suite vraie, si on la pouvait lire.

Une chose ne fait rire que si on essaie de l'imiter. Il y a alors un refus d'assimilation, un *vomissement* qui eſt le rire.

Ce refus réflexe eſt déterminé par l'état du sujet et il n'a pas lieu en particulier, quand le sujet n'essaie pas d'assimiler, et aussi quand il assimile en présence de sa volonté, et d'une tension interne. —

Il eſt possible que le rire provienne d'une généralisation où l'homme riait d'abord uniquement par excitation physique, replétion, ivresse, etc., d'où il a fait du rire un signe de joie, quiétude, surabondance — satisfaction, supériorité, excitation en général — « Ivresse du triomphe ».

Sensations de plénitude — Délicieusement chatouillé par le bien-être.. quand on n'a plus besoin de coordonner — Exutoire de l'attention. Rire eſt luxe — luxe physique.

Ce n'eſt pas « l'esprit » qui rit — il y a quelque chose rejetée par l'esprit, et subie par le corps — quelque chose en peut subsiſter dans le profond et crève à la surface. [*Passage écrit à l'encre.*]

SOMA ET C E M

Page 1123.

a. Var. cl. : ne pas percevoir tout ce qui n[ou]s ôterait l'illusion du mouvement libre (sauf la pesanteur), la force

1. Reproduit, avec var., dans *Analecta, Tel Quel*, in *Œuvres*, vol. II, p. 724-725.

Page 1128.

1. On voit d'après ces symboles que Valéry établit les équivalences suivantes :

$$\Sigma = C = \text{Corps}$$
$$\psi = E = \text{Esprit}$$
$$K = M = \text{Monde}$$

Page 1129.

a. Var. cl. : origine.
Subſtitution. Formules de l'attente — du sommeil.

Page 1130.

1. Reproduit, avec var., dans *Réflexions simples sur le corps (Le sang et nous), Variété*, in *Œuvres*, vol. I, p. 923-926.

Page 1136.

1. Émile Gley (1852-1930), physiologiſte diſtingué et professeur de biologie générale au Collège de France.
2. Allusion au passage des *Métamorphoses* d'Ovide (I, 85-86)

sur la création de l'homme par Dieu : *os homini sublime dedit cae-lumque videre | iussit et erectos ad sidera tollere vultus.* (« Il donna aux hommes un visage tourné en haut et leur ordonna de se tenir debout et de regarder le ciel. »)

Page 1137.

1. Valéry souffrait assez souvent de vertiges, probablement d'origine psychosomatique.

Page 1142.

1. Termes dérivés de la radiotélégraphie.

Page 1145.

1. Voir *Réflexions simples sur le corps (Problème des trois corps)*, *Variété*, in *Œuvres*, vol. I, p. 926-931, où Valéry développe plus longuement cette distinction.

SENSIBILITÉ

Page 1161.

1. Reproduit, avec var., dans *Suite, Tel Quel*, in *Œuvres*, vol. II, p. 757.
2. Loi due au physicien allemand Georg Ohm (1789-1854), qui précise les rapports entre la résistance électrique, la tension et le courant.

Page 1162.

1. Reproduit, avec var., dans *Rhumbs, Tel Quel*, in *Œuvres*, vol. II, p. 647.

Page 1165.

1. Valéry souffrait beaucoup d'une toux nerveuse.

Page 1168.

a. *Var. cl. :* Elle traverse tout.
Le mal n'est pas l'envers du bien ni le bien du mal — ni la dou-leur du plaisir [*lecture incertaine*].
Ce sont des choses toutes différentes [*Aj. marg. :* qui se substi-tuent selon le moment et non selon leur nature] et la preuve en est que n[ou]s pouvons les concevoir séparément.

Page 1170.

a. *Aj. cl. (en guise de titre) :* Percep[tion]

b. Var. cl. : les conventions. Cette chaise — Cette tache est table.

Page 1172.

a. Aj. cl. (en guise de titre) : Implexe — Mécanisme d'ensemble à base de sensibilité immédiate ou prochaine.

b. Var. cl. : tous les desseins.

Ceci fait penser à une hiérarchie de ces « forces ». Au plus profond, les besoins d'entretien, de recharge, à très courte période. Respirer, acte réflexe.

Puis les recharges « molaires », (manger, boire) et les éliminations molaires, autre catégorie de pressions.

Puis les éliminations d'énergie : besoins de mouvements dissipateurs, piaffements, balancements; et d'autre part, les poussées sexuelles. Le besoin de sommeil.

Il y a d'autres besoins, plus subtils : besoin de changement, besoins de contraste.

Enfin l'immense catégorie des besoins créés par l'habitude.

Tel est le langage du fonctionnement, langage de sensations comparables à des « forces ». Elles donnent, en effet, une sorte de direction, et ont une intensité.

Page 1174.

1. Parallèle implicite entre la structure de l'atome et celle d'un système planétaire tel que l'a conçu Johannes Kepler.

Page 1180.

a. Aj. cl. (en guise de titre) : Désordre — nécessaire

Page 1183.

a. Var. cl. : ces 2 termes. Cf. complém[entaires].

Page 1190.

a. Aj. cl. (en guise de titre) : Sensib[ilité] généralisée

Page 1198.

1. Allusion au « principe de symétrie » de Pierre Curie (1859-1906).

Page 1204.

1. Valéry cite de mémoire, en se trompant un peu (il a écrit *nescit* au lieu de *nequit*), deux vers d'Horace :

> *est modus in rebus, sunt certi denique fines,*
> *quos ultra citraque nequit consistere rectum.*

(« Il est en toutes choses un milieu, des limites déterminées enfin, au delà et en deçà desquelles ne peut se trouver le bien. » *Satires,* « Les Belles Lettres », 1958, éd. François Villeneuve, liv. I, satire I, 107, p. 36.)

Page 1205.

1. Nom donné à Valéry par une de ses amies intimes. Il s'en est servi par la suite pour désigner le héros d'un des contes d'*Histoires brisées* (*Œuvres,* vol. II, p. 451-460).

Page 1206.

1. Allusion à l'*Apocalypte Teste,* œuvre ébauchée par Valéry vers la fin de sa vie.

MÉMOIRE

Page 1215.

a. Var. cl. : on ne sait ni quand, ni comment.

L'accroissement suit une sorte de loi. ET l'altération, la décoloration, l'évaporation de la mémoire ne suit pas quelque loi inverse, ni aucune autre — du moins, s'il en est une, elle ne doit ressembler en rien à la loi de l'accroissement, et elle doit comporter des facteurs qui ne figurent pas dans celle-ci.

Lorsque j'ai établi ou aperçu une relation, (p[ar] ex[emple] : une métaphore) le souvenir de cette relation n'est plus une relation. (Ce n'est plus qu'une *irrationnelle.*) Mais il peut arriver que ce souvenir se réduise à une formule que je n'entends plus, et je suis obligé de refaire le *travail* initial. Donc, l'état du système demeurant incertain, ne dépend pas seulement de ce travail primitif. L'œuvre accomplie peut durer ou s'abolir à notre insu, — dans la même obscurité. Ce qu'elle a lié, sera peut-être délié. J'avais préservé un trésor, que quelqu'un subrepticement me dérobe.

La loi de mémoire est contenue dans une condition plus vaste, plus complète, comme le chef voit au delà du subordonné, et joue avec les règles qu'il lui a prescrites, attachant sans être attaché.

Page 1224.

a. Var. cl. : de lui-même. Voilà l'image anti-physique. Comme si

Page 1226.

a. Var. cl. : la perception — interprétation inconsciente.
La perception de ces phénomènes

Page 1227.

a. Var. cl. : parfois *utilisée.* La théorie de la mémoire est la théorie d'une séquence ou suite.

Page 1229.

1. [Littéralement] C'est en elle que nous sommes mus. (Allusion implicite aux paroles célèbres de saint Paul concernant Dieu : « car c'est en lui que nous avons la vie, le mouvement et l'être », *Actes des Apôtres,* chap. XVII, 28.)

Toutes nos citations de la Bible sont tirées de l'édition de l'abbé A. Crampon, celle que Valéry a lue, qui a été publiée pour la première fois de 1894 à 1904 en sept volumes (plus tard réunis en un seul) sous le titre *La Sainte Bible traduite en français sur les textes originaux, avec introductions et notes de la Vulgate latine en regard.*

Page 1230.

1. Ressuscité, rendu à la vie.

Page 1232.

a. Var. cl. : si P existe. Je vois ce que je vois au moyen 1° de ce que j'ai vu et 2° au moyen de propriétés *antérieurement* constituées.

P existe toujours

Page 1234.

a. Var. cl. : L'oubli fonctionnel, l'évanouiss[em]ent de l'antécédent comme celui des images sur la rétine, est adaptation

1. Espace-temps (dans le sens relativiste).

Page 1235.

1. Allusion à la théorie de la relativité.
2. Nouvelle allusion à la théorie de la relativité.

Page 1237.

a. Aj. cl. (en guise de titre) : RE
b. Var. cl. : en *vieux.* Il n'y a donc pas d'*infiniment-neuf.*
La nouveauté de ce qui peut advenir est limitée — car ce qui serait infiniment neuf échapperait à la connaissance — laquelle consiste à re-connaître.

Page 1243.

a. Var. cl. : « Ce qui fut » effet de « ce qui est ». Effet Mn. « Ce qui est » effet de « ce qui fut ». Effet Mn'.
Le souvenir est réponse à ce qui est. Mais ce qui est est mêlé de

souvenirs et de plus, capable de reconnaître que cette réponse est un souvenir.

Page 1246.

1. Il s'agit des lois de l'hérédité formulées par le botaniste autrichien Johann Gregor Mendel (1822-1884) et par le mathématicien et biologiste italien Vito Volterra (1860-1940).

Page 1248.

a. Aj. marg. cl. : La circonstance la plus exceptionnelle devient de fréquence quelconque dès que perçue et pensée.

Page 1259.

a. Passages inédits de la rubrique Mémoire *du classement*

Mémoire

Prolongement immédiat d'une impression. — Attention — maintien nécessaire pour opérer.

Phénomènes résiduels — couleurs.

Notion de retour identique. Quoi se conserve ?

Pluralité des existences d'un état. Un élément du présent existe de *n* façons différentes — il a deux prolongements.

Conservation et reconstitution.

Liberté ou liaison des éléments de souvenir.

Tout souvenir est composé.

Tout souvenir est partiel.

Précisement du souvenir.

Ce qu'il y a d'actuel dans le souvenir.

La Mémoire comme ensemble —
  ensemble parfait
  ensemble croissant
  ensemble dense.

Nouveauté et pluralité.

Mémoire et uniformité.

Parenthèses. — Moments étanches, mus extérieurement.

Mémoire totale et mémoires partielles — —

Mémoire partielle et automatisme — inconscient.

Mémoire perception de relations déjà automatiques, déjà réalisées — Surperception.

La puissance du souvenir est actuelle, puisée dans le présent.

Mémoire comme chemin du présent au présent (*B A B*).

Mémoire comme plus court chemin.

Mémoire et adaptation croissante — Entraînement, expérience, accoutumance.

Il n'y a de restitution parfaite ou perfectible que celle musculaire.

Mémoire et reconnaissance. [*Passage écrit à l'encre.*]

Mémoire —

Élémentaire — identité $A_t = A_{t+m} = A_{t+q} \ldots$
Mémoire brute — époque.
Mémoire des suites — revoir.
Mémoire mécanique ou achevée ou organique. Élimination du temps, de l'époque et de l'ordre. [*Passage écrit à l'encre.*]

Mn

Le fait de n'être pas étonné à chaque instant est un fait de *mémoire ?*

Mémoire — 2 aspects — Conservation restitution
        et Disponibilité (implexe).

[*Passage écrit à l'encre.*]

TEMPS

Page 1263.

1. La géométrie du temps. (Notion que Valéry devait retrouver un peu plus tard dans la théorie de la relativité.)

Page 1266.

1. Allusion à la conception kantienne du temps.

Page 1269.

1. Ce sigle signifie « Attente-Énergie ».

Page 1270.

1. Ces deux sigles signifient « Durée » et « Attente généralisée ».

Page 1273.

1. Du même pouvoir, de la même capacité. (Mot qui semble avoir été inventé par Valéry sur le modèle d' « omnipotent », à moins qu'il n'ait voulu écrire « idem potens ».)

Page 1290.

1. Je ne m'étonne de rien. [Valéry pense sans doute au *Nil*

admirari (« Ne s'émouvoir de rien ») d'Horace (*Épîtres,* I, 6, 1).]

Page 1305.

1. Allusion aux vers bien connus d'*Hamlet* (acte I, sc. v) :

> *There are more things in heaven and earth, Horatio,*
> *Than are dreamt of in your philosophy.*

> (« Il y a plus de choses au ciel et sur la terre, Horatio,
> Que n'en rêve ta philosophie. »)

2. Valéry pense probablement à la maxime de La Rochefoucauld (n⁰ XXVI) : « Le soleil ni la mort ne se peuvent regarder fixement. »

Page 1307.

1. De l'espérance — espérance.

Page 1308.

1. [Le] Système de l'Esprit.
2. Depuis le Chaos, l'enfance, la matière, les rêves.

Page 1312.

1. [Littéralement] La foi est l'essence de ce qu'on a à espérer. (« La foi est la substance des choses qu'on espère », *Épître aux Hébreux,* chap. XI, 1.)

Page 1330.

1. Louis-Ferdinand Alfred Maury (1817-1892), auteur d'ouvrages sur la mythologie et sur le rêve, dont le plus important est *Le sommeil et les rêves, études psychologiques sur ces phénomènes et les divers états qui s'y rattachent, suivies de recherches sur le développement de l'instinct et de l'intelligence dans leurs rapports avec le phénomène du sommeil,* Didier, Paris, 1861. Dans cet ouvrage, Maury décrit ainsi un rêve auquel Valéry fait souvent allusion dans les *Cahiers,* et qui illustre ce que Maury appelle l' « accélération de la pensée » propre à l'état de rêve :

« Mais un fait plus concluant pour la rapidité du songe, un fait qui établit à mes yeux qu'il suffit d'un instant pour faire un rêve étendu, est le suivant : J'étais un peu indisposé, et me trouvais couché dans ma chambre, ayant ma mère à mon chevet. Je rêve de la Terreur; j'assiste à des scènes de massacre, je comparais devant le tribunal révolutionnaire, je vois Robespierre, Marat, Fouquier-Tinville, toutes les plus vilaines figures de cette époque terrible; je discute avec eux; enfin, après bien des événements que je ne me rappelle qu'imparfaitement, je suis jugé, condamné à mort, conduit en charrette, au milieu d'un concours immense, sur la place de la Révolution; je monte sur l'échafaud, l'exécuteur me lie sur la

planche fatale, il la fait basculer, le couperet tombe ; je sens ma tête
se séparer de mon tronc ; je m'éveille en proie à la plus vive angoisse,
et je me sens sur le cou la flèche de mon lit qui s'était subitement
détachée, et était tombée sur mes vertèbres cervicales, à la façon
du couteau d'une guillotine. Cela avait eu lieu à l'instant, ainsi que
ma mère me le confirma, et cependant c'était cette sensation
externe que j'avais prise, comme dans le cas cité plus haut, pour
point de départ d'un rêve où tant de faits s'étaient succédé. Au
moment où j'avais été frappé, le souvenir de la redoutable machine,
dont la flèche de mon lit représentait si bien l'effet, avait éveillé
toutes les images d'une époque dont la guillotine a été le symbole. »
(*Op. cit.*, p. 133-134.)

Page 1351.

a. *Var. cl. :* Du Spécial au Libre.
Pression de demande.
Donc le temps ressenti ne l'est que par la sensation non
compensée.

Page 1354.

1. Cet ouvrage, comme tant d'autres que Valéry a rêvé d'écrire,
est resté à l'état de projet.

Page 1359.

1. Hermann Minkowski (1864-1909), mathématicien lituanien,
qui a employé une géométrie à quatre dimensions pour représenter
l'espace-temps de la théorie de la relativité restreinte d'Einstein.

TABLE

CAHIERS

APPENDICE, NOTES, VARIANTES
et passages inédits du classement des Cahiers

CAHIERS

Ce volume, portant le numéro
deux cent quarante-deux
de la « Bibliothèque de la Pléiade »
publiée aux Éditions Gallimard,
a été achevé d'imprimer
sur Bible des Papeteries Bolloré Thin Papers
le 19 juin 2017
par Aubin Imprimeur
à Ligugé,
et relié en pleine peau,
dorée à l'or fin 23 carats,
par Babouot à Lagny.

ISBN : 978-2-07-010735-3.

N° d'édition : 314852. N° d'impression : 16110341.
Dépôt légal : juin 2017.
Premier dépôt légal : mai 1973.
Imprimé en France.